上海图书馆馆藏文献丛刊

唐宋诗醇

【清】乾隆御定　乔继堂 整理

上海科学技术文献出版社
Shanghai Scientific and Technological Literature Press

下册目录

太原白居易

卷二十五 …………………………………………… 555
  秋池二首 …………………………………………… 555
  中隐 ………………………………………………… 555
  葺池上旧亭 ………………………………………… 556
  觐止水 ……………………………………………… 556
  闻崔十八宿予新昌敝宅时，予亦宿崔家依仁新亭。一宵
    偶同，两兴暗合，因而成咏，聊以写怀 …………… 556
  池上夜境 …………………………………………… 557
  游坊口悬泉偶题石上 ……………………………… 557
  咏兴五首（录三首） ……………………………… 557
    出府归吾庐 …………………………………… 557
    池上有小舟 …………………………………… 558
    四月池水满 …………………………………… 558
  秋凉闲卧 …………………………………………… 558
  代鹤 ………………………………………………… 559
  立秋夕有怀梦得 …………………………………… 559
  秋日与张宾客、舒著作同游龙门，醉中狂歌凡二百
    三十八字 …………………………………………… 559
  南池早春有怀 ……………………………………… 560
  北牕三友 …………………………………………… 560
  裴侍中晋公以集贤林亭即事诗二十六韵见赠，猥蒙征

和，才拙词繁，辄广为五百字以伸酬献 …………… 561
晚归香山寺因咏所怀 …………………………… 562
洛阳有愚叟 ……………………………………… 563
闲居自题 ………………………………………… 563
菩提寺上方晚望香山寺寄舒员外 ……………… 564
小台 ……………………………………………… 564
池上作 …………………………………………… 564
小阁闲坐 ………………………………………… 565
游平泉宴浥涧宿香山石楼赠座客 ……………… 565
和梦得洛中早春见赠七韵 ……………………… 565
李卢二中丞各创山居俱夸胜绝，然去城稍远来往颇劳，
　敝居新泉实在宇下，偶题十五韵聊戏二君 …… 566
梦上山 …………………………………………… 566
钱塘湖春行 ……………………………………… 566
西湖晚归回望孤山寺赠诸客 …………………… 567
杭州春望 ………………………………………… 567
湖亭晚归 ………………………………………… 568
孤山寺遇雨 ……………………………………… 568
余杭形胜 ………………………………………… 568
江楼夕望招客 …………………………………… 568
江楼晚眺景物鲜奇吟翫成篇寄水部张籍员外 … 569
晚兴 ……………………………………………… 569
春题湖上 ………………………………………… 569
别州民 …………………………………………… 569
西湖留别 ………………………………………… 570
答微之夸越州州宅 ……………………………… 570
酬微之 …………………………………………… 570
微之整集旧诗及文笔为百轴，以七言长句寄乐天，乐天

次韵酬之，馀思未尽，加为六韵	571
答微之见寄	571
得湖州崔十八使君书，喜与杭越邻郡，因成长句代贺，兼寄微之	572
赠侯三郎中	572
履道新居二十韵	572
梦行简	573
渡淮	573
自到郡斋仅经旬日，方专公务，未及宴游，偷闲走笔	573
故衫	574
泛太湖书事寄微之	575
病中多雨逢寒食	575
重答刘和州	575
城上夜宴	576
六月三日夜闻蝉	576
晚起	576
河亭晴望	577
梦苏州水阁寄冯侍御	577
太湖石	577
秘省后厅	577
寄殷协律	578
临都驿答梦得六言二首	578
春词	578
送敏中归豳宁幕	578
池慰	579
送鹤与裴相临别赠诗	579
乌夜啼	579
送东都留守令狐尚书赴任	580

想东游五十韵 ……………………………………………… 580
将至东都先寄令狐留守 ………………………………… 581
晚桃花 …………………………………………………… 582
阿崔 ……………………………………………………… 582

卷二十六 …………………………………………………… 583
池上小宴问程秀才 ……………………………………… 583
桥亭卯饮 ………………………………………………… 583
西风 ……………………………………………………… 584
题岐王旧山池石壁 ……………………………………… 584
履道池上作 ……………………………………………… 584
和令狐相公寄刘郎中兼见示长句 ……………………… 584
期宿客不至 ……………………………………………… 585
晚归府 …………………………………………………… 585
从龙潭寺至少林寺题赠同游者 ………………………… 585
元相公挽歌词三首（录一首） ………………………… 586
酬李二十侍郎 …………………………………………… 586
池上闲咏 ………………………………………………… 586
和高仆射罢节度让尚书授少保分司喜遂游山水之作 … 586
送考功崔郎中赴阙 ……………………………………… 587
同诸客题于家公主旧宅 ………………………………… 587
菩提寺上方晚眺 ………………………………………… 588
杨柳枝词八首（录四首） ……………………………… 588
春早秋初因时即事兼寄浙东李侍郎 …………………… 588
送姚杭州赴任因思旧游 ………………………………… 589
种柳三咏 ………………………………………………… 589
韦七自太子宾客再除秘书监以长句贺而饯之 ………… 590
九年十一月二十一日感事而作 ………………………… 590
春来频与李二宾客郭外同游因赠长句 ………………… 591

三月三日	591
闲居春尽	591
香山避暑二绝	592
赠谈客	592
答梦得秋庭独坐见赠	592
酬梦得霜夜对月见怀	593
初冬月夜得皇甫泽州手札并诗数篇，因遣报书，偶题长句	593
寄献北都留守裴令公	593
看梦得题答李侍郎诗，诗中有文星之句因戏和之	594
早春忆游思黯南庄因寄长句	595
杪秋独夜	595
答闲上人来问因何风疾	595
夜闻筝中弹潇湘送神曲感旧	595
戏礼经老僧	596
梦得前所酬篇有"炼尽美少年"之句，因思往事兼咏今怀，重以长句答之	596
春尽日宴罢感事独吟	596
前有别柳枝绝句，梦得继和云"春尽絮飞留不得，随风好去落谁家"，又复戏答	597
时热少见客因咏所怀	597
宣州崔大夫阁老忽以近诗数十首见示，吟讽之下窃有所喜，因成长句寄题郡斋	597
晚池泛舟遇景成咏赠吕处士	597
和杨尚书罢相后夏日游永安水亭，兼招本曹杨侍郎同行	598
五年秋病后独宿香山寺（三首录二）	598
早入皇城赠王留守仆射	598
山中五绝句（录三首）	599

  岭上云 …………………………………………………… 599
  石上苔 …………………………………………………… 599
  涧中鱼 …………………………………………………… 599
 和敏中洛下即事 ……………………………………………… 599
 送敏中新授户部员外郎西归 ………………………………… 599
 览卢子蒙侍御旧诗多与微之唱和，感今伤昔，因赠子蒙
  题于卷后 ……………………………………………… 600
 新小滩 ………………………………………………………… 601
 喜入新年自咏 ………………………………………………… 601
 夏日与闲禅师林下避暑 ……………………………………… 601
 谈氏小外孙玉童 ……………………………………………… 602
 杨柳枝词 ……………………………………………………… 602
 诏取永丰柳植禁苑感赋 ……………………………………… 602
 池上篇 ………………………………………………………… 602
 齿落辞 ………………………………………………………… 604
 不能忘情吟 …………………………………………………… 605
 江南喜逢萧九彻因话长安旧游戏赠五十韵 ………………… 606
 送刘郎中赴任苏州（二首） ………………………………… 607
 灵岩寺 ………………………………………………………… 608
 寄韬光禅师 …………………………………………………… 608

昌黎韩愈

 卷二十七 ……………………………………………………… 610
 元和圣德诗 …………………………………………………… 611
 琴操十首 ……………………………………………………… 615
  将归操 …………………………………………………… 615
  猗兰操 …………………………………………………… 615
  龟山操 …………………………………………………… 616

越裳操	616
拘幽操	616
岐山操	617
履霜操	617
雉朝飞操	617
别鹄操	617
残形操	617
南山诗	618
谢自然诗	621
秋怀诗十一首	622
卷二十八	626
赴江陵途中寄赠王二十补阙、李十一拾遗、李二十六员外翰林三学士	626
此日足可惜一首赠张籍	628
归彭城	632
醉赠张秘书	633
送惠师	634
送灵师	635
县斋有怀	636
陪杜侍御游湘西两寺独宿有题一首因献杨常侍	638
岳阳楼别窦司直	638
送文畅师北游	640
答张彻	641
卷二十九	643
荐士	643
古风	645
嗟哉董生行	646
山石	647

汴泗交流赠张仆射 …………………………………… 647
鸣雁 …………………………………………………… 648
雉带箭 ………………………………………………… 649
条山苍 ………………………………………………… 650
桃源图 ………………………………………………… 650
东方半明 ……………………………………………… 651
谒衡岳庙遂宿岳寺题门楼 …………………………… 651
永贞行 ………………………………………………… 652
郑群赠簟 ……………………………………………… 654
赠崔立之评事 ………………………………………… 655
送区宏南归 …………………………………………… 656
三星行 ………………………………………………… 657
剥啄行 ………………………………………………… 658
孟东野失子 …………………………………………… 659

卷三十 …………………………………………………… 661
陆浑山火和皇甫湜用其韵 …………………………… 661
苦寒 …………………………………………………… 663
和虞部卢四酬翰林钱七赤藤杖歌 …………………… 664
送湖南李正字归 ……………………………………… 665
寄卢仝 ………………………………………………… 665
酬司门卢四兄云夫院长望秋作 ……………………… 667
谁氏子 ………………………………………………… 668
送无本师归范阳 ……………………………………… 669
石鼓歌 ………………………………………………… 670
题炭谷湫祠堂 ………………………………………… 672
听颖师弹琴 …………………………………………… 673
调张籍 ………………………………………………… 674
卢郎中云夫寄示送盘谷子诗两章歌以和之 ………… 676

病中赠张十八 ······ 677
寄崔二十六立之 ······ 678

卷三十一 ······ 681

短灯檠歌 ······ 681
病鸱 ······ 681
华山女 ······ 682
泷吏 ······ 683
除官赴阙至江州寄鄂岳李大夫 ······ 684
南山有高树行赠李宗闵 ······ 684
猛虎行 ······ 686
雪后寄崔二十六丞公 ······ 686
奉酬卢给事云夫四兄曲江荷花行见寄,并呈上钱七兄阁
老、张十八助教 ······ 687
记梦 ······ 688
南内朝贺归呈同官 ······ 689
读东方朔杂事 ······ 690
庭楸 ······ 691
南溪始泛三首 ······ 691
题楚昭王庙 ······ 692
答张十一功曹 ······ 693
题木居士 ······ 693
和归工部送僧约 ······ 693
入关咏马 ······ 694
木芙蓉 ······ 694
奉和库部卢四兄曹长元日朝回 ······ 694
奉和裴相公东征途经女儿山下作 ······ 694
次潼关先寄张十二阁老使君 ······ 695
晋公破贼回重拜台司以诗示幕中宾客愈奉和 ······ 695

左迁至蓝关示侄孙湘 …………………………………… 696
晚次宣溪辱韶州张端公使君惠书叙别酬以绝句二章 …… 696
量移袁州张韶州端公以诗相贺因酬之 ………………… 696
奉和兵部张侍郎酬郓州马尚书祗召途中见寄,开缄之日
　马帅已再领郓州之作 ………………………………… 697
奉酬天平马十二仆射暇日言怀见寄之作 ……………… 697
奉使镇州行次承天行营奉酬裴司空 …………………… 697
奉和仆射裴相公感恩言志 ……………………………… 698
和仆射相公朝回见寄 …………………………………… 698

眉山苏轼

卷三十二 …………………………………………………… 699
　辛丑十一月十九日,既与子由别于郑州西门之外,马上
　　赋诗一篇寄之 ……………………………………… 700
　过宜宾见夷中乱山 …………………………………… 701
　夜泊牛口 ……………………………………………… 701
　夜行观星 ……………………………………………… 702
　八阵碛 ………………………………………………… 702
　入峡 …………………………………………………… 703
　出峡 …………………………………………………… 704
　神女庙 ………………………………………………… 705
　巫山 …………………………………………………… 705
　荆州十首(录三首) …………………………………… 706
　太白山下早行,至横渠镇书崇寿院壁 ……………… 707
　留题延生观后山小堂 ………………………………… 707
　石鼻城 ………………………………………………… 708
　病中大雪数日未尝起,观虢令赵荐以诗相属,戏用其韵
　　答之 ………………………………………………… 708

岁晚相与馈问为馈岁，……故为此三诗寄子由 …… 709
 馈岁 …… 709
 别岁 …… 709
 守岁 …… 710
和子由论书 …… 710
凤翔八观（录五首） …… 711
 石鼓歌 …… 711
 王维吴道子画 …… 714
 东湖 …… 715
 真兴寺阁 …… 716
 李氏园 …… 716
……夜久不寐，见壁有前县令赵荐留名，有怀其人 …… 717
二十七日自阳平至斜谷，宿于南山中蟠龙寺 …… 718
是日至下马碛憩于北山僧舍，有阁曰怀贤，南直斜谷，
 西临五丈原，诸葛孔明所从出师也 …… 718
和子由记园中草木十一首（录五首） …… 719
司竹监烧苇园，因召都巡检柴贻勖左藏，以其徒会猎
 园下 …… 720
秀州僧本莹静照堂 …… 721
送安惇秀才失解西归 …… 722
送刘道原归觐南康 …… 722
次韵张安道读杜诗 …… 724
傅尧俞济源草堂 …… 724
颍州初别子由二首 …… 725
欧阳少师令赋所蓄石屏 …… 726

卷三十三 …… 727
 十月二日将至涡口五里所遇风留宿 …… 727
 出颍口初见淮山，是日至寿州 …… 727

寿阳岸下	728
泗州僧伽塔	728
龟山	729
十月十六日记所见	730
游金山寺	730
自金山放船至焦山	731
甘露寺	732
腊日游孤山访惠勤惠思二僧	733
戏子由	734
越州张中舍寿乐堂	736
雨中游天竺灵感观音院	736
六月二十七日望湖楼醉书五首（录三首）	737
七月一日出城，舟中苦热	737
宿临安净土寺	737
自净土寺步至功臣寺	738
游径山	738
夜泛西湖五绝	740
监试呈诸试官	741
望海楼晚景五绝（录三首）	742
试院煎茶	742
孙莘老求墨妙亭诗	743
催试官考较戏作	744
秋怀二首	745
梵天寺见僧守诠小诗清远可爱次韵	745
次韵孔文仲推官见赠	746
汤村开运盐河雨中督役	747
是日宿水陆寺寄北山清顺僧二首（录一首）	747

朱寿昌郎中少不知母所在，刺血写经，求之五十年，去

岁得之蜀中,以诗贺之	748
和致仕张郎中春昼	749
画鱼歌	750
游道场山何山	750
赠孙莘老七绝(录三首)	751
王复秀才所居双桧二首(录一首)	752
法惠寺横翠阁	753
风水洞二首和推节(录一首)	753
自普照游二庵	753
新城道中二首(录一首)	754
於潜女	754
僧清顺新作垂云亭	755
会客有美堂,周邠长官与数僧同泛湖往北山,湖中闻堂上歌笑声,以诗见寄,因和二首,时周有服	756

卷三十四 ……………………………………………………………… 757

韩子华石淙庄	757
立秋日祷雨灵隐寺同周徐二令	758
病中游祖塔院	758
柏堂	759
与述古自有美堂乘月夜归	759
有美堂暴雨	760
登玲珑山	760
宿九仙山	761
宿海会寺	761
径山道中次韵答周长官兼赠苏寺丞	762
初自径山归述古召饮介亭以病先起	762
九日寻臻阇黎遂泛小舟至勤师院二首(录一首)	763
九日舟中望见有美堂上鲁少卿饮,以诗戏之二首(录一首)	763

次韵周长官寿星院同钱鲁少卿 …………………………… 764
宝山新开径 …………………………………………………… 764
和钱安道寄惠建茶 …………………………………………… 764
夜至永乐文长老院文时卧病退院 …………………………… 765
除夜野宿常州城外二首 ……………………………………… 766
古缠头曲 ……………………………………………………… 767
惠山谒钱道人烹小龙团登绝顶望太湖 ……………………… 767
虎丘寺 ………………………………………………………… 768
常润道中有怀钱塘寄述古五首（录一首） ………………… 768
金山寺与柳子玉饮大醉，卧宝觉禅榻，夜分方醒书其壁 … 769
大风留金山两日 ……………………………………………… 769
游鹤林招隐二首 ……………………………………………… 770
无锡道中赋水车 ……………………………………………… 770
过永乐文长老已卒 …………………………………………… 771
听僧昭素琴 …………………………………………………… 771
僧惠勤初罢僧职 ……………………………………………… 771
游灵隐高峰塔 ………………………………………………… 772
新城陈氏园次晁补之韵 ……………………………………… 772
与毛令方尉游西菩提寺二首 ………………………………… 772
听贤师琴 ……………………………………………………… 773
除夜病中赠段屯田 …………………………………………… 774
乔太守见和复次韵答之 ……………………………………… 775
二公再和亦再答之 …………………………………………… 776
雪后书北台壁二首 …………………………………………… 776
次韵章传道喜雨 ……………………………………………… 777
惜花 …………………………………………………………… 778
送春和子由 …………………………………………………… 779
西斋 …………………………………………………………… 780

寄刘孝叔 ………………………………………… 780
怀西湖寄晁美叔同年 …………………………… 782
祭常山回小猎 …………………………………… 783
和文与可洋川园池三十首（录七首）………… 783
 湖桥 …………………………………………… 783
 横湖 …………………………………………… 783
 蓼屿 …………………………………………… 784
 待月台 ………………………………………… 784
 过溪亭 ………………………………………… 784
 筼筜谷 ………………………………………… 784
 寒芦港 ………………………………………… 784
寄题刁景纯藏春坞 ……………………………… 784
寄黎眉州 ………………………………………… 785
次韵周邠寄雁荡山图二首 ……………………… 786
和晁同年九日见寄 ……………………………… 787
送乔施州 ………………………………………… 787
董储郎中尝知眉州与先人游，过安丘访其故居，见其子
 希甫，留诗屋壁 …………………………… 787

卷三十五 …………………………………………… 789
除夜大雪留潍州，元日早晴遂行，中途雪复作 … 789
送范景仁游洛中 ………………………………… 789
次韵景仁留别 …………………………………… 790
书韩幹牧马图 …………………………………… 791
送鲁元翰少卿知卫州 …………………………… 791
和李邦直沂山祈雨有应 ………………………… 792
东栏梨花 ………………………………………… 793
次韵答邦直子由四首（录二首）……………… 793
司马君实独乐园 ………………………………… 794

子由将赴南都，与余会宿于逍遥堂，作两绝句，读之殆不
　　可为怀，因和其诗……既以自解，且以慰子由云 ………… 795
过云龙山人张天骥 ……………………………………………… 796
初别子由 ………………………………………………………… 797
河复 ……………………………………………………………… 797
黄河 ……………………………………………………………… 798
韩幹马十四匹 …………………………………………………… 799
赠写御容妙善师 ………………………………………………… 799
哭刁景纯 ………………………………………………………… 800
答吕梁仲屯田 …………………………………………………… 801
张寺丞益斋 ……………………………………………………… 802
送李公恕赴阙 …………………………………………………… 803
虔州八境图八首（录六首） …………………………………… 803
读孟郊诗二首 …………………………………………………… 804
与梁左藏会饮傅国博家 ………………………………………… 805
续丽人行 ………………………………………………………… 806
起伏龙行 ………………………………………………………… 807
次韵答刘泾 ……………………………………………………… 807
闻辩才法师复归上天竺以诗戏问 ……………………………… 808
仆曩于长安陈汉卿家见吴道子画佛，……子骏以见遗，
　　作诗谢之 …………………………………………………… 809
雨中过舒教授 …………………………………………………… 810
次韵答舒教授观余所藏墨 ……………………………………… 810
答仲屯田次韵 …………………………………………………… 812
芙蓉城 …………………………………………………………… 812
和鲜于子骏《郓州新堂月夜》二首 …………………………… 814
中秋月三首 ……………………………………………………… 815
中秋见月寄子由 ………………………………………………… 816

与顿起、孙勉泛舟，探韵得未字 …………………………… 817
卷三十六 ……………………………………………………… 819
　九日黄楼作 ………………………………………………… 819
　次韵王巩独眠 ……………………………………………… 820
　次韵僧潜见赠 ……………………………………………… 820
　百步洪（二首）…………………………………………… 821
　送参寥师 …………………………………………………… 823
　夜过舒尧文戏作 …………………………………………… 824
　祈雪雾猪泉出城马上作赠舒尧文 ………………………… 824
　台头寺步月得人字 ………………………………………… 825
　种松得徕字 ………………………………………………… 825
　以双刀遗子由，子由有诗，次其韵 ……………………… 826
　月夜与客饮杏花下 ………………………………………… 826
　答郡中同僚贺雨 …………………………………………… 827
　罢徐州往南京，马上走笔寄子由五首（录二首）……… 828
　舟中夜起 …………………………………………………… 828
　游惠山（三首）…………………………………………… 829
　赠惠山僧惠表 ……………………………………………… 829
　与秦太虚、参寥会于松江，而关彦长、徐安中适至，分
　　韵得风字二首（录一首）……………………………… 830
　端午遍游诸寺得禅字 ……………………………………… 830
　和孙同年下山龙洞祷晴 …………………………………… 831
　与客游道场何山得鸟字 …………………………………… 831
　泛舟城南，会者五人，分韵赋诗，得"人皆苦炎"字
　　四首 ……………………………………………………… 832
　次韵李公择梅花 …………………………………………… 833
　与王郎昆仲及儿子迈，绕城观荷花，登岘山亭，晚入飞
　　英寺，分韵得"月明星稀"四首 ……………………… 834

与胡祠部游法华山 …………………………………… 835
赵阅道高斋 …………………………………………… 835
予以事系御史台狱，狱吏稍见侵，自度不能堪，死狱中
　不得一别子由，故作二诗授狱卒梁成，以遗子由 …… 836
十二月二十八日，蒙恩责授检校水部员外郎黄州团练副
　使，复用前韵 ………………………………………… 837
过淮 …………………………………………………… 838
梅花二首 ……………………………………………… 838
……宿黄州禅智寺，寺僧皆不在，夜半雨作，偶记此
　诗，故作一绝 ………………………………………… 839
初到黄州 ……………………………………………… 839
定惠院寓居月夜偶出 ………………………………… 839
次韵前篇 ……………………………………………… 840
安国寺寻春 …………………………………………… 841
寓居定惠院之东杂花满山，有海棠一株，土人不知贵也 … 841
雨中看牡丹三首 ……………………………………… 843
武昌铜剑歌 …………………………………………… 843
晓至巴河口迎子由 …………………………………… 844
与子由同游寒溪西山 ………………………………… 844
次韵子由病酒肺疾发 ………………………………… 845
正月廿日往岐亭，郡人潘、古、郭三人送余于女王城东
　禅庄院 ………………………………………………… 846

卷三十七 ………………………………………………… 847
东坡八首 ……………………………………………… 847
侄安节远来夜坐三首 ………………………………… 850
岐亭道上见梅花戏赠季常 …………………………… 851
太守徐君猷、通守孟亨之皆不饮酒，以诗戏之 ……… 852
次韵和王巩六首（录一首）…………………………… 852

江上值雪，效欧阳体，限不以盐玉鹤鹭絮蝶飞舞之类为
　　比，仍不使皓白洁素等字 …………………………… 853
正月二十日与潘、郭二生出郊寻春，忽记去年是日同至
　　女王城作诗乃和前韵 ………………………………… 854
红梅三首（录一首） …………………………………… 854
陈季常见过三首（录二首） …………………………… 855
寒食雨二首 ……………………………………………… 855
鱼蛮子 …………………………………………………… 856
弔李台卿 ………………………………………………… 856
曹既见和复次其韵 ……………………………………… 857
次韵孔毅父集古人句见赠五首（录三首） …………… 857
六年正月二十日复出东门，仍用前韵 ………………… 858
南堂五首（录一首） …………………………………… 859
次韵孔毅父久旱已而甚雨三首 ………………………… 859
初秋寄子由 ……………………………………………… 862
和蔡景繁海州石室 ……………………………………… 862
小饮公瑾舟中 …………………………………………… 864
过江夜行武昌山上闻黄州鼓角 ………………………… 864
自兴国往筠宿石田驿南廿五里野人舍 ………………… 864
圆通禅院，先君旧游也。……乃作是诗 …………… 865
题西林壁 ………………………………………………… 865
庐山二胜 ………………………………………………… 866
　　开先漱玉亭 ………………………………………… 866
　　栖贤三峡桥 ………………………………………… 867
岐亭五首（录三首） …………………………………… 867
郭祥正家醉画竹石壁上，郭作诗为谢且遗二古铜剑 … 869
龙尾砚歌 ………………………………………………… 870
次韵杭人裴维甫 ………………………………………… 870

同王胜之游蒋山 …………………………………… 871
送沈逵赴广南 ……………………………………… 871
豆粥 ………………………………………………… 872
秦少游梦发殡而葬之者云是刘发之柩，是岁发首荐。秦
　以诗贺之，刘泾亦作，因次其韵 ………………… 872
徐大正闲轩 ………………………………………… 873
高邮陈直躬处士画雁二首 ………………………… 874
次韵王定国南迁回见寄 …………………………… 874
卷三十八 ……………………………………………… 876
泗州南山监仓萧渊东轩二首 ……………………… 876
寄蕲簟与蒲传正 …………………………………… 877
赠眼医王生彦若 …………………………………… 878
观杭州钤辖欧育刀剑战袍 ………………………… 878
王伯敭所藏赵昌花四首 …………………………… 879
　梅花 …………………………………………… 879
　黄葵 …………………………………………… 879
　芙蓉 …………………………………………… 879
　山茶 …………………………………………… 880
书林逋诗后 ………………………………………… 880
溪阴堂 ……………………………………………… 881
送穆越州 …………………………………………… 881
金山妙高台 ………………………………………… 882
赠杜介 ……………………………………………… 882
送杨杰 ……………………………………………… 883
次韵送徐大正 ……………………………………… 884
杨康功有石状如醉道士为赋此诗 ………………… 884
海市 ………………………………………………… 885
过莱州雪后望三山 ………………………………… 886

次韵胡完夫 …………………………………… 886
送范纯粹守庆州 …………………………… 886
惠崇春江晚景二首（录一首） …………… 887
次韵完夫再赠之什，某已卜居毗陵，与完夫有庐里之
   约云 ……………………………………… 887
次韵朱光庭初夏 …………………………… 887
送贾讷倅眉二首（录一首） ……………… 888
题文与可墨竹 ……………………………… 888
武昌西山 …………………………………… 889
赵令晏崔白大图幅径三丈 ………………… 890
次韵刘贡父西省种竹 ……………………… 891
轼以去岁春夏侍立迩英，而秋冬之交子由相继入侍，次
   韵绝句四首各述所怀（录二首） ……… 891
郭熙画《秋山平远》 ……………………… 892
次韵张昌言喜雨 …………………………… 892
书晁补之所藏与可画竹三首（录二首）… 893
书李世南所画秋景二首（录一首） ……… 893
书鄢陵王主簿所画折枝二首 ……………… 894
故李诚之待制六丈挽词 …………………… 895
九月十五日迩英讲《论语》终篇，赐执政讲读史官燕于
   东宫，……翌日各以表谢，又进诗一篇 … 895
获鬼章二十韵 ……………………………… 896
和王晋卿 …………………………………… 898
次韵刘贡父叔侄扈驾 ……………………… 899
和子由除夜元日省宿致斋三首 …………… 899
次韵黄鲁直画马试院中作 ………………… 900
余与李廌方叔相知久矣，领贡举事而李不得第，愧甚，
   作诗送之 ………………………………… 900

庆源宣义王丈以累举得官……有书来求红
　　带,既以遗之,且作诗为戏, …………………… 901
送钱穆父出守越州二首 ……………………… 902
卧病逾月,请郡不许,复直玉堂。十一月一日锁院,是
　　日苦寒,诏赐官烛法酒,书呈同院 …………… 902
木山 …………………………………………… 903
送千乘千能两侄还乡 ………………………… 903

卷三十九 …………………………………………… 905
次韵王定国得晋卿酒相留夜饮 ……………… 905
书王定国所藏《烟江叠嶂图》 ………………… 905
王晋卿所藏著色山二首（录一首） …………… 906
王晋卿作《烟江叠嶂图》,仆赋诗十四韵,晋卿和之,
　　语特奇丽。因复次韵 ………………………… 906
夜直玉堂携李之仪端叔诗百馀首读至夜半书其后 … 907
次韵秦少章和钱蒙仲 ………………………… 908
去杭州十五年复游西湖用欧阳察判韵 ……… 908
送子由使契丹 ………………………………… 910
文登蓬莱阁下石壁千丈,为海浪所战时有碎裂,淘洒岁
　　久,皆圆熟可爱, …………………………… 910
参寥上人初得智果院,会者十六人,分韵赋诗得心字 … 911
故周茂叔先生濂溪 …………………………… 912
次韵子由使契丹至涿州见寄四首（录二首）… 912
次韵刘景文、周次元寒食同游西湖 ………… 913
次韵林子中、王彦祖唱酬 …………………… 914
寿星院寒碧轩 ………………………………… 914
题杨公春兰 …………………………………… 915
次韵曹辅寄壑源试焙新芽 …………………… 915
次韵刘景文登介亭 …………………………… 916

袁公济和复次韵答之	916
安州老人食蜜歌	917
次韵苏伯固主簿重九	918
次韵杨公济梅花十首（录二首）	918
赠刘景文	919
再和杨公济梅花十绝（录二首）	919
予去杭十六年而复来，留二年而去。……作三绝句	919
赠武道士弹贺若	920
元祐六年六月自杭州召还，汶公馆我于东堂，阅旧诗卷，次诸公韵三首	921
西湖秋涸，东池鱼窘甚，因会客呼网师迁之西池，为一笑之乐。夜归被酒不能寐，戏作放鱼一首	921
复次放鱼韵答赵承议陈教授	922
九月十五日观月听琴西湖示坐客	923
泛颍	923
韩退之孟郊墓铭云"以昌其诗"，举此问王定国：当昌其身耶，昌其诗也？来诗下语未契，作此答之	924
聚星堂雪	924
次前韵送刘景文	925
次韵赵景贶春思且怀吴越山水	926
小饮西湖怀欧阳叔弼兄弟，赠赵景贶、陈履常	926
送路都曹	927
送运判朱朝奉入蜀	928
淮上早发	928
在颍州与德麟同治西湖未成，改扬州。三月十六日湖成，德麟有诗见怀，次其韵	928
双石	930
次韵苏伯固游蜀冈送李孝博奉使岭表	930

行宿泗间见徐州张天骥次旧韵 …………………………… 931
近以月石砚屏献子功中书, ……………………………… 931
次韵范纯父涵星砚、月石风林屏诗 ………………………… 932

卷四十 ……………………………………………………………… 933
次韵穆父尚书侍祠郊丘,瞻望天光,退而相庆,引满
　醉吟 ……………………………………………………… 933
郊祀庆成诗 ………………………………………………… 934
仆所藏仇池石,希代之宝也。王晋卿以小诗借观,意在
　于夺,不敢不借,然以此诗先之 ………………………… 934
王晋卿示诗欲夺海石,钱穆父、王仲至、蒋颖叔皆次韵
　……复次前韵 …………………………………………… 935
欲以石易画,晋卿难之。……复次前韵,并解二诗之意 … 936
生日刘景文以古画松鹤为寿,且贶佳篇,次韵为谢 … 936
程德孺惠海中柏石兼辱佳篇,辄复和谢 ………………… 937
送蒋颖叔帅熙河 …………………………………………… 937
次韵吴传正枯木歌 ………………………………………… 938
送范中济经略侍郎,分韵赋诗得先字,且赠以鱼枕杯
　四、马箠一,以"元戎十乘,以先启行"为韵 ………… 938
书晁说之《考牧图》后 …………………………………… 939
七年九月自广陵召还,复馆于浴室东堂,八年六月乞会
　稽,将去汝公乞诗,乃复用前韵三首 ………………… 940
东府雨中别子由 …………………………………………… 940
书丹元子所示李太白真 …………………………………… 941
次韵滕大夫雪浪石 ………………………………………… 941
鹤叹 ………………………………………………………… 942
子由生日以檀香观音像及新合印香银篆盘为寿一首 … 943
过高邮寄孙君孚 …………………………………………… 944
慈湖夹阻风五首(录四首) ……………………………… 944

过庐山下 ……………………………………………… 945
壶中九华诗 ……………………………………………… 945
秧马歌 ……………………………………………… 946
八月七日初入赣过惶恐滩 ……………………………… 947
郁孤台 ……………………………………………… 948
廉泉 ……………………………………………… 948
尘外亭 ……………………………………………… 948
天竺寺 ……………………………………………… 949
月华寺 ……………………………………………… 949
碧落洞 ……………………………………………… 950
峡山寺 ……………………………………………… 951
舟行至清远县见顾秀才，极谈惠州风物之美 ………… 951
广州蒲涧寺 ……………………………………………… 952
浴日亭 ……………………………………………… 952
游罗浮山一首示儿子过 ………………………………… 952
十月二日初到惠州 ……………………………………… 953
白水山佛迹岩 …………………………………………… 954
十一月二十六日松风亭下梅花盛开 …………………… 955
新酿桂酒 ………………………………………………… 956
江郊 ……………………………………………… 957
正月二十四日，与儿子过……，同游罗浮道院及栖禅精
  舍，过作诗，和其韵寄迈、迨一首 …………………… 957
赠王子直秀才 …………………………………………… 958
游博罗香积寺 …………………………………………… 958
连雨涨江二首 …………………………………………… 959
四月十一日初食荔支 …………………………………… 960
六月十二日酒醒步月理发而寝 ………………………… 961
荔支叹 ……………………………………………… 961

卷四十一 ·· 963
 同正辅表兄游白水山 ··· 963
 与正辅游香积寺 ·· 964
 次韵正辅同游白水山 ·· 964
 章质夫送酒六壶，书至而酒不达，戏作小诗问之 ········ 965
 雨后行菜 ·· 966
 残腊独出二首（录一首） ·· 966
 新年五首（录一首） ·· 967
 次韵高要令刘湜峡山寺见寄 ····································· 967
 惠州近城数小山类蜀道，春与进士许毅野步，会意处饮
  之且醉，作诗以记。 ·· 968
 食荔支二首（录一首） ·· 969
 迁居 ·· 969
 两桥诗 ··· 970
  东新桥 ·· 970
  西新桥 ·· 971
 白鹤峰新居欲成夜过西邻翟秀才二首 ·························· 971
 纵笔 ·· 972
 种茶 ·· 972
 白鹤山新居，凿井四十尺遇磐石，石尽乃得泉 ············· 973
 三月二十九日二首 ·· 973
 吾谪海南、子由雷州，被命即行，了不相知，至梧乃闻
  尚在藤也，旦夕当追及，作此诗示之 ···················· 973
 行琼儋间，肩舆坐睡。梦中得句云："千山动鳞甲，万
  谷酣笙钟。"觉而遇清风急雨，戏作此数句 ············ 974
 次前韵寄子由 ·· 975
 迁居之夕闻邻舍儿诵书欣然而作 ································ 975
 观棋 ·· 975

籴米	977
撷菜	977
次韵子由月季花再生	977
次韵子由浴罢	978
十二月十七日夜坐达晓寄子由	978
子由生日	978
以黄子木拄杖为子由生日之寿	979
儋耳	979
新居	980
倦夜	980
纵笔三首（录一首）	981
贫家净扫地	981
庚辰岁人日作，时闻黄河已复北流，老臣旧数论此，今斯言乃验二首（录一首）	981
庚辰岁正月十二日天门冬酒熟，予自漉之，且漉且尝，遂以大醉二首（录一首）	982
汲江煎茶	982
予来儋耳得吠狗曰乌觜，甚猛而驯，随予迁合浦，过澄迈泅而济，路人皆惊，戏为作此诗	983
澄迈驿通潮阁二首	984
六月二十日夜渡海	984
次韵王郁林	985
藤州江下夜起对月赠邵道士	985
广倅萧大夫借前韵见赠复和答之二首（录一首）	985
次韵韶倅李通直二首（录一首）	986
李伯时画其弟亮功旧隐宅图	986
赠岭上老人	986
予昔过岭而南，题诗龙泉钟上，今复过而北，次前韵	987

过岭二首	987
留题显圣寺	988
歇白塔铺	988
郁孤台	988
次韵江晦叔二首（录一首）	988
寒日与器之游南塔寺寂照堂	989
赠诗僧道通	989
予昔作《壶中九华》诗，其后八年复过湖口，则石已为好事者取去，乃和前韵以自解云	990
次韵郭功甫二首（录一首）	991
宋复古画《潇湘晚景图》三首	991
嘲子由	992
第五桥	992
轩牕	992
鱼	992

山阴陆游

卷四十二	993
寄酬曾学士，学宛陵先生体。比得书，云所寓广教僧舍有陆子泉，每对之辄奉怀	994
送曾学士赴行在	994
新夏感事	995
留题云门草堂	995
度浮桥至南台	996
还县	996
航海	996
东阳道中	997
送七兄赴扬州帅幕	997

以石芥送刘韶美礼部，刘比酿酒劲甚，因以为戏 …… 997
寄张真父舍人 …… 997
病中简仲弥性、唐克明、苏训直 …… 998
晚泊慈姥矶下 …… 998
夜宿阳山矶，将晓大雨，北风甚劲，俄顷行三百馀里，
　　遂抵雁翅浦 …… 998
送全州赵都曹 …… 999
病中作 …… 999
醉中歌 …… 999
上巳临川道中 …… 1000
随意 …… 1000
游山西村 …… 1000
雨霁出游书事 …… 1001
上虞逆旅见旧题岁月感怀 …… 1001
题十八学士图 …… 1002
夜闻松声有感 …… 1002
十二月一日 …… 1003
宿枫桥 …… 1003
雨中泊赵屯有感 …… 1003
秋风 …… 1004
重阳 …… 1004
沙头 …… 1004
移船 …… 1004
将离江陵 …… 1005
沧滩 …… 1005
松滋小酌 …… 1006
晚泊松滋渡口 …… 1006
系舟下牢溪游三游洞二十八韵 …… 1006

秋风亭拜寇莱公遗像	1007
闻猿	1007
瞿唐行	1008
蹋碛	1008
乡中每以寒食立夏之间省坟，客夔适逢此时凄然感怀	1008
风雨中望峡口诸山奇甚戏作短歌	1009
晚晴闻角有感	1009
畏虎	1009
邻水延福寺早行	1010
大安病酒留半日，王守复来招，不往。送酒解醒，因小饮江月馆	1010
晓发金牛	1010
山南行	1011
和高子长参议道中	1011
次韵张季长题龙洞	1011
太息	1012
阆中作	1012
游锦屏山谒少陵祠堂	1012
归次汉中境上	1013
南沮水道中	1013
长木夜行抵金堆市	1013
赴成都泛舟自三泉至益昌，谋以明年下三峡	1013
雪晴行益昌道中颇有春意	1014
剑门道中遇微雨	1014
剑门城北回望剑关诸峰青入云汉，感蜀亡事慨然有赋	1014
绵州魏城县驿有罗江东诗云："芳草有情皆碍马，好云无处不遮楼。"戏用其韵	1015
东津	1015

东山 …………………………………………………… 1015
绵州录参厅观姜楚公画鹰、少陵为作诗者 ………… 1016
西郊寻梅 ………………………………………………… 1016
海棠 ……………………………………………………… 1017
驿舍见故屏风画海棠有感 …………………………… 1017
登荔枝楼 ………………………………………………… 1018
凌云醉归作 ……………………………………………… 1018
醉中感怀 ………………………………………………… 1018
玻璨江 …………………………………………………… 1019
送客至江上 ……………………………………………… 1019
九月十六日夜梦驻军河外，遣使招降诸城，觉而有感 …… 1020
成都行 …………………………………………………… 1020
初寒 ……………………………………………………… 1021
木山 ……………………………………………………… 1021
十月一日浮桥成以故事宴客凌云 …………………… 1021
观大散关图有感 ………………………………………… 1022

卷四十三 …………………………………………………… 1023
十月十九日与客饮，忽记去年此时自锦屏归山南道中小
　猎，今又将去此矣 ………………………………… 1023
长门怨 …………………………………………………… 1023
断碑叹 …………………………………………………… 1024
蜀酒歌 …………………………………………………… 1024
醉后草书歌诗戏作 …………………………………… 1024
十二月初一日得梅一枝绝奇，戏作长句，今年于是四赋
　此花矣 ……………………………………………… 1025
十二月十一日视筑堤 ………………………………… 1025
游修觉寺 ………………………………………………… 1026
塞上曲 …………………………………………………… 1026

苦笋	1027
月下作	1027
过大蓬岭度绳桥至杜秀才山庄	1028
东湖新竹	1028
夏日湖上	1028
同何元立赏荷花追怀镜湖旧游	1029
怡斋	1029
龙湫歌	1029
蒸暑思梁州述怀	1030
古意	1030
寓驿舍	1031
题宇文子友所藏薛公鹤	1031
晨至湖上	1031
听琴	1031
龙眠画马	1032
山中得长句戏呈周辅并简朱县丞	1032
长歌行	1033
游三井观	1034
临别成都帐饮万里桥赠谭德称	1034
丈人观	1035
储福观	1035
离堆伏龙祠观孙太古画英惠王像	1036
登灌口庙东大楼观岷江雪山	1036
平羌道中望峨眉山慨然有作	1037
次韵何元立都曹赠行	1037
初到荣州	1037
醉中怀眉山旧游	1038
斋中夜坐有感	1038

晚登横溪阁	1039
高斋小饮戏作	1039
太液黄鹄歌	1039
夜闻浣花江声甚壮	1040
谒诸葛丞相庙	1040
醉中长歌	1040
春感	1041
花时遍游诸家园	1041
题《明皇幸蜀图》	1042
春残	1042
对酒	1043
游园觉、乾明、祥符三院至暮	1043
食荠	1043
幽居晚兴	1044
书叹	1044
月下醉题	1045
铜壶阁望月	1045
夜宴即席作	1045
芳华楼夜宴	1046
岁晚	1046
数日寒顿减，颇有春意，感怀赋短歌	1046
梅花	1046
万里桥江上习射	1047
出塞曲	1047
偶过浣花感旧游戏作	1047
楼上醉书	1048
初春出游	1048
张园海棠	1049

登剑南西川门感怀	1049
眉州作	1050
江楼	1050
访杨先辈不遇因至石室	1050
感秋	1050
白鹤馆夜坐	1051
南津胜因院亭子	1051
书寓舍壁	1051

卷四十四 ········ 1053

西岩翠屏阁	1053
雨中山行至松风亭忽澄霁	1053
赠宋道人	1053
猎罢夜饮示独孤生	1054
秋晚登城北门	1054
暮秋	1054
数日暄妍，颇有春意，予闲居无日不出游，戏作	1055
江楼醉中作	1055
曳策	1055
谒汉昭烈惠陵及诸葛公祠宇	1055
大雪歌	1056
访客至西郊	1056
夜寒	1057
故蜀别苑在成都西南十五六里，梅至多，……	1057
闲意	1058
书雨	1058
暮冬夜宴	1058
谒石犀庙	1059
江上散步寻梅偶得绝句	1059

诗题	页码
大醉梅花下走笔赋此	1059
广都江上作	1059
道室夜意	1060
城南王氏庄寻梅	1060
游诸葛武侯书台	1060
眉州披风榭拜东坡先生遗像	1061
南定楼遇急雨	1061
舟中对月	1061
涪州道中	1062
北岩	1062
忠州禹庙	1062
龙兴寺吊少陵先生寓居	1062
游万州岑公洞	1063
万州放船过下岩小留	1063
楚城	1063
舟出下牢关	1064
峡口夜坐	1064
初到荆州	1064
阻风	1065
小雨极凉舟中熟睡至夕	1065
岳阳楼	1065
黄鹤楼	1065
白雪堂登四望亭因历访苏公遗迹至安国院	1066
舟行蕲黄间雨霁得便风有感	1066
长风沙	1067
登赏心亭	1067
将至京口	1067
沂溪	1068

冬夜闻雁有感 …………………………………………… 1068
月夕 …………………………………………………… 1068
自云门之陶山，肩舆者失道，行乱山中，有茅舍小塘极
　幽邃，求见主人不可，意其隐者也 ………………… 1069
园中杂书 ……………………………………………… 1069
池亭夜赋 ……………………………………………… 1069
双清堂夜赋 …………………………………………… 1069
桥南纳凉 ……………………………………………… 1070
初秋梦故山觉而有作 ………………………………… 1070
别建安 ………………………………………………… 1070
紫溪驿 ………………………………………………… 1070
月岩 …………………………………………………… 1071
闻雁 …………………………………………………… 1071
春雨 …………………………………………………… 1071
南牕睡起 ……………………………………………… 1071
感旧绝句 ……………………………………………… 1072
夏日昼寝，梦游一院，阒然无人，簾影满堂，惟燕蹋筝絃有
　声。觉而闻铁铎风响璆然，殆所梦也耶？因得绝句 … 1072
书怀绝句 ……………………………………………… 1072
雨后极凉料简箧中旧书有感 ………………………… 1073
秋夜 …………………………………………………… 1073
雨夜 …………………………………………………… 1073
丰城高安之间憩民家景趣幽邃为之慨然怀归 ……… 1074
寄奉新高令 …………………………………………… 1074
予欲自岩买船下七里滩谒严光祠而归，会滩浅陆行至桐
　庐始能泛江，因得绝句 ……………………………… 1074
辛丑正月三日雪 ……………………………………… 1075
雪霁归湖上过千秋观少留 …………………………… 1075

题山家壁 …………………………………… 1075
忆昔 ………………………………………… 1075
秋夜 ………………………………………… 1076
九月三日泛舟湖中作 ……………………… 1076
新寒 ………………………………………… 1076
湖村月夕 …………………………………… 1077
横塘 ………………………………………… 1077
蔬圃 ………………………………………… 1077
五云门晚归 ………………………………… 1077
夜汲井水煮茶 ……………………………… 1078
寄朱元晦提举 ……………………………… 1078
乍晴，风日已和，泛舟至扶桑埭徘徊西村久之 ……… 1078
携瘿尊醉梅花下 …………………………… 1079
城西接待院后竹下作 ……………………… 1079
幽居春夜 …………………………………… 1079
晨起 ………………………………………… 1080
春游 ………………………………………… 1080
八月十四日夜湖山观月 …………………… 1080
夜闻秋风感怀 ……………………………… 1081
草书歌 ……………………………………… 1081
夜泊水村 …………………………………… 1081
自妙相归，将至杜浦堰舟中作 …………… 1082

卷四十五 ……………………………………… 1083
秋兴 ………………………………………… 1083
三江舟中大醉作 …………………………… 1083
樊江晚泊 …………………………………… 1083
秋夕 ………………………………………… 1084
秋雨排闷十韵 ……………………………… 1084

寄题朱元晦武彝精舍	1084
长安道	1085
村舍	1085
幽居感怀	1085
迟暮	1086
自若耶溪舟行杭镜湖而归	1086
骨相	1086
感愤	1086
晚出偏门	1087
过杜浦桥	1087
庄器之作招隐阁，项平父诸人赋诗，予亦继作	1087
溪上醉吟	1087
雨中泊舟萧山县驿	1088
初夏游凌氏小园	1088
题少陵画像	1088
初冬杂题	1089
小雨	1089
题徐渊子环碧亭，亭有茶山曾先生诗	1089
临安春雨初霁	1090
饮张功父园戏题扇上	1090
小舟过御园	1090
春游绝句	1091
雨后	1091
夜汲	1091
新霁城南舟中夜兴	1091
丙午五月大雨五日不止，镜湖渺然，想见湖未废时有感而赋	1092
早自乌龙庙归	1093

斋中闲咏 …………………………………… 1093
秋雨北榭作 ………………………………… 1093
焉耆行 ……………………………………… 1093
园中绝句 …………………………………… 1094
晨过天庆 …………………………………… 1094
出城 ………………………………………… 1094
夜登千峰榭 ………………………………… 1095
秋兴 ………………………………………… 1095
余年二十时尝作菊枕诗，颇传于人；今秋偶复采菊缝枕
　囊，凄然有感 …………………………… 1095
东吴女儿曲 ………………………………… 1096
有为予言乌龙高崄不可到处有僧岩居，不知其年。予每
　登千峰榭望之，慨然为作诗 …………… 1096
楚宫行 ……………………………………… 1096
妾命薄 ……………………………………… 1097
四鼓酒醒起步庭下 ………………………… 1097
秋霁 ………………………………………… 1097
采药 ………………………………………… 1098
塞上曲 ……………………………………… 1098
送潘德久使蓟门 …………………………… 1098
夜归砖街巷书事 …………………………… 1099
送张野夫寺丞牧滁州 ……………………… 1099
夜归偶怀故人独孤景略 …………………… 1099
月下小酌 …………………………………… 1100
邻曲有未饭被追入郭者悯然有作 ………… 1100
题湖边旗亭 ………………………………… 1100
寓怀 ………………………………………… 1101
题千秋观怀贺亭 …………………………… 1101

樊江 …………………………………………………… 1102
练塘 …………………………………………………… 1102
归次樊江 ……………………………………………… 1102
泛湖至东泾 …………………………………………… 1102
村居初夏 ……………………………………………… 1102
东关 …………………………………………………… 1103
七月一日夜坐舍北水涯戏作 ………………………… 1103
以事至城南书触目 …………………………………… 1103
梅花绝句 ……………………………………………… 1104
题莹上人二画 ………………………………………… 1104
山家暮春 ……………………………………………… 1104
自咏 …………………………………………………… 1104
蓬莱馆午憩 …………………………………………… 1105
梦游散关渭水之间 …………………………………… 1105
秋夜 …………………………………………………… 1105
荷花 …………………………………………………… 1105
秋兴 …………………………………………………… 1106
新晴 …………………………………………………… 1106
舍北望水乡风物戏作绝句 …………………………… 1106
禹迹寺南有沈氏小园，四十年前尝题小阕壁间，偶复一
　到而园已易主，刻小阕于石，读之怅然 ………… 1106
小园 …………………………………………………… 1107
夜读范至能《揽辔录》，言中原父老见使者多挥涕，感
　其事作绝句 ………………………………………… 1107
醉卧松下短歌 ………………………………………… 1107
探梅 …………………………………………………… 1108
题四仙像 ……………………………………………… 1108
冬晴闲步东村由故塘还舍作 ………………………… 1108

夜闻湖中渔歌 …… 1109
村夜 …… 1109
野意 …… 1109
忆昔 …… 1110
感怀 …… 1110

卷四十六 …… 1112
东村散步有怀张汉州 …… 1112
将军行 …… 1112
古别离 …… 1112
望夫石 …… 1113
古别离 …… 1113
偶怀小益南郑之间怅然有赋 …… 1113
欲出遇雨 …… 1114
看镜 …… 1114
夜分不寐起坐园中至旦 …… 1114
步至湖上寓小舟还舍 …… 1115
箜篌谣寄季长少卿 …… 1115
闷极有作 …… 1115
三峡歌 …… 1115
赠道流 …… 1116
艾如张 …… 1116
郊行夜归书触目 …… 1116
岁暮感怀 …… 1117
山园杂咏 …… 1118
雨夜书感 …… 1118
春晚杂兴 …… 1118
夜归 …… 1119
三月十一日郊行 …… 1119

路傍曲	1119
秋夜	1119
舍北晚眺	1119
初冬感怀	1120
闻雁	1120
枕上偶成	1120
舍北闲望作六字绝句	1120
雨夜有怀张季长少卿	1121
客言来自上皋道中,以其语作一绝	1121
残腊	1121
怀旧	1121
幽居初夏	1122
晨起	1122
六月二十四日夜分梦范致能……诸公请予赋诗记江湖之乐,诗成而觉,忘数字而已	1122
题韩运盐竹隐堂绝句	1123
舟中咏"落景馀清晖,轻桡弄溪渚"之句,盖孟浩然《耶溪泛舟》诗也,因以其句为韵赋诗	1123
秋夜纪怀	1124
舍北摇落景物殊佳偶作	1124
夜坐	1125
陇头水	1125
书志	1125
书愤	1126
小舟游西泾度西岗而归	1126
春行	1127
闲身	1127
舍北行饭书触目	1127

雪夜感旧	1128
杂感	1128
兰	1128
感旧	1129
露坐	1129
新秋	1129
秋夕露坐作	1130
感秋	1130
新凉	1130
丰岁	1130
小舟过吉泽效王右丞	1131
秋晴见天际飞鸿有感	1131
戊午重九	1131
舟中	1132
冬日感兴十韵	1132
庵中晨起书触目	1132
春日小园杂赋	1133
沈园	1133
读《晋书》	1133
春晴自云门归三山	1134
夜闻姑恶	1134
读前辈诗文有感	1134
读《隐逸传》	1135
秋阴	1135
秋怀	1135
秋思	1135
冬晴与子坦、子聿游湖上	1136
斋中弄笔偶书示子聿	1136

梦中作游山绝句	1137
北望感怀	1137
人日东园	1137
枕上作	1137
长干行	1138
小桥	1138
观画山水	1138
示友	1138
十月	1139
梅花	1139
对酒戏咏	1139
先少师宣和初有赠晁公以道诗云……晁公大爱赏。今逸全篇，偶读《晁公文集》，泣而足之	1139
追感往事	1140

卷四十七 …… 1141

春游	1141
三月二十日儿辈出谒孤坐北牕	1141
西村	1141
湖塘晚眺	1142
秋夜	1142
渔父	1142
梅市	1142
郭西	1143
柳桥晚眺	1143
秋社	1143
村舍	1143
秋日杂咏	1144
小立	1144

秋晚湖上 …………………………………… 1144
雨后至近村 ………………………………… 1144
题严州王秀才山水枕屏 …………………… 1145
追忆征西幕中旧事 ………………………… 1145
解嘲 ………………………………………… 1145
读史 ………………………………………… 1146
遣兴 ………………………………………… 1146
送子龙赴吉州掾 …………………………… 1146
正月五日出游 ……………………………… 1147
初春杂兴 …………………………………… 1147
杜叔高秀才雨雪中相过，留一宿而别，诵此诗送之 … 1147
村居书喜 …………………………………… 1148
别严和之 …………………………………… 1148
舟中作 ……………………………………… 1148
夏初湖村杂题 ……………………………… 1149
书直舍壁 …………………………………… 1149
谢韩实之直阁送灯 ………………………… 1149
直舍独坐思成都 …………………………… 1149
出东城并江而归 …………………………… 1150
立春后十二日命驾至郊外戏书触目 ……… 1150
河桥晚归 …………………………………… 1150
后寓叹 ……………………………………… 1150
与儿辈泛舟游西湖，一日间晴阴屡易 …… 1151
秋思 ………………………………………… 1151
小径登东山缭行自西北至溪上 …………… 1151
感愤 ………………………………………… 1151
野兴 ………………………………………… 1152
幽居春晚 …………………………………… 1152

闵雨 … 1152
书事 … 1153
明日复理梦中意作 … 1153
舍南野步 … 1153
出游 … 1154
山行 … 1154
感昔 … 1154
风云昼晦夜遂大雪 … 1154
梦华山 … 1155
道室 … 1155
倚楼 … 1155
石帆夏日 … 1155
乙丑夏秋之交小舟早夜往来湖中戏成绝句 … 1156
怀旧 … 1156
春雨 … 1156
梨花 … 1157
杂感 … 1157
出游归鞍上口占 … 1157
初夏闲居 … 1157
地僻 … 1158
耒阳令曾君寄《禾谱》《农器谱》二书求诗 … 1158
夏末野兴 … 1158
访山家 … 1159
寄隐士 … 1159
春前六日作 … 1159
赣士曾兴宗字光祖，以其居筼筜谷图来求诗 … 1159
夏日杂题 … 1160
西村晚归 … 1160

雨晴	1160
秋夜	1160
累日浓云作雪不成，遂有春意	1161
野望	1161
春晴	1161
恩封渭南伯，唐诗人赵嘏为渭南尉，当时谓之"赵渭南"，后来将以予为陆渭南乎？戏作长句	1161
山行	1162
初夏书感	1162
对酒作	1162
顷岁从戎南郑屡往来兴凤间，暇日追怀旧游有赋	1162
异梦	1163
夜坐小饮	1163
杂感十首之二	1163
仲秋书事	1164
秋日徙倚门外久之	1164
闻新雁有感	1164
小园独酌	1164
古意	1165
湖上寻梅	1165
湖山	1165
雪晴欲出而路泞未通戏作	1166
春日杂兴	1166
兰亭道上	1166
初夏杂兴	1166
山行过僧庵不入	1166
夏日六言	1167
夏夜泛溪至南庄复回湖桑归	1167

郊行	1167
文章	1168
思蜀	1168
江村	1169
示儿	1169

卷二十五

太原白居易诗七

秋池二首

身闲无所为,心闲无所思。况当故园夜,复此新秋池。
岸暗鸟栖后,桥明月出时。菱风香散漫,桂露光参差。
静境多独得,幽怀竟谁知?悠然心中语,自问来何迟。

朝衣薄且健,晚簟清仍滑。社近燕影稀,雨余蝉声歇。
闲中得诗境,此境幽难说。露荷珠自倾,风竹玉相戛。
谁能一同宿,共玩新秋月?暑退早凉归,池边好时节。

中　隐

大隐住朝市,小隐入丘樊。丘樊太冷落,朝市太嚣喧。
不如作中隐,隐在留司官。似出复似处,非忙亦非闲。
不劳心与力,又免饥与寒,终岁无公事,随月有俸钱。
君若好登临,城南有秋山;君若爱游荡,城东有春园。
君若欲一醉,时出赴宾筵,洛中多君子,可以恣欢言;
君若欲高卧,但自深掩关,亦无车马客,造次到门前。

人生处一世，其道难两全，贱即苦冻馁，贵则多忧患。
唯此中隐士，致身吉且安。穷通与丰约，正在四者间。
○胸中无挂碍，乃得此空明洒脱之境。

葺池上旧亭

池月夜凄凉，池风晓萧飒。欲入池上冬，先葺园中阁。
向暖窗户开，迎寒簾幕合。苔封旧瓦木，水照新朱蜡。
软火深土炉，香醪小瓷榼。中有独宿翁，一灯对一榻。

翫 止 水

动者乐流水，静者乐止水。利物不如流，鉴形不如止。
凄清早霜降，浙沥微风起。中面红叶开，四隅绿萍委。
广狭八九丈，湾环有涯涘。浅深三四尺，洞彻无表里。
净分鹤翘足，澄见鱼掉尾。迎眸洗眼尘，隔胸荡心滓。
定将禅不别，明与诚相似。清能律贪夫，澹可交君子。
岂唯空狎翫，亦取相伦拟。欲识静者心，心源只如此。
○见理透，体物精，晋人无此分寸，宋人无此洒脱。

闻崔十八宿予新昌敝宅时，予亦宿崔家依仁新亭。一宵偶同，两兴暗合，因而成咏，聊以写怀

陋巷掩敝庐，高居敞华屋。新昌七株松，依仁万茎竹。
松前月台白，竹下风池绿。君向我斋眠，我在君亭宿。
平生有微尚，彼此多幽独。何必本主人，两心聊自足。

池上夜境

晴空星月落池塘，澄鲜净绿表里光。
露簟清莹迎夜滑，风襟潇洒先秋凉。
无人惊处野禽下，新睡觉时幽草香。
但问尘埃能去否？濯缨何必问沧浪。

游坊口悬泉偶题石上　　自注：时为河南尹。

济源山水好，老尹知之久。常日听人言，今秋入吾手。
孔山刀剑立，沁水龙蛇走。危磴上悬泉，澄湾转坊口。
虚明见深底，净绿无纤垢。仙櫂浪悠扬，尘缨风斗薮。
岩寒松柏短，石古莓苔厚。锦座缨高低，翠屏张左右。
虽无安石妓，不乏文举酒。谈笑逐身来，管絃随事有。
时逢杖锡客，或值垂纶叟。相与澹忘归，自辰将及酉。
公门欲返驾，溪路犹回首。早晚重来游，心期罢官后。
○中幅刻画山水景致，颇近选体。起、结，香山本色。

咏兴五首　　并序（录三首）

七年四月，予罢河南府，归履道第，庐舍自给，衣储自充，无欲无营，或歌或舞，颓然自适，盖河洛间一幸人也。遇兴发咏，偶成五章，各以首句命为题目。

出府归吾庐

出府归吾庐，静然安且逸。更无客干谒，时有僧问疾。

家僮十余人，枥马三四匹。慵发经旬卧，兴来连日出。
出游爱何处？嵩碧伊瑟瑟。况有清和天，正当疏散日。
身闲自为贵，何必居荣秩；心足即非贫，岂唯金满室。
吾观权势者，苦以身徇物。炙手外炎炎，履冰中栗栗。
朝饥口忘味，夕惕心忧失。但有富贵名，而无富贵实。

○胸有真得，信手拈来，自饶天趣。此种诗境，的是从渊明脱化而出，但不无繁简、古近之别，必以字句形迹求之，是耳食之见也。

池上有小舟

池上有小舟，舟中有胡床，床前有新酒，独酌还独尝。
熏若春日气，皎如秋水光。可洗机巧心，可荡尘垢肠。
岸曲舟行迟，一曲进一觞。未知几曲醉，醉入无何乡。
夤缘潭岛间，水竹深青苍。身闲心无事，白日为我长。
我若未忘世，虽闲心亦忙；世若未忘我，虽退身难藏。
我今异于是，身世交相忘。

四月池水满

四月池水满，龟游鱼跃出。吾亦爱吾池，池边开一室。
人鱼虽异族，其乐归于一。且与尔为徒，逍遥同过日。
尔无羡沧海，蒲藻可委质；吾亦忘青云，衡茅足容膝。
况吾与尔辈，本非蛟龙匹，假如云雨来，只是池中物。

○会心不远，熟读蒙庄，方有此悟境。

秋凉闲卧

残暑昼犹长，早凉秋尚嫩。露荷散清香，风竹含疏韵。

幽闲竟日卧，衰病无人问。薄暮宅门前，槐花深一寸。

代　鹤

我本海上鹤，偶逢江南客。感君一顾恩，同来洛阳陌。
洛阳寡族类，皎皎唯两翼。貌是天与高，色非日浴白。
主人诚可恋，其奈轩庭窄。饮啄杂鸡群，年深损标格。
故乡渺何处，云水重重隔。谁念深笼中，七换摩天翮？
○比意深远。

立秋夕有怀梦得

露簟荻竹青，风扇蒲葵轻。一与故人别，再见新蝉鸣。
是夕凉飚起，闲境入幽情。回灯见栖鹤，隔竹闻吹笙。
夜茶一两杓，秋吟三数声。所思渺千里，云水长洲城。
○琢句清雅似王维。

秋日与张宾客、舒著作同游龙门，醉中狂歌凡二百三十八字

秋天高高秋光清，秋风袅袅秋虫鸣。
嵩峰余霞锦绮卷，伊水细浪鳞甲生。
洛阳闲客知无数，少出游山多在城。
商岭老人自追逐，蓬丘逸士相逢迎。
南山鼎门十八里，庄店逦迤桥道平。
不寒不热好时节，鞍马稳快衣衫轻。

并辔踟蹰下西岸，扣舷容与绕中汀。
开怀旷达无所系，触目胜绝不可名。
荷衰欲黄荇犹绿，鱼乐自跃鸥不惊。
翠藻蔓长孔雀尾，彩船橹急寒雁声。
家酝一壶白玉液，野花数把黄金英。
昼游四看西日暮，夜话三及东方明。
暂停杯觞辍吟咏，我有狂言君试听。
丈夫一生有二志，兼济独善难得并。
不能救疗生民病，即须洗濯尘土缨。
况吾头白眼已暗，终日戚促何所成？
不如展眉开口笑，龙门醉卧香山行。

南池早春有怀

朝游北桥上，晚憩南塘畔。西日雪全销，东风水尽泮。
筵筵鱼尾掉，瞥瞥鹅毛换。泥暖草芽生，沙虚泉脉散。
晴芳冒苔岛，宿润侵蒲岸。洛下日初长，江南春欲半。
时光共抛掷，人事堪嗟叹。倚櫂忽寻思，去年池上伴。
○妙于体物，息心静观得之。

北牖三友

今日北牖下，自问何所为？欣然得三友，三友者为谁？
琴罢辄举酒，酒罢辄吟诗。三友递相引，循环无已时。
一弹惬中心，一咏畅四肢。犹恐中有间，以醉弥缝之。
岂独吾拙好，古人多若斯。嗜诗有渊明，嗜琴有启期。

嗜酒有伯伦，三人皆吾师。或乏儋石储，或穿带索衣。
絃歌复觞咏，乐道知所归。三师去已远，高风不可追；
三友游甚熟，无日不相随。左掷白玉卮，右拂黄金徽。
兴酣不叠纸，走笔操狂词。谁能持此词，为我谢亲知？
纵未以为是，岂以我为非。

○"犹恐中有间，以醉弥缝之"，浊醪妙理如是，正从"三日不饮，觉形神不复相亲"语化出。有三友，便有三师，涉笔成趣。

裴侍中晋公以集贤林亭即事诗二十六韵见赠，猥蒙征和，才拙词繁，辄广为五百字以伸酬献

三江路千里，五湖天一涯。何如集贤第，中有平津池？
池胜主见觉，景新人未知。竹森翠琅玕，水深洞琉璃。
水竹以为质，质立而文随。文之者何人？公来亲指麾。
疏凿出人意，结构得地宜。虚襟一搜索，胜概无遁遗。
因下张沼沚，依高筑阶基。嵩峰见数片，伊水分一支。
南溪修且直，长波碧逶迤。北馆壮复丽，倒影红参差。
东岛号晨光，杲曜迎朝曦；西岭名夕阳，杳暧留落晖。
前有水心亭，动荡架涟漪；后有开阖室，寒温变天时。
幽泉镜泓澄，怪石山敲危。春葩雪漠漠，夏果珠离离。
主人命方舟，宛在水中坻。亲宾次第至，酒乐前后施。
解缆始登泛，山游仍水嬉。沿洄无滞碍，向背穷幽奇。
瞥过远桥下，飘旋深涧陲。管絃去缥缈，罗绮来霏微。
櫂风逐舞迴，梁尘随歌飞。宴余日云暮，醉客未放归。
高声索彩笺，大笑催金卮。唱和笔走疾，问答杯行迟。
一咏清两耳，一酣畅四肢。主客忘贵贱，不知俱是谁。

客有诗魔者，吟哦不知疲。乞公残纸墨，一埽狂歌词。
维公社稷臣，赫赫文武姿。十授丞相印，五建大将旗。
四朝致勋华，一身冠皋夔。去年才七十，决赴悬车期。
公志不可夺，君恩亦难违。从容就中道，俛僶来保釐。
貂蝉虽未脱，鸾凤已不羁。历征今与古，独步无等夷。
陆贾功业少，二疏官秩卑；乘舟范蠡惧，辟谷留侯饥。
岂若公今日，身安家国肥。羊祜在汉南，空留岘首碑；
柳恽在江南，只赋汀州诗。谢安入东山，但说携蛾眉；
山简醉高阳，唯闻倒接䍦。岂如公今日，余力兼有之。
愿公寿如山，安乐长在兹；愿我比蒲稗，永得相因依。

○"三江路千里"至"夏果珠离离"，详叙林亭结构之胜；"公来亲指麾"五句，特笔提写，平章风月，行所无事，是大作用人闲中经济也；"主人命方舟"至"不知俱是谁"，极言宴饮之乐；"客有诗魔者"至"鸾凤已不羁"，入到自己，历叙裴之功名出处，数行一笔写出；"历征今与古"至"余力兼有之"，又历举古人作衬，见其兼有众美；"愿公寿如山"四句，以祝颂意作结。洋洋大篇，一气呵成，又复庄重得体，真绝大手笔，亦惟度足以当之。

◇《新唐书·裴度传》云："度治第东都集贤里，沼石林丛，岑缭幽胜。午桥作别墅，具燠馆凉台，号'绿野堂'，激波其下。度野服萧散，与白居易、刘禹锡为文章，把酒穷昼夜相欢，不问人间事。"

晚归香山寺因咏所怀

我年日已老，我身日已闲。闲出都门望，但见水与山。
关塞碧岩岩，伊流清潺潺。中有古精舍，轩户无扃关。

岸草歇可藉，径萝行可攀。朝随浮云出，夕与飞鸟还。
吾道本迂拙，世途多险难。尝闻嵇吕辈，尤悔生疏顽。
巢悟入箕颍，皓知返商巅。岂唯乐肥遁，聊复袪忧患。
吾亦从此去，终老伊嵩间。

◇《剧谈录》曰："乐天为少傅，分务洛师，情兴高逸。卢尚书简辞有别墅，近枕伊水，冬日与群从子侄同游，倚栏眺嵩洛。俄而霰雪微下，情兴益高。因话廉察金陵，常记江南烟水，每见居人以叶舟浮泛，就食菰米鲈鱼。近来思之，如在心目。良久，忽见二人衣蓑笠，循岸而来，牵引篷艇。船头覆青幕，中有白衣人，与衲僧偶坐。船后有小灶，安铜甑，卯角童煮茗。泝流过于槛前，舟中吟啸方酣。问之，乃是白傅与僧佛光，自建春门往香山精舍。此一段，可谓天然图画。"

洛阳有愚叟

洛阳有愚叟，白黑无分别。浪迹虽似狂，谋身亦不拙。
点检盘中饭，非精亦非粝；点检身上衣，无余亦无阙。
天时方得所，不寒复不热；体气正调和，不饥仍不渴。
闲将酒壶出，醉向人家歇。野食或烹鲜，寓眠多拥褐。
抱琴荣启乐，荷锸刘伶达。放眼看青山，任头生白发。
不知天地内，更得几年活，从此到终身，尽为闲日月。

◇《苕溪渔隐》曰："'放眼看青山，任头生白发'，其超放如此。"

闲居自题

门前有流水，墙上多高树。竹径绕荷池，萦迴百余步。

波闲戏鱼鳖,风静下鸥鹭。寂无城市喧,渺有江湖趣。
吾庐在其上,偃卧朝复暮。洛下安一居,山中亦慵去。
时逢过客爱,问是谁家住?此是白家翁,闭门终老处。

菩提寺上方晚望香山寺寄舒员外

晚登西宝刹,晴望东精舍。反照转楼台,辉辉似图画。
冰浮水明灭,雪压松偃亚。石阁僧上来,云汀雁飞下。
西京闹于市,东洛闲如社。曾忆旧游无?香山明月夜。
○真画景,画家却无下笔处。

小　台

新树低如帐,小台平似掌。六尺白藤床,一茎青竹杖。
风飘竹皮落,苔印鹤迹上。幽境与谁同?闲人自来往。
○似王,亦似韦。

池上作　自注:西溪、南潭,皆池中胜处也。

西溪风生竹森森,南潭萍开水沉沉。
丛翠万竿湘岸色,空碧一泊松江心。
浦派萦迴误远近,桥岛向背迷登临。
澄澜方丈若万顷,倒影咫尺如千寻。
泛然独游邈然坐,坐念行心思古今。
苋莱不闻有泉沼,西河亦恐无云林。
岂如白翁退老地,树高竹密池塘深。

华亭双鹤白矫矫,太湖四石青岑岑。
眼前尽日更无客,膝上此时惟有琴。
洛阳冠盖自相索,谁肯来此同抽簪?

小阁闲坐

阁前竹萧萧,阁下水潺潺。拂簟卷帘坐,清风生其间。
静闻新蝉鸣,远见飞鸟还。但有巾挂壁,而无客叩关。
二疏返故里,四老归旧山。吾亦适所愿,求闲而得闲。
○起四句飒然而来,纸上有声。

游平泉宴浥涧宿香山石楼赠座客

逸少集兰亭,季伦宴金谷。金谷太繁华,兰亭阙丝竹。
何如今日会,浥涧平泉曲。杯酒与管弦,贫中随分足。
紫鲜林笋嫩,红润园桃熟。采摘助盘筵,芳滋盈口腹。
闲吟暮云碧,醉藉春草绿。舞妙艳流风,歌清叩寒玉。
古诗惜昼短,劝我令秉烛。是夜勿言归,相携石楼宿。

和梦得洛中早春见赠七韵

众皆赏春色,君独怜春意。春意竟如何?老夫知此味。
烛余减夜漏,衾暖添朝睡。恬和台上风,虚润池边地。
开迟花养艳,语懒莺含思。似讶隔年斋,如劝迎春醉。
何日同宴游,心期二月二。自注:此日出斋,故云。
○"开迟花养艳,语懒莺含思",十字刻画工绝。写春意变虚为实,尤奇。

李卢二中丞各创山居俱夸胜绝,然去城稍远来往颇劳,敝居新泉实在宇下,偶题十五韵聊戏二君

龙门苍石壁,<small>李所有也。</small>泡涧碧潭水。<small>卢所有也。</small>各在一山隅,迢迢几十里。
清镜碧屏风,惜哉信为美。爱而不得见,亦与无相似。
闻君每来去,矻矻事行李。脂辖复裹粮,心力颇劳止。
未如吾舍下,石与泉甚迩。凿凿复溅溅,昼夜流不已。
洛石千万拳,衬波铺锦绮。海珉一两片,激濑含宫徵。
绿宜春濯足,净可朝漱齿。绕砌紫鳞游,拂帘白鸟起。
何言履道叟,便是沧浪子。君若趁归程,请君先到此。
愿以潺湲声,洗君尘土耳。

梦上山 <small>自注:时足疾未平。</small>

夜梦上嵩中,独携藜杖出。千岩与万壑,游览皆周毕。
梦中足不痛,健似少年日。既悟神返初,依然旧形质。
始知形神内,形病神无疾。形神两是幻,梦寐俱非实。
昼行虽蹇涩,夜步颇安逸。昼夜既平分,其间何得失?
○一片悟境。"形病神无疾"五字,尤有至理。

钱塘湖春行

孤山寺北贾亭西,水面初平云脚低。

几处早莺争暖树,谁家新燕啄春泥?
乱花渐欲迷人眼,浅草才能没马蹄。
最爱湖东行不足,绿杨阴里白沙堤。

西湖晚归回望孤山寺赠诸客

柳湖松岛莲花寺,晚动归桡出道场。
卢橘子低山雨重,棕榈叶战水风凉。
烟波澹荡摇空碧,楼殿参差倚夕阳。
到岸请君回首望,蓬莱宫在海中央。

○句法挺健,由字法生新也。"重"字、"战"字、"摇"字、"倚"字,俱下得警拔,遂觉全首生动,故曰"炼句不如炼字"。

杭州春望

望海楼明照曙霞,护江隄白蹋晴沙。
涛声夜入伍员庙,柳色春藏苏小家。
红袖织绫夸柿蒂,青旗酤酒趁梨花。
谁开湖寺西南路,草绿裙腰一道斜。

○"入"字、"藏"字,极写望中之景。落句结足春意。

◇汪立名曰:"按《能改斋漫录》云:刘次庄《乐府解题》曰:'《钱塘苏小歌》,苏小非唐人,世见乐天、梦得诗多称咏,遂谓之同时耳。'按郭茂倩所编引《广题》曰:'苏小小,钱塘名娼也,盖南齐时人。'西陵,在钱塘之西,故古词云'何处结同心,西陵松柏下'。"

湖亭晚归

尽日湖亭卧，心闲事亦稀。起因残醉醒，坐待晚凉归。
松雨飘藤帽，江风透葛衣。柳堤行不厌，沙软絮霏霏。

孤山寺遇雨

拂波云色重，洒叶雨声繁。水鹭双飞起，风荷一向翻。
空濛连北岸，萧飒入东轩。或拟湖中宿，留船在寺门。

余杭形胜

余杭形胜四方无，州傍青山县枕湖。
绕郭荷花三十里，拂城松树一千株。
梦儿亭古传名谢，教妓楼新道姓苏。
独有使君年太老，风光不称白髭须。

江楼夕望招客

海天东望夕茫茫，山势川形阔复长。
灯火万家城四畔，星河一道水中央。
风吹古木晴天雨，月照平沙夏夜霜。
能就江楼销暑否？比君茅舍校清凉。

○高瞻远瞩，坐驰可以役万景。他人有此眼力，无此笔力。

江楼晚眺景物鲜奇吟翫成篇寄水部张籍员外

澹烟疏雨间斜阳,江色鲜明海气凉。
蜃散云收破楼阁,虹残水照断桥梁。
风翻白浪花千片,雁点青天字一行。
好著丹青图画取,题诗寄与水曹郎。
○起句便是极好画景;中四句四面摹写,总为"鲜明"二字设色;落句以图画结足,归到寄诗之意,篇法极紧。

晚 兴

草浅马翩翩,新晴薄暮天。柳条春拂面,衫袖醉垂鞭。
立语花堤上,行吟水寺前。等闲消一日,不觉过三年。

春题湖上

湖上春来似画图,乱峰围绕水平铺。
松排山面千重翠,月点波心一颗珠。
碧毯线头抽早稻,青罗裙带展新蒲。
未能抛得杭州去,一半勾留是此湖。
○"画图"二字是诗眼,下五句皆实写画图中景,以不舍意作结,而曰"一半勾留",言外正有余情。

别州民

耆老遮归路,壶浆满别筵。甘棠无一树,那得泪潸然。

税重多贫户,农饥足旱田。唯留一湖水,与汝救凶年。

今春增筑钱塘湖堤,贮水以防天旱,故云。

〇后四句,经济政绩具见其中,慈惠之意蔼然言表。必如此留心民事,方许诗酒游遨。彼"长日惟消一局棋"者,那得借口风流也!

西湖留别

征途行色惨风烟,祖帐离声咽管絃。
翠黛不须留五马,皇恩只许住三年。
绿藤阴下铺歌席,红藕花中泊妓船。
处处回头尽堪恋,就中难别是湖边。

答微之夸越州州宅

贺上人回得报书,大夸州宅似仙居。
厌看冯翊风沙久,喜见兰亭烟景初。
日出旌旗生气色,月明楼阁在空虚。
知君暗数江南郡,除却余杭尽不知。

〇中二联叙越州风景,微之所夸也;结句戏以折之,乐天自夸也。

酬 微 之

自注:微之题云:"郡务稍简,因得整集旧诗,并连缀删削封章谏草,繁委箱笥,仅逾百轴,偶成自叹,兼寄乐天。"

满袠填箱唱和诗,少年为戏老成悲。

声声丽曲敲寒玉,句句妍辞缀色丝。
吟玩独当明月夜,伤嗟同是白头时。
由来才命相磨折,天遣无儿欲怨谁?自注:微之云:"天遣两家无嗣子,欲将文字付谁人?"故以此答之。

○陆龟蒙有云:"淫畋渔者,谓之暴天物。天物且不可暴,又可抉摘削露其情状乎?天能不致罚耶?长吉夭,东野穷,玉溪生官不挂朝籍而死,正坐是哉!由此观之,元、白之无后,未必非天之致罚也。玩落句意,香山其自知之矣。"

微之整集旧诗及文笔为百轴,以七言长句寄乐天,乐天次韵酬之,余思未尽,加为六韵

海内声华并在身,箧中文字绝无伦。
遥知独对封章草,忽忆同为献纳臣。
走笔往来盈卷轴,除官递互掌丝纶。
制从长庆词高古,诗到元和体变新。
各有文姬才稚齿,俱无通子继余尘。
琴书何必求王粲,与女犹胜与外人。

答微之见寄 自注:时在郡楼对雪。

可怜风景浙东西,先数余杭次会稽。
禹庙未胜天竺寺,钱湖不羡若耶溪。
摆尘野鹤春毛暖,拍水沙鸥湿翅低。
更对雪楼君爱否?红栏碧甃点银泥。
○腹联先将雪意写透,结句点出好景如画。

得湖州崔十八使君书，喜与杭越邻郡，因成长句代贺，兼寄微之

三郡何因此结缘？贞元科第恣同年。
故情欢喜开书后，旧事思量在眼前。
越国封疆吞碧海，杭城楼阁入青烟。
吴兴卑小君应屈，为是蓬莱最后仙。自注：贞元初，同登科，崔君名最在后。当时崔自咏云："人间不会云间事，应笑蓬莱最后仙。"

○逐句相承，篇法绵密，却减尽针线之迹，由其律熟而气厚也。

◇汪立名曰："按《纪事》，崔元亮刺湖州时，白公刺杭，元微之以观察刺越，有唱和诗，号《三州唱和集》。"

赠侯三郎中

老爱东都好寄身，足泉多竹少埃尘。
年丰最喜唯贫客，秋冷先知是瘦人。
幸有琴书堪作伴，苦无田宅可为邻。
洛中纵未长居得，且与田苏游过春。

○善以文言道俗情，本色语倍觉雅驯。

履道新居二十韵

履道坊西角，官河曲北头。林园四邻好，风景一家秋。
门闭深沉树，池通浅沮沟。拔青松直上，铺碧水平流。

篱菊黄金合，窗筠绿玉稠。疑连紫阳洞，似到白蘋洲。
僧至多同宿，宾来辄少留。岂无诗引兴，兼有酒销忧。
移榻临平岸，携茶上小舟。果穿闻鸟啄，萍破见鱼游。
地与尘相远，人将境共幽。泛潭菱点镜，沉浦月生钩。
厨晓烟孤起，庭寒雨半收。老饥初爱粥，瘦冷早披裘。
洛下招新隐，秦中忘旧游。辞章留凤阁，班籍寄龙楼。
病惬官曹静，闲惭俸禄优。琴书中有得，衣食外何求。
济世才无取，谋身智不周。应须共心语，万事一时休。
○竟体稳洽。"拔青松直上"一联，炼句尤挺健。

梦行简

天气妍和水色鲜，闲吟独步小桥边。
池塘草绿无佳句，虚卧春窗梦阿怜。
○习用语，妙于点化。

渡 淮

淮水东南阔，无风渡亦难。孤烟生午直，远树望多圆。
春浪棹声急，夕阳帆影残。涛流宜映月，今夜重吟看。

自到郡斋仅经旬日，方专公务，未及宴游，偷闲走笔题二十四韵，兼寄常州贾舍人、湖州崔郎中，仍呈吴中诸客

渭北离乡客，江南守土臣。涉途初改月，入境已经旬。

甲郡摽天下，环封极海滨。版图十万户，兵籍五千人。
自顾才能少，何堪宠命频。冒荣惭印绶，虚奖负丝纶。
候病须通脉，防流要塞津。救烦无若静，补拙莫如勤。
削使科条简，摊令赋役均。以兹为报效，安敢不躬亲。
襦袴提于手，韦弦佩在绅。敢辞称俗吏，且愿活疲民。
常未征黄霸，湖犹借寇恂。愧无铛脚政，徒忝犬牙邻。
制诰夸黄绢，诗篇占白蘋。铜符抛不得，琼树见无因。
警寐钟传夜，催衙鼓报晨。唯知对胥吏，未暇接亲宾。
色变云迎夏，声残鸟过春。麦风非逐扇，梅雨异随轮。
武寺山如故，王楼月自新。池塘闲长草，丝竹废生尘。
暑遣烧神酎，晴教晒舞茵。待还公事了，亦拟乐吾身。

○中幅极尽理烦治剧之略，盖到郡经旬而规模已定矣，一结即"先忧后乐"意。乃知居易实具经世之才，而当时未竟其用，为可惜也。分司以后，时不可为，不得已托诗酒以自娱耳。"救烦无若静，补拙莫如勤"十字，凡为守令者，当录置座右。

故　衫

暗淡绯衫称老身，半披半曳出朱门。
袖中吴郡新诗本，襟上杭州旧酒痕。
残色过梅看向尽，故香因洗觑犹存。
曾经烂漫三年着，欲弃空箱似少恩。

○所咏止一衫，而衫之色香襟袖，衫之时地岁月，历历清出；并着衫之人身份性情，亦曲曲传出，却又浑成熨贴，无一点安排痕迹，亦绝不假一字纤巧雕琢。此香山擅场处，李商隐辈岂能办此。

泛太湖书事寄微之

烟渚云帆处处通，飘然舟似入虚空。
玉杯浅酌巡初匝，金管徐吹曲未终。
黄夹缬林寒有叶，碧琉璃水净无风。
避旗飞鹭翩翩白，惊鼓跳鱼拨剌红。
涧雪压多松偃蹇，岩泉滴久石玲珑。
书为故事留湖上，吟作新诗寄浙东。
军府威容从道盛，江山气色定知同。
报君一事君应羡，五宿澄波皓月中。

病中多雨逢寒食

水国多阴常懒出，老夫饶病爱闲眠。
三旬卧度莺花月，一半春消风雨天。
薄暮何人吹觱篥？新晴几处缚秋千？
綵绳芳树长如旧，唯是年年换少年。

○颈联何其蕴藉。宋人"年年不带看花眼，不是愁中即病中"之句，便觉径直少味。

重答刘和州

自注：来篇云："苏州刺史例能诗，西掖吟来替左司。"又云："若共吴王斗百草，不如唯是欠西施。"

分无佳丽敌西施，敢有文章替左司？

随分笙歌聊自乐,等闲篇咏被人知。
花边妓引寻香径,月下僧留宿剑池。
可惜当时好风景,吴王应不解吟诗。

○不敢替左司,但可傲睨吴土,即苏轼云"识字劣能欺项籍"也。

城上夜宴

留春不住登城望,惜夜相将秉烛游。
风月万家河两岸,笙歌一曲郡西楼。
诗听越客吟何苦,酒被吴娃劝不休。
从道人生都是梦,梦中欢笑亦胜愁。

六月三日夜闻蝉

荷香清露坠,柳动好风生。微月初三夜,新蝉第一声。
乍闻愁北客,静听忆东京。我有竹林宅,别来蝉再鸣。
不知池上月,谁拨小船行?

○一片空明,诗境至此,才许当一"清"字。直是天分高绝,钝根人何从学步?

晚　起

卧听蓥蓥衙鼓声,起迟睡足长心情。
华簪脱后头虽白,堆案抛来眼校明。
闲上篮舁乘兴出,醉回花舫信风行。

明朝更濯尘缨去,闻道松江水最清。

河亭晴望　　九月八日

风转云头敛,烟销水面开。晴虹桥影出,秋雁橹声来。
郡静官初罢,乡遥信未回。明朝是重九,谁劝菊花杯?
○气味近老杜。

梦苏州水阁寄冯侍御

扬州驿里梦苏州,梦到花桥水阁头。
觉后不知冯侍御,此中昨夜共谁游?
◇《吴郡志》:"戴颙宅,北禅寺,唐司勋郎中陆浔尝居之,有花桥水阁。"

太　湖　石

烟翠三秋色,波涛万古痕。削成青玉片,截断碧云根。
风气通岩穴,苔纹护洞门。三峰具体小,应是华山孙。
○律法浑成。腹联刻画绝警,结句陡健有力。

秘省后厅

槐花雨润新秋地,桐叶风翻欲夜天。
尽日后厅无一事,白头老监枕书眠。

寄殷协律 自注：多叙江南旧游。

五岁优游同过日，一朝消散似浮云。
琴诗酒伴皆抛我，雪月花时最忆君。
几度听鸡歌白日，亦曾骑马咏红裙。
吴娘暮雨萧萧曲，自别江南更不闻。
○无限感慨，冶语更凄凉。

临都驿答梦得六言二首

杨子津头月下，临都驿里灯前。
昨日老于前日，去年春似今年。

谢守归为秘监，冯公老作郎官。
前事不须问着，新诗且更吟看。
○节短音长。

春　词

低花树映小妆楼，春入眉心两点愁。
斜倚栏干背鹦鹉，思量何事不回头？
○艳体，妙于蕴藉。

送敏中归豳宁幕

六十衰翁儿女悲，傍人应笑尔应知。

弟兄垂老相逢日，杯酒临欢欲散时。
前路加餐须努力，今宵尽醉莫推辞。
司徒知我难为别，直过秋归未讶迟。

○情景一涌而出，清空如话，倍觉沉着深挚，恻恻动人。棣华雁影，浮词不扫自去。

池　　牕

池晚莲芳谢，牕秋竹意深。更无人作伴，唯对一张琴。

送鹤与裴相临别赠诗

司空爱尔尔须知，不信听吟送鹤诗。
羽翮势高宁惜别，稻粱恩厚莫愁饥。
夜栖少共鸡争树，晓浴先饶凤占池。
稳上青云勿回顾，的应胜在白家时。

○腹联便是一生得力处，岂徒赠鹤，兼可风世，正与《送崔考功赴阙》意同。

◇冯班曰："比兴忠厚。"

乌　夜　啼

城上归时晚，庭前宿处危。月明无叶树，霜滑有风枝。
啼涩饥喉咽，飞低冻翅垂。画堂鹦鹉鸟，冷暖不相知。

○夜景刻画极警，一结托兴尤深。

送东都留守令狐尚书赴任

翠华黄屋未东巡,碧洛青嵩付大臣。
地称高情多水竹,山宜闲望少风尘。
龙门即拟为游客,金谷先凭作主人。
歌酒家家花处处,莫空管领上阳春。

◇汪立名曰:"按:宝历二年,敬宗欲幸东都,谏者皆不听,已使按修宫阙,赖裴度婉言而罢。明年为文宗太和元年,令狐楚以三年春留守东都,故公首句及此。盖文宗方励精图治,尽反敬宗弊政,'未东巡'之语有微辞焉。"

想东游五十韵　并序

太和三年春,予病免官后,忆游浙右数郡,兼思到越一访微之。故两浙之间,一物以上,想皆在目,吟且成篇,不能自休,盈五百字,亦犹孙兴公想天台山而赋之也。

海内时无事,江南岁有秋。生民皆乐业,地主尽贤侯。
郊静销戎马,城高逼斗牛。平河七百里,沃壤二三州。
坐有湖山趣,行无风浪忧。食宁妨解缆,寝不废乘流。
泉石谙天竺,烟霞识虎丘。余芳认兰泽,遗咏思蘋洲。
菡萏红涂粉,菰蒲绿泼油。鳞差渔户舍,绮错稻田沟。
紫洞藏仙窟,玄泉贮怪湫。精神昂老鹤,姿彩娟潜虬。
静阅天工妙,闲窥物状幽。投竿出比目,掷果下猕猴。
味苦莲心小,浆甜蔗节稠。橘苞从自结,藕孔是谁锼?
逐日移潮信,随风变櫂讴。递夫交烈火,候吏次鸣驺。

梵塔形疑踊,阊门势欲浮。客迎携酒榼,僧待置茶瓯。
小宴闲谈笑,初筵雅献酬。稍催朱蜡炬,徐动碧牙筹。
圆琖飞莲子,长裾曳石榴。柘枝随画鼓,调笑从香毬。
幕飐云飘槛,簾褰月露钩。舞繁红袖凝,去声歌切翠眉愁。
絃管宁容歇,杯盘未许收。良辰宜酩酊,卒岁好优游。
脍缕鲜仍细,莼丝滑且柔。饱餐为日计,稳睡是身谋。
各媿空虚得,官知止足休。自嫌犹屑屑,众笑太悠悠。
物表疏形役,人寰足悔尤。蛾须远灯烛,兔勿近罝罘。
幻世春来梦,浮生水上沤。百忧中莫入,一醉外何求?
未死痴王湛,无儿老邓攸。蜀琴安膝上,《周易》在床头。
去去无程客,行行不系舟。劳君频问讯,劝我少淹留。自
注:自此后并属微之。

云雨多分散,关山苦阻修。一吟江月别,七见日星周。
珠玉传新什,鹓鸾念故俦。悬旌心宛转,束楚意绸缪。
驿舫妆青雀,官槽秣紫骝。镜湖期远泛,禹穴约冥搜。
预埽题诗壁,先开望海楼。饮思亲履舄,宿忆并衾裯。
志气吾衰也,风情子在不?应须相见后,别作一家游。
○洋洋洒洒,一气转旋,细意熨贴,层次井然;起伏照应,极变化断续之妙。

将至东都先寄令狐留守

黄鸟无声叶满枝,闲吟想到洛城时。
惜逢金谷三春尽,恨拜铜楼一月迟。
诗境忽来还自得,醉乡潜去与谁期?
东都添个狂宾客,先报壶觞风月知。

○"诗境忽来还自得",萧子显所谓"须其自来,不以力搆"也。杜甫"诗成觉有神",亦是此意。

晚桃花

一树红桃亚拂池,竹遮松荫晚开时。
非因斜日无由见,不是闲人岂得知?
寒地生材遗校易,贫家养女嫁常迟。
春深欲落谁怜惜?白侍郎来折一枝。
○比意深婉,总从一"晚"字生情。"寒地生材"句自是主意,以"贫家养女"句更切桃花,故仍以上句作陪,律法极细。

阿　崔

谢病卧东都,羸然一老夫。孤单同伯道,迟暮过商瞿。
岂料鬓成雪,方看掌弄珠。已衰宁望有,虽晚亦胜无。
兰入前春梦,桑悬昨日弧。里闾多庆贺,亲戚共欢娱。
腻剃新胎发,香绷小绣襦。玉芽开手爪,酥颗点肌肤。
弓冶将传汝,琴书勿坠吾。未能知寿夭,何暇虑贤愚。
乳气初离殻,啼声渐变雏。何时能反哺,供养白头乌?
○写小儿初生,端详入细。一结喜极,不觉虑其将来,软语心酸,逼真老人情景。此种自让香山独步。

卷二十六

太原白居易诗八

池上小宴问程秀才

洛下园林好自知,江南景物暗相随。
净淘红罾粒香饭,薄切紫鳞烹水葵。
雨滴蓬声青雀舫,浪摇花影白莲池。
停杯一问苏州客,何似吴松江上时?

桥亭卯饮

卯时偶饮斋时卧,林下高桥桥上亭。
松影过窗眠始觉,竹风吹面醉初醒。
就荷叶上包鱼鲊,当石渠中浸酒缾。
生计悠悠身兀兀,甘从妻唤作刘伶。

◇《蔡宽夫诗话》曰:"吴中作鲊,多用龙溪池中莲叶包为之,后数日取食,比瓶中气味特妙。观乐天诗,盖昔人已有此法也。"

西 风

西风来几日？一叶已先飞。新霁乘轻屐，初凉换熟衣。
浅渠消慢水，疏竹漏斜晖。薄暮春苔巷，家僮引鹤归。
〇萧疏淡远。

题岐王旧山池石壁

树深藤老竹迴环，石壁重重锦翠斑。
俗客看来犹解爱，忙人到此亦须闲。
况当霁景凉风后，如在千岩万壑间。
黄绮更归何处去？洛阳城内有商山。
〇一气相生，珠圆玉润，此七律正宗也。"况当"一联，开宋调而气味自厚。

履道池上作

家池动作经旬别，松竹琴鱼好在无。
树暗小巢藏巧妇，渠荒新叶长慈姑。
不因车马时时到，岂觉林园日日芜。
犹喜春深公事少，每来花下得踟蹰。

和令狐相公寄刘郎中兼见示长句

日月天衢仰面看，尚淹池凤滞台鸾。

碧幢千里空移镇,赤笔三年未转官。
别后纵吟终少兴,病来虽饮不多欢。
酒军诗敌如相遇,临老犹能一据鞍。
○豪极,香山变调。

期宿客不至

风飘雨洒帘帷故,竹映松遮灯火深。
宿客不来嫌冷落,一尊酒对一张琴。
○唐人七绝,每着意前半。此诗上二句字字用意,已写透冷落光景,下二句一拍自合。

晚归府

晚从履道来归府,街路虽长尹不嫌。
马上凉于床上坐,绿槐风透紫蕉衫。
○自为写照,风致潇洒。视宋祁"两行红烛摊书"者,何如?

从龙潭寺至少林寺题赠同游者

山屐田衣六七贤,搴芳蹋翠弄潺湲。
九龙潭月落杯酒,三品松风飘管弦。
强健且宜游胜地,清凉不觉过炎天。
始知驾鹤乘云外,别有逍遥地上仙。

元相公挽歌词三首（录一首）

铭旌官重威仪盛，骑吹声繁卤簿长。
后魏帝孙唐宰相，六年七月葬咸阳。
○严重简括，可当一篇墓志。

酬李二十侍郎

笋老兰长花渐稀，衰翁相对惜芳菲。
残莺著雨慵休啭，落絮无风凝不飞。
行掇木芽供野食，坐牵萝蔓挂朝衣。
十年分手今同醉，醉未如泥莫道归。
○颔联似赋似比，意致缠绵。深人无浅语。

池上闲咏

青莎台上起书楼，绿藻潭中系钓舟。
日晚爱行深竹里，月明多上小桥头。
暂尝新酒还成醉，亦出中门便当游。
一部清商聊送老，白须萧飒管絃秋。
○天机清妙，吐属自然，不知者或以为开宋派矣。

和高仆射罢节度让尚书授少保分司喜遂游山水之作

暂辞八座罢双旌，便作登山临水行。

能以忠贞酬重任，不将富贵碍高情。
朱门出去簪缨从，绛帐归来歌吹迎。
鞍辔闹装光满马，何人信道是书生？

送考功崔郎中赴阙

称意新官又少年，秋凉身健好朝天。
青云上了无多路，却要徐驱稳着鞭。
○规戒深挚。

同诸客题于家公主旧宅

平阳旧宅少人游，应是游人到即愁。
布谷鸟啼桃李院，络丝虫怨凤凰楼。
台倾滑石犹残砌，簾断真珠不满钩。
闻道至今萧史在，髭须雪白向明州。
○写景秾丽，倍觉苍凉。一结黯然神伤，不堪卒读。
◇汪立名曰："按周益公《英华辨证》：于家公主，宪宗之女永昌公主，下嫁頔之子季友。元和间卒，追封梁国，谥惠康。于頔家河南，后徙京兆。居易所题旧宅在洛中，言公主已亡而萧史尚在。后又有《寄明州于驸马使君诗》，云'留滞三年在浙东'及'海味腥咸'之语，皆指明州也。《英华》作'韶州'，是误以于季友为于琮也。琮尚宣宗广德公主在大中十三年，居易殁已久；至贬韶州，则在咸通十三年，相去更远矣。"

菩提寺上方晚眺

楼阁高低树浅深，山光水色暝沉沉。
嵩烟半卷青绡幕，伊浪平铺绿绮衾。
飞鸟灭时宜极目，远风来处好开襟。
谁知不离簪缨内，长得逍遥自在心。

杨柳枝词八首（录四首）

依依袅袅复青青，勾引春风无限情。
白雪花繁空扑地，绿丝条弱不胜莺。

红版江桥青酒旗，馆娃宫暖日斜时。
可怜雨歇东风定，万树千条各自垂。

苏州杨柳任君夸，更有钱塘胜馆娃。
若解多情寻小小，绿杨深处是苏家。

叶含浓露如啼眼，枝袅轻风似舞腰。
小树不禁攀折苦，乞君留取两三条。
○四诗风格不减盛唐。

春早秋初因时即事兼寄浙东李侍郎

春早秋初昼夜长，可怜天气好年光。

和风细动簾帷暖,清露微凝枕簟凉。
窗下晓眠初减被,池边晚坐乍移床。
闲从蕙草侵阶绿,静任槐花满地黄。
理曲管絃闻后院,熨衣灯火映深房。
四时新景何人别?遥忆多情李侍郎。

○"春早""秋初",起句揭出;以下两两分写,言下俱有情在。结以"多情",一句收足,点睛欲飞。

送姚杭州赴任因思旧游

与君细话杭州事,为我留心莫等闲。
闾里固宜勤抚恤,楼台亦要数跻攀。
笙歌缥缈虚空里,风月依稀梦想间。
且喜诗人重管领,遥飞一琖贺江山。

○不曰"贺诗人"而曰"贺江山",立言特妙。感旧传衣,颂姚扬己,几层意思,总摄在内,真仙笔也。

种柳三咏

白头种松桂,早晚见成林。不及栽杨柳,明年便有阴。
春风为催促,副取老人心。

从君种杨柳,夹水意如何?准拟三年后,青丝拂绿波。
仍教小楼上,对唱柳枝歌。

更想五年后,千千条麹尘。路傍深映月,楼上暗藏春。

愁杀闲游客，闻歌不见人。

◇姚宽《丛话》曰："唐人咏柳，使'麴尘'字者极多。《礼记·月令》'荐鞠衣于上帝告桑事'，注云'如麴尘色'；《周礼》'内司服鞠衣'，郑司农云：'鞠衣，黄桑服也，色如麴尘，象桑叶始生。'此用之柳，又象其花絮之穗耳。"

韦七自太子宾客再除秘书监以长句贺而饯之

自注：韦往年尝与予同为秘监。

离筵莫怆且同欢，共贺新恩拜旧官。
屈就商山伴麋鹿，好归芸阁狎鹓鸾。
落星石上苍苔古，画鹤厅前白露寒。
老监姓名应在壁，相思试为拂尘看。
○曲折尽意，雍容大雅。

九年十一月二十一日感事而作

自注：其日独游香山寺。

祸福茫茫不可期，大都早退似先知。
当君白首同归日，是我青山独往时。
顾索素琴应不暇，忆牵黄犬定难追。
麒麟作脯龙为醢，何以泥中曳尾龟？

◇《东坡志林》曰："乐天为王涯所谗，谪江州司马。甘露之祸，乐天在洛，适游香山寺，有'白首同归'二句，不知者以为幸之也。乐天岂幸人之祸者哉？盖悲之也。"

◇汪立名曰："按：'白首同所归'，乃潘岳、石崇临刑时语。太和九年甘露事，李训、郑注、舒元舆、王涯、贾𫗧皆被害。味诗中'同归'句，本就事而言，不专指王涯也。公自苏州召还，秩位渐崇，见机引退，宦官之祸，固早计及者，何致追憾王涯？况公之迁谪，本由宦官恶之，附宦官者成之，岂反以中人诛夷士大夫为快？幸祸之说，盖出章子厚，谚所谓'以小人心度君子腹'耳。"

春来频与李二宾客郭外同游因赠长句

风光引步酒开颜，送老消春嵩洛间。
朝踏落花相伴出，暮随飞鸟一时还。
我为病叟诚宜退，君是才臣岂合闲？
可惜济时心力在，放教临水复登山。
○观此诗，可知香山未尝一刻忘世，岂独为他人惋惜耶！

三月三日

画堂三月初三日，絮扑窗纱燕拂帘。
莲子数杯尝冷酒，《柘枝》一曲试春衫。
阶临池面胜看镜，户映花丛当下簾。
指点楼南玩新月，玉钩素手两纤纤。

闲居春尽

闲泊池舟静掩扉，老身慵出客来稀。
愁应暮雨留教住，春被残莺唤遣归。
揭瓮偷尝新熟酒，开箱试著旧生衣。
冬裘夏葛相催促，垂老光阴速似飞。

○炼句炼字，后来陆游得法于此。

香山避暑二绝

六月滩声如猛雨，香山楼北畅师房。
夜深起凭栏干立，满耳潺湲满面凉。

纱巾草履竹疎衣，晚下香山蹋翠微。
一路凉风十八里，卧乘篮舁睡中归。
○前首如对北风图，自然毛发渐洒；次首北窗高枕，无此恬适，真足破除热恼。

赠谈客

上客清谈何亹亹，幽人闲思自寥寥。
请君休说长安事，膝上风清琴正调。
○移床远客，那容着一点尘氛。

答梦得秋庭独坐见赠

林梢隐映夕阳残，庭际萧疏夜气寒。
霜草欲枯虫思急，风枝未定鸟栖难。
容衰见镜同惆怅，身健逢杯且喜欢。
应是天教相暖热，一时垂老与闲官。
○颔联近晚唐，却非孟郊辈所及。

酬梦得霜夜对月见怀

凄清冬夜景,摇落长年情。月带新霜色,砧和远雁声。
暖怜炉火近,寒觉被衣轻。枕上酬佳句,诗成梦不成。

初冬月夜得皇甫泽州手札并诗数篇,因遣报书,偶题长句

清泠玉韵两三章,落泊银钩七八行。
心逐报书悬雁足,梦寻来路绕羊肠。
水南地空多明月,山北天寒足早霜。履道所居在水南,泽州在太行之北地也。最恨泼醅新熟酒,迎冬不待共君尝。

○"雁足""羊肠",虚实巧对,与《履道池上》"巧妇""慈姑",同一句法,然香山佳处不在此。

寄献北都留守裴令公 并序

司徒令公分守东洛,移镇北都,一心勤王,三月成政。形容盛德,实在歌诗,况辱知音,敢不先唱?辄奉五言四十韵寄献,以抒下情。

天上中台正,人间一品高。休明值尧舜,勋业过萧曹。
始擅文三捷,终兼武六韬。动人名赫赫,忧国意忉忉。
荡蔡擒封豕,平齐斩巨鳌。两河收土宇,四海定波涛。
宠重移宫籥,恩新换阃旄。保釐东宅静,守护北门牢。
晋国封疆阔,并州士马豪。胡兵惊赤帜,边雁避乌号。

令下流如水，仁霑泽似膏。路喧歌《五袴》，军醉感单醪。
将校森貔武，宾僚俨隽髦。客无烦夜柝，吏不犯秋毫。
神在台骀助，魂亡猃狁逃。德星销彗孛，霖雨灭腥臊。
烽戍高临代，关河远控洮。汾云晴漠漠，朔吹冷飔飔。
豹尾交牙戟，虬须捧佩刀。通天白犀带，照地紫麟袍。
羌管吹杨柳，燕姬酌蒲萄。银含凿落琖，金屑琵琶槽。
遥想从军乐，应忘报国劳。紫微留北阙，绿野寄东皋。
忽忆前时会，多惭下客叨。清宵陪谶话，美景从游遨。
花月还同赏，琴诗雅自操。朱絃拂宫徵，洪笔振风骚。
近竹开方丈，依林架桔槔。春池八九曲，画舫两三艘。
径滑苔粘屐，潭深水没篙。绿丝萦岸柳，红粉映楼桃。
为穆先陈醴，招刘共藉糟。舞鬟金翡翠，歌颈玉蟏蛸。
盛德终难过，明时岂易遭？公虽慕张范，帝未舍伊皋。
眷恋心方结，踟蹰首已搔。鸾凰上寥廓，燕雀任蓬蒿。
欲献文狂简，徒烦思郁陶。可怜四百字，轻重抵鸿毛。

○通首分两大段看。前半叙度蔡、齐之勋业，及移镇北都之治绩，而以"紫微留北阙"二句锁住；"绿野东皋"，已拖到昔时宴集事。后半叙自己从前交谊，而以"盛德终难过"四句缭绕前文，述度之宠遇，末方结到献诗之意。此诗与前《集贤林亭即事》五古一篇，皆香山极用意之作，高华雅赡，杜甫嗣音；惜结句未免弩末。

看梦得题答李侍郎诗，诗中有文星之句因戏和之

看题锦绣报琼瑰，俱是人天第一才。
好遣文星守躔次，亦须防有客星来。

○戏语雅趣。

早春忆游思黯南庄因寄长句

南庄胜处心常忆,借问轩车早晚游。
美景难忘竹廊下,好风争奈柳桥头。
冰消见水多于地,雪霁看山尽入楼。
若待春深始同赏,莺残花落却堪愁。
○好句疑仙,触境而得;着意求之,便乏自然之趣。

杪秋独夜

无限少年非我伴,可怜清夜与谁同?
欢娱牢落中心少,亲故凋零四面空。
红叶树飘风起后,白须人立月明中。
前头更有萧条物,老菊衰兰三两丛。

答闲上人来问因何风疾

一床方丈向阳开,劳动文殊问疾来。
欲界凡夫何足道,四禅天始免风灾。自注:色界四天,初禅具三灾,二禅无火灾,三禅无水灾,四禅无风灾。
○戏语作摆脱耳,亦是小机锋。禅理不必如是,不必不如是。

夜闻筝中弹潇湘送神曲感旧

缥缈巫山女,归来七八年。殷勤湘水曲,留在十三絃。

苦调吟还出,深情咽不传。万重云水思,今夜月明前。

○一气转折,灵空缥缈,落句不减"江上峰青"。

戏礼经老僧

香火一炉灯一盏,白头夜礼佛名经。
何年饮著声闻酒,直到如今醉未醒?

○解此,可以"面壁九年,不立文字"。

梦得前所酬篇有"炼尽美少年"之句,因思往事兼咏今怀,重以长句答之

炼尽少年成白首,忆初相识到今朝。
昔饶春桂长先折,今伴寒松最后凋。
生事纵贫犹可过,风情虽老未全销。
声华宠命人皆得,若个如君历七朝。自注:梦得贞元中及今,凡仕七朝也。

春尽日宴罢感事独吟 自注:开成五年三月三十日作。

五年三月今朝尽,客散筵空独掩扉。
病共乐天相伴住,春随樊素一时归。
闲听莺语移时立,思逐杨花触处飞。
金带缏腰衫委地,年年衰瘦不胜衣。

○未免有情,谁能遣此?然亦不堪回想矣。

前有别柳枝绝句，梦得继和云"春尽絮飞留不得，随风好去落谁家"，又复戏答

柳老春深日又斜，任他飞向别人家。
谁能更学孩童戏，寻逐春风捉柳花？

时热少见客因咏所怀

冠栉心多懒，逢迎兴渐微。况当时热甚，幸遇客来稀。
湿洒池边地，凉开竹下扉。露床青篾簟，风架白蕉衣。
院静留僧宿，楼空放妓归。衰残强欢宴，此事久知非。

宣州崔大夫阁老忽以近诗数十首见示，吟讽之下窃有所喜，因成长句寄题郡斋

谢玄晖殁吟声寝，郡阁寥寥笔砚闲。
无复新诗题壁上，虚教远岫列窗间。
忽惊歌雪今朝至，必恐文星昨夜还。
再喜宣城章句动，飞觞遥贺敬亭山。
○句句相生，白描高手。

晚池泛舟遇景成咏赠吕处士

岸浅桥平池面宽，飘然轻棹泛澄澜。
风亦扇引开怀入，树爱舟行仰卧看。

别境客稀知不易,能诗人少咏应难。
惟怜吕叟时相伴,同把磻溪旧钓竿。
○好句俱以不经意得之,香山晚年诗境如是。

和杨尚书罢相后夏日游永安水亭,兼招本曹杨侍郎同行

道行无喜退无忧,舒卷如云得自由。
良冶动时为哲匠,巨川济了作虚舟。
竹亭阴合偏宜夏,水槛风凉不待秋。
遥爱翩翩双紫凤,入同官署出同游。
○如题顺写,层层俱到。颔联对句尤胜,可谓句中有句。

五年秋病后独宿香山寺（三首录二）

经年不到龙门寺,今夜何人知我情？
还向畅师房里宿,新秋月色旧滩声。
○"旧"字下得奇,却妙。

饮徒歌伴今何在？雨散云飞尽不回。
从此香山风月夜,只应长是一身来。

早入皇城赠王留守仆射

津桥残月晓沉沉,风露凄清禁署深。
城柳宫槐谩摇落,悲愁不到贵人心。

山中五绝句（录三首）

岭上云

岭上白云朝未散，田中青麦旱将枯。
自生自灭成何事，能逐东风作雨无？

石上苔

漠漠斑斑石上苔，幽芳静绿绝纤埃。
路傍凡草荣遭遇，曾得七香车辗来。

涧中鱼

海水桑田欲变时，风涛翻覆沸天池。
鲸吞蛟斗波成血，深涧游鱼乐不知。
○比体，暗指甘露事。

和敏中洛下即事

昨日池塘春草生，阿连新有好诗成。
花园到处莺呼入，骏马游时客避行。
水暖鱼多似南国，人稀尘少胜西京。
洛中佳境应无限，若欲谙知问老兄。

送敏中新授户部员外郎西归

千里归程三伏天，官新身健马翩翩。

行冲赤日加餐饭,上到青云稳著鞭。

长庆老郎唯我在,客曹故事望君传。

前鸿后雁行难续,相去迢迢二十年。自注:长庆初,予为主客郎中,知制诰,迁中书舍人。去今二十一年也。

◇《旧唐书》:"武宗闻居易名,欲相之,以问李德裕,德裕言居易病废,敏中文类其兄,有器识。即除翰林学士。时方为库部郎中,未逾三年入相。"

览卢子蒙侍御旧诗多与微之唱和,感今伤昔,因赠子蒙题于卷后

早闻元九咏君诗,恨与卢君相识迟。

今日逢君开旧卷,卷中多道赠微之。

相看掩泪情难说,别有伤心事岂知?

闻道咸阳坟上树,已抽三丈白杨枝。

○清空一气,直从肺腑中流出,不知是血是泪,笔墨之痕俱化。

◇汪立名曰:"《北梦琐言》云:'白太保与元相国友善,以诗道著名,时号元白。其集内有《哭元相》诗云"相看掩泪俱无语"等句。洎自撰墓志铭,云与梦得为诗友,殊不言元公,人疑其隙终也。'按此语在《醉吟先生传》中,非墓志也。传末曰:'于时开成三年,先生之齿六十有七。'则是微之之殁久矣。其所谓'如满为空门友,韦楚为山水友,梦得为诗友,皇甫朗之为酒友',皆就当时在洛之人而言,非该举平生也。且公晚年哭微之之作甚多,有《梦微之》诗云:'夜来携手梦同游,晨起盈巾泪莫收。'又《闻歌者唱微之诗》云:'时向歌中闻一句,未容倾耳已伤心。'感悼悽怆,如在初殁,'隙终'之语,岂不大谬焉?又

考史传皆作'白少傅',即公诗内止有'少傅官停'语,并无称'太保'者,不知何所本也。"

新 小 滩

石浅沙平流水寒,水边斜插一渔竿。
江南客见生乡思,道似严陵七里滩。

喜入新年自咏 自注:时年七十一。

白须如雪五朝臣,又值新正第七旬。
老过占他蓝尾酒,病余收得到头身。
销磨岁月成高位,比类时流是幸人。
大历年中骑竹马,几人得见会昌春。
○每句中含一"喜"字,结处收应五朝,笔力健举。老年精神魄力如是,真不可及。

夏日与闲禅师林下避暑

自注:是岁潮韶等郡,皆有亲友谪居。

落景墙西尘土红,伴僧闲坐竹泉东。
绿萝潭上不见日,白石滩边长有风。
热恼渐知随念尽,清凉常愿与人同。
每因毒暑悲亲故,多在炎方瘴海中。
◇《稽古录》曰:"开成五年,杨嗣复贬潮州,李珏贬韶州。"

谈氏小外孙玉童　自注：谈氏初逝。

外翁七十孙三岁，笑指琴书欲遣传。
自念老夫今耄矣，因思稚子更茫然。
中郎余庆钟羊祜，子幼能文似马迁。
才与不才争料得，东床空后且娇怜。

杨柳枝词

一树春风千万枝，嫩于金色软于丝。
永丰西角荒园里，尽日无人属阿谁？
○风致翩翩。
◇《云溪友议》曰："居易有妓，樊素善歌，小蛮善舞，尝为诗曰：'樱桃樊素口，杨柳小蛮腰。'年既高迈而小蛮方丰艳，因杨柳词以托意云。"

诏取永丰柳植禁苑感赋

一树衰残委泥土，双枝荣耀植天庭。
定知玄象今春后，柳宿光中添两星。
◇《云溪友议》曰："宣宗朝，国乐唱前词，上问谁作，永丰在何处，左右具以对。遂因东使，命取永丰柳两枝植于禁中。居易感上知其名且好风雅，又为诗一章。"

池上篇　并序

都城风土水木之胜在东南偏，东南之胜在履道里，里之胜在西北隅。西闬北垣第一第，即白氏叟乐天退老之地。地方十七亩，屋室三之一，水五之一，竹九之一，而岛树桥道间之。初乐天既为主，喜且曰："虽有台池，无粟不能守也。"乃作池东粟廪。又曰："虽有子弟，无书不能训也。"乃作池北书库。又曰："虽有宾朋，无琴酒不能娱也。"乃作池西琴亭，加石樽焉。乐天罢杭州刺史时，得天竺石一、华亭鹤二以归，始作西平桥，开环池路。罢苏州刺史时，得太湖石、白莲、折腰菱、青板舫以归，又作中高桥，通三岛径。罢刑部侍郎时，有粟千斛、书一车，洎臧获之习觱篥弦歌者指百以归。先是，颍川陈孝山与酿法，酒味甚佳；博陵崔晦叔与琴，韵甚清；蜀客姜发授《秋思》，声甚淡；弘农杨贞一与青石三，方长平滑，可以坐卧。太和三年夏，乐天始得请为太子宾客，分秩于洛下，息躬于池上。凡三任所得，四人所与，洎吾不才身，今率为池中物矣。每至池风春、池月秋，水香莲开之旦，露清鹤唳之夕，拂杨石，举陈酒，援崔琴，弹姜《秋思》，颓然自适，不知其他。酒酣琴罢，又命琴童登中岛亭，合奏《霓裳散序》，声随风飘，或凝或散，悠扬于竹烟波月之际者久之。曲未竟而乐天陶然已醉，睡于石上矣。睡起偶咏，非诗非赋，阿龟握笔，因题石间，视其粗成韵章，命为《池上篇》云尔。

十亩之宅，五亩之园；有水一池，有竹千竿。
勿谓土狭，勿谓地偏；足以容膝，足以息肩。
有堂有庭，有桥有船；有书有酒，有歌有絃。
有叟在中，白须飘然，识分知足，外无求焉。
如鸟择木，姑务巢安；如龟居坎，不知海宽。
灵鹤怪石，紫菱白莲，皆吾所好，尽在我前。
时饮一杯，或吟一篇。妻孥熙熙，鸡犬闲闲。
优哉游哉，吾将终老乎其间。

○池上佳境，详于序中，诗更不觏缕，淡淡写来，自见老洁。"识分知足"四字，是乐天一生得力处，真实受用在此。序中未及，诗中特为清出，可为奢汰逾分、营营无厌者痛下针砭。

◇汪立名曰："按：公有《奉和牛思黯太湖石兼呈梦得》诗，其末云：'共嗟无此分，虚管太湖来。'自注：'与梦得俱典姑苏，而不获此石。'而此诗序中又云：'罢苏州刺史时，得太湖石。'岂归洛既久，旧物皆不复存耶？"

齿落辞　并序

开成二年，予春秋六十六，瘠黑衰白，老状具矣，而双齿又堕。慨然感叹者久之，因为《齿落辞》以自广，其辞曰：

嗟嗟乎双齿：自吾有尔，俾尔嚼肉咀蔬，衔杯漱水，丰吾肤革，滋吾血髓，从幼逮老，勤亦至矣。幸有辅车，非无龂齶。胡然舍我，一旦双落？齿虽无情，吾岂无情？老与齿别，齿随涕零。我老日来，尔去不回。嗟嗟乎双齿：孰谓而来哉？孰谓而去哉？齿不能言，请以意宣。为君口中之物，忽乎六十余年。昔君之壮也，血刚齿坚；今君之老矣，血衰齿寒。辅车龂齶，日削月朘。上参差而下脆臲，曾何足以少安？嘻！君其听哉：女长辞姥，臣老辞主；发衰辞头，叶枯辞树。物无细大，功成者去，君何嗟嗟？独不闻诸道经：我身非我有也，盖天地之委形。君何嗟嗟？又不闻诸佛说：是身如浮云，须臾变灭，由是而言，君何有焉？所宜委百骸而顺万化，胡为乎嗟嗟于一牙一齿之间！吾应曰：吾过矣，尔之言然。

○游戏名通，《庄子》寓言之旨也。后段分三层，"功成者去"一层，是盛衰相寻之理；"道经"一层，归于旷达；"佛说"一层，衷诸虚无。小中见大，视韩愈《落齿诗》，更觉波澜不竭。

不能忘情吟　并序

乐天既老，又病风，乃录家事，会经费，去长物。妓有樊素者，年二十余，绰绰有歌舞态，善唱《杨枝》，人多以曲名名之，由是名闻洛下，籍在经费中，将放之。马有骆者，驵壮骏稳，乘之亦有年，籍在长物中，将鬻之。圉人牵马出门，马骧首反顾一鸣，声音间似知去而旋恋者。素闻马嘶，惨然立且拜，婉娈有辞，（自注：辞具下。）辞毕泣下。予闻素言，亦愍默不能对，且命回勒反袂。饮素酒，自饮一杯，快吟数十声。声成文，文无定句，句随吟之短长也，凡二百三十四言。噫！予非圣达，不能忘情，又不至于不及情者。事来搅情，情动不可柅，因自哂，题其篇曰"不能忘情吟"。吟曰：

鬻骆马兮放杨柳枝，掩翠黛兮顿金羁。马不能言兮长鸣而却顾，杨柳枝再拜长跪而致辞。辞曰："主乘此骆五年，凡千有八百日，衔橛之下，不惊不逸。素事主十年，凡三千有六百日，巾栉之间，无违无失。今素貌虽陋，未至衰摧；骆力犹壮，又无痶瘨。即骆之力尚可以代主一步，素之歌亦可以送主一杯。一旦双去，有去无回。故素将去，其辞也苦；骆将去，其鸣也哀。此人之情也，马之情也，岂主君独无情哉？"予俯而叹，仰而咍，且曰："骆骆尔勿嘶，素素尔勿啼。骆反厩，素反闺。吾疾虽作、年虽颓，幸未及项籍之将死，亦何必一日之内，弃骓兮而别虞兮？乃目素兮素兮，为我歌杨柳枝，我姑酌彼金罍，我与尔归醉乡去来。"

○借樊素语，问答成篇。亦因序中摹写尽致，故作此变化避就之法。

◇《冷斋夜话》曰:"东坡南迁,侍儿王朝云者请从行,东坡嘉之,作诗有'不学杨枝别乐天'句。其序云:'世谓乐天有鬻骆放杨柳枝词,嘉其至老病不忍去也。'然梦得诗曰:'春尽絮飞留不得,随风好去落谁家。'乐天亦云:'病与乐天相伴住,春同樊素一时归。'则是樊素竟去也。"

江南喜逢萧九彻因话长安旧游戏赠五十韵

忆昔嬉游伴,多陪欢宴场。寓居同永乐,幽会共平康。
师子寻前曲,声儿出内坊。花深态奴宅,竹错得怜堂。
庭晚开红药,门闲荫绿杨。经过悉同巷,居处尽连墙。
时世高梳髻,风流澹作妆。戴花红石竹,帔晕紫槟榔。
鬟动悬蝉翼,钗垂小凤行。拂胸轻粉絮,暖手小香囊。
选胜移银烛,邀欢举玉觞。炉烟凝麝气,酒色注鹅黄。
急管停还奏,繁弦慢更张。雪飞迴舞袖,尘起绕歌梁。
旧曲翻调笑,新声打义扬。多情推阿软,巧语许秋娘。
风暖春将暮,星回夜未央。宴余添粉黛,坐久换衣裳。
结伴归深院,分头入洞房。綵帷开翡翠,罗荐拂鸳鸯。
留宿争牵袖,贪眠各占床。绿窗笼水影,红壁背灯光。
索镜收花钿,邀人解袷裆。暗娇妆靥笑,私语口脂香。
怕晓听钟坐,羞明映缦藏。眉残蛾翠浅,鬟解绿云长。
聚散知无定,忧欢事不常。离筵开夕宴,别骑促晨装。
去住青门外,留连浐水傍。车行遥寄语,马驻共相望。
云雨分何处?山川共异方。野行初寂寞,店宿乍恓惶。
别后嫌宵永,愁来厌岁芳。几看花结子,频见露为霜。

岁月何超忽,音容坐渺茫。往还书断绝,来去梦游扬。
自我辞秦地,逢君客楚乡。当嗟异岐路,忽喜共舟航。
话旧堪垂泪,思乡数断肠。愁云接巫峡,泪竹近潇湘。
月落江湖阔,天高节候凉。浦深烟渺渺,沙冷月苍苍。
红叶江枫老,青芜驿路荒。野风吹蟋蟀,湖水浸菰蒋。
帝路何由见?心期不可忘。旧游千里外,往事十年强。
春昼提壶饮,秋林摘橘尝。强歌还自感,纵饮不成狂。
永夜长相忆,逢君各共伤。殷勤万里意,并写赠萧郎。
○通首分三段:"忆昔嬉游伴"直起,至"鬟解绿云长"一段,叙长安旧游也;"聚散知无定"二句作一转,至"来去梦游扬"一段,叙别后星霜屡易也;"自我辞秦地"以下,叙正面。抚今追昔,满目苍凉,殊有"对此茫茫,百端交集"之感。末以"赠"字作结,篇法完密。

送刘郎中赴任苏州(二首)

仁风膏雨去随轮,胜境欢游到逐身。
水驿路穿儿店月,花船棹入女湖春。自注:语儿店、女坟湖,皆胜地也。

宣城独咏窗中岫,柳恽单题汀上蘋。
何似姑苏诗太守,吟诗相继有三人?自注:领吴郡日,刘尝赠予诗云:"苏州刺史例能诗,西掖吟来替左司。"故有三人之戏耳。
◇汪立名曰:"按:'语儿'即'御儿'。吴越分境,越国西北置'御儿',与吴分为界。《通典》注云:在嘉兴县南,有地名御儿也。《国语》曰:'吾用御儿临之。'今俗作'语'字。又吴改'禾兴'为'嘉兴'。隋废，唐武德四年复置；九年，省入吴县；贞观八年复置。属苏州。女坟湖，《吴地记》云：'吴王葬女，取土成湖。'又《郡国志》：'王女坟在郭西，云阖庐食蒸鱼，尝半而与女，女怒自杀。阖庐痛之，葬于国西阊门外，文石为椁，金鼎玉杯，银樽珠襦，悉以送女。'又《记》云：'以水绕坟，因名女坟湖。'白蘋洲在湖州霅溪之东南，去州一里。洲上有鲁公颜真卿芳菲亭，内有梁太守柳恽诗云：'汀洲采白蘋，日暮江南春。'因以为名。以上并见《太平寰宇记》。"

灵岩寺

馆娃宫畔千年寺，水阔云多客到稀。
闻说春来更惆怅，百花深处一僧归。

寄韬光禅师

一山门作两山门，两寺原从一寺分。
东涧水流西涧水，南山云起北山云。
前台花发后台见，上界钟声下界闻。
遥想吾师行道处，天香桂子落纷纷。
◇汪立名曰："按《方舆胜览》：'虔州有天竺寺，在水东三里。'东坡《天竺寺》诗'香山居士留遗迹'一首序云：'予年十二，先君自虔州归，谓予言：近城山中天竺寺，有白乐天亲书"一山门作两山门"诗，笔势奇逸，墨迹如新。今四十年，予来访之，则诗已亡，有刻石存耳。感涕不已，而作是诗。'又东坡书乐天此诗后云：'唐韬光禅师，自钱唐天竺来住是山，乐天守苏日，以此诗寄之。庆历中，先君游此，犹见乐天真迹。后四十七年，轼南迁过虔，复经此寺，徒见石刻而已。绍圣元年八月十七日。'是此诗固寄虔州也。但韬光禅师本住灵隐，故诗中有'天香桂子'语。《咸淳临安志》：'灵山之阴，此涧之阳即灵隐寺；灵山之南，南涧之阳即天竺寺。二涧流水号钱源。泉绕寺峰南北而下，至峰前合为一涧，有桥号合涧。'又云：'灵隐、天竺，两山由一门而入。'又云东坡虔州《天竺寺诗》引云云。据此则乐天诗非为杭作，故旧志不收。但坡公《赠杭州上天竺辨才》二诗，一云：'想见南北山，花发前后台。'一云：'南北一山门，上下两天竺。'又皆采白诗语。姑附著于此，以俟知者。要之，白诗自是寄杭州，后韬光移锡，与诗俱去，故遗迹在虔耳。"

卷二十七

昌黎韩愈诗一

韩愈文起八代之衰，而其诗亦卓绝千古。论者常以文掩其诗，甚或谓于诗本无解处。夫唐人以诗名家者多，以文名家者少。谓韩文重于韩诗可也，直斥其诗为不工，则群儿之愚也。

大抵议韩诗者，谓诗自有体，此押韵之文，格不近诗；又豪放有余，深婉不足，常苦意与语俱尽。盖自刘攽、沈括，时有异同；而黄鲁直、陈师道辈，遂群相訾謷，历宋、元、明，异论间出。此实昧于昌黎得力之所在，未尝沿波以讨其源，则真不辨诗体者也。

夫六义肇兴，体裁斯别，言简而意该，节短而韵长，含吐抑扬，虽重复其词，而弥有不尽之味，此风人之旨也。至于二《雅》、三《颂》，铺陈终始，竭情尽致，义存乎扬厉而不病其夸，情迫于呼号而不嫌其激，其为体迥异于《风》，非特词有繁简，其意之隐显固殊焉。千古以来，宁有以少含蓄为《雅》《颂》之病者乎？然则唐诗如王、孟一派，源出于《风》，而愈则本之《雅》《颂》，以大畅厥辞者也。

其生平论诗，专主李、杜，而于治水之航、磨天之刃，慷慨追慕，诚欲效其震荡乾坤、陵暴万类，而后得尽吐其奇杰之气。其视清微淡远、雅咏温恭，殊不足以尽吾才；然偶一为之，余力亦足以相及，如《琴操》及《南溪》诸作具在，特性所不近，不多作耳。而仰攻者，顾执多少之数，以判优绌之数乎？拟桃源为乐土，而辄谓洪河太华之虮人；求仙佛之玄虚，而反以圣贤经天纬地为多事，此其说，固不待智者而决也。

今试取韩诗读之，其壮浪纵恣，摆去拘束，诚不减于李；其浑涵汪茫，千汇万状，诚不减于杜。而风骨峻嶒，腕力矫变，得李、杜之神而不袭其貌，则又拔奇于二子之外而自成一家。夫诗至足与李、杜鼎立，而论定犹有待于千载之后，甚矣诗道之难言也！然元稹固尝推杜而抑李，欧阳修又主退之、不主子美。李、杜已然在，愈故应不免。彼自鸣自息者，又乌足与深辨哉！

兹集所登，为古诗者什八，为律诗者什二，盖愈诗偏以古胜，此自有定论也。联句之盛，前此未有，以非一人所得专美，故置不录。若夫集外遗诗，如《嘲鼾睡》《辞唱歌》，浅俚丑恶，假托无疑，直应削去，而不容列诸集中者也。

元和圣德诗　并序

臣愈顿首再拜言：臣伏见皇帝陛下即位以来，诛流奸臣，朝廷清明，无有欺蔽。外斩杨惠琳、刘辟，以收夏、蜀；东定青、徐积年之叛。海内怖骇，不敢违越。郊天告庙，神灵欢喜。风雨晦明，无不从顺。太平之期，适当今日。臣蒙被恩泽，日与群臣序立紫宸殿陛下，亲望穆穆之光。而其职业，又在以经籍教导国子，诚宜率先作歌诗以称道盛德，不可以辞语浅薄，不足以自效为解。辄依古作四言《元和圣德诗》一篇，凡千有二十四字，指事实录，具载明天子文武神圣，以警动百姓耳目，传示无极。其诗曰：

皇帝即阼，物无违拒，曰旸而旸，曰雨而雨。
维是元年，有盗在夏，欲覆其州，以踵近武。
皇帝曰嘻！岂不在我？负鄙为艰，纵则不可。

出师征之，其众十旅，军其城下，告以福祸。
腹败枝披，不敢保聚，掷首陴外，降幡夜竖。
疆外之险，莫过蜀土。韦皋去镇，刘辟守后。
血人于牙，不肯吐口。开库㪷士，曰随所取。
汝张汝弓，汝鼓汝鼓，汝为表书，求我帅汝。
事始上闻，在列咸怒。皇帝曰然，嗟远士女。
苟附而安，则且付与。读命于庭，出节少府。
朝发京师，夕至其部。辟喜谓党：汝振而伍，
蜀可全有，此不当受。万牛脔炙，万瓮行酒；
以锦缠股，以红帕首。有恇其凶，有饵其诱。
其出于穰穰，队以万数。遂劫东川，遂据城阻。
皇帝曰嗟！其又可许！爰命崇文，分卒禁御。
有安其驱，无暴我野。日行三十，徐壁其右。
辟党聚谋，鹿头是守。崇文奉诏，进退规矩。
战不贪杀，擒不滥数。四方节度，整兵顿马。
上章请讨，俟命起坐。皇帝曰嘻，无汝烦苦。
荆并洎梁，在国门户，出师三千，各选尔醜。
四军齐作，殷其如阜，或拔其角，或脱其距。
长驱洋洋，无有龃龉。八月壬午，辟弃城走。
载妻与妾，包裹稚乳。是日崇文，入处其宇，
分散逐捕，搜原剔薮。辟穷见窘，无地自处，
俯视大江，不见洲渚，遂自颠倒，若杵投臼。
取之江中，枷脰械手，妇女累累，啼哭拜叩，
来献阙下，以告庙社。周示城市，咸使观睹。
解脱挛索，夹以砧斧。婉婉弱子，赤立伛偻，

牵头曳足，先断腰膂。次及其徒，体骸撑拄。
末乃取辟，骇汗如写，挥刀纷纭，争刲脍脯。
优赏将吏，扶珪缀组，帛堆其家，粟塞其庾；
哀怜阵殁，廪给孤寡，赠官封墓，周币宏溥。
经战伐地，宽免租簿。施令酬功，急疾如火。
天地中间，莫不顺序。幽恒青魏，东尽海浦，
南至徐蔡，区外杂虏，怛威柸德，踧踖蹈舞，
掉弃兵革，私习篃篅，来请来觐，十百其耦。
皇帝曰吁！伯父叔舅，各安尔位，训厥珉甿。
正月元日，初见宗祖，躬执百礼，登降拜俯。
荐于新宫，视瞻梁栭，戚见容色，泪落入俎，
侍祠之臣，助我恻楚。乃以上辛，于郊用牡，
除于国南，鳞笋毛簸，庐幕周施，开揭磊砢。
兽盾腾拏，圆坛帖妥，天兵四罗，旂常妸娜，
驾龙十二，鱼鱼雅雅。宵升于丘，奠璧献斝。
众乐惊作，轰豗融冶；紫焰嘘呵，高灵下堕。
群星从坐，错落侈哆；日君月妃，焕赫媒妭。
渎鬼濛鸿，岳祇嶪峨；饫沃膻芗，产祥降嘏。
凤皇应奏，舒翼自拊；赤麟黄龙，逶陀结纠。
卿士庶人，黄童白叟，踊跃欢呀，失喜噎欧。
乾清坤夷，境落褰举。帝车回来，日正当午，
幸丹凤门，大赦天下。涤濯刬磢，磨灭瑕垢。
续功臣嗣，拔贤任耇；孩养无告，仁滂施厚。
皇帝神圣，通达今古，听聪视明，一似尧禹；
生知法式，动得理所。天锡皇帝，为天下主，

并包畜养，无异细巨，亿载万年，敢有违者？
皇帝俭勤，盥濯陶瓦，斥遣浮华，好此绠纼，
敕戒四方，侈则有咎。天锡皇帝，多麦与黍，
无召水旱，耗于雀鼠，亿载万年，有富无窭。
皇帝正直，别白善否，擅命而狂，既剸既去，
尽逐群奸，靡有遗侣。天锡皇帝，庞臣硕辅，
博问遐观，以置左右，亿载万年，无敢余侮。
皇帝大孝，慈祥悌友，怡怡愉愉，奉太皇后，
浃于族亲，濡及九有。天锡皇帝，与天齐寿，
登兹太平，无怠永久，亿载万年，为父为母。
博士臣愈，职是训诂，作为歌诗，以配吉甫。

○典雅处似《毛诗》，质峭处似秦碑，华润处似《文选》。然通体质峭居多，首尾颂扬亦弥与秦碑为近。"诛辟"一段，借以悚动藩镇，前人论之详矣。至"幽恒青魏"一段，写诸道震慑，而朝廷慰安镇抚，得体有威，尤是最着意处。

◇穆修曰："退之《元和圣德诗》《淮西碑》《柳雅章》之类，皆辞严义伟，制作如经，能崒然耸唐德于盛汉之表。"

◇《笔墨间录》曰："此序乃司马迁之文，非相如文也。"

◇张栻曰："诵退之《圣德颂》至'婉婉弱子，赤立伛偻，牵头曳足，先断腰膂'处，世荣举子由之说曰：'此李斯《颂秦》所不忍言，而退之自谓无愧于《风》《雅》，何其陋也！'此说如何？曰：退之笔力高，得斩截处即斩截。他岂不知此？所以为此言者，必有说，盖欲使藩镇闻之畏罪惧祸，不敢叛耳。今人读之至此，犹且寒心，况当时藩镇乎？此正是合乎《风》《雅》处。只如《墙有茨》《桑中》诸诗，或以为不必载，而龟山乃曰：'此卫为夷狄所灭之由。退之之言，亦此意也。'退之之意，过于子由远矣！大抵前辈不可轻议。"

◇樊汝霖曰:"此诗苏黄门独谓不然,且曰:'此特宪宗命崇文诛一刘辟尔,其言"辟弃城走,争刳脍脯",何其琐屑之甚。谓之造语工则可,谓之得《雅》体,未也。《诗》载文王伐崇,武王伐纣,固自有体。退之独不到此耶?亦其少年所为文也。'按公时年四十,不可谓少。大抵德不足则夸,宪宗功烈固伟,比文、武则有间矣。王荆公尝论《诗》曰:'《周颂》之词约,约所以为严,德盛故也;《鲁颂》之词侈,侈所以为夸,德不足故也。'是诗也,亦《鲁颂》之谓欤?"

◇《彦周诗话》曰:"韩退之《元和圣德诗》云:'驾龙十二,鱼鱼雅雅',其深于《诗》者耶!"

琴操十首

将归操　孔子之赵闻杀鸣犊作

狄之水兮,其色幽幽。我将济兮,不得其由。

涉其浅兮,石啮我足;乘其深兮,龙入我舟。

我济而悔兮,将安归尤?

归兮归兮,无与石斗兮,无应龙求。

○喻意奇警。

猗兰操　孔子伤不逢时作

兰之猗猗,扬扬其香。不采而佩,于兰何伤?

今天之旋,其曷为然?我行四方,以日以年。

雪霜贸贸,荠麦之茂。子如不伤,我不尔觏。

荠麦之茂,荠麦之有;君子之伤,君子之守。

○"荠麦"二语,妙于和平;"君子"二语,妙于斩截,写得安土乐天意出。

龟山操　孔子以季桓子受齐女乐,谏不从,望龟山而作
龟之氛兮,不能云雨。龟之枿兮,不中梁柱。
龟之大兮,只以奄鲁。知将隳兮,哀莫余伍。
周公有鬼兮,嗟余归辅。
〇一结深痛。

越裳操　周公作
雨之施,物以孳。我何意于彼为?
自周之先,其艰其勤,以有疆宇,私我后人。
我祖在上,四方在下。厥临孔威,敢戏以侮?
孰荒于门,孰治于田?四海既均,越裳是臣。
〇"我何意于彼为?"不享其赘,不臣其人,妙用尽此六字。"四海既均,越裳是臣",愈淡愈妙,所谓"不著一字,尽得风流"也。
◇李光地曰:"'孰荒于门,孰治于田',言'岂有荒于门而能治于田者',见非安近无以服远,起下两句意。"

拘幽操　文王羑里作
目窈窈兮,其凝其盲;耳肃肃兮,听不闻声。
朝不日出兮,夜不见月与星。有知无知兮,为死为生?
呜呼!臣罪当诛兮,天王圣明。
◇伊川程子曰:"退之作《琴操》,有曰'臣罪当诛兮,天王圣明',道文王意中事。前后之人,道不到此。徐仲车言:退之《拘幽操》,谓文王囚羑里作,乃云'臣罪当诛兮,天王圣明',此可谓知文王之用心矣。《凯风》七子之母,犹不能安其室,而

云'母氏圣善,我无令人',重自责也。"

岐山操　周公为大王作
我家于豳,自我先公。伊我承序,敢有不同?
今狄之人,将土我疆。民为我战,谁使死伤?
彼岐有岨,我往独处。尔莫余追,无思我悲。

履霜操　尹吉甫子伯奇无罪,为后母潜而见逐,自伤作
父兮儿寒,母兮儿饥。儿罪当笞,逐儿何为?
儿在中野,以宿以处。四无人声,谁与儿语?
儿寒何衣,儿饥何食?儿行于野,履霜以足。
母牛众儿,有母怜之;独无母怜,儿宁不悲?
○结处独呼母怜,更得神解。

雉朝飞操　牧犊子七十无妻,见雉双飞,感之而作
雉之飞,于朝日。群雌孤雄,意气横出。
当东而西,当啄而飞。随飞随啄,群雌粥粥。
嗟我虽人,曾不如彼雉鸡。生身七十年,无一妾与妃。

别鹄操　商陵穆子娶妻五年无子,父母欲其改娶,
　　　　其妻闻之,中夜悲啸,穆子感之而作
雄鹄衔枝来,雌鹄啄泥归。巢成不生子,大义当乖离。
江汉水之大,鹄身鸟之微。更无相逢日,且可绕树相随飞。

残形操　曾子梦见一狸不见其首作
有兽维狸兮,我梦得之。其身孔明兮,而头不知。

吉凶何为兮？觉坐而思。巫咸上天兮，识者其谁？

◇《沧浪诗话》曰："韩退之《琴操》高古，正是本色，非唐贤所及。"

◇《渔隐丛话》曰："唐子西《语录》云：古乐府命题，皆有主意。后人之用乐府为题者，直当代其人而措辞，如《公无渡河》，须作妻止其夫之辞。太白辈或失之，惟退之《琴操》得礼。《琴操》，柳子厚不能作；子厚《皇雅》，退之亦不能作也。"

◇沈德潜曰："《琴操》诸篇，深婉忠厚，得《风》《雅》之正。"

南山诗

吾闻京城南，兹维群山囿。东西两际海，巨细难悉究。
山经及地志，茫昧非受授。团辞试提挈，挂一念万漏。
欲休谅不能，粗叙所经覯。尝升崇丘望，戢戢见相凑。
晴明出棱角，缕脉碎分绣。蒸岚相溷洞，表里忽通透。
无风自飘簸，融液煦柔茂。横云时平凝，点点露数岫。
天空浮修眉，浓绿画新就。孤撑有巉绝，海浴褰鹏噣。
春阳潜沮洳，濯濯吐深秀。岩峦虽崒崪，软弱类含酎。
夏炎百木盛，荫郁增埋覆。神灵日歊歔，云气争结构。
秋霜喜刻轹，磔卓立癯瘦。参差相叠重，刚耿陵宇宙。
冬行虽幽墨，冰雪工琢镂。新曦照危峨，亿丈恒高袤。
明昏无停态，顷刻异状候。西南雄太白，突起莫间簉。
藩都配德运，分宅占丁戊。逍遥越坤位，诋讦陷乾窦。
空虚寒兢兢，风气较搜漱。朱维方烧日，阴霰纵腾糅。
昆明大池北，去觌偶晴昼。绵联穷俯视，倒侧困清沤。

微澜动水面，踊跃躁狻狖。惊呼惜破碎，仰喜呀不仆。
前寻径杜墅，坌蔽毕原陋。崎岖上轩昂，始得观览富。
行行将遂穷，岭陆烦互走。勃然思坼裂，拥掩难恕宥。
巨灵与夸蛾，远贾期必售。还疑造物意，固护蓄精祐。
力虽能排干，雷电怯呵诟。攀缘脱手足，蹭蹬抵积甃。
茫如试矫首，堙塞生怐愗。威容丧萧爽，近新迷远旧。
拘官计日月，欲进不可又。因缘窥其湫，凝湛阒阴兽。
鱼虾可俯掇，神物安敢寇。林柯有脱叶，欲堕鸟惊救。
争衔弯环飞，投叶急哺鷇。旋归道回眄，达枿壮复奏。
吁嗟信奇怪，峙质能化贸。前年遭谴谪，探历得邂逅。
初从蓝田入，顾盼劳颈脰。时天晦大雪，泪目苦朦瞀。
峻涂拖长冰，直上若悬溜。褰衣步推马，颠蹶退且复。
苍黄忘遐睎，所瞩才左右。杉篁咤蒲苏，杲耀攒介胄。
专心忆平道，脱险逾避臭。昨来逢清霁，宿愿忻始副。
峥嵘跻冢顶，倏闪杂鼯鼬。前低划开阔，烂漫堆众皱。
或连若相从，或蹙若相斗。或妥若弭伏，或竦若惊雊。
或散若瓦解，或赴若辐凑。或翩若船游，或决若马骤。
或背若相恶，或向若相佑。或乱若抽笋，或嵲若炷灸。
或错若绘画，或缭若篆籀。或罗若星离，或蓊若云逗。
或浮若波涛，或碎若锄耨。或如贲育伦，睹胜勇前购。
先强势已出，后钝嗔諲譳。或如帝王尊，丛集朝贱幼。
虽亲不亵狎，虽远不悖谬。或如临食案，肴核纷饤餖。
又如游九原，坟墓包椁柩。或累若盆甖，或揭若瓿甀。
或覆若曝鳖，或颓若寝兽。或蜿若藏龙，或翼若搏鹫。
或齐若友朋，或随若先后。或进若流落，或顾若宿留。

或戾若仇雠,或密若婚媾。或俨若峨冠,或翻若舞袖。
或屹若战阵,或围若蒐狩。或靡然东注,或偃然北首。
或如火熺焰,或若气饙馏。或行而不辍,或遗而不收。
或斜而不倚,或弛而不彀。或赤若秃鬝,或熏若柴槱。
或如龟坼兆,或若卦分繇。或前横若剥,或后断若姤。
延延离又属,夬夬叛还遘。喁喁鱼闯萍,落落月经宿。
誾誾树墙垣,巘巘架库厩。参参削剑戟,焕焕衔莹琇。
敷敷花披萼,闟闟屋摧霤。悠悠舒而安,兀兀狂以狃。
超超出犹奔,蠢蠢骇不懋。大哉立天地,经纪肖营腠。
厥初孰开张?黾俛谁劝侑?创兹朴而巧,戮力忍劳疚。
得非施斧斤,无乃假诅呪?鸿荒竟无传,功大莫酬僦。
尝闻于祠官,芬苾降歆嗅。斐然作歌诗,惟用赞报酭。

〇入手虚冒开局。"尝升崇丘"以下,总叙南山大概。"春阳"四段叙四时变态。"太白""昆明"两段,言南山方隅连亘之所自。"顷刻异状候"以上,只是大略远望,未尝身历。"瞻太白""俯昆明",眺望乃有专注,而犹未登涉也。"径杜墅""上轩昂",志穷观览矣。蹭蹬不进,仅一窥龙湫止焉;遭贬由蓝田行,则又跋涉艰危,无心观览也。层层顿挫,引满不发。直至"昨来逢清霁"以下,乃举凭高纵目所得景象,倾囊倒箧而出之,叠用"或"字,从《北山》诗化出,比物取象,尽态极妍。然后用"大哉"一段煞住。通篇气脉逶迤,笔势辣峭,蹊径曲折,包孕宏深,非此手亦不足以称题也。

◇《潜溪诗眼》曰:"孙莘老尝谓老杜《北征》胜退之《南山诗》,王平甫以为《南山》胜《北征》,终不能相服。山谷尚少,乃曰:'若论工巧,则《北征》不及《南山》;若书一代之事,以与《国风》《雅》《颂》相为表里,则《北征》不可无,而《南山》虽不作未害也。'二公之论遂定。"

◇洪兴祖曰："此诗似《上林》《子虚赋》，才力小者不可到也。"

◇晁说之曰："韩文公诗号状体，谓铺叙而无含蓄也。若'虽亲不亵狎，虽远不悖谬'，该于理多矣。"

◇顾嗣立曰："此等长篇，亦从骚赋化出。然却与《焦仲卿妻》、杜陵《北征》诸长篇不同者。彼则实叙事情，此则虚摹物状。公以画家之笔，写得南山灵异缥缈，光怪陆离，中间连用五十一'或'字，复用十四叠字，正如骏马下冈，手中脱辔；忽用'大哉立天地'数语作收，又如柝声忽惊，万籁皆寂。"

谢自然诗

果州南充县，寒女谢自然。童騃无所识，但闻有神仙。
轻生学其术，乃在金泉山。繁华荣慕绝，父母慈爱捐。
凝心感魍魉，慌惚难具言。一朝坐空室，云雾生其间。
如聆笙竽韵，来自冥冥天。白日变幽晦，萧萧风景寒。
檐楹暂明灭，五色光属联。观者徒倾骇，踯躅讵敢前。
须臾自轻举，飘若风中烟。茫茫八纮大，影响无由缘。
里胥上其事，郡守惊且叹。驱车领官吏，氓俗争相先。
入门无所见，冠履同蜕蝉。皆云神仙事，灼灼信可传。
余闻古夏后，象物知神奸。山林民可入，魍魉莫逢旃。
逶迤不复振，后世恣欺谩。幽明纷杂乱，人鬼更相残。
秦皇虽笃好，汉武洪其源。自从二主来，此祸竟连连。
木石生怪变，狐狸骋妖患。莫能尽性命，安得更长延？
人生处万类，知识最为贤。奈何不自信，反欲从物迁？
往者不可悔，孤魂抱深冤；来者犹可诫，余言岂空文。

人生有常理,男女各有伦。寒衣及饥食,在纺绩耕耘。
下以保子孙,上以奉君亲。苟异于此道,皆为弃其身。
噫乎彼寒女,永托异物群。感伤遂成诗,昧者宜书绅。

○前叙后断,排斥不遗余力。人诧其白日飞升,吾独为孤魂冤痛,警世至深切矣。"凝心感魑魅"一语,包括半部《楞严》。

◇李光地曰:"世固自有仙道,自韩子言之,则皆鬼魅所为也。信乎?曰:其入于鬼魅者多矣。故首曰'凝心感魑魅',后曰'木石生怪变,狐狸骋妖患',而中叙其升举之候,风寒幽晦,则非休征可知。然韩子本意,虽视仙道犹鬼道也,故曰:'莫能尽性命,安得更长延?'其《纪梦》云'安能从汝巢神山',则直谓世无仙道,但窜宅岩崖,群彼异物耳。"

◇顾嗣立曰:"公排斥佛老,是生平得力处。此篇全以议论作诗,词严义正,明目张胆,《原道》《佛骨表》之亚也。"

◇《集仙录》曰:"谢自然,居果州南充县。年十四,修道不食,筑室于金泉山。贞元十年十一月二十日辰时,白日升天。士女数千人,咸共瞻仰。须臾,五色云遮亘一川,天乐异香散漫。刺史李坚表闻,诏褒美之。"

秋怀诗十一首

牕前两好树,众叶光蕤蕤。秋风一披拂,策策鸣不已。
微灯照空床,夜半偏入耳。愁忧无端来,感叹成坐起。
天明视颜色,与故不相似。羲和驱日月,疾急不可恃。
浮生虽多涂,趋死惟一轨。胡为浪自苦?得酒且欢喜。

白露下百草,萧兰共雕悴。青青四墙下,已复生满地。
寒蝉暂寂寞,蟋蟀鸣自恣。运行无穷期,禀受气苦异。

适时各得所，松柏不必贵。

彼时何卒卒，我志何曼曼？犀首空好饮，廉颇尚能饭。
学堂日无事，驱马适所愿。茫茫出门路，欲去聊自劝。
归还阅书史，文字浩千万。陈迹竟谁寻？贱嗜非贵献。
丈夫意有在，女子乃多怨。

秋气日恻恻，秋空日凌凌。上无枝上蜩，下无盘中蝇，
岂不感时节，耳目去所憎。清晓卷书坐，南山见高棱。
其下澄湫水，有蛟寒可罾。惜哉不得往，岂谓吾无能。
〇用意与《同谷六歌》略同。

离离挂空悲，戚戚抱虚警。露泫秋树高，虫弔寒夜永。
敛退就新懦，趋营悼前猛。归愚识夷涂，汲古得修绠。
名浮犹有耻，味薄真自幸。庶几遗悔尤，即此是幽屏。
〇此首特多见道之言。
◇葛立方曰："此则陶潜《归去来辞》'觉今是昨非'之意，似有所悟也。"

今晨不成起，端坐尽日景。虫鸣室幽幽，月吐窗囧囧。
丧怀若迷方，浮念剧含梗。尘埃慵伺候，文字浪驰骋。
尚须勉其顽，王事有朝请。

秋夜不可晨，秋日苦易暗。我无汲汲志，何以有此憾？
寒鸡空在栖，缺月烦屡瞰。有琴具徽絃，再鼓听愈淡。
古声久埋灭，无由见真滥。低心逐时趋，苦勉只能暂。

有如乘风船,一纵不可缆。不如觑文字,丹铅事点勘。
岂必求赢余,所要石与甔。
◇李光地曰:"首言其汲汲求志,而患日之不足也。又言淡
古之音,世无知者;低心逐时,性所不堪,如乘风之船,不能自
返,故惟有读书以自乐,苟暂得甔石之储,便浩浩乎无求矣。"

卷卷落地叶,随风走前轩。鸣声若有意,颠倒相追奔。
空堂黄昏暮,我坐默不言。童子自外至,吹灯当我前。
问我我不应,馈我我不餐。退坐西壁下,读诗尽数编。
作者非今士,相去时已千。其言有感触,使我复悽酸。
顾谓汝童子,置书且安眠。丈夫属有念,事业无穷年。
◇李光地曰:"言诵古人诗,与古人相感,默然安寝,而志
乎无穷之业,《诗》所谓'独寐寤宿,永失弗告'者欤?"

霜风侵梧桐,众叶着树干。空阶一片下,琤若摧琅玕。
谓是夜气灭,望舒霣其团。青冥无依倚,飞辙危难安。
惊起出户视,倚楹久汍澜。忧愁费景,日月如跳丸。
迷复不计远,为君驻尘鞍。
○一叶之落,写得如许奇峭。此等蹊径,从何处开出?联句
云"肠胃绕万象",可想见落笔时意思。

暮暗来客去,群嚣各收声。悠悠偃宵寂,亶亶抱秋明。
世累忽进虑,外忧遂侵诚。强怀张不满,弱念缺已盈。
诘屈避语穽,冥茫触心兵。败虞千金弃,得比寸草荣。
知耻足为勇,晏然谁汝令?

鲜鲜霜中菊,既晚何用好?扬扬弄芳蝶,尔生还不早。
运穷两值遇,婉娈死相保。西风蛰龙蛇,众木日凋槁。
由来命分尔,泯灭岂足道。

○《秋怀诗》抑塞磊落,所谓"寒士失职而志不平"者。昔人谓东野诗,读之令人不欢。观昌黎此等作,真乃异曲同工,固宜有臭味之合也。

◇樊汝霖曰:"《秋怀诗》十一首,《文选》诗体也。唐人最重《文选》学,公以六经之文为诸儒唱,《文选》弗论也。独于李邢墓志之曰'能暗记《论语》《尚书》《毛诗》《左氏》《文选》',而公诗如'自许连城价''傍砌看红药''眼穿长讶双鱼断'之句,皆取诸《文选》,故此诗往往有其体。"

◇《后山诗话》曰:"韩诗《秋怀》《别元协律》《南溪始泛》,皆佳作也。"

卷二十八

昌黎韩愈诗二

赴江陵途中寄赠王二十补阙、李十一拾遗、李二十六员外翰林三学士

孤臣昔放逐,血泣追愆尤。汗漫不省识,恍如乘桴浮。
或自疑上疏,上疏岂其由?是年京师旱,田亩少所收。
上怜民无食,征赋半已休。有司恤经费,未免烦征求。
富者既云急,贫者固已流。传闻闾里间,赤子弃渠沟。
持男易斗粟,掉臂莫肯酬。我时出衢路,饿者何其稠。
亲逢道边死,伫立久咿嚘。归舍不能食,有如鱼中钩。
适会除御史,诚当得言秋。拜疏移阁门,为忠宁自谋?
上陈人疾苦,无令绝其喉;下陈畿甸内,根本理宜优。
积雪验丰熟,幸宽待蚕麰。天子恻然感,司空叹绸缪。
谓言即施设,乃反迁炎州。同官尽才俊,偏善柳与刘。
或虑语言泄,传之落冤雠。二子不宜尔,将疑断还不。
中使临门遣,顷刻不得留。病妹卧床褥,分知隔明幽,
悲啼乞就别,百请不颔头。弱妻抱稚子,出拜忘惭羞,
俛仰不回顾,行行诣连州。朝为青云士,暮作白首囚。

商山季冬月，冰冻绝行辀。春风洞庭浪，出没惊孤舟。
逾岭到所任，低颜奉君侯。酸寒何足道，随事生疮疣。
远地触途异，吏民似猿猴。生狞多忿很，辞舌纷嘲啁。
白日屋檐下，双鸣斗鵂鶹。有蛇类两首，有蛊群飞游。
穷冬或摇扇，盛夏或重裘。飓起最可畏，訇哮簸陵丘。
雷霆助光怪，气象难比侔。疠疫忽潜遘，十家无一瘳。
猜嫌动置毒，对案辄怀愁。前日遇恩赦，私心喜还忧。
果然又羁絷，不得归锄耰。此府雄且大，腾凌尽戈矛。
棲棲法曹掾，何处事卑陬。生平企仁义，所学皆孔周。
早知大理官，不列三后俦；何况亲犴狱，敲搒发奸偷。
悬知失事势，恐自罹罝罘。湘水清且急，凉风日脩脩。
胡为首归路，旅泊尚夷犹？昨者京师至，嗣皇传冕旒。
赫然下明诏，首罪诛共吺。复闻颠夭辈，峨冠进鸿畴。
班行再肃穆，璜珮鸣琅璆。伫继贞观烈，边封脱兜鍪。
三贤推侍从，卓荦倾枚邹。高议参造化，清文焕皇猷。
协心辅齐圣，政理同毛輶。《小雅》咏鸣鹿，食苹贵呦呦。
遗风邈不嗣，岂忆尝同裯。失志早衰换，前期拟蜉蝣。
自从齿牙缺，始慕舌为柔。因疾鼻又塞，渐能等薰莸。
深思罢官去，毕命依松楸。空怀焉能果，但见岁已遒。
殷汤闵禽兽，解网祝蛛蝥。雷焕掘宝剑，冤氛销斗牛。
兹道诚可尚，谁能借前筹？殷勤谢吾友，明月非暗投。

○此自阳山量移江陵，而寄王涯、李建、李程，意在奉复耳。有求于人，易涉贬屈，而"齿缺鼻塞"等语，借失志衰换写意，似有惩创；然只以诙谐出之，固知倔强犹昔，不肯折却腰骨也。意缠绵而词悽婉，神味极似《小雅》。

◇《旧唐书》：愈转监察御史，德宗晚年宫市之弊，愈尝上章数千言,极论之;不听,怒贬为连州阳山令,量移江陵府掾曹。

◇洪兴祖曰:"贞元十九年,公自博士拜监察御史。是时有诏以旱饥蠲租之半,有司征愈急。公与张署、李方叔上疏,言关中天下根本,民急如是,请宽民徭而免田租。天子恻然,卒为幸臣所谗,贬连州阳山令。幸臣,李实也。《旧书》云云,疏今不传。则公之被黜,坐论此两事也。"

◇方崧卿曰:"公阳山之贬,寄三学士诗叙述其详,而行状但云'为幸臣所恶,出宰阳山';《神道碑》亦只云'因疏关中旱饥,专政者恶之',则其非为论宫市明矣。然行状且谓为幸臣所恶,而公诗云'或自疑上疏,上疏岂其由',则又未必皆上疏之罪也。又曰:'同官尽才俊,偏善柳与刘。或虑语言泄,传之落冤仇。'又《岳阳楼诗》云:'前年出官由,此祸最无妄。奸猜畏弹射,斥逐恣欺诳。'是盖为王叔文、韦执谊等所排矣。《忆昨行》云:'伾文未揃崖州炽,虽得赦宥常愁猜。'其其为叔文等所排,岂不明甚?特无所归咎,驾其罪于上疏耳。"

此日足可惜一首赠张籍

此日足可惜,此酒不足尝。舍酒去相语,共分一日光。
念昔未知子,孟君自南方。自矜有所得,言子有文章。
我名属相府,欲往不得行。思之不可见,百端在中肠。
维时月魄死,冬日朝在房。驱驰公事退,闻子适及城。
命车载之至,引坐于中堂。开怀听其说,往往副所望。
孔丘殁已远,仁义路久荒。纷纷百家起,诡怪相披猖。
长老守所闻,后生习为常。少知诚难得,纯粹古已亡。
譬彼植园木,有根易为长。留之不遣去,馆置城西旁。

岁时未云几,浩浩观湖江。众夫指之笑,谓我知不明。
儿童畏雷电,鱼鳖惊夜光。州家举进士,选试缪所当。
驰辞对我策,章句何炜煌。相公朝服立,工席歌鹿鸣。
礼终乐亦阕,相拜送于庭。之子去须臾,赫赫流盛名。
窃喜复窃叹,谅知有所成。人事安可恒,奄忽令我伤。
闻子高第日,正从相公丧。哀情逢吉语,惝恍难为双。
暮宿偃师西,徒展转在床。夜闻汴州乱,绕壁行彷徨。
我时留妻子,仓卒不及将。相见不复期,零落甘所丁。
骄女未绝乳,念之不能忘。忽如在我所,耳若闻啼声。
中途安得返,一日不可更。俄有东来说,我家免罹殃。
乘船下汴水,东去趋彭城。从丧朝至洛,还走不及停。
假道经盟津,出入行涧冈。日西入军门,羸马颠且僵。
主人愿少留,延入陈壶觞。卑贱不敢辞,忽忽心如狂。
饮食岂知味,丝竹徒轰轰。平明脱身去,决若惊凫翔。
黄昏次泛水,欲过无舟航。号呼久乃至,夜济十里黄。
中流上滩潬,沙水不可详。惊波暗合沓,星宿争翻芒。
辕马蹄蹢鸣,左右泣仆童。甲午憩时门,临泉窥斗龙。
东西出陈许,陂泽平茫茫。道边草木花,红紫相低昂。
百里不逢人,角角雄雉鸣。行行二月暮,乃及徐南疆。
下马步堤岸,上船拜吾兄。谁云经艰难,百口无夭殇。
仆射南阳公,宅我睢水阳。箧中有余衣,盎中有余粮。
闭门读书史,窗户忽已凉。日念子来游,子岂知我情?
别离未为久,辛苦多所经。对食每不饱,共言无倦听。
连延三十日,晨坐达五更。我友二三子,宦游在西京。
东野窥禹穴,李翱观涛江。萧条千万里,会合安可逢?

淮之水舒舒，楚山直丛丛。子又舍我去，我怀焉所穷？

男儿不再壮，百岁如风狂。高爵尚可求，无为守一乡。

○追溯与籍交结之始，至今日重逢、别去，而其中历叙己之崎岖险难，意境纡折，时地分明，摹刻不传之情，并觑缕不必详之事，佺偬杂沓，真有波涛夜惊、风雨骤至之势。若后人为之，鲜不失之冗散者。须玩其劲气直达处，数十句如一句；尤须玩其通篇章法，搏挽操纵，笔力如一发引千钧，庶可神明于规矩之外。

◇《六一诗话》曰："退之笔力，无施不可，而尝以诗为文章末事，故其诗曰'多情怀酒伴，余事作诗人'也。然其资谈笑、助谐谑，叙人情、状物态，一寓于诗而曲尽其妙。此在雄文大手，固不足论，而予独爱其工于用韵也。盖其得韵宽，则波澜横溢，泛入傍韵，乍还乍离，出入回合，殆不可拘以常格，如《此日足可惜》之类是也；得韵窄，则不复傍出，而因难见巧，愈险愈奇，如《病中赠张十八》之类是也。余尝与圣俞论此，谓譬如善驭良马者，通衢广陌，纵横驰逐，惟意所之；至于水曲蚁封，疾徐中节，而不少蹉跌，乃天下之至工也。圣俞戏曰：'前史言退之为人木强，若宽韵可自足而辄傍出，窄韵难独用而反不出，岂非其拗强而然欤？'坐客皆为之笑也。"

◇《渔隐丛话》曰："唐子西谓退之作古诗，有故避属对者，'淮之水舒舒，楚山直丛丛'是也。"

◇某氏曰："按此篇押二'光'字，二'鸣'字，二'更'字，二'狂'字。胡仔谓退之好重叠用韵，以尽己之意，盖不恤其为病也。"

◇《容斋四笔》曰："退之《此日足可惜》一首赠张籍，凡百四十句，杂用东、冬、江、阳、庚、青六韵。及其亡也，籍作诗祭之，凡百六十六句，用阳、庚二韵，其语铿锵震厉，全仿韩体。所谓'乃出二侍女，合弹琵琶筝'者是也。"

◇李光地曰："首叙与籍相遇之初，中言汴州之乱，避难至徐，复与籍相见，而惜其去也。按《诗》《易》《书》《春秋》及秦汉以上古文用韵，东、江为一部，阳一部，青一部，庚则半入阳而半入青也，蒸自为一部，支、微、齐、佳、灰为一部，而支韵字半入歌，歌、麻为一部，而麻韵字半入虞，鱼、虞为一部，萧、肴、豪、尤为一部，尤韵字又以其半入支与虞，焉、真、文、元、寒、删、先为一部，侵、覃、盐、咸为一部。此长洲顾宁人氏所区别，凡十部以合古韵，其援据详明，而证验的确矣。顾氏讥韩公不识古韵，盖谓此诗及《元和圣德》之类。然顾氏之学，以质于《诗》《书》、古文，合者为多；至声气之元，歌乐之用，古人所以协律同文之本，则似有未能明者。盖东、冬、江、阳、庚、青、蒸七韵，原为一部，以其元乃一气所生，而用之以叶歌曲，则收声必同故也；真、文、元、寒、删、先及侵、覃、盐、咸皆然。至支、微、齐、鱼、虞、歌、麻诸韵，又各部之根。凡各部中，字生音起韵，皆从此而得，应自为一部。而通、同之欲其源派分明，故亦别为三部：歌、麻也，鱼、虞也，支、微、齐也。然鱼、虞之韵，能生萧、肴、豪、尤，故萧、肴、豪、尤与鱼、虞同一收声，而可以通用；支、微、齐能生佳、灰，故佳、灰与支、微、齐同一收声，而可以通用也。至歌、麻与鱼、虞虽别部，而尤相近，盖古人读鱼、虞字皆如模字，读麻字皆如歌字，缘歌、模两字相近，其收声亦颇同，则鱼、虞可通于萧、肴、豪、尤者，歌麻亦可通矣。如东、冬七韵，真、文六韵，侵、覃四韵，虽亦支、微、鱼、虞、齐、歌、麻所生，然翻转于齿、舌、唇、鼻间而得之，非喉音直切所生，如萧、肴、豪、尤、佳、灰者比，故各自为部，而不可相通也。退之此诗正用东、冬等一部，《圣德》诗则用歌、鱼、虞、尤等上声一部，《谢自然》诗则用真、文等一部，皆极本穷源，得古韵之精意，其学博而见卓矣。且三代秦汉古书如此者颇众，第主于先入则不察耳。欧公以为有意泛入旁韵以见奇，又或以为当以叶声求之，此固浅近之论；而顾氏之显为讥斥，亦未免苟訾也。"

◇顾嗣立曰："洪兴祖谓此诗杂用韵又叠用韵，俞玚云此诗用韵非杂也。古庚、阳二韵原自相通，观《鹿鸣》《采芑》之诗自见，却非俗说通用、转用之例也；其入东韵者，《桑中》之诗亦然。按少陵《饮中八仙歌》尝叠用韵，此诗中间叙次亦仿佛《彭衙》《北征》光景。"

归彭城

天下兵又动，太平竟何时？訏谟者谁子，无乃失所宜？
前年关中旱，闾井多死饥。去岁东郡水，生民为流尸。
上天不虚应，祸福各有随。我欲进短策，无由至彤墀。
刳肝以为纸，沥血以书辞。上言陈尧舜，下言引龙夔。
言词多感激，文字少葳蕤。一读已自怪，再寻良自疑。
食芹虽云美，献御固已痴。缄封在骨髓，耿耿空自奇。
昨者到京师，屡陪高车驰。周行多俊异，议论无瑕疵。
见待颇异礼，未能去毛皮。到口不敢吐，徐徐俟其巇。
归来戎马间，惊顾似羁雌。连日或不语，终朝见相欺。
乘闲辄骑马，茫茫诣空陂。遇酒即酩酊，君知我为谁？

○忧时伤乱，感愤无聊。骑马空陂，不减途穷之哭。"周行俊异"数语，风刺微婉，所谓"中朝大官老于事，讵肯感激徒媕娿"也。"刳肝沥血"句从少陵《凤凰台》诗化出。又庾信《经藏碑》有"皮纸骨笔"之句，退之虽不喜用释典，然运化前人词语，自无嫌也。

醉赠张秘书

人皆劝我酒，我若耳不闻。今日到君家，呼酒持劝君。
为此座上客，及余各能文。君诗多态度，蔼蔼春空云。
东野动惊俗，天葩吐奇芬。张籍学古淡，轩鹤避鸡群。
阿买不识字，颇知书八分。诗成使之写，亦足张吾军。
所以欲得酒，为文俟其醺。酒味既泠洌，酒气又氛氲。
性情渐浩浩，谐笑方云云。此诚得酒意，余外徒缤纷。
长安众富儿，盘馔罗膻荤。不解文字饮，惟能醉红裙。
虽得一饷乐，有如聚飞蚊。今我及数子，固无莸与薰。
险语破鬼胆，高词媲皇坟。至宝不雕琢，神功谢锄耘。
方今向泰平，元凯承华勋。吾徒幸无事，庶以穷朝曛。

◇《石林诗话》曰："韩退之《赠张籍》云：'君诗多态度，蔼蔼春空云。'司空图记戴叔伦语云：'诗人之辞，如蓝田日暖，良玉生烟。'亦是形似之微妙者，但学者不能味其言耳。"

◇顾嗣立曰："'东野'二句，即《荐士》诗所谓'敷柔肆纡余'与'荣华肖天秀'是也。'张籍'二句，即《调张籍》诗所谓'腾身跨汗漫，不著织女襄'是也。亡友犀月尝谓东野、文昌两君，所得极不相似，而同为公所许，足见公之才大，可谓知言矣。"

◇《西清诗话》曰："张文潜云：东坡尝言退之诗'长安众富儿，盘馔罗膻荤。不解文字饮，惟能醉红裙'，疑若清苦自饰者。至云'艳姬踏筵舞，清眸射剑戟'，则知此老子个中兴复不浅。文潜戏答曰：'爱文字饮者，与俗人沽酒同科。'"

◇赵尧夫曰："或问鲁直：阿买是退之何人？答云：退之侄。必有所据而云。"

送惠师

惠师浮屠者，乃是不羁人。十五爱山水，超然谢朋亲。
脱冠剪头发，飞步遗踪尘。发跡入四明，梯空上秋旻。
遂登天台望，众壑皆嶙峋。夜宿最高顶，举头看星辰。
光芒相照烛，南北争罗陈。兹地绝翔走，自然岩且神。
微风吹木石，澎湃闻韶钧。夜半起下视，溟波衔日轮。
鱼龙惊踊跃，叫啸成悲辛。怪气或紫赤，敲磨共轮囷。
金鸦既腾翥，六合俄清新。尝闻禹穴奇，东去窥瓯闽。
越俗不好古，流传失其真。幽踪邈难得，圣路嗟长堙。
迴临剡江涛，屹起高峨岷。壮志死不息，千年如隔晨。
是非竟何有？弃去非吾伦。凌江诣庐岳，浩荡极游巡。
崔崒没云表，陂陀浸湖沦。是时雨初霁，悬瀑垂天绅。
前年往罗浮，步戛南海漘。大哉阳德盛，荣茂恒留春。
鹏骞堕长翮，鲸戏侧修鳞。自来连州寺，曾未到城闉。
日携青云客，探胜穷崖滨。太守邀不去，群官请徒频。
囊无一金资，翻谓富者贫。昨日忽不见，我令访其邻。
奔波自追及，把手问所因。顾我却兴叹，君宁异于民？
离合自古然，辞别安足珍。吾闻九疑好，凤志今欲伸。
斑竹啼舜妇，清湘沉楚臣。衡山与洞庭，此固道所循。
寻嵩方抵洛，历华遂之秦，浮游靡定处，偶往即通津。
吾言子当去，子道非吾遵。江鱼不池活，野鸟难笼驯。
吾非西方教，怜子狂且醇；吾嫉惰游者，怜子愚且谆。
去矣各异趣，何为泪霑巾！

送灵师

佛法入中国，尔来六百年。齐民逃赋役，高士著幽禅。
官吏不之制，纷纷听其然。耕桑日失隶，朝署时遗贤。
灵师皇甫姓，胤胄本蝉联。少小涉书史，早能缀文篇。
中间不得意，失跡成延迁。逸志不拘教，轩腾断牵挛。
围棋斗白黑，生死随机权。六博在一掷，枭卢叱回旋。
战时谁与敌？浩汗横戈鋋。饮酒尽百觳，嘲谐思逾鲜。
有时醉花月，高唱清且绵。四座咸寂默，杳如奏湘絃。
寻胜不惮险，黔江屡洄沿。瞿塘五六月，惊电让归船。
怒水忽中裂，千寻堕幽泉。环迴势益急，仰见团团天。
投身岂得计，性命甘徒捐。浪沫蹙翻涌，漂浮再生全。
同行二十人，魂骨俱坑填。灵师不挂怀，冒涉道转延。
开忠二州牧，诗赋时多传。失职不把笔，珠玑为君编。
强留费日月，密席罗婵娟。昨者至林邑，使君数开筵。
逐客三四公，盈怀赠兰荃。湖游泛潆沉，溪宴驻潺湲。
别语不许出，行裾动遭牵。邻州竞招请，书札何翩翩。
十月下桂岭，乘寒恣窥缘。落落王员外，争迎获其先。
自从入宾馆，占怪久能专。吾徒颇携被，接宿穷欢妍。
听说两京事，分明皆眼前。纵横杂谣俗，琐屑咸罗穿。
材调真可惜，朱丹在磨研。方将敛之道，且欲冠其颠。
韶阳李太守，高步凌云烟。得客辄忘食，开囊乞缯钱。
手持南曹叙，字重青瑶镌。古气参象系，高标推太玄。
维舟事干谒，披读头风痊。还如旧相识，倾壶畅幽悁。

以此复留滞，归骖几时鞭？

○退之辟佛，却频作赠浮屠诗。前篇但叙其放浪山水，后篇则干谒、饮博，无所不有。其所以称浮屠者，皆彼法之所戒。良以不拘彼法，乃始近于吾徒，且欲人其人而已，并未暇明先王之道以道之也。二僧游走诸方，行止亦略相似，而两作各开生面，绝不雷同，是其匠心布置处。

◇某氏曰："按：后汉明帝梦见金人，问群臣。或曰：'西方有神，名曰佛。其形长丈六尺，而黄金色。'于是遣使天竺，问佛道法，图画形象以归，其教因流入中国。此诗据汉明帝时言之耳。故其《佛骨表》云'自后汉时流入中国'，又云'汉明帝时始有佛法'也。《汉武故事》：'昆邪王杀休屠王来降，得其金人之神，置之甘泉官。'则是佛入中国，始自汉武，至成哀间已有经矣。杜致《行守编》亦曰：'汉武作昆明池，掘地得黑灰。东方朔曰：可问西域道人。'西域道人，佛之徒也。又开皇《历代三宝记》云：'刘向称：予览典籍，已见有经。'可知周时，九流释典，秦虽蓺除，汉兴复出，则先汉之前逆至于周，有佛有经，其来也远。范晔胡以为明帝之时，佛始入中国邪？退之一世大儒，非承袭谬误者，将由心恶其教，不复详考其源流所自耳。"

县斋有怀

少小尚奇伟，平生足悲咤。犹嫌子夏儒，肯学樊迟稼。
事业窥皋稷，文章蔑曹谢。濯缨起江湖，缀珮杂兰麝。
悠悠指长道，去去策高驾。谁为倾国媒？自许连城价。
初随计吏贡，屡入泽宫射。虽免十上劳，何能一战霸。
人情忌殊异，世路多权诈。蹉跎颜遂低，摧折气愈下。
冶长信非罪，侯生或遭骂。怀书出皇都，衔泪渡清灞。

身将老寂寞，志欲死闲暇。朝食不盈肠，冬衣才掩骼。
军书既频召，戎马乃连跨。大梁从相公，彭城赴仆射。
弓箭围狐兔，丝竹罗酒炙。两府变荒凉，三年就休假。
求官去东洛，犯雪过西华。尘埃紫陌春，风雨灵台夜。
名声荷朋友，援引乏姻娅。虽陪彤庭臣，诎纵青冥靶？
寒空耸危阙，晓色曜修架。捐躯辰在丁，铩翮时方禡。
投荒诚职分，领邑幸宽赦。湖波翻日车，岭石拆天罅。
毒雾恒熏昼，炎风每烧夏。雷威固已加，飓势仍相借。
气象杳难测，声音吁可怕。夷言听未惯，越俗循犹乍。
指摘两憎嫌，睢盱互猜讶。只缘恩未报，岂谓生足藉？
嗣皇新继明，率土日流化。惟思涤瑕垢，长去事桑柘。
劚嵩开云扃，压颍抗风榭。禾麦种满地，梨枣栽绕舍。
儿童稍长成，雀鼠得驱吓。宫租日输纳，村酒时邀迓。
闲爱老农愚，归弄小女姹。如今便可尔，何用毕婚嫁。

○仄韵排律，名手所希。似此组织精工，顿挫悲壮，在集中亦自成一格。"尘埃紫陌"一联与"梅花灞水"句，同一风致。

◇顾嗣立曰："公诗句句有来历，而能务去陈言者，全在于反用。如《醉赠张秘书》诗本用嵇绍'鹤立鸡群'语，偏云'张籍学古淡，轩鹤避鸡群'；《送文畅》诗本用老杜'每愁夜中自足蝎'句，偏云'照壁喜见蝎'；《荐士》诗本用《汉书》'强弩之末，力不能入鲁缟'，偏云'强箭射鲁缟'；《岳庙》诗本用谢灵运'猿鸣诚知曙'句，偏云'猿鸣钟动不知曙'；此诗结语本用向平婚嫁毕事，偏云'如今便可尔，何用毕婚嫁'，真令旧事翻新。解得此秘，则臭腐皆化为神奇矣。"

◇某氏曰："贞元十九年十二月，公以监察御史，上《天旱人饥疏》，贬阳山令。'辰在丁'，谓上疏之日也。"

陪杜侍御游湘西两寺独宿有题一首因献杨常侍

长沙千里平，胜地犹在险；况当江阔处，斗起势匪渐。
深林高玲珑，青山上琬琰。路穷台殿辟，佛事焕且俨。
剖竹走泉源，开廊架崖广。是时秋之残，暑气尚未敛。
群行忘后先，朋息弃拘检。客堂喜空凉，华榻有清簟。
涧蔬煮蒿芹，水果剥菱芡。伊余凤所慕，陪赏亦云忝。
幸逢车马归，独宿门不掩。山楼黑无月，渔火灿星点。
夜风一何喧，杉桧屡磨飐。犹疑在波涛，怵惕梦成魇。
静思屈原沉，远忆贾谊贬。椒兰争妒忌，绛灌共谗谄。
谁令悲生肠，坐使泪盈脸。翻飞乏羽翼，指摘困瑕玷。
珥貂藩维重，政化类分陕。礼贤道何优，奉己事苦俭。
大厦栋方隆，巨川楫行剡。经营诚少暇，游宴固已歉。
旅程愧淹留，徂岁嗟荏苒。平生每多感，柔翰遇频染。
展转岭猿鸣，曙灯青睒睒。

○从独宿写景生情，先以客堂华榻引起，猿鸣灯睒，仍就独宿上结，章法一线。

岳阳楼别窦司直

洞庭九州间，厥大谁与让？南汇群崖水，北注何奔放。
潴为七百里，吞纳各殊状。自古澄不清，环混无归向。
炎风日搜搅，幽怪多冗长。轩然大波起，宇宙隘而妨。
巍峨拔嵩华，腾踔较健壮。声音一何宏，轰輵车万两。
犹疑帝轩辕，张乐就空旷。蛟螭露笋簴，缟练吹组帐。

鬼神非人世，节奏颇跌踼。阳施见夸丽，阴闭感悽怆。
朝过宜春口，极北缺堤障。夜缆巴陵洲，丛芮才可傍。
星河尽涵泳，俯仰迷下上。余澜怒不已，喧聒鸣瓮盎。
明登岳阳楼，辉焕朝日亮。飞廉戢其威，清晏息纤纩。
泓澄湛凝绿，物影巧相况。江豚时出戏，惊波忽荡漾。
时当冬之孟，隙窍缩寒涨。前临指近岸，侧坐眇难望。
涤濯神魂醒，幽怀舒以畅。主人孩童旧，握手乍忻怅。
怜我窜逐归，相见得无恙。开筵交履舄，烂漫倒家酿。
盃行无留停，高柱送清唱。中盘进橙栗，投掷倾脯酱。
欢穷悲心生，婉娈不能忘。念昔始读书，志欲干霸王。
屠龙破千金，为艺亦云亢。爱才不择行，触事得谗谤。
前年出官由，此祸最无妄。公卿采虚名，擢拜识天仗。
奸猜畏弹射，斥逐恣欺诳。新恩移府庭，逼侧厕诸将。
于嗟苦驽缓，但惧失宜当。追思南渡时，鱼腹甘所葬。
严程迫风帆，劈箭入高浪。颠沉在须臾，忠鲠谁复谅？
生还真可喜，克己自惩创。庶从今日后，粗识得与丧。
事多改前好，趣有获新尚。誓耕十亩田，不取万乘相。
细君知蚕织，稚子已能饷。行当挂其冠，生死君一访。

○写景两段，阳开阴闭。范希文《岳阳楼记》，似从此脱胎。《说文》云："芮芮，草生貌。又，水涯也。"《诗》"芮鞫之即"笺：水内曰芮，水外曰鞫。此云"丛芮"，谓洲渚之地、水草之间也。

◇俞玚曰："此诗前半首写景，后半首叙事，却用'追思南渡时'数语挽转，真有千钧之力。且有此一段，才见前此铺张，非漫然也。可见公布局运笔之妙。"

送文畅师北游

昔在四门馆，晨有僧来谒。自言本吴人，少小学城阙。
已穷佛根源，粗识事辎輧。挐拘屈吾真，戒辖思远发。
荐绅秉笔徒，声誉耀前阀。从求送行诗，屡造忍颠蹶。
今成十余卷，浩汗罗斧钺。先生閟穷巷，未得窥剞劂。
又闻识大道，何路补剟刖？出其囊中文，满听实清越。
谓僧当少安，草序颇排讦。上论古之初，所以施赏罚；
下开迷惑胸，窾窾剧株橜。僧时不听莹，若饮水救暍。
风尘一出门，时日多如发。三年窜荒岭，守县坐深樾。
征租聚异物，诡制怛巾袜。幽穷共谁语？思想甚含哕。
昨来得京官，照壁喜见蝎。况逢旧亲识，无不比鹣鲽。
长安多门户，吊庆少休歇。而能勤来过，重惠安可揭？
当今圣政初，恩泽完敉㺇。胡为不自暇，飘戾逐鹍鷃。
仆射领北门，威德压胡羯；相公镇幽都，竹帛烂勋伐。
酒场舞闺姝，猎骑围边月。开张箧中宝，自可得津筏。
从兹富裘马，宁复茹藜蕨？余期报恩后，谢病老耕垡。
庇身指蓬茅，逞志纵猃猲。僧还相访来，山药煮可掘。

○就北道主人作欸动语，纯是声色货利事。昌黎胸次何等，乃作此腐鼠之吓耶？缘其恶异学甚于鄙俗情也。

◇李光地曰："先叙文畅求言，而当日作序，极陈古义以破其惑，即今集中《送文畅序》是也。中言被贬阳山，自幸还见亲识，而僧之往来尤密。后乃劝其逃墨来归，以诗文为缘，足以自致，且与为异日相从之约。"

◇俞玚曰："公诸长篇用险韵，都不傍借，正所谓因难见巧，不独《赠张十八》一首也，但江字韵为尤窄耳。"

◇《闻见录》曰："欧阳公于诗主退之，不主子美。刘仲原父每不然之，公曰：'子美"老夫清晨梳白头，玄都道士来相访"，有俗气，退之决不道也。'仲原父曰：'亦退之"昔在四门馆，晨有僧来谒"之句之类耳。'公赏其辩。"

◇樊汝霖曰："苏内翰《闻骡驮试笔》：'余谪居黄州五年，今日离泗州北行，岸上骡驮声空笼，意亦欣然，盖不闻此声久矣。退之"照壁喜见蝎"，不虚语也。'又《岭南归》云'已脱问鹏之变，行有见蝎之喜'，皆取诸此。"

答 张 彻

辱赠不知报，我歌尔其聆。首叙始识面，次言后分形。
道途绵万里，日月垂十龄。浚郊避兵乱，睢岸连门停。
肝胆一古剑，波涛两浮萍。渍墨窜旧史，磨丹注前经。
义苑手祕宝，文堂耳惊霆。喧晨踏露鸟，暑夕眠风棂。
结友子让抗，请师我惭丁。初味犹啖蔗，遂通斯建瓴。
搜奇日有富，嗜善心无宁。石梁平侹侹，沙水光泠泠。
乘枯摘野艳，沉细抽潜腥。游寺去陟巘，寻径返穿汀。
缘云竹竦竦，失路麻冥冥。淫潦忽翻野，平芜眇开溟。
防泄埵夜塞，惧冲城昼扃。及去事戎幕，相逢宴军伶。
觥秋纵兀兀，猎旦驰駉駉。从赋始分手，朝京忽同舲。
急时促暗棹，恋月留虚亭。毕事驱传马，安居守窗萤。
梅花灞水别，宫烛骊山醒。省选逮投足，乡宾尚摧翎。
尘祛又一摻，泪眥还双荧。洛邑得休告，华山穷绝陉。
倚岩睨海浪，引袖拂天星。日驾此回辖，金神所司刑。

泉绅拖修白，石剑攒高青。磴藓滋拳跼，梯飑呚伶俜。
悔狂已咋指，垂诫仍镌铭。峨岈忝备列，伏蒲愧分泾。
微诚慕横草，琐力摧橦筳。叠雪走商岭，飞波航洞庭。
下险疑堕井，守官类拘囹。荒餐茹獠蛊，幽梦感湘灵。
刺史肃菁蔡，吏人沸蝗螟。点缀簿上字，趋跄阁前铃。
赖其饱山水，得以娱瞻听。紫树雕斐亹，碧流滴珑玲。
映波铺远锦，插地列长屏。愁狖酸骨死，怪花醉魂馨。
潜苞绛实坼，幽乳翠毛零。赦行五百里，月变三十蓂。
渐阶群振鹭，入学诲螟蛉。苹甘谢鸣鹿，罍满惭罄瓶。
冋冋抱瑚琏，飞飞联鹡鸰。鱼鬣欲脱背，虹光先照硎。
岂独出丑类，方当动朝廷。勤来得晤语，勿惮宿寒厅。
○排律用拗体，亦是变格，调古而词艳，不徒叙致之工。
◇《笔墨间录》曰："刘倜云《答张彻》一诗尤奇丽，'梅花灞水'一对，极有风味。"
◇顾嗣立曰："此诗通首用对句，而以生峭之笔行之，便与律诗大别。少陵《桥陵》诗，便是此种。"
◇《隐居诗话》曰："李肇《国史补》载：'韩愈游华山，穷极幽险，心悸目眩不能下，发狂号哭，投书与家人别。华阴令百计取之，方能下。'沈颜作《聱书》，以为肇妄载，岂有贤者轻命如此？余观退之《赠张彻》诗云'洛邑得休告，华山穷绝陉。悔狂已咋指，垂戒仍镌铭'，则知肇记为信然，而沈颜为妄辩也。"

卷二十九

昌黎韩愈诗三

荐 士

周诗三百篇,雅丽理训诰。曾经圣人手,议论安敢到。
五言出汉时,苏李首更号。东都渐弥漫,派别百川导。
建安能者七,卓荦变风操。逶迤抵晋家,气象日凋耗。
中间数鲍谢,比近最清奥。齐梁及陈隋,众作等蝉噪。
搜春摘花卉,沿袭伤剽盗。国朝盛文章,子昂始高蹈。
勃兴得李杜,万类困陵暴。后来相继生,亦各臻阃奥。
有穷者孟郊,受材实雄骜。冥观洞古今,象外逐幽好。
横空盘硬语,妥帖力排奡。敷柔肆纡余,奋猛卷海潦。
荣华肖天秀,捷疾逾响报。行身践规矩,甘辱耻媚灶。
孟轲分邪正,眸子看瞭眊。杳然粹而清,可以镇浮躁。
酸寒溧阳尉,五十几何耄?孜孜营甘旨,辛苦久所冒。
俗流知者谁?指注竞嘲傲。圣皇索遗逸,髦士日登造。
庙堂有贤相,爱遇均覆焘。况承归与张,二公迭嗟悼。
青冥送吹嘘,强箭射鲁缟。胡为久无成?使以归期告。
霜风破佳菊,嘉节迫吹帽。念将决焉去,感物增恋嫪。

彼微水中荇，尚烦左右芼。鲁侯国工小，庙鼎犹纳郜。
幸当择珉玉，宁有弃珪瑁？悠悠我之思，扰扰风中藁。
上言愧无路，日夜惟心祷。鹤翎不天生，变化在啄菢。
通波非难图，尺地易可漕。善善不汲汲，后时徒悔懊。
救死具八珍，不如一箪犒。微诗公勿诮，恺悌神所劳。

○孟郊一诗流之幽逸者耳，殊未足踵武诸大家。而退之说"士乃甘于肉"，其自谓"嗜善心无宁"者，此也。"横空盘硬语，妥帖力排奡"，十字中尤妙在"妥帖"二字。樊宗师文最奇崛，而退之以"文从字顺"许之，其亦异乎世之所谓"妥帖"者矣？

◇王安石曰："吟诗各有所得。'清水出芙蓉，天然去雕饰'，此李白所得也。'或看翡翠兰苕上，未掣鲸鲵碧海中'，此老杜所得也。'横空盘硬语，妥帖力排奡'，此韩愈所得也。"

◇《彦周诗话》曰："六朝诗人之诗，不可不熟读。如'芙蓉月下落，杨柳月中疏'，锻炼至此，自唐以来无人能及也。退之云'齐梁及陈隋，众作等蝉噪'，此语吾不敢议，亦不敢从。"

又曰："退之云'横空盘硬语，妥帖力排奡'，盖能杀缚事实与意义合，最难能之。知其难则可与论诗矣，此所以称东野也。"

◇《隐居诗话》曰："孟郊诗寒涩穷僻，琢削不暇，真苦吟而成，观其句法格力可见矣。其自谓：'夜吟晓不休，苦吟神鬼愁。如何不自闲，心与身为仇。'而退之荐其诗云'荣华肖天秀，捷疾愈响报'，何也？"

◇《竹坡诗话》曰："韩退之《荐士》诗云：'孟轲分邪正，眸子看瞭眊。杳然粹而清，可以镇浮躁。'余尝读东野《下第》诗云：'弃置复弃置，情如刀剑伤。'及登第则自谓'春风得意马蹄疾，一日看尽长安花'。一第之得失，喜忧至于如此，宜其虽得之而不能享也。退之谓'可以镇浮躁'，恐未免过情。"

◇李光地曰："此荐孟郊之诗，而首段叙诗源委，极其简尽。

李太白便谓建安之诗'绮丽不足称',杜子美则自梁、陈以下无贬词,故惟韩公之论最得其衷。虽然,陶靖节诗蝉蜕污浊,六代孤唱,韩公略无及之,何也?此与论文不列董、贾者同病,犹未免于以辞为主尔。"

◇顾嗣立曰:"公此诗历叙诗学源流,自《三百篇》后,汉、魏止取苏李、建安七子,六朝止取鲍、谢,余子一笔抹倒,眼明手辣,识力最高。唐初格律变于子昂,至李、杜二公而极,所谓'李杜文章在,光焰万丈长',知公平生最得力于此也。后以东野继之,似犹未足当此。若公之才大而力雄,思沉而笔锐,则庶乎可以配李、杜而无惭矣。"

◇《全唐诗话》曰:"李翱荐孟郊于张建封云:'兹有平昌孟郊,正士也,伏闻执事旧知之。郊为五言诗,自前汉李都尉、苏属国及建安诸子,南朝二谢,郊能兼其体而有之。'李观荐郊于梁肃补阙书曰:'郊之五言诗,其有高处,在古无上;其有平处,下顾两谢。韩送郊诗曰:'作诗三百首,杳默咸池音。'彼三子皆知言也,岂欺天下之人哉?"

古　风

今日曷不乐,幸时不用兵。无曰既蹙矣,乃尚可以生。
彼州之赋,去汝不顾;此州之役,去我奚适?
一邑之水,可走而违;天下汤汤,曷其而归?
好我衣服,甘我饮食。无念百年,聊乐一日。

○《史记·韩信传》曰:"农夫莫不辍耕释耒,褕衣甘食。"《索隐》曰:"恐灭亡不久,故废止作业,而事美衣甘食。"此篇结意类此,可谓"长歌之哀,深于痛哭"矣。

◇胡渭曰:"诗云'幸时不用兵',此必贞元十四年以前作也；十五年则吴少诚反，而大发诸道兵以讨之矣。本讥赋役之困、民无所逃，却言时不用兵，正宜甘食好衣、相与为乐，辞弥婉而意弥痛，《山枢》《苌楚》之遗音也。"

◇樊汝霖曰："安史乱后，藩镇相望于内地，大者连州十余，小者不下三四，兵骄则逐帅，帅强则叛上，不廷不贡，往往而是。故托古风以寓意，观诗意当在德宗之世，与《烽火》诗意相为表里云。"

嗟哉董生行

淮水出桐柏山，东驰遥遥，千里不能休；淝水出其侧，不能千里，百里入淮流。寿州属县有安丰，唐贞元时，县人董生召南隐居行义于其中。刺史不能荐，天子不闻名声，爵禄不及门。门外惟有吏，日来征租更索钱。嗟哉董生朝出耕，夜归读古人书，尽日不得息。或山而樵，或水而渔；入厨具甘旨，上堂问起居。父母不戚戚，妻子不咨咨。嗟哉董生孝且慈，人不识，惟有天翁知。生祥下瑞无时期，家有狗乳出求食，鸡来哺其儿，啄啄庭中拾虫蚁。哺之不食鸣声悲，彷徨踟蹰久不去，以翼来覆待狗归。嗟哉董生，谁将与俦？时之人，夫妻相虐，兄弟为雠，食君之禄而令父母愁，亦独何心？嗟哉董生无与俦！

○神味苦淡，节族自然。集中寡二少双，惟《琴操》间有近之者。

◇俞玚曰："古诗长短句，盛于太白，如《蜀道难》《远别离》等篇，实为公所取法者。其奇横偏在用韵处贯下一笔，然后截住，以足上意，如'尽日不得息''亦独何心'等句是也。"

山　石

山石荦确行径微，黄昏到寺蝙蝠飞。
升堂坐阶新雨足，芭蕉叶大支子肥。
僧言古壁佛画好，以火来照所见稀。
铺床拂席置羹饭，疏粝亦足饱我饥。
夜深静卧百虫绝，清月出岭光入扉。
天明独去无道路，出入高下穷烟霏。
山红涧碧纷烂熳，时见松枥皆十围。
当流赤足蹋涧石，水声激激风吹衣。
人生如此自可乐，岂必局束为人鞿。
嗟哉吾党二三子，安得至老不更归。

○"以火来照所见稀"，与《岳庙》作"神纵欲福难为功"略同，于法则随手撇脱，于意则素所不满之事即随处自然流露也。

◇某氏曰："东坡诗云：'荦确何人似退之，意行无路欲从谁？宿云解驳晨光漏，独见山红涧碧时。'皆采公此篇中语也。"

◇顾嗣立曰："七言古诗易入整丽，而亦近平熟。自老杜始为拗体，如《杜鹃行》之类。公之七言皆祖此种，而中间偏有极鲜丽处，不事雕琢，更见精采，有声有色，自是大家。元遗山《论诗绝句》云：'有情芍药含春泪，无力蔷薇卧晚枝。拈出退之《山石》句，始知渠是女郎诗。'真笃论也。"

汴泗交流赠张仆射

汴泗交流郡城角，筑场千步平如削。

短垣三面缭逶迤,击鼓腾腾树赤旗。
新秋朝凉未见日,公早结束来何为?
分曹决胜约前定,百马攒蹄近相映。
毬惊杖奋合且离,红牛缨绂黄金羁。
侧身转臂著马腹,霹雳应手神珠驰。
超遥散漫两闲暇,挥霍纷纭争变化。
发难得巧意气粗,讙声四合壮士呼。
此诚习战非为剧,岂若安坐行良图。
当今忠臣不可得,公马莫走须杀贼。

○神采飞动,结有忠告,便比《雉带箭》高一格。

◇顾嗣立曰:"曹子建《白马篇》:'仰手接飞猱,俯身散马蹄。'杜子美诗:'走马脱辔头,手中挑青丝。捷下万仞冈,俯身试搴旗。''侧身转臂',语意本此。'发难得巧',即《雉带箭》所谓'将军欲以巧伏人,盘马弯弓惜不发'是也。旧注'难'作去声,引'张良发八难'解,大谬。"

◇某氏曰:"公集有《谏张仆射击毬书》,此诗云'此诚习战非为剧,岂若安坐行良图',盖讽之也。"

鸣 雁

嗷嗷鸣雁鸣且飞,穷秋南去春北归。
去寒就暖识所依,天长地阔栖息稀。
风霜酸苦稻粱微,毛羽摧落身不肥。
徘徊反顾群侣违,哀鸣欲下洲渚非。
江南水阔朝云多,草长沙软无网罗。
闲飞静集鸣相和,违忧怀息性匪他,凌风一举君谓何?

◇王伯大曰："公在徐州与孟东野书,有曰'去年脱汴州之乱,遂来于此。主人与余有故,居余符离睢水上,及秋,将辞去'云云。主人谓建封,公在徐郁郁不得志,见于书与诗者如此,盖托雁以自喻也。"

雉带箭

原头火烧静兀兀,野雉畏鹰出复没。
将军欲以巧伏人,盘马弯弓惜不发。
地形渐窄观者多,雉惊弓满劲箭加。
冲人决起百余尺,红翎白镞随倾斜。
将军仰笑军吏贺,五色离披马前堕。

○篇幅有限,而盘屈跳荡,生气远出,故是神笔。

◇《容斋三笔》曰:"昌黎《雉带箭》诗,东坡尝大字书之,以为妙绝。予读曹子建《七启》,论羽猎之美云:'人稠网密,地逼势胁。'乃知韩公用意所来处。"

◇"野雉畏鹰出复没",方嵩卿本作"伏欲没",朱子《考异》云:"雉出复没,而射者弯弓不肯轻发,正是形容持满命中之巧,毫厘不差处。改作'伏欲',神采索然矣。"

◇顾嗣立曰:"'将军欲以巧伏人,盘马弯弓惜不发。'二句无限神情,无限顿挫。公盖示人以运笔作文之法也。至其全首,波澜委曲,细微熨贴,王留耕所谓'写物之妙,其状如在目前',信然、信然。"

◇沈德潜曰:"李将军度不中不发,发必应弦而倒,审量于未弯弓之先;此矜惜于已弯弓之候,总不肯轻见其技也。作诗作文,亦须得此意。"

条 山 苍

条山苍,河水黄。浪波沄沄去,松柏在山冈。

桃 源 图

神仙有无何眇芒,桃源之说诚荒唐。
流水盘迴山百转,生绡数幅垂中堂。
武陵太守好事者,题封远寄南宫下。
南宫先生忻得之,波涛入笔驱文辞。
文工画妙各臻极,异境恍惚移于斯。
架岩凿谷开宫室,接屋连墙千万日。
嬴颠刘蹶了不闻,地坼天分非所恤。
种桃处处惟开花,川源近远烝红霞。
初来犹自念乡邑,岁久此地还成家。
渔舟之子来何所?物色相猜更问语。
大蛇中断丧前王,群马南渡开新主。
听终辞绝共悽然,自说经今六百年。
当时万事皆眼见,不知几许犹流传。
争持酒食来相馈,礼数不同樽俎异。
月明伴宿玉堂空,骨冷魂清无梦寐。
夜半金鸡啁哳鸣,火轮飞出客心惊。
人间有累不可住,依然离别难为情。
船开棹进一回顾,万里苍苍烟水暮。
世俗宁知伪与真,至今传者武陵人。

〇一起一结,善占地步。

◇《彦周诗话》曰:"退之《桃源行》云:'种桃处处皆开花,川源近远烝红霞。'状花卉之盛,古今无人道此语。"

◇俞玚曰:"公七言古诗,少用对句;此篇诸对,亦甚奇伟。"

◇沈德潜曰:"玉堂,即金堂玉室意,以神仙目之。"

东方半明

东方半明大星没,独有太白配残月。

嗟尔残月勿相疑,同光共影须臾期。

残月晖晖,太白睒睒。鸡三号,更五点。

〇与"钟鸣漏尽意"同。

◇韩醇曰:"此诗与'煌煌东方星'兴寄颇同,盖指顺宗即位,不能亲政,而宪宗在东宫之时也。"

◇某氏曰:"时贾耽、郑珣瑜二相,皆天下重望,王叔文用事,相继引去。此诗所以喻'东方半明大星没'也。韦执谊为叔文汲引,此诗所以喻'独有太白配残月'也。顺宗已厌机政,执谊、叔文尚以私意更相猜忌,此诗所以有'嗟尔残月勿相疑,同光共影须臾期'也。及宪宗立而叔文、执谊窜,犹东方明而残月、太白灭,此诗所以喻'残月晖晖,太白睒睒。鸡三号,更五点'也。意微而显,诚得《诗》人之旨。"

谒衡岳庙遂宿岳寺题门楼

五岳祭秩皆三公,四方环镇嵩当中。

火维地荒足妖怪,天假神柄专其雄。

喷云泄雾藏半腹，虽有绝顶谁能穷？
我来正逢秋雨节，阴气晦昧无清风。
潜心默祷若有应，岂非正直能感通。
须臾静扫众峰出，仰见突兀撑青空。
紫盖连延接天柱，石廪腾掷堆祝融。
森然魄动下马拜，松柏一径趋灵宫。
粉墙丹柱动光彩，鬼物图画填青红。
升阶伛偻荐脯酒，欲以菲薄明其衷。
庙令老人识神意，睢盱侦伺能鞠躬。
手持杯珓导我掷，云此最吉余难同。
窜逐蛮荒幸不死，衣食才足甘长终。
侯王将相望久绝，神纵欲福难为功。
夜投佛寺上高阁，星月掩映云曈昽。
猿鸣钟动不知曙，杲杲寒日生于东。

○东坡所谓"能开衡山之云"者，本此。

◇沈德潜曰："'横空盘硬语，妥帖力排奡'，此诗足当此语。"

◇王伯大曰："公两谪南方，初自阳山北还过衡，在永贞元年八月，过潭适当残秋，《陪杜侍御游湘西寺》诗云'是时秋向残'是也。今云'我来正逢秋雨节'，故知此诗是阳山还时作。后自潮州移刺袁州，则元和十五年十月，盖未尝过衡。据《袁州谢表》云'去年正月贬授潮州刺史，其年十月，准例量移'云云，即自潮州径当来袁，又未尝遇秋雨节时也。苏东坡《观市》诗云'潮阳太守南迁归，喜见石廪堆祝融'，粗言之耳。"

永贞行

君不见太皇亮阴未出令，小人乘时偷国柄。

北军百万虎与貔，天子自将非他师。
一朝夺印付私党，懔懔朝士何能为？
狐鸣枭噪争署置，睗睒跳踉相妩媚。
夜作诏书朝拜官，超资越序曾无难。
公然白日受贿赂，火齐磊落堆金盘。
元臣故老不敢语，昼卧涕泣何汍澜！
董贤三公谁复惜，侯景九锡行可叹。
国家功高德且厚，天位未许庸夫干。
嗣皇卓荦信英主，文如太宗武高祖。
膺图受禅登明堂，共流幽州鲧死羽。
四门肃穆贤俊登，数君匪亲岂其朋。
郎官清要为世称，荒郡迫野嗟可矜。
湖波连天日相腾，蛮俗生梗瘴疠烝。
江氛岭祲昏若凝，一蛇两头见未曾。
怪鸟鸣唤令人憎，蛊虫群飞夜扑灯。
雄虺毒螫堕股肱，食中置药肝心崩。
左右使令诈难凭，慎勿浪信常兢兢。
吾尝同僚情可胜，具书目见非妄征，嗟尔既往宜为惩。

○前幅天昏地暗，中间日出冰消，阅至后幅，又如凄风苦雨。文生于情，变幻如是。

◇《蔡宽夫诗话》曰："子厚、禹锡于退之最厚善，然退之贬阳山，不能无疑。《赴江陵途中寄三学士》云：'同官尽才俊，偏善柳与刘。或虑语言泄，传之落冤仇。二子不宜尔，将疑断还不。'及其为《永贞行》，愤疾，至云'数君匪亲岂其朋'，又曰'吾尝同僚情可胜'，则亦见其坦夷尚义，待朋友始终也。"

◇《困学纪闻》曰："少陵善房次律，而《悲陈陶》一诗不为之隐;昌黎善柳子厚,而《永贞行》一诗不为之讳。公议之不可掩也如是。"

◇顾嗣立曰:"此诗前半言小人放逐之为快,后半言数君贬谪之可矜,盖为刘、柳诸公也。旧注专指梦得,似未必然。然梦得贬连州,而公曾令阳山,以'具书目见'句为证,于义亦通,姑存其说以俟考。"

郑群赠簟

蕲州笛竹天下知,郑君所宝尤瓌奇。
携来当昼不得卧,一府传看黄瑠璃。
体坚色净又藏节,尽眼凝滑无瑕疵。
法曹贫贱众所易,腰腹空大何能为?
自从五月困暑湿,如坐深甑遭炊。
手磨袖拂心语口,慢肤多汗真相宜。
日暮归来独惆怅,有卖直欲倾家资。
谁谓故人知我意?卷送八尺含风漪。
呼奴扫地铺未了,光彩照耀惊童儿。
青蝇侧翅蚤虱避,肃肃疑有清飚吹。
倒身甘寝百疾愈,却愿天日恒炎曦。
明珠青玉不足报,赠子相好无时衰。

○健仔《怨歌》云"常恐秋节至,凉风夺炎热",此云"却愿天日恒炎曦",同一语妙。

◇顾嗣立曰:"此诗每用反衬意见奇,如'携来当昼不得卧,却愿天日恒炎曦'等句也。赋物之妙,直从细琐处体贴而出。"

◇沈德潜曰:"'却愿天日恒炎曦'与'携来当昼不得卧',

俱透过一层法。"

◇樊汝霖曰:"唐孔戣《私记》云:'退之丰肥善睡,每来吾家,必命枕簟。'而沈存中《笔谈》亦云:'世画韩退之小面而美髯,着纱帽。此乃江南韩熙载尔。熙载谥文靖,江南人谓之韩文公,因此遂误以为退之。退之肥而少髯。'此诗有'腰腹空大'及'慢肤多汗'之语,二说信然。"

赠崔立之评事

崔侯文章苦捷敏,高浪驾天输不尽。
曾从关外来上都,随身卷轴车连轸。
朝为百赋犹郁怒,暮作千诗转道紧。
摇毫掷简自不供,顷刻青红浮海蜃。
才豪气猛易语言,往往蛟螭杂蝼蚓。
知音自古称难遇,世俗乍见那妨哂。
勿嫌法官未登朝,犹胜赤尉长趋尹。
时命虽乖心转壮,技能虚富家逾窘。
念昔尘埃两相逢,争名龃龉持矛楯。
子时专场夸觜距,余始张军严韇䪅。
尔来但欲保封疆,莫学庞涓怯孙膑。
窜逐新归厌闻闹,齿发早衰嗟可闵。
频蒙怨句刺弃遗,岂有贤官敢推引?
深藏箧笥时一发,戢戢已多如束笋。
可怜无益费精神,有似黄金掷虚牝。
当今圣人求侍从,拔擢杞梓收楛箘。
东马严徐已奋飞,枚皋即召穷且忍。

复闻王师西讨蜀，霜风洌洌摧朝菌。
走章驰檄在得贤，燕雀纷拏（挐）要鹰隼。
窃料二途必处一，岂比恒人长蠢蠢。
劝君韬养待征招，不用雕琢愁肝肾。
墙根菊花好沽酒，钱帛纵空衣可准。
晖晖簷日暖且鲜，摵摵井梧疏更殒。
高士例须怜麹蘖，丈夫终莫生畦畛。
能来取醉任喧呼，死后贤愚俱泯泯。
○"可怜无益费精神"，为千古文人之喟息。
◇《渔隐丛话》曰："立之诗有不工处，故退之以'蛟螭杂蝼蚓'讥之。"

送区宏南归

穆昔南征军不归，虫沙猿鹤伏以飞。
洶洶洞庭莽翠微，九疑镵天荒是非。
野有象犀水贝玑，分散百宝入士稀。
我迁于南日周围，来见者众莫依稀。
爰有区子荧荧晖，观以彝训或从违。
我念前人譬葑菲，落以斧引以纆徽。
虽有不逮驱騑騑，或采于薄渔于矶。
服役不辱言不讥，从我荆州来京畿。
离其母妻绝因依，嗟我道不能自肥。
子虽勤苦终何希？王都观阙双巍巍。
腾蹋众骏事鞍鞿，佩服上色紫与绯。
独子之节可嗟唏，母附书至妻寄衣。

开书拆衣泪痕晞，虽不敕还情庶几。
朝暮盘羞恻庭闱，幽房无人感伊威。
人生此难馀可祈，子去矣时若发机。
蜃沉海底气升霏，彩雉野伏朝扇翚。
处子窈窕王所妃，苟有令德隐不腓。
况今天子铺德威，蔽能者诛荐受禨。
出送抚背我涕挥，行行正直慎脂韦。
业成志树来顾頋，我当为子言天扉。

○"分散百宝人士稀"，道尽西南边徼地脉风气，柳州所谓"少人而多石"也。"虽不敕还情庶几"，语意深婉，游子读此，可以听于无声矣。

◇张末曰："古人作七言诗，其句脉多上四字而以下三字成之。退之乃变句脉以上三下四，如'落以斧引以纆徽''虽欲悔舌不可扪'是也。"

◇方崧卿曰："九疑言'镵天'，洪涛言'舂天'，皆奇语也。"

◇李光地曰："公在阳山有区册，在江陵又有区宏，皆相从不忍舍。故宏之从公于京而归也，诗以送之，惓惓训勖，归于正直，可咏可感。"

三 星 行

我生之辰，月宿南斗。牛奋其角，箕张其口。
牛不见服箱，斗不挹酒浆。箕独有神灵，无时停簸扬。
无善名已闻，无恶声已谨。名声相乘除，得少失有余。
三星各在天，什伍东西陈。嗟汝牛与斗，汝独不能神。

◇俞玚曰:"奇趣却从《大东》之诗来,变化自妙。用韵凡五转,似古歌谣。"

◇《东坡志林》曰:"韩退之诗'我生之辰,月宿南斗',乃知退之以磨蝎为身宫。仆以磨蝎为命宫,平生多得谤誉,殆同病也。"

剥啄行

剥剥啄啄,有客至门。我不出应,客去而嗔。
从者语我,子胡为然?我不厌客,困于语言,
欲不出纳,以埋其源。空堂幽幽,有秸有莞。
门以两版,业书于间。窅窅深堑,其墉甚完。
彼宁可臞,此不可干。从者语我:嗟子诚难。
子虽云尔,其口益蕃。我为子谋,有万其全。
凡今之人,急名与官。子不引去,与为波澜。
虽不开口,虽不开关,变化咀嚼,有鬼有神。
今去不勇,其如后艰。
我谢再拜,汝无复云,往追不及,来不有年。

◇方崧卿曰:"韩文'与'多作'以',他文见者非一。《诗》'之子归,不我以'注:以,犹与也。朱子《考异》云:按《陆宣公奏议》亦然,如云'未审云云以否'之类是也。然当作'与'为正。"

◇某氏曰:"公被谗出为阳山,至是召还,又有谤之者。故《三星行》云'名声相乘除,得少失有余',《剥啄行》云'我不厌客,困于语言,欲不出纳,以埋其源',各有所激云尔。欧阳文忠《拟剥啄行寄少师》云:'剥剥复啄啄,柴门惊鸟雀。故人千里驾,信士百金诺'云云。公远谗避谤,欲谢客以埋其源,故

深其堑、坚其墉，要为不可干者；而欧阳则归老故乡，欣然喜客之至，是以其辞不同如此。"

孟东野失子　并序

　　东野连产三子，不数日辄失之。几老，念无后以悲。其友人昌黎韩愈，惧其伤也，推天假其命以喻之。

失子将何尤？吾将上尤天。女实主下人，与夺一何偏？
彼于汝何有，乃令蕃且延？此独何罪辜，生死旬日间？
上呼无时闻，滴地泪到泉。地祇为之悲，瑟缩久不安。
乃呼大灵龟，骑云款天门。问天主下人，薄厚胡不均？
天曰天地人，由来不相关。吾悬日与月，吾系星与辰。
日月相噬啮，星辰踣而颠。吾不女之罪，知非女由缘。
且物各有分，孰能使之然？有子与无子，祸福未可原。
鱼子满母腹，一一欲谁怜？细腰不自乳，举族长孤鳏。
鸱枭啄母脑，母死子始翻。蝮蛇生子时，坼裂肠与肝。
好子虽云好，未还恩与勤；恶子不可说，鸱枭蝮蛇然。
有子且勿喜，无子固勿叹。上圣不待教，贤闻语而迁；
下愚闻语惑，虽教无由悛。大灵顿头受，即日以命还。
地祇谓大灵，女往告其人。东野夜得梦，有夫玄衣巾，
闯然入其户，三称天之言。再拜谢玄夫，收悲以欢忻。

　　○《龟筴传》祝词云："假之玉灵，夫子而上行于天，下行于渊。"诗以"大灵"发端，本此。

　　◇王伯大曰："黄鲁直尝书此诗遗石君美，君美失子。云：'时以观览，可用乱思而纾哀。究观物理，其实如此，大概因果耳。退之救世弊，故并因果不言。然此一段文意，乃是《涅槃

经》中佛语。退之尝言,不能无所不读,未有能为大儒者,其弗信矣乎?'鲁直所云如此。"

◇俞玚曰:"用韵本主先字,兼入真、文、元、寒、删诸韵,是古韵也,与《此日足可惜》一首同法。"

◇顾嗣立曰:"按,《孟东野集》有《悼幼子》诗云:'负我十年恩,欠尔千行泪。洒之北原上,不待秋风至。'《杏殇》诗云:'儿生月不明,儿死月始光。此诚天不知,翦弃我子孙。'又云:'病叟无子孙,独立犹束柴。'其词甚可哀也。"

卷三十

昌黎韩愈诗四

陆浑山火和皇甫湜用其韵

皇甫补官古贲浑,时当玄冬泽乾源。
山狂谷很相吐吞,风怒不休何轩轩。
摆磨出火以自燔,有声夜中惊莫原。
天跳地踔颠乾坤,赫赫上照穷崖垠。
截然高周烧四垣,神焦鬼烂无逃门。
三光弛隳不复暾,虎熊麋猪逮猴猿。
水龙鼍龟鱼与鼋,鸦鸱鹗鹰雉鹄鹍。
燖炰煨爊孰飞奔,祝融告休酌卑尊。
错陈齐玫辟华园,芙蓉披猖塞鲜繁。
千钟万鼓咽耳喧,攒杂啾嗾沸篪埙。
彤幢绛旆紫纛羭,炎官热属朱冠裈。
髹其肉皮通髀臀,颓胸垤腹车掀辕。
缇颜靺股豹两鞬,霞车虹靷日毂辖。
丹蕤缥盖绯繙帑,红帷赤幕罗脈膰。
炎池波风肉陵屯,谽呀钜壑颇黎盆。

豆登五山瀛四鏄，熙熙醹酬笑语言。
雷公挈山海水翻，齿牙嚼啗舌腭反。
电光礚磤棘目暖，顼冥收威避玄根。
斥弃舆马背厥孙，缩身潜喘拳肩跟。
君臣相怜加爱恩，命黑螭侦焚其元。
天关悠悠不可援，梦通上帝血面论。
侧身欲进叱于阍，帝赐九河湔涕痕。
又诏巫阳反其魂，徐命之前问何冤。
火行于冬古所存，我如禁之绝其飧。
女丁妇壬传世婚，一朝结雠奈后昆。
时行当反慎藏蹲，视桃著花可小骞。
月及申酉利复怨，助汝五龙从九鲲。
溺厥邑囚之崑崙，皇甫作诗止睡昏。
辞夸出真遂上焚，要余和增怪又烦，虽欲悔舌不可扪。

○只是咏野烧耳，写得如此天动地岋，凭空结撰，心花怒生。

◇韩醇曰："详此诗，始则言火势之盛，次则言祝融之御火，其下则水火相克、相济之说也。"

◇樊汝霖曰："从公学文者多矣，惟李习之得公之正，皇甫持正得公之奇。持正尝语人曰：'《书》之文不奇，《易》可谓奇矣，岂碍理伤圣乎？如"龙战于野，其血玄黄"，"见豕负涂，载鬼一车"，"突如其来如"，"焚如死如弃如"，何等语也？'公此诗'黑螭''五龙''九鲲'等语，其与《易》'龙战于野'何异？"

◇《笔墨间录》曰："无逸云'鸦鸥鹏鹰雉鹄鸥'句，正柏梁体。后山作七言诗上东坡，袭此体。"

◇刘石龄曰："公诗根柢，全在经传。如《易·说卦》：'离为火','其于人也,为大腹'。故于炎官热属,以'颓胸垤腹'拟诸其形容,非臆说也。又'彤幢''紫虆''日毂''霞车''虹鞘''豹''韅''电光''赩目'等字,亦从'为日''为电''为甲胄''为戈兵'句化出。造语极奇,必有依据,以理考索,无不可解者。世儒于此篇,每以怪异目之,且以不可解置之。吁!此亦未深求其故耳,岂真不解哉?"

◇《中山诗话》曰:"唐诗赓和,有次韵,先后无易;有依韵,同在一韵;有用韵,用彼韵,不必次,韩吏部《和皇甫陆浑山火》是也。今人多不晓。"

◇洪兴祖曰:"丁,火也;壬,水也。火,女也;水,男也。丁为妇于壬,故曰'女丁妇壬';一作'夫丁妇壬',亦通。夫丁者,壬也,言壬为丁夫;妇壬,丁也,言丁为壬妇也。"

◇朱子曰:"按:丁为阳中之阴,壬为阴中之阳。故言女之丁者,为妇于壬,以见水火之相配。今术家亦言丁与壬合,洪氏二说皆是。"

苦 寒

四时各平分,一气不可兼。隆寒夺春序,颛顼固不廉。
太昊弛维纲,畏避但守谦。遂令黄泉下,萌牙夭勾尖。
草木不复抽,百味失苦甜。凶飙搅宇宙,铓刃甚割砭。
日月虽云尊,不能活乌蟾。羲和送日出,恇怯频窥觇。
炎帝持祝融,呵嘘不相炎。而我当此时,恩光何由沾?
肌肤生鳞甲,衣被如刀镰。气寒鼻莫嗅,血冻指不拈。
浊醪沸入喉,口角如衔箝。将持匕箸食,触指如排签。
侵炉不觉暖,炽炭屡以添。探汤无所益,何况纩与襂。
虎豹僵穴中,蛟螭死幽潜。荧惑丧躔次,六龙冰脱髯。

芒砀大包内，生类恐尽歼。啾啾窗间雀，不知已微纤，
举头仰天鸣，所愿晷刻淹。不如弹射死，却得亲炰燖。
鸾皇苟不存，尔固不在占。其余蠢动俦，俱死谁恩嫌？
伊我称最灵，不能女覆苫。悲哀激愤叹，五藏难安恬。
中宵倚墙立，淫泪何渐渐。天王哀无辜，惠我下顾瞻。
褰旒去耳纩，调和进梅盐。贤能日登御，黜彼傲与憸。
生风吹死气，豁达如篓簾。悬乳零落堕，晨光入前簷。
雪霜顿销释，土脉膏且黏。岂徒兰蕙荣？施及艾与蒹。
日萼行铄铄，风条坐襜襜。天乎苟其能，吾死意亦厌。

○锐思才刻，字带刀锋，不数晋人危语、了语。结意与少陵"吾庐独破受冻死亦足"正同。

◇王伯大曰："此诗意盖有所讽。德宗贞元十九年春，公为四门博士作。"

◇某氏曰："按《旧唐书·韦渠牟传》：自陆贽免相后，德宗不复委成宰相，庙堂备员，行文书而已。所狎而取信者，裴延龄、李齐运、王绍、李实、韦执谊与渠牟等，皆权倾相府，奸欺多端。此诗所以讽也。"

◇胡渭曰："《唐书·五行志》：贞元十九年三月，大雪。岂即所谓'苦寒'耶？"

和虞部卢四酬翰林钱七赤藤杖歌

赤藤为杖世未窥，台郎始携自滇池。
滇王扫宫避使者，跪进再拜语嗢咿。
绳桥拄过免倾堕，性命造次蒙扶持。
途经百国皆莫识，君臣聚观逐旌麾。

共传滇神出水献,赤龙拔须血淋漓;
又云羲和操火鞭,瞑到西极睡所遗。
几重包裹自题署,不以珍怪夸荒夷。
归来捧赠同舍子,浮光照手欲把疑。
空堂昼眠倚牖户,飞电著壁搜蛟螭。
南宫清深禁闱密,唱和有类吹埙篪。
妍辞丽句不可继,见寄聊且慰分司。
◇沈德潜曰:"'赤龙''羲和'云云,此种奇杰,昌黎独造。"

送湖南李正字归

长沙入楚深,洞庭值秋晚。人随鸿雁少,江共蒹葭远。
历历余所经,悠悠子当返。孤游怀耿介,旅宿梦婉娩。
风土稍殊音,鱼虾日异饭。亲交俱在此,谁与同息偃?
○风神绵邈,绝似韦、柳,是《昌黎集》中变调,唯《南溪》三首近之。
◇沈德潜曰:"昌黎五言,难得此清远之格。"

寄卢仝

玉川先生洛城里,破屋数间而已矣。
一奴长须不裹头,一婢赤脚老无齿。
辛勤奉养十余人,上有慈亲下妻子。
先生结发憎俗徒,闭门不出动一纪。
至今邻僧乞米送,仆忝县尹能不耻?

俸钱供给公私余，时至薄少助祭祀。
劝参留守谒大尹，言语才及辄掩耳。
水北山人得名声，去年去作幕下士；
水南山人又继往，鞍马仆从塞闾里。
少室山人索价高，两以谏官征不起。
彼皆刺口论世事，有力未免遭驱使。
先生事业不可量，惟用法律自绳己。
《春秋》五传束高阁，独抱遗经究终始。
往年弄笔嘲同异，怪辞惊众谤不已。
近来自说寻坦涂，犹上虚空跨绿駬。
去岁生儿名添丁，意令与国充耘耔。
国家丁口连四海，岂无农夫亲耒耜？
先生抱才终大用，宰相未许终不仕。
假如不在陈力列，立言垂范亦足恃。
苗裔当蒙十世宥，岂谓贻厥无基阯？
故知忠孝生天性，洁身乱伦安足拟。
昨晚长须来下状：隔墙恶少恶难似，
每骑屋山下窥阚，浑舍惊怕走折趾。
凭依婚媾欺官吏，不信令行能禁止。
先生受屈未曾语，忽此来告良有以。
嗟我身为赤县令，操权不用欲何俟？
立召贼曹呼伍伯，尽取鼠辈尸诸市。
先生又遣长须来，如此处置非所喜，
况又时当长养节，都邑未可猛政理。
先生固是余所畏，度量不敢窥涯涘。

放纵是谁之过欤？效尤戮仆愧前史。
买羊沽酒谢不敏，偶逢明月曜桃李。
先生有意许降临，更遣长须致双鲤。

○玉川垂老，尚依时宰，致罹甘露之难，其人固非高隐，退之何以倾倒乃尔。观诗中所叙，特与邻人搆讼，而以情面听其起灭耳。却写得壁立千仞，有执鞭忻慕之意。乃知唐时处士，类能作声价如此。

◇《隐居诗话》曰："退之《李花》诗云：'夜领张彻投卢仝，乘云共至玉皇家。长姬香御四罗列，缟裙练帨无等差。'及《赠卢仝》诗曰：'买羊沽酒谢不敏，偶逢明月曜桃李。'即此时也。李渤、石洪、温造为处士，纯盗虚名，韩愈虽与之游，而多侮薄之，所谓'水北山人得名声，去年去作幕下士；水南山人又继往，鞍马仆从塞闾里。少室山人索价高，两以谏官征不起。彼皆刺口论世事，有力未免遭驱使'。夫为处士，乃刺口论世事、希声名，愿驱使，又要索高价，似玉饰仆御以夸闾里，此何等人也？其侮薄之甚矣！班固云：《春秋》五传，谓左丘明、公羊高、穀梁赤、邹氏、夹氏。又云：邹氏无书，夹氏未有书。而韩愈《赠卢仝》诗云'《春秋》五传束高阁，独抱遗经究终始'，不知此二传果何等书？"

◇《彦周诗话》曰："玉川子《春秋传》，仆家旧有之，今亡矣。辞简而远，得圣人之意为多。后世有深于经而见卢传者，当知退之之不妄许人也。"

酬司门卢四兄云夫院长望秋作

长安雨洗新秋出，极目寒镜开尘函。
终南晓望蹋龙尾，倚天更觉青巉巉。

自知短浅无所补，从事久此穿朝衫。
归来得便即游览，暂似壮马脱重衔。
曲江荷花盖十里，江湖生目思莫缄。
乐游下瞩无远近，绿槐萍合不可芟。
白首寓居谁借问？平地寸步扃云岩。
云夫吾兄有狂气，嗜好与俗殊酸咸。
日来省我不肯去，论诗说赋相諵諵。
望秋一章已惊绝，犹言低抑避谤谗。
若使乘酣骋雄怪，造化何以当镌劖？
嗟我小生值强伴，怯胆变勇神明鉴。
驰坑跨谷终未悔，为利而止真贪馋。
高揖群公谢名誉，远追甫白感至诚。
楼头完月不共宿，其奈就缺行撧攕。

谁 氏 子

非痴非狂谁氏子？去入王屋称道士。
白头老母遮门啼，挽断衫袖留不止。
翠眉新妇年二十，载送还家哭穿市。
或云欲学吹凤笙，所慕灵妃媲箫史；
又云时俗轻寻常，力行险怪取贵仕。
神仙虽然有传说，知者尽知其妄矣。
圣君贤相安可欺？乾死穷山竟何俟？
呜呼余心诚岂弟，愿往教诲究终始。
罚一劝百政之经，不从而诛未晚耳。

谁其友亲能哀怜？写吾此诗持送似。原注曰："吕氏子炅，见《李素墓志》。"

◇本集《河南少尹李素墓志》曰："素拜河南少尹，行大尹事。吕氏子炅，弃其妻，着道士衣冠，谢母曰：'当学仙王屋山。'去数月复出，间诣公。公立之府门外，使吏卒脱道士服，给冠带，送付其母。"

送无本师归范阳

无本于为文，身大不及胆。吾尝示之难，勇往无不敢。
蛟龙弄角牙，造次欲手揽。众鬼囚大幽，下觑袭玄窞。
天阳熙四海，注视首不颔。鲸鹏相摩窣，两举快一啖。
夫岂能必然，固已谢黯黮。狂词肆滂葩，低昂见舒惨。
奸穷怪变得，往往造平淡。蜂蝉碎锦缬，绿池披菡萏。
芝英擢荒榛，孤翮起连菼。家住幽都远，未识气先感。
来寻吾何能？无殊嗜昌歜。始见洛阳春，桃枝缀红糁。
遂来长安里，时卦转习坎。老懒无斗心，久不事铅椠。
欲以金帛酬，举室常顑颔。念当委我去，雪霜刻以憯。
狞飙搅空衢，天地与顿撼。勉率吐歌诗，慰女别后览。

○奖赏之中，讽喻深远，正不独为浪仙说法也。"身大不及胆"，妙于翻用。

◇俞玚曰："凡昌黎先生论文诸作，极有关系。其中次第，俱从亲身历过，故能言其甘苦亲切乃尔。如此诗云：'无本于为文，身大不及胆。吾尝示之难，勇往无不敢。'作诗入手须要胆力，全在勇往上见其造诣之高。又云：'奸穷变怪得，往往造平淡。'平淡得于能变之后，所谓渐近自然也。此境夫岂易到？公之指点来学者，深矣、微矣。"

石 鼓 歌

张生手持石鼓文,劝我试作石鼓歌。
少陵无人谪仙死,才薄将奈石鼓何?
周纲陵迟四海沸,宣王愤起挥天戈。
大开明堂受朝贺,诸侯剑珮鸣相磨。
蒐于岐阳骋雄俊,万里禽兽皆遮罗。
镌功勒成告万世,凿石作鼓隳嵯峨。
从臣才艺咸第一,拣选撰刻留山阿。
雨淋日炙野火燎,鬼神守护烦㧖呵。
公从何处得纸本?毫发尽备无差讹。
辞严义密读难晓,字体不类隶与科。
年深岂免有缺画,快剑斫断生蛟鼍。
鸾翔凤翥众仙下,珊瑚碧树交枝柯。
金绳铁索锁纽壮,古鼎跃水龙腾梭。
陋儒编诗不收入,二雅褊迫无委蛇。
孔子西行不到秦,掎摭星宿遗羲娥。
嗟余好古生苦晚,对此涕泪双滂沱。
忆昔初蒙博士征,其年始改称元和。
故人从军在右辅,为我量度掘臼科。
濯冠沐浴告祭酒,如此至宝存岂多?
毡包席裹可立致,十鼓只载数骆驼。
荐诸太庙比郜鼎,光价岂止百倍过。
圣恩若许留太学,诸生讲解得切磋。

观经鸿都尚填咽,坐见举国来奔波。
剜苔剔藓露节角,安置妥帖平不颇。
大厦深簷与盖覆,经历久远期无佗。
中朝大官老于事,讵肯感激徒媕婀。
牧童敲火牛砺角,谁复著手为摩挲?
日销月铄就埋没,六年西顾空吟哦。
羲之俗书趁姿媚,数纸尚可博白鹅。
继周八代争战罢,无人收拾理则那。
方今太平日无事,柄任儒术崇丘轲。
安能以此上论列,愿借辩口如悬河。
石鼓之歌止于此,呜呼吾意其蹉跎!

○典重瑰奇,良足铸之金而磨之石。后半旁皇珍惜,更见怀古情深。厥后石鼓升沉不一,竟得依圣人之居,其文与六籍并垂永世,则退之请留太学之说,实有力焉,此诗亦不为空作矣。

◇《容斋随笔》曰:"文士为文,有矜夸过实,虽韩文公不能免。如《石鼓歌》,极道周宣王之事伟矣,至云'孔子西行不到秦,掎摭星宿遗羲娥','陋儒编诗不收入,二雅褊迫无委蛇',是谓《三百篇》皆如星宿,独此诗如日月也。'二雅褊迫'之语,尤非所宜言。今世所传石鼓之词尚在,岂能出《吉日》《车攻》之右?安知非经圣人所删乎?"

◇《困学纪闻》曰:"致堂云:韩退之赋《石鼓》,曰'孔子西行不到秦',故不见录。孔子编《诗》,岂必身历而后及哉?信斯言也,《车邻》《驷驖》,胡为而收之也?"

◇《集古录》曰:"石鼓久在岐阳,初不见称于前世,至唐人始盛称之。而韦应物以为周文王之鼓,至宣王刻诗尔;韩退之直以为宣王之鼓。在今凤翔孔子庙中。鼓有十,先时散弃于野,郑余庆始置之于庙,而亡其一。皇祐四年,向傅师求于民间得之,十鼓乃足。其文可见者四百六十五,磨灭不可识者过半,然其可疑者三四。退之好古不妄者,予姑取以为信耳。至于字画,亦非史籀不能作也。"

◇《麈史》曰:"右军书多不讲偏旁,此退之所谓'羲之俗书趁姿媚'者也。"

◇《蔡宽夫诗话》曰:"退之《石鼓歌》云:'羲之俗书趁姿媚,数纸尚可博白鹅。'观此语,便知退之非留意于书者。今洛中尚有石刻题名,信不甚工。"

◇《石鼓文音训》曰:"初在陈仓野中,唐郑余庆始迁之凤翔,宋大观中徙开封,靖康末金人取之,以归于燕,元皇庆癸丑始置大成至圣文宣王庙门之左右。"

◇沈德潜曰:"'陋儒',指当时采风者。言'二雅'不载,孔子无从采取也。隶书风俗通行,别于古篆,故云'俗书',无贬右军意。"

题炭谷湫祠堂

万生都阳明,幽暗鬼所寰。嗟龙独何智,出入人鬼间?
不知谁为助,若执造化关。厌处平地水,巢居插天山。
列峰若攒指,石盂仰环环。巨灵高其捧,保此一掬悭。
森沉固含蓄,本以储阴奸。鱼鳖蒙拥护,群嬉傲天顽。
翾翾栖托禽,飞飞一何闲。祠堂像侔真,擢玉纡烟鬟。
群怪俨伺候,恩威在其颜。我来日正中,悚惕思先还。
寄立尺寸地,敢言来涂艰?吁无吹毛刃,血此牛蹄殷。
至今乘水旱,鼓舞寡与鳏。林业镇冥冥,穷年无由删。
妍英杂艳实,星琐黄朱班。石级皆险滑,颠跻莫牵攀。
龙区雏众碎,付与宿已颁。弃去可奈何?吾其死茅菅。

○感时托讽，不觉义形于色。《秋怀》已发其端，此更淋漓尽致。按《唐书·王叔文传》：顺宗不能听政，深居施幄坐，以牛昭容、宦人李忠言侍侧，群臣奏事，从帷中可其奏。大抵叔文因伾，伾因忠言，忠言因昭容，更相依仗。又《王伾传》：叔文入止翰林，而伾至柿林院，见牛昭容等。此诗"擢玉纤烟鬟"云云，盖借澄源以喻昭容也。

◇某氏曰："按宋敏求《长安志》云：'炭谷在万年县南六十里。'又云：'澄源夫人湫庙，在终南山炭谷。'公《南山诗》有云'因缘窥其湫'，即此'湫'，龙所居也。"

◇胡渭曰："公咏《南山》云：'拘官计日月，欲进不可又。因缘窥其湫，凝湛阒阴兽。'此为四门博士时事也。'时天晦大雪，泪目苦濛督'，此赴阳山过蓝田时事也。'昨来逢清霁，宿愿忻始副'，此江陵入至蓝田时事也。《题炭谷湫》诗，盖贞元十九年京师旱，祈雨湫祠，公往观焉。故曰'因缘窥其湫'，'因缘'谓以事行，非特游也。篇中饶有讽刺。时德宗幸臣李齐运、李实、韦执谊等与王叔文交通，乱政滋甚，故公因所见以起兴，湫龙澄源喻幸臣，鱼鳖禽鸟及群怪喻党人也。《秋怀》'欲罾寒蛟'，而是诗恨不能血此牛蹄，刚肠疾恶，情见乎辞。刘、柳泄言，群小侧目，阳山之谪，所自来矣，上疏云乎哉？"

听颖师弹琴

昵昵儿女语，恩怨相尔汝。
划然变轩昂，勇士赴敌场。
浮云柳絮无根蒂，天地阔远随飞扬。
喧啾百鸟群，忽见孤凤凰。
跻攀分寸不可上，失势一落千丈强。

嗟余有两耳，未省听丝篁。

自闻颖师弹，起坐在一旁。

推手遽止之，湿衣泪滂滂。

颖乎尔诚能，无以冰炭置我肠。

○写琴声之妙，实为得髓。繁休伯称车子，柳子厚志筝师，皆不能及。永叔善琴，乃用此为讥议耶。"跻攀"二语，千古诗文妙诀。

◇《西清诗话》曰："六一居士尝问东坡'琴诗孰优'，坡答以退之《听颖师琴》。公曰：'此只是听琵琶耳。'吴僧义海，以琴名世。或以六一语问海，海曰：'欧阳公一代英伟，然斯语误矣。"昵昵儿女语，恩怨相尔汝"，言轻柔细屑，真情出见也；"划然变轩昂，勇士赴敌场"，精神余谨，耸观听也；"浮云柳絮无根蒂，天地阔远随飞扬"，纵横变态，浩乎不失自然也；"喧啾百鸟群，忽见孤凤凰"，又见颖孤绝，不同流俗、下俚声也；"跻攀分寸不可上，失势一落千丈强"，起伏抑扬，不主故常也。皆指下丝声妙处，惟琴为然。琵琶格上声，乌能尔耶？退之深得其趣，未易讥评也。'"

◇《彦周诗话》曰："退之《听颖师琴》诗云'浮云柳絮无根蒂，天地阔远随飞扬'，此泛声也，谓轻非丝、重非木也；'喧啾百鸟群，忽见孤凤凰'，泛声中寄指声也。'跻攀分寸不可上'，吟绎声也；'失势一落千丈强'，顺下声也。善琴者云，此数声最难工，自文忠公与东坡论此诗作听琵琶之后，后生随例云云；故论之，少为退之雪冤。"

调　张　籍

李杜文章在，光焰万丈长。不知群儿愚，那用故谤伤。

蚍蜉撼大树,可笑不自量。伊我生其后,举颈遥相望。
夜梦多见之,昼思反微茫。徒观斧凿痕,不瞩治水航。
想当施手时,巨刃磨天扬。垠崖划崩豁,乾坤摆雷硠。
惟此两夫子,家居率荒凉。帝欲长吟哦,故遣起且僵。
翦翎送笼中,使看百鸟翔。平生千万篇,金薤垂琳琅。
仙官敕六丁,雷电下取将。流落人间者,太山一豪芒。
我愿生两翅,捕逐出八荒。精诚忽交通,百怪入我肠。
刺手拔鲸牙,举瓢酌天浆。腾身跨汗漫,不著织女襄。
顾语地上友,经营无太忙。乞君飞霞佩,与我高颉颃。

○此示籍以诗派正宗,言已所手追心慕,惟有李、杜,虽不可几及,亦必升天入地以求之;籍有志于此,当相与为后先也。所以推崇李、杜者至矣。

◇魏仲举曰:"退之有取于李、杜,如《荐士》《醉留东野》《望秋》《石鼓》等诗,每致意焉,然未若此诗之专美也。"

◇《雪浪斋日记》曰:"退之参李、杜,透机关,于《调张籍》诗见之。自'我愿生两翅,捕逐出八荒'以下,至'乞君飞霞佩,与我高颉颃',此领会语也。从退之言诗者多,而独许籍者,以有见处可以传衣耳。"

◇《竹坡诗话》曰:"元微之作《李杜优劣论》,谓:'太白不能窥杜甫之藩篱,况堂奥乎!'唐人未尝有此论,而稹始为之。至退之云'李杜文章在,光焰万丈长。不知群儿愚,那用故谤伤',则不复为优劣矣。洪庆善作《韩文辨证》,著魏道辅之言,谓退之此诗,为微之作也。微之虽不当自作优劣,然指稹为'愚儿',岂退之之意乎?"

卢郎中云夫寄示送盘谷子诗两章歌以和之

昔寻李愿向盘谷,正见高崖巨壁争开张。
是时新晴天井溢,谁把长剑倚太行?
冲风吹破落天外,飞雨白日洒洛阳。
东蹈燕川食旷野,有馈木蕨芽满筐。
马头溪深不可厉,借车载过水入箱。
平沙绿浪榜方口,雁鸭飞起穿垂杨。
穷探极览颇恣横,物外日月本不忙。
归来辛苦欲谁为?坐令再往之计堕眇芒。
闭门长安三日雪,推书扑笔歌慨慷。
旁无壮士遣属和,远忆卢老诗颠狂。
开缄忽睹送归作,字向纸上皆轩昂。
又知李侯竟不顾,方冬独入崔嵬藏。
我今进退几时决?十年蠢蠢随朝行。
家请官供不报答,无异雀鼠偷太仓。
行抽手版付丞相,不待弹劾还耕桑。

○"字向纸上皆轩昂",正是此篇评语。高咏数番,令人增长意气。

◇《渔隐丛话》曰:"东坡云:欧阳文忠言,晋无文章,惟陶渊明《归去来》一篇而已。余亦谓唐无文章,唯韩退之《送李愿归盘谷序》一篇而已。平生欲效此作一文,每执笔辄罢,因自笑曰:'不若且放,教退之独步。'退之寻常诗,自谓不逮李、杜,至于'昔寻李愿向盘谷'一篇,独不减子美。"

病中赠张十八

中虚得暴下，避冷卧北窗。不蹋晓鼓朝，安眠听逄逄。
籍也处闾里，抱能未施邦。文章自娱戏，金石日击撞。
龙文百斛鼎，笔力可独扛。谈舌久不掉，非君亮谁双？
扶几导之言，曲节初摐摐。半涂喜开凿，派别失大江。
吾欲盈其气，不令见麾幢。牛羊满田野，解旆束空杠。
倾樽与斟酌，四壁堆罋缸。玄帷隔雪风，照炉钉明釭。
夜阑纵捭阖，哆口疏眉厖。势侔高阳翁，坐约齐横降。
连日挟所有，形躯顿胮肛。将归乃徐谓，子言得无哤？
回军与角逐，斫树收穷庬。雌声吐款要，酒壶缀羊腔。
君乃昆仑渠，籍乃岭头泷。譬如蚁垤微，讵可陵崆峣？
幸愿终赐之，斩拔枿与椿。从此识归处，东流水淙淙。

〇此篇当就用韵处，玩其苦心巧思。大略以军事进退为比，皆就韵之所近，而词义乃各得其侪。如前有高阳一喻，而后之穷庬乃以类从，不为强押。凡解旆回军，约降吐款，前后俱一线穿成。于此见长篇险韵，定须惨淡经营，不可恃才卤莽也。

按：顾嗣立谓诸家旧注不无舛错，如《病中赠张十八》云"龙文百斛鼎"，孙汝听不知出自班孟坚《宝鼎诗》，而漫引《史记》秦武王与孟说举龙文之鼎。此其讹谬更甚，嗣立但见《史记·秦本纪》有王与孟说举鼎事，而无"龙文"字面，遂疑其讹谬而改注之；不知秦武王与孟说举龙文赤鼎，自在《赵世家》中，诗本用此。孙注或欠详晰，而于义未为失也。若不引举鼎而泛引宝鼎，于下句"力扛"何涉？旧注固时有舛错，此则改注，反成讹谬。特为正之。

◇韩醇曰："公始也扶机导籍使之言，且匿其麾幢，解斾束杠而示之弱，籍乃纵其捭阖，如郦生之下齐；既连日挟其所有，其后躯病语唲，乃为公所败，是犹孙膑之收庞涓也。籍既为公所败，乃自以为岭头之泷不足以方昆仑之渠，蚁垤之微不足以陵崆峨之山，愿终受教于公，而公于是导其所归也。"

寄崔二十六立之

西城员外丞，心迹两屈奇。往岁战词赋，不将势力随。
下驴入省门，左右惊纷披。傲兀坐试席，深丛见孤罴。
文如翻水成，初不用意为。四座各低面，不敢揎眼窥。
升阶揖侍郎，归舍日未欹。佳句喧众口，考官敢瑕疵？
连年收科第，若摘颔底髭。回首卿相位，通途无他岐。
岂论校书郎，袍笏光参差。童稚见称说，祝身得如斯。
侪辈妒且热，喘如竹筒吹。老妇愿嫁女，约不论财货。
老翁不量分，累月笞其儿。搅搅争附托，无人角雄雌。
由来人间事，翻覆不可知。安有巢中鷇，插翅飞天陲。
驹麛著爪牙，猛虎借与皮。汝头有髻系，汝脚有索縻。
陷身泥沟间，谁复禀指撝？不脱吏部选，可见偶与奇。
又作朝士贬，得非命所施？客居京城中，十日营一炊。
逼迫走巴蛮，恩爱座上离。昨来汉水头，始得完孤羁。
桁挂新衣裳，盎弃食残糜。苟无饥寒苦，那用分高卑？
怜我还好古，宦途同险巇。每旬遗我书，竟岁无差池。
新篇奡其思，风幡肆逶迤。又论诸毛功，劈水看蛟螭。
雷电生睒䁳，角鬣相撑披。属我感穷景，抱华不能摘。
倡来和相报，愧叹俾我疵。又寄百尺綵，緋红相盛衰。

巧能喻其诚，深浅抽肝脾。开展放我侧，方餐涕垂匙。
朋交日凋谢，存者逐利移。子宁独迷误，缀缀意益弥？
举头庭树豁，狂飚卷寒曦。迢递山水隔，何由应埙篪？
别来就十年，君马记骊骊。长女当及事，谁助出帨缡？
诸男皆秀朗，几能守家规？文字锐气在，辉辉见旌麾。
摧肠与感容，能复持酒卮？我虽未耋老，发秃骨力羸。
所余十九齿，飘飖尽浮危。玄花著两眼，视物隔褷褵。
燕席谢不诣，游鞍悬莫骑。敦敦凭书案，譬彼鸟黏黐。
且吾闻之师，不以物自隳。孤豚眠粪壤，不慕太庙牺。
君看一时人，几辈先腾驰？过半黑头死，阴虫食枯骴。
欢华不满眼，咎责塞两仪。观名计之利，讵足相陪裨？
仁者耻贪冒，受禄量所宜。无能食国惠，岂异哀癃罢？
久欲辞谢去，休令众睢睢；况又婴疹疾，宁保躯不赀？
不能前死罢，内实惭神祇。旧籍在东都，茅屋枳棘篱。
还归非无指，灞渭扬春澌。生兮耕吾疆，死也埋吾陂。
文书自传道，不仗史笔垂。夫子固吾党，新恩释衔羁。
去来伊洛上，相待安罘罳。我有双饮盏，其银得朱提。
黄金涂物象，雕镂妙工倕。乃令千里鲸，么麽微螽斯。
犹能争明月，摆掉出渺瀰。野草花叶细，不辨萎菉葹。
绵绵相纠结，状似环城陴。四隅芙蓉树，擢艳皆猗猗。
鲸以兴君身，失所逢百罹；月以喻夫道，傀俛励莫亏。
草木明覆载，妍丑齐荣萎。愿君恒御之，行止杂燧觿。
异日期对举，当如合分支。

○叙崔如小传，叙自如尺牍，杂沓靦缕，似破碎而实浑成。其词意恳款，下笔不能自休，可想见交谊之厚。

◇《隐居诗话》曰:"诗恶蹈袭古人之意;亦有袭而愈工,若出于己者。盖思之愈精,则造语愈深也。魏人章疏云'福不盈此目,祸将溢世',韩愈则曰'欢华不满眼,咎责塞两仪',盖愈工于前也。"

◇李光地曰:"前叙崔之登第、谪官,中道与崔唱酬之事,而因讯其安候;后乃自述其志,而欲与崔偕隐;末方及其所以报崔之贻者,与前巧喻其诚相应。"

卷三十一

昌黎韩愈诗五

短灯檠歌

长檠八尺空自长,短檠二尺便且光。
黄簾绿幕朱户闭,风露气入秋堂凉。
裁衣寄远泪眼暗,搔头频挑移近床。
太学儒生东鲁客,二十辞家来射策。
夜书细字缀语言,两目眵昏头雪白。
此时提携当案前,看书到晓那能眠?
一朝富贵还自恣,长檠高张照珠翠。
吁嗟世事无不然,墙角君看短檠弃。
○贫贱糟糠,讽喻深切。

病 鸱

屋东恶水沟,有鸱堕鸣悲。青泥掩两翅,拍拍不得离。
群童叫相召,瓦砾争先之。计校生平事,杀却理亦宜。
夺攘不愧耻,饱满盘天嬉。晴日占光景,高风送追随。
遂凌紫凤群,肯顾鸿鹄卑?今者运命穷,遭逢巧丸儿。

中汝要害处,汝能不得施。于吾乃何有?不肯乘其危。
丐汝将死命,浴以清水池。朝餐辍鱼肉,暝宿防狐狸。
自知无以致,蒙德久犹疑。饱入深竹丛,饥来傍阶基。
亮无责报心,固以听所为。昨日有气力,飞跳弄藩篱;
今晨忽径去,曾不报我知。侥幸非汝福,天衢汝休窥。
京城事弹射,竖子岂易欺?勿讳泥坑辱,泥坑乃良规。

◇顾嗣立曰:"此诗每虚顿一二语,用深一步法。如'计校生平事,杀却理亦宜','亮无责报心,固以听所为'是也。通首是比,分明为负心人写照,与老杜《义鹘行》正是相反。"

华山女

街东街西讲佛经,撞钟吹螺闹宫庭。
广张罪福资诱胁,听众狎恰排浮萍。
黄衣道士亦讲说,座下寥落如明星。
华山女儿家奉道,欲驱异教归仙灵。
洗妆拭面著冠帔,白咽红颊长眉青。
遂来升座演真诀,观门不许人开扃。
不知谁人暗相报,訇然振动如雷霆。
扫除众寺人迹绝,骅骝塞路连辎軿。
观中人满坐观外,后至无地无由听。
抽钗脱钏解环佩,堆金叠玉光青荧。
天门贵人传诏召,六宫愿识师颜形。
玉皇颔首许归去,乘龙驾鹤来青冥。
豪家少年岂知道,来绕百市脚不停。
云窗雾阁事恍惚,重重翠幔深金屏。

仙梯难攀俗缘重，浪凭青鸟通丁宁。

◇《渔隐丛话》曰："《类苑》云：退之《见神仙亦不伏》云：'我能屈曲自世间，安能从汝巢神山。'赋《谢自然》则曰'童騃无所识'，作《谁氏子》则曰'不从而诛未晚耳'。惟《华山女》诗颇假借，不知何以得此？"

◇朱子曰："或怪公排斥佛老不遗余力，而于《华山女》独假借如此，非也。此正讥其炫姿色、假仙灵以惑众；又讥时君不察，使失行妇人得入宫禁耳。观其卒章，'豪家少年，云窗雾阁，翠幔金屏，青鸟丁宁'等语，亵慢甚矣，岂真以神仙处之哉！"

◇《彦周诗话》曰："诗人写人物态度至不可移易，元微之《李娃行》云'髽鬟峨峨高一尺，门前立地看春风'，此定为娼妇；退之《华山女》诗云'洗妆拭面著冠帔，白咽红颊长眉青'，此定是女道士。东坡作《芙蓉城》诗亦用'长眉青'三字，云'中有一人长眉青，炯如微云淡疏星'，便有神仙风度。"

泷吏

南行逾六旬，始下昌乐泷。险恶不可状，船石相舂撞。
往问泷头吏，潮州尚几里？行当何时到，土风复何似？
泷吏垂手笑：官何问之愚！譬官居京邑，何由知东吴？
东吴游宦乡，官知自有由。潮州底处所？有罪乃窜流。
侬幸无负犯，何由到而知？官今行自到，那遽妄问为？
不虞卒见困，汗出愧且骇。吏曰聊戏官，侬尝使往罢。
岭南大抵同，官去道苦辽。下此三千里，有州始名潮。
恶溪瘴毒聚，雷电常汹汹。鳄鱼大于船，牙眼怖杀侬。
州南数十里，有海无天地。飓风有时作，掀簸真差事。
圣人于天下，于物无不容。比闻此州囚，亦有生还侬。

官无嫌此州，固罪人所徙。官当明时来，事不待说委。
官不自谨慎，宜即引分往。胡为此水边，神色久戁慌。
瓴大瓶罂小，所任自有宜。官何不自量，满溢以取斯？
工农虽小人，事业各有守。不知官在朝，有益国家不？
得无虱其间，不武亦不文。仁义饰其躬，巧奸败群伦。
叩头谢吏言，始惭今更羞。历官二十余，国恩并未酬。
凡吏之所诃，嗟实颇有之。不即金木诛，敢不识恩私。
潮州虽云远，虽恶不可过。于身实已多，敢不持自贺。
〇欲写贬地远恶，却设为问答，又借吴音俚语，以致真切之意、助荒陋之态，格调全祖古乐府来。君子以恐惧修省，《泷吏》篇之谓也。莫道英雄气短。
◇沈德潜曰："音节气味，得之汉人乐府，韩诗中推为别调。""借吏言以规讽，主意在此。"

除官赴阙至江州寄鄂岳李大夫

盆城去鄂渚，风便一日耳。不枉故人书，无因帆江水。
故人辞礼闱，旌节镇江圻。而我窜逐者，龙钟初得归。
别来已三岁，望望长迢递。咫尺不相闻，平生那可计？
我齿落且尽，君鬓白几何？年皆过半百，来日苦无多。
少年乐新知，衰暮思故友。譬如亲骨肉，宁免相可不？
我昔实愚蠢，不能降色辞。子犯亦有言，臣犹自知之。
公其务贳过，我亦请改事。桑榆傥可收，愿寄相思字。
〇情致缠绵，词气逊顺，使人之意也消。

南山有高树行赠李宗闵

南山有高树，花叶何蓑蓑。上有凤凰巢，凤凰乳且棲。

四旁多长枝,群鸟所托依。黄鹄据其高,众鸟接其卑。
不知何山鸟,羽毛有光辉。飞飞择所处,正得众所希。
上承凤凰恩,自期永不衰;中与黄鹄群,不自隐其私;
下视众鸟群,汝徒竟何为?不知挟丸子,心默有所规。
弹汝枝叶间,汝翅不觉摧。或言由黄鹄,黄鹄岂有之?
慎勿猜众鸟,众鸟不足猜。无人语凤凰,汝屈安得知?
黄鹄得汝去,婆娑弄毛衣。前汝下视鸟,各议汝瑕疵。
汝岂无朋匹?有口莫肯开。汝落蒿艾间,几时复能飞?
哀哀故山友,中夜思汝悲。路远翅翎短,不得持汝归。

◇韩醇曰:"据诗意,凤凰谓裴度,挟丸子谓李德裕、李绅、元稹也。《新书·李宗闵传》云:裴度伐蔡,引为彰义观察判官;蔡平,知制诰。长庆初,钱徽典贡举,宗闵托所亲于徽,李德裕、李绅、元稹共白徽取士不以实,宗闵坐贬剑州刺史,俄复为中书舍人。由是嫌怨显结,缙绅之祸,四十余年不解。又云:宗闵初为裴度引用,及度荐李德裕可为宰相,宗闵遂与为怨。韩愈为作《南山》《猛虎行》规之。按:度荐德裕在公没后五年,《新书》误矣。"

◇《渔隐丛话》曰:"退之、宗闵,俱裴晋公征淮西时幕客也。退之作'南山有高树'及《猛虎行》《赠宗闵》,皆略尽其终身所为。然退之无恙时,宗闵才为中书舍人,其所为尚未暴。自钱徽贬后,牛、之憾始结。至其为相,则退之死久矣,遂有封川之行。所谓'前汝下视鸟,各议汝瑕疵。乌鹊从噪之,虎不知所归'者,何其明验也。"

◇方崧卿曰:"'心默有所规',规,图也。东坡《五禽》言'去年麦不熟,挟弹规我肉',本公语也。"

猛虎行

猛虎虽云恶，亦各有匹俦。群行深谷间，百兽望风低。
身食黄熊父，子食赤豹麛。择肉于熊豹，肯视兔与狸。
正昼当谷眠，眼有百步威。自矜无当对，气性纵以乖。
朝怒杀其子，暮还食其妃。匹俦四散走，猛虎还孤栖。
狐鸣门两旁，乌鹊从噪之。出逐猴入居，虎不知所归。
谁云猛虎恶？中路正悲啼。豹来衔其尾，熊来攫其颐。
猛虎死不辞，但惭前所为。虎坐无助死，况如汝细微。
故当结以信，亲当结以私。亲故且不保，人谁信汝为？
〇二诗皆哀矜涕泣而道，《宵雅》之遗则也。
◇方崧卿曰："蜀本总题，误以上题'赠李宗闵'四字缀'猛虎行'之上，后人因之。其实后诗不为宗闵作。《猛虎行》，乐府旧题，非前诗类也。《新书》又谓裴度荐李德裕，宗闵怨之，为作此诗。荐事在太和三年，公没久矣，不可据。"

雪后寄崔二十六丞公

蓝田十月雪塞关，我兴南望愁群山。
攒天嵬嵬冻相映，君乃寄命于其间。
秩卑俸薄食口众，岂有酒食开容颜？
殿前群公赐食罢，骅骝蹋路骄且闲。
称多量少鉴裁密，岂念幽桂遗榛菅？
几欲犯严出荐口，气象砑兀未可攀。
归来殒涕掩关卧，心之纷乱谁能删？

诗翁憔悴劚荒棘，清玉刻佩联玦环。
脑脂遮眼卧壮士，大弨挂壁无由弯。
乾坤惠施万物遂，独于数子怀偏悭。
朝欷暮唶不可解，我心安得如石顽？
○起调激越，极似《同谷歌》。
◇某氏曰："斯立是时为蓝田县丞，其曰'蓝田十月'，元和十年十月也，孟郊已死，张籍病眼，故有'诗翁''壮士'之句，有怀立之且念朋友之不振也。"

奉酬卢给事云夫四兄曲江荷花行见寄，并呈上钱七兄阁老、张十八助教

曲江千顷秋波净，平铺红云盖明镜。
大明宫中给事归，走马来看立不正。
遗我明珠九十六，寒光映骨睡骊目。
我今官闲得婆娑，问言何处芙蓉多？
撑舟昆明度云锦，脚敲两舷叫吴歌。
太白山高三百里，负雪岿岿插花里。
玉山前脚不复来，曲江汀滢水平盃。
我时相思不觉一回首，天门九扇相当开。
上界真人足官府，岂如散仙鞭笞鸾凤终日相追陪。
○红云明镜中，特有雪山倒影，便写得异样精采。结似洒脱，正恐不能忘情。
◇樊汝霖曰："公时自中书舍人降太子右庶子。"

记　梦

夜梦神官与我言，罗缕道妙角与根。
挈携陬维口澜翻，百二十刻须臾间。
我听其言未云足，舍我先度横山腹。
我徒三人共追之，一人前度安不危。
我亦平行蹋骹骭，神完骨蹻脚不掉。
侧身上视溪谷盲，杖撞玉版声彭䶀。
神官见我开颜笑，前对一人壮非少。
石坛坡陀可坐卧，我手承颏肘拄座。
隆楼杰阁磊嵬高，天风飘飘吹我过。
壮非少者哦七言，六字常语一字难。
我以指撮白玉丹，行且咀嚼行诘盘。
口前截断第二句，绰虐顾我颜不欢。
乃知仙人未贤圣，护短凭愚邀我敬。
我能屈曲自世间，安能从女巢神山？
○只是寓言，勿真谓与鬼争义。
◇黄庭坚曰："'六字常语一字难'，只前句中'哦'字便是所难，此乃为诗之法也。"
◇樊汝霖曰："苏内翰尝曰：太白诗云'遗我鸟迹书，读之了不闲'，太白尚气，乃自招不识字。不如退之倔强曰：'我能屈曲自世间，安能随女巢神山？'又曰：退之性气，虽出世间，人亦不能容也。"
◇某氏曰："此诗盖有托讽，意公忤执政，左迁为右庶子时作。前《酬卢公荷花》诗，末云'岂如散仙鞭笞鸾凤终日相追陪',而此诗末亦云'我能屈曲自世间,安能从女巢神山',皆有不能俯仰随人之意,可知其为左迁之时也。"

◇顾嗣立曰:"按金居敬云:'罗缕道妙'三句,意皆本《参同契》。'角根陬维',谓青龙处房六,白虎在昴七,朱雀在张二,皆朝于玄武,虚危之位也。迎一阳之气以进火,妙用始于虚危。在一日言,正当子半,故曰须臾间。又曰'百二十刻须臾间',如《参同契》以十二卦、十二律配十二时,阳火阴符之候,然一日之间有之,一刻之间亦有之也。公盖深得金丹之旨,乃倔强世间耶?"

南内朝贺归呈同官

薄云敝秋曦,清雨不成泥。罢贺南内衙,归凉晓凄凄。
绿槐十二街,涣散驰轮蹄。余惟懿书生,孤身无所赍。
三黜竟不去,致官九列齐。岂惟一身荣,珮玉冠簪犀。
滉荡天门高,著籍朝厥妻。文才不如人,行又无町畦。
问之朝廷事,略不知东西。况于经籍深,岂究端与倪?
君恩太山重,不见酬秭秭。所职事无多,又不自提撕。
明庭集孔鸾,曷取于鳬鹥?树以松与柏,不宜间蒿藜。
婉娈自媚好,几时不见挤?贪食以忘躯,鲜不调盐醯。
法吏多少年,磨淬出角圭。将举汝愆尤,以为己阶梯。
收身归关东,期不到死迷。

○戒心法吏,始拟收身,则已有为而为矣。中间省躬引分,乃足为朝士座右铭。

◇《雍录》曰:"唐都城有三大内,太极宫在西,故名西内;大明宫在东,故名东内。别有兴庆宫,号南内也。"

◇洪兴祖曰:"《中朝事迹》云:天街两畔树槐,俗号为'槐街'。白乐天《乐游园》诗云'下视十二街,绿槐间红尘',即此也。"

读东方朔杂事

严严王母宫,下维万仙家。噫欠为飘风,濯手大雨沱。
方朔乃竖子,骄不加禁诃。偷入雷电室,輷轇掉狂车。
王母闻以笑,卫官助呀呀。不知万万人,生身埋泥沙。
簸顿五山踣,流漂八维蹉。曰吾儿可憎,奈此狡狯何?
方朔闻不喜,褫身络蛟蛇。瞻相北斗柄,两手自相挼。
群仙急乃言,百犯庸不科。向观睥睨处,事在不可赦。
欲不布露言,外口实喧哗。王母不得已,颜嚬口赍嗟。
领头可其奏,送以紫玉珂。方朔不惩创,挟恩更矜夸。
诋欺刘天子,正昼溺殿衙。一旦不辞诀,摄身凌苍霞。

◇俞场曰:"此诗洪兴祖以为讥弄权者。观结语云云,殊不然也。意亦指文人播弄造化,如《双鸟诗》云尔,不然何独取方朔而拟之权幸耶?"

◇顾嗣立曰:"按《汉书·东方朔传赞》曰:'朔之诙谐,逢占射覆,其事浮浅,行于众庶,童儿牧竖,莫不炫耀。而后世好事者,因取奇言怪语附著之。'公诗皆本经史,而此作独专取《内传》,亦偶然戏笔,故题之曰'杂事'也。"

◇《汉武帝内传》曰:"帝好长生,七夕,西王母降其宫。有顷,索桃七枚,以四枚与帝,自食三枚,曰:'此桃三千年一实。'时东方朔从殿东厢朱鸟牖中窥母,母谓帝曰:'此窥牖儿,尝三来偷吾此桃。昔为太山上仙官,令到方丈,擅弄雷电,激波扬风,风雨失时,阴阳错迕,致令蛟鲸陆行,崩山坏境,海水暴竭,黄鸟宿渊,丁是九潦丈人乃言于太上,遂谪人间。'其后,朔一旦乘云龙飞去，不知所在。"

庭楸

庭楸止五株，共生十步间。各有藤绕之，上各相钩联。
下叶各垂地，树颠各云连。朝日出其东，我常坐西偏；
夕日在其西，我常坐东边。当昼日上上，我在中央间。
仰视何青青，上不见纤穿。朝暮无日时，我且八九旋。
濯濯晨露香，明珠何联联。夜月来照之，茜茜自生烟。
我已自顽钝，重遭五楸牵。客来尚不见，肯到权门前。
权门众所趋，有客动百千。九牛亡一毛，未在多少间。
往既无可顾，不往自可怜。
○历叙东西朝暮，繁而不杀，弥有古意。

南溪始泛三首

榜舟南山下，上上不得返。幽事随去多，孰能量近远？
阴沉过连树，藏昂抵横坂。石粗肆磨砺，波恶厌牵挽。
或倚偏岸渔，竟就平洲饭。点点暮雨飘，梢梢新月偃。
余年懔无几，休日怆已晚。自是病使然，非由取高蹇。

南溪亦清驶，而无楫与舟。山农惊见之，随我观不休。
不惟儿童辈，或有杖白头。馈我笼中瓜，劝我此淹留。
我云以病归，此已颇自由。幸有用余俸，置居在西畴。
困仓米谷满，未有旦夕忧。上去无得得，下来亦悠悠。
但恐烦里闾，时有缓急投。愿为同社人，鸡豚燕春秋。

足弱不能步，自宜收朝迹。羸形可舆致，佳观安可掷。
即此南坂下，久闻有水石。拕舟入其间，溪流正清激。
随波吾未能，峻濑乍可刺。鹭起若导吾，前飞数十尺。
亭亭柳带沙，团团松冠壁。归时还尽夜，谁谓非事役？
○三首神似陶公，所谓"奸穷变怪得，往往造平淡"者。

◇《蔡宽夫诗话》曰："退之诗豪健雄放，自成一家，世特恨其深婉不足。《南溪始泛》三篇，乃末年所作，独为闲远，有渊明风气。"

◇《王直方诗话》曰："洪龟父言：山谷于退之诗，少所许可。最爱《南溪始泛》，以为有诗人句律之深意。"

◇《隐居诗话》曰："《南溪始泛》诗，将死病中作也。句有'足弱不能步，自宜收朝迹'，又云'余年懔无几，休日怆已晚'。张籍《哭退之》诗略曰：'去夏公请告，养病城南庄。籍时官休罢，两月同游翔。移船入南溪，东西纵篙撑。公作游溪诗，咏唱多慨慷。'又曰：'偶有贾秀才，来兹亦同并。'秀才谓贾岛也。"

题楚昭王庙

丘坟满目衣冠尽，城阙连云草树荒。
犹有国人怀旧德，一间茅屋祭昭王。

◇顾嗣立曰："按公《外集》有《记宜城驿》云：'驿东北有井，传是昭王井。井东北数十步，有楚昭王庙，高木万株。旧庙屋极宏盛，今惟草屋一区。然问左侧人，尚云每岁十月，民相率聚祭其前。元和十四年二月二日题。'盖与此诗同作也。"

答张十一功曹

山净江空水见沙,哀猿啼处两三家。
筼筜竞长纤纤笋,踯躅闲开艳艳花。
未报恩波知死所,莫令炎瘴送生涯。
吟君诗罢看双鬓,斗觉霜毛一半加。

◇任子渊曰:"'斗觉',诗中健语也,前辈多使。退之诗有此句,东坡诗'黄昏斗觉罗裳薄',后山诗'斗觉文字生清新'。"

题木居士

火透波穿不计春,根如头面干如身。
偶然题作木居士,便有无穷求福人。
○道破世情。
◇张芸叟《木居士诗序》云:"耒阳县北,沿流二三十里鳌口寺,即退之所题木居士在焉。元丰初,以祷旱不应,为邑令析而薪之;今存者,乃僧道符更刻。"

和归工部送僧约

早知皆是自拘囚,不学因循到白头。
汝既出家还扰扰,何人更得死前休?
○振威一喝,三日耳聋。

入关咏马

岁老岂能充上驷,力微当自慎前程。
不知何故翻骧首,牵过关门妄一鸣。

木芙蓉

新开寒露丛,远比水间红。艳色宁相妒,嘉名偶自同。
采江官渡晚,搴木古祠空。愿得勤来看,无令便逐风。
◇朱子曰:"此诗言荷花与木芙蓉生不同处,而色皆美,名又同,故以'采江''搴木'二事相对言其生处。而《九歌》者,祭神之辞,故曰'古祠'也。"

奉和库部卢四兄曹长元日朝回

天仗宵严建羽旄,春云送色晓鸡号。
金炉香动螭头暗,玉佩声来雉尾高。
戎服上趋承北极,儒冠列侍映东曹。
太平时节难身遇,郎署何须叹二毛。
◇沈德潜曰:"入贾岑倡和作中,可以伯仲。"

奉和裴相公东征途经女几山下作

旗穿晓日云霞杂,山倚秋空剑戟明。
敢语相公平贼后,暂携诸吏上峥嵘。

◇洪兴祖曰:"以我之旗,况彼云霞;以彼之山,况我剑戟,诗家谓回鸾舞凤格。"

◇《蔡宽夫诗话》曰:"退之《和裴晋公征淮西时过女儿山》诗云云,而晋公之诗无见,惟《白乐天集》载其一联云:'待平贼垒报天子,莫指仙山示老夫。'方时意气自信不疑如此,岂容令狐楚辈沮挠乎?"

次潼关先寄张十二阁老使君

荆山已去华山来,日出潼关四扇开。
刺史莫辞迎候远,相公亲破蔡州回。

◇沈德潜曰:"没石饮羽之技,不必以寻常绝句法求之。"

晋公破贼回重拜台司以诗示幕中宾客愈奉和

南伐旋师太华东,天书夜到册元功。
将军旧压三司贵,相国新兼五等崇。
鹓鹭欢归仙仗里,熊罴还入禁营中。
长惭典午非材职,得就闲官即至公。

○严重苍浑,直逼杜陵。

◇《石林诗话》曰:"七言难于气象雄浑,句中有力,而纡徐不失言外之意,自老杜'锦江春色来天地,玉垒浮云变古今',与'五更鼓角声悲壮,三峡星河影动摇'等句之后,常恨无复继者。韩退之笔力最为杰出,然每苦意与语俱尽。《和裴晋公破蔡州回》诗,所谓'将军旧压三司贵,相国新兼五等崇',非不壮也,然意亦尽于此矣。不若刘禹锡《贺晋公留守东都》云'天子旌旗分一半,八方风雨会中州',语远而体大也。"

◇沈德潜曰："庄重得体。"

左迁至蓝关示侄孙湘

一封朝奏九重天,夕贬潮州路八千。
欲为圣明除弊事,肯将衰朽惜残年!
云横秦岭家何在?雪拥蓝关马不前。
知汝远来应有意,好收吾骨瘴江边。
◇李光地曰："佛骨一表,孤映千古,而此诗配之,尤妙在许大题目,而以'除弊事'三字了却。"

晚次宣溪辱韶州张端公使君惠书叙别酬以绝句二章

韶州南去接宣溪,云水苍茫日向西。
客泪数行元自落,鹧鸪休傍耳边啼。

兼金那足比清文,百首相随愧使君。
俱是岭南巡管内,莫欺荒僻断知闻。

量移袁州张韶州端公以诗相贺因酬之

明时远逐事何如?遇赦移官罪未除。
北望讵令随塞雁,南迁才免葬江鱼。
将经贵郡烦留客,先惠高文谢起予。
暂欲系船韶石下,上宾虞舜整冠裾。
◇李光地曰："末句取诸《离骚》所谓'跪敷衽以陈辞'者,

有蒙难正志气象。"

奉和兵部张侍郎酬郓州马尚书祗召途中见寄，开缄之日马帅已再领郓州之作

来朝当路日，承诏改辕时。再领须句国，仍迁少昊司。
暖风抽宿麦，清雨卷归旗。赖寄新珠玉，长吟慰我思。
◇《石林诗话》曰："蔡天启言：尝与张文潜论韩、柳五言警句，文潜举退之'暖风抽宿麦，清风卷归旗'，子厚'壁空残月曙，门掩候虫秋'，皆为集中第一。"

奉酬天平马十二仆射暇日言怀见寄之作

天平篇什外，政事亦无双。威令加徐土，儒风被鲁邦。
清为公论重，宽得士心降。岁晏偏相忆，长谣坐北窗。

奉使镇州行次承天行营奉酬裴司空

窜逐三年海上归，逢公复此著征衣。
旋吟佳句还鞭马，恨不身先去鸟飞。
○诏许迟留，而奋迅如此，仁者之勇，庶无愧焉。
◇《新书》："诏愈宣抚，既行，众皆危之。元稹言韩愈可惜，穆宗亦悔，诏愈度事从宜，无必入。愈曰：'安有受君命而滞留自顾？'遂疾驱入。"

奉和仆射裴相公感恩言志

文武成功后,居为百辟师。林园穷胜事,钟鼓乐清时。
摆落遗高论,雕镌出小诗。自然无不可,范蠡尔其谁?

○按《诗话》云:庆历中,西师未解,晏元献为枢密使。会大雪,置酒西园。欧阳永叔赋诗云:"须怜铁甲冷彻骨,四十余万屯边兵。"晏曰:"昔韩愈亦能作言语,赴裴度会,但云'林园穷胜事,钟鼓乐清时',不曾如此作闹。"夫裴度之优游绿野,乃不得已而与世浮沉,故愈诗云云。晏殊所处不同,闻永叔讽厉,正应改容谢之,顾犹怫然于中耶?

和仆射相公朝回见寄

尽瘁年将久,公今始暂闲。事随忧共减,诗与酒俱还。
放意机衡外,收身矢石间。秋台风日迥,正好看前山。

○退之与中立雅契,同涉艰危、树功业,其于当时朝局、元老苦心,有知之最深者。二诗能曲传之,讽咏殊有余味。

卷三十二

眉山苏轼诗一

诗曰（自）杜、韩以后，唐季五代纤佻薄弱，日即沦胥。宋初，杨亿、刘筠、钱惟演之徒，崇尚昆体，只是温、李后尘。嗣是苏舜卿以豪放自异，梅尧臣以高淡为宗，虽志于古矣，而神明变化之功少，未有能骖驾杜、韩，卓然自成一家。而雄视百代者，必也其苏轼乎？！

轼之器识学问，见于政事，发于文章，史称"言足以达其有猷，行足以遂其有为，节义足以固其有守"，皆志与气为之也。惟诗亦然，地负海涵，不名一体。而核其旨要之所在，如云"我诗虽云拙，心平声韵和"，此轼自评其诗者也；"作诗熟读《毛诗·国风》《离骚》，曲折尽在是"，此轼自以其所得教人者也。且夫"精深华妙"，则苏辙称之矣；"公如大国楚，吞五湖三江"，则黄庭坚称之矣；"天才宏放，宜与日月争光"，则蔡絛称之矣；"屈注天潢，倒连沧海，变眩百怪，终归浑雅"，则敖陶孙称之矣。前之曹刘陶谢，后之李杜韩白，无所不学，亦无所不工；同时欧阳、王、黄，犹俱逊谢焉。洵乎独立千古，非一代一人之诗也！而陈师道顾谓其初学刘禹锡，晚学李太白，毋乃一知半解欤？

但其诗气豪体大，有非后哲所易学步者，是以元好问论诗有云："只知诗到苏黄尽，沧海横流却是谁？"又云："苏门果有忠臣在,肯放坡诗百态新。"盖非用此为讥议,乃正以见其不可模拟耳。其与轼并世之人,漫为评论者,如张舜民有"仔细检点,不无利钝"之言,而杨时至谓其不知风雅之意;后来严羽更以"其自出己意,为诗之大厄,创大言以欺世",夫岂可为笃论哉?

是编所录,挹菁拔萃,审择再三,殆无遗憾。其生平丰功亮节,与夫兄弟朋友过从离合之迹,及一时新法之废兴,时事之迁变,靡不因之以见。诗凡五百余首,古体则五言稍多于七言,近体则七言数倍于五言,要归本于六义之旨,亦非有成见也。

辛丑十一月十九日,既与子由别于郑州西门之外,马上赋诗一篇寄之

不饮胡为醉兀兀,此心已逐归鞍发。
归人犹自念庭闱,今我何以慰寂寞?
登高回首坡垅隔,惟见乌帽出复没。
苦寒念尔衣裘薄,独骑瘦马踏残月。
路人行歌居人乐,僮仆怪我苦凄恻。
亦知人生要有别,但恐岁月去飘忽。
寒灯相对记畴昔,夜雨何时听萧瑟?
君知此意不可忘,慎勿苦爱高官职。

自注:尝有"夜雨对床"之言,故云尔。

〇轼与其弟辙,友爱特至。时轼赴凤翔签判之任,既别而作此诗。起句突兀有意味,前叙既别之深情,后忆昔年之旧约,"亦知人生要有别",转进一层,曲折遒宕。轼是时年甫二十六,而诗格老成如是。

◇许顗《诗话》曰:"'燕燕于飞,差池其羽。之子于归,远

送于野。瞻望不及，泣涕如雨。'此真可泣鬼神矣。东坡诗云：'登高回首坡垅隔，惟见乌帽出复没。'远绍其意。"

◇《王方直诗话》曰："东坡喜韦苏州诗'宁知风雨夜，复此对床眠'之句，故在郑别子由云：'寒灯相对记畴昔，夜雨何时听萧瑟？'又初秋子由与坡相从彭城，赋诗云：'误喜对床寻旧约，不知飘泊在彭城。'子由使辽，在神水馆赋诗云：'夜雨从来对榻眠，兹行万里隔湖天。'坡在御史狱有云：'他年夜雨独伤神。'在东府有云：'对床定悠悠，夜雨今萧瑟。'其同转对有云：'对床贪听连宵雨。'又曰：'对床欲作连夜雨。'又曰：'对床老兄弟，夜雨鸣竹屋。'此其兄弟所赋也。相约退休，可谓无日忘之，然竟不能成其约，其意见于《逍遥堂诗叙》云。"

过宜宾见夷中乱山

江寒晴不知，远见山上日。朦胧含高峰，晃荡射峭壁。
横云忽飘散，翠树分历历。行人挹孤光，飞鸟投远碧。
蛮荒谁复爱，秋秀安可适？岂无避世士，高隐炼精魄。
谁能从之游，路有豺虎迹。

○孤冷巉削，具缒幽凿险之能。

◇《纪年录》曰："嘉祐四年，荆州上王兵部书曰：'自蜀至楚，舟行六十日，过郡十一，县二十有六。'公由水路至嘉州，入嘉陵江，由泸、渝、涪、忠、夔等州入峡江，故作《过宜宾》《泊牛口》《入峡》《出峡》等诗。"

夜泊牛口

日落江雾生，系舟宿牛口。居民偶相聚，三四依古柳。

负薪出深谷,见客喜且售。煮蔬为夜飧,安识肉与酒?
朔风吹茅屋,破壁见星斗。儿女自咿嚘,亦足乐且久。
人生本无事,苦为世味诱。富贵耀吾前,贫贱独难守。
谁知深山子,甘与麋鹿友。置身落蛮荒,生意不自陋。
今子独何者,汲汲强奔走?

○不见可欲,使心不乱,于此悟出艰难中骨力。孰谓陋室荒村不可以学道?

夜行观星

天高夜气严,列宿森就位。大星光相射,小星闹若沸。
天人不相干,嗟彼本何事?世俗强指摘,一一立名字。
南箕与北斗,乃是家人器。天亦岂有之?无乃遂自谓。
迫观知何如?远想偶有似。茫茫不可晓,使我长叹喟。

○搔首问天,通以玄解,是即"道不可名,强名曰道"之旨也。

八 阵 碛

平沙何茫茫,髣髴见石蕝。纵横满江上,岁岁沙水啮。
孔明死已久,谁复辨行列?神兵非学到,自古不留诀。
至人已心悟,后世徒妄说。自从汉道衰,蜂起尽奸杰。
英雄不相下,祸难久连结。驱民市无烟,战野江流血。
万人赌一掷,杀尽如沃雪。不为久远计,草草常无法。
孔明最后起,意欲扫群孽。崎岖事节制,隐忍久不决。
志大遂成迂,岁月去如瞥。六师纷未整,一旦英气折。
惟余八阵图,千古壮夔峡。

○后幅评论孔明数语，惜之至、服之至也。八阵图垒，人所共知，其箕张翼舒之形，无烦铺叙。放怀今古，历历千年，气成虹霓，词出金石，意岂独为武侯叹绝！

◇《水经注》曰："江水又东，径诸葛亮图垒。南，石碛平旷，望兼川陆，有亮所作八阵图，东跨故垒，皆累细石为之。自垒西去，聚石八行，行间相去二丈，因曰'八阵'。"

入　峡

自昔怀幽赏，今兹得纵探。长江连楚蜀，万派泻东南。
合水来如电，黔波绿似蓝。余流细不数，远势竞相参。
入峡初无路，连山忽似龛。萦纡收浩渺，蹙缩作渊潭。
风过如呼吸，云生似吐含。坠崖鸣窣窣，垂蔓绿毵毵。
冷翠多崖竹，孤生有石楠。飞泉飘乱雪，怪石走惊骖。
绝涧知深浅，樵僮忽两三。人烟偶逢郭，沙岸可乘篮。
野戍荒州县，邦君古子南。放衙鸣晚鼓，留客荐霜柑。
闻道黄精草，丛生绿玉碪。尽应充食饮，不见有彭聃。
气候冬犹暖，星河夜半涵。遗民悲昶衎，自注：孟昶从此入觐。王衍亦蜀主。旧俗接鱼蚕。
版屋漫无瓦，篔居窄似庵。伐薪常冒险，得米不盈甔。
叹息生何陋，劬劳不自惭。叶舟轻远泝，大浪固尝谙。
矍铄空相视，呕哑莫与谈。蛮荒安可驻，幽邃信难妉。
独爱孤栖鹘，高超百尺岚。横飞应自得，远飏似无贪。
振翮游霄汉，无心顾雀鹌。尘劳世方病，局促我何堪？
尽解林泉好，多为富贵酣。试看飞鸟乐，高遁此心甘。

○用险韵，作长律，尽如其意之所出，最称擅长。首二句虚笼,以作起局;"长江"六句,又作总挈。其"入峡"十二句,峡中之景物也;"绝涧"十二句,峡中之人事也。"气候"八句,则言人居峡之陋;"叹息"八句,则言己入峡之劳。至"独爱孤栖鹘"以下十二句,前六句写孤鹘横飞自得之乐,后六句写自己局束尘劳之态,两相对照,作开阖(阖)之势。知高超之乐,则知高遁之甘矣。章法明婳,如观远岫,列秀青青。

◇《太平寰宇记》曰:"瞿塘峡在夔州府城东,旧名西陵峡,两岸对峙,中贯一江,滟滪堆当其口,乃三峡之门。巫峡在巫山县。明月峡在夷陵州悬崖间,白石如月。黄牛峡在夷陵州西。"

◇《三峡记》曰:"三峡连亘七百里,重岩叠嶂,隐蔽天日,非亭午夜分,不见日月。《水经》云杜宇所凿。"

出　峡

入峡喜巉岩,出峡爱平旷。吾心淡无累,遇境即安畅。
东西径千里,胜处颇屡访。幽寻远无厌,高绝每先上。
前诗尚遗略,不录久恐忘。忆从巫庙回,中路寒泉涨。
汲归真可爱,翠碧光满盎。忽惊巫峡尾,岩腹有穿圹。
仰见天苍苍,石室开南向。宣尼古庙宇,丛木作帏帐。
铁楯横半空,俯瞰不计丈。古人谁架构?下有不测浪。
石窦见天囷,瓦棺悲古葬。新滩阻风雪,村落去携杖。
亦到龙马溪,茅屋沽村酿。玉虚悔不至,实为舟人诳。
闻道石最奇,㾕瘶见怪状。峡山富奇伟,得一知几丧。
苦恨不知名,历历但想像。今朝脱重险,楚水渺平荡。
鱼多客庖足,风顺行意王。追思偶成篇,聊助舟人唱。
○险境发以雄词,须看其意思闲暇萧散处。

神女庙

大江从西来，上有千仞山。江山自环拥，恢诡富神奸。
深渊龟鳖横，巨壑蛇龙顽。旌阳斩长蛟，雷雨移苍湾。
蜀守降老蹇，至今带连镮。纵横若无主，荡逸侵人寰。
上帝降瑶姬，来处荆巫间。神仙岂在猛，玉座幽且闲。
飘萧驾风驭，弭节朝天关。倏忽巡四方，不知道里艰。
古妆具法服，邃殿罗烟鬟。百神自奔走，杂沓来趋班。
云兴灵怪聚，云散鬼神还。茫茫夜潭静，皎皎秋月弯。
还应摇玉佩，来听水潺潺。

○徐徊神境，仿像仙踪，不袭用"玉色頩颜"及"望帷褰帱"一切猥琐漫亵之语。范成大《巫山图》及《巫山高》二诗，亹亹力辨，何不缘轼诗《巫山》《神女》二作为证耶？

◇《吴船录》曰："下巫峡三十五里，至神女庙，十二峰皆在北岸，前后映带，不能足其数。所谓阳台、高唐观在来鹤峰上，亦未必是。神女之事，据宋玉赋，本以讽襄王，后世不察，一切以儿女子亵之。今庙中石刻引《墉城记》：'瑶姬，西王母之女，称云华夫人。助禹，令鬼神斩石疏流，有功见纪。今封妙用真人。'"

巫 山

瞿塘迤逦尽，巫峡峥嵘起。连峰稍可怪，石色变苍翠。
天工运神巧，渐欲作奇伟。块轧势方深，结构意未遂。
旁观不暇瞬，步步造幽邃。苍崖忽相逼，绝壁凛可悸。
仰观八九顶，俊爽凌颢气。晃荡天宇高，奔腾江水沸。

孤超兀不让,直拔勇无畏。攀缘见神宇,憩坐就石位。
巉巉隔江波,一一问庙吏。遥观神女石,绰约诚有以。
俯首见斜鬟,拖霞弄修帔。人心随物变,远觉含深意。
野老笑吾旁:少年尝屡至。去随猿猱上,反以绳索试。
石笋依孤峰,突兀殊不类。世人喜神怪,论说惊幼稚。
楚赋亦虚传,神仙安有是?
次问扫坛竹,云此今尚尔,翠叶纷下垂,婆娑绿凤尾。
风来自偃仰,若为神物使。绝顶有三碑,诘曲古篆字。
老人那解读,偶见不能记。穷探到峰背,采斫黄杨子。
黄杨生石上,坚瘦纹如绮。贪心去不顾,涧谷千寻缒。
山高虎狼绝,深入坦无忌。洪濛草树密,葱茜云霞腻。
石窦有洪泉,甘滑如流髓。终朝自盥漱,冷冽清心胃。
浣衣挂树梢,磨斧就石鼻。徘徊云日晚,归意念城市。
不到今十年,衰老筋力惫。当时伐残木,牙蘗已如臂。
忽闻老人说,终日为叹喟。神仙固有之,难在忘势利。
贫贱尔何爱?弃去如脱屣。嗟尔若无还,绝粮应不死。

○带阜缨峦,屯云积气。析之,则句炼字琢;合之,则悠悠乎与颢气以俱,而莫得其涯。

◇《入蜀记》曰:"巫山峰峦上入霄汉,山脚直插江中,议者谓太、华、衡、庐皆无此奇。然十二峰者不可悉见,所见八九峰,惟神女峰最为纤丽奇峭,宜为仙真所托。"

荆州十首(录三首)

南方旧战国,惨澹意犹存。慷慨因刘表,凄凉为屈原。
废城犹带井,古姓聚成村。亦解观形胜,升平不敢论。

朱槛城东角,高王此望沙。江山非一国,烽火畏三巴。
战骨沦秋草,危楼倚断霞。百年豪杰尽,扰扰见鱼虾。

柳门京国道,驱马及春阳。野火烧枯草,东风动绿芒。
北行连许邓,南去极衡湘。楚境横天下,怀王信弱王。
○俯仰陈迹,怀古者所同;悲壮慷慨,则唐贤得意笔也。
嘉祐庚子,轼侍其父洵自荆州浮大梁,此诗当在《郑州西门》作之前。

太白山下早行,至横渠镇书崇寿院壁

马上续残梦,不知朝日昇。乱山横翠幛,落月澹孤灯。
奔走烦邮吏,安闲愧老僧。再游应眷眷,聊亦记吾曾。
○次联是早行景色,妙从首句"残梦"二字生出,故"日月"字不嫌杂见。王世贞之论,似密实疏。
◇《艺苑卮言》曰:"刘驾'马上续残梦',境颇佳;下云'马嘶而复惊',遂不成语矣。苏子瞻用其语,下云'不知朝日昇',亦未是;至复改为'瘦马兀残梦',愈坠恶道。"

留题延生观后山小堂

溪山愈好意无厌,上到巉巉第几尖?
深谷野禽毛羽怪,上方仙子鬓眉纤。
不惭弄玉骑丹凤,应逐嫦娥驾老蟾。
涧草岩花自无主,晚来蝴蝶入疏帘。

○三句观后之景，四句小堂之景。唐时，文安、浔阳、平恩、邵阳、永嘉、永安、义昌、安阳诸主，皆先后丐为道士，筑观在外。玉真师事道士史崇元。此诗中，二联较之李义山"不逢萧史休回首，莫见洪崖又拍肩"之句，更为语隐而意微。

◇赵次公曰："延生观后，上小山有堂，是唐玉真公主修道遗迹。"

◇《青城山记》曰："玉真公主，肃宗之姑也，筑室丈人观，玉真、金仙二公主真容见在。"

石鼻城

平时战国今无在，陌上征夫自不闲。
北客初来试新险，蜀人从此送残山。
独穿暗月朦胧里，愁渡奔河苍茫间。
渐入西南风景变，道边修竹水潺潺。

○挥霍如意。五、六一联，深沉雄健，景中有情。"苍茫"二字，俱读从上声，前人所未有，此自轼诗创用。唐人如韩诗读"张王"为去声，白诗读"昽曨"为上声。后人不审所出，遂谓前贤自我作古，恐不尽然耳。

◇赵次公曰："石鼻寨即武成镇也。'战国'，指言蜀与魏也。诸葛亮作此城以拒郝昭，自北来而入蜀者，至此渐入山，故曰'试新险'。自蜀来而趋京、洛者，至此已出山，故曰'送残山'。自此地前往宝鸡，为'入西南'矣。"

病中大雪数日未尝起，观虢令赵荐以诗相属，戏用其韵答之

经旬卧斋阁，终日亲剂和。不知雪已深，但觉寒无奈。

飘萧窗纸明，堆压簷板堕。自注：关中皆以板为簷。风飚助凝冽，帏幔困掀簸。
惟思近醇醲，未敢窥璨瑳。何时反炎赫，却欲躬臼磨。
谁言坐无毡，尚有裘充货。西邻歌吹发，促席寒威挫。
崩腾踏成径，缭绕飞入座。人欢瓦先融，饮隽瓶屡卧。
嗟予独愁寂，空室自困坷。欲为后日赏，恐被游尘涴。
寒更报新霁，皎月悬半破。有客独苦吟，清夜默自课。
诗人例穷蹇，秀句出寒饿。何当暴雪霜，庶以蹑郊贺。
○和韵诗峻拔浏利，如弹丸脱手，是大苏所长。

岁晚相与馈问为馈岁，酒食相邀呼为别岁，
至除夜达旦不眠为守岁，蜀之风俗如是。
余官于岐下，岁暮思归而不可得，故为此三诗以寄子由

　馈　岁
农功各已收，岁事得相佐。为欢恐无及，假物不论货。
山川随出产，贫富称小大。眞盘巨鲤横，发笼双兔卧。
富人事华靡，綵绣光翻座。贫者愧不能，微挚出春磨。
官居故人少，里巷佳节过。亦欲举乡风，独唱无人和。

　别　岁
故人适千里，临别尚迟迟。人行犹可复，岁行那可追。
问岁安所之？远在天一涯。已逐东流水，赴海归无时。
东邻酒初熟，西舍彘亦肥。且为一日欢，慰此穷年悲。
勿嗟旧岁别，行与新岁辞。去去勿回顾，还君老与衰。

○即古诗"所遇无故物,焉得不速老"意而畅言之,顿挫淋漓,有"对此茫茫,百端交集"之概。

守　岁

欲知垂尽岁,有似赴壑蛇。修鳞半已没,去意谁能遮?
况欲系其尾,虽勤知奈何?儿童强不睡,相守夜欢哗。
晨鸡且勿唱,更鼓畏添挝。坐久灯烬落,起看北斗斜。
明年岂无年,心事恐蹉跎。努力尽今夕,少年犹可夸。
○前六句比,中六句赋。结句"犹可夸"者,非幸词,正以见去日苦多,而盛年之不再也。此与《别岁》一首,佳处不减魏武短歌。

和子由论书

吾虽不善书,晓书莫如我。苟能通其意,常谓不学可。
貌妍容有矉,璧美何妨椭。端庄杂流丽,刚健含婀娜。
好之每自讥,不谓子亦颇。书成辄弃去,缪被旁人裹。
体势本阔落,结束入细麽。子诗亦见推,语重未敢荷。
迩来又学射,力薄愁官笴。自注:官箭十二把,吾能十一把箭耳。多好竟无成,不精安用夥?
何当尽屏去,万事付懒惰。吾闻古书法,守骏莫如跛。
世俗笔苦骄,众中强嵬騀。钟张忽已远,此语与时左。
○论书实自道其所得,"端庄,刚健"一联,及"体势,结束"一联,宛然见轼书法也。中间插入学射一段,轩然波起,凌厉无前。

◇《韵语阳秋》曰:"东坡与子由论书云:'吾虽不善书,晓书莫如我。苟能通其意,常谓不学可。'故其子叔党跋公书云:'吾先君子岂以书自名哉?特以其至大至刚之气发于胸中而应之以手,故不见其有刻画妩媚之态,而端乎章甫,有不可犯之色。少年喜二王书,晚乃喜颜平原,故时有二王风气。俗手不知,妄谓学徐浩,陋矣。'观此,则知初未尝规规然,出于翰墨积习也。"

凤翔八观　并序(录五首)

《凤翔八观》诗,记可观者八也。昔司马子长登会稽、探禹穴,不远千里,而李太白亦以七泽之观至荆州。二子盖悲世悼俗,自伤不见古人,而欲一观其遗迹,故其勤如此。凤翔当秦、蜀之交,士大夫之所朝夕往来。此八观者,又皆跬步可至,而好事者有不能遍观焉。故作此诗,以告欲观而不知者。

石鼓歌

冬十二月岁辛丑,我初从政见鲁叟。
旧闻石鼓今见之,文字郁律蛟蛇走。
细观初以指画肚,欲读嗟如箝在口。
韩公好古生已迟,我今况又百年后。
强寻偏傍推点画,时得一二遗八九。
我车既攻马亦同,其鱼维鱮贯之柳。自注:其词云:"我车既攻,我马亦同。"又云:"其鱼维何?维鱮维鲤。何以贯之?维杨与柳。"惟此六句可读,余多不可通。
古器纵横犹识鼎,众星错落仅名斗。
模糊半已隐瘢胝,诘曲犹能辨跟肘。
娟娟缺月隐云雾,濯濯嘉禾秀莨莠。

漂流百战偶然存,独立千载谁与友?
上追轩颉相唯诺,下揖冰斯同鷇彀。
忆昔周宣歌《鸿雁》,当时籀史变蝌蚪。
厌乱人方思圣贤,中兴天为生耆耇。
东征徐虏阚虓虎,北伏犬戎随指嗾。
象胥杂沓贡狼鹿,方召联翩赐圭卣。
遂因鼓鼙思将帅,岂为考击烦矇瞍。
何人作颂比《崧高》?万古斯文齐岣嵝。
勋劳至大不矜伐,文武未远犹忠厚。
欲寻年岁无甲乙,岂有名字记谁某。
自从周衰更七国,竟使秦人有九有。
扫除诗书诵法律,投弃俎豆陈鞭杻。
当年何人佐祖龙?上蔡公子牵黄狗。
登山刻石颂功烈,后者无继前无偶。
皆云皇帝巡四国,烹灭强暴救黔首。
六经既已委灰尘,此鼓亦当遭击掊。
传闻九鼎沦泗上,欲使万夫沉水取。
暴君纵欲穷人力,神物义不污秦垢。
是时石鼓何处避?无乃天工令鬼守。
兴亡百变物自闲,富贵一朝名不朽。
细思物理坐叹息,人生安得如汝寿!

○雄文健笔,句奇语重。气魄与韩退之作相垺,而研练过之。细玩通篇,以"冬十二月"四句起,以"兴亡百变"四句结。起仿《北征》诗体,结亦悠然不尽若韩诗。起四句未免平率,结云"呜呼吾意其蹉跎",又何衰飒也。中间分三大段,第一段自"细观初以指画肚"至"下揖冰斯同鷇彀",铺叙石鼓之文词、字迹，实景实事，所与韩公不同者在此。故详述于前，且正是初见时情状。"古器纵横"六句，详写石鼓之奇古，固非"文字郁律蛟蛇走"一句所能尽。"缺月""嘉禾"，视韩诗"鸾翔凤翥，珊瑚碧树"之词又出一奇也。"漂流百战"四句作转轴，起下二段意。"忆昔周宣歌《鸿雁》"至"岂有名字记谁某"，推原溯委，铺述典重。"自从周衰更战国"至"无乃天工令鬼守"，凭吊古今，却以六经、九鼎作陪。澜翻无竭，笔力驰骤中，章法乃极严谨，真足嗣响少陵。

◇《苕溪渔隐丛话》曰："韦苏州《石鼓歌》云'乃是宣王之臣史籀作'，退之《石鼓歌》初不指言史籀所作。永叔《集古录》云：'至于字画，亦非史籀不能作。'此盖原苏州之歌而云尔。苏长公《石鼓诗》云：'忆昔周宣歌《鸿雁》，当时籀史变蝌蚪。'亦原于苏州也。"

◇赵次公曰："先生诗后段云：'忆昔周宣歌《鸿雁》，当时籀史变蝌蚪。'则石鼓文字，盖蝌蚪之变。韩愈有《科斗书后记》一篇云：'李阳冰之子服之，授余以其家科斗《孝经》、汉卫宏《官书》，两部合一卷。'且曰：'古书得其据依，盖可读。'如是，则退之宜识科斗书者。《石鼓歌》乃云：'辞严义密读难晓，字体不类隶与科。'而先生今诗乃能通其六句，则先生为精于字学矣。欧阳《集古跋尾》，盖谓韦应物以为文王之鼓，韩退之以为宣王之鼓，不知何所据而然，卒以退之好古不妄者为可信，然未尝载其文。至子由和先生诗，乃云：'形虽不具意可知，有云杨柳贯鲂鱮。'先生诗注云'维鱮维鲤'，而子由云'鲂鱮'，岂各以所辨之字言之乎？"

◇朱彝尊曰："杨用修谓从李宾之所得唐人拓本，多至七百有二字；又言及见东坡之本，人多惑焉。考宾之《石鼓歌》中云：'家藏旧本出梨枣，楮墨轻虚不盈握。拾残补缺能几何？以一涓埃裨海岳。'夫以欧阳、薛、胡诸家所见止四百余字，若宾之本有七百余字,拾残补缺亦已多矣,宾之不应为是言也。子瞻之诗曰:'韩公好古生已迟,我今况又百年后。强寻偏傍推点画,时得一二遗八九。'子由和之,有云:'形骸偃蹇任苔藓,文字皴剥因风雨。字形漫汗随石缺,苍蛇生角龙折股。'夫用修之本,既得自宾之、传自子瞻,是子瞻克见其全,子由亦得纵观,子瞻、子由又不应为是言也。"

王维吴道子画

何处访吴画?普门与开元。
开元有东塔,摩诘留手痕。
吾观画品中,莫如二子尊。
道子实雄放,浩如海波翻。
当其下手风雨快,笔所未到气已吞。
亭亭双林间,彩晕扶桑暾。
中有至人谈寂灭,悟者悲涕迷者手自扪。
蛮君鬼伯千万万,相排竞进头如鼋。
摩诘本诗老,佩芷袭芳荪。
今观此壁画,亦若其诗清且敦。
祇园弟子尽鹤骨,心如死灰不复温。
门前两丛竹,雪节贯霜根。
交柯乱叶动无数,一一皆可寻其源。
吴生虽妙绝,犹以画工论。
摩诘得之于象外,有如仙翮谢笼樊。
吾观二子皆神俊,又于维也敛衽无间言。

○以史迁合传论赞之体作诗,开合离奇,音节疏古。道子下笔入神,篇中摹写亦不遗余力。将言吴不如王,乃先于道子极意形容，正是导题法也。后称王维，只云画如其诗，而所以誉其画笔者甚淡。顾其妙在笔墨之外者，自能使人于言下领悟，更不必以画断，凿凿指为神品、妙品矣。

◇《许顗诗话》曰："老杜作《曹将军丹青引》云'一洗万古凡马空'，东坡观吴道子画壁云'笔所未到气已吞'。吾未得见其画矣，斯评也，二公之句各可以当之。"

东　　湖

吾家蜀江上，江水绿如蓝。迩来走尘土，意思殊不堪。
况当岐山下，风物尤可惭。有山秃如赭，有水浊如泔。
不谓郡城东，数步见湖潭。入门便清奥，怳如梦西南。
泉源从高来，随波走涵涵。东去触重阜，尽为湖所贪。
但见苍石蟠，开口吐清甘。借汝腹中过，胡为目眈眈？
新荷弄晚凉，轻棹极幽探。飘飘忘远近，偃息遗佩篸。
深有龟与鱼，浅有螺与蚶。曝晴复戏雨，戢戢多于蚕。
浮沉无停饵，倏忽遽满篮。丝缗虽强致，琐细安足戡？
闻昔周道兴，翠凤栖孤岚。飞鸣饮此水，照影弄毵毵。
至今多梧桐，合抱如彭聃。彩羽无复见，上有鹳博鹩。
嗟予生虽晚，好古意所妉。图书已漫漶，犹复访侨郯。
《卷阿》诗可继，此意久已含。扶风古三辅，政事岂汝谙？
聊为湖上饮，一从醉后谈。门前远行客，劫劫无留骖。
问胡不回首，毋乃趁朝参？予今正疏懒，官长幸见函。
不辞日游再，行恐岁满三。暮归仍倒载，钟鼓已韽韽。

○前幅写东湖之胜，而曰"湖所贪"，曰"目眈眈"，匪直摹景而已；入后自写闲游，实有怀抱观古今之意。"扶风古三辅，政事岂汝谙"二句，意最深厚，得《简兮》诗人之旨：沉屈下僚，勾检簿书，无由得尽其才，不得已而为湖上之游，讵与寻幽探胜者比？考是时，轼为凤翔判官，陈希亮为府帅，以属礼待之，或谒入不得见。轼壮年气盛，不相下其客位，《假寐》作有云："同僚不解事，愠色见髯须。虽无性命忧，且复忍须臾。"此诗末复云："予今正疏懒，官长幸见函。"无聊不平，时一发露于辞气。故必知其人、论其世，而后可与言诗。后人注诗者，俱未见及此。客位之作，编入通守钱塘时，并其年谱中次序亦错谬矣。

真兴寺阁

山川与城郭，漠漠同一形；市人与鸦鹊，浩浩同一声。
此阁几何高，何人之所营？侧身送落日，引手攀飞星。
当年王中令，斫木南山赪。写真留阁下，铁面眼有棱。
身强八九尺，与阁两峥嵘。古人虽暴恣，作事今世惊。
登者尚呀喘，作者何以胜？曷不观此阁，其人勇且英。

○苍苍莽莽，意到笔随。中间"侧身送落日，引手攀飞星"十字，奇警夺目，可与老杜"七星在北户，河汉声西流"相匹敌。

◇赵夔曰："此诗用古人意而不取其字。杜子美《登慈恩寺塔》诗云：'泰山忽破碎，泾渭不可求，俯视但一气，焉能辨皇州。'"

李氏园 自注：李茂贞园也。今为王氏所有。

朝游北城东，回首见修竹。下有朱门家，破墙围古屋。
举鞭叩其户，幽响答空谷。入门所见夥，十步九移目。
异花兼四方，野鸟喧百族。其西引溪水，活活转墙曲。
东注入深林，林深窗户绿。水光兼竹净，时有独立鹄。
林中百尺松，岁久苍麟蹙。岂惟此地少，意恐关中独。

小桥过南浦，夹道多乔木。隐如城百雉，挺若舟千斛。
阴阴日光淡，黯黯秋气蓄。尽东为方池，野雁杂家鹜。
红梨惊合抱，映岛孤云馥。春光水溶漾，雪阵风翻扑。
其北临长溪，波声卷平陆。北山卧可见，苍翠间硗秃。
我时来周览，问此谁所筑？云昔李将军，负险乘衰叔。
抽钱算闲口，但未榷羹粥。当时夺民田，失业安敢哭。
谁家美园囿？籍没不容赎。此亭破千家，郁郁城之麓。
将军竟何事，虮虱生刀鞘？何尝载美酒，来此驻车毂？
空使后世人，闻名颈犹缩。自注：俗犹呼"皇后园"，盖茂贞谓其妻也。我今官正闲，屡至因休沐。
人生营居止，竟为何人卜？何当办一身，永与清景逐。
○叙园中景物，委折详尽，自西而南、而东、而北，一一点睛，宛似柳州小记。后以感慨之情，写通旷之见，令人意惬。
◇《五代史》：李茂贞本姓宋，名文通，唐僖宗间以功拜凤翔、陇右节度使，赐姓名。昭宗景福元年反，犯京师。加拜尚书令，封岐王。后唐庄宗同光二年卒。

七月二十四日以久不雨出祷磻溪，是日宿虢县。二十五日晚自虢县渡渭，宿于僧舍曾阁，阁故曾氏所建也。夜久不寐，见壁间有前县令赵荐留名，有怀其人

龛灯明灭欲三更，欹枕无人梦自惊。
深谷留风终夜响，乱山衔月半床明。
故人渐远无消息，古寺空来看姓名。
欲向磻溪问姜叟，仆夫屡报斗杓倾。
○夜色苍凉，抚景怀人，想见竟夕褰帷之致。

二十七日自阳平至斜谷,宿于南山中蟠龙寺

横槎晚渡碧涧口,骑马夜入南山谷。
谷中暗水响泷泷,岭上疏星明煜煜。
寺藏岩底千万仞,路转山腰三百曲。
风生饥虎啸空林,月黑惊麕窜修竹。
入门突兀见深殿,照佛青荧有残烛。
愧无酒食待游人,旋斫杉松煮溪蔌。
板阁独眠惊旅枕,木鱼晓动随僧粥。
起观万瓦郁参差,日乱千岩散红绿。
门前商贾负椒荈,山后呎尺连巴蜀。
何时归耕江上田,一夜心逐南飞鹄。

○颜、谢以后,古诗多有对偶终篇者。入唐遂以有声病者为律,无声病者为古。至于七言古体,亦时一有之。若少陵之"霜皮溜雨四十围,黛色参天二千尺","子规夜啼山竹裂,王母昼下云旗翻";昌黎之"大蛇中断丧前王,群马南渡开新主","何人有酒身无事,谁家种竹门可款",硬语排奡,视唐初四子及元白诸家之宛然律调者,不可同日语也。若其自首至尾,无句不裁对,无对不瑰伟绝特,则惟轼集中有之,实为创格。此作亦其一也,其中写景处,语刻画而句浑成,读之可怖可喜,笔力奇绝。

是日至下马碛憩于北山僧舍,有阁曰怀贤,南直斜谷,西临五丈原,诸葛孔明所从出师也

南望斜谷口,三山如犬牙。西观五丈原,郁屈如长蛇。

有怀诸葛公,万骑出汉巴。吏士寂如水,萧萧闻马檛。
公才与曹丕,岂止十倍加?顾瞻三辅间,势若风卷沙。
一朝长星坠,竟使蜀妇髽。山僧岂知此,一室老烟霞。
往事逐云散,故山依渭斜。客来空吊古,清泪落悲笳。
○不著议论,而郁拔纵横之气自寓。语淡味长,最是高格。
◇邵长蘅曰:"萧萧闻马檛,《诗·车攻篇》'萧萧马鸣',《毛传》言:'不讙哗也。'公诗用此意。"
◇《三国志》曰:"建兴十二年,诸葛亮悉大众由斜谷出,以流马运,据武功五丈原,与司马仲达对,于渭南分兵屯田,为久住之基。耕者杂于渭滨之间,而百姓安堵,军无私焉。"
◇赵次公曰:"案《长安志》引《水经注》曰:'斜水北历斜谷,过五丈原,亦谓之武功水,又曰武功。'盖在渭水南,郿县北。是今先生祷雨于虢县之磻溪,故所经由望见郿县之五丈原。"

和子由记园中草木十一首(录五首)

荒园无数亩,草木动成林。春阳一已敷,妍丑各自矜。
蒲萄虽满架,困倒不能任。可怜病石榴,花如破红襟。
葵花虽粲粲,蒂浅不胜簪。丛蓼晚可喜,轻红随秋深。
物生感时节,此理等废兴。飘零不自由,盛亦非汝能。

种柏待其成,柏成人已老。不如种丛篁,春种秋可倒。
阴阳不择物,美恶随意造。柏生何苦艰,似亦费天巧。
天工巧有几,肯尽为汝耗。君看藜与藿,生意常草草。

萱草虽微花,孤秀能自拔。亭亭乱叶中,一一芳心插。

牵牛独何畏，诘曲自芽蘖。走寻荆与榛，如有宿昔约。
南斋读书处，乱草晓如泼。偏工贮秋雨，岁岁坏篱落。

芦笋初似竹，稍开叶如蒲。方春节抱甲，渐老根生须。
不爱当夏绿，爱此及秋枯。黄叶倒风雨，白花摇江湖。
江湖不可到，移植苦勤劬。安得双野鸭，飞来成画图？

我归自南山，山翠犹在目。心随白云去，梦绕山之麓。
汝从何方来？笑齿粲如玉。探怀出新诗，秀语夺山绿。
觉来已茫昧，但记说秋菊。有如采樵子，入洞听琴筑。
归来写遗声，犹胜人间曲。自注：八月十一日夜宿府学，方和此诗，梦与弟游南山，出诗数十篇，梦中甚爱之，唯记一句云："蟋蟀悲秋菊"。

○前四首俱是杂写花木，随处拈出妙谛，非见道忘山者不能获此圆通也。末首则别为一调，"秀语夺山绿"一句，情味备至。每于称许辙处，想见其友于式好，有怡怡之乐。此数诗格调，柴桑淡远，修武倔奇，殆兼擅其胜。

司竹监烧苇园，因召都巡检柴贻勋左藏，以其徒会猎园下

官园刈苇岁留槎，深冬放火如红霞。
枯槎烧尽有根在，春雨一洗皆萌芽。
黄狐老兔最狡捷，卖侮百兽常矜夸。
年年此厄竟不悟，但爱蒙密争来家。
风迴焰卷毛尾热，欲出已被苍鹰遮。
野人来言此最乐，徒手晓出归满车。

巡边将军在近邑,呼来飒飒从矛叉。
戍兵久闲可小试,战鼓虽冻犹堪挝。
雄心欲搏南涧虎,阵势颇学常山蛇。
霜乾火烈声爆野,飞走无路号且呀。
迎人截来砉逢箭,避犬逸去穷投罝。
击鲜走马殊未厌,但恐落日催栖鸦。
弊旗仆鼓坐数获,鞍挂雉兔肩分麚。
主人置酒聚狂客,纷纷醉语晚更哗。
燎毛燔肉不暇割,饮啖直欲追羲娲。
青丘云梦古所咤,与此何啻百倍加。
苦遭谏疏说夷羿,又被赋客嘲淫奢。
岂如闲官走山邑,放旷不与趋朝衙。
农工已毕岁云暮,车骑虽少宾殊佳。
酒酣上马去不告,猎猎霜风吹帽斜。

○从"烧园"指出物性愚迷,语直而曲。"巡边将军"以下十四句,以议论叙事,飒飒洒洒,具有声色。此段既极奇横,故"主人置酒"以下更为纡徐,以畅其气。结用独孤侧帽事,恰合会猎情景,而役使无痕,但觉有余韵逸趣。其才真能吞若云梦者八九,其于胸中曾不芥蒂也。

秀州僧本莹静照堂

鸟囚不忘飞,马系常念驰。静中不自胜,不若听所之。
君看厌世人,无事乃更悲。贫贱苦形劳,富贵嗟神疲。
作堂名静照,此语子谓谁?江湖隐沦士,岂无适时资。
老死不自惜,扁舟自娱嬉。从之恐莫见,况肯从我为。

○厌世人无事更悲，说来绝倒。即就起动相以证真谛之寂然，何必坐断千崖，乃得慧眼无见。

送安惇秀才失解西归

旧书不厌百回读，熟读深思子自知。
他年名宦恐不免，今日栖迟那可追。
我昔家居断还往，著书不复窥园葵。
朅来东游慕人爵，弃去旧学从儿嬉。
狂谋谬算百不遂，惟有霜鬓来如期。
故山松柏皆手种，行且拱矣归何时？
万事早知皆有命，十年浪走宁非痴？
与君未可觉得失，临别惟有长嗟咨。
○送其失解归，而乃勉以读书，朋友切偲之义，莫过于此。董遇"百遍见义"，熟读之谓也；王筠"重览兴深"，深思之谓也。读书之法，亦莫过于此。

安惇初从轼游，末流乃与元祐诸贤为难，当时至有童谣曰："大惇小惇，殃及子孙。"盖大惇谓章惇，小惇谓安惇也。然则安惇乃正世之"狂谋谬算"者。此诗知其"他年名宦恐不免"，而始终以熟读旧书为箴规，固早有以窥其微矣。

◇《许彦周诗话》曰："古人文章不可轻易，反覆熟读，加意思索，庶几见之。东坡诗云：'旧书不厌百回读，熟读深思子自知。'仆尝以此语铭座右而书诸绅也。"

送刘道原归觐南康

晏婴不满六尺长，高节万仞陵首阳。

青衫白发不自叹,富贵在天那得忙?
十年闭户乐幽独,百金购书收散亡。
竭来东观弄丹墨,聊借旧史诛奸强。
孔融不肯下曹操,汲黯本自轻张汤。
虽无尺箠与寸刃,口吻排击含风霜。
自言静中阅世俗,有似不饮观酒狂。
衣巾狼藉又屡舞,傍人大笑供千场。
交朋翩翩去略尽,惟吾与子犹彷徨。
世人共弃君独厚,岂敢自爱恐子伤。
朝来告别惊何速,归意已逐征鸿翔。
匡庐先生古君子,挂冠两纪鬓未苍。
定将文度置膝上,喜动邻里烹猪羊。
君归为我道名姓,幅巾他日容登堂。

○谓恕借旧史以诛奸强,即是轼借旧史以刺执政。恕乃刚直者,诗固不嫌明目张胆而道之。至于恕归而匡庐,色喜言外,有直道难容之叹,匪直幸其无恙遄归也。

按:恕为涣之子,治平间司马光编纂《资治通鉴》,荐恕为局僚,诗内所指"旧史"者,此也。匡庐先生,则指其父涣言之。

◇施元之曰:"刘道原,名恕,筠川人。介甫执政,道原在馆阁,欲引置条例司,固辞。是时,介甫权震天下,人不敢忤,而道原愤愤欲与之较,又条陈所更法令不合众心者,至面刺其过。介甫怒变色,道原不以为意。或稠人广座,对其门生,诵言得失无所避,遂与之绝。此诗端为介甫而发,以孔融、汲黯比道原,曹操、张汤况介甫。又云:'虽无尺箠与寸刃,口吻排击含风霜。'益著其面折之实也。"

次韵张安道读杜诗

大雅初微缺，流风因暴豪。张为词客赋，变作楚臣骚。
展转更崩坏，纷纶阅俊髦。地偏蓄怪产，源失乱狂涛。
粉黛迷真色，鱼虾易豢牢。谁知杜陵杰，名与谪仙高。
扫地收千轨，争标看两艘。诗人例穷苦，天意遣奔逃。
尘暗人亡鹿，溟翻帝斩鳌。艰危思李牧，述作谢王褒。
失意各千里，哀鸣闻九皋。骑鲸遁沧海，捋虎得绨袍。
巨笔屠龙手，微官似马曹。迂疏无事业，醉饱死游遨。
简牍仪刑在，儿童篆刻劳。今谁主文字？公合抱旌旄。
开卷遥相忆，知音两不遭。般斤思郢质，鲲化陋鯈濠。
恨我无佳句，时蒙致白醪。殷勤理黄菊，未遣没蓬蒿。

○初读之，但觉铺叙排比，词气不减少陵耳。详味其词，乃见下笔矜慎之至。盖题是次张安道韵，则先有张诗在意中，非泛然为少陵作赞颂也。"地偏"四句，但将从来诗道之弊，广譬曲喻；转入杜陵，只用"杰"字一言之褒，而其起衰式靡、立极千古者，已意无不尽此。下只是慨其遭险，更不论诗；即轼平日所云"发于情止于忠孝"者，亦不一及。又俱借谪仙为陪，以与下"开卷，知音"一联情事相映合。结仍用比喻，以应前文。大含元气，细入无间，其一一次韵天然，又不过汗漫之余技矣。

傅尧俞济源草堂

微官共有田园兴，老罢方寻隐退庐。
栽种成荫十年事，仓皇欲买百金无。

先生卜筑临清济，乔木如今似画图。

邻里亦知偏爱竹，春来相与护龙雏。

○尧俞本郓州须城人，徙居孟州济源。尝有读书诗云："吾屋虽喧卑，颇不甚芜秽。置席屋中间，坐卧群书内。"观此则知诗称"画图"，良非虚誉。

颍州初别子由二首

征帆挂西风，别泪滴清颍。留连知无益，惜此须臾景。
我生三度别，此别尤酸冷。念子似先君，木讷刚且静。
寡辞真吉人，介石乃机警。至今天下士，去莫如子猛。
嗟我久病狂，意行无坎井。有如醉且坠，幸未伤辄醒。
从今得闲暇，默坐消日永。作诗解子忧，持用日三省。

近别不改容，远别涕霑胸。咫尺不相见，实与千里同。
人生无离别，谁知恩爱重。始我来宛丘，牵衣舞儿童。
便知有此恨，留我过秋风。秋风亦已过，别恨终无穷。
问我何年归？我言岁在东。离合既循环，忧喜迭相攻。
语此长太息，我生如飞蓬。多忧发早白，不见六一翁。

○前首"留连知无益，惜此须臾景"，即李陵"长当从此别，且复立斯须"之意，用作发端语，觉悲怆切至，更为过之。后首本是直抒胸臆，读之乃觉中心菀结之至者，此汉魏人绝调也。

◇《乌台诗案》曰："此诗云：'至今天下士，去莫如子猛。'为弟辙曾差在制置三司条例司，充检详文字，争议新法不合而罢，既美弟辙去之果决，则意亦是讥新法不便也。"

◇施元之曰："神宗青苗法既行，子由度不能救，以书抵介甫，指陈其决不可者，且请补外。介甫大怒，将加以罪，同列止之，除河南推官。会张安道知陈州，辟为教授。东坡是时亦以论新法为介甫所嫉，通判杭州，出都来陈。子由送至颍，且同谒欧阳公而别。盖熙宁四年也。"

欧阳少师令赋所蓄石屏

何人遗公石屏风，上有水墨希微踪。
不画长林与巨植，独画蛾眉山西雪岭上万岁不长之孤松。
崖崩涧绝可望不可到，孤烟落日相溟濛。
含风偃蹇得真态，刻画始信天有工。
我恐毕宏韦偃死葬虢山下，骨可朽烂心难穷。
神机巧思无所发，化为烟霏沦石中。
古来画师非俗士，摹写物象略与诗人同。
愿公作诗慰不遇，无使二子含愤泣幽宫。
○长句磊砢，笔力如虬松盘屈，真可匹敌杜陵。

卷三十三 眉山苏轼诗二

十月二日将至涡口五里所遇风留宿

长淮久无风,放意弄清快。今朝雪浪满,始觉平野隘。
两山控吾前,吞吐久不嘬。孤舟系桑本,终夜舞澎湃。
舟人更传呼,弱缆恃菅蒯。平生傲忧患,久矣恬百怪。
鬼神欺吾穷,戏我聊一噫。瓶中尚有酒,信命谁能戒。
○刻画山水,如谢公而去其棘涩。

出颍口初见淮山,是日至寿州

我行日夜向江海,枫叶芦花秋兴长。
长淮忽迷天远近,青山久与船低昂。
寿州已见白石塔,短棹未转黄茅冈。
波平风软望不到,故人久立烟苍茫。
○宛是拗体律诗,别饶古趣。
◇施元之曰:"东坡尝纵笔书此诗,且题云:'予年三十六,赴杭倅过寿,作此诗。今五十九,南迁至虔,烟雨凄然,颇有当年气象也。'"

寿阳岸下

街东街西翠幕成,池南池北绿钱生。
幽人独来带残酒,偶听黄鹂第一声。

泗州僧伽塔

我昔南行舟系汴,逆风三日沙吹面。
舟人共劝祷灵塔,香火未收旗脚转。
回头顷刻失长桥,却到龟山未朝饭。
至人无心何厚薄,我自怀私欣所便。
耕田欲雨刈欲晴,去得顺风来者怨。
若使人人祷辄遂,造物应须日千变。
我今身世两悠悠,去无所逐来无恋。
得行固愿留不恶,每到有求神亦倦。
退之旧云三百尺,澄观所营今已换。
不嫌俗士污丹梯,一看云山绕淮甸。

○至理奇文,只是眼前景物口头语。透辟无碍,是广长舌。

◇《潜溪诗眼》曰:"句法之学,自是一家工夫。昔尝问山谷:'耕田欲雨刈欲晴,去得顺风来者怨。'山谷云:'不如"千岩无人万壑静,十步回头五步坐"。'此专论句法,不论义理。盖七言诗四字、三字作两节也,此句法出《黄庭经》,自'上有黄庭下关元'已下多此体。张平子《四愁诗》,句句如此。"

◇《困学纪闻》:"刘梦得《何卜赋》云:'同涉于川,其时在风,泭者之吉,泝者之凶。萩同于野,其时在泽,伊穜之利,乃稔之厄。'东坡诗'耕田欲雨刈欲晴，去得顺风来者怨'，本此意。"

◇《容斋四笔》曰："《俚语笑林》谓两商人入神庙，其一陆行欲晴，许赛以猪头；其一水行欲雨，许赛以羊头。神顾小鬼言：'晴乾吃猪头，雨落吃羊头，有何不可？'坡诗云：'若使人人祷辄应，造物应须日千变。'此意未易为庸俗道也。"

◇《志林》曰："《泗州大圣僧伽传》云：'和尚何国人也，又世云莫知其所从来。'云不知何国人也。近读《隋书·西域传》，乃有何国。余在惠州，忽被命责儋耳。太守方子容自携告身来，且语余曰：'此固前定，无可恨。吾妻沈素事僧伽谨甚，一夕梦和尚告别，沈问所往，答曰："当与苏子瞻同行，后七十二日当有命。"今适七十二日矣，岂非前定乎？'予以为事之前定者，不待梦而知。然予何人也，而和尚辱与同行，得非夙世有少缘契乎？"

龟　山

我生飘荡去何求？再过龟山岁五周。
身行万里半天下，僧卧一庵初白头。
地隔中原劳北望，潮连沧海欲东游。
元嘉旧事无人记，故垒摧颓今在不？

自注：宋文帝遣将拒魏，筑成此山。

○"万里"句阔远，"一庵"句静闲，妙作对偶。熙宁甲寅，轼自杭倅移知密州，至元丰己未移知湖州，故云"再过龟山岁五周"。结寓感叹，以见兵戎事往，并故垒亦不复存，不独无人记忆已也。

◇《明道杂志》曰："苏公诗云：'身行万里半天下，僧卧一庵初白头。'黄九云：'初日头。'问其义，但云：'若此僧负暄于初日耳。'余不然。黄甚不平，曰：'岂有用白对天乎？'余异日问苏公，公曰：'若是黄九要改作日头，也不奈何他。'"

十月十六日记所见

风高月暗云水黄，淮阴夜发朝山阳。
山阳晓雾如细雨，炯炯初日寒无光。
云收雾卷已亭午，有风北来寒欲僵。
忽惊飞雹穿户牖，迅驶不复容遮防。
市人颠沛百贾乱，疾雷一声如颓墙。
使君来呼晚置酒，坐定已复日照廊。
恍疑所见皆梦寐，百里变怪旋消亡。
共言蛟龙厌旧穴，鱼鳖随徙空陂塘。
愚儒无知守章句，论说黑白推何祥。
惟有主人言可用，天寒欲雪饮此觞。

游金山寺

我家江水初发源，宦游直送江入海。
闻道潮头一丈高，天寒尚有沙痕在。
中泠南畔石盘陀，古来出没随涛波。
试登绝顶望乡国，江南江北青山多。
羁愁畏晚寻归楫，山僧苦留看落日。
微风万顷靴文细，断霞半空鱼尾赤。
是时江月初生魄，二更月落天深黑。

江心似有炬火明，飞焰照山栖鸟惊。
怅然归卧心莫识，非鬼非人竟何物？ 自注：是夜所见如此。
江山如此不归山，江神见怪惊我顽。
我谢江神岂得已，有田不归如江水。

〇一往作缥缈之音，觉自来赋金山者极意著题，正无从得此远韵。起二句将"万里程""半生事"一笔道尽，恰好由岷山导江至此处海门归宿为入题之语。中间"望乡国"句故作羁望语，以环应首尾，后思及江神见怪而终之。以归田矜奇之语、见道之言，想见登眺徘徊，俯视一切。

自金山放船至焦山

金山楼观何眈眈，撞钟击鼓闻淮南。
焦山何有有修竹，采薪汲水僧两三。
云霾浪打人迹绝，时有沙户祈春蚕。
自注：吴人谓水中可田者为沙。
我来金山更留宿，而此不到心怀惭。
同游尽返决独往，赋命穷薄轻江潭。
清晨无风浪自涌，中流歌啸倚半酣。
老僧下山惊客至，迎笑喜作巴人谈。
自注：焦山长老，中江人也。
自言久客忘乡井，只有弥勒为同龛。
困眠得就纸帐暖，饱食未厌山蔬甘。
山林饥饿古亦有，无田不退宁非贪。
展禽虽未三见黜，叔夜自知七不堪。
行当投劾谢簪组，为我佳处留茅庵。

○《金山》作已极登高望远之胜，故《焦山》作只写见闻歌啸之景。彼以雄放称奇，此以闲寂入妙。结处"无田不退宁非贪"，则又为前篇"有田不归如江水"之句进一解矣。

甘露寺

自注：欲游甘露寺，有二客相过，遂与偕行。寺有石如羊，相传谓之很石，云诸葛亮孔明坐其上，与孙仲谋论曹公也。大铁镬二案，铭梁武帝所铸画师子一、菩萨二，陆探微笔。卫公所留祠堂在寺，手植柏已合抱矣。近寺僧发古殿基，得舍利七粒，并石记，乃卫公为穆宗皇帝造福所葬者也。

江山岂不好，独游情易阑。但有相携人，何必素所欢。
我欲访甘露，当途无闲官。二子旧不识，欣然肯联鞍。
古郡山为城，层梯转朱栏。楼台断崖上，地窄天水宽。
一览吞数州，山长江漫漫。却望大明寺，惟见烟中竿。
很石卧庭下，穿窾如伏鼋。缅怀卧龙公，挟策事琱钻。
一谈收狲子，再说走老瞒。名高有余想，事往无留观。
萧公古铁镬，相对空团团。陂陀受百斛，积雨生微澜。
泗水逸周鼎，渭城辞汉盘。山川失故态，怪此能独完。
僧繇六化人，霓衣挂冰纨。隐见十二叠，观者疑夸谩。
破板陆生画，青猊戏盘跚。上有二天人，挥手如翔鸾。
笔墨虽欲尽，典刑垂不刊。赫赫赞皇公，英姿凛以寒。
古柏手亲种，挺然谁敢干。枝撑云峰裂，根入石窟蟠。
薙草得断碑，斩崖出金棺。瘗藏岂不牢？见伏理可叹。
四雄皆龙虎，遗迹俨未刓。方其盛壮时，争夺肯少安？
废兴属造物，迁逝谁控抟？况彼妄庸子，而欲事所难。
古今共一轨，后世徒辛酸。聊兴广武叹，不待雍门弹。

○就寺中所见器物，抚时怀古。每事各为段落，而感慨深情，别有规连矩泄（曳）之妙。

◇《志林》曰："昔先友史经臣彦辅谓余：阮籍登广武而叹曰：'时无英雄，使竖子成其名！'岂谓沛公竖子乎？余曰：非也，伤时无刘、项也，竖子指魏晋间人耳。其后，余游润州甘露寺，寺有孔明、孙权、梁武、李德裕之遗迹，余感之赋诗，则犹此意也。嗣宗虽放荡，本有意于世，以魏晋间多故，故一放于酒，何至以沛公为竖子乎？"

◇《玉壶清话》曰："润州甘露寺，熙宁四年春，江中渔者见神光累夕起于溷厕间。一旦，其厕无故自圮。长老应夫再营之，方筑基垦土，去地数尺，一础覆土中，刻曰：'有唐太和三年正月二十四日，于上元县禅众寺旧塔基下获舍利石函，以其年二月十五日，重瘗藏于丹徒具甘露寺东塔下，金棺一，银椁一，锦九重，皆余之施也。余创甘露寺宝刹，重瘗舍利，以资穆皇之冥福也。江浙西道观察等使兼润州刺史李德裕记。'"

腊日游孤山访惠勤惠思二僧

天欲雪，云满湖，楼台明灭山有无。
水清出石鱼可数，林深无人鸟相呼。
腊日不归对妻孥，名寻道人实自娱。
道人之居在何所？宝云山前路盘纡。
孤山孤绝谁肯庐？道人有道山不孤。
纸窗竹屋深自暖，拥褐坐睡依团蒲。
天寒路远愁仆夫，整驾催归及未晡。
出山回望云木合，但见野鹘盘浮图。
兹游淡薄欢有余，到家恍如梦蘧蘧。

作诗火急追亡逋，清景一失后难摹。

○结句"清景"二字，一篇之大旨。云雪楼台，远望之景；水清林深，近接之景。未至其居，见盘纡之山路；既造其屋，有坐睡之蒲团。至于仆夫整驾，回望云山，寒日将晡，宛然入画。"野鹘"句于分明处写出迷离，正与起五句相对照。语语清景，亦语语自娱。而道人有道之处，已于言外得之。栩栩欲仙，何必涤笔于冰瓯雪椀。

◇《苏长公外纪》曰："惠勤、惠思者，皆居孤山。子瞻以腊日访之作诗，此诗惟'夅蓬'二韵艰涩，而公三叠之原韵'夅'字，乃东方朔腊（伏？）日早归之事。"

◇施元之曰："惠勤，余杭人。东坡通守钱塘，见欧阳文忠公于汝阴而南。公曰：'西湖僧惠勤，甚文而长于诗。子求人于湖山间而不可得，则往从勤乎？'东坡到官三日，访勤于孤山之下，遂赋此诗。"

戏子由

宛丘先生长如丘，宛丘学舍小如舟。
常时低头诵经史，忽然欠伸屋打头。
斜风吹帷雨注面，先生不愧旁人羞。
任从饱死笑方朔，肯为雨立求秦优。
眼前勃谿何足道，处置六凿须天游。
读书万卷不读律，致君尧舜知无术。
劝农冠盖闹如云，送老齑盐甘似蜜。
门前万事不挂眼，头虽长低气不屈。
余杭别驾无功劳，画堂五丈容旂旄。
重楼跨空雨声远，屋多人少风骚骚。

平生所惭今不耻，坐对疲氓更鞭箠。
道逢阳虎呼与言，心知其非口诺唯。
居高志下真何益？气节消缩今无几。
文章小技安足程，先生别驾旧齐名。
如今衰老俱无用，付与时人分重轻。

　　〇前后平列两段，末以四句作结。宛丘低头读书，而有昂藏磊落之气；别驾画堂高坐，而有气节消缩之嫌。其所齐名并驱者，独文章耳，而文章固无用也。中间以"画堂五丈容旗旄"对"宛丘学舍小如舟"，以"重楼跨空雨声远"对"斜风吹帷雨注面"，以"平生所惭今不耻"对"先生不愧傍人羞"，以"坐对疲氓更鞭箠"对"门前万事不挂眼"，以"居高志下真何益"对"头虽长低气不屈"，故作喧、寂相反之势，不独气节消缩者难云自适，即安坐诵读者岂云得时？文则跌宕昭彰，情则欿歜悒郁。

　　◇《乌台诗案》曰："'任从饱死笑方朔，肯为雨立求秦优'，意取《东方朔传》'侏儒饱欲死'及《滑稽传》优旃谓陛楯郎：'汝虽长，何益？乃雨立，我虽短，幸休居。'言弟家贫官卑而身材长大，所以比东方朔、陛楯郎，而以当今进用之人比侏儒、优旃也。'读书万卷不读律，致君尧舜知无术'，是时新兴律学，轼意非之，以为法律不足以致君于尧舜，今时又专学法律而忘诗书，故言我读万卷书，不读法律，盖闻法律之中无致君尧舜之术也。'劝农冠盖闹如云，送老韲盐甘似蜜'，以讥新差提举官所至苛细生事，发摘官吏，惟学官无吏责也。弟辙为学官，故有是句。'生平所惭今不耻，坐对疲氓更鞭箠'，是时多徒配犯盐之人，例皆饥贫，言鞭此等贫民，轼生平所惭，今不复耻矣，以讥讽盐法太急也。'道逢阳虎呼与言，心知其非口诺唯'，是时张靓、俞希旦作盐司，意不喜其为人，然不敢与争议，故毁訾之为阳虎也。"

越州张中舍寿乐堂

青山偃蹇如高人，常时不肯入官府。
高人自与山有素，不待招邀满庭户。
卧龙蟠屈半东州，万室鳞鳞枕其股。
背之不见与无同，狐裘反衣无乃鲁。
张君眼力觑天奥，能遣荆棘化堂宇。
持颐宴坐不出门，收揽奇秀得十五。
才多事少厌闲寂，卧看云烟变风雨。
笋如玉箸椹如簪，强饮且为山作主。
不忧儿辈知此乐，但恐造物怪多取。
春浓睡足午熜明，想见新茶如泼乳。

○句句奇辟。轼每以人事喻景物，笔端出奇无穷，真乃仁智之性，共山水效深矣。

雨中游天竺灵感观音院

蚕欲老，麦半黄，前山后山雨浪浪。
农夫辍耒女废筐，白衣仙人在高堂。

○如古谣谚，精悍遒古。考天竺观音祈祷求雨见于史者，始自高宗绍兴，然张去华祷雨之事，已始自咸平初，"灵感"之额则赐于治平。此诗"辍耒废筐"之词，似含嘲讽。集中有《杭州祷观音祈晴》祝文，盖自熙宁间习俗盛行矣。

◇《咸淳临安志》曰："后晋天福四年，僧道翊结庐山中。夜有光，就地视，得奇木，命孔仁谦刻观音像。会僧勋从洛阳持古佛舍利来，因纳之，顶间妙相具足。钱忠懿王梦白衣人求治其居，王感悟，乃即其地创佛庐，号'天竺看经院'。咸平初，郡守张去华以旱，迎大士至梵天寺致祷，即日雨。自是遇水旱必谒焉。"

六月二十七日望湖楼醉书五首（录三首）

黑云翻墨未遮山，白雨跳珠乱入船。
卷地风来忽吹散，望湖楼下水如天。

放生鱼鳖逐人来，无主荷花到处开。
水枕能令山俯仰，风船解与月裴回。

献花游女木兰桡，细雨斜风湿翠翘。
无限芳洲生杜若，吴儿不识楚辞招。

七月一日出城，舟中苦热

凉飔呼不来，流汗方被体。稀星乍明灭，暗水光弥弥。
香风过莲芡，惊枕裂鲂鲤。欠伸宿酒余，起坐濯清泚。
火云势方壮，未受月露洗。身微欲安适，坐待东方启。
○"惊枕裂鲂鲤"五字，警绝笔端，有风泠然。

宿临安净土寺

鸡鸣发余杭，到寺已亭午。参禅固未暇，饱食良先务。
平生睡不足，急扫清风宇。闭门群动息，香篆起烟缕。

觉来烹石泉，紫笋发轻乳。晚凉沐浴罢，衰发稀可数。
浩歌出门去，暮色入村坞。微月半隐山，圆荷争泻露。
相携石桥上，夜与故人语。明朝入山房，石镜炯当路。
昔照熊虎姿，今为猿鸟顾。废兴何足吊，万世一仰俯。
○别有一种清腴幽异之趣，无心刻琢，自造玄微。

自净土寺步至功臣寺

落日岸葛巾，晚风吹羽扇。松间野步稳，竹外飞桥转。
神功凿横岭，岩石得巨片。直渡千人沟，下有微流泫。
冈峦蔚回合，金碧烂明绚。缅怀异姓王，负担此乡县。
长逢胯下辱，屡乞桑间饭。谁谓山石顽？识此稀世彦。
凛然英气逼，屹起犹耸战。他年万骑归，父老恣欢宴。
锦绣被原野，金珠散贫贱。窦融既入朝，吴芮空记面。
荣华坐销歇，阅世如邮传。惟有长明灯，依然照金殿。
○写步至之景，琢句近六朝人风骨。后幅即事寄慨，正以不横使议论为高。

◇《五代史》曰："钱镠，字具美，杭州临安人也。以贩盐为盗，天复二年封越王。昭宗诏图形凌烟阁，升衣锦营为衣锦城，石鉴山曰衣锦山，大官山曰功臣山。游镠衣锦城，宴故老，山林皆覆以锦。梁太祖即位，封吴越王兼淮南节度使。作还乡歌曰：'三节还乡兮挂锦衣，父老远来相追随。牛斗无字人无欺，吴越一王驷马归。'"

游径山

众峰来自天目山，势若骏马奔平川。

中途勒破千里足，金鞭玉鞯相迴旋。
人言山住水亦住，下有万古蛟龙渊。
道人天眼识王气，结茆宴坐荒山巅。
精诚贯山石为裂，天女下试颜如莲。
寒颼暖足来扑朔，夜钵咒水降蜿蜒。
雪眉老人朝扣门，愿为弟子长参禅。
尔来废兴三百载，奔走吴会输金钱。
飞楼涌殿压山破，朝钟暮鼓惊龙眠。
晴空偶见浮海蜃，落日下数投村鸢。
有生共处覆载内，扰扰膏火同烹煎。
近来愈觉世议隘，每到宽处差安便。
嗟余老矣百事废，却寻旧学心茫然。
问龙乞水归洗眼，欲看细字销残年。

自注：龙井水洗病眼有效。

○只是叙述径山事，奇文崛起纸上，如有金碧照耀。躡杜陵之高踪，导渭南之先路。

◇《乌台诗案》曰："熙宁六年游径山，留题云'近来愈觉世议隘'，以讥近日进用之人多是刻薄，议论偏隘，不少容人过失，故见山中宽闲之处为乐也。"

◇《径山山门事状》曰："径山乃天目东北峰也。中有径路以通天目，故谓之径山。有大师讳法钦，吴郡昆山人。初隐此山，有素衣老人前致拜曰：'我龙也。自师到此，吾属五百皆不安息。我将挈归天目，愿舍此地为师立锡之所。'师许之，乃请师登山绝顶，入五峰之间。中有大湫，指谓师曰：'吾家若去，此湫当涨，留一穴水，慎勿堙之，我将时至卫师焉。'今此一穴尚存，谓之'龙井'。永泰中，师坐石屏下，见白衣儒士拜于前，自言是天目巾子山人也,长安佛法有难,闻师道行高邈,愿度为沙弥往救。师曰:'汝有何术?'曰:'我诵俱胝观音咒,功力无比。'师欲验之,乃曰:'吾坐后石屏,汝能咒之令破否?'曰:'可。'遂叱之,石屏裂为三片,今谓之'喝石'岩。师知神异,为薙发、给衣,赐名惠崇,至京师与术士竞,惠崇告胜云。"

夜泛西湖五绝

新月生魄迹未安,才破五六渐盘桓。
今夜吐艳如半璧,游人得向三更看。

三更向阑月渐垂,欲落未落景特奇。
明朝人事谁料得,看到苍龙西没时。

苍龙已没牛斗横,东方芒角升长庚。
渔人收筒及未晓,船过惟有菰蒲声。
自注:湖上禁渔,皆盗钓者。

菰蒲无边水茫茫,荷花夜开风露香。
渐见灯明出远寺,更待月黑看湖光。

湖光非鬼亦非仙,风恬浪静光满川。
须臾两两入寺去,就视不见空茫然。

○五绝蝉联而下,体制从《三百篇》出,清苍突兀。三、四两作写景之妙,尤为脱尽恒蹊。昔陈思《赠白马王彪》诗,《艺苑卮言》谓其体全仿《大雅·文王之什》。至谢康乐《登临海峤》

四章，《文选》直合为一首，注亦更不分其一、其二。若此诗，亦必作一首读，乃见其妙耳。

监试呈诸试官

我本山中人，寒苦盗寸廪。文词虽少作，勉强非天禀。
既得旋废忘，懒惰今十稔。麻衣如再著，墨水真可饮。
每闻科诏下，白汗如流渖。此邦东南会，多士敢题品。
刍荛尽兰荪，香不数葵荏。贫家见珠贝，眩晃自难审。
缅怀嘉祐初，文格变已甚。千金碎全璧，百衲收寸锦。
调和椒桂酽，咀嚼沙砾碜。广眉成半额，学步归踸踔。
维时老宗伯，气压群儿凛。蛟龙不世出，鱼鲔初警淰。
至音久乃信，知味如食椹。至今天下士，微管几左衽。
谓当千载后，石室祠高朕。尔来又一变，此学初谁谂？
权衡破旧法，刍豢笑凡饪。高言追卫乐，篆刻鄙曹沈。
先生周孔出，弟子渊骞寝。却顾老钝躯，顽朴谢镌锓。
诸君况才杰，容我懒且噤。聊欲废书眠，秋涛春午枕。

○熙宁五年，轼在杭州通判任，是年科场监试，故有呈试官及试院诸诗，此其第一作也。以自述起，以自述终，中间极论文章之变、嘉祐苗轧之习。文变而弊，得欧阳修为之力返于古。逮王安石一变科举之法，是又变而之衰之候矣。括以二言曰"先生周孔出，弟子渊骞寝"，而自伤老钝，无与回澜；岂惟论文，实以概世。

◇赵次公曰："卫玠、乐广，言其时尚虚无之学也；曹植、沈约，言时以诗赋为篆刻而不用也。"

◇《石林诗话》曰："至和嘉祐间，场屋举子为文尚奇涩，读或不能成句。欧阳文忠公力欲革其弊。既知贡举,凡文涉雕刻者皆黜之。时范景仁、王禹玉、梅公仪等同事,而梅圣俞为参详官。及放榜,平时有声如刘辉辈,皆不预选,士论颇汹汹。然是榜得苏子瞻为第二,子由与曾子固皆在选中,不可谓不得人矣。"

◇邵长蘅曰:"先生以嘉祐六年辛丑中制科,入第三等。至熙宁五年壬子,在杭州监试,盖十二年矣。今'十稔',举成数云。"

望海楼晚景五绝（录三首）

海上涛头一线来,楼前指顾雪成堆。
从今潮上君须上,更看银山二十回。

横风吹雨入楼斜,壮观应须好句夸。
雨过潮平江海碧,电光时掣紫金蛇。

青山断处塔层层,隔岸人家唤欲鹰。
江上秋风晚来急,为传钟鼓到西兴。

试院煎茶

蟹眼已过鱼眼生,飕飕欲作松风鸣。
蒙茸出磨细珠落,眩转绕瓯飞雪轻。
银瓶泻汤夸第二,未识古人煎水意。
君不见昔时李生好客手自煎,贵从活火发新泉;
又不见今时潞公煎茶学西蜀,定州花瓷琢红玉。

我今负病常苦饥，分无玉盌捧蛾眉。
且学公家作茗饮，砖炉石铫行相随。
不用撑肠拄腹文字五千卷，但愿一瓯常及睡足日高时。

○独写煎茶妙处，于集中诸咏茶诗别出一奇。语不必深，而精采自露。此与《汲江》一篇，在古、近体中各推绝唱。

◇任居实曰："蔡君谟作《茶辨》，辨水泉、煮饮等极为详备，有蟹眼、鱼眼、用汤之法。《茶经》云：'凡候汤有三沸，如鱼眼微有声，为一沸；四向如涌泉连珠，为第二沸；腾波鼓浪为三沸，则汤老。'"

◇赵次公曰："'银缾泻汤夸第二'，此乃是寻常点茶时。先略倾缾中汤方点，谓之第二汤也。"

孙莘老求墨妙亭诗

兰亭茧纸入昭陵，世间遗迹犹龙腾。
颜公变法出新意，细筋入骨如秋鹰。
徐家父子亦秀绝，字外出力中藏棱。
峄山传刻典刑在，千载笔法留阳冰。
杜陵评书贵瘦硬，此论未公吾不凭。
短长肥瘦各有态，玉环飞燕谁敢憎？
吴兴太守真好古，购买断缺挥缣缯。
龟趺入座螭隐壁，空斋昼静闻登登。
奇踪散出走吴越，胜事传说夸友朋。
书来乞诗要自写，为把栗尾书溪藤。
后来视今犹视昔，过眼百世如风灯。
他年刘郎忆贺监，还道同时须服膺。

○轼论书大旨，不外前《和子由所作》云"端庄杂流丽，刚健含婀娜"二语，故每不取少陵"瘦硬通神"之说。此诗就亭中所列李、颜、二徐诸刻，加之评论。轼之书，其源出于颜、徐，诗中"细筋入骨如秋鹰"及"字外出力中藏棱"二句，非惟道古，乃其自道，盖直以金针度与人矣。

◇《复斋漫录》曰："山谷《次韵子瞻和子由观韩幹马，因论伯时画天马》云：'曹霸弟子沙苑丞，喜作肥马人笑之。李侯论幹独不尔，妙画骨相遗毛皮。翰林评书乃如此，贱肥贵瘦渠未知。'盖谓东坡尝作《墨妙亭诗》云：'杜陵评书贵瘦硬，此论未公吾不凭。短长肥瘦各有态，玉环飞燕谁敢憎？'意属此也。"

◇轼《墨妙亭记》曰："熙宁四年十二月，高邮县孙莘老自广德移守吴兴。其明年二月，作墨妙亭于府第之北，逍遥堂之东，取凡境内自汉以来古文遗刻以实之。当是时，朝廷方更化立法，使者旁午，以为莘老当日夜治文书、赴期会，不能复雍容自得如故事。而莘老益喜宾客，赋诗饮酒为乐。又以其余暇网罗遗逸，得前人赋咏数百篇，为《吴兴新集》；其刻画尚存而僵仆断缺于荒陂野草之间者，又皆集于此亭。是岁十二月，余以事至湖，周览叹息，而莘老求文为记。"

催试官考较戏作

八月十五夜，月色随处好。
不择茅簷与市楼，况我官居似蓬岛。
凤咮堂前野橘香，剑潭桥畔秋荷老。
八月十八潮，壮观天下无。
鲲鹏水击三千里，组练长驱十万夫。
红旗青盖互明灭，黑沙白浪相吞屠。

人生会合古难必，此景此行那两得！
愿君闻此添蜡烛，门外白袍如立鹄。
○写月高朗，写潮雄奇，"鲲鹏""组练"二语，可括枚乘《七发·观涛》一篇。

秋怀二首

苦热念西风，常恐来无时。及兹遂凄凛，又作徂年悲。
蟋蟀鸣我床，黄叶投我帏。牕前有栖鹏，夜啸如狐狸。
露冷梧叶脱，孤眠无安枝。熠燿亦有偶，高屋飞相追。
定知无几见，迫此清霜期。物化逝不留，我兴为嗟咨。
便当勤秉烛，为乐戒暮迟。

海风东南来，吹尽三日雨。空阶有余滴，似与幽人语。
念我平生欢，寂寞守环堵。壶浆慰作劳，裹饭救寒苦。
今年秋应熟，过从饱鸡黍。嗟我独何求？万里涉江浦。
居贫岂无食？自不安畎亩。念此坐达晨，残灯翳复吐。
○前作感怆，后作乃导以冲和。起乎悲，止乎乐，盖犹是优游卒岁之旨。

梵天寺见僧守诠小诗清远可爱次韵

但闻烟外钟，不见烟中寺。幽人行未已，草露湿芒屦。
惟应山头月，夜夜照来去。
○峭蒨高洁，韦、柳遗音。
◇《竹坡诗话》曰："余读东坡《和梵天寺僧守诠》诗，尝喜其清绝过人。晚游钱塘始得诠诗,云:'落日寒蝉鸣,独归林下寺。柴扉夜未掩,片月随行屦。时闻犬吠声,更入青萝去。'乃知其幽深清远,自有林下一种风流。东坡虽欲回三峡倒流之澜,与溪壑争流,终不近也。"

◇《湖壖杂记》曰:"梵天寺石幢,高建皆镌吴越名号,其寺之伽蓝乃东坡也。禅家取东坡'溪声便是广长舌''山色不离清净身'二语,以为见道。不若其题梵天五古,色相俱空,已臻上乘。其成佛当不在灵运下也,矧伽蓝乎?"

◇《冷斋夜话》曰:"东吴僧惠诠,徉狂垢污,而诗语清婉。尝书一诗于湖上山寺壁,东坡一见,为和其后,诠竟以此诗知名。"

次韵孔文仲推官见赠

我本麋鹿性,谅非伏辕姿。君如汗血马,作驹已权奇。
齐驱大道中,并带銮镳驰。闻声自决骤,那复受絷维。
谓君朝发燕,秣楚日未欹。云何中道止,连蹇驴骡随?
金鞍冒翠锦,玉勒垂青丝。旁观信美矣,自揣良厌之。
均为人所劳,何必陋盐辎?君看立仗马,不敢鸣且窥。
调习困鞭箠,仅存骨与皮。人生各有志,此论我久持。
他人闻定笑,聊与吾子期。空阶卧积雨,病骨烦撑持。
秋草上垣墙,霜叶鸣阶墀。门前自无客,敢作扬雄麎。
候吏报君来,弭节江之湄。一对高人谈,稍忘俗吏卑。
今朝枉诗句,粲如凤来仪。上山绝梯磴,堕海迷津涯。
怜我枯槁质,借润生华滋。肯效世俗人,洗刮求瘢痍。
贤明日登用,《清庙》歌缉熙。胡不学长卿,预作封禅词。

○起处八句，以我与君并说，为双提之势。"谓君朝发燕"以下，言孔也；"空阶卧积雨"以下，自言也。而中以"人生各有志"四句联络上下，缨带有情，此是一篇关键处。至于"候吏报君来"以下，不过叙述赠答之因，体势故应尔尔。

汤村开运盐河雨中督役

居官不任事，萧散羡长卿。胡不归去来，滞留愧渊明。
盐事星火急，谁能恤农耕？鼛鼛晓鼓动，万指罗沟坑。
天雨助官政，泫然淋衣缨。人如鸭与猪，投泥相溅惊。
下马荒堤上，四顾但湖泓。线路不容足，又与牛羊争。
归田虽贱辱，岂失泥中行？寄语故山友，慎勿厌藜羹。

○职役之劳，与夫妨农病民之实，历历如绘。所以指陈得失，有《国风》《小雅》之遗。其云"羡长卿"而"愧渊明"，特托言耳。

◇《乌台诗案》曰："是时卢秉提举盐事，擘画开运盐河，差夫千余人。某于大雨中部役。其河只为般盐，既非农事，而役农民。秋田未了，有妨农事。又其河中间，有涌沙数里。意言开得不便，自叹泥雨劳苦，羡司马长卿居官而不任事，又愧陶渊明不早弃官归去也。农事未休，而役夫千余人，故云'盐事星火急，谁能恤农耕'。又言百姓已劳苦，不意天雨，又助官政之劳民，转致百姓疲敝。役人在泥水中，辛苦无异鸭与猪。又言某亦在泥中，与牛羊争路而行，若归田，岂至此哉？故云'寄语故山友'，慎不可厌藜羹而思仕宦。以识开运盐河不当，又妨农事也。"

是日宿水陆寺寄北山清顺僧二首（录一首）

草没河堤雨暗村，寺藏修竹不知门。

拾薪煮药怜僧病,扫地焚香净客魂。
农事未休侵小雪,佛灯初上报黄昏。
年来渐识幽居味,思与高人对榻论。

○杳窱迴合,如坐虚白而闭重玄。

◇《竹坡诗话》曰:"东坡游西湖,于僧舍壁间见小诗,云:'竹暗不通日,泉声落如雨。春风自有期,桃李乱深坞。'问谁所作,或告以钱塘僧清顺。即日求得之,一见甚喜,而顺之名出矣。"

朱寿昌郎中少不知母所在,刺血写经,求之五十年,去岁得之蜀中,以诗贺之

嗟君七岁知念母,怜君壮大心愈苦。
羡君临老得相逢,喜及无言泪如雨。
不羡白衣作三公,不爱白日升青天。
爱君五十着彩服,儿啼却得偿当年。
烹龙为炙玉为酒,鹤发初生千万寿。
金马诏书锦作囊,白藤肩舆簾蹙绣。
感君离合我酸辛,此事今无古或闻。
长陵揭来见大姊,仲孺岂意逢将军?
开皇苦桃空记面,建中天子终不见。
西河郡守谁复讥?颍谷封人羞自荐。

○前十二句称述本事,于离合情状曲折,无不尽矣。然读之,但觉情余于词者,以有"嗟君""怜君""羡君""爱君"等字为之点睛,便俱是作诗之旨,与传记体裁迥别也。"感君离合"二句,忽念及今无古有,作一转轴,以下遂历陈古事,不复再加

论断，截然而止。此格尤为创见，然正是汉魏人遗意，低手不能为，亦不敢为也。七言转韵，古诗凡转韵之首句，未有不用韵者。七言音节，自不可与五言一例。尝考《杜陵全集》，其中亦有三四首出韵者，若《醉时歌》之"先生有道出羲皇"，《哀江头》之"忆昔霓旌下南苑"等句是也。此诗"不羡白衣作三公"句无韵，盖亦如少陵之偶一有之。而自来诗人，从无论及于此者，何也？

◇司马温公《日录》曰："朱寿昌父任谏议大夫。寿昌母素微，生寿昌岁余遣出之，因是不知所在。寿昌既长，求之不得，乃弃官寻之，刺血书忏，以散与人。至是得之于同州，迎以归。钱子飞知永兴军，奏其事，乞加旌赏，故召之。寿昌以同母弟妹皆在同州，乃折资授河中通判。"

◇《东轩笔录》曰："司农少卿朱寿昌，在襁褓，所生母被出。治平中，弃官入关中寻访，得于陕州。苏子瞻作诗序，且讥切世之不养者。李定见之大惋恨。会为中丞，劾轼作诗讪谤，将至不测。赖上保持之，止黜为黄州团练副使。"

和致仕张郎中春昼

投绂归来万事轻，消磨未尽只风情。
旧因莼菜求长假，新为杨枝作短行。
不祷自安缘寿骨，深藏难没是诗名。
浅斟杯酒红生颊，细琢歌词稳称声。
蜗壳卜居心自放，蝇头写字眼能明。
盛衰阅过君应笑，宠辱年来我亦平。
跬履数从圯上老，逸书闲问济南生。
东风屈指无多日，只恐先春鹡鸰鸣。

○集中七言长律甚少。此体在唐，如杜、白诸公亦不多见，以其伤气也。是作格度浑成，音调谐美。录此一首，以见才大无所不可耳。

画鱼歌 自注：湖州道上作。

天寒水落鱼在泥，短钩画水如耕犁。
渚蒲拔折藻荇乱，此意岂复遗鳅鲵。
偶然信手皆虚击，本不辞劳儿万一。
一鱼中刃百鱼惊，虾蟹奔忙误跳掷。
渔人养鱼如养雏，插竿冠笠惊鹈鹕。
岂知白梃闹如雨，搅水觅鱼嗟已疏。

○时新法盛行，故即短钩画水以为喻。所言"此意岂复遗鳅鲵"与"一鱼中刃百鱼惊"者，似皆指新法之病民。王、吕辈坏法乱制，岂异拔渚蒲而乱藻荇哉？其《请罢条例司疏》有云："造端宏大，民实惊疑；创法新奇，吏皆惶惑。"正与诗意相同。而其绘事如画，笔端有神，虽寥峭短章，读其词如有千百言在腕下。

◇赵次公曰："鲵有二，有鲸鲵之鲵，有鱼子之鲵。'此意岂复遗鳅鲵'，言鱼子也。"

◇邵长蘅曰："画，胡麦切，音义并同'划'。以钩划鱼，今三吴水乡往往有之。"

游道场山何山

道场山顶何山麓，上彻云峰下幽谷。
我从山水窟中来，尚爱此山看不足。

陂湖行尽白漫漫,青山忽作龙蛇盘。
山高无风松自响,误认石齿号惊湍。
山僧不放山泉出,屋底清池照瑶席。
阶前合抱香入云,月里仙人亲手植。
出山回望翠云鬟,碧瓦朱栏缥缈间。
白水田头问行路,小溪深处是何山?
高人读书夜达旦,至今山鹤鸣夜半。
我今废学不归山,山中对酒空三叹。

○"道场山顶何山麓"总写四句,此下详于道场而略于何山,乃偏于详处。更作"出山回望"二语,摇荡入情。何山只缅怀高人之读书,不复模山范水,意尽而止,无往不以自然为工。

◇汪藻《何氏书堂记》曰:"寺有何氏书堂。图记相承,以何氏为晋何锴。锴尝读书此山,后为吴兴太守,以其居为寺而名其山。"

赠孙莘老七绝(录三首)

嗟予与子久离群,耳冷心灰百不闻。
若对青山谈世事,当须举白便浮君。

天目山前渌浸裾,碧澜堂下看衔舻。
作堤捍水非吾事,闲送苕溪入太湖。

乌程霜稻袭人香,酿作春风雪水光。
时复中之徐邈圣,毋多酌我次公狂。
○前两作愤懑之词,以快利出之;后一首役使成语,如天造地设，前无古人。

◇《乌台诗案》曰："任杭州通判日，转运司差往湖州相度堤岸利害。因与湖州知州孙觉相见，作诗与之。某是时约孙觉并坐客，如有言及时事者，罚一大盏。虽不指言时事是非，意言时事多不便，不得说也。次首某为先曾言水利不便，却被转运使差相度堤岸，意言本非兴水利之人，以讥讽水利之不便也。"

◇赵次公曰："天目山在湖州。按乐史《寰宇记》：湖州安吉县天目山，三万六千尺。而《水经》：浙江水出吴兴郡於潜县北天目山。按王存《九域志》：湖州南至杭州界首十五里，故天目山于《寰宇记》则系之湖州，于《水经》则系之於潜。而於潜虽属杭州，与湖州接境。先生倅杭，以开运盐河至湖。其言'作堤捍水非吾事'，意谓于此可以为堤，而事不在己也。"

王复秀才所居双桧二首（录一首）

凛然相对敢相欺，直干临空未要奇。
根到九泉无曲处，世间唯有蛰龙知。

◇《石林诗话》曰："元丰间，苏子瞻系御史狱，神宗本无意深罪之。时相进呈，忽言：'苏轼于陛下有不臣之意。'神宗改容曰：'轼固有罪，然对朕不应至是。卿何以知之？'时相因举轼桧诗云：'陛下飞龙在天，轼以为不知己，而求地下之蛰龙，非不臣而何？'神宗曰：'诗人之词，安可如此论？彼自咏桧，何预朕事？'时相语塞。章子厚亦从旁解之，遂薄其罪。子厚尝以语余，且以丑言诋时相曰：'人之害物，无所忌惮，有如是也。'"

◇《苕溪渔隐丛话》曰："东坡在御史狱，狱吏问云：《双桧》诗'根到九泉无曲处，世间惟有蛰龙知'，有无讥讽？答曰：王安石诗'天下苍生待霖雨，不知龙向此中蟠'，此龙是也。吏亦为之一笑。"

法惠寺横翠阁

朝见吴山横，暮见吴山从。
吴山故多态，转侧为君容。
幽人起朱阁，空洞更无物。
惟有千步冈，东西作帘额。
春来故国归无期，人言秋悲春更悲。
已泛平湖思濯锦，更看横翠忆峨眉。
雕栏能得几时好，不独凭栏人易老。
百年兴废更堪哀，悬知草莽化池台。
游人寻我旧游处，但觅吴山横处来。
○作初唐体，清丽芊眠，神韵欲绝。

风水洞二首和推节（录一首）

风转鸣空穴，泉幽泻石门。虚心闻地籁，妄意觅桃源。
过客诗难好，居僧语不繁。归瓶得冰雪，清冷慰文园。
○好景宜得好诗，乃偏以诗之难好，见其景之绝奇，工于翻案。
◇《西湖游览志》曰："风水洞，旧名恩德洞。上洞立夏清风自生，立秋则止；下洞流水潺潺，大旱不涸。"

自普照游二庵

长松吟风晚雨细，东庵半掩西庵闭。

山行尽日不逢人,裛裛野梅香入袂。
居僧笑我恋清景,自厌山深出无计。
我虽爱山亦自笑,独往神伤后难继。
不如西湖饮美酒,红杏碧桃香覆髻。
作诗寄谢采薇翁,本不避人那避世。
○清幽之趣,微妙之音,司空图《诗品》中未曾道及。

新城道中二首（录一首）

东风知我欲山行,吹断簷间积雨声。
岭上晴云披絮帽,树头初日挂铜钲。
野桃含笑竹篱短,溪柳自摇沙水清。
西崦人家应最乐,煮葵烧笋饷春耕。
○"絮帽""铜钲",未免着相矣;有"野桃""溪柳"一联,铸语神来,常人得之,便足以名世。
◇方回曰:"东坡为杭倅时诗。熙宁六年癸丑二月,循行属县,由富阳至新城,有此作。三、四乃是早行诗也。起句十四字妙,五、六亦佳。"

於 潜 女

青裙缟袂於潜女,两足如霜不穿履（屦）。
觿沙鬓发丝穿柠,蓬沓障前走风雨。
老濞宫妆传父祖,至今遗民悲故主。
苕溪杨柳初飞絮,照溪画眉渡溪去。
逢郎樵归相媚妩,不信姬姜有齐鲁。

○村妆野境，写出翛然自得。练响选和，可入乐府。

◇李厚曰："老瀁，吴王瀁也，杜牧之诗：'老瀁即山铸，后庭千娥眉。'此指吴越王钱氏也。"

◇赵次公曰："'鰝沙鬣发丝穿柠'，退之《月蚀》诗云：'赤鸟司南方，尾秃翅沙鰝。''柠'当作'杼'。字书'柠'同'楮'字耳，于'丝穿'之下无义。《说文》曰：'杼，机之持纬者。'丝穿杼，言鬣如丝之穿杼也。"

僧清顺新作垂云亭

江山虽有余，亭榭着难稳。登临不得要，万象各偃蹇。
惜哉垂云轩，此地得何晚！天公争向背，诗眼巧增损。
路穷朱栏出，山破石壁很。海门浸坤轴，湖尾抱云巘。
葱葱城郭丽，淡淡烟村远。纷纷乌鹊去，一一渔樵返。
雄观快新获，微景收昔遁。道人真古人，啸咏慕嵇阮。
空斋卧蒲褐，芒屦每自捆。天怜诗人穷，乞与供诗本。
我诗久不作，荒涩旋锄垦。从君觅佳句，咀嚼废朝饭。

○煅炼之工，字字创获。至"天公争向背"以下十二句，忽作排对，而风骨益觉峻耸。诗有排对，自晋有之，二陆、颜、谢已层见叠出。至于王褒、庾信之篇，但略妍声病，即成唐律，而诗体日趋靡曼矣。此作刻削傲岸，具体昌黎。若仅谓体格似少陵《渼陂》《西南台》等篇，则犹未尽其风力也。

◇《冷斋夜话》曰："西湖僧清顺，颐然清苦，多佳句。尝有自题北山垂云庵诗云：'久从林下游，颇识林下趣。纵然绿荫繁，不碍清风度。间于石上眠，落叶不知数。一鸟忽飞来，啼破幽绝处。'坡与之游，甚多酬唱。"

会客有美堂，周邠长官与数僧同泛湖往北山，湖中闻堂上歌笑声，以诗见寄，因和二首，时周有服

霭霭君诗似岭云，从来不许醉红裙。
不知野屐穿山翠，惟见轻桡破浪纹。
颇忆呼卢袁彦道，难邀骂坐灌将军。自注：皆取其有服也。
晚风落日元无主，不惜清凉与子分。

载酒无人过子云，掩关昼卧客书裙。
歌喉不共听珠贯，醉面何因作缬纹？
僧侣且陪香火社，诗坛欲敛鹳鹅军。
凭君遍绕湖边寺，涨渌晴来已十分。

○山水清音，气韵自别。按：周邠原作见《咸淳临安志》，结云："莫辞上马玉山倒，已是迟留至夜分。"前诗结语，盖答其意。

◇《漫叟诗话》曰："东坡最善用事，既显而易读，又切当。若《招持服人游湖不赴》云：'却忆呼卢袁彦道，难邀骂坐灌将军。'天然奇作。"

◇《庚溪诗话》曰："钱塘吴山有美堂，乃仁宗朝梅挚公仪出守杭，上赐之诗有曰：'地有吴山美，东南第一州。'梅以上诗名堂，士大夫留题甚众。东坡倅杭，因令笔吏尽录之。"

卷三十四

眉山苏轼诗三

韩子华石淙庄

绛侯百万兵,尚畏书牍背,功名意不已,数与危机会。
我公抱绝识,凛凛镇横溃,欲收伊吕迹,远与巢由对。
誓言虽未从,久已断诸内。区区为怀祖,颇觉羲之隘。
此身随造物,一叶舞澎湃。田园不早定,归宿终安在?
彼美石淙庄,每到百事废。泉流知人意,屈折作涛濑。
寒光洗肝鬲,清响跨竽籁。我旧门前客,放言不自外。
园中亦何有?荟蔚可胜计。请公试回首,岁晚余苍桧。

○此盖嫉世之贪位冒禄者。轼通《道藏》,尝撰《广成子解》,故有取乎老庄"知足不辱"之旨。非为韩绛有手疏之词,遂顺其意而称道之也。

◇施元之曰:"韩献肃公名绛,字子华。父忠宪公,名亿。平日尝语子弟,进取在于知足,宠禄不可过溢。以故子华服阕誓墓,年五十遽请谢事。最后手疏言:'昔晋王羲之去郡不仕,尝自誓于父母墓前,朝廷以其誓苦,不复召之。臣今志愿虽与羲之颇殊,然誓于先臣墓前,则无异矣。区区之志,中外士大夫多有知者,即非臣今日轻有去就,妄干退闲也。'章屡上,终不允。

后拜观文殿学士，元祐二年以司空检校太尉致仕。此诗多用子华表意。"

立秋日祷雨灵隐寺同周徐二令

百重堆案掣身闲，一叶秋声对榻眠。
床下雪霜侵户月，枕中琴筑落阶泉。
崎岖世味尝应遍，寂寞山栖老渐便。
惟有闵农心尚在，起占云汉更茫然。

○祷雨而曰"百重堆案掣身闲"，几与嵇康书中言"性不耐烦，而以游山泽、观鱼鸟为乐"者无异矣。有末二句一证出心事，遂觉满纸闲情，俱成警色。

病中游祖塔院

紫李黄瓜村路香，乌纱白葛道衣凉。
闭门野寺松阴转，欹枕风轩客梦长。
因病得闲殊不恶，安心是药更无方。
道人不惜阶前水，借与匏樽自在尝。

○不须矜才使气，兴会所到，后人自百摹不到，笔底定有神力护持。

◇徐一夔曰："大慈定慧禅寺，唐寰中禅师之道场也。宋太平兴国中，寺以南泉愿、临济元、无著喜、赵州谂、岩头豁、雪峰存，俱至兹山，与中禅师激扬宗旨，故又名'祖塔院'。元祐间，苏长公守桂，有诗见于家集。"

柏　堂

道人手种几生前，鹤骨龙姿尚宛然。
双干一先神物化，九朝三见太平年。
忽惊华构依岩出，乞与佳名到处传。
此柏未枯君记取，灰心聊伴小乘禅。

○"双干"句，人所能道也；"九朝"句，对法不测之至。九朝，施注谓自陈、隋、唐、五代至宋也。

◇《孤山二咏·序》曰："孤山有陈时柏二株，其一为人所薪。山有老人，自为儿已见其枯矣。然坚悍如金石，愈于未枯者。僧志诠作堂于其侧，名之曰'柏堂'。堂与白公居易竹阁相连属。"

与述古自有美堂乘月夜归

娟娟云月稍侵轩，潋潋星河半隐山。
鱼籥未收清夜永，凤箫犹在翠微间。
凄风瑟缩经絃柱，香雾凄迷著髻鬟。
共喜使君能鼓乐，万人争看火城还。

○起二句，乃月夜恒有之景，写来却自引人入胜。"鱼籥"二句，夜归也；"凄风"二句，乘月也。读之气和音雅，令人神游于时世之升平，觉诗中鱼籥凤箫、絃柱髻鬟等，都无一字泛设。而以"万人争看"使君之归作结，又见为政风流，极一时之胜赏矣。

有美堂暴雨

游人脚底一声雷,满座顽云拨不开。
天外黑风吹海立,浙东飞雨过江来。
十分潋滟金樽凸,千杖敲铿羯鼓催。
唤起谪仙泉洒面,倒倾鲛室泻琼瑰。

〇写暴雨,非此杰句不称。但以用杜赋中字为采藻鲜新,浅之乎论诗矣。且亦必有"浙东"句作对,情景乃合。有美堂在郡城吴山,其地正与海门相望,故非率尔操觚者。唐贤名句中,惟骆宾王《灵隐寺》诗"楼观沧海日,门对浙江潮"一联,足相配敌。

◇《西清诗话》曰:"少陵文自古奥,如'九天之云下垂,四海之水皆立',其语磊落惊人。东坡有美堂诗云'天外黑风吹海立',盖出此也。"

◇《容斋四笔》曰:"东坡在杭州作有美堂会客诗,颔联云:'天外黑风吹海立,浙东飞雨过江来。'读者疑海不能立,黄鲁直曰:'是盖为老杜所误。'因举《三大礼赋·朝献太清宫》云'九天之云下垂,四海之水皆立'以告之。二者皆句语雄杰,前无古人。坡《和陶停云》诗有'云屯九河,雪立三江'之句,亦用此也。"

登玲珑山

何年僵立两苍龙,瘦脊盘盘尚倚空。
翠浪舞翻红罢亚,白云穿破碧玲珑。
三休亭上工延月,九折岩前巧贮风。
脚力尽时山更好,莫将有限趁无穷。

○用"红罢亚"对"碧玲珑",集内律诗每用此体,遂为后人开一门径。"三休""九折",即是山中岩亭之名,故紧接"玲珑"句为题正面。结处别作唤醒语,流韵悠然。

◇《临安图经》曰:"玲珑山,两山屹起,盘曲九折,上通绝顶,名曰'九折岩'。行百许步有亭,下瞰百里,名'三休亭'。"

宿九仙山

风流王谢古仙真,一去空山五百春。
玉室金堂余汉士,桃花流水失秦人。
困眠一榻香凝帐,梦绕千岩冷逼身。
夜半老僧呼客起,云峰缺处涌冰轮。
○后四句磊砢妥帖,便入钱、刘集中,亦称警策。

宿海会寺

篮舆三日山中行,山中信美少旷平。
下投黄泉上青冥,线路每与猿狖争。
重楼束缚遭涧坑,两股酸哀饥肠鸣。
北渡飞桥踏彭铿,缭垣百步如古城。
大钟横撞千指迎,高堂延客夜不扃。
杉槽漆斛江河倾,本来无垢洗更轻。
倒床鼻息四邻惊,鼛如五鼓天未明。
木鱼呼粥亮且清,不闻人声闻履声。
○自行路而宿,自宿而天明,直记叙一时事耳。"不闻人声闻履声",写幽寂之致,飒飒纸上。

◇《漫叟诗话》曰:"尝见陈本明论诗云:前辈谓作诗当言用、勿言体,则意深矣。若东坡诗,言冷则云'可咽不可漱',言静则云'不闻人声闻履声'之类。本明何从得此?"

径山道中次韵答周长官兼赠苏寺丞

年来战纷华,渐觉夫子胜。欲求五亩宅,洒扫乐清净。
学道恨日浅,问禅惭听莹。聊为山水行,遂此麋鹿性。
独游吾未果,觅伴谁复听?吾宗古遗直,穷达付前定。
餔糟醉方熟,洒面呼不醒。奈何效燕蝠,屡欲争晨暝?
不如从我游,高论发犀柄。溪南渡横木,山寺称小径。
幽寻自兹始,归路微月映。南望功臣山,云外盘飞磴。
三更渡锦水,再宿留石镜。缅怀周与李,能作洛生咏。
明朝三子至,诗律严号令。篮舆置纸笔,得句轻千乘。
玲珑苦奇秀,名实巧相称。九仙更幽绝,笑语千山应。
空岩侧破瓮,飞溜洒浮磬。山前见虎迹,候吏铙鼓竞。
我生本艰奇,尘土满釜甑。山禽与野兽,知我久蹭蹬。
笑谓候吏还,遇虎吾有命。径山虽云远,行李稍可并。
颇讶王子猷,忽起山阴兴。但报菊花开,吾当理归榜。

自注:太平寺,俗号小径山。

○一往平叙,不复作沉郁顿挫之势。后忽从山前见虎迹,发出议论,奇文蔚起,匪夷所思。

初自径山归述古召饮介亭以病先起

西风初作十分凉,喜见新橙透甲香。

迟暮赏心惊节物，登临病眼怯秋光。
惯眠处士云庵里，醉倚佳人锦瑟傍。
犹有梦回清兴在，卧闻归路乐声长。

九日寻臻阇黎遂泛小舟至勤师院二首（录一首）

湖上青山翠作堆，葱葱郁郁气佳哉。
笙歌丛里抽身出，云水光中洗眼来。
白足赤髭迎我笑，拒霜黄菊为谁开？
明年桑苎煎茶处，忆著衰翁首重回。自注：皎然有《九日与陆羽煎茶》诗。羽自号桑苎翁。余来年九日去此久矣。

〇此篇乃已至勤院而作。承前一首结句"扁舟又截平湖去，欲访孤山支道林"说来，但前首"东阁郎君"之句，殊嫌无著，不似此篇之开拓顿宕也。"笙歌云水"一联，尤为卓立杰出。

九日舟中望见有美堂上
鲁少卿饮，以诗戏之二首（录一首）

指顾云间数点红，笙歌正拥紫髯翁。
谁知爱酒龙山客，却在渔舟一叶中。

◇《西湖志》曰："《咸淳临安志》：有美堂，钱氏初建江亭于此。当在吴山最高处，左江右湖，故为登临之胜。东坡有《舟中望见有美堂上鲁少卿饮处》诗，言舟中望见，则必西湖舟中也。《旧志》言堂在郡城内，又可见古城介在吴山外矣。此堂故址，当在吴山无疑。《西湖游览志》载'有美堂在凤凰山者'，误也。"

次韵周长官寿星院同饯鲁少卿

瑠璃百顷水仙家,风静湖平响钓车。
寂历疏松欹晚照,伶俜寒蝶抱秋花。
困眠不觉依蒲褐,归路相将踏桂华。
更著纶巾披鹤氅,他年应作画图夸。

宝山新开径

藤梢橘刺元无路,竹杖棕鞋不用扶。
风自远来闻笑语,水分流处见江湖。
回观佛国青螺髻,踏遍仙人碧玉壶。
野客归时山月上,棠梨叶战暝禽呼。
○明隽清圆,兼得象外之趣。

和钱安道寄惠建茶

我官于南今几时?尝尽溪茶与山茗。
胸中似记故人面,口不能言心自省。
为君细说我未暇,试评其略差可听。
建溪所产虽不同,一一天与君子性。
森然可爱不可慢,骨清肉腻和且正。
雪花雨脚何足道,啜过始知真味永。
纵复苦硬终可录,汲黯少戆宽饶猛。
草茶无赖空有名,高者妖邪次顽懭。

体轻虽复强浮泛，性滞偏工呕酸冷。
其间绝品岂不佳，张禹纵贤非骨鲠。
葵花玉銙不易致，道路幽崄隔云岭。
谁知使者来自西，开缄磊落收百饼。
嗅香嚼味本非别，透纸自觉光炯炯。
秕糠团凤友小龙，奴隶日注臣双井。
收藏爱惜待佳客，不敢包裹钻权幸。
此诗有味君勿传，空使时人怒生瘿。

○"建茶"以比君子，"草茶"以比小人。君子和且正者也，和故可爱，正故不可慢。小人体轻而性滞，但有妖邪顽犷而已。《记》曰："其言明且清。"《易》曰："其言曲而中。"诗兼有之。

◇《乌台诗案》曰："钱颢在秀州监税，旧曾作台官，始于秀州与之相见。后钱颢作诗，送茶来，某作诗谢之。'草茶无赖'二句，以讥世之小人，若不谄媚妖邪，须顽犷狠劣也。'体轻性滞'二句，以讥小人体轻浮而性滞泥也。'其间绝品'二句，以讥小人如张禹，虽有学问，细行谨饬，终非骨鲠之人也。'收藏爱惜'四句，以讥小人有以好茶钻求富贵权要者，见此诗当大怒也。"

◇《归田录》曰："腊茶出于建剑，草茶盛于两浙。两浙之品，日注为第一。自景祐以后，洪州双井白芽渐盛。近岁制作尤精，囊以红纱，不过一二两，以常茶十数斤养之，用避暑湿之气。其品远出日注上，遂为草茶第一。"

夜至永乐文长老院文时卧病退院

夜闻巴叟卧荒村，来打三更月下门。
往事过年如昨日，此身未死得重论。

老非怀土情相得，病不开堂道益尊。
惟有孤栖旧时鹤，举头见客似长言。
○善说无生，可知坐在立忘，未是西来大意。

除夜野宿常州城外二首

行歌野哭两堪悲，远火低星渐向微。
病眼不眠非守岁，乡音无伴苦思归。
重衾脚冷知霜重，新沐头轻感发稀。
多谢残灯不嫌客，孤舟一夜许相依。

南来三见岁云徂，直恐终身走道途。
老去怕看新历日，退归拟学旧桃符。
烟花已作青春意，霜雪偏寻病客须。
但把穷愁博长健，不辞最后饮屠苏。
○令节羁情，孤灯遥夜，所感怆者深，而以温柔敦厚出之，依依脉脉，味以淡而弥长。
◇《容斋续笔》曰："今人元日饮屠苏酒，自小者起，相传已久，然固有来处。后汉李膺、杜密，以党人同系狱。值元日，于狱中饮酒，曰：'正旦从小起。'《时镜新书》'晋董勋'云：正旦饮酒，先从小者，何也？勋曰：'俗以小者得岁，故先酒贺之；老者失时，故后饮酒。'《初学记》载：《四民月令》云：'正旦饮酒次第，当从小起，以年小者起先。'顾况云：'还丹寂寞羞明镜，手把屠苏让少年。'方干云：'才酌屠苏定年齿，坐中皆笑鬓毛斑。'然则尚矣。东坡亦云：'但把穷愁博长健，不辞最后饮屠苏。'其义亦然。"

古缠头曲

鹍絃铁拨世无有,乐府旧工惟尚叟。
一生喙硬眼无人,坐此困穷今白首。
翠鬟女子年十七,指法已似呼韩妇。
惊帆渡海风掣回,满面尘沙和泪垢。
青衫不逢湓浦客,红袖漫插曹纲手。
尔来一见哀骀佗,便著臂韝躬井臼。
我惭贫病百不足,强对黄花饮白酒。
转关濩索动有神,雷辊空堂战窗牖。
四絃一抹拥袂立,再拜十分为我寿。
世人只解锦缠头,与汝作诗传不朽。

○亦为琵琶女子而作,却不规抚江州《琵琶行》。古有名作,须变调以胜之,并题目亦隐其名曰《古缠头曲》。特于结处表出作诗之意,以见实有其人与事,不是寓言十九也。白以排荡宛转入情,此以简净遒炼入古。

惠山谒钱道人烹小龙团登绝顶望太湖

踏遍江南南岸山,逢山未免更流连。
独携天上小团月,来试人间第二泉。
石路萦迴九龙脊,水光翻动五湖天。
孙登无语空归去,半岭松声万壑传。

○有横绝太空之概,洒豁襟抱,亦如听苏门长啸,响动林谷。

虎丘寺

入门无平田，石路细穿岭。阴风生涧壑，古木翳潭井。
湛卢谁复见？秋水光耿耿。铁花绣岩壁，杀气噤蛙黾。
幽幽生公堂，左右立顽矿。当年或未信，异类服精猛。
胡为百岁后，仙鬼互驰骋？窈然留清诗，读者为悲哽。
东轩有佳致，云水丽千顷。熙熙览生物，春意破凄冷。
我来属无事，暖日相与永。喜鹊翻初旦，愁鸢蹲落景。
坐见渔樵还，新月溪上影。悟彼良自哙，归田行可请。

○作虎丘诗者，多是缘情绮靡。若此诗，则但见其幽折闲静耳，是非时会不同，乃其命笔、取材别开生径。观前此白居易于东武丘有"怪石千僧坐，灵池一剑沉"之句，于西武丘有"摇曳双红旆，娉婷十翠娥"之句，乌鹊黄鹂，红栏绿浪，唐时已极繁华艳冶矣。故知此诗是有意避喧，力求岑寂也。

◇赵次公曰："清远道士与沈恭子同游虎丘寺，有诗历论商周及近代二千年事，颜真卿为之刻石。又鬼诗云：'青（高）松多悲风，萧萧清且哀。白日徒昭昭，不照长夜台。'李道昌为刺史，奏其事；陆龟蒙、皮日休《松陵唱和》，皆及之。"

常润道中有怀钱塘寄述古五首（录一首）

草长江南莺乱飞，年来事事与心违。
花开后院还空落，燕入华堂怪未归。
世上功名何日是，樽前点检几人非？
去年柳絮飞时节，记得金笼放雪衣。

自注：杭人以放鸽为太守寿。

○慨当以慷，忧思难忘。

此诗结句，有"放鸽为寿"之自注，赵尧卿遂引唐《谭宾录》言：天宝宫中呼白鹦鹉为"雪衣"，此诗借呼鸽为"雪衣"。然考田汝成《西湖志》称：东坡有真迹，云杭州营妓周韶能诗，子容过杭，述古饮之。韶泣求落籍，子容曰："可作一绝。"韶援笔立成曰："陇上巢空岁月惊，忍看回首自梳翎。开笼若放雪衣女，长念观音《般若经》。"韶时有服，衣白。一坐嗟叹，遂落籍。此诗寄述古，盖指此事，故曰"记得金笼放雪衣"。"雪衣"正用白鹦鹉事，不必借呼放鸽也。诗作如是解，与前后数诗，亦正相类。然轼自注，故作隐语，岂其避谤欤？

金山寺与柳子玉饮大醉，卧宝觉禅榻，夜分方醒书其壁

恶酒如恶人，相攻剧刀箭。颓然一榻上，胜之以不战。
诗翁气雄拔，禅老语清软。我醉多不知，但觉红绿眩。
醒时江月堕，撼撼风响变。惟有一龛灯，二豪俱不见。
○豪放精悍，全是规仿《颂酒》之篇。

大风留金山两日

塔上一铃独自语：明日颠风当断渡。
朝来白浪打苍崖，倒射轩窗作飞雨。
龙骧万斛不敢过，渔艇一叶从掀舞。
细思城市有底忙，却笑蛟龙为谁怒。
无事久留童仆怪，此风聊得妻孥许。
潜山道人独何事？夜半不眠听粥鼓。

○"明日颠风当断渡"七字,即铃语也。奇思得自天外。轩窗飞雨,写风浪之景,真能状丹青所莫能状。末忽念及灊山道人不眠而听粥鼓,想其濡墨挥毫,真有御风蓬莱、泛彼无垠之妙。

◇《冷斋夜话》曰:"对句法,诗人穷尽其变,不过以事、以意、以出处具备,谓之妙。如荆公曰:'平日离愁宽带眼,迄今归思满琴心。'又曰:'欲寄荒寒无善画,赖传悲壮有能琴。'乃不若东坡微意特奇,如曰:'见说骑鲸游汗漫,也曾扪虱话酸辛。'又曰:'龙骧万斛不敢过,渔艇一叶从掀舞。'以'鲸'为'虱'对,以'龙骧'为'渔艇'对,大小气焰之不等,其意若玩世,谓之秀杰之气终不没者,此类是也。"

游鹤林招隐二首

郊原雨初霁,春物有余妍。古寺满修竹,深林闻杜鹃。
睡余柳花堕,目眩山樱然。西窗有病客,危坐看香烟。

行歌白云岭,坐咏修竹林。风轻花自落,日薄山半阴。
涧草谁复识?闻香杳难寻。时见城市人,幽居惜未深。
○二作风格,清腴绝似韦、柳。

无锡道中赋水车

翻翻联联衔尾鸦,荦荦确确蜕骨蛇。
分畴翠浪走云阵,刺水绿针抽稻芽。
洞庭五月欲飞沙,鼍鸣窟中如打衙。
天公不见老翁泣,唤取阿香推雷车。
○只是体物著题,触处灵通,别成奇光异彩。"想当施手时,巨刃摩天扬",此之谓也。赋物得此,神力罕匹。

过永乐文长老已卒

初惊鹤瘦不可识,旋觉云归无处寻。
三过门间老病死,一弹指顷去来今。
存亡惯见浑无泪,乡井难忘尚有心。
欲向钱塘访圆泽,葛洪川畔待秋深。
○寄感叹于解脱,挽长老,合作如是语。

听僧昭素琴

至和无攫醳,至平无按抑。不知微妙声,究竟从何出。
散我不平气,洗我不和心。此心知有在,尚复此微吟。
○是真识琴中意者,朱絃疏越,可以释躁平矜。

僧惠勤初罢僧职

轩轩青田鹤,郁郁在樊笼。既为物所縻,遂与吾辈同。
今来始谢去,万事一笑空。新诗如洗出,不受外垢蒙。
清风入齿牙,出语如风松。霜髭茁病骨,饥坐听午钟。
非诗能穷人,穷者诗乃工。此语信不妄,吾闻诸醉翁。
○能不为外垢所蒙,不待罢职而诗乃工也。惠勤先为欧阳所知,故又举"诗穷益工"之语以讽之。与序惠勤诗集同意。

游灵隐高峰塔

言游高峰塔,蓐食治野装。火云秋未衰,及此初旦凉。
雾霏岩谷暗,日出草木香。嘉我同来人,久便云水乡。
相劝小举足,前路高且长。古松攀龙蛇,怪石坐牛羊。
渐闻钟磬音,飞鸟皆下翔。入门空有无,云海浩茫茫。
惟见聋道人,老病时绝粮。问年笑不答,但指穴藜床。
心知不复来,欲归更彷徨。赠别留匹布,今岁天早霜。
○雾霏日出,未举足而景象既殊;古松怪石,及经行而应接不暇。"渐闻钟磬音,飞鸟皆下翔"十字,画出古寺清晨登高览胜之妙。入门以后,但记一时与道人留连赠答,语尽便住,象外传神,正复无际。
◇邵长蘅曰:"三国管宁常坐一木榻,积五十余年,未尝箕股榻上,当膝处皆穿。按:'穴藜床'似用其意,故王注引此存之。"
◇《志林》曰:"灵隐寺后高峰塔一上五里。上有高僧不下,三十余年矣。"

新城陈氏园次晁补之韵

荒凉废圃秋,寂历幽花晚。山城已穷僻,况与城相远。
我来亦何事?徙倚望云巘。不见苦吟人,清樽为谁满?
○淡而能腴,王、韦后绝无仅有。

与毛令方尉游西菩提寺二首

推挤不去已三年,鱼鸟依然笑我顽。

人未放归江北路，天教看尽浙西山。
尚书清节衣冠后，处士风流水石间。
一笑相逢那易得，数诗狂语不须删。

路转山腰足未移，水清石瘦便能奇。
白云自占东西岭，明月谁分上下池。
黑黍黄粱初熟后，朱柑绿橘半甜时。
人生此乐须天赋，莫遣儿曹取次知。

○首作不露刻斫经营之迹，自成高唱。五、六用毛玠、方干贴二人姓，此本古法，少陵集中多有之。僧祖可谓毛令，是毛玠之后。或并疑方尉是方干后人，妄矣。次作"白云"句承"石瘦"来，"明月"句承"水清"来。"黑黍黄粱"，池旁之所见也；"朱柑绿橘"，岭上之所植也。错杂写来，自然合拍。惟其才大而气雄，故虽清白黑黄等字叠见，不嫌其复。

◇张安国曰："案《於潜县图经》：毛君宝，同尉方君武与东坡，于熙宁七年八月廿七日，同游西菩提山明智院，石刻存焉。"

听贤师琴

大絃春温和且平，小絃廉折亮以清。
平生未识宫与角，但闻牛鸣盎中雉登木。
门前剥啄谁叩门？山僧未闲君勿嗔。
归家且觅千斛水，净洗从前筝笛耳。

○《听颖师琴》诗，曲中疾徐之节；《听贤师琴》诗，别传离合之神，两诗足以并峙。义海俗工，誉韩毁苏，《复斋漫录》直以不学斥之，最堪砭愚击蒙。

◇《西清诗话》曰:"三吴僧义海,以琴名世。六一居士尝问东坡琴诗孰优,东坡答以退之《听颖师琴》,公曰:'此只是听琵琶耳。'或以问海,海曰:'欧阳公一代英伟,然斯语误矣。退之深得其趣,未易讥评也。'东坡后有《听惟贤琴》诗,诗成欲寄欧公而公亡,每以为恨。客复以问海,海曰:'东坡词气,倒山倾海,然亦未知琴。"春温和且平,廉折亮以清",凡丝声皆然,何独琴也?又特言大、小絃声,不及指下之韵。"牛鸣盎中雉登木",概言宫角耳。八音宫角皆然,何独丝也?'闻者以海为知言。余尝考今昔琴谱,谓宫者非宫,角者非角。又五调迭犯,特宫声为多,与五音之正者异。此又坡所未知也。"

◇《复斋漫录》曰:"元微之诗:'尔生不我待,我愿裁为琴。宫絃春似君,君若春日临;商絃廉似臣,臣作旱天霖。'盖取《史记》驺忌子闻齐威王鼓琴,而为说曰:'大絃浊以春温者,君也;小絃廉折以清者,相也。'《西清诗话》乃云:东坡《听惟贤琴》有'大絃春温和且平,小絃廉折亮以清'之句,至谓东坡未知琴趣,不独琴为然。殊不知亦取驺琴之事耳,可谓不学。"

除夜病中赠段屯田

龙钟三十九,劳生已强半。岁暮日斜时,还为昔人叹。自注:乐天诗云:"行年三十九,岁暮日斜时。"

今年一线在,那复堪把玩。欲起强持酒,故交云雨散。
惟有病相寻,空斋为老伴。萧条灯火冷,寒夜何时旦?
倦仆触屏风,饥鼯嗅空案。数朝闭阁卧,霜发秋蓬乱。
传闻使者来,策杖就梳盥。书来苦安慰,不怪造请缓。
大夫忠烈后,高义金石贯。要当击权豪,未肯觑衰懦。
此生何所似?暗尽灰中炭。归田计已决,此邦聊假馆。

三径粗成资，一枝有余暖。愿君更信宿，庶奉一笑粲。

○除夜无聊，病中落寞，因得段书，遂一气写出。读"暗尽灰中炭"五字，尤觉黯然神凄。

◇《容斋五笔》曰："白乐天作诗述怀，好纪年岁。苏公素重乐天，故间亦效之。如'龙钟三十九，劳生已强半。岁暮日斜时，还为昔人叹。'正引用其语。又：'四十岂不知头颅，畏人不出何其愚。''我今四十二，衰发不满梳。''忆在钱塘正如此，回头四十二年非。''行年四十九，还此北窗宿。''吾年四十九，赖此一笑嘻。''嗟我与君皆丙子，四十九年穷不死。''五十之年初过二，衰颜记我今如此。''白发苍颜五十三，家人强遣试春衫。''先生年来六十化，道眼已入不二门。''纷纷华发不足道，当返六十过去魂。''我年六十一，颓景薄西山。''结发事文史，俯仰六十逾。''与君皆丙子，各已三万日。'玩味庄重，便如阅年谱也。"

乔太守见和复次韵答之

百年三万日，老病常居半。其间互忧乐，歌笑杂悲叹。
颠倒不自知，直为神所玩。须臾便堪笑，万事风雨散。
自从识此理，久谢少年伴。逝将游无何，岂暇读城旦。
非才更多病，二事可并案。愧烦贤使者，弭节整纷乱。
乔侯珊琏质，清庙尝荐盥。奋髯百吏走，坐变齐俗缓。
未遭甘鶡退，并进耻鱼贯。每闻议论余，凛凛激贪懦。
莫邪当自跃，岂复烦炉炭。便应朝秣越，未暮刷燕馆。
胡为守故丘，眷恋桑榆暖。为君叩牛角，一咏南山粲。

二公再和亦再答之

寒鸡知将晨，饥鹤知夜半。亦如老病客，遇节尝感叹。
光阴等敲石，过眼不容玩。亲友如抟沙，放手还复散。
羁孤每自笑，寂寞谁肯伴？元达号神君，高论森月旦。
纪明本贤将，汩没事堆案。欣然肯相顾，夜阁灯火乱。
盘空愧不饱，酒薄仅堪盥。雍容许著帽，不怪安石缓。
虽无窈窕人，清唱弄珠贯。幸有纵横舌，说剑起慵懦。
二豪沉下位，暗火埋湿炭。岂似草玄人，嘿嘿老儒馆。
行看富贵逼，炙手借余暖。应念苦思归，登楼赋王粲。

雪后书北台壁二首

黄昏犹作雨纤纤，夜静无风势转严。
但觉衾裯如泼水，不知庭院已堆盐。
五更晓色来书幌，半夜寒声落画檐。
试扫北台看马耳，未随埋没有双尖。

城头初日始翻鸦，陌上晴泥已没车。
冻合玉楼寒起粟，光摇银海眩生花。
遗蝗入地应千尺，宿麦连云有几家？
老病自嗟诗力退，空吟冰柱忆刘叉。

　　○"尖""叉"韵诗，古今推为绝唱，数百年来，和之者亦指不胜屈矣。然在当时，王安石六和其韵，用及"诸天夜叉""交戟叉头"等字，支凑勉强，贻人口实。即轼《谢人见和因再用韵》二诗,亦未能如原作之精采;方回谓再和尤佳者,非也。至于"玉楼""银海",典故流传,其说不一。盖皆得自传闻,而所称作"道书"者,究无人知其出何道书。方回称是《黄庭》一种,亦臆度语耳。轼尝读《道藏》千函,有诗纪其事。要之,"玉楼为肩""银海为目",必作如是解,诗意乃通。若集中诗,尚有《雪中过淮谒客》诗云"万顷穿银海",《次韵仲殊雪中游西湖》诗云"玉楼已峥嵘",则又不当与此一例解也。

◇《石林诗话》曰:"诗禁体物语,此学者类能言之。欧公聚星堂雪诗举此,令坐客皆阁笔,但非能者耳。若能者,则出入纵横,何可拘碍?郑谷'乱飘僧舍茶烟湿,密洒歌楼酒力微',非不去体物语,而气格如此之卑。苏子瞻'冻合玉楼寒起粟,光摇银海眩生花',超然飞动,何害其言'玉楼、银海'!"

◇《苕溪渔隐丛话》曰:"蝗遗子于地,若雪深一尺,则入地一丈。麦得雪,则资茂而成稔岁。此老农之语也。东坡皆收拾入诗句,殆无余蕴矣。"

◇方回曰:"坡知密时作,年二十九岁。偶然用韵甚险,而再和尤佳。或谓坡诗律不及古人,然才高气雄,下笔前无古人也。观此雪诗,亦冠绝古今矣。虽王荆公亦心服,屡和不已,终不能压倒。"

◇《侯鲭录》曰:"东坡作雪诗,后见荆公云:'道家以两肩为玉楼,目为银海,是使此事否?'坡退曰:'惟荆公知此出处。'"

次韵章传道喜雨 自注:祷常山而得。

去年夏旱秋不雨,海畔居民饮咸苦;
今年春暖欲生蝗,地上戢戢多于土。
预忧一旦开两翅,口吻如风那肯吐。

前时渡江入吴越，布阵横空如项羽。自注：去岁钱塘飞蝗自北来，极可畏。

农夫拱手但垂泣，人力区区固难御。

扑缘鬣毛困牛马，啖啮衣服穿房户。

坐观不救亦何心，秉畀炎火传自古。

荷锄散掘谁敢后，得米济饥还小补。

常山山神信英烈，捣驾雷公诃电母。

应怜郡守老且愚，欲把疮痍手摩抚。

山中归时风色变，中路已觉商羊舞。

夜窗骚骚闹松竹，朝畦泫泫流膏乳。

从来蝗旱必相资，此事吾闻老农语。

庶将积润扫遗孽，收拾丰岁还明主。

县前已窖八千斛，自注：今春及今，得蝗子八千余斛。率以一升完一亩。

更看蚕妇过初眠，自注：蚕一眠则蝗不复生矣。未用贺客来旁午。

先生笔力吾所畏，蹩踏鲍谢跨徐庾。

偶然谈笑得佳篇，便恐流传成乐府。

陋邦一雨何足道。吾君盛德九州普。

《中和》《乐职》几时作？试向诸生选何武。

○古语时情，错杂写来，可谓博诞空类。至结穴，推本盛德，寓规于颂。尽遣奇词，奥旨俱归，雅颂之音。

惜　花

吉祥寺中锦千堆，自注：钱塘花最盛处。前年赏花真盛哉。

道人劝我清明来，腰鼓百面如春雷。

打彻凉州花自开,沙河塘上插花回。
醉倒不觉吴儿哈,岂知如今双鬓摧。
城西古寺没蒿莱,有僧闭门手自栽,千枝万叶巧剪裁。
就中一丛何所似,马瑙盘盛金缕杯。
而我食菜方清斋,对花不饮花应猜。
夜来雨雹如李梅,红残绿暗吁可哀。自注:钱塘吉祥寺花为第一。壬子清明,赏会最盛,金盘䌽篮以献于座者五十三人;夜归沙河塘上,观者如山。尔后无复继也。今年诸家园圃花亦极盛,而龙兴僧房一丛亦奇。但衰病牢落,自无以发兴耳。昨日雨雹,如此花之存者有几?可为叹息也。

○语不斫削,似无意求工,而颇放处,正复滔滔清绝。

送春和子由

梦里青春可得追,欲将诗句绊余晖。
酒阑病客惟思睡,蜜熟黄蜂亦懒飞。
芍药樱桃俱扫地,自注:病过此二物。鬓丝禅榻两忘机。
凭君借取法界观,一洗人间万事非。自注:来书云近看此书,余未尝见也。

○"酒阑"句是赋,"蜜熟"句是比,对句却从上句生出。作手大家,即一属对,不易测识如是。

◇方回曰:"'酒阑病客惟思睡',我也,情也;'蜜熟黄蜂亦懒飞',物也,景也。'芍药樱桃俱扫也',景也;'鬓丝禅榻两忘机',情也。一轻一重,一来一往,所谓四实四虚。前后虚实,又当如何下手?至此则知击风捕影,未易言矣。坡妙年诗力颇宽,至晚年乃神妙流动。"

西斋

西斋深且明，中有六尺床。病夫朝睡足，危坐觉日长。
昏昏既非醉，踽踽亦非狂。褰衣竹风下，穆然中微凉。
起行西园中，草木含幽香。榴花开一枝，桑枣沃以光。
鸣鸠得美荫，困立忘飞翔。黄鸟亦自喜，新音变圆吭。
杖藜观物化，亦以观我生。万物各得时，我生日皇皇。
○日见耳闻，具有万物，各得其所气象。昔人称渊明为古闲淡之宗，此则升堂入室矣。

寄刘孝叔

君王有意诛骄虏，椎破铜山铸铜虎。
联翩三十七将军，走马西来各开府。
南山伐木作车轴，东海取鼍漫战鼓。
汗流奔走谁敢后，恐乏军兴污资斧。
保甲连村团未遍，方田讼牒纷如雨。
尔来手实降新书，抉剔根株穷脉缕。
诏书恻怛信深厚，吏能浅薄空劳苦。
平生学问只流俗，众里笙竽谁比数？
忽令独奏《凤将雏》，仓卒欲吹那得谱。
况复连年苦饥馑，剥啮草木啖泥土。
今年雨雪颇应时，又报蝗虫生翅股。
忧来洗盏欲强醉，寂寞虚斋卧空瓿。
公厨十日不生烟，更望红裙踏筵舞。

故人屡寄山中信，只有当归无别语。
方将雀鼠偷太仓，未肯衣冠挂神武。
吴兴丈人真得道，平日立朝非小补。
自从四方冠盖闹，归作二浙湖山主。
高踪已自杂渔钓，大隐何曾弃簪组。
去年相从殊未足，问道已许谈其粗。
逝将弃官往卒业，俗缘未尽那得睹。
公家只在霅溪上，上有白云如白羽。
应怜进退苦皇皇，更把安心教初祖。

○始陈政令之弊，继悼饥馑之臻，而中以诏书恻怛、吏能浅薄为词，可谓立言有体。后言己不能如孝叔之高蹈，盖其志在救时，有未肯挂冠神武者。特诗中不可以昂言，乃以雀鼠太仓故，作惭谢故人之语。温厚和平，与《诗》人之旨宛合。一切讥诮躁妄之词，其不可同年而语，明矣。

◇《乌台诗案》曰："此诗'君王有意'四句，为是时朝廷遣使诸路点检军器，及置三十七将官，多张皇不便也。'南山伐木'十句，以讥讽法令屡变、事目烦多，吏不能辨也。'况复连年'十二句意，言近日饥馑、蝗虫之甚，以讥讽政事缺失并新法不便之所致也。又言酒食无备、斋厨索然，以讥讽新法减削公使太甚也。公事既多，旱蝗又甚，公使窘迫，所以言山中故人寄语令归，某贪禄，未能便挂衣冠而去也。又云'自从四方冠盖闹，归作二浙湖山主'，以讥讽近日提举官所至，苛碎生事，故刘述乞宫观归湖州也。"

◇施元之曰："刘孝叔名述，神宗擢侍御史知杂，数论事剀切。会与王安石争狱事不合，出知江州，逾岁提举崇禧观。东坡倅杭，与刘孝叔会虎丘，有诗纪事。吴兴六客堂，孝叔其一人也。此诗首言征伐之意。熙宁三年十一月，诏京畿、河北、京东西路置三十七将将官，遂与州郡长吏争衡，故云'联翩三十七将军，走马西来各开府'。又立保甲法，令诸州籍保甲聚民而教之。禁令苛急，往往去为盗，郡县不敢以闻，故云'保甲连村团未遍'。五年立方田均税法，诏司农以条约并式，颁之天下。岁以九月，委令佐分地计量，乃书户帖，连庄帐付之，以为地符，故云'方田讼牒纷如雨'。七年，吕惠卿建手实法，使民自上其家之物产，而官为注籍，奉使者至析秋毫，天下病之，至八年十月乃罢，故曰'尔来手实降新书'。又曰'平生学问止流俗'者，是时，安石凡议其新政者，皆以流俗谓之也。"

◇邵长蘅曰："资斧'资'字，当是'质'字之讹。'质'与'锧'通。《史记·范雎传》：'臣之胸不足以当椹质，而要不足以待斧钺。'又一语：'无效请伏斧质。'又《石庆传》：'罪当伏斧质。'又《汉书·梅福传》：'虽伏质横分，臣之愿也。'诸本既讹'资'，旧注因并作'资斧'解，极无谓。"

怀西湖寄晁美叔同年

西湖天下景，游者无愚贤。浅深随所得，谁能识其全？
嗟我本狂直，早为世所捐。独专山水乐，付与宁非天？
三百六十寺，幽寻遂穷年。所至得其妙，心知口难传。
至今清夜梦，耳目余芳鲜。君持使者节，风采烁云烟。
清流与碧巘，安肯为君妍？胡不屏骑从，暂借僧榻眠。
读我壁间诗，清凉洗烦煎。策杖无道路，直造意所便。
应逢古渔父，苇间自延缘。问道若有得，买鱼勿论钱。

○知其妙处难传，便是能识其全者。妙处既不可传，故令读壁间诗，使自得之；又令直造意所便，以庶几所至有得耳。

祭常山回小猎

青盖前头点皂旗,黄茅冈下出长围。
弄风骄马跑空立,趁兔苍鹰掠地飞。
回望白云生翠巘,归来红叶满征衣。
圣明若用西凉簿,白羽犹能效一挥。

○此似规樊右丞"风劲角弓鸣"一诗。"马立鹰飞",宛然"草枯鹰眼疾,雪尽马蹄轻"之句也。"白云,红叶",亦是"千里云平"遗意。特其才大,不露青蓝冰水之迹耳。结以谢艾自况,想见下笔时顾盼自雄、踌躇满志。

◇《乌台诗案》曰:"知密州日,因祭常山回,与同官习射,放鹰作诗。意取西凉州主簿谢艾,本是书生,却善用兵。意以自比,言圣朝若用某为将,不减谢艾也。"

和文与可洋川园池三十首(录七首)

湖 桥

朱栏画柱照湖明,白葛乌纱曳履行。
桥下龟鱼晚无数,识君拄杖过桥声。

横 湖

贪看翠盖拥红妆,不觉湖边一夜霜。
卷却天机云锦段,从教匹练写秋光。

○荷尽而水益光明,写得景色澄静,不似老杜"斫却月中桂,清光应更多",徒豪语耳。

蓼屿

秋归南浦蟋蟀鸣，霜落横湖沙水清。
卧雨幽花无限思，抱丛寒蝶不胜情。

待月台

月与高人本有期，挂檐低户映蛾眉。
只从昨夜十分满，渐觉冰轮出海迟。

过溪亭

身轻步稳去忘归，四柱亭前野彴微。
忽悟过溪还一笑，水禽惊落翠毛衣。

筼筜谷

汉川修竹贱如蓬，斤斧何曾赦箨龙。
料得清贫馋太守，渭川千亩在胸中。

◇《文与可画筼筜谷偃竹记》曰："筼筜谷在洋川，与可尝令予作洋川（州）三十咏，《筼筜谷》其一也。予诗云云……与可是日与其妻游谷中，烧笋晚食，发函得诗，失笑喷饭满案。"

寒芦港

溶溶晴港漾春晖，芦笋生时柳絮飞。
还有江南风物否？桃花流水鳜鱼肥。

寄题刁景纯藏春坞

白首归来种万松，待看千尺舞霜风。

年抛造物陶甄外，春在先生杖屦中。
杨柳长齐低户暗，樱桃烂熟滴阶红。
何时却与徐元直，共访襄阳庞德公。

○三、四一联，句法独创，后人效之，未免学步邯郸。至五、六一联，轼乃脱化张谓《春园家宴》诗"樱桃解结垂檐子，杨柳能低入户枝"之句，今注诗者乃引白居易《梦游春》五言云"门柳暗全低，檐樱红半熟"，而不引张诗，既为未谙源委，且奈何舍盛唐而述中唐也？

◇《王直方诗话》曰："东坡作《藏春坞》，有'年抛造物陶甄外，春在先生杖屦中'，而秦少游作《俞充哀词》乃云'风生使者旌旆上，春在将军俎豆中'，余以为依做太甚。"

寄黎眉州

胶西高处望西川，应在孤云落照边。
瓦屋寒堆春后雪，峨眉翠扫雨余天。
治经方笑《春秋》学，好士今无六一贤。自注：君以《春秋》受知欧阳文忠公，公自号六一居士。
且待渊明赋归去，共将诗酒趁流年。

◇施元之曰："王介甫素不善《春秋》，目为'断烂朝报'。时介甫方得志，故云'治经方笑《春秋》学'。公为眉人，黎方守眉，故有'渊明归去'之句。"

◇《志林》曰："黎希声治《春秋》有家法，然为人质木迟缓，刘贡父戏为'黎檬子'。黎以为指其德，不知'檬子'真是木也。一日，联骑出市，人有鬻之者，大笑，几落马。"

次韵周邠寄雁荡山图二首

指点先凭采药翁,丹青化出大槐宫。
眼明小阁浮烟翠,齿冷新诗嚼雪风。
二华行观雄陕右,九仙今已压京东。
自注:将赴河中,密尔太华。
九仙在东武,奇秀不减雁荡也。
此生的有寻山分,已觉温台落手中。

西湖三载与君同,马入尘埃鹤入笼。
东海独来看出日,石桥先去踏长虹。
遥知别后添华发,时向樽前说病翁。
所恨蜀山君未见,他年携手醉郫筒。

○雁荡为自古图牒所不记,祥符中,因采官木始见之。此虽览图,未历其地,故但以"小阁浮烟翠"一语形容其妙,以所得见之二华、九仙作陪。按:周邠生于西湖,而官于雁荡;轼生于蜀山,而官于西湖。次作称西湖同游,盖因其所见,以致未见之思;结更以蜀山君未见为恨,匪自矜以傲人。盖其交谊反覆缠绵,益然言表。

◇施元之曰:"周邠字开祖,钱塘人。东坡倅杭三年,与开祖数从湖山之游,见于酬唱,故云'西湖三载与君同'。是时开祖为乐清令,雁荡山实在境内。"

和晁同年九日见寄

仰看鸢鹄刺天飞,富贵功名老不思。
病马已无千里志,骚人长负一秋悲。
古来重九皆如此,别后西湖付与谁?
遣子穷愁天有意,吴中山水要清诗。
○以"西湖"对"重九",一时凑泊,其妙不当于字句求之。
◇贺裳曰:"谭友夏评此诗云:'游止山水好景,每寻替人不得。况坡老开浚西湖,何等关情,决不忍交付与俗人矣。'此评亦好,但作诗时,子瞻自杭州通守转密州,西湖尚未开也。"

送乔施州

恨无负郭田二顷,空有载行书五车。
江上青山横绝壁,云间细路蹑飞蛇。
鸡号黑暗通蛮货,蜂闹黄连采蜜花。
共怪河南门下客,不应万里向长沙。自注:乔受知于吴丞相,而施州风土大类长沙。
○善谈风土,衮衮可喜,颇似宗元在柳州诸诗。

董储郎中尝知眉州与先人游,过安丘访其故居,见其子希甫,留诗屋壁

白发郎潜旧使君,至今人道最能文。
只鸡敢忘桥公语,下马来寻董相坟。

冬月负薪虽得免，邻人吹笛不堪闻。
死生契阔君休问，洒泪西南向白云。

○"死生契阔"四字，括尽上六句意。无语不典核，而出以便利，情味洒然。

◇《艺苑雌黄》曰："按《国史补》云：旧说董仲舒墓门下，人至皆下马，谓之下马陵。故东坡诗云'下马来寻董相坟'。"

卷三十五

眉山苏轼诗四

除夜大雪留潍州，元日早晴遂行，中途雪复作

除夜雪相留，元日晴相送。东风吹宿酒，瘦马兀残梦。
葱昽晓光开，旋转余花弄。下马成野酌，佳哉谁与共？
须臾晚云合，乱洒无缺空。鹅毛垂马鬃，自怪骑白凤。
三年东方旱，逃户连欹栋。老农释耒叹，泪入饥肠痛。
春雪虽云晚，春麦犹可种。敢怨行役劳，助尔歌饭瓮。
○即雪霁以致重粟勤民之意，壮厉忼忾，不藉伴色揣称，矜抽秘骋妍之殊绝。

送范景仁游洛中

小人真闇事，闲退岂公难？道大吾何病，言深听者寒。
忧时虽早白，驻世有还丹。得酒相逢乐，无心所遇安。
去年行万里，蜀路走千盘。投老身弥健，登山意未阑。
西游为樱笋，东道尽鹓鸾。杖履携儿去，园亭借客看。
折花斑竹寺，弄水石楼滩。鬻马衰怜白，惊雷怯笑韩。
藓书标洞府，自注：欧阳永叔尝游嵩山，日暮于绝壁上见苔藓成

文,云"神清之洞"。明日复寻不见。松盖偃天坛。

试与刘夫子,重寻靖长官。自注:刘几云曾见人嵩山幽绝处,眼光如猫,意其为靖长官也。唐末五代人,得道不死。

○景仁能累疏诋王安石,致安石持其疏而手颤,固是豪杰之士。而通篇乃盛称洛中之胜,举仙踪神境以导之。语值玄微,然正是诗人温柔敦厚遗意。

◇《乌台诗案》曰:"此诗言'小人真闇事,闲退岂公难',意以讥今时之小人,闇于事理,以进为荣,以退为辱;范镇贤者,难进易退,小人不知也。又云'言深听者寒',谓范镇旧日多论时事,其言深切,听者为恐。意言范镇所言为当时事,多不便也。"

◇《苕溪渔隐丛话》曰:"东坡《送范景仁游洛中》诗'薜书标洞府,松盖偃天坛',注云:'欧阳永叔尝游嵩山,日暮于绝壁上苔藓成文,云神清之洞,明日复寻不见。'又《六一居士集》有《戏占唐山隐者》诗:'我昔曾为洛阳客,偶向岩前坐盘石。四字丹书万仞崖,神清之洞琐楼台。'盖纪此事。余谓二公人物、文章,俱为天下第一,自是神仙中人,应居紫府阆苑,固宜所梦所见之异也。"

次韵景仁留别

公老我亦衰,相见恨不数。临行一杯酒,此意重山岳。
歌词《白纻》清,琴弄黄钟浊。诗新眇难和,饮少仅可学。
欲参兵部选,有力谁如莘?且作东诸侯,山城雄鼓角。
南游许过我,不惮千里邈。会当闻公来,倒屣发一握。

书韩幹牧马图

南山之下，汧渭之间，想见开元天宝年，
八坊分屯隘秦川，四十万匹如云烟。
骓駓骃骆骊骝䮽，白鱼赤兔骍皇䮖。
龙颅凤颈狞且妍，奇姿逸德隐驽顽。
碧眼胡儿手足鲜，岁时剪刷供帝闲。
柘袍临池侍三千，红妆照日光流渊。
楼下玉螭吐清寒，往来蹙踏生飞湍。
众工舐笔和朱铅，先生曹霸弟子韩。
厩马多肉尻脽圆，肉中画骨夸尤难。
金羁玉勒绣罗鞍，鞭箠刻烙伤天全，不如此图近自然。
平沙细草荒芊绵，惊鸿脱兔争后先。
王良挟策飞上天，何必俯首服短辕。

○马诗有杜甫诸作，后人无从着笔矣。千载独有轼诗数篇，能别出一奇于浣花之外，骨幹气象实相等埒。篇中"骓駓骃骆骊骝䮽"，盖本昌黎《陆浑山火》诗"鸦鸱鵰鹰雉鹄鷃"之句。王士祯谓并是学《急就篇》句法，由其气大，故不见其累重之迹。即如此诗，本是则效少陵，而此二句，乃全似昌黎，亦不觉也。

◇《乌台诗案》曰："意以骐骥自比，讥执政大臣无能尽我才，如王良之御者，何必折节干求进用也。"

送鲁元翰少卿知卫州

冗士无处著，寄身范公园。桃李忽成阴，荞麦秀已繁。

闭门春昼永,惟有黄蜂喧。谁人肯携酒,共醉榆柳村?
髯卿独何者,一月三到门?我不往拜之,髯来意弥敦。
堂堂元老后,亹亹仁人言。忆在钱塘岁,情好均弟昆。
时于冰雪中,笑语作春温。欲饮径相觅,夜开丛竹轩。
搜寻到箧笥,鲊醢无复存。每愧烟火中,玉腕亲炮燔。
别来今几何?相对如梦魂。告我当北渡,新诗侑清樽。
坡陁太行麓,汹涌黄河翻。仕宦非不遇,王畿西北垣。
斯民如鱼耳,见网则惊奔。皎皎千丈清,不如尺水浑。
刑政虽首务,念当养其源。一闻襦袴音,盗贼安足论。

○始述近事,中叙旧游。末段"见网惊奔"等语,本指新法言之,亦是元翰本事,然却隐而不言,但以作赠行者劝勉之词,气味深厚。如此而《龟山语录》乃谓坡诗只是讥诮怒骂,何耶?

◇施元之曰:"公自密移守河中,至京师,改徐州。时有旨不许入国门,寓城外范蜀公园,故首句云云。鲁元翰,名有开,乃肃简公之侄。自知南康代还,王介甫问:'江南如何?'元翰对:'新法当为异日患。'介甫怒,仅得倅杭。公时亦为杭倅,与鲁同官,鲁先代去。前有寿星院饯鲁少卿诗,即元翰也。"

和李邦直沂山祈雨有应

高田生黄埃,下田生苍耳。
苍耳亦已无,更问麦有几?
蛟龙睡足亦解惭,二麦枯时雨如洗。
不知雨从何处来,但闻吕梁百步声如雷。
试上城南望城北,际天菽粟青成堆。
饥火烧肠作牛吼,不知待得秋成否?

半年不雨坐龙慵，共怨天公不怨龙。

今朝一雨聊自赎，龙神社鬼各言功。

无功日盗太仓谷，嗟我与龙同此责。

劝农使者不汝容，因君作诗先自劾。

○每于转接处，见其笔力之奇矫。如"二麦枯时雨如洗"以下，忽接"不知雨从何处来"；"际天菽粟"以下，忽接"饥火烧肠作牛吼"；"神鬼言动"以下，忽接"无功日盗太仓谷"，波诡云属，殆是莫可思议。昌黎云"不待弹劾还耕桑"，此诗云"因君作诗先自劾"，贤者惟时深食禄之耻，所以政事多卓然可观。

◇《乌台诗案》曰："此诗言本因神龙懒惰不行雨，却使人怨天公，以讥执政大臣不任职，不能调理阴阳，却使人怨天子。以'天公'比天子，以'龙神社鬼'比执政大臣及百执事。某自言无功窃禄，与大臣无异。"

东栏梨花

梨花淡白柳深青，柳絮飞时花满城。

惆怅东栏二株雪，人生看得几清明？

○浓至之情，偶于所见，发露绝句中，几于刘梦得争衡。

◇《容斋随笔》曰："张文潜好吟东坡《梨花》绝句，每吟一过，必击节赏叹不能已。文潜盖有省于此云。"

次韵答邦直子由四首（录二首）

簿书颠倒梦魂间，知我疏慵肯见原？

闲作闭门僧舍冷，病闻吹枕海涛喧。

忘怀杯酒逢人共，引睡文书信手翻。

欲吐狂言喙三尺,怕君嗔我却须吞。自注:邦直屡以此见戒。

君虽为我此迟留,别后凄凉我已忧。
不见便同千里远,退归终作十年游。
恨无扬子一区宅,懒卧元龙百尺楼。
闻道鹓鸾满台阁,网罗应不到沙鸥。
○自写疏慵潦倒,令人意恻。

司马君实独乐园

青山在屋上,流水在屋下。中有五亩园,花竹秀而野。
花香袭杖履,竹色侵盏斝。樽酒乐余春,棋局消长夏。
洛阳古多士,风俗犹尔雅。先生卧不出,冠盖倾洛社。
虽云与众乐,中有独乐者。才全德不形,所贵知我寡。
先生独何事,四海望陶冶?儿童诵君实,走卒知司马。
持此欲安归,造物不我舍。名声逐吾辈,此病天所赭。
抚掌笑先生,年来效喑哑。

○言景如画,言情如话,令人神游其地,想见其人。时钱公辅在鄞县,建众乐堂,司马光赠以诗曰:"使君如独乐,众庶必深颦。"盖独乐之与众乐,道本同然。此诗云"虽云与众乐,中有独乐者",最得其意。"儿童诵君实,走卒知司马"二句,以姓对字,唐贤所未有,然非无本也。刘越石诗云:"宣尼悲获麟,西狩泣孔某。"谢惠连诗云:"虽好相如达,不学长卿慢。"正此诗所则效。其他史传所载,如"万事不理问伯始,天下中庸有胡公","甑中生尘范史云,釜中生鱼范莱芜"之类,尤不胜指数矣。

◇《乌台诗案》曰:"司马光在西京葺一园,名'独乐园',作诗寄之。此诗言四海望光执政、陶冶天下,以讥见任执政不得其人。又言儿童走卒皆知其姓字,终当进用。光意亦讥新法不便,终用光改变此法也。又言光却暗默不言,意望光依前上言,攻击新法也。"

◇《渑水燕谈》曰:"司马文正公高才全德,大得中外之望,士大夫识与不识,称之曰'君实';下至闾阎畎亩,匹夫匹妇,莫不能道'司马'。公身退十余年,而天下之人日冀其复用于朝。子瞻《独乐园》诗,盖纪实也。"

子由将赴南都,与余会宿于逍遥堂,作两绝句,
读之殆不可为怀,因和其诗以自解。
余观子由自少旷达、天资近道,
又得至人养生长年之诀,而余亦窃闻其一二。
以为今者宦游相别之日浅,而异时退休相从之日长,
既以自解,且以慰子由云

别期渐近不堪闻,风雨萧萧已断魂。
犹胜相逢不相识,形容变尽语音存。

但令朱雀长金花,此别还同一转车。
五百年间谁复在?会看铜狄两咨嗟。
○二诗惟语语解慰,乃益见别恨之深,低回欲绝。
◇《冷斋夜话》曰:"用事琢句,妙在言其用,而不言其名。此诗云'犹胜相逢不相识,形容变尽语音存',是用事而不言其名也。"
◇苏辙《逍遥堂》诗序曰:"辙幼从子瞻读书,未尝一日相

舍。既壮,将游宦四方,读韦苏州诗至'那知风雨夜,复此对床眠',恻然感之,乃相约早退,为闲居之乐。故子瞻始为凤翔幕府,留诗为别曰'夜雨何时听萧瑟'。其后子瞻通守余杭,复移守胶西,而辙滞留于淮阳、济南,不见者七年。熙宁十年二月,始复会于澶濮之间,相从彭城,留百余日。时宿于逍遥堂,追感前约,为作二小诗。"

◇《容斋随笔》曰:"东坡守彭城,子由来访之,留百余日而去。作二小诗曰:'逍遥堂后千寻木,长送中宵风雨声。误喜对床寻旧约,不知漂泊在彭城。''秋来东阁凉如水,客去山翁醉似泥。困卧北窗呼不醒,风吹松竹雨凄凄。'东坡以为读之殆不可为怀,乃和其诗以自解。至今观之,尚能使人凄然也。"

过云龙山人张天骥

郊原雨初足,风日清且好。病守亦欣然,肩舆白门道。
荒田咽蛩蚓,村巷悬梨枣。下有幽人居,闭门空雀噪。
西风高正厉,落叶纷可扫。孤童卧斜日,病马放秋草。
墟里通有无,垣墙任摧倒。君家本冠盖,丝竹闹邻保。
脱身声利中,道德自濯澡。躬耕抱羸疾,奉养百岁老。
诗书膏吻颊,菽水媚翁媪。饥寒天随子,杞菊自撷芼。
慈孝董邵南,鸡狗相乳抱。吾生如寄耳,归计失不早。
故山岂敢忘,但恐迫华皓。从君好种秫,斗酒时自劳。

○"垣墙任摧倒"以上,村落、园林,摹绘如见。昔人谓诗中有画,画犹有所不能到,诗则无所不到也;然非具四通、六明之力,亦岂能以达之?

初别子由

我少知子由，天资和而清。好学老益坚，表里渐融明。
岂独为吾弟，要是贤友生。不见六七年，微言谁与赓？
常恐坦率性，放纵不自程。会合亦何事？无言对空枰。
使人之意消，不善无由萌。森然有六女，包裹布与荆。
无忧赖贤妇，藜藿等大烹。使子得行意，青衫陋公卿。
明日无晨炊，倒床作雷鸣。秋眠我东阁，夜听风雨声。
悬知不久别，妙理难细评。昨日忽出门，孤舟转西城。
归来北堂上，古屋空峥嵘。退食误相从，入门中自惊。
南都信繁会，人事水火争。念当闭阁坐，颓然寄聋盲。
妻子亦细事，文章固虚名。会须扫白发，不复用黄精。

○辙为轼题像赞，则云"人曰吾兄，我曰吾师"；轼此诗亦云"岂独为吾弟，要是贤友生"，想见兄弟间自相师友，极天伦之乐事也。至于不见而恐放纵不自程，既见而使不善无由萌，读之令人凛然。若无此数句，而但有后幅叙述家常之词，即与凡俗何异？

◇赵次公曰："南都即南京也。时子由从张文定签书南京判，为此别也。"

河复 并序

熙宁十年秋，河决澶渊，注钜野，入淮泗，自澶魏以北，皆绝流而济。楚大被其害，彭门城下水二丈八尺，七十余日不退，吏民疲于守御。十月十三日，澶州大风终日，既止，而河流一枝，已复故道。闻之喜甚，庶几可塞乎；乃作《河复》

诗,歌之道路,以致民愿而迎神休,盖守土者之志也。
君不见西汉元光元封间,河决瓠子二十年。
钜野东倾淮泗满,楚人恣食黄河鳣。
万里沙迴封禅罢,初遣越巫沉白马。
河公未许人力穷,薪刍万计随流下。
吾君仁圣如帝尧,百神受职河神骄。
帝遣风师下约束,北流夜起澶州桥。
东风吹冻收微渌,神功不用淇园竹。
楚人种麦满河淤,仰看浮槎栖古木。

○赋古事以证时事,不更加论断,而于中间入题处提曰"吾君仁圣如帝尧",则知瓠子筑宫有不足道矣。更挽一笔云"神功不用淇园竹",以与前文相呼应。其沉雄雅健,要与《瓠子》二歌不同其音调,而同其气骨。

◇王宗稷《东坡先生年谱》曰:"熙宁十年,徐州水患大作。七月十七日,河决澶州曹村埽。八月二十一日,及徐州城下。先生治水有功。至十月五日,水渐退,城以全。朝廷降诏奖谕,作《河复》诗。"

黄　河

活活何人见混茫,崑崙气脉本来黄。
浊流若解污清济,惊浪应须动太行。
帝假一源神禹迹,世流三患梗尧乡。
灵槎果有仙家事,试问青天路短长?

○黄河浑浑沧沧,从天而来,非此才笔,赋之不称。

韩幹马十四匹

二马并驱攒八蹄,二马宛颈鬃尾齐。
一马任前双举后,一马却避长鸣嘶。
老髯奚官骑且顾,前身作马通马语。
后有八匹饮且行,微流赴吻若有声。
前者既济出林鹤,后者欲涉鹤俯啄。
最后一匹马中龙,不嘶不动尾摇风。
韩生画马真是马,苏子作诗如见画。
世无伯乐亦无韩,此诗此画谁当看?

○韩子《画记》,只是记体,不可以入诗;杜子《观画马图》诗,只是诗体,不可以当记。杜、韩开其端,苏乃尽其极。叙次历落,妙言奇趣,触绪横生,真堪独立千载。

◇《容斋五笔》曰:"韩公《人物画记》,其叙马处云:'马大者九匹。于马之中,又有上者、下者。马行者、牵者、奔者、涉者、陆者、翘者、顾者、鸣者、寝者、讹者、立者、龁者、饮者、溲者、陟者、降者、痒磨树者、嘘者、嗅者、喜而相戏者、怒相踶啮者、秣者、骑者、骤者、走者、载服物者、载狐兔者,凡马之事,二十有七焉。马大小八十有三,而莫有同者焉。'秦少游谓其叙事该而不烦。坡公赋韩幹十四马,诗之与记,其体虽异,其为布置铺写则同。诵坡公之语,盖不待见画也。"

赠写御容妙善师

忆昔射策干先皇,珠箔翠幄分两厢。
紫衣中使下传诏,跪奉冉冉闻天香。

仰观眩晃目生晕,但见晓色开扶桑。
迎阳晚出步就坐,绛纱玉斧光照廊。
野人不识日月角,仿佛尚记重瞳光。
三年归来真一梦,桥山松桧凄风霜。
天容玉色谁敢画,老师古寺昼闭房。
梦中神授心有得,觉来信手笔已忘。
幅巾常服俨不动,孤臣入门涕自滂。
元老侑坐须眉古,虎臣立侍冠剑长。
平生惯写龙凤质,肯顾草间猿与麏。
都人踏破铁门限,黄金白璧空堆床。
尔来摹写亦到我,谓是先帝白发郎。
不须览镜坐自了,明年乞身归故乡。

○许顗论此诗:似深实浅。诗以"射策干先皇"起,以"先帝白发郎"结。考嘉祐辛丑,轼应制科,其冬赴凤翔签判任,及治平甲辰还朝,不得复见仁宗,故中有"三年归来真一梦"之语。诗虽为妙善而作,而意则眷恋先皇,无句不是惓惓忠爱之忱。此即轼所谓"发乎情,止乎忠孝,而不仅止乎礼义"者也。

◇许顗《诗话》曰:"此诗美甚美矣,然不若《丹青引》微而显,得《春秋》之法。"

哭刁景纯

读书想前辈,每恨生不早。纷纷少年场,犹得见此老。
此老如松柏,不受霜雪槁。直从毫末中,自养到合抱。
宏才乏近用,千载自枯倒。文章馀正始,风节贯华皓。
平生为人尔,自为薄如缟。是非虽难齐,反覆看愈好。

前年旅吴越，把酒庆寿考。扣门无晨夜，百过迹未扫。
但知从德公，未省厌丘嫂。别时公八十，后会知难保。
昨日故人书，连年丧翁媪。自注：景纯妻先亡。伤心范桥水，漾漾舞寒藻。
华堂不见人，瘦马空恋皂。我欲江东去，匏樽酌行潦。
镜湖无贺监，恸哭稽山道。忍见万松冈，荒池没秋草。

　　○老成凋谢，为世道之忧，不仅一人交情而已。此诗言之最为真切沉痛。按：刁约齿长于轼者四十二年，而相与为友，忘年之义不同流俗。前有《寄题景纯藏春坞》诗云："白首归来种万松"，又《和冈字韵赠景纯》诗有"为翁栽插万松冈"之句，万松冈即在所居藏春坞前。是诗称此老如松柏，而结之以"忍见万松冈"，非但不忘其居，亦缘其人实有卓尔贞松之操，故足悼也。

　　◇施元之曰："刁景纯，名约，丹徒人。少卓越，刻苦学问，能文章。始应举京师，与欧阳永叔、富彦国声誉相高下。天圣二年，登进士第。屈于为郎，施不大耀，士友叹惜，而景纯未尝以为恨。好急人之难，海内之人，识与不识多归之。不治产业，宾客故人，常满其门，尊酒燕娱无虚时。重义轻施，有古人之风。寿八十四。"

答吕梁仲屯田

乱山合沓围彭门，官居独在悬水村。
居民萧条杂麋鹿，小市冷落无鸡豚。
黄河西来初不觉，但讶清泗奔流浑。
夜闻沙岸鸣瓮盎，晓看雪浪浮鹏鹍。
吕梁自古喉吻地，万顷一抹何由吞？
坐观入市卷闾井，吏民走尽余王尊。

计穷路断欲安适？吟诗破屋愁鸢蹲。
岁寒霜重水归壑，但见屋瓦留沙痕。
入城相对如梦寐，我亦仅免为鱼鼋。
旋呼歌舞杂诙笑，不惜饮釂空瓶盆。
念君官舍冰雪冷，新诗美酒聊相温。
人生如寄何不乐，任使绛蜡烧黄昏。
宣房未筑淮泗满，故道堙灭疮痍存。
明年劳苦应更甚，我当畚锸先黥髡。
付君万指伐顽石，千锤雷动苍山根。
高城如铁洪口决，谈笑却扫看崩奔。
农夫掉臂免狼顾，秋谷布野如云屯。
还须更置软脚酒，为君击鼓行金樽。

○全诗分列三段。"黄河西来"以下，纪河决也；"岁寒霜重"以下，纪河复也；"宣房未筑"以下，则言将伐石筑城，为民捍御，尤为淋漓尽致。或疑诗有"歌舞诙笑"之句，谓不于此时殷忧恻怛，而以行乐为言，似为失。然此语乃在河复之后，幸不勉为鱼鼋，因而饮釂，固是人情所有，正见其率真、不作妄语耳。

张寺丞益斋

张子作斋舍，而以益为名。吾闻诸夫子，求益非速成。
譬如远游客，日夜事征行。今年适燕蓟，明年走蛮荆。
东观尽沧海，西涉渭与泾。归来闭户坐，八方在轩庭。
又如学医人，识病由饱更。风雨晦明淫，跛躄瘖聋盲。
虚实在其脉，静躁在其情。荣枯在其色，寿夭在其形。

苟能阅千人，望见知死生。为学务日益，此言当自程；
为道贵日损，此理在既盈。愿言书此诗，以为益斋铭。
○似记似铭，核其大旨，只是老子"为学日益，为道日损"二句而已。却先以远游譬之，又以学医譬之，此文章离合变化之法。

送李公恕赴阙

君才有如切玉刀，见之凛凛寒生毛。
愿随壮士斩蛟螭，不愿腰间缠锦绦。
用违其才志不展，坐与胥吏同疲劳。
忽然眉上有黄气，吾君渐欲收英髦。
立谈左右俱动色，一语径破千言牢。
我顷分符在东武，脱略万事惟嬉遨。
尽坏屏障通内外，仍呼骑曹为马曹。
君为使者见不问，反更对饮持双螯。
酒酣箕坐语惊众，杂以嘲讽穷诗骚。
世上小儿多忌讳，独能容我真贤豪。
为我买田临汶水，逝将归去诛蓬蒿。
安能终老尘土下，俯仰随人如桔槔。
○选词琢句，多出昌黎。激宕雄奇，得骨得髓，不可皮相也。

虔州八境图八首（录六首）

涛头寂寞打城还，章贡台前暮霭寒。

倦客登临无限思,孤云落日是长安。

白鹊楼前翠作堆,萦云岭路若为开。
故人应在千山外,不寄梅花远信来。

朱楼深处日微明,皂盖归时酒半醒。
薄暮渔樵人去尽,碧溪青嶂绕螺亭。

却从尘外望尘中,无限楼台烟雨濛。
山水照人迷向背,只寻孤塔认西东。

云烟缥缈郁孤台,积翠浮空雨半开。
想见之罘观海市,绛宫明灭是蓬莱。

回峰乱嶂郁参差,云外高人世得知?
谁向空山弄明月?山中木客解吟诗。
◇《漫叟诗话》曰:"东坡作《虔州八境诗》,云'山中木客解吟诗'。《十道四蕃志》记虔州上洛山有木客鬼,与人交甚信,未尝言能作诗也。后得《续法帖》记木客诗云:'酒尽君莫沽,壶倾我当发。城市多嚣尘,还山弄明月。'方知得句之因。徐铉谓鄱阳山中有木客,自言秦时造阿房宫采木者。岂铉未尝见《十道四蕃志》耶?"

读孟郊诗二首

夜读孟郊诗,细字如牛毛。寒灯照昏花,佳处时一遭。

孤芳擢荒秽，苦语余诗骚。水清石凿凿，湍激不受篙。
初如食小鱼，所得不偿劳。又似煮彭蠘，竟日持空螯。
要当斗僧清，未足当韩豪。人生如朝露，日夜火消膏。
何苦将两耳，听此寒虫号？不如且置之，饮我玉色醪。

我憎孟郊诗，复作孟郊语。饥肠自鸣唤，空壁转饥鼠。
诗从肺腑出，出辄愁肺腑。有如黄河鱼，出膏以自煮。
尚爱《铜斗歌》，鄙俚颇近古。桃弓射鸭罢，独速短蓑舞。
不忧踏船翻，踏浪不踏土。吴姬霜雪白，赤脚浣白纻。
嫁与踏浪儿，不识别离苦。歌君江湖曲，感我长羁旅。
○郊诗佳处，惟此言之亲切。前作"孤芳水清"四句，道其体格风调。继乃比之食小鱼、煮彭蠘、听寒虫号者，轼盖直以韩豪自居也。后作自云作孟郊语，读之宛然郊诗，如"诗从肺腑出，出辄愁肺腑"二语，非郊不能道。观《铜斗歌》，全用其语，爱之深矣。"郊寒岛瘦"，千古奉轼语为定评，顾岛岂得与郊抗衡哉！
◇《隐居诗话》曰："孟郊诗寒涩穷僻，琢削不暇，真苦吟而成，观其句法格力可见矣。其自谓'夜吟晓不休，苦吟鬼神愁。如何不自闲？心与身为仇'，而退之《荐士诗》云'荣华肖天秀，捷疾愈响报'，何也？"

与梁左藏会饮傅国博家

将军破贼自草檄，论诗说剑俱第一。
彭城老守本虚名，识字劣能欺项籍。
风流别驾贵公子，欲把笙歌暖锋镝。
红旆朝开猛士噪，翠帷暮卷佳人出。

东堂醉卧呼不起,啼鸟落花春寂寂。
试教长笛傍耳根,一声吹裂阶前石。

○"欲把笙歌暖锋镝",语奇而未亮;得"红旆"二句以申言之,精彩焕发矣。后来作《边城将》《少年行》等诗者,每仿佛其词,总不逮是诗之豪岸逸荡。

续丽人行

自注:李仲谋家有周昉画背面欠身内人极精,戏作此诗。

深宫无人春日长,沉香亭北百花香。
美人睡起薄梳洗,燕舞莺啼空断肠。
画工欲画无穷意,背立东风初破睡。
若教回首却嫣然,阳城下蔡俱风靡。
杜陵饥客眼长寒,蹇驴破帽随金鞍。
隔花临水时一见,只许腰肢背后看。
心醉归来茅屋底,方信人间有西子。
君不见孟光举案与眉齐,何曾背面伤春啼。

○题是"背面欠伸",诗却以"回首嫣然",想见其情致。更不用"珠压腰衱",字面尤工于避俗。

◇《苕溪渔隐丛话》曰:"东坡《续丽人行》诗,韩子苍用此意,题伯时所画宫女云:'睡起昭阳暗淡妆,不知缘底背斜阳。若教转盼一回首,三十六宫无粉光。'终不及东坡之伟丽也。"

◇《菊坡丛话》曰:"陈后山《寄曹州晁大夫》诗云:'堕絮随风化作尘,黄楼桃李不成春。只今容有名驹子,因倚阑干一欠伸。'自注云:'周昉画美人有背立欠伸者,最为妍绝,东坡所赋《丽人行》也。'"

起伏龙行　并引

　　徐州城东二十里，有石潭，父老云与泗水通，增损清浊，相应不差，时有河鱼出焉。元丰元年春旱，或云置虎头潭中，可以致雷雨。用其说，作《起伏龙行》。

　　何年白竹千钧弩，射杀南山雪毛虎？
　　至今颅骨带霜牙，尚作四海毛虫祖。
　　东方久旱千里赤，三月行人口生土。
　　碧潭近在古城东，神物所蟠谁敢侮？
　　上欹苍石拥岩窦，下应清河通水府。
　　眼光作电走金蛇，鼻息为云擢烟缕。
　　当年负图传帝命，左右义轩诏神禹。
　　尔来怀宝但贪眠，满腹雷霆瘖不吐。
　　赤龙白虎战明日，自注：是月丙辰，明日庚寅。倒卷黄河作飞雨。嗟我岂乐斗两雄，有事径须烦一怒。

　　○兴雨是龙，致雨是虎。首四句从虎说起，更不说及雷雨。次点出"久旱"，次言龙之神灵，而以"怀宝贪眠"二句煞住，突接"赤龙白虎战明日"四句，结尽全篇。怪怪奇奇，不可方物。

　　◇《嘉话录》曰："南中久旱，即以长绳系虎头骨投有龙处，入水即掣不定，俄顷云起潭中，雨亦随降，龙虎敌也。虽枯骨，犹能激动如此。"

次韵答刘泾

　　吟诗莫作秋虫声，天公怪汝钩物情，使汝未老华发生。

芝兰得雨蔚青青,何用自燔以出馨。
细书千纸杂真行,新音百变口如莺。
异义蜂起弟子争,舌翻涛澜卷齐城,
万卷堆胸兀相撑,以病为乐子未惊。
我有至味非煎烹,是中之乐吁难名。
绿槐如山碍广庭,飞虫绕耳细而清。
败席展转卧见经,亦自不嫌翠织成。
意行信足无沟坑,不识五郎呼作卿。
吏民哀我老不明,相戒无复烦鞭刑。
时临泗水照星星,微风不起镜面平。
安得一舟如叶轻,卧闻邮签报水程。
莼羹羊酪不须评,一饱且救饥肠鸣。

〇固是源泉溢涌,然无字不经称量而出。柏梁体诗,最难似此精浑。

闻辩才法师复归上天竺以诗戏问

道人出山去,山色如死灰。白云不解笑,青松有余哀。
忽闻道人归,鸟语山容开。神光出宝髻,法雨洗浮埃。
想见南北山,花发前后台。寄声问道人:借禅以为诙,
何所闻而去,何所见而回?道人笑不答,此意安在哉?
昔年本不住,今者亦无来。此语竟非是,且食白杨梅。

〇昔本不住,今亦无来,说来真是无缚无脱,较"闻所闻而来,见所见而去",更上一层矣。"鸟语山容开"五字,尤有神助。

◇《咸淳临安志》曰:"嘉祐末守沈文通,以为天竺起于司

马晋时，逾七百载。而观音发迹西峰，甫及百年，遂分为二，所谓上天竺也。住持海月以辩才法师元净为其主，仍请于朝，以教易禅，赐名灵感观音院。元净於潜人，十岁出家，年二十五赐紫衣及辩才号。沈遘治杭，命住上天竺。师增室至万础，重楼杰阁，冠于浙西，学者数倍。居十七年，有夺之者，遂还於潜。逾年复归天竺，三年谢去，老于南山龙井之上。"

仆曩于长安陈汉卿家见吴道子画佛，碎烂可惜。其后十余年，复见之于鲜于子骏家，则已装背完好。子骏以见遗，作诗谢之

贵人金多身复闲，争买书画不计钱。
已将铁石充逸少，自注：《法帖》："大王书中有殷铁石字。铁石，梁武帝时人。"更补朱繇为道玄。自注：世所收吴道子画，多朱繇笔也。
烟熏屋漏装玉轴，鹿皮苍璧知谁贤？
吴生画佛本神授，梦中化作飞空仙。
觉来落笔不经意，神妙独到秋毫颠。
昔我长安见此画，叹息至宝空湝然。
素丝断续不忍看，已作蝴蝶飞联翩。
君能收拾为补缀，体质散落嗟神全。
志公仿佛见刀尺，修罗天女犹雄妍。
如观老杜飞鸟句，脱字欲补知无缘。
问君乞得良有意，欲将俗眼为洗湔。
贵人一见定羞怍，锦囊千纸何足捐。
不须更用博麻缕，付与一炬随飞烟。

○以殷铁石为王逸少,以朱繇为吴道子,书画鉴赏之难,今古同然,真不值一笑粲也。"觉来落笔不经意,神妙独到秋毫颠",写吴生神授处,洞入玄微。末云"不须更用博麻缕",似用孟子"麻缕轻重同"之语,若云"不须更论价之轻重"耳。王注谓"博麻缕",似祖"语麻三斤"之类,未免曲解。

◇《书画史》曰:"苏子瞻家收吴道子画佛及侍者志公十余人,破碎甚。而当面一手,精彩动人,点不加墨,口浅深晕成,故最如活。"

雨中过舒教授

疏疏簾外竹,浏浏竹间雨。窗扉静无尘,几砚寒生雾。
美人乐幽独,有得缘无慕。坐依蒲褐禅,起听风瓯语。
客来淡无有,洒扫凉冠履。浓茗洗积昏,妙香净浮虑。
归来北堂暗,一一微萤度。此生忧患中,一饷安闲处。
飞鸢悔前笑,黄犬悲晚悟。自非陶靖节,谁识此闲趣?
○一种逸趣闲情,锻炼而出,自具无上妙谛。

次韵答舒教授观余所藏墨

异时长笑王会稽,野鹜膻腥污刀几。
暮年却得庾安西,自厌家鸡题六纸。
二子风流冠当代,顾与儿童争愠喜。
秦王十八已龙飞,嗜好晚将蛇蚓比。
我生百事不挂眼,时人谬说云工此。
世间有癖念谁无?倾身障篱尤堪鄙。

人生当著几緉屐，定心肯为微物起。
此墨足支三十年，但恐风霜侵发齿。
非人磨墨墨磨人，瓶应未罄罍先耻。
逝将振衣归故国，数亩荒园自锄理。
作书寄君君莫笑，但觅来禽与青李。
一螺点漆便有余，万灶烧松何处使？
君不见永宁第中捣龙麝，列屋闲居清且美。
倒晕连眉秀岭浮，双鸦画鬓香云委。
时闻五斛赐蛾绿，不惜千金求獭髓。
闻君此诗当大笑，寒窗冷砚冰生水。

○脱然畦径，处处作感触唤醒之语。善谈玄理，何必晋宋间人？

◇《苕溪渔隐丛话》曰："东坡云：阮生言未知一生当着几两屐。吾有嘉墨七十枚，而犹求取不已，不近愚耶？是可嗤也。石昌言蓄李廷珪墨不许人磨，或戏之云：'子不磨墨，墨将磨子。'余尝有诗曰'非人磨墨墨磨人'，此语殆可凄然云。东坡前诗乃和舒教授观所藏墨，又云：'吾蓄墨多矣，其间数枚云是廷珪所造，虽形色异众，然岁久，墨之乱真者多，皆疑而未决也。'"

◇《容斋四笔》曰："东坡题潭帖云：'庚征西初不服逸少，有家鸡野鹜之论。后乃以为伯英再生，令观其书，乃逮子敬远甚，正可比羊欣耳。'案：庚亮及弟翼，俱为征西将军，坡所引者，翼也。坡又有诗曰：'暮年却得庚安西，自厌家鸡题六纸。'盖指翼前所历官云。"

◇施元之曰："'永宁第中捣龙麝'，唐永宁里王涯第也。或云李驸马第。今士大夫家有墨，其上有'永宁赐第'四字即是也。意或用此。"

答仲屯田次韵

秋来不见渼陂岑,千里诗盟忽重寻。
大木百围生远籁,朱弦三叹有遗音。
清风卷地收残暑,素月流天扫积阴。
欲遣何人赓绝唱?满阶桐叶候虫吟。

芙蓉城　并引

世传王迥子高,与仙人周瑶英游芙蓉城。元丰元年三月,余始识子高,问之,信然。乃作此诗,极其情而归之正,亦变风"止乎礼义"之意也。

芙蓉城中花冥冥,谁其主者石与丁。
珠帘玉案翡翠屏,云舒霞卷千娉婷。
中有一人长眉青,炯如微云淡疏星。
往来三世空炼形,竟坐误读《黄庭经》。
天门夜开飞爽灵,无复白日乘云軿。
俗缘千劫磨不尽,翠被冷落凄余馨。
因过缑山朝帝廷,夜闻笙箫弭节听。
飘然而来谁使令,皎如明月入窗棂。
忽然而去不可执,寒衾虚幌风泠泠。
仙宫洞房本不扃,梦中同蹋凤凰翎。
径度万里如奔霆,玉楼浮空耸亭亭。
天书云篆谁所铭?绕楼飞步高竛竮。
仙风锵然韵流铃,蘧蘧形开如醉醒。

芳卿寄谢空丁宁，一朝覆水不返缾，罗巾别泪空荧荧。
春风花开秋叶零，世间罗绮纷膻腥。
此身流浪随沧溟，偶然相值两浮萍。
愿君收视观三庭，勿与嘉谷生蝗螟。
从渠一念三千龄，下作人间尹与邢。

○大指采摭传略，而归之于收视三庭，保生嘉谷。首言石与丁，见福地之有宰持；终言尹与邢，恐尘寰之多堕落。中间叙述处，仙踪缥缈，梦景迷离，觉"入不言兮出不辞，乘回风兮载云旗"，未足喻其超诣。

◇《许顗诗话》曰："诗人写人物态度，至不可移易。元微之《李娃行》云：'髻鬟峨峨高一尺，门前立地看春风。'此定为娼妇。退之《华山女》诗云：'洗妆拭面着冠帔，白咽红颊长眉青。'此定是女道士。东坡《芙蓉城》诗亦用'长眉青'三字，云'中有一人长眉青，炯如微云淡疏星'，便有神仙风度。"

◇《苕溪渔隐丛话》曰："东坡此诗最为流丽，故秦太虚与东坡简云：'素纸一轴，敢冀醉后挥扫近文，并《芙蓉城》诗，时得把玩，以慰驰情。'"

◇《六一居士诗话》曰："石曼卿卒后，其故人有见之者，云恍惚如梦中言：我今为神仙也，所主芙蓉城。欲呼故人往游不得，忿然骑一素骡，去如飞。"

◇《括异志》曰："庆历中，有朝士将晓赴朝，见美女三十余人，靓妆丽服，两两并马而行，丁度观文按辔于其后。朝士惊曰：'丁素俭约，何姬之众耶？'有一士最后行，朝士问曰：'观文将宅眷何往？'曰：'非也。诸女御迎芙蓉馆主。'俄闻丁卒。"

◇胡微之《芙蓉城传略》曰："王迥，字子高。初遇一女，自言周太尉女，语王曰：'我于人间，嗜欲未尽，缘以冥契，当侍巾帻。'自是朝去夕至，凡百余日。周云：'即预朝列。'王曰：
'朝帝耶？'不言其详。由此倏去不来者数日。忽一夕，梦周道服
而至，谓王曰：'我居幽僻，君能一往否？'喜而从之，但觉其身
飘然，与周同举。须臾过一岭及一门，珍禽佳木，清流怪石，殿
阁金碧相照。遂与王自东厢门入。循廊至一殿亭，甚雄壮。下有
三楼，相视而耸。廊间半开，周忽入，王少留须臾。周与一女郎
至，周曰：'三山之事息乎？'曰：'虽已息，奈情何？'于是拊掌
而去，逡巡东廊之门。门启，有女流道装而出者百余人，立于庭
下。俄闻殿上卷帘，有美丈夫一人，朝服凭几，而庭下之女，循
次而上。少顷，凭几者起，帘复下，诸女流亦复不见。周遂命王
登东厢之楼，上有酒具，凭栏纵观，山川清秀。梁上有碑，题曰
'碧云'，其字则《真诰》八龙云篆。王未及下，一女郎登，年可
十五，容色娇媚，亦周之比。周谓王曰：'此芳卿也。'梦之明
日，周来，王语以梦，周笑曰：'芳卿之意甚勤也。'王问：'何
地？'周曰：'芙蓉城也。'曰：'凭几者谁？三山之事何谓？'周
皆不对。王问：'芳卿何姓？'曰：'与我同。'王感其事，作诗遗
周。周临别留诗云：'久事屏帏不暂闲，今朝离意尚阑珊。临行
惟有相思泪，滴在罗衣一半斑。'"

和鲜于子骏《郓州新堂月夜》二首

自注：前次韵，后不次。

去岁游新堂，春风雪消后。池中半篙水，池上千尺柳。
佳人如桃李，蝴蝶入衫袖。山川今何许？疆野已分宿。
岁月不可思，驶若船放溜。繁华真一梦，寂寞两荣朽。
惟有当时月，依然照杯酒。应怜船上人，坐稳不知漏。

明月入华池，反照池上堂。堂中隐几人，心与水月凉。
风萤已无迹，露草时有光。起观河汉流，步屟响长廊。
名都信繁会，千指调丝簧。先生病不饮，童子为烧香。
独作五字诗，清绝如韦郎。诗成月渐侧，皎皎两相望。

○新堂之胜在池，故两首皆以池为言。前言春雪之消，后言秋月之入，而以"惟有当时月"二句，为两首通脉络。写池月返照之景，清沁脾腑。

《宋文鉴》载有《鲜于侁新堂夜坐》诗云："秋风动微凉，天雨新霁后。闲斋独隐几，明月在高柳。"新堂景色，与此所言略同，前一首即次《夜坐》韵也。

中秋月三首

殷勤去年月，潋滟古城东。憔悴去年人，卧病破窗中。
徘徊巧相觅，窈窕穿房栊。月岂知我病？但见歌楼空。
抚枕三叹息，扶杖起相从。天风不相哀，吹我落琼宫。
白露入肺肝，夜吟如秋虫。坐令太白豪，化为东野穷。
余年知几何，佳月岂屡逢。寒鱼亦不睡，竟夕相噞喁。

六年逢此月，五年照离别。自注：中秋有月凡六年矣，惟去岁与子由会于此。歌君别时曲，满座为凄咽。
留都信繁丽，此会岂轻掷。镕银百顷湖，挂镜千寻阙。
三更歌吹罢，人影乱清樾。归来北堂下，寒光翻露叶。
唤酒与妇饮，念我向儿说。岂知衰病后，空盏对梨栗。
但见古河东，荞麦如铺雪。欲和去年曲，复恐心断绝。

舒子在汶上,闭门相对清。自注:舒焕试举人于郓州。
郑子向河朔,自注:郑仅赴北京户曹。孤舟连夜行。
顿子虽咫尺,兀如在牢扃。自注:顿起来徐试举人。
赵子寄书来,《水调》有余声。自注:今日得赵杲卿书,犹记余在东武中秋所作《水调歌头》。
悠哉四子心,共此千里明。明月不解老,良辰难合并。
回头坐上人,聚散如流萍。尝闻此宵月,万里同阴晴。自注:故人史生为余言,尝见海贾云,中秋有月,则是岁珠多而圆。贾人常一以此候之,虽相去万里,他日会合想问,则阴晴无不同者。
天公自著意,此会那可轻。明年各相望,俯仰今古情。

○首作虽以郊寒自况,啸歌徘徊,其风流则颉颃乎太白矣。次篇专为怀辙而作。三作杂述所思,不避纷沓,翻成错落。

◇《苕溪渔隐丛话》曰:"《漫叟诗话》云:南唐僧谦明中秋得句云:'此夜一轮满,清光何处无。'先得上句,次年秋方得下句。尝见《使燕录》云:'惟中秋天色,阴晴中外皆同。'东坡中秋诗云:'尝闻此宵月,万里同阴晴。'说与《使燕录》相合。"

中秋见月寄子由

明月未出群山高,瑞光万丈生白毫。
一杯未尽银阙涌,乱云脱坏如崩涛。
谁为天公洗眸子?应费明河千斛水。
遂令冷看世间人,照我湛然心不起。
西南大星如弹丸,角尾奕奕苍龙蟠。
今宵注眼看不见,更许萤火争清寒。

何人舣舟临古汴？千灯夜作鱼龙变。

曲折无心逐浪花，低昂赴节随歌板。自注：是夜贾客舟中放水灯。

青荧灭没转前山，浪飐风回岂复坚？

明月易低人易散，归来呼酒更重看。

堂前月色愈清好，咽咽寒螀鸣露草。

卷帘推户寂无人，窗下咿哑惟楚老。自注：近有一孙名楚老。

南都从事莫羞贫，对月题诗有几人？

明朝人事随日出，怳然一梦瑶台客。

○起四句写月未出、初出之景，著纸生辉。次乃言"星"，次乃言"灯"，以至"寒露草"，无非旁侧铺衬，而一片澄明之境，与对景怀人之情，令人讽诵流连而不能已。盖月不可摹，摹其在月中者自见。即谢庄《月赋》，其佳处，固在"木叶风筼"数韵，一切镜光轮影之词，反是滓秽太虚耳。此亦次韵和辙之诗。辙自南京寄诗有云："南都从事老更贫，羞见青天月照人。"此诗云："南都从事莫羞贫，对月题诗有几人？"所以答其意。今集作"寄子由"者，误。

与顿起、孙勉泛舟，探韵得未字

窗前堆梧桐，床下鸣络纬。佳人尺书到，客子中夜喟。

朝来一樽酒，晤语聊自慰。秋蝇已无声，霜蟹初有味。

当为壮士饮，眦裂须磔猬。勿作儿女怀，坐念蟏蛸畏。

山城亦何有？一笑泻肝胃。泛舟以娱君，鱼鳖多可馈。

纵为十日饮，未遽主人费。吾侪俱老矣，耿耿知自贵。

宁能傍门户，啼笑杂猩狒。要将百篇诗，一吐千丈气。

萧条岁行暮,抯此霜雪未。明朝出城南,遗迹观楚魏。西风迫吹帽,金菊乱如沸。愿君勿言归,轻别吾所讳。

○潦倒多才。起四句尤凄其动色。轼诗工于发端,每以偶语标其峻整。

卷三十六

眉山苏轼诗五

九日黄楼作

去年重阳不可说，南城夜半千沤发。
水穿城下作雷鸣，泥满城头飞雨滑。
黄花白酒无人问，日暮归来洗靴袜。
岂知还复有今年，把琖对花容一呷。
莫嫌酒薄红粉陋，终胜泥中千柄锸。
黄楼新成壁未乾，清河已落霜初杀。
朝来白雾如细雨，南山不见千寻刹。
楼前便作海茫茫，楼下空闻橹鸦轧。
薄寒中人老可畏，热酒浇肠气先压。
烟消日出见渔村，远水鳞鳞山齾齾。
诗人猛士杂龙虎，自注：坐客三十余人，多知名之士。楚舞吴歌乱鹅鸭。
一杯相属君勿辞，此景何殊泛清霅。
○去年、今年，雨夕、晴朝，各写得淋漓尽致，驱涛涌云，复出千古。

◇王宗稷《东坡先生年谱》曰："元丰元年，改筑徐州外小城，迺即徐州城之东门为大楼，垩以黄土，名之曰'黄楼'，以土实胜水故也。子由作《黄楼赋》，先生跋云：'元丰元年八月癸丑，楼成。九月庚辰，大合乐以落之。'《九日黄楼诗》云：'去年重阳不可说，南城夜半千沤发。'以去年九月大水未退，故有是语。"

次韵王巩独眠

居士身心如槁木，旅馆孤眠体生粟。
谁能相思琢白玉，服药千朝偿一宿。
天寒日短银灯续，欲往从之车脱轴。
何人吹断参差竹，泗水茫茫鸭头绿。

次韵僧潜见赠

道人胸中水镜清，万象起灭无逃形。
独依古寺种秋菊，要伴骚人餐落英。
人间底处有南北，纷纷鸿雁何曾冥？
闭门坐穴一禅榻，头上岁月空峥嵘。
今年偶出为求法，欲与慧剑加砻硎。
云衲新磨山水出，霜髭不剪儿童惊。
公侯欲识不可得，故知倚市无倾城。
秋风吹梦过淮水，相见橘柚垂空庭。
故人各在天一角，相望落落如晨星。
彭城老守何足顾，枣林桑野相邀迎。

千山不惮荒店远,两脚欲趁飞猱轻。
多生绮语磨不尽,尚有宛转诗人情。
猿吟鹤唳本无意,不知下有行人行。
空阶夜雨自清绝,谁使掩抑啼孤茕?
我欲仙山掇瑶草,倾筐坐叹何时盈?
簿书鞭扑画填委,煮茗烧栗宜宵征。
乞取摩尼照浊水,共看落月金盆倾。

○潜虽诗僧,而能明心寂守,故此诗不甚称其工诗。特以次韵见赠之作,宜及于诗,但比之猿吟鹤唳,想见其高致。至后有《送参寥师》一首,专与说诗。轼尝以书告文同,谓其"诗句清绝,与林逋上下,而通了道义,见之令人肃然"。此轼所为乐与从游而酬答欤?

◇《冷斋夜话》曰:"吴僧道潜有标置,常自姑苏归西湖,经临平道中作诗。东坡赴官钱塘,过而见之,大称赏。已而相寻于西湖,一见如旧相识。及坡移守东海,潜往访之,馆于逍遥堂,士大夫争识之。"

百步洪　并引（二首）

王定国访余于彭城,一日棹小舟,与颜长道携盼、英、卿三子游泗水,北上圣女山,南下百步洪,吹笛饮酒,乘月而归。余时以事不得往,夜着羽衣,伫立于黄楼上,相视而笑,以为李太白死,世间无此乐三百余年矣。定国既去逾月,复与参寥师放舟洪下。追怀曩游,已为陈迹,喟然而叹。故作二诗,一以遗参寥,一以寄定国,且示颜长道、舒尧文邀同赋云。

长洪斗落生跳波,轻舟南下如投梭。

水师绝叫凫雁起,乱石一线争磋磨。
有如兔走鹰隼落,骏马下注千丈坡。
断絃离柱箭脱手,飞电过隙珠翻荷。
四山眩转风掠耳,但见流沫生千涡。
嶮中得乐虽一快,何意水伯夸秋河?
我生乘化日夜逝,坐觉一念逾新罗。
纷纷争夺醉梦里,岂信荆棘埋铜驼。
觉来俯仰失千劫,回视此水殊委蛇。
君看岸边苍石上,古来篙眼如蜂窠。
但应此心无所住,造物虽驶如吾何?
回船上马各归去,多言譊譊师所呵。

○用譬喻入诗文,是轼所长。此篇摹写急浪轻舟,奇势迭出,笔力破余地,亦真是"险中得乐"也。后幅养其气以安舒,犹时见警策,收煞得住。

◇《容斋三笔》曰:"韩、苏两公为文章,用譬喻处重复联贯,至有七八转者。韩公《送石洪序》云:'论人高下,事后当成败,若河决下流东注,若驷马驾轻车就熟路而王良、造父为之先后也,若烛照数计而龟卜也。'《盛山诗序》云:'儒者之于患难,其拒而不受于怀也,若筑河隄以障屋雨霤;其容而消之也,若水之于海、冰之于夏日;其玩而忘之以文辞也,若奏金石以破蟋蟀之鸣、虫飞之声。'苏公《百步洪》诗云:'长洪斗落生跳波,轻舟南下如投梭。水师绝叫凫雁起,乱石一线争蹉磨。有如兔走鹰隼落,骏马下注千丈坡。断絃离柱箭脱手,飞电过隙珠翻荷。'之类是也。"

佳人未肯回秋波,幼舆欲语防飞梭。

轻舟弄水买一笑，醉中荡桨肩相摩。
不学长安闾里侠，貂裘夜走胭脂坡。
独将诗句拟鲍谢，涉江共采秋江荷。
不知诗中道何语，但觉两颊生微涡。
我时羽服黄楼上，坐见织女初斜河。
归来笛声满山谷，明月正照金叵罗。
奈何舍我入尘土，扰扰毛群欺卧驼。
不念空斋老病叟，退食谁与同委蛇。
时来洪上看遗迹，忍见屐齿青苔窠。
诗成不觉双泪下，悲吟相对惟羊何？
欲遣佳人寄锦字，夜寒手冷无人呵。

〇叠韵愈出愈奇，白炼刚化为绕指柔，古今无敌手。此篇与前篇合看，益见其才大而肆。

◇《容斋五笔》曰："白乐天为河南尹日，有《答舒员外》云：'员外游香山寺，数日不归，兼辱手书，大夸胜事。时正值坐衙虑囚之际，走笔题长句以赠之。'欧阳公官洛阳，与谢希深同游嵩山归，暮抵龙门香山，雪作，留守钱文僖公遣吏以厨，传歌妓至此，劳之曰：'山行良劳，当少留龙门赏雪。府事简，无遽归也。'王定国访东坡于彭城，游泗水，南下百步洪，东坡以事不得往。既去逾月，追忆作诗曰：'轻舟弄水买一笑，醉中荡桨肩相摩。归来笛声满山谷，明月正照金叵罗。'此三游之胜，今之燕宾者，宁复有之？盖亦值知己也。"

送参寥师

上人学苦空，百念已灰冷。剑头惟一映，焦谷无新颖。

胡为逐吾辈，文字争蔚炳？新诗如玉屑，出语便清警。
退之论草书，万事未尝屏。忧愁不平气，一寓笔所骋。
颇怪浮屠人，视身如丘井。颓然寄淡泊，谁与发豪猛？
细思乃不然，真巧非幻影。欲令诗语妙，无压空且静。
静故了群动，空故纳万境。阅世走人间，观身卧云岭。
咸酸杂众好，中有至味永。诗法不相妨，此语当更请。
○取韩愈论高闲上人草书之旨，而反其意以论诗，然正得诗法三昧者。其后严羽遂专以禅喻诗，至为分别宗乘，此篇早已为之点出光明。王士祯尝谓"李杜如来禅，苏黄祖师禅"，不妄也。

夜过舒尧文戏作

先生堂上霜月苦，弟子读书喧两庑。
推门入室书纵横，蜡纸灯笼晃云母。
先生骨清少眠卧，长夜默坐数更鼓。
耐寒石砚欲生冰，得火铜缾如过雨。
郎君欲出先自赞，坐客敛衽谁敢侮？
明朝阮籍过阿戎，应作羲之羡怀祖。
○写教授情景，逼当逼真，然俗尘已去而千仞。

祈雪雾猪泉出城马上作赠舒尧文

三年走吴越，踏遍千重山。朝随白云去，暮与栖鸦还。
翩如得木狖，飞步谁能攀？一为符竹累，坐老敲榜间。
此行亦何事？聊散腰脚顽。浩荡城西南，乱山如玦环。
山下野人家，桑柘杂榛菅。岁晏风日暖，人牛相对闲。

薄雪不盖土，麦苗稀可删。愿君发豪句，嘲诙破天悭。
◯远景近村，历历在目，何啻置身图画中。

台头寺步月得人字

风吹河汉扫微云，步屟中庭月趁人。
泛泛炉香初泛夜，离离花影欲摇春。
遥知金阙同清景，想见毡车碾暗尘。
回首旧游真是梦，一簪华发岸纶巾。

◇《石林诗话》曰："诗下双字极难，须使七言、五言之间，除去五言、三字外，精神兴致全见于两言，方为工妙。唐人记'水田飞白鹭，夏木啭黄鹂'为李嘉祐诗，摩诘窃之，非也。此两句好处，正在添'漠漠，阴阴'四字。嘉祐本句，但是咏景耳。要之，当令如老杜'无边落木萧萧下，不尽长江滚滚来'，与'江天漠漠鸟飞去，风雨时时龙一吟'，乃为超绝。近世苏子瞻'泛泛炉香初泛夜，离离花影欲摇春'，此可以追配前作也。"

种松得徕字　自注：其四在怀古堂，其六在石经院。

春风吹榆林，乱荚飞作堆。荒园一雨过，戢戢千万栽。
青松种不生，百株望一枚。一枚已有余，气压千亩槐。
野人易斗粟，云自鲁徂徕。鲁人不知贵，万灶烧青煤。
束缚同一车，胡为乎来哉！泫然解其缚，清泉洗浮埃。
枝伤叶尚困，生意未肯回。山僧老无子，养护如婴孩。
坐待走龙蛇，清阴满南台。孤根裂山石，直干排风雷。
我今百日客，自注：时去替不百日。养此千岁材。

茯苓无消息，双鬓日夜摧。古今一俯仰，作诗寄余哀。

○青松本是难生，而鲁人又不知贵，一枚之气，何时而伸？诗中始如婴孩之养，终成千岁之材，隐然储才爱才一段真挚，其所寓意者微矣！

以双刀遗子由，子由有诗，次其韵

宝刀匣不见，但见龙雀环。何曾斩蛟蛇，亦未切琅玕。
胡为穿窬辈，见之要领寒。吾刀不汝问，有愧在其肝。
念此力自藏，包之虎皮斑。湛然如古井，终岁不复澜。
不忧无所用，忧在用者难。佩之非其人，匣中自长叹。
我老众所易，屡遭非意干。惟有王玄通，阶庭秀芝兰。
知子后必大，故择刀所便。屠狗非不用，一岁六七刓。
欲试百炼刚，要须更泥蟠。作诗铭其背，以待知者看。

○用王览事作骨，前路波翻云腾，曲折如意，更无有一闲字虱其间。

◇《乌台诗案》曰："此诗'胡为穿窬辈'四句，以诋当时邪佞之人耳。"

月夜与客饮杏花下

杏花飞帘散余春，明月入户寻幽人。
褰衣步月踏花影，炯如流水涵青蘋。
花间置酒清香发，争挽长条落香雪。
山城酒薄不堪饮，劝君且吸杯中月。
洞箫声断月明中，惟忧月落酒杯空。

明朝卷地春风恶,但见绿叶栖残红。

○清幽超远,乃所谓自然高妙者。方岳妄以"杏花影下"著此为辱,真是呓语。

◇《深雪偶谈》曰:"坡公《月夜与客饮酒杏花下》诗'流水青蘋'之喻,景趣尽矣,前人未尝道也。独'杏花影下,洞箫声中',著此句,辱耳。及《志林》所记徐州时'冬夜解衣欲睡,月色入户,欣然起行,念无与乐者。遂至承天寺寻张怀民,亦未寝,相与步于中庭。庭下如积水空明,水中荇藻交横,盖竹柏影也。何夜无月?何处无竹柏?但少闲人如吾两人耳'。使施前句于斯时,岂非称欤?"

◇《志林》曰:"仆在徐州,王子立、子敏皆馆于官舍,而蜀人张师厚来过。二王方年少,吹洞箫饮酒杏花下。明年,余谪黄州,对月独饮。尝有诗云:'去年花落在徐州,对月酹歌美清夜。'盖忆与二王饮时也。"

答郡中同僚贺雨

水旱行十年,饥疫遍九土。奇穷所向恶,岁岁祈晴雨。
虽非为己求,重请终愧古。神鬼亦知我,老病入腰膂。
何曾拜向人,此意难不许。重云蓁已合,微润先流础。
萧萧止还作,坐听及三鼓。天明将吏集,泥土满靴履。
登城望穬麦,绿浪风掀舞。愧我贤友生,雄篇斗新语。
君看大熟岁,风雨占十五。天地本无功,祈禳何足数?
渡河不入境,岂若无蝗虎?而况刑白鹅,下策君勿取。

○"天地本无功"四句,此议论绝正绝大,然非一切诿之于数,可以坐观成败也。诗特论其大原,而以下策自居,志惭谢之意于答贺者,体固应尔双(焉?)。前段'老病入腰膂''何曾拜向人'十字,本是相连,皆承'知我'二字说下,而却以一句属上、一句属下。此如杜诗'不薄今人爱古人',乃是'今人爱古人'五字相连;韩诗'为此座上客,及余各能文',乃是'为此座上客及余'七字相连,皆极句法变化之妙。

罢徐州往南京,马上走笔寄子由五首(录二首)

吏民莫扳援,歌管莫凄咽。吾生如寄耳,宁独为此别?
别离随处有,悲恼缘爱结。而我本无恩,此涕谁为设?
纷纷等儿戏,鞭鐙遭割截。道边双石人,几见太守发?
有知当解笑,抚掌冠缨绝。

父老何自来,花枝袅长红。洗盏拜马前,请寿使君公:
前年无使君,鱼鳖化儿童。举鞭谢父老,正坐使君穷。
穷人命分恶,所向招灾凶。水来非吾过,去亦非吾功。
○截鞍留鞭,扳辕拥路,去任作疑愧之语,不必贤者能道也。首作之奇,正在"道边双石人"一转,杂以诙谐,含蕴靡尽。次作使君问之,父老答之,使君复谢,谢毕便住,不增益一字。章法古直,非近时手笔所能。

舟中夜起

微风萧萧吹菰蒲,开门看雨月满湖。
舟人水鸟两同梦,大鱼惊窜如奔狐。
夜深人物不相管,我独形影相嬉娱。
暗潮生渚弔寒蚓,落月挂柳看悬蛛。

此生忽忽忧患里，清境过眼能须臾。
鸡鸣钟动百鸟散，船头击鼓还相呼。
○一片空明，通神入悟，情性所至，妙不自寻。

游惠山　并引（三首）

　　余昔为钱塘倅，往来无锡，未尝不至惠山。既去五年，复为湖州，与高邮秦太虚、杭僧参寥同至，览唐处士、王武陵、窦群、朱宿所赋诗，爱其语清简，萧然有出尘之姿，追用其韵，各赋三首。

梦里五年过，觉来双鬓苍。还将尘土足，一步漪澜堂。
俯窥松桂影，仰见鸿鹤翔。炯然肝肺间，已作冰玉光。
虚明中有色，清净自生香。还从世俗去，永与世俗忘。

薄云不遮山，疏雨不湿人。萧萧松径滑，策策芒鞋新。
嘉我二三子，皎然无缁磷。胜游岂殊昔，清句仍绝尘。
吊古泣旧史，疾谗歌《小旻》。哀哉扶风子，难与巢许邻。
自注：谓窦群。

敲火发山泉，烹茶避林樾。明窗倾紫盏，色味两奇绝。
吾生眠食耳，一饱万想灭。颇笑玉川子，饥弄三百月。
岂如山中人，睡起山花发。一瓯谁与共？门外无来辙。

赠惠山僧惠表

行遍天涯意未阑，将心到处遣人安。

山中老宿依然在，案上《楞严》已不看。
欹枕落花余几片，闭门新竹自千竿。
客来茶罢空无有，卢橘杨梅尚带酸。

○语经妙悟，所谓"羚羊挂角，无迹可求"者。

◇《冷斋夜话》曰："东坡云：渊明诗初看若散缓，熟读有奇趣，如大匠运斤，无斧凿痕。不知者疲精力，至死不悟。东坡作对，如'山中老宿依然在，案上《楞严》已不看'之类，更无龃龉之态。细味之，对偶亲的而字不露也。此其得渊明之遗意耳。'客来茶罢空无有，卢橘杨梅尚带酸。'张嘉甫问：'何以验之？'答曰：'事见相如赋。'嘉甫曰：'卢橘夏熟，黄柑橙楱，枇杷燃柿，亭奈厚朴，则卢橘果类，赋不应四句重用，应劭注曰：《伊尹书》曰："箕山之东，青马之所，有卢橘，常夏熟。"不据依，何也？'东坡曰：'意不欲耳。'"

与秦太虚、参寥会于松江，而关彦长、徐安中适至，分韵得风字二首（录一首）

吴越溪山兴未穷，又扶衰病过垂虹。
浮天自古东南水，送客今朝西北风。
绝境自忘千里远，胜游难复五人同。
舟师不会留连意，拟看斜阳万顷红。

端午遍游诸寺得禅字

肩舆任所适，遇胜辄流连。焚香引幽步，酌茗开净筵。
微雨止还作，小窗幽更妍。盆山不见日，草木自苍然。
忽登最高塔，眼界穷大千。卞峰照城郭，震泽浮云天。

深沉既可喜，旷荡亦所便。幽寻未云毕，墟落生晚烟。
归来记所历，耿耿清不眠。道人亦未寝，孤灯同夜禅。
○微雨小窗，深沉可喜也；卞峰震泽，旷荡所便也。寓目辄书，详略各尽其致。
◇《东坡诗话》曰："仆为吴兴，有《游飞英寺》诗云：'微雨止还作，小窗幽更妍。盆山不见日，草木自苍然。'自非至吴越，不见此境也。"

和孙同年卞山龙洞祷晴

吴兴连月雨，釜甑生鱼蛙。往问卞山龙，曷不安厥家？
梯空上巉绝，俯视惊谽谺。神井涌云盖，阴崖垂薜花。
交流百道泉，赴谷走群蛇。不知落何处，隐隐如缲车。
我来叩石户，飞鼠翻白鸦。寄语洞中龙，睡味岂不嘉？
雨师少弭节，雷师亦停挝。积水得反壑，稻苗出泥沙。
农夫免菜色，龙亦饱豚豥。看君拥黄绸，高卧放晚衙。
○水光山色，摇漾笔端。通体作告龙之词，而以"安厥家"诘之，以"睡味"劝之，以"饱豚豥"利之，语谐而肃。
◇李厚曰："'看君拥黄绸，高卧放晚衙。'文潞公为榆次县令，尝题诗县楼鼓云：'置向谯楼一任挝，挝多挝少不知他。如今幸有黄绸被，努出头来放早衙。'盖用本朝故事云。"

与客游道场何山得鸟字

清溪到山尽，飞路盘空小。红亭与白塔，隐见乔木杪。
中休得小庵，孤绝寄云表。洞庭在北户，云水天渺渺。
庵僧俗缘尽，净业洗未了。十年画鹘竹，益以诗自绕。

高堂俨像设，禅室各深窈。奔泉何处来？华屋过溪沼。
何山隔幽谷？去路清且悄。长松度翠蔓，绝壁挂啼鸟。
我友自杭来，尚叹所历少。归途风雨作，一洗红日燎。
俄惊万窍号，黑雾卷蓬蓼。舟人纷变色，坐羡轻鸥矫。
我独唤酒杯，醉死胜流殍。书生例强很，造物空烦扰。
更将掀舞势，把烛画风筱。美人为破颜，正似腰支袅。
明朝更陈迹，清景堕空杳。作诗记余欢，万古一昏晓。

○集中登临诸作，无不名句纷披，而意象各别。此与前《游道场山何山》一诗，既无一笔相犯，篇中两言画竹，文外曲致，情往兴来。

泛舟城南，会者五人，分韵赋诗，得"人皆苦炎"字四首

城中楼阁似鱼鳞，不见清风起白𬞟。
试选苕溪最深处，仍呼我辈不羁人。
窥船野鹤何曾下，见烛飞虫空自驯。
绕郭荷花一千顷，谁知六月下塘春。

◇施元之曰："'谁知六月下塘春'，今震泽以南派太湖之水，乱苕、霅二溪以通舟楫，东尽吴兴，西尽余杭，名曰'下塘'。"

苦热诚知处处皆，何当危坐学心斋。
海螯要共诗人把，溪月行遭雾雨霾。
乡国飘零断书信，弟兄流落隔江淮。
便应筑室苕溪上，荷叶遮门水浸阶。

紫蟹鲈鱼贱如土，得钱相付何曾数。
碧筒时作象鼻弯，白酒微带荷心苦。
运肘风生看斫鲙，随刀雪落惊飞缕。
不将醉语作新诗，饱食应惭腹如鼓。

桥上游人夜未厌，共依水槛立风箑。
楼中煮酒初尝芡，月下新妆半出帘。
南郭清游继颜谢，北窗归卧等羲炎。
人间寒热无穷事，自笑疏顽不受砭。

次韵李公择梅花

诗人固长贫，日午饥未动。偶然得一饱，万象困嘲弄。
寻花不论命，爱雪长忍冻。天公非不怜，听饱即喧哄。
君为三郡守，所至满宾从。江湖常在眼，诗酒事豪纵。
奉使今折磨，清比於陵仲。永怀茶山下，携妓修春贡；
更忆槛泉亭，插花云鬟重。萧然卧瀼麓，愁听春禽哢。
忽见早梅花，不饮但孤讽。诗成独寄我，字字愈头痛。
嗟君本侍臣，笔橐从上雍。脱靴吟芍药，给札赋云梦。
何人慰流落，嘉蒻天为种。杯倾笛中吟，帽拂果下鞚。
感时念羁旅，此意吾侪共。故山亦何有？桐花集么凤。
君亦忆匡庐，归扫藏书洞。何当种此花，各抱汉阴瓮。

○胸次郁勃，随处激发其言。感饥贫，念羁旅，似无当于梅花；触绪濡毫，忽然深慨，固知文必本于情也。

◇《李氏山房藏书记》曰："余友李公择，少时读书于庐山五老峰下白石庵之僧舍。公择既去，而山中之人思之，指其所居为'李氏山房'。藏书凡九千余卷，公择将以遗来者，供其无穷之求。是以不藏于家，而藏于其所故居之僧舍，此仁者之心也。"

◇赵次公曰："茶山春贡，湖州事也。张君房《脞说》云：'湖州长城县啄木岭金沙泉，每岁造茶之所。'"

与王郎昆仲及儿子迈，绕城观荷花，登岘山亭，晚入飞英寺，分韵得"月明星稀"四首

昨夜雨鸣渠，晓来风袭月。萧然欲秋意，溪水清可啜。
环城三十里，处处皆佳绝。蒲莲浩如海，时见舟一叶。
此间真避世，青蒻低白发。相逢欲相问，已逐惊鸥没。

清风定何物，可爱不可名。所至如君子，草木有嘉声。
我行本无事，孤舟任斜横。中流自偃仰，适与风相迎。
举杯属浩渺，乐此两无情。归来两溪间，云水夜自明。

苕水如汉水，鳞鳞鸭头青。吴兴胜襄阳，万瓦浮青冥。
我非羊叔子，愧此岘山亭。悲伤意则同，岁月如流星。
从我两王子，高鸿插修翎。湛辈何足道，当以德自铭。

吏民怜我懒，斗讼日已稀。能为无事饮，可作不夜归。
复寻飞英游，尽此一寸晖。撞钟屦声集，颠倒云山衣。
我来无时节，杖屦自推扉。莫作使君看，外似中已非。

○此与人皆苦炎分韵诗，体制不同，而精爽入神，虚明独照，并是杜诗所云"炯如一段清水出万壑，置在迎风含露之玉壶"者也。

与胡祠部游法华山

陂湖欲尽山为界,始见寒泉落高派。
道人未放泉出山,曲折虚堂泻清快。
使君年老尚儿戏,绿棹红船舞澎湃。
一笑翻杯水溅裙,余欢濯足波生㿖。
长松挽天龙起立,苍藤倒谷云崩坏。
仰穿蒙密得清旷,一览震泽吁可怪。
谁云四万八千顷,渺渺东尽日所晒?
归途十里尽风荷,清唱一声闻《露薤》。
自注:是日乐工有作此声者。
嗟予少小慕真隐,白发青衫天所械。
忽逢佳士与名山,何异枯肠便马疥。
君犹鸾鹤偶飘堕,六翮如云岂长铩。
不将新句纪兹游,恐负山中清净债。
○扬袂风山,举袖阴泽,"曲折清快"四字,即可移以评此诗。
◇赵次公曰:"挽歌有《蒿里》《薤露》之曲,言薤头露也。今先生却压'露薤'字,盖缘杜诗有'盈筐承露薤'句也。"

赵阅道高斋

见公奔走谓公劳,闻公隐退云公高。
公心底处有高下,梦幻去来随所遭。
不知"高斋"竟何义,此名之设缘吾曹。

公年四十已得道,俗缘未尽余伊皋。
功名富贵皆逆旅,黄金知系何人袍?
超然已了一大事,挂冠而去真秋毫。
坐看猿猱落罝罔,两手未冝置所操。
乃知贤达与愚陋,岂直相去九牛毛。
长松百尺不自觉,企而羡者蓬与蒿。
我欲赢粮往问道,未应举臂辞卢敖。

○"奔走""隐退"二语,道尽庸耳俗目矣。"超然已了一大事"者,谓与佛慧为友也。"长松百尺"二句,借比喻托出"高"字,与"前不知'高斋'竟何义"句相叫应。

◇《冷斋夜话》曰:"赵阅道休官,归老三衢,作高斋居之。与钟山佛慧禅师为方外交。"

◇赵夔曰:"赵清献公年未七十,告老于朝;不许,请之不已。元丰二年二月,加太子少保致仕,年七十二矣。退居于衢,有溪石松竹之胜,东南高士多从之游。朝廷有事,郊庙再起,公侍祠不至。其子屼通判温州,从公游天台、雁荡、吴越间荣之。屼提举浙东西常平,复侍公游杭。始公自杭致仕,杭人留公不得行,公曰:'六年当复来。'至是适六岁矣。杭人得公,如见父母。以疾还衢。"

予以事系御史台狱,狱吏稍见侵,自度不能堪,死狱中不得一别子由,故作二诗授狱卒梁成,以遗子由

圣主如天万物春,小臣愚暗自亡身。
百年未满先偿债,十口无归更累人。
是处青山可埋骨,他年夜雨独伤神。
与君今世为兄弟,又结来生未了因。

柏台霜气夜凄凄，风动琅珰月向低。
梦绕云山心似鹿，魂惊汤火命如鸡。
眼中犀角真吾子，身后牛衣愧老妻。
百岁神游定何处，桐乡知葬浙江西。自注：狱中闻杭湖间民为余作解厄道场者累月，故有此句。

○此时已无复生全之望，而词不怨怼，独恋恋于兄弟之间，预结来生。诗意极痛切深厚。轼有惠政于浙，末以朱邑奉尝桐乡自喻，固自信不疑也。

十二月二十八日，蒙恩责授检校水部员外郎黄州团练副使，复用前韵

百日归期恰及春，余年乐事最关身。
出门便旋风吹面，走马联翩鹊啅人。
却对酒杯浑是梦，试拈诗笔已如神。
此灾何必深追咎，窃禄从来岂有因。

平生文字为吾累，此去声名不厌低。
塞上纵归他日马，城东不斗少年鸡。
休官彭泽贫无酒，隐几维摩病有妻。
堪笑睢阳老从事，为余投檄向江西。自注：子由闻予下狱，乞以官爵赎予罪，贬筠州监酒。

○诗狱甫解，又矜"诗笔如神"，殆是豪气未尽除。在次首特为"诗笔如神"下一转语，"城中不斗少年鸡"，进乎道矣。

◇《行营杂录》曰："东坡直史馆神宗朝，以议新法不合补

外,李定之徒媒孽其诗文有讪上语,下诏狱,欲置之死。上独庇之,得出。"

◇《孙公谈圃》曰:"子瞻得罪时,有朝士卖一诗策,内有使墨君事者,遂下狱。李定、何正臣劾其事以指斥论,谓苏曰:'学士数有名节,何不与他招了?'苏曰:'轼为人臣,不敢萌此心,却未知何人造此意?'一日,禁中遣冯宗道按狱,止贬黄州团练副使。"

过 淮

朝离新息县,初乱一水碧;暮宿淮南村,已渡千山赤。
麏䴥号古戍,雾雨暗破驿。回头梁楚郊,永与中原隔。
黄州在何许?想像云梦泽。吾生如寄耳,初不择所适。
但有鱼与稻,生理已自毕。独喜小儿子,少小事安佚。
相从艰难中,肝肺如铁石。便应与晤语,何止寄衰疾。

○不必作坐愁行叹语,但写荒凉景色,而迁谪之感已是凄然言下。

梅花二首

春来幽谷水潺潺,的皪梅花草棘间。
一夜东风吹石裂,半随飞雪度关山。

何人把酒慰深幽,开自无聊落更愁。
幸有清溪三百曲,不辞相送到黄州。

少年时尝过一村院，见壁上有诗云"夜凉疑有雨，院静似无僧"，不知何人诗也。宿黄州禅智寺，寺僧皆不在，夜半雨作，偶记此诗，故作一绝

佛灯渐暗饥鼠出，山雨忽来修竹鸣。
知是何人旧诗句，已应知我此时情。
○境真则情味自深，欹歔欲绝。壁上之诗，乃潘阆所作，潘阆《夏日宿西禅寺》题曰："此地绝炎蒸，深疑到不能。夜凉知有雨，院静若无僧。枕润连云榻，窗明照佛灯。浮生多贱骨，时日恐难胜。"诗见《宋文鉴》。今注苏诗者，多未引及此。

初到黄州

自笑平生为口忙，老来事业转荒唐。
长江绕郭知鱼美，好竹连山觉笋香。
逐客不妨员外置，诗人例作水曹郎。
只惭无补丝毫事，尚费官家压酒囊。自注：检校官例折支，多得退酒袋。
◇方回曰："东坡元丰二年冬，责授检校水部员外郎、黄州团练副使，本州安置，明年二月到郡。何逊、张籍、孟宾于三诗人，皆水部。"

定惠院寓居月夜偶出

幽人无事不出门，偶逐东风转良夜。
参差玉宇飞木末，缭绕香烟来月下。

江云有态清自媚，竹露无声浩如泻。
已惊弱柳万丝垂，尚有残梅一枝亚。
清诗独吟还自和，白酒已尽谁能借？
不惜青春忽忽过，但恐欢意年年谢。
自知醉耳爱松风，会拣霜林结茅舍。
浮浮大甑长炊玉，溜溜小槽如压蔗。
饮中真味老更浓，醉里狂言醒可怕。
闭门谢客对妻子，倒冠落佩从嘲骂。

○清游胜赏，一往作气象澄鲜之语。忽念及欢意日谢，又说到"醉里狂言醒可怕"，谪居中情绪若揭。

次韵前篇

去年花落在徐州，对月酣歌美清夜。自注：去年花下对月，与张君厚、王子中兄弟饮酒，作"蘋"字韵诗。
今年黄州见花发，小院闭门风露下。
万事如花不可期，余年似酒那禁泻。
忆昔扁舟沂巴峡，落帆樊口高桅亚。
长江衮衮空自流，白发纷纷宁少借。
竟无五亩继沮溺，空有千篇凌鲍谢。
至今归计负云山，未免孤衾眠客舍。
少年辛苦真食蓼，老境安闲如啖蔗。
饥寒未至且安居，忧患已空犹梦怕。
穿花踏月饮村酒，免使醉归官长骂。

○字字熔炼而出，食蓼啖蔗，尤为见道之言。次韵较原作为更创获。长庆因继松陵倡和，犹当逊谢，何况余子。

轼作《王子立墓志》云："子立、子敏，皆从余学于吴兴，学道日进，东南之士称之。"又云："予得罪于吴兴，亲戚故人皆惊散，独两王子不去，送予出郊曰：'死生祸福，天也，公其如天何？'返取予家，致之南都。"二王于轼，情分如此，故切切念之，非直以对月酾歌、追怀胜游已也。

安国寺寻春

臣闻百舌呼春风，起寻花柳村村同。
城南古寺修竹合，小房曲槛欹深红。
看花叹老忆年少，对酒思家愁老翁。
病眼不羞云母乱，鬓丝强理茶烟中。
遥知二月王城外，玉仙洪福花如海。
薄罗匀雾盖新妆，快马争风鸣杂佩。
玉川先生真可怜，一生耽酒终无钱。
病过春风九十日，独抱添丁看花发。

○寻春写烂漫之景，宜也。乃因看花而叹老，因叹老而忆年少；又因对酒而思家，因思家而愁老翁，一句三折，含毫邈然。

◇《复斋漫录》曰："玉仙观在京城东南，宣化门七八里间。仁宗时，陈道士所修葺花木亭台，四时游客不绝。东坡诗所谓'玉仙洪福花如海'是也。"

寓居定惠院之东杂花满山，有海棠一株，土人不知贵也

江城地瘴蕃草木，只有名花苦幽独。
嫣然一笑竹篱间，桃李漫山总麤俗。

也知造物有深意，故遣佳人在空谷。
自然富贵出天姿，不待金盘荐华屋。
朱唇得酒晕生脸，翠袖卷纱红映肉。
林深雾暗晓光迟，日暖风轻春睡足。
雨中有泪亦悽怆，月下无人更清淑。
先生食饱无一事，散步逍遥自扪腹。
不问人家与僧舍，拄杖敲门看修竹。
忽逢绝艳照衰朽，叹息无言揩病目。
陋邦何处得此花，无乃好事移西蜀？
寸根千里不易到，衔子飞来定鸿鹄。
天涯流落俱可念，为饮一樽歌此曲。
明朝酒醒还独来，雪落纷纷那忍触。

○"朱唇"二句绘其态，"林深"二句传其神，"雨中"二句写其韵。不染铅粉，不涉描摹，乃得是追魂摄魄之笔。倘中无写发，但一味作叹息流落之词，岂复有此？

◇《容斋五笔》曰："白乐天《琵琶行》一篇，直欲抒写天涯沦落之恨尔。东坡谪黄州赋定惠院海棠诗，有'陋邦何处得此花，无乃好事移西蜀？天涯流落俱可念，为饮一樽歌此曲'之句，其意亦尔也。或谓殊无一话一言与之相似，是不然。此真能用乐天之意者，何必效常人章摹句写而后已哉！"

◇《苕溪渔隐丛话》曰："此诗词格超逸，不复蹈袭前人。元丰间，东坡谪黄州，寓居定惠院。院之东小山上，有海棠一株，特繁茂，每岁盛开时，必为携客置酒，已五醉其下矣，故作此长篇。平生喜为人写，盖人间刊石者自有五六本，云轼平生得意诗也。"

雨中看牡丹三首

雾雨不成点,映空疑有无。时于花上见,的皪走明珠。
秀色洗红粉,暗香生雪肤。黄昏更萧瑟,头重欲相扶。

明日雨当止,晨光在松枝。清寒入花骨,肃肃初自持。
午景发浓艳,一笑当及时。依然暮还敛,亦自惜幽姿。

幽姿不可惜,后日东风起。酒醒何所见?金粉抱青子。
千花与百草,共尽无妍鄙。未忍污泥沙,牛酥煎落蕊。
○首作句句有雨在;次作言明日;此作言后日,又从雨中而想雨后之景。层见叠出,章法如列眉。
◇贺裳曰:"《雨中看牡丹》诗'依然暮还敛,亦自惜幽姿'二句,尤有雅人深致。"

武昌铜剑歌　并引

供奉官郑文,尝官于武昌。江岸裂,出古铜剑,文得之以遗余。冶铸精巧,非锻冶所成者。

雨余江清风卷沙,雷公蹴云捕黄蛇。
蛇行空中如柱矢,电光煜煜烧蛇尾。
或投以块铿有声,雷飞上天蛇入水。
水上青山如削铁,神物欲出山自裂。
细看两胁生碧花,犹是西江老蛟血。
苏子得之何所为?蒯缑弹铗咏新诗。

君不见凌烟功臣长九尺,腰间玉具高拄颐。

○文之奇伟怪谲,固由才思天成,然无根之谈,作者弗尚。故世谓杜诗、韩笔,无一字无来历也。如此篇全是《广异记》来,加之熔炼,遂成奇光异彩,岂后人臆说者所能仿像其万一?

◇《广异记》曰:"唐开元末,武胜之为宣州司士,知静江军事。忽然滩中见雷公践微云,逐小黄蛇,盘绕滩上。静江之夫,戏以石投之,中蛇,铿然作金声,雷公乃飞去。使人往视之,得一铜剑,有文曰'许旌阳斩蛟第三剑'云。"

晓至巴河口迎子由

去年御史府,举动触四壁,幽幽百尺井。
仰天无一席,隔墙闻歌呼,自恨计之失。
留诗不忍写,苦泪渍纸笔,余生复何幸。
乐事有今日,江流镜面净,烟雨轻羃羃。
孤舟如凫鹥,点破千顷碧,闻君在磁湖。
欲见隔咫尺,朝来好风色,旗脚西北掷。
行当中流见,笑眼清光溢,此邦疑可老。
修竹带泉石,欲买柯氏林,兹谋待君必。

○元丰庚申五月,辙来齐安,故有迎之之作。前半追忆,在御史台有授狱卒梁成以遗之之作,不胜其戚;后半则因其将至,而预期会晤之乐,不胜其欢;却以'余生复何幸,乐事有今日'二句,于中作转轴,敏妙绝伦。

与子由同游寒溪西山

散人出入无町畦,朝游湖北暮淮西。

高安酒官虽未上，两脚垂欲穿尘泥。
与君聚散若云雨，共惜此日相提携。
千摇万兀到樊口，一箭放溜先凫鹥。
层层草木暗西岭，浏浏霜雪鸣寒溪。
空山古寺亦何有，归路万顷青玻瓈。
我今漂泊等鸿雁，江南江北无常栖。
幅巾不碍过城市，欲踏径路开新蹊。自注：路有直入寒溪、不入武昌者。
却忧别后不忍到，见子行迹空余悽。
吾侪流落岂天意，自坐迂阔非人挤。
行逢山水辄羞叹，此去未免勤盐虀。
何当一遇李八百，自注：李八百宅在筠州。相哀白发分刀圭。
〇轼以诗狱谪黄州，辙亦谪筠州监盐酒税，相见宜不胜感怆者。而诗云"吾侪流落岂天意，自坐迂阔非人挤"，诗人忠厚之旨。

次韵子由病酒肺疾发

忆子少年时，肺病疲坐卧，喊呀或终日，势若风雨过。
虚阳作浮涨，客冷仍下堕。妻孥恐怅望，脍炙不登坐。
终年禁晚食，半夜发清饿。胃强鬲苦满，肺敛腹辄破。
三彭恣啖啮，二竖肯逋播。寸田可治生，谁劝耕黄稬。自注：新发方田谓黄稬为"上腴"。
探怀得真药，不待君臣佐。初如雪花积，渐作樱桃大。
隔墙闻三咽，隐隐如转磨。自兹失故疾，阳唱阴辄和。
神仙多历试，中路或坎坷。平生不尽器，痛饮知无奈。

旧人眼看尽,老伴余几个。残年一斗粟,待子同春簸。
云何不自珍,醉病又一挫？真源结梨枣,世味等糠䅯。
耕耘当待获,愿子勤自课。相将赋《远游》,仙语不用些。

〇少时病状,曲述情形；已乃幸其疾愈,计及残年老伴,斗粟同春,意思无不尽矣。"醉病"一挫,陡然入题,而以"不自珍重"一语归咎之,切切入情。

正月廿日往岐亭,郡人潘、古、郭三人送余于女王城东禅庄院

十日春寒不出门,不知江柳已摇村。
稍闻决决流冰谷,尽放青青没烧痕。
数亩荒园留我住,半瓶浊酒待君温。
去年今日关山路,细雨梅花正断魂。

〇一结含蕴无穷,仿佛少陵"东阁官梅"之作。

◇《苕溪渔隐丛话》曰:"东坡诗:'去年今日关山路,细雨梅花正断魂。'韩子苍诗云:'只度关山魂已断,何须疏雨湿梅花。'此盖反东坡之意,但为关山断魂,却无佳思也。"

◇《志林》曰:"读《隋书·地理志》,黄州乃永安郡。今黄州东十五里许,有永安城,而俗谓之女王城,其说甚鄙野。"

卷三十七

眉山苏轼诗六

东坡八首　并引

　　余至黄州二年，日以困匮。故人马正卿哀予乏食，为于郡中请故营地数十亩，使得躬耕其中。地既久荒为茨棘瓦砾之场，而岁又大旱，垦辟之劳，筋力殆尽。释耒而叹，乃作是诗，自愍其勤，庶几来岁之入以忘其劳焉。
　　废垒无人顾，颓垣满蓬蒿。谁能捐筋力，岁晚不偿劳。
　　独有孤旅人，天穷无所逃。端来拾瓦砾，岁旱土不膏。
　　崎岖草棘中，欲刮一寸毛。喟然释耒叹，我廪何时高？

　　荒田虽浪莽，高庳各有适。下隰种秔稌，东原莳枣栗。
　　江南有蜀士，桑果已许乞。好竹不难栽，但恐鞭横逸。
　　仍须卜佳处，规以安我室。家童烧枯草，走报暗井出。
　　一饱未敢期，瓢饮已可必。
　　〇因耕田而及桑果竹木，以至筑室穿井，各成倖愿，想见随遇而安。

　　自昔有微泉，来从远岭背。穿城过聚落，流恶壮蓬艾。

去为柯氏陂，十亩鱼虾会。岁旱泉亦竭，枯萍黏破块。
昨夜南山云，雨到一犁外。泫然寻故渎，知我理荒荟。
泥芹有宿根，一寸嗟独在。雪芽何时动，春鸠行可脍。
自注：蜀人贵芹芽脍，杂鸠肉为之。

种稻清明前，乐事我能数。毛空暗春泽，针水闻好语。
自注：蜀人以细雨为雨毛。稻初生时，农夫相语："稻针出矣。"
分秧及初夏，渐喜风叶举。月明看露上，一一珠垂缕。
秋来霜穗重，颠倒相撑拄。但闻畦陇间，蚱蜢如风雨。
自注：蜀中稻熟时，蚱蜢群飞田间，如小蝗状而不害稻。
新春便入甑，玉粒照筐筥。我久食官仓，红腐等泥土。
行当知此味，口腹吾已许。
○悉数四时田事，风霜月露，宛转关情，王、孟《田家杂诗》所未经道。

良农惜地方，幸此十年荒。桑柘未及成，一麦庶可望。
投种未逾月，覆块已苍苍。农父告我言，勿使苗叶昌。
君欲富饼饵，要须纵牛羊。再拜谢苦言，得饱不敢忘。
○此首专言种麦，述农父问答有情。

种枣期可剥，种松期可斵。事在十年外，吾计亦已悫。
十年何足道，千载如风雹。旧闻李衡奴，此策疑可学。
我有同舍郎，官居在灊岳。自注：李公择也。遗我三寸甘，照坐光卓荦。
百栽傥可致，当及春冰渥。想见竹篱间，青黄垂屋角。
○岂诚愿学李衡，亦因遗甘而怀李公择耳。预想到屋角青黄，拙朴语益征高旷。

潘子久不调，沽酒江南村。郭生本将种，卖药西市垣。
古生亦好事，恐是押牙孙。家有十亩竹，无时容叩门。
我穷交旧绝，三子独见存。从我于东坡，劳饷同一飧。
可怜杜拾遗，事与朱阮论。吾师卜子夏，四海皆弟昆。
自注：潘名大临，字邠老，荥阳人。郭生名遘，汾阳人。古生名耕道，新平人。

马生本穷士，从我二十年。日夜望我贵，求分买山钱。
我今反累生，借耕辍兹田，刮毛龟背上，何时得成毡？
可怜马生痴，至今夸我贤。众笑终不悔，施一当获千。

◇轼《答秦太虚书》曰："所居对岸，武昌山水佳绝。有蜀人王生在邑中，往往为风涛所隔，不能即归，则王生能为杀鸡炊黍，至数日不厌。又有潘生者，作酒店樊口，棹小舟，径至店下，村酒亦自醇酽。"

◇施元之曰："先生儋耳手泽云：'杞人马正卿作太学生，清苦有气节。学者既不喜博士，亦忌之。余少时偶至其斋中，书杜子美《秋雨叹》壁上，初无意也。而正卿即日辞归不复出，至今白首穷饿，守节如故。'诗中马生，即其人也。'江南有蜀士'，谓王文甫也。文甫嘉州犍为县人，居于武昌。"

◇《容斋三笔》曰："苏公谪居黄州，始自称东坡居士。详考其意，盖专慕白乐天而然。白公有《东坡种花》二诗云：'持钱买花树，城东坡上栽。'又云：'东坡春向暮，树木今何如？'又有《步东坡》诗云：'朝上东坡步，夕上东坡步。东坡何所爱？爱此新成树。'又有《别东坡花树》诗云：'何处殷勤重回首？东坡桃李种新成。'皆为忠州刺史时所作也。苏公在黄，正与白公忠州相似。因忆苏诗，如《赠写真李道士》云：'他时要指集贤人，知是香山老居士。'《赠善相程杰》云：'我似乐天君记取，华颠赏遍洛阳春。'《送程懿叔》云：'我甚似乐天，但无素与蛮。'《入侍迩英》云：'定是香山老居士，世缘终浅道根深。'而跋曰：'乐天自江州司马除忠州刺史，旋以主客郎中知制诰，遂拜中书舍人。某虽不敢自比，然谪居黄州起，知文登，召为仪曹，遂忝侍从。出处、老少，大略相似，庶几复享晚节闲适之乐。'《去杭州》云：'出处依稀似乐天，敢将衰朽较前贤。'序曰：'平生自觉出处、老少，粗似乐天。'则公之所以景仰者，不止一再言之，非'东坡'之名偶尔暗合也。"

侄安节远来夜坐三首

南来不觉岁峥嵘，坐拨寒灰听雨声。
遮眼文书元不读，伴人灯火亦多情。
嗟予潦倒无归日，今汝蹉跎已半生。
免使韩公悲世事，白头还对短灯檠。

心衰面改瘦峥嵘，相见惟应识旧声。
永夜思家在何处，残年知汝远来情。
畏人默坐成痴钝，问旧惊呼半死生。
梦断酒醒山雨绝，笑看饥鼠上灯檠。

落第汝为中酒味，吟诗我作忍饥声。
便思绝粒真无策，苦说归田似不情。
腰下牛闲方解佩，洲中奴长足为生。

大弨一弛何缘彀，已觉翩翩不受镦。

○家常语愈浅愈真。安节以下第来黄州，《大全集·杂说》有"侄安节远来，饮酒乐甚，以识一时盛事"之言。此三诗但作喟叹，未见其乐也。然以谪居岑寂之中，有骨肉远来聚首，秉烛寒宵，絮语不倦，悲之所发，即其乐之所形。此与《冬至日赠安节》诗所云"诗成却超然，老泪不成滴"者，情怀约略相似。

岐亭道上见梅花戏赠季常

蕙死兰枯菊亦摧，返魂香入岭头梅。
数枝残绿风吹尽，一点芳心雀啅开。
野店初尝竹叶酒，江云欲落豆秸灰。
行当更向钗头见，病起乌云正作堆。

○陈慥喜蓄声妓，此作体近香奁，似有所指者，故谓之"戏赠"。轼与慥交好，诗文无所拘忌，若"河东君、秀英君"之名，因而流布；非是轻薄为文，正可见其忘形无间也。

◇方回曰："'一点芳心雀啅开'，此句最佳。坡天人也，作诗不拘法度，而自有生意。雀之为物，尝冻啅梅开，本无情于梅；下此语，乃若不胜情者。尾句盖谓季常侍儿病起新妆，行当于钗头见此花，欲其出以侑樽也。豆秸灰，出《文酒清话》王勉《雪》诗'上天烧下豆秸灰，乌李从教作白梅'，亦俚语，世传以为戏者。"

◇《苕溪渔隐丛话》曰："东坡云：龙丘子自洛之蜀，载二侍女，戎装骏马，至溪山佳处，辄留数日，见者以为异人。后十年，筑室黄冈之北，号静庵居士，作《临江仙》赠之云：'细马远驮双侍女，青巾玉带红靴。溪山好处便为家，谁知巴蜀（峡）路，却是洛城花。 面旋落英飞玉蕊，人间春日初斜，十年不见紫云车，龙丘新洞府，铅鼎养丹砂。'龙丘子，即陈季常也。"

太守徐君猷、通守孟亨之皆不饮酒，以诗戏之

孟嘉嗜酒桓温笑，徐邈狂言孟德疑。
公独未知其趣尔，臣今时复一中之。
风流自有高人识，通介宁随薄俗移。
二子有灵应抚掌，吾孙还有独醒时。

○因姓援古以著题，古人所有也。只咏孟嘉、徐邈二人事，承说到底，章法独创，后人亦未见有效之者。

◇《苕溪渔隐丛话》曰："此诗不止天生此对，其全篇用事亲切，尤为可喜，皆徐、孟二人事也。"

◇方回曰："全用徐、孟二人饮酒事，以其泉下有灵，却笑厥孙不饮，善滑稽者。"

次韵和王巩六首（录一首）

平生我亦轻余子，晚岁人谁念此翁？
巧语屡曾遭薏苡，廋词聊复托芎䓖。
子还可责同元亮，妻却差贤胜敬通。
若问我贫天所赋，不因迁谪始囊空。

○俯视一切，交集百端。起二句，匪由作意所能得。

◇《志林》曰："昔为凤翔幕，过长安见刘原父，留吾剧饮数日。酒酣，谓吾曰：昔陈季弼告陈元龙曰：'闻远近之论，谓明府骄而自矜。'元龙曰：'夫闺门雍穆，有德有行，吾敬陈元方

兄弟；渊清玉洁，有礼有法，吾敬华子鱼；清修疾恶，有识有义，吾敬赵元达；博闻强记，奇逸卓荦，吾敬孔文举；雄姿杰出，有王霸之略，吾敬刘先主。所敬如此，何骄之有？余子琐琐，亦安足录哉？'因仰天太息。此亦原父之雅趣也。吾后在黄州，作诗云：'平生我亦轻余子，晚岁人谁念此翁？'盖记原父语也。"

江上值雪，效欧阳体，限不以盐玉鹤鹭絮蝶飞舞之类为比，仍不使皓白洁素等字

缩颈夜眠如冻龟，雪来惟有客先知。
江边晓起浩无际，树杪风多寒更吹。
青山有似少年子，一夕变尽沧浪髭。
方知阳气在流水，沙上盈尺江无澌。
随风颠倒纷不择，下满坑谷高陵危。
江空野阔落不见，入户但觉轻丝丝。
沾裳细看若刻镂，岂有一一天工为。
霍然一麾遍九野，吁此权柄谁执持？
世间苦乐知有几，今我幸免沾肤肌。
山夫只见压樵担，岂知带酒飘歌儿。
天王临轩喜有麦，宰相献寿嘉及时。
冻吟书生笔欲折，夜织贫女寒无帏。
高人著履踏冷洌，飘拂巾帽真仙姿。
野僧斫路出门去，寒液满鼻清淋漓。
洒袍入袖湿靴底，亦有执版趋阶墀。
舟中行客何所爱，愿得猎骑当风披。

草中咻咻有寒兔,孤隼下击千夫驰。
敲冰煮鹿最可乐,我虽不饮强倒卮。
楚人自古好弋猎,谁能往者我欲随。
纷纭旋转从满面,马上操笔为赋之。

○岩壑高卑,人物错杂,大处浩渺,细处纤微,无所不尽,可抵一幅王维《江干初雪图》。《六一诗话》称:"有进士许洞,尝会诸僧,分题出一纸,约曰:'不得犯此一字。'其字乃山、水、风、云、竹、石、花、草、霜、雪、星、日、禽鸟之类。诸僧皆阁笔。"《卢陵集》颍州雪诗,其序则曰:"玉、月、梨、梅、练、絮、白、舞、鹅、鹤等字,皆请勿用。"禁体物语,非是欧阳创之也;特以颍州宾主一时之盛,遂成佳话耳。

正月二十日与潘、郭二生出郊寻春,忽记去年是日同至女王城作诗乃和前韵

东风未肯入东门,走马还寻去岁村。
人似秋鸿来有信,事如春梦了无痕。
江城白酒三杯酽,野老苍颜一笑温。
已约年年为此会,故人不用赋《招魂》。

红梅三首(录一首)

怕愁贪睡独开迟,自恐冰容不入时。
故作小红桃杏色,尚余孤瘦雪霜姿。
寒心未肯随春态,酒晕无端上玉肌。
诗老不知梅格在,更看绿叶与青枝。

○不着意"红"字则泛衍,然一落色相,则又如涂涂附矣。

石延年句,岂不精切?而诗谓其不知梅格。知此者,可与言诗。

陈季常见过三首(录二首)

仕宦常畏人,退居还喜客。君来辄馆我,未觉鸡黍窄。
东坡有奇事,已种十亩麦。但得君眼青,不辞奴饭白。

送君四十里,只使一帆风。江边千树柳,落我酒杯中。
此行非远别,此乐固无穷。但愿长如此,来往一生同。

寒食雨二首

自我来黄州,已过三寒食。年年欲惜春,春去不容惜。
今年又苦雨,雨月秋萧瑟。卧闻海棠花,泥污燕脂雪。
暗中偷负去,夜半真有力。何殊病少年,病起头已白。

春江欲入户,雨势来不已。小屋如渔舟,濛濛水云里。
空庖煮寒菜,破灶烧湿苇。那知是寒食,但感乌衔纸。
君门深九重,坟墓在万里。也拟哭途穷,死灰吹不起。

〇二诗后作尤精绝,结四句固是长歌之悲,起四句乃先极荒凉之境。移村落小景,以作官居情况,大可想矣。后人乃欲将此四句裁作绝句,以争胜王、韦,是乃见山忘道也。

◇贺裳曰:"黄州诗尤多不羁,'小屋如渔舟,濛濛水云里'一篇最为沉痛。"

鱼蛮子

江淮水为田,舟楫为室居。鱼虾以为粮,不耕自有余。
异哉鱼蛮子,本非左衽徒。连排入江住,竹瓦三尺庐。
于焉长子孙,戚施且侏儒。擘水取鲂鲤,易如拾诸途。
破釜不著盐,雪鳞芼青蔬。一饱便甘寝,何异獭与狙。
人间行路难,踏地出赋租。不如鱼蛮子,驾浪浮空虚。
空虚未可知,会当算舟车。蛮子叩头泣,勿语桑大夫。

○分明指新法病民,出赋租者不如鱼蛮之乐也,忽又念及算舟车者,笔下风生凛凛。《史记·平准书》述卜式之言以结全篇曰:"烹弘羊,天乃雨。"不更益一字,而意已显。此诗结云:"蛮子叩头泣,勿语桑大夫。"亦不待明言其所以然,可称诗史。

弔李台卿 并引

李台卿,字明仲,庐州人。貌陋甚,性介不群,而博学强记,罕见其比。好《左氏》,有《史学考正同异》,多所发明。知天文律历,千载之日,可坐数也。轼谪居黄州,台卿为麻城主簿,始识之。既罢居于庐,而曹光州演甫,以书报其亡。台卿,光州之妻党也。

我初未识君,人以君为笑。垂头老鹳雀,烟雨霾七窍。
敝衣来过我,危坐若持钓。褚裒半面新,饭蓤一语妙。
徐徐步其澜,极望不可徼。却观原妩媚,士固难轻料。
看书眼如月,罅隙靡不照。我老多遗忘,得君如再少。
纵横通杂艺,甚博且知要。所恨言无文,至老幽不耀。
其生世莫识,已死谁复弔?作诗遗故人,庶解俗子诮。

○"看书眼如月"数语,可谓心折膺服矣;却先从人所共笑处,为之写生传神。可笑处实是可笑,可敬处实是可敬。写来俱不遗余力,洵称"一人知己"。

曹既见和复次其韵

造物本儿嬉,风噫雷电笑。谁令妄惊怪,失匕号万窍?
人人走江湖,一一操纲钓。偶然连六鳌,便为此手妙。
空令任公子,三岁蹲海徼。长贫固不辞,一死实未料。
难将蓍草算,除用佛眼照。何人嗣家学,恨子儿尚少。
嗟我与曹君,衰老世不要。空言今无救,奇志后必耀。
吟君五字诗,义重千金弔。收藏慎勿出,免使群儿誚。

○笑台卿者,多是偶然钓鳌之人。此诗要不专为台卿一人长太息也。

次韵孔毅父集古人句见赠五首（录三首）

羡君戏集他人诗,指呼市人如使儿。
天边鸿鹄不易得,便令作对随家鸡。
退之惊笑子美泣,问君久假何时归?
世间好句世人共,明月自满千家墀。

紫驼之峰人莫识,杂以鸡豚真可惜。
今君坐致五侯鲭,尽是猩唇与熊白。
路傍拾得半段枪,何必开炉铸矛戟?
用之如何在我耳,入手当令君丧魄。

天下几人学杜甫,谁得其皮与其骨?
划如太华当我前,跛挈欲上惊嶾崒。
名章俊语纷交衡,无人巧会当时情。
前生子美只君是,信手拈得俱天成。

○集句诗创自北宋,著于石延年,而工于王安石;至黄庭坚,则目之为"百家衣",言如小儿文褓也。是匪富有胸中,岂能亲切贯穿?然终非诗家所贵。观此数诗所以誉之者,至矣;言外正自有意在。

◇《王直方诗话》曰:"荆公始为集句,多者至数十韵,往往对偶,亲于本诗。盖以诵古今人诗多,或坐中率然而成,始可以为贵也。其后多有效之者,孔毅父尝集句赠东坡。"

六年正月二十日复出东门,仍用前韵

乱山环合水侵门,身在淮南尽处村。
五亩渐成终老计,九重新埽旧巢痕。
岂惟见惯沙鸥熟,已觉来多钓石温。
长与东风约今日,暗香先返玉梅魂。

○词旨温厚,意味深长,在集内近体诗中,更上一层。

◇陆游曰:"昔祖宗以三馆养士,储将相材。及官制行罢三馆,而东坡盖尝直史馆,然自谪为散官,削去史馆之职久矣,至于史馆亦废。故云'新埽旧巢痕',其用事之严如此。而'凤巢西隔九重门',则又李义山诗也。"

◇方回曰:"东坡初贬黄州之年,即'细雨梅花,关山断魂'之时也。次年正月二十日,往岐亭见陈慥季常,是以为女王城之诗;又次年正月二十日,与潘邠老等寻春,是以有'事如春梦了无痕'之诗；又次年正月二十日，尚在黄州，复出东门，仍和此韵。'乱山环合'四句，谓元丰官制行罢，废祖宗馆职，立秘书省，以正字、校书郎等为差除资序，而储士之意浅矣。观此等语，岂惟可以考大贤之出处，亦可见时事之更张：仁庙之所以遗燕安于后世者，何其盛；熙丰之政所以大有可恨者，何其顿衰！坡下句云：'岂惟见惯沙鸥熟，已觉来多钓石温。'又可痛坡翁一谪数年，甘心于渔樵而忘返也。"

南堂五首（录一首）

扫地烧香闭阁眠，簟纹如水帐如烟。
客来梦觉知何处，挂起西窗浪接天。

◇邢居实曰："东坡此诗，尝题于余扇。山谷初读，以为是刘梦得所作。"

◇《齐安拾遗》曰："夏澳口之侧，本水驿，有亭曰临皋。郡人以驿之高坡，上筑南堂，为先生游息。"

次韵孔毅父久旱已而甚雨三首

饥人忽梦饭甑溢，梦中一饱百忧失。
只知梦饱本来空，未悟真饥定何物。
我生无田食破砚，尔来砚枯磨不出。
去年太岁空在西，傍舍壶浆不容乞；
今年旱势复如此，岁晚何以黔吾突？
青天荡荡呼不闻，况欲稽首号泥佛。
瓮中蜥蜴尤可笑，跂跂脉脉何等秩。
阴阳有时雨有数，民自天民天自恤。

我虽穷苦不如人，要亦自是民之一。
形容虽是丧家狗，未肯弭耳争投骨。
倒冠落帻谢朋友，独与蚊雷共圭荜。
故人嗔我不开门，君视我门谁肯屈？
可怜明月如泼水，夜半清光翻我室。
风从南来非雨候，且为疲人洗蒸郁。
褰裳一和快哉谣，未暇饥寒念明日。

〇先将旱势写得淋漓极致，以待下二章转阂。反覆详尽，清绝滔滔，呼作"快哉谣"，不虚也。

去年东坡拾瓦砾，自种黄桑三百尺；
今年刈草盖雪堂，日炙风吹面如墨。
平生懒惰今始悔，老大劝农天所直。
沛然例赐三尺雨，造化无心恍难测。
四方上下同一云，甘霆不为龙所隔。自注：俗有"分龙日"。
蓬蒿下湿迎晓来，灯火新凉催夜织。
老夫作罢得甘寝，卧听墙东人响屐。
奔流未已坑谷平，折苇枯荷恣漂溺。
腐儒粗粝支百年，力耕不受众目怜。
破陂漏水不耐旱，人力未至求天全。
会当作塘径千步，横断西北遮山泉。
四邻相率助举杵，人人知我囊无钱。
明年共看决渠雨，饥饱在我宁关天。
谁能伴我田间饮？醉倒惟有支头砖。

〇旱而得雨，因雨而筹及于破陂之漏水，思作塘以遮泉。由去年、今年，而并预算明年，绝不为愁霖计者。三诗如各自成章，乃正其神明于断续合离之法。

◇《东坡先生年谱》曰："元丰壬戌，先生在黄州，寓居临皋亭，就东坡筑雪堂，自号'东坡居士'。以《东坡图》考之，自黄州门南至雪堂，四百三十步。堂以大雪中为之，因绘雪于四壁之间无容隙，其名盖起于此。先生自书'东坡雪堂'四字以榜之。先生自临皋迁雪堂，在壬戌十月之后，和孔毅父诗云'去年太岁空在酉'，乃指去年辛酉言之也。"

天公号令不再出，十日愁霖并为一。
君家有田水冒田，我家无田忧入室。
不如西州杨道士，万里随身惟两膝。
沿流不恶泝亦佳，一叶扁舟任飘突。
山芎麦麹都不用，泥行露宿终无疾。
夜来饥肠如转雷，旅愁非酒不可开。
杨生自言识音律，洞箫入手清且哀。
不须更待秋井塌，见人白骨方衔杯。

○前两章言旱、言雨，已各词意周浃。此章言甚雨，"君家有田水冒田，我家无田忧入室"二句，情状已尽；下只就杨道士为言，与雨旱都不相值，张弛无所不妙也。杨万里独赏结二句，"不须更待秋井塌，见人白骨方衔杯"，谓其用杜诗，得翻案法，抑亦末矣。首作以"饥人忽梦"起、以"未暇饥寒念明日"结，次作云"饥饱在我宁关天"，三作云"夜来饥肠如转雷"，微作呼应之语，缨带无痕。

◇施宿曰："先生为杨道士书一帖云：'仆谪居黄冈绵竹，武都山道士杨世昌子京，自庐山来过余。其人善画山水，能鼓琴，晓星历，通知黄白药术，可谓艺矣。'又一帖云：'十月十五日夜，与杨道士泛舟赤壁。'按《次毅父韵》第三首，载西州杨道士凡数联，因此帖，知为世昌；诗中又言善吹洞箫，其自庐山从公，盖壬戌之夏，《前赤壁赋》云'客有吹洞箫者'，殆是杨也。"

初秋寄子由

百川日夜逝，物我相随去；惟有宿昔心，依然守故处。
忆在怀远驿，闭门秋暑中。藜羹对书史，挥汗与子同。
西风忽凄厉，落叶穿户牖。子起寻夹衣，感叹执我手：
朱颜不可恃，此语君莫疑；别离恐不免，功名定难期。
当时已悽断，况此两衰老。失涂既难追，学道恨不早。
买田秋已议，筑室春当成。雪堂风雨夜，已作对床声。

○五言转韵，能一气旋折，笔愈转而情愈深、味愈长。此等诗，他人不能为；在集中，亦惟与子由往复数章仅见之。

◇林子仁曰："怀远驿，盖先生与子由应制京师时，尝寓于此，是岁嘉祐五年也。黄州东南三十里，地名沙湖，先生尝买田其间，故云'买田秋已议'。"

和蔡景繁海州石室

芙蓉仙人旧游处，自注：石曼卿也。苍藤翠壁初无路。
戏将桃核裹黄泥，石间散掷如风雨。
坐令空山作锦绣，倚天照海花无数。
花间石室可容车，流苏宝盖窥灵宇。
何年霹雳起神物？玉棺飞出王乔墓。
当时醉卧动千日，至今石缝余糟醑。
山人一去五十年，花老室空谁作主？

手植数松今偃盖,苍髯白甲低琼户。
我来取酒酹先生,后车仍载胡琴女。
一声冰铁散岩谷,海为澜翻松为舞。
尔来心赏复何人?持节中郎醉无伍。
独临断岸呼出日,红波碧巘相吞吐。
径寻我语觅余声,拄杖彭铿叩铜鼓。
长篇小字远相寄,一唱三叹神悽楚。
江风海雨入牙颊,似听石室胡琴语。
我今老病不出门,海山岩洞知何许。
门外桃花自开落,床头酒瓮生尘土。
前年开阁放柳枝,今年洗心参佛祖。
梦中旧事时一笑,坐觉俯仰成今古。
愿君不用刻此诗,东海桑田真旦暮。

○石延年通判海州,使人以泥裹桃核,弹掷山岭之上,一二岁间,花发满山,诚为胜举。诗援此说入,自首句至"苍髯白甲低琼户"以上,皆言石事。继述旧游,而以和诗之意终焉。舒展春容,有"大海回波生紫澜"之妙。

◇施元之曰:"蔡景繁名承禧,临川人。中嘉祐进士第,知雩都县,擢监察御史里行。后出为淮南转运副使,置使楚州。东坡谪黄,实在部内,独拳拳慰藉。行部访之,东坡有答蔡景繁帖云:'朐山临海石室,信如所谕。前某尝携家一游,时有胡琴婢,就室中作《濩索》《凉州》,凛然有冰车铁马之声。婢去久矣,因公复起一念,若果游此,必有新篇,当破戒奉和也。'又云:'海上奇观,恨不与公同游。大篇或可追赋。'景繁往游,既赋诗,坡为属和。前所述皆指石曼卿,'后车''胡琴'云云,皆帖中语意;又'前年开阁'云云,即所谓'婢去久矣,因公复起一念'。

用此帖为证,而诗乃粲然。"

小饮公瑾舟中

青泥赤日午相烘,走访船窗柳影中。
辍我东坡无限睡,赏君南浦不赀风。
坐观邸报谈迁叟,闲说滁山忆醉翁。
此去澄江三万顷,只应明月照还空。

<small>自注:邓,滁人也。是日座中观邸报,云叟入下省。</small>

○酒坐剧谈,啸傲之概可想。

过江夜行武昌山上闻黄州鼓角

清风弄水月衔山,幽人夜渡吴王岘。
黄州鼓角亦多情,送我南来不辞远。
江南又闻出塞曲,半杂江声作悲健。
谁言万方声一概,鼍愤龙愁为余变。
我记江边枯柳树,未死相逢真识面。
他年一叶溯江来,还吹此曲相迎饯。

○已去之地,鼓角多情;新至之处,曲声悲健。妙是半杂江声,通彼我之怀,觉行役宵中,有声有色。

自兴国往筠宿石田驿南廿五里野人舍

溪上青山三百叠,快马轻衫来一抹。
倚山修竹有人家,横道清泉知我渴。

芒鞋竹杖自轻软,蒲荐松床亦香滑。
夜深风露满中庭,惟见孤萤自开阖。
○"孤萤开阖"之句,较"暗飞萤自照",更泠然善也。

圆通禅院,先君旧游也;四月二十四日晚至宿焉。
明日先君忌日也,乃手写宝积献盖颂佛一偈,
以赠长老仙公。仙公抚掌笑曰:"昨夜梦宝盖飞下,
着处辄出火,岂此祥乎?"乃作是诗。
院有蜀僧宣逮,事讷长老、识先君云

石耳峰头路接天,梵音堂下月临泉。
此生初饮庐山水,他日徒参雪宝禅。
袖里宝书犹未出,梦中飞盖已先传。
何人更识嵇中散,野鹤昂藏未是仙。
○诗简于题。题中之意,诗无剩语;题外之意,诗有余情。体赡律调,咀味无尽。

题西林壁

横看成岭侧成峰,远近高低各不同。
不识庐山真面目,只缘身在此山中。
○能作如是语,始是认取真面目者。《妙高峰三日不见而见之别峰》,与此参看。
◇黄庭坚曰:"此老人于般若横说竖说,了无剩语。非其笔端有口,亦安能吐此不传之妙?"

庐山二胜 并引

余游庐山,南北得十五六奇胜,殆不可胜纪,而懒不作诗,独择其尤佳者作二首。

开先漱玉亭

高岩下赤日,深谷来悲风。擘开青玉峡,飞出两白龙。
乱沫散霜雪,古潭摇青空。余流滑无声,快泻双石䂮。
我来不忍去,月出飞桥东。荡荡白银阙,沉沉水精宫。
愿随琴高生,脚踏赤鯶公。手持白芙蕖,跳下清泠中。

○写瀑布奇势迭出,曲尽其妙。此巨灵开山手,徐凝恶诗,诚不足道耳。

◇《庐山记》曰:"山中瀑布十余处,香炉峰与双剑峰在瀑布旁,水源在五老峰顶,西入康王谷为水簾,东为开先之瀑布。"

◇《王注正讹》曰:"开先漱玉亭,王本讹作'开元'。题下注云:'开元禅院,旧传梁昭明太子之居,栖隐也。唐玄宗即位,始号开元。有拓隐桥,玄宗所作。'按黄庭坚《开先禅院修造记略》曰:'南唐中主,年少好文,无经世意,慕物外之名,问舍五老峰下。有野夫献地,买之万金,以为书堂。及即位,以为寺。以野夫献地为己有国之祥,故名开先。后迁洪都,盖尝弭节,故榻与画像存焉。'又《山志》称:'中主读书台在寺后。'世以为李后主者,误;以为梁昭明者,尤误。开先寺本末甚明,无可疑者,王本既讹'开先'为'开元',又讹南唐之玄宗为唐开元、天宝之玄宗,又云唐玄宗即位始号开元,其杜撰踳驳乃尔。梅溪何至是,想后人伪托耶?"

栖贤三峡桥

吾闻太山石,积日穿线溜;况此百雷霆,万世与石斗。
深行九地底,险出三峡右。长输不尽溪,欲满无底窦。
跳波翻潜鱼,震响落飞狖。清寒入山骨,草木尽坚瘦。
空濛烟霭间,澒洞金石奏。弯弯飞桥出,潋潋半月彀。
玉渊神龙近,雨雹乱晴昼。垂瓶得清甘,可咽不可漱。

○奇景以精理通之,发为高谈,结为幽艳,络绎间起,使人应接不暇。

◇《苕溪渔隐丛话》曰:"《三峡桥》诗'清寒入山骨,草木尽坚瘦',此等语精研绝韵,真他人道不到也。"

◇苏辙《栖贤僧堂记》曰:"元丰三年,余过庐山,入栖贤谷。谷中多大石,岌嶪相倚,水行石间,其声如雷霆,又如千乘车行者,震掉不能自持,虽三峡之险不过也,故桥曰'三峡'。"

◇《庐山前录》曰:"过栖贤,路稍崎岖,然不妨观山也。约十余里,至三峡桥。苏黄门所记,殆非夸词。自此行石衢,至玉渊亭,涧水披石,陡落汇为龙湫,雪溅雷吼,不减三峡。"

岐亭五首 并引(录三首)

元丰三年正月,余始谪黄州。至岐亭北二十五里山上,有白马青盖来迎者,则余故人陈慥季常也。为留五日,赋诗一篇而去。明年正月,复往见之,季常使人劳余于中途。余久不杀,恐季常之为余杀也,则以前韵作诗,为杀戒以遗季常。季常自尔不复杀,而岐亭之人多化之,有不食肉者。其后数往见之,往必作诗,诗必以前韵。凡余在黄四年,三往见季常,季常七来见余,盖相从百余日也。七年四月,余量移汝州,自江淮徂洛，送者皆止慈湖，而季常独至九江。乃复用前韵，通为五首以赠之。

昨日云阴重，东风融雪汁。远林草木暗，近舍烟火湿。
下有隐君子，啸歌方自得。知我犯寒来，呼酒意颇急。
抚掌动邻里，遶村捉鹅鸭。房栊锵器声，蔬果照巾幂。
久闻蒌蒿美，初见新芽赤。洗盏酌鹅黄，磨刀削熊白。
须臾我径醉，坐睡落巾帻。醒时夜向阑，唧唧铜瓶泣。
黄州岂云远，但恐朋友缺。我当安所主？君亦无此客。
朝来静庵中，惟见峰峦集。

○从呼酒说到径醉，醉而复醒，写出啸傲自适，颓然兀然，真不知何者是主、何者是客。

我哀篮中蛤，闭口护残汁；又哀网中鱼，开口吐微湿。
刳肠彼交病，过分我何得？相逢未寒温，相劝此最急。
不见卢怀慎，烝壶似烝鸭。坐客皆忍笑，髡然发其羃：
不见王武子，每食刀几赤。琉璃载烝独，中有人乳白。
卢公信寒陋，衰发得满帻。武子虽豪华，未死神已泣。
先生万金璧，护此一蚁缺。一年如一梦，百岁真过客。
君无废此篇，严诗编杜集。

○通篇俱为戒杀而作，"未死神已泣"一语，尤恻恻动人。中用郑余庆事，误作卢怀慎，《艺苑雌黄》指摘之，然未足为此诗病也。

◇《许顗诗话》曰："东坡赠季常诗戒其杀生，末云'君无废此篇，严诗编杜集'，谓严武也。工部集中，有武倡和数首。"

枯松强钻膏，槁竹欲沥汁。两穷相值遇，相哀莫相湿。

不知我与君，交游竟何得。心法幸相语，头然未为急。
愿为穿云鹘，莫作将雏鸭。我行及初夏，煮酒映疏幕。
故乡在何许？西望千山赤。兹游定安归？东泛万顷白。
一欢宁复再，起舞花堕帻。将行出苦语，不用儿女泣。
吾非固多矣，君岂无一缺？各念别时言，闭户谢众客。
空堂净扫地，虚白道所集。

○临别互相劝勉，匡其所不及，不徒作依依恋恋之词。同心之言，其谊古、其情深矣。

◇《缃素杂记》曰："世俗相传，古诗不必拘于用韵。余谓不然，如杜少陵《早发射洪县及字韵》诗，皆用'缉'字一韵，未尝用外韵也。又观东坡与陈季常'汁'字韵一篇诗，而用六韵，殊与老杜异；其他侧韵诗，多如此。以其名重当世，无敢訾议。"

◇《苕溪渔隐丛话》曰："黄朝英之言，非也。老杜侧韵诗，何尝不用外韵？今若以一篇诗偶不用外韵，遂为定格，则老杜何以谓之'能兼众体'也？黄既不细考老杜诸诗，又且轻议东坡，尤为可笑。"

郭祥正家醉画竹石壁上，郭作诗为谢且遗二古铜剑

空肠得酒芒角出，肝肺槎牙生竹石。
森然欲作不可回，吐向君家雪色壁。
平生好诗仍好画，书墙涴壁长遭骂。
不瞋不骂喜有余，世间谁复如君者？
一双铜剑秋水光，两首新诗争剑铓。
剑在床头诗在手，不知谁作蛟龙吼！

○画从醉出，诗特为醉笔洗剔精神。读起四句，森然动魄

也。句句巉绝，在集中另辟一格。

龙尾砚歌　并引

余旧作《凤咮石砚铭》，其略云：苏子一见名凤咮，坐令龙尾差牛后。已而求砚于歙，歙人云：子自有凤咮，何以此为？盖不能平也。奉议郎方君彦德，有龙尾大砚，奇甚，谓余若能作诗，少解前语者，当奉饷，乃作此诗。

黄琮白琥天不惜，顾恐贪夫死怀璧。
君看龙尾岂石材，玉德金声寓于石。
与天作石来几时？与人作砚初不辞。
诗成鲍谢石何与？笔落钟王砚不知。
锦茵玉匣俱尘垢，捣练支床亦何有。
况瞋苏子凤咮铭，戏语相嘲作牛后。
碧天照水风吹云，明窗大几清无尘。
我生天地一闲物，苏子亦是支离人。
粗言细语都不择，春蚓秋蛇随意画。
愿随苏子老东坡，仁者不用生分别。

○前用解嘲，后更讽以通人之论，雄恣逸宕，奇矫无前。集中凤咮砚三铭，各以遒炼为工；不可无此，作荡漾之气。

次韵杭人裴维甫

余杭门外叶飞秋，尚记居人挽去舟。
一别临平山上塔，五年云梦泽南州。
凄凉楚些缘吾发，邂逅秦淮为子留。

寄谢西湖旧风月，故应时许梦中游。

同王胜之游蒋山

到郡席不暖，居民空惘然。好山无十里，遗恨恐他年。
欲款南朝寺，同登北郭船。朱门收画戟，绀宇出青莲。
自注：荆公以宅为寺。
夹路苍髯古，迎人翠麓偏。龙腰蟠故国，鸟爪寄曾巅。
竹杪飞华屋，松根泫细泉。峰多巧障日，江远欲浮天。
略彴横秋水，浮屠插暮烟。归来踏人影，云细月娟娟。
○次第写景，不必作崚嶒郁屈之势，而斲削精洁，神彩欲飞，不独"峰多""江远"一联，差肩杜老。
◇《西清诗话》曰："元丰中，王荆公在金陵，东坡自黄北迁日，与公游，尽论古昔，文字间即俱味禅悦。公叹息谓人曰：'不知更几百年，方有如此人物。'东坡渡江至仪真，赋此诗，公亟取读之，至'峰多巧障日，江远欲浮天'，乃抚几曰：'老夫平生作诗，无此二句。'"

送沈逵赴广南

嗟我与君皆丙子，四十九年穷不死。
君随幕府战西羌，夜渡冰河斫云垒。
飞尘涨天箭洒甲，归对妻孥真梦耳。
我谪黄冈四五年，孤舟出没烟波里。
故人不复通问讯，疾病饥寒疑死矣。
相逢握手一大笑，白发苍颜略相似。

我方北渡脱重江，君复南行轻万里。
功名如幻何足计，学道有涯真可喜。
句漏丹砂已付君，汝阳瓮盎吾何耻。
君归趁我鸡黍约，买田筑室从今始。
○就两人境遇不同处，抒写尽致；而以道牙日就，作无聊解脱之词，觉满纸毫飞墨喷，一时怡然冰释。

豆　粥

君不见滹沱流澌车折轴，公孙仓皇奉豆粥。
湿薪破灶自燎衣，饥寒顿解刘文叔。
又不见金谷敲冰草木春，帐下烹煎皆美人。
萍虀豆粥不传法，咄嗟而办石季伦。
干戈未解身如寄，声色相缠心已醉。
身心颠倒自不知，更识人间有真味。
岂如江头千顷雪色芦，茅簷出没晨烟孤。
地碓舂秔光似玉，沙缾煮豆软如酥。
我老此身无着处，卖书来问东家住。
卧听鸡鸣粥熟时，蓬头曳履君家去。
○起伏开阖，气伟采奇，青莲无以过。
◇《苕溪渔隐丛话》曰："东坡于饮食作诗，赋以写之，往往皆臻其妙，如《老饕赋》《豆粥诗》，是也。"

秦少游梦发殡而葬之者云是刘发之柩，是岁发首荐。秦以诗贺之，刘泾亦作，因次其韵

君看三代士执雉，本以杀身为小补。

居官死职战死绥，梦尸得官真古语。
五行胜己斯为官，官如草木吾如土。
仕而未禄犹宾客，待以纯臣盖非古。
馈焉曰献称寡君，岂比公卿相尔汝。
世衰道微士失己，得丧悲欢反其故。
草袍芦箄相妩媚，饮食嬉游事群聚。
曲江船舫月灯毬，是谓舞殡而歌墓。
看花走马到东野，余子纷纷何足数。
二生年少两豪逸，诗酒不知轩冕苦。
故令将仕梦发棺，劝子勿为官所腐。
涂车刍灵皆假设，著眼细看君勿语。
时来聊复一飞鸣，进隐不须烦仆举。

○说得通透，使人心融神释。凡经史传记百家之言，信手拈来，无不贯穿协合。前古诗人，未尝有此，此所谓"诗到苏黄尽"也。

徐大正闲轩

冰蚕不知寒，火鼠不知暑。知闲见闲地，已觉非闲侣。
君看东坡翁，懒散谁比数？形骸堕醉梦，生事委尘土。
蚤眠不见灯，晚食或鼓午。卧看氈取盗，坐视麦漂雨。
语希舌频强，行少腰脚偻。五年黄州城，不蹋黄州鼓。
人言我闲客，置此闲处所。问闲作何味？如眼不自睹。
颇讶徐孝廉，得闲能几许？介子愿奉使，翁归备文武。
应缘不耐闲，名字挂庭宇。我诗为闲作，更得不闲语。
君如汗血驹，转盼略燕楚。莫嫌銮辂重，终胜盐车苦。

○为"闲"字下转语，转转无竭，是问是答，两无缚脱。以偈颂体入诗，自雪堂始也。

◇施元之曰："徐大正因其先君猷守黄州，始从公游，秦少游为作《闲轩记》。"

高邮陈直躬处士画雁二首

野雁见人时，未起意先改。君从何处看，得此无人态？
无乃槁木形，人禽两自在。北风振枯苇，微雪落璀璀。
惨澹云水昏，晶荧沙砾碎。弋人怅何慕？一举渺江海。

众禽事纷争，野雁独闲洁，徐行意自得，俯仰若有节。
我衰寄江湖，老伴杂鹅鸭。作书问陈子，晓景画苕雪。
依依聚圆沙，稍稍动斜月。先鸣独鼓翅，吹乱芦花雪。
○色斯举矣，语隐而不发。前作更从未起时，见其意之先改；后作又于安翔徐徊处，见其意之自得。诗中画，画中诗，二难并矣。

次韵王定国南迁回见寄

土晕铜花蚀秋水，要须悍石相砻砥。
十年冰蘖战膏粱，万里烟波濯纨绮。
归来诗思转清激，百丈空潭数鲂鲤。
逝将桂浦撷兰苏，不记槐堂收剑履。
却思庾岭今何在，更说彭城真梦耳。自注：来诗述彭城旧游。
君知先竭是甘井，我愿得全如苦李。

妄心不复九回肠，至道终当三洗髓。

广陵阳羡何足较，自注：余买田阳羡，来诗以为不如广陵。只有无何真我里。

乐全老子今禅伯，自注：谓张安道也，定国其婿。掣电机锋不容拟。

心通岂复问云何，印可聊须答如是。

相逢为我话留滞，桃花春涨孤舟起。

○盘空硬语，具体昌黎。

◇《王定国诗集叙》曰："定国以余故得罪，贬海上三年，一子死贬所，一子死于家，定国亦病几死。余意其怨我甚，不敢以书相闻。而定国归至江西，以其岭外所作诗数百首寄余，皆清平丰融，蔼然有治世之音，其言与志得道行者无异。幽忧愤叹之作，盖亦有之矣；特恐死岭外而天子之恩不及报，以忝其父祖耳。孔子曰：'不怨天，不尤人。'定国且不我怨，而肯怨天乎？余然后废卷而叹，自恨其人之浅也。"

◇《墨庄漫录》曰："王定国寄诗于东坡，答书云：'新诗篇篇皆奇，老拙此回真不及矣。穷人之具，辄欲交割与公。'魏道辅见而笑曰：'定国亦难作交代，只是且权摄耳。'"

卷三十八

眉山苏轼诗七

泗州南山监仓萧渊东轩二首

偶随樵父采都梁，_{自注：南山名都梁山，出都梁香故也。}竹屋松扉试乞浆。

但见东轩堪隐几，不知公子是监仓。

谿中乱石墙垣古，山下寒蔬匕箸香。

我是江南旧游客，挂冠知有老萧郎。

北望飞尘苦画霾，洗心聊复寄东斋。

珍禽声好犹思越，野橘香清未过淮。

有信微泉来远岭，无心明月转空阶。

一官仓庾真堪老，坐看松根络断崖。

〇有幽邃之趣，萧条高寄，尽得风流。前者结句用"老萧郎"，亦本香山"能文好饮老萧郎"之句。《容斋》引"老元"为例而不引此，疏矣。

◇《容斋三笔》曰："东坡赋诗，用人姓名，多以'老'字足成句。《萧渊东轩》云'挂冠知有老萧郎'，《寿州龙潭》云'观鱼并记老庄周'，《病不起赴会》云'空对亲春老孟光'，《看潮》云'犹似浮江老阿童'，《赠黄山人》云'说禅长笑老浮屠'，

《元长老衲裙》云'乞与伴狂老万回',《侍立迩英》云'定是香山老居士',《赠李道士》云'知是香山老居士',《蒜山亭》云'奇逸多闻老敬通',《汶公东堂》云'一帖空存老遂良',《次韵韶守》云'华发萧萧老遂良',《游罗浮》云'还须略报老同叔',《赠辩才》云'中有老法师',《寄子由》云'青山老从事',《赠眼医》云'忘言老尊宿',《谢惠酒》云'青州老从事',《谢饷鱼》云'谁似老方朔',《赠吴子野扇》云'得之老月师',《次韵李端叔》云'此是老牛戬'。是皆以为助语,非真谓其老也。大抵七言则于第五字用之,五言则于第三字用之。若其他错出如'再说走老瞒','故人余老庞','老濞宫妆传父祖','便腹从人笑老韶','老可能为竹写真','不知老奘几时归'之类,皆随语势而然。白乐天云'每被老元偷格律',盖亦有自来矣。"

寄蕲簟与蒲传正

兰溪美箭不成笛,离离玉箸排霜脊。
千沟万缕自生风,入手未开先惨慄。
公家列屋闲蛾眉,珠帘不动花阴移。
雾帐银床初破睡,牙签玉局坐弹棋。
东坡病叟长羁旅,冻卧饥吟似饥鼠。
倚赖春风洗破衾,一夜雪寒披故絮。
火冷灯青谁复知,孤舟儿女自嘤咿。
皇天何时反炎燠,愧此八尺黄琉璃。
愿君静扫清香阁,卧听风漪声满榻。
习习还从两腋生,请公乘此朝阊阖。

○蒲性奢靡,故因寄簟而特作饥寒之语以讽之,古人之谊也。昔郑群当暑湿之时,赠簟于昌黎,而韩诗有"倒身甘寝百疾愈，却愿天日恒炎曦"之句，妙想独造。此则当春寒之候，寄箪与传正，乃云"皇天何时反炎燠，愧此八尺黄琉璃"，命笔略同。然一则美其适用，一则愧其无用，虽脱胎，仍是翻案也。

◇施元之曰："蒲传正名宗孟，尝以书寄东坡云'晚年学道有所得'，坡答之曰：'闻所得甚高。然有二事特劝：一曰慈，二曰俭。'此诗云'雾帐银床，牙签玉局'，亦可见其奉养矣。"

赠眼医王生彦若

针头如麦芒，气出如车轴。间关脉络中，性命寄毛粟。
而况清净眼，内景含天烛。琉璃贮沆瀣，轻脆不任触。
而子于其间，来往施锋镞。笑谈纷自若，观者颈为缩。
运针如运斤，去翳如拆屋。常疑子善幻，他技杂符祝。
子言吾有道，此理君未瞩。形骸一尘垢，贵贱两草木。
世人方重外，妄见瓦与玉。而我初不知，刺眼如刺肉。
君看目与翳，是翳要非目。目翳苟二物，易分如麦菽。
宁闻老农夫，去草更伤谷？鼻端有余地，肝胆分楚蜀。
吾于五轮间，荡荡见空曲。如行九轨道，并驱无击毂。
空花谁开落，明月自朒朓。请问乐全堂，忘言老尊宿。

自注：彦若，乐泉先生门下医也。

○一意翻腾，发难送解，险语奇词，络绎奔会，令人可怖可喜，忘其为有韵之文。李之仪所谓"极天地之变化"者，此种是也。

观杭州钤辖欧育刀剑战袍

青绫衲衫暖衬甲，红线勒帛光绕胁。

秃襟小袖雕鹘盘，大刀长剑龙蛇柙。
两军鼓噪屋瓦坠，红尘白羽纷相杂。
将军思重此身轻，笑履锋铓如一插。
书生只肯坐帷幄，谈笑毫端弄生杀。
叫呼击鼓催上竿，猛士应怜小儿黠。
试问黄河夜偷渡，掠面惊沙寒霎霎。
何如大舰日高眠，一枕清风过苕霅。
　〇将军轻履锋铓，而书生帷幄谈笑，似为文史牵掣，深其扼腕者。黄河惊沙掠面，不如苕霅一枕清风，岂诚闲寂为高，乃其叹息痛恨之至也。笔力峭崒，殆如刃发于硎。

王伯敭所藏赵昌花四首

梅　花
南行渡关山，沙水清练练。行人已愁绝，日暮集微霰。
殷勤小梅花，髣髴吴姬面。暗香随我去，回首惊千片。
至今开画图，老眼凄欲泫。幽怀不可写，归梦君家倩。

黄　葵
弱质困夏永，奇姿苏晓凉。低昂黄金盃，照耀初日光。
檀心自成晕，翠叶森有芒。古来写生人，妙绝谁似昌？
晨妆与午醉，真态含阴阳。君看此花枝，中有风露香。

芙　蓉
清飙已拂林，积水渐收潦。溪边野芙蓉，花水相媚好。

坐看池莲尽,独伴霜菊槁。幽姿强一笑,暮景迫摧倒。
凄凉似贫女,嫁晚惊衰早。谁写少年容,樵人剑南老。
○于衰落处写其丰韵,贫女之喻,凄然感怀。

山　茶

萧萧南山松,黄叶陨劲风。谁怜儿女花,散火冰雪中。
能传岁寒姿,古来惟丘翁。赵叟得其妙,一洗胶粉空。
掌中调丹砂,染此鹤顶红。何须夸落墨,独赏江南工。

书林逋诗后

吴侬生长湖山曲,呼吸湖光饮山绿。
不论世外隐君子,佣奴贩妇皆冰玉。
先生可是绝俗人,神清骨冷无由俗。
我不识君曾梦见,瞳子瞭然光可烛。
遗篇妙字处处有,步绕西湖看不足。
诗如东野不言寒,书似西台差少肉。
平生高节已难继,将死微言犹可录。
自言不作封禅书,更肯悲吟白头曲。
我笑吴人不好事,好作祠堂傍修竹。
不然配食水仙王,一盏寒泉荐秋菊。
○将以称美林逋,乃至谓吴侬之"佣贩"皆如冰玉,深一层说入,而林之神清骨冷,其为高节难继处,不待罗缕矣。轼论文章,尝有"郊寒岛瘦"之目,其《读孟郊诗》有云:"何苦将两耳,听此寒虫号。"又尝论西台御史李建中之书,以为"虽可爱,终可鄙;虽可鄙,终不可弃"。若此篇所言,则谓其诗如东野,而不能至于寒；书似西台，而又不嫌于肉。是兼有孟、李之所长，尽去孟、李之所短也。后人多于"西台"句误会其意，此未深考耳。

◇《归田录》曰："处士林逋，居于杭州西湖之孤山。逋工书画，善为诗，如'草泥行郭索，云木叫钩辀'，颇为士大夫所称。又梅花诗云：'疏影横斜水清浅，暗香浮动月黄昏。'评诗者谓前世咏梅者多矣，未有此句也。又其临终为句云：'茂陵他日求遗草，犹喜初无封禅书。'尤为人称诵。自逋之后，湖山寂寞，未有继者。"

◇《香祖笔记》曰："郎瑛《七修类稿》，举东坡跋林和靖诗：'诗如东野不言寒，书似西台差少肉'，以西台为南唐李建中，谬甚。南唐太弟太傅李建勋，非建中也。建中宋初人，为西京御史，故称'西台'。其书与杨风子先后齐名，苏、黄常称之，郎未知也。"

溪阴堂

白水满时双鹭下，绿槐高处一蝉吟。

酒醒门外三竿日，卧看溪南十亩阴。

◇《高斋诗话》曰："子美（杜甫）诗曰：'两个黄鹂鸣翠柳，一行白鹭上青天。窗含西岭千秋雪，门泊东吴万里船。'东坡题真州范氏溪堂诗，盖用老杜诗意也。"

送穆越州

江海相忘十五年，羡公松柏蔚苍颜。

四朝耆旧冰霜后，两郡风流水石间。

旧政犹传蜀父老，先声已振越溪山。
樽前俱是蓬莱守，莫放高楼雪月闲。
◇赵次公曰："蓬莱守盖穆，既守越，而先生将守登，越谓之蓬莱者。元微之守越，以州宅夸白乐天诗云：'我是玉皇香案吏，谪居犹得在蓬莱。'今越州有蓬莱阁，及（乃）以酒名也；登州有莱山依郭，乃蓬莱县。故越、登，皆可称蓬莱守。"

金山妙高台

我欲乘飞车，东访赤松子。蓬莱不可到，弱水三万里。
不如金山去，清风半帆耳。中有妙高台，云峰自孤起。
仰观初无路，谁信平如砥。台中老比丘，碧眼照窗几。
巉巉玉为骨，凛凛霜入齿。机锋不可触，千偈如翻水。
何须寻德云，即此比丘是。长生未暇学，请学长不死。

〇若先谈妙高之胜，而别称赤松、蓬莱，以作波澜，便是人人意中所有。妙在于未入题之前，作破空而来之势，远望参参，若攒图之托霄上。

赠杜介　并引

元丰八年七月二十五日，杜幾先自浙东还，与余相遇于金山，话天台之异，以诗赠之。

我梦游天台，横空石桥小。秋风吹罔露，翠湿香袅袅。
应真飞锡过，绝涧度云鸟。举意欲从之，翛然已松杪。
微言粲珠玉，未说意先了。觉来如堕空，耿耿窗户晓。
群生陷迷网，独达从古少。杜叟子何人，长啸万物表。
妻孥空四壁，振策念轻矫。遂为赤城游，飞步凌缥缈。

问禅不归舍，屡为瓠壶绕。何人识此志，佛眼自照瞭。
我梦君见之，卓尔非魔娆。仙葩发茗碗，鄾刻分葵蓼。
从今更不出，闭户闲骖骎裹。时从佛顶岩，驰下变莲沼。
　　○不述杜介之话，而自述梦游，使实境从空中出，笔端玲珑缥缈，不落尘凡。
　　◇赵次公曰："'仙葩发茗碗，鄾刻分葵蓼'，此言其所点茶之详也。先生《十八罗汉颂后跋》云：'轼家藏十六罗汉像，每设茶供，则化为白乳，或凝为花木桃李芍药，仅可指名。'"

送杨杰　并引

　　无为子尝奉使登泰山绝顶，鸡一鸣，见日出；又尝以事过华山，重九日，饮酒莲花峰上；今乃奉诏，与高丽僧统游钱塘。皆以王事，而从方外之乐，善哉！未曾有也，作是诗以送之。

天门夜上宾出日，万里红波半天赤。
归来平地看跳丸，一点黄金铸秋橘。
太华峰头作重九，天风吹滟黄花酒。
浩歌驰下腰带鞓，醉舞崩崖一挥手。
神游八极万缘虚，下视蚊雷隐污渠。
大千一息八十返，笑厉东海骑鲸鱼。
三韩王子西求法，凿齿弥天两勍敌。
过江风急浪如山，寄语舟人好看客。

　　○直叙三事，奔荡之音，郁为壮伟。昔李白登华山落雁峰，曰："恨不携谢朓惊人之诗来，搔首问青天"；此诗奇胜，亦足与泰、华争巍峨矣。
　　◇赵夔曰："元祐二年，高丽僧义天，航海问道至明州。传云：'义天弃王位出家，上疏乞遍历丛林，问法受道。有诏朝奉郎杨杰次公馆伴,所至吴中,诸刹皆迎饯如王臣礼。'"

次韵送徐大正　并序

自注:尝与余约,卜邻于江淮间。将赴登州,同舟至山阳,以诗见送留别。

别时酒醆照灯花,知我归期渐有涯。
去岁渡江萍似斗,今年并海枣如瓜。
多情明月邀君共,无价青山为我赊。
千首新诗一竿竹,不应空钓汉江槎。

○因有卜邻之约,故曰"无价青山为我赊";因与同舟,故曰"多情明月邀君共"。运实于虚,钩绵秀绝。

杨康功有石状如醉道士为赋此诗

楚山固多猿,青者黠而寿。化为狂道士,山谷恣腾蹂。
误入华阳洞,窃饮茅君酒。君命囚岩间,岩石为械杻。
松根络其足,藤蔓缚其肘;苍苔眯其目,丛棘哽其口。
三年化为石,坚瘦敌琼玖。无复号云声,空余舞杯手。
樵夫见之笑,抱卖易升斗。杨公海中仙,世俗那得友。
海边逢姑射,一笑微俯首。胡不载之归,用此顽且丑。
求诗纪其异,本末得细剖。吾言岂妄云,得之亡是叟。

○猿化石,石化道士,都是课虚责有。此特偶尔以文为戏,非《武昌铜剑歌》等可比也。故结出"吾言其妄云,得之亡是叟",见所谓妄者,乃不妄;不妄者,乃妄耳。

◇吕氏《童蒙训》曰:"此诗穷极思致,出新意于法表,前贤所未到。然学者专力于此,则亦失古人作诗之意。"

◇韩驹曰:"东坡作文,如天花变现,初无根叶,不可揣测。如作《醉石道士》诗,共二十八句,却二十六句作假说,惟用两句收拾;及作《鹤叹》,则又替鹤分明。"

海市 并引

予闻登州海市旧矣。父老云,常出于春夏,今岁晚,不复见矣。予到官五日而去,以不见为恨。祷于海神广德王之庙,明日见焉,乃作此诗。

东方云海空复空,群山出没空明中。
荡摇浮世生万象,岂有贝阙藏珠宫。
心知所见皆幻影,敢以耳目烦神工。
岁寒水冷天地闭,为我起蛰鞭鱼龙。
重楼翠阜出霜晓,异事惊倒百岁翁。
人间所得容力取,世外无物谁为雄?
率然有请不我拒,信我人厄非天穷。
潮阳太守南迁归,喜见石廪堆祝融。
自言正直动山鬼,岂知造物哀龙钟。
信眉一笑岂易得,神之报汝亦已丰。
斜阳万里孤鸟没,但见碧海磨青铜。
新诗绮语亦安用,相与变灭随东风。

〇海市只是重楼翠阜,此固不尽形容,亦正不能形容也。从未见之前、既见之后,与岁晚得见之异,结撰至思,炜炜精光,欲夺人目。

◇《文昌杂录》曰:"余见光禄卿解宾王说,登州每晴霁,烟雾中有城阙楼阁,人物、车马、鸡犬往来之状,彼人谓之'海市'。"

过莱州雪后望三山

东海如碧环,西北卷登莱。云光与天色,直到三山回。
我行适冬仲,薄雪收浮埃。黄昏风絮定,半夜扶桑开。
参差太华顶,出没云涛堆。安期与羡门,乘龙安在哉?
茂陵秋风客,劝尔麾一杯。帝乡不可期,楚些招归来。

次韵胡完夫

青衫别泪尚斓斑,十载江湖困抱关。
老去上书还北阙,朝来挂笏看西山。
相从杯酒形骸外,笑说平生醉梦间。
万事会须咨伯始,白头容我占清闲。

送范纯粹守庆州

才大古难用,论高常近迂。君看赵魏老,乃为滕大夫。
浮云无根蒂,黄潦能须臾。知经几成败,得见真贤愚。
羽旄照城阙,谈笑安隔(边)隅。当年老使君,赤手降於菟。
诸郎更何事,折箠鞭其雏?吾知邓平叔,不斗月支胡。
○旧德之思,良友之谊,勤勤恳恳,意余于词。
◇施元之曰:"范纯粹字德孺,文正公之季子。哲宗即位,以直龙图阁、京东转运副使,代其兄忠宣公守庆,请弃所侵西夏地曰:'争地未弃,则边隙无时可除。'于是还四砦,而夏人服此。诗言文正公在仁宗时,李元昊叛命,讫以计降之;德孺守庆州,竟如先生所期云。"

惠崇春江晚景二首（录一首）

竹外桃花三两枝,春江水暖鸭先知。
蒌蒿满地芦芽短,正是河豚欲上时。

◇《苕溪谷渔隐丛话》曰:"东坡破题,惠崇画诗,此正是二月景致。是时河豚已盛矣,'欲上'之语,似乎未稳。"

◇《图画见闻志》曰:"建阳僧惠崇,尤工小景,为寒汀远渚、萧洒虚旷之象,人所难到。"

◇《清波杂志》曰:"崇非但能诗画,亦有名,世谓'惠崇小景'者是也。"

次韵完夫再赠之什,某已卜居毗陵,与完夫有庐里之约云

柳絮飞时笋箨斑,风流二老对开关。
雪芽为我求阳羡,乳水君应饷惠山。
竹簟水风眠书永,玉堂制草落人间。
应容缓急烦闾里,桑柘聊同十亩闲。

○轼始因免汝州居住,而居宜兴;其后海外北还,无以为归,复暂至常州,才两月而已。是诗应作于元丰乙丑春,放归阳羡之时,故以"柳絮飞时"发兴。其住常州,亦止两月余,闾里之约,盖终不遂其乐也。

次韵朱光庭初夏

朝罢人人识郑崇,直声如在履声中。

卧闻疏响梧桐雨，独咏微凉殿阁风。
谏苑君方续承业，醉乡我欲访无功。
陶然一枕谁呼觉，牛蚁初除病后聪。
○唐人传诵之语，一经裁剪对仗，辄觉别调氤氲。
◇《艺苑雌黄》曰："陈辅之以《新唐书》改柳公权'殿阁生微凉'为'殿桷生余凉'，此两字有功于修词。予谓辅之此语无甚意义，今世所传，多只用公权旧语。故东坡诗云'独咏微凉殿阁风'，不闻有'殿桷余凉'之说。"
◇《困学纪闻》曰："'谏苑君方续承业'，隋乐运字承业，录夏殷以来谏争事，名《谏苑》，文帝览而嘉焉。注谓'《南史》：李承业作《谏苑》'，误矣。"

送贾讷倅眉二首（录一首）

老翁山下玉渊回，手植青松三万栽。
父老得书知我在，蓬蒿亲手为君开。
试看一一龙蛇舞，更听萧萧风雨哀。
便与甘棠同不剪，苍髯白甲待归来。自注：先君葬于蟇颐山之东二十余里，地名老翁泉，君许为一往，感叹之深，故及之。
○为情造文，通篇独就"青松"回环往复，语浅而思深。

题文与可墨竹　并引

　　故人文与可，为道师王执中作墨竹，且谓执中勿使他人书字，待苏子瞻来，令作诗其侧。与可既没八年，而轼始还朝见之，乃赋一诗。

斯人定何人，游戏得自在。诗鸣草圣余，兼入竹三昧。

时时出木石，荒怪轶象外。举世知珍之，赏会独余最。
知音古难合，奄忽不少待。谁云生死隔，相见如龚隗。

○集中有《书文与可墨竹绝句序》，曰："与可有四绝，诗一，楚辞二，草书三，画四。与可尝云：'世无知我者，惟子瞻一见，识吾妙处。'"而诗有"空遗运斤质，却吊断弦人"之句，盖作于为王执中题画之前一年。其作《墨君堂记》，谓："与可能墨象君之形容，作堂以居君，而属余为文以颂君德。"又称其画竹之工，以为"与可独能得君之深，而知君之所以贤。雍容谈笑，挥洒奋迅，而尽君之德。稚壮枯老之容，披折偃仰之势，风雪凌厉，以观其操；崖石荦确，以致其节。得志，遂茂而不骄；不得志，瘁瘠而不辱。群居不倚，独立不惧。与可之于君，可谓得其情而尽其性矣"。由此文观之，轼自谓"赏会独余最"者，良非虚语。而文同必待轼来，令作诗其侧，亦见知己惟此一人，岂特笔墨相推重已哉！

武昌西山　并引

嘉祐中，翰林学士承旨邓公圣求为武昌令，常游寒溪西山，山中人至今能言之。轼谪居黄冈，与武昌相望，亦常往来溪山间。元祐元年十一月二十九日，考试馆职，与圣求会宿玉堂，偶语旧事。圣求尝作《元次山窪樽铭》，刻之岩石，因为此诗，请圣求同赋，当以遗邑人，使刻之铭侧。

春江渌涨蒲萄醅，武昌官柳知谁栽？
忆从樊口载春酒，步上西山寻野梅。
西山一上十五里，风驾两腋飞崔嵬。
同游困卧九曲岭，褰衣独到吴王台。

中原北望在何许？但见落日低黄埃。
归来解剑亭前路，苍崖半入云涛堆。
浪翁醉处今尚在，石臼杯饮无樽罍。
尔来古意谁复嗣，公有妙语留山隈。
至今好事除草棘，常恐野火烧苍苔。
当时相望不可见，玉堂正对金銮开。
岂知白首同夜直，卧看椽烛高花摧。
江边晓梦忽惊断，铜环玉锁鸣春雷。
山人怅空猿鹤怨，江湖水生鸿雁来。
请公作诗遗父老，往和万壑松风哀。

○述旧游，则中原迷于落日；叙会宿，则晓梦惊于江边。连互钩贯，情文相生，健笔圆机，开出"剑南"一派。

赵令晏崔白大图幅径三丈

扶桑大茧如瓮盎，天女织绡云汉上。
往来不遣凤衔梭，谁能鼓臂投三丈？
人间刀尺不敢裁，丹青付与濠梁崔。
风蒲半折寒雁起，竹间的皪横江梅。
画堂粉壁翻云幕，十里江天无处著。
好卧元龙百尺楼，笑看江水拍天流。

○有蔚然之光，有苍然之色，有铿然之韵；不徒为是，大言炎炎。

◇《艺苑雌黄》曰："吟诗喜作豪句，须不畔于理，方善。如东坡《观崔白骤雨图》'扶桑大茧如瓮盎'四句，此语豪而甚工。石敏若《咏雪诗》有'燕南雪花大于掌，冰柱悬簷一千丈'

之语，豪则豪矣，然安得尔高屋耶？"

◇《苕溪渔隐丛话》曰："东坡集载此诗，是题《赵令晏崔白大图幅径三丈》，故云'往来不遣风衔梭，谁能鼓臂投三丈'，可谓善造语、能形容者也。《画品》中止有李营丘《骤雨图》，从无崔白者；兼东坡此诗又云'风蒲半折寒雁起，竹间的皪横江海'，乃是崔白《冬景图》，《艺苑》以为《骤雨图》，误矣。"

次韵刘贡父西省种竹

要知西掖承平事，记取刘郎种竹初。

旧德终呼名字外，后生谁续笑谈余。自注：昔李公择种竹馆中，戏语同舍。后人指此竹，必云"李文正手植"。贡父笑曰："文正不独系笔，亦知种竹耶？"时有笔工李文正。

成阴障日行当见，取笋供庖计已疏。

白首林间望天上，平安时报故人书。

轼以去岁春夏侍立迩英，而秋冬之交子由相继入侍，次韵绝句四首各述所怀（录二首）

瞳瞳日脚晓犹清，细细槐花暖自零。

坐阅诸公半廊庙，自注：仆射李公门下韩公、右丞刘公，皆自讲席大用。时看黄色起天庭。

微生偶脱风波地，晚岁犹存铁石心。

定是香山老居士，世缘终浅道根深。自注：乐天自江州司马除忠州刺史，旋以诸客郎中知制诰，遂拜中书舍人。轼虽不敢自比，然谪居黄州，起知文登，召为仪曹，遂忝侍从，出处、老少，大略相似，庶几复享此翁晚节闲适之乐焉。

○俯仰今昔,有激昂颓波之情。

郭熙画《秋山平远》　　自注:文潞公为跋尾。

玉堂昼掩春日闲,中有郭熙画春山。
鸣鸠乳燕初睡起,白波青嶂非人间。
离离短幅开平远,漠漠疏林寄秋晚。
恰似江南送客时,中流回头望云巘。
伊川佚老鬓如霜,卧看秋山思洛阳。
为君纸尾作行草,炯如嵩洛浮秋光。
我从公游如一日,不觉青山暎黄发。
为画龙门八节滩,待向伊川买泉石。

○"秋山平远",只是"离离短幅"四句,却先以玉堂之《春江晓景》,为《秋山》先导;复因文彦博跋尾,致其缠绵郑重之情,而熙画之入妙,已不待更加赞叹矣。

◇《蔡居厚诗话》曰:"学士院旧与宣徽院相邻,今门下后省,乃其故地。玉堂两壁,有巨然画山,董羽画水。宋宣献公为学士时,燕穆之复为六幅山水屏寄之,遂置于中间。元丰末,既修两后省,遂移院于今枢密院之后。今玉堂中屏,乃待诏郭熙所作《春江晓景》。禁中官局,多熙笔迹;而此屏独深妙意,若欲追配前人者。苏儋州尝赋诗云:'玉堂昼掩春日闲,中有郭熙画春山',今遂为玉堂一佳物也。"

次韵张昌言喜雨

千里黄流失故居,年来赤地到青徐。

遥闻争诵十行诏,无异亲巡六尺舆。
精贯天人一言足,云兴岳渎万灵趋。
爱君谁似元和老,贺雨诗成即谏书。

〇寓讽于颂,又援古为说,真能以《三百篇》谏者。

◇白居易元和三年《贺雨》诗曰:"君以明为圣,臣以直为忠,敢贺有其始,亦愿有其终。"

书晁补之所藏与可画竹三首（录二首）

与可画竹时,见竹不见人。岂独不见人,嗒然遗其身。
其身与竹化,无穷出清新。庄周世无有,谁知此凝神。

若人今已无,此竹宁复有?那将春蚓笔,画作风中柳。
君看断崖上,瘦节蛟蛇走。何时此霜竿,复入江湖手。

〇读其"身与竹化"一语,觉《墨君堂记》为繁。次作见画而思其人,却因人亡而叹其画不复得,珍惜之至。

◇李衎《画竹谱》曰:"文湖州教东坡诀云:'竹之始生,一寸之萌耳,而节叶具焉。自蜩腹蛇蚹,至于剑拔十寻者,生而有之也。今画竹者,乃节节而为之,叶叶而累之,岂复有竹乎?故画竹必先得成竹于胸中,执笔熟视,乃见其所欲画者,急起从之,振笔直遂,以追其所见,如兔起鹘落,少纵即逝矣。'坡云:'与可之教予如此,予不能然也。夫既心识所以然,而不能然者,内外不一,心手不相应,不学之过也。'且坡公尚以为不能然者,不学之过,况后之人乎!"

书李世南所画秋景二首（录一首）

野竹参差落涨痕,疏林欹倒出霜根。

扁舟一棹归何处？家在江南黄叶村。

书鄢陵王主簿所画折枝二首

论画以形似，见与儿童邻。赋诗必此诗，定非知诗人。
诗画本一律，天工与清新。边鸾雀写生，赵昌花传神。
如何此两幅，疏淡含精匀。谁言一点红，解寄无边春。

瘦竹如幽人，幽花如处女。低昂枝上雀，摇荡花间雨。
双翎决将起，众叶纷自举。可怜采花蜂，清蜜寄两股。
若人富天巧，春色入毫楮。悬知君能诗，寄声求妙语。

○轼尝言："善画者，画意不画形；善诗者，道意不道名。"语本欧阳"古画画意不画形，梅诗咏物无咏情"之句。若此诗言"诗画一律"，又与轼他诗所云"韩生画马真是马，苏子作诗如见画"，以及"少陵翰墨无形画，韩幹丹青不语诗"等句，互相印可；然彼犹曰"此诗此画谁当看"，又曰"此画此诗今已矣，叹索解人不得也"，岂若此诗直以诗画三昧举示来哲乎？次首言竹言花、言雀言蜂，又言花之枝、花之叶、花间之雨，雀之翎、蜂之蜜，浓淡浅深，得意兼能得格。

◇《王直方诗话》曰："'论画以形似'六句，若论诗画，于此尽矣。每诵数过，殆欲常以为法也。"

◇《漫叟诗话》曰："世有《青衿集》一编，以授学徒，可以谕蒙。若天诗云：'戴盆徒仰上，测管讵知之。'席诗云：'孔堂曾子避，汉殿戴冯重。'可谓著题。乃东坡所谓'赋诗必此诗'也。"

◇《吕氏蒙童训》曰："东坡诗云：'赋诗必此诗，定非知诗人。'此或一道也。鲁直作咏物诗，曲当其理，如《猩猩笔》诗：

'平生几两屐,身后五车书。'其必此诗哉?"

故李诚之待制六丈挽词

青青一寸松,中有梁栋姿。天骥堕地走,万里端可期。
世无阿房宫,下建五丈旗。又无穆天子,西征燕瑶池。
才大古难用,老死亦其宜。丈夫恐不免,岂患莫己知。
公如松与骥,少小称伟奇。俯仰自廊庙,笑谈无羌夷。
清朝竟不用,白首仍忧时。愿斩横行将,请烹乾没儿。
言虽不见省,坐折奸雄窥。嗟我去公久,江湖生白髭。
归来耆旧尽,零落存者谁?比公嵇中散,龙性不可羁;
疑公李北海,慷慨多雄词。凄凉五君咏,沉痛八哀诗。
邪正久乃明,人今属公思。九原不可作,千古有余悲!

○比之于物,则松也、骥也;拟之于人,则嵇康也、李邕也。然而其身不见用,其言不见行,而死则其宜矣。明白道出,那得不千古余悲!

九月十五日迩英讲《论语》终篇,赐执政讲读史官燕于东宫,又遣中使就赐御书诗各一首,臣轼得《紫薇花绝句》,其词云:"丝纶阁下文书静,钟鼓楼中刻漏长。独坐黄昏谁是伴?紫薇花对紫薇郎。"
翌日各以表谢,又进诗一篇。臣轼诗云

绣裳画衮云垂地,不作成王剪桐戏。
日高黄伞下西清,风动槐龙舞交翠。
自注:迩英阁前有双槐,櫐然属地如龙形。
壁中蠹简今千年,漆书科斗光射天。

诸儒不复忧吻燥，东宫赐酒如流泉。
酒酣复拜千金赐，一纸惊鸾回凤字。
苍颜白发便生光，袖有骊珠三十四。
自注：臣所赐书并题目及臣姓名凡三十四字。
归来车马已喧阗，争看银钩墨色鲜。
人间一日传万口，喜见云章第一篇。
自注：上前此未尝以御书赐群臣。
玉堂画掩文书静，铃索不摇钟漏永。
莫言弄笔教行书，须信时平由主圣。
犬羊散尽沙漠空，捷烽夜到甘泉宫。
似闻指挥筑上郡，已觉谈笑无西戎。
自注：时熙河新获鬼章，是日泾原又复奏夏贼数十万人遁去。
文思天子师文母，终闭玉关辞马武。
小臣愿对紫薇花，试草尺书招赞普。
自注：按唐制，翰林学士带知制诰，许绶中书舍人班。今臣以知制诰待罪禁林，故得以紫薇为故事。

○叙记恩私，切合时事，无不庄雅有体。烂漫之才，又于此等诗，见其诚敬之学。

◇《资治通鉴》曰："元祐二年秋，宴近臣于资善堂，出所书唐人诗分赐。"

◇邵长蘅曰："按《年谱》，先生以元祐元年自中书舍人为翰林学士知制诰，二年兼侍读。《通典》：唐置中书舍人六人，其内一人知制诰；天宝元年改中书为紫薇省，舍人为紫薇郎。"

获鬼章二十韵

青唐有逋寇，白首已穷妖。窃据临洮郡，潜通讲渚桥。

庙谋周召虎，边帅汉班超。坚垒千兵破，连航一炬烧。
擒奸从窟穴，奏捷上烟霄。诡异人图像，欢娱路载谣。
千诛非一事，伐叛自先朝。取道经陵寝，前期告庙祧。
西来闻几日，面缚见今朝。二圣临云陛，千官溢海潮。
载囚车辚辘，失主马萧条。横拜如蹲犬，胡装尚衣貂。
理卿辞具服，译长舌初调。缓死恩殊厚，求生尾屡摇。
慈仁逢太母，宽厚载唐尧。赤手真擒虎，和羹未赐枭。
藁街虚授首，东市偶全腰。困兽何须杀，遗雏或可招。
威声西振夏，武节北通辽。帝道有强弱，天时或长消。
羌情防报复，军胜忌矜骄。慎重关西将，奇功勿再要。

○鬼章之获，在元祐二年。本集内奏议，有《论擒获鬼章称贺太速劄子》，又《因擒获鬼章论西羌夏人事宜劄子》，又《乞诏边吏无进取及论鬼章事宜劄子》，又《乞约鬼章讨阿里骨劄子》，大旨欲使其部族与温溪心、敛毡等，合以讨阿里骨；而纳赵纯忠，然后许其请命自新；而深以将骄卒惰，后无以使为可虑。此诗先陈偏师独克、俘获丑虏之功，继述请命乞怜之状，终称放还不杀之德。至其归宿，乃曰"羌情防报复"，则固后两劄意也；曰"军胜忌矜骄"，则又前两劄子意也。而又申言之，曰："慎重关西将，奇功勿再要。"其所以为缉治边防、整肃骄慢计者，剀切周详，诚一不二如此。

◇轼《因擒鬼章论西羌夏人事宜劄子》曰："夫阿里骨，董毡之贼臣也，挟契丹公主以弑其君之二妻。董毡死，匿丧不发，逾年众定，乃诈称嗣子，伪书鬼章、温溪心等名，以请于朝。当时执政，若且令边臣审问鬼章等，以阿里骨当立不立：'若朝廷从汝请，遂授节钺，阿里骨直汝主矣，汝能臣之如董毡乎？'若此等无词，则是诸羌心服；既立之后，必能统一都部，吾又何求？若其不服，则衅端自彼，爵命未下，曲不在吾。彼既一国三公，则吾分其恩礼，各以一近上使领命之，鬼章等各得所欲，宜亦无患。当时执政不深虑此，专以省事为安，因其妄请，便授节钺。阿里骨自知不当立，而忧鬼章之讨也，故欲借力于西夏以自重，于是始有解仇结好之谋；而鬼章亦不平朝廷之以贼臣君我也，故怒而盗边。夏人知诸羌之叛也，故起而和之。此臣所谓前后致寇之由，明主不可以不知者也。"

◇《宋史·阿里骨传》曰："董毡病革，召诸酋领至青唐曰：'吾一子已死，唯阿里骨母尝事我，我视之如子。今将以种落付之，诸酋听命。'既嗣事，遣史修贡。元祐元年，封宁塞郡公。二年遂逼鬼章，使率众拒，洮州羌结药密者，使所部怯陵来告，里骨执怯陵，结药密惧，携妻子南归。鬼章又使其子结呱龊入寇。八月，鬼章就擒，槛送京师，寻赦之，听招其子以自赎。元祐三年，里骨奉表谢罪，诏西河无复出兵，许贡奉如故。鬼章死，诏焚付其骨。"

和王晋卿　并引

元丰二年，予得罪贬黄州，而驸马都尉王诜亦坐累远谪，不相闻者七年。予既召用，诜亦还朝，相见殿门外，感叹之余，作诗相属。词虽不甚工，然托物悲慨，厄穷而不怨，泰而不骄。怜其贵公子有志如此，故和其韵，欲使诜姓名附见予诗集中，然亦不以示诜也。诜字晋卿，功臣全斌之后云。

先生饮东坡，独舞无所属。当时挹明月，对影三人足。
醉眠草棘间，虫豸莫予毒。醒来送归雁，一寄千里目。
怅然怀公子，旅食久不玉。欲书加餐字，远托西飞鹄。
谓言相濡沫，未足救沟渎。吾生如寄耳，何者为祸福？

不如两相忘，昨梦那可逐。上书得自便，归老湖山曲。
躬耕二顷田，自种十年木。岂知垂老眼，对此金莲烛。
公子亦生还，仍分刺史竹。贤愚有定分，尊俎守尸祝。
文章何足云，执技等医卜。朝廷方西顾，羌卤骄未伏。
遥知重阳酒，白羽落黄菊。羡君真将家，浮面气可掬。
何当请长缨，一战河湟复。

○似不经意而出，然句如坚城，而气极和厚。盖其老年诗境，渐造平淡如此。

◇刘克庄《西园雅集图跋》曰："本朝戚畹，惟李端愿、王晋卿二驸马好文喜士。世传孙巨源'三通鼓'，眉山公'金钗坠'之词，想见一时风流酝藉，未几，乌台鞫诗案，宾主俱谪。"

◇邵长蘅曰："《唐书》：令狐绹为学士承旨，夜对禁中，撤金莲花炬，送还院。按：先生时为学士，尝召对便殿，宣仁撤御前金莲烛，送归院。或自述其事欤？"

次韵刘贡父叔侄扈驾

玉堂孤坐不胜清，长羡枚邹接长卿。
只许隔墙闻置酒，时因议事得联名。
机云似我多遗俗，广受如君不治生。
共托属车尘土后，钧天一饷梦中荣。

和子由除夜元日省宿致斋三首

江湖流落岂关天，禁省相望亦偶然。
等是新年未相见，此身应坐不归田。

白发苍颜五十三,家人遥遣试春衫。
朝回两袖天香满,头上银幡笑阿咸。

当年踏月走东风,坐看春闱锁醉翁。
白发门生几人在,却将新句调儿童。

次韵黄鲁直画马试院中作

少年鞍马勤远行,卧闻龁草风雨声。
见此忽思短策横,十年髀肉磨欲透。
那更陪君作诗瘦,不如芋魁归饭豆。门前欲嘶御史骢。
诏思三日休老翁,羡君怀中双橘红。自注:黄有老母。
○此格乃《禁脔》所谓"促句换韵"者,唐诗惟岑参有之,后人遂以此为"岑嘉州体"。要其源,固出于秦碑也。是须适然得之,不由作意,令转换承接,不可增减,方称入妙。此篇次韵自然,又且奇气勃窣,实较黄庭坚原唱为更胜。

余与李廌方叔相知久矣,领贡举事而李不得第,愧甚,作诗送之

与君相从非一日,笔势翩翩疑可识。
平生谩说古战场,过眼终迷日五色。
我惭不出君大笑,行止皆天子何责?
青袍白纻五千人,知子无怨亦无德。
买羊沽酒谢玉川,为我醉倒春风前。
归家但草凌云赋,我相夫子非臞仙。

○《养疴漫笔》之语，似不足取信。观诗中"笔势翩翩疑可识"一句可证。以轼正人，岂肯于糊名易书之时，暗通关节，以示恩者乎？委之于天，而勉之以无怨，且期之以"夫子非臞仙"，切磋之谊，爱恋之忱，不当如是耶？！

◇《养疴漫笔》曰："元祐中，东坡知贡举。李方叔就试，将锁院，坡缄封一简，令叔党持与方叔。值方叔出，其仆受简，置几上。有顷，章子厚二子，曰持、曰援者，来取简，窃观，乃《扬雄优于刘向论》，一篇二章，惊喜，携之以去。方叔归，求简不得，知为二章所窃，怅惋不敢言。已而果出此题。二章皆模仿坡作，方叔几于搁笔。及拆号，坡意魁必方叔也，乃章援；第十名文意与魁相似，乃章持。坡失色。二十名间一卷颇奇，坡谓同列曰：'此必方叔。'视之乃葛敏修，而方叔竟下第。坡出院，闻其故，大叹恨，作诗送其归所，谓'平生漫说古战场，过眼空迷日五色'者是也。"

庆源宣义王丈以累举得官，为洪雅主簿、雅州户掾。遇吏民如家人，人安乐之。既谢事，居眉之青神瑞草桥，放怀自得。有书来求红带，既以遗之且作诗为戏，请黄鲁直、秦少游各为赋一首，为老人光华

青山半作霜叶枯，遇民如儿吏如奴。
吏民莫作官长看，我是识字耕田夫。
妻嘘儿号刺史怒，时有野人来挽须。
拂衣自注下下考，芋魁饭豆吾岂无。
归来瑞草桥边路，独游还佩平生壶。
慈姥岩前自唤渡，青衣江畔人争扶。
今年蚕市数州集，中有遗民怀袴襦。

邑中之黔相指似，白髯红带老不癯。
我欲西归卜邻舍，隔墙抚掌容歌呼。
不学山王乘驷马，回头空指黄公垆。
〇分明表出阳城、何易于一辈人物，非此笔力，莫能传其人。
◇《王直方诗话》曰："与王庆源诗起六句，山谷云：'庭坚最爱此数韵。'"
◇林子仁曰："谨按：苏叔党所作王元直墓表云：'初季父庆源官于雅州，以论事不合，取官长怒，即谢病去。'诗中云'刺史怒'，指此。"

送钱穆父出守越州二首

簿书常苦百忧集，樽酒今应一笑开。
京兆从教思广汉，会稽聊喜得方回。

若耶溪水云门寺，贺监荷花空自开。
我恨今犹在泥滓，劝君莫棹酒船回。
〇钱勰出守越州，因坐奏狱空不实，亦由与安石辈不相能。故前作以赵广汉、郗愔为比，次作点窜李诗语，无穷清新。

卧病逾月，请郡不许，复直玉堂。十一月一日锁院，是日苦寒，诏赐官烛法酒，书呈同院

微霰疏疏点玉堂，词头夜下揽衣忙。
分光玉烛星辰烂，拜赐宫壶雨露香。
醉眼有花书字大，老人无睡漏声长。

何时却逐桑榆暖，社酒寒灯乐未央。
○方回曰："中四句，气焰逼人。"

木山　并引

　　吾先君子尝蓄木山三峰，且为之记与诗；诗人梅二丈圣俞，见而赋之。今三十年矣，而犹子千乘，又得五峰，益奇。因次圣俞韵，使并刻之其侧。

木生不愿回万牛，愿终天年仆沙洲。
时来幸逢河伯秋，掀然见怪推不流。
蓬婆雪岭巧雕锼，蛰虫行蚁为豪酋。
阿咸大胆忽持去，河伯好事不汝尤。
城中古沼浸坤轴，一林瘦竹吾菟裘。
二顷良田不难买，三年桤木行可樛。
会将白发对苍巘，鲁人不厌东家丘。
○次梅诗韵，即效其体格，炯炯清立。
◇《艺苑雌黄》曰："《木山》诗'三年桤木行可樛'，'桤'字人少有识者，遍寻字书，亦皆无之。蜀中多此木，询之蜀人，则相传以为区宜切。按，杜陵有《觅桤木》诗云'饱闻桤木三年大'，注：蜀人以桤为薪，三年可烧。又《堂成》诗云'桤林碍日吟风叶'，注：桤木下材，止可充薪而已，惟蜀地最宜种。"

送千乘千能两侄还乡

治生不求富，读书不求官。譬如饮不醉，陶然有余欢。
君看庞德公，白首终泥蟠。岂无子孙念？顾独遗以安。
鹿门上冢回，床下拜龙鸾。躬耕竟不起，耆旧节独完。

念汝少多难，冰雪落绮纨。五子如一人，奉养真色难。
烹鸡独馈母，自飨苜蓿槃。口腹虽累人，宁我食无肝。
西来四千里，敝袍不言寒。秀眉似我兄，亦复心闲宽。
忽然舍我去，岁晚留余酸。我岂轩冕人，青云意先阑。
汝归莳松菊，环以青琅玕。桤阴三年成，可以挂吾冠。
清江入城郭，小圃生微澜。相从结茅舍，曝背谈金銮。

○一篇大旨，起四句道尽。预想归田之乐，说到"曝背谈金銮"，津津有味。

卷三十九

眉山苏轼诗八

次韵王定国得晋卿酒相留夜饮

短衫压手气横秋,更著仙人紫绮裘。
使我有名全是酒,从他作病且忘忧。
诗无定律君应将,醉有真乡我可侯。
且倒余樽尽今夕,睡蛇已死不须钩。

书王定国所藏《烟江叠嶂图》　　自注：王晋卿画。

江上愁心千叠山,浮空积翠如云烟。
山耶云耶远莫知,烟空云散山依然。
但见两崖苍苍暗绝谷,中有百道飞来泉。
萦林络石隐复见,下赴谷口为奔川。
川平山开林麓断,小桥野店依山前。
行人稍度乔木外,渔舟一叶江吞天。
使君何从得此本,点缀毫末分清妍。
不知人间何处有此境,径欲往买二顷田。

君不见武昌樊口幽绝处,东坡先生留五年。
春风摇江天漠漠,暮云卷雨山娟娟。
丹枫翻鸦伴水宿,长松落雪惊醉眠。
桃花流水在人世,武陵岂必皆神仙。
江山清空我尘土,虽有去路寻无缘。
还君此画三叹息,山中故人应有招我归来篇。

○竟是为画作记,然摹写之神妙,恐作记,反不能如韵语之曲尽而有情也。"君不见"以下,烟云卷舒,与前相称。

◇《许顗诗话》曰:"画山水诗,少陵数首,无人可继者;惟东坡《烟江叠嶂图》一首,差近之。"

王晋卿所藏著色山二首(录一首)

漂缈营丘水墨仙,浮空出没有无间。
尔来一变风流尽,谁见将军著色山。

王晋卿作《烟江叠嶂图》,仆赋诗十四韵,晋卿和之,语特奇丽。因复次韵,不独纪其诗画之美,亦为道其出处契阔之故,而终之以不忘在莒之戒,亦朋友忠爱之义也

山中举头望日边,长安不见空云烟。
归来长安望山上,时移事改应潸然。
管絃去尽宾客散,惟有马埒编金泉。
渥洼故自千里足,要饱风雪轻山川。
屈居苇屋啖枣脯,十年俯仰龙旂前。

却因瘦病出奇骨，盐车之厄宁非天。
风流文采磨不尽，水墨自与诗争妍。
画山何必山中人，田歌自古非知田。
郑虔三绝君有二，笔势挽回三百年。
欲将岩谷乱窈窕，眉峰修嫮夸连娟。
人间何有春一梦，此身将老蚕三眠。
山中幽绝不可久，要作平地家居仙。
能令水石长在眼，非君好我当谁缘？
愿君终不忘在莒，乐时更赋《囚山篇》。

自注：柳子厚有《囚山赋》。

○王诜和诗有云："爱诗好画本天性，辋口先生疑宿缘。会当别写一匹烟霞境，更应消得玉堂醉笔挥长篇。"盖亦自得意于诗画之工也。及轼复和此诗，诜亦复有答谢之作，有云："玉堂故人相与厚，意使嫫母齐联娟。岂知忧患耗心力，读书懒去但欲眠。"又云："更得新诗写珠玉，劝我不作区中缘。佩服忠言匪论报，短章重次《木瓜篇》。"特以答其"不忘在莒"之戒焉。诜自远谪还朝，诗故举《囚山赋》以相戒勉，其云"郑虔三绝君有二，笔势挽回三百年"，则所以誉之者亦至矣。

夜直玉堂携李之仪端叔诗百余首读至夜半书其后

玉堂清冷不成眠，伴直难呼孟浩然。
暂借好诗消永夜，每逢佳处辄参禅。
愁侵砚滴初含冻，喜入灯花欲斗艳。
寄语君家小儿子，他时此句一时编。

○能使人愁，能使人喜，非好诗，那得有此？故曰可以

"参禅"。

◇《诗人玉屑》曰："东坡跋李端叔诗卷云：'暂借好诗消永夜，每逢佳处辄参禅。'盖端叔诗用意太过，'参禅'之语所以警之云。"

◇方回曰："李之仪诗得意趣，颇深晦，非东坡不之察，故有是佳句，以孟浩然待之，非夸也。"

次韵秦少章和钱蒙仲

碧畦黄陇稻如京，岁美人和易得情。
鉴里移舟天外思，地中鸣角古来声。
山围故国城空在，潮打西陵意未平。
二子有如双白鹭，隔江相照雪衣明。

○"鉴里"句即是老杜"春水船如天上坐"之意，"地中"句即是元微之"鼓角声从地底回"之意。炉锤在胸，森秀别出。

◇《容斋随笔》曰："刘梦得'山围故国周遭在，潮打空城寂寞回'之句，白乐天以为后之诗人，无复措词。坡公仿之曰：'山围故国城空在，潮打西陵意未平。'坡公天才，出语惊世，如追和陶诗，真与之齐驱；独此，比梦得为不侔。岂非绝唱寡和，理自应尔耶？"

◇《石林诗话》曰："读古人诗多，意所喜处，诵忆之久，往往不觉误用为己语。若子瞻'山围故国'二句，此非误用，直是取旧句，纵横役使，莫彼我为辨耳。"

去杭州十五年复游西湖用欧阳察判韵

我识南屏金鲫鱼，重来扪槛散斋余。

还从旧社得心印，似省前生觅手书。
葑合平湖久芜没，人经丰岁尚凋疏。
谁怜寂寞高常侍，老去狂歌忆孟诸。

○芜没、凋疏，人地依然如故，而俯仰已成今昔，感怆何限！轼自再至杭，值水旱迭逢，饥疫并作，于是免上供米，粜常平义仓，作饘粥，设病坊，浚二河，完六井，去葑田，筑湖堤：凡所惠养杭民者，至周且备。而芜没者使之通，凋疏者令之起，此其为君子之用心，不徒寄之感叹者也。赵尧卿谓公游寿星院，入门便悟，有"前生我已到杭州"之句，引之以与此诗"似省前生觅手书"一语相印证，称为异人。抑思君子之所以异于人者，以其存心初不在此，即是"省前生"。诗人之语，岂必征实？他日到惠州，亦有"仿佛曾游"之句，何独无解耶？

◇《冷斋夜话》曰："东坡钱塘诗曰'我识南屏金鲫鱼'，似童稚语，然是记一时之事。西湖南屏山兴教寺池，有鲫十余尾，金色，道人斋余，争倚槛投饼饵为戏。东坡习西湖久，故寓于诗词耳。"

◇《复斋漫录》曰："'谁怜寂寞高常侍，老去狂歌忆孟诸。'高适有两诗言孟诸，其一云：'朝临孟诸上，忽见芒砀间。赤帝终已矣，白云长不还。'其后又有《封丘诗》云：'我本渔樵孟诸野，一生自是悠悠者。乍可狂歌草泽中，宁堪作吏风尘下。'东坡所用乃后一篇也。"

◇《东坡先生年谱》曰："元祐四年三月内，累章请郡，除龙图阁学士知杭州。以七月三日到杭州任，谢表云：'江山故国，所至如归。父老遗民，与臣相问。'以先生去杭州十五年，故有是语耳。"

◇《苏长公外纪》曰："钱塘西湖寿星寺，先生作郡倅日，始与参寥子同登方丈，即顾谓参寥子曰：'某生平未尝至此，而眼界所视，皆若素所经历者。自此上至忏堂，当有九十二级。'遣人数之，果如其言。即谓参寥子曰：'某前生，山中僧也；今日寺僧,皆吾法属耳。'后每至即解衣盘礴,久而始去。"

送子由使契丹

云海相望寄此身,那因远适更沾巾。
不辞驿骑凌风雪,要使天骄识凤麟。
沙漠回看清禁月,湖山应梦武林春。
单于若问君家世,莫道中朝第一人。

○末用唐李揆事,非以第一人相矜夸,正是临别而望其遄归之意。

文登蓬莱阁下石壁千丈,为海浪所战时有碎裂,淘洒岁久,皆圆熟可爱,士人谓此弹子涡也。取数百枚以养石菖蒲,且作诗遗垂慈堂老人

蓬莱海上峰,玉立色不改。孤根捍滔天,云骨有破碎。
阳侯杀廉角,阴火发光采。垒垒弹丸间,琐细或珠琲。
阎浮一沤耳,真妄果安在?我持此石归,袖中有东海。
垂慈老人眼,俯仰了大块。置之盆盎中,日与山海对。
明年菖蒲根,连络不可解。倘有蟠桃生,旦暮犹可待。

○"袖中东海",语至奇而理至平。进于《易》,则天在山中;通于禅,则一毫端现宝王刹也。

◇黄庭坚曰:"'我持此石归,袖中有东海',此诗谓之'句中眼'。学者不知此妙,韵终不胜。"

参寥上人初得智果院，会者十六人，分韵赋诗得心字

涨水返旧壑，飞云思故岑。念君忘家客，亦有怀归心。
三间得幽寂，数步藏清深。攒金卢橘坞，散火杨梅林。
茶笋尽禅味，松杉真法音。云崖有浅井，玉醴常半寻。
遂名参寥泉，可濯幽人襟。相携横岭上，未觉衰年侵。
一眼吞江湖，万象涵古今。愿君更小筑，岁晚解吾簪。

○僧潜《临平道中》诗，轼一见而刻诸石。其后谪黄，则潜自武陵访之，轼馆之东坡；至是又为卜精舍居潜。及轼南迁，犹有专使往返，且有欲"转海相访"之词。《墨庄漫录》云："吕温卿为浙漕，屡起大狱，复欲网罗参寥。参寥本名昙潜，东坡改之曰'道潜'。吕索牒勘验，竟坐刑还俗，编管兖州。盖亦以湖上怀轼之诗，坐'语含刺讥'故也。建中靖国间，始因曾子开得还初服，归老江湖。"轼平生多方外交，而于潜尤有深契焉，故此诗有"岁晚解吾簪"之言，而惠州寄诗，犹云"未尝一日忘湖山"也。

◇《参寥泉铭序》曰："余谪居黄，参寥子不远数千里，从余于东坡，留期年。尝与同游武昌之西山，梦相与赋诗，有云：'寒食清明都过了，石泉槐火一时新。'语甚美，而不知其所谓。其后七年，余出守钱塘，参寥子在焉。明年，卜智果精舍居之；又明年，新居成，而余以寒食去郡，实来告行。舍下旧有泉出石间，是月又凿石得泉加冽。参寥子撷新茶，钻火煮泉而瀹之，笑曰：'是见于梦九年，卫公之为灵也久矣。'坐人皆怅然叹息，有'知命无求'之意，乃名之参寥泉。"

◇《参寥集》曰："余初入智果院，苏翰林率宾客相送者十六人，各赋诗一章，用《圆觉经》云'以大圆觉为我伽蓝，身心

安居,平等性智'为韵。"

故周茂叔先生濂溪

世俗眩名实,至人疑有无。怒移水中蟹,爱及屋上乌。
坐令此溪水,名与先生俱。先生本全德,廉退乃一隅。
因抛彭泽来,偶似西山夫。遂即世所知,以为溪之呼。
先生岂我辈,造物乃其徒。应同柳州柳,聊使愚溪愚。

○作诗以颂大儒风格,倍加峻洁。如曰:"先生本全德,廉退乃一隅。"不烦言而得其体要。前后布置,铿然韵流,无一毫道学诗习气也。周子自题《濂溪书堂》诗曰:"吾乐盖易足,名濂以自箴。"诗盖本此为说。

◇《林下偶谈》曰:"山谷称周濂溪'胸次如光风霁月',又云:'西风壮士泪,多为程颢滴。'东坡为濂溪诗云:'夫子岂吾辈,造物乃其徒。'盖苏氏师友未尝不起敬于周、程如此,惜乎后因嘻笑而成仇敌也。"

◇《宋史·道学传》曰:"周敦颐字茂叔,道州营道人。熙宁初为广东转运判官,提点刑狱。以疾求知南康军,因家庐山莲花峰下,前有溪谷,合于湓江,取营道所居濂溪以名之。"

◇施元之曰:"周茂叔先生子焘,字次元。公守杭,次元为两浙转运,同在钱塘,为赋此诗。"

次韵子由使契丹至涿州见寄四首(录二首)

胡羊代马得安眠,穷发之南共一天。
又见子卿持汉节,遥知遗老泣山前。

氎毳年来亦甚都,时时鮚舌问三苏。自注:余与子由入京时,北使已问所在。后余馆伴北使,屡诵三苏文。

那知老病浑无用,欲向君王乞镜湖。

○辙寄诗云:"谁将家集过燕都,每被行人问大苏。莫把文章动蛮貊,恐妨谈笑卧江湖。"轼和之,语语相叫应。古人和诗,有不次韵而但和其意者,未有次韵而各不相顾者,此诗亦其一证也。

◇《宋史·苏辙传》曰:"其使契丹也,馆客能诵其《茯苓赋》及洵、轼文云。"

◇《渑水燕谈》曰:"张芸叟奉使大辽,宿幽州馆中,有题苏子瞻《老人行》于壁间者。闻范阳书肆,亦刻子瞻诗数十篇,谓之《大苏集》。子瞻名重当代,至远人敬服如此。"

◇《香祖笔记》曰:"昔阅高丽史,爱其臣金富轼之文。又兄弟一名轼,一名辙,疑其当宣和时,去元祐未远,何以已窃取眉山二公之名?读《游宦纪闻》云:'徐兢以宣和六年使高丽,密访其兄弟命名之意,盖有所慕。''文章动蛮貊',语不虚云。"

次韵刘景文、周次元寒食同游西湖

絮飞春减不成年,老境同乘下濑船。

蓝尾忽惊新火后,遨头要及浣花前。自注:成都太守自正月二日出巡,谓之"遨头会"。至四月十九日浣花乃止。

山西老将诗无敌,洛下书生语更妍。

共向北山寻二士,画桡鼍鼓聒清眠。

◇《湘素杂记》曰:"《苏鹗演义》云:'今人以酒巡匝为啉尾,即再命其爵也。云南朝有异国进贡蓝牛,其尾长三丈。一云蓝颖水牛,其尾三丈。时人仿之,以为酒令。今两盏,从其简也。此皆非正行酒巡匝,即重其盏,盖慰劳其得酒在后也。又"啉"云者贪也,谓处于座末,得酒最晚,腹痒于酒;既得酒巡匝,更贪婪之,故曰"啉尾"。"啉"字从口,是明贪婪之意。'此说近之。余观宋景文公《守岁》诗云:'迎新送故只如此,且尽灯前婪尾杯。'又云:'稍倦持螯手,犹残婪尾觞。'又东坡《寒食》诗云:'蓝尾忽惊新火后,遨头要及浣花前。'注引乐天《寒食》诗云:'三杯蓝尾酒,一楪胶牙饧。'乃用'蓝'字。盖婪、蓝一也。"

次韵林子中、王彦祖唱酬

蚤知身寄一沤中,晚节尤惊落木风。自注:近闻莘老、公择皆逝,故有此句。

昨梦已论三世事,岁寒犹喜五人同。自注:余与子中、彦祖、子敦、完夫同试举人景德寺,今皆健。

雨余北固山围坐,春尽西湖水暎空。

差胜四明狂监在,更将老眼犯尘红。

○轼帅杭,代林希;及去杭,希复来替其去杭,时希盖守润也。北固在润,西湖在杭,点缀无一泛设。

寿星院寒碧轩

清风肃肃摇窗扉,窗前修竹一尺围。

纷纷苍雪落夏簟,冉冉绿雾沾人衣。

日高山蝉抱叶响,人静翠羽穿林飞。

道人绝粒对寒碧,为问鹤骨何缘肥。

○语语兀傲,自喜拔俗千寻。

◇《二老堂诗话》曰:"苏文忠公诗,初若豪迈天成,其实关键甚密。再来杭州,《寿星院寒碧轩》诗,句句切题,而未尝拘。'清风肃肃'四句,寒碧各在其中。第五句'日高山蝉抱叶响',颇似无意,而杜诗云'抱叶寒蝉静',并叶言之,寒亦在其中矣。'人静翠羽穿林飞',固不待言;末句却说破'道人绝粒对寒碧,为问鹤骨何缘肥',其妙如此。"

题杨公春兰

春兰如美人,不采羞自献。时闻风露香,蓬艾深不见。
丹青写真色,欲补《离骚传》。对之如灵均,冠佩不敢燕。
○态浓意远,余味曲包,故得《骚经》之流韵。

次韵曹辅寄壑源试焙新芽

仙山灵草湿行云,洗遍香肌粉未匀。
明月来投玉川子,清风吹破武林春。
要知玉雪心肠好,不是膏油首面新。
戏作小诗君勿笑,从来佳茗似佳人。
○艳体作茶诗,似不相称者,结句特为点出。
◇方回曰:"此谓壑源新茶(芽),自如玉雪;不似饼茶、团茶,外若膏油之沃也,故云'佳茗似佳人'。"
◇《苕溪渔隐丛话》曰:"壑源诸处私焙茶,其绝品亦可敌官焙。自昔至今,亦皆入贡;其流贩四方,悉私焙茶耳。东坡和曹辅诗,称道壑源茶,盖壑源与北苑为邻,山阜相接,才二里许,其茶甘香,特在诸私焙之上。"

次韵刘景文登介亭

泽国梅雨余,衰年困蒸溽。高堂磨新砖,颇觉利腰足。
松根百尺井,两绠飞净渌。流觞聚儿童,一笑为捧腹。
清风信可御,刚气在岩麓。始知共此世,物外无三伏。
长歌入云去,不待弦管逐。西湖真西子,烟树点眉目。
涛江少酝藉,高浪翻飞屋。俛仰拊四海,百世飞鸟速。
远追钱氏余,近甲祖侯躅。吾生如寄耳,寸晷轻尺玉。
谁似刘将军,逸韵谢边幅。千言一挥手,五车不再读。
春岩彩鸡舞,月峡哀猿哭。朝先鹧鸠起,暮与寒螀续。
我老废吟哦,赖君时击触。从今事远览,发轫此幽谷。
清游得三昧,至乐谢五欲。莫作狂道士,气压刘师服。

○长篇次韵,触拗如志,中间题品江湖,复有此卓杰之词,抑何秀气磅礴!

◇《咸淳临安志》曰:"介亭在凤凰山,熙宁中,郡守祖无择作。天风泠然,有缥缈凭虚之意。"

袁公济和复次韵答之

昏昏堕醉梦,奈此六月溽。君诗如清风,吹我朝睡足。
登临得佳句,江白照湖渌。袖手独不言,默稿已在腹。
是时风雨过,霭霭云归麓。疏星带微月,金火争见伏。
惜哉此清景,变灭不可逐。归来读君诗,耿耿犹在目。
却思少年日,声价争场屋。文如翻水成,赋作叉手速。
秋风起鸿雁,我亦继华躅。那知君蹭蹬,独泣荆山玉。

相见南新道,青衫垂破幅。蚤知事大缪,恨不十年读。
莫嫌冯唐老,终胜贾谊哭。今年复为僚,旧好许重续。
升沉何足道,等是蛮与触。共为湖山主,出入穷涧谷。
众驰君不争,人弃我所欲。何时神武门,相约挂冠服。
　　○此作专就和诗上用意,与前作无一笔相犯。"众驰君不争"二句,收束通篇,神完气足。

安州老人食蜜歌　自注:赠僧仲殊。

安州老人心似铁,老人心肝小儿舌。
不食五谷惟食蜜,笑指蜜蜂作檀越。
蜜中有诗人不知,千花百草争含姿。
老人咀嚼时一吐,还引世间痴小儿。
小儿得诗如得蜜,蜜中有药治百疾。
正当狂走捉风时,一笑看诗百忧失。
东坡先生取人廉,几人相欢几人嫌?
恰似饮茶甘苦杂,不如食蜜中边甜。
因君寄与双龙饼,镜空一照双龙影。
三吴六月水如汤,老人心似双龙井。
　　○游戏三昧,掣电机锋,合之以成绝世奇作。昔轼尝引佛言"譬如食蜜,中边皆甜"之语,以论陶、柳诗,谓"人食五味,知其甘苦,皆是能分别其中边者,百无一二也";如此篇,其亦诗之"中边皆甜"者乎?
　　◇《志林》曰:"苏州仲殊师利长老,能文善诗及歌词,皆操笔立就,予曰:'此僧胸中无一毫发事',故与之游。"
　　◇《中吴纪闻》曰:"殊初为士人,尝与乡荐,其妻以药毒之，遂弃家为僧。工于长短句，东坡先生与之往来甚厚。时时食蜜解其药，人号'蜜殊'。"

◇《老学庵笔记》曰："族伯父彦远言，少时识仲殊长老，东坡为作《安州老人食蜜歌》者。一日与数客过之，所食皆蜜也，豆腐、面筋、牛乳之类，皆渍蜜食之。客多不能下箸，惟东坡性亦酷嗜蜜，能与之共饱。"

次韵苏伯固主簿重九

云间朱袖拂云和，知是长松挂女萝。
髻重不嫌黄菊满，手香新喜绿橙搓。
墨翻衫袖吾方醉，纸落云烟子患多。
只有黄鸡与白日，玲珑应识使君歌。

○《苕溪渔隐丛话》曰："商玲珑，余杭歌者。乐天作郡日，赋歌与之，云：'谁道使君不解歌？听唱黄鸡与白日。黄鸡催唱（晓）丑时鸡，白日催年酉前没。'东坡用此歌，《夜饮次韵毕推官》云：'红烛照庭嘶騕褭，黄鸡催晓唱玲珑。'又《次韵苏伯固》云：'只有黄鸡与白日，玲珑应识使君歌。'"

次韵杨公济梅花十首（录二首）

相逢月下是瑶台，藉草清樽连夜开。
明日酒醒应满地，空令饥鹤啄莓苔。

缟帨练帨玉川家，肝胆清新冷不邪。
秋李争春犹办此，更教踏雪看梅花。

赠刘景文

荷尽已无擎雨盖,菊残犹有傲霜枝。
一年好景君须记,最是橙黄橘绿时。
○浅语遥情。
◇《苕溪渔隐丛话》曰:"'最是一年春好处,绝胜烟柳满皇都。'此退之早春诗也。'一年好景君须记,最是橙黄橘绿时',此子瞻初冬诗也。二诗意同而词殊,皆曲尽其妙。"

再和杨公济梅花十绝(录二首)

人去残英满酒尊,不堪细雨湿黄昏。
夜寒那得穿花蝶,知是风流楚客魂。

春入西湖到处花,幞腰芳草抱山斜。
盈盈解佩临烟浦,脉脉当垆傍酒家。

予去杭十六年而复来,留二年而去。平生自觉出处老少粗似乐天,虽才名相远而安分寡求亦庶几焉。三月六日来别南北山诸道人,而下天竺惠净师以丑石赠行,作三绝句

当年衫鬓两青青,强说重临慰别情。
衰发只今无可白,故应相对话来生。

出处依稀似乐天,敢将衰朽较前贤。
便从洛社休官去,犹有闲居二十年。

在郡依前六百日,山中不记几回来。
还将天竺一峰去,欲把云根到处栽。

○三诗宛转关生,情曲意密,绵邈尺素。轼以己巳七月至杭,以辛未三月去杭,却是六百日。其赠唐坰诗:"我在钱塘六百日,山中暂来不暖席。"意与此同,皆用白诗语意也。

◇《王直方诗话》曰:"东坡平日最爱乐天之为人,而坡在钱塘,与乐天所留岁月略相似,其诗云'在郡依前六百日'者是也。"

◇赵次公曰:"在钱塘六百日,虽是纪实,暗使白乐天诗'在郡六百日,游山十二回'也。"

◇《西湖游览志》曰:"杭州之美,得白、苏而益章;考其治绩、性情,往往酷似。乐天诗云:'闾里固宜勤抚恤,楼台亦要数跻攀。'子瞻亦云:'细雨晴时一百六,画桡鼍鼓莫违民。'乐天诗云:'笙歌委曲声延耳,金翠动摇光照身。'子瞻亦云:'剩看新翻眉倒晕,未应泣别脸消红。'乐天诗云:'故伎数人频问讯,新诗两首情流传。'子瞻亦云:'休惊岁岁年年貌,且对朝朝暮暮人。'乐天《取天竺奇石受代》诗云:'唯向天竺山,取得两片石。'子瞻亦云:'还将天竺一峰去,欲把云根到处栽。'盖子瞻景慕,惟在乐天,故摹拟之词,比比歌咏。如云'出处依稀似乐天,敢将衰朽较前贤',殆有梦寐羹墙之想矣。"

赠武道士弹贺若

清风终日自开簾,凉月今宵肯挂簷。

琴里若能知贺若，诗中定合爱陶潜。

◇《续湘山序录》曰："宫词中十小调子，乃隋贺若弼所撰，其声与意及用指取声之法，古今无能加者。十调者，一曰'不博金'，二曰'不换玉'，三曰'夹泛'（一说"泛峡吟"），四曰'越溪吟'，五曰'越江吟'，六曰'孤猿吟'（一说"孤愤吟"），七曰'清夜吟'，八曰'叶下闻蝉吟'，九曰'三清'；外一调最优古，忘其名，琴家只命曰'贺若'。"

元祐六年六月自杭州召还，汶公馆我于东堂，阅旧诗卷，次诸公韵三首

半熟黄粱日未斜，玉堂阴合手栽花。
却寻三十年前味，未饭钟时已饭茶。

梦觉还惊屟响廊，故人来炷影前香。
鬓须白尽成何事，一帖空存老遂良。

尺一东来唤我归，衰年已迫故山期。
文章曹植今堪笑，却卷波澜入小诗。

西湖秋涸，东池鱼窘甚，因会客呼网师迁之西池，为一笑之乐。夜归被酒不能寐，戏作放鱼一首

东池浮萍半黏块，裂碧跳青出鱼背；
西池秋水尚涵空，舞阔摇深吹荇带。
吾僚有意为迁居，老守纵馋那忍脍。

纵横争看银刀出,澰滟初惊玉花碎。
但愁数罟损鳞鬛,未信长堤隔涛濑。
潋潋发发须臾间,圉圉洋洋寻丈外。
安知中无蛟龙种,尚恐或有风云会。
明年春水涨西湖,好去相忘渺淮海。
○忽想到蛟龙云雨,觉通篇字镂句琢,尽成澎湃之观。

复次放鱼韵答赵承议陈教授

扰扰万生同一(大)块,抢榆不羡培风背。
青丘已吞云梦芥,黄河复缭天门带。
长讥韩子隘且陋,一饱鲸鱼何足脍。
东坡也是可怜人,披抉泥沙收细碎。
逝将归修八节滩,又欲往钓七里濑。
正似此鱼逃网中,未与造物游数外。
且将新句调二子,湖上秋高风月会。
为君更唤木肠儿,脚扣两舷歌小海。
○现身说法又一变,以游方之外为高,是前篇"好去相忘渺淮海"一句转语也。
◇《艺苑雌黄》曰:"《次韵滕元发》诗云:'坐看青丘吞泽芥。'按《子虚赋》云:'秋田乎青丘,彷徨乎海外。吞云梦者八九,于其胸中,曾不芥蒂(蒂芥)。'芥蒂(蒂芥),刺鲠也,非草芥之'芥'。西湖诗亦有'青丘已吞云梦芥'之说,皆非也。"
◇《容斋四笔》曰:"'坐看青丘吞泽芥','青丘已吞云梦芥',用'芥'字可谓工新。乃以为出处'曾不芥蒂(蒂芥)',

非草芥之'芥',如此论文章,其意见亦浅矣。"

九月十五日观月听琴西湖示坐客

白露下众草,碧空卷微云。孤光为谁来?似为我与君。
水天浮四坐,河汉落酒樽。使我冰雪肠,不受麴蘖醺。
尚恨琴有弦,出鱼乱湖纹。哀弹奏旧曲,妙耳非昔闻。
良时失俯仰,此见宁朝昏。悬知一生中,道眼无由浑。
○月色之明,琴声之清,诵诗以当卧游,亦得。

泛　颍

我性喜临水,得颍意甚奇。到官十日来,九日河之湄。
吏民笑相语,使君老而痴。使君实不痴,流水有令姿。
绕郡十余里,不驶亦不迟。上流直而清,下流曲而漪。
画船俯明镜,笑问汝为谁?忽然生鳞甲,乱我须与眉。
散为百东坡,顷刻复在兹。此岂水薄相,与我相娱嬉。
声色与臭味,颠倒眩小儿。等是儿戏物,水中少磷缁。
赵陈两欧阳,同参天人师。观妙各有得,共赋泛颍诗。
○《楞严》《圆觉》之理,《栗里》《香山》之笔。昔沈敦谟引《传灯录》:"良价禅师过水观影,偈曰:'我今独自往,处处得逢渠。渠今正是我,我今不是渠。'以释此诗'散为百东坡,顷刻复在兹'二语,最为得之。篇末'赵陈两欧阳'句,时赵令畤在轼幕府,陈师道教授颍州,欧阳棐、欧阳辩,则修之二子,皆适在颍也。"

韩退之孟郊墓铭云"以昌其诗",举此问王定国:当昌其身耶,昌其诗也?来诗下语未契,作此答之

昌身如饱腹,饱尽还复饥。昌诗如膏面,为人作容姿。
不如昌其气,郁郁老不衰。虽云老不衰,劫坏安所之?
不如昌其志,志一气自随。养之塞天地,孟轲不吾欺。
人言魏勃勇,股栗向小儿。何如鲁连子,谈笑却秦师。
慎勿怨谤讥,乃我得道资。淤泥生莲花,粪坏出菌芝。
赖此善知识,使我枯生荑。吾言岂须多,冷暖子自知。

○"志一气随",固是本诸孟子;而谤讥得道,则已与《西铭》"忧戚玉成"之旨协合矣,岂惟可与言诗。

◇《困学纪闻》曰:"'谨(慎)勿怨谤讥'数句,此尹和静所谓'困穷拂郁,能坚人之志,而熟人之仁也'。《诗》曰:'它山之石,可以攻玉。'"

◇施元之曰:"王定国与吴正宪充、冯文简京素善,而师友东坡。舒亶辈欲倾二公,因坡诗狱,罗织定国,遂南行万里。三年而归,司马温公当国,深器遇之。东坡在翰林,以人言,力请郡;去未几,定国亦报罢。此诗自'慎勿怨谤讥'以下,端为定国发也。"

聚星堂雪　并引

元祐六年十一月一日,祷雨张龙公,得小雪,与客会饮聚星堂。忽忆欧阳文忠公作守时,雪中约客赋诗,禁体物语,于艰难中特出奇丽;尔来四十余年,莫有继者。仆以老门生继公后,虽不足追配先生,而宾客之美,殆不减当时。公之二子,又适在郡,故辄举前令,各赋一篇。

牕前暗响鸣枯叶，龙公试手行初雪。
映空先集疑有无，作态斜飞正愁绝。
众宾起舞风竹乱，老守先醉霜松折。
恨无翠袖点横斜，只有微灯照明灭。
归来尚喜更鼓暗，晨起不待铃索掣。
未嫌长夜作衣棱，却怕初阳生眼缬。
欲浮大白追余赏，幸有回飚惊落屑。
模糊桧顶独多时，历乱瓦沟裁一瞥。
汝南先贤有故事，醉翁诗话谁续说。
当时号令君听取，白战不许持寸铁。

○赋雪者，多以悠扬飘荡取其韵致。此独用生劓之笔，作硬盘之语，摆脱常态，匪徒以"禁体物语"标奇竞胜。

◇《苕溪渔隐丛话》曰："六一居士守汝阴日，因雪会客赋诗，诗中'玉、月、梨、梅、练、絮、白、舞、鹅、鹤、银'等字，皆请勿用。其后东坡居士出守汝阴，聚星堂雪，辄举前令。自二公赋诗之后，未有继之者，岂非难措笔乎？"

次前韵送刘景文

白云在天不可呼，明月岂肯留庭隅。
怪君西行八百里，清坐十日一事无。
路人不识呼尚书，但见凛凛雄千夫。自注：君一马两仆，率然相访，逆旅多呼"尚书"，意谓君都头也。
岂知入骨爱诗酒，醉倒正欲蛾眉扶。
一篇向人写肝肺，四海知我霜鬓须。
欧阳赵陈皆我有，岂谓夫子驾复迁。

迩来又见三黜柳，共此暖热餐毡苏。
酒肴酸薄红粉暗，只有颍水清而姝。
一朝寂寞风雨散，对影谁念月与吾？自注：郡中日与欧阳叔弼、赵景贶、陈履常相从，而景文后至。不数日，柳戒之亦见过。宾客之盛，顷所未有。然又数日，叔弼、景文、戒之皆去矣。
何时归帆泝江水？春酒一变甘棠湖。自注：景文今卜居九江，近甘棠湖。

○情事曲折，裁约以人，有韵之言，裹裹俯仰，逸趣横生。

◇《石林诗话》曰："刘季孙能作七字诗，家藏书数千卷。为杭州钤辖，子瞻作守，深知之。后尝以诗寄子瞻云：'四海共知霜鬓满，重阳曾插菊花无？'子瞻大喜，在颍州和季孙诗，所谓'一篇向人写肝肺，四海知我霜鬓须'，盖记此也。"

次韵赵景贶春思且怀吴越山水

岁华来无穷，老眼久矣静。春风如系马，未动意先骋。
西湖忽破碎，鸟落鱼动镜。萦城理枯渎，放闸起胶艇。
愿君营此乐，官事何时竟。自注：清河西湖三闸，督君成之。
思吴信偶然，出处付前定。
飘然不系舟，乘此无尽兴。醉翁行乐处，草木皆可敬。
明朝游北渚，急扫黄叶径。白酒真到齐，红裙已放郑。自注：酒尚有香泉一壶为乐，全先生服，不作乐也。

○行乐处至于可敬，于此见贤者之泽长。是乃诗之有关名教者。前路名句纷沓，尤是穷力追新。

小饮西湖怀欧阳叔弼兄弟，赠赵景贶、陈履常

岁暮自急景，我闲方缓觞。欢饮西湖晚，步转北渚长。

地坐略少长,意行无涧冈。久知荞麦青,稍喜榆柳黄。
盎盎春欲动,潋潋夜未央。水天鸥鹭静,月雾松桧香。
抚景方睌晚,怀人重凄凉。岂无一老兵,生念两欧阳。
我意正麋鹿,君才亦圭璋。此会不可再,此欢不可忘。

○写景以骈语入情,刘勰所谓"俪采百字之偶"者,可移以评此。

送路都曹 并引

乖崖公在蜀,有录曹参军老病废事,公责之曰:"胡不归?"明日,参军求去,且以诗留别,其略曰:"秋光都似宦情薄,山色不如归意浓。"公惊谢之曰:"吾过矣!同僚有诗人而吾不知。"因留而慰荐之。予幼时,闻父老言,恨不问其姓名。今都曹路公以小疾求致仕,予诵此语,留之不可,乃采前人意作诗送之,并邀赵德麟、陈履常同赋一篇。

积雪困桃李,春心谁为容?淮光酿山色,先作归意浓。
我亦倦游者,君思系疏慵。欲留耿介士,伴我衰迟踪。
吏课升斗积,崎岖等铅舂。那将露电身,坐待收千钟。
结发空百战,市人看先封。谁能搔白首,抱关望夕烽。
子意亮已成,我言宁复从。恨无乖崖老,一洗芥蒂胸。
我田荆溪上,伏腊亦粗供。怀哉江南路,会作林下逢。

○一片爱才求友之意,津津亹亹。序虽援张咏为说,然咏特不知参军为诗人耳;既知,则能留而慰荐之。轼知都曹矣,而于其致仕留之不可,故尤怊怅切情。

◇《容斋三笔》曰:"碑志之作,本孝子慈孙欲以称扬其父祖之功德,播之当时,而垂之后世。当直存其名字,无所避隐。然东汉诸铭,载其先代,多只书官。自唐及本朝名人,文集所志,往往只称君讳某字某,至于记、序之文亦然。殆与求文扬名之旨,为不相契。东坡先生《送路都曹》诗,大略云:'结发空百战,市人看先封。谁能搔白首,抱关望夕烽。'则路君之贤而不遇可知矣。然亦不书其名,使之少获表见,又为可惜也。"

送运判朱朝奉入蜀

蔼蔼青城云,娟娟娥眉月。随我西北来,照我光不灭。
我在尘土中,白云呼我归。我游江湖上,明月湿我衣。
岷峨天一方,云月在我侧。谓是山中人,相望了不隔。
梦寻西南路,默数长短亭。似闻嘉陵江,跳破吹锦屏。
送君无一物,清江饮君马。路穿慈竹林,父老拜马下。
不用惊走藏,使者我友生。听讼如家人,细说为汝评。
若逢山中友,问我归何日?为话腰脚轻,犹堪踏泉石。

○五言换韵,体制最古。而后人少效之者,以其气易断,而情韵反减耳。此则累累然如贯珠,清妙之音,读之百回不厌。

淮上早发

澹月倾云晓角哀,山风吹水碧鳞开。
此身定向江湖老,默数淮中十往来。

在颍州与德麟同治西湖未成,改扬州。三月十六日湖成,德麟有诗见怀,次其韵

太山秋毫两无穷,钜细本出相形中。

大千起灭一尘里，未觉杭颍谁雌雄。自注：来诗云与杭争雄。
我在钱塘拓湖渌，大堤士女争昌丰。
六桥横绝天汉上，北山始与南屏通。
忽惊二十五万丈，老葑席卷苍云空。
揭来颍尾弄秋色，一水萦带昭灵宫。
坐思吴越不可到，借君月斧修朣胧。
二十四桥亦何有，换此十顷玻璃风。
雷塘水干禾黍满，宝钗耕出余鸾龙。
明年诗客来吊古，伴我霜夜号秋虫。自注：德麟见约，来扬寄居，亦有意求扬倅。

○"六桥横绝"四句，都是实事，却写来异样警动。前以杭之西湖，陪说颍之西湖；后以欧阳之自扬移颍，比己之自颍改扬，都有天然证佐。会作佳谈，构成绝唱。

◇《侯鲭录》曰："欧公自扬州移汝州，作西湖诗云：'都将二十四桥月，换得西湖十顷秋。'后东坡复自汝移扬，作诗云：'二十四桥亦何有，换此十顷玻璃风。'用欧公诗也。"

◇《鹤林玉露》曰："杭有西湖，而颍亦有西湖，皆为游赏之胜，而东坡连守二州。其初得颍也，有颍人在坐，云：'内翰但只消游湖中，便可以了郡事。'盖言其讼简也。秦少章因作一绝献之云：'十里荷花菡萏初，我公所至有西湖。欲将公事湖中了，见说官闲事亦无。'东坡到颍有《谢执政启》，亦云：'入参两禁，每玷北扉之荣；出典二邦，辄为西湖之长。'"

◇《咸淳临安志》曰："元祐中，东坡既奏开浚湖水，因以所积葑草，筑为长堤，起南讫北，横跨湖面，绵亘数里，夹道杂植花柳，中为六桥，行者便之。坡尝赋诗云：'六桥横绝天汉上，北山始与南屏通。忽惊二十五万丈，老葑席卷苍烟空。'嗣郡守林希，榜曰'苏公堤'。"

◇杨慎曰："东坡先生在杭州、颍州、许州，皆开西湖，而杭之西湖尤伟。其诗'我在钱塘拓湖渌'六句，此诗史也，而注殊略。今按宋《长编》云：'杭本江海之地，水泉咸苦。唐刺史李泌，始引西湖水作六井，故井邑日富。及白居易，复浚西湖，所溉千余顷。然湖水多葑，近岁废而不理，湖中葑田积二十五万余丈，而水无几矣。运河失湖水之利，则取给于江潮。潮浑浊多淤，河行阛阓中，三年一淘，为市井大患，而六井亦几废。公始至，浚茅山、盐桥二河，以茅山一河专受江潮，以盐桥一河专受湖水。复造堰闸，以为湖水蓄泄之限，然后潮水不入市间。至湖上，周视良久曰："今愿去葑田。葑田如云，将安所置之？湖南北三十里，环湖往来，终日不违。若取葑草积之湖中，为长堤以通南北，则葑田去而行者便矣。"堤成，杭人名之曰"苏公堤"云。'合是观之，则公之有功杭人大矣。今阅公诗，注甚略，故详注之。"

双石　并引

至扬州，获二石。其一绿色，冈峦迤逦，有穴达于其背；其一玉白可鉴，渍以盆水，置几案间。忽忆在颍州日，梦人请住一官府，榜曰"仇池"，觉而诵杜子美诗曰："万古仇池穴，潜通小有天。"乃戏作小诗，为僚友一笑。

梦时良是觉时非，汲井埋盆故自痴。
但见玉峰横太白，便从鸟道绝峨眉。
秋风与作烟云意，晓日令涵草木姿。
一点空明是何处？老人真欲住仇池。

次韵苏伯固游蜀冈送李孝博奉使岭表

新苗未没鹤，老叶方翳蝉。绿渠浸麻水，白板烧松烟。

笑窥有红颊,醉卧皆华颠。家家机杼鸣,树树梨枣悬。
野无佩犊子,府有骑鹤仙。观风崤南使,出相山东贤。
渡江弔很石,遇岭酌贪泉。与君步徙倚,望彼修连娟。
愿及南枝谢,早随北雁翩。归来春酒熟,共看山樱然。
〇离离蔚蔚,云霞澄鲜。
◇《苕溪渔隐丛话》曰:"《游蜀冈》诗,造语全效退之《城南联句》。'新苗'八句,虽退之笔力,殆无以过之。"

行宿泗间见徐州张天骥次旧韵

二年三蹴过淮舟,款段还逢马少游。
无事不妨长好饮,著书自要且穷愁。
孤松早偃原非病,倦鸟虽还岂是休。
更欲河边几来往,只今霜雪已蒙头。

近以月石砚屏献子功中书,公复以涵星砚献纯父侍讲。子功有诗,纯父未也,复以月石风林屏赠之,谨和子功诗,并求纯父数句

紫潭出玄云,翳我潭中星。独有潭上月,倒挂紫翠屏。
我老不看书,默坐养此昏花睛。
时时一开眼,见此云月眼自明。
久知世界一泡影,大小真伪何足评。
笑彼三子欧梅苏,无事自作雪羽争。自注:事见三人诗集。
故将屏砚送两范,要使珠壁栖窗棂。
大范忽长谣,语出月胁令人惊;

小范当继之,说破星心如鸡鸣。
床头复一月,下有风林横。
急送小范家,护此涵星泓。
愿从少陵博一句,山木尽与洪涛倾。
〇起八句连络砚、屏,瑰伟绝特;中间行以迤逦,舒而不迫;却用少陵诗语一句结住,读之更如有千百言在腕下也。

次韵范纯父涵星砚、月石风林屏诗

月次于房历三星,斗牛不神箕独灵。
簸摇桑榆尽西靡,影落苏子砚与屏。
天工与我两厌事,孰居无事为此形。
与君持橐侍帷幄,同到温室观尧蓂。
自怜太史牛马走,伎等卜祝均倡伶。
欲留衣冠挂神武,便击云水归南溟。
陶泓不称管城沐,醉石可助平泉醒。
故持二物与夫子,欲使妙质留天庭。
但令滋液到枯槁,勿遣光景生晦冥。
上书挂名岂待我,独立自可当雷霆。
我时醉眠风林下,夜与渔火同青荧。
抚物怀人应独叹,作诗寄子谁当听?
〇起句得势后,乃舒缓其气以副之,不烦绳削而自合。

卷四十

眉山苏轼诗九

次韵穆父尚书侍祠郊丘，瞻望天光，退而相庆，引满醉吟

千章杞梓荫云天，愕散谁收老郑虔？
喜气到君浮白里，丰年及我挂冠前。
令严钟鼓三更月，野宿貔貅万灶烟。
太息何人知帝力，归来金帛看頳肩。

○气伟采奇，望之又蔚然深秀，厥由风力之遒。

◇《复斋漫录》曰："东坡言古今七言伟丽之句，永叔一联云：'苍波万古流不尽，白鸟双飞意自闲。'上句取李太白'长波泻万古'之句。东坡一联云：'令严钟鼓三更月，野宿貔貅万灶烟。'上句取杜子美'中天悬明月，令严夜寂寥'之句也。"

◇《苕溪渔隐丛话》曰："东坡云：七言之伟丽者，子美云：'旌旗日暖龙蛇动，宫殿风微燕雀高。五更鼓角声悲壮，三峡星河影动摇。'尔后寂寥无闻焉。至永叔云：'苍波万古流不尽，白鸟双飞意自闲。万马不嘶听号令，诸番无事著耕耘。'可以并驱争先矣。先生亦云：'令严钟鼓三更月，野宿貔貅万灶烟。'亦庶几焉耳。"

郊祀庆成诗

帝出乘昌运，天心予太平。文章三代继，制作七年成。
大祀乾坤合，刚辰日月明。泰坛朝扫地，魄宝夜垂精。
仰御圆苍盖，环观海岳成。北流吞朔易，西极落欃枪。
升燎灵光答，回銮瑞雾迎。需云遍枯槁，解雨达句萌。
可颂非天德，因箴亦下情。民言知有酌，帝谓本无声。
富国由崇俭，蕲年在好生。无心斯格物，克己自销兵。
化国安新政，孤臣反旧耕。还将《清庙》什，留与野人赓。

○自元丰元年详定郊祀礼文，至六年冬至，亲祀圜丘，以太祖配，始罢天地合祭之礼。元祐五年，廷臣集议，复定南郊并祀之仪。七年亲郊，始行合祭。宋制三年一郊，轼以兵部尚书为南郊卤簿使，疏请严整仪仗，一时称盛。合祭之礼，至绍圣元年，仍议罢。而轼则主合祭之说，然合祭亦仅行于是年耳。时宰执侍从，进诗以贺，故有是诗。诗共十四韵，而自"可颂非天德"以下，俱作箴规之语。此所谓"因事纳规，不藉扬厉铺张，以矜其华藻"也。

仆所藏仇池石，希代之宝也。王晋卿以小诗借观，意在于夺，不敢不借，然以此诗先之

海石来珠宫，秀色如娥绿。坡陀尺寸间，宛转陵峦足。
连娟二华顶，空洞三茅腹。初疑仇池化，又恐瀛洲蹙。
殷勤峤南使，馈饷淮东牧。自注：仆在扬州，程德孺自岭南解官还，以此石见遗。得之喜无寐，与汝交不渎。

盛以高丽盆，藉以文登玉。自注：仆以高丽所饷大铜盆贮之，又以登州海石如碎玉者附其足。幽光先五夜，冷气压三伏。
老人生如寄，茅舍久未卜。一夫幸可致，千里常相逐。
风流贵公子，窜谪武当谷。见山应已厌，何事夺所欲？
欲留嗟赵弱，宁许负秦曲。传观慎勿许，间道归应速。
○希代之宝，实是写得出。末用秦归赵璧，恰与情事比附。意随笔转，如脱弹丸。
◇赵次公曰："'连娟二华顶，空洞三茅腹。'二华，太华、少华也。古人谓造化削成，故于二华言'顶'。三茅，一名句曲山，其腹中空虚，别有天地日月，载在《真诰》，故于三茅则言'腹'也。"
◇《诗说隽永》曰："李赞皇好石，有《谢临海守寄石》诗。牛奇章亦好石，洛中辟地多得之，刻文可辨。近世东坡亦好之，有仇池石，程德孺所遗，其诗云：'殷勤峤南使，馈饷淮东牧'，即今英石也。"

王晋卿示诗欲夺海石，钱穆父、王仲至、蒋颖叔皆次韵。穆、至二公以为不可许，独颖叔不然。今日颖叔见访，亲睹此石之妙，遂悔前语。仆以谓晋卿岂可终闭不予者，若能以韩幹二散马易之者，盖可许也。复次前韵

相如有家山，缥缈在眉绿。谁云千里远，寄此一颦足。
平生锦绣肠，蚤岁藜苋腹。从教四壁空，未遣两峰蹙。
吾今况衰病，义不忘樵牧。逝将仇池石，归泝岷山渎。
守子不贪宝，完我无瑕玉。故人诗相戒，妙语予所伏。
一篇独异论，三占从两卜。君家画可数，天骥纷相逐。
风骔掠原野，电尾梢涧谷。君如许相易，是亦我所欲。

今朝安西守,来听阳关曲。劝我留此峰,他日来不速。

○丹经墨史,拈出尽为妙谛,笔上生花。

◇赵次公曰:"'故人诗相戒',指钱穆父、王仲至之不欲予也。'一篇独异论',指蒋颖叔之欲予也。《书》曰:'三人占,则从二人之言。'故以钱、王可从,而蒋可违也。'来听阳关曲',颖叔将别而行,故云耳。"

欲以石易画,晋卿难之。穆父欲兼取二物,颖叔欲焚画碎石。乃复次前韵,并解二诗之意

春冰无真坚,霜叶失故绿,鹦疑鹏万里,蚿笑夔一足。
二豪争攘袂,先生一捧腹。明镜既无台,净瓶何用蹙?
盆山不可隐,画马无由牧。聊将置庭宇,何必弃沟渎。
焚宝真爱宝,碎玉未忘玉。久知公子贤,出语耆年伏。
欲观转物妙,故以求马卜。维摩既复舍,天女还相逐。
授之无尽灯,照此久幽谷。定心无一物,法乐胜五欲。
三峨吾乡里,万马君部曲。卧云行归休,破贼看神速。自注:晋卿将种,常有此意。

○因有欲焚画、碎石者,乃别为踢净瓶、烧木佛,添出一重公案。言下如有白毫大光,应念来感,岂止次韵之能怪变百出。

◇赵次公曰:"'三峨吾乡里',言真山;'万马君部曲',言真马。我有真山,则将卧雪;王有真马,则用破贼。如此则假山不必爱,画马不必取也。"

生日刘景文以古画松鹤为寿,且贶佳篇,次韵为谢

问子一室间,宁有千里廊?尘心洗长松,远意发孤鹤。

生朝得此寿,死籍疑可落。微言在《参同》,妙契藏九籥。
故人有奇趣,逸想寄幽壑。霜枝谢寒暑,云翮无前却。
何须构明堂,未羡巢阿阁。缅怀别时语,复作数日恶。
诗脾固堪餐,字瘦还可愕。高标忽在眼,清梦了如昨。
君今侪等伍,志与湛辈各。岂待相愿言,方为不朽托。
子云老执戟,长孺终主爵。吾当追松乔,子亦鄙卫霍。
○松鹤为寿,近于俗情,乃写得古趣洋溢,固知才人之笔,无所不可。

程德孺惠海中柏石兼辱佳篇,辄复和谢

岚熏瘴染却敷腴,笑饮贪泉独继吴。
未欲连车收薏苡,肯教沉网取珊瑚。
不知庾岭三年别,收得曹溪一滴无?
但指庭前双柏石,要予临老识方壶。
○施元之曰:"德孺名之元,持节岭南,归惠此石,故诗皆用岭南事。德孺时为主客郎中。"

送蒋颖叔帅熙河 并引

颖叔出使临洮,轼与穆父、仲至同饯之,各赋诗一篇,以"今我来思"为韵,致遄归之意,轼得我字。
西方犹宿师,论将不及我。苟无深入计,缓带我亦可。
承明正须君,文字粲藻火。自荐虽云数,留行终不果。
正坐喜论兵,临老付边锁。新诗出谈笑,僚友困掀簸。
我欲歌《杕杜》,杨柳方婀娜。边风戕首房,所得盖么么。

愿为鲁连书，一射聊城笴。阴功在不杀，结草酬魏颗。
○积其愤激，发以诙谐。起四句似谑似庄，言语妙天下。

次韵吴传正枯木歌

天公水墨自奇绝，瘦竹枯松写残月。
梦回疏影在东窗，惊怪霜枝连夜发。
生成变坏一弹指，乃知造物初无物。
古来画师非俗士，妙想实与诗同出。
龙眠居士本诗人，能使龙池飞霹雳。
君虽不作丹青手，诗眼亦自工识拔。
龙眠胸中有千驷，不独画肉兼画骨。
但当与作少陵诗，或自与君拈秃笔。
东南山水相招呼，万象入我摩尼珠。
尽将书画散朋友，独与长铗归来乎。
○因吴诗而及李画，因歌枯木而及画马，轩然而来，翩然而往，随意所到，总入元微。
◇《苕溪渔隐丛话》曰："东坡《题伯时画马》云'龙眠胸中有千驷'，议者谓讥其无德而称。余意其不然。如文与可善作墨竹，故和《筼筜谷》云：'料得清贫馋太守，渭滨千亩在胸中。'岂亦是讥之耶？又山谷咏伯时《虎脊天马图》亦云：'笔端那有此，千里在胸中。'盖言画马之妙，得之于心，应之于手，若轮扁之斲轮也。"

送范中济经略侍郎，分韵赋诗得先字，且赠以鱼枕杯四、马箠一，以"元戎十乘，以先启行"为韵

梁李久乐祸，自焚岂非天？两鼠斗穴中，一胜亦偶然。

谋初要百虑,善后乃万全。庙堂选世将,范氏真多贤。
仁风被宿麦,绿浪摇秦川。号令耸毛羽,先声落虚弦。
我家天一方,去路城西偏。投竿困障日,卖剑行归田。
赠君荆鱼杯,副以蜀马鞭。一醉可以起,毋令祖生先。

○谋初善后,有无限经济在。中济能不负此,诗人以见其言必有中也。

◇施元之曰:"中济以荫历官,元祐八年知庆州。中济祖雍,仁宗时为副枢。李元昊叛,拜镇武节度使,知延州,又知永兴军,故曰:'庙堂选世将,范氏真多贤。'中济在庆,广储蓄,[缮]城栅,严守备,羁黠羌,推诚待下,人乐为用。"

书晁说之《考牧图》后

我昔在田间,但知羊与牛。
川平牛背稳,如驾百斛舟。
舟行无人岸自移,我卧读书牛不知。
前有百尾羊,听我鞭声如鼓鼙。
我鞭不妄发,视其后者而鞭之。
泽中草木长,草长病牛羊。
寻山跨坑谷,腾趟筋骨强。
烟蓑雨笠长林下,老去而今空见画。
世间马耳射东风,悔不长作多牛翁。

○《小雅·无羊》之诗,宣王考牧也。牛羊寝讹之状,牧人簑笠之容,俄焉而麾,忽然而梦,维鱼维旐,变幻莫测。诗格之奇,无逾于此矣。不袭其词,而能得其意,遥遥千古,斯作之外,谁其嗣音?

七年九月自广陵召还，复馆于浴室东堂，八年六月乞会稽，将去汝公乞诗，乃复用前韵三首

乞郡三章字半斜，庙堂传笑眼昏花。
上人问我迟留意，待赐头纲八饼茶。

自注：尚书学士得赐头纲龙茶一斤，今年纲到最迟。

梦绕吴山却月廊，白梅卢橘觉犹香。

自注：杭州梵天寺有月廊数百间，寺中多白杨梅、卢橘。

会稽且作须臾意，从此归田策最良。

东南此去几时归？倦鸟孤云岂有期。
断送一生消底物，三年光景六篇诗。

○首作托言待赐，恋阙情深。三作只是把诗消岁月之意道破，便可发深省。

◇《苕溪渔隐丛话》曰："细色茶五纲，凡四十三品，形制各异，共七千余饼。又有粗色茶七纲，凡五品，大小龙凤，并拣芽，悉入龙脑和膏，为团饼茶，共四万余饼。东坡题文公诗卷云'待赐头纲八饼茶'，即今粗色红绫袋饼八者是也。"

东府雨中别子由

庭下梧桐树，三年三见汝。前年适汝阴，见汝鸣秋雨。
去年秋雨时，我自广陵归。今年中山去，白首归无期。
客去莫叹息，主人亦是客。对床定悠悠，夜雨空萧瑟。

起折梧桐枝，赠汝千里行。归来知健否？莫忘此时情。

○空清如话，而情味无穷。此较前初秋寄子由一章，尤入神品。

书丹元子所示李太白真

天人几何同一沤，谪仙非谪乃其游。
麾斥八极隘九州，化为两鸟鸣相酬。
一鸣一止三千秋，开元有道为少留。
縻之不可矧肯求。西望太白横峨岷。
眼高四海空无人，大儿汾阳中令君。
小儿天台坐忘身，平生不识高将军。
手污吾足乃敢瞋，作诗一笑君应闻。

○笔歌墨舞，实有手弄白日、顶摩青穹之气概，足为白写照矣。后人刊诗，有将此作分为两首者，特以平韵承接之故。然分则意象不昌，岂惟不谙诗法，且并其佳处失之。观集内《儋州夜梦》一诗，犹用此体，可以为证。

◇《天厨禁脔》曰："太白赞一韵，七句方换韵，又是平声，其法不得双杀。双杀者不得此法也。"

◇贺裳曰："文人有一言，使人升九天、堕九渊者，此类是也。亦公自写其傲岸之趣，却令太白生面重开，胜《碑阴记》一段文字远甚。"

次韵滕大夫雪浪石

太行西来万马屯，势与岱岳争雄尊。
飞狐上党天下脊，半掩落日先黄昏。

削成山东二百郡，气压代北三家村。
千峰石卷蠹牙帐，崩崖凿断开土门。
竭来城下作飞石，一炮惊落天骄魂。
承平百年烽燧冷，此物僵卧枯榆根。
画师争摹雪浪势，天公不见雷斧痕。
离堆四面绕江水，坐无蜀士谁与论。
老翁儿戏作飞雨，把酒坐看珠跳盆。
此身自幻孰非梦，故国山水聊心存。
○劲气不可断，来则山岑竞举，止则壁岸无阶。
◇《墨庄漫录》曰："东坡帅中山，得黑石白脉，如蜀孙位、孙知微所画石间奔流，尽水之变。又得白石曲阳，为大盆以盛之，激水其上，名其室曰'雪浪斋'，公自铭曰：'玉井芙蓉大八盆，伏流飞空漱其根。'时有英州之命，后谪惠州，又徙海外，故中山后政以公迁谪，'雪浪'之名遂废。元符中，始被北归之命。将至吴中，张芸叟守中山，葺治雪浪斋，重安盆石。"
◇赵次公曰："古所谓山东，乃今之河北晋地，盖太行山之东也。'山东二百郡'，正谓太行以东，冀州之域矣。代北则燕赵以往之地也。"

鹤　叹

园中有鹤驯可呼，我欲呼之立坐隅。
鹤有难色侧睨予，岂欲臆对如鹓乎？
我生如寄良畸孤，三尺长胫阁瘦躯。
俛啄少许便有余，何至以身为子娱。
驱之上堂立斯须，投以饼饵视若无。

戛然长鸣乃下趋,难进易退我不如。

○"难进易退我不如",此《鹤叹》所以作也,却只于结处一句收住。中云"岂欲臆对如鹏乎",乃疑而问鹤之词;"我生如寄"四句,便直代鹤作臆对语。章法奇绝,是为善学贾赋者。

◇《唐庚语录》曰:"东坡作《病鹤》诗,尝写'三尺长胫瘦躯',阙其一字。使任德翁辈下之数十字,东坡徐出其稿,盖'阁'字也。此字既出,俨然如见病鹤矣。"

子由生日以檀香观音像及新合印香银篆盘为寿一首

旃檀婆律海外芬,西山老脐柏所熏。
香螺脱黡来相群,能结缥缈风中云。
一灯如萤起微焚,何时度尽缪篆纹?
缭绕无穷合复分,绵绵浮空散氤氲。
东坡持是寿卯君,君少与我师皇坟。
旁资老聃释迦文,共厄中年点蝇蚊。
晚遇斯须何足云,君方论道承华勋。
我亦旗鼓严中军,国恩未报敢不勤。
但愿不为世所醺,尔来白发不可耘。
问君何时返乡枌?收拾散亡理放纷。
此心实与香俱焫,闻思大士应已闻。

○香难以形容,偏为形容曲尽。平时好以禅语入诗,此诗偏只结句"大士已闻"一点,真有如天花变现,不可测识者。在诗道中,殆以从闻、思、修而入三摩地矣。

◇《王直方诗话》曰:"苏黄门以己卯生,故东坡有'卯君'之语。其以檀香观音像遗黄门云:'持是寿卯君';其《出局偶书》云：'倾杯不能饮，待得卯君来'；其《送王鞏》诗云：'泪湿粉笺书不得，凭君送与卯君看'。"

过高邮寄孙君孚

过淮风气清，一洗尘埃容。水木渐幽茂，菰蒲杂游龙。
可怜夜合花，青枝散红茸。美人游不归，一笑谁当供？
故园在何处？已偃手种松。我行忽失路，归梦千山重。
闻君有负郭，二顷收横从。卷野毕秋获，殷床闻夜舂。
乐哉何所忧，社酒粥面醴。宦游岂不好，毋令到千钟。

○极言景物清幽，留连不能去，而其人之足思自见。感旧怀人，风格最古。此诗出于南迁之时，孙升亦遭贬谪，篇中绝不露牢骚抑郁之意，津津乎其有遗味矣。

◇刘延世《孙公谈圃序》曰："绍圣之改元也，凡仕于元祐而贵显者，例皆窜贬湖南岭表，相望而错趾。惟闽郡，独孙公一人迁于临汀。公元祐时，历三院，迁左史，入中书为舍人，危言谠论，内外惮之。已而忤时宰意，以集贤殿修撰，留守南都，后迁天章阁待制。其谪官也，自南都为归州，遂以散秩谪临汀。公讳升，字君孚，高邮人。"

慈湖夹阻风五首（录四首）

捍索桅竿立啸空，篙师酣寝浪花中。
故应菅蒯知心腹，弱缆能争万里风。

此生归路愈茫然，无数青山水拍天。
犹有小船来卖饼，喜闻墟落在山前。

日轮亭午汗珠融,谁识南讹长养功?
暴雨过云聊一快,未妨明月却当空。

卧看落月横千丈,起唤清风得半帆。
且并水村敧侧过,人间何处不巉岩。
〇荒湾旅泊,却写得即事皆可喜。读此数诗,足以开豁尘襟。

过庐山下　并引

予过庐山下,云物腾涌,默有祷焉。未午,众峰凛然,故作是诗。
乱云欲霾山,势与飘风南。群隮相应和,勇往争骖驔。
可怜荟蔚中,时出紫翠岚。雁没失东岭,龙腾见西龛。
一时供坐笑,百态变立谈。暴雨破块圠,清飙扫浑酣。
廓然归何处,陋矣安足戡。亭亭紫霄峰,窈窈白石庵。
五老数松雪,双溪落天潭。虽云默祷应,顾有移文惭。
〇云峦新霁,气象万千,列秀青青,已见庐山真面目矣。

壶中九华诗　并引

湖口人李正臣,蓄异石九峰,玲珑宛转,若窗棂然。予欲以百金买之,与仇池石为偶,方南迁,未暇也。名之曰"壶中九华",且以记之。
清溪电转失云峰,梦里犹惊翠扫空。

王岭莫愁千嶂外,九华今在一壶中。
天池水落层层见,玉女窗虚处处通。
念我仇池太孤绝,百金归买碧玲珑。
○诗亦宛转玲珑,与题恰称。
◇赵次公曰:"刘禹锡有歌云:'九华山自是造化一尤物,焉能藉其乎人间。'今先生以石有九峰,遂以名之;其在一壶中,则神仙壶公之壶也,中别有天地山川,故云耳。"

秧马歌　并引

　　过庐陵,见宣德郎致仕曾君安止,出所作《禾谱》,文既温雅,事亦详实。惜其有所缺,不谱农器也。予昔游武昌,见农夫皆骑秧马。以榆枣为腹,欲其滑;以楸桐为背,欲其轻。腹如小舟,昂其首尾;背如覆瓦,以便两髀雀跃于泥中。系束藁其首以缚秧,日行千畦,较之伛偻而作者,劳佚相绝矣。《史记》"禹乘四载,泥行乘橇",解者曰"橇形如箕,擿行泥上",岂秧马之类乎?作《秧马歌》一首,附于《禾谱》之末云。

春云濛濛雨凄凄,春秧欲老翠剡齐。
嗟我妇子行水泥,朝分一垄暮千畦。
腰如箜篌首啄鸡,筋烦骨殆声酸嘶。
我有桐马手自提,头尻轩昂腹胁低。
背如覆瓦去角圭,以我两足为四蹄。
聋踊滑汰如凫鹥,纤纤束藁亦可赍。
何用繁缨与月题,却从畦东走畦西。
山城欲闭闻鼓鼙,忽作的卢跃檀溪。

归来挂壁从高栖,了无刍秣饥不啼。
少壮骑汝逮老氂,何曾蹶轶防颠隮。
锦鞯公子朝金闺,笑我一生蹋牛犁,不知自有木駃騠。

○直以马喻非马,瑰伟连犿,其说能解人颐。

◇《碧溪诗话》曰:"东坡游武昌,尝作《秧马歌》。唐子西至罗浮,始识此器,作诗云:'拟向明时受一廛,著鞭常恐老农先。行藏已问吾能识,从此驰名四十年。'亦巧于用事。"

◇周必大《农器谱·序》曰:"绍圣初元,苏文忠公轼南迁,过太和,邑人宣德郎致仕鲁公安止,献所著《禾谱》,文忠美其温雅详实,为作《秧马歌》;又惜其不谱农器。时曾公已衰,明不暇为也。后百余年,其侄孙耒阳令之谨,始续成之,凡耒耜、耨鑄、车戽、簑笠、铚刈、篠簣、杵臼、斗斛、釜甑、仓庾,厥类惟十,附以杂记,勒成三卷,皆考之经传,参合今制,无不备者。可补伯祖之书,成苏公之志矣。"

八月七日初入赣过惶恐滩

七千里外二毛人,十八滩头一叶身。
山忆喜欢劳远梦,自注:蜀道有错喜欢铺,在大散关上。地名惶恐泣孤臣。
长风送客添帆腹,积雨浮舟减石鳞。
便合与官充水手,此生何止略知津。

○起二句固是同调柳州,书作发端,乃更警策。按:十八滩自下而上,第一滩在万安县,前名"黄公滩",东坡改作"惶恐",以对"喜欢";其后,文文山更以"惶恐"对"零丁",遂成典故。结处云"充水手"者,应是暗用何易于腰笏引舟事也。

◇《碧溪诗话》曰:"柳诗'十一年前南渡客,四十里外北归人',又'一身去国六千里,万死投荒十二年',苏诗'七千里外二毛人,十八滩头一叶身',不约而合,句法使然故也。"

郁孤台 _{自注:以下四首皆虔州。}

八境见图画,郁孤如旧游。山为翠浪涌,水作玉虹流。
日丽崆峒晓,风酣章贡秋。丹青未变叶,鳞甲欲生洲。
岚气昏城树,滩声入市楼。烟云侵岭路,草木半炎州。
故国千峰外,高台十日留。他年三宿处,准拟系归舟。

廉 泉

水性故自清,不清或挠之。君看此廉泉,五色烂摩尼。
廉者为我廉,何以此名为?有廉则有贪,有慧则有痴。
谁为柳宗元,孰是吴隐之?渔父足岂洁,许由耳何缁?
纷然立名字,此水了不知。毁誉有时尽,不知无尽时。
竭来廉泉上,捋须看鬓眉。好在水中人,到处相娱嬉。
○有尽在人,无尽在我。《维摩经》言有法门名"无尽灯",此诗所本。

尘外亭

楚山澹无尘,赣水清可厉。散策尘外游,麾手谢此世。
山高惜人力,十步辄一憩。却立浮云端,俯视万井丽。
幽人宴坐处,龙虎为斩薙。马驹独何疑,岂堕山鬼计。
夜垣非助我,谬敬欲其逝。戏留一转语,千戴起攘袂。

○韩诗云:"崎岖上轩昂,始得观览富。"未及此之圆妙也。正谛既得,故后幅但就马祖事言之,不更为山水饶舌。

◇赵次公曰:"'幽人宴坐处'以下八句,皆是马祖事。马祖始居此山,山鬼为筑垣,自谓修行不至,为鬼所识,乃舍去。今先生诗语,高马祖一着也。"

天竺寺 并引

予年十二,先君自虔州归,为予言:"近城山中天竺寺,有乐天亲书诗云:'一山门作两山门,两寺原从一寺分。东涧水流西涧水,南山云起北山云。前台花发后台见,上界钟清下界闻。遥想吾师行道处,天香桂子落纷纷。'笔势奇逸,墨迹如新。"今四十七年矣,予来访之,则诗已亡,有刻石存耳。感涕不已,而作是诗。

香山居士留遗迹,天竺禅师有故家。
空咏连珠吟叠璧,已亡飞鸟失惊蛇。
林深野桂寒无子,雨浥山姜病有花。
四十七年真一梦,天涯流落泪横斜。

○点染处极其古秀,揭朗标华,较香山联珠体诗,更进一格。

月 华 寺 自注:寺邻岑水,场施者皆坑户也,百年间盖三焚矣。

天公胡为不自怜,结土融石为铜山。
万人采斸富媪泣,只有金帛资豪奸。
脱身献佛意可料,一瓦坐待千金还。
月华三火岂天意,至今芜舍依榛菅。
僧言此地本龙象,兴废反掌曾何艰。

高严夜吐金碧气,晓得异石青斓斑。
坑流窟发钱涌地,莫施百镒朝千锾。
此山出宝以自贼,地脉已断天应悭。
我愿铜山化南亩,烂漫黍麦苏凫鹥。
道人修道要底物?破铛煮饭茅三间。

○亦是《左传》象齿焚身、《庄子》山木自寇之意。说来警动,倍觉气象峥嵘。

◇李必恒曰:"《智度论》云:'水行中龙,陆行中象,故荷大法力,比之龙象。'按,月华寺,智药三藏真身在焉,故有'龙象'之语。"

碧落洞

槎牙乱峰合,晃荡绝壁横。遥知紫翠间,古来仙释并。
阳崖射朝日,高处连玉京。阴谷叩白月,梦中游化城。
果然石门开,中有银河倾。幽龛入窈窕,别户穿虚明。
泉流下珠琲,乳盖交缦缨。我行畏人知,恐为仙者迎。
小语辄响答,空山白云惊。策杖归去来,治具烦方平。

○气交冲漠,与神为徒。"小语响答"二句,写岩洞之景,未经人道。

◇《苕溪渔隐丛话》曰:"题碧落洞诗云:'小语辄响答,空山白云惊。'此语全类李太白。今印本误作'自雷惊',不惟无意味,兼与上句重叠也。"

◇李必恒曰:"《一统志》云:洞多悬石,如霓旌羽盖。旁有小洞,号'云华',深不可测。按诗所云'幽龛''别户',即指其处也。"

峡山寺

自注:《传奇》所记孙恪、袁氏使即此寺,至今有人见白猿者。

天开清远峡,地转凝碧湾。我行无迟速,摄衣步屏颜。
山僧本幽独,乞食况未还。云碓水自舂,松门风为关。
石泉解娱客,琴筑鸣空山。佳人剑翁孙,游戏暂人间。
忽忆啸云侣,赋诗留玉环。林深不可见,雾雨霾鬌鬟。

○空山无人,水流花开,良田妙造,自然匪关思索而致。

◇裴铏《传奇》曰:"广德中,有孙恪者,游洛中,遇袁氏女,遂纳为室。后十余年,同至峡山寺,袁氏欣然改服理鬓,诣老僧。乃持一碧玉环,献僧曰:'此是院旧物。'僧初不晓,及斋罢,有野猿数十,悲啸扪萝向跃,袁氏恻然。俄命笔题诗云:'无端变化几湮沉,刚被恩情役此心。不如逐伴归山去,长啸一声烟雾深。'诗毕遂裂衣,化为老猿,追啸者跃树而去。老僧方悟曰:'乃贫道为沙门时所养者。碧玉环,则胡人所施,系于其颈者。'"

舟行至清远县见顾秀才,极谈惠州风物之美

到处聚观香案吏,此邦宜著玉堂仙。
江云漠漠桂花湿,梅雨翛翛荔子然。
闻道黄柑常抵鹊,不容朱橘更论钱。
恰从神武来弘景,便向罗浮觅稚川。

○八句属对,律诗正格,笔力积健为雄,颉颃杜老。

广州蒲涧寺

不用山僧导我前,自寻云外出山泉。
千章古木临无地,百尺飞涛泻漏天。
昔日菖蒲方士宅,后来薝(蒼)葡祖师禅。
而今只有花含笑,笑道秦皇欲学仙。自注:地产菖蒲十二节,安期生之故居,始皇访之于此。

浴日亭 自注:在南海庙前。

剑气峥嵘夜插天,瑞光明灭到黄湾。
坐看旸谷浮金晕,遥想钱塘涌雪山。
已觉苍凉苏病骨,更烦沉灌洗衰颜。
忽惊鸟动行人起,飞上千峰紫翠间。
○前六句,犹是沧沧凉凉之势,"忽惊鸟动"一转,陡然而上,笔势奇绝。

游罗浮山一首示儿子过

人间有此白玉京,罗浮见日鸡一鸣。自注:刘梦得有诗记罗浮夜半见日事,山不甚高而夜见日,此可异也。
南楼未必齐日观,郁仪自欲朝朱明。自注:山有二石楼,今延祥寺在南楼下。朱明洞在冲虚观后,云是蓬莱第七洞天。
东坡之师抱朴老,真契久已交前生。
玉堂金马久流落,寸田尺宅今谁耕?

道华亦尝啖一枣，自注：唐永乐道士侯道华，窃食邓天师药仙去。永乐有无核枣，人不可得，道华独得之。予在岐下，亦尝得食一枚。契卢正欲仇三彭。自注：唐僧契虚，遇人导游稚川仙府，真人问曰："汝绝三彭之仇乎？"契虚不能答。

铁桥石柱连空横，自注：山有铁桥石柱，人罕至者。杖藜欲趁飞猱轻。

云溪夜逢瘖虎伏，斗坛画出铜龙吟。自注：冲虚观后，有朱真人朝斗坛，近于坛上获铜龙六、铜鱼一。

小儿少年有奇志，中宵起坐存《黄庭》。

近者戏作凌云赋，笔势仿佛《离骚经》。

负书从我盍归去，群仙正草《新宫铭》。

汝应奴隶蔡少霞，我亦季孟山元卿。自注：唐有梦书《新宫铭》者，云紫阳真人山元卿撰，其略曰："良常西麓，原泽东泄。新宫宏宏，崇轩辙辙。"又有蔡少霞者，梦人遣书碑，略曰："昔乘鱼车，今履瑞云。蹋空仰涂，绮辂轮囷。"其末题云"五云书阁吏蔡少霞书"。

还须略报老同叔，赢粮万里寻初平。自注：子由一字同叔。

○森蔚璀伟，以御风凌云之气行之，是亦《新宫铭》所称"天籁虚徐，凤箫冷（泠）彻"者耶？

◇《容斋随笔》曰："东坡游罗浮山，作诗示叔党。其末'负书从我'四句，坡自注用山元卿撰铭、蔡少霞书碑二事。予按薛用弱《集异记》，载蔡少霞梦人召去令书碑，题云'苍龙溪新宫铭'，紫阳真人山元卿撰。其词三十八句，不闻有'五云阁吏'之说、'鱼车瑞云'之语。乃《逸史》所载陈幼霞事云'苍龙溪主欧阳某撰'，盖坡公误以幼霞为少霞耳。"

十月二日初到惠州

仿佛曾游岂梦中，欣然鸡犬识新丰。

吏民惊怪坐何事，父老相携迎此翁。
苏武岂知还漠北，管宁自欲老辽东。
岭南万户皆春色，会有幽人客寓公。

○贬谪之地，见如旧游，有"终焉"之志，贤者固随寓而安。

白水山佛迹岩 <small>自注：罗浮之东麓也，在惠州东北二十里。</small>

何人守蓬莱，夜半失左股。浮山若鹏蹲，忽展垂天羽。
根株互连络，崖峤争吞吐。神工自炉韛，融液相缀补。
至今余隙罅。流出千斛乳。方其欲合时，天匠麾月斧。
帝觞分余沥，山骨醉后土。峰峦尚开阖。涧谷犹呼舞。
海风吹未凝，古佛来布武。当时汪罔氏，投足不盖拇。
青莲虽不见。千古落花雨，双溪汇九折，万马腾一鼓。
奔雷溅玉雪，潭洞开水府。潜鳞有饥蛟，掉尾取渴虎。
我来方醉后，濯足聊戏侮。回风卷飞雹，掠面过强弩。
山灵莫恶剧，微命安足赌。此山吾欲老，慎忽厌求取。
溪流变春酒，与我相宾主。当连青竹竿，下灌黄精圃。

○《山记》谓浮山，即蓬莱别岛，洪水浮至，依罗而止，二山合体，谓之"罗浮"。本是不根之谈，前八韵据此翻腾而入，无非为"佛迹"二字取势，以跌落"古佛来布武"一句耳。后纪浴于汤池，从"饥蛟、渴虎""飞雹、强弩"数句之中，参以"醉后濯足"二语，忽然动魄惊心，忽然掉臂徐步。罗浮以风雨为合离，匪此神笔，莫传其妙。

◇《唐庚语录》曰："东坡诗叙事，言简而意尽。惠州有潭，潭有潜蛟，人未之信也。虎饮水其侧，蛟尾而食之。俄而浮骨水上，人方知之。东坡以十字道尽，云：'潜鳞有饥蛟，掉尾取渴虎。'言'渴'，则知虎以饮水而召灾；言'饥'，蛟食其肉矣。"

◇《志林》曰："绍圣元年十月十二日，与幼子过游白水佛迹院，浴于汤池，熟（热）甚，其源殆可煮物。循山而东，少北有悬水百仞。山八九折，折处辄为潭，深者磓石五丈，不得其所止。雪溅雷怒，可喜可畏。水崖有巨人迹数十，所谓'佛迹'也。"

◇轼《答陈季常书》曰："今日游白水佛迹山，山上布水三十仞，雷辊电散，未易名状，大略如项羽破章邯时也。"

十一月二十六日松风亭下梅花盛开

春风岭上淮南村，昔年梅花曾断魂。自注：予昔黄州春风岭上见梅花，有两绝句。明年正月往岐亭道上，赋诗云："去年今日关山路，细雨梅花正断魂。"
岂知流落复相见，蛮风蜑雨愁黄昏。
长条半落荔支浦，卧树独秀桄榔园。
岂惟幽光留夜色，直恐冷艳排冬温。
松风亭下荆棘里，两株玉蕊明朝暾。
海南仙云娇堕砌，月下缟衣来扣门。
酒醒梦觉起绕树，妙意有在终无言。
先生独饮勿叹息，幸有落月窥清樽。

○秀色孤姿，涉笔如融风彩露。集中梅花诗，有以清空入妙者，如和秦观梅花诗云"竹外一枝斜更好"是也；有以使事传神者，此诗"海南仙云娇堕砌，月下缟衣来扣门"是也。轼尝称秦观诗有云："西湖处士骨应槁，只有此诗君压倒。"观诗岂能过之，毋亦自道其所得耳？此题尚有和韵两篇，第二篇有"纷纷初疑月挂树,耿耿独与参横昏"二句,最为洪迈所称。胡仔亦云:三首皆摆落陈言,古今人未尝经道者。第二首尤奇,然细玩前篇,究是不逮原唱也。

◇《遁斋闲览》曰:"凡诗之咏物,虽平淡、巧丽不同,要能以随意造语为工。东坡在岭南有皫字韵咏梅诗,韵险而语工,非大手笔不能到也。"

◇《碧溪诗话》曰:"用自己诗为故事,须作诗多者乃有之。太白云:'沧浪吾有曲,相子棹歌声。'乐天云:'须知菊酒登高会,从此多无二十场。'明年云:'去秋共数登高会,又被今年减一场。'坡赴黄州,过春风岭,有绝句,后诗云:'去年今日关山路,细雨梅花正断魂。'至海外又云:'春风岭上淮南村,昔年梅花曾断魂。'"

新酿桂酒

捣香筛辣入瓶盆,盎盎春溪带雨浑。
收拾小山藏社瓮,招呼明月到芳樽。
酒材已遣门生致,菜把仍叨地主恩。
烂煮葵羹斟桂醑,风流可惜在蛮村。

○《桂酒颂》作于酿成之后,有云:"酿为我醪,淳而清甘,终不坏,醉不醒。"此诗乃作于方酿之时,故但以"捣香筛辣"为言耳。"收拾小山藏社瓮",造语神奇。

◇轼《桂酒颂》序曰:"吾谪居海上,法当数饮酒以御瘴。而岭南无酒禁,有隐者以桂酒方授吾,酿成而玉色,香味超然,非人间物也。东坡先生曰:'酒,天禄也,其成坏、美恶,世以兆人主之吉凶。吾得此,岂非天哉?故为之颂,以遗后之有道而居夷者。'其法盖刻石置之罗浮铁桥之下,非忘世求道者莫至焉。"

江郊 并引

惠州归善县治之北，数步抵江，少西有盘石小潭，可以垂钓，作《江郊》诗云。

江郊葱晓，云水茜绚。碕岸斗入，洄潭轮转。
先生悦之，布席闲燕。初日下照，潜鳞俯见。
意钓忘鱼，乐此竿线。优哉悠哉，玩物之变。

○琢句全摹《水经注》。"碕岸"二句，乃从"斗耸曲池"，及"洄湍电转，环涛毂转"等句化出；"潜鳞俯见"，亦从"新安江潭不掩鳞"一句得来。

正月二十四日，与儿子过、赖仙芝、王原秀才，僧昙颖、行全，道士何宗一，同游罗浮道院及栖禅精舍，过作诗，和其韵寄迈、迨一首

断桥隔胜践，脱屦欣小揭。瘴花已繁红，官柳犹疏细。
斜川二三子，悼叹吾年逝。凄凉罗浮馆，风壁颓雨砌。
黄冠常苦饥，迎客羞破袂。仙山在何许？归鹤时堕毳。
崎岖食松黄，欲救齿发弊。坐令禅客笑，一梦等千岁。
栖禅晚置酒，蛮果粲蕉荔。斋厨釜无羹，野饷篮有蕙。
嬉游趁时节，俯仰了此世。犹当洗业障，更作临水禊。
寄书阳羡儿，并语长头弟，门户各努力，先期毕租税。

○从荒寂处生情韵、动崖谷。

◇赵次公曰："阳羡儿，言迈也；长头弟，则言迨也。阳羡乃常州，二子在常州也。迨之长头，先生前集有诗，可见其实。"

赠王子直秀才

万里云山一破裘,杖端闲挂百钱游。
五车书已留儿读,二顷田应为鹤谋。自注:子直住鹤天山。
水底笙歌蛙两部,山中奴婢橘千头。
幅巾我欲相随去,海上何人识故侯?
○用词多以数目字,大小相形,清艳两绝。
◇《艺苑雌黄》曰:"'水底笙歌蛙两部,山中奴婢橘千头',虽爱其语之工,然《南史》孔德璋门庭之内,草莱不剪,中有蛙鸣。或问之曰:'欲为陈蕃呼?'曰:'我以此当两部鼓吹,何必效陈蕃。'却无笙歌之说。"
◇《石林诗话》曰:"子瞻尝两用孔稚圭鸣蛙事,如'水底笙歌蛙两部',虽以笙簧易鼓吹,不碍其为意同。至'已遣乱蛙成两部',则两部不知为何物。故用事,宁与出处语小异而意同,不可尽牵出处语而意不显也。"

游博罗香积寺 并引

寺去县七里,三山犬牙,夹道皆美田,麦禾甚茂。寺下溪水,可作碓磨。若筑塘百步,闸而落之,可转两轮、举四杵也。以属县令林抃,使督成之。
二年流落蛙鱼乡,朝来喜见麦吐芒。
东风摇波舞净绿,初日泫露酣娇黄。
汪汪春泥已没膝,剡剡秋谷初分秧。
谁言万里出无友?见此二美喜欲狂。
三山屏拥僧舍小,一溪雷转松阴凉。

要令水力供臼磨，与相地脉增隄防。
霏霏落雪看收面，隐隐叠鼓闻春糠。
散流一啜云子白，炊裂十字琼肌香。
岂惟牢丸荐古味，自注：束晳《饼赋》："馒头薄持，起搜牢丸。"
要使真一流天浆。
诗成捧腹便绝倒，书生说食真膏肓。

〇固是硬语排奡，须看其字字熔铸而成，有回万牛之力，有转丸珠之巧。

◇《苕溪渔隐丛话》曰："老杜自我作古，其诗体不一，在人所喜，取而用之。如东坡在岭外，《游博罗香积寺》，《同正辅游白水山》，皆古诗，而终篇对属精切，语意贯穿，此亦是老杜体。如《岳麓道林二寺行》，《追酬故高蜀州人日见寄》，《入衡州奉赠季八大判官晚登瀼上堂》之类，概可见矣。"

◇李必恒曰："按：束晳《饼赋》，有馒头、薄壮、起溲、牢丸之名，而先生诗用作'牢九'，又自注中'薄壮'作'簿持'，'起溲'作'起搜'，又《真一酒歌》亦用'起搜'字，想别有所据。"

连雨涨江二首

越井冈头云出山，牂牁江上水如天。
床床避漏幽人屋，浦浦移家蜑子船。
龙卷鱼虾并雨落，人随鸡犬上墙眠。
只应楼下平阶水，长记先生过岭年。

急雨萧萧作晚凉，卧闻榕叶响长廊。
微明灯火耿残梦，半湿帘栊浥旧香。

高浪隐床吹瓨盎，暗风惊树摆琳琅。
先生不出晴无用，留与空阶滴夜长。

四月十一日初食荔支

南村诸杨北村卢，<small>自注：谓杨梅、卢橘也。</small>白华青叶冬不枯。
垂黄缀紫烟雨里，特与荔支为先驱。
海山仙人绛罗襦，红纱中单白玉肤。
不须更待妃子笑，风骨自是倾城姝。
不知天公有意无，遣此尤物生海隅。
云山得伴松桧老，霜雪自困楂梨麤。
先生洗盏酌桂醑，冰盘荐此赪虬珠。
似闻江鳐斫玉柱，更洗河豚烹腹腴。<small>自注：予尝谓荔支厚味、高格两绝，果中无比；惟江鳐柱、河豚鱼近之耳。</small>
我生涉世本为口，一官久已轻莼鲈。
人间何者非梦幻，南来万里真良图。

○"绛罗""红纱"，语不露刻镂之迹，而形容备至。"江鳐""河豚"之比，特以其同为异味，非有深意；陈敏政驳之固无谓，胡仔辨之，亦强作解事耳。

◇《遁斋闲览》曰："东坡《食荔支》诗云：'海山仙人降罗襦，红纱中单白玉肤。'予诵之，未尝不爱其体物之工。然其后云：'似闻江鳐斫玉柱，更洗河豚烹腹腴。'予意东坡未尝至闽中，亦不识真荔支。其曰：'四月十一日，是特广南火山者耳。'故其比类仅与魏文帝、庚信同科。"

◇《苕溪渔隐丛话》曰："诗人咏物，形容之妙，近世为最。东坡'海山仙人'四句，诵此则知其咏荔支也。坡诗自注云：'予尝谓荔支厚味、高格两绝,果中无比;惟江珧柱、河豚鱼近之耳。'又曰:'仆尝问荔支何所似,或曰荔支似龙眼,客皆笑其陋,实无所似也。仆曰荔支似江珧柱,应者皆怃然,仆亦不解。'此所谓善于比类者。若魏文帝、庾信之葡萄,乃至谬耳。《遁斋闲览》殊无鉴裁。若言闽广荔支高下不同则可;若言东坡不善比类,则不可也。"

六月十二日酒醒步月理发而寝

羽虫见月争翾翻,我亦散发虚明轩。
千梳冷快肌骨醒,风露气入霜蓬根。
起舞三人谩相属,停杯一问终无言。
曲肱薤簟有佳处,梦觉琼楼空断魂。
○语简而静,纸上有凉气扑人。

荔 支 叹

十里一置飞尘灰,五里一候(堠)兵火催。
颠坑仆谷相枕藉,知是荔支龙眼来。
飞车跨山鹘横海,风枝露叶如新采。
宫中美人一破颜,惊尘溅血流千载。
永元荔支来交州,天宝岁贡取之涪。
至今欲食林甫肉,无人举觞酹伯游。自注:汉永元中,永州进荔支、龙眼,十里一置,五里一候(堠),奔腾死亡,罹猛兽毒虫之害者无数。唐羌字伯游,为林武长,上书言状,和帝罢之。唐天宝中,盖取涪州荔支,自子午谷路进入。

我愿天公怜赤子,莫生尤物为疮痏。
雨顺风调百谷登,民不饥寒为上瑞。

君不见武夷溪边粟粒芽，前丁后蔡相笼加。自注：大小龙茶，始于丁晋公，成于蔡君谟。欧阳永叔闻君谟进小龙团，惊叹曰："君谟士人也，何至作此事！"

争新买宠各出意，今年斗品充官茶。自注：今年闽中监司乞进斗茶，许之。

吾君所乏岂此物？致养口体何陋邪！

洛阳相君忠孝家，可怜亦进姚黄花。自注：洛下贡花，自钱惟演始。

○"君不见"一段，百端交集，一篇之奇横在此。诗本为荔支发叹，忽说到茶，又说到牡丹，其胸中郁勃，有不可以已者；惟不可以已而言，斯至言至文也。

◇《碧溪诗话》曰："钱惟演为洛阳留守，置驿贡花，识者鄙之。坡作《荔支叹》云：'洛阳相君忠孝家，可怜已进姚黄花。'补世之语，不能易也。"

◇《容斋三笔》曰："东坡先生作文，引用史传，必详述本末，有至百余字者。盖欲使读者一览而得之，不待复寻绎书策也。如《勤上人诗集叙》引翟公罢廷尉宾客反覆事，《晁君成诗集叙》引李邰汉中以星知二使者事，《上富丞相诗》引左史倚相美卫武公事，《荔支叹》引唐羌言荔支事，是也。"

◇《苕溪渔隐丛话》曰："'武夷溪边粟粒芽'，误指其地。武夷未尝有茶，茶之精绝者，乃在北苑，自有一溪，南流至富沙城下，方与西来武夷溪水合流东去，剑浦固不可雷同言之。"

"建安北苑茶，始于太宗朝，太平兴国二年，遣使造之，取象于龙凤，以别庶饮，由此入贡。至道间，仍岁造石乳。其后，大小龙茶又起于丁谓，而成于蔡君谟，谓之将漕闽中，实董其事。社前十五日，即采其芽，日数千工，聚而造之，逼社即入贡。工甚大，造甚精。皆载于所撰《建阳茶录》。"

卷四十一

眉山苏轼诗十

同正辅表兄游白水山

伟哉造物真豪纵，攫土抟沙为此弄。
擘开翠峡走云雷，截破奔流作潭洞。
因随化人履巨迹，得与仙兄摄飞鞚。
曳杖不知岩谷深，穿云但觉衣裘重。
坐看惊鸟救霜叶，知有老蛟蟠石瓮。
金沙玉砾粲可数，古镜宝奁寒不动。
念兄独立与世疏，绝境难到惟我共。
永辞角上两蛮触，一洗胸中九云梦。
浮来山高回望失，武陵路绝无人送。
筼筜撷翠爪甲香，素绠分碧银鉼冻。
归路霏霏汤浴暗，野堂活活神泉涌。
解衣浴此无垢人，身轻可试云间凤。

　〇直从瀑布发处，写到波平水静，与前佛迹岩诗别是一般境象。游迹不同，诗亦随异，可知绝唱高纵，不由强索而得。

与正辅游香积寺

越山少松竹，常苦野火厄。此峰独苍然，感荷佛祖力。
茯苓无人采，千岁化琥珀。幽光发中夜，见者惟木客。
我岂无长镵，真赝苦难识。灵苗与毒草，疑似在毫发。
把玩竟不食，弃置长太息。山僧类有道，辛苦尝谷汲。
我惭作机舂，凿破混沌穴。幽寻恐不断，书板记岁月。
○真赝疑似之难辨，偶借采药以发长叹，其感人者微矣。

次韵正辅同游白水山

只知楚越为天涯，不知肝胆非一家。
此身如线自萦绕，左旋右转随缫车。
误抛山林入朝市，平地咫尺千褒斜。
欲从稚川隐罗浮，先与灵运开永嘉。
首参虞舜款韶石，次谒六祖登南华。
仙山一见五色羽，雪树两摘南枝花。
赤鱼白蟹箸屡下，黄柑绿橘笾常加。
糖霜不待蜀客寄，荔支莫信闽人夸。
恣倾白蜜收五棱，细劚黄土栽三桠。自注：正辅分人参归种
韶阳，来诗本用"䂗"字。惠州无书，不见此字所出，故且从"木"奉和。
朱明洞里得灵草，翩然放杖凌苍霞。
岂无轩车驾熟鹿，亦有鼓吹号寒蛙。
仙人劝酒不用勺，石上自有樽罍窊。
径从此路朝玉阙，十里莫遣毫厘差。

故人日夜望我归，相迎欲到长风沙。
岂知乘槎天女侧，独倚云机看织纱。
世间谁似老兄弟，笃爱不复相疵瑕。
相携行到水穷处，庶几一见留子嗟。
千年枸杞尝夜吠，无数草棘工藏遮。
但令凡心一洗濯，神人仙药不我遐。
山中归来万想灭，岂复回顾双云鸦。

○离却白水，别作虚空缥缈之想，层峦叠浪，兴会淋漓，屈子远游之遗也。

◇李必恒曰："'双云鸦'，似指失偶事。先生前迎正辅诗，有'万里倘同归，两鳏当对檠'之句，自注：'某丧妇已三年矣。正辅近亦有亡嫂之戚，故云。''洗濯凡心'及'万想灭'二语，可见'云鸦'即所云'云鬟鸦鬓'矣。"

章质夫送酒六壶，书至而酒不达，戏作小诗问之

白衣送酒舞渊明，急扫风轩洗破觥。
岂意青州六从事，化为乌有一先生。
空烦左手持新蟹，漫绕东篱嗅落英。
南海使君今北海，定分百榼饷春耕。

○"青州""乌有"，偶然拈作对偶。集中尚有以"通印子鱼"对"披绵黄雀"，以"日斜庚子"对"灭在巳辰"，并为宋诗人所称。其实轼诗卓绝处，不尽在此。

◇《复斋漫录》曰："文之所以贵对偶者，谓出于自然，非假于牵强也。王禹玉元丰间以钱二万、酒十壶，饷吕梦得；梦得作启谢之，有'白水真人，青州从事'，禹玉叹赏，为其切题。至若东坡得章质夫书，遗酒六瓶，书至而酒亡，因寄诗云'岂意

青州六从事,化为乌有一先生'二句,浑然一意,绝无斧凿痕,更觉有功。"

◇《诗人玉屑》曰:"天下未尝无对。东坡以章质夫寄酒不至,作诗云:'岂意青州六从事,化为乌有一先生。'或以绿研寄杨诚斋,为人以柏木简换去,诚斋用此意作诗谢云:'如何绿玉含风面,化作青铜溜雨枝。'二事可为奇对,亦善用坡诗也。"

雨后行菜

梦回闻雨声,喜我菜甲辰。平明江路湿,并岸飞两桨。
天公真富有,乳膏泻黄壤。霜根一蕃滋,风叶渐俯仰。
未任筐筥载,已作盃盘想。艰难生理窄,一味敢专飨。
小摘饭山僧,清安寄真赏。芥蓝如菌蕈,脆美牙颊响。
白菘类羔豚,冒土出蹯掌。谁能视火候,小灶当自养。

○质而实绮,癯而实腴,得陶公田园诸诗神髓。

残腊独出二首(录一首)

江边有微行,诘曲背城市。平湖春草合,步到栖禅寺。
堂空不见人,老稚掩关睡。所营在一食,食已宁复事。
客来岂无得,施子净扫地。风松独不静,道我作鼓吹。

○通首酷写静境,结云"风松独不静",此是反托之法,元微窅奥,妙处可寻。

◇《容斋三笔》曰:"东坡初赴惠州,过峡山寺,不值主人,故其诗云:'山僧本幽独,乞食况未还。云碓水自春,松门风为关。石泉解娱客,琴筑鸣空山。'既至惠州,残腊独出,至栖禅寺,亦不逢一僧,故其诗云:'江边有微行,诘曲背城市。平湖春草合,步到栖禅寺。堂空不见人,老稚掩关睡。'后在儋耳,作《观棋》诗,记游庐山白鹤观,观中人皆阖户昼寝,独闻棋声,云:'我时独游,不逢一士。谁欤棋者?户外屦二。不闻人声,时闻落子。'其寂寞冷落之味,可以想见。句语之妙,一至于此。"

新年五首(录一首)

晓雨暗人日,春愁连上元。水生挑菜渚,烟湿落梅村。
小市人归尽,孤舟鹤踏翻。犹堪慰寂寞,渔火乱黄昏。

次韵高要令刘湜峡山寺见寄

新闻妙无多,旧学闲可束。犹当隐季主,未遽逃梅福。
空肠吐余思,静似蚕缀簇。寸田结初果,秀若铜生绿。
荆棘扫诚尽,梨枣忧不熟。高人宁铸金,下士乃服玉。
君看岭峤隘,我欲巾笥蓄。曾攀罗浮顶,亦到朱明谷。
旋观真历块,归卧甘破屋。故人老犹仕,世味薄如縠。
偶从越女笑,不怕蛮江浴。惊闻尺书到,喜有新诗辱。
应怜五管客,曾作八州督。骨销谗口铄,胆破狱吏酷。
陇云不易寄,江月乃可掬。遥知清远寺,不称空明腹。
蹇驴步武碎,短瑟弦柱促。仰看泉落佩,俯听石响縠。
千峰泻清驶,一往无回躅。狂雷失晤语,过电不容目。
要知僧长饥,正坐山少肉。人间无南北,蜗角空出缩。
仇池九十九,自注:仇池有九十九泉,予尝梦至,有诗。嵩少三十六。自注:子由近买田阳翟,北望嵩少甚近。天人同一梦,仙凡无两录。

陋邦真可老，生理亦粗足。便回爇天焰，长作照海烛。自注：黄鲁直寄诗云："莲花合里一寸烛，牝马海中烧百川。"鲁直盖近有得也。

○隽语清谈，引人入胜，而竟体裁对，绝不见排比之迹，故由笔妙。

"应怜五管客，曾作八州督"二句，宋援则引《庄子》"上有五管"之说，李原则引韩诗"五管编历"之句，王注兼采而并录之。古人之虚衷如此。援说诚为未当，李必恒《补注》是李原而非宋援，可也。其所作《王注正伪（讹）》，直斥王注为杜撰，是没其实矣。至"曾作八州督"句，李原但引《晋书》，只能解释字面；此则《补注》得之。然观轼《贺子由生第四孙》诗，结云："早谋二顷田，莫待八州督。"有自注云："吾前后典八州。"此乃"八州督"三字之确注。《补注》但引"八州怜我往来频"之句，犹未为得也。

惠州近城数小山类蜀道，春与进士许毅野步，会意处饮之且醉，作诗以记。适参寥专使欲归，使持此以示西湖之上诸友，庶使知余未尝一日忘湖山也

夕阳飞絮乱平芜，万里春前一酒壶。
铁化双鱼沉远素，剑分二岭隔中区。
花曾识面香仍好，鸟不知名声自呼。
梦想平生消未尽，满林烟月到西湖。

○渥采流熹，触物圆览。梦想之切，洋溢于词端。

◇《冷斋夜话》曰："韩子苍曰：丁晋公海外诗云：'草解忘忧忧底事，花名含笑笑何人。'世以为工。及读东坡诗云：'花曾

识面香仍好,鸟不知名声自呼。'便觉才力相去远矣。"

◇《风月堂诗话》曰:"东坡南迁,参寥居西湖智果院,交游无复曩时之盛,作《湖上绝句》云:'去岁春风上苑行,烂窥红紫厌平生。而今眼底无姚魏,浪药浮花懒问名。城隈野水绿透迤,袅袅轻舟掠岸过。欲采芸兰无觅处,野花汀草占春多。'诗既出,遂坐讥刺得罪,返初服。轼惠州答参寥书曰:'专人远来,辱手书并示近诗,如获一笑之乐,数日喜慰忘味也。某到贬所半年,凡百粗适,更不能细说。大略只似灵隐天竺和尚退院后,却在一个小村院子,折足铛中罨糙米饭吃,便过一生也得。'"

食荔支二首(录一首)

罗浮山下四时春,卢橘杨梅次第新。
日啖荔支三百颗,不辞长作岭南人。

迁居 并引

吾绍圣元年十月十二日至惠州,寓合江楼。是月十八日迁于嘉祐寺,二年三月十九日复迁于合江楼,三年四月二十日复归于嘉祐寺。时方卜筑白鹤峰之上,新居成,庶几其少安乎?

前年家水东,回首夕阳丽;去年家水西,湿面风雨细。
东西两无择,缘尽我辄逝。今年复东徙,旧馆聊一憩。
已买白鹤峰,规作终老计。长江在北户,雪浪舞吾砌。
青山满墙头,鬖鬖几云髻。虽惭抱朴子,金鼎陋蝉蜕。
犹贤柳柳州,庙俎荐丹荔。吾生本无待,俯仰了此世。
念念自成劫,尘尘各有际。下观生物息,相吹等蚊蚋。

○柳州贬谪诗，多忧郁凄楚之音。轼尝评其《南磵》中诗，引老杜云："王侯与蝼蚁，同尽随丘墟。"仪曹何忧之深也。若惠州诸作，无不宽然有余地，此其所得深矣。

◇轼《和陶集》曰："去岁三月，自水东嘉祐寺迁合江楼，迨今一年，多病，鲜欢颜。怀水东之乐，得归善县后隙地数亩，父老云：'此古白鹤观也。'意欣然，欲居之。""白鹤峰新居成，自嘉祐寺迁入，咏渊明《时运》诗云：'斯晨斯夕，言息其庐。'似为余发也。"

两桥诗　并引

　　惠州之东，江溪合流，有桥，多废坏，以小舟渡。罗浮道士邓守安，始作浮桥。以四十舟为二十舫，铁锁石矴，随水涨落，榜曰"东新桥"。州西丰湖上有长桥，屡作屡坏。栖禅院僧希固筑进两岸，为飞楼九间，尽用石盐木，坚若铁石，榜曰"西新桥"。皆以绍圣三年六月毕工，作二诗落之。

东新桥

群鲸贯铁索，背负横空霓。首摇翻雪江，尾插崩云溪。
机牙任信缩，涨落随高低。辘轳卷巨索，青蛟挂长堤。
奔舟免狂触，脱筏防撞挤。一桥何足云，谨传广东西。
父老有不识，喜笑争攀跻。鱼龙亦惊逃，雷砰生马蹄。
嗟此病涉久，公私困留稽。奸民食此险，出没如凫鹥。
似卖失船壶，如去登楼梯。不知百年来，几人陨沙泥。
岂知涛澜上，安若堂与闺。往来无晨夜，醉病休扶携。
使君饮我言，妙割无牛鸡。不云二子劳，叹我捐腰犀。自

注：二士造桥，予尝助施犀带。

我亦寿使君，一言听扶藜。常当修未坏，勿使后噬脐。

○先写浮桥之状，次言桥成之利，而以"常当修未坏"终之，惊采绝艳，直是为浮桥作赞颂。前贤诗中，无此倔奇。

西 新 桥

昔桥木千柱，挂湖如断霓。浮梁陷积淖，破板随奔溪。
笑看远岸没，坐觉孤城低。聊因三农隙，稍进百步堤。
炎州无坚植，潦水轻推挤。千年谁在者？铁柱罗浮西。
独有石盐木，白蚁不敢蛴。似开铜驼峰，如凿铁马蹄。
岌岌类鞭石，山川非会稽。嗟我久阁笔，不书纸尾鹥。
萧然无尺箠，欲构飞空梯。百夫下一杙，椓此百尺泥。自注：桥柱石礎之下，皆有坚木桥入泥中仗余，谓之"顶桩"。

探囊赖故侯，宝钱出金闺。自注：子由之妇史顷入内，得赐黄金钱数十，以助施。父老喜云集，箪壶无空携。

三日饮不散，杀尽西村鸡。似闻百岁前，海近湖有犀。自注：桥下旧名鳄湖，盖尝有鲛鳄之类。

那知陵谷变，枯渎生荒藜。后来勿忘今，冬涉水过脐。

○序记事迹，与东桥体格不同，而波澜意度，曲折恣肆，独以和韵显其奇。

白鹤峰新居欲成夜过西邻翟秀才二首

林行婆家初闭户，翟夫子舍尚留关。
连娟缺月黄昏后，缥缈新居紫翠间。
系闷岂无罗带水，割愁还有剑铓山。自注：韩退之云："水作青罗带,山如碧玉篸。"柳子厚云:"海上尖峰若剑铓,秋来处处割愁肠。"皆岭南诗也。

中原北望无归日,邻火村春自往还。

瓮间毕卓防偷酒,壁后匡衡不点灯。
待凿平江百尺井,要分清暑一壶冰。
佐卿恐是归来鹤,次律宁非过去僧。
他日莫寻王粲宅,梦中来往本何曾。
○首作兀傲鲜妍,挥毫卓荦;次作以意贯串,故役事繁而思不隔。不善学之,不转成点鬼簿耶?
◇《石林诗话》曰:"诗篇当有操纵,不可拘用一律。苏子瞻诗'林行婆家初闭户,翟夫子舍尚留关',始读殆不可测其意,盖下有'连娟缺月'四句,则入头不怕放行,宁伤初拙也。"

纵 笔

白头萧散满霜风,小阁藤床寄病容。
报道先生春睡美,道人轻打五更钟。
◇王十朋曰:"按此诗,执政闻而怒之,再贬儋耳。"

种 茶

松间旅生茶,已与松俱瘦。茨棘尚未容,蒙翳争交构。
天公所遗弃,百岁仍稚幼。紫笋虽不长,孤根乃独寿。
移栽白鹤岭,土软春雨后。弥旬得连阴,似许晚遂茂。
能忘流转苦,戢戢出鸟咮。未任供春磨,且可资摘嗅。

千团输太官,百饼炫私斗。何如此一啜,有味出吾圃。
○茶根移种,经雨而生。谪居殆用自况,故曰"天公所遗弃",曰"能忘流转苦",词旨了然可见。

白鹤山新居,凿井四十尺遇磐石,石尽乃得泉

海国困蒸溽,新居利高寒。以彼陟降劳,易此寝处干。
但苦江路峻,常惭汲腰酸。矻矻烦四夫,硗硗断层峦。
弥旬得寻丈,下有青石磐。终日但进火,何时见飞澜?
丰我粲与醪,利汝椎与钻。山石有时尽,我意殊未阑。
今朝僮仆喜,黄土复可抟。晨瓶得雪乳,暮瓮停冰湍。
我牛类如此,何适不艰难?一勺亦天赐,曲肱有余欢。
○"艰难"二字,为通首点睛处,借题抒写,奥美无穷。

三月二十九日二首

南岭过云开紫翠,北江飞雨送凄凉。
酒醒梦回春尽日,闭门隐几坐烧香。

门外橘花犹的皪,墙头荔子已斓斑。
树暗草深人静处,卷帘欹枕卧看山。

吾谪海南、子由雷州,被命即行,了不相知,至梧乃闻尚在藤也,旦夕当追及,作此诗示之

九疑联绵属衡湘,苍梧独在天一方。

孤城吹角烟树里，落日未落江苍茫。
幽人拊枕坐叹息，我行忽至舜所藏。
江边父老能说子，白须红颊如君长。
莫嫌琼雷隔云海，圣恩尚许遥相望。
平生学道真实意，岂与穷达俱存亡。
天其以我为箕子，要使此意留要荒。
他年谁作舆地志，海南万里真吾乡。

○水天景色，离合情怀，极排解，乃极沉痛。

◇《鹤林玉露》曰："子瞻谪儋州，子由谪雷州，皆章惇取其字之偏傍而谑之。当时有术士曰：'儋字从立人，雷字雨在田上，承天之泽，子由其未艾乎？'后皆验。"

行琼儋间，肩舆坐睡。梦中得句云："千山动鳞甲，万谷酣笙钟。"觉而遇清风急雨，戏作此数句

四州环一岛，百洞蟠其中。我行西北隅，如度月半弓。
登高望中原，但见积水空。此生当安归？四顾真途穷。
眇观大瀛海，坐咏谈天翁。茫茫太仓中，一米谁雌雄？
幽怀忽破散，永啸来天风。千山动鳞甲，万谷酣笙钟。
安知非群仙，钧天宴未终？喜我归有期，举酒属青童。
急雨岂无意，催诗走群龙。梦云忽变色，笑电亦改容。
应怪东坡老，颜衰语徒工。久矣此妙声，不闻蓬莱宫。

○行荒远僻陋之地，作骑龙弄凤之思，一气浩歌而出。天风浪浪，海山苍苍，足当司空图"豪放"二字。

◇《苕溪渔隐丛话》曰："'幽怀忽破散'四句，盖风来则千

山草木俱动，如动鳞甲；万谷号呼有笙，如酣笙镛耳。"

次前韵寄子由

我少即多难，邅回一生中。百年不易满，寸寸弯强弓。
老矣复何言，荣辱今两空。泥洹尚一路，自注：古语云："十方薄伽梵，一路涅槃门。"梵语泥洹，此云涅槃。所向余皆穷。
似闻崆峒西，仇池迎此翁。胡为适南海，复驾垂天雄。
下视九万里，浩浩皆积风。回望古合州，属此琉璃钟。
离别何足道，我生岂有终。渡海十年归，方镜照两童。
还乡亦何有，暂假壶公龙。峨眉向我笑，锦水为君容。
天人巧相胜，不独数子工。指点昔游处，嵩莱生故宫。
○其胸次实为天空海阔，非是无聊解免之词。

迁居之夕闻邻舍儿诵书欣然而作

幽居乱蛙黾，生理半人禽。䁖然已可喜，况闻弦诵音。
儿声自圆美，谁家两青衿。且欣集齐咻，未敢笑越吟。
九龄起韶石，姜子家日南。吾道无南北，安知不生今。
海阔尚挂斗，天高欲横参。荆榛短墙缺，灯火破屋深。
引书与相和，置酒仍独斟。可以侑我醉，琅然如玉琴。
○谪居荒陋，闻诵读而欣然，乃是恒情所同。最爱"海阔"数句，写出一诗情景，别具兴会，文彩欲飞。

观　棋

予素不解棋，尝独游庐山白鹤观，观中人皆阖户昼寝，独闻棋声于古松流水之间，意欣然喜之。自尔欲学，然终不解也。儿子过乃粗能者，儋守张中日从之戏，予亦隅坐竟日，不以为厌也。

五老峰前，白鹤遗址。长松荫庭，风日清美。
我时独游，不逢一士。谁欤棋者？户外屦二。
不闻人声，时闻落子。纹枰坐对，谁究此味？
空钩意钓，岂在鲂鲤？小儿近道，剥啄信指。
胜固欣然，败亦可喜。优哉游哉，聊复尔耳。

〇轼尝论司空图"棋声花院闭，幡影石幢高"之句，以为"吾尝独入白鹤观，松阴满地，不见一人，惟闻棋声，然后知此句之工，但恨其寒俭有僧态"，数语可谓定评矣。此四言一章，则甚似规抚《二十四品》之文者，清幽静妙，真得味外之味，然何尝带一毫寒俭气耶？

◇《深雪偶谈》曰："四言自韦、孟、司马迁、相如、班固、束晳、陶潜、韩愈、柳宗元、梅尧臣、欧阳修、王安石、苏轼，工拙略见。尝怪五言而上，世人往往极其才之所至，而四言虽文词钜伯，辄不能工。水心有是言矣。刘潜夫亦以四言尤难，三百五篇在前之故。余思四言如律，以三百五篇则韦氏为工。世殊体异，后之铭诗，莫非四言也。安石以上诸公，未暇深论；如苏公所撰《范蜀公志铭》，余每展卷，辄为击节。在儋耳作《观棋》诗，其寂寒冷落之味，可以想见。坡公四言，于古近体中，句语无适而不高妙也。"

◇《困学纪闻》曰："《观棋》诗'谁欤棋者'，用《檀弓》文法。"

◇《苕溪渔隐丛话》曰："梦得《观棋歌》云：'初疑磊落曙天星，次见搏击三秋兵。雁行布阵众未晓，虎穴得子人皆惊。'余尝爱此数语能摹写奕棋之趣，梦得必高于手谈也。至东坡《观棋》则云：'胜固可欣，败亦可喜。优哉游哉，聊复尔耳。'盖东坡素不解棋，不究此味也。"

籴米

籴米买束薪，百物资之市。不缘耕樵得，饱食殊少味。
再拜请邦君，愿受一廛地。知非笑昨梦，食力免内愧。
春秧几时花，夏稗忽已穟。怅焉抚耒耜，谁复识此意？
○此与陶潜诗云："田家岂不苦，弗获辞此难。四体诚乃疲，庶无异患干。"同为学道有得之语。

撷菜 并引

吾借王参军地种菜，不及半亩，而吾与过子终年饱菜。夜半饮醉，无以解酒，辄撷菜煮之。味含土膏，气饱风露，虽粱肉不能及也。人生须底物，而更贪耶？乃作四句。

秋来霜露满东园，芦菔生儿芥有孙。
我与何曾同一饱，不知何苦食鸡豚。
○见到（道）之言，不嫌直遂。

次韵子由月季花再生

幽芳本长春，暂瘁如蚀月。且当付造物，未易料枯荣。
也知宿根深，便作紫笋苗。乘时出婉娩，为我暖栗烈。
先生蚤贵重，庙论推英拔。而今城东瓜，不记《召南》茇。
陋居有远寄，小圃无阔蹙。还为久处计，坐待行年匝。
腊果缀梅枝，春杯浮竹叶。谁言一萌动，已觉万木活。

聊将玉蕊新,插向纶巾折。
○"谁言一萌动"二语,觉春风太和,自在襟抱间。

次韵子由浴罢

理发千梳净,风晞胜汤沐。闭息万窍通,雾散名乾浴。
颓然语默丧,静见天地复。时令具薪水,漫欲濯腰腹。
陶匠不可求,盆斛何由足。自注:海南无浴器,故乾干浴而已。
老鸡卧粪土,振羽双瞑目。
倦马骤风沙,奋鬣一喷玉。垢净各殊性,快惬聊自沃。
云母透蜀纱,琉璃莹蕲竹。稍能梦中觉,渐使生处熟。
《楞严》在床头,妙偈时仰读。返流归照性,独立遗所瞩。
未知仰山禅,已就季主卜。安心会自得,助长毋相督。
○触处圆通,了无挂碍。

十二月十七日夜坐达晓寄子由

灯烬不挑重暗蕊,炉灰重拨尚余薰。
清风欲发鸦翻树,缺月初升犬吠云。
闭眼此心新活计,随身孤影旧知闻。
雷州别驾应危坐,跨海幽光与子分。
○凄寂之境,写得鸡犬皆仙,超然元著。

子由生日

上天不难知,好恶与我一。方其未定间,人力破阴骘。

小忍待其定，报应真可必。季氏生而仁，观过见其实。
端如柳下惠，焉往不三黜。天有时而定，寿考未易毕。
儿孙七男子，_{自注：子由三子四孙。}次第皆逢吉。遥知设罗门，独掩悬罄（磬）室。
回思十年事，无愧箧中笔。但愿白发兄，年年作生日。
○语语朴挚。祝颂乃弟之体，故当由是。

以黄子木挂杖为子由生日之寿

灵寿扶孔光，菊潭饮伯始。虽云闲草木，岂乐蒙此耻。
一时偶收用，千载相瘢痏。海南无嘉植，野果名黄子。
坚瘦多节目，天材任操倚。嗟我始剪裁，世用或缘此。
贵从老夫手，往配先生几。相从归故山，不愧仙人杞。_{自注：《本草》：枸杞，一名仙人杖。}

○"从老夫手，配先生几"，"嗟余寡兄弟，四海一子由"，此语老而益信。

儋　耳

霹雳收威暮雨开，独凭栏槛倚崔嵬。
垂天雌霓云端下，快意雄风海上来。
野老已歌丰岁语，除书欲放逐臣回。
残年饱饭东坡老，一壑能专万事灰。
○峭崒雄姿，经挫折而不稍损抑。养浩然之气，于此见其心声。
◇苏辙曰："东坡居士谪居儋耳，置家罗浮之下，独与幼子过负担渡海,葺茅竹而居之,日啖薯芋,而华屋玉食之念不存于胸中。平生无所嗜好,以图史为园囿,文章为鼓吹,至是亦皆罢去。犹独喜为诗,精深华妙,不见老人衰惫之气。"

◇冯景曰:"《唐书》:吴武陵与孟简书云:'雷砰电射,天怒也,不能终朝。柳宗元之贬,已十二年矣。圣人在上,安有毕世而怒人臣耶?'公起句暗用其意。"

新 居

朝阳入北林,竹树散疏影。短篱寻丈间,寄我无穷境。
旧居无一席,逐客犹遭屏。结茅得兹地,翳翳村巷永。
数朝风雨凉,畦菊发新颖。俯仰可卒岁,何必谋二顷。

○幸得一廛,萧条高寄。仁智所乐,不胜娱衷散赏。非夫澄怀观道,曷克有此?

◇轼《答程全父推官书》曰:"初至,僦官屋数椽。近复遭迫逐,不免买地结茅,仅免露处,而囊为一空。困厄之中,何所不有?置之不足道,聊为一笑而已。"

◇施元之曰:"东坡至儋耳,军使张中请馆于行衙,又别饰官舍,为安居计。朝廷命湖南提举常平、董必者,察访广西,遣使臣过海逐出之,中坐黜死。雷州监司悉镌秩,遂买地筑室,为屋五间。潮人王介石为客于儋,躬泥水之役,其劳甚于家隶。故诗有'逐客犹遭屏'句。"

倦 夜

倦枕厌长夜,小窗终未明。孤村一犬吠,残月几人行。
衰鬓久已白,旅怀空自清。荒园有络纬,虚织竟何成!

○虚廓寂寥，具臻妙境。

纵笔三首（录一首）

寂寂东坡一病翁，白须萧散满霜风。
小儿误喜朱颜在，一笑那知是酒红。

◇《容斋五笔》曰："乐天诗云：'醉貌如霜叶，虽红不是春。'坡则曰：'小儿误喜朱颜在，一笑那知是酒红。'采旧公案而机杼一新，前无古人，于是为至。"

贫家净扫地

贫家净扫地，贫女好梳头。下士晚闻道，聊以拙自修。
叩门有佳客，一饭相邀留。春炊勿草草，此客未易媮。
慎勿用劳薪，感我如薰莸。德人抱衡石，铢黍安可廋。
○起二语瞥空而入，是诗家兴体。

庚辰岁人日作，时闻黄河已复北流，老臣旧数论此，今斯言乃验二首（录一首）

老去仍栖隔海村，梦中时见作诗孙。
天涯已惯逢人日，归路犹欣过鬼门。
三策已应思贾让，孤忠终未赦虞翻。
典衣剩买河源米，屈指新篘作上元。

○方回曰："前辈论诗文，谓子美夔州后诗，东坡岭外文，老笔愈胜少作，而中年亦未若晚年也。此诗元符三年，东坡年六十五谪居儋耳所作。'人日''鬼门'之对极工。"

◇刘辰翁曰:"'梦中时见作诗孙',此句为仲虎发也。陆务观云:在蜀见苏山藏公墨迹,叠韵诗后题云:'寄作诗孙符,符字仲虎。'"

◇施元之曰:"神宗元丰四年,澶州言河决小吴埽,诏东行河道已填淤,不可复,更不修闭。哲宗元祐三年,安焘等疏议回河东流,文忠烈、吕正愍从而和之,力主其议。子由在西掖,言于吕正献曰:'河决而北,先帝不能回,而诸公欲回之,是自谓过先帝也。'正献曰:'当与公筹之。'然竟莫能夺。其役遂兴,议论纷然,至于累岁。公尝侍上读《祖宗宝训》,因及时事,曰:'黄河势方北流,而强之使东。'当局者恨之。'老臣旧数论此',指此事也。"

庚辰岁正月十二日天门冬酒熟,予自漉之,且漉且尝,遂以大醉二首(录一首)

自拨床头一瓮酒(云),幽人先已醉浓芬。

天门冬熟新年喜,麹米春香并舍闻。自注:杜子美诗云"闻道云安麹米春",盖酒名也。

菜圃渐疏花漠漠,竹扉斜掩雨纷纷。

拥裘睡觉知何处?吹面东风散缬文。

○花雨于醉中见之,别饶情趣。

汲江煎茶

活水还须活火烹,自注:唐人云,茶须缓火炙、活火煎。自临钓石取深清。

大瓢贮月归春瓮,小杓分江入夜瓶。

茶雨已翻煎处脚，松风忽作泻时声。
枯肠未易禁三碗，坐听荒城长短更。
○舒促离合，若风涌云飞。杨万里辈曲为疏解，似反失其趣旨。
◇《苕溪渔隐丛话》曰："此诗奇甚，道尽烹茶之要。且茶非活水则不能发其鲜馥，东坡深知此理矣。"
◇杨万里曰："东坡《煎茶》诗云：'活水还须活火烹，自临钓石汲深清。'第二句七字而具五意：水清，一也；深处取清者，二也；石下之水，非有泥土，三也；石乃钓石，非寻常之石，四也；东坡自汲，非遣卒奴，五也。'大瓢贮月归春瓮，小杓分江入夜瓶。'其状水之清美极矣，'分江'二字，此尤难下。'雪乳已翻煎处脚，松风忽作泻时声。'此倒语也，尤为诗家妙法，即少陵'红稻啄余鹦鹉粒，碧梧栖老凤凰枝'也。'枯肠未易禁三碗，卧听山城长短更。'又翻却卢仝公案：仝吃到七碗，坡不禁三碗。山城更漏无定，'长短'二字，有无穷之味。"

予来儋耳得吠狗曰乌觜，甚猛而驯，随予迁合浦，过澄迈泅而济，路人皆惊，戏为作此诗

乌啄本海獒，幸我为之主。食余已瓠肥，终不忧鼎俎。
昼驯识宾客，夜悍为门户。知我当北还，掉尾喜欲舞。
跳踉趁童仆，吐舌喘汗雨。长桥不肯蹑，径渡清深浦。
拍浮似鹅鸭，登岸剧虓虎。盗肉亦小疵，鞭箠当贳汝。
再拜谢厚恩，天不遣言语。何当寄家书，黄耳定乃祖。
○一时戏笔，摹绘人情。至"盗肉亦小疵，鞭箠当贳汝"一句，其寓意者深矣。

澄迈驿通潮阁二首

倦客愁闻归路遥,眼明飞阁俯长桥。
贪看白鹭横秋浦,不觉青林没晚潮。

余生欲老海南村,帝遣巫阳招我魂。
杳杳天低鹘没处,青山一发是中原。
○羁望深情,含蕴无际。
◇《苕溪渔隐丛话》曰:"《通潮阁》诗云:'杳杳天低鹘没处,青山一发是中原。'《伏波将军庙碑》有云:'南望连山,若有若无,杳杳一发耳。'其语倔奇,两用之,盖得意也。"

六月二十日夜渡海

参横斗转欲三更,苦雨终风也解晴。
云散月明谁点缀?天容海色本澄清。
空余鲁叟乘桴意,粗识轩辕奏乐声。
九死南荒吾不恨,兹游奇绝冠平生。
○高阔空明,非实身有仙骨,莫能有其只字。
◇方回曰:"绍圣四年丁丑,东坡在惠州,年六十二矣。五月,再谪琼州别驾,昌化军安置,即儋耳也。以六月二十日夜渡海,七月十三日至儋州。或谓尾句太过,无省愆之意,殊不然也。章子厚、蔡卞欲杀之,而处之怡然。当此老境,无怨无怒,以为'兹游奇绝',真了生死、轻得丧,天人也。"

次韵王郁林

晚涂流落不堪言，海上春泥手自翻。
汉使节空余皓首，故侯瓜在有颓垣。
平生多难非天意，此去残年尽主恩。
误辱使君相拉拭，宁闻老鹤更乘轩。
○忠厚悱恻，《大雅》遗音。

藤州江下夜起对月赠邵道士

江月照我心，江水洗我肝。端如径寸珠，堕此白玉盘。
我心本如此，月满江不湍。起舞者谁欤？莫作三人看。
峤南瘴毒地，有此江月寒。乃知天壤间，何人不清安。
床头有白酒，盎若白露漙。独醉还独醒，夜气清漫漫。
仍呼邵道士，取琴月下弹。相将乘一叶，夜下苍梧滩。
○舒元舆《序白》一篇只办形容，拟议犹是日下孤灯伎俩。此诗乃能证出妙明心，直是照天照地。

广倅萧大夫借前韵见赠复和答之二首（录一首）

生还粗胜虞，敻退不如疏。垂死初闻道，平生误信书。
风涛惊夜半，疾病送灾余。赖有萧夫子，忧怀得少摅。
○轼诗好用古人姓押韵，前人有讥之者。若此诗起二句，亦是习气未除，而格韵则高，坚于晚节矣。

次韵韶倅李通直二首（录一首）

一篇《泷吏》可书绅，莫向长沮更问津。
老去常忧伴新鬼，归来且喜是陈人。
曾陪令尹苍髯古，又见郎君白发新。
回首天涯一惆怅，却登梅岭望枫宸。

李伯时画其弟亮功旧隐宅图

乐天早退今安有，摩诘长闲古亦无。
五亩自栽池上竹，十年空看辋川图。
近闻陶令开三径，应许扬雄寄一区。
晚岁与君同活计，如云鹅鸭散平湖。

○"池上"承乐天句，"辋川"承摩诘句，陶令比李，扬雄自喻。一意直下，舒展自如，斯为律诗神境。

赠岭上老人

鹤骨霜髯心已灰，青松合抱手亲栽。
问翁大庾岭头住，曾见南迁几个回？

○高朗，得青莲之一体。

◇《娱书堂诗话》曰："东坡还至庾岭上，少憩村店，有一老翁出，问从者曰：'官为谁？'曰：'苏尚书。'曰：'是苏子瞻欤？'曰：'是。'乃前揖坡，曰：'我闻人害公者百端。今日北归，是天祐善人也。'东坡笑而谢之，因题此诗于壁。"

予昔过岭而南,题诗龙泉钟上,今复过而北,次前韵

秋风卷黄落,朝雨洗绿净。人贪归路好,节近中原正。
下岭独徐行,艰险未敢忘。遥知叔孙子,已致鲁诸生。
○刻意斲削,节短而味长。
◇陆游曰:"建中初,韩、曾二相得政,尽收用元祐人,其不召者亦补大藩,惟东坡兄弟犹领宫祠。末句盖寓所谓'不能致者二人',意深语缓,尤未易窥测。"

过岭二首

暂著南冠不到头,却随北雁与归休。
平生不作兔三窟,今古何殊貉一丘。
当日无人送临贺,至今有庙祀潮州。
剑关西望七千里,乘兴真为玉局游。

七年来往我何堪,又试曹溪一勺甘。
梦里似曾迁海外,醉中不觉到江南。
波生濯足鸣空涧,雾绕征衣滴翠岚。
谁遣山鸡忽惊起,半岩花雨落毵毵。
○视迁谪如醉梦中,知其胸中别有澄定者在。
◇方回曰:"绍圣元年甲戌,贬惠州;四年丁丑,贬儋耳;明年,元丰戊寅改元;三年庚辰,量移廉州、永州自便,凡七年。杨凭贬临贺尉,惟徐晦送之,此事极切。'梦里似曾迁海外',此联甚佳,殊不以迁谪为意也。"

留题显圣寺

渺渺疏林集晚鸦，孤村烟火梵王家。
幽人自种千头橘，远客来寻百结花。
浮石已乾霜后水，焦坑闲试雨前茶。
只疑归梦西南去，翠竹江村绕白沙。

歇白塔铺

甘山庐阜郁长望，林隙依稀漏日光。
吴国晚蚕初断叶，占城蚤稻欲移秧。
迢迢涧水随人急，冉冉岩花扑马香。
望眼尽从飞鸟远，白云深处是吾乡。

郁孤台　自注：再过虔州和前韵。

吾生如寄耳，岭外亦闲游。赣石三百里，寒江尺五流。
楚山微有霰，越瘴久无秋。望断横云峤，魂飞咤雪洲。
晓钟时出寺，暮鼓各鸣楼。归路迷千嶂，劳生阅百州。
不随猿鹤化，甘作贾胡留。只有貂裘在，犹堪买钓舟。
　○深稳之至，弥出清新。"吾生如寄耳"一句，集中屡见其横溢，固不屑屑于此也。

次韵江晦叔二首（录一首）

钟鼓江南岸，归来梦自惊。浮云世事改，孤月此心明。

雨已倾盆落，诗仍翻水成。二江争送客，木杪看桥横。
○冲襟内盎，见于文词，无不邃然入理。
◇《苕溪渔隐丛话》曰："东坡自岭外归，《次韵江晦叔》云：'浮云世事改，孤月此心明。'语意高妙，如参禅悟道之人，吐露胸襟，无一毫窒碍也。"
◇《困学纪闻》曰："'浮云世事改，孤月此心明。'坡公晚年所造深矣。'更无柳絮随风起，惟有葵花向日倾'，见司马公之心；'浮云世事改，孤月此心明'，见东坡公之心。"

寒日与器之游南塔寺寂照堂

城南钟鼓斗清新，端为投荒洗瘴尘。
总是镜空堂上客，谁为寂照镜中人？
红英扫地风惊晓，绿叶成阴雨洗春。
记取明年作寒食，杏花曾与此翁邻。
○花落木荣，不言人事，而人事之变迁自见，寄慨良深。

赠诗僧道通

雄豪而妙苦而腴，只有琴聪与蜜殊。自注：钱塘僧思聪，总角善琴，后舍琴而学诗，复弃诗而学道。其诗似皎然而加雄放。安州僧仲殊，诗敏捷而立成，而工妙绝人。殊辟谷，常啖蜜。
语带烟霞从古少，自注：李太白云："他人之文，如山烟霞，春无草木。"气含蔬笋到公无。自注：谓无酸馅气也。
香林乍喜闻蒼蒥，古井惟惭断辘轳。
为报韩公莫轻许，从今岛可是诗奴。
○"气含蔬笋"，只是以谐语入诗，遂成千古名论。世之开堂为人者，能得斯意，定知兔园四六，败篑时文，撮合补缀，不足为支那撰述，而具正法眼藏者。即如"不搽红粉也风流，只要檀郎认得声"等句，皆为解第一义也。

◇《石林诗话》曰："唐诗僧，中叶以后，其名字班班为时所称者甚多，然诗皆不传。如'经来白马寺，僧到赤乌年'数联，仅见文士所录而已。陵迟至贯休、齐己之徒，其诗虽存，然无足言矣。中间惟皎然最为杰出，故其诗十卷独全，亦无甚过人处。近世僧，学诗者极多，皆无超然自得之气，往往反拾掇、模效士大夫所残弃，又自作一种体，格律尤凡俗，世谓之'酸馅气'。子瞻《赠惠通诗》云：'语带烟霞从古少，气含蔬笋到公无。'尝语人曰：'颇解蔬语否？'为无'酸馅气'也，闻者莫不大笑。"

◇《西清诗话》曰："东坡言僧诗要无蔬笋气，固诗人龟鉴。今时误解，便作世网中语。殊不知本分家风，水边林下气象，盖不可无；若尽洗去清拔之韵，便与俗同科，又何足尚？"

◇《竹坡诗话》曰："思聪，杭州孤山僧。东坡倅杭，令和参寥子'昏'字韵诗云：'千点乱山横紫翠，一钩新月挂黄昏。'大加称赏。大观、政和间，侠（挟）琴游梁，日登中贵人之门，久之遂还俗，为御前使臣。方其将冠巾也，苏叔党因浙僧入都送之，诗云：'试诵北山移，为我招琴聪。'诗至，已无及矣。"

予昔作《壶中九华》诗，其后八年复过湖口，则石已为好事者取去，乃和前韵以自解云

江边阵马走千峰，问讯方知冀北空。

尤物已随清梦断，自注：刘梦得以九华为"造物一尤物"。真形犹在画图中。自注：《道藏》有《五岳真形图》。

归来晚岁同元亮,却扫何人伴敬通?

赖有铜盆修石供,仇池玉色自璁珑。自注:家有铜盆,贮仇池石,正绿色也。有洞,水达背。予又尝以怪石供佛,印师作《怪石供》一篇。

次韵郭功甫二首(录一首)

蚤知臭腐即神奇,海北天南总是归。
九万里风安税驾?云鹏今悔不卑飞。

○以摘(谪)宦为搏(抟)扶,拟卑飞于厚禄,偶露不平之鸣,翻案独绝。

◇林子仁曰:"功甫观先生画雪雀有感,作诗寄惠州云:'平生才力信块奇,今在穷荒岂易归。正似雪林枝上画,羽翰虽好不能飞。'后先生北归,人用前韵寄诗云:'秋霜春雨不同时,万里今从海外归。已出网罗毛羽在,却寻云迹帖天飞。'今次其韵也。"

宋复古画《潇湘晚景图》三首

西征忆南国,堂上画潇湘。照眼云山出,浮空野水长。
旧游心自省,信手笔都忘。会有衡阳客,来看意渺茫。

落落君怀抱,山川自屈蟠。经营初有适,挥洒不应难。
江市人家少,烟村古木攒。知君有幽意,细细为寻看。

咫尺殊非少,阴晴自不齐。径蟠趋后崦,水会赴前溪。
自说非人意,曾经入马蹄。他年宦游处,应话剑山西。

○首篇言画之梗概，终篇言画之曲折，中篇乃以前四句承上，后四句起下。结构森严，不但霞绚冰莹，独标瓌颖。

嘲子由

堆几尽埃简，攻之如蠹虫。谁知圣人意，不在古书中。
○正是读书万卷人语，不悦学者不能道。《通雅》称冯开之云："读书太乐则漫，太苦则涩。董遇之百遍，考亭之半日，渊明之不求甚解，东坡之每事一过，其各得于轮扁之甘苦者乎？"数语可为此诗注脚。

第 五 桥

白露凄风洗瘴烟，梦回相对两凄然。
雀罗廷尉非当日，鸠杖先生愈少年。
世事饱谙思缩手，主恩未报耻归田。
谁怜第五桥东水，独照台州老郑虔。
○五、六一联，词意深厚。

轩 牕

东邻多白杨，夜作雨声急。牕下独无眠，秋虫见灯入。

鱼

湖上移鱼子，初生不畏人。自从识钩饵，欲见更无因。

卷四十二

山阴陆游诗一

《三百篇》之后，自楚骚、汉魏、六朝以至于唐，而诗之变尽矣。变有必极，则所就亦以时异，故宋人继唐之后，不规规模拟前人，要以自成一家而止。然其体制虽殊，而波澜未尝二也。耳食之流，未窥古人门户，于一代大家横生訾议；而不善学者，又徒袭其声貌，亦两失之矣。

宋自南渡以后，必以陆游为冠。当时称大家者，曰"萧、杨、范、陆"，杨万里则曰"尤、萧、范、陆"。至刘克庄，乃曰："放翁学士似杜甫"；又曰："南渡而下，放翁故为一大宗"。朱子与徐赓载书："放翁诗读之爽然，近代惟见此人为有诗人风致。"今诸家诗具在，可与游匹者，谁也？

观游之生平，有与杜甫类者：少历兵间，晚栖农亩，中间浮沉中外，在蜀之日颇多。其感激悲愤、忠君爱国之诚，一寓于诗，酒酣耳热，跌荡淋漓。至于渔舟樵径，茶碗炉熏，或雨或晴，一草一木，莫不著为咏歌，以寄其意。此与甫之诗，何以异哉！诗至万首，瑕瑜互见，评者以为"譬之深山大泽，包含者多，不暇剪除荡涤；非如守半亩之宫，一草一石，可屈指计数"，可谓知言矣。若捐疵类（颣）、存英华，略纤巧可喜之词而发其闳深微妙之指，何尝不与李、杜、韩、白诸家异曲同工，可以配东坡而无愧者哉？兹所存者，仅逾二十之一，直使天青木响，水落石出,其有以破拘士之见而守剑南门户者,亦知所取则也夫。

寄酬曾学士,学宛陵先生体。比得书,云所寓广教僧舍有陆子泉,每对之辄奉怀

庭中下乾鹊,门外传远书。小印红屈蟠,两端黄蜡涂。
开缄展矮纸,滑细疑卵肤。首言劳良苦,后问逮妻孥。
中间勉以仕,语意极勤渠。字如老瘠竹,墨淡行疎疎。
诗如古鼎篆,可爱不可摹。快读醒人意,垢痒逢爬梳;
细读味益长,炙毂出膏腴。行吟坐卧看,废食至日晡。
想见落笔时,万象听指呼。亦知题诗处,绿井石发粗。
公闲计有客,煎茶置风炉。倘公无客时,濯缨亦足娱。
井名本季疵,思人理岂无?居然及贱子,愧谢恩意殊。
几时得从公,旧学锄荒芜。古文讲声形,误字辨鲁鱼。
时时酌井泉,露芽奉瓢盂。不知公许否,因风报何如?

送曾学士赴行在

二月侍燕觞,红杏寒未坼;四月送入都,杏子已可摘。
流年不贷人,俯仰遂成昔。事贤要及时,感此我心恻。
欲书加餐字,寄之西飞翮。念公为民起,我得怨乖隔?
遥遥跂前旌,去去望车轭。亭皋郁将暮,落日澹陂泽。
敢忘国士风,涕泣效臧获。敬输千一虑,或取二三策。
公归到延英,清问方侧席。民瘼公所知,愿言写肝膈。
向来酷吏横,至今有遗螫,织罗士破胆,白著民碎魄。
诏书已屡下,宿蠹或未革。期公作医和,汤剂穷络脉,

士生恨不用，得位忍辞责。并乞谢诸贤，努力光竹帛。
○前篇学宛陵，此遂并近工部。道义相勖，辞意俱古。
◇《唐书·刘晏传》："州县取富人督漕挽，谓之'船头'；主邮递，谓之'捉驿'；税外横取，谓之'白著'。"

新夏感事

百花过尽绿阴成，漠漠炉香睡晚晴。
病起兼旬疎把酒，山深四月始闻莺。
近传下诏通言路，已卜余年见太平。
圣主不忘初政美，小儒惟有涕纵横。
○风调清苍，立言得体，直是通达治理，非寻常嘲风弄月者比。
◇王士正曰："刘公㦄论诗云：'七律较五律多二字耳，其难什倍。譬开硬弩，只到七分；若到十分满，古今亦罕矣。'予因思唐宋以来，为此体者何翅千百人？求其十分满者，唯杜甫、李颀、李商隐、陆游，及明之空同、沧溟、二李数家耳。"
◇《文集·曾文清公志铭》："泰上惩秦士专政之后，开言路，奖孤直，应诏论事者甚众。"

留题云门草堂

小住初为旬月期，二年留滞未应非。
寻碑野寺云生屦，送客溪桥雪满衣。
亲涤砚池余墨渍，卧看炉面散烟霏。
他年游宦应无此，早买鱼蓑未老归。

度浮桥至南台

客中多病废登临,闻说南台试一寻。
九轨徐行怒涛上,千艘横系大江心。
寺楼钟鼓催昏晓,墟落云烟自古今。
白发未除豪气在,醉吹横笛坐榕阴。
○领联写浮桥,语颇伟丽;五、六雄浑中兴象自远,有涵盖一切之气。

还　县

霁色清和日已长,纶巾萧散意差强。
飞飞鸥鹭陂塘绿,郁郁桑麻风露香。
南陌东村初过社,轻装小队似还乡。
哦诗忘却登车去,枉是人言作吏忙。
○三、四闲雅可爱,画手有不能写处。

航　海

我不如列子,神游御天风。尚应似安石,悠然云海中。
卧看十幅蒲,弯弯若张弓。潮来涌银山,忽复磨青铜。
饥鹘抗船舷,大鱼舞虚空。流落何足道,豪气荡肺胸。
歌罢海动色,诗成天改容。行矣跨鹏背,弭节蓬莱宫。

东阳道中

风欹乌帽送轻寒,雨点春衫作碎斑。
小吏知人当著句,先安笔砚对溪山。

送七兄赴扬州帅幕

初报边烽照石头,旋闻胡马集瓜州。
诸公谁听刍荛策,吾辈空怀畎亩忧。
急雪打窗心共碎,危楼望远涕俱流。
岂知今日淮南路,乱絮飞花送客舟。
○五句承上,但觉忠愤填胸,不复论其造句之警。此子美嫡嗣,他人不能到也。

以石芥送刘韶美礼部,刘比酿酒劲甚,因以为戏

古人重改阳城驿,吾辈欣闻石芥名。
风味可人终骨鲠,尊前真见鲁诸生。
○草木名物,见好贤之意。风人微旨,可以风世厉俗。
◇元微之《阳城驿》诗:"商有阳城驿,名同阳道州。阳公没已久,感我泪交流。祠曹讳羊祜,此驿何不悛?我欲避公讳,名为避贤邮。"

寄张真父舍人

诸公方衮衮,无地著斯人。万里夔州守,中朝禁省臣。

弧帆秋上峡，五马晓班春。想见怀明主，登临白发新。

病中简仲弥性、唐克明、苏训直

移疾还家暂曲肱，依然耐久北窗灯。
心如泽国春归雁，身是云堂旦过僧。
细雨佩壶寻废寺，夕阳下马弔荒陵。
小留莫厌时追逐，胜社年来冷欲冰。

原注：三君皆有归志，故云。

晚泊慈姥矶下

山断峭崖立，江空翠霭生。漫多来往客，不尽古今情。
月碎知流急，风高觉笛清。儿曹笑老子，不睡待潮平。
○格力殊健，起势尤为挺拔。

夜宿阳山矶，将晓大雨，北风甚劲，俄顷行三百余里，遂抵雁翅浦

五更颠风吹急雨，倒海翻江洗残暑。
白浪如山泼入船，家人惊怖篙师舞。
此行十日苦滞留，我亦芦丛厌鸣橹。
书生快意轻性命，十丈蒲帆百夫举。
星驰电骛三百里，坡陇联翩杂平楚。
船头风浪声愈厉，助以长笛挝鼍鼓。
岂惟澎湃震山岳，直恐颎洞连后土。

起看草木尽南靡,水鸟号鸣集洲渚。
稽首龙公谢风伯,区区未涛烦神许。
应知老去负壮心,戏遣穷途出豪语。
◇王士祯曰:"南渡惟陆务观为大宗,七言逊杜、韩、苏、黄诸大家,正坐沉郁顿挫少耳,要非余人所及。"

送全州赵都曹

霜桑无停声,脂车有行色。正悲南浦秋,又送清湘客。
啼饥儿颊红,待养亲发白。努力事上官,世路日已迫。
○发端清妙,后幅语带愤激矣。

病 中 作

豫章濒大江,气候颇不令。孟冬风薄人,十室八九病。
外寒客肺胃,下湿攻脚胫。俗巫医不艺,呜呼安托命!
我始屏药囊,治疾以清静。幻妄消六尘,虚白全一性。
三日体遂轻,成此不战胜。长年更事多,苦语君试听。

醉 中 歌

吾少贫贱真臞儒,贪食嗜味老不除。
折腰敛版日走趋,归来聊以醉自娱。
长鉼巨榼罗杯盂,不须渔翁劝三闾。
牛尾膏美如凝酥,猫头轮囷欲专车。
黄雀万里行头颅,白鹅作鲊天下无。

浔阳糖蟹径尺余，吾州之蓴尤嘉蔬。
珍盘饾饤百味俱，不但项脔与腹腴。
悠然一饱自笑愚，顾为口腹劳形躯。
投劾行矣归园庐，莫厌粝饭尝黄菹。

上巳临川道中

二月六夜春水生，陆子初有临川行。
溪深桥断不得渡，城近卧闻吹角声。
三月三日天气新，临川道中愁杀人。
纤纤女子桑叶绿，漠漠客舍桐花春。
平生怕路如怕虎，幽居不省游城府。
鹤躯苦瘦坐长饥，龟息无声惟默数。
如今自怜还自笑，敛版低心事年少。
儒冠未恨终自误，刀笔最惊非素料。
五更欹枕一凄然，梦里扁舟水接天。
红蕖绿芰梅山下，白塔朱楼禹庙边。

随　意

随意上渔舟，幽寻不预谋。清溪欣始泛，野寺忆前游。
丰岁鸡豚贱，霜天柿栗稠。余生知有几，且置万端忧。
〇起句之妙，正以不着意得之。

游山西村

莫笑农家腊酒浑，丰年留客足鸡豚。

山重水复疑无路,柳暗花明又一村。
箫鼓追随春社近,衣冠简朴古风存。
从今若许闲乘月,拄杖无时夜叩门。
〇有如弹丸脱手,不独善写难状之景。

雨霁出游书事

十日苦雨一日晴,拂拭拄杖西村行。
清沟泠泠流水细,好风习习吹衣轻。
四邻蛙声已阁阁,两岸柳色争青青。
辛夷先开半委地,海棠独立方倾城。
春工遇物初不择,亦秀燕麦开芜菁。
荠花如雪又烂漫,百草红紫哪知名。
小鱼谁取置道侧?细柳穿颊危将烹。
欣然买放寄吾意,草莱无地苏疲氓。
〇闲闲即目,有鸢飞鱼跃之意。末句一转,便追风人,非大家乌能有此?!

上虞逆旅见旧题岁月感怀

舴艋为家东复西,今朝破晓下前溪。
青山缺处日初上,孤店开时莺乱啼。
倦枕不成千里梦,坏墙闲觅十年题。
漆园傲吏犹非达,物我区区岂足齐。

题十八学士图

隋日昏曀东来倾,雷塘风吹草木腥。
平时但忌黑色儿,不知乃有虬须生。
晋阳龙飞云潝潝,关洛万里即日平。
东征归来脱金甲,天策开府延豪英。
琴书闲暇永清昼,簪履光彩明华星。
高参伊吕列佐命,下者才气犹峥嵘。
但余一恨到千载,高阳缪公来窜名。
老奸得志国几丧,李氏诛徙连孤婴。
向令亟念履霜戒,危乱安得存勾萌。
众贤一佞祸尚尔,掩卷涕泪临风横。

○自古知人不易,一经指出,便为炯戒。此诗之有关政治者,笔亦劲直无比。

◇《唐书》:"秦王使阎立本图像,文学褚亮为之赞,题名爵里,号《十八学士图》。"

夜闻松声有感

清晨放船落星石,大风吹帆如箭激。
回头已失庐山云,却上吴城观落日。
夜深龙归擘祠门,入木数寸留爪痕。
明朝就视心尚栗,腥风卷地雷霆奔。
归船买酒持自慰,性命生平惊屡戏。
固知神怒有定时,波纹蹙作鱼鳞细。

如今衰病卧林坰,霜覆茆簷月满庭。

松声惊破三更梦,犹作当时风浪听。原注:余丙戌七月自京口移官豫章,冒风涛,自星子解舟不半日,至吴城山小龙庙。

十二月一日

东风吹斗柄,暖律变严凝。草色迷残烧,溪流带断冰。
儿书春日牓,女翦上元灯。莫笑蒲龛睡,山翁怯岁增。

宿枫桥

七年不到枫桥寺,客枕依然半夜钟。
风月未须轻感慨,巴山此去尚千重。
○所谓"一番拈起一番新"也。

雨中泊赵屯有感

归燕羁鸿共断魂,荻花枫叶泊孤村。
风吹暗浪重添缆,雨送新寒半掩门。
鱼市人烟横惨淡,龙祠箫鼓闹黄昏。
此身且健无余恨,行路虽难莫更论。
◇潘问奇曰:"三、四风景飒然,五、六亦称。"
◇《入蜀记》:"大风解船,经皖口至赵屯,未朝日,已行百五十里,而风益大,乃泊夹中。赵屯有戍兵,亦小市聚也。夜雨。"

秋　风

秋风吹客樯，节物叹遐方。岁事忽云暮，吾行殊未央。
霜清汉水绿，日落楚山苍。此去三巴路，无猿亦断肠。
○前四句疎宕，五、六撑拄得起，结有余力，逼真盛唐格律。

重　阳

照江丹叶一林霜，折得黄花更断肠。
商略此时须痛饮，细腰宫畔过重阳。
◇王士祯云："偶与友人论宋人绝句，若放翁'照江丹叶一林霜'，'舟中一雨扫飞蝇'，'江上荒城猿鸟悲'诸篇，皆可直追唐音。"
◇《入蜀记》："九日，泊塔子矶。求菊花于江上人家，得数枝，芬馥可爱，为之颓然径醉。"

沙　头

游子行愈远，沙头逢暮秋。孙刘鼎足地，荆益犬牙州。
鼓角风云惨，江湖日夜浮。此生应衮衮，高枕看东流。
○雄浑悲壮，直摩浣花之垒。

移　船

沙际舟衔尾，相依作四邻。暮年多感慨，分路亦酸辛。

折竹占行日，吹箫赛水神。无劳问亭驿，久客自知津。

将离江陵

暮暮过渡头，旦旦走堤上。舟人与关吏，见熟识颜状。
痴顽久不去，常恐遭消让。昨日倒樯竿，今日联百丈。
买薪备雨雪，储米满瓶盎。明当遂去此，障袂先侧望。
即今孟冬月，波涛幸非壮。潦收出奇石，雾卷见叠嶂。
地崄多崎岖，峡束少平旷。从来乐山水，临老愈跌宕。
皇天怜其狂，择地令自放。山花白似雪，江水绿于酿。
《竹枝》本《楚些》，妙句寄悽怆。何当出清诗，千古续遗唱！

◇《入蜀记》："九月二十日倒樯竿、立舻床，盖上峡惟用舻及百丈，不复张帆矣。百丈以巨竹为之，大如人臂，予所乘千六百斛船，用舻六枝，百丈两车。"

沧　滩

百夫正讙助鸣舻，舟中对面不得语。
须臾人散寂无哗，惟闻百丈转两车。
呕呕哑哑车转急，舟人已在沙际立。
露敛芦村落照红，雨余渔舍炊烟湿。
故乡回首已千山，上峡初经第一滩。
少年亦慕宦游乐，投老方知行路难。

松滋小酌

西游六千里,此地最凄凉。骚客久埋骨,巴歌犹断肠。
风声撼云梦,雪意接潇湘。万古茫茫恨,悠然付一觞。
○五、六翛然意远,兼有沉雄之气。孟浩然云:"猎响惊云梦,渔歌激楚词。"妙处故应逊此。

晚泊松滋渡口

小滩拍拍鸬鹚飞,深竹萧萧杜宇悲。
看镜不堪衰病后,系船最好夕阳时。
生涯落魄惟耽酒,客路苍茫自咏诗。
莫问长安在何许,乱山孤店是松滋。

系舟下牢溪游三游洞二十八韵

旧观三峡图,常谓非人情。意疑天壤间,岂有此峥嵘,
画师定戏耳,聊欲穷丹青。西游过沔鄂,莽莽千里平。
昨日到峡州,所见始可惊。乃知画非妄,却恨笔未精。
及兹下牢戍,峰嶂毕自呈。下入裂坤轴,高骞插青冥。
角胜多列峙,擅美有孤撑。或如釜上甑,或如坐后屏。
或如倨而立,或如喜而迎。或深如螺房,或如疏窗棂。
峨巍冠冕古,婀娜髻鬟倾。其间绝出者,虎搏蛟龙狞。
崩崖凛欲堕,修梁架空横。悬瀑泄无底,终古何时盈?
幽泉莫知处,但闻珩珮鸣。怪怪与奇奇,万状不可名。

久闻三游洞，疾走忘病婴。窦穴初漆黑，伛偻扪壁行。
方虞触蛰蛇，俯见一点明。扶接困僮奴，恍然出瓶罂。
穹穹厦屋宽，滴乳成微泓。题名欧与黄，云蒸苍藓平。
穿林走惊麇，拂面逢飞甿。息倦盘石上，拾樵置茶铛。
长啸答谷响，清吟和松声。辞卑不堪刻，犹足寄友生。
○语奇句老，颇近昌黎，视《南山》盖具体而微尔。

秋风亭拜寇莱公遗像

江上秋风宋玉悲，长官手自葺茅茨。

人生穷达谁能料，蜡泪成堆又一时。

○感慨系之，其风调致佳。

◇王士禛曰："诗意以'蜡泪成堆'，为公贵后事。按《后山丛谈》所记，则自其微时已然。既为宰相，乃所谓'无地起楼台相公'也。此莱公英雄本色，所以不可及。"

◇《入蜀记》："巴东谒寇莱公祠，登秋风亭，下临江山。是日重阴微雪，天气飂飘，复观亭名，使人怅然，始有流落天涯之叹。"

闻　猿

瘦尽腰围不为诗，良辰流落自成衰。

也知客里偏多感，谁料天涯有许悲。

汉塞角残人不寐，渭城歌罢客将离。

故应未抵闻猿恨，况是巫山庙里时。

○排宕开阖，波澜无限，格调自李商隐得之，故自青出于蓝。

瞿唐行

四月欲尽五月来,峡中水涨何雄哉!
浪花高飞暑路雪,滩石怒转晴天雷。
千艘万舸不敢过,篙工柂师心胆破。
人人阴拱待势衰,谁敢轻行犯奇祸?
一朝时去不自由,山腹空有沙痕留。
君不见,陆子岁暮来夔州,瞿塘峡水平如油。
◇《入蜀记》:"入瞿塘峡,两壁对耸,上入霄汉,其平如削成,仰视天如匹练。然水已落峡中,平如油盎。"

蹋碛

鬼门关外逢人日,蹋碛千家万家出。
《竹枝》惨戚云不动,《剑器》联翩日将夕。
行人十有八九癯,见怪何曾羞顾影?
江边沽酒沙上卧,峡口月出风吹醒。
人生未死信难知,颠领夔州生鬓丝。
何日画船摇桂楫?西湖却赋探春诗。

乡中每以寒食立夏之间省坟,客夔适逢此时凄然感怀

手持绿酒酹苍苔,今岁何由匹马来?
清泪不随春雨断,孤吟欲和暮猿哀。
皂貂破敝归心切,白发凄凉老境催。

誓墓只思长不出,松门日日手亲开。

风雨中望峡口诸山奇甚戏作短歌

白盐赤甲天下雄,拔地突兀摩苍穹。
凛然猛士抚长剑,空有豪健无雍容。
不令气象少渟滀,常恨天地无全功。
今朝忽悟始叹息,妙处元在烟雨中。
太阴杀气横惨澹,元化变态含空濛。
正如奇材遇事见,平日乃与常人同。
安得朱楼高百尺,看此疾雨吹横风。
○奇思横出,杰语迭见。

晚晴闻角有感

暑雨初收白帝城,小荷新竹夕阳明。
十年尘土青衫色,万里江山画角声。
零落亲朋劳远梦,凄凉乡社负归耕。
议郎博士多新奏,谁致当时鲁二生。
○游尝与范成大论东坡"遥知叔孙子,已致鲁诸生"句,谓为意深语缓。此诗结意虽显,亦有不尽之致。

畏 虎

滑路滑如苔,涩路涩若梯。更堪都梁下,一雪三日泥。
泥深尚云可,委身饿虎蹊。心寒道上迹,魄碎茆叶低。

常恐不自免，一死均猪鸡。老马亦甚畏，慴慴不敢嘶。
吾闻虎虽暴，未尝窥汝栖。孤行暮不止，取祸非排挤。
彼谗实有心，平地生沟谿。哀哉马新息，薏苡成珠犀。
〇得诗人激刺之旨，截然径住，弥健弥深。

邻水延福寺早行

化蝶方酣枕，闻鸡又著鞭。乱山徐吐日，积水远生烟。
淹泊真衰矣，登临独悯然。桃花应笑客，无酒到愁边。
原注：酒偶尽，市酤不可饮。

〇著语之工，视"四更山吐月，残夜水明楼"，一警健，一细致。

大安病酒留半日，王守复来招，不往。送酒解酲，因小饮江月馆

江驿春酲半日留，更烦送酒为扶头。
柳花漠漠嘉陵岸，别是天涯一段愁。

晓发金牛

客枕何时稳？忽忽又束装。快晴生马影，新暖坼花房。
沮水春流绿，嶓山晓色苍。阿瞒狼狈地，千古有遗伤。
原注：自金牛以西，皆明皇幸蜀路。

山南行

我行山南已三日,如绳大路东西出。
平川沃野望不尽,麦陇青青桑郁郁。
地近函秦气俗豪,秋千蹴鞠分朋曹。
苜蓿连云马蹄健,杨柳夹道车声高。
古来历历兴亡处,举目山川尚如故。
将军堂上冷云低,丞相祠前春日暮。
国家四纪失中原,师出江淮未易吞。
会看金鼓从天下,却用关中作本根。

和高子长参议道中

梁州四月晚莺啼,共忆扁舟罨画溪。
莫作世间儿女态,明年万里驻安西。
○翩翩有侠气。

次韵张季长题龙洞

我昔谒紫皇,翳凤骖虬龙。俯不见尘世,浩浩万里空。
谪堕尚远游,忽到汉始封。西望接蜀道,北顾连秦中。
壮哉形胜区,有此蜿蜒宫。雷霆自鞺鞳,环玦亦璁珑。
石屋如建章,万户交相通。来者各有得,尽取知无从。
凭高三叹息,自古几英雄?老我文字衰,挥毫看诸公。
○慨然远望,落想在耳目之外。

太息 原注：宿青山铺作。

太息重太息，吾行无终极。冰霜迫残岁，鸟兽号落日。
秋砧满孤村，枯叶拥破驿。白头乡万里，堕此虎豹宅。
道边新食人，膏血染草棘。平生铁石心，忘家思报国。
即今冒九死，家国两无益。中原久丧乱，志士泪横臆。
切勿轻书生，上马能击贼。

阆中作

残年作客遍天涯，下马长亭便似家。
三叠凄凉渭城曲，数枝闲澹阆中花。
襞笺授官相逢晚，理鬓熏衣一笑哗。
俱是邯郸枕中梦，坠鞭不用忆京华。

游锦屏山谒少陵祠堂

城中飞阁连危亭，处处轩窗临锦屏。
涉江亲到锦屏上，却望城郭如丹青。
虚堂奉祠子杜子，眉宇高寒照江水。
古来磨灭知几人，此老至今元不死。
山川寂寞客子迷，草木摇落壮士悲。
文章垂世自一事，忠义凛凛令人思。
夜归沙头雨如注，北风吹船横半渡。
亦知此老愤未平，万窍争号泄悲怒。

○伤今怀古，怀抱略同。忾然寤叹，如见其人，亦以写其胸臆耳。

归次汉中境上

云栈屏山阅月游，马蹄初喜踏梁州。
地连秦雍川原壮，水下荆扬日夜流。
遗虏屡屡宁远略，孤臣耿耿独私忧。
良时恐作他年恨，大散关头又一秋。
○才气慷慨，不诡风人。

南沮水道中

碾舍临湍濑，罾船聚小潭。山形寒渐瘦，雪意暮方酣。
久客情怀恶，频来道路谙。家山空怅望，无梦到江南。

长木夜行抵金堆市

夜行长木村，重雾杂零雨。湿萤粘野蔓，寒犬吠云坞。
道坏交细泉，亭废立遗堵。时时过农家，灯火照鸣杼。
嗟予独何事，无岁得安处。即今穷谷中，性命寄豹虎。
三更投小市，买酒慰羁旅。高咏《东山》诗，怅望怀往古。

赴成都泛舟自三泉至益昌，谋以明年下三峡

诗酒清狂二十年，又摩病眼看西川。

心如老骥常千里,身似春蚕已再眠。
暮雪乌奴停醉帽,秋风白帝放归船。
飘零自是关天命,错被人呼作地仙。

○颔联自佳。近人朱彝尊乃谓比兴之体,可以偶见,摭其相类之句,以为前后稠叠,何乃吹毛求疵?

◇王士正曰:"蜀道广元县,蜀王弟葭萌所封,古苴侯国。城西二里有乌奴山,陆游诗'暮雪乌奴停醉帽,秋风白帝放归船'是也。"

雪晴行益昌道中颇有春意

杜陵雁下岁将残,匹马西游雪拥关。
憔悴敢忘双阙路,淹迟遍看两川山。
春回柳眼梅须里,愁在鞭丝帽影间。
安得黄金成大药,为人千载驻颓颜。

剑门道中遇微雨

衣上征尘杂酒痕,远游无处不销魂。
此身合是诗人未?细雨骑驴入剑门。

◇卢世㴶曰:"笔墨之气,脱化殆尽。"

剑门城北回望剑关诸峰青入云汉,感蜀亡事慨然有赋

自昔英雄有屈信,危机变化亦逡巡。
阴平穷寇非难御,如此江山坐付人。

○刘禅庸主,谯周庸臣,七字中含多少感慨。

绵州魏城县驿有罗江东诗云:"芳草有情皆碍马,好云无处不遮楼。"戏用其韵

老夫乘兴忽西游,远跨秦吴万里秋。
尊酒登临遍山寺,歌辞散落满江楼。
孤城木叶萧萧下,古驿滩声潋潋流。
未许诗人夸此地,茂林修竹忆吾州。

东　津

岁暮涪江水归壑,白沙渺然石荦确(确)。
蜀天常燠少雪霜,绿树青林不摇落。
阑干诘屈临官道,烟霭参差望城郭。
打鱼斫脍修故事,豪竹哀丝奉欢乐。
乐莫乐于新相知,美人一笑回春姿。
四方本是丈夫事,安用一生无别离!
○深情老笔,视少陵二作,虽未敢旗鼓中原,亦当雁行同时,诸子岂敢望其项背!

东　山

今日之集何佳哉,入关剧饮始此回。
登山正可小天下,跨海何用寻蓬莱。
青天肯为陆子见,妍日似趣梅花开。

有酒如涪绿可爱,一醉直欲空千罍。
驼酥鹅黄出陇右,熊肪玉白黔南来。
眼花耳热不知夜,但见银烛高花催。
京华故人死太半,欢极往往潜生哀。
聊将豪纵压忧患,鼓吹动地声如雷。
○高风跨俗,真骨凌霜,高作也。

绵州录参厅观姜楚公画鹰、少陵为作诗者

我来访古涪之滨,不辞百罔冀一真。
走马朝秦海棕馆,斫脍夜醉鲂鱼津。
越王高楼亦已换,俯仰今古堪悲辛。
督邮官舍最卑陋,栋挠楹腐知几春?
岿然此壁独亡恙,老槎劲翩完如新。
向来劫火何自免,叱呵守护疑有神。
妖狐九尾穴国中,共置不问如越秦。
天时此物合致用,下瞬指呼端在人。
会当原野洒毛血,坐令万里青烟尘。
老眼还忧不及见,诗成肝胆空轮囷。

西郊寻梅

西郊梅花矜绝艳,走马独来看不厌。
似羞流落蒙市尘,宁堕荒寒傍茆店。
翛然自是世外人,过去生中差一念。
浅鬟常鄙桃李学,独立不容莺蝶觇。

山礬水仙晚角出，大是春秋吴楚僭。
余花岂无好颜色？病在一俗无由砭。
朱栏玉砌渠有命，断桥流水君何欠？
嗟余相与颇同调，身客剑南家在剡。
凄凉万里归无日，萧飒二毛衰有渐。
尚能作意晚相从，烂醉不辞杯潋滟。
○因险出奇，却不落小家数。

海棠 原注：范希元园。

谁道名花独故宫？东城盛丽足争雄。
横陈锦障阑干外，尽吸红云酒醆中。
贪看不辞持夜烛，倚狂直欲擅春风。
拾遗旧咏悲零落，瘦损腰围拟未工。
原注：老杜不应无海棠诗，意其失传耳。
◇孙勷曰："末句妙于翻案，如此著意，自尔无陈非新。"

驿舍见故屏风画海棠有感

厌烦只欲长面壁，此心安得顽如石？
杜门复出叹习气，止酒还开惭定力。
成都一月海棠开，锦绣裹城迷巷陌。
燕宫最盛号花海，霸国雄豪有遗迹。
猩红鹦绿极天巧，叠萼重跗眩朝日。
繁华一梦忽吹散，闭眼细思犹历历。
忧乐相寻岂易知？故人应记醉中诗。

夜阑风雨嘉州驿,愁向屏风见折枝。

〇结尾点题,含情无限,通首俱成波澜矣。《夜闻松声有感》与此同调,盖其作用熟也。

登荔枝楼

平羌江水接天流,凉入帘栊已似秋。
唤作主人元是客,知非吾土强登楼。
间凭曲槛常忘去,欲下危梯更小留。
公事无多厨酿美,此身不负负嘉州。

原注:薛能诗:"不负嘉州只负身。"

凌云醉归作

峨嵋月入平羌水,叹息吾行俄至此。
谪仙一去五百年,至今醉魂呼不起。
玻瓈春满琉璃钟,原注:玻璃春,眉州酒名。宦情苦薄酒兴浓。
饮如长鲸渴赴海,诗成放笔千觞空。
十年看尽人间事,更觉麹生偏有味。
君不见蒲萄一斗换得西凉州,不如将军告身供一醉。

醉中感怀

早岁君王记姓名,即今憔悴客边城。
青衫犹是鹓行旧,白发新从剑外生。
古戍旌旗秋惨澹,高城刁斗夜分明。

壮心未许全消尽,醉听檀槽《出塞》声。
◇卢世㴶曰:"三、四无限感慨。"

玻璃江

原注:眉州共饮亭,盖取东坡"共饮玻璃江"之句,追怀旧游,戏作以补西川乐府。

玻璃江水千尺深,不如江上离人心。
君行未过青衣县,妾心先到峨嵋阴。
金樽共醻不知晓,月落烟渚天横参。
车轮无角那得住,马蹄不方何处寻?
空凭尺素寄幽恨,纵有绿绮谁知音?
愁来只欲掩屏睡,无奈梦断闻疏砧。原注:古乐府:"安得双车轮,一夜生四角。"唐人诗云:"长安尘土中,马蹄圆重重。郎马蹄不方,何处认郎踪?"
〇清便宛转,别成风调。视范成大作,奚啻"床上下"之别。

送客至江上

多事经旬不出城,今朝送客此间行。
郊原远带新晴色,人语中含乐岁声。
天际敛云山尽出,江流收涨水初平。
故园社友应惆怅,五岁无端弃耦耕。
〇如此领联,较之"绕郭烟岚""满山楼阁"以相夸耀者,独有雅人深致。

九月十六日夜梦驻军河外，遣使招降诸城，觉而有感

杀气昏昏横塞上，东并黄河开玉帐。
昼飞羽檄下列城，夜脱貂裘抚降将。
将军枊上汗血马，猛士腰间虎文鞬。
阶前白刃明如霜，门外长戟森相向。
朔风卷地吹急雪，转盼玉花深一丈。
谁言铁衣冷彻骨，感义怀恩如挟纩。
腥臊窟穴一洗空，太行北岳原无恙。
更呼斗酒作长歌，要遣天山健儿唱。

成都行

倚锦瑟，击玉壶，吴中狂士游成都。
成都海棠十万株，繁华盛丽天下无。
青丝金络白雪驹，日斜驰遣迎名姝。
燕脂褪尽见玉肤，绿鬟半脱娇不梳。
吴绫便面对客书，斜行小草密复疏。
墨君秀润瘦不枯，风枝雨叶笔笔殊。
月浸罗袜清夜徂，满身花影醉索扶。
东来此欢堕空虚，坐悲新霜点鬓须。
易求合浦千斛珠，难觅锦江双鲤鱼。
〇一结见意，诗体如是。

初　寒

江路常逢雨，山城早得寒。兰凋初解佩，菊老尚加餐。原注：嘉阳有崇兰，八九月盛开。

节物知何负，情怀自鲜欢。浮生看已熟，不必梦邯郸。

木　山

枯楠千载遭风雷，披枝折干吁可哀。
轮囷无用天所赦，秋水初落浮江来。
嵌空宛转若耳鼻，峭瘦拔起何崔嵬。
珠宫贝阙留不得，忽出洲渚知谁推？
书窗正对云洞启，丛菊初傍幽篁栽。
是间著汝颇宜称，摩挲朝暮真千回。
天公解事雨十日，洗尽泥滓滋莓苔。
一丘一壑吾所许，不须更慕明堂材。

十月一日浮桥成以故事宴客凌云

阴风吹雨白昼昏，谁扫云雾升朝暾？
三江水缩献洲渚，九顶秀色欲塞门。
西山下竹十万个，江面便可驰车辕。
巷无居人亦何怪，释未来看空山村。
《竹枝》宛转秋猿苦，桑落潋滟春泉浑。
众宾共醉忘烛跋，一径却下缘云根。

走沙人语若朝卷,争桥炬火如星繁。
肩舆睡兀到东郭,空有醉墨留衫痕。
十年万事俱变灭,点检自觉唯身存。
寒灯夜永照耿耿,卧赋长句招羁魂。

观大散关图有感

上马击狂胡,下马草军书。二十抱此志,五十犹癯儒。
大散陈仓间,山川郁盘纡。劲气钟义士,可与共壮图。
坡陁咸阳城,秦汉之故都。王气浮夕霭,宫室生春芜。
安得从王师,汛扫迎皇舆?黄河与函谷,四海通舟车。
士马发燕赵,布帛来青徐。先当营七庙,次第画九衢。
偏师缚可汗,倾都观受俘。上寿大安宫,复如贞观初。
丈夫毕此愿,死与蝼蚁殊。志大浩无期,醉胆空满躯。
○忠愤蟠郁,自然形见,无意于工而自工。

卷四十三

山阴陆游诗二

十月十九日与客饮,忽记去年此时自锦屏归山南道中小猎,今又将去此矣

去年纵猎韩坛侧,玉鞭自探南山雪。
今年痛饮蜀江边,金盃却吸峨眉月。
《竹枝》歌舞新教成,凄怨传得三巴声。
城头筑观出云雨,峨眉正与阑干平。
酒酣诗就掷盃去,醉踢玻璃江上路。
悬知幽磵断桥边,已有梅花开半树。

长门怨

寒风号有声,寒日惨无晖。空房不敢恨,但含岁暮悲。
今年选后宫,连娟千蛾眉。早知获遣速,悔不承恩迟。
声当彻九天,泪当达九泉。死犹复见思,生当长弃捐。
○忠厚悱恻,深于言怨。

断碑叹

原注：兴元姚节度园以石碑为石笋，文犹可识，盖梁萧懿墓碑。简文为太子时撰，书法遒美可爱。

二萧同起南兰陵，正如文叔与伯升。
至今人悲大萧死，赍恨不见梁家兴。
崇崇之陵久为谷，岂为群盗分珠玉！
断碑槎牙弃道边，文字班班犹可读。
剥剜苔藓一悽然，俯仰人间几变迁？
世人作碑君勿哂，千载园林须石笋。
○简峭。

蜀酒歌

汉州鹅黄鸾凤雏，不鸷不搏德有余。
眉州玻璃天马驹，出门已无万里涂。
病夫少年梦清都，曾赐虚皇碧琳腴。
文德殿门晨奏书，归居皇封罗百壶。
十年流落狂不除，遍走人间寻酒垆。
青丝玉瓶到处酤，鹅黄玻璃一滴无。
安得豪士致连车，倒瓶不用盃与盂。
琵琶如雷聒坐隅，不愁渴死老相如。

醉后草书歌诗戏作

朱楼矫首隘八荒，绿酒一举累百觞。

洗我堆阜峥嵘之胸次，写为淋漓放纵之词章。
墨翻初若鬼神怒，字瘦忽作蛟螭僵。
宝刀出匣挥雪刃，大舸破浪驰风樯。
纸穷掷笔霹雳响，妇女惊走儿童藏。
往时草檄喻西域，飒飒声动中书堂。
原注：余尝草丞相鲁公以下与夏国主书于政事堂。
一收朝迹忽十载，西掠三巴穷夜郎。
山川荒绝风俗异，赖有美酒犹能狂。
醉中自脱头上帻，绿发未许侵微霜。
人生得丧良细事，孰谓老大多悲伤！
○醉墨淋漓，畅然满志；忽移商调，凄焉改色矣。柴升所谓"浸淫奔放于词翰之中，以遂其放浪萧散不溺不淄之概"者，取诸此也。

十二月初一日得梅一枝绝奇，戏作长句，今年于是四赋此花矣

高标已压万花群，尚恐娇春习气存。
月兔捣霜供换骨，湘娥鼓瑟为招魂。
孤城小驿初飞雪，断角残钟半掩门。
尽意端相终有恨，夜寒皱玉倩谁温？
○梅花诗最为难工，中四语颇有逸致。

十二月十一日视筑堤

江水来自蛮夷中，五月六月声摩空。

巨鱼穿龟牙须雄，欲取阛市为龙宫。
横堤百丈卧霁虹，始谁筑此东平公。
今年乐哉适岁丰，更不相倚勇赴功。
西山大竹织万笼，船舸载石来无穷。
横陈屹立相叠重，置力犹在水庙东。
我登高原相其冲，一盾可受百箭攻。
蜿蜒其长高隆隆，截如长城限羌戎。
安得椽笔记始终，插江石崖坚可砻。

游修觉寺

上尽苍崖百级梯，诗囊香碗手亲携。
山从飞鸟行边出，天向平芜尽处低。
花落忽惊春事晚，楼高剩觉客魂迷。
兴阑扫榻禅房卧，清梦还应到剌溪。
◇潘问奇曰："第三句，真登临妙语。"
◇祖应世曰："曲江有'一水云际飞'之句，竟陵评云：'若入俗手，定作"一云水际飞"矣。'此颔联若作'鸟从山边出'，更有何味？"

塞 上 曲

三尺铁如意，一丈玉马鞭。笑把出门去，万里行无前。
当道何崔嵬？云是玉门关。方当置屯守，征人何时还？
马色如杂花，铠光若流水。肃肃不敢哗，遥望但尘起。
日落戍火青，烟重塞垣紫。回首五湖秋，西风开茭觜。

○蟠奇气于简古,著鲜华于老健,不徒作悲凉语气,体绝似太白。

苦笋

藜藿盘中忽眼明,骈头脱襁白玉婴。
极知耿介种性别,苦节乃与生俱生。
我见魏征殊妩媚,约束儿童勿多取。
人才自古要养成,放使干霄战风雨。
◇周密曰:"世传涪翁喜苦笋,尝从斌老乞苦笋,诗云:'南园苦笋味胜肉,箨龙称冤莫采录。烦君更致苍玉束,明日风雨吹成竹。'尝赋《苦笋》云:'苦而有味,如忠谏之可活国。'放翁又从而奖之云:'我见魏征殊妩媚,约束儿童勿多取。'于是世以'谏笋'目之。殊不知翁曾自跋云:'余生长江南,里人喜食苦笋。试取而尝之,气苦不可于鼻,味苦不可于口。故尝屏之,未始为客一设。及来黔中,黔人各(冬)掘苦笋萌于土中才一寸许,味如蜜蔗,初春则不食。惟楧道人食苦笋四寸余,日出土尺余,味犹甘苦相半。'以此观之,涪翁所食,乃取其甘,非贵于苦也。"

月下作

畏暑不巾袜,步月揭短筇。瘦身发髵髵,顾影如孤松。
径幽萤开阖,池涨鱼噞喁。飞泉穿北垣,珠玉相撞舂。
东湖更奇绝,百亩银初熔。但能抱琴往,绝恨欠鹤从。
重露倾荷盘,微风堕芙蓉。观言美清夜,缥缈吹疎钟。
空中飞仙人,粲然冰雪容。笑我老尘世,不记瑶台逢。

○清丽。寄意处妙无迹相。

过大蓬岭度绳桥至杜秀才山庄

度笮临千仞，梯山蹑半空。湿云朝暮雨，阴壑古今风。亭观参差见，阑干诘曲通。柳空丛筱出，松偃翠萝蒙。负笼银钗女，鉏畲鹤发翁。何由有余奉，小筑此山中。

东湖新竹

插棘编篱谨护持，养成寒碧映沦漪。
清风掠地秋先到，赤日行天午不知。
解箨时闻声簌簌，放梢初见叶离离。
官闲我欲频来此，枕簟仍教到处随。

○集中诗，类此者颇多，往往脍炙人口。然颔联不过斲句工巧，作者佳处殊不在此。今择其华净少累者存之，以备一体；其有句无篇者汰之。若矜尚字句之巧，以为得放翁家法，所谓"微之之识碔砆"耳。

夏日湖上

乌帽筇枝散客愁，不妨胥吏杂沙鸥。
迎风枕簟平欺暑，近水帘栊探借秋。
茶灶远从林下见，钓筒常向月中收。
江湖四十余年梦，岂信人间有蜀州。

同何元立赏荷花追怀镜湖旧游

少狂欺酒气吐虹,一笑未了千觞空。
凉堂下簾人似玉,月色泠泠透湘竹。
三更画船穿藕花,花为四壁船为家。
不须更踏花底藕,但嗅花香已无酒。
花深不见画船行,天风空吹《白纻》声。
双桨归来弄湖水,往往湖边人已起。
即今憔悴不堪论,赖有何郎共此樽。
红绿疏疏君勿叹,汉嘉去岁无荷看。

怡　斋

东湖仲夏草树荒,屋古无人亭午凉。
萱房微呀不见日,笋籜自解时吹香。
野藤蟠屈入窗罅,湿菌扶疏生屋梁。
跨沟数椽最幽翳,涨水及槛雨败墙。
静涵青蘋舞藻荇,闲立白鹭浮鸳鸯。
芙渠虽瘦亦潋漫,照眼翠盖遮红妆。
水纹枕簟欲卷却,团团素扇懒复将。
天风忽送塔铃语,唤觉清梦游潇湘。

龙　湫　歌

环湫巨木老不花,渊沦千尺龙所家。

爪痕入木欲数寸，观者心掉不敢哗。
去年大旱绵千里，禾不立苗麦垂死。
林神社鬼无奈何，老龙欠身徐一起。
隆隆之雷浩浩风，倒卷江水倾虚空。
鳞间出火作飞电，金蛇夜掣层云中。
明朝父老来赛雨，大巫吹箫小巫舞。
祠门人散月娟娟，龙归抱珠湫底眠。
○"须臾慰满三农望，敛却神功寂若无。"此诗亦有其意。

蒸暑思梁州述怀

宣和之末予始生，遭乱不及游司并。
从军梁州亦少慰，土脉深厚泉流清。
季秋岭谷浩积雪，二月草木初抽萌。
夏中高凉最可喜，不省举手驱蚊虻。
藏冰一出卖满市，玉璞堆积寒峥嵘。
柳阴夜卧千驷马，沙上露宿连营兵。
胡笳吹堕漾水月，烽燧传到山南城。
最思出甲戍秦陇，戈戟彻夜相摩声。
两年剑南走尘土，肺热烦促无时平。
荒池昏夜蛙阁阁，食案白日蝇营营。
何时王师自天下？雷雨㵎洞收欃枪。
老生衰病畏暑湿，思卜鄠杜开柴荆。

古　意

绁足饲饥鹰，鹰饱意未平。伏枥岂不安，老骥终悲鸣。

士生固欲达,又惧徒富贵。素愿有未伸,五鼎澹无味。
茅屋秋雨漏,稻陂春水深。长歌倾蜀酒,举世不知心。
○身分极高,语亦落落入古。

寓驿舍 原注:予三至成都皆馆于是。

闲坊古驿掩朱扉,又憩空堂绽客衣。
九万里中鲲自化,一千年外鹤仍归。
绕庭数竹饶新笋,解带量松长旧围。
唯有壁间诗句在,暗尘残墨两依依。

题宇文子友所藏薛公鹤

仙人骐骥绝世稀,卵生凡禽是而非。
宫保妙笔穷化机,缟衣玄裳真令威。
千年华表聊一归,回首幸脱乘轩讥。
喙吞不恨菰米微,从吾曹游安得肥?

晨至湖上

园古逢秋好,身闲与懒宜。空堂赏疎壑,重阁望参差。
竹粉有新意,松风含古姿。低回惭禄米,官事少于诗。

听 琴

疏帘曲槛蘋风凉,细腰美人藕丝裳。

绿藤水纹穿矮床，玉指纤纤弹《履霜》。
高林莺啭日正长，幽涧泉鸣夜未央。
哀思不怨和而庄，有齐淑女礼自防。
世人但惑青楼倡，琵琶箜篌杂胡羌。
试听一曲醒汝狂，文姬指法传中郎。
○于韩、欧、苏、黄诸家外，自树一帜，泠泠清音，欲满人耳，视诸子正未肯作邾莒。

龙眠画马

国家一从失西陲，年年买马西南夷。
瘴乡所产非权奇，边头岁入几番皮。
崔嵬瘦骨带火印，离立欲不禁风吹。
圉人太仆空列位，龙媒汉血来何时？
李公太平官京师，立仗惯见渥洼姿。
断缣岁久墨色暗，逸气尚若不可羁。
赏奇好古自一癖，感事忧国空余悲。
呜呼！安得毛骨若此三千匹，衔枚夜度桑乾碛。
◇《文集·跋韩幹马》："大驾南幸将十八年，秦兵洮马不复可见，志士所共叹也。观此画，使人作关辅河渭之梦，殆欲零涕矣。"

山中得长句戏呈周辅并简朱县丞

鹤鸣山空无鹤来，青霞嶂深天壁开。
千岩角逐互吞吐，一峰拔起矜崔嵬。

日光微漏潭见底，原注：清霞嶂、碧玉潭，皆雾中佳处。水气上薄云成堆。
幽禽飞鸣报客至，奇树璀璨知谁栽？
花藤怪蔓白昼暗，奔猿落狖无时哀。
路穷尚蹑一千级，忽见密竹藏楼台。
共言神僧昔住此，至今光景如天台。
揩筇负笠出复没，喜动妇人惊提孩。
高人何至作狡狯，无乃玩世聊相诙。
不然学道穷实际，讵舍正大崇奇瑰？
儒林丈人学擅世，余事尚压蔡与崔。
名山未死可再到，此士一失难重陪。
赞府摘山事如纺，摆拨领客何奇哉！
境幽神怆不可住，归倩玉手传金杯。原注：朱君有侍儿，许为客出。

◇《唐书·刘建锋传》："高郁教马殷，教民得自摘山，收茗算，募高户置邸阁居茗。"

长歌行

人生不作安期生，醉入东海骑长鲸；
犹当出作李西平，手枭逆贼清旧京。
金印煌煌未入手，白发种种来无情。
成都古寺卧秋晚，落日偏傍僧窗明。
岂其马上破贼手，哦诗常作寒螀鸣。
兴来买尽市桥酒，大车磊落堆长缾。
哀丝豪竹助剧饮，如钜野受黄河倾。

平时一滴不入口,意气顿使千人惊。
国雠未报壮士老,匣中宝剑夜有声。
何当凯还宴将士,三更雪压飞狐城?

游三井观

三井久知名,暇日偶一访。栋宇坏欲尽,基址尚闳壮。
画墙皆国工,烟云俨天仗。旌旄亚戈戟,佩玉杂弓韔。
太古实杰作,笔落九天上。吴生名擅世,睥睨未肯让。
规模远有考,意象豪不放。最奇老癯仙,骨立神愈王。
石恪虽少怪,用笔亦跌宕。两姝淡娥眉,非复火食状。
尘埃久侵蚀,风雨无盖障。好事未易逢,宁能久亡恙?
雍洛劫火余,妙迹尽凋丧。斯游恐难继,伫立增悄怆。
〇因画生慨,妙得子美家法;笔力朴坚,亦复相近。

临别成都帐饮万里桥赠谭德称

成都城南万里桥,芦根蘋末风萧萧。
映花碾草钿车小,驻坡蓦涧青骢骄。
入门翠径绝窈窕,临水飞观何岧峣。
判无功名著不朽,惟仗诗酒宽无聊。
迎霜早已足雉兔,微冷便欲思狐貂。
喜看缕脍映盘箸,恨欠斫蟹加橙椒。
坐中谭侯天下士,龙马毛骨矜超遥。
乌犀白纻谪仙样,但可邂逅不可召。
今年一战鹹余子,风送六翮凌青霄。

美人再拜乞利市，醉墨飞落生鲛绡。
我衰于世百无用，十年不趁含元朝。
华缨肯傍萧飒鬓，宝带那束龙钟腰。
祝君好去事明主，日望分喜来渔樵。
游谈引类亦细事，寄酒且解相如消。

丈人观

黄金篆书扁朱门，夹道巨竹屯苍云。
崖岭划若天地分，千柱耽耽压其垠。
缨冠肃谒丈人君，广殿空庭吹宝熏。
摩挲画墙手为皲，异哉山蒬（蘷）与土蘈。
物怪鬻鬻冠丘坟，仙人佩玉杂帨帉。
手整貂冠最不群，欲去不忍恨日曛。
道翁采药昼夜勤，松根茯苓获兼斤。
人芝植立僵骨筋，狗杞群吠声狺狺。
山炉小甑吹幽芬，朱颜不饮常自醺。
我亦宿诵五千文，一念之差随世纷。
誓将从翁走如麇，隐书秘诀何由闻？

○硬语排奡，自见妥帖。

◇《本集·七律》自注："丈人观孙太古画范长生作举手整貂蝉像，神气尤奇逸。"

储福观 _{原注：唐玉真公主修真之地。}

路转屏风叠，云藏帝子家。穷幽行荦确，息倦倚槎牙。

绿藓封茶树，清霜折药花。世无勾漏令，谁此养丹砂？
○不少新色，亦逼唐调。

离堆伏龙祠观孙太古画英惠王像

岷山导江书《禹贡》，江流蹴山山为动。
呜呼秦守信豪杰，千年遗迹人犹诵。
决江一支溉数州，至今禾粟连云种。
孙翁下笔开生面，岌嶪高冠摩屋栋。
徙木遗风虽峭刻，取材尚足当世用。
寥寥后世岂乏人？尺寸未施谗已众。
要官无责空赋禄，轩盖传呼真一哄。
奇勋伟绩旷世无，仁人志士临风恸。
我游故祠九顿首，夜遇神君了非梦。
披云激电从天来，赤手骑鲸不施鞚。
○以骚人之才，发志士之感。"独立苍茫自咏诗"，正使生平蕴结，藉此一摅。

登灌口庙东大楼观岷江雪山

我生不识柏梁建章之宫殿，安得峨冠侍游宴？
又不及身在荥阳京索间，擐甲横戈夜酣战。
胸中迫隘思远游，溯江来倚岷山楼。
千年雪岭阑边出，万里云涛坐上浮。
禹迹茫茫始江汉，疏凿功当九州平。
丈夫生世要如此，赍志空死能无叹？

白发萧条吹北风,手持卮酒酹江中。
姓名未死终磊磊,要与此江东注海。

平羌道中望峨眉山慨然有作

白云如玉城,翠岭出其上。异境忽堕前,心目久荡漾。
别来二百日,突兀喜无恙。飞仙遥举手,唤我一税鞅。
此行岂或便,屏迹事幽旷。何必故山归,更破万里浪。
◇王士禛曰:"九盘山临青衣江,遥望大峨,秀出天平,云岚万状,积雪晶然;中峨如伛偻,少峨如拱揖。北来诸山,蜿蜒起伏,争趋峨下。放翁诗:'白云如玉城,翠岭出其上。异境忽堕前,心目久荡漾。'身未到此,不知语意之工。"

次韵何元立都曹赠行　元立用陈后山送苏公诗韵

嘉荣东西川,此别不为远。徘徊凌云寺,决去未遽忍。
登高望故人,烟树参差见。悬知今日梦,不隔重城键。
平生相从意,百年有未满。结巢青城云,期子在岁晚。
○澄澹入古。

初到荣州

乱山缺处城楼呀,双旗萧萧晚吹笳。
烟深绿桂临绝壑,霜落残濑鸣寒沙。
废台已无隐士啸,遗宅尚有高人家。
铃斋下榻约僧话,松阴枕石放吏衙。

盃羹最珍慈兹竹笋，饼水自养山姜花。
地炉堆兽炽石炭，瓦鼎号蚓煎秋茶。
少年远游无百里，一饥能使行天涯。
岂惟惯见蓬婆雪，直恐遂泛星河槎。
故巢肯作儿女恋，异境会向乡闾夸。
一盃径醉帻自堕，灯下发影看鬖鬖。

醉中怀眉山旧游

劲酒少和气，哀歌无欢情。故乡不敢思，登高望锦城。
锦城那得去，髳髵蠶颐路。遥知尊前人，指我题诗处。
我虽流落夜郎天，遇酒能狂似少年。
想见东郊携手日，海棠如雪柳飞绵。

原注：汉嘉术者袁牧童，谓予明年春分后当还西州。

〇如瓶泄水，如珠走盘，相（想？）见酒间挥洒之乐。

斋中夜坐有感

荒山为城溪作壕，风鼓巨木声翻涛。
鸱枭乘屋弹不去，狐狸欺人怒竖毛。
雨来红鹤更可恶，争巢一似婴儿号。
城孤屋老草木茂，正坐人少此辈豪。
急呼五百具畚锸，欲掀窟穴穷腥臊。
忽然语罢却自笑，残年何至与汝鏖？
浣花江色绿如黛，春波潋滟浮轻舠。
行当系缆柳阴下，仰听莺语倾香醪。

晚登横溪阁

楼鼓声中日又斜,凭高愈觉在天涯。
空桑客土生秋草,野度虚舟集晚鸦。
瘴雾不开连六诏,俚歌相答带三巴。
故乡可望应添泪,莫恨云山万叠遮。
○凄其欲绝,哀厉弥长,被之歌喉,可以绕梁三日。

高斋小饮戏作

梅花又发鬼门关,坐觉春风万里宽。
荔子阴中时纵酒,《竹枝》声里强追欢。
丁年汉使殊方老,《子夜》吴歌昨梦残。
白帝夜郎俱不恶,两公补处得凭栏。
原注:予五年间自夔客荣。

太液黄鹄歌　有引

　　汉始元元年春二月,黄鹄下建章宫太液池中,公卿上寿,赐诸侯王、列侯、宗室金钱。予夜读《汉书》,追作歌一首。
建章宫里春风寒,太液水生池面宽。
中人驰奏黄鹄下,龙旗豹尾临池看。
芹香藻暖鹄得意,左右从官呼万岁。
须臾传诏宴公卿,欢声如雷动天地。

时平宫省游乐多，黄鹄刷羽涵恩波。
小臣珥笔龙墀下，愿继前朝《天马歌》。
○托兴深远。"承灵威兮障外国"，犹是"夜度桑乾"之意。

夜闻浣花江声甚壮

浣花之东当笮桥，奔流啮桥桥为摇。
分洪初疑两蛟舞，触石散作千珠跳。
壮声每挟雷雨横，巨势潜借鼋鼍骄。
梦回闻之坐太息，铁衣何日东征辽？
衔枚度碛沙飒飒，盘槊断陇风萧萧。
不然提檝径归去，短篷卧听钱塘潮。

谒诸葛丞相庙　　原注：弥牟八阵原上。

汉终四百天所命，老贼方持太阿柄。
区区梁益岂足支，不忍安坐观异姓。
遗民亦知王室在，闰位那干天统正？
公虽已没有神灵，犹假贼手诛钟邓。
前年我过沔阳祠，再拜奠俎哀泪迸。
洁斋请作送迎诗，精忠大义神其听。
○能道孔明心事。辞意警绝，善于包举。

醉中长歌

阑干斗柄摇天东，人间一夜回春风。

注桃染柳岁相似，惟我衰颜非昔红。
可怜逢春不自感，更欲使气惊儿童。
烟郊射雉锦臆碎，水亭供脍金盘空。
归穿南市万人看，流星突过连钱骢。
高楼作歌醉自写，墨光烛焰交长虹。
人生未死贵适意，万里作客原非穷。
故人夜直金銮殿，偃卧独听宫门钟。

春　感

少时狂走西复东，银鞍骏马驰如风。
眼看春去不复惜，只道岁月来无穷。
初游汉中亦未觉，一饮尚可倾千钟。
叉鱼狼藉漾水浊，猎虎蹴踏南山空。
射堋命中万人看，球门对植双旗红。
华堂却来弄笔砚，新诗醉草夸坐中。
剑关南山才几日，壮气摧缩成衰翁。
雪霜萧飒已满鬓，蛟龙郁屈空蟠胸。
邻园杏花忽烂熳，推枕强起随游蜂。
绕看百匝几叹息，吹红洗绿行匆匆。
暮年逢春尚有几？常恐春去寻无踪。
青铜三百尚可办，且判烂醉酢郫筒。

花时遍游诸家园

宣华无树著啼莺，惟有摩诃春水生。

故老能言当日事,直将宫锦裹宫城。

〇于海棠寓荒淫之警,独有深味。

题《明皇幸蜀图》

天宝政事何披猖,使典相国胡奴王。
弄权杨李不足怪,阿瞒手自裂纪纲。
八姨富贵尚有理,何至诏书褒五郎?
原注:天宝末下诏雪张易之兄弟。
卢龙贼骑已汹汹,丹凤神语犹琅琅。
人知大势危累卵,天稔奇祸如崩墙。
台省诸公独耐事,歌咏功德卑虞唐。
一朝杀气横天末,匹马西奔几不脱。
向来谄子知几人,贼前称臣草间活。
剑南万里望秦天,行殿春寒闻杜鹃。
老臣九龄不可作,鱼蠹蛛丝《金鉴编》。

〇笔墨老横,有如高牙大纛,堂堂正正,摧坚而折锐。一结尤得立言之旨。

春 残

石镜山前送落晖,春残回首倍依依。
时平壮士无功老,乡远征人有梦归。
苜蓿苗侵官道合,芜菁花入麦畦稀。
倦游自笑摧颓甚,谁记飞鹰醉打围?

◇卢世㴶曰:"项联有髀肉复生之慨。"

对　酒

闲愁如飞雪，入酒即消融。好花如故人，一笑盃自空。
流莺有情亦念我，柳边尽日啼春风。
长安不到十四载，酒徒往往成衰翁。
九环宝带光照地，不知留君双颊红。

游园觉、乾明、祥符三院至暮

成都再见春事残，虽名闲官实不闲。
门前车马闹如市，案上文檄高于山。
有时投罅辄径出，略似齐客偷秦关。
日斜仆夫已整驾，顾景欲驻愁嘲讪。
岂知今朝有此乐，放浪一笑开衰颜。
抽身黄尘乌帽底，得意翠木清泉间。
褰裳危磴穷荦确，洗耳古涧听潺潺。
岂唯顿觉宇宙广，政尔一散腰脚顽。
似闻青城缥缈处，待我归缀仙官班。
俊鹰解绦即万里，岂比倦翼方知还。

食　荠

小著盐醯助滋味，微加姜桂发精神。
风炉歠钵穷家活，妙诀何曾肯授人。
〇小有风致。

幽居晚兴

借钼斸药喜微香,汲井浇花趁晚凉。
胸次何曾横一物,尊前尚欲笑千场。
锦江秋雨芙蓉老,笠泽春风杜若芳。
归去自佳留亦乐,梦中何处是吾乡?
〇行云流水之趣,眼前语颇能道出。

书　叹

三代藏宝器,世守参河图。埋湮则已矣,可使列市区?
文章有废兴,盖与治乱符。庆历嘉祐间,和气扇大炉。
数公实主盟,浑灏配典谟。开辟始欧王,菑畲逮曾苏。
大驾初渡江,中原皆避胡。吾犹及故老,清夜陪坐隅。
论文有脉络,千古著不诬。俯仰四十年,绿发霜蓬枯。
孤生尊所闻,秉节不敢渝。久幽士固有,速售理则无。
世方乱珉玉,吾其老江湖!

〇文章与时隆污,自古而然。后生小子,佁规矩而改错,岂知老成之有渊源耶?太白叹"大雅久不作",少陵云"文章千古事",高情远识,可以并读。

◇《文集·答邢司户书》:"近时颇有不利场屋者,退而组织古语,剽裂奇字,大书深刻,以眩世俗,读之使人面热。此等果可言文章乎?如唐韩氏、柳氏,吾宋欧氏、王氏、苏氏,以文章擅天下者,徒以在场屋时苦心耗力,凡陈言浅说之可病者,已知厌弃。如都市之玉工,珉玉杂治,积日既久,望而识之矣。一旦取荆山之璞,以为黄琮苍璧,万乘之宝,珉岂可复欺耶?凡今不利场屋而名古之文者,往往多未尝识珉者也,安知玉哉?"

月下醉题

黄鹄飞鸣未免饥,此身自笑欲何之?
闭门种菜英雄老,弹铗思鱼富贵迟。
生拟入山随李广,死当穿冢近要离。
一樽强醉南楼月,感慨长吟恐过悲。
◇卢世㴶曰:"三、四自是壮语。"

铜壶阁望月

铜壶阁上看明月,身在千寻白银阙。
十年肺渴今夕平,浩然胸次堆冰雪。
恨无仙掌出云表,更取坠露和玉屑。
夜阑三叹下危梯,明日人间火云热。

夜宴即席作

宣华辇路牧牛羊,摩河龙池草茫茫。
宫殿犁尽余缭墙,南风远吹禾黍香。
草间白骨横秋霜,何由唤起醻一觞?
痴人走死声利场,我独感此惜流光。
蘋花开时风榭凉,美人缥缈如鸾翔。
尧年舜日乐未央,非子之故为谁狂?

芳华楼夜宴

射虎将军老不侯,尚能豪纵醉江楼。
笙歌杂沓娱清夜,风露高寒接素秋。
少日壮心轻玉塞,暮年幽梦堕沧洲。
人间清绝沅湘路,常许灵均作许愁。

岁　晚

岁晚城隅车马稀,偷闲聊得掩荆扉。
征蓬满野风霜苦,多稼连云雁鹜(鹜)肥。
报国有心空自信,结茅无地竟安归?
浣花道上人谁识?华表千年老令威。
○颔联真风人语,叹惋无尽,妙有含蓄。

数日寒顿减,颇有春意,感怀赋短歌

微阴寒不力,破腊春暗动。林梢报梅白,水际闻鸟哢。
羁鸿渐整翮,一一劳目送。应怜飞蓬客,犹作浣花梦。
平生江淮间,裘马事豪纵。岂知老畏死,斋钵受蔬供。
忍馋每自笑,小饮未敢痛。何以慰寂寥?卧听压春瓮。

梅　花

冰崖雪谷木未芽,造物破荒开此花。

神全形枯近有道，意庄色正知无邪。
高坚政要饱忧患，放弃何遽愁荒遐。
移根上苑亦过计，竹篱茅屋真吾家。
平生自嫌亦自许，妙处可识不可夸。
金尊翠杓未免俗，篝火为试江南茶。
○另开生面，全是寓言。

万里桥江上习射

坡陇如涛东北倾，胡床看射及春晴。
风和渐减雕弓力，野迥遥闻羽箭声。
天上欃枪端可落，草间狐兔不须惊。
丈夫未死谁能料，一笴他年下百城。

出塞曲

佩刀一刺山为开，壮士大呼城为摧。
三军甲马不知数，但见动地银山来。
长戈逐虎祁连北，马前曳来血丹臆。
却回射雁鸭绿江，箭飞雁起连云黑。
清泉茂草下程时，野帐牛酒争淋漓。
不学京都贵公子，唾壶麈尾事儿嬉。

偶过浣花感旧游戏作

忆昔初为锦城客，醉骑骏马桃花色。

玉人携手上江楼,一笑钩帘赏微雪。
宝钗换酒忽径去,三日楼中香未灭。
市人不识呼酒仙,异事惊传一城说。
至今西壁余小草,过眼年光如电掣。
正月锦江春水生,花枝缺处小舟横。
闲倚胡床吹玉笛,东风十里断肠声。

楼上醉书

丈夫不虚生世间,本意破敌收河山。
岂知蹭蹬不称意,八年梁益凋朱颜。
三更抚枕忽大叫,梦中夺得松亭关。
中原机会嗟屡失,明日茵席留余潸。
益州官楼酒如海,我来解旗论日买。
酒酣博簺为欢娱,信手枭卢喝成采。
牛背烂烂电目光,狂杀自谓元非狂。
故都九庙臣敢忘,祖宗神灵在帝旁。

○纵笔直书,却有沉郁顿挫之妙。范成大赠游云:"高兴余飞动,孤忠有照临。"非虚语也。

初春出游

春风初来满刀州,江水照人如泼油。
犊车芳草南陌头,家家倾赀事遨游。
万里桥西系黄骝,为君一登散花楼。
半年长斋废觚觯,兴来忽典千金裘。

小桃婀娜弄芳柔,红兰茁芽满春洲。
垆边女儿不解愁,斗草才罢还藏钩。
可怜世人自拘囚,盎中乾坤舞蜉蝣。
百年苦短去日遒,问君安用万户侯?

张园海棠

洛阳春信久不通,姚魏开落胡尘中。
扬州千叶昔曾见,已叹造化无余功。
西来始见海棠盛,成都第一推燕宫。
池台扫除凡木尽,天地眩转花光红。
庆云堕空不飞去,时有绛雪萦微风。
蜂蝶成团出无路,我亦狂走迷西东。
此园低树犹三丈,锦绣却在青天上。
不须更著刀尺裁,乞与齐奴开步障。
〇不著凡语,为海棠生色。从来咏海棠者多矣,以此为最。

登剑南西川门感怀

自古高楼伤客情,更堪万里望吴京!
故人不见暮云合,客子欲归春水生。
瘴疠连年须药石,退藏无地著柴荆。
诸公勉画平戎策,投老深思看太平。
◇卢世㴶曰:"此首极似杜陵,读者自辨之。"

眉 州 作

扁舟久不泛蠶津,常恐黄尘解污人。

烂醉破除千日瀡,原注:予不至眉山三年矣。狂吟判断四州春。原注:此行自成都历永康、唐安至眉山。

汀洲渐叹蘋花老,风露初尝荔子新。

便欲骑鲸东海去,胜游未忍别峨岷。

江 楼

急雨洗残瘴,江边闲倚楼。日依平野没,水带断槎流。

捣纸荒村晚,呼牛古巷秋。腐儒忧国意,此际入搔头。

○随意咏怀,不觉近杜,其由来深矣。

访杨先辈不遇因至石室

访客客已去,追凉成独行。衣冠严汉殿,草木拱秦城。

古甃苍台滑,空庭落日明。出门还懔恍,列屋打碑声。

原注:墙东即石经堂。

感 秋

西风繁杵捣征衣,客子关情正此时。

万事从初聊复尔,百年强半欲何之?

画堂蟋蟀怨清夜,金井梧桐辞故枝。

一枕凄凉眠不得，呼灯起作感秋诗。

◇王士正曰："'玉阶蟋蟀闹清夜'四语，《小说》载此为蜀中某驿卒女诗，放翁见之，纳以为妾，为夫人所逐。又有《卜算子》词'不合画春山，依旧留愁住'云云。按《剑南集》，此诗乃放翁在蜀时所作，本七律，'玉阶'作'画堂'，'闹'作'怨'。后人稍窜易数字，辄傅会，或收入闺秀诗，可笑也。"

白鹤馆夜坐

竹声风雨交，松声波涛翻。我坐白鹤馆，灯清无晤言。
廓然心境寂，一洗吏卒喧。袖手哦新诗，清寒愧雄浑。
屈宋死千载，谁能起九原？中间李与杜，独招湘水魂。
自此竞摹写，几人望其藩？兰苕看翡翠，烟雨啼青猿。
岂知云海中，九万击鹏鲲。更阑灯欲死，此意与谁论？

○此与《书叹》一篇，见此老识力，亦后学良则，所以为南渡之冠。

南津胜因院亭子

南江平无风，如镜新拂拭。渔舟不点破，潋潋千顷碧。
阑干西北角，云散山争出。坡陁竞南走，翠入窗户窄。
江山不世情，作意娱此客。岂无尊中酒，豪饮非宿昔。
明当还成都，尘上埋马迹。后岩在眼中，飞去无羽翼。

原注：后岩在凤凰山后七八里，山水尤奇绝。

书寓舍壁

天与痴顽不解愁，未埋病骨且闲游。

山于拄杖横时看,路到芒鞋破处休。
初拟烧丹住南岳,却因学剑客西州。
秋风巾褐添萧爽,又作临邛十日留。

卷四十四 山阴陆游诗三

西岩翠屏阁

把酒孤亭半日留,西岩独擅鹤山秋。
也知绝境终难赋,且喜闲身得纵游。
鹘起危巢时磔磔,鹿鸣深涧暮呦呦。
人生适意方为乐,甲第朱门只自囚。
○五、六造语幽绝,寂历之境,宛然在目。

雨中山行至松风亭忽澄霁

烟雨千峰拥髻鬟,忽看青嶂白云间。
卷藏破墨营丘笔,却展将军著色山。

赠宋道人

我不如昔人骑鹤上九天,玉简奏事虚皇前。
平生啬养气粗全,两脚驰走轻如烟。
鸟道悬崖忽飞鸢,戏掷短剑声铿然,

转盼跳下千仞涧，已复取剑升层巅。
腾猿俊鹘争后先，饥食松花掬飞泉。
金骨绿髓渐凝坚，口哦七字《黄庭篇》。
西米欲访挟弹仙，丹经剑诀更精研。
嗟哉一失五百年，作诗付子勿妄传。

猎罢夜饮示独孤生

白袍如雪宝刀横，醉上银鞍身更轻。
帖草角鹰掀兔窟，凭风羽箭作鸱鸣。
关河可使成南北，豪杰谁堪共死生！
欲书万言投魏阙，灯前揽笔涕先倾。
○直从胸臆流出，如闻抚髀之叹。

秋晚登城北门

幅巾藜杖北城头，卷地西风满眼愁。
一点烽传散关信，两行雁带杜陵秋。
山河兴废供搔首，身世安危入倚楼。
横槊赋诗非复昔，梦魂犹绕西梁州。
○神似少陵。

暮　秋

时序中年速，风霜客路长。孤愁巴月白，清梦楚山苍。
灯暗秋衔壁，钟疏夜殿床。端居有微禄，不敢恨殊方。

数日暄妍,颇有春意,予闲居无日不出游,戏作

小春花蕾索春饶,已有暄风入紫貂。
村路雨晴鸠妇喜,射场草绿雉媒骄。
苑边接客飞金勒,楼上谁家弄玉箫?
莫怪夕阳归独后,早梅唤我度溪桥。
原注:蜀宣华苑在摩诃池上。

江楼醉中作

淋漓百榼宴江楼,秉烛挥毫气尚遒。
天上但闻星主酒,人间宁有地埋忧?
生希李广名飞将,死慕刘伶赠醉侯。
戏语佳人频一笑,锦城已是六年留。
原注:退之诗云:"越女一笑三年留。"

曳 策 原注:游房园作。

慈竹萧森拱废台,醉归曳策一徘徊。
纷纷落日牛羊下,黯黯长空霰雪来。
三峡猿催清泪落,两京梅傍战尘开。
客怀已是凄凉甚,更听城头画角哀。
○触绪即来,自是此翁忠悃与杜陵无二,赏其气之苍老。

谒汉昭烈惠陵及诸葛公祠宇

雨止风益豪,雪作云不动。凄凉汉陵庙,衰草卧翁仲。

画妓空笙竽,土马阙羁鞚。壤沃黄犊耕,柏密幽鸟哢。
尚想忠武公,身任社稷重。整整渭上营,气已无岐雍。
少须天意定,破贼宁患众?兴亡信有数,星陨事可痛。
陵边四五家,茆竹居接栋。手粄纸上箔,醅熟酒鸣瓮。
虽嗟生理微,亦足逭饥冻。刘葛固雄杰,阅世均一梦。
论高常近迂,才大本难用。九原不可作,再拜临风恸。
○潘问奇曰:"事未必然,聊为孔明吐气。"

大雪歌 原注:累日作雪竟不成,戏赋此篇。

长安城中三日雪,潼关道上行人绝。
黄河铁牛僵不动,承露金盘冻将折。
虬须豪客狐白裘,夜来醉眠宝钗楼。
五更未醒已上马,冲雪却作南山游。
千年老虎猎不得,一箭横穿雪皆赤。
挐(拏)空争死作雷吼,震动山林裂崖石。
曳归拥路千人观,髑髅作枕皮蒙鞍。
人间壮士有如此,何不来归汉天子!
○一腔豪气,千古奇文,觉希逸《雪赋》,直是儿女情多、风云气少。

访客至西郊

槭槭败叶飞,黯黯寒云低。村墟与市里,触目一惨悽。
今日病体轻,驾言适城西。丹柿满野店,青簾出江堤。
猎骑载雉兔,樵檐悬鹑鸡。居人各自得,使我念故谿。

故谿不敢说，况复朝金闺。伤哉啮雪翁！岁晚犹牧羝。
下愚不自还，大惑终身迷。君恩何由报？力耕愧黔黎。

夜　寒

清夜焚香读《楚词》，寒侵貂褐欺吾衰。
轻冰满研风声急，忽记山阴夜雪时。

故蜀别苑在成都西南十五六里，梅至多，有两大树夭矫若龙，相传谓之"梅龙"，予初至蜀尝为作诗，自此岁常访之，今复赋一首，丁酉十一月也

昔年曾赋西郊梅，茫茫去日如飞埃。
即今衰病百事懒，陈迹未忘犹一来。
蜀王故苑犁已遍，散落尚有千雪堆。
朱楼玉殿一梦破，烟芜牧笛遗民哀。
两龙卧稳不飞去，鳞甲脱落生莓苔。
精神最遇雪月见，气力苦战冰霜开。
羁臣放士耿独立，淑姬静女知谁媒？
摧伤虽多意愈厉，直与天地争春回。
苍然老气压桃杏，笑我白发心尚孩。
微风故为作妩媚，一片吹入黄金罍。

○诗以言情赋物，而情不至不足以为诗。"羁臣放士耿独立，淑姬静女知谁媒？"盖亦黯然自伤矣。

闲意

柴门虽设不曾开,为怕人行损绿苔。
妍日渐催春意动,好风时卷市声来。
学经妻问生疏字,尝酒儿斟潋滟杯。
安得小园宽半亩,黄梅绿李一时栽。

书雨

仲冬候始寒,丙夜天正黑。雨来挟风助,吼击不遗力。
声如拔高山,势若伐强国。初忧老柏折,遂恐石笋踣。
乾坤本无心,百神各效职。蛟龙斗岁暮,豪横理莫测。
农功幸已成,龙怒亦会息。屋漏何足言,袖手姑默默。
○信手拈来,辄成奇语;中间接笔,尤为健绝。

暮冬夜宴

官机锦茵金蹙凤,舞娃钗堕双鬟重。
宝炉三尺香吐雾,画烛如椽风不动。
主人爱客情无已,筝声未断歌声起。
亦知百岁等朝露,便恐一欢成覆水。
炉红酒绿春为回,坐上梅花连夜开。
堂前只尺异气候,冰合平池霜压阶。
○妙于讽谕,风人之遗。

谒石犀庙

闲过石犀祠,登堂一叹欷。江回陵谷变,碑断市朝非。
原注:有王蜀时修庙碑铭。
荒圃连寒垄,斜阳映夕霏。兴亡俱昨梦,惆怅跨驴归。

江上散步寻梅偶得绝句

小南门外野人家,原注:万里桥门,一名小南门。短短疏篱缭白沙。
红稻不须鹦鹉啄,清霜催放两三花。

大醉梅花下走笔赋此

闭门坐叹息,不饮辄千日。忽然酒兴生,一醉须一石。
檐头花易老,旗亭酒常窄。出郊索一笑,放浪谢形役。
把酒梅花下,不觉日既夕。花香袭襟袂,歌声上空碧。
我亦落乌巾,倚树吹玉笛。人间奇事少,颇谓三勍敌。
酒阑江月上,珠树挂寒璧。便疑从此仙,朝市长扫迹。
醉归乱一水,顿与异境隔。终当骑梅龙,海上看春色。
原注:梅龙盖蜀苑中旧物也。
○风流清兴,如在目前。

广都江上作

微波不摇江,纤云不行天。我来倚杖立,天水相澄鲜。

平远望不尽,日落自生烟。梅花耿独立,雪树明前川。
好风吹我衣,春色已粲然。东村闻酒美,买醉上渔船。

道室夜意

寒泉漱酒醒,午夜诵仙经。茶鼎声号蚓,香盘火度萤。
斋心守玄牝,闭目得黄宁。寄语山中友,因人送茯苓。
◇《黄庭经》:"何不食气太和精,故能不死入黄宁。"注:即黄庭也。

城南王氏庄寻梅

涸池积槁叶,茆屋围疏篱。可怜庭中梅,开尽无人知。
寂寞终自香,孤贞见幽姿。雪点满绿苔,零落尚尔奇。
我来不须晴,微雨正相宜。临风两愁绝,日暮倚筇枝。
○骨格不凡。

游诸葛武侯书台

沔阳道中草离离,卧龙往矣空遗祠。
当时典午称猾贼,气丧不敢当王师。
定军山前寒食路,至今人祠丞相墓。
松风想像《梁甫吟》,尚忆幡然答三顾。
出师一表千载无,远比管乐盖有余。
世上俗儒宁办此,高台当日读何书?
○警策语,故不在多。

眉州披风榭拜东坡先生遗像

蜿蜒回顾山有情,平铺十里江无声。
孕奇蓄秀当此地,郁然千载诗书城。
高台老仙谁所写?仰视眉宇寒峥嵘。
百年醉魂吹不醒,飘飘风袖筇枝横。
尔来逢迎厌俗子,龙章凤姿我眼明。
北扉南海均梦耳,谪堕本自白玉京。
惜哉画史未造极,不作散发骑长鲸。
故乡归来要有日,安得春江变酒从公倾。

南定楼遇急雨

行遍梁州到益州,今年又作渡泸游。
江山重复争供眼,风雨纵横乱入楼。
人语朱离逢峒獠,桌歌欸乃下吴舟。
天涯住稳归心懒,登览茫然却欲愁。
○属对之妙,神韵自然,不可凑泊。

舟中对月

百壶载酒游凌云,醉中挥袖别故人。
依依向我不忍别,谁似峨嵋半轮月?
月窥船窗挂凄冷,欲到渝州酒初醒。
江空袅袅钓丝风,人静翩翩葛巾影。

哦诗不睡月满船,清寒入骨我欲仙。
人间更漏不到处,时有沙禽背船去。

涪州道中

远客喜归路,清游逾昔闻。雨添山翠重,舟压浪花分。
洛叟经名世,张侯勇冠军。怀人不可觏,袖手对炉熏。

北 岩 原注:有程正叔先生祠堂。

舣船涪州岸,携儿北岩游。遥楫横大江,褰裳蹑高楼。
雨昏山半失,江涨地欲浮。老矣宁再来,为作竟日留。
乌帽程丈人,闭户本好修。骇机一朝发,议罪至窜投。
党禁久不解,胡尘暗神州。修怨以稔祸,哀哉谁始谋?
小人无远略,所怀在私仇。后来其鉴兹,赋诗识岩幽。
○持论严正,所见者大。集中如此等作,于君子、小人之分,判若黑白,足以观其所处矣。

忠州禹庙

古郡巴蛮国,空山夏禹祠。鸦归暗庭柏,巫拜荐江蓠。
草蔓青缘壁,苔痕紫满碑。欲归频怅望,回照夕阳时。
○虽非"橘柚""龙蛇"之比,亦老气无敌。

龙兴寺吊少陵先生寓居

中原草草失承平,戎火胡尘到两京。

扈跸老臣身万里,天寒来此听江声。
〇双管齐下,一写两枝。
◇张完臣曰:"'草草'二字,状尽衰世景象。谓之咏少陵可,谓之自咏亦可。"

游万州岑公洞　原注:岑公隋时人,居此二十年,得道仙去。

大业征辽发闾左,军兴书檄煎膏火。
此时也复有闲人,自引岩泉拾山果。
后六百岁吾来游,洞中正夏凄如秋。
乳石床平可坐卧,水作珠簾月作钩。
十年神游八极表,浮名坐觉秋豪小。
试问岑公迎我不?鹤飞忽下青松杪。

万州放船过下岩小留

画船四月满旗风,饮散匆匆鹢首东。
醉里偏怜江水绿,意中已想荔枝红。
断碑零落莓苔遍,幽涧淙潺略约通。
一疋宁无好东绢,凭谁画此碧玲珑?

楚　城

江上荒城猿鸟悲,隔江便是屈原祠。
一千五百年间事,只有滩声似旧时。
◇王士禎曰:"归州在江北山巅,江南有楚台山,山上有楚王台及旧秭归城,三闾大夫实产是乡。王龟龄诗:'城廓旧为夔子国,人民多是楚王孙。'陆放翁诗:'江上荒城猿鸟悲,隔江便是屈原祠。一千五百年间事,只有滩声似旧时。'何仲默诗:'古郡山头数家住,客舟江上一灯明。《竹枝》惯听巴人曲,鸟道才通楚国程。'荒山寒日,江声怒号,独坐吟此数诗,不必'猿鸣三声泪霑裳'也。"

◇张完臣曰:"声味都尽,而语气不断,此之谓诗。"

舟出下牢关

大舸凌惊涛,飞渡青玉峡。虚壁云濛濛,阴洞风飒飒。
拂天松盖偃,入水山脚插。炎曦忽摧破,亭午手忘箑。
悬知今夜喜,月白宿沙夹。旷哉七泽游,盟鸥不须歃。
○押韵皆稳。

峡口夜坐

三峡至此穷,两壁犹峭立。估船无时行,妇盎有夜汲。
风生树影动,月碎水流急。草根缀微露,萤火飞熠熠。
吾行已四旬,才抵楚西邑。浩歌散郁陶,还舟觉衣湿。

初到荆州

万里泛仙槎,归来鬓未华。萧萧沙市雨,淡淡渚宫花。
断岩添新涨,高城咽晚笳。船窗一樽酒,半醉落乌纱。

阻 风

沙市三日风,万鼓鸣船头。欲去不得发,卧对青灯幽。
听儿诵《离骚》,可以散我愁。微言入孤梦,恍与屈宋游。
睡起铜瓶响,欣然唤茶瓯。吾道无淹速,风伯非所尤。

小雨极凉舟中熟睡至夕

舟中一雨扫飞蝇,半脱纶巾卧翠藤。
清梦初回窗日晚,数声柔橹下巴陵。
◇卢世㴐曰:"只末一句,有多少蕴含在。"

岳 阳 楼

身如病鹤短翅翎,雨雪飘洒号沙汀。
天风忽吹不得住,东下巴峡泛洞庭。
轩皇张乐虽已矣,此地至今朝百灵。
雄楼岌嶪镇吴楚,我来举手扪天星。
帆樯才放已隐隐,云气乱入何冥冥。
鼋鼍出没蛟鳄横,浪花遮尽君山青。
黄衫仙翁喜无恙,袖剑近到城南亭。
眼前俗子败人意,安得与翁同醉醒!

黄 鹤 楼

手把仙人绿玉杖,吾行忽及早秋期。

苍龙阙角归何晚？黄鹤楼中醉不知。
江汉交流波渺渺，晋唐遗迹草离离。
平生最喜听长笛，裂石穿云何处吹？
○别出机轴，邈然清夐。结语运化入妙，几于灭尽针线之迹。

白雪堂登四望亭因历访苏公遗迹至安国院

我醉飞屐登屏颜，拄杖出没风烟间。
三山葱昽鲛鳄静，九关肃穆虎豹闲。
几年金骨炼绿髓，此日始得穷跻攀。
老仙归侍紫皇案，空有野水留淙潺。
蜿蜒翠阜围绿野，似岭非岭山非山。
向来龙蛇满雪壁，雷电下取何时还？
名花亦已天上去，居人指示题诗处。
九十一翁不识公，我抱此恨知无穷。原注：定惠院已废，海棠亦不复在。安国老僧景滋年九十，自言东坡去黄后四年方生。

舟行蕲黄间雨霁得便风有感

天青云白十分晴，帆饱舟轻尽日行。
江底鱼龙贪昼睡，淮南草木借秋声。
好山缥缈何由住？华发萧条只自惊。
莫怪时人笑疏懒，宦情元不似诗情。

长风沙

江水六月无津涯，惊涛骇浪高吹花。
橹声已出雁翅浦，荻夹喜入长风沙。
长风自古三巴路，樯竿参差杂烟树。
南船北船各万里，凄凉小市相依住。
歌呼杂沓灯火明，黄昏风死浪亦平。
劳苦舟师剩沽酒，安稳明朝到池口。

登赏心亭

蜀栈秦关岁月遒，今年乘兴却东游。
全家稳下黄牛峡，半醉来寻白鹭洲。
点点江云瓜步雨，萧萧木叶石城秋。
孤臣老抱忧时意，欲请迁都涕已流。

将至京口

卧听金山古寺钟，三巴昨梦已成空。
船头坎坎回帆鼓，旗尾舒舒下水风。
城角危楼晴霭碧，林间双塔夕阳红。
铜瓶愁汲中濡水，不见茶山九十翁。
原注：顷在京口，尝取中濡水寄曾文清公。

泲溪

射的峰前禹庙东,短篷三扇卧衰翁。
闲携清圣浊贤酒,重试朝南暮北风。
水落痕留红蓼节,雨来声满绿蒲丛。
冲烟莫作匆匆去,拟看溪丁下钓筒。

冬夜闻雁有感

从军昔戍南山边,传烽直照东骆谷。
军中罢战壮士闲,细草平郊恣驰逐。
洮州骏马金络头,梁州球场日打毬。
玉杯传酒和鹿血,女真降虏弹箜篌。
大呼拔帜思野战,杀气当年赤浮面。
南游蜀道已低摧,犹据胡床飞百箭。
岂知蹭蹬还江边,病臂不复能开弦。
夜闻雁声起太息,来时应过桑乾碛。
〇豪迈一往,压倒高、岑。

月夕

开户满庭雪,徐看知月明。微风入丛竹,复作雪来声。
俗尘不待扫,凛然肝肺清。村深无漏鼓,鹤唳报三更。
〇以隽语写幽致,列子御风,泠然善也。

自云门之陶山，肩舆者失道，行乱山中，有茅舍小塘极幽邃，求见主人不可，意其隐者也

陂池幽处有茅堂，井臼萧条草树荒。
小鸭怯波时聚散，病蔬伤蠹半青黄。
童儿冲雨收鱼网，婢子闻钟上佛香。
我亦暮年思屏迹，数椽何计得连墙？

园中杂书

残花委地笋掀泥，香碗诗囊到处携。
幽梦欲成谁唤觉？半窗斜日鹧鸪啼。

池亭夜赋

池上小亭幽，清宵秉烛游。荷盘时泄露，萤火早知秋。
有感岁时速，无声河汉流。殊方不堪住，归梦绕沧洲。

双清堂夜赋

陆子病少间，独卧溪上堂。人静鱼自跃，风定荷更香。
素月行中天，流萤失孤光。归鸟飞有声，度此十里塘。
嗟我独何事，迟暮客异乡？太息搔短发，起视夜未央。
○妙于体物。"流萤失孤光"与"萤火早知秋"，各有妙理；

"风定荷更香""风定池莲自在香",亦复自成妙句。前后三诗,不妨并存。

桥南纳凉

曳杖来追柳外凉,画桥南畔倚胡床。
月明船笛参差起,风定池莲自在香。
半落星河知夜久,无穷草树觉城荒。
碧筒莫惜颓然醉,人事还随日出忙。

初秋梦故山觉而有作

陂水白茫茫,草烟湿霏霏。牧童一声笛,落日无余晖。
遥山已渐隐,村巷亚竹扉。老翁延我入,苦谢柿栗微。
幸逢岁有秋,一醉君勿违。念此动中怀,命驾吾将归。

别建安

欹帽扬鞭晚出城,驿亭灯火向人明。
多情叶上萧萧雨,更把新凉送客行。

紫溪驿 原注:信州铅山县。

云外丹青万仞梯,木阴合处子规啼。
嘉陵栈道吾能说,略似黄亭到紫溪。
〇笔有天趣。此作运化工部,下篇又用太白,皆极炉锤之妙。

月　岩

几年不作月岩游，万里重来已白头。
云外连娟何所似？平羌江上半轮秋。
○淡淡自合，刻画即失之矣。

闻　雁

过尽梅花把酒稀，熏笼香冷换春衣。
秦关汉苑无消息，又在江南送雁归。
○张完臣曰："可谓深至。"

春　雨

冬旱土不膏，爱此春夜雨。四郊农事兴，老稚迭歌舞。
相呼长沮耕，分喜樊迟圃。丰年已在目，亭障静枹鼓。
我归未有期，一官寄仓庾。幸复宽简书，不敢恨羁旅。
○平平写去，淡雅可爱。"丰年"十字，抵得一篇《春雨亭记》。

南牕睡起

梦中忘却在天涯，一似当年锦里时。
狂倚宝筝歌《白纻》，醉移银烛写乌丝。
酒来郫县香初压，花送彭州露尚滋。

起坐南牕成绝叹,玉楼乾鹊误归期。
◇卢世㴶曰:"三四俊爽,自是佳句。"

昼漏迢迢暑气清,不妨小倦带余酲。
梦从陇客声中断,愁向湘屏曲处生。
风度帘旌红浪颭,窗明香岫碧云横。
《闲情》赋罢凭谁寄?怅望壶天白玉京。

感旧绝句

鹅黄酒边绿荔枝,原注:鹅黄,广汉酒名。绿荔枝,出叙州。摩
诃池上纳凉时。
冰纨不画骖鸾女,却写江南《白纻辞》。
◇卢世㴶曰:"有世外音响,当于空际遇之。"

夏日昼寝,梦游一院,阒然无人,帘影满堂,惟燕蹋筝絃有声。觉而闻铁铎风响璆然,殆所梦也耶?因得绝句

桐阴清润雨余天,檐铎摇风破昼眠。
梦到画堂人不见,一双轻雁蹴筝弦。

书怀绝句

不到天台三十年,草庵犹记宿云边。
老僧晓出松门去,手挈军持取涧泉。

○绝句源出乐府，但取神韵，趣在有意无意之间。唐人推青莲、龙标二家擅场。作者妙处，深得风人之致，视唐殆无愧色，此不可以时代拘者也。

雨后极凉料简箧中旧书有感

日昳小雨不至晡，雨虽未足凉有余。
细泉泠泠咽幽窦，清吹策策惊高梧。
笠泽老翁病苏醒，欣然起理西斋书。
十年灯前手自校，行间颠倒黄与朱。
区区朴学老自信，要与万卷归林庐。
尔来世俗好变古，凿空饰诈无根株。
愀然抚几三太息，力薄抱恨何由袪？
兰台漆书非己责，且为签縢除蠹鱼。

秋　夜

湖海秋初到，房栊夜转幽。露浓惊鹤梦，月冷伴蛩愁。
生计依微禄，年光堕远游。岩滩已在眼，早晚放孤舟。
原注：去年欲自三衢州，行泛七里濑，归山阴；今竟当为此行也。

雨　夜

庭院萧条秋意深，铜炉一炷海南沉。
幽人听尽芭蕉雨，独与青灯话此心。

丰城高安之间憩民家景趣幽邃为之慨然怀归

数家聚云根,细路入丛薄。溅溅石渠水,来往一略彴。
有无邻里通,笑语妇子乐。浊醪时相就,青蔬缺盐酪。
日暮归闭门,绩火星煜爚。先期毕租税,老不入城郭。
嗟予独何事,早插红尘脚?故山未成归,怅望有余怍。

寄奉新高令

小雨催寒着客袍,草行露宿敢辞劳。
岁饥民食糟糠窄,吏惰官仓鼠雀豪。
只要闾阎宽箠楚,不须亭障肃弓刀。
九重屡下丁宁诏,此责吾曹未易逃。
○此真良二千石矣。察吏、恤灾、安民、弭盗,奉公任职,八句中色色俱到,却一气浑成,不冗不腐。风雅遗轨,何可多得?《鹤林玉露》载王十朋、真德秀二诗,命意虽同,而气格相去远矣。

予欲自岩买船下七里滩谒严光祠而归,会滩浅陆行至桐庐始能泛江,因得绝句

桐庐县前橹声急,苍烟茫茫白鸟双。
乱山日落潮未落,胜绝不减吴松江。
○风格绝佳。

辛丑正月三日雪

开岁尚残冬,佳哉雪意浓。润归千里麦,声乱五更钟。
帘隙收初密,墙隅积已重。龙团笑羔酒,狐腋袭驼茸。
危槛临欹竹,幽窗听堕松。忽思西戍日,凭堞待传烽。
原注:予从戎日,尝大雪中登兴元城上高兴亭,待平安火至。
○"龙团笑羔酒",用陶榖事,妙于不觉。

雪霁归湖上过千秋观少留

纵辔不嫌远,逢山犹一登。夕阳陂渺渺,残雪塔层层。
折竹黄遮道,饥鸟下啄冰。欲归还小住,倚杖对崚嶒。

题山家壁

山中无传漏,猿鸣知既夕。芳藤上幽援,素月照高壁。
主人殊喜事,欢若有夙昔。稚子縶竹榥,炊黍持饷客。
卜邻虽未辨,清啸聊自适。衰病久废诗,笔端叹荆棘。

忆 昔

忆昔浮江发剑南,夕阳船尾每相衔。
楠阴暗处寻高寺,荔枝红时宿下岩。
原注:高寺在泸州,下岩在云安军。
碛石烹猪赛龙庙,沙头伐鼓挂风帆。

区区陈迹何由记,惟有征尘尚满衫。

秋　夜

秋气侵帷梦不成,一灯西壁翳还明。
风高露井无桐叶,雨急烟村有雁声。
击筑谁同燕市饮?赁春方作会稽行。
从来自许知何等,堪叹江湖白发生。
○"凉风又落南宫木,老雁孤鸣汉北州",不及颔联之含蕴。

九月三日泛舟湖中作

儿童随笑放翁狂,又向湖边上野航。
鱼市人家满斜日,菊花天气近新霜。
重重红树秋山晚,猎猎青帘社酒香。
邻曲莫辞同一醉,十年客里过重阳。
原注:予自庚寅辛丑始见九日于故山。

新　寒

病怯新寒欲不禁,南窗拥褐夜愔愔。
江湖跌宕送余日,书剑萧条孤壮心。
杜曲新愁随断雁,辽阳遗恨入疏砧。
此怀拟向何人说?赖有昏灯伴苦吟。

湖村月夕

客路风尘化素衣,闲愁冉冉鬓成丝。
平生不负月明处,神女庙前闻《竹枝》。
○卢世㴶曰:"色相俱空。"

横 塘

横塘南北埭西东,拄杖飘然乐未穷。
农事渐兴人满野,霜寒初重雁横空。
参差楼阁高城上,寂历村墟细雨中。
新买一蓑苔样绿,此生端欲伴渔翁。
原注:是日偶买蓑衣甚妙。

蔬 圃

山翁老学圃,自笑一何愚。硗瘠财三亩,勤劬赖两奴。
正方畦画局,微润土融酥。翦辟荆榛尽,鉏犁磊块无。
过沟横略彴,聚甓起浮屠。原注:拾园中瓦砾作小塔。隙地成瓜援,余功及芋区。
如丝细生菜,似鸭烂蒸壶。此事今真办,东归不为鲈。
○排比琐事,点染闲情,虽云游戏,亦斐亹可观。

五云门晚归

高城带远林,落日动寒砧。行客自朝暮,青山无古今。

衰迟渐逸气,忧患足危心。溪涟滞归艇,何时春水深?
○以高韵胜,置盛唐人集中,不复可辨。

夜汲井水煮茶

病起罢观书,袖手清夜永。四邻悄无语,灯火正凄冷。
山童亦睡熟,汲水自煎茗。锵然辘轳声,百尺鸣古井。
肺腑凛清寒,毛骨亦苏省。归来月满廊,惜踏疏梅影。

寄朱元晦提举

市聚萧条极,村墟冻馁稠。劝分无积粟,告籴未通流。
民望甚饥渴,公行胡滞留?征科得宽否?尚及麦禾秋。
○恻然仁者之言,四十字不愧古人。罗大经谓:"文公于诗,独取放翁,以其气质浑厚。"殆未足以尽之。
◇《宋史》文公本传:"淳熙七年,浙东大饥,易提举浙东常平茶盐事,即日单车就道,移书札他郡募米,商蠲其征。北(比)至郡,米已辐辏。与僚属钩访民隐,至废寝食。虽深山穷谷,拊存不遗。事竣,宰相王淮赞于上曰:'熹荒政乃行其所学,民被实惠。'"

乍晴,风日已和,泛舟至扶桑埭徘徊西村久之

十日风雨今日晴,衰病忽减思闲行。
接䍦一幅烟雾薄,舴艋八尺凫鹭轻。
亭亭孤塔远天碧,曲曲深巷斜阳明。
数家茅屋门昼掩,不闻人声闻碓声。

身似庞公不入城,东阡南陌饯余生。
新年倘有丰年喜,买酒渔村看太平。

携瘿尊醉梅花下

楠瘿作尊容斗许,拥肿轮囷元媚妩。
肯从放翁来住山,谁云置身不得所?
山房寂寞久不饮,作意欲就梅花语。
我病鲜欢花更甚,日暮凄凉泣残雨。
人生万事云茫茫,一醉常恐俗物妨。
正需仙人冰雪肤,来伴老子铁石肠。
花前起舞花底卧,花影渐东山月堕。
瘿尊未竭狂未休,笑起题诗识吾过。

城西接待院后竹下作

水边小丘因古城,上有巨竹数百个。
一径蛇蟠不容脚,平处乃可十客坐。
袅袅共看风枝舞,簌簌时听春箨堕。
古佛不妆香火冷,瘦僧如腊袈裟破。
门前西去长安路,日夜舳舻衔尾过。
老夫本乏台省姿,且就清阴曲肱卧。

幽居春夜

暮景催人雪鬓双,十年始复反吾邦。

云逢佳月每避舍,酒压闲愁如受降。
三弄笛声初到枕,一枝梅影正横窗。
要知清梦游何许?不钓桐江即锦江。
○颈联圆妙,有弹丸脱手之乐。

晨　起

小雨湿清晓,新莺啼早春。年光惊病眼,节物属闲身。
巴硖东连楚,嶓山北控秦。远游端可继,敢恨素衣尘。

春　游

平生乐行役,不耐常闭户。今朝新雨霁,一笑整巾屦。
青猿导幽蹊,春草伴微步。虽云尊酒薄,蔬果亦略具。
辛夷发高枝,杨柳吹堕絮。行歌不知远,落日呼野渡。
横林已栖鸦,浅水犹立鹭。归来意颇豪,古锦有新句。

八月十四日夜湖山观月

长空露洗玻璃碧,紫金之盘径三尺。
忽看擘地出人间,桂树扶疏如淡墨。
揽衣独立镜湖边,风露万顷秋渺然。
开帆讵必入东海,骑鲸便可追飞仙。
冰壶玉瀄侵骨冷,醉看孤鸾舞清影。
夜阑归舍人已眠,却倩天风为吹醒。
○奇语得自眼前,转觉出人意表。

夜闻秋风感怀

西风一夜号庭树,起揽戎衣泪溅襟。
残角声催关月堕,断鸿影隔塞云深。
数篇零落从军作,一寸凄凉报国心。
莫倚壮图思富贵,英豪何限死山林。

草 书 歌

倾家酿酒三千石,闲愁万斛酒不敌。
今朝醉眼烂岩电,提笔四顾天地窄。
忽然挥扫不自知,风云入怀天借力。
神龙战野昏雾腥,奇鬼摧山太阴黑。
此时驱尽胸中愁,槌床大叫狂堕帻。
吴笺蜀素不快人,付与高堂三丈壁。
○与《醉后草书》一篇,各成奇致。

夜泊水村

腰间羽箭久凋零,太息燕然未勒名。
老子犹堪绝大漠,诸君何至泣新亭?
一身报国有万死,双鬓向人无再青。
记取江湖泊船处,卧闻新雁落寒汀。
○率多胸臆,兼有气骨,可为南渡君臣慨然太息。

自妙相归,将至杜浦堰舟中作

斜阳发东郭,初夜转西城。寺阁疏钟动,渔村远火明。苍茫林海灭,扑漉水禽惊。渐喜吾庐近,遥闻过埭声。

卷四十五

山阴陆游诗四

秋 兴

樵风溪上弄扁舟,濯锦江边忆旧游。
豪竹哀丝真昨梦,爽砧繁杵又惊秋。
坠枝橘熟初堪翦,浮瓮醅香恰受篘。
莫道身闲总无事,孤灯夜夜写清愁。

三江舟中大醉作

志欲富天下,一身常苦饥。气可吞匈奴,束带向小儿。
天公无由问,世俗那得知?挥手散醉发,去隐云海涯。
风息天镜平,涛起雪山倾。轻帆入浩荡,百怪不可名。
虹竿秋月钩,巨鳌倘可求。灭迹从今逝,回看隘九州。
○拟以太白,便觉去人不远。

樊江晚泊

碧云吞日天欲暮,城西捩柁城东路。

莼羹菰饭香满船，正是江头落帆处。
荻洲渔火远更明，烟水苍茫闻雁声。
不是绿尊能破闷，白头客路若为情。

秋　夕

羁魂虚仗些词招，病骨那禁积毁消。
乱叶打窗寒有信，昏灯照幔梦无聊。
栈边老骥心空在，爨下残桐尾半焦。
百感忽生推枕起，碧宵银汉正迢迢。
〇深于比兴，怨而不怒。

秋雨排闷十韵

今夏久无雨，从秋却少晴。空濛迷远望，萧瑟送寒声。
衣润香偏著，书蒸蠹欲生。坏檐闻瓦堕，涨水见堤平。
沟溢池鱼出，天低塞雁征。萤飞明闇庑，蛙闹杂疏更。
药酿时须焙，舟闲任自横。未忧荒楚菊，直恐败吴秔，
夜永灯相守，愁深酒细倾。浮云会消散，鼓笛赛西成。
◇方回曰："字字工稳。"

寄题朱元晦武彝精舍

先生结屋绿岩边，读《易》悬知屡绝编。
不用采芝惊世俗，恐人谤道是神仙。

身闲剩觉溪山好,心静尤知日月长。
天下苍生未苏息,忧公遂与世相忘。
○惟朱子称此诗,惟此诗可寄朱子,所云"诗中有人"者。

长安道

千夫登登供版筑,万手丁丁供斲木。
歌楼舞榭高入云,复幕重簾昼烧烛。
中使传宣骑飞鞚,达官候见车击毂。
岂惟炎热可炙手,五月瞿唐谁敢触?
人生易尽朝露晞,世事无常坏陂复。
士师分鹿真是梦,塞翁失马犹为福。
君不见野老八十无完衣,岁晚北风吹破屋。
○言抵药石,体合风雅。

村 舍

空谷人稀到,新寒病顿轻。晨霜催小猎,宿雨润新耕。
草莽秦驰道,云烟越故城。千年不磨灭,惟有暮山横。
○有俯仰千古之感,句法亦逼老杜。

幽居感怀

偶傍枫林结数椽,东归也复度流年。
汀洲雁下依残水,墟里人行破夕烟。
十月风霜欺客枕,五更鼓角满江天。

散关清渭应如昨,回首功名一怆然。

迟暮

迟暮固多感,况此岁峥嵘。霜霰忽已积,夜闻络纬鸣。
青灯不解语,依依有余情。铜瓶煮寒泉,中作笙箫声。
沉忧能伤人,一夕白发生。蓬莱渺云海,金丹几时成?

自若耶溪舟行杭镜湖而归

换马亭前烟火微,斗牛桥畔行人稀。
云山惨淡少颜色,霜日清薄无光辉。
新酒篘成桑正落,美人信断雁空归。
高楼何处吹长笛,清泪无端又湿衣。
○词意清婉,风调致佳。

骨相

骨相原知薄,功名敢自期?病侵强健日,闲过圣明时。
形胜轮台地,飞腾瀚海师。江湖虽万里,犹拟缀声诗。
○意自深深,非关骨相。

感愤

今皇神武是周宣,谁赋南征北伐篇?
四海一家天历数,两河百郡宋山川。

诸公尚守和亲策,志士虚捐少壮年。
京洛雪消春又动,永昌陵上草芊芊。
○大声疾呼,气浮纸上。《诸将》五首之嫡嗣也。
◇卢世㴶曰:"南渡乐于偏安,谁能念此?"

晚出偏门

一段新愁带酒醒,半欹乌帽策驴行。
村墟香动梅初破,裘褐寒轻雪未成。
渡口人争红日晚,沙边雁带碧烟横。
悠然又觅长堤路,肠断城楼画角声。

过杜浦桥

桥北雨余春水生,桥南日落暮山横。
问君对酒胡不乐?听取菱歌烟外声。

庄器之作招隐阁,项平父诸人赋诗,予亦继作

诸公共赋《反招隐》,细字斜行肯见传。
语到淮南小山作,人如江左永和年。
一窗萝月禁春瘦,万壑松风撼昼眠。
我亦尚嫌林谷浅,因君更拟剷云烟。

溪上醉吟

行行不知溪路深,但怪素月生遥岑。

不辞醉袖拂花絮,与子更醉青萝阴。

雨中泊舟萧山县驿

端居无策散闲愁,聊作人间汗漫游。
晚笛随风来倦枕,春潮带雨送孤舟。
店家菰饭香初熟,市担莼丝滑欲流。
自笑劳身成底事,黄尘陌上雪蒙头。
○"春潮"七字,与苏州各成妙句。

初夏游凌氏小园

水满池塘叶满枝,曲廊危榭惬幽期。
风和海燕分泥处,日永吴蚕上簇时。
闲理阮咸寻旧谱,细倾白堕赋新诗。
从来夏浅胜春日,儿女纷纷岂得知。
原注:庾信诗云:"夏浅却胜春。"镜湖游至夏至而止。

题少陵画像

长安落叶纷可扫,九陌北风吹马倒。
杜公四十不成名,袖里空余三赋草。
车声马声喧客枕,三百青铜市楼饮。
杯残炙冷正悲辛,仗内斗鸡催赐锦。

初冬杂题

莫嫌风雨作新寒,一树青枫已半丹。
身在范宽图画里,小楼西角剩凭栏。

小 雨

细雨湿春光,霏霏破夕阳。卧闻惊倦枕,起看入虚堂。
映叶莺犹啭,争泥燕正忙。闲愁无遣处,谁与共飞觞?
○工于赋物,不落纤巧。

题徐渊子环碧亭,亭有茶山曾先生诗

茶山丈人厌嚣哗,幅巾每访博士家。
小亭谈笑不知暮,往往城上闻吹笳。
兴来杰作粲珠璧,岁久妙墨亡龙蛇。
郎君弟子多白发,回头日月如奔车。
徐卿赤诚古仙子,十年四海推才华。
览观陈迹喜不寐,施补罅漏支倾斜。
曲池还浸古来月,丛莽忽见当时花。
重题旧句照高栋,力振风雅排淫哇。
席间纻袍已散鹄,堂上讲鼓初停挝。
速宜立置竹叶酒,不用更瀹桃花茶。原注:桃花茶见曾公诗。

临安春雨初霁

世味年来薄似纱,谁令骑马客京华?
小楼一夜听春雨,深巷明朝卖杏花。
矮纸斜行闲作草,晴窗细乳戏分茶。
素衣莫起风尘叹,犹及清明可到家。
○颔联团转,脱口而出;一涉凑泊,失此语妙。
◇瞿佑曰:"陈简斋诗云:'客子光阴诗卷里,杏花消息雨声中。'陆放翁诗云:'小楼一夜听春雨,深巷明朝卖杏花。'皆佳句也。叶靖逸诗云:'春色满园关不住,一枝红杏出墙来。'戴石屏诗云:'一冬天气如春暖,昨日街头卖杏花。'句意亦佳,可以追及之。"
◇卢世㴶曰:"三、四有唐人风韵。"
◇方回曰:"《临安春雨初霁》一首,《剑南集》编在严州朝辞时。所作《后村诗话》乃谓妙年行都所赋,思陵赏音,似误。"

饮张功父园戏题扇上

寒食清明数日中,西园春事又匆匆。
梅花自避新桃李,不为高楼一笛风。
○寓意虽刻,自足风调。
◇卢世㴶曰:"翻案妙有讽意。"

小舟过御园

圣主忧民罢露台,春风别苑昼常开。

尽除曼衍鱼龙戏，不禁乌莵雉兔来。
水鸟避人横翠霭，宫花经雨委苍台。
残年自喜身强健，又作清都梦一回。
○善于立言。

春游绝句

一百五日春郊行，三十六溪春水生。
千秋观里逢急雨，射的峰前看晚行（晴）。

原注：自秦望山而北，合三十六溪水为若耶溪。

雨 后

础润还成雨，云收旋作晴。岩花分日发，林笋逐番生。
笔砚行常具，轩窗晚更明。尘埃幸不到，那得废诗情。

夜 汲

酒渴起夜汲，月白天正清。铜瓶响寒泉，闻之心自醒。
井边双梧桐，映月影离离。上有独栖鹊，细爪握高枝。
我欲画团扇，良工不可求。三叹拊庭楯，浩然风露秋。
○落落有古意。

新霁城南舟中夜兴

身是江湖不系船，雨余随处一翛然。

浮云尽敛出青嶂,孤月徐升行碧天。
收网渔歌移别浦,隔城塔影落前川。
明朝闲就平洲饮,巾屦追凉又一年。

丙午五月大雨五日不止,镜湖渺然,想见湖未废时有感而赋

朝雨暮雨梅正黄,城南积潦入车箱。
镜湖无复针青秧,直浸山脚白茫茫。
湖三百里汉讫唐,千载未尝废陂防。
屹如长城限胡羌,啬夫有秩走且僵。
旱有灌注水何伤?越民岁岁常丰穰。
洿湖谁始谋不臧?使我妇子餍糟糠。
陵迁谷变亦何常,会有妙手开湖光。
蒲鱼自足被四方,烟艇满目菱歌长。

〇有关国计民生,非寻常歌咏可比。

◇《山阴志》:"镜湖绵跨二县,周迴三百五十八里。东汉马臻始筑塘蓄水,溉田九千余顷。迄于宋,民甚利之。祥符以来,并湖之民,盗湖为田。熙宁中,遣使至越,不能复湖,后遂尽废为田,皆已升科。议复古以兴水利者,常惜之而事不可行。"

◇《会稽志》:"张元忭曰:'忭按诸家所论,前乎汉而无海塘,则镜湖不可不筑;后乎宋而有海塘,则镜湖可以不复。近者三江之闸,其益百倍于海塘。惟时其启闭,以常谨水利之大纲,而于外塘务完之,内流务浚之,以时修水利之细目,则受利不止一会稽矣,又何镜湖之足论乎?'"

早自乌龙庙归

残漏声中听曳铃,翩翩吹帽出郊坰。
雨余涧落双虹白,云合山余一发青。
铁马蹴冰悲昨梦,朱颜辞镜感颓龄。
归来独对空斋冷,乌迹苍苔自满庭。

斋中闲咏

风号万物作涛声,云截千峰似几平。
多病支离仍老境,暮秋萧瑟更山城。
燕觞乃罢尘痕积,庭讼全稀藓晕生。
莫道斋中日无事,焚香扫地又诗成。
○六句可谓深稳。

秋雨北榭作

秋风吹雨到江濆,小阁疏帘晚色分。
津吏报增三尺水,山僧归入万重云。
飘零露井无桐叶,断续烟汀有雁群。
了却文书早寻睡,檐声偏爱枕间闻。
◇方回曰:"此严陵郡圃也,三、四极工而活。"

焉耆行

焉耆山头暮烟紫,牛羊声断行人止。

平沙风急卷寒蓬,天似穹庐月如水。
大胡太息小胡悲,投鞍欲眠且复起。
汉家诏用李轻车,万丈战云来压垒。

焉耆山下春雪晴,莽莽唯有蒺藜生。
射麋食肉饮其血,五谷自古唯闻名。
樵苏且莫近亭障,将军卧护真长城。
十年牛马向南睡,知是中原今太平。

园中绝句

溪北溪南飞白鸥,夕阳明处见渔舟。
凭谁为剪机中素,画取天涯一片秋?

晨过天庆

萝月挂团璧,松风号急滩。孤灯经院晓,残雪醮坛寒。
剩欲闲扶杖,何妨醉堕冠。诗成兴不尽,万里跨青鸾。
○三、四语意工绝,与"棋声花院静,幡影石坛高",不可轩轾。

出　城

翩翩乌帽出林坰,掠面风微酒半醒。
戍火难寻玉关梦,衣尘空愧草堂灵。
天晴山雪明城郭,水涨江流近驿亭。

客发不如堤上柳,数枝春动又青青。

夜登千峰榭

夷甫诸人骨作尘,至今黄屋尚东巡。
度兵大岘非无策,收泣新亭要有人。
薄酿不浇胸垒块,壮图空负胆轮囷。
危楼插斗山衔月,徙倚长歌一怆神。
○从空而下,气象高远。归咎王、吕,自是千古公论。
◇潘问奇曰:"剑南诗,操觚家奉之如拱璧。然一时所为翕然者,不过喜其陶写风云、流连月露而已;而其惓惓宗国,悱恻缠绵,顾未有及之者。予为一一标识之,使知先生当日伤半壁之无依,痛两宫之不返,终天叹悼,不徒区区景物间也,比少陵庶几'一饭不忘'之谊云。"

秋 兴

孤城寂寞近江干,处处疏砧送早寒。
水落才余半篙绿,霜高初染一林丹。
民租屡减追胥少,吏责全轻法令宽。
偶有一樽聊独醉,强接黄菊助清欢。

余年二十时尝作菊枕诗,颇传于人;今秋偶复采菊缝枕囊,凄然有感

采得黄花作枕囊,曲屏深幌閟幽香。

唤回四十三年梦，灯暗无人说断肠。

少日曾题菊枕诗，蠹编残稿锁蛛丝。
人间万事消磨尽，只有清香似旧诗。
○黯然自伤，与《沈园》二绝所感同，而词亦并工，盖发乎情者深也。

东吴女儿曲

东吴女儿语如莺，十三不肯学吹笙。
镜奁初喜稚蚕出，窗眼已看双茧成。
庭空日暖花自舞，帘卷巢乾燕新乳。
阿弟贪书下学迟，独拣诗章教鹦鹉。
○绝似皮、陆。

有为予言乌龙高岭不可到处有僧岩居，不知其年。予每登千峰榭望之，慨然为作诗

樵子向予说，有僧巢翠微。岩扉云共宿，锡杖鹤同飞。
日暮松明火，天寒槲叶衣。弃官从此逝，非子尚谁归？

楚 宫 行

汉水方城一何壮，大路并驰车百辆。
军书插羽拥修门，楚王正醉章华上。
璇题藻井穷丹青，玉笙宝瑟声冥冥。

忽闻命驾游七泽，万骑动地如雷霆。
清晨射猎至中夜，苍兕玄熊纷可藉。
国中壮士力已殚，秦寇东来遣谁射？

妾命薄 _{原注：太白作此篇言长门宫事，予反之。}

妾命薄，早入天家侍帷幄。
君王勤俭省宴游，宝柱朱弦尘漠漠。
日长别殿承恩稀，旰昃犹闻亲万机。
宫中虽无珠玉赐，塞上不见烟尘飞。
不须悲伤妾命薄，命薄却令天下乐。
○高处立，阔处行。

四鼓酒醒起步庭下

酒解夜过半，出门步中庭。天高河汉白，月淡烟雾青。
重滴竹杪露，疏见树罅星。坏甓啼寒螿，深竹鸣孤萤。
秋晚虽未霜，蠹叶时自零。四序逝不留，慨然感颓龄。
平生茅一把，不博带万钉。鸥沟谢拍拍，鸿路追冥冥。

秋霁

灏气明山川，霁色满天地。西风吹我衣，忽有万里意。
中原运当平，所要在得士。余年犹几何？弃置复弃置！
○短幅森严中，极顿挫之妙。

采 药

箬子编成细箬新,独穿空翠上嶙峋。
丹砂岩际朝暾日,狗杞云间夜吠人。
络石菖蒲蒙绿发,缠松薜荔长苍鳞。
金貂谒帝我未暇,且作人间千岁身。

塞 上 曲

将军许国不怀归,又见桑乾木叶飞。
要识君王念征戍,新秋已报赐冬衣。
○自合唐音。

送潘德久使蓟门

昆仑东分一枝浑,奔蹴砥柱经龙门。
羲皇受图抚上古,神禹治水开中原。
三灵实扶艺祖业,万国共仰东都尊。
群儿撞坏吁可叹,顾使残虏今游魂。
因君试求出师路,孟津白马应如故。
不须更议系河桥,北风正可乘冰渡。
颇闻卢龙已数尽,复道飞狐合屯戍。
辕门倘驻拂云祠,烽火应过明妃墓。
君归解鞍藉芳草,细谈塞北忘予老。
读书饮酒待贼平,万丈旄头方下扫。

○"老骥伏枥,志在千里。"游岂须臾忘恢复者,况触事感怀耶?端庄杂流丽,刚健含婀娜,可以语此诗之妙。

夜归砖街巷书事

近坊灯火如昼明,十里东风吹市声。
远坊寂寂门尽闭,只有烟月无人行。
谁家小楼歌《恼侬》?余响缥缈萦簾栊。
苦心自古乏真赏,此恨略与吾曹同。
归来空斋卧凄冷,灯前病骨巉巉影。
独吟古调遣谁听,聊与梅花分夜永。

送张野夫寺丞牧滁州

皇天方忧九州裂,建隆真人仗黄钺。
阵云冷压清流关,贼垒呷嗫气如发。
遄诛滑虏入槛车,北风吹干草头血。
一龙上天三百年,旧事空闻遗老说。
金印斗大谁作州?公子玉面苍髯虬。
赋诗健笔挟风雨,论兵辩舌森戈矛。
别君帐饮灞桥头,长歌为君宽旅愁。
战场遗迹傥可画,尺素寄我关河秋。
○唐之子孙,不能以天下取河北;志士之慨,于言外见之。

夜归偶怀故人独孤景略

买酒村场半夜归,西山落月照柴扉。

刘琨死后无奇士，独听荒鸡泪满衣。

○触绪长嗟，言在此而意在彼，十四字中，波澜甚阔。《贺裳诗话》乃谓："务观才具无多，意境不远，惟善写眼前景物。"岂非但见方隅者耶？

月下小酌

草树已秋声，郊原喜晚晴。风生云尽散，天阔月徐行。
下箸楂头美，传杯瓮面清。追欢犹可勉，徂岁不须惊。

邻曲有未饭被追入郭者悯然有作

春得香秔摘绿葵，县符急急不容炊。
君王日御金华殿，谁诵周家《七月》诗？

○亲民之官，莫如守令。与人主共养百姓、同休戚者，其惟良吏乎？汉治之称"文景"，有以也。

题湖边旗亭

春色初回杜若洲，佳人又典鹔鹴裘。
八千里外狂渔父，五百年前旧酒楼。
渡口远山颦翠黛，天边新月挂琼钩。
回头笑向红尘说，也有闲愁到此不？

○落笔豪俊。宋人常问人云："君诗中有几酒楼？"此亦一酒楼也。

寓 怀

脱粟未为饥,短褐未为寒。众毁心自可,身困气愈完。
茆屋虽三间,趺坐则已宽。浊酒不满瓢,浩歌有余欢。
禄食妻子乐,功名后人看。成败两蜗角,贵贱一鼠肝。
芒芒百年梦,底物堪控抟?不如学餐霞,驻此双颊丹。
行披终南云,飞渡黄河湍。岿然过空城,人言古长安。
霜露蒙荆榛,喟然增永叹。

○国耻未雪,此老终身大恨,固其忠义所结;然言之频数,亦为笔墨之累。此乃别有波澜,言尽而意不尽。

题千秋观怀贺亭

河湟使典珥左貂,曲江相君谢不朝。
宫中玉环狐作妖,黠虏傍窥心已骄。
天维欲绝地轴摇,有识凛凛忧宗祧。
贺公托言师松乔,黄冠径归侣渔樵。
老马立仗不自聊,去如鸾凤冲烟霄。
倾都祖饯拥渭桥,贤哉大夫脱尘嚻。
扬州渡江木兰桡,入东夜听钱塘潮。
我来故祠竹萧萧,黄冠野服传生绡。
词卑媿匪英琼瑶,空采蘋藻奠桂椒。
虚堂断香闭寂寥,遗魂零落何由招?
○论古别有见解。

樊　江

手中一卷《养鱼经》，又向樊江上草亭。
朝雨染成新涨绿，春烟淡尽远山青。
榜舟不厌频来往，岸帻常须半醉醒。
赋罢新诗自高咏，满汀鸥鹭欲忘形。
〇自饶雅韵。

练　塘

微风吹颊酒初醒，落日舟横杜若汀。
水秀山明何所似？玉人临镜晕螺青。

归次樊江

芳草东西路，绿杨长短亭。人生岂匏系，吾志本鸿冥。
征袖朝霑雨，归帆夜戴星。长鱼幸能买，且复倒残瓶。

泛湖至东泾

春水六七里，夕阳三四家，儿童牧鹅鸭，妇女治桑麻。
地僻衣巾古，年丰笑语哗。老夫维小艇，半醉摘藤花。

村居初夏

天遣为农老故乡，小园三亩镜湖傍。

嫩莎经雨如秧绿,小蝶穿花似茧黄。
斗酒只鸡人笑乐,十风五雨岁丰穰。
相逢但喜桑麻长,欲话穷通已两忘。
◇卢世㴶曰:"此景真不可多得。"

东　关

烟水苍茫西复东,扁舟又系柳阴中。
三更酒醒残灯在,卧听萧萧雨打篷。

七月一日夜坐舍北水涯戏作

兀傲胡床酒半醒,钓筒收尽数舟横。
风生细葛无三伏,月上疏林正四更。
北斗离离低欲尽,明河脉脉去无声。
斥仙岂复尘中恋,便拟骑鲸返玉京。
○以星河供点染,少加运用,便有景有情。

以事至城南书触目

十里西风吹帽裙,江城衣杵远犹闻。
路如剑阁逢秋雨,山似炉峰锁暮云。
原上老翁眠犊背,篱根小妇牧羊群。
百钱且就村场醉,舌本醇醨莫苦分。
○感旧意,正以不露为佳。

梅花绝句

忆昔西成日,夜宿仙人原。风吹野梅香,梦绕江南村。

低空银一钩,糁野玉三尺。愁绝水边花,无人问消息。

题莹上人二画

天地又秋风,溪山忆剡中。
孤舟幸闲著,借我访支公。（剡溪）

晓听枫桥钟,暮泊松江月。
斯人亦可人,淡墨写愁绝。（吴江）

山家暮春

绕屋清阴合,缘堤绿草纤。起蚕初放食,新麦已磨镰。
苦笋先调酱,青梅小蘸盐。佳时幸无事,酒尽更须添。
〇琐事老笔。

自　咏

万事不挂眼,终年常避人。荒畦荷锄晚,环堵结茆新。
病马何劳斥,轻鸥未肯驯。虽惭市门卒,聊作葛天民。

蓬莱馆午憩

驿门系马听蝉吟,翻动平生万里心。
桥畔笛声催日落,城边草色带烟深。
关河历历功名晚,岁月悠悠老病侵。
忆戍梁州如昨日,凭栏西望一霑襟。
○卢世㴶曰:"悲壮。"

梦游散关渭水之间

平生望眼怯天涯,客里何堪度岁华!
但恨征轮无四角,不愁归路有三叉。
驿窗灯暗传秋柝,关树烟深宿暮鸦。
叱犊老翁头似雪,羡渠生死不离家。
○完题简净。

秋　夜

清夜不成寐,出门还浩歌。断云微翳月,薄露不倾荷。
络纬知时早,梧桐奈汝何?非关老怀恶,秋物感人多。

荷　花

风露青冥水面凉,旋移野艇受清香。
犹嫌翠盖红妆句,何况人言似六郎。

○随手翻新，居然佳语。

秋　兴

老子虽贫未易量，风流犹在小茆堂。
蒲萄锦覆桐孙古，鹦鹉螺斟玉瀯香。
千点荷声先报雨，一林竹影剩分凉。
秋来便有欣然处，新种莼丝已满堂。

新　晴

积雨已凄凉，新晴还少和。稼收平野阔，木落远山多。
土润朝畦菜，机鸣夜掷梭。时清年岁好，吾敢叹蹉跎。
◇卢世㴶曰："颔联自是佳句。"

舍北望水乡风物戏作绝句

西风沙际矫轻鸥，落日桥边系钓舟。
乞与画工团扇本，青林红树一川秋。

禹迹寺南有沈氏小园，四十年前尝题小阕壁间，偶复一到而园已易主，刻小阕于石，读之怅然

枫叶初丹槲叶黄，河阳愁鬓怯新霜。
林亭感旧空回首，泉路凭谁说断肠？
坏壁醉题尘漠漠，断云幽梦事茫茫。

年来妄念消除尽,回向禅龛一炷香。
◇周密曰:"放翁娶唐氏,于其母为姑姪,而不相得。出之后,改适赵士程。以春日游,相遇于禹迹寺南之沈园。唐以语赵,遣致酒,翁怅然久之,为赋《钗头凤》词,题园壁间,集中'红酥手,黄藤酒'一阕是也。唐氏见而和之,未几下世。"

小 园

窄窄柴门短短篱,山家随分有园池。
客因问字来携酒,僧趁分题就赋诗。
晨露每看花蓓坼,夕阳频见树阴移。
原注:此二事非闲寂不知也。
拂衣司谏犹忙在,此趣渊明却少知。
◇卢世㴶曰:"闲情逸事,惟世外人知之。"

夜读范至能《揽辔录》,言中原父老见使者多挥涕,感其事作绝句

公卿有党排宗泽,帷幄无人用岳飞。
遗老不应知此恨,亦逢汉节解沾衣。
○南渡之不振,实由于此。扼腕而言,自成高调。

醉卧松下短歌

披鹿裘,枕白石,醉卧松阴当月夕。
寒藤夭矫学此书,天风萧森入诗律。
忽然梦上百尺颠,绿毛邂逅巢云仙。

相携大笑咸阳市,俯仰尘世三千年。
○造语入妙。

探　梅

我游东村冲暮烟,断桥流水鸣溅溅。
欲寻梅花作一笑,数枝忽到拄杖边。
高标元合著山泽,绝艳岂复施丹铅?
定知曾受餐玉法,不尔恐是凌波仙。
锦江赋诗忽万里,蓬山把酒今三年。
相逢风味宛如昨,人生何者非前缘。
颇思取醉极清赏,杖头幸有百许钱。
但判插破乌纱帽,莫记吹落黄金船。
○趣极自然,调亦清婉。

题四仙像

世上年光东逝波,咸阳铜狄几摩挲。
神仙不死成何事,只向秋风感慨多。

冬晴闲步东村由故塘还舍作

红藤拄杖独相羊,路绕东村小岭傍。
水落枯萍黏蟹椴,原注:乡人植竹以取蟹,谓之椴。云开寒日上鱼梁。
洛阳二顷言良是,光范三书计本狂。

历尽危机识天意,要令闲健返耕桑。
◇方回曰:"五、六善用事,'蟹椴'句尤新。"
◇卢世㴶曰:"琐事写来亦新緻。"
◇祖应世曰:"一路细细领略,浅踪人安能有此。"

夜闻湖中渔歌

梦回一灯翳复明,卧闻湖上渔歌声。
呜呜乍低忽更起,袅袅欲断还微萦。
初随缺月堕烟浦,已和残角吹江城。
悲伤似系渐离筑,忠愤如抚桓伊筝。
放臣万里忧国泪,戍客白首怀乡情。
峡猿失侣方独宿,沙雁垂翅犹遐征。
巴巫《竹枝》短亭晓,潇湘《欸乃》孤舟横。
世间此恨故相似,使我百感何由平!
○一气排宕,有风雨骤至之势;只用一语收结,老气无敌。

村 夜

寂寂山村夜,悠然醉倚门。月昏天有晕,风软水无痕。
迹为遭谗远,身由不仕尊。敢嗟车马绝,同社自鸡豚。
◇潘问奇曰:"'风软水无痕',未经人道。"

野 意

堤长逾十里,村小只三家。山客弛樵担,溪翁鸣钓车。

花深迷蝶梦，雨急散蜂衙。衰疾新年减，青鞋上若耶。

忆 昔

忆昔西征日，飞腾尚少年。军书插鸟羽，戍垒候狼烟。
渭水秋风夜，岐山晓雪天。金羁驰叱拨，绣袂舞婵娟。
但恨功名晚，宁知老病缠？虎头空有相，麟阁竟无缘。
壮士埋巴峡，原注：独孤策。孤身卧海壖。安西九千里，孙武十三篇。
袭叹苏秦弊，鞭忧祖逖先。何时闻诏下，遣将入幽燕？
〇笔力健举。

感 怀

卜居镜湖上，一庵环翠屏。竹林藏谽谺，岭路蟠青冥。
骞腾立奇石，崭绝瞻危亭。车马虽扫迹，猿鸟与忘形。
我行半九州，蹋尽芒鞋青。岂知雪满鬓，于兹敞云扃。
丹砂收箭镞，茯苓斸人形。辽天渺归鹤，一瞬三千龄。

残年迫衰谢，婴疾归乡枌。诸贤渡江初，总角幸有闻。
才非楚倚相，亦能读典坟。夫岂或使之，后死与斯文。
世儒凿户牖，道术将瓜分。孤陋守一说，百氏殆可焚。
后来岂无人，鼻垩谁挥斤？巍巍贞观治，房魏出河汾。
◇《文集·答刘主簿书》："前辈之学，积小以成大，以所有易所无，以能问于不能。故其久也，汪洋浩博，该极百家，而不可涯涘。诸名胜渡江，去前辈尚未甚远，故此风犹不坠。三二十年来，士自为畦畛甚狭：己所未知者，辄讪薄之以为不足学；诋穷经者，则曰'传注已尽矣'；诋博学者，则曰'不知无害为君子'。呜呼，陋哉！"

卷四十六

山阴陆游诗五

东村散步有怀张汉州

扶杖村东路,秋来始此回。寒鸦盘阵起,野菊卧枝开。
忧国丹心折,怀人雪鬓催。房湖八千里,那得尺书来。

将军行

将军入奏平燕策,持笏榻前亲指画。
天山热海在目中,下殿即日名烜赫。
驰出都门雪初霁,直过黄河冰未坼。
绣旗方掠桑乾渡,羽檄已入金台陌。
勇士如鹰健欲飞,虏王似兔何劳搦。
戎服押俘献庙社,正衙第赏颁诏册。
端门赐酺天下庆,御觞尚恨沧溟迮。
从来文吏喜相轻,聊遣濡毫书竹帛。

古别离

孤城穷巷秋寂寂,美人停梭夜叹息。

空园露湿荆棘枝，荒蹊月照狐狸迹。
忆君去时儿在腹，走如黄犊爷未识。
紫姑吉语元无据，况凭瓦兆占归日。
嫁来不省出门前，魂梦何因识酒泉？
粉绵磨镜不忍照，女子盛时无十年。
○词意俱老，绝去模拟之迹，而与古为化。

望 夫 石

送君远戍出河北，男儿自以身许国。
不能弯弓骑恶马，欲随君去何由得？
登山矫首西北云，形容虽变心犹存。
月明夜夜照泪痕，铁心石肠输与君。
○不烦刻划，而意已独至。

古 别 离

君北游司并，我南适熊湘。邂逅淮阴市，共饮官道旁。
丈夫各有怀，穷达讵可量？临别一取醉，浩歌神激扬。
勋业有际会，风云正苍茫。乱点剑锋血，苦寒芒屦霜。
死即万鬼邻，生当致虞唐。丹鸡不须盟，我非儿女肠。
○构思深，出语警，不独摩浣花之垒，亦兼入青莲之室。

偶怀小益南郑之间怅然有赋

西戍梁州鬓未丝，嶓山漾水几题诗。

剑分苍石高皇迹，原注：嶓冢庙傍，有高皇试剑石，中分如截。
严拥朱门老子祠。原注：三泉道上有老君洞，景趣幽邃。
烧兔驿亭微雪夜，骑驴栈路早梅时。
登临不用频凄断，未死安知无后期。

欲出遇雨

东风吹雨恼游人，满路新泥换细尘。
花睡柳眠春自懒，谁知我更懒于春。
○"我更懒于春"，五字新鲜。

看　镜

凋尽朱颜白尽头，神仙富贵两悠悠。
胡尘遮断阳关路，空听琵琶奏《石州》。

七十衰翁卧故山，镜中无复旧朱颜。
一联青甲流尘积，不为君王戍玉关。原注：马正惠公喜功名，
每曰："幸未甚衰，若有边警，愿预征行，得良马数匹、轻甲一联足矣。"
◇卢世㴶曰："少陵'勋业频看镜'，彼简而饶，此尽而畅。"

夜分不寐起坐园中至旦

凉气苏衰疾，幽情入杖藜。月惊孤鹊起，天带众星西。
松菊今彭泽，山川古会稽。青吟殊未慊，喔喔已晨鸡。
○颔联对句似奇语，道出正可一粲。"等闲言语变瑰奇"，殆

谓是耶?

步至湖上寓小舟还舍

病堕支离境,闲寻漫浪游。湖平天镜晓,山峭石帆秋。
赊酒家家许,看花处处留。归途倦扶杖,却上钓鱼舟。

箜篌谣寄季长少卿

庭树非不荣,霜实万叶枯。朋友岂我弃,渐远势自疏。
中夜起太息,发箧觅旧书。尘昏蠹食损,行缺字欲无。
一读色已变,再读涕泪濡。卷书置箧中,宁使饱蠹鱼。

闷极有作

贵已不如贱,狂应又胜痴。新寒压酒夜,微雨种花时。
堂下藤成架,门边枳作篱。老人无日课,有兴即题诗。

三峡歌 并序

乾道庚寅,予始入蜀,上下三峡屡矣。后二十五年,归耕山阴,偶读梁简文《巴东三峡歌》,感之偶作。

十二巫山见九峰,船头彩翠满秋空。
朝云暮雨浑虚语,一夜猿啼明月中。

我游南宾春暮时,蜀船曾系挂猿枝。

云迷江岸屈原塔,花落空山夏禹祠。
○取境清绝,一洗阳台惯语,为巫山生色。

赠道流

忆在长安烂漫游,大明宫阙与云浮。
今朝偶上慈恩塔,北望芒芒禾黍秋。
原注:唐含元殿与慈恩塔南北相直。
○赠道流而及此,盖自性情流出者。

三盃兀兀复腾腾,服气烧丹总不能。
借问生涯在何许?孤舟风雨伴渔灯。

艾如张

锦膺绣羽名山鸡,清泉可饮林可栖。
稻粱满野弃不啄,虽有奇祸无阶梯。
东村西村烟雨晚,萧艾离离林薄浅。
翩然一下骇机发,汝虽知悔安能免?
汉家天子南山下,万骑合围穷日夜。
犬牙鹰爪死不辞,触机折颈吁可悲。
○寓意深至,意凡三折,李贺作不能及也。

郊行夜归书触目

老翁病起厌端居,随意东西不问途。

霜野草枯鹰欲下，江天云湿雁相呼。
空垣破灶逃租屋，青帽红灯卖酒垆。
未畏还家踏泥潦，园丁持炬小儿扶。

岁暮感怀

我家释耒起，远自东封前。诗书守素业，蝉联二百年。
长老日零落，念之心惕然。每恐后生辈，或为利欲迁。
我少亦知学，蹭蹬及华颠。讼过岂不力，寿非金石坚。

我壮已早衰，晨镜每惆怅。药物姑自持，耆老曷敢望。
造物有乘除，贫悴博无恙。归乡更多感，朋旧尽凋丧。
客来多避席，谓我丈人行。此意讵敢忘，报子以直谅。

士生始志学，固为圣人徒。人人可稷禼，世世皆唐虞。
仰事与俯育，治道无绝殊。孔孟之所传，世俗顾谓迂。
申韩尚刻薄，老庄竞虚无。尔车非不良，盍行九轨途？

在昔祖宗时，风俗极粹美。人才兼南北，议论忘彼此。
谁令各植党，更仆而迭起？中更夷狄祸，此风犹未已。
臣不难负君，生者固卖死。傥筑太平基，请自厚俗始。

○学有根柢，故体制肃括，意指宏深。大家风力，非徒事吟咏者流也。

◇《文集·论选用西北士大夫劄子》："天圣以前，多取北人，南方士大夫沉抑者多。仁宗照知其敝，公听并观，兼收博采南北之异。及绍圣崇宁间，取南方人更多，而北方士大夫复有沉抑之叹。陈瓘独见其敝,倡言于朝曰:'重南轻北,分裂有萌。'呜呼!瓘之言,天下之至言也。"

山园杂咏

残春终日在林亭,散发披衣醉复醒。
科斗已成蛙閤閤,樱桃初结子青青。
鱼游沧海宁濡沫,禽慕雕笼即鷇翎。
薄晚东风吹小雨,笑携长鑱伴畦丁。
○意虽刻露,语自新颖。

雨夜书感

宦游四十年,归逐桑榆暖。皇恩念黎老,一官犹置散。
春残桃李尽,风雨闭空馆。有怀无与陈,万事付酒碗。
近代固多贤,吾意终不满。可怜杜拾遗,冒死明房琯。
慷慨讵非奇,经纶恨才短。群胡穴中原,令人叹微管。
○以古喻今,当为张浚而发。本传云:"言者论游力说张浚用兵,免归。"则浚之罢,游未必不为之言,故以甫之救琯自比。浚之与琯,偾事如一,富平再败,与陈陶、青坂何以异?诗深叹其才短,固不诬也。

春晚杂兴

池面萍初紫,墙头杏已青。携儿撑小艇,留客坐孤亭。
相法无侯骨,生年直酒星。正须遗万事,莫遣片时醒。

◇方回曰:"'留客坐孤亭',虽非奇句,却极有味。五、六亦新异。"

夜 归

疏钟渡水来,素月依林上。烟火认茅庐,故倚船篷望。
○妙语,似王融《江皋曲》。

三月十一日郊行

到处人家可乞浆,槐阴巷陌午风凉。
水陂漫漫新秧绿,山垄离离大麦黄。
父子力耕春渐老,妇姑共绩夜犹长。
尧民击壤虽难继,芹美怀君未敢忘。

路 傍 曲

凄凉路傍曲,朱门人不知。秋街槐叶落,正是断肠时。

秋 夜

灯欲残时酒半消,断砧疏雨共无憀。
老来万事浑非昔,惟有诗情似灞桥。

舍北晚眺

红树青林带暮烟,并桥常有卖渔船。

樊川诗句营丘画,尽在先生拄杖边。
○自然入画。

初冬感怀

落叶扫还积,断鸿飞更鸣。羸躯得霜健,老眼向书明。
水瘦河声壮,萁枯马力生。竟为农父死,白首负功名。

闻 雁

霜高木叶空,月落天宇黑。哀哀断行雁,来自关塞北。
江湖稻粱少,念汝安得食?芦深洲渚冷,岁晚霰雪逼。
不知重云外,何处避毕弋?我穷思远征,羡汝有羽翼。
○意入风骚,格逼汉魏,与杜陵相当,真乃不复多让。

枕上偶成

放臣不复望修门,身寄江头黄叶村。
酒渴喜闻疏雨滴,梦回愁对一灯昏。
河潼形胜宁终弃,周汉规模要细论。
自恨不如云际雁,南来犹得过中原。

舍北闲望作六字绝句

潘岳一篇《秋兴》,李成八幅《寒林》。
舍北偶然倚杖,尽见古人用心。

○善画似真,以对面取之,用意微妙。

雨夜有怀张季长少卿

放翁虽老未忘情,独卧山村每自惊。
鼎鼎百年如电速,寥寥一笑抵河清。
梅初破蕾行江路,灯欲成花听雨声。
正用此时思剧饮,故交零落怆余生。
◇潘问奇曰:"'河清'如此用,形容殊苦。"

客言来自上皋道中,以其语作一绝

日晒霜融作浅泥,酒家却在断桥西。
五陵今代无豪杰,独卧茅檐听午鸡。

残　腊

残腊无多日,吾生又一年。林塘明夕照,墟塔淡春烟。
山色危栏角,梅花绿酒边。岁时元自好,老病独凄然。

怀　旧

翠崖红栈郁参差,小益初程景最奇。
谁向毫端收拾得?李将军画少陵诗。
◇张完臣曰:"又是一蜀道佳话。"

幽居初夏

湖山胜处放翁家,槐柳阴中野径斜。
水满有时观下鹭,草深无处不鸣蛙。
箨龙已过头番笋,木笔犹开第一花。
叹息老来交旧尽,睡余谁共午瓯茶?
○写得"幽"字意出。
◇潘问奇曰:"头联对句更胜。"

晨 起

齿豁不可补,发脱无由栽。清晨明镜中,老色苍然来。
余年亦自惜,未忍付酒杯。抽架取我书,危坐阖复开。
万世见唐尧,夔龙获亲陪。寥寥三千年,气象挽可回。
岂以七尺躯,顾受世俗哀?道在无不可,廊庙均蒿莱。
○约旨植义,真力弥满。"清晨"十字,亦有苍然之气。

六月二十四日夜分梦范至能、李知几、尤延之同集江亭,诸公请予赋诗记江湖之乐,诗成而觉,忘数字而已

露箬霜筠织短蓬,飘然来往淡烟中。
偶经菱市寻溪友,却拣蘋汀下钓筒。
白菡萏香初过雨,红蜻蜓弱不禁风。
吴中近事君知否?团扇家家画放翁。
○风流自赏,梦中亦应得意。五、六调新采丽,浅薄者意其

未稳，真可一噱。

题韩运盐竹隐堂绝句

尘埃车马日骎骎，谁解从君一散襟？
待我清秋有闲日，抱琴来写万龙吟。

舟中咏"落景余清晖，轻桡弄溪渚"之句，盖孟浩然《耶溪泛舟》诗也，因以其句为韵赋诗

独鹤还故乡，岿然但城郭。出门无与游，所至苦寂寞。
裹饭事幽讨，此计殊不恶。薄暮宿渔家，苍烟带墟落。

维舟入谷口，信步造异境。隔篱鸡犬声，满地梧楸影。
瓦甑炊香稻，石泉汲新井。人间苦偪仄，爱此须臾景。

老圃发如霜，见客能废锄。与坐使之年，自云八十余。
老身六朝民，草舍数世居。力守远祖言，一字不学书。

沿溪得茅店，酒旗出柴荆。杖头钱已空，一醉何由成？
主人语郑重，手把瓮面清。劝我姑小留，溪鱼亦可烹。

秦皇酒瓮边，古有钓鱼矶。我来必竟日，时携双鲤归。
白鹭真可人，常先孤棹飞。高咏"江练"句，令人忆玄晖。

镜湖三百里，风止镜面平。持以照吾心，俗尘安得生？

散发鸥鹭间，万事秋毫轻。谁能拂东绢，写我孤舟横？

朝发云根寺，暮宿烟际桥。冷萤湿不飞，潜鱼惊自跳。
菱船歌袅袅，荻浦风萧萧。平明宿鸟起，我亦理归桡。

古寺照沧波，老木閟云洞。轻舟不摇楫，正用一风送。
汲井潄甘液，扫榻寓幽梦。所恨山未深，城笳听三弄。

禹穴探断简，樵风泛清溪。倒影森松桂，避船散凫鹥。
座中有异境，十里青玻瓈。高塔忽招人，湖边日未低。

溪行已清秋，还舍尚残暑。天公为解围，簾栊过疏雨。
青蔬喜小摘，红粒亦新杵。一饱坐北轩，蓣花泣烟渚。
〇作者诗以万计，闲适之什，往往出之率易，亦复数见不鲜。沙中金屑，每苦难披。十诗直举胸情，清真古澹，妙处在神味之间，不可以貌求之。

秋夜纪怀

北斗垂莽苍，明河浮太清。风林一叶下，露草百虫鸣。
病入新凉灭，诗从半睡成。还思散关路，炬火驿前迎。
◇方回曰："中四句语意至工。"

舍北摇落景物殊佳偶作

屋角成金字，溪流作縠纹。斜通小桥路，半掩夕阳门。

孤艇冲烟过，疏钟隔坞闻。杜门非独病，实自厌纷纷。

◇方回曰："放翁此题凡五首，所谓笔端有口，新冬景物，搜抉无遗。'屋角成金字'，本出《北史·斛律金传》，以对'溪流作縠纹'，亦奇。"

夜　坐

杳杳霜钟十里声，娟娟江月半窗明。
陈编欲绝犹堪读，微火相依更有情。
九曲烟云新散吏，原注：时方被命再领武夷祠禄。百年铅椠老诸生。
颓然待旦君无笑，尚胜闻鸡赋《早行》。原注：温岐诗云："鸡声茅店月，人迹板桥霜。"盖唐人《早行》绝唱也。

陇　头　水

陇头十月天雨霜，壮士夜挽绿沉枪。
卧闻陇水思故乡，三更起坐泪数行。
我语壮士勉自强，男儿堕地志四方。
裹尸马革固其常，岂若妇女不下堂？
生逢和亲最可伤，岁辇金絮输胡羌。
夜视太白收光芒，报国欲死无战场。
○有古直悲凉之气。

书　志

往年出都门，誓墓志已决；况今蒲柳姿，俯仰及大耋。

妻孥厌寒饿，邻里笑迂拙。悲歌行拾穗，忧愤卧啮雪。
千岁埋松根，阴风荡空穴。肝心独不化，凝结变金铁。
铸为上方剑，衅以佞臣血。匣藏武库中，出参髦头列。
三尺粲星辰，万里静妖孽。君看此神奇，魋虎何足灭。
〇幻想奇文，不可磨灭。

书　愤

白发萧萧卧泽中，只凭天地鉴孤忠。
阨穷苏武餐毡久，忧愤张巡嚼齿空。
细雨春芜上林苑，颓垣夜月洛阳宫。
壮心未与年俱老，死去犹能作鬼雄。
◇方回曰："悲壮感慨，不当徒以虚语视之。"

镜里流年两鬓残，寸心自许尚如丹。
衰迟罢试戎衣窄，悲愤犹争宝剑寒。
远戍十年临的博，壮图万里战皋兰。
关河自古无穷事，谁料如今袖手看。

小舟游西泾度西岗而归

小雨重三后，余寒百五前。聊乘瓜蔓水，闲泛木兰船。
雪暗梨千树，烟迷柳一川。西冈夕阳路，不到又经年。
〇稳中带秀，此境正不易到。
◇王复礼曰："较太白'梨花千树雪，杨柳万条烟'，似胜一筹。但《水衡记》以五月为瓜蔓水，此属一时误用。"

春 行

九日春阴一日晴,强扶衰病此闲行。

猩红带露海棠湿,鸭绿平堤湖水明。原注:杜子美"晓看红湿处,花重锦官城",李太白"蜀日红且明",用"湿"字、"明"字,可谓夺造化之功,世未有拈出者。

酒贱柳阴逢醉卧,土肥稻垄看深耕。

山翁莫道浑无用,解与明时说太平。

◇方回曰:"引少陵、太白,谓夺造化之功,却是世未有拈出者。前辈用功如此。"

闲 身

炊烟漠漠闭柴荆,聊用闲身答太平。
重碧飞觞心未老,硬黄临帖眼犹明。
吴蚕满箔含桃熟,垄麦登车搏黍鸣。
补劓息心今有地,问君何处用虚名?

舍北行饭书触目

落雁昏鸦集远洲,青林红树拥平畴。
意行舍北三叉路,闲看桥西一片秋。
小妇破烟撑去艇,丫童横笛唤归牛。
形容野景无余思,自怪痴顽不解愁。
◇卢世㴶曰:"先写景而后入事,句句宛肖。"

雪夜感旧

江月亭前桦烛香，龙门阁上驮声长。
乱山古驿经三折，小市孤城宿两当。
晚岁犹思事鞍马，当时那信老耕桑。
绿沉金锁俱尘委，雪洒寒灯泪数行。
○调极清和。颔联斫句，工緻可爱。
◇吴乔曰："放翁壮时，有志经世，故有'晚岁犹思事鞍马，当时那信老耕桑'之句。"

杂　感

志士山居恨不深，人知已是负初心。
不须先说严光辈，直自巢由错到今。

故旧书来访死生，时闻剥啄叩柴荆。
自嗟不及东家老，至死无人识姓名。

兰

南岩路最近，饭已时散策。香来知有兰，遽求乃弗获。
生世本幽谷，岂愿为世娱？无心托阶庭，当门任君锄。
○为幽人写照，寓意深远，作者别调。

感 旧

夜涉南沮水，朝过小益城。梯山天一握，度栈土微平。
雨近秦云暗，霜高陇月明。至今孤梦里，喝马有遗声。

原注：喝马皆七字韵语，闻之悲怆动人。

凛凛隆中相，临戎遂不还。尘埃《出师表》，草棘定军山。
壮气河潼外，雄名管乐间。登堂拜遗像，千载愧吾颜。

我思杜陵叟，处处有遗踪。锦里瞻祠柏，绵州弔海棕。
蹉跎悲枥骥，感会失云龙。生世后斯士，吾将安所从？

○游久居蜀地，于孔明、子美企想独深。二诗浑成老健，盖程形赋音，与其人相称也。

露 坐 原注：立秋前五日。

旋削甘瓜进酒卮，断云漠漠斗离离。
北临积水风来壮，东恨长林月上迟。
秋近不堪闻急杵，夜凉已复怯轻绤。
天孙老抱河梁恨，岂独人生事可悲。

新 秋

残暑无多日，幽居近小江。酒醒中夜起，松月入山窗。

秋风昨夜来，声满梧桐树。故人渺天末，此夕谁与度？
〇妙语得自直寻，亦"清晨登陇首，明月照积雪"之比。

秋夕露坐作

银河半落露华清，斗南阑干斗北明。
冉冉方悲老将至，纤纤又叹月初生。
酒床细滴香浮瓮，衣杵相闻声满城。
万卷读书无用处，却将耕稼报升平。

感　秋

秋色关河外，秋声天地间。壮士感此时，朝镜凋朱颜。
一身寄空谷，万里梦天山。噫呜怒眦裂，愤激悲涕潸。
古来真龙驹，未必置天闲。长松倒涧壑，委弃同蓁菅。
得志未可测，谈笑济时艰。凛然《出师表》，一字不可删。

新　凉

菰首初离水，姜芽浅渍糟。粳香等炊玉，韭美胜炮羔。
露下残芜湿，风生万木号。从今更何事？痛饮读《离骚》。

丰　岁

丰岁欢声动四邻，深秋景气粲如春。
羊腔酒担争迎妇，鼍鼓龙船共赛神。

处处喜晴过甲子,家家筑屋趁庚申。
老翁欲伴乡间醉,先办长衫紫领巾。
○点缀妩媚,煞有风致。

小舟过吉泽效王右丞

泽国霜露晚,孤村烟火微。本去官道远,自然人迹稀。
木落山尽出,钟鸣僧独归。渔家闲似我,未夕闭柴扉。
○不必似王,自饶清致。
◇《文集·跋王右丞集》:"余年十七八时,读摩诘诗最熟。今永昼再取读之,如见旧师友,恨间阔之久也。"

秋晴见天际飞鸿有感

新晴天宇色正青,群鸿高骞(骞)在冥冥。
儿童相呼共仰视,我亦扶杖来中庭。
丰年到处稻粱满,胡不暂下栖沙汀?
应须江海寄旷快,肯为霜雪嗟飘零?
书生可笑不自喜,憔悴久蔽笼中翎。
鸥波万里每愧杜,鹤化千载知非丁。
风前哀号漫激烈,月下孤影常伶竮。
诗成欲写复懒去,诵似溪友声泠泠。
○遣调流丽,曲尽心手之妙。

戊午重九

朋旧相望天一涯,登高结伴只邻家。

秋风自欲吹纱帽,衰鬓何曾泥菊花。
药市神仙思益部,糕盘节物记京华。
自怜病后欢惊薄,小醉归来日未斜。

舟　中

柁边潮水落还生,篷底寒灯灭复明。
约束长年牢系缆,报人风雨有鼍鸣。
○不必有寄,即事自佳。

萧萧风雨小江秋,不是愁人亦合愁。
忽听疏钟知寺近,笑寻沙路上牛头。

冬日感兴十韵

雾雨天昏曀,陂湖地阻深。蔽空鸦作阵,暗路棘成林。
有客风埃里,频年老病侵。梦魂来二竖,相法欠三壬。
旧愤开孤剑,新愁感断砧。唐衢惟痛哭,庄舄正悲吟。
瘦跨秋门马,寒生夜店衾。但思全旧璧,敢冀访遗簪。
楼上苍茫眼,灯前破碎心。长谣倾浊酒,慷慨压层阴。

庵中晨起书触目

晖晖初日上帘钩,漠漠清寒透衲裘。
雪棘并栖双鹊瞑,金环斜伴一猿愁。
廉宣卧壑松楠老,王子穿林水石幽。

戏事自怜除未尽，此生行欲散风沤。原注：唐希鸭画鹊，易元吉画猿，廉宣仲老木，王仲水石，皆庵中所挂小幅。

○设色妍丽，似晚唐人佳句。

春日小园杂赋

市尘不到放翁家，绕麦穿桑野径斜。
夜雨长深三尺水，晓寒留得一分花。
闷从邻舍分春瓮，闲就僧窗试露芽。
自此年光应更好，日驱秧马听缲车。

○"夜雨"一联，鬆秀可爱。

沈　园

城上斜阳画角哀，沈园非复旧池台。
伤心桥下春波绿，曾是惊鸿照影来。

◇张完臣曰："写得幽艳动人。"

梦断香消四十年，沈园柳老不吹绵。
此身行作稽山土，犹吊遗踪一泫然。

◇张完臣曰："又深一步，其痛愈深。"

◇绍兴郡刻本题下注："此放翁忆其前妻作也。妻以失欢于姑被遣，后于沈园见之，未几下世。翁再游此地，追感赋诗，凄苦不忍多读。"

读《晋书》

诸公日饫万钱厨，人乳蒸豚玉食无。

谁信秋风雒城里，有人归棹为蓴鲈？
○不著议论，而指意跃然，咏史上乘。

春晴自云门归三山

乍行春野眼增明，渐减春衣体倍轻。
人卖山茶先谷雨，鸦随墦祭过清明。
柳塘水满双凫戏，稻垄泥深一犊行。
晚到三桥泛舟去，掩关不复畏重城。

夜闻姑恶

湖桥东西斜月明，高城漏皷传三更。
钓船夜过掠沙际，蒲苇萧萧姑恶声。
湖桥南北烟雨昏，两岸人家早闭门。
不知姑恶何所恨，时时一声能断魂。
天地大矣汝至微，沧波本自无危机。
秋菰有米亦可饱，哀哀如此将安归？

读前辈诗文有感

我无前辈千钧笔，造物争功谢不能。
已分文章归委靡，可怜意气尚凭陵。
鸾旗广殿晨排仗，铁马黄河夜踏冰。
此事要须推大手，蝉嘶分付与吴僧。
○巧构形似之言，要非诣力所臻，不能道来亲切乃尔。

读《隐逸传》

终南处士入都门,少室山人补谏垣。
毕竟只供千载笑,石封三品鹤乘轩。
○不以议论伤格律,比勘亦自允协。

秋　阴

淡日披朝雾,轻云结暮阴。菰蒲溪路暗,松竹草堂深。
妙墨双钩帖,奇声百衲琴。古人端未远,一笑会吾心。

秋　怀

皇天本无心,万物各有时。飞鸿何预人,南翔每如期。
仰看霜露坠,俯叹草木衰。英英篱下菊,秀色独满枝。
岂无一樽酒,相与斟酌之?耄老天所佚,行歌复何疑?

改朔甫再宿,月见西南隅。纤纤一银钩,挂空疑有无。
我行青枫岸,远水浮双凫。新寒入短衣,感此风霜初。
颇欲呼小艇,东村行芋区。衣薄且言归,烟火望吾庐。
○闲淡有味。

秋　思

日落江城闻捣衣,长空杳杳雁南飞。

桑枝空后醅初熟，豆荚成时兔正肥。
徂岁背人常冉冉，老怀感物倍依依。
平生许国今何有？且拟梁鸿赋《五噫》。

冬晴与子坦、子聿游湖上

海山山下百余家，垣屋参差一带斜。
我欲往寻疑路断，试沿流水觅桃花。

斋中弄笔偶书示子聿

左右琴樽静不哗，放翁新作老生涯。
焚香细读《斜川集》，候火亲烹顾渚茶。
书为半酣差近古，诗虽苦思未名家。
一窗残日呼愁起，袅袅江城咽暮笳。

○少陵云"语不惊人死不休"，放翁云"诗虽苦思未名家"。文人之豪，故自各有着力处。今人未涉其境，而漫以雕琢、直率置之，可乎？

◇祖应世曰："放翁七律，无一字效颦四唐，而独开蹊径，别有一天，何尝寄人篱下？"

◇陈訏曰："昔苏长公教人作诗曰：'字字觅奇险，节节累枝叶。'又曰：'法度法前轨。'后山亦云：'要当攻石坚，勿作抟沙散。'放翁诗至万首，疑其无复持择，而改诗炼句，每形篇什。数公之于诗，亦列子之御风而行，灵均之桂舟玉车也，而其言顾如此。"

梦中作游山绝句

霜风吹帽江村路，小蹇迢迢委辔行。
忽到云山幽绝处，穿林啼鸟不知名。

北望感怀

荣河温洛帝王州，七十年来禾黍秋。
大事竟为朋党误，遗民空叹岁时遒。
乾坤恨入新丰酒，霜露寒侵季子裘。
食粟本同天下责，孤臣敢独废深忧！
○有名论，非寻常所及。

人日东园

岁首未入春，风气已稍和。我睡意慵起，如此鸣禽何？
驾言之东园，落梅亦已多。江南无坚冰，绿池生微波。
挹彼蒲萄醅，酌我鹦鹉螺。虽无丝与竹，倚树自高歌。
矫首东南望，稽山郁嵯峨。儿曹幸力穑，老子得婆娑。

枕上作

山雨萧萧过，沙泉咽咽流。梦中无远道，醉里失孤愁。
贫卖相如骑，寒思季子裘。儿童报新霁，裹饭出闲游。
○"梦中无远道"五字，亦未经人道。游又有句云"梦移乡国近"，则更奇矣。

长干行

裹腰绿如草，衫色石榴花。十二学弹筝，十三学琵琶。
宁嫁与商人，夫妇各天涯。朝朝问水神，夜夜梦三巴。
聘金虽如山，不愿入侯家。郭袖庭花下，东风吹鬓斜。

小　桥

漠漠轻阴隐隐雷，石榴半落点莓苔。
小桥西北阑干角，独岸纶巾待雨来。

观画山水

古北安西志未酬，人间随处送悠悠。
骑驴白帝城边雨，挂席黄陵庙外秋。
大网截江鱼可脍，高楼临路酒如油。
老来无复当年快，聊对丹青作卧游。

示　友

道向虚中得，文从实处工。凌空一鹗上，赴海百川东。
气骨真当勉，规模不必同。人生易衰老，君等勿匆匆。

十 月

十月霜侵季子裘,吾诗又送一年秋。
风回断续闻樵唱,木落参差见寺楼。
久已浮云看富贵,固应华屋等山丘。
江边海际多幽致,拟跨青骡处处游。
○集中有"木落寺楼高"之句,与此颔联,各有佳致。

梅 花

春信今年早,江头昨夜寒。已教清彻骨,更向月中看。

对酒戏咏

浅倾西国蒲萄酒,小嚼南州豆蔻花。
更拂乌丝写新句,此翁可惜老天涯。
◇卢世㴶曰:"隽丽不可名状。"

先少师宣和初有赠晁公以道诗云:"奴爱才如萧颖士,婢知诗似郑康成。"晁公大爱赏。今逸全篇,偶读《晁公文集》,泣而足之

仕不逢时勇退耕,闭门自号景迂生。
远闻佳士辄心许,老见异书犹眼明。
奴爱才如萧颖士,婢知诗似郑康成。

早孤遇事偏多感,欲续残章涕已倾。

追感往事

诸公可叹善谋身,误国当时岂一秦?
不望夷吾出江左,新亭对泣亦无人。

○千年而后,如闻叹息之声。"善谋身"一言,尤中庸臣病根。

◇潘问奇曰:"此诗虽欠含蓄,然亦可知南渡后,虽周伯仁亦难得。"

◇《文集·跋吕侍讲〈岁时杂记〉》:"年运而往,士大夫安于江左,求新亭对泣者,正未易得。抚卷累欷。"

卷四十七

山阴陆游诗六

春 游

春风堤上草萋萋，草软沙平护马蹄。
似盖微云才障日，如丝细雨不成泥。
千秋观里逢新燕，九里山前听午鸡。
追忆旧游愁满眼，綵船曾系画桥西。

三月二十日儿辈出谒孤坐北牕

园林春已空，陂巷雨新足。泥深黄犊健，桑老紫椹熟。
丰年逋负少，村舍餍酒肉。微风吹醉醒，起和《饭牛曲》。
○朴直有味。

西 村

乱山深处小桃源，往岁求浆忆叩门。
高柳簇桥初转马，数家临水自成村。
茂林风送幽禽语，坏壁苔侵醉墨痕。

一首清诗记今夕,细云新月耿黄昏。

湖塘晚眺

绿树暗村墟,青山绕草庐。奉祠神禹旧,驰道暴秦余。
浦色沉烟网,畦声入雨鉏。清秋又如许,幽愤若为摅?

病起闲无事,时来古渡头。烟中卖鱼市,月下采莲舟。
帆鼓娥江晚,菱歌姥庙秋。长吟无杰句,聊以散吾愁。
○气体高妙,在盛、中之间。

秋　夜

老病睡眠少,如斯秋夜何!长庚未配月,织女已斜河。
莎径虫吟苦,柴门叶落多。谁知穷宁戚,不作《饭牛歌》?

渔　父

千钱买一舟,百钱买两桨。朝看潮水落,暮看潮水长。
持鱼换盐酪,县郭时下上。亦或得浊醪,不复计瓦盎。
浩歌忘远近,醉梦堕莽苍。玄真不可逢,悠然寄遐想。

梅　市

梅市柯山小系船,开篷惊起醉中眠。
桥横风柳荒寒外,月堕烟钟缥渺边。

客思况经孤驿路，诗情又入早秋天。
如今老病知何恨？判断江山六十年。
○清和宛转，可谓物理俱美、情致兼深矣。
◇卢世㴶曰："是云林写景。"

郭　西

鹊下川原黑，船行浦溆空。桥灯摇水影，楼角散天风。
野眺飞埃外，渔歌冷翠中。不须嘲病翼，要是脱樊笼。

柳桥晚眺

小浦闻鱼跃，横林待鹤归。闲云不成雨，故傍碧山飞。
○有"手挥目送"之趣。

秋　社

雨余残日照庭槐，社鼓鼕鼕赛庙回。
又见神盘分肉至，不堪沙雁带寒来。
书因忌作闲终日，酒为治聋醉一杯。
记取镜湖无限景，蘋花零落蓼花开。

村　舍

生理嗟弥薄，吾居久未完。蝶飞窗纸碎，龟坼壁泥干。
小雨牛栏湿，微霜碓舍寒。晚禾虫独少，邻里共相宽。

原注：今年晚禾苦虫蛀，予乡独免。

◇潘问奇曰："生㓨，不肯蹈袭一字。"

秋日杂咏

菰蒲风起暮萧萧，烟敛林疏见断桥。
白蟹鲨鱼初上市，轻舟无数去乘潮。

○《竹枝》遗调。

小　立

红树园庐晚，碧花篱落秋。荒陂船护鸭，断岸笛呼牛。
酒贱村村醉，山寒寺寺幽。聊须岸乌帻，小立埭西头。

秋晚湖上

已过西成赛庙期，家家下麦不容迟。
夕阳遍野人归后，秋水生滩鹭集时。
灵药不治怀抱恶，好诗空益鬓毛衰。
从来未识苏司业，愁绝西风满酒旗。

○结句善于运化，有缥缈之韵。

雨后至近村

夜雨晓方止，朝云犹作阴。山余一寸碧，溪长半篙深。
卧泛白鸥渚，行穿黄叶林。老农能共语，真率会人心。

题严州王秀才山水枕屏

我行天下路几何？三巴小益山最多。
翠崖青嶂高嵯峨，红栈如带萦岩阿；
下有骇浪千盘涡，一跌性命委蛟鼍。
日驰三百一乌骡，雪压披毡泥满韡。
驿亭沃酒醉脸酡，长笛腰鼓杂巴歌。
大散关上方横戈，岂料世变如翻波。
东归轻舟下江沱，回首岁月悲蹉跎。
壮君落笔写岷嶓，意匠自到非身过。
伟哉千仞天相摩，谷里人家藏绿萝。
使我恍然越关河，熟视粉墨频摩挲。
○铿然彻耳，焕然夺目。"意匠自到非身过"，尤有妙理。

追忆征西幕中旧事

小猎南山雪未消，绣旗斜卷玉骢骄。
不如意事常千万，空想先锋宿渭桥。

昨夜（忆昨）王师戍陇回，遗民日夜望行台。
不论夹道壶浆满，洛笋河鲂次第来。原注：在南郑时，闻关中将吏有献此二物者。

解 嘲

一壑栖迟久，多生习气消。行藏无愧怍，梦觉两逍遥。

倩鹤传春信，疏泉洗药苗。晚来幽兴极，乘月过溪桥。

读 史

民间斗米两三钱，万里耕桑罢戍边。
常使屏风写《无逸》，应无烽火照甘泉。
〇保泰持盈之指，借明皇发之。不落言诠，自近风雅。

遣 兴

家住城南剡曲傍，门前山色蘸湖光。
三朝执戟悲年往，二顷扶犁乐岁穰。
名姓已随身共隐，文辞终与道相妨。
子孙勉守东皋业，小甑吴粳底样香。
◇方回曰："五、六议论最妙。"

送子龙赴吉州掾

我老汝远行，知汝非得已。驾言当送汝，挥涕不能止。
人谁乐离别？坐贫至于此。汝行犯胥涛，次第过彭蠡。
波横吞舟鱼，林啸独脚鬼。野饭何店炊？孤棹何岸舣？
判司比唐时，犹幸免笞箠。庭参亦何辱，负职乃可耻。
汝为吉州吏，但饮吉州水，一钱亦分明，谁能肆谗毁？
聚俸嫁阿惜，择士教元礼。我食可自营，勿用念甘旨。
衣穿听露肘，履破从见指；出门虽被嘲，归舍却睡美。
益公名位重，凛若乔岳峙。汝以通家故，或许望燕几。

得见已足荣,切勿有所启。又若杨诚斋,清介世莫比,
一闻俗人言,三日归洗耳。汝但问起居,余事勿挂齿。
希周有世好,敬叔乃乡里,岂惟能文辞,实亦坚操履。
相从勉讲学,事业在积累。仁义本何常,蹈之则君子。
汝去三年归,我傥未即死,江中有鲤鱼,频寄书一纸。
○以韵语作训词,真情极切,自然成文,朴茂浑坚,大家本领。

正月五日出游

久作闲人不惯愁,新春天气更清柔。
未为辽海千年别,且继斜川五日游。
细柳拂头穿野径,落梅黏袖上渔舟。
此身定去神仙近,倚遍江南卖酒楼。

初春杂兴

水长鸥初泛,山寒茗未芽。深林闻社鼓,落日照渔家。
渡远呼船久,桥倾取路斜。客愁慵远眺,不是怯风沙。
◇方回曰:"八句皆佳,而二、四尤古远。"

老病倦游陟,偶寻溪友期。残冰拥鱼笱,新暖入桑枝。
山崦巨然画,烟村摩诘诗。何人为收拾?愧我不能奇。

杜叔高秀才雨雪中相过,留一宿而别,诵此诗送之

久客方知行路难,关山无际水漫漫。

风吹欲倒孤城远,雪落如筵野寺寒。
暮挈衣囊投土室,晨沽村酒挂驴鞍。
文章一字无人识,胸次徒劳万卷蟠。
○用"筵"字,新异可喜。

村居书喜

红桥梅市晓山横,白塔樊江春水生。
花气袭人知骤暖,鹊声穿树喜新晴。
坊场酒贱贫犹醉,原野泥深老亦耕。
最喜先期官赋足,经年无吏叩柴荆。

别严和之

器之魂逝已难招,尚有和之慰寂寥,
今夜月明空叹息,想君孤棹泊溪桥。

舟 中 作

唔语无人与遣愁,出门聊复弄轻舟。
山穿烟雨参差出,水赴陂塘散漫流。
隔叶雄雌鸣谷鸟,傍林子母过吴牛。
数家清绝如图画,炊黍何妨得小留。
◇卢世㴶曰:"写景闲雅。"

夏初湖村杂题

嫩日轻风夏未深,曲廊倚杖得闲吟。
地偏草茂无人迹,一对茭鸡下绿阴。

书直舍壁

道山西下路,杳杳历重廊。地寂闻传漏,簾疏有断香。
渠清水马健,屋老瓦松长。欲出重欹枕,无何觅故乡。
◇方回曰:"'水马、瓦松',诗人罕用此联,可喜。"

谢韩实之直阁送灯

玉作华星缀绛绳,楼台交映暮天澄。
东都父老今谁在?肠断当时谏浙灯。
◇卢世㴶曰:"诗自谢灯,意别有在。"
◇张完臣曰:"无限感慨,触物而流。"
◇苏轼《谏浙灯劄子》:"伏见中使传宣下府市司,买浙灯四千余盏。有司具实直以闻陛下,又另减价收买。见已尽数拘收,禁止私买,以须上令。臣始闻之,惊愕不信,咨嗟累日,窃为陛下惜此举动也。"

直舍独坐思成都

锦城花絮送吴船,屈指东归又几年。
群玉峰头身老矣,百花潭上梦依然。

青衫尚记称狂客,白发宁知作老仙。
所恨酒肠非复者,闲游空负杖头钱。

出东城并江而归

上车容假寐,出郭当闲游。远笛临风起,高帆到岸收。
人归花市路,客醉酒家楼。径就东园卧,孤灯欲话愁。

立春后十二日命驾至郊外戏书触目

宫云缥渺漏声迟,梦里华胥却自疑。
春浅风光先盎盎,时平节物共熙熙。
画帘不卷闻人语,玉勒徐行避酒旗。
阅尽辈流身独健,怳如随计入都时。

河桥晚归

曲巷连新市,层楼近小桥。青帘犹滴雨,绿浦恰通潮。
帘影晴方见,笙声冷未调。斜阳觅归路,偏爱玉骢骄。
○笔墨间有香气,似初唐人佳制。

后 寓 叹

貂蝉未必出兜鍪,要是苍鹰忆下鞲。
彭泽径归端为酒,轻车已老岂须侯?
千年精卫心平海,三日於菟气食牛。

会与高人期物外,摩挲铜狄灞城秋。
◇吴乔曰:"此当有后进妄生长短,如韩君在夷门也。"

与儿辈泛舟游西湖,一日间晴阴屡易

逢著园林即款扉,酌泉鬻笋欲忘归。
杨花正与人争路,鸠语还催雨点衣。
古寺题名那复在,后生识面自应稀。
伤心六十余年事,双塔依然在翠微。
○写景最工,著语一何娟妙!

秋 思

乌桕微丹菊渐开,天高风送雁声哀。
诗情也似并刀快,剪得秋光入卷来。

小径登东山缭行自西北至溪上 _{原注:是夕子聿置酒。}

行穿荦确度谽谺,小立风中客袖斜。
衰草双双点飞蝶,长空一一送栖鸦。
荻洲薄暮收鱼网,茆舍初寒响纬车。
谁道老人多感慨,未妨尊酒乐年华。

感 愤

形胜崤潼在,英豪赵魏多。精兵连六郡,要地控三河。

慷慨鸿门会,悲伤易水歌。几人怀此志,送老一渔蓑!

野 兴

扫尽红尘闭是非,舍傍好在旧苔矶。
壶中春色松肪酒,江上秋风槲叶衣。
一片共知云偶出,千年谁识鹤重归?
勿言野外无供给,雪后连山药草肥。
○五、六情事恰合。

幽居春晚

老废雠书病废诗,昼闲惟与睡相宜。
未寻内史流觞地,又近庞公上冢时。
花发游蜂喧院落,笋长驯鹿入藩篱。
石帆山下春如许,野老来招不用辞。
◇卢世㴶曰:"三、四从上转下,机轴一贯。"

闵 雨

岁秋固多雨,每恨不及时。黄尘蔽赤日,苗槁已不迟。
踏车声如雷,力尽真何为!天岂不念民,云族风散之。
穷民守稼泣,便恐化棘茨;妻子不望活,所惧尊老饥。
我愿上天仁,顾哀民语悲。鞭龙起风霆,尚继《丰年》诗。
○词旨深厚。

书　事

北征谈笑取关河，盟府何人策战多？
扫尽烟尘归铁马，剪空荆棘出铜驼。
史臣历纪平戎策，壮士遥传入塞歌。
自笑书生无寸效，十年枉是枕珊戈。

明日复理梦中意作

白尽髭须两颊红，颓然自以放名翁。
客从谢事归时散，诗到无人爱处工。
高挂蒲帆上黄鹤，独吹铜笛过垂虹。
闲人浪迹由来事，那计猿惊蕙帐空。

◇刘克庄曰："近岁诗人，杂博者堆队仗，空疏者窘才料，出奇者费搜索，缚律者少变化。惟放翁记问足以贯通，力量足以驱使，才思足以发越，气魄足以陵暴。南渡而下，故当为一大宗。末年诗云：'客从谢事归时散，诗到无人爱处工。'又云：'外物不移方是学，俗人犹爱未为诗。'则皮毛落尽矣。"

舍南野步

枯蔓络荆篱，幽花映荻扉。驯麕惊不起，归鹤倦犹飞。
野色连收网，边愁入捣衣。壮图空自笑，事事与心违。

○写入"边愁"一句，便觉情景混融，通体灵妙。

出　游

山有篮舆步有舟，放翁身健得闲游。
羊牛点点日将夕，蒲柳萧萧天正秋。
细雨僧归云外寺，疏灯人语酒家楼。
归途更爱湖桥月，独倚阑干为小留。

山　行

山光秀可餐，溪水清可啜。白云映空碧，突起若积雪。
我行溪山间，灵府为澄澈。崚嶒崖角立，蟠屈路九折。
黄杨与冬青，郁郁自成列。其根贯石罅，横逸相纠结。
上扪雕鹘巢，下历豺虎穴。流泉不可见，锵然响环玦。
出山日已暮，林火远明灭。小憩得樵家，题诗记幽绝。
○不失子美家法。

感　昔

白帝城边莺乱啼，忆骑瘦马踏春泥。
老来感旧多悽怆，孤梦时时到瀼西。

风云昼晦夜遂大雪

大风从北来，汹汹十万军。草木尽偃仆，道路瞑不分。
山泽气上腾，天受之为云。山云如马牛，水云如鱼鼋。

朝暗翳白日，暮重压厚坤。高城岌欲动，我屋何足掀。
儿怖床下伏，婢恐坚闭门。老翁两耳聩，无地著戚欣。
夜艾不知雪，但觉手足皲。布衾冷似铁，烧糠作微温。
岂不思一饮？流尘暗空樽。已矣可奈何，冻死向孤村！
○奇崛。

梦华山

古松偃蹇谷谽谺，太华峰前野老家。
久客未归丹灶冷，碧桃八十一番花。

道室

筮遇风山第六爻，翛然尽谢俗间交。
谋生旧买云三顷，托宿新分鹤半巢。
露下丹芽生药垄，月明金粉落松梢。
眉间喜动君知否？借得丹经手自抄。
○铿然清响，殊有仙灵之气。

倚楼

曲曲阑干缥缈间，哦诗本欲破除闲。
无端又起天涯感，淡墨生绡数点山。

石帆夏日

短棹飘然信所之，茶园渔市到无时。

风从蘋末萧萧起,月过花阴故故迟。
莼菜煮羹吴旧俗,《竹枝》度曲楚遗辞。
颇闻项里杨梅熟,邻曲相招莫后期。

乙丑夏秋之交小舟早夜往来湖中戏成绝句

横林渺渺夜生烟,野水茫茫远拍天。
菱唱一声惊梦断,始知身在钓鱼船。
○有声有情,迥然高唱。

娥江道上欲三更,垣屋参差闭月明。
倚柂赋诗无杰思,断肠分付棹歌声。

怀 旧

身是人间一断蓬,半生南北任秋风。
琴书昔作天涯客,蓑笠今成泽畔翁。
梦破江亭山驿外,诗成灯影雨声中。
不须强觅前人比,道似香山实不同。
○王世贞论诗,以乐天、放翁为广大教主,为其情事、景物之悉备也。此老情事,颇近子美,其意中亦欲与浣花老叟相视而笑,故其自道如此。

春 雨

春随易成雨,客病不禁寒。又与梅花别,无因一倚栏。

梨 花

开向春残不恨迟,绿杨窣地最相宜。
征西幕府煎茶地,一幅边鸾画折枝。

原注:宣司静镇堂屏上有边鸾《梨花》。

◇卢世㴶曰:"梨花诗到此,又是一种结构。"

杂 感

春晚晴还雨,村深醉复醒。溪添半篙绿,山可一窗青。
药品随长镵,花名记小屏。闲身幸无事,吟啸送余龄。

○"可"字虽出唐人,自成佳句。

出游归鞍上口占

渺渺烟波飞桨去,迢迢桑野策驴还。
寄怀楚水吴山外,得意唐诗晋帖间。
每惜好春如我老,谁能长日伴人闲?
世间自是无兼得,勋业元非造物悭。

初夏闲居

川云漠漠雨冥冥,浊酒闲倾不满瓶。
蚕簇尚寒忧茧薄,稻陂初满喜秧青。
王师护塞方屯甲,亲诏忧民已放丁。

病起自怜犹健在，不须求应少微星。
○琢句工稳，而气格不伤。

地僻

地僻临湍濑，门幽长绿苔。客书疑误达，僧刺愧虚来。
清露蘋花坼，斜阳燕子回。自怜犹有恨，佳日对空罍。
○何其风秀。

耒阳令曾君寄《禾谱》《农器谱》二书求诗

欧阳公谱西都花，蔡公亦记北苑茶。
农功最大置不录，如弃六艺崇百家。
曾侯奋笔补多稼，儋州读罢深咨嗟。
一篇《秧马》传海内，农器名数方萌芽。
令君继之笔何健，古今一一辨等差。
我今八十归抱耒，两编入手喜莫涯。
神农之学未可废，坐使末俗惭浮华。
◇《文献通考》："陈氏曰：《禾谱》五卷，宣德郎温陵曾安止移忠撰。东坡所谓（为）赋《秧马歌》也，谓'《禾谱》文既温雅，事亦详实，惜其不谱农器，故以此歌附之'。《农器谱》三卷，续二卷，耒阳令鲁之谨撰，安止之侄也。追述东坡作歌之意，为此编。周益公为之序，陆务观亦作诗题其后。"

夏末野兴

半世天涯倦远游，还乡不减旅人愁。

数声相应鸠呼雨,一片初飞叶报秋。
山坞风烟僧院路,河梁灯火酒家楼。
绝知雪鬓宜蓑笠,分付貂蝉与黑头。

访 山 家

舍舟步上若耶溪,寿栎修藤路欲迷。
僧院倚山驯栗鼠,野塘涨水下䴔鸡。
草侵古路迢迢远,云傍行人故故低。
薄暮但寻遗甿去,山家正在鹤巢西。

寄 隐 士

乳窦寒犹滴,岩扉夜不扃。奇书窥鸟迹,灵药得人形。
浩浩天风积,冥冥海气清。傥逢王内史,更为乞《黄庭》。
○较少陵押"形"字更新。

春前六日作

夜枕梦回春雨声,晓窗日出春鸟鸣。
典衣沽酒莫辞醉,自有梅花为解酲。

赣士曾兴宗字光祖,以其居箺篖谷图来求诗

高人心虚万物宗,家世常以仕易农。
买山本爱坡上竹,手种已偃岩前松。

瀑泉三伏凛冰雪,谷声十里酣笙镛。
了知自是一丘壑,不与金精为附庸。
○磊砢多奇,宫商悉谐。第六句盖取诸坡仙者。

夏日杂题

午梦初回理旧琴,竹炉香炷海南沉。
茅檐三日萧萧雨,又展芭蕉数尺阴。

西村晚归

小坞花垂尽,平堤草次迷。日长莺语久,风定絮飞低。
子响闻棋院,舟横傍钓溪。归途不知处,依约埭东西。
○古今得意句,难得一联悉称。"暗牖悬珠网",不如"空梁落燕泥";"傍水见寒花",不如"出关逢落叶"也。田艺衡《诗谈》云尔。如此诗"风定絮飞低"五字,亦岂易得?

雨 晴

旱暵常思雨,沉阴却喜晴。放船莲荡远,岸帻竹风清。
淮浦戎初遁,兴州盗甫平。为邦要持重,恐复议销兵。

秋 夜

落叶鸣遥夜,啼螀送暮秋。不知何许笛,故作此时愁。
青海三年戍,黄旗万里侯。何如石帆下,烟雨钓沧洲。

○风格遒上,故应突过钱郎。

累日浓云作雪不成,遂有春意

酿雪经旬竟不成,一霜却作十分晴。
云归岫穴千峰立,暖入郊原万耦耕。
葛叶离离丰岁候,梅花眷眷故人情。
道傍孤店新醅熟,已有幽禽一两声。

野 望

偶携一小竖,徙倚望南山。船笛为谁怨?溪云如我闲。
洲长归雁下,天迥暮鸦还。安得一竿去,终年烟水间。

春 晴

常年春日少春晴,拂面今朝暖吹轻。
水阁家家横小舫,园亭处处听新莺。
桃花不管诗人老,菖叶空催野叟耕。
自笑此生余几许,铜驼荆棘尚关情。

恩封渭南伯,唐诗人赵嘏为渭南尉,当时谓之"赵渭南",后来将以予为陆渭南乎?戏作长句

老向人间久倦游,君恩乞与渭川秋。
虚名定作陈惊坐,好句真惭赵倚楼。

栈豆十年需病马,烟波万里著浮鸥。
就封他日轻裘去,应过三峰处处留。
◇卢世㴶曰:"欲逊欲任,两意俱有。"

山　行

山鸟啼孤戍,烟芜入废亭。堤成陂水白,雨细稻秧青。
草市少行旅,丛祠多乞灵。最怜投宿处,微火暮晶荧。

初夏书感

春与人俱老,花随梦已空。游蜂黏落蕊,轻燕接飞虫。
桑悴知蚕起,牲肥赛麦丰。为农当自力,相戒勿匆匆。
○诸诗皆暮年之作,老气纵横,而格律弥细。

对　酒　作

饮酒豪如卷白波,遣愁难似塞黄河。
多闻自解为身累,后死空令见事多。
未试神仙餐玉法,且赓壮士入关歌。
此心不道无人识,雪鬓萧萧奈老何!

顷岁从戎南郑屡往来兴凤间,暇日追怀旧游有赋

昔戍蚕丛北,频行凤集南。烽传戍垒密,驿远客程贪。
春尽花犹坼,云低雨半含。种畬多菽粟,蓺木杂松柟。

妇汲惟陶器，民居半草庵。风烟迷栈阁，雷霆起湫潭。
城郭秦风近，村墟蜀语参。快心逢旷野，刮目望浮岚。
考古时兴感，无诗每自惭。嘉陵最堪忆，迎马柳毵毵。
◇方回曰："放翁诗出于曾茶山，而不专用西江格；有晚唐，有中唐，亦有盛唐。此篇虽陈、杜、沈、宋，亦不过如此流丽绵密。"

异　梦

山中有异梦，重铠奋雕戈。敷水西通渭，潼关北控河。
凄凉鸣赵瑟，慷慨和燕歌。此事终当在，无如老死何！

夜坐小饮

零落槐花已满沟，江湖又见一番秋。
冰轮有辙凌空上，银汉无声接地流。
丹荔甘寒劳远致，玉醅醇洌喜新篘。
移床坐对西南电，好雨心知不待求。

杂感十首之二

吕钓渭水滨，说筑傅岩野。虽曰古盛时，得士盖亦寡。
天将启治乱，人才有用舍。向非万牛力，孰与成大夏？

洙泗日已远，儒术日已丧。学者称孔墨，为国杂伯王。
书生幸有闻，力薄不能倡。默默世俗间，汝职无乃旷。

○词旨宏深，虽笔意微敛，却有大篇气象。

仲秋书事

断云归岫雨初收，茅舍萧条古渡头。
短褐老人垂九十，松枯石瘦不禁秋。

秋日徙倚门外久之

舍前烟水似潇湘，白首归来爱故乡。
五亩山园郁桑柘，数椽茅屋映菰蒋。
翻翻小伞船归郭，渺渺长歌月满塘。
却掩柴荆了无事，篆盘重点已残香。

闻新雁有感

新雁南来片影孤，冷云深处宿菰芦。
不知湘水巴陵路，曾记渔阳上谷无？
○如此寓感，亦匪夷所思。

小园独酌

横林摇落弄微丹，深院萧条作小寒。
秋气已高殊可喜，老怀多感自无欢。
鹿初离母斑犹浅，橘乍经霜味尚酸。
小酌一卮幽兴足，岂须落佩与颓冠。

古　意

千金募战士，万里筑长城。何时青冢月，却照汉家营？

夜泊武昌城，江流千丈清。宁为雁奴死，不作鹤媒生。

湖上寻梅

镜湖渺渺烟波白，不与人间通地脉。
骑龙古仙绝火食，惯住空山啮冰雪。
东皇高之置度外，正似人中巢许辈。
万木僵死我独存，本来长生非返魂。

小雪湖上寻梅时，短帽乱插皆繁枝。
路人看者窃相语，此老胸中常有诗。
归来青灯耿窗扉，心镜忽入造化机。
墨池水浅笔锋燥，笑拂吴笺作飞草。
〇仗气爱奇，遂成异境。方回取梅花诗十五篇，殊不逮此。

湖　山

坡陁度小岭，轩豁见平湖。但醉梅花下，民间酒可沽。
原注：花径小岭。

故堞无遗迹，萧然数十家。茶烟映山起，酒斾傍堤斜。
原注：古城。

雪晴欲出而路泞未通戏作

欲觅溪头路，春泥不可行。归来小憩下，袖手看新晴。

春日杂兴

行人陌上思悠悠，十里斜阳古渡头。
一片落花无觅处，只教芳草管闲愁。

兰亭道上

湖上青山古会稽，断云漠漠雨凄凄。
篮舆晚过偏门市，满路春泥闻竹鸡。

箭箙弓弢小猎回，壮心自笑未低摧。
前身家近盘阊路，曾看吴王射雉来。
○蕴藉不失唐人风调。

初夏杂兴

隐趣与谁论？深居湖上村。避兰宁改路，惜笋不开园。
庭草饶生意，溪沙记涨痕。愁来时浅酌，随事有鸡豚。

山行过僧庵不入

垣屋参差竹坞深，旧题名处赖重寻。

茶炉烟起知高兴,棋子声疏识苦心。
淡日晖晖孤市散,残云漠漠半川阴。
长吟未断清愁起,已见横林宿暮禽。

◇方回曰:"诗极高胜,尤有工夫针线,如老杜所谓'裁缝减尽针线迹'也。'残云'一联及末句结,乃结煞山行一段余意。前辈诗例如此,须合别有摆脱。老杜《缚鸡行》、山谷《水仙花》,皆然。"

夏日六言

醉面贪承夕露,钓竿喜近秋风。
借问孤舟何处?深入芙蕖浦中。

溪涨清风拂面,月落繁星满天。
数只船横浦口,一声笛起山前。

夏夜泛溪至南庄复回湖桑归

不求奇骨可封侯,但喜枯肠不贮愁。
数点残灯沽酒市,一声柔舻(橹)采菱舟。
元知泽国偏宜夜,已就天公探借秋。
归过三更风露重,纱巾剩觉发飕飗。

郊　行

凄风吹雨过江城,缓策羸骖并水行。

古路初惊秋叶堕，荒郊已放候虫鸣。
壮心耿耿人谁识？往事悠悠恨未平！
斜日半竿羌笛怨，西陵寂寞又潮生。
○结有神韵。

文　章

文章本天成，妙手偶得之。粹然无疵瑕，岂复须人为？
君看古彝器，巧拙两无施。汉最近先秦，固已殊淳漓；
胡部何为者，豪竹杂哀丝？后夔不复作，千载谁与期！
○深识妙解，非浅人所能与。游常言："诗欲工，而工亦非诗之极。锻炼之久，乃失本指；斫削之甚，反伤元气。"观其所言，其自命可知矣。李东阳谓宋人之诗，但"一字一句对偶雕琢之工，而天真兴致［则］未可与道"者，不知能识此意否？
◇杨大鹤曰："放翁诗至万首，然翁又言：'文章本天成，妙手偶得之。自然无疵瑕，岂复须人为？'自言：'间为长谣短章，楚调唐律，酬答风月烟雨之态度，非为娱耳目、遣暇日而已。'此岂黏头缀尾，朝镌夕琢，必待月久岁深，以多作为能者哉！"

思　蜀

西游陈迹浩无穷，回首真同一梦中。
柳拂驿墙思凤集，鼓喧市里忆蚕丛。
故人丘垄秋芜碧，旧隐园林夕照红。
自闵未能忘感慨，浩歌弹剑送飞鸿。

江　村

江村连夜有飞霜，柿正丹时桔半黄。

转枕却寻惊断梦，拨炉偶见爇残香。

医无绝艺空三易，死与浮生已两忘。

拈得一书还懒看，卧听孙子诵琅琅。

◇陈訏曰："放翁一生精力尽于七律，故全集所载最多、最佳。古诗少有鬆处，然到其精彩发露，自斑驳可爱。"

示　儿

死去元知万事空，但悲不见九州同。

王师北定中原日，家祭无忘告乃翁。

◇祖应世曰："放翁易箦嘉定中，国弱已极，而尚作此想，其赍志可悲矣。"

◇褚人获曰："《示儿》一绝，有三呼'渡河'之意。"

◇周之麟曰："观于'家祭无忘'之语，千秋而下，亦为长恸。此其用心，与子美何以异哉！"

整理后记

唐宋诗文,名家辈出,允宜多有选本。就文而言,明有"八大家"之钞,清有"十大家"之集。不论"八家""十家",影响有大小,行销有广狭,各受好评则未可轩轾。清廷右文,多有兴作,康乾之世,更为突出,《唐宋文醇》《唐宋诗醇》之选,也便是很自然的事情。

《文醇》《诗醇》,"必也正名",应名之曰《御选唐宋文醇》《御选唐宋诗醇》。御选的"陛下",不是别人,正是"十全武功"的乾隆帝;而且不仅御选,还有御评。只是谁个下手去选、去评,大家心知肚明。皇朝时代又已经随风而去,今日重刊,把"御选"搁过一边,也未尝不可。要说的是,皇帝老儿右文——尽管同时也扼杀,总还是比数典忘祖革文化之命,要高明许多。

《唐宋文醇》,共选十家,八大家(唐韩、柳,宋欧阳、三苏、曾、王)之外,增选唐人李翱、孙樵——这还是储欣"十大家"的路子。所选篇目,当然有所不同。比如王荆公,清帝也认为"去他不得",但选文仅有一卷,且多为短文,涉及政制之类的,皆在摈弃之列。其故端在对荆公"变法"很不"感冒",御评中对其人贬斥有加;好在还没有因人废言,摈而不选,还算有些识量。

《唐宋诗醇》,共选六家,唐则李白、杜甫、韩愈、白居易,宋则苏轼、陆游。唐宋诗人名家辈出,比较文选,显然诗选要困难许多。因此,《诗醇》六家,从"熔于一炉"的角度看,准定难餍人愿;但就众体兼备、出类拔萃而言,也几乎无出六家之右者。另一个好处是，家数无几，则每家所录必多，或题或体，倒恰恰能体现另一类型的"全面"。

无论诗、文，所选每家之前，都有要言不烦的介绍，生平事功之外，侧重概括诗文成就、特色等，可以起到"导引"作用。几乎每一诗文之后，均有评论，或侧重义理，或偏于文章；或钩沉作意，或绍介背景。这些评说，大多颇能中肯，并且时见精彩，从而也就使这两个御选本有了独特的生命力。

本次整理，简体横排之外，全文照录，略不删改。由于大多是今人习见的篇什，标点、分段大同小异。其中诗文有与别本或当下通行本文字不同者，异文则加（）注出，缺字则加〔〕补出。个别文题与通行本不同的，加了脚注予以说明。至于出于不言自明的原因，将宋文中涉及金人的"虏""夷狄"字样，改为"敌""远人"，人名"鬼章"改为"鬼庄"之类，每篇首次出现括注本文，之后则一仍其旧，也算给文化专制立此存照吧。

两书的评论，御评之外，还有其他名家的评论，以及史传、笔记的背景资料。为了区分，御评以○提领，此外则以◇区别。《文醇》小部分有康熙帝"圣祖御评"，则标以□。所有评论，标点之外，较长的（有的评说多达千余字）还分了段。至于评论引文与原著有所不同的，除明显误植注明外，其他均不影响阅读理解，故亦未作处理。

学识所限，疏漏舛误，在所难免，还请方家教而正之。

整理者
己亥冬至后十日

图书在版编目（CIP）数据

唐宋诗醇：上下册 /（清）乾隆御定；乔继堂整理．—上海：上海科学技术文献出版社，2020
（上海图书馆馆藏文献丛刊）
ISBN 978-7-5439-8087-7

Ⅰ.①唐⋯ Ⅱ.①乾⋯ ②乔⋯ Ⅲ.①唐诗—诗集②宋诗—诗集 Ⅳ.① I222.74

中国版本图书馆 CIP 数据核字 (2020) 第 052013 号

策划编辑：张　树
责任编辑：应丽春
封面设计：留白文化

唐宋诗醇（上下册）
TANGSONG SHICHUN
[清]乾隆御定　乔继堂　整理
出版发行：上海科学技术文献出版社
地　　址：上海市长乐路 746 号
邮政编码：200040
经　　销：全国新华书店
印　　刷：常熟市人民印刷有限公司
开　　本：889×1194　1/32
印　　张：40.25
字　　数：937 000
版　　次：2020 年 6 月第 1 版　2020 年 6 月第 1 次印刷
书　　号：ISBN 978-7-5439-8087-7
定　　价：128.00 元
http://www.sstlp.com

上海图书馆馆藏文献丛刊

唐宋诗醇

【清】乾隆御定　乔继堂 整理

上海科学技术文献出版社

序

文有"唐宋大家"之目,而诗无称焉者。宋之文足可以匹唐,而诗则实不足以匹唐也。既不足以匹,而必为是选者,则以《唐宋文醇》之例,有"文醇"不可无"诗醇",且以见二代盛衰之大凡,示千秋风雅之正则也。

《文醇》之选,就向日书窗校阅所未毕,付张照足成者。兹《诗醇》之选,则以二代风华,此六家为最,时于几暇,偶一涉猎;而去取评品,皆出于梁诗正等数儒臣之手。

夫诗与文,岂异道哉?昌黎有言:"气盛,则言之短长,与声之高下皆宜。"然五三六经之所传,其以言训后世者,不以文而以诗,岂不以文尚有铺张扬厉之迹,而诗则优游餍饫入人者深?是则有《文醇》,尤不可无《诗醇》也。六家品格与时会,所遭各见于本集小序。是编汇成,梁诗正等请示其梗概,故为之总叙如此。

凡 例

一，唐宋人以诗鸣者，指不胜屈；其卓然名家者，犹不减数十人。兹独取六家者，谓惟此足称"大家"也。大家与名家，犹大将与名将，其体段正自不同。李、杜一时瑜亮，固千古稀有。若唐之配白者有元，宋之继苏者有黄，在当日亦几角立争雄，而百世论定，则微之有浮华而无忠爱，鲁直多生涩而少浑成，其视白、苏较逊。退之虽以文为诗，要其志在直追李、杜，实能拔奇于李、杜之外；务观包含宏大，亦犹唐有乐天。然则骚坛之大将旗鼓，舍此何适矣？

一，大家全力，多于古诗见之。就近体而论，太白便不肯如子美之加意布置；昌黎奇杰之气，尤不耐束缚；东坡才博，又似不免轻视，故篇体常近于率。惟白、陆于古今体间，庶无偏向耳。意向既殊，多寡亦异，而选诗者之进退，因之正不强为均齐也。

一，六家诗集中，白、陆最大，别择较难。断以风人之义，多取其有为而作者录之。顾其忧深思远，随处感发寄兴之作，亦美不胜收。佳处领要，则又芟其复而拔其尤；探得骊珠，固不屑屑于一鳞片甲耳。

一，李、杜名盛而传久，是以评赏家特多。韩、白同出唐时而名不逮，韩之见重，尤后于白，则品论之词，故应递减。苏、陆在宋，年代既殊，名望亦复不敌，晚出者评语更寥寥矣。多者，择而取之；少者，不容傅会。折衷一定，声价自齐，燕瘦环肥，初不以妆饰之浓淡为妍媸也。

一，评语悉准《唐宋文醇》之例，色别书之。但其中有援据正史、杂说，用资考订疏解者，与古今人评诗之语，义各有在。《文醇》未经区别，今于蓝笔之外，另作绿笔书，以便阅者烂若列眉。

一，旧时评语、考证有错谬者，例应削去。特恐沿袭既久，或谓是编偶不及载，而终不识其非，转致遗误无已，故仍录之而加驳正焉。

纂校后案

臣等谨案:《御选唐宋诗醇》四十七卷,乾隆十五年御定,凡唐诗四家,曰李白,曰杜甫,曰白居易,曰韩愈;宋诗二家,曰苏轼,曰陆游。

诗至唐而极其盛,至宋而极其变,盛极或伏其衰,变极或失其正,亦惟两代之诗最为总杂,于其中通评甲乙,要当以此六家为大宗。盖李白源出《离骚》,而才华超妙,为唐人第一;杜甫源出于《国风》、二雅,而性情真挚,亦为唐人第一。自是以外,平易而最近乎情者,无过白居易;奇创而不诡于理者,无过韩愈。录此四集,已足包括众长。至于北宋之诗,苏、黄并骛;南宋之诗,范、陆齐名。然江西宗派,实变化于杜、韩之间,既录杜、韩,可无庸复见。《石湖集》篇什无多,才力识解,亦均不能出《剑南集》上,既举白以概元,自当存陆而删范,权衡至当,洵千古之定评矣。

考国朝诸家选本,惟王士禛书最为学者所传,其《古诗选》,五言不录杜甫、白居易、韩愈、苏轼、陆游,七言不录白居易,已自为一家之言。至《唐贤三昧集》,非惟白居易、韩愈皆所不载,即李白、杜甫亦一字不登。盖明诗摹拟之弊,极于太仓、历城;纤佻之弊,极于公安、竟陵。物穷则变,故国初多以宋诗为宗。宋诗又弊,士禛乃持严羽余论,倡神韵之说以救之。故其推为极轨者,惟王、孟、韦、柳诸家。

然《诗》三百篇,尼山所定,其论诗,一则谓归于温柔敦厚,一则谓可以兴观群怨,原非以品题泉石,摹绘烟霞。洎乎畸士、逸人,各标幽赏,乃别为山水清音,实诗之一体,不足以尽诗之全也。宋人惟不解"温柔敦厚"之义，故意言并尽，流而为钝根；士祯又不究"兴观群怨"之原，故光景流连，变而为虚响。各明一义，遂各倚一偏。论甘忌辛，是丹非素，其斯之谓欤？

兹逢我皇上，圣学高深，精研六义，以孔门删定之旨品评作者，定此六家，乃共识风雅之正轨。臣等循环埙诵，实深为诗教幸，不但为六家幸也。乾隆四十六年三月恭校上。

     总纂官 纪 昀 陆锡熊 孙士毅
     总校官 陆费墀

总目录

序 …………………………………………………………………… 1
凡例 ………………………………………………………………… 2
纂校后案 …………………………………………………………… 4

陇西李白
卷一 ………………………………………………………………… 1
卷二 ………………………………………………………………… 18
卷三 ………………………………………………………………… 34
卷四 ………………………………………………………………… 49
卷五 ………………………………………………………………… 63
卷六 ………………………………………………………………… 88
卷七 ………………………………………………………………… 113
卷八 ………………………………………………………………… 138

襄阳杜甫
卷九 ………………………………………………………………… 163
卷十 ………………………………………………………………… 190
卷十一 ……………………………………………………………… 218
卷十二 ……………………………………………………………… 249
卷十三 ……………………………………………………………… 278
卷十四 ……………………………………………………………… 303
卷十五 ……………………………………………………………… 326

卷十六 …… 352
卷十七 …… 378
卷十八 …… 405

太原白居易

卷十九 …… 432
卷二十 …… 447
卷二十一 …… 471
卷二十二 …… 490
卷二十三 …… 509
卷二十四 …… 530

（以上上册）

卷二十五 …… 555
卷二十六 …… 583

昌黎韩愈

卷二十七 …… 610
卷二十八 …… 626
卷二十九 …… 643
卷三十 …… 661
卷三十一 …… 681

眉山苏轼

卷三十二 …… 699
卷三十三 …… 727
卷三十四 …… 757
卷三十五 …… 789

卷三十六 …………………………………………… 819
卷三十七 …………………………………………… 847
卷三十八 …………………………………………… 876
卷三十九 …………………………………………… 905
卷四十 ……………………………………………… 933
卷四十一 …………………………………………… 963

山阴陆游

卷四十二 …………………………………………… 993
卷四十三 …………………………………………… 1023
卷四十四 …………………………………………… 1053
卷四十五 …………………………………………… 1083
卷四十六 …………………………………………… 1112
卷四十七 …………………………………………… 1141

（以上下册）

整理后记 …………………………………………… 1171

上册目录

陇西李白

卷 一 ……………………………………………… 1
  古风　大雅久不作 ……………………………… 2
  古风　秦皇扫六合 ……………………………… 3
  古风　太白何苍苍 ……………………………… 3
  古风　代马不思越 ……………………………… 4
  古风　五鹤西北来 ……………………………… 5
  古风　咸阳二三月 ……………………………… 5
  古风　庄周梦蝴蝶 ……………………………… 6
  古风　齐有倜傥生 ……………………………… 6
  古风　黄河走东溟 ……………………………… 7
  古风　松柏本孤直 ……………………………… 7
  古风　君平既弃世 ……………………………… 8
  古风　胡关饶风沙 ……………………………… 8
  古风　燕昭延郭隗 ……………………………… 9
  古风　天津三月时 ……………………………… 9
  古风　昔我游齐都 ……………………………… 10
  古风　秋露白如玉 ……………………………… 11
  古风　大车扬飞尘 ……………………………… 11
  古风　碧荷生幽泉 ……………………………… 12
  古风　郑客西入关 ……………………………… 12
  古风　羽檄如流星 ……………………………… 13
  古风　孤兰生幽园 ……………………………… 14

古风　凤饥不啄粟	14
古风　周穆八荒意	14
古风　绿萝纷葳蕤	15
古风　美人出南国	15
古风　倚剑登高台	15
古风　羽族禀万化	16
古风　恻恻泣路歧	16
卷　二	**18**
远别离	18
蜀道难	19
梁甫吟	22
乌夜啼	23
乌栖曲	24
战城南	25
行行且游猎篇	25
飞龙引	26
行路难	26
长相思	27
上留田行	28
前有一樽酒行	29
夜坐吟	29
野田黄雀行	30
箜篌谣	30
夷则格上白鸠拂舞辞	31
日出行	32
北风行	32
卷　三	**34**
关山月	34

独漉篇	34
登高丘而望远海	35
双燕离	36
山人劝酒	36
于阗采花	37
鞠歌行	38
幽涧泉	39
王昭君	39
荆州歌	40
雉子斑	40
相逢行	41
有所思	41
久别离	41
白头吟	42
采莲曲	43
临江王节士歌	43
长干行（二首）	44
古朗月行	45
独不见	45
白纻辞（三首录二）	46
鸣雁行	47
妾薄命	47
幽州胡马客歌	48

卷 四 49

门有车马客行	49
东海有勇妇	49
黄葛篇	50
塞下曲（六首录二）	50

来日大难	51
玉阶怨	52
襄阳曲	52
大堤曲	52
邯郸才人嫁为厮养卒妇	53
北上行	53
短歌行	54
枯鱼过河泣	54
丁督护歌	55
树中草	55
君马黄	56
少年子	56
少年行	56
豫章行	57
沐浴子	57
静夜思	58
渌水曲	59
春思	59
子夜吴歌（四首录三）	59
对酒行	60
估客行	61
长相思（三首录二）	61
去妇词	62
卷　五	63
襄阳歌	63
江上吟	64
侍从宜春苑奉诏赋龙池柳色初青听新莺百啭歌	64
西岳云台歌送丹丘子	65

诗题	页码
梁园吟	66
鸣皋歌送岑征君	67
横江词（六首录二）	68
白云歌送刘十六归山	69
秋浦歌（十七首录九）	69
当涂赵炎少府粉图山水歌	71
上皇西巡南京歌（十首录二）	71
峨眉山月歌	72
江夏行	73
清溪行	73
赠孟浩然	74
见京兆韦参军量移东阳	74
赠韦侍御黄裳二首	74
赠裴十四	74
赠清漳明府侄聿	75
赠新平少年	75
口号赠征君鸿	76
秋日炼药院镊白发赠元六兄林宗	76
忆襄阳旧游赠马少府巨	76
对雪献从兄虞城宰	77
赠升州王使君忠臣	77
赠别从甥高五	77
醉后赠从甥高镇	78
赠秋浦柳少府	78
中丞宋公以吴兵三千赴河南，军次寻阳脱予之囚，参谋幕府因赠之	79
流夜郎赠辛判官	79
赠常侍御	80

赠易秀才 …… 80
经乱离后天恩流夜郎，忆旧游书怀，赠江夏韦太守良宰 … 80
赠汉阳辅录事 …… 83
赠卢司户 …… 83
赠从弟南平太守之遥 …… 83
流夜郎半道承恩放还，兼欣克复之美，书怀示息秀才 … 84
宿清溪主人 …… 85
巴陵赠贾舍人 …… 85
赠从弟宣州长史昭 …… 85
陈情赠友人 …… 86
赠钱征君少阳 …… 86
登敬亭山南望怀古赠窦主簿 …… 86
经乱后将避地剡中留赠崔宣城 …… 87

卷 六 …… 88
献从叔当涂宰阳冰 …… 88
赠汪伦 …… 89
安陆白兆山桃花岩寄刘侍御绾 …… 89
淮南卧病书怀寄蜀中赵征君蕤 …… 89
望终南山寄紫阁隐者 …… 90
秋夜宿龙门香山寺奉寄王方城十七丈奉国莹上人从弟
  幼成令问 …… 90
沙丘城下寄杜甫 …… 90
淮阴书怀寄王宗城 …… 91
闻王昌龄左迁龙标遥有此寄 …… 91
忆旧游寄谯郡元参军 …… 92
月夜江行寄崔员外宗之 …… 93
宿白鹭洲寄杨江宁 …… 94
新林浦阻风寄友人 …… 94

寄韦南陵冰余江上乘兴访之遇寻颜尚书笑有此赠	94
题情深树寄象公	95
北山独酌寄韦六	95
寄东鲁二稚子	95
独酌清溪江石上寄权昭夷	96
禅房怀友人岑伦	96
庐山谣寄卢侍御虚舟	97
春日归山寄孟浩然	98
流夜郎至西塞驿寄裴隐	98
自汉阳病酒归寄王明府	98
江夏寄汉阳辅录事	99
早春寄王汉阳	99
江上寄元六林宗	99
泾溪南蓝山下有落星潭可以卜筑余泊舟石上寄何判官昌浩	100
早过漆林渡寄万巨	100
游敬亭寄崔侍御	100
自金陵沂流过白璧山玩月达天门寄句容王主簿	100
秋日鲁郡尧祠亭上宴别杜补阙范侍御	101
别鲁颂	101
梦游天姥吟留别	102
留别广陵诸公	103
金陵酒肆留别	104
赠别郑判官	104
黄鹤楼送孟浩然之广陵	104
留别贾舍人至(二首)	105
渡荆门送别	105
南陵别儿童入京	105

江夏别宋之悌 …………………………………… 106
南阳送客 …………………………………… 106
送张舍人之江东 …………………………………… 106
送王屋山人魏万还王屋 …………………………………… 107
送友人寻越中山水 …………………………………… 108
鲁郡尧祠送窦明府薄华还西京 …………………………………… 109
金乡送韦八之西京 …………………………………… 110
鲁郡东石门送杜二甫 …………………………………… 110
灞陵行送别 …………………………………… 110
送裴十八图南归嵩山 …………………………………… 111
同王昌龄送族弟襄归桂阳（二首） …………………………………… 111
送崔度还吴 …………………………………… 111
金陵送张十一再游东吴 …………………………………… 112

卷　七 …………………………………… 113
送杨山人归嵩山 …………………………………… 113
送殷淑 …………………………………… 113
送范山人归泰山 …………………………………… 113
送友人 …………………………………… 113
送友人入蜀 …………………………………… 114
送张秀才谒高中丞 …………………………………… 114
饯校书叔云 …………………………………… 115
与诸公送陈郎将归衡阳 …………………………………… 115
赋得白鹭鸶送宋少府入三峡 …………………………………… 115
宣州谢朓楼饯别校书叔云 …………………………………… 116
泾川送族弟錞 …………………………………… 116
送崔氏昆季之金陵 …………………………………… 117
登黄山凌歊台送族弟溧阳尉济充泛舟赴华阴（得齐字） … 117
送储邕之武昌 …………………………………… 117

早秋单父南楼酬窦公衡	118
山中问答	118
答友人赠乌纱帽	119
答长安崔少府叔封游终南翠微寺太宗皇帝金沙泉见寄	119
酬崔五郎中	119
金门答苏秀才	120
答高山人兼呈权顾二侯	120
游南阳白水登石激作	121
游南阳清泠泉	121
寻鲁城北范居士失道落苍耳中见范置酒摘苍耳作	121
游泰山六首	122
下终南山过斛斯山人宿置酒	123
陪从祖济南太守泛鹊山湖	124
宿郑参卿山池	124
游谢氏山亭	124
把酒问月	125
金陵凤凰台置酒	125
陪侍郎叔游洞庭醉后（三首录二）	125
夜泛洞庭寻裴侍御清酌	126
陪族叔刑部侍郎晔及中书贾舍人至游洞庭（五首录四）	126
登单父陶少府半月台	127
天台晓望	127
焦山望寥山	128
杜陵绝句	128
登太白峰	128
秋日登扬州西灵塔	128
登瓦官阁	129
登梅冈望金陵赠族侄高座寺僧中孚	129

登金陵凤凰台	129
望庐山瀑布水二首	130
登庐山五老峰	131
江上望皖公山	131
鹦鹉洲	131
秋登巴陵望洞庭	132
与夏十二登岳阳楼	132
登巴陵开元寺西阁赠衡岳僧方外	132
与贾舍人至于龙兴寺翦落梧桐枝望灉湖	133
秋登宣城谢朓北楼	133
望天门山	133
过崔八丈水亭	133
之广陵宿常二南郭幽居	134
客中行	134
太原早秋	134
奔亡道中	134
荆门浮舟望蜀江	135
上三峡	135
自巴东舟行经瞿唐峡登巫山最高峰晚还题壁	135
早发白帝城	136
秋下荆门	136
江行寄远	137

卷　八	138
夜泊黄山闻殷十四吴吟	138
宿鰕湖	138
苏台览古	138
越中览古	139
岘山怀古	139

经下邳坯桥怀张子房 …………………………… 139
金陵 …………………………………………… 139
陪宋中丞武昌夜饮怀古 ………………………… 140
望鹦鹉洲怀祢衡 ………………………………… 140
宿巫山下 ………………………………………… 140
金陵白杨十字巷 ………………………………… 141
谢公亭 …………………………………………… 141
夜泊牛渚怀古 …………………………………… 141
寻高凤石门山中元丹丘 ………………………… 142
月下独酌（四首录二） ………………………… 142
春归终南山松龛旧隐 …………………………… 143
寻山僧不遇作 …………………………………… 143
待酒不至 ………………………………………… 143
独酌 ……………………………………………… 143
友人会宿 ………………………………………… 144
春日独酌二首 …………………………………… 144
金陵江上遇蓬池隐者 …………………………… 144
山中与幽人对酌 ………………………………… 145
春日醉起言志 …………………………………… 145
庐山东林寺夜怀 ………………………………… 145
寻雍尊师隐居 …………………………………… 146
与史郎中钦听黄鹤楼上吹笛 …………………… 146
对酒 ……………………………………………… 146
独坐敬亭山 ……………………………………… 146
自遣 ……………………………………………… 147
访戴天山道士不遇 ……………………………… 147
秋日与张少府楚城韦公藏书高斋作 …………… 147
忆东山 …………………………………………… 147

望月有怀	148
对酒忆贺监	148
重忆	148
效古二首	148
拟古（十二首录六）	149
感兴（六首录二）	151
秋夕旅怀	151
寻阳紫极宫感秋作	152
秋夕书怀	152
荆州贼平临洞庭言怀作	152
江南春怀	153
听蜀僧濬弹琴	153
初出金门寻王侍御不遇咏壁上鹦鹉	153
观元丹丘坐巫山屏风	153
见野草中有曰白头翁者	154
流夜郎题葵叶	154
莹禅师房观山海图	154
白鹭鸶	155
咏桂	155
巫山枕障	155
劳劳亭	155
嘲鲁儒	155
春夜洛城闻笛	156
宣城见杜鹃花	156
白田马上闻莺	156
三五七言	157
杂诗	157
寄远（十一首录三）	157

长门怨（二首） …………………… 158
陌上赠美人 …………………………… 158
闺情 …………………………………… 158
怨情 …………………………………… 159
湖边采莲妇 …………………………… 159
怨情 …………………………………… 159
代寄情楚辞体 ………………………… 159
学古思边 ……………………………… 160
别内赴征 ……………………………… 160
自代内赠 ……………………………… 160
越女词（五首录二） ………………… 161
巴女词 ………………………………… 161
自溧水道哭王炎 ……………………… 161
哭宣城善酿纪叟 ……………………… 161
题舒州司空山瀑布 …………………… 162
上清宝鼎诗（二首） ………………… 162

襄阳杜甫
卷　九 …………………………………… 163
奉赠韦左丞丈二十二韵 ……………… 164
送高三十五书记 ……………………… 165
赠李白 ………………………………… 166
游龙门奉先寺 ………………………… 166
望岳 …………………………………… 166
陪李北海宴历下亭 …………………… 167
登历下古城员外新亭 ………………… 167
玄都坛歌 ……………………………… 167
贫交行 ………………………………… 168

兵车行	168
高都护骢马行	169
天育骠骑歌	170
白丝行	171
醉时歌	171
醉歌行	172
赠卫八处士	173
同诸公登慈恩寺塔	173
示从孙济	174
送孔巢父谢病归游江东兼呈李白	175
饮中八仙歌	175
曲江	176
丽人行	176
乐游园歌	177
渼陂行	177
奉同郭给事汤东灵湫作	178
夜听许十损诵诗爱而有作	179
沙苑行	179
骢马行	180
自京赴奉先县咏怀五百字	181
奉先刘少府新画山水障歌	183
白水县崔少府十九翁高斋三十韵	184
三川观水涨二十韵	184
悲陈陶	185
悲青坂	185
哀江头	186
哀王孙	187
大云寺赞公房（四首录二）	188

苏端薛复筵简薛华醉歌 …………………………… 188
晦日寻崔戢李封 …………………………………… 189

卷　十 ……………………………………………… 190
喜晴 ………………………………………………… 190
述怀一首 …………………………………………… 190
送樊二十三侍御赴汉中判官 ……………………… 191
送从弟亚赴安西判官 ……………………………… 192
彭衙行 ……………………………………………… 192
北征 ………………………………………………… 193
得舍弟消息 ………………………………………… 195
玉华宫 ……………………………………………… 195
九成宫 ……………………………………………… 196
羌村 ………………………………………………… 197
洗兵马 ……………………………………………… 197
留花门 ……………………………………………… 199
李鄠县丈人胡马行 ………………………………… 199
义鹘 ………………………………………………… 199
画鹘行 ……………………………………………… 200
瘦马行 ……………………………………………… 200
新安吏 ……………………………………………… 201
潼关吏 ……………………………………………… 202
石壕吏 ……………………………………………… 202
新婚别 ……………………………………………… 202
垂老别 ……………………………………………… 203
无家别 ……………………………………………… 204
遣兴三首 …………………………………………… 205
幽人 ………………………………………………… 206
佳人 ………………………………………………… 207

赤谷西崦人家 … 207
西枝村寻置草堂地夜宿赞公土室 … 207
梦李白二首 … 208
遣兴（五首录二） … 208
遣兴（五首录二） … 209
前出塞九首 … 210
后出塞五首 … 211
万丈潭 … 213
两当县吴十侍御江上宅 … 213
发秦州 … 214
铁堂峡 … 214
盐井 … 215
寒硖 … 215
法镜寺 … 215
青阳峡 … 216
龙门镇 … 216
石龛 … 216

卷十一 … 218

乾元中寓居同谷县作歌七首 … 218
水会渡 … 221
飞仙阁 … 221
龙门阁 … 221
石柜阁 … 221
桔柏渡 … 222
剑门 … 222
成都府 … 223
石犀行 … 223
题壁画马歌 … 224

戏题画山水图歌	224
题李尊师松树障子歌	225
戏为双松图歌	225
病柏	226
病橘	226
枯棕	227
枯楠	227
戏作花卿歌	227
柟树为风雨所拔叹	228
茅屋为秋风所破歌	228
天边行	229
苦战行	229
述古（三首录二）	230
观打鱼歌	230
又观打鱼	231
越王楼歌	231
冬到金华山观因得故拾遗陈公学堂遗迹	232
通泉驿南去通泉县十五里山水作	232
过郭代公故宅	232
短歌行	233
桃竹杖引	233
韦讽录事宅观曹将军画马图	234
丹青引	235
发阆中	236
寄韩谏议	236
忆昔	237
冬狩行	238
别唐十五诫因寄礼部贾侍郎	238

阆山歌 ································· 239
阆水歌 ································· 239
草堂 ··································· 240
太子张舍人遗织成褥段 ··············· 241
杜鹃 ··································· 241
客堂 ··································· 242
水阁朝霁奉简严云安 ·················· 242
蚕谷行 ································· 243
古柏行 ································· 243
缚鸡行 ································· 244
牵牛织女 ······························ 244
殿中杨监见示张旭草书图 ············ 245
课伐木 ································· 245
槐叶冷淘 ······························ 246
行官张望补稻畦水归 ·················· 247
上后园山脚 ···························· 247
驱竖子摘苍耳 ························· 247
秋行官张望督促东渚耗稻向毕清晨遣女奴阿稽竖子阿段
　往问 ································· 248

卷十二 ·································· 249
雨 ····································· 249
又上后园山脚 ························· 249
种莴苣 ································· 250
八哀诗 ································· 251
　赠司空王公思礼 ··················· 251
　故司徒李公光弼 ··················· 252
　赠左仆射郑国公严公武 ············ 252
　赠太子太师汝阳郡王琎 ············ 253

赠秘书监江夏李公邕 …………………… 254
　　故秘书少监武功苏公源明 ……………… 255
　　故著作郎贬台州司户荥阳郑公虔 ……… 256
　　故右仆射相国张公九龄 ………………… 257
写怀 …………………………………………… 258
观公孙大娘弟子舞剑器行 …………………… 258
同元使君春陵行 ……………………………… 259
李潮八分小篆歌 ……………………………… 261
听杨氏歌 ……………………………………… 262
荆南兵马使太常卿赵公大食刀歌 …………… 262
王兵马使二角鹰 ……………………………… 263
狄明府 ………………………………………… 264
秋风二首 ……………………………………… 264
虎牙行 ………………………………………… 265
后苦寒行二首 ………………………………… 265
夜归 …………………………………………… 266
醉为马坠诸公携酒相看 ……………………… 266
大觉高僧兰若 ………………………………… 267
宿青溪驿奉怀张员外十五兄之绪 …………… 267
忆昔行 ………………………………………… 267
魏将军歌 ……………………………………… 268
北风 …………………………………………… 269
白凫行 ………………………………………… 269
醉歌行赠公安颜少府请顾八题壁 …………… 269
夜闻觱篥 ……………………………………… 270
发刘郎浦 ……………………………………… 270
别董颋 ………………………………………… 270
送顾八分文学适洪吉州 ……………………… 270

遣遇 …………………………………………… 271

解忧 …………………………………………… 272

宿凿石浦 ……………………………………… 272

过津口 ………………………………………… 272

次空灵岸 ……………………………………… 273

宿花石戍 ……………………………………… 273

望岳 …………………………………………… 273

岳麓山道林二寺行 …………………………… 274

岁晏行 ………………………………………… 275

追酬故高蜀州人日见寄 ……………………… 275

苏大侍御访江浦赋八韵纪异 ………………… 276

题衡山县文宣王庙新学堂呈陆宰 …………… 277

卷十三 ………………………………………… 278

冬日洛城北谒玄元皇帝庙 …………………… 278

投赠哥舒开府翰二十韵 ……………………… 279

上韦左相二十韵 ……………………………… 279

奉赠太常张卿二十韵 ………………………… 280

奉赠鲜于京兆二十韵 ………………………… 281

赠特进汝阳王二十韵 ………………………… 281

郑驸马宅宴洞中 ……………………………… 282

重题郑氏东亭 ………………………………… 282

题张氏隐居 …………………………………… 283

天宝初,南曹小司寇舅于我太夫人堂下累土为山,……
　　乃不知兴之所至而作是诗 ……………… 283

龙门 …………………………………………… 283

奉寄河南韦尹丈人 …………………………… 284

与任城许主簿游南池 ………………………… 284

登兖州城楼 …………………………………… 284

对雨书怀走邀许十一簿公 …………………………… 285
巳上人茅斋 …………………………………………… 285
房兵曹胡马诗 ………………………………………… 285
画鹰 …………………………………………………… 286
过宋员外之问旧庄 …………………………………… 286
夜宴左氏庄 …………………………………………… 286
送蔡希曾都尉还陇右因寄高三十五书记 …………… 287
春日忆李白 …………………………………………… 287
赠陈二补阙 …………………………………………… 288
寄高三十五书记 ……………………………………… 288
送裴二虬作尉永嘉 …………………………………… 288
赠田九判官 …………………………………………… 288
赠献纳使起居田舍人 ………………………………… 289
陪郑广文游何将军山林十首 ………………………… 289
重过何氏五首 ………………………………………… 291
冬日有怀李白 ………………………………………… 292
赠翰林张四学士 ……………………………………… 292
送张二十参军赴蜀州因呈杨五侍御 ………………… 292
陪诸贵公子丈八沟携妓纳凉晚际遇雨二首 ………… 293
赠高式颜 ……………………………………………… 293
故武卫将军挽歌三首 ………………………………… 293
官定后戏赠 …………………………………………… 294
九日蓝田崔氏庄 ……………………………………… 294
崔氏东山草堂 ………………………………………… 294
对雪 …………………………………………………… 295
月夜 …………………………………………………… 295
遣兴 …………………………………………………… 296
春望 …………………………………………………… 296

忆幼子 … 296
喜达行在所三首 … 296
得家书 … 297
奉赠严八阁老 … 297
奉送郭中丞兼太仆卿充陇右节度使三十韵 … 298
送杨六判官使西蕃 … 299
月 … 299
晚行口号 … 299
行次昭陵 … 300
重经昭陵 … 301
喜闻官军已临贼寇二十韵 … 301
收京（三首录二） … 302

卷十四 … 303
腊日 … 303
紫宸殿退朝口号 … 303
曲江二首 … 304
曲江对酒 … 304
曲江对雨 … 305
奉和贾至舍人早朝大明宫 … 305
宣政殿退朝晚出左掖 … 306
题省中院壁 … 306
春宿左省 … 306
送翰林张司马南海勒碑 … 307
晚出左掖 … 307
送贾阁老出汝州 … 307
送郑十八虔贬台州司户，伤其临老陷贼之故阙为面别，
　　情见于诗 … 307
端午日赐衣 … 308

奉赠王中允维 …………………………………… 308
奉陪郑驸马韦曲二首 …………………………… 308
至德二载，……间道归凤翔。乾元初，从左拾遗移华州
　掾，与亲故别，因出此门，有悲往事 ………… 309
寄高三十五詹事适 ……………………………… 309
路逢襄阳杨少府入城戏呈杨员外绾 …………… 309
题郑县亭子 ……………………………………… 310
望岳 ……………………………………………… 310
至日遣兴奉寄北省旧阁老两院故人二首 ……… 310
得弟消息 ………………………………………… 311
忆弟 ……………………………………………… 311
秦州杂诗二十首 ………………………………… 311
月夜忆舍弟 ……………………………………… 315
宿赞公房 ………………………………………… 315
东楼 ……………………………………………… 315
雨晴 ……………………………………………… 316
寓目 ……………………………………………… 316
山寺 ……………………………………………… 316
遣怀 ……………………………………………… 316
天河 ……………………………………………… 317
初月 ……………………………………………… 317
捣衣 ……………………………………………… 317
促织 ……………………………………………… 318
萤火 ……………………………………………… 318
蒹葭 ……………………………………………… 318
苦竹 ……………………………………………… 318
除架 ……………………………………………… 319
废畦 ……………………………………………… 319

夕烽	319
送远	319
观兵	320
天末怀李白	320
空囊	320
病马	321
蕃剑	321
铜瓶	321
观安西兵过赴关中待命二首	321
野望	322
秋日阮隐居致薤三十束	322
秦州见敕目，薛三璩授司议郎，毕四曜除监察，与二子有故，远喜迁官兼述索居，凡三十韵	322
寄岳州贾司马六丈、巴州严八使君两阁老五十韵	323
寄张十二山人彪三十韵	324
寄李十二白二十韵	325
卷十五	326
蜀相	326
卜居	326
梅雨	327
为农	327
有客	327
狂夫	327
堂成	328
西郊	328
所思	328
野老	329
遣兴	329

南邻	329
出郭	330
过南邻朱山人水亭	330
恨别	330
寄贺兰铦	331
寄杨五桂州谭	331
和裴迪登新津寺寄王侍郎	331
建都十二韵	331
和裴迪登蜀州东亭送客逢早梅相忆见寄	332
散愁二首	332
客至	333
遣意二首	333
漫成	333
春夜喜雨	334
春水	334
江亭	334
村夜	335
早起	335
可惜	335
落日	335
寒食	336
游修觉寺	336
后游	336
题新津北桥楼（得郊字）	336
江涨	336
晚晴	337
江上值水如海势聊短述	337
野望因过常少仙	337

奉简高三十五使君 ……………………………………… 338
送韩十四江东觐省 ……………………………………… 338
草堂即事 ………………………………………………… 338
王十七侍御抡许携酒至草堂，奉寄此诗，便请邀高三十
　五使君同到 …………………………………………… 339
陪李七司马皂江上观造竹桥，即日成，往来之人免冬寒
　入水，聊题短作简李公 ……………………………… 339
赠花卿 …………………………………………………… 339
少年行 …………………………………………………… 340
凭何十一少府邕觅桤木栽 ……………………………… 340
赠别何邕 ………………………………………………… 340
赠别郑鍊赴襄阳 ………………………………………… 340
奉和严中丞西城晚眺十韵 ……………………………… 340
严中丞枉驾见过 ………………………………………… 341
广州段功曹到，得杨五长史、谭书功曹却归聊寄此诗 … 341
送段功曹归广州 ………………………………………… 341
绝句漫兴 ………………………………………………… 341
江畔独步寻花绝句（七首录四） ……………………… 342
绝句 ……………………………………………………… 342
戏为六绝句 ……………………………………………… 343
鸂鶒 ……………………………………………………… 344
花鸭 ……………………………………………………… 345
畏人 ……………………………………………………… 345
远游 ……………………………………………………… 345
野望 ……………………………………………………… 345
水槛遣心 ………………………………………………… 346
屏迹（三首录二） ……………………………………… 346
奉酬严公寄题野亭之作 ………………………………… 347

严公仲夏枉驾草堂兼携酒馔（得寒字）……347
严公听宴同咏蜀道画图（得空字）……347
奉送严公入朝十韵……347
送严侍郎到绵州同登杜使君江楼（得心字）……348
奉济驿重送严公四韵……348
九日奉寄严大夫……348
黄草……349
怀旧……349
所思……349
不见……349
题玄武禅师屋壁……350
客夜……350
客亭……350
野望……350
闻官军收河南河北……351

卷十六……352
涪江泛舟送韦班归京……352
春日梓州登楼……352
郪城西原送李判官兄、武判官弟赴成都府……352
送路六侍御入朝……353
望牛头寺……353
上兜率寺……353
登牛头山亭子……353
陪李梓州王阆州苏遂州李果州四使君登惠义寺……354
涪城县香积寺官阁……354
戏题寄上汉中王……354
倦夜……354
对雨……355

王命	355
有感（五首录三）	355
送元二适江左	357
章梓州水亭	357
甑月呈汉中王	357
登高	357
遣愤	358
送陵州路使君赴任	358
西山三首	358
绝句	359
城上	359
伤春五首	359
放船	361
奉待严大夫	361
奉寄高常侍	361
将赴荆南寄别李剑州	361
泛江	362
陪王使君晦日泛江就黄家亭子	362
春远	362
百舌	363
地隅	363
游子	363
归梦	363
滕王亭子	363
玉台观	364
滕王亭子	364
渡江	364
送韦郎司直归成都	364

将赴成都草堂途中有作先寄严郑公（五首录四） ……… 365
别房太尉墓 …………………………………………… 366
自阆州领妻子却赴蜀山行三首 ……………………… 366
山馆 …………………………………………………… 366
倚杖 …………………………………………………… 367
登楼 …………………………………………………… 367
春归 …………………………………………………… 367
归雁 …………………………………………………… 368
赠王二十四侍御契四十韵 …………………………… 368
寄董卿嘉荣十韵 ……………………………………… 369
过故斛斯校书庄二首 ………………………………… 369
立秋雨院中有作 ……………………………………… 370
奉和严郑公军城早秋 ………………………………… 370
院中晚晴怀西郭茅舍 ………………………………… 370
宿府 …………………………………………………… 370
遣闷奉呈严公二十韵 ………………………………… 371
送舍弟颖赴齐州 ……………………………………… 371
奉观严郑公厅事岷山沱江画图十韵 ………………… 372
正月三日归溪上有作简院内诸公 …………………… 372
春日江村 ……………………………………………… 372
绝句 …………………………………………………… 373
哭严仆射归榇 ………………………………………… 373
渝州候严六侍御不到先下峡 ………………………… 373
禹庙 …………………………………………………… 373
题忠州龙兴寺所居院壁 ……………………………… 374
旅夜书怀 ……………………………………………… 374
十二月一日（三首录二） …………………………… 374
长江二首 ……………………………………………… 375

承闻故房相公灵榇自阆州启殡归葬东都有作二首	375
怀锦水居止	376
子规	376
立春	376
漫成一绝	376
老病	377
南楚	377
寄岑嘉州	377

卷十七 ……………………………………………………… 378

移居夔州郭	378
宿江边阁	378
西阁口号呈元二十一	378
西阁	379
阁夜	379
瀼西寒望	379
入宅（三首录二）	380
暮春题瀼西新赁草屋（五首录三）	380
秋野五首	380
课小竖鉏斫舍北果林枝蔓荒秽净讫移牀	381
自瀼西荆扉且移居东屯茅屋（四首录二）	382
东屯月夜	382
暂往白帝复还东屯	382
刈稻了咏怀	383
上白帝城	383
上白帝城	383
武侯庙	383
八阵图	383
谒先主庙	384

滟滪堆	385
滟滪	385
白帝	385
白帝城最高楼	386
诸葛庙	386
峡口二首	386
天池	387
瞿塘两崖	387
夔州歌（十首录四）	387
偶题	388
秋兴八首	389
咏怀古迹五首	393
诸将（五首）	394
秋日夔府咏怀奉寄郑监审李宾客之芳一百韵	395
赠李八秘书别三十韵	398
解闷（十二首录六）	399
复愁（十二首录二）	400
承闻河北诸道节度入朝欢喜口号（十二首录三）	401
洞房	401
宿昔	402
能画	402
斗鸡	402
鹦鹉	403
历历	403
骊山	403
提封	403

卷十八 405
  草阁 405

江上	405
中夜	405
江汉	405
吾宗	406
有叹	406
中宵	406
南极	406
独坐	407
远游	407
夜	407
返照	408
日暮	408
八月十五夜月二首	408
十六夜玩月	408
十七夜对月	409
月	409
雨（四首录二）	409
夜	410
反照	410
向夕	410
晓望	410
雷	411
熟食日示宗文宗武	411
社日	411
九日	411
大历二年九月三十日	412
小至	412
忆郑南玭	412

愁	413
即事	413
即事	413
喜观即到复题短篇二首	414
第五弟丰独在江左，近三四载寂无消息觅使寄此二首	414
舍弟观赴蓝田取妻子到江陵喜寄	414
陪柏中丞观宴将士	415
七月一日题终明府水楼	415
季秋苏五弟缨江楼夜宴崔十三评事韦少府侄	415
过客相寻	416
孟仓曹步趾领新酒酱二物满器见遗老夫	416
柳司马至	416
谒真谛寺禅师	416
送李八秘书赴杜相公幕	417
送李功曹之荆州充郑侍御判官重赠	417
见萤火	417
吹笛	417
孤雁	418
白小	418
麂	418
见王监兵马使说近山有白黑二鹰，……劲翮思秋之甚，眇不可见，请余赋诗	419
大历三年春，白帝城放船出瞿唐峡，久居夔府，将适江陵漂泊，有诗凡四十韵	419
泊松滋江亭	420
行次古城店泛江作，不揆鄙拙，奉呈江陵幕府诸公	421
书堂饮既夜复邀李尚书下马月下赋绝句	421
舟月对驿近寺	421

篇目	页码
江南逢李龟年	421
官亭夕坐戏简颜十少府	422
暮归	422
公安送韦二少府匡赞	422
公安县怀古	423
公安送李二十九弟晋肃入蜀余下沔鄂	423
宴王使君宅	423
泊岳阳城下	423
登岳阳楼	424
陪裴使君登岳阳楼	424
宿青草湖	424
宿白沙驿	425
湘夫人祠	425
祠南夕望	425
归雁	425
入乔口	426
江阁对雨有怀行营裴二端公	426
千秋节有感二首	426
登舟将适汉阳	426
舟中夜雪有怀卢十四侍御弟	427
楼上	427
送魏二十四司直充岭南掌选崔郎中判官兼寄韦韶州	427
燕子来舟中作	427
归雁二首	428
小寒食舟中作	428
清明	429
发潭州	429
闻惠二过东溪特一送	429

舟泛洞庭	430
遣忧	430
巴西闻收宫阙送班司马入京	430
去蜀	431

太原白居易

卷十九 ……………………………………… 432
  贺雨 ……………………………………… 433
  观刈麦 …………………………………… 434
  云居寺孤桐 ……………………………… 434
  问友 ……………………………………… 435
  燕诗示刘叟 ……………………………… 435
  杏园中枣树 ……………………………… 436
  放鱼 ……………………………………… 436
  文柏床 …………………………………… 436
  秦中吟十首 ……………………………… 437
    议婚 …………………………………… 437
    重赋 …………………………………… 437
    伤宅 …………………………………… 438
    伤友 …………………………………… 438
    不致仕 ………………………………… 439
    立碑 …………………………………… 439
    轻肥 …………………………………… 440
    五弦 …………………………………… 440
    歌舞 …………………………………… 440
    买花 …………………………………… 441
  和答诗十首 ……………………………… 441
    和阳城驿 ……………………………… 442

答桐花 …………………………………………… 443
　　答四皓庙 ………………………………………… 444
　　和雉媒 …………………………………………… 445
卷二十 ……………………………………………… 447
　新乐府 …………………………………………… 447
　　七德舞 …………………………………………… 447
　　海漫漫 …………………………………………… 449
　　立部伎 …………………………………………… 449
　　上阳白发人 ……………………………………… 450
　　新丰折臂翁 ……………………………………… 451
　　司天台 …………………………………………… 452
　　捕蝗 ……………………………………………… 452
　　昆明春 …………………………………………… 453
　　城盐州 …………………………………………… 454
　　道州民 …………………………………………… 455
　　蛮子朝 …………………………………………… 455
　　骠国乐 …………………………………………… 456
　　缚戎人 …………………………………………… 457
　　骊宫高 …………………………………………… 458
　　百炼镜 …………………………………………… 459
　　青石 ……………………………………………… 459
　　西凉伎 …………………………………………… 460
　　八骏图 …………………………………………… 461
　　涧底松 …………………………………………… 462
　　牡丹芳 …………………………………………… 462
　　红线毯 …………………………………………… 464
　　杜陵叟 …………………………………………… 464
　　卖炭翁 …………………………………………… 465

阴山道 ································· 465
盐商妇 ································· 466
杏为梁 ································· 467
紫毫笔 ································· 468
隋堤柳 ································· 468
秦吉了 ································· 469
采诗官 ································· 469
卷二十一 ······························· 471
病假中南亭闲望 ······················ 471
官舍小亭闲望 ························ 471
和钱员外禁中夙兴见示 ················ 471
松声 ··································· 472
禁中寓直梦游仙游寺 ·················· 472
秋山 ··································· 472
题杨颖士西亭 ························ 472
秋游原上 ······························ 473
闲居 ··································· 473
游悟真寺诗 ··························· 473
朝回游城南 ··························· 477
舟行 ··································· 477
泛溢水 ································· 477
晚望 ··································· 478
游石门涧 ······························ 478
香炉峰下新置草堂即事咏怀题于石上 ······ 479
长庆二年七月自中书舍人出守杭州路次蓝溪作 ······ 481
自蜀江至洞庭湖口有感而作 ············ 481
立春后五日 ··························· 482
别元九后咏所怀 ······················ 482

初与元九别后忽梦见之，及寤而书适至，兼寄桐花诗。
　　怅然感怀，因以此寄 …………………………………… 482
　秋江送客 ……………………………………………………… 483
　溪中早春 ……………………………………………………… 483
　渭村雨归 ……………………………………………………… 484
　寄微之三首 …………………………………………………… 484
　孟夏思渭村旧居寄舍弟 ……………………………………… 485
　南湖晚秋 ……………………………………………………… 485
　早秋晚望兼呈韦侍御 ………………………………………… 486
　司马宅 ………………………………………………………… 486
　寄王质夫 ……………………………………………………… 486
　送客回晚兴 …………………………………………………… 487
　东楼竹 ………………………………………………………… 487
　东坡种花二首 ………………………………………………… 487
　步东坡 ………………………………………………………… 488
　竹㮔 …………………………………………………………… 489

卷二十二 ………………………………………………………… 490
　江南遇天宝乐叟 ……………………………………………… 490
　醉后走笔酬刘五主簿长句之赠，兼简张大贾二十四先辈
　　昆季 ………………………………………………………… 491
　画竹歌 ………………………………………………………… 493
　长恨歌 ………………………………………………………… 494
　琵琶行 ………………………………………………………… 500
　醉后狂言酬赠萧殷二协律 …………………………………… 503
　秋江晚泊 ……………………………………………………… 504
　代书诗一百韵寄微之 ………………………………………… 504
　和谈校书秋夜感怀呈朝中亲友 ……………………………… 506
　感秋寄远 ……………………………………………………… 507

春题华阳观…… 507
县西郊秋寄赠马造…… 507
早春独游曲江…… 507
江南送北客因凭寄徐州兄弟书…… 508

卷二十三 509
赋得古原草送别…… 509
旅次景空寺宿幽上人院…… 509
同李十一醉忆元九…… 510
同钱员外禁中夜直…… 510
禁中夜作书与元九…… 510
八月十五日夜禁中独直对月忆元九…… 511
八月十五日夜闻崔大员外翰林独直，对酒翫月，因怀禁中清景偶题是诗…… 511
村夜…… 511
闻虫…… 512
王昭君…… 512
题卢秘书夏日新栽竹二十韵…… 512
欲与元八卜邻先有是赠…… 513
题王侍御池亭…… 513
赠杨秘书巨源…… 513
燕子楼三首…… 514
襄阳舟夜…… 514
江夜舟行…… 515
浦中夜泊…… 515
舟中读元九诗…… 515
岁晚旅望…… 515
望江州…… 516
东南行一百韵寄通州元九侍御、澧州李十一舍…… 516

初到江州寄翰林张李杜三学士 …………………… 518
庾楼晓望 ………………………………………… 519
春末夏初闲游江郭二首 …………………………… 519
题元十八溪居 …………………………………… 520
江楼早秋 ………………………………………… 520
送客之湖南 ……………………………………… 520
百花亭晚望夜归 ………………………………… 520
西楼 ……………………………………………… 521
庾楼新岁 ………………………………………… 521
上香炉峰 ………………………………………… 521
早发楚城驿 ……………………………………… 521
建昌江 …………………………………………… 522
香炉峰下新卜山居草堂初成偶题东壁 …………… 522
重题（二首） …………………………………… 522
编集拙诗成一十五卷，因题卷末戏赠元九李二十 … 523
湖上闲望 ………………………………………… 523
江楼夜吟元九律诗成三十韵 ……………………… 523
送客春游岭南二十韵 …………………………… 524
得行简书闻欲下峡先以此寄 ……………………… 525
南湖早春 ………………………………………… 525
题韦家泉池 ……………………………………… 526
点额鱼 …………………………………………… 526
夜送孟司功 ……………………………………… 526
湖亭与行简宿 …………………………………… 526
赠江客 …………………………………………… 526
浔阳秋怀赠许明府 ……………………………… 527
题遗爱寺前溪松 ………………………………… 527
闻杨十二新拜省郎遥以诗贺 ……………………… 527

送韦侍御量移金州司马 …………………………… 528
江西裴常侍以优礼见待，又蒙赠诗，辄叙鄙诚，用伸
　感谢 …………………………………………………… 528
别草堂 ………………………………………………… 528
行次夏口先寄李大夫 ………………………………… 528
重赠李大夫 …………………………………………… 529

卷二十四 ……………………………………………… 530
江州赴忠州至江陵以来舟中示舍弟五十韵 ………… 530
题岳阳楼 ……………………………………………… 531
入峡次巴东 …………………………………………… 531
郡斋暇日忆庐山草堂兼寄二林僧社三十韵，皆叙贬官以
　来出处之意 …………………………………………… 532
阴雨 …………………………………………………… 533
送萧处士游黔南 ……………………………………… 533
竹枝词四首 …………………………………………… 533
巴水 …………………………………………………… 534
别种东坡花树两绝 …………………………………… 534
别桥上竹 ……………………………………………… 534
太平乐词二首 ………………………………………… 534
闺怨词三首（录二首）……………………………… 535
长洲苑 ………………………………………………… 535
忆江柳 ………………………………………………… 535
初除主客郎中知制诰，与王十一、李七、元九三舍人中
　书同宿，话旧感怀 …………………………………… 535
见于给事暇日上直寄南省诸郎官诗因以戏赠 ……… 536
西省北院新构小亭，种竹开窗，东通骑省，与李常侍隔
　窗小饮，因题四韵 …………………………………… 536
送客南迁 ……………………………………………… 537

旧房 …………………………………………………… 537
新昌新居书事四十韵因寄元郎中张博士 ………… 538
勤政楼西老柳 ………………………………………… 539
偶题阁下厅 …………………………………………… 539
喜张十八博士除水部员外郎 ………………………… 539
晚庭逐凉 ……………………………………………… 539
梨园弟子 ……………………………………………… 540
暮江吟 ………………………………………………… 540
听弹湘妃怨 …………………………………………… 540
逢张十八员外籍 ……………………………………… 540
重到江州感旧游题郡楼十一韵 ……………………… 540
题别遗爱草堂兼呈李十使君 ………………………… 541
舟中晚起 ……………………………………………… 541
晚兴 …………………………………………………… 542
夜归 …………………………………………………… 542
腊后岁前遇景咏意 …………………………………… 543
郡斋暇日辱常州陈郎中使君《早春晚坐水西馆书事》诗
　十六韵见寄，亦以十六韵酬之 ………………… 543
题小桥前新竹招客 …………………………………… 544
病中逢秋招客夜酌 …………………………………… 544
洛下卜居 ……………………………………………… 544
郡中西园 ……………………………………………… 545
九日宴集醉题郡楼兼呈周殷二判官 ………………… 545
霓裳羽衣歌 …………………………………………… 546
小童薛阳陶吹觱栗歌 ………………………………… 549
双石 …………………………………………………… 550
和微之四月一日作 …………………………………… 550
喜雨 …………………………………………………… 551

六年春赠分司东都诸公 …………………………… 551
和微之诗二十三首（录三首） …………………… 552
和三月三十日四十韵 ……………………………… 552
和酬郑侍御东阳春闷放怀追越游见寄 …………… 553
和顺之琴者 ………………………………………… 554

卷一

陇西李白诗一

有唐诗人至杜子美氏，集古今之大成，为风雅之正宗，谭艺家迄今奉为矩矱无异议者。然有同时并出，与之颉颃上下，齐驱中原，势钧力敌而无所多让，太白亦千古一人也。

夫论古人之诗，当观其大者、远者，得其性情之所存，然后等厥材力，辨厥渊源，以定其流品。一切悠悠耳食之论，奚足道哉？李、杜二家，所谓异曲同工、殊涂同归者，观其全诗可知矣。太白高逸，故其言纵恣不羁，飘飘然有遗世独立之意；子美沉郁，其言深切著明，往往穷极，笔势尽乎事之曲折而止。白之遇明皇也，出于特知，金銮召见，待以殊礼，虽遭谗毁，犹赐金遣归，得以遨游齐鲁、吴越之间，浮沉诗酒，放浪湖山，其诗多汗漫自适、近于佯狂玩世者；子美年将四十，始以献赋除官，其后崎岖兵间，穷愁蜀道，流离转徙，几不自存，故其发于声者，多沉痛哀切之响。此二家之所以异也。

若其蒿目时政，疚心朝廷，凡祸乱之萌、善败之实，靡不托之歌谣，反覆慨叹，以致其忠爱之志，其根于性情而笃于君上者，按而稽之，固无不同矣。至于根本风骚，驰驱汉魏，撷六籍之菁华，埽五代之靡曼，词华炳蔚，照耀百世，两人又何以异哉？论者不察，漫置轩轾于其间，是犹焦明已翔于寥廓，而罗者犹视夫薮泽也。

善乎韩愈之言曰："李杜文章在，光焰万丈长。不知群儿愚，那用故谤伤。蚍蜉撼大树，可笑不自量。"彼元稹、苏辙、王安石之流，得无愧此言乎？太白尝言："齐梁以来，艳薄斯极，沈休文又尚以声律。将复古道，非我而谁？"故其所作，摆脱骈丽旧习，轶荡人群，上薄曹、刘，下凌沈、鲍，朱子以为"圣于诗"者，盖前贤亦重之矣。今略举两家之同异，及其远大之旨，知太白之与子美并称大家而无愧者如此。至有谓李杜当日名相埒而相忌，其诗有交相讥者，此犹末流倾轧之心，不可以语君子之知交也。

古风　大雅久不作①

大雅久不作，吾衰竟谁陈？王风委蔓草，战国多荆榛。
龙虎相啖食，兵戈逮狂秦。正声何微茫，哀怨起骚人。
扬马激颓波，开流荡无垠。废兴虽万变，宪章亦已沦。
自从建安来，绮丽不足珍。圣代复元古，垂衣贵清真。
群才属休明，乘运共跃鳞。文质相炳焕，众星罗秋旻。
我志在删述，垂辉映千春。希圣如有立，绝笔于获麟。

○古风诗多比兴，此篇全用赋体，括"风雅"之源流，明著作之意旨，一起一结，有山立波回之势。昔刘勰《明诗》一篇略云："两汉之作，结体散文，直而不野，为五言之冠冕。"又云："建安之初，五言腾踊，不求纤密之巧，惟取昭晰之能。何晏之徒，率多浮浅。惟嵇志清峻，阮旨遥深，故能标焉。晋世群才，稍入轻绮，采缛于正始，力柔于建安。"观白此篇，即刘氏之意。指归大雅，志在删述；上溯风骚，俯观六代；以绮丽为贱，清真为贵。论诗之义，昭然明矣。举笔直书，所见气体，实足以副

---

① 原本"古风"一题笼罩，整理时，标题按近今习惯做了处理。

之，阳冰称其"驰驱屈宋，鞭挞扬马，千载独步，惟公一人"，洵非阿好。其纂《草堂集》，以古风列于卷首，又以此篇弁之，可谓有卓见者。枕上授简，同不朽矣。

◇朱子曰："李白诗不专是豪放，如首篇《大雅久不作》，多少和缓。"

◇刘克庄曰："此今古诗人之断案也。杨齐贤曰：'扫魏晋之陋，起骚人之废，太白盖以自任矣。'览其著述，笔力翩翩，如行云流水，出乎自然，非思索而得，岂欺我哉！"

◇沈德潜曰："昌黎云：'齐梁及陈隋，众作等蝉噪。'太白则云：'自从建安来，绮丽不足珍。'是'从来'作豪杰语，'不足珍'谓建安以后也；《谢朓楼饯别》云'蓬莱文章建安骨'，一语可证。"

古风　秦皇扫六合

秦皇扫六合，虎视何雄哉！飞剑决浮云，诸侯尽西来。
明断自天启，大略驾群才。收兵铸金人，函谷正东开。
铭功会稽岭，骋望琅琊台。刑徒七十万，起土骊山隈。
尚採不死药，茫然使心哀。连弩射海鱼，长鲸正崔嵬。
额鼻象五岳，扬波喷云雷。鬐鬣蔽青天，何由睹蓬莱？
徐市载秦女，楼船几时回？但见三泉下，金棺葬寒灰。

○极写其盛，正为中间转笔作地。"茫然使心哀"五字，多少包含，借秦以讽，意深旨远。

古风　太白何苍苍

太白何苍苍，星辰上森列。去天三百里，邈尔与世绝。

中有绿发翁，披云卧松雪。不笑亦不语，冥栖在岩穴。
我来逢真人，长跪问宝诀。粲然启玉齿，授以炼药说。
铭骨传其语，竦身已电灭。仰望不可及，苍然五情热。
吾将营丹砂，永与世人别。

○郭璞《游仙·青溪百余仞》一首，纯是寓意。白诗与彼不同，盖士之不得志于时者，姑寄其意于此耳。《旧史》称白"少有逸才，志气宏放，飘然有超世之心"，殆亦性之所近；或其被放东归，将授道箓时作也。

◇萧士赟曰："太白少遇司马承祯，谓其有仙风道骨，可与学仙。太白亦有志焉。此诗非泛然之作。"

◇胡震亨曰："古风中言'仙'者十有二，其九自言游仙，其三则讥求仙不应，通蔽互殊乃尔。白之自谓可仙，亦借以抒其旷思，岂真谓世有神仙哉！他诗云：'此人古之仙，羽化竟何在'，意自可见。是则虽言游仙，未尝不与讥求仙者合也。时方用兵吐蕃、南诏，而授箓投龙，崇尚不废，大类秦皇汉武之为。故白之讥求仙者，亦多借秦汉为喻。他诗又云：'穷兵黩武今如此，鼎湖飞龙安可乘'，其本指也与？"

◇太白《金陵送权十一》序云："吾希风广成，荡漾浮世，素受宝诀，为三十六帝之外臣。"

◇李阳冰《序》："天子知其不可留，乃赐金归之。遂就从祖陈留采访大使彦允，请北海高天师授道箓于齐州紫极宫。"

◇吴昌祺曰："《尔雅》：'春为苍天。'郭景纯曰：'万物苍然生。'此言五情苍然而生也。"

古风　代马不思越

代马不思越，越禽不恋燕。情性有所习，土风固其然。

昔别雁门关，今戍龙庭前。惊沙乱海日，飞雪迷胡天。
虮虱生虎鹖，心魂逐旌旃。苦战功不赏，忠诚难可宣。
谁怜李飞将，白首没三边。

○民安乡井，离别为难，况驱之死地乎！起意恻然可念。《杕杜》劳士，道其室家之情；《出车》劳率，美其执获之功，盛世岂无征役哉？明皇喜边事，致有冒赏掩功者。故萧士赟谓其感讽时事，有为而作；《扬水》《圬父》，所以为风雅之变也。

古风　五鹤西北来

五鹤西北来，飞飞凌太清。仙人绿云上，自道安期名。
两两白玉童，双吹紫鸾笙。去影忽不见，回风送天声。
我欲一问之，飘然若流星。愿餐金光草，寿与天齐倾。

○前《太白何苍苍》一首，仅传其语；此则欲问而不可得，更进一层。"天声""流星"二语，真如天上飞仙，可望而不可即；较李贺"羲和敲日玻璃声"，极意创造，终属雕琢，自是"仙""鬼"之别，

◇萧士赟："此篇亦游仙诗体，恐是赠答之词。"

◇《广异记》："东岳夫人所居，有异草，叶如芭蕉，花正黄色，光可［以］鉴，曰：此金明（光）草。"

古风　咸阳二三月

咸阳二三月，宫柳黄金枝。绿帻谁家子，卖珠轻薄儿。
日暮醉酒归，白马骄且驰。意气人所仰，冶游方及时。
子云不晓事，晚献《长杨》辞。赋达身已老，草《玄》鬓若丝。
投阁良可叹，但为此辈嗤。

○世所谓"晓事"者，及时行乐耳。而至老矻矻者，晚节末路，又复可叹。白气骨自负，岂愿以辞人终老？两两夹照，不是漫作诙啁语。

◇萧士赟曰："'子云'，白以自况也。此时戚里骄纵逾制，动致高位，儒者沉困下僚，是诗必有所感讽而作。"

◇吴昌祺曰："言子云不能自守，则反为小人所嗤。谓以子云自况者，非也。"

古风　庄周梦蝴蝶

庄周梦蝴蝶，蝴蝶为庄周。一体更变易，万事良悠悠。

乃知蓬莱水，复作清浅流。青门种瓜人，昔日东陵侯。

富贵故如此，营营何所求。

○作达语是白本色，然意在后半，前乃兴起耳。"庄周"三句，起第四句。五、六两句，横空插入，实贯上下；无此二语，全诗便觉率直。"青门"二句，就事指点，结出本意，有无数层折。至其辞意自然，则韩愈所云"文如翻水成，初不用意为"也。

◇刘辰翁曰："语意、音节，适可如此而止。"

◇萧士赟曰："此达生者之辞也。谓忽然人化为物，忽然物化为人，一体变易，尚未能知；悠然万事，岂能尽知乎？况又乃知沧桑之变乎？故侯种瓜，富贵者固如是也。既烛破此理，尚何所求而营营苟苟以劳生哉！"

古风　齐有倜傥生

齐有倜傥生，鲁连特高妙。明月出海底，一朝开光耀。

却秦振英声，后世仰末照。意轻千金赠，顾向平原笑。

吾亦澹荡人，拂衣可同调。

○曹植诗"大国多良材，譬海出明珠"，即"明月出海底"意。白姿性超迈，故感兴于鲁连。后篇子陵、君平，亦此志也。

◇萧士赟曰："太白生平豪迈，邈视权臣，浮云富贵，此诗盖有慕乎仲连之为人也。"

古风　　黄河走东溟

黄河走东溟，白日落西海。逝川与流光，飘忽不相待。
春容舍我去，秋发已衰改。人生非寒松，年貌岂长在？
吾当乘云螭，吸景驻光采。

○郭璞《游仙诗》云："虽欲腾丹谿，云螭非我驾。"结语本此。别本作"谁能学大飞，三秀与君采"，语意殊稚。

◇萧士赟曰："古诗：'迴车驾言迈，悠悠涉长道。四顾何茫茫，东风摇百草。所遇无故物，焉得不速老？盛衰各有时，立身苦不早。奄忽随物化，荣名以为宝。'太白此诗，亦此之意。古诗欲用世而留名，太白则欲学仙以离世，其见趣又出乎流俗矣。"

古风　　松柏本孤直

松柏本孤直，难为桃李颜。昭昭严子陵，垂钓沧波间。
身将客星隐，心与浮云闲。长揖万乘君，还归富春山。
清风洒六合，邈然不可攀。使我长叹息，冥栖岩石间。

○起句本之《荀子》，直揭本指，严羽所谓"开门见山"者也。与左思《咏史》作，风格正复相似。

◇沈德潜曰："不著议论，咏古一体。"

◇荀子曰："桃李倩粲于一时，时至而后杀。至于松柏，经隆冬而不凋，可谓得其真矣。"

古风　君平既弃世

君平既弃世，世亦弃君平。观变穷太易，探元化群生。
寂寞缀道论，空簾闭幽情。驺虞不虚来，鸑鷟有时鸣。
安知天汉上，白日悬高名？海客去已久，谁人测沉冥？

○驺虞见王道之成，鸑鷟为兴朝之瑞。萧士赟曰："此喻圣贤不虚生，其出也有时。名悬天汉，而人不能测，此非贤者所知也。以正意作转关，与前篇各一机杼。"

古风　胡关饶风沙

胡关饶风沙，萧索竟终古。木落秋草黄，登高望戎虏。
荒城空大漠，边邑无遗堵。白骨横千霜，嵯峨蔽榛莽。
借问谁凌虐？天骄毒威武。赫怒我圣皇，劳师事鼙鼓。
阳和变杀气，发卒骚中土。三十六万人，哀哀泪如雨。
且悲就行役，安得营农圃？不见征戍儿，岂知关山苦？
李牧今不在，边人饲豺虎。

○开元以来，岁有征役，至王君㚟战胜青海，益事边功。石堡一城耳，得之不足制敌，不得无害于国。唐兵前后屡攻，所失无数；哥舒翰虽能拔之，而士卒死亡，亦略尽矣。此诗极言边塞之惨，中间直入时事，字字沉痛，当与杜甫《前出塞》参看。别本多四句，语尽而露。诗词意已足，不当更益。

◇萧士赟曰："此诗专指北边而言，当为哥舒翰攻石堡城而作也。天宝六载，上欲使河西陇右节度使王忠嗣攻石堡城，忠嗣上言：'石堡城高固，吐蕃举国守之。今顿兵其下，非数万人不能克。臣恐所得不如所亡。'将军董延光自请攻之，上命忠嗣分兵助之。延光过期不克，言忠嗣沮挠军计，上怒，贬忠嗣。八载，命哥舒翰帅陇右诸军兵，凡六万三千攻之。其城三面险绝，唯一径可上，吐蕃但以数百人守之，多贮粮食，积擂木及石，前后屡攻不能克。翰进攻拔之，获吐蕃四百人，唐士卒死亡略尽，果如忠嗣之言。此诗末句曰'李牧今不在，边人饲豺虎'者，盖以李牧比忠嗣也。"

古风　　燕昭延郭隗

燕昭延郭隗，遂筑黄金台。剧辛方赵至，邹衍复齐来。
奈何青云士，弃我如尘埃？珠玉买歌笑，糟糠养贤才。
方知黄鹤举，千里独徘徊。

○《国策》：田需对管燕云："士三日不得咽，而君鹅鹜有余粟。"与孟子所云"豕交兽畜"者，更有甚焉。乃知穆生辞楚见色斯举耳。

◇萧士赟曰："太白少有高尚之志。此篇岂出山之后，不为时贵所礼，有轻出之悔与？读其诗者，百世之下，犹有感慨。"

古风　　天津三月时

天津三月时，千门桃与李。朝为断肠花，暮逐东流水。
前水复后水，古今相续流。新人非旧人，年年桥上游。
鸡鸣海色动，谒帝罗公侯。月落西上阳，余辉半城楼。
衣冠照云日，朝下散皇州。鞍马如飞龙，黄金络马头。
行人皆辟易，志气横嵩丘。入门上高堂，列鼎错珍羞。

香风引赵舞,清管随齐讴。七十紫鸳鸯,双双戏庭幽。
行乐争昼夜,自言度千秋。功成身不退,自古多愆尤。
黄犬空叹息,绿珠成衅雠。何如鸱夷子,散发櫂扁舟。

○此刺当时贵幸之徒,怙侈骄纵而不恤其后也。杜甫《丽人行》,其刺国忠也微而婉;此则直而显,自是异曲同工。《书》曰:"居高思危,罔不惟畏。"读此,能令权门胆落。《诗眼》以为建安气骨,惟李、杜有之,良然。

◇范温曰:"建安诗,辩而不华,质而不俚,风调高雅,格力遒壮,得风雅骚人气骨,最为近古,惟李、杜有之。"

◇吴昌祺曰:"自开一境,不必古人。"

◇《西京记》:"上阳宫西,有西上阳宫。"

古风　昔我游齐都

昔我游齐都,登华不注峰。兹山何峻秀,绿翠如芙蓉。
萧飒古仙人,了知是赤松。借予一白鹿,自挟两青龙。
含笑凌倒景,欣然愿相从。泣与亲友别,欲语再三咽。
勖君青松心,努力保霜雪。世路多险艰,白日欺红颜。
分手各千里,去去何时还?在世复几时,倏如飘风度。
空闻《紫金经》,白首愁相误。抚己忽自笑,沉吟为谁故?
名利徒煎熬,安得闲余步?终留赤玉舄,东上蓬莱路。
秦帝如我求,苍苍但烟雾。

○此诗或作两篇,今合而观之,上忆昔日之游,下决今日之去,意正相属。"泣与亲友别"八句,即将别矣,复自疑焉;故下云"抚己忽自笑,沉吟为谁故",然后决然,欲往东上蓬莱。盖倦游之余,聊以寄意。范传正所云"非慕其轻举,将不可求之事求之,欲耗壮心、遣余年"者也。

◇萧士赟曰:"此诗恐是其一时与亲友话别者,故中有不能忘情之词,未有永诀割断之语也。"

古风　秋露白如玉

秋露白如玉,团团下庭绿。我行忽见之,寒早悲岁促。
人生鸟过目,胡乃自结束?景公一何愚,牛山泪相续。
物苦不知足,得陇又望蜀。人心若波澜,世路有屈曲。
三万六千日,夜夜当秉烛。

○《唐风·蟋蟀》之篇,感兴如此。诗之神韵,与古为化,拟之《十九首》,可谓波澜莫二。结处与通篇一意相贯,即《桃李园序》之意。或谓:"若不知止足,则当夜夜宴游,为识者所笑。"其说未当。

◇萧士赟曰:"'三万六千日',虽太白造辞如此,然其意却祖于《左传》,所谓夺胎换骨,使事而不为事使者。"

古风　大车扬飞尘

大车扬飞尘,亭午暗阡陌。中贵多黄金,连云开甲宅。
路逢斗鸡者,冠盖何辉赫。鼻息干虹蜺,行人皆怵惕。
世无洗耳翁,谁知尧与跖?

◇萧士赟曰:"此篇讽刺之诗,盖为贾昌辈而作。"

◇《东城父老传》曰:"贾昌生七岁,解鸟语音。元(玄)宗在藩邸时,乐民间清明节斗鸡戏。及即位,治鸡坊于两室间,索长安雄鸡千数,养于鸡坊。选六军小儿五百人,使驯扰教饲之。昌为五百小儿长,天子甚爱幸之,金帛之赐,日至其家。开元十三年,鸡笼三百从东封,十四年三月衣斗鸡服,会上于温泉,天下号为'神鸡童',时人为之语曰:'生儿不用识文字,斗鸡走马胜读书。贾家小儿年十三,富贵荣华代不如。'千秋节赐酺,或酺于洛;元会与清明节,皆在骊山。每至是日,万乐具举,六宫必从。昌冠鹖翠金华冠,锦紬绣襦袴,执铎拂,导群鸡叙立于广场,顾盼如神,指挥风生,随鞭指低昂不失。胜负既决,强者前、弱者后,随昌雁行,归于鸡坊。角觚万夫,跳剑寻橦,蹴毬踏绳,舞于竿颠者,意索气阻,已逡巡不敢入,岂教狋扰龙之徒与?"

古风　碧荷生幽泉

碧荷生幽泉,朝日艳且鲜。秋花冒绿水,密叶罗青烟。
秀色空绝世,馨香竟谁传?坐看飞霜满,凋此红芳年。
结根未得所,愿托华池边。

○前有《郢客吟白雪》一篇,云"举世谁为传",此篇云"馨香竟谁传",伤不遇也。末二句情见乎辞,白未尝一日忘事君也;求仙采药,岂其本心哉!严羽云:"观白诗,要识其安身立命处。"此类是也。

◇萧士赟曰:"荷与华池比也。君子有绝世之行,处于僻野而不为世所知,常恐老之将至,而所抱不见于所用,安得托身于朝廷之上哉?是亦太白自伤之意与?"

古风　郑客西入关

郑客西入关,行行未能已。白马华山君,相逢平原里。
璧遗镐池君,明年祖龙死。秦人相谓曰:吾属可去矣。
一往桃花源,千春隔流水。

○赏其风调致佳。平原,当作"平舒"。

◇《史记》："始皇三十六年,使者从关东夜过华阴平舒道。"

古风　羽檄如流星

羽檄如流星，虎符合专城。喧呼救边急，群鸟皆夜鸣。
白日曜紫微，三公运权衡。天地皆得一，澹然四海清。
借问此何为？答言楚征兵。渡泸及五月，将赴云南征。
怯卒非战士，炎方难远行。长号别严亲，日月惨光晶。
泣尽继以血，心摧两无声。因兽当猛虎，穷鱼饵奔鲸。
千去不一回，投躯岂全生。如何舞干戚，一使有苗平。

〇群鸟夜鸣，写出骚然之状。"白日"四句，形容黩武之非。至于征夫之悽惨，军势之怯弱，色色显豁，字字沉痛；结归德化，自是至论。此等诗，殊有关系，体近风雅，与杜甫《兵车行》《出塞》等作，工力悉敌，不可轩轾。宋人罗大经作《鹤林玉露》，乃谓："白作为歌诗，不过狂醉于花月之间，社稷苍生曾不系其心膂，视甫之忧国忧民，不可同年语。"此种识见，真蚍蜉撼大树，多见其不知量也。

◇萧士赟曰："太白此诗，盖讨云南时作也。末二句比南诏为有苗，而深叹当国之大臣不能如益之赞禹、禹之佐舜，敷文德以来远人，致有覆军杀将之耻也。"

◇《通鉴纲目》："天宝十载，剑南节度使鲜于仲通讨南诏，大败于西洱河，士卒死者六万人，仅以身免。杨国忠掩其败状，仍叙其战功，制募兵击之。人闻云南瘴疠，莫肯应募。国忠遣御史分道捕人，枷送军所。十三载，剑南留后李宓击南诏，深入至太和城，士卒疫饥死什七八，引还，蛮追击之，全军皆没。国忠更以捷闻，益发中国兵讨之。前后死者几二十万人，无敢言者。"

◇吴昌祺曰："'干羽'改'干戚'，本陶渊明'刑天舞干戚'。"

古风　孤兰生幽园

孤兰生幽园，众草共芜没。虽照阳春晖，复悲高秋月。
飞霜早淅沥，绿艳恐休歇。若无清风吹，香气为谁发？

○前有《燕臣昔恸哭》一章，与此俱遭谗被放而作。前篇哀而不伤，怨而不诽，尚近《离骚》悲痛之音；此则温柔敦厚，上追"风雅"矣。

◇萧士赟曰："此亦比兴之诗也。君子在野，未能自拔于众人之中，虽蒙主知，而小人之谗毁者已至。孤寒之士，亦如是而已矣。若非在位之人，引类拔萃而荐用之，虽有德馨，亦何以自见哉？"

古风　凤饥不啄粟

凤饥不啄粟，所食惟琅玕。焉能与群鸡，刺促争一餐？
朝鸣崑丘树，夕饮砥柱湍。归飞海路远，独宿天霜寒。
幸遇王子晋，结交青云端。怀恩未得报，感别空长叹。

○前有《凤凰九千仞》一篇，与此皆白自比。怀恩未报，感别长叹，惓惓之诚，溢于言表。

古风　周穆八荒意

周穆八荒意，汉皇万乘尊。淫乐心不极，雄豪安足论。
西海宴王母，北宫邀上元。瑶水闻遗歌，玉杯竟空言。
灵迹成蔓草，徒悲千载魂。

○唐人多以王母比杨妃，如杜甫"西望瑶池降王母"亦然，则上元即指秦、虢辈。末句盖伤之也。

◇萧士赟曰："当时明皇亦好神仙之事,此诗盖有所讽云。"

古风　绿萝纷葳蕤

绿萝纷葳蕤,缭绕松柏枝。草木有所托,岁寒尚不移。
奈何夭桃色,坐叹葑菲诗?玉颜艳红彩,云发非素丝。
君子恩已毕,贱妾将何为?

○纯用比兴,亦骚、雅之遗。金銮召对,欣有托矣;中道被放如去妇,以盛颜鬒发而不见答也。辞意怨而不怒,旨合风人。萧士赟以为有为而作,殆未必然。

◇萧士赟曰:"诗有比有兴,所以抒下情而通讽谕也。当时君臣、夫妇之大伦,不合于礼义,而不克终者,无所不有。太白此诗,必有为而作也。"

古风　美人出南国

美人出南国,灼灼芙蓉姿。皓齿终不发,芳心空自持。
由来紫宫女,共妒青蛾眉。归去潇湘沚,沉吟何足悲。

○亦前篇之意。但前篇寓意于君,此则谓张垍辈之谮毁也。

古风　倚剑登高台

倚剑登高台,悠悠送春目。苍榛蔽层丘,琼草隐深谷。
凤鸟鸣西海,欲集无珍木。鸒斯得所居,蒿下盈万族。
晋风日以颓,穷途方恸哭。

○天宝以还,小人道长、君子道消矣,物亦各从其类也。篇中连类引象,杂而不越。途穷恸哭,亦无可如何而已。

古风　　羽族禀万化

羽族禀万化，小大各有依。周周亦何辜，六翮掩不挥。
愿衔众禽翼，一向黄河飞。飞者莫我顾，叹息将安归？

○知柳下惠之贤，而不与立，所以致恨于臧孙辰之窃位也。
◇萧士赟曰："此诗全祖《庄子》《韩子》二事之意，以鸟为喻，以愧当世在位之不能引拔同类者。"

古风　　恻恻泣路歧

恻恻泣路歧，哀哀悲素丝。路歧有南北，素丝易变移。
万事固如此，人生无定期。田窦相倾夺，宾客互盈亏。
世途多翻覆，交道方崄巇。斗酒强然诺，寸心终自疑。
张陈竟火灭，萧朱亦星离。众鸟集荣柯，穷鱼守枯池。
嗟嗟失权客，勤问何所规。

○辞旨明白。白《古风》凡五十九首，以此篇结之。总厥所述，远追嗣宗《咏怀》，近比子昂《感遇》。其间指事深切，言情笃挚，缠绵往复，每多言外之旨，白之流品亦可睹其概焉。夫开元、天宝，治乱迥殊，林甫、国忠继柄政，宵小盈朝，贤人在野，卒致禄山之乱，宗社几墟。白以倜傥之才，遭谗被放，虽放浪江湖，而忠君忧国之心未尝少忘，身世之感，一于诗发之，诸篇之中，可指数也，岂非"风雅"之嗣音、《诗》人之冠冕乎？朱子尝欲择历代之诗为一编，以继"三百篇"、《楚辞》之后，而以白之古风为之羽翼舆卫，盖有以取之矣。群儿谤伤，何足信哉！

◇萧士赟曰："此诗讥市道交者。太白罹难之余，友朋之交，不能始终如一，而或奔走权门；徒有一类失权之客，勤勤劳问，亦何所规益乎？可以知人心之不古矣。"

◇朱子曰："太白《古风》两卷，皆自陈子昂《感遇》中来，亦有全用其句处。太白去子昂不远，其尊慕如此。"又曰："太白诗如无法度，乃从容于法度之中，盖圣于诗者。"

◇刘克庄曰："太白《古风》，与陈子昂《感遇》之作，笔力相上下。唐之诗人，皆在下风。"

◇冯舒曰："此真《国风》。"

◇沈德潜曰："太白诗纵横驰骤，独《古风》二卷，不矜才，不使气，原本阮公风格。伯玉《感遇》诗，后有嗣音矣。"

卷二

陇西李白诗二

远别离

远别离,古有皇英之二女,乃在洞庭之南,潇湘之浦。
海水直下万里深,谁人不言此离苦?
日惨惨兮云冥冥,猩猩啼烟兮鬼啸雨,我纵言之将何补?
皇穹窃恐不照余之忠诚,雷凭凭兮欲吼怒。
尧舜当之亦禅禹,君失臣兮龙为鱼,权归臣兮鼠变虎。
或言尧幽囚,舜野死。
九疑联绵皆相似,重瞳孤坟竟何是?
帝子泣兮绿云间,随风波兮去无还。
恸哭兮远望,见苍梧之深山。
苍梧山崩湘水绝,竹上之泪乃可灭。

○此忧天宝之将乱,欲抒其忠诚而不可得也。"日"者君象,云盛则蔽其明。啼烟啸雨,阴晦之象甚矣。诗云:"荟兮蔚兮,南山朝隮。"小人之势,至于如此,政事尚可问乎?屈平曰:"理弱而媒拙兮,恐导言之不固。"又曰:"闺中既邃远兮,哲王又不寤。"白以见疏之人,欲言何补?而忠诚不懈如此,此立言之本指。"龙鱼""虎鼠"之喻,亦本《楚词》及《说苑》,兼用《客难》中语,比类陈词,可谓深切著明者矣。

◇萧士赟曰:"太白熟识时病,欲言则惧祸及己,不得已而形之诗章,聊以致其爱君忧国之志而已。"

◇杨载曰:"波澜开阖,如江海之波,一波未平,一波复起;又如兵家之阵,方以为正,又复为奇,方以为奇,忽复是正。出入变化,不可纪极。"

◇刘辰翁曰:"参差曲屈,幽人鬼语,而动荡自然,无长吉之苦。"

◇高棅曰:"此太白伤时,君子失位,小人用事,以致丧乱;身在江湖之上,欲往救而不可,哀忠谏之无从,舒愤疾而作也。"

◇李东阳曰:"古律诗各有音节,然皆限于字数,求之不难。乐府长短句最难调叠,然亦有自然之节。如太白《远别离》,子美《桃竹杖》,皆极其操纵,曷尝按古人声调?而白和顺委曲。"

◇沈德潜曰:"中有欲言不可明言处,故托弔古以抒之,屈折反覆,《离骚》之旨。"

◇郭茂倩曰:"《楚词》云:'悲莫悲兮生别离。'古诗云:'行行重行行,与君生别离。'李陵与苏武诗云:'良时不可再,别离在须臾。'故后人拟之,为'古别离'。梁简文又为《生别离》,宋吴迈远有《长别离》,李白有《远别离》,亦皆类此。"

蜀道难

噫吁嚱,危乎高哉!蜀道之难,难于上青天!
蚕丛及鱼凫,开国何茫然。
尔来四万八千岁,不与秦塞通人烟。
西当太白有鸟道,可以横绝峨眉巅。
地崩山摧壮士死,然后天梯石栈相钩连。

上有六龙回日之高标,下有冲波逆折之回川。
黄鹤之飞尚不得过,猿猱欲度愁攀援。
青泥何盘盘,百步九折萦岩峦。
扪参历井仰胁息,以手抚膺坐长叹。
问君西游何时还?畏途巉岩不可攀。
但见悲鸟号古木,雄飞雌从绕林间。
又闻子规啼夜月,愁空山。
蜀道之难,难于上青天,使人听此凋朱颜!
连峰去天不盈尺,枯松倒挂倚绝壁。
飞湍瀑流争喧豗,砯崖转石万壑雷。
其险也如此,嗟尔远道之人,胡为乎来哉!
剑阁峥嵘而崔嵬,一夫当关,万夫莫开。
所守或非亲,化为狼与豺。
朝避猛虎,夕避长蛇,磨牙吮血,杀人如麻。
锦城虽云乐,不如早还家。
蜀道之难,难于上青天,侧身西望长咨嗟!

○解此诗者,几如聚讼;惟萧士赟谓为禄山乱华、天子幸蜀而作者,得之。盖其诗笔势奇崛,词旨隐跃,往往求之不得,则妄为之说。若析而论之,亦自瞭然可睹。题本古乐府,非白所创。即以"蜀道之难"二语为通篇节奏,"蚕丛及鱼凫"至"以手抚膺坐长叹",极言山川道途之险,以还题意;而其非寻常游幸之地,已见言外,与下文神相贯注。"问君西游何时还",正指幸蜀事。萧士赟曰:"'君'字非泛然而言,犹杜甫《北征》诗'恐君有遗失',及'君诚中兴主'之义。所谓'君'者,明皇也。"其说是也。当日仓皇西幸,扈从萧条,栈道崎岖,霖铃悲感,乌号鹃啼,写出凄凉之状,故曰"使人听此凋朱颜",此为明皇悲也。以下重写"难"字，而以"其险也如此"三句束之。"远道之人"，盖指从者而言，故承以"剑阁峥嵘"六句。楚蒍贾云："我能往，寇亦能往。"蜀之险，不必可恃。故为危之之词，以致其忠爱之意。若如诸说所云"为守蜀者发"，于义为不伦矣。"朝避猛虎"六句，直言避乱而祝其早还，通篇结穴在此。结语收得住，有无限遥情。若徒赏其文章之奇，而不审其深情远意，未为知白者也。胡震亨谓其"海说事理，故包括大，而有合乐府讽世立教本旨"，盖亦穷于解矣。

◇刘辰翁曰："妙在起伏，其才思放肆，语次崛奇，自不必言。"

◇桂临川曰："蜀道难，全为元宗幸蜀而作。至于'一夫当关'云云，为元宗虑深远矣。词旨幽深，雄浑飘逸。欧阳子以《庐山高》方之，殊为可哂。"

◇赵执信曰："原本《楚骚》，集中格调相类者多是，为此体之祖。"

◇沈德潜曰："笔阵纵横，如虬飞蠖动，起雷霆于指顾之间。任华、卢仝辈仿之，适得其怪耳。太白所以为仙才也，'锦城虽云乐，不如早还家'，是其主意。"

◇王僧虔《技录》，有《蜀道难行》。

◇吴兢《乐府解题》曰："《蜀道难》，备言铜梁玉垒之阻，与《蜀国弦》颇同。"

◇洪刍曰："《新唐书·严武传》曰：武在蜀放肆，房琯以故宰相为部内刺史，武踞慢不为礼；最厚杜甫，然欲杀甫数矣。李白作《蜀道难》，乃为房与杜危之也。《新唐书》据范摅《云溪友议》言之耳。按《摭言》载：李白至京，以所业贽谒贺知章，知章览《蜀道难》一篇曰：'子谪仙人也。'白本传：'天宝初，因吴筠被召，亦至长安，时往见贺知章。'则与严武帅蜀，岁月悬远。尝见李集一本，于《蜀道难》题下注'讽章仇兼琼也'，考其年月,近之矣。谓危房、杜者,非也。《新唐书》第弗深考耳。"

◇沈括曰:"前史称严武为剑南节度不法,李白为作《蜀道难》。按孟棨所记,白初至京师,贺知章闻名,首诣之,白出《蜀道难》时,乃天宝初也;严武为剑南,乃在至德以后,肃宗时,年代甚远。盖小说所记,率多舛讹。"

◇萧士赟曰:"所谓'尝见李集一本,于《蜀道难》下注讽章仇兼琼'者,黄鲁直尝于宜州为周惟深作草书《蜀道难》,亦于题下注云'讽章仇兼琼也'。然天宝初,天下乂安,四郊无警,剑阁乃长安入蜀之道,太白非狂者,乃拳拳然欲其严剑阁之守,不知将何所拒乎?以此知其不为章仇兼琼也。"

梁 甫 吟

长啸《梁甫吟》,何时见阳春?
君不见,朝歌屠叟辞棘津,八十西来钓渭滨。
宁羞白发照清水,逢时吐气思经纶。
广张三千六百钓,风期暗与文王亲。
大贤虎变愚不测,当年颇似寻常人。
君不见高阳酒徒起草中,长揖山东隆准公。
入门不拜骋雄辩,两女辍洗来趋风。
东下齐城七十二,指挥楚汉如旋蓬。
狂客落魄尚如此,何况壮士当群雄!
我欲攀龙见明主,雷公砰訇震天鼓,帝傍投壶多玉女。
三时大笑开电光,倏烁晦冥起风雨。
阊阖九门不可通,以额扣关阍者怒。
白日不照吾精诚,杞国无事忧天倾。

猰貐磨牙竞人肉，驺虞不折生草茎。
手接飞猱搏雕虎，侧足焦原未言苦。
智者可卷愚者豪，世人见我轻鸿毛。
力排南山三壮士，齐相杀之费二桃。
吴楚弄兵无剧孟，亚夫咍尔为徒劳。
《梁甫吟》，声正悲，张公两龙剑，神物合有时。
风云感会起屠钓，大人𡶡屼当安之。

○此诗当亦遭谗被放后作，与屈平睊睊楚国同一精诚。"三千六百钓"，迄无定论。按《说苑》云："吕望年七十，钓于渭渚。"《孔丛子》云："太公勤身苦志，八十而遇文王。"以百年三万六千场计之，七十至八十约三千六百钓也。或又以八十始钓，九十始遇，为十年。殆未知《楚辞》所云"太公九十乃显荣"，盖指封国时言也。

◇沈德潜曰："太白以气胜，故拉杂使事，而不见其迹。若不善学之，恐意气粗豪，杂出不伦矣。作诗不可不防其渐。"

◇《古今乐录》曰："王僧虔《技录》：相和歌，楚调五曲，内有《梁甫吟行》，始于诸葛亮。"

◇沈德潜曰："三千六百钓，或言地有三千六百轴。太公合天下而钓之，得与文王相遇也。"

乌 夜 啼

黄云城边乌欲栖，归飞哑哑枝上啼。
机中织锦秦川女，碧纱如烟隔窗语。
停梭怅然忆远人，独宿空房泪如雨。

○语浅意深，乐府本色。

◇刘辰翁曰："语有深于此者，然情之所至皆不如此，则亦不必深也。凡言乐府者，未足以知此。"

◇吴昌祺曰："含蕴无穷，音节绝妙。"

◇《古今乐录》曰："《乌夜啼》者，清商曲也。乃周'房中乐'之遗声，江左所谓'梁宋新声'也。其词始于宋临川王义庆。宋元嘉中，徙彭城王义康于豫章郡，义庆时为江州相，见而哭。文帝闻而怪之，召还宅。义庆大惧，妓妾闻乌夜啼，叩斋阁云：'明日应有赦。'及旦，改南兖州刺史。因作此歌，其词云：'笼葱窗不开，乌夜啼，夜夜望郎来。'盖咏其妾也。"

◇李勉《琴说》曰："《乌夜啼》，何晏之女所造，与此义同而事异。"

乌 栖 曲

姑苏台上乌栖时，吴王宫里醉西施。

吴歌楚舞欢未毕，青山欲衔半边日。

银箭金壶漏水多，起看秋月坠江波。

东方渐高奈乐何！

○乐极悲生之意，写得微婉。荒宴未几，而麋鹿游于姑苏矣。全不说破，可谓兴寄深微者。胡应麟以杜之《七哀》隽永深厚、法律森然，谓此篇斤两稍轻、咏叹不足，真意为谤伤，未足与议也。末缀一单句，有不尽之妙。

◇贺知章曰："此诗可以泣鬼神。"

◇范摅曰："此篇与《乌夜啼》，可谓精金粹玉。"

◇萧士赟曰："深得《国风》刺诗之体，盛言其美，而不美者自见。"

◇《乐录》："鸟兽二十一曲之一。"

战 城 南

去年战,桑乾源;今年战,葱河道。
洗兵条支海上波,放马天山雪中草。
万里长征战,三军尽衰老。
匈奴以杀戮为耕作,古来惟见白骨黄沙田。
秦家筑城避胡处,汉家还有烽火然。
烽火然不息,征战无已时。
野战格斗死,败马号鸣向天悲。
乌鸢啄人肠,衔飞上挂枯树枝。
士卒涂草莽,将军空尔为。
乃知兵者是凶器,圣人不得已而用之。

○古词云:"战城南,死郭北,野死不葬乌可食。"又云:"愿为忠臣安可得。"白诗亦本其意,而语尤惨痛,意更切至,所以刺黩武而戒穷兵者深矣。

◇萧士赟曰:"开元、天宝中,上好边功,征伐无时。此诗盖有所讽也。"

◇沈德潜曰:"'匈奴'二句,可谓奇语。末本庄语,却以摇曳出之。"

◇《古今乐录》曰:"《战城南》,汉鼓吹铙歌十八曲之六。"

行行且游猎篇

边城儿,生年不读一字书,但将游猎夸轻趫。
胡马秋肥宜白草,骑来蹑影何矜骄。

金鞭拂雪挥鸣鞘，半酣呼鹰出远郊。
弓弯满月不虚发，双鸧迸落连飞髇。
海边观者皆辟易，猛气英风振沙碛。
儒生不及游侠人，白首下帷复何益。

○揆文教，奋武卫，二者不可偏废。此白愤时有激而作。盖天宝以后，益好边功，武士得志，亦世道之忧也。

◇《乐府解题》曰："梁刘孝威《游猎篇》，备言游行射猎之事。亦谓之《行行且游猎》篇。"

飞 龙 引

鼎湖流水清且闲，轩辕去时有弓剑，古人传道留其间。
后宫婵娟多花颜，乘鸾飞烟亦不还，骑龙攀天造天关。
造天关，闻天语，长云河车载玉女。
载玉女，过紫皇，紫皇乃赐白兔所捣之药方。
后天而老凋三光，不视瑶池见王母，蛾眉萧飒如秋霜。

○一结从《大人赋》翻出。仙者后天而老，乃蛾眉萧飒如许，则不老者且先凋矣。讽意微而显。

◇萧士赟曰："《飞龙引》者，古乐府鱼龙六曲之一。"

行 路 难

金樽清酒斗十千，玉盘珍羞值万钱；
停杯投箸不能食，拔剑四顾心茫然。
欲渡黄河冰塞川，将登太行雪满山。
闲来垂钓碧溪上，忽复乘舟梦日边。

行路难,行路难!多歧路,今安在?
长风破浪会有时,直挂云帆济沧海。

○冰塞雪满,道路之难甚矣;而日边有梦,破浪济海,尚未决志于去也。后有二篇,则畏其难而决去矣。此盖被放之初,述怀如此,真写得"难"字意出。

◇刘辰翁曰:"结得不至鼠尾,甚善。"

◇郭茂倩曰:"《乐府解题》云:《行路难》,备言世路艰难及离别悲伤之意,多以'君不见'为首。按《陈武别传》曰:'武常牧羊,诸家牧竖有知歌谣者,武遂学《行路难》。'则所起亦远矣。"

长相思

长相思,在长安。
络纬秋啼金井阑,微霜凄凄簟色寒。
孤灯不明思欲绝,卷帷望月空长叹,美人如花隔云端。
上有青冥之长天,下有渌水之波澜;
天长路远魂飞苦,梦魂不到关山难。
长相思,摧心肝!

○络纬秋啼,时将晚矣。曹植云:"盛年处房室,中夜起长叹。"其寓兴则同,然植意以礼义自守,此则不胜沦落之感。《卫风》曰:"云谁之思,西方美人。"《楚辞》曰:"恐美人之迟暮。"贤者穷于不遇,而不敢忘君,斯忠厚之旨也。辞清意婉,妙于言情。

◇梅鼎祚曰:"缀景幽绝,如泣如诉,怨而不诽。"

◇郭茂倩曰:"古诗云:'客从远方来,遗我一书札。上言长相思,下言久别离。''长'者久远之辞,言行人久戍寄书,以遗所思也。又曰:'客从远方来,遗我一端绮。文彩双鸳鸯,裁为合欢被。著以长相思,缘以结不解。'谓被中着绵,以致相思绵绵之意,故曰'长相思'也。又有《千里思》,与此相类。"

上留田行

行至上留田,孤坟何峥嵘。
积此万古恨,春草不复生,悲风四边来,肠断白杨声。
借问谁家地,埋没蒿里茔?
古老向余言,言是上留田。
蓬科马鬣今已平,昔之弟死兄不葬,他人于此举铭旌。
一鸟死,百鸟鸣;一兽走,百兽惊。
桓山之禽别离苦,欲去回翔不能征。
田氏仓卒骨肉分,青天白日摧紫荆。
交柯之木本同形,东枝憔悴西枝荣。
无心之物尚如此,参商胡乃寻天兵?
孤竹延陵,让国扬名,高风缅邈,颓波激情。
尺布之谣,塞耳不能听。

○萧士赟说得之。白之从璘,虽曰迫胁,亦其倜傥自负,欲藉以就功名故也。词气激切,若有不平之感,如谢灵运所云"道消结愤懑"者。桓山之禽,盖白自比也。胡应麟《诗薮》称其《公无渡河篇》"波滔天,尧咨嗟,大禹湮百川,儿啼不窥家,其害乃去,茫然风沙"等语,为极力摹汉。似此情质词古,何遽不如汉也!

◇萧士赟曰:"'孤竹延陵'数句,非泛然之作。以唐史至德间事考之,其为李成式辈以谋激永王璘之反,而执杀之。太白目击其事,故作是诗与?"

◇沈德潜曰:"末一段促节繁音,如闻乐章之乱。"

◇王僧虔《技录》:"瑟调曲之一。"

◇崔豹《古今注》:"上留田,地名也。其地有不字其孤弟者,邻人作悲歌以讽其兄,故有此曲。"

前有一樽酒行

春风东来忽相过,金樽渌酒生微波。
落花纷纷稍觉多,美人欲醉朱颜酡。
青轩桃李能几何?流光欺人忽蹉跎。
君起舞,日西夕。
当年意气不肯平,白发如丝叹何益?

○即白所云"浮生若梦,为欢几何"之意。写来偏自细致,不是一味豪放,又不是齐梁卑靡之音,故妙。

◇乐府觞酌十曲之一。

夜 坐 吟

冬夜夜寒觉夜长,沉吟久坐坐北堂。
冰合井泉月入闺,金缸青凝照悲啼。
金缸灭,啼转多,掩妾泪,听君歌。
歌有声,妾有情;情声合,两无违。
一语不入意,从君万曲梁尘飞。

○空谷幽泉,琴声断续,恩怨尔汝,呢呢如闻,景细情真。结语从鲍照诗翻案而出。

◇萧士赟曰:"《前有一樽酒行》《夜坐吟》三篇,鲍照乐府《白纻词》体也。鲍诗云:'万曲不关心,一曲动情多。欲知情厚薄,更听此声过。'"

◇谭元春曰:"似鲍参军'体君歌,逐君音,不贵声,贵意深'，而以'一语不入'二句，露出爽俊之致，微有别耳。"

◇郭茂倩曰："《夜坐吟》，鲍照所作也，其词曰'冬夜沉沉夜坐吟'，言听歌逐音，因音托意也。"

野田黄雀行

游莫逐炎洲翠，栖莫近吴宫燕。
吴宫火起焚巢窠，炎洲逐翠遭网罗。
萧条两翅蓬蒿下，纵有鹰鹯奈若何！

○黯然自伤，当在浔阳既败之后。胡震亨云："不参按白身世遭遇之概，不知其因事傅题、借题抒情之本指。"最为有见。故颂诗者，必贵于论世也。

◇《古今乐录》曰："王僧虔《技录》有《野田黄雀行》，晋乐奏东阿王《置酒高殿上》一篇。"

箜篌谣

攀天莫登龙，走山莫骑虎。
贵贱结交心不移，唯有严陵及光武。
周公称大圣，管蔡宁相容？
汉谣一斗粟，不与淮南春。
兄弟尚路人，吾心安所从？
他人方寸间，山海几千重。
轻言托朋友，对面九疑峰。
开花必早落，桃李不如松。
管鲍久已死，何人继其踪？

○白之受知明皇，礼遇殊绝。当时王公贵人，交游亦众；浔阳既败,莫为省记。故以严陵、光武及管、鲍为比,言管、蔡者事之缘起如此也。卒之为白纳官赎罪者,郭子仪也,亦可以无憾矣。

◇萧士赟曰:"《琴操》五十七曲九引,内有《箜篌引》,亦曰《公无渡河》,亦曰《箜篌谣》。"

夷则格上白鸠拂舞辞

铿鸣钟,考朗鼓,歌《白鸠》,引拂舞。

白鸠之白谁与邻?霜衣雪襟诚可珍,含哺七子能平均。

食不嘻,性安驯,首农政,鸣阳春。

天子刻玉杖,镂形赐耆人。

白鹭之白非纯真,外洁其色心匪仁。

阙五德,无司晨,胡为啄我葭下之紫鳞!

鹰鹯鵰鹗,贪而好杀。

凤凰虽大圣,不愿以为臣。

○诗妙比兴,苟无关风义,不作可也。盖自李林甫用,而聚敛之臣进,严酷之吏多,此诗所以刺也。词之古奥,超魏入汉。王世贞乃谓"李白乐府,出入齐梁",非笃论也。

◇钟惺曰:"似刺当时罗织诸狱吏,写出疾恶去残之意,说得有体。"

◇杨齐贤曰:"唐《礼乐志》曰:'《白鸠》,吴拂舞曲也。'"

◇萧士赟曰:"拂舞歌五曲有《白鸠篇》,亦曰《白凫舞》,以其歌且舞也。亦入清商曲。按晋杨泓《舞序》云:'自到江南,见《白符舞》。''符'即'凫'也,'白凫舞'即'白鸠舞'也。白凫之辞,出于吴拂舞五篇,并晋人采集亡国所作;惟《白凫》不用吴旧歌而更作之,命曰《白鸠篇》。"

◇《古今乐录》曰:"鞞铎巾拂四舞,'梁并夷则格,钟磬鸠拂和',故白拟其词。"

日 出 行

日出东方隈,似从地底来。
历天又入海,六龙所舍安在哉?
其始与终古不息,人非元气,安得与之久徘徊。
草不谢荣于春风,木不怨落于秋天。
谁挥鞭策驱四运,万物与歇皆自然。
羲和羲和,汝奚汩没于荒淫之波?
鲁阳何德,驻景挥戈,逆道违天,矫诬实多。
吾将囊括大块,浩然与溟涬同科。

○《易》曰"原始反终",故知死生之说,不知自然之运,而意于长生久视者,妄也。诗意似为求仙者发,故前云"人非元气,安得与之久徘徊",后云"鲁阳挥戈,矫诬实多",而结以"与溟涬同科",言不如委顺造化也。若谓写时行物生之妙,作理学语,亦索然无味矣。观此,益知白之学仙,盖有所托而然也。

◇乐府《日出行》者,时景二十一曲之一。

北 风 行

烛龙栖寒门,光曜犹旦开。
日月照之何不及此?唯有北风号怒天上来。
燕山雪花大如席,片片吹落轩辕台。
幽州思妇十二月,停歌罢笑双蛾摧。

倚门望行人,念君长城苦寒良可哀。
别时提剑救边去,遗此虎纹金鞞靫。
中有一双白羽箭,蜘蛛结网生尘埃。
箭空在,人今战死不复回。
不忍见此物,焚之已成灰。
黄河捧土尚可塞,北风雨雪恨难裁。
〇悲歌激楚。
◇唐汝询曰:"此为戍妇之辞以讽也。"
◇郭茂倩曰:"《北风》,卫诗也。《传》曰:'北风寒凉,病害万物。若鲍照《北风凉》,李白《烛龙栖寒门》,皆伤北风雨雪;而行人不归,与卫诗异矣。'"
◇《淮南子》:"烛龙在雁门,北蔽于委羽之山,不见日。"又曰:"八纮之外有八极,北极之山曰寒门。"
◇《山海经》:"西有王母之山,有轩辕之台。"陈子昂诗:"北登蓟丘望,求古轩辕台。"

卷三

陇西李白诗三

关山月

明月出天山，苍茫云海间。长风几万里，吹度玉门关。
汉下白登道，胡窥青海湾。由来征战地，不见有人还。
戍客望边色，思归多苦颜。高楼当此夜，叹息未应闲。
○朗如行玉山，可作白自道语。格高气浑，双关作收，弥有逸致。
◇吕居仁曰："太白诗如《明月出天山》等篇，气盖一世，学者能熟味之，自不褊浅矣。"
◇胡应麟曰："雄浑之中，多少闲雅。"
◇《乐府解题》曰："汉横吹曲二十八解，魏晋以来惟传十曲。又有《关山月》等八曲，合十八曲。《关山月》，伤离别也。"

独漉篇

独漉水中泥，水浊不见月。
不见月尚可，水深行人没。
越鸟从南来，胡鹰亦北渡。

我欲弯弓向天射，惜其中道失归路。

落叶别树，飘零随风；客无所托，悲与此同。

罗帏舒卷，似有人开；明月直入，无心可猜。

雄剑挂壁，时时龙鸣；不断犀象，绣涩苔生。

国耻未雪，何由成名？神鹰梦泽，不顾鸱鸢。

为君一击，鹏搏九天！

○全从古词夺换而出，其妙过之。"世人但学兰亭面，欲换凡骨无金丹。"如白之乐府，真乃神移意授，变化从心，故使青出于蓝、冰寒于水。

◇苏辙曰："'罗帏舒卷'四语，殊不可及。"

◇萧士赟曰："《独漉篇》，即拂舞歌五曲中之《独禄篇》也。《太白集》中，'禄'字作'漉'字。其间命意造辞，亦模仿规拟，特古辞为父报仇，太白则为国雪耻耳。"

登高丘而望远海

登高丘，望远海。

六鳌骨已霜，三山流安在？

扶桑半摧折，白日沉光彩。

银台金阙如梦中，秦皇汉武空相待。

精卫费木石，鼋鼍无所凭。

君不见骊山茂陵尽灰灭，牧羊之子来攀登。

盗贼劫宝玉，精灵竟何能？

穷兵黩武今如此，鼎湖飞龙安可乘。

◇萧士赟曰："此题《乐录》及《解题》，并无前闻。太白此诗，不过引秦皇汉武巡海求仙之事，以通讽谏耳。"

◇唐汝询曰:"此讥方士之无益也。"

双 燕 离

双燕复双燕,双飞令人羡。
玉楼珠阁不独栖,金窗绣户长相见。
柏梁失火去,因入吴王宫。
吴宫又焚荡,雏尽巢亦空。
憔悴一身在,孀雌忆故雄。
双飞难再得,伤我寸心中。
○途穷恸哭,岂胜身世之感!《五噫》《四愁》,同此酸楚。
◇萧士赟曰:"此其太白自叹之作乎?首四句言待诏金銮时也。'柏梁失火去',喻遭谗被放时也。中三句喻以累遭谪时也。末四句言放逐之余,思君而不得再见,安得不为之伤心乎?亦可哀也已。"
◇《琴历(集)》曰:"河间新歌二十一章之一有《双燕离》。"

山人劝酒

苍苍云松,落落绮皓。
春风尔来为阿谁?蝴蝶忽然满芳草。
秀眉霜雪颜桃花,骨青髓绿长美好。
称是秦时避世人,劝酒相欢不知老。
各守麋鹿志,耻随龙虎争。
欻起佐太子,汉王乃复惊。

顾谓戚夫人：彼翁羽翼成。
归来商山下，泛若云无情。
举觞酹巢由，洗耳何独清。
浩歌望嵩岳，意气还相倾。

○泛咏"四皓"，便是无情之文。故注家以为感时事，刺卢鸿辈，不为无见。白居易《四皓庙》云："如彼旱天云，一雨百谷滋。泽则在天下，云复归希夷。"可谓蕴藉有味矣。白诗却只有五字，曰"泛若云无情"，尤为深妙。知古人每相本也。

◇萧士赟曰："此诗盖为明皇废太子瑛，有所感而作也。明皇之时，卢鸿、王希夷隐居嵩山，李元恺、吴筠之徒皆以隐逸称，或召至阙廷，或遣问政事，徒尔高谈阔论，然未有能如'四皓'之一言而太子得不易也。末句亦深不满于嵩岳之隐者与？其意微而显矣。"

◇乐府《山人劝酒》者，觞酌七曲之一。

于阗采花

于阗采花人，自言花相似。
明妃一朝西入胡，胡中美女多羞死。
乃知汉地多名姝，胡中无花可方比。
丹青能令丑者妍，无盐翻在深宫里。
自古妒蛾眉，胡沙埋皓齿。

○沉沦不偶之士，如明妃者，自古不乏。若林甫当国，而云野无遗贤，则贤不肖之易置者众矣。即白之受谮于张垍，所谓入宫见妒，固其宜也。结语峭甚，可为叹绝。

◇《乐录》："《于阗采花》者，蕃胡四曲之一。"

鞠歌行

玉不自言如桃李，鱼目笑之卞和耻。
楚国青蝇何太多，连城白璧遭谗毁。
荆山长号泣血人，忠臣死为刖足鬼。
听曲知宁戚，夷吾因小妻。
秦穆五羊皮，买死百里奚。
洗拂青云上，当时贱如泥。
朝歌鼓刀叟，虎变磻溪中。
一举钓六合，遂荒营丘东。
平生渭水曲，谁识此老翁？
奈何今之人，双目送飞鸿。

○起六句一意三折，语语奇隽，盖述遭谗被放之感。粪壤充帏，而申椒不芳，亦此物也。"听曲知宁戚"以下，托意古人，与《梁甫吟》起处同意，亦本骚中语化出。目送飞鸿，用卫灵见孔子事，乃心不在贤之意。一路平直到此，截然而止，却与起势相称，章法可玩。

◇萧士赟曰："太白此词，始则伤士之遭谗废弃，中则羡乎四贤之遇合有时，终则重叹今人不能如古人之识士也，亦借此自况云耳。"

◇王僧虔《技录》："平调七曲七，曰《鞠歌行》。"

◇陆机《鞠歌行序》曰："按汉宫阁有含章鞠室、灵芝鞠室。后汉马防第宅卜临道，连阁通池，鞠城弥于街路。《鞠歌》，将谓此也。又东阿王诗'连骑击壤'，或谓蹙鞠乎？三言七言，虽奇宝名器，不遇知己，终不见重，愿逢知己以托意焉。"

幽 涧 泉

拂彼白石,弹吾素琴。

幽涧愀兮流泉深,善手明徽高张清。

心寂历似千古,松飕飗兮万寻。

中见愁猿吊影而危处兮,叫秋木而长吟。

客有哀时失职而听者,泪淋浪以霑襟。

乃缉商缀羽,潺湲成音。

吾但写声发情于妙指,殊不知此曲之古今。

幽涧泉,鸣深林。

○此琴操也。松响猿吟,写出凄清幽怨之音曲,涧泉声泠然在耳。

◇钟惺曰:"'中见',非目境也,就琴中见之。末后'殊不知'一语,妙达乐理。"

◇乐府《幽涧泉》者,山水二十四曲之一。

王 昭 君

昭君拂玉鞍,上马啼红颊。今日汉宫人,明朝胡地妾。

○题多名篇,此只以十字尽之。校"今朝犹汉地,明旦入胡关"之句,词意倍为激烈。

◇《古今乐录》曰:"《元嘉技录》:吟叹四曲,二曰《王明君》,石崇作。"

◇郭茂倩云:"一曰《王昭君》。《唐书·乐志》曰:'明君,汉曲也,石崇以此曲教绿珠,而自制新辞。'"

荆州歌

白帝城边足风波,瞿塘五月谁敢过?

荆州麦熟茧成蛾,缫丝忆君头绪多,拨谷飞鸣奈妾何!

○古质入汉,得风人之遗韵。乐府妙处,如是如是。

◇桂临川曰:"李诗短章,若《荆州歌》等作,俱出风雅,可以被之管絃者也。"

◇郭茂倩曰:"《荆州歌》,盖出于清商曲江陵乐。荆州即江陵也。有《纪南城》,梁简文《荆州歌》云:'纪城南里望朝云,雉飞麦熟妾思君。'是也。"

◇萧士赟曰:"拨谷,布谷也。"

雉子斑

辟邪伎作鼓吹惊,雉子斑之奏曲成,喔咿振迅欲飞鸣。

扇锦翼,雄风生,双雌同饮啄,趫悍谁能争。

乍向草中耿介死,不求黄金笼下生。

天地至广大,何惜遂物情。

善卷让天子,务光亦逃名。

所贵旷士怀,朗然合太清。

○前半傅题,后半摅意。隐者为高,故往而不返,究何关于造物之大,然亦各行其志也。白本高旷,故其言如此。

◇萧士赟曰:"天宝之末,争名者于朝,争利者于市。太白此诗,其有所讽与?"

◇《古今乐录》曰:"汉鼓吹铙歌十八曲,其十三曰《雉子斑》。梁三朝乐第四十一,设辟邪伎鼓吹作《雉子斑》曲引去来。"

相逢行

相逢红尘内,高揖黄金鞭。万户垂杨里,君家阿那边。

○顾华玉论五言绝,以调古为上乘,以情真为得体。李白有之。

◇王僧虔《技录》:"相和歌清调六曲,有《相逢狭路行》,亦曰《长安有狭邪行》,亦曰《相逢行》。"

◇胡震亨曰:"阿那,犹云'若个'也。"

有所思

我思仙人乃在碧海之东隅。

海寒多天风,白波连山倒蓬壶。

长鲸喷涌不可涉,抚心茫茫泪如珠。

西来青鸟东飞去,愿寄一书谢麻姑。

○"海寒多天风"五字,融铸古人,自成奇句。

◇萧士赟曰:"王僧虔《技录》:相和歌瑟调三十八曲,内有《有所思》;又汉短箫铙歌二十二曲,其一曰《有所思》,亦曰《嗟佳人》。注云:汉大乐食举十三曲第七曰《有所思》,汉朝以此乐侑食。"

久别离

别来几春未还家?玉窗五见樱桃花。

况有锦字书,开缄使人嗟。

至此肠断彼心绝,云鬟绿鬓罢梳结,愁如回飚乱白雪。

去年寄书报阳台,今年寄书重相催。
东风兮东风,为我吹行云使西来。
待来竟不来,落花寂寂委青苔。
〇一往缠绵,所谓缘情之什,却自不涉绮靡。
◇《古今乐录》:"别离十九曲之一。"

白 头 吟

锦水东北流,波荡双鸳鸯。
雄巢汉宫树,雌弄秦草芳。
宁同万死碎绮翼,不忍云间两分张。
此时阿娇正娇妒,独坐长门愁日暮。
但愿君恩顾妾深,岂惜黄金买词赋。
相如作赋得黄金,丈夫好新多异心。
一朝将聘茂陵女,文君因赠《白头吟》。
东流不作西归水,落花辞条羞故林。
兔丝固无情,随风任倾倒。
谁使女萝枝,而来强萦抱?
两草犹一心,人心不如草。
莫卷龙须席,从他生网丝。
且留琥珀枕,或有梦来时。
覆水再收岂满怀,弃妾已去难重回。
古来得意不相负,只今惟有青陵台。
◇萧士赟曰:"辞惋意悲。《国风》好色而不淫,《小雅》怨诽而不乱,是诗得之矣。"
◇冯舒曰:"天际鸾吟,非复人间凡响。"

◇沈德潜曰："此随题感兴耳。后人欲扭合时事，支离无谓。'兔丝固无情'以下，信手拈来，无不入妙。"

◇《古今乐录》曰："王僧虔《技录》：楚调曲有《白头吟行》，歌古'皑如山上雪'篇。《西京杂记》云卓文君作。"

◇《宋书·乐志》："大曲十五曲曰《白头吟》。"

采 莲 曲

若耶溪旁采莲女，笑隔荷花共人语。
日照新妆水底明，风飘香袂空中举。
岸上谁家游冶郎，三三五五映垂杨。
紫骝嘶入落花去，见此踟蹰空断肠。

○绮而不艳，此自关乎天分。王安石云："诗人各有所得。'清水出芙蓉，天然去雕饰'，此李白所得也。"于此亦可见之。

◇刘辰翁曰："浅语尽情。"

◇《古今乐录》曰："梁武帝制《江南弄》七曲，三曰《采莲曲》。"

临江王节士歌

洞庭白波木叶稀，燕鸿始入吴云飞。
吴云寒，燕鸿苦，风号沙宿潇湘浦，节士悲秋泪如雨。
白日当天心，照之可以事明主。
壮士愤，雄风生，安得倚天剑，跨海斩长鲸。

○"白日当天心"二语，深于写照。

◇萧士赟曰："乐府游侠曲二十一，中有《临江王节士歌》，陆厥所作。"

长干行（二首）

妾发初覆额，折花门前剧。郎骑竹马来，绕床弄青梅。
同居长干里，两小无嫌猜。十四为君妇，羞颜未尝开。
低头向暗壁，千唤不一回。十五始展眉，愿同尘与灰。
常存抱柱信，岂上望夫台。十六君远行，瞿塘滟滪堆。
五月不可触，猿声天上哀。门前迟行迹，一一生绿苔。
苔深不能扫，落叶秋风早。八月蝴蝶黄，双飞西园草。
感此伤妾心，坐愁红颜老。早晚下三巴，预将书报家。
相迎不道远，直至长风沙。

○儿女子情事，直从胸臆间流出，萦纡迴折，一往情深。尝爱司空图所云"道不自器，与之圆方"，为深得委曲之妙，此篇庶几近之。

◇钟惺曰："古秀，真汉人乐府。"
◇杨慎曰："'胡蝶来'，《文粹》作'胡蝶黄'。蝶以春来，八月非来时，秋蝶多黄，感金气也。白乐天诗'秋蝶黄茸茸'，此可以证。"

忆妾深闺里，烟尘未曾识。嫁与长干人，沙头候风色。
五月南风兴，思君下巴陵。八月西风起，想君发扬子。
去来悲如何，见少离别多。湘潭几日到？妾梦越风波。
昨夜狂风度，吹折江头树。淼淼暗无边，行人在何处？
好乘浮云骢，佳期兰渚东。鸳鸯绿蒲上，翡翠锦屏中。
自怜十五余，颜色桃花红。那作商人妇，愁水复愁风。

○黄庭坚以此为李益所作，颇为具眼。即以前篇校之，气体固殊矣。以其清丽存之。

◇冯舒曰："此等诗，俱元气所陶冶，未可以中唐后诗法论之。"

◇冯班曰："二篇句句有本。"

◇《乐府遗声》："都邑三十四曲有《长干行》。"

◇《吴都赋》"长干延属"注云："江东谓山冈间为干，建邺之南，有大长干、小长干。"

古朗月行

小时不识月，呼作白玉盘。又疑瑶台镜，飞在白云端。
仙人垂两足，桂树作团团。白兔捣药成，问言与谁餐？
蟾蜍蚀圆影，大明夜已残。羿昔落九乌，天人清且安。
阴精此沦惑，去去不足观。忧来其如何？凄怆摧心肝。

○寓托处书法谨严。"蟾蜍"以比禄山，"阴精"以刺太真，取义皆切羿射九乌。以彼比此，原无指实，必字字为之附会，则凿矣。

◇胡震亨曰："此诗生于《天问》'夜光何德，死则又育？厥利维何，而顾兔在腹'数语。卢仝《月蚀诗》又生于此。始则微词含寄，终至破口发村矣。"

◇《乐府遗声》："时景二十五曲有《明月》篇，亦曰《朗月子》。"

独不见

白马谁家子？黄龙边塞儿。天山三丈雪，岂是远行时。
春蕙忽秋草，莎鸡鸣西池。风摧寒梭响，月入霜闺悲。

忆与君别年，种桃齐蛾眉。桃今百余尺，花落成枯枝。终然独不见，流泪空自知。

○"喓喓草虫，趯趯阜螽。卉木萋止，女心悲止。"思妇之言，《三百篇》具矣。幽怨凄清，宛然可听。

◇《乐府解题》曰："《独不见》，伤思而不得见也。"

白纻辞（三首录二）

扬清歌，发皓齿，北方佳人东邻子。
且吟《白纻》停《绿水》，长袖拂面为君起。
寒云夜卷霜海空，胡风吹天飘塞鸿。
玉颜满堂乐未终，馆娃日落歌吹濛。

◇萧士赟曰："全篇句意间架，并是拟鲍明远者，杜少陵所谓'俊逸鲍参军'者与？"

月寒江清夜沉沉，美人一笑千黄金，垂罗舞縠扬哀音。
郢中白雪且莫吟，子夜吴歌动君心。
动君心，冀君赏，愿作天池双鸳鸯，一朝飞去青云上。

○二诗虽出入古词，要自情景双美，别具丰神。

◇郭茂倩曰："《宋书·乐志》云：《白纻舞》，按舞辞有巾袍之言。纻本吴地所生，宜是吴舞也。《乐府解题》曰：古辞盛称舞者之美，宜及芳时为乐也。《唐书·乐志》曰：梁武帝令沈约改其辞为《四时白纻歌》。"

◇萧士赟曰："《白纻歌》有《白纻舞》，吴地出纻，故兴其所见以寓意。始则田野之作，后乃大乐氏用焉。其音入清商调，故清商七曲有《子夜》者，即《白纻》也。在吴歌为《白纻》，在雅歌为《子夜》，其实一也。"

鸣雁行

胡雁鸣,辞燕山,昨发委羽朝度关。
一一衔芦枝,南飞散落天地间,连行接翼往复还。
客居烟波寄湘吴,凌霜触雪毛体枯,畏逢矰缴惊相呼。
闻弦虚坠良可吁,君更弹射何为乎?

〇此白遭难避祸而作,步步忧虞,所谓惊弓之鸟。一结婉而多讽,涌之恻然。

◇郭茂倩曰:"《邶风》'雍雍鸣雁,旭日始旦',郑笺云:'雁者随阳而处,似妇人从夫,故婚礼用焉。雍雍,声和也。'《鸣雁行》盖出于此。"

妾薄命

汉帝宠阿娇,贮之黄金屋。咳唾落九天,随风生珠玉。
宠极爱还歇,妒深情却疏。长门一步地,不肯暂迴车。
雨落不上天,水覆难再收。君情与妾意,各自东西流。
昔日芙蓉花,今成断肠草。以色事他人,能得几时好!

〇因题见意,与《白头吟》同,不必妄傅时事也。"雨落不上天"以下,一意折旋,可以发人深省。

◇萧士赟曰:"虽言汉武之事,而意实在于王皇后之废。辞意悽断,令人感叹。"

◇谢枋得曰:"陈无已'叶落风不起,山花空自红',正如太白'雨落不上天,覆水难重收'之意。"

◇沈德潜曰:"形容尽态,妙于语言。"

◇萧士赟曰:"乐府佳丽四十七曲中有《妾薄命》,曹植有

《妾薄命》篇，事出《汉书·许后传》，曰：'奈何妾薄命，端遇竟宁前？'"

◇陶弘景《仙方注》曰："断肠草，不可食。其花美好，名芙蓉花。"

幽州胡马客歌

幽州胡马客，绿眼虎皮冠。笑拂两只箭，万人不可干。
弯弓若转月，白雁落云端。双双掉鞭行，游猎向楼兰。
出门不顾后，报国死何难？天骄五单于，狼戾好凶残。
牛马散北海，割鲜若虎餐。虽居燕支山，不道朔雪寒。
妇女马上笑，颜如赪玉盘。翻飞射鸟兽，花月醉雕鞍。
旄头四光芒，争战若蜂攒。白刃洒赤血，流沙为之丹。
名将古谁是？疲兵良可叹。何时天狼灭，父子得闲安。

○明皇喜事边功，宠任蕃将。天宝十载，高仙芝败于大食，安禄山败于契丹。是诗之作，必刺禄山也。"出门不顾后，报国死何难"，诘之也；"名将古谁是？疲兵良可叹"，伤之也。言切而意悲矣。

◇《古今乐录》曰："梁鼓角横吹三十六曲，又有隔谷等二十七曲，中有《幽州马客吟》。"

◇《通鉴纲目》："天宝十载，夏石国王子潜引大食，欲攻四镇，仙芝将兵三万击之，大败，士卒略尽。秋八月，安禄山将三道兵六万讨契丹，奚与契丹合，夹击唐兵，杀伤殆尽，禄山以二十骑走入师州。"

卷四

陇西李白诗四

门有车马客行

门有车马宾,金鞍耀朱轮。谓从丹霄落,乃是故乡亲。
呼儿扫中堂,坐客论悲辛。对酒两不饮,停觞泪盈巾。
叹我万里游,飘飘三十春。空谈帝王略,紫绶不挂身。
雄剑藏玉匣,《阴符》生素尘。廓落无所合,流离湘水滨。
借问宗党间,多为泉下人。生苦百战役,死托万鬼邻。
北风扬胡沙,埋翳周与秦。大运且如此,苍穹宁匪仁?
恻怆竟何道,存亡任大钧。

○此非漫拟前人,正写身世之感。虽与陆机诗相出入,而笔力校劲,气象亦大。后半俯仰慨叹,所见者大,义远情深,岂徒作者!

◇王僧虔《技录》:"瑟调曲有《门有车马客行歌》东阿王《置酒高殿上》一篇。"

东海有勇妇

梁山感杞妻,恸哭为之倾。金石忽暂开,都由激深情。

东海有勇妇,何惭苏子卿。学剑越处子,超然若流星。
捐躯报夫雠,万死不顾生。白刃耀素雪,苍天感精诚。
十步两躩跃,三呼一交兵。斩首掉国门,蹴踏五藏行。
豁此伉俪愤,粲然大义明。北海李使君,飞章奏天庭。
舍罪警风俗,流芳播沧瀛。名在列女籍,竹帛已先荣。
淳于免诏狱,汉主为缇萦。津妾一櫂歌,脱父于严刑。
十子若不肖,不如一女英。豫让斩空衣,有心竟无成。
要离杀庆忌,壮夫所素轻。妻子亦何辜?焚之买虚声。
岂如东海妇,事立独扬名。

○辞气甚古,写出义烈之情,凛凛有生气。

◇郭茂倩曰:"魏鼙舞五曲有《关中有贤女》,白作此以代之。"

黄葛篇

黄葛生洛溪,黄花自绵幂。青烟蔓长条,缭绕几百尺。
闺人费素手,采缉作絺绤。缝为绝国衣,远寄日南客。
苍梧大火落,暑服莫轻掷。此物难过时,是妾手中迹。

○情至语,何可多得!

◇萧士赟曰:"忠厚之意,发于情性,风雅之作也。世人作诗评,乃谓太白诗全无关于人伦风教,是亦未之思耳。"

◇《乐府遗声》:"草木二十一曲有《种葛篇》。"

塞下曲(六首录二)

五月天山雪,无花只有寒。笛中闻《折柳》,春色未曾看。

晓战随金鼓，宵眠抱玉鞍。愿将腰下剑，直为斩楼兰。
◇沈德潜曰："四语直下，从前未具此格。"

塞虏乘秋下，天兵出汉家。将军分虎竹，战士卧龙沙。
边月随弓影，胡霜拂剑花。玉关殊未入，少妇莫长嗟。
○高调入云，于声律中行俊逸之气，自非初唐可及。
◇沈德潜曰："只弓如月、剑如霜耳，笔端点染，遂成奇采，结意亦复深婉。"
◇胡应麟曰："李白《塞下曲》，与《温泉宫别宋之悌》《南阳送客》《度荆门》等诗，俱盛唐绝作。视初唐格调如一，而神韵超元，气概闳逸，时或过之。"
◇《乐府遗声》："征戍十五曲中有《塞下曲》。"
◇萧士赟曰："此从军乐之体也。"

来日大难

来日一身，携粮负薪。道长食尽，苦口焦唇。
今日醉饱，乐过千春。仙人相存，诱我远学。
海凌三山，陆憩五岳。乘龙天飞，目瞻两角。
授以仙药，金丹满握。蟪蛄蒙恩，深愧短促。
思填东海，强衔一木。道重天地，轩师广成。
蝉翼九五，以求长生。下士大笑，如苍蝇声。
○李白尝谓："兴寄深微，五言不如四言，七言又其靡也。"非有志于古者，不能作此语。然自《三百篇》而骚、而五言、而七言，天机所畅，文章日新，是非得失之故，原不在此。今必执《三百篇》以绳后之为四言者，非通论也。此题本属寓言，白诗亦是拟古，辞旨恍惚，奇谲可喜，故存之以备一体。于此论四言正变及兴寄深微之旨,则相去远矣。

◇王僧虔《技录》:"瑟调曲有《善哉行》。"《乐府解题》曰:"古辞云:'来日大难,口燥唇干。'按魏明《步出夏门行》曰:'善哉殊复善,弦歌乐我情。'则'善哉'者,叹美之词也。"

玉 阶 怨

玉阶生白露,夜久侵罗袜。却下水晶簾,玲珑望秋月。

○妙写幽情,于无字处得之。"玉颜不及寒鸦色,犹带昭阳日影来",不免露却色相。

◇萧士赟曰:"无一字言怨,而隐然幽怨之意,见于言外。"

◇蒋杲曰:"玉阶露生,待之久也;水晶簾下,望之息也。怨而不怨,惟玩月以抒其情焉。此为'深于怨者可以怨'矣。"

◇王僧虔《技录》:"《玉阶怨》,相和歌楚调十曲之一。"

襄 阳 曲

岘山临汉江,水绿沙如雪。上有堕泪碑,青苔久磨灭。

○"江山留胜迹,我辈复登临",不如此寄慨之深。

◇梅鼎祚曰:"兴慨古今,言简意尽。"

◇萧士赟曰:"乐府正声清商曲有《襄阳乐》,宋隋王诞始为之辞。太白此诗,述史而已。"

大 堤 曲

汉水临襄阳,花开大堤暖。佳期大堤下,泪向南云满。
春风复无情,吹我梦魂散。不见眼中人,天长音信断。

○幽秀,绝远俗艳。胡应麟谓白诗"人知其华藻,而不知其神骨之清",于此亦见一斑。

◇杨慎曰:"古乐府云:'春风复多情,吹我罗裳开。'白反其意云:'春风复无情,吹我梦魂散。'古人谓李诗出自乐府,信矣。"

◇《古今乐录》:"《大堤曲》,隋王诞为襄州时作。"

邯郸才人嫁为厮养卒妇

妾本崇台女,扬蛾入丹阙。自倚颜如花,宁知有彫歇。
一辞玉阶下,去若朝云没。每忆邯郸城,深宫梦秋月。
君王不可见,惆怅至明发。

◇萧士赟曰:"此太白既黜后作也,特借此发兴,叙其暌遇之始末耳。然其辞意,眷顾宗国,系心君王,亦得骚之遗意与?"

◇《乐府遗声》:"佳丽四十八曲之一《崇台》,一作《丛台》。"

◇胡震亨曰:"此谢朓旧题也。盖设为其事,寓臣妾沦掷之感。杨慎以为此卒,即御赵王武臣归者。果此卒也,才人亦不枉矣,何诗为?《正阳(杨)》辨之未及,此总'固哉',说诗者!"

北上行

北上何所苦?北上缘太行。磴道盘且峻,巉岩凌穹苍。
马足蹶侧石,车轮摧高冈。沙尘接幽州,烽火连朔方。
杀气毒剑戟,严风裂衣裳。奔鲸夹黄河,凿齿屯洛阳。
前行无归日,返顾思旧乡。惨戚冰雪里,悲号绝中肠。
尺布不掩体,皮肤剧枯桑。汲水涧谷阻,采薪陇坂长。

猛虎又掉尾，磨牙皓秋霜。草木不可餐，饥饮零露浆。
叹此北上苦，停骖为之伤。何日王道平，开颜睹天光？
〇古直悲凉，亦《苦寒行》之比。
◇杨齐贤曰："此乃禄山初反时作也。'凿齿'，指禄山；'奔鲸'，指史思明、崔乾祐之徒。"
◇萧士赟曰："《北上行》者，征行之曲，言行役者之苦也。此诗其作于至德之后乎？隐然有《国风》爱君忧国、劳而不怨、厌乱思治之意。"
◇《乐府解题》曰："晋乐奏魏武《北上篇》，其后或谓之《北上行》。盖因其辞而拟之也。"

短歌行

白日何短短，百年苦易满。苍穹浩茫茫，万劫太极长。
麻姑垂两鬓，一半已成霜。天公见玉女，大笑亿千场。
吾欲揽六龙，迴车挂扶桑。北斗酌美酒，劝龙各一觞。
富贵非所愿，与人驻颜光。
〇恣意恢奇，逸情云上。
◇王僧虔《技录》："平调七曲，二曰《短歌行》。"
◇《乐府解题》曰："《短歌行》，魏武帝'对酒当歌，人生几何'，晋陆机'置酒高堂，悲歌临觞'，皆言当及时为乐也。"

枯鱼过河泣

白龙改常服，偶被豫且制。谁使尔为鱼？徒劳诉天帝。
作书报鲸鲵，勿恃风涛势。涛落归泥沙，翻遭蝼蚁噬。
万乘慎出入，柏人以为识。

○简严如箴铭语。

◇萧士赟曰:"《乐府遗声》:龙鱼六曲,有《枯鱼》,却无'过河泣'字。"

◇古乐府《枯鱼过河泣》:"何时复还入,作书与鲂鱮,相教慎出入。"

丁督护歌

云阳上征去,两岸饶商贾。吴牛喘月时,拖船一何苦。

水浊不可饮,壶浆半成土。一唱《督护歌》,心摧泪如雨。

万人凿盘石,无由达江浒。君看石芒砀,掩泪悲千古。

○落笔沉痛,含意深远。此李诗之近杜者。

◇胡震亨曰:"白所咏云阳水道舟行艰碍之苦,盖为齐澣所开新河作也。按:润州旧不通江,澣开元中为刺史,始移漕路京口塘下,直达于江,立埭收课;江北瓜步,亦开新河。但瓜步岸卑,入江为易,白尝有诗美之。京口岸高,水浅浊,用牛曳舟为难,故白有此歌,以言其苦。其名《丁都护歌》者,初宋高祖即京口开东府,有女,其夫见杀,呼'督护'。丁旰问收殡事,每问辄叹息呼之。人因写为歌。白感其土俗之事,即因其土之古歌,名以为歌也。'督护''都护',可通用。"

树中草

鸟衔野田草,误入枯桑里。客土植危根,逢春犹不死。

草木虽无情,因依尚可生。如何同枝叶,各自有枯荣?

○讽刺之言,有关风教。《上留田》篇云:"交让之木本同形,东枝憔悴西枝荣",与此诗意正相似。

◇《乐府遗声》："《树中草》者，草木二十一曲之一。"

君马黄

君马黄，我马白，马色虽不同，人心本无隔。
共作游冶盘，双行洛阳陌。长剑既照曜，高冠何赩赫。
各有千金裘，俱为五侯客。猛虎落陷穽，壮夫时屈厄。
相知在急难，独好亦何益。

◇萧士赟曰："此诗，其伤友朋之道缺乎？抑白遭诬被谤之时所作也耶？婉而不迫，可谓得《国风》之体。"

◇《古今乐录》曰："汉鼓吹铙歌十八曲，十曰《君马黄》。"

少年子

青云年少子，挟弹章台左。鞍马四边开，突如流星过。
金丸落飞鸟，夜入琼楼卧。夷齐是何人？独守西山饿。

○通首傅题，一结见意。诗人寄托，往往如此。《行行且游猎》篇亦用此格，然彼则语激而意已尽，此则语冷而意有余也。

◇《乐府遗声》："游侠二十一曲之一，又有《少年行》。"

少年行

五陵年少金市东，银鞍白马度春风。
落花踏尽游何处？笑入胡姬酒肆中。

○胡应麟曰："唐人七言绝，有作乐府体者。"如此诗及《横江词》，尚是古调。

◇钟惺曰："行径风生。"

豫章行

胡风吹代马,北拥鲁阳关。吴兵照海雪,西讨何时还?
半渡上辽津,黄云惨无颜。老母与子别,呼天野草间。
白马绕旌旗,悲鸣相追攀。白杨秋月苦,早落豫章山。
本为休明人,斩虏素不闲。岂惜战斗死,为君扫凶顽。
精感石没羽,岂云惮险艰。楼船若鲸飞,波荡落星湾。
此曲不可奏,三军鬓成斑。

○胡震亨说,得诗之意。其以"胡风吹代马"起,而继曰"西讨何时还",若曰"禄山之乱未弭,璘之起兵,原为国家讨贼耳",故下以"本为休明人"六句申之。至于鄱湖溃败,若隐若显,全不径露。此白微意所在。其词意危苦,笔墨沉郁,真古乐府之遗。

◇胡震亨曰:"古《豫章行》,咏白杨生豫章山,秋至为人所伐。太白此词,中间止著'白杨秋月苦'两句,首尾俱作军旅丧败语,并不及白杨片字,读者多为之茫然。今详味之,如所云'吴兵照海雪',及'老母与子别',并'楼船若鲸飞'等语,皆永王璘兵败事也。盖白在庐山受璘辟,及璘舟师鄱湖溃散,白坐系浔阳狱,并豫章地。故以白杨之生落于豫章者自况,用志璘之伤败,并己身名隳坏之痛耳。其借题略点白杨,正用笔之妙,巧于拟古,得乐府深意者。萧、杨二家注,何曾道着一字?"

◇王僧虔《技录》:"清调六曲,二曰《豫章行》。"

沐浴子

沐芳莫弹冠,浴兰莫振衣。处世忌太洁,至人贵藏晖。

沧浪有钓叟，吾与尔同归。

○良贾深藏若虚，君子盛德容貌若愚，与圣贤"尚䌹"之旨正复相同，特老氏未免有作用耳。昭昭然揭日月而行，圣贤固不为也。纫兰佩茝，屈平所以千古；然原之被谗，史谓众害其能，即后人之议原者，亦以为露才扬己。观《离骚》之文，藉喻芬芳，不一而足，则其不自藏弆可知，非"明夷用晦"之义。故朱子亦谓其未尝学于北方，求周公、仲尼之道。白因《渔父》一篇，反其意而用之。盖其涉世之久，英气将敛，故云然耳。不然，与世浮沉，漫无介节，胡广中庸，冯道长乐，其可嗤又何如耶？

◇萧士赟曰："此诗檃括《渔父》词之意。他篇云'含光混世贵无名，何用孤高比云月'，亦此意也。其太白涉难后之辞乎？"

◇《乐府遗声》："《沐浴子》者，游侠二十一曲之一。"

静 夜 思

床前明月光，疑是地上霜。举头望明月，低头思故乡。

○《诗薮》谓"古今专门大家，得三人焉：陈思之古，拾遗之律，翰林之绝，皆天授，非人力也"，要是确论。至所云"唐五言绝，多法齐梁，体制自别"；此则气骨甚高，神韵甚穆，过齐梁远矣。

◇刘辰翁曰："自是古意，不须言笑。"

◇范摅曰："五言短古，不可明白说尽，含蓄则有余味，此篇是也。"

◇徐增曰："因疑则望，因望则思，并无他念，真'静夜思'也。"

◇胡应麟曰："古诗、乐府后，惟太白诸绝近之。"

渌水曲

渌水明秋月，南湖采白蘋。荷花娇欲语，愁杀荡舟人。

○逸调。末句非有轶思，特妒花之艳耳。

◇《琴集》曰："琴曲五弄，游春、渌水、幽居、坐愁、秋思，并宫调，蔡邕所作。"《琴书》曰："邕入青溪，访鬼谷先生。所居山有五曲，一曲制一弄。南曲有涧，冬夏常渌，故作'渌水'。"郭茂倩云："近世作者多因题命词，无复本意云。"

◇《淮南子》："手会绿水之趣。"

春 思

燕草如碧丝，秦桑低绿枝。当君怀归日，是妾断肠时。

春风不相识，何事入罗帏？

○古意却带秀色，体近齐梁。"不相识"，言不识人意也，自有贞静之意。

◇萧士赟曰："燕草如丝，兴征夫怀归；秦桑低枝，兴思妇断肠。末意贞洁，非外物所能动，可谓得《国风》'不淫'之义矣。"

◇吴昌祺曰："以风之来，反衬夫之不来，与'只恐多情月，旋来照妾床'同意。"

子夜吴歌（四首录三）

秦地罗敷女，采桑绿水边。素手青条上，红妆白日鲜。

蚕饥妾欲去，五马莫流连。

○多少含蓄，胜于《陌上桑》作。

长安一片月，万户捣衣声。秋风吹不尽，总是玉关情。
何日平胡虏？良人罢远征。
○一气浑成。有删末二句作绝句者，不见此女贞心亮节，何以风世厉俗？
◇唐汝询曰："结句不言黩武而言未平，深得风人之旨。"
◇吴昌祺曰："万户砧声，风吹不尽，而其情则同，亦婉而深矣。"

明朝驿使发，一夜絮征袍。素手抽针冷，那堪把剪刀。
裁缝寄远道，几日到临洮？
○语逼清商。"捣衣"篇尚带初唐绮习，不及此之真挚。"夏歌"一首，亦只绮语，故并不录。
◇《古今乐录》曰："吴声十曲，一曰《子夜》。"
◇《唐书·乐志》曰："《子夜歌》者，晋曲也。晋有女子，名子夜，造此声。"
◇《乐府解题》曰："后人更为四时行乐之词，谓之《子夜四时歌》。"
◇《晋书·乐志》曰："吴歌杂曲，并出江南。东晋以来，稍有增广。其始皆徒歌，既而被之管弦。盖自永嘉渡江，下至梁、陈，咸都建业，吴声歌曲起于此也。"

对酒行

松子栖金华，安期入蓬海。此人古之仙，羽化竟何在？
浮生速流电，倏忽变光彩。天地无彫换，容颜有迁改。

对酒不肯饮,含情欲谁待?
〇人非元气,安得与之久徘徊?白固非不达于理者,岂复以冲举为可待耶?蓬莱烟雾,聊以寄兴,此诗乃似胸臆间语,自然流出者耳。
◇萧士赟曰:"古诗《浩浩阴阳移》一篇,太白亦祖其意。"
◇乐府相和歌有《对酒》,始于曹魏乐奏"对酒歌太平"一篇。

估 客 行

海客乘天风,将船远行役。譬如云中鸟,一去无踪迹。
〇朴直,得乐府体。
◇《古今乐录》曰:"《估客乐》者,齐武帝所制。"《唐书·乐志》曰:"梁改其名为《商旅行》。"

长 相 思(三首录二)

日色已尽花含烟,月明欲素愁不眠。
赵瑟初停凤凰柱,蜀琴欲奏鸳鸯絃。
此曲有意无人传,愿随春风寄燕然,忆君迢迢隔青天。
昔日横波目,今成流泪泉,不信妾肠断,归来看取明镜前。
〇萧士赟曰:"此亦戍妇词也。"
◇冯舒曰:"廓古人而大之。"

美人在时花满堂,美人去后余空床。
床中绣被卷不寝,至今三载闻余香。
香亦竟不灭,人亦竟不来。相思黄叶落,白露湿青苔。

○幽艳之韵,缀以凄凉,悄然竟住,意在言外。姜夔所谓"词尽意不尽,有临水送将归之致",仿佛似之。

去 妇 词

古来有弃妇,弃妇有归处。今日妾辞君,遣妾何处去?
本家零落尽,恸哭来时路。忆昔未嫁君,闻君甚周旋。
绮罗锦绣段,有赠黄金千。十五许嫁君,二十移所天。
结发日未久,离君缅山川。家家尽欢乐,孤妾长自怜。
幽闺多沉思,盛事无十年。相思若循环,枕席生流泉。
流泉咽不埽,独梦关山道。及此见君归,君归妾已老。
物情恶衰贱,新宠方妍好。掩泪出故房,伤心剧秋草。
自妾为君妻,君东妾在西。罗帏到晓恨,玉貌一生啼。
妾有嫁时服,轻云淡翠霞。瑠璃作斗帐,四角金莲花。
自从离别久,不觉尘埃厚。常嫌玳瑁孤,犹羡鸳鸯偶。
岁华逐霜霰,贱妾何能久。寒沼落芙蓉,秋风散杨柳。
以此颞领颜,空持旧物还。余生欲何寄,谁肯相牵攀?
君恩既断绝,相见何年月?悔倾连理杯,虚作同心结。
女萝附青松,贵欲相依投。浮萍失绿水,教作若为流。
不叹君弃妾,自叹妾缘业。忆昔初嫁君,小姑才倚床;
今日妾辞君,小姑如妾长。回头语小姑,莫嫁如兄夫。

○直起悲凉,通篇缠绵悽惋,怨而不怒,直从《谷风》篇脱化而出。一结古甚,却有无限悲感在,的是李白手笔。

◇萧士赟曰:"此篇即顾况《弃妇词》,后人添增数语,窜入《太白集》中。"

卷五

陇西李白诗五

襄阳歌

落日欲没岘山西,倒著接䍦花下迷。
襄阳小儿齐拍手,拦街争唱《白铜鞮》。
傍人借问笑何事,笑杀山翁醉似泥。
鸬鹚杓,鹦鹉杯,百年三万六千日,一日须倾三百杯。
遥看汉水鸭头绿,恰似葡萄初醱醅。
此江若变作春酒,垒麴便筑糟丘台。
千金骏马换小妾,笑坐雕鞍歌《落梅》。
车傍侧挂一壶酒,凤笙龙管行相催。
咸阳市中叹黄犬,何如月下倾金罍。
君不见晋朝羊公一片石,龟头剥落生莓苔。
泪亦不能为之堕,心亦不能为之哀。
清风朗月不用一钱买,玉山自倒非人推。
舒州杓,力士铛,李白与尔同死生。
襄王云雨今安在,江水东流猿夜声。
○意旷神逸,极颓唐之趣。入后俯仰含情,乃有心人语。

"韬精日沉饮,谁知非荒宴",亦同此怀抱耳。子美云:"长镵长镵白木柄,我生托子以为命。"语奇矣。此诗云:"舒州杓,力士铛,李白与尔同死生。"苦乐不同,造语正复匹敌。

◇欧阳修曰:"'落日欲没岘山西'四句,此常语也。至于'清风明月不用一钱买,玉山自倒非人推',然后见太白之横放。其所以惊动千古者,固不在此乎?"

◇黄庭坚曰:"李白歌诗,度越六代,与汉魏乐府争衡。"

◇彭乘曰:"欧阳公题沧浪亭云:'清风明月本无价,可惜只卖四万钱。'与太白致辞虽异,然皆善言风月。"

◇《古今乐录》:"《襄阳乐》,宋随王诞作。'襄阳蹋铜蹄'者,梁武西下所制。沈约又作其和,云:'襄阳白铜蹄,圣德应乾来。'"

江 上 吟

木兰之枻沙棠舟,玉箫金管坐两头。
美酒尊中置千斛,载妓随波任去留。
仙人有待乘黄鹤,海客无心随白鸥。
屈平词赋悬日月,楚王台榭空山丘。
兴酣落笔摇五岳,诗成笑傲凌沧洲。
功名富贵若长在,汉水亦应西北流。

○发端四语,即事之辞也。以下慷当以慨,虽带初唐风调,而气骨迥绝矣。反笔作结,殊为遒健。

侍从宜春苑奉诏赋龙池柳色初青听新莺百啭歌

东风已绿瀛洲草,紫殿红楼觉春好。

池南柳色半青青,紫烟袅娜拂绮城。
垂丝百尺挂雕楹,上有好鸟相和鸣,间关早得春风情。
春风卷入碧云去,千门万户皆春声。
是时君王在镐京,五云垂晖耀紫清。
仗出金宫随日转,天回玉辇绕花行。
始向蓬莱看舞鹤,还过苣石听新莺。
新莺飞绕上林苑,愿入《箫韶》杂凤笙。
○清圆流丽,可以鼓吹休明。"千门万户"一语,气象颇大。全篇格调,想见初唐余响。
◇范德机曰:"此赋物诗,格调既高,法度又谨妙而易见者也。"
◇萧士赟曰:"蓬莱苣石,当时宫苑名。"
◇沈德潜曰:"《西都赋》:'后宫则有苣若椒风。'作'苣石'者,误也。"

西岳云台歌送丹丘子

西岳峥嵘何壮哉,黄河如丝天际来。
黄河万里触山动,盘涡毂转秦地雷。
荣光休气纷五彩,千年一清圣人在。
巨灵咆哮擘两山,洪波喷箭射东海。
三峰却立如欲摧,翠崖丹谷高掌开。
白帝金精运元气,石作莲花云作台。
云台阁道连窈冥,中有不死丹丘生。
明星玉女备洒扫,麻姑搔背指爪轻。
我皇手把天地户,丹丘谈天与天语。

九重出入生光辉,东来蓬莱复西归。
玉浆倘惠故人饮,骑二茅龙上天飞。
○健笔凌云,一扫靡靡之调。

梁园吟

我浮黄河去京阙,挂席欲进波连山。
天长水阔厌远涉,访古始及平台间。
平台为客忧思多,对酒遂作《梁园歌》。
却忆蓬池阮公咏,因吟《渌水》扬洪波。
洪波浩荡迷旧国,路远西归安可得?
人生达命岂暇愁,且饮美酒登高楼。
平头奴子摇大扇,五月不热疑清秋。
玉盘杨梅为君设,吴盐如花皎白雪。
持盐把酒但饮之,何用孤高比云月。
昔人豪贵信陵君,今人耕种信陵坟。
荒城虚照碧山月,古木尽入苍梧云。
梁王宫阙今安在?枚马先归不相待。
舞影歌声散绿池,空余汴水东流海。
沉吟此事泪满衣,黄金买醉未能归。
连呼五白行六博,分曹赌酒酣驰辉。
歌且谣,意方远,东山高卧时起来,欲济苍生未应晚。
○怀古之作,慷慨悲歌,兴会飙举。范传正有云:"李白脱屣轩冕,释羁缰锁,自放宇宙间。饮酒非嗜其酣乐,取其昏以自秽;好神仙非慕其轻举,欲耗壮心、遣余年;作诗非事其文律,取其吟咏以自适。"三诵斯篇,信然。

◇桂临川曰："太白乐天知命、感今怀古，备载此诗。"
◇阮籍《咏怀》诗："徘徊蓬池上，还顾望大梁。渌水扬洪波，旷野莽茫茫。"
◇《归藏·启筮》曰："有白云出自苍梧，入于大梁。"

鸣皋歌送岑征君　自注：时梁园三尺雪，在清泠池作。

若有人兮思鸣皋，阻积雪兮心烦劳。
洪河凌竞不可以径度，冰龙鳞兮难容舠。
邈仙山之峻极兮，闻天籁之嘈嘈。
霜崖缟皓以合沓兮，若长风扇海，涌沧溟之波涛。
玄猿绿罴，舔猣崟岌，危柯振石，骇胆慄魄，群呼而相号。
峰峥嵘以路绝，挂星辰于岩嶅。
送君之归兮，动鸣皋之新作。
交鼓吹兮弹丝，觞清泠之池阁。
君不行兮何待，若反顾之黄鹤。
扫梁园之群英，振《大雅》于东洛。
巾征轩兮历阻折，寻幽居兮越巇崿。
盘白石兮坐素月，琴松风兮寂万壑。
望不见兮心氛氲，萝冥冥兮霰纷纷。
水横洞以下渌，波小声而上闻。
虎啸谷而生风，龙藏溪而吐云。
寡鹤清唳，饥鼯嚬呻。
鼋独处此幽默兮，愀空山而愁人。
鸡聚族以争食，凤孤飞而无邻。
蝘蜓嘲龙，鱼目混珍；嫫母衣锦，西施负薪。

若使巢由桎梏于轩冕兮，亦奚异乎夔龙鳖鳖于风尘。
哭何苦而救楚，笑何夸而却秦？
吾诚不能学二子沽名矫节以耀世兮，固将弃天地而遗身。
白鸥兮飞来，长与君兮相亲。

○作骚体，便觉屈原、宋玉，去人不远。其不规规步趋处，正是其才高气逸为之耳。"望不见兮"一段，写出幽居寂寞之况，兴起下文，脉络相贯。陈绎曾谓"白诗祖风骚、宗汉魏，善于掉弄，造出奇怪，惊动心目，忽然撒出，妙入无声"，其知言者乎？王世贞以为"歌行纵横，往往强弩之末，间以长语，英雄欺人"，是不知其错落变化，自有天然节奏而轻议之也。

◇晁补之缉《变离骚》，叙此篇曰："《鸣皋歌》者，唐翰林供奉李白之所作也。白天才俊丽，不可矩矱，然要长于诗。至《鸣皋歌》一篇，本末《楚辞》也，而世误以为诗，因为出之。其略曰：'蝘蜓嘲龙，鱼目混珍；嫫母衣锦，西施负薪'，此谆谆效屈原《卜居》及贾谊《弔屈原》语，而白才自逸荡，故或离而去之云。"

◇范德机曰："此篇稍长而语意易见，亦楚人之流也。惟其有蝘蜓、鱼目、巢由、夔龙等语，故前辈尝称之。然此实非太白之用意处，妙不在此。"

◇吴昌祺曰："'玄猿绿罴'叠四句，而以五句为一韵，非骚人法，且多对仗，亦太白之古诗耳。'鸡聚族争食'以下，乃白感岑之归隐而发叹，与岑无关。"

◇《一统志》："鸣皋山在河南嵩县东北四十里。"

横江词（六首录二）

横江西望阻西秦，汉水东连杨子津。

白浪如山那可渡，狂风愁杀峭帆人。

横江馆前津吏迎，向余东指海云生。
郎今欲渡缘何事？如此风波不可行。
○梁简文《乌栖曲》云："郎今欲渡畏风波。"白用其语，风致转胜。若其即景写心，则托兴远矣。
◇范德机曰："此篇气格，合歌行之体，使人嗟咏，有无穷之思。"
◇胡应麟曰："尚是乐府古调。"
◇赵执信曰："《横江馆》，前一首，此乐府也；'问余何事'一首，此古诗也。"

白云歌送刘十六归山

泰山楚山皆白云，白云处处长随君。
长随君，君入楚山里，云亦随君渡湘水。
湘水上，女罗衣，白云堪卧君早归。
○吐语如转丸珠，又如白云卷舒。清风与归，画家逸品。

秋 浦 歌（十七首录九）

秋浦长似秋，萧条使人愁。客愁不可度，行上东大楼。
正西望长安，下见江水流。寄言向江水，汝意忆侬不？
遥传一掬泪，为我达扬州。
○触物怀人，抑郁谁语？泽畔行吟，深情宛露，自是骚人之绪。
◇《沿革志》："秋浦，隋县名，唐置池州。"

秋浦猿夜愁，黄山堪白头。清溪非陇水，翻作断肠流。
欲去不得去，薄游成久游。何年是归日？雨泪下孤舟。

秋浦锦驼鸟，人间天上稀。山鸡羞渌水，不敢照毛衣。

两鬓入秋浦，一朝飒已衰。猿声催白发，长短尽成丝。

秋浦千重岭，水车岭最奇。天倾欲堕石，水拂寄生枝。
○奇境如画。

千千石楠树，万万女贞林。山山白鹭满，涧涧白猿吟。
君莫向秋浦，猿声碎客心。
○《周南·采蘋章》，连用六个"以"字；《十九首·青青河畔草》，连用六叠字句。白诗祖之。

逻人横鸟道，江祖出鱼梁。水急客舟疾，山花拂面香。
○江行真景。

白发三千丈，缘愁似个长？不知明镜里，何处得秋霜。
○突然而起，四句三折，格力极健，要是倒装法耳。陈师道云"白发缘愁百尺长"，语亦自然。王安石云"缲成白发三千丈"，有斧凿痕矣。
◇唐汝询曰："托兴在意象之外。"

秋浦田舍翁，采鱼水中宿。妻子张白鹇，结罝映深竹。
○似辋川诗。

当涂赵炎少府粉图山水歌

峨眉高出西极天,罗浮直与南溟连。
名公绎思挥彩笔,驱山走海置眼前。
满堂空翠如可扫,赤城霞气苍梧烟。
洞庭潇湘意渺绵,三江七泽情洄沿。
惊涛汹涌向何处?孤舟一去迷归年。
征帆不动亦不旋,飘如随风落天边。
心摇目断兴难尽,几时可到三山巅?
西峰峥嵘喷流泉,横石蹙水波潺湲。
东崖合沓蔽轻雾,深林杂树空芊绵。
此中冥昧失昼夜,隐几寂听无鸣蝉。
长松之下列羽客,对坐不语南昌仙。
南昌仙人赵夫子,妙年历落青云士。
讼庭无事罗众宾,杳然如在丹青里。
五色粉图安足珍,真仙可以全吾身。
若待功成拂衣去,武陵桃花笑杀人。

○写画似真,亦遂驱山走海,奔辏腕下,杳然如在丹青里。又以真为画,各有奇趣。康乐之模山范水,从此另开生面。

◇《汉书》:"梅福为南昌尉,弃官去,至今传以为仙。"

上皇西巡南京歌(十首录二)

谁道君王行路难,六龙西幸万人欢。

地转锦江成渭水,天迴玉垒作长安。

○渭水、长安,隐寓故都之感;且以幸其早还,非夸成都佳丽也。

◇胡震亨曰:"王弇州以'地转锦江'等句,不异宋人东狩钱塘封事。夫太白亦诗酒自娱、跌宕一生者耳,安能顾语忌、拘教义,为是屑屑者哉?诗人各自写一性情,各自成一品局,固不得取锦袍豪翰,强绳以瘦笠苦藻,必同篪吹为善也。"

剑阁重关蜀北门,上皇归马若云屯。
少帝长安开紫极,双悬日月照乾坤。

○述当时事,何等明白,可作诗史。有谓肃宗当避位以请上皇复辟者,有谓惑张良娣徙上皇于南内者,皆傅会之说。

◇沈德潜曰:"二句上皇,三句少帝,而以末句总收,格法又别。"

◇《唐书》:"天宝十五载六月,帝幸蜀。七月,太子即位于灵武,尊帝为上皇天帝,改元至德二载。十二月,上皇至京师,大赦,以蜀郡为南京。"

峨眉山月歌

峨眉山月半轮秋,影入平羌江水流。
夜发清溪向三峡,思君不见下渝州。

○但觉其工,然妙处不传。

◇刘辰翁曰:"含情悽惋,有《竹枝》缥缈之音。"

◇王世贞曰:"二十八字中,有峨眉山、平羌江、清溪、三峡、渝州。使后人为之,不胜痕迹矣。益见此老炉锤之妙。"

江夏行

忆昔娇小姿,春心亦自持。
为言嫁夫婿,得免长相思。
谁知嫁商贾,令人却愁苦。
自从为夫妻,何曾在乡土?
去年下扬州,相送黄鹤楼。
眼看帆去远,心逐江水流。
只言期一载,谁谓历三秋。
使妾肠欲断,恨君情悠悠。
东家西舍同时发,北去南来不逾月。
未知行李游何方,作个音书能断绝。
适来往南浦,欲问西江船。
正见当垆女,红妆二八年。
一种为人妻,独自多悲悽。
对镜便垂泪,逢人只欲啼。
不如轻薄儿,旦暮长相随。
悔作商人妇,青春长别离。
如今正好同欢乐,君去容华谁得知?
○曲尽怨别之情,絮絮可听。"岂无膏沐,谁适为容?"末句正用此意。

清溪行

清溪清我心,水色异诸水。借问新安江,见底何如此?

人行明镜中,鸟度屏风里。向晚猩猩啼,空悲远游子。
○伫兴而言,铿然古调。一结有言不尽意之妙。

赠孟浩然

吾爱孟夫子,风流天下闻。红颜弃轩冕,白首卧松云。
醉月频中圣,迷花不事君。高山安可仰,徒此揖清芬。

见京兆韦参军量移东阳

潮水还归海,流人却到吴。相逢问愁苦,泪尽日南珠。

赠韦侍御黄裳二首

太华生长松,亭亭凌霜雪。天与百尺高,岂为微飚折。
桃李卖阳艳,路人行且迷。春光扫地尽,碧叶成黄泥。
愿君学长松,慎勿作桃李。受屈不改心,然后知君子。

见君乘骢马,知上太山道。此地果摧轮,全身以为宝。
我如丰年玉,弃置秋田草。但勖冰壶心,无为叹衰老。
○古道照人,得朋友交勉之谊。"勖君青松心,努力保霜雪",立言如此,可以不朽。

赠裴十四

朝见裴叔则,朗如行玉山。
黄河落天走东海,万里写入胸怀间。

身骑白鼋不敢度,金高南山买君顾。
徘徊六合无相知,飘若浮云且西去。
◇吴昌祺曰:"有如生龙活虎,非世人所可驾驭。天实授之,岂人力耶?"

赠清漳明府侄聿

我李百万叶,柯条布中州。天开青云器,日为苍生忧。
小邑且割鸡,大刀伫烹牛。雷声动四境,惠与清漳流。
弦歌咏唐尧,脱落隐簪组。心和得天真,风俗犹太古。
牛羊散阡陌,夜寝不扃户。问此何以然?贤人宰吾土。
举邑树桃李,垂阴亦流芬。河堤绕绿水,桑柘连青云。
赵女不冶容,提笼昼成群。缲丝鸣机杼,百里声相闻。
讼息鸟下阶,高卧披道帙。蒲鞭挂簦枝,示耻无扑抶。
琴清月当户,人寂风入室。长啸无一言,陶然上皇逸。
白玉壶冰水,壶中见底清。清光洞毫发,皎洁照群情。
赵北美佳政,燕南播高名。过客览行谣,因之颂德声。
○"天开青云器,日为苍生忧",似范仲淹一流人物。"心和得天真"以下,循良之实,蔼然可睹。为民牧者,直当书之于座右。

赠新平少年

韩信在淮阴,少年相欺凌。屈体若无骨,壮心有所凭。
一遭龙颜君,啸咤从此兴。千金答漂母,万古共嗟称。
而我竟何为,寒苦坐相仍。长风入短袂,两手如怀冰。
故友不相恤,新交宁见矜。摧残槛中虎,羁绁韝上鹰。

何时腾风云,搏击申所能。

◇钟惺曰:"'屈体'二句,可与老杜《严仆射》诗'开口取将相,小心事友生'并看,写出英侠本色,屈伸之妙。"

口号赠征君鸿　　自注:此公时被征。

陶令辞彭泽,梁鸿入会稽。我寻《高士传》,君与古人齐。
云卧留丹壑,天书降紫泥。不知杨伯起,早晚向关西。
○格调高朗。卢鸿屡征不起,故白诗云尔。末句言其当应召也。以伯起期之,位置殊高。
◇范德机曰:"律诗须守规矩。此等五言,何其严哉!"
◇《唐书》本传:"鸿博学,善书籀,庐嵩山。开元初,备礼征再,不至。五年,再诏征至东都,拜谏议大夫,固辞还山。"

秋日炼药院镊白发赠元六兄林宗

木落识岁秋,瓶冰知天寒。桂枝日已绿,拂雪凌云端。
弱龄接光景,矫翼攀鸿鸾。投分三十载,荣枯同所欢。
长吁望青云,镊白坐相看。秋颜入晓镜,壮发凋危冠。
穷与鲍生贾,饥从漂母餐。时来极天人,道在岂吟叹。
乐毅方适赵,苏秦初说韩。卷舒固在我,何事空摧残。
○写怀抱于实境,约纵逸于苦调,即此可以上轶鲍、谢。起句本之《淮南子》,语意奇古。

忆襄阳旧游赠马少府巨

昔为大堤客,曾上山公楼。开窗碧嶂满,拂镜沧江流。

高冠佩雄剑,长揖韩荆州。此地别夫子,今来思旧游。
朱颜君未老,白发我先秋。壮志恐蹉跎,功名若云浮。
归心结远梦,落日悬春愁。空思羊叔子,堕泪岘山头。
○"落日悬春愁",自是千古隽句。

对雪献从兄虞城宰

昨夜梁园雪,弟寒兄不知。庭前看玉树,肠断忆连枝。
◇刘辰翁曰:"此诗首二语,小夫贱隶,谁不能道?而学士大夫,或愧之矣。古今甚深密义,往往于浅易得之,蔼然恻然,可以感动。"

赠升州王使君忠臣

六代帝王国,三吴佳丽城。贤人当重寄,天子借高名。
巨海一边静,长江万里清。应须救赵策,未肯弃侯嬴。
○如五、六语,乃为不负重寄。末以侯嬴自比,寓意救赵,盖在天宝初乱后也。

赠别从甥高五

鱼目高泰山,不如一玙璠。贤甥即明月,声价动天门。
能成吾宅相,不减魏阳元。自顾寡筹略,功名安所存。
五木思一掷,如绳系穷猿。枥中骏马空,堂上醉人喧。
黄金久已罄,为报故交恩。闻君陇西行,使我惊心魂。
与尔共飘飖,云天各飞翻。江水流或卷,此心难具论。
贫家羞好客,语拙觉辞繁。三朝空错莫,对饭却惭冤。

自笑我非夫,生事多契阔。蓄积万古愤,向谁得开豁?
天地一浮云,此身乃毫末。忽见无端倪,太虚可包括。
去去何足道,临岐空复愁。肝胆不楚越,山河亦衾裯。
云龙若相从,明主会见收。成功解相访,溪水桃花流。

○首道赠意,继叙别情,白盖与高最厚善者。"自笑我非夫"一段,开豁心胸,遐瞩旷览,沉郁顿挫,意近杜陵。从此一气双收,声情倍振。使无后幅之雄健,则气味衰飒矣。大家风格如是。

醉后赠从甥高镇

马上相逢揖马鞭,客中相见客中怜。
欲邀击筑悲歌饮,正值倾家无酒钱。
江东风光不借人,枉杀落花空自春。
黄金逐手快意尽,昨日破产今朝贫。
丈夫何事空啸傲?不如烧却头上巾。
君为进士不得进,我被秋霜生旅鬓。
时清不及英豪人,三尺童儿重廉蔺。
匣中盘剑装䱜鱼,闲在腰间未用渠。
且将换酒与君醉,醉归托宿吴专诸。

○有触而鸣,微露愤意。醉后披写,自饶天趣。
◇萧士赟曰:"此太白少年任侠之作。"
◇李白《上裴长史书》曰:"昔东游维扬,不逾一年,散金三十余万。有落魄公子,悉皆济之。"

赠秋浦柳少府

秋浦旧萧索,公庭人吏稀。因君树桃李,此地忽芳菲。

摇笔望白云,开簾当翠微。时来引山月,纵酒酣清晖。
而我爱夫子,淹留未忍归。
○其人有为政之实,于一起见之。

中丞宋公以吴兵三千赴河南,
军次寻阳脱予之囚,参谋幕府因赠之

独坐清天下,专征出海隅。九江皆渡虎,三郡尽还珠。
组练明秋浦,楼船入郢都。风高初选将,月满欲平胡。
杀气横千里,军声动九区。白猿惭剑术,黄石借兵符。
戎虏行当翦,鲸鲵立可诛。自怜非剧孟,何以佐良图。
◇刘辰翁曰:"句句壮,末韵更佳。"
◇范德机曰:"发端雄浑而严,真长律起辞也。"
◇胡震亨曰:"排律起句,极宜冠冕雄浑,不得作小家语。如此篇之类,最为得体。"

流夜郎赠辛判官

昔在长安醉花柳,五侯七贵同杯酒。
气岸遥凌豪士前,风流肯落他人后!
夫子红颜我少年,章台走马著金鞭。
文章献纳麒麟殿,歌舞淹留玳瑁筵。
与君自谓长如此,宁知草动风尘起。
函谷忽惊胡马来,秦宫桃李向明开。
我愁远谪夜郎去,何日金鸡放赦回?
○中间转捩处,甚健。

◇萧士赟曰："'向明'者,'向阳花木'之义。指同时侪类如辛判官之辈,因兵兴之际,不次被用。为人桃李,我独遭谪也。"

赠常侍御

安石在东山,无心济天下。一起振横流,功成复潇洒。
大贤有卷舒,季叶轻风雅。匡复属何人?君为知音者。
传闻武安将,气振长平瓦。燕赵期洗清,周秦保宗社。
登朝若有言,为访南迁贾。
○一往饶清刚之气。

赠易秀才

少年解长剑,投赠即分离。何不断犀象,精光暗往时。
蹉跎君自惜,窜逐我因谁?地远虞翻老,秋深宋玉悲。
空摧芳桂色,不屈古松姿。感激平生意,劳歌寄此辞。
○不屑屑排比声律,气骨清苍,自成高调。"空摧芳桂色,不屈古松姿",所谓冠佩芳泽而昭质未亏,露本色处,故可讽咏不置。

经乱离后天恩流夜郎,忆旧游书怀,赠江夏韦太守良宰

天上白玉京,十二楼五城。仙人抚我顶,结发受长生。
误逐世间乐,颇穷理乱情。九十六圣君,浮云挂空名。
天地赌一掷,未能忘战争。试涉霸王略,将朝轩冕荣。

时命乃大谬，弃之海上行。学剑翻自哂，为文竟何成。
剑非万人敌，文窃四海声。儿戏不足道，《五噫》出西京。
临当欲去时，慷慨泪沾缨。叹君倜傥才，标举冠群英。
开筵引祖帐，慰此远徂征。鞍马若浮云，送余骠骑亭。
歌钟不尽意，白日落昆明。十月到幽州，戈鋋若罗星。
君王弃北海，扫地借长鲸。呼吸走百川，燕然可摧倾。
心知不得语，却欲栖蓬瀛。弯弧惧天狼，挟矢不敢张。
揽涕黄金台，呼天哭昭王。无人贵骏骨，騄骥空腾骧。
乐毅倘再生，于今亦奔亡。蹉跎不得意，驱马还贵乡。
逢君听弦歌，肃穆坐华堂。百里独太古，陶然卧羲皇。
徵乐昌乐馆，开筵列壶觞。贤豪间青蛾，对烛俨成行。
醉舞纷绮席，清歌绕飞梁。欢娱未终朝，秩满归咸阳。
祖道拥万人，供帐遥相望。一别隔千里，荣枯异炎凉。
炎凉几度改，九土中横溃。汉甲连胡兵，沙尘暗云海。
草木摇杀气，星辰无光彩。白骨成丘山，苍生竟何罪？
函关壮帝居，国命悬哥舒。长戟三十万，开门纳凶渠。
公卿如犬羊，忠谠醢与菹。二圣出游豫，两京遂丘墟。
帝子许专征，秉旄控强楚。节制非桓文，军师拥熊虎。
人心失去就，贼势腾风雨。惟君固房陵，诚节冠终古。
仆卧香炉顶，餐霞漱瑶泉。门开九江转，枕下五湖连。
半夜水军来，浔阳满旌旃。空名适自误，迫胁上楼船。
徒赐五百金，弃之若浮烟。辞官不受赏，翻谪夜郎天。
夜郎万里道，西上令人老。扫荡六合清，仍为负霜草。
日月无偏照，何由诉苍昊？良牧称神明，深仁恤交道。
一忝青云客，三登黄鹤楼。顾惭祢处士，虚对鹦鹉洲。

樊山霸气尽，寥落天地秋。江带峨眉雪，川横三峡流。
万舸此中来，连帆过扬州。送此万里目，旷然散我愁。
纱窗倚天开，水树绿如发。窥日畏衔山，促酒喜得月。
吴娃与越艳，窈窕夸铅红。呼来上云梯，含笑出帘栊。
对客小垂手，罗衣舞春风。宾跪请休息，主人情未极。
览君荆山作，江鲍堪动色。清水出芙蓉，天然去雕饰。
逸兴横素襟，无时不招寻。朱门拥虎士，列戟何森森。
剪凿竹石开，萦流涨清深。登台坐水阁，吐论多英音。
片辞贵白璧，一诺轻黄金。谓我不愧君，青鸟明丹心。
五色云间鹊，飞鸣天上来。传闻赦书至，却放夜郎回。
暖气变寒谷，炎烟生死灰。君登凤池去，忽弃贾生才。
桀犬尚吠尧，匈奴笑千秋。中夜四五叹，常为大国忧。
旌旆夹两山，黄河当中流。连鸡不得进，饮马空夷犹。
安得羿善射，一箭落旄头。

○白之从璘辟也，苏轼辨其由于迫胁，论甚平允。此篇历叙交游始末，而白生平踪迹，亦略见于此。"十月到幽州"一段，盖白自被放后，北游燕赵，观听形势，知禄山之必叛，尾大不掉之害，欲言不能，述之犹觉痛切。至于潼关失守，江陵煽乱，与白之为所胁，受累远谪，无不明如指掌。结尾一段，虑庙堂之无人，忧将帅之不一，而贼之不得速平，与前遥相照应。通篇以交情、时势互为经纬，汪洋灏瀚，如百川之灌河，如长江之赴海，卓乎大篇，可与《北征》并峙。

◇胡震亨曰："太白永王璘一事，论者不失之刻，即曲为讳，失之诬。惟蔡宽夫之说为衷，其言云：'太白非从人为乱者，盖其学本出纵横，以气侠自任。当中原扰攘时，欲藉之以立奇功耳。其诗曰："空名适自误，迫胁上楼船。"又曰："南风一扫胡尘净,西入长安到日边。"亦可见其志矣。大抵才高意广,如孔北海之徒,固未必有成功,而知人料事,尤其所难议者。或责以璘之猖獗,而欲仰以立事,不能如孔巢父、萧颖士察于未萌,斯可矣;若其志,亦可哀矣。'斯言也,起太白于九原,傥亦心服。"

赠汉阳辅录事

鹦鹉洲横汉阳渡,水引寒烟没江树。
南浦登楼不见君,君今罢官在何处?
汉口双鱼白锦鳞,令传尺素报情人。
其中字数无多少,只是相思秋复春。
○烟江风景,登楼所见,即此发端,接出怀人之意,最有气格。

赠卢司户

秋色无远近,出门尽寒山。白云遥相识,待我苍梧间。
借问卢耽鹤,西飞几岁还?
○高调妙于省净。
◇谭元春曰:"起二句后代清语,领此一派。"

赠从弟南平太守之遥

少年不得意,落魄无安居。
愿随任公子,欲钓吞舟鱼。
常时饮酒逐风景,壮心遂与功名疏。

兰生谷底人不锄，云在高山空卷舒。
汉家天子驰驷马，赤车蜀道迎相如。
天门九重谒圣人，龙颜一解四海春。
彤庭左右呼万岁，拜贺明主收沉沦。
翰林秉笔回英眄，麟阁峥嵘谁可见？
承恩初入银台门，著书独在金銮殿。
龙驹雕镫白玉鞍，象床绮席黄金盘。
当时笑我微贱者，却来请谒为交欢。
一朝谢病游江海，畴昔相知几人在？
前门长揖后门关，今日结交明日改。
爱君山岳心不移，随君云雾迷所为。
梦得池塘生春草，使我长价登楼诗。
别后遥传临海作，可见羊何共和之。

〇炎而附，寒而去，自是俗情之薄。翟公书门，殷浩咏诗，白何见之晚耶？"兰生谷底"二句，逸韵可赏，复有深味。末四语用古入化，别具清新之致。

流夜郎半道承恩放还，兼欣克复之美，书怀示息秀才

黄口为人罗，白龙乃鱼服。得罪岂怨天，以愚陷网目。
鲸鲵未翦灭，豺狼屡翻复。悲作楚地囚，何日秦庭哭。
遭逢二明主，前后两迁逐。去国愁夜郎，投身窜荒谷。
半道雪屯蒙，旷如鸟出笼。遥欣克复美，光武安可同。
天子巡剑阁，储皇守扶风。扬袂正北辰，开襟揽群雄。
胡兵出月窟，雷破关之东。左扫因右拂，旋收洛阳宫。
迴舆入咸京，席卷六合通。叱咤开帝业，手成天地功。

大驾还长安,两日忽再中。一朝让宾位,剑玺传无穷。
愧无秋毫力,谁念夔铄翁?弋者何所慕,高飞仰冥鸿。
弃剑学丹砂,临炉双玉童。寄言息夫子,岁晚陟方蓬。
○引罪自咎,无怨尤之心,有眷顾之诚,不失忠厚本旨。

宿清溪主人

夜到清溪宿,主人碧岩里。檐楹挂星斗,枕席响风水。
月落西山时,啾啾夜猿起。
○奇语得自眼前。

巴陵赠贾舍人

贾生西望忆京华,湘浦南迁莫怨嗟。
圣主恩深汉文帝,怜君不遣到长沙。
○可谓深婉。萧士赟以此与前篇为非白作。观其气味,非白不办。

赠从弟宣州长史昭

淮南望江南,千里碧山对。我行倦过之,半落青天外。
宗英佐雄郡,水陆相控带。长川豁中流,千里泻吴会。
君心亦如此,包纳无小大。摇笔起风霜,推诚结仁爱。
讼庭垂桃李,宾馆罗轩盖。何意苍梧云,飘然忽相会。
才将圣不偶,命与时俱背。独立山海间,空老圣明代。
知音不易得,抚剑增感慨。当结九万期,中途莫先退。

陈情赠友人

延陵有宝剑，价重千黄金。观风历上国，暗许故人深。
归来挂坟松，万古知其心。懦夫感达节，壮士激青衿。
鲍生荐夷吾，一举置齐相。斯人无良朋，岂有青云望？
临财不苟取，推分固辞让。后世称其贤，英风邈难尚。
论交但若此，友道孰云丧。多君骋逸藻，掩映当时人。
舒文振颓波，秉德冠彝伦。卜居乃此地，共井为比邻。
清琴弄云月，美酒娱冬春。薄德中见损，忽之如遗尘。
英豪未豹变，自古多艰辛。他人纵以疏，君意宜独亲。
奈何成离居，相去复几许。飘风吹云霓，蔽目不得语。
投珠冀相报，按剑恐相距。所思采芳兰，欲赠隔荆渚。
沉忧心若醉，积恨泪如雨。愿假东壁辉，余光照贫女。
　○披露胸怀，不作龊龊之态。叙乖隔处，极为微婉，得风人之意。

赠钱征君少阳

白玉一杯酒，绿杨三月时。春风余几日，两鬓各成丝。
秉烛唯须饮，投竿也未迟。如逢渭川猎，犹可帝王师。

登敬亭山南望怀古赠窦主簿

敬亭一回首，目尽天南端。仙者五六人，常闻此游盘。
溪流琴高水，石耸麻姑坛。白龙降陵阳，黄鹤呼子安。

羽化骑日月，云行翼鸳鸾。下视宇宙间，四溟皆波澜。
汰绝目下事，从之复何难。百岁落半途，前期浩漫漫。
强食不成味，清晨起长叹。愿随子明去，炼火烧金丹。

经乱后将避地剡中留赠崔宣城

双鹅飞洛阳，五马渡江徼。何意上东门，胡雏更长啸。
中原走豺虎，烈火焚宗庙。太白昼经天，颓阳掩余照。
王城皆荡覆，世路成奔峭。四海望长安，颦眉寡西笑。
苍生疑落叶，白骨空相吊。连兵似雪山，破敌谁能料。
我垂北溟翼，且学南山豹。崔子贤主人，欢娱每相召。
胡床紫玉笛，却坐青云叫。杨花满州城，置酒同临眺。
忽思剡溪去，水石远清妙。雪尽天地明，风开湖山貌。
闷为洛生咏，醉发吴越调。赤霞动金光，日足森海峤。
独散万古意，闲垂一溪钓。猿近天上啼，人移月边櫂。
无以墨绶苦，来求丹砂要。华发长折腰，将贻陶公诮。

○奇辞络绎，行以苍峭之气，直达所怀，绝无长语。谢朓惊人，此故不减。

◇杨慎曰："梁虞骞诗'落晖散长足，细雨织斜文'，太白亦用其字。然其惊人泣鬼，则刘勰所谓'自铸伟辞，前无古人'者乎？"

◇吴昌祺曰："悲壮处亦《七哀》之遗。"

卷六

陇西李白诗六

献从叔当涂宰阳冰

金镜霾六国，亡新乱天经。焉知高光起，自有羽翼生。
萧曹安岘岘，耿贾摧欃枪。吾家有季父，杰出圣代英。
虽无三台位，不借四豪名。激昂风云气，终协龙虎精。
弱冠燕赵来，贤彦多逢迎。鲁连善谈笑，季布折公卿。
遥知礼数绝，常恐不合并。惕想结宵梦，素心久已冥。
顾惭青云器，谬奉玉樽倾。山阳五百年，绿竹忽再荣。
高歌振林木，大笑喧雷霆。落笔洒篆文，崩云使人惊。
吐辞又炳焕，五色罗华星。秀句满江国，高才掞天庭。
宰邑艰难时，浮云空古城。居人若薙草，扫地无纤茎。
惠泽及飞走，农夫尽归耕。广汉水万里，长流玉琴声。
《雅》《颂》播吴越，还如泰阶平。小子别金陵，来时白下亭。
群凤怜客鸟，差池相哀鸣。各拔五色毛，意重泰山轻。
赠微所费广，斗水浇长鲸。弹剑歌《苦寒》，严风起前楹。
月衔天门晓，霜落牛渚清。长叹即归路，临川空屏营。

赠汪伦

李白乘舟将欲行，忽闻岸上踏歌声。
桃花潭水深千尺，不及汪伦送我情。
◇杨齐贤曰："白游泾县桃花潭，村人汪伦常酝美酒以待白，伦之裔孙至今宝其诗。"

安陆白兆山桃花岩寄刘侍御绾

云卧三十年，好闲复爱仙。蓬壶虽冥绝，鸾鹤心悠然。
归来桃花岩，得憩云窗眠。对岭人共语，饮潭猿相连。
时升翠微上，邈若罗浮巅。两岑抱东壑，一嶂横西天。
树杂日易隐，崖倾月难圆。芳草换野色，飞萝摇春烟。
入远构石室，选幽开上田。独此林下意，杳无区中缘。
永辞霜台客，千载方来旋。
○此等篇咏，与鲍参军、谢宣城自是神合，不徒形似。

淮南卧病书怀寄蜀中赵征君蕤

吴会一浮云，飘如远行客。功业莫从就，岁光屡奔迫。
良图俄弃捐，衰疾乃绵剧。古琴藏虚匣，长剑挂空壁。
楚冠怀钟仪，越吟比庄舄。国门遥天外，乡路远山隔。
朝忆相如台，夜梦子云宅。旅情初结缉，秋气方寂历。
风入松下清，露出草间白。故人不可见，幽梦谁与适？
寄书西飞鸿，赠尔慰离析。

○亦是宣城一派，视《移病还园示亲属诗》，有过之无不及也。

◇杨慎曰："太白《渡荆门》诗'仍连故乡水，万里送行舟'，《送人之罗浮》诗'尔去之罗浮，余还憩峨嵋'，及此诗'国门遥天外'四句，皆寓乡思。"

◇杨慎曰："赵蕤，梓州人，精于数学。苏颋荐西蜀人才，云'赵蕤术数，李白文章'。宋人注李诗遗其事。"

望终南山寄紫阁隐者

出门见南山，引领意无限。秀色难为名，苍翠日在眼。
有时白云起，天际自舒卷。心中与之然，托兴每不浅。
何当造幽人，灭迹栖绝巘。

○淡雅自然处，神似渊明。白云天际，无心舒卷，白诗妙有其意。

秋夜宿龙门香山寺奉寄王方城十七丈奉国营上人从弟幼成令问

朝发汝海东，暮栖龙门中。水寒夕波急，木落秋山空。
望极九霄迥，赏幽万壑通。目皓沙上月，心清松下风。
玉斗横网户，银河耿花宫。兴在趣方逸，欢余情未终。
凤驾忆王子，虎溪怀远公。桂枝坐萧瑟，棣华不复同。
流恨寄伊水，盈盈焉可穷。

沙丘城下寄杜甫

我来竟何事？高卧沙丘城。城边有古树，日夕连秋声。

鲁酒不可醉，齐歌空复情。思君若汶水，浩荡寄南征。

○白与杜甫相知最深。"饭颗山头"一绝，《本事诗》及《酉阳杂俎》载之，盖流俗传闻之说，《白集》无是也。鲍、庾、阴、何，词流所重，李、杜实尝宗之，特所成就者大，不寄其篱下耳，安得以为讥议之辞乎？甫诗及白者十余见，白诗亦屡及甫。即此结语，情亦不薄矣。世俗轻诬古人，往往类是，尚论者当知之。

◇钟惺曰："一片真气。"

◇沈德潜曰："有余地，有余情。此诗家正声也，浮浅者以为无味。"

淮阴书怀寄王宗城

沙墩至梁苑，二十五长亭。大舶夹双橹，中流鹅鹳鸣。
云天扫空碧，川岳涵余清。飞凫从西来，适与佳兴并。
眷言王乔舄，婉娈故人情。复此亲懿会，而增交道荣。
沿洄且不定，飘忽怅徂征。暝投淮阴宿，欣得漂母迎。
斗酒烹黄鸡，一餐感素诚。予为楚壮士，不是鲁诸生。
有德必报之，千金耻为轻。缅书羁孤意，远寄櫂歌声。

○一起真有万夫之禀。吕本中称此篇与《关山月》为"气雄一世"，非虚言也。

闻王昌龄左迁龙标遥有此寄

杨花落尽子规啼，闻道龙标过五溪。
我寄愁心与明月，随风直到夜郎西。

◇胡应麟曰："此诗及《下江陵》《洛阳闻笛》《望天门山》

等作，真有挥斥八极、凌厉九霄之意。"

◇沈德潜曰："即'将心寄明月，流影入君怀'之意，出以摇曳之笔，语意一新。"

忆旧游寄谯郡元参军

忆昔洛阳董糟丘，为余天津桥南造酒楼。
黄金白璧买歌笑，一醉累月轻王侯。
海内贤豪青云客，就中与君心莫逆。
迴山转海不作难，倾情倒意无所惜。
我向淮南攀桂枝，君留洛北愁梦思。
不忍别，还相随，相随迢迢访仙城，三十六曲水迴萦。
一溪初入千花明，万壑度尽松风声。
银鞍金络倒平地，汉东太守来相迎。
紫阳之真人，邀我吹玉笙。
餐霞楼上动仙乐，嘈然宛似鸾凤鸣。
袖长管催欲轻举，汉中太守醉起舞。
手持锦袍覆我身，我醉横眠枕其股。
当筵意气凌九霄，星离雨散不终朝，分飞楚关山水遥。
余既还山寻故巢，君亦归家渡渭桥。
君家严君勇貔虎，作尹并州遏戎虏。
五月相呼度太行，摧轮不道羊肠苦。
行来北凉岁月深，感君贵义轻黄金。
琼杯绮食青玉案，使我醉饱无归心。
时时出向城西曲，晋祠流水如碧玉。
浮舟弄水箫鼓鸣，微波龙鳞莎草绿。

兴来携妓恣经过,其若杨花似雪何!
红妆欲醉宜斜日,百尺清潭写翠娥。
翠娥婵娟初月辉,美人更唱舞罗衣。
清风吹歌入空去,歌曲自绕行云飞。
此时行乐难再遇,西游因献《长杨赋》。
北阙青云不可期,东山白首还归去。
渭桥南头一遇君,酂台之北又离群。
问余别恨知多少?落花春暮争纷纷。
言亦不可尽,情亦不可极。
呼儿长跪缄此辞,寄君千里遥相忆。

○白诗天才纵逸,至于七言长古,往往风雨争飞,鱼龙百变;又如大江无风,波浪自涌,白云纵空,随风变灭,诚可谓怪伟奇绝者矣。此篇最有纪律可循,历数旧游,纯用序事之法,以离合为经纬,以转折为节奏,结构极严而神气自畅。至于奇情胜致,使览者应接不暇,又其才之独擅者耳。

◇唐汝询曰:"此篇叙事四转,语若贯珠,又非初唐牵合之比。长篇当以此为法。"

◇吴昌祺曰:"长篇步步奇崛苍劲,亦天然笔力也。"

◇杨齐贤曰:"唐《地理志》:亳州谯郡有酂县。酂,才何切。萧何子孙所续封。何所封音赞,汉属南阳郡。"

月夜江行寄崔员外宗之

飘飘江风起,萧飒海树秋。登舻美清夜,挂席移轻舟。
月随碧山转,水合青天流。杳如星河上,但觉云林幽。
归路方浩浩,徂川去悠悠。徒悲蕙草歇,复听菱歌愁。

岸曲迷后浦，沙明瞰前洲。怀君不可见，望远增离忧。
○可谓工于发端，警句亦直逼二谢。

宿白鹭洲寄杨江宁

朝别朱雀门，暮栖白鹭洲。波光摇海月，星影入城楼。
望美金陵宰，如思琼树忧。徒令魂入梦，翻觉夜成秋。
绿水解人意，为余西北流。因声玉琴里，荡漾寄君愁。
○节谐语警。

新林浦阻风寄友人

潮水定可信，天风难与期。清晨西北转，薄暮东南吹。
以此难挂席，佳期益相思。海月破圆影，菰蒋生绿池。
昨日北湖梅，开花已满枝。今朝东门柳，夹道垂青丝。
岁物忽如此，我来定几时？纷纷江上雪，草草客中悲。
明发新林浦，空吟谢朓诗。
○起势奇崛，寄怀处不胜睕晚之叹。

寄韦南陵冰余江上乘兴访之遇寻颜尚书笑有此赠

南船正东风，北船来自缓。
江上相逢借问君，语笑未了风吹断。
闻君携妓访情人，应为尚书不顾身。
堂上三千珠履客，瓮中百斛金陵春。
恨我阻此乐，淹留楚江滨。

月色醉远客，山花开欲然。
春风狂杀人，一日剧三年。
乘兴嫌太迟，焚却子猷船。
梦见五柳枝，已堪挂马鞭。
何日到彭泽，长歌陶令前。
○"语笑未了风吹断"，画出两舟相遇情景。钟惺极赏其工。

题情深树寄象公

肠断枝上猿，泪添山下樽。白云见我去，亦为我飞翻。
○古意，然必有所谓，不必强解。或以"白云"为白虎，引周处射虎事实之，更属纰缪。

北山独酌寄韦六

巢父将许由，未闻买山隐。道存迹自高，何惮去人近。
纷吾下兹岭，地闲喧亦泯。门横群岫开，水凿众泉引。
屏高而在云，窦深莫能准。川光昼昏凝，林气夕凄紧。
于焉摘朱果，兼得养玄牝。坐月观宝书，拂霜弄瑶轸。
倾壶事幽酌，顾影还独尽。念君风尘游，傲尔令自哂。
○鲍、谢集中高作。

寄东鲁二稚子

吴地桑叶绿，吴蚕已三眠。我家寄东鲁，谁种龟阴田？

春事已不及,江行复茫然。南风吹归心,飞堕酒楼前。
楼东一株桃,枝叶拂青烟。此树我所种,别来向三年。
桃今与楼齐,我行尚未旋。娇女字平阳,折花倚桃边。
折花不见我,泪下如流泉。小儿名伯禽,与姊亦齐肩。
双行桃树下,抚背复谁怜?念此失次第,肝肠日忧煎。
裂素写远意,因之汶阳川。

◇范摅曰:"天下丧乱,骨肉分离。此老杜《咏怀》'入门号咷'以下意也。然彼合此离;彼有哭其死,此则怜其生;彼兼时事,此乃单咏,要皆忧思之正者也。"

◇沈德潜曰:"家常语,琐琐屑屑,弥见其真。"

◇《广记》曰:"太白于任城县造酒楼,其居在酒楼前。"

独酌清溪江石上寄权昭夷

我携一樽酒,独上江祖石。自从天地开,更长几千尺?
举杯向天笑,天迴日西照。永愿坐此石,长垂严陵钓。
寄谢山中人,可与尔同调。

禅房怀友人岑伦

自注:时南游罗浮,兼泛桂海,自春徂秋不返。仆旅江外,书情寄之。

婵娟罗浮月,摇艳桂水云。美人竟独往,而我安得群?
一朝语笑隔,万里欢情分。沉吟彩霞没,梦寐群芳歇。
归鸿渡三湘,游子在百粤。边尘染衣剑,白日彫华发。
春风变楚关,秋声落吴山。草木结悲绪,风沙凄苦颜。
羯来已永久,颓思如循环。飘飘限江裔,想像空留滞。

离忧每醉心,别泪徒盈袂。坐愁青天末,出望黄云蔽。
目极何悠悠,梅花南岭头。空长灭征鸟,水阔无还舟。
宝剑终难托,金囊非易求。归来傥有问,桂树山之幽。
○称心而言,意足而止,情深语挚,老笔纷披。

庐山谣寄卢侍御虚舟

我本楚狂人,凤歌笑孔丘。
手持绿玉杖,朝别黄鹤楼。
五岳寻仙不辞远,一生好入名山游。
庐山秀出南斗傍,屏风九叠云锦张,影落明湖青黛光。
金阙前开二峰长,银河倒挂三石梁。
香炉瀑布遥相望,迥崖沓嶂凌苍苍。
翠影红霞映朝日,鸟飞不到吴天长。
登高壮观天地间,大江茫茫去不还。
黄云万里动风色,白波九道流雪山。
好为庐山谣,兴因庐山发。
闲窥石镜清我心,谢公行处苍苔没。
早服还丹无世情,琴心三叠道初成。
遥见仙人彩云里,手把芙蓉朝玉京。
先期汗漫九垓上,愿接卢敖游太清。
○天马行空,不可羁绁。
◇桂临川曰:"全篇开阖轶荡,冠绝古今。即使工部为之,未易及此;高岑辈,恐亦胁息。其襟期雄旷,辞旨慷慨,音节浏亮,无一不可。"

春日归山寄孟浩然

朱绂遗尘境,青山谒梵筵。金绳开觉路,宝筏度迷川。
岭树攒飞栱,岩花覆谷泉。塔形标海月,楼势出江烟。
香气三天下,钟声万壑连。荷秋珠已满,松密盖初圆。
鸟聚疑闻法,龙参若护禅。愧非流水韵,叨入伯牙弦。

◇方回曰:"太白负不羁之才,乐府大篇,翕忽变化,而律诗乃工夫缜密如此,杜审言、宋之问相伯仲。"

◇道经三天者,清微天、禹余天、大赤天也。

流夜郎至西塞驿寄裴隐

扬帆借天风,水驿苦不缓。平明及西塞,已先投沙伴。
迥峦引群峰,横蹙楚山断。砯冲万壑会,震沓百川满。
龙怪潜溟波,俟时救灾旱。我行望雷雨,安得霈枯散。
鸟去天路长,人愁春光短。空将泽畔吟,寄尔江南管。

自汉阳病酒归寄王明府

去岁左迁夜郎道,琉璃砚水长枯槁。
今年敕放巫山阳,蛟龙笔翰生辉光。
圣主还听《子虚赋》,相如却与论文章。
愿扫鹦鹉洲,与君醉百场。
啸起白云飞七泽,歌吟渌水动三湘。
莫惜连船沽美酒,千金一掷买春芳。

○ "平生飞动意,见尔不能无",胸怀正复如此。

江夏寄汉阳辅录事

谁道此水广,狭如一匹练。江夏黄鹤楼,青山汉阳县。
大语犹可闻,故人难可见。君草陈琳檄,我书鲁连箭。
报国有壮心,龙颜不回眷。西飞精卫鸟,东海何由填?
鼓角徒悲鸣,楼船习征战。抽剑步霜月,夜行空庭遍。
长呼结浮云,埋没顾荣扇。他日观军容,投壶接高宴。

早春寄王汉阳

闻道春还未相识,走傍寒梅访消息。
昨夜东风入武阳,陌头杨柳黄金色。
碧水浩浩云茫茫,美人不来空断肠。
预拂青山一片石,与君连日醉壶觞。
○ 秀骨天成,偶然涉笔,无不入妙。

江上寄元六林宗

霜落江始寒,枫叶绿未脱。客行悲清秋,永路苦不达。
沧波眇川汜,白日隐天末。停棹依林峦,惊猿相叫聒。
夜分河汉转,起视溟涨阔。凉风何萧萧,流水鸣活活。
浦沙净如洗,海月明可掇。兰交空怀思,琼树讵解渴。
勖哉沧洲心,岁晚庶不夺。幽赏颇自得,兴远与谁豁?

泾溪南蓝山下有落星潭可以卜筑余泊舟石上寄何判官昌浩

蓝岑竦天壁,突兀如鲸额。奔蹙横澄潭,势吞落星石。
沙带秋月明,水摇寒山碧。佳境宜缓櫂,清晖能留客。
恨君阻欢游,使我自惊惕。所期俱卜筑,结茅炼金液。

早过漆林渡寄万巨

西经大蓝山,南来漆林渡。水色倒空青,林烟横积素。
漏流昔吞翕,沓浪竞奔注。潭落天上星,龙开水中雾。
峣岩注公栅,突兀陈焦墓。岭峭纷上干,川明屡回顾。
因思万夫子,解渴同琼树。何日睹清光,相欢咏佳句?

游敬亭寄崔侍御

我家敬亭下,辄继谢公作。相去数百年,风期宛如昨。
登高素秋月,下望青山郭。俯视鸳鹭群,饮啄自鸣跃。
夫子虽蹭蹬,瑶台雪中鹤。独立窥浮云,其心在寥廓。
时来顾我笑,一饭葵与藿。世路如秋风,相逢尽萧索。
腰间玉具剑,意许无遗诺。壮士不可轻,相期在云阁。

自金陵泝流过白璧山玩月达天门寄句容王主簿

沧江泝流归,白璧见秋月。秋月照白璧,皓如山阴雪。

幽人停宵征，贾客忘早发。进帆天门山，回首牛渚没。
川长信风来，日出宿雾歇。故人在咫尺，新赏成胡越。
寄君青兰花，惠我庶不绝。

○白寄人之诗，大致泛滥于元嘉以还，此前诸篇皆是也。白尝谓"建安以来，绮丽非珍"，盖亦大概言之。至其间表表诸人，曷尝不历阃入室，相与周旋出入乎？特才实迈古，故大而化之，其渊源有自来矣。杜甫亦复如是。词人落笔，往往过当。甫尝云"陶谢不枝梧"，他日则云"安得思如陶谢手，令渠述作与同游"。后人过尊二家，或欲尽薄从前，非通论也。

秋日鲁郡尧祠亭上宴别杜补阙范侍御

我觉秋兴逸，谁云秋兴悲？山将落日去，水与晴空宜。
鲁酒白玉壶，送行驻金羁。歇鞍憩古木，解带挂横枝。
歌鼓川上亭，曲度神飙吹。云归碧海夕，雁没青天时。
相失各万里，茫然空尔思。

○飘然而来，戛然而止，格调高逸，有如鹏翔未息，翩翩而自逝。

◇胡震亨曰："太白诗押'宜'字韵者凡五见，此其一也。他如'月色望不尽，空天交相宜'，'谑浪偏相宜'，'置酒正相宜'，'春风与醉客，今日乃相宜'，韵致俱胜。"

◇段成式曰："李集有'尧祠赠杜补阙'者，老杜也。"

别鲁颂

谁道泰山高，下却鲁连节。谁云秦军众，摧却鲁连舌。
独立天地间，清风洒兰雪。夫子还倜傥，攻文继前烈。

错落石上松,无为秋霜折。赠言镂宝刀,千岁庶不灭。

○与《尧祠宴别》,二诗皆极清健,太冲挺拔,景纯豪俊,非潘、陆诸人之比。

◇刘辰翁曰:"上六句意象高迥,自切事情。结末古意选语。"

梦游天姥吟留别

海客谈瀛洲,烟涛微茫信难求;
越人语天姥,云霓明灭或可睹。
天姥连天向天横,势拔五岳掩赤城。
天台四万八千丈,对此欲倒东南倾。
我欲因之梦吴越,一夜飞度镜湖月。
湖月照我影,送我至剡溪。
谢公宿处今尚在,渌水荡漾清猿啼。
脚著谢公屐,身登青云梯。
半壁见海日,空中闻天鸡。
千岩万转路不定,迷花倚石忽已暝。
熊咆龙吟殷岩泉,慄深林兮惊层巅。
云青青兮欲雨,水澹澹兮生烟。
列缺霹雳,丘峦崩摧。洞天石扇(扉),訇然中开。
青冥浩荡不见底,日月照耀金银台。
霓为衣兮风为马,云之君兮纷纷而来下。
虎鼓瑟兮鸾迴车,仙之人兮列如麻。
忽魂悸以魄动,怳惊起而长嗟。
惟觉时之枕席,失向来之烟霞。

世间行乐亦如此，古来万事东流水。

别君去兮何时还，且放白鹿青崖间，须行即骑访名山。

安能摧眉折腰事权贵，使我不得开心颜。

○七言歌行，本出楚骚、乐府；至于太白，然后穷极，笔力优入圣域。昔人谓其以气为主，以自然为宗，以俊逸高畅为贵，咏之使人飘扬欲仙，而尤推其《天姥吟》《远别离》等篇，以为虽子美不能道。盖其才横绝一世，故兴会标举，非学可及，正不必执此谓子美不能及也。此篇夭矫离奇，不可方物，然因语而梦，因梦而悟，因悟而别，节次相生，丝毫不乱；若中间梦境迷离，不过词意伟怪耳。胡应麟以为"无首无尾，窈冥昏默"，是真不可以说梦也；特谓"非其才力学之，立见颠踣"，则诚然耳。

◇范摅曰："'梦吴越'以下，梦之源也；次诸节，梦之波澜也。其间显而晦、晦而显，非太白之胸次、笔力，亦不能发此。"

◇高棅曰："白《远别离》《长相思》《乌栖曲》《鸣皋歌》《梁园吟》《天姥吟》《庐山谣》等作，长篇短韵，驱驾气势，殆与南山秋色争高可也。"

◇王世贞曰："欧阳公自谓《庐山高》《明妃曲》，李杜所不能作，非公言也。无论其他，只'半壁见海日，空中闻天鸡'，率尔语，公能道否？"

留别广陵诸公

忆昔作少年，结交赵与燕。金羁络骏马，锦带横龙泉。
寸心无疑事，所向非徒然。晚节觉此疏，猎精草《太玄》。
空名束壮士，薄俗弃高贤。中回圣明顾，挥翰凌云烟。
骑虎不敢下，攀龙忽堕天。还家守清真，孤洁励秋蝉。
炼丹费火石，采药穷山川。卧海不关人，租税辽东田。

乘兴忽复起，櫂歌溪中船。临醉谢葛强，山公欲倒鞭。
狂歌自此别，垂钓沧浪前。

金陵酒肆留别

风吹柳花满店香，吴姬压酒唤客尝。
金陵子弟来相送，欲行不行各尽觞。
请君试问东流水，别意与之谁短长？
○言有尽而意无穷，味在酸咸之外。
◇黄庭坚曰："学者若不见古人用意处，但得其皮毛，所以去之甚远。如此诗，若人复能为首句，亦未是太白；至于次句'压酒'字，他人亦自难及；三、四句益不同，五、六句乃真太白妙处，当潜心焉。"
◇钟惺曰："不须多，亦不须深，写得情出。"

赠别郑判官

窜逐勿复哀，惭君问寒灰。浮云本无意，吹落章华台。
远别泪空尽，长愁心已摧。二年吟泽畔，憔顇几时回。

黄鹤楼送孟浩然之广陵

故人西辞黄鹤楼，烟花三月下扬州。
孤帆远影碧空尽，唯见长江天际流。
○语近情遥，有手挥五弦、目送飞鸿之妙。
◇唐汝询曰："目力已极，离思天涯，怅望之情，俱在言外。"

留别贾舍人至（二首）

大梁白云起，飘飖来南洲。裴回苍梧野，十见罗浮秋。
鳌抃山海倾，四溟扬洪流。意欲托孤凤，从之摩天游。
凤苦道路难，翱翔还崑丘。不肯衔我去，哀鸣惭不周。
远客谢主人，明珠难暗投。拂拭倚天剑，西登岳阳楼。
长啸万里风，扫清胸中忧。谁念刘越石，化为绕指柔。

秋风吹胡霜，凋此檐下芳。折芳怨岁晚，离别悽以伤。
谬攀青琐贤，延我于北堂。君为长沙客，我独之夜郎。
劝此一杯酒，岂惟道路长？割珠两分赠，寸心贵不忘。
何必儿女仁，相看泪成行。
○深于比喻，乃骚人之遗意。其音哀婉，情景正合。

渡荆门送别

渡远荆门外，来从楚国游。山随平野尽，江入大荒流。
月下飞天镜，云生结海楼。仍连故乡水，万里送行舟。
○项联与杜甫之"星垂平野阔，月涌大江流"，句法相类，亦气势均敌。胡震亨以杜为胜，亦故为低昂耳。

南陵别儿童入京

白酒新熟山中归，黄鸡啄黍秋正肥。
呼童烹鸡酌白酒，儿女嬉笑牵人衣。

高歌取醉欲自慰,起舞落日争光辉。
游说万乘苦不蚤,著鞭跨马涉远道。
会稽愚妇轻买臣,余亦辞家西入秦。
仰天大笑出门去,我辈岂是蓬蒿人。
〇结句以直致见风格,所谓"辞意俱尽,如截奔马"。

江夏别宋之悌

楚水清若空,遥将碧海通。人分千里外,兴在一杯中。
谷鸟吟晴日,江猿啸晚风。平生不下泪,于此泣无穷。
〇登高而呼,众山皆响。
◇胡震亨曰:"项联与达夫'功名万里外,心事一杯中',似皆从庾抱之'悲生万里外,恨起一杯中'来,而达夫较厚,太白较逸,并未易轩轾。"
◇胡应麟云:"高虽浑厚,易到;李则超逸入神。"

南阳送客

斗酒勿为薄,寸心贵不忘。坐惜故人去,偏令游子伤。
离颜怨芳草,春思结垂杨。挥手再三别,临岐空断肠。
〇从《古诗十九首》脱化而出,词意俱古。咏至五、六,可谓蕴藉风流矣。
◇钟惺曰:"项联是客中送客语,说得浑然不觉。"

送张舍人之江东

张翰江东去,正值秋风时。天清一雁远,海阔孤帆迟。

白日行欲暮,沧波杳难期。吴洲如见月,千里幸相思。

◇方回曰:"'一雁孤帆'之句,亦以寓'吾道不偶'之叹。下句引白日、沧波,而云'行欲暮''杳难期',意可见也。"

送王屋山人魏万还王屋　并序

　　王屋山人魏万云,自嵩宋沿吴相访,数千里不遇。乘兴游台越,经永嘉,观谢公石门。后于广陵相见。美其爱文好古,浪迹方外,因述其行而赠是诗。

仙人东方生,浩荡弄云海。沛然乘天游,独往失所在。
魏侯继大名,本家聊摄城。卷舒入元化,迹与古贤并。
十三弄文史,挥笔如振绮。辩折田巴生,心齐鲁连子。
西涉清洛源,颇惊人世喧。采秀卧王屋,因窥洞天门。
䎡来游嵩峰,羽客何双双。朝携月光子,暮宿玉女窗。
鬼谷上窈窕,龙潭下奔潈。东浮汴河水,访我三千里。
逸兴满吴云,飘飖洌江氾。挥手杭越间,樟亭望潮还。
涛卷海门石,云横天际山。白马走素车,雷奔骇心颜。
遥闻会稽美,且渡耶溪水。万壑与千岩,峥嵘镜湖里。
秀色不可名,清辉满江城。人游月边去,舟在空中行。
此中久延伫,入剡寻王许。笑读曹娥碑,沉吟黄绢语。
天台连四明,日入向国清。五峰转月色,百里行松声。
灵溪恣沿越,华顶殊超忽。石梁横青天,侧足履半月。
忽然思永嘉,不惮海路赊。挂席历海峤,迴瞻赤城霞。
赤城渐微没,孤屿前峣兀。水续万古流,亭空千霜月。
缙云川谷难,石门最可观。瀑布挂北斗,莫穷此水端。
喷壁洒素雪,空濛生昼寒。却思恶溪去,宁惧恶溪恶。

咆哮七十滩，水石相喷薄。路创李北海，（李公邕昔为括州开此岭路。）岩开谢康乐。（恶溪有谢康题诗处。）

松风和猿声，搜索连洞壑。径出梅花桥，双溪纳归潮。
落帆金华岸，赤松若可招。沈约八咏楼，城西孤岩峣。
岩峣四荒外，旷望群川会。云卷天地开，波连浙西大。
乱流新安口，北指严光濑。钓台碧云中，邈与苍岭对。
稍稍来吴都，裴回上姑苏。烟绵横九疑，潆荡见五湖。
目极心更远，悲歌但长吁。回桡楚江滨，挥策扬子津。
身著日本裘，（裘则朝卿所赠，日本布为之。）昂藏出风尘。五月造我语，知非伣儗人。

相逢乐舞限，水石日在眼。徒干五诸侯，不致百金产。
吾友扬子云，弦歌播清芬。虽为江宁宰，好与山公群。
乘兴但一行，且知我爱君。君来几何时？仙台应有期。
东窗绿玉树，定长三五枝。至今天坛人，当笑尔归迟。
我苦惜远别，茫然使心悲。黄河若不断，白首长相思。

○就彼所述，铺叙成文；因其曲折，纬以佳句。大有帆随湘转、水到渠成之致。

◇胡震亨曰："伣，一作'儓'。'儓儗'，言痴也。司马相如赋：'仡以伣儗。'丑吏、鱼吏二切，又音'态碍'。注：不前也。虽似俗语，其来已久。"

送友人寻越中山水

闻道稽山去，偏宜谢客才。千岩泉洒落，万壑树萦迴。
东海横秦望，西陵遶越台。湖清霜镜晓，涛白雪山来。
八月枚乘笔，三吴张翰杯。此中多逸兴，早晚向天台。

◇桂临川曰:"太白天才飘逸,长律虽法度整严,而清骨不泯。"

鲁郡尧祠送窦明府薄华还西京 自注:时久病初起作。

朝策**𩦺**眉骊,举鞭力不堪。
强扶愁疾向何处?角巾微服尧祠南。
长杨扫地不见日,石门喷作金沙潭。
笑夸故人指绝境,山光水色青于蓝。
庙中往往来击鼓,尧本无心尔何苦?
门前长跪双石人,有女如花日歌舞。
银鞍绣毂往复迴,簸林蹶石鸣风雷。
远烟空翠时明灭,白鸥历乱长飞雪。
红泥亭子赤阑干,碧流环转青锦湍。
深沉百丈洞海底,那知不有蛟龙蟠?
君不见绿珠潭水流东海,绿珠红粉沉光彩。
绿珠楼下花满园,今日曾无一枝在。
昨夜秋声闻阊来,洞庭木落骚人哀。
遂将三五少年辈,登高远望形神开。
生前一笑轻九鼎,魏武何悲铜雀台。
我歌白云倚牕牖,尔闻其声但挥手。
长风吹月度海来,遥劝仙人一杯酒。
酒中乐酣宵向分,举觞酹尧尧可闻?
何不令皋䕫拥篲横八极,直上青天挥浮云。
高阳小饮真琐琐,山公酩酊何如我?
竹林七子去道赊,兰亭雄笔安足夸。

尧祠笑杀五湖水,至今颔颔空荷花。
尔向西秦我东越,暂向瀛洲访金阙。
蓝田太白若可期,为余扫洒石上月。
○起灭在手,变化从心,初曷尝沾沾于矩矱;而意之所到,无不应节合拍。歌行至此,岂非神品?

金乡送韦八之西京

客自长安来,还归长安去。狂风吹我心,西挂咸阳树。
此情不可道,此别何时遇?望望不见君,连山起烟雾。

鲁郡东石门送杜二甫

醉别复几日,登临遍池台。何时石门路,重有金樽开?
秋波落泗水,海色明徂徕。飞蓬各自远,且尽手中杯。
○无限低徊,有说不尽处,可谓情深于辞。

灞陵行送别

送君灞陵亭,灞水流浩浩。
上有无花之古树,下有伤心之春草。
我向秦人问路岐,云是王粲南登之古道。
古道连绵走西京,紫阙落日浮云生。
正当今夕断肠处,黄鹂愁绝不忍听。
○古之伤心人别有怀抱,是诗之谓矣。

送裴十八图南归嵩山

君思颍水绿,忽复归嵩岑。归时莫洗耳,为我洗其心。
洗心得真情,洗目徒买名。谢公终一起,相与济苍生。
○沉刻之意,以快语出之,可令闻者惊竦。

同王昌龄送族弟襄归桂阳(二首)

秦地见碧草,楚谣对清樽。把酒尔何思?鹧鸪啼南园。
余欲罗浮隐,犹怀明主恩。踌躇紫宫恋,孤负沧洲言。
终然无心云,海上同飞翻。相期乃不浅,幽桂有芳根。
◇萧士赟曰:"细味此诗,非'一饭不忘君'者乎?议者何厚诬太白之不如杜也!"

尔家何在萧湘川,青莎白石长沙边。
昨梦江花照江日,几枝正发东窗前。
觉来欲往心悠然,魂随越鸟飞南天。
秦云连山海相接,桂水横烟不可涉。
送君此去令人愁,风帆茫茫隔河洲。
春潭琼草绿可折,西寄长安明月楼。
◇桂临川曰:"情出至悃,词调警绝。"

送崔度还吴 自注:度,故人礼部员外辅国之子。

幽燕沙雪地,万里尽黄云。朝吹归秋雁,南飞日几群。

中有孤凤雏,哀鸣九天闻。我乃重此鸟,绿章五色分。
胡马杂凡禽,鸡鹜轻贱君。举手捧尔足,疾心若火焚。
拂羽泪满面,送之吴江濆。去影忽不见,踌躇日将曛。
○哀痛之音,笃于故旧,自见深情。

金陵送张十一再游东吴

张翰黄花句,风流五百年。谁人今继作?夫子世称贤。
再动游吴櫂,还浮入海船。春光白门柳,霞色赤城天。
去国难为别,思归各未旋。空余贾生泪,相顾共悽然。
◇张翰《杂诗》:"青条若总翠,黄华如散金。"

卷七

陇西李白诗七

送杨山人归嵩山

我有万古宅,嵩阳玉女峰。长留一片月,挂在东溪松。
尔去掇仙草,菖蒲花紫茸。岁晚或相访,青天骑白龙。
○蟠逸气于短言,弥觉奇健。
◇刘辰翁曰:"超然天地间,可以不死,岂独不经人道哉!"

送殷淑

痛饮龙筇下,灯青月复寒。醉歌惊白鹭,半夜起沙滩。

送范山人归泰山

鲁客抱白鹤,别余往泰山。初行若片云,杳在青崖间。
高高至天门,日观近可攀。云山望不及,此去何时还?

送友人

青山横北郭,白水绕东城。此地一为别,孤蓬万里征。

浮云游子意，落日故人情。挥手自兹去，萧萧班马鸣。

○首联整齐，承则流走而下，颈联健劲，结有萧散之致。大匠运斤，自成规矩。

◇沈德潜曰："苏李赠言多唏嘘语，无蹶蹙声。知古人之意在不尽矣，太白犹不失斯旨。"

送友人入蜀

见说蚕丛路，崎岖不易行。山从人面起，云傍马头生。

芳树笼秦栈，春流绕蜀城。升沉应已定，不必问君平。

○此五律正宗也。李梦阳曰："叠景者，意必二；阔大者，半必细。"极得诗家微指。此诗颔联承接次句，语意奇险，五、六则秾纤矣。颔联极言蜀道之难，五、六又见风景可乐，以慰征夫，此两意也。一结翻案，更饶胜致。

送张秀才谒高中丞　并序

余时系浔阳狱中，正读《留侯传》。秀才张孟熊，蕴灭胡之策，将之广陵谒高中丞。余嘉子房之风，感激于斯人，因作是诗以送之。

秦帝沦玉镜，留侯降氛氲。感激黄石老，经过沧海君。

壮士挥金槌，报雠六国闻。智勇冠终古，萧陈难与群。

两龙多斗时，天地动风云。酒酣舞长剑，仓卒解汉纷。

宇宙初倒悬，鸿沟势将分。英谋信奇绝，夫子扬清芬。

胡月入紫微，三光乱天文。高公镇淮海，谈笑却妖氛。

采尔幕中画，戡难光殊勋。我无燕霜感，玉石俱烧焚。

但洒一行泪，临岐竟何云？

饯校书叔云

少年费白日,歌笑矜朱颜。不知忽已老,喜见春风还。
惜别且为欢,裴回桃李间。看花饮美酒,听鸟临晴山。
向晚竹林寂,无人空闭关。
○落落有风致。

与诸公送陈郎将归衡阳　并序

　　仲尼旅人,文王明夷。苟非其时,圣贤低眉。况仆之不肖者,而迁逐枯槁,固非其宜。朝心不开,暮发尽白。而登高送远,使人增愁。陈郎将义风凛然,英思逸发;来下曹城之榻,去邀才子之诗;动清兴于中流,泛素波而径去。诸公仰望不及,连章祖之。序惭起予,辄冠名贤之首。作者嗤我,乃为抚掌之资乎?

衡山苍苍入紫冥,下看南极老人星。
迴飚吹散五峰雪,往往飞花落洞庭。
气清岳秀有如此,郎将一家拖金紫。
门前食客乱浮云,世人皆比孟尝君。
江上送行无白璧,临岐惆怅若为分。
○起擅胜势。

赋得白鹭鸶送宋少府入三峡

白鹭拳一足,月明秋水寒。人惊远飞去,直向使君滩。
○奇思古调。

宣州谢朓楼饯别校书叔云

弃我去者，昨日之日不可留；
乱我心者，今日之日多烦忧。
长风万里送秋雁，对此可以酣高楼。
蓬莱文章建安骨，中间小谢又清发。
俱怀逸兴壮思飞，欲上青天览日月。
抽刀断水水更流，举杯销愁愁更愁。
人生在世不称意，明朝散发弄扁舟。

○遥情飚竖，逸兴云飞，杜甫所谓"飘然思不群"者，此矣。千载而下，犹见酒间岸异之状，真仙才也！
◇吴昌祺曰："亦从明远变化出来。"

泾川送族弟錞

泾川三百里，若耶羞见之。锦石照碧山，两边白鹭鸶。
佳境千万曲，客行无歇时。上有琴高水，下有陵阳祠。
仙人不见我，明月空相知。问我何事来？卢敖结幽期。
蓬山振雄笔，绣服挥清词。江湖发秀色，草木含荣滋。
置酒送惠连，吾家称白眉。愧无海峤作，敢阙河梁诗？
见尔复几朝，俄然告将离。中流漾彩鹢，列岸丛金羁。
叹息苍梧凤，分栖琼树枝。清晨各飞去，飘落天南垂。
望极落日尽，秋深暝猿悲。寄情与流水，但有长相思。

送崔氏昆季之金陵

放歌倚东楼，行子期晓发。秋风渡江来，吹落山上月。
主人出美酒，灭烛延清光。二崔向金陵，安得不尽觞。
水客弄归櫂，云帆卷轻霜。扁舟敬亭下，五两先飘扬。
峡石入水花，碧流日更长。思君无岁月，西笑阻河梁。
○笔情萧爽，自是太白本色。

登黄山凌歊台送族弟溧阳尉济充泛舟赴华阴（得齐字）

鸾乃凤之族，翱翔紫云霓。文章辉五色，双在琼树棲。
一朝各飞去，凤与鸾俱啼，炎赫五月中，朱曦烁河堤。
尔从泛舟役，使我心魂悽。秦地无碧草，南云喧鼓鼙。
君王减玉膳，早起思鸣鸡。漕引救关辅，疲人免涂泥。
宰相作霖雨，农夫得耕犁。静者伏草间，群才满金闺。
空手无壮士，穷居使人低。送君登黄山，长啸倚天梯。
小舟若凫雁，大舟若鲸鲵。开帆散长风，舒卷与云齐。
日入牛渚晦，苍然夕烟迷。相思定何许？杳在洛阳西。
○起有奇气，说转漕处，见得关系。郑重数语内，包括颇广，得古人赠言之义。送别一段，情景并到，沉挚轩豁，非大家未易有此。

送储邕之武昌

黄鹤西楼月，长江万里情。春风三十度，空忆武昌城。

送尔难为别，衔杯惜未倾。湖连张乐地，山逐泛舟行。
诺为楚人重，诗传谢朓清。沧浪吾有曲，寄入櫂歌声。

○健笔凌空，如列子御风而行，泠然善也。

◇沈德潜曰："以《古风》起法，运作长律。太白天才，不拘绳墨乃尔。"

早秋单父南楼酬窦公衡

白露见日灭，红颜随霜凋。
别君若俯仰，春芳辞秋条。
泰山嵯峨夏云在，疑是白波涨东海。
散为飞雨川上来，遥帷却卷清浮埃。
知君独生青轩下，此时结念同所怀。
我闭南楼看道书，幽簾清寂在仙居。
曾无好事来相访，赖尔高文一起予。

○首尾辞义自相关照，中间逸气涌出，海之波澜，山之嶙峋，得不叹为奇绝?!

山中问答

问余何意栖碧山？笑而不答心自闲。
桃花流水窅然去，别有天地非人间。

○自是君身有仙骨，世人那得知其故。

◇杨万里曰："此李白诗体也。"

◇许顗曰："贺知章呼太白为'谪仙人'，余观此诗，信之矣。"

答友人赠乌纱帽

领得乌纱帽,全胜白接䍦。山人不照镜,稚子道相宜。
○小有情致。

答长安崔少府叔封游终南翠微寺太宗皇帝金沙泉见寄

河伯见海若,傲然夸秋水。小物昧远图,宁知通方士。
多君紫霄意,独往苍山里。地古寒云深,岩高长风起。
初登翠微岭,复憩金沙泉。践苔朝霜滑,弄波夕月圆。
饮彼石下流,结萝宿溪烟。鼎湖梦渌水,龙驾空茫然。
早行子午关,却登山路远。拂琴听霜猿,灭烛乃星饭。
人烟无明异,鸟道绝往返。攀厓倒青天,下视白日晚。
既过石门隐,还唱石潭歌。涉雪搴紫芳,濯缨想清波。
此人不可见,此地君自过。为余谢风泉,其如幽意何。
○神似谢灵运。

酬崔五郎中

朔云横高天,万里起秋色。壮士心飞扬,落日空叹息。
长啸出原野,凛然寒风生。幸遭圣明时,功业犹未成。
奈何怀良图,郁悒独愁坐。杖策寻英豪,立谈乃知我。
崔公生民秀,缅邈青云姿。制作参造化,托讽含神祇。
海岳尚可倾,吐诺终不移。是时霜飙寒,逸兴临华池。
起舞拂长剑,四座皆扬眉。因得穷欢情,赠我以新诗。

又结汗漫期，九垓远相待。举身憩蓬壶，濯足弄沧海。
从此凌倒景，一去无时还。朝游明光宫，暮入阊阖关。
但得把长袂，何必嵩丘山。
◇吴昌祺曰："起亦耸拔，通首无软语。"

金门答苏秀才

君还石门日，朱火始改木。春草如有情，山中尚含绿。
折芳愧遥忆，永路当自勖。远见故人心，平生以此足。
巨海纳百川，麟阁多才贤。献书入金阙，酌醴奉琼筵。
屡忝白云唱，恭闻黄竹篇。恩光照拙薄，云汉希腾迁。
铭鼎倘云遂，扁舟方渺然。我留在金门，君去卧丹壑。
未果三山期，遥欣一丘乐。玄珠寄象罔，赤水非寥廓。
愿狎东海鸥，共营西山药。栖岩君寂灭，处世余龙蠖。
良辰不同赏，永日应闲居。鸟吟簷间树，花落窗下书。
缘溪见绿筿，隔岫窥红蕖。采薇行笑歌，眷我情何已。
月出石镜间，松鸣风琴里。得心自虚妙，外物空颓靡。
身世如两忘，从君老烟水。
○写闲居之况，幽静可爱。入后颇窥道妙，吐属亦臻妙境。

答高山人兼呈权顾二侯

虹霓掩天光，哲后起康济。应运生夔龙，开元扫氛翳。
太微廓金镜，端拱清遐裔。轻尘集高岳，虚点盛明意。
谬挥紫泥诏，献纳青云际。谗惑英主心，恩疏佞臣计。
彷徨庭阙下，叹息光阴逝。未作仲宣诗，先流贾生涕。

挂帆秋江上,不为云罗制。山海向东倾,百川无尽势。
我于鸱夷子,相去千余岁。运阔英达稀,同风遥执袂。
登舻望远水,忽见沧浪枻。高士何处来,虚舟渺安系。
衣貌本淳古,文章多佳丽。延引故乡人,风义未沦替。
顾侯远语默,权子识通蔽。曾是无心云,俱为此留滞。
双萍易飘转,独鹤思凌厉。明晨去潇湘,共谒苍梧帝。
○直写胸怀,一豁愤惋,稍更骚人面目矣。末路凄婉,犹有楚调。若其骨气英特,可以直追正始。

游南阳白水登石激作

朝涉白水源,暂与人俗疏。岛屿佳境色,江天涵清虚。
目送去海云,心闲游川鱼。长歌尽落日,乘月归田庐。
○赤石石壁诸作,有此清境。

游南阳清泠泉

惜彼落日暮,爱此寒泉清。西辉逐流水,荡漾游子情。
空歌望云月,曲尽长松声。

寻鲁城北范居士失道落苍耳中见范置酒摘苍耳作

雁度秋色远,日静无云时。客心不自得,浩漫将何之?
忽忆范野人,闲园养幽姿。茫然起逸兴,但恐行来迟。
城壕失往路,马首迷荒陂。不惜翠云裘,遂为苍耳欺。
入门且一笑,把臂君为谁?酒客爱秋蔬,山盘荐霜梨。

他筵不下箸，此席忘朝饥。酸枣垂北郭，寒瓜蔓东篱。
还倾四五酌，自咏猛虎词。近作十日欢，远为千载期。
风流自簸荡，谑浪偏相宜。酣来上马去，却笑高阳池。
◇钟惺曰："起得空远，若不著题，然相关之妙在此。"
◇谭元春曰："'入门且一笑'，是失路真境。"

游泰山六首　自注：天宝元年四月，从故乡道上泰山。

四月上泰山，石屏御道开。六龙过万壑，涧谷随萦迴。
马跡遶碧峰，于今满青苔。飞流洒绝巘，水急松声哀。
北眺崿嶂奇，倾崖向东摧。洞门闭石扇，地底兴云雷。
登高望蓬瀛，想象金银台。天门一长啸，万里清风来。
玉女四五人，飘飖下九垓。含笑引素手，遗我流霞杯。
稽首再拜之，自愧非仙才。旷然小宇宙，弃世何悠哉。
◇吴昌祺曰："笔力矫健，亦从景纯《游仙》来。"

清晓骑白鹿，直上天门山。山际逢羽人，方瞳好容颜。
扪萝欲就语，却掩青云关。遗我鸟迹书，飘然落岩间。
其字乃上古，读之了不闲。感此三叹息，从师方未还。
○琅琅数语，真觉飘然欲仙，风格最高。

平明登日观，举手开云关。精神四飞扬，如出天地间。
黄河从西来，窈窕入远山。凭崖揽八极，目尽长空闲。
偶然值青童，绿发双云鬟。笑我晚学仙，蹉跎凋朱颜。
踌躇忽不见，浩荡难追攀。
○白性本高逸，遇复偃蹇，其胸中磊砢，一于诗乎发之。泰山观日，天下之奇，故足以舒其旷渺，而写其块垒不平之意。是篇气骨高峻，而无恢张之象；后三篇状景奇特，而无刻削之迹。盖浩浩落落，独往独来，自然而成，不假人力。大家所以异人者，在此。若其体近《游仙》，则其寄兴云尔。

清齐三千日，裂素写道经。吟诵有所得，众神卫我形。
云行信长风，飒若羽翼生。攀崖上日观，伏槛窥东溟。
海色动远山，天鸡已先鸣。银台出倒景，白浪翻长鲸。
安得不死药，高飞向蓬瀛。

日观东北倾，两崖夹双石。海水落眼前，天光遥空碧。
千峰争攒聚，万壑绝凌历。缅彼鹤上仙，去无云中迹。
长松入云汉，远望不盈尺。山花异人间，五月雪中白。
终当遇安期，于此炼玉液。

朝饮王母池，暝投天门关。独抱绿绮琴，夜行青山间。
山明月露白，夜静松风歇。仙人游碧峰，处处笙歌发。
寂静娱清晖，玉真连翠微。想像鸾凤舞，飘飘龙虎衣。
扪天摘匏瓜，恍惚不忆归。举手弄清浅，误攀织女机。
明晨坐相失，但见五云飞。
◇《宋史·天文志》："匏瓜，五星，在离珠北，天子果园也，光明则岁丰。"

下终南山过斛斯山人宿置酒

暮从碧山下，山月随人归。却顾所来径，苍苍横翠微。

相携及田家,童稚开荆扉。绿竹入幽径,青萝拂行衣。
欢言得所憩,美酒聊共挥。长歌吟松风,曲尽河星稀。
我醉君复乐,陶然共忘机。
○此篇及《春日独酌》《春日醉起》《言志》等作,逼真泉明遗韵。
◇钟惺曰:"起似右丞'曲尽星河稀',寂然有景。"

陪从祖济南太守泛鹊山湖

水入北湖去,舟从南浦回。遥看鹊山转,却似送人来。

宿郑参卿山池

尔恐碧草晚,我畏朱颜移。愁看杨花飞,置酒正相宜。
歌声送落日,舞影回清池。今夕不尽杯,留欢更邀谁?
○止是及时行乐之意,而吐属自饶情致。

游谢氏山亭

沦老卧江海,再欢天地清。病闲久寂寞,岁物徒芬荣。
借君西池游,聊以散我情。扫雪松下去,扪萝石道行。
谢公池塘上,春草飒已生。花枝拂人来,山鸟向我鸣。
田家有美酒,落日与之倾。醉罢弄归月,遥欣稚子迎。
○若非前段不能忘情,却有"春风舞雩"气象矣。其澄澹处,足兼韦、柳。

把酒问月　自注：故人贾淳，令予问之。

青天有月来几时？我今停杯一问之。
人攀明月不可得，月行却与人相随。
皎如飞镜临丹阙，绿烟灭尽清辉发。
但见宵从海上来，宁知晓向云间没。
白兔捣药秋复春，嫦娥孤棲与谁邻？
今人不见古时月，今月曾经照古人。
古人今人若流水，共看明月皆如此。
唯愿当歌对酒时，月光长照金樽里。
〇奇思忽生，旷怀如见。共看明月，皆如此。令延之见之，又当失笑。

金陵凤凰台置酒

置酒延落景，金陵凤凰台。长波写万古，心与云俱开。
借问往昔时，凤凰为谁来？凤凰去已久，正当今日回。
明君越羲轩，天老坐三台。豪士无所用，弹絃醉金罍。
东风吹山花，安可不尽杯。六帝没幽草，深宫冥绿苔。
置酒勿复道，歌钟但相催。
〇意在语言之外，其畅适处，正是牢骚处耳。眼前景，意中事，若隐若显，风人妙指。

陪侍郎叔游洞庭醉后（三首录二）

船上齐桡乐，湖心泛月归。白鸥闲不去，争拂酒筵飞。

划却君山好，平铺湘水流。巴陵无限酒，醉杀洞庭秋。
◇吴昌祺曰："起是奇语，如子美'斫却月中桂'也。"
◇萧士赟曰："木华《海赋》：'铲临崖之阜陆，夹陉潢而相浚。'首两句意出于此。'铲'与'划'义通。杜亦曰'意欲铲叠嶂'。今韵引此诗于'划'字之下。"

夜泛洞庭寻裴侍御清酌

日晚湘水绿，孤舟无端倪。明湖涨秋月，独泛巴陵西。
过憩裴逸人，岩居陵丹梯。抱琴出深竹，为我弹《鹍鸡》。
曲尽酒亦倾，北窗醉如泥。人生且行乐，何必组与珪。
○譬之于"云有无心出岫"之意。"明湖涨秋月"与"月涌大江流"，同一写景之妙。
◇张齐贤曰："鹍鸡，曲名。古琵琶絃用鹍鸡筋。"

陪族叔刑部侍郎晔及中书贾舍人至游洞庭（五首录四）

洞庭西望楚江分，水尽南天不见云。
日落长沙秋色远，不知何处吊湘君。
○即目伤怀，含情无限。二十八字，不减《九辩》之哀矣。解者求之于形迹之间，何以会其神韵哉？
◇敖英曰："缀景宏阔，有吞吐湖山之气。落句感慨之情深矣。"
◇蒋仲舒曰："与'白云明月吊湘娥'参看。"
◇钟惺曰："末句正形容秋色远耳，勿误认用湘君事。"

南湖秋水夜无烟,耐可乘流直上天。
且就洞庭赊月色,将船买酒白云边。
◇钟惺曰:"写洞庭寥廓幻杳,俱在言外。"

洞庭湖西秋月辉,潇湘江北早鸿飞。
醉客满船歌《白苎》,不知霜露入秋衣。
◇唐汝询曰:"秋月未沉,晨雁已起。舟中之客,霜露入衣,而不知岂真乐而忘返耶,意必有不堪者在也?"

帝子潇湘去不还,空余秋草洞庭间。
淡扫明湖开玉镜,丹青画出是君山。

登单父陶少府半月台

陶公有逸兴,不与常人俱。筑台像半月,迴向高城隅。
置酒望白云,商飚起寒梧。秋山入远海,桑柘罗平芜。
水色渌且明,令人思镜湖。终当过江去,爱此暂踟蹰。
○襟怀高旷,人如其诗。

天台晓望

天台邻四明,华顶高百越。门标赤城霞,楼(楼)栖沧岛月。
凭高登远览,直下见溟渤。云垂大鹏翻,波动巨鳌没。
风潮争汹涌,神怪何翕忽。观奇迹无倪,好道心不歇。
攀条摘朱实,服药炼金骨。安得生羽毛?千春卧蓬阙。

焦山望寥山

石壁望松寥,宛然在碧霄。安得五彩虹,驾天作长桥。
仙人如爱我,举手来相招。

杜陵绝句

高登杜陵上,北望五陵间。秋水明落日,流光灭远山。

登太白峰

西上太白峰,夕阳穷登攀。太白与我语,为我开天关。
愿乘泠风去,直出浮云间。举手可近月,前行若无山。
一别武功去,何时复见还?
○亦率胸臆而出,形容峰势之高,奇语独造。

秋日登扬州西灵塔

宝塔凌苍苍,登攀览四荒。顶高元气合,标出海云长。
万象分空界,三天接画梁。水摇金刹影,日动火珠光。
鸟拂琼帘度,霞连绣栱张。目随征路断,心逐去帆扬。
露浴梧楸白,霜催橘柚黄。玉毫如可见,于此照迷方。
○声色壮丽,一经点入情景,便觉通体皆灵。此亦诗中之金针也。
◇吴昌祺曰:"'凌'字读如'凌阴'字音。此诗有似初唐,非太白本色。"

登瓦官阁

晨登瓦官阁,极眺金陵城。钟山对北户,淮水入南荣。
漫漫雨花落,嘈嘈天乐鸣。两廊振法鼓,四角吟风筝。
杳出霄汉上,仰攀日月行。山空霸气灭,地古寒阴生。
寥廓云海晚,苍茫宫观平。门余阊阖字,楼识凤凰名。
雷作百山动,神扶万栱倾。灵光何足贵?长此镇吴京。

○ "山空""地古"一联,撑拄有力。小谢《和伏武昌》诗,无此杰句。

登梅冈望金陵赠族侄高座寺僧中孚

钟山抱金陵,霸气昔腾发。天开帝王居,海色照空阙。
群峰如逐鹿,奔走相驰突。江水九道来,云端遥明没。
时迁大运去,龙虎势休歇。我来属天清,登览穷楚越。
吾宗挺禅伯,特秀鸾凤骨。众星罗青天,明者独有月。
冥居顺生理,草木不剪伐。烟窗引蔷薇,石壁老野蕨。
吴风谢安屐,白足傲履袜。几宿一下山,萧然忘干渴。
谈经演金偈,降鹤舞海雪。时闻天香来,了与世事绝。
佳游不可得,春风惜远别。赋诗留岩屏,千载庶不灭。

登金陵凤凰台

凤凰台上凤凰游,凤去台空江自流。
吴宫花草埋幽径,晋代衣冠成古丘。

三山半落青天外，二水中分白鹭洲。
总为浮云能蔽日，长安不见使人愁。

○崔颢题诗黄鹤楼，李白见之，去不复作。至金陵登凤凰台，乃题此诗。传者以为拟崔而作，理或有之。崔诗直举胸情，气体高浑；白诗寓目山河，别有怀抱。其言皆从心而发，即景而成。意象偶同，胜境各擅。论者不举其高情远意，而沾沾吹索于字句之间，固已蔽矣；至谓白实拟之，以较胜负，并谬为"搥碎鹤楼"等诗，鄙陋之谈，不值一噱也。

◇萧士赟曰："此因怀古而动怀君之思，抑亦自伤谗废，望帝乡而不见，乃触景而生愁，亦可哀也。"

◇刘辰翁曰："其开口雄伟，脱落雕饰，俱不论。若无后两句，亦不必作。出于崔颢而特胜之，以此。"

◇胡应麟曰："崔作及此诗，但略点题面，未尝题黄鹤、凤凰也。神韵悠然，绝去斧凿。宋元虽好用事，亦间有一二，未若近世之拘。"

◇陆贾《新语》曰："邪臣蔽贤，犹浮云之蔽日月也。"

望庐山瀑布水二首

西登香炉峰，南见瀑布水。挂流三百丈，喷壑数十里。
欻如飞电来，隐若白虹起。初惊河汉落，半洒云天里。
仰观势转雄，壮哉造化功。海风吹不断，江月照还空。
空中乱潈射，左右洗青壁。飞珠散轻霞，流沫沸穹石。
而我乐名山，对之心益闲。无论漱琼液，还得洗尘颜。
且谐宿所好，永愿辞人间。

○五、六以浅得工，至"海风吹不断，江月照还空"，可吟赏不置矣。

◇胡仔曰:"'海风'二句,磊落清壮,语简而意尽。"

日照香炉生紫烟,遥看瀑布挂前川。
飞流直下三千尺,疑是银河落九天。
◇苏轼曰:"仆初入庐山,有以陈令举《庐山记》见示者,且行且读。见其中有徐凝和李白诗,不觉失笑。开元寺主求诗,为作一绝云:'帝遣银河一派垂,古来惟有谪仙词。飞流溅沫知多少,不为徐凝洗恶诗。'"

登庐山五老峰

庐山东南五老峰,青天削出金芙蓉。
九江秀色可揽结,吾将此地巢云松。
○纯用古调,次句亦秀削天成。

江上望皖公山

奇峰出奇云,秀木含秀气。清宴皖公山,巉绝称人意。
独游沧江上,终日淡无味。但爱兹岭高,何由讨灵异。
默然遥相许,欲往心莫遂。待吾还丹成,投迹归此地。

鹦 鹉 洲

鹦鹉来过吴江水,江上洲传鹦鹉名。
鹦鹉西飞陇山去,芳洲之树何青青。
烟开兰叶香风暖,岸夹桃花锦浪生。
迁客此时徒极目,长洲孤月向谁明?

○偶书数语，觉其对此茫茫百端交集矣。

◇刘辰翁曰："犹是凤台余韵，情景觉称，此以正平弔正平者。"

秋登巴陵望洞庭

清晨登巴陵，周览无不极。明湖映天光，彻底见秋色。
秋色何苍然，际海俱澄鲜。山青灭远树，水绿无寒烟。
来帆出江中，去鸟向日边。风清长沙浦，山空云梦田。
瞻光惜颓发，阅水悲徂年。北渚既荡漾，东流自潺湲。
郢人唱《白雪》，越女歌《采莲》。听此更肠断，凭厓泪如泉。

○写望中景物，与题相称。次联即"空水共澄鲜"之意。以下四联极阔、极切，细意熨贴，登览中佳制也。

与夏十二登岳阳楼

楼观岳阳尽，川迥洞庭开。雁引愁心去，山衔好月来。
云间连下榻，天上接行杯。醉后凉风起，吹人舞袖迴。

登巴陵开元寺西阁赠衡岳僧方外

衡岳有阐士，五峰秀真骨。见君万里心，海水照秋月。
大臣南溟去，问道皆请谒。洒以甘露言，清凉润肌发。
明湖落天镜，香阁凌银阙。登眺餐惠风，新花期启发。

○语言清妙，如霏玉屑。

◇《传灯录》："慧可大师宴坐香山，一日头痛，空中曰：'此乃换骨，非常痛也。'师视其顶骨，如五峰秀出矣。"

与贾舍人至于龙兴寺剪落梧桐枝望湘湖

剪落青梧枝,湘湖坐可窥。雨洗秋山净,林光澹碧滋。
水闲明镜转,云绕画屏移。千古风流事,名贤共此时。

秋登宣城谢朓北楼

江城如画里,山晓望晴空。两水夹明镜,双桥落彩虹。
人烟寒橘柚,秋色老梧桐。谁念北楼上,临风怀谢公。
○风神散朗。五、六写出秋意,郁然苍秀。
◇吴昌祺曰:"此种自堪把臂元晖。"
◇沈德潜曰:"中间实写处,正是如画。"

望天门山

天门中断楚江开,碧水东流至北(此)回。
两岸青山相对出,孤帆一片日边来。
○对结另是一体,词调高华,言尽意不尽,不得以"半律"议之。
◇胡应麟曰:"此及'朝辞白帝'等作,俱极自然,洵属神品,足以擅场一代。"

过崔八丈水亭

高阁横秀气,清幽并在君。檐飞宛溪水,窗落敬亭云。
猿啸风中断,渔歌月里闻。闲随白鸥去,沙上自为群。

之广陵宿常二南郭幽居

绿水接柴门，有如桃花源。忘忧或假草，满院罗丛萱。
冥色湖上来，微雨飞南轩。故人宿茅宇，夕鸟栖杨园。
还惜诗酒别，深为江海言。明朝广陵道，独忆此倾樽。
〇中间气味，与王、孟相近。

客中行

兰陵美酒郁金香，玉椀盛来琥珀光。
但使主人能醉客，不知何处是他乡。

太原早秋

岁落众芳歇，时当大火流。霜威出塞早，云色渡河秋。
梦绕边城月，心飞故国楼。思归若汾水，无日不悠悠。
〇健举之至，行气如虹。
◇唐汝询曰："唐人汾上作，必用《秋风辞》。太白曰'云色渡河秋'，便无蹊径。"

奔亡道中

森森望湖水，青青芦叶齐。归心落何处？日没大江西。
歇马傍春草，欲行远道迷。谁忍子归鸟，连声向我啼？

荆门浮舟望蜀江

春水月峡来,浮舟望安极。正是桃花流,依然锦江色。
江色绿且明,茫茫与天平。逶迤巴山尽,摇曳楚云行。
雪照聚沙雁,花飞出谷莺。芳洲却已转,碧树森森迎。
流目浦烟夕,扬帆海月生。江陵识遥火,应到渚宫城。

上 三 峡

巫山夹青天,巴水流若兹。巴水忽可尽,青天无到时。
三朝上黄牛,三暮行太迟。三朝又三暮,不觉鬓成丝。
〇质处似古谣,惟其所之,皆可以相肖也。爽直之气,自是本色。
◇田雯曰:"青莲善用古乐府,昔人曾言之,如'乌啼白门柳,三朝见黄牛',又'春风复无情,吹我梦魂散',皆自古乐府来。如李光弼将郭子仪军,旌旗改色;又如禅僧拈佛祖语,信口无非妙谛。"

自巴东舟行经瞿唐峡登巫山最高峰晚还题壁

江行几千里,海月十五圆。始经瞿唐峡,遂步巫山巅。
巫山高不穷,巴国尽所历。日边攀垂萝,霞外倚穹石。
飞步凌绝顶,极目无纤烟。却顾失丹壑,仰观临青天。
青天若可扪,银汉去安在?望云知苍梧,记水辨瀛海。
周游孤光晚,历览幽意多。积雪照空谷,悲风鸣森柯。

归途行欲曛，佳趣尚未歇。江寒早啼猿，松暝已吐月。
月色何悠悠，清猿响啾啾。辞山不忍听，挥策还孤舟。

○于叙次中见寄托，词意沉郁。盖白当忧患之余，虽豪迈不减，而怀抱可知。故言多楚声、吟皆商调，中间遥情，忽往不胜。魏阙之恋，猿啼月上，於邑谁语？其所感深矣。其词敛而不肆，读者以意逆之可也。

早发白帝城

朝辞白帝彩云间，千里江陵一日还。
两岸猿声啼不住，轻舟已过万重山。

○顺风扬帆，瞬息千里。但道得眼前景色，便疑笔墨间亦有神助。三、四设色托起，殊觉自在中流。

◇胡应麟曰："古大家有齐名合德者，当虚心易气，各举所长；偏重一隅，便非论笃，况以甲所独工，形乙所不经意，何异寸木岑楼、钩金舆羽哉？正如'朝辞白帝'，乃太白绝中之绝出者，而杨用修举杜歌行中常语以当之。然则《秋兴八首》，求之李集，可尽得乎？李、杜二家，其才本无优劣，但工部体裁明密，有法可寻；青莲兴会标举，非学可至。"

◇沈德潜曰："入'猿声'一句，文势不伤于直。画家布景设色，每于此处用意。"

秋下荆门

霜落荆门江树空，布帆无恙挂秋风。
此行不为鲈鱼鲙，自爱名山入剡中。

○轻秀，运古入化，绝妙好辞。

江行寄远

刳木出吴楚,危槎百余尺。疾风吹片帆,日暮千里隔。别时酒犹在,已为异乡客。思君不可得,愁见江水碧。
〇字字真至、情至,而文亦至。

卷八

陇西李白诗八

夜泊黄山闻殷十四吴吟

昨夜谁为吴会吟,风生万壑振空林。
龙惊不敢水中卧,猿啸时闻岩下音。
我宿黄山碧溪月,听之却罢松间琴。
朝来果是沧洲逸,酤酒醍盘饭霜栗。
半酣更发江海声,客愁顿向杯中失。

宿鰕湖

鸡鸣发黄山,暝投鰕湖宿。白雨映寒山,森森似银竹。
提携采铅客,结荷水边沐。半夜四天开,星河烂人目。
明晨大楼去,冈陇多屈伏。当与持斧翁,前溪伐云木。
○奇句天成,非关削琢。

苏台览古

旧苑荒台杨柳新,菱歌清唱不胜春。

只今惟有西江月，曾照吴王宫里人。

越中览古

越王句践破吴归，战士还乡尽锦衣。
宫女如花满春殿，只今惟有鹧鸪飞。
○前《苏台览古》，通首言其萧索，而末一语兜转其盛。此首从盛时说起，而末句转入荒凉。此立格之异也。

岘山怀古

访古登岘首，凭高眺襄中。天清远峰出，水落寒沙空。
弄珠见游女，醉酒怀山公。感叹发秋兴，长松鸣夜风。

经下邳圯桥怀张子房

子房未虎啸，破产不为家。沧海得壮士，椎秦博浪沙。
报韩虽不成，天地皆振动。潜匿游下邳，岂曰非智勇？
我来圯桥上，怀古钦英风。惟见碧流水，曾无黄石公。
叹息此人去，萧条徐泗空。
○凛然英鸷之气。"笔落惊风雨"，此足当之。
◇钟惺曰："'智勇'二字，可作《留侯世家》小赞。"
◇吴昌祺曰："东楚谓桥为圯，圯下加桥，误也。"

金 陵

六代兴亡国，三杯为尔歌。苑方秦地少，山似洛阳多。

古殿吴花草，深宫晋绮罗。并随人事灭，东逝与沧波。
○六朝佳丽，满目黯然，诗亦别一风格。

陪宋中丞武昌夜饮怀古

清景南楼夜，风流在武昌。庾公爱秋月，乘兴坐胡床。
龙笛吟寒水，天河落晓霜。我心还不浅，怀古醉余觞。
○八句一气涌出。古无此格，乃古体中之谐调，律篇中之清音。

望鹦鹉洲怀祢衡

魏帝营八极，蚁观一祢衡。黄祖斗筲人，杀之受恶名。
吴江赋《鹦鹉》，落笔超群英。锵锵振金玉，句句欲飞鸣。
鸷鹗啄孤凤，千春伤我情。五岳起方寸，隐然讵可平？
才高竟何施，寡识冒天刑。至今芳洲上，兰蕙不忍生。
○曹瞒、黄祖辈，不足道也。"寡识冒天刑"，祢生亦应心服。

宿巫山下

昨夜巫山下，猿声梦里长。桃花飞绿水，三月下瞿塘。
雨色风吹去，南行拂楚王。高丘怀宋玉，访古一霑裳。
◇严羽曰："律诗有彻首尾不对者，皆文从字顺，音韵铿锵。盛唐诸公有此体。此篇及《长信宫》《牛渚怀古》，是也。"

金陵白杨十字巷

白杨十字巷，北夹湖沟道。不见吴时人，空生唐年草。
天地有反覆，宫城尽倾倒。六帝余古丘，樵苏泣遗老。

谢公亭　自注：盖谢朓、范云之所游。

谢公离别处，风景每生愁。客散青天月，山空碧水流。
池花春映日，窗竹夜鸣秋。今古一相接，长歌怀旧游。
◇吴昌祺曰："通体完浑。"

夜泊牛渚怀古　自注：此地即谢、尚闻袁宏咏史处。

牛渚西江夜，青天无片云。登舟望秋月，空忆谢将军。
余亦能高咏，斯人不可闻。明朝挂帆席，枫叶落纷纷。
○白天才超迈，绝去町畦。其论诗以兴寄为主，而不屑屑于排偶声调。当其意合，真能化尽笔墨之迹，迥出尘壒之外。司空图云："不著一字，尽得风流。"严羽云："镜中之花，水中之月，羚羊挂角，无迹可求。"论者以此诗及孟浩然《望庐山》一篇当之，盖有以窥其妙矣。羽又云："味在酸咸之外。"吟此数过，知其善于名状矣。
◇吴昌祺曰："《长信》犹用对起，此篇全散，如海鹤凌空，不必鸾凤之苞彩。"
◇田雯曰："青莲作近体如作古风，一气呵成，无对待之迹，有流行之乐，境地高绝。"

寻高凤石门山中元丹丘

寻幽无前期，乘兴不觉远。苍崖渺难涉，白日忽欲晚。
未穷三四山，已历千万转。寂寂闻猿愁，行行见云收。
高松来好月，空谷宜清秋。溪深古雪在，石断寒泉流。
峰峦秀中天，登眺不可尽。丹丘遥相呼，顾我忽而哂。
遂造穷谷间，始知静者闲。留欢达永夜，清晓方言还。
◇钟惺曰："乘兴而来，兴尽而返，只是此起五字意，然如此说不杀风景。"

月下独酌（四首录二）

花间一壶酒，独酌无相亲。举杯邀明月，对影成三人。
月既不解饮，影徒随我身。暂伴月将影，行乐须及春。
我歌月裴回，我舞影零乱。醒时同交欢，醉后各分散。
永结无情游，相期邈云汉。
○千古奇趣，从眼前得之。尔时情景虽复潦倒，终不胜其旷达。陶潜云"挥杯劝孤影"，白意本此。

三月咸阳城，千花昼如锦。谁能春独愁，对此径须饮。
穷通与修短，造化夙所禀。一樽齐死生，万事固难审。
醉后失天地，兀然就孤枕。不知有吾身，此乐最为甚。
○置之陶《饮酒》中，真趣正复相似。

春归终南山松龛旧隐

我来南山阳,事事不异昔。却寻溪中水,还望岩下石。
蔷薇绿东窗,女萝绕北壁。别来能几日,草木长数尺。
且复命酒樽,独酌陶永夕。

寻山僧不遇作

石径入丹壑,松门闭青苔。闲阶有鸟迹,禅室无人开。
窥窗见白拂,挂壁生尘埃。使我空叹息,欲去仍裴回。
香云遍山起,花雨从天来。已有空乐好,况闻青猿哀。
了然绝世事,此地方悠哉。
○客不欲去,僧复何之?叹息之意,于后半见之。

待酒不至

玉壶系青丝,沽酒来何迟?山花向我笑,正好衔杯时。
晚酌东窗下,流莺复在兹。春风与醉客,今日乃相宜。
○世人皆以豪放待白,岂知其静妙乃尔。

独　酌

春草如有意,罗生玉堂阴。东风吹愁来,白发坐相侵。
独酌劝孤影,闲歌面芳林。长松尔何知,萧瑟为谁吟?
手舞石上月,膝横花间琴。过此一壶外,悠悠非我心。

○闲适诸篇,大概与陶近似。非有意拟古,其自然处合以天耳。

友人会宿

涤荡千古愁,留连百壶饮。良宵宜清谈,皓月未能寝。
醉来卧空山,天地即衾枕。

春日独酌二首

东风扇淑气,水木荣春晖。白日照绿草,落花散且飞。
孤云还空山,众鸟各已归。彼物皆有托,吾生独无依。
对此石上月,长醉歌芳菲。

我有紫霞想,缅怀沧洲间。思对一壶酒,澹然万事闲。
横琴倚高松,把酒望远山。长空去鸟没,落日孤云还。
但恐光景晚,宿昔成秋颜。

金陵江上遇蓬池隐者

自注:时于落星石上,以紫绮裘换酒为欢。

心爱名山游,身随名山远。罗浮麻姑台,此去或未返。
遇君蓬池隐,就我石上饭。空言不成欢,强笑惜日晚。
绿水向雁门,黄云蔽龙山。叹息两客鸟,裴回吴越间。
共语一执手,留连夜将久。解我紫绮裘,且换金陵酒。
酒来笑复歌,兴酣乐事多。水影弄月色,清光奈愁何?
明晨挂帆席,离恨满沧波。

○白虽徘徊吴越，非忘情国家者。偶然触发，不觉流露，篇中亦喜得此健句撑拄。

山中与幽人对酌

两人对酌山花开，一杯一杯复一杯。
我醉欲眠卿且去，明朝有意抱琴来。
○用成语妙如己出。前二句古调，后二句谐拗体正格。

春日醉起言志

处世若大梦，胡为劳其生？所以终日醉，颓然卧前楹。
觉来盼庭前，一鸟花间鸣。借问此何时？春风语流莺。
感之欲叹息，对酒还自倾。浩歌待明月，曲尽已忘情。
◇萧士赟曰："太白此诗，拟陶之化也。"
◇吴昌祺曰："有感时之思，而不觉自得于酒；有高歌之兴，而不觉遽忘其情。此意正佳。"

庐山东林寺夜怀

我寻青莲宇，独往谢城阙。霜清东林钟，水白虎溪月。
天香生虚空，天乐鸣不歇。宴坐寂不动，大千入毫发。
湛然冥真心，旷劫断出没。
◇《法藏碎金》曰："静胜境中，有自然清气，名曰天香；自然清意，名曰天乐。"

寻雍尊师隐居

群峭碧摩天,逍遥不记年。拨云寻古道,倚石听流泉。
花暖青牛卧,松高白鹤眠。语来江色暮,独自下寒烟。
○一结擅胜,神韵悠然。
◇吴昌祺曰:"此种甚与襄阳相似。"

与史郎中钦听黄鹤楼上吹笛

一为迁客去长沙,西望长安不见家。
黄鹤楼中吹玉笛,江城五月落《梅花》。
○凄切之情,见于言外,有含蓄不尽之致。至于《落梅》笛曲,点用入化。论者乃纷纷争梅之落与不落,岂非痴人前不得说梦耶?
◇《乐府解题》曰:"《梅花落》,笛曲也。自宋鲍照以下,常为之。"

对 酒

劝君莫拒杯,春风笑人来。桃李如旧识,倾花向我开。
流莺啼碧树,明月窥金罍。昨日朱颜子,今日白发催。
棘生石虎殿,鹿走姑苏台。自古帝王宅,城阙闭黄埃。
君若不饮酒,昔人安在哉!

独坐敬亭山

众鸟高飞尽,孤云独去闲。相看两不厌,只有敬亭山。

○宛然"独坐"神理。胡应麟谓"绝句贵含蓄，此诗太分晓"，非善说诗者。

自 遣

对酒不觉暝，落花盈我衣。醉起步溪月，鸟还人亦稀。

访戴天山道士不遇

犬吠水声中，桃花带雨浓。树深时见鹿，溪午不闻钟。
野竹分青霭，飞泉挂碧峰。无人知所去，愁倚两三松。
○自然深秀，似王维集中高作。视孟浩然《寻梅道士》诗，华实俱胜。

秋日与张少府楚城韦公藏书高斋作

日下空庭暮，城荒古迹余。地形连海尽，天影落江虚。
旧赏人虽隔，新知乐未疏。彩云思作赋，丹壁间藏书。
楂拥随流叶，萍开出水鱼。夕来秋兴满，回首意如何？
○气体极似杜甫"飞星过水白，落月动沙虚"；句法相似，亦称双璧。

忆 东 山

不向东山久，蔷薇几度花？白云还自散，明月落谁家？
◇吴昌祺曰："后二句即'明月独举，白云谁侣'之意。"

望月有怀

清泉暎疏松，不知几千古。寒月摇清波，流光入窗户。
对此空长吟，思君意何深！无因见安道，兴尽愁人心。

对酒忆贺监 并序

　　太子宾客贺公，于长安紫极宫一见余，呼余为"谪仙人"，因解金龟，换酒为乐。殁后对酒，怅然有怀，而作是诗。

狂客归四明，山阴道士迎。敕赐镜湖水，为君台沼荣。
人亡余故宅，空有荷花生。念此杳如梦，凄然伤我情。
○白于知章有知己之感，对酒伤怀，不减西州一恸。

重　忆

欲向江东去，定将谁举杯？稽山无贺老，却櫂酒船回。
◇裴敬墓碑曰："予过当涂，访翰林旧宅于浮图寺，化城之僧得翰林自写《访贺监不遇》诗云：'东山无贺老，却櫂酒船回。'味之不足，重之为宝。"

效古二首

朝入天苑中，谒帝蓬莱宫。青山映辇道，碧树摇苍空。
谬题金闺籍，得与银台通。待诏奉明主，抽毫颂清风。
归时落日晚，躞蹀浮云骢。人马本无意，飞驰自豪雄。

入门紫鸳鸯,金井双梧桐。清歌弘古曲,美酒沽新丰。
快意且为乐,列筵坐群公。光景不可留,生世如转蓬。
早达胜晚遇,羞比垂钓翁。

自古有秀色,西施与东邻。蛾眉不可妒,况乃效其颦。
所以尹婕妤,羞见邢夫人。低头不出气,塞默少精神。
寄语无盐子,如君何足珍。
　○凡效古、拟古之作,皆非空言,必中有所感,藉以寄意。故质言之不得,则以寓言明之;正言之不可,则反其辞以见意。白之高旷,岂沾沾以早达自喜,夸蛾眉而嗤丑女者哉?刺之深,讽之微也,真得古乐府之遗。读者以意逆志,得其言外之旨可也。

拟　古（十二首录六）

青天何历历,明星如白石。黄姑与织女,相去不盈尺。
银河无鹊桥,非时将安适?闺人理纨素,游子悲行役。
瓶冰知冬寒,霜露欺远客。客似秋叶飞,飘飘不言归。
别后罗带长,愁宽去时衣。乘月托宵梦,因之寄金微。
　◇萧士赟曰:"此篇伤时。穷兵黩武,行役无期,度男女怨旷,不得遂其室家之情,感时而悲者焉。"
　◇梅鼎祚曰:"古诗:'相去日以远,衣带日以缓。'太白约其语,曰'别后罗带长',所谓延年善减。"
　◇唐《地理志》:"羁縻州金微都督府,隶安北都护府。"

长绳难系日,自古共悲辛。黄金高北斗,不惜买阳春。

石火无留光，还如世中人。即事已如梦，后来我谁身？
提壶莫辞贫，取酒会四邻。仙人殊恍惚，未若醉中真。
〇"后来我谁身"，铸为奇句，巧不累理。

月色不可扫，客愁不可道。玉露生秋衣，流萤飞百草。
日月终销毁，天地同枯槁。蟪蛄啼青松，安见此树老？
金丹宁误俗，昧者难精讨。尔非千岁翁，多恨去世早。
饮酒入玉壶，藏身以为宝。
〇起句妙语天然，不由思索而得。
◇萧士赟曰："太白素志学仙，此是反古诗中'服食求神仙，多为药所误'之意，犹'反骚'云。"

生者为过客，死者为归人。天地一逆旅，同悲万古尘。
月兔空捣药，扶桑已成薪。白骨寂无言，青松岂知春。
前后更叹息，浮荣安足珍。

涉江弄秋水，爱此荷花鲜。攀荷弄其珠，荡漾不成圆。
佳人彩云里，欲赠隔远天。相思无由见，怅望凉风前。
◇萧士赟曰："喻贤者慕君，始得位，而害之者至；欲有献，而为谗所间也。辞微意显，怨而不诽。"

去去复去去，辞君还忆君。汉水既殊流，楚山亦此分。
人生难称意，岂得长为群？越燕喜海日，燕鸿思朔云。
别久容华晚，琅玕不能饭。日落知天昏，梦长觉道远。
望夫登高山，化石竟不返。
〇汉代五言，虽辞多质直，然如《十九首》之类，各具机杼，变化不测，非尽无作用者也。陆机、江淹，拟古善矣，论者谓如搏猛虎、捉生龙，急与之较而力不暇，诚为气格悉敌。白之诸作，体虽彷（仿）古，意乃（仍）自运其才，无所不有。故辞意出入魏晋，而大致直媲西京，正不必拘拘句比字拟以求之；又其辞多有寄托，当以意会，更不必处处牵合，如旧注所云也。

◇萧士赟曰："此其太白去国之时所作乎？身在江湖，心居魏阙，怀君忧国之意，蔼然见于言表。末言虽隔绝远方，而爱君之心，犹石之坚也。悲夫！"

◇唐汝询曰："前篇拟《涉江采芙蓉》，此拟《行行重行行》也。皆自鲍、谢中来，非尽《十九首》风格。"

感　兴（六首录二）

裂素持作书，将寄万里怀。眷眷待远信，竟岁无人来。
征鸿务随阳，又不为我栖。委之在深箧，蠹鱼坏其题。
何如投水中，流落他人开。不惜他人开，但恐生是非。

嘉谷隐丰草，草深苗且稀。农夫既不异，孤穗将安归？
常恐委畴陇，忽与秋蓬飞。乌得荐宗庙，为君生光辉。
○前篇情意缠绵，次篇比兴深厚，辞旨醇正，直逼汉人。

秋夕旅怀

凉风度秋海，吹我乡思飞。连山去无际，流水何时归？
目极浮云色，心断明月晖。芳草歇柔艳，白露催寒衣。
梦长银汉落，觉罢天星稀。含悲想旧国，泣下谁能挥。

○晋宋间有此清机，齐梁间无此逸气。

寻阳紫极宫感秋作

何处闻秋声，翛翛北窗竹。迥薄万古心，揽之不盈掬。
静坐观众妙，浩然媚幽独。白云南山来，就我檐下宿。
懒从唐生决，羞访季主卜。四十九年非，一往不可复。
野情转萧洒，世道有翻覆。陶令归去来，田家酒应熟。
◇刘辰翁曰："其自然不可及矣。东坡和此，终涉拟议。"
◇谭元春曰："取太白诗，贵以幽细之语，补其轻快有余之失。似此即妙矣。"

秋夕书怀

北风吹海雁，南渡落寒声。感此潇湘客，凄其流浪情。
海怀结沧洲，霞想游赤城。始探蓬壶事，旋觉天地轻。
澹然吟高秋，闲卧瞻太清。萝月掩空幕，松霜结前楹。
灭见息群动，猎微穷至精。桃花有源水，可以保吾生。
○亦所谓工于发端者。"灭见息群动"二语，颇有见地。

荆州贼平临洞庭言怀作

修蛇横洞庭，吞象临江岛。积骨成巴陵，遗言闻楚老。
水穷三苗国，地窄三湘道。岁晏天峥嵘，时危人枯槁。
思归阻丧乱，去国伤怀抱。郢路方丘墟，章华亦倾倒。
风悲猿啸苦，木落鸿飞早。日隐西赤沙，月明东城草。

关河望已绝，氛雾行当扫。长叫天可闻，吾将问苍昊。
〇幽郁之衷，沉雄之气，可云程形赋音。

江南春怀

青春几何时？黄鸟鸣不歇。天涯失乡路，江外老华发。
心飞秦塞云，影滞楚关月。身世殊烂漫，田园久芜没。
岁晏何所从？长歌谢金阙。

听蜀僧濬弹琴

蜀僧抱绿绮，西下峨眉峰。为我一挥手，如听万壑松。
客心洗流水，余响入霜钟。不觉碧山暮，秋云暗几重。
〇累累如贯珠，泠泠如叩玉，斯为雅奏清音。

初出金门寻王侍御不遇咏壁上鹦鹉

落羽辞金殿，孤鸣咤绣衣。能言终见弃，还向陇西飞。
◇杨齐贤曰："太白自况也。"

观元丹丘坐巫山屏风

昔游三峡见巫山，见画巫山宛相似。
疑是天边十二峰，飞入君家彩屏里。
寒松萧瑟如有声，阳台微茫如有情。
锦衾瑶席何寂寂，楚王神女徒盈盈。
高咫尺，如千里，翠屏丹崖灿如绮。

苍苍远树围荆门，历历行舟泛巴水。
水石潺湲万壑分，烟光草色俱氤氲。
溪花笑日何年发，江客听猿几岁闻？
使人对此心缅邈，疑入嵩丘梦彩云。
○题画诗，杜多沉着，李自飘逸。

见野草中有曰白头翁者

醉入田家去，行歌荒野中。如何青草里，亦有白头翁？
折取对明镜，宛将衰鬓同。微芳似相诮，留恨向东风。
○结意刻深，却有风致。
◇谭元春曰："径似高、岑。"

流夜郎题葵叶

惭君能卫足，叹我远移根。白日如分照，还归守故园。

莹禅师房观山海图

真僧闭精宇，灭迹含达观。列嶂图云山，攒峰入霄汉。
丹崖森在目，清昼疑卷幔。蓬壶来轩窗，瀛海入几案。
烟涛争喷薄，岛屿相凌乱。征帆飘空中，瀑水洒天半。
峥嵘若可陟，想像徒盈叹。杳与真心冥，遂谐静者玩。
如登赤城里，揭步沧洲畔。即事能娱人，从兹得消散。
○图与观图者，色色并到。

白鹭鸶

白鹭下秋水,孤飞如坠霜。心闲且未去,独立沙洲傍。

咏　桂

世人种桃李,皆在金张门。攀折争捷径,及此春风暄。
　朝天霜下,荣耀难久存。安知南山桂,绿叶垂芳根。
清阴亦可托,何惜树君园。
〇虽托喻以达情,亦可令植私者通身汗下,有关世道不浅。

巫山枕障

巫山枕障画高丘,白帝城边树色秋。
朝云夜入无行处,巴水横天更不流。

劳劳亭

天下伤心处,劳劳送客亭。春风知别苦,不遣柳条青。
〇二十字,无不刺骨。
◇谭元春曰:"古之伤心人,岂是寻常哀乐。"

嘲鲁儒

鲁叟谈五经,白发死章句。问以经济策,茫如坠烟雾。
足着远游履,首戴方山巾。缓步从直道,未行先起尘。

秦家丞相府,不重褒衣人。君非叔孙通,与我本殊伦。
时事且未达,归耕汶水滨。

○儒不可轻。若死于章句而不达时事,则貌为儒而已。汉宣帝所谓"俗儒不达时宜",叔孙通所谓"鄙儒",施之此人则可矣;不然,以儒为戏,岂可训哉!

春夜洛城闻笛

谁家玉笛暗飞声?散入春风满洛城。
此夜曲中闻《折柳》,何人不起故园情!

○与杜甫《吹笛》七律同意。但彼结句与《白鹤楼》绝句,出以变化,不见用事之迹;此诗并不翻新,深情自见,亦异曲同工也。
◇《乐府杂录》曰:"笛者,羌乐也。古曲有《折杨柳》《落梅花》。"

宣城见杜鹃花

蜀国曾闻子规鸟,宣城还见杜鹃花。
一叫一迴肠一断,三春三月忆三巴。

○如谚如谣,却是绝句本色,效之则痴矣。或以为杜牧作,亦不类也。

白田马上闻莺

黄鹂啄紫椹,五月鸣桑枝。我行不记日,误作阳春时。
蚕老客未归,白田已缲丝。驱马又前去,扪心空自悲。

○曲而有直体，深得乐府之意。

三五七言

秋风清，秋月明。
落叶聚还散，寒鸦栖复惊。
相思相见知何日？此时此夜难为情。
○哀音促节，凄苦繁絃。
◇杨齐贤曰："古无此体，自太白始。"

杂　诗

白日与明月，昼夜尚不闲。况尔悠悠人，安得久世间。
传闻海水上，乃有蓬莱山。玉树生绿叶，灵仙每登攀。
一食驻玄发，再食留红颜。吾欲从此去，去之无时还。

寄　远（十一首录三）

阳台隔楚水，春草生黄河。相思无日夜，浩荡若流波。
流波向海去，欲见终无因。遥将一点泪，远寄如花人。

长短春草绿，绿阶如有情。卷施心独苦，抽却死还生。
睹物知妾意，希君种后庭。闲时当采撷，念此莫相轻。
○《花木考》曰："卷施，草名，拔心不死。《楚词注》云：'即蒉耳也。'"

鲁缟如玉霜，笔题月氏书。寄书白鹦鹉，西海慰离居。

行数虽不多，字字有委曲。天末如见之，开缄泪相续。
泪尽恨转深，千里同此心。相思千万里，一书直千金。
○三诗皆与古为化，不以摹拟为工，而寄托自远。

长门怨（二首）

天迴北斗挂西楼，金屋无人萤火流。
月光欲到长门殿，别作深宫一段愁。

桂殿长愁不记春，黄金四壁起秋尘。
夜悬明镜青天上，独照长门宫里人。
○写出凄凉奇况，所谓善于言愁。
◇胡应麟曰："此与江宁《西宫怨》，李则意尽语中，王则意在言外。然各有至处，大概李写景入神，王言情造极。"

陌上赠美人

骏马骄行踏落花，垂鞭直拂五云车。
美人一笑褰珠箔，遥指红楼是妾家。

闺　情

流水去绝国，浮云辞故关。水或恋前浦，云犹归旧山。
恨君流沙去，弃妾渔阳间。玉箸夜垂流，双双落朱颜。
黄鸟坐相悲，绿杨谁更攀？织锦心草草，挑灯泪斑斑。
窥镜不自识，况乃狂夫还。

○起极苍浑，结亦峭健。虽带齐梁格调，气骨自别。

怨　情

新人如花虽可宠，故人似玉由来重。
花性飘扬不自持，玉心皎洁终不移。
故人昔新今尚改，还见新人有故时。
请看陈后黄金屋，寂寂珠簾生网丝。
○偶引古辞，别出新意，怨意不言而显。

湖边采莲妇

小姑织白纻，未解将人语。小嫂采芙蓉，溪湖千万重。
长兄行不在，莫使外人逢。愿学秋胡妇，贞心比古松。
○亦乐府之遗作，劝勉语可以厉俗，比《采莲曲》尤为近古。

怨　情

美人卷珠簾，深坐颦蛾眉。但见泪痕湿，不知心恨谁。
○绝好形容。

代寄情楚辞体

君不来兮，徒蓄怨积思而孤吟。
云阳一去，已远隔巫山绿水之沉沉。
留余香兮染绣被，夜欲寝兮愁人心。

朝驰余马于青楼，悦若空而夷犹。
浮云深兮不得语，却惆怅而怀忧。
使青鸟兮衔书，恨独宿兮伤离居。
何无情而雨绝，梦虽往而交疏。
横流涕而长叹，折芳洲之瑶华。
送飞鸟以极目，怨夕阳之西斜。
愿为连根同死之秋草，不作飞空之落花。
○约全骚于短韵，而辞气清明，意指忠厚，非第偶弹古调。

学古思边

衔悲上陇首，肠断不见君。流水若有情，幽哀从此分。
苍茫愁边色，惆怅落日曛。山外接远天，天际复有云。
白雁从中来，飞鸣苦难闻。足系一书札，寄言难离群。
离群心断绝，十见花成雪。胡地无春晖，征人行不归。
相思杳如梦，珠泪湿罗衣。

别内赴征

王命三征去未还，明朝离别出吴关。
白玉高楼看不见，相思须上望夫山。

自代内赠

宝刀截流水，无有断绝时。妾意逐君行，缠绵亦如之。
别来门前草，秋巷春转碧。埽尽更还生，萋萋满行迹。

鸣凤始相得,雄惊雌各飞。游云落何山?一往不见归。
估客发大楼,知君在秋浦。梁苑空锦衾,阳台梦行雨。
妾家三作相,失势去西秦。犹有旧歌管,凄清闻四邻。
曲度入紫云,啼无眼中人。妾似井底桃,开花向谁笑?
君如天上月,不肯一回照。窥镜不自识,别多憔悴深。
安得秦吉了,为人道寸心。

越女词(五首录二) 自注:越中书所见也。

长干吴儿女,眉目艳星月。屐上足如霜,不着鸦头袜。

镜湖水如月,耶溪女如雪。新妆荡新波,光景两奇绝。

巴女词

巴水急如箭,巴船去若飞。十月三千里,郎行几岁归?

自溧水道哭王炎

王公希代宝,弃世一何早。
弔死不及哀,殡宫已秋草。
悲来欲脱剑,挂向何枝好?
哭向茅山虽未摧,一生泪尽丹阳道。
○语真情重,不求工而自工。

哭宣城善酿纪叟

纪叟黄泉里,还应酿老春。夜台无晓日,沽酒与何人?

题舒州司空山瀑布

断崖如削瓜,岚光破崖绿。天河从中来,白云涨川谷。
玉案赤文字,世眼不可读。摄身凌青霄,松风拂我足。

◇《西清诗话》曰:"白仙去后,有人见其诗者,其略如此。"又云:"'举袖露条脱,招我来反覆。'真云烟中语也。"

上清宝鼎诗(二首)

人生烛上花,光灭巧妍尽。春风绕树头,日与花工进。
惟知雨露贪,不念零落近。昔我飞骨时,惨见当涂坟。
青松霭明霞,缥缈上下村。既死明月魄,无彼玻瓈魂。
念此一脱洒,长啸登崑崙。醉着鸾凤衣,星斗俯可扪。

朝披梦泽云,笠钓青茫茫。寻丝得双鲤,中有三元章。
篆字若丹蛇,逸势如飞翔。归来问天姥,妙义不可量。
金刀割青素,灵文烂煌煌。咽服十二镮,想见仙人房。
暮跨紫鳞去,海气侵肌凉。龙子喜变化,化作梅花妆。
遗我累累珠,靡靡明月光。劝我穿绛缕,系作裙间珰。
挥余以辞去,谈笑闻余香。

◇胡仔曰:"太白此诗云'暮跨紫鳞去,海气侵肌凉',亦奇语也。"

◇苏轼曰:"予都下见人携一纸文书,字则颜鲁公也。墨迹如未干,纸亦新健。其诗曰:'朝披梦泽云,笠钓青茫茫。'此诗非太白不能道也。"

卷九

襄阳杜甫诗一

　　昔圣人示学诗之益，而举要惟事父事君，岂不以诗本性情、道严伦纪？古之人一吟一咏，恒必有关于国家之故，而藉以自写其忠孝之诚。夫然，故匹夫委巷之歌，皆得参清庙明堂之列。凡其用意深切，极之讽刺怨诽，无所不有，而卒无悖乎臣子之义也。

　　自汉迄唐，诗律愈密，诗体愈卑。其体格之日卑，正由性情之日薄。盖诗变而骚，形貌固殊，情致不减；诗变而赋，则铺词盛而寄兴微，扬厉繁而规讽尠。唐代诗人有作，大抵挹词赋之余波，失骚雅之遗意，其不足以仰追《三百》，毋亦枝叶具而本实先拨乎？

　　《风》《雅》不绝，李、杜勃兴，其才力雄杰，陵轹古今；瑜、亮并生，实亦未易轩轾。自元微之著论，始先杜而后李。顾其所以推尊子美，只就词调格律言之，则太白之分道扬镳者，固自有在。此徒以诗言诗，而未探夫作诗之本，宜论者多有异同也。

　　夫子美以疏逖小臣，旋起旋踬，间关寇乱，漂泊远游，至于负薪拾梠，餔糒不给，而忠君爱国之切，长歌当哭，情见乎词。是岂特善陈时事，足征"诗史"已哉！东坡信其自许稷、契，或者有激而然；至谓其一饭未尝忘君，发于情，止于忠孝，诗家者流，断以是为称首。呜呼，此真子美之所以独有千古者矣！

予曩在书窗,尝序其集,以为原本忠孝,得性情之正,良足承《三百篇》坠绪。兹复订唐宋六家诗选,首录其集而备论之,匪唯赏味其诗,亦藉以为诗教云。

奉赠韦左丞丈二十二韵

纨袴不饿死,儒冠多误身。丈人试静听,贱子请具陈。
甫昔少年日,早充观国宾。读书破万卷,下笔如有神。
赋料扬雄敌,诗看子建亲。李邕求识面,王翰愿卜邻。
自谓颇挺出,立登要路津。致君尧舜上,再使风俗淳。
此意竟萧条,行歌非隐沦。骑驴三十载,旅食京华春。
朝叩富儿门,暮随肥马尘。残杯与冷炙,到处潜悲辛。
主上顷见征,欻然欲求伸。青冥却垂翅,蹭蹬无纵鳞。
甚愧丈人厚,甚知丈人真。每于百寮上,猥诵佳句新。
窃效贡公喜,难甘原宪贫。焉能心怏怏,只是走踆踆。
今欲东入海,即将西去秦。尚怜终南山,回首清渭滨。
常拟报一饭,况怀辞大臣。白鸥没浩荡,万里谁能驯!

○杜之五古,从古人变化而出,独辟境界。严羽谓其"宪章汉魏,取材六朝,其自得之妙,则先辈所谓集大成者",王世贞谓其"以意为主,以独造为宗,以奇拔沉雄为贵"是已。此篇起语兀傲,"甚愧丈人厚"二句叠语归题,别有风神。一结旷达,收转前半,意在言外,所谓"篇终接混茫"也。故前人多取为压卷。总而论之,"读书破万卷,下笔如有神",学问之根柢也;"致君尧舜上,再使风俗淳",志愿之端倪也;"尚怜终南山,回首清渭滨",见恋阙之诚;"白鸥没浩荡,万里谁能驯",明洁身之义。磊磊数语,本末具见,岂寻常赠答、汗漫敷陈者所可比哉!

◇苏轼曰:"子美云'白鸥没浩荡,万里谁能驯',盖灭没于烟波间耳。宋敏求谓鸥不解没,改作'波'字,便觉神气索然。"

◇朱鹤龄曰:"此诗前乃陈情也,意最为委折,而语非乞怜。应与昌黎《上宰相书》同读。范元实但称其布置得体,未为知言。"

◇《年谱》:"天宝六载,诏有一艺诣毂下。李林甫命尚书省皆下之,公应诏而退。"

送高三十五书记

崆峒小麦熟,且愿休王师。请公问主将,焉用穷荒为?
饥鹰未饱肉,侧翅随人飞;高生跨鞍马,有似幽并儿。
脱身簿尉中,始与捶楚辞。借问今何官,触热向武威?
答云一书记,所愧国士知。人实不易知,更须慎其仪。
十年出幕府,自可持旌麾。此行既特达,足以慰所思。
男儿功名遂,亦在老大时。常恨结欢浅,各在天一涯;
又如参与商,惨惨中肠悲。惊风吹鸿鹄,不得相追随;
黄尘翳沙漠,念子何当归?边城有余力,早寄从军诗。

○送书记却从主将发端,设为商略,以讽穷兵之非,立言有体。中陈规戒,末致缠绵,词意并到。

◇鲍钦止曰:"或谓唐时参军、簿尉受杖,非也。昌黎《赴江陵》诗曰:'栖栖法曹掾,何处事卑陬?何况亲犴狱,敲榜发奸偷。'此岂亲受杖如汉诸署郎耶?"

◇仇兆鳌曰:"天宝之乱,由当时黩武所致,公已先见其兆矣。高为书记,军事皆得参谋,故以休兵息民告之,此送高本旨。'惊风'二句,已不得往;'黄尘'二句,高不能来。故嘱其寄诗以相慰。'从军诗',仍应记室。"

◇《通鉴》:"积石军每岁麦熟,吐蕃则获之,边人呼为'吐蕃麦庄'。天宝六载,哥舒翰先伏兵于其侧,寇至,断其后夹击之,无一人得反者。至是不敢复来。"

赠李白

二年客东都,所历厌机巧。野人对膻腥,蔬食常不饱。
岂无青精饭,使我常美好?苦乏大药资,山林迹如扫。
李侯金闺彦,脱身事幽讨。亦有梁宋游,方期拾瑶草。
○雅调亦与白诗体相近。
◇李阳冰《太白诗序》曰:"天宝中召入翰林,赐金放还,遂就从祖陈留采访大使彦允,请北海高天师授道箓于齐州紫极宫。"

游龙门奉先寺

已从招提游,更宿招提境。阴壑生虚籁,月林散清影。
天阙象纬逼,云卧衣裳冷。欲觉闻晨钟,令人发深省。
◇张潛曰:"通首皆言夜景。首句点明昼间游览,自不可少。"

望岳

岱宗夫如何?齐鲁青未了。造化钟神秀,阴阳割昏晓。
荡胸生层云,决眦入归鸟。会当凌绝顶,一览众山小。
○四十字,气势欲与岱岳争雄。次句写得高远意出,三、四句奇峭,所谓"语不惊人死不休"也。

◇卢士滩曰："公《登后园山脚》云：'昔我游山东，忆戏东岳阳。穷秋立日观，矫首望八荒。'则是业升岱宗之巅而流览无际矣。乃绝不另设专题铺张游概，亦以《望岳》一首已领其要故也。试思他人千言万语，有加于'齐鲁青未了'者乎?!"

陪李北海宴历下亭　原注：时邑人蹇处士等在座，李公序。

东藩驻皂盖，北渚凌青荷。海右此亭古，济南名士多。
云山已发兴，玉珮仍当謌。修竹不受暑，交流空涌波。
蕴真惬所遇，落日将如何？贵贱俱物役，从公难重过。
◇王士禄曰："此与下篇，雅近选体，与他诗不同，当是有意仿北海之作。"

登历下古城员外新亭　原注：亭对鹊山湖。

新亭结构罢，隐见清湖阴。迹藉台观旧，气溟海岳深。
圆荷想自昔，遗堞感至今。芳宴此时具，哀丝千古心。
主称寿尊客，筵秩宴北林。不阻蓬荜兴，得兼《梁甫吟》。

玄都坛歌　原注：寄元逸人。

故人昔隐东蒙峰，已佩含景苍精龙；
故人今居子午谷，独在阴崖结茅屋。
屋前太古玄都坛。青石漠漠常风寒。
子规夜啼山竹裂，王母昼下云旗翻。
知君此计成长往，芝草琅玕日应长。

铁锁高垂不可攀,致身福地何萧爽!

○"青石漠漠常风寒",与"烈风无时休"同一景象。"子规"二语,评者以为大类长吉,然贺虽险奥,故不能如此奇健。

◇浦起龙曰:"歌体之整饬精丽者。"

贫 交 行

翻手作云覆手雨,纷纷轻薄何须数。
君不见管鲍贫时交,此道今人弃如土。

◇刘会孟曰:"只从俗谚略证古意。"

◇朱鹤龄曰:"太白云'前门长揖后门关',公诗云'当面输心背后笑',与此同慨。"

兵 车 行

车辚辚,马萧萧,行人弓箭各在腰,
耶娘妻子走相送,尘埃不见咸阳桥,
牵衣顿足拦道哭,哭声直上干云霄。
道旁过者问行人,行人但云点行频:
或从十五北防河,便至四十西营田;
去时里正与裹头,归来头白还戍边。
边庭流血成海水,武皇开边意未已。
君不闻汉家山东二百州,千村万落生荆杞。
纵有健妇把锄犁,禾生陇亩无东西;
况复秦兵耐苦战,被驱不异犬与鸡。
长者虽有问,役夫敢伸恨?

且如今年冬，未休关西卒，县官急索租，租税从何出？
信知生男恶，反是生女好；
生女犹得嫁比邻，生男埋没随百草。
君不见青海头，古来白骨无人收，新鬼烦冤旧鬼哭，天阴雨湿声啾啾。

○此体创自老杜。讽刺时事，而设为征夫问答之词，言之者无罪，闻之者足以为戒，《小雅》遗音也。篇首写得行色匆匆，笔势汹涌，如风潮骤至，不可逼视；以下接出点行之频，指出开边之非；然后正说时事，末以惨语结之。词意沉郁，音节悲壮。此天地商声，不可强为者也。

◇蔡宽夫曰："齐梁以来，文士喜为乐府词，往往失其命题本意。唯老杜《兵车行》《悲青坂》《无家别》等篇，皆因时事自出己意立题，略不更蹈前人陈迹，真豪杰也。"

◇单复曰："此为明皇用兵吐蕃而作，故托汉武以讽，其词可哀也。先言人哭，后言鬼哭，中言内郡凋敝、民不聊生，此安史之乱所由起也。"

高都护骢马行

安西都护胡青骢，声价欻然来向东。
此马临阵久无敌，与人一心成大功。
功成惠养随所致，飘飘远自流沙至。
雄姿未受伏枥恩，猛气犹思战场利。
腕促蹄高如踣铁，交河几蹴层冰裂。
五花散作云满身，万里方看汗流血。
长安壮儿不敢骑，走过掣电倾城知。

青丝络头为君老,何由却出横门道!

○"与人一心成大功",写得神骏可爱,较"真堪托死生"意更深矣。结从古乐府脱化而出,有"老骥伏枥"之感。杜之歌行,扩汉魏而大之,变幻超忽,不可方物,学者每有望洋之叹。此乃少壮时作,字字精悍,章法、句法妥贴排奡。若从此等入手,即有规矩可循,自然雅健。

◇张綖曰:"凡诗人题咏,必胸次高超,下笔方能卓绝。此诗不唯格韵特高,亦见少陵人品。若曹唐《病马》诗:'一朝千里心犹在,曾敢潜忘秣饲恩。'乃乞儿语也。"

天育骠骑歌

吾闻天子之马走千里,今之画图无乃是?
是何意态雄且杰,骏尾萧梢朔风起。
毛为绿缥两耳黄,眼有紫焰双瞳方。
矫矫龙性合变化,卓立天骨森开张。
伊昔太仆张景顺,监牧攻驹阅清骏。
遂令大奴守天育,别养骥子怜神俊。
当时四十万匹马,张公叹其材尽下。
故独写真传世人,见之座右久更新。
年多物化空形影,呜呼健步无由骋。
如今岂无騕褭与骅骝,时无王良伯乐死即休。

○杜甫善作马诗、画马诗,篇篇入妙。支道林爱其神骏,少陵当亦尔耶?末语一转,抚物自伤,感慨无限。夫王者不借才于异代,顾其所遇何如尔!四十万之马,皆可以备驰驱;此马独称神骏,才固难也。王良、伯乐,代有其人;甫因所遇,自叹云尔。

白丝行

缲丝须长不须白，越罗蜀锦金粟尺。
象床玉手乱殷红，万草千花动凝碧。
已悲素质随时染，裂下鸣机色相射。
美人细意熨贴平，裁缝灭尽针线迹。
春天衣着为君舞，蛱蝶飞来黄鹂语。
落絮游丝亦有情，随风照日宜轻举。
香汗轻尘污颜色，开新合故置何许？
君不见才士汲引难，恐惧弃捐忍羁旅。

◇王洙曰："此殆自况，宾主间意不合，无限慨叹。"
◇仇兆鳌曰："诗咏白丝，即墨子悲素丝意也。'已悲素质随时染'，当其渲染之初，便是沾污之渐；及其见置时，欲保素质，得乎？惟士守贞白，则不随人荣辱矣。此风人有取于素丝欤？按：此诗当是天宝十一、二载间，公客居京师而作，故末有'忍羁旅'之说，观梁氏编次可见。人或谓此诗乃讥窦怀贞，然考怀贞亡于开元元年，公时才六岁，于年月不合。"

醉时歌　　原注：赠广文馆博士郑虔。

诸公衮衮登台省，广文先生官独冷；
甲第纷纷厌粱肉，广文先生饭不足。
先生有道出羲皇，先生有才过屈宋。
德尊一代常轗轲，名垂万古知何用？
杜陵野客人更嗤，被褐短窄鬓如丝。

日籴太仓五升米，时赴郑老同襟期。
得钱即相觅，沽酒不复疑，忘形到尔汝，痛饮真吾师。
清夜沉沉动春酌，灯前细雨檐花落。
但觉高歌有鬼神，焉知饿死填沟壑。
相如逸才亲涤器，子云识字终投阁。
先生早赋归去来，石田茅屋荒苍苔。
儒术于我何有哉？孔丘盗跖俱尘埃。
不须闻此意惨怆，生前相遇且衔杯。

　　○"清夜沉沉"两语，写夜饮之景，妙不容说。"但觉高歌"二句，跌宕不羁，中权有此，使前后文势倍觉生色。

　　◇王嗣奭曰："公咏怀诗云：'沉醉聊自遣，放歌破愁绝。'可移作此诗之解。"

醉歌行　原注：别从侄勤落地归。

陆机二十作《文赋》，汝更年小能缀文。
总角草书又神速，世上儿子徒纷纷。
骅骝作驹已汗血，鸷鸟举翮连青云。
词源倒流三峡水，笔阵独扫千人军。
只今年才十六七，射策君门期第一。
旧穿杨叶真自知，暂蹶霜蹄未为失。
偶然擢秀非难取，会是排风有毛质。
汝身已见唾成珠，汝伯何由发如漆！
春光澹沲秦东亭，渚蒲芽白水荇青。
风吹客衣日杲杲，树搅离思花冥冥。
酒尽沙头双玉缾，众宾皆醉我独醒。

乃知贫贱别更苦,吞声踯躅涕泪零。
〇造语之妙,深得六朝人佳致。
◇沈德潜曰:"送别情景于后幅突然接入,开后人无限法门。'醉歌'意只用一点,与赠郑作自别。"

赠卫八处士

人生不相见,动如参与商。今夕复何夕,共此灯烛光?
少壮能几时,鬓发各已苍。访旧半为鬼,惊呼热中肠。
焉知二十载,重上君子堂。昔别君未婚,儿女忽成行。
怡然敬父执,问我来何方。问答未及已,儿女罗酒浆。
夜雨翦春韭,新炊间黄粱。主称会面难,一举累十觞;
十觞亦不醉,感子故意长。明日隔山岳,世事两茫茫。
◇仇兆鳌曰:"《漫斋诗话》云:'怡然敬父执'以下,他人须更有数句。此便接云'问答未及已,儿女罗酒浆',直有抔土障黄流气象。"

同诸公登慈恩寺塔　原注:时高适、薛据先有此作。

高标跨苍天,烈风无时休。自非旷士怀,登兹翻百忧。
方知象教力,足可追幽搜。仰穿龙蛇窟,始出枝撑幽。
七星在北户,河汉声西流。羲和鞭白日,少昊行清秋。
秦山忽破碎,泾渭不可求。俯视但一气,焉能辨皇州。
回首叫虞舜,苍梧云正愁。惜哉瑶池饮,日晏崑崙丘。
黄鹄去不息,哀鸣何所投?君看随阳雁,各有稻粱谋。
〇以深秀擅长者,逊其高浑;以清古推胜者,让其奇杰。

"回首"以下，寄兴自深。前半力写实境，奇情横溢。说者字字附会，穿凿纷如，失于固矣。

◇王士禄曰："'秦山忽破碎'，凭高奇句，他人定费语言，不能五字便了。"

◇王士正曰："章八元题《慈恩寺塔》云：'迥梯暗踏如穿洞，绝顶初攀似出笼。'俚鄙极矣，乃元、白激赞之不容口。盛唐诸公，如工部云：'七星在北户，河汉声西流。秦山忽破碎，泾渭不可求。俯视但一气，焉能辨皇州。'高常侍云：'秋风昨夜至，秦塞多清旷。千里何苍苍，五陵郁相望。'岑嘉州云：'下窥指高鸟，俯听闻惊风。'又：'秋色从西来，苍然满关中。五陵北原上，万古青濛濛。'数公如大将，旗鼓相当，皆万人敌。视八元诗，真鬼窟中作活计。"

◇《西京杂记》："西京外城郭进业坊慈恩寺，隋无漏寺之故地。武德初废，贞观中高宗在春宫，为文德皇后立，故以'慈恩'为名。寺西院浮屠六级，高三百尺，永徽三年沙门玄奘所立。"

示从孙济

平明跨驴出，未知适谁门。权门多噂沓，且复寻诸孙。
诸孙贫无事，宅舍如荒村。堂前自生竹，堂后自生萱；
萱草秋已死，竹枝霜不蕃。淘米少汲水，汲多井水浑；
刈葵莫放手，放手伤葵根。阿翁懒惰久，觉儿行步奔。
所来为宗族，亦不为盘飧。小人利口实，薄俗难可论。
勿受外嫌猜，同姓古所敦。

○多似古乐府，温柔敦厚，比兴深切。

送孔巢父谢病归游江东兼呈李白

巢父掉头不肯住,东将入海随烟雾。
诗卷长留天地间,钓竿欲拂珊瑚树。
深山大泽龙蛇远,春寒野阴风景暮。
蓬莱织女回云车,指点虚无是征路。
自是君身有仙骨,世人那得知其故。
惜君只欲苦死留,富贵何如草头露。
蔡侯静者意有余,清夜置酒临前除。
罢琴惆怅月照席,几岁寄我空中书。
南寻禹穴见李白,道甫问讯今何如。
○远性风疏,逸情云上,"自是君身有仙骨,世人那得知其故"也。
◇李因笃曰:"'寄元逸人',得超忽之神;'送孔巢父',极狂简之致。"

饮中八仙歌

知章骑马似乘船,眼花落井水底眠。
汝阳三斗始朝天,道逢麹车口流涎,恨不移封向酒泉。
左相日兴费万钱,饮如长鲸吸百川,衔杯乐圣称避贤。
宗之潇洒美少年,举觞白眼望青天,皎如玉树临风前。
苏晋长斋绣佛前,醉中往往爱逃禅。
李白一斗(斗酒)诗百篇,长安市上酒家眠,
天子呼来不上船,自称臣是酒中仙。

张旭三杯草圣传,脱帽露顶王公前,挥毫落纸如云烟。
焦遂五斗方卓然,高谈雄辩惊四筵。

○创为格调,从柏梁体变化而出。

◇唐汝询曰:"八人皆任其性,真托于酒以自见者。子美咏之,亦废中权之义云。"

◇李因笃曰:"无首无尾,章法突兀。妙是叙述不涉议论,而八人身分自见。《风》《雅》中司马太史也。"

曲 江

自断此生休问天,杜曲幸有桑麻田,故将移住南山边。
短衣匹马随李广,看射猛虎终残年。

◇王嗣奭曰:"以九迴之苦心,发清商之怨调。"

丽 人 行

三月三日天气新,长安水边多丽人。
态浓意远淑且真,肌理细腻骨肉匀。
绣罗衣裳照暮春,蹙金孔雀银麒麟。
头上何所有?翠微䍿叶垂鬓唇。
背后何所见?珠压腰衱稳称身。
就中云幕椒房亲,赐名大国虢与秦。
紫驼之峰出翠釜,水精之盘行素鳞;
犀箸厌饫久未下,鸾刀缕切空纷纶。
黄门飞鞚不动尘,御厨络绎送八珍。
箫鼓哀吟感鬼神,宾从杂遝实要津。

后来鞍马何逡巡,当轩下马入锦茵。
杨花雪落覆白蘋,青鸟飞去衔红巾。
炙手可热势绝伦,慎莫近前丞相嗔。
○托刺微婉,意旨遥深。《卫风·君子偕老》,则微而显矣。
◇陆时雍曰:"言穷则尽,意亵则醜,韵软则痹。此诗一以雅道行之,故君子言有则也。"

乐游园歌　原注:晦日贺兰杨长史筵醉中作。

乐游古园崒森爽,烟绵碧草萋萋长。
公子华筵势最高,秦川对酒平如掌。
长生木瓢示真率,更调鞍马狂欢赏。
青春波浪芙蓉园,白日雷霆夹城仗。
阊阖晴开昳荡荡,曲江翠幕排银牓。
拂水低徊舞袖翻,缘云清切歌声上。
却忆年年人醉时,只今未醉已先悲。
数茎白发那抛得,百罚深杯亦不辞。
圣朝亦知贱士醜,一物自荷皇天慈。
此身饮罢无归处,独立苍茫自咏诗。
◇沈德潜曰:"极欢宴时,不胜身世之感。临川《兰亭记序》所云'情随事迁,感慨系之'也。"

渼　陂　行

岑参兄弟皆好奇,携我远来游渼陂。
天地黯惨忽异色,波涛万顷堆琉璃。

琉璃漫汗泛舟入，事殊兴极忧思集。
鼍作鲸吞不复知，恶风白浪何嗟及。
主人锦帆相为开，舟子喜甚无氛埃。
凫鹥散乱櫂讴发，彩管啁啾空翠来。
沉竿续蔓深莫测，菱叶荷花静如拭。
宛在中流渤澥清，下归无极终南黑。
半陂以南纯浸山，动影裹窊冲融间。
船舷暝戛云际寺，水面月出蓝田关。
此时骊龙亦吐珠，冯夷击鼓群龙趋。
湘妃汉女出歌舞，金支翠旗光有无。
咫尺但愁雷雨至，苍茫不晓神灵意。
少壮几时奈老何，向来哀乐何其多。

○声光奇丽，气韵深稳。昭明称陶潜"文章不群，词采精拔，跌荡昭彰，独超众类，抑扬爽朗，莫之与京"，可以移赠是诗。"骊龙吐珠"等句，全摹汉艳歌。末语用《秋风辞》，颠倒变化，壁垒一新，取材之善则也。

奉同郭给事汤东灵湫作

东山气鸿濛，宫殿居上头。君来必十月，树羽临九州。
阴火煮玉泉，喷薄涨岩幽。有时浴赤日，光抱空中楼。
阆风入辙迹，旷原延冥搜。沸天万乘动，观水百丈湫。
幽灵斯可佳，王命官属休。初闻龙用壮，擘石摧林丘。
中夜窟宅改，移因风雨秋。倒悬瑶池影，屈注苍江流。
味如甘露浆，挥弄滑且柔。翠旗澹偃蹇，云车纷少留。
箫鼓荡四溟，异香泱漭浮。鲛人献微绡，曾祝沉豪牛。

百祥奔盛明，古先莫能俦。坡陀金虾蟆，出见盖有由。
至尊顾之笑，王母不肯收。复归虚无底，化作长黄虬。
飘飘青琐郎，文彩珊瑚钩。浩歌渌水曲，清绝听者愁。
◇卢元昌曰："《灵湫》一篇，其屈突之讽与？"
◇朱鹤龄曰："此诗直陈温汤事，而风刺自见。其忧乱之意，情见乎词，当与《慈恩寺》'回首叫虞舜'数语，及《奉先咏怀》'凌晨过骊山'一段参看。"
◇潘鸿曰："太白诗'蟾蜍蚀圆影，大明夜已残'一段，亦此诗之意。"

夜听许十损诵诗爱而有作

许生五台宾，业白出石壁。余亦师粲可，身犹缚禅寂。
何阶子方便，谬引为匹敌。离索晚相逢，包蒙欣有击。
诵诗浑游衍，四座皆辟易。应手看捶钩，清心听鸣镝。
精微穿溟涬，飞动摧霹雳。陶谢不枝梧，风骚共推激。
紫燕自超诣，翠驳谁翦剔？君意人莫知，人间夜寥阒。

沙苑行

君不见左辅白沙如白水，缭以周墙百余里。
龙媒昔是渥洼生，汗血今称献于此。
苑中騋牝三千匹，丰草青青寒不死。
食之豪健西域无，每岁攻驹冠边鄙。
王有虎臣司苑门，入门天厩皆云屯。
骕骦一骨独当御，春秋二时归至尊。

至尊内外马盈亿,伏枥在坰空大存。
逸群绝足信殊杰,倜傥权奇难具论。
累累塠阜藏奔突,往往坡陀纵超越。
角壮翻同麋鹿游,浮沉簸荡鼋鼍窟。
泉出巨鱼长比人,丹砂作尾黄金鳞。
岂知异物同精气,虽未成龙亦有神。
〇前幅语皆严重,入后离奇隐跃,诚有寓托,非空言者。
◇卢元昌曰:"安禄山知总监事,公作《沙苑行》以讽之。《灵湫》诗:'复归虚无底,化作长黄虬。'两篇结语,皆有寓意。"
◇《通鉴》:"天宝十三载正月,禄山入朝,求兼领群牧总监。密遣亲信,选健马堪战者数千匹,别饲之。"

骢马行　原注:太常梁卿敕赐马也。邓公爱而有之,命甫制诗。

邓公马癖人共知,初得花骢大宛种。
夙昔传闻思一见,牵来左右神皆竦。
雄姿逸态何崷崒,顾影骄嘶自矜宠。
隅目青荧夹镜悬,肉骏碨礧连钱动。
朝来久试华轩下,未觉千金满高价。
赤汗微生白雪毛,银鞍却覆香罗帕。
卿家旧赐公取之,天厩真龙此其亚。
昼洗须腾泾渭深,朝趋可刷幽并夜。
吾闻良骥老始成,此马数年人更惊。
岂有四蹄疾于鸟,不与八骏俱先鸣。
时俗造次那得致?云雾晦冥方降精。

近闻下诏喧都邑,肯使骐驎地上行!

自京赴奉先县咏怀五百字

杜陵有布衣,老大意转拙。许身一何愚,窃比稷与契。
居然成濩落,白首甘契阔。盖棺事则已,此志常觊豁。
穷年忧黎元,叹息肠内热。取笑同学翁,浩歌弥激烈。
非无江海志,潇洒送日月。生逢尧舜君,不忍便永诀。
当今廊庙具,构厦岂云缺?葵藿倾太阳,物性固莫夺。
顾谓蝼蚁辈,但自求其穴;胡为慕大鲸,辄拟偃溟渤!
以兹悟生理,独耻事干谒。兀兀遂至今,忍为尘埃没。
终愧巢与由,未能易其节。沉饮聊自适,放歌破愁绝。
岁暮百草零,疾风高岗裂。天衢阴峥嵘,客子中夜发。
霜严衣带断,指直不得结。凌晨过骊山,御榻在嵽嵲。
蚩尤塞寒空,蹴踏崖谷滑。瑶池气郁律,羽林相摩戛。
君臣留欢娱,乐动殷樛嶱。赐浴皆长缨,与宴非短褐。
彤庭所分帛,本自寒女出,鞭挞其夫家,聚敛贡城阙。
圣人筐篚恩,实欲邦国活;臣如忽至理,君岂弃此物?
多士盈朝廷,仁者宜战栗。况闻内金盘,尽在卫霍室。
中堂舞神仙,烟雾散玉质。煖客貂鼠裘,悲管逐清筚。
劝客驼蹄羹,霜橙压霜橘。朱门酒肉臭,路有冻死骨。
荣枯咫尺异,惆怅难具述!北辕就泾渭,官渡又改辙。
群冰从西下,极目高崒兀;疑是崆峒来,恐触天柱折。
河梁幸未坼,枝撑声窸窣。行旅相攀援,川广不可越。
老妻寄异县,十口隔风雪。谁能久不顾,庶往共饥渴。

入门闻号咷,幼子饥已卒!吾宁舍一哀,里巷亦呜咽。
所愧为人父,无食致夭折;岂知秋禾登,贫窭有仓卒。
生常免租税,名不隶征伐。抚迹犹酸辛,平人固骚屑。
默思失业徒,因念远戍卒。忧端齐终南,澒洞不可掇。

○此与《北征》,为集中钜篇。摅郁结,写胸臆,苍苍莽莽,一气流转。其大段有千里一曲之势,而笔笔顿挫,一曲中又有无数波折也。甫以布衣之士乃心帝室,而是时明皇失政,大乱已成,方且君臣荒宴,若罔闻知。甫从局外蒿目时艰,欲言不可,盖有日矣,而一于此诗发之。前述平日之衷曲,后写当前之酸楚;至于中幅,以所经为纲、所见为目,言言深切,字字沉痛。《板》《荡》之后,未有能及此者。此甫之所以度越千古而上继《三百篇》者乎?往题其集云:"歌谣写忠恳,灏气浑郁积。李韩望后尘,鲍谢让前席。"匪虚言也。窃比稷、契,或疑其自许太过。苏轼有云:"甫他诗曰:'舜举十六相,身尊道更高。孝公用商鞅,法令如牛毛。'自是稷、契辈口中语。"斯得之矣。

◇胡夏客曰:"诗凡五百字,而篇中叙发京师、过骊山、就泾渭、抵奉先,不过数十字耳,余皆议论感慨成文,此最得变雅之法而成章者也。此诗全篇议论而杂以叙事,《北征》则全篇叙事而杂以议论,盖曰'咏怀',自应以议论为主;曰'北征',自应以叙事为主也。"

◇张溍曰:"文之至者,止见精神,不见语言。此五百字,真恳切到,淋漓沉痛,俱是精神,何处见语言?"

◇浦起龙曰:"是为集中开头大文章。老杜平生大本领,须用一片大魄力读去,断不宜如朱、仇诸本,琐琐分裂。通篇只是三大段,首明赍志去国之情,中慨君臣耽乐之失,末述到家哀苦之感,一篇之中,三致意焉。"

奉先刘少府新画山水障歌

堂上不合生枫树，怪底江山起烟雾。
闻君扫却赤县图，乘兴遣画沧州趣。
画师亦无数，好手不可遇。
对此融心神，知君重毫素。
岂但祁岳与郑虔，笔迹远过杨契丹。
得非玄圃裂，无乃潇湘翻？
悄然坐我天姥下，耳边已似闻清猿。
反思前夜风雨急，乃是蒲城鬼神入。
元气淋漓障犹湿，真宰上诉天应泣。
野亭春还杂花远，渔翁暝蹋孤舟立。
沧浪水深青溟阔，欹岸侧岛秋毫末。
不见湘妃鼓瑟时，至今斑竹临江活。
刘侯天机精，爱画入骨髓。
自有两儿郎，挥洒亦莫比：
大儿聪明到，能添老树巅崖里；
小儿心孔开，貌得山僧及童子。
若耶溪，云门寺，吾独胡为在泥滓？青鞋布袜从此始。

○起处飞腾而入，末则余波绵邈，中间忽然奇警。与李白《同族弟烛照山水画壁歌》，用意正同而各极其妙。

◇杨万里曰："诗有惊人句，如《山水障》云'堂上不合生枫树，怪底江山起烟雾'是也。"

◇黄生曰："写画与赞赏，分作数层说，反覆浓至。"

◇《寰宇记》："蒲城县本汉重泉县，开元中改为奉先。"

白水县崔少府十九翁高斋三十韵

客从南县来，浩荡无与适。旅食白日长，况当朱炎赫。
高斋坐林杪，信宿游衍阒。清晨陪跻攀，傲睨俯峭壁。
崇冈相枕带，旷野怀咫尺。始知贤主人，赠此遣愁寂。
危阶根青冥，层冰生淅沥。上有无心云，下有欲落石。
泉声闻复急，动静随所击。鸟呼藏其身，有似惧弹射。
吏隐适性情，兹焉其窟宅。白水见舅氏，诸翁乃仙伯。
杖藜长松荫，作尉穷谷僻。为我炊雕胡，逍遥展良觌。
坐久风颇愁，晚来山更碧。相对十丈蛟，欻翻盘涡坼；
何得空里雷，殷殷寻地脉？烟氛蔼崷崪，魍魉森惨戚。
崑崙崆峒颠，回首如不隔。前轩颓反照，巉绝华岳赤。
兵气涨林峦，川光杂锋镝。知是相公军，铁马云雾积。
玉觞淡无味，胡羯岂强敌？长歌激屋梁，泪下流衽席。
人生半哀乐，天地有顺逆。慨彼万国夫，休明备征狄。
猛将纷填委，庙谋蓄长策。东郊何时开？带甲且未释。
欲告清宴罢，难拒幽明迫。三叹酒食旁，何由似平昔！

三川观水涨二十韵

我经华原来，不复见平陆。北上唯土山，连天走穷谷。
火云无时出，飞电常在目。自多穷岫雨，行潦相豗蹙。
蓊匌川气黄，群流会空曲。清晨望高浪，忽谓阴崖踣。
恐泥窜蛟龙，登危聚麋鹿。枯查卷拔树，礧磈共充塞。
声吹鬼神下，势阅人代速。不有万穴归，何以尊四渎？

及观水源涨,反惧江海覆。漂沙坼岸去,漱壑松柏秃。
乘陵破山门,回斡裂地轴。交洛赴洪河,及关岂信宿。
应沉数州没,如听万室哭。秽浊殊未清,风涛怒犹蓄。
何时通舟车,阴气不黪黩?浮生有荡汩,吾道正羁束。
人寰难容身,石壁滑侧足。云雷此不已,艰险路更跼。
普天无川梁,欲济愿水缩。因悲中林士,未脱众鱼腹。
举头向苍天,安得骑鸿鹄!
○沉郁顿挫,字字生造,无一浮响。集中此等,自是少陵本色。
◇浦起龙曰:"雕镂刻深,仿像飞动,遂为昌黎《石鼎联句》等诗及宋元以来体物律古之祖。"

悲陈陶

孟冬十郡良家子,血作陈陶泽中水。
野旷天清无战声,四万义军同日死!
群胡归来血洗箭,仍唱胡歌饮都市。
都人回面向北啼,日夜更望官军至。
◇何焯曰:"'至'字一韵独用。"

悲青坂

我军青坂在东门,天寒饮马太白窟。
黄头奚儿日向西,数骑弯弓敢驰突?
山雪河冰野萧瑟,青是烽烟白人骨。
焉得附书与我军,忍待明年莫仓卒。
○房琯用兵,殷浩之流耳。当时乘舆未定,贼势方张,琯志大才疏,仓卒致败。向非唐德在人,则宗社危矣,琯之罪岂可逭哉!虽肃宗疑之,中人促之,致败不为无因,亦不能为之解也。甫受琯之知,救之于后,而两诗纪事沉痛切骨,是谓史笔。

◇葛常之曰:"'陈陶'诗,志房琯之败也。张无尽《孤愤吟》云:'房琯未相日,所谈皆皋夔。一朝陈陶下,覆没十万师。中原已纷溃,老杜尚嗟咨。'盖为琯罢相时,杜上疏力救而发也。"

◇《唐书》:"至德元载,十月,房琯自请讨贼。分军为三,南军自宜寿入,中军自武功入,北军自奉天入,琯自将中军为先锋。辛丑,北军、中军遇贼于陈涛斜,接战败绩;癸卯,琯自以南军战,又败。时琯效古法用车战,贼顺风纵火焚之,人畜大乱,官军死伤者四万余人。"

哀江头

少陵野老吞声哭,春日潜行曲江曲。
江头宫殿锁千门,细柳新蒲为谁绿?
忆昔霓旌下南苑,苑中万物生颜色。
昭阳殿里第一人,同辇随君侍君侧。
辇前才人带弓箭,白马嚼啮黄金勒。
翻身向天仰射云,一箭正中双飞翼。
明眸皓齿今何在?血污游魂归不得。
清渭东流剑阁深,去住彼此无消息。
人生有情泪霑臆,江水江花岂终极。
黄昏胡骑尘满城,欲往城南忘城北。

○潜身避寇,触目伤怀,虽从乐游追叙,而俯仰悲伤,纯是忠爱之情、忧戚之志。所谓对此茫茫,百端交集,何暇计及讽刺乎?叙乱离处,全以唱叹出之,不用实叙,笔力之高,真不可及。若白氏《长恨歌》，乃因《长恨传》而追叙其事，委曲悽断，自成一家，正不得沾沾比勘也。

◇苏辙曰："杜《哀江头》诗，予爱其词气，如百金战马，注坡驀涧，如履平地，得诗人之遗法。如白乐天诗词甚工，然拙于纪事，寸步不遗，犹恐失之，所以望老杜之藩篱而不及也。"

哀王孙

长安城头头白乌，夜飞延秋门上呼，
又向人家啄大屋，屋底达官走避胡。
金鞭断折九马死，骨肉不得同驰驱。
腰下宝玦青珊瑚，可怜王孙泣路隅。
问之不肯道名姓，但道困苦乞为奴。
已经百日窜荆棘，身上无有完肌肤。
高帝子孙尽隆准，龙种自与常人殊。
豺狼在邑龙在野，王孙善保千金躯。
不敢长语临交衢，且为王孙立斯须。
昨夜东风吹血腥，东来橐驼满旧都。
朔方健儿好身手，昔何勇锐今何愚！
窃闻天子已传位，圣德已服南单于。
花门剺面请雪耻，慎勿出口他人狙。
哀哉王孙慎勿疎，五陵佳气无时无。

◇刘会孟曰："起如童谣，省却叙事。篇内忠臣之盛心，仓卒之隐语，备尽情态。"

◇仇兆鳌曰："明皇平韦后之难，身致太平，开元之际，几于贞观盛时；及天宝末，不惟生民涂炭，而妻子亦且不免。读

《江头》《王孙》二诗,至今犹惨然在目。孟子云:'苟能充之,以保四海;不能充之,不足以保妻子。'即一人之身,而治乱兴亡之故昭然矣。"

大云寺赞公房（四首录二）

心在水精域,衣霑春雨时。洞门尽徐步,深院果幽期。
到扉开复闭,撞钟斋及兹。醍醐长发性,饮食过扶衰。
把臂有多日,开怀无愧辞。黄鹂度结构,紫鸽下罘罳。
愚意会所适,花边行自迟。汤休起我病,微笑索题诗。

灯影照无睡,心清闻妙香。夜深殿突兀,风动金锒铛。
天黑闭春院,地清棲暗芳。玉绳迥断绝,铁凤森翱翔。
梵放时出寺,钟残仍殷床。明朝在沃野,苦见尘沙黄。
○声调稳惬,雅近选体。钟惺以为排律,谬矣。

苏端薛复筵简薛华醉歌

文章有神交有道,端复得之名誉早。
爱客满堂尽豪翰,开筵上日思芳草。
安得健步移远梅,乱插繁花向晴昊?
千里犹残旧冰雪,百壶且试开怀抱。
垂老恶闻战鼓悲,急觞为缓忧心捣。
少年努力纵谈笑,看我形容已枯槁。
坐中薛华善醉歌,歌辞自作风格老。
近来海内为长句,汝与山东李白好。

何刘沈谢力未工,才兼鲍照愁绝倒。
诸生颇尽新知乐,万事终伤不自保。
气酣日落西风来,愿吹野水添金杯。
如渑之酒常快意,亦知穷愁安在哉?
忽忆雨时秋井塌,古人白骨生春苔,如何不饮令心哀!
○词气朴老,脉络井然。末幅纵笔排宕,单句径住,亦别有神味。
◇计东曰:"太白长句,其源出于鲍照,故此诗云。然公尝以'俊逸鲍参军'称太白,正称其长句也。"

晦日寻崔戢李封

朝光入瓮牖,尸寝惊敝裘。起行视天宇,春气渐和柔。
兴来不暇懒,今晨梳我头。出门无所待,徒步觉自由。
杖藜复恣意,免值公与侯。晚定崔李交,会心真罕俦。
每过得酒倾,二宅可淹留。喜结里仁欢,况因令节求。
李生园欲荒,旧竹颇修修。引客看扫除,随时成献酬。
崔侯初筵色,已畏空尊愁。未知天下士,至性有此不?
草牙既青出,蜂声亦暖游。思见农器陈,何当甲兵休!
上古葛天民,不贻黄屋忧。至今阮籍等,熟醉为身谋。
威凤高其翔,长鲸吞九州。地轴为之翻,百川皆乱流。
当歌欲一放,泪下恐莫收。浊醪有妙理,庶用慰沉浮。

卷十

襄阳杜甫诗二

喜　晴

皇天久不雨，既雨晴亦佳。出郭眺西郊，肃肃春增华。
青荧陵陂麦，窈窕桃李花。春夏各有实，我饥岂无涯。
干戈虽横放，惨澹斗龙蛇。甘泽不犹愈，且耕今未赊。
丈夫则带甲，妇女终在家。力难及黍稷，得种菜与麻。
千载商山芝，往者东门瓜。其人骨已朽，此道谁疵瑕。
英贤遇轗轲，远引蟠泥沙。顾惭昧所适，回首白日斜。
汉阴有鹿门，沧海有灵查。焉能学众口，咄咄空咨嗟。
○"既雨晴亦佳"，与《雨过苏端》诗"久旱云亦好"，皆自胸臆中流出，气息亦近陶令。

述怀一首

去年潼关破，妻子隔绝久。今夏草木长，脱身得西走。
麻鞋见天子，衣袖露两肘。朝廷愍生还，亲故伤老丑。
涕泪授拾遗，流离主恩厚。柴门虽得去，未忍即开口。
寄书问三川，不知家在否？比闻同罹祸，杀戮到鸡狗。

山中漏茅屋,谁复依户牖?摧颓苍松根,地冷骨未朽。
几人全性命,尽室岂相偶?嶔岑猛虎场,郁结回我首。
自寄一封书,今已十月后。反畏消息来,寸心亦何有!
汉运初中兴,生平老耽酒。沉思欢会处,恐作穷独叟。

◇申涵光曰:"无一语空闲,只平平说去,有声有泪,真《三百篇》嫡派。"

◇李因笃曰:"《北征》如万山之松,中蔚烟霞;此诗如数尺之竹,势参霄汉。"

◇《唐书》本传:"天子入蜀,甫避走三川。肃宗立,自鄜州羸服欲奔行在,为贼所得。至德二载,亡走凤翔,谒上,拜左拾遗。时所在寇夺,甫家寓鄜,弥年艰窭,孺弱至饿死。因许甫自往省视,从还京师。"

送樊二十三侍御赴汉中判官

威弧不能弦,自尔无宁岁。川谷血横流,豺狼沸相噬。
天子从北来,长驱振凋敝。顿兵岐梁下,却跨沙漠裔。
二京陷未收,四极我得制。萧索汉水清,缅通淮湖税。
使者纷星散,王纲尚旒缀。南伯从事贤,君行立谈际。
坐知七曜历,手画三军势。冰雪净聪明,雷霆走精锐。
幕府辍谏官,朝廷无此例。至尊方旰食,仗尔布嘉惠。
补阙暮征入,柱史晨征憩。正当艰难时,实藉长久计。
回风吹独树,白日照执袂。恸哭苍烟根,山门万重闭。
居人莽牢落,游子方迢递。裴回悲生离,局促老一世。
陶唐歌遗民,后汉更列帝。恨无匡复资,聊欲从此逝。

送从弟亚赴安西判官

南风作秋声,杀气薄炎炽。盛夏鹰隼击,时危异人至。
令弟草中来,苍然请论事。诏书引上殿,奋舌动天意。
兵法五十家,尔腹为箧笥。应对如转丸,疏通略文字。
经纶皆新语,足以正神器。宗庙尚为灰,君臣俱下泪。
崆峒地无轴,青海天轩轾。西极最疮痍,连山暗烽燧。
帝曰大布衣,藉卿佐元帅。坐看清流沙,所以子奉使。
归当再前席,适远非历试。须存武威郡,为画长久利。
孤峰石戴驿,快马金缠辔。黄羊饫不膻,芦酒多还醉。
踊跃常人情,惨澹苦士志。安边敌何有,反正计始遂。
吾闻驾鼓车,不合用骐骥。龙吟回其头,夹辅待所致。
○二诗一时所作,匡济深衷,寓于翰墨,激切沉挚,他人无此格力。

彭衙行

忆昔避贼初,北走经险艰。夜深彭衙道,月照白水山。
尽室久徒步,逢人多厚颜。参差谷鸟吟,不见游子还。
痴女饥咬我,啼畏虎狼闻。怀中掩其口,反侧声愈嗔。
小儿强解事,故索苦李餐。一旬半雷雨,泥泞相牵攀。
既无御雨备,径滑衣又寒。有时经契阔,竟日数里间。
野果充糇粮,卑枝成屋椽。早行石上水,暮宿天边烟。
少留周家洼,欲出芦子关。故人有孙宰,高义薄曾云。

延客已曛黑，张灯启重门。煖汤濯我足，翦纸招我魂。
从此出妻孥，相视涕阑干。众雏烂漫睡，唤起霑盘飧。
誓将与夫子，永结为弟昆。遂空所坐堂，安居奉我欢。
谁肯艰难际，豁达露心肝？别来岁月周，胡羯仍构患。
何当有翅翎，飞去堕尔前。
○通篇追叙，琐屑尽致，神似汉魏。

北　征

皇帝二载秋，闰八月初吉。杜子将北征，苍茫问家室。
维时遭艰虞，朝野少暇日。顾惭恩私被，诏许归蓬荜。
拜辞诣阙下，怵惕久未出。虽乏谏诤姿，恐君有遗失。
君诚中兴主，经纬固密勿。东胡反未已，臣甫愤所切。
挥涕恋行在，道途犹恍惚。乾坤含疮痍，忧虞何时毕？
靡靡逾阡陌，人烟眇萧瑟。所遇多被伤，呻吟更流血。
回首凤翔县，旌旗晚明灭。前登寒山重，屡得饮马窟。
邠郊入地底，泾水中荡潏。猛虎立我前，苍崖吼时裂。
菊垂今秋花，石戴古车辙。青云动高兴，幽事亦可悦。
山果多琐细，罗生杂橡栗。或红如丹砂，或黑如点漆。
雨露之所濡，甘苦齐结实。缅思桃源内，益叹身世拙。
坡陀望鄜畤，岩谷互出没。我行已水滨，我仆犹木末。
鸱鸟鸣黄桑，野鼠拱乱穴。夜深经战场，寒月照白骨。
潼关百万师，往者散何卒？遂令半秦民，残害为异物。
况我堕胡尘，及归尽华发。经年至茅屋，妻子衣百结。
恸哭松声回，悲泉共幽咽。平生所娇儿，颜色白胜雪。

见耶背面啼，垢腻脚不袜。床前两小女，补绽才过膝。
海图坼波涛，旧绣移曲折，天吴及紫凤，颠倒在短褐。
老夫情怀恶，呕泄卧数日。那无囊中帛，救汝寒凛栗。
粉黛亦解苞，衾裯稍罗列。瘦妻面复光，痴女头自栉，
学母无不为，晓妆随手抹，移时施朱铅，狼藉画眉阔。
生还对童稚，似欲忘饥渴。问事竞挽须，谁能即嗔喝？
翻思在贼愁，甘受杂乱聒。新归且慰意，生理焉能说。
至尊尚蒙尘，几日休练卒？仰观天色改，坐觉祅气豁。
阴风西北来，惨澹随回鹘。其王愿助顺，其俗善驰突。
送兵五千人，驱马一万匹。此辈少为贵，四方服勇决。
所用皆鹰腾，破敌过箭疾。圣心颇虚伫，时议气欲夺。
伊洛指掌收，西京不足拔。官军请深入，蓄锐伺俱发。
此举开青徐，旋瞻略恒碣。昊天积霜露，正气有肃杀。
祸转亡胡岁，势成擒胡月。胡命其能久？皇纲未宜绝。
忆昨狼狈初，事与古先别。奸臣竟菹醢，同恶随荡析。
不闻夏殷衰，中自诛褒妲。周汉获再兴，宣光果明哲。
桓桓陈将军，仗钺奋忠烈。微尔人尽非，于今国犹活。
凄凉大同殿，寂寞白兽闼。都人望翠华，佳气向金阙。
园陵固有神，扫洒数不缺。煌煌太宗业，树立甚宏达。

○以排天斡地之力，行属词比事之法，具备万物，横绝太空，前无古人，后无来者，自有五言，不得不以此为大文字也。问家室者，事之主；愤艰虞者，意之主。以皇帝起、太宗结，恋行在，望匡复，言有伦脊，忠爱见矣。道途感触，抵家悲喜，琐琐细细，靡不具陈，极穷苦之情，绝不衰飒。严羽谓李、杜之诗"如金鵶擘海、香象渡河，下视郊、岛辈有类虫吟草间"者，岂不然哉！"忆昨"一段，立言有体。若元（玄）

礼，虽有活国之功，终伤人臣之义，甫但称其忠烈，而行诛之权归诸明皇，尤为得体。中唐以下，惟李商隐《西郊》等作有此风力，特知之者少耳。

◇苏轼曰："《北征》诗识君臣大体，忠义之气与秋色争高，可贵也。"

◇范温曰："孙莘老尝谓老杜《北征》诗胜退之《南山诗》，王平甫以为《南山》胜《北征》，终不能相服。时山谷尚少，乃曰：'若论工巧，则《北征》不及《南山》；若书一代事，与《国风》《雅》《颂》相为表里，则《北征》不可无，而《南山》虽不作，未害也。'二公之论遂定。"

◇王嗣奭曰："《南山》《北征》，体不相蒙。《南山》琢镂凑砌，诘屈奇怪，创体杰出，不可无一，不可有二。《北征》固是雅调，古来词人多用之，如韩之《赴江陵寄三学士》等作，庶可与之雁行也。"

◇李因笃曰："其才则海涵地负，其力则排山倒岳。有极尊严处，有极琐细处。繁则如千门万户之象，简则有急兹促柱之悲。元河南谓其'具一代兴亡，与风雅颂相表里'，可谓知言。"

得舍弟消息

风吹紫荆树，色与春庭暮。花落辞故枝，风迥返无处。
骨肉恩书重，漂泊难相遇。犹有泪成河，经天复东注。

◇刘会孟曰："苦心怨调，使人凄然。"

玉 华 宫

溪回松风长，苍鼠窜古瓦。不知何王殿，遗构绝壁下。

阴房鬼火青,坏道哀湍泻。万籁真笙竽,秋色正萧洒。
美人为黄土,况乃粉黛假;当时侍金舆,故物独石马。
忧来藉草坐,浩歌泪盈把。冉冉征途间,谁是长年者!
◇吴昌祺曰:"即古诗'所遇无故物'之意。"
◇洪迈曰:"张文潜暮年在宛丘,何大圭方弱冠,往谒之。凡三日,见其吟哦老杜《玉华宫》诗不绝口,大圭请其故,曰:'此章乃风雅鼓吹,未易为子言。'大圭曰:'先生所赋,何必减此?'曰:'平生极力摹写,仅有一篇稍似之,然未可同日而语也。'遂诵其《离黄州》诗曰:'扁舟发孤城,挥手谢送者。山回地势卷,天豁江面写。中流望赤壁,石脚插水下。昏昏烟雾岭,历历渔樵舍。居夷实三载,邻里通假借。别之岂无情,老泪为一洒。篙工起鸣舷,轻橹健于马。聊为过江宿,寂寂樊山夜。'此其音响节奏,固似之矣。"

九 成 宫

苍山入百里,崖断如杵臼。曾宫凭风回,岌嶪土囊口。
立神扶栋梁,凿翠开户牖。其阳产灵芝,其阴宿牛斗。
纷披长松倒,揭蘖怪石走。哀猿啼一声,客泪并林薮。
荒哉隋家帝,制此今颓朽。向使国不亡,焉为巨唐有?
虽无新增修,尚置官居守。巡非瑶水远,迹是雕墙后。
我行属时危,仰望嗟叹久。天王守太白,驻马更搔首。
◇李因笃曰:"兴亡在目,托讽独深。"
◇浦起龙曰:"《九成》《玉华》,用意各别:一为隋代所建,故明志来历,有借秦为喻之意;一为国初所作,故不忍斥言,有黍离行迈之思。"

羌　村

峥嵘赤云西，日脚下平地。柴门鸟雀噪，归客千里至。
妻孥怪我在，惊定还拭泪。世乱遭飘荡，生还偶然遂。
邻人满墙头，感叹亦歔欷。夜阑更秉烛，相对如梦寐。

○真语流露，不假雕饰，而情文并至。

◇王慎中曰："诗凡三首，第一首尤绝。一字一句，镂出肺肠，而婉转周至，跃然目前，又若寻常人所欲道者，真《国风》之义。"

◇仇兆鳌曰："司空曙诗：'乍见翻疑梦，相悲各问年。'是用杜句。陈后山诗：'可知不是梦，忽忽心未稳。'是翻杜语。"

洗　兵　马

中兴诸将收山东，捷书日报清昼同。
河广传闻一苇过，胡危命在破竹中。
只残邺城不日得，独任朔方无限功。
京师皆骑汗血马，回纥喂肉葡萄宫。
已喜皇威清海岱，常思仙仗过崆峒。
三年笛里关山月，万国兵前草木风。
成王功大心转小，郭相谋深古来少。
司徒清鉴悬明镜，尚书气与秋天杳。
二三豪俊为时出，整顿乾坤济时了。
东走无复忆鲈鱼，南飞觉有安巢鸟。
青春复随冠冕入，紫禁正耐烟花绕。

鹤禁通宵凤辇备，鸡鸣问寝龙楼晓。
攀龙附凤势莫当，天下尽化为侯王。
汝等岂知蒙帝力，时来不得夸身强。
关中既留萧丞相，幕下复用张子房。
张公一生江海客，身长九尺须眉苍。
征起适遇风云会，扶颠始知筹策良。
青袍白马更何有？后汉今周喜再昌。
寸地尺天皆入贡，奇祥异瑞争来送。
不知何国致白环，复道诸山得银瓮。
隐士休歌《紫芝》曲，词人解撰《河清》颂。
田家望望惜雨乾，布谷处处催春种。
淇上健儿归莫懒，城南思妇愁多梦。
安得壮士挽天河，净洗甲兵长不用。

○平仄相间，对偶整齐。王、李、高、岑，上及唐初，声调如是，乃杜集七古之整丽可法者。至于此诗之作，自是河北屡捷，贼势大蹙，特为工丽之章，用志欣幸。中间略有寄意，全无讥讽。而论者以为直刺肃宗，步步文致，殊伤子美之志。昔人谓甫"一饭不忘君"，遂穿凿附会，欲全篇无虚设，可谓不善说诗。

◇唐汝询曰："有典有则，雄浑阔大，足为唐雅。"

◇朱鹤龄曰："中兴大业，全在将相得人。前曰'独任朔方无限功'，中曰'幕下复用张子房'，此是一诗眼目。使当时能专用子仪，终用张镐，则洗兵不用，旦夕可期矣。若玄、肃父子之间，公尔时不应遽加讥切也。"

◇浦起龙曰："此篇是（似？）初唐四家，体貌同而骨自异。今人好以乱头粗服优孟少陵，而于四家之清词丽句妄加嗤点；不知少陵固尝为之，曾不贬损其气格也。"

留花门

花门天骄子,饱肉气勇决。高秋马肥健,挟矢射汉月。
自古以为患,诗人厌薄伐。修德使其来,羁縻固不绝。
胡为倾国至,出入暗金阙?中原有驱除,隐忍用此物。
公主歌《黄鹄》,君王指白日。连云屯左辅,百里见积雪。
长戟乌休飞,哀笳曙幽咽。田家最恐惧,麦倒桑枝折。
沙苑临清渭,泉香草丰洁。渡河不用船,千骑常撇烈。
胡尘逾太行,杂种抵京室。花门既须留,原野转萧瑟。
◇张溍曰:"经国之计,忧深虑远,岂寻常韵体。"

李鄠县丈人胡马行

丈人骏马名胡骝,前年避胡过金牛。
回鞭却走见天子,朝饮汉水暮灵州。
自矜胡骝奇绝代,乘出千人万人爱。
一闻说尽急难材,转益愁向驽骀辈。
头上锐耳批秋竹,脚下高蹄削寒玉。
始知神龙别有种,不比俗马空多肉。
洛阳大道时再清,累日喜得俱东行。
凤臆龙鬐未易识,侧身注目长风生。

义鹘

阴崖有苍鹰,养子黑柏颠。白蛇登其巢,吞噬恣朝餐。

雄飞远求食，雌者鸣辛酸。力强不可制，黄口无半存。
其父从西归，翻身入长烟。斯须领健鹘，痛愤寄所宣。
斗上捩孤影，噭哮来九天。修鳞脱远枝，巨颡拆老拳。
高空得蹭蹬，短草辞蜿蜒。折尾能一掉，饱肠皆已穿。
生虽灭众雏，死亦垂千年。物情有报复，快意贵目前。
兹实鸷鸟最，急难心炯然。功成失所往，用舍何其贤。
近经潏水湄，此事樵夫传。飘萧觉素发，凛欲冲儒冠。
人生许与分，只在顾盼间。聊为义鹘行，用激壮士肝。
〇评此诗者，以《史记》战钜鹿、刺秦王拟之，笔墨真觉相似。至云"功成失所往，用舍何其贤"，直目此鹘为鲁仲连辈人矣。或欲删此下数句，尤有余味。
◇王嗣奭曰："借端发议，时露作者品格性情。"

画鹘行

高堂见生鹘，飒爽动秋骨。初惊无拘挛，何得立突兀？
乃知画师妙，功刮造化窟。写作神俊姿，充君眼中物。
乌鹊满樛枝，轩然恐其出。侧脑看青霄，宁为众禽没。
长翮如刀剑，人寰可超越。乾坤空峥嵘，粉墨且萧瑟。
缅思云沙际，自有烟雾质。吾今意何伤，顾步独纡郁。
〇刻意写生，笔力起伏顿挫，譬之书家，几于入木三分。

瘦马行

东郊瘦马使我伤，骨骼硉兀如堵墙。
绊之欲动转欹侧，此岂有意仍腾骧？

细看六印带官字，众道三军遗路旁。
皮乾剥落杂泥滓，毛暗萧条连雪霜。
去岁奔波逐余寇，骅骝不惯不得将。
士卒多骑内厩马，惆怅恐是病乘黄。
当时历块误一蹶，委弃非汝能周防。
见人惨澹若哀诉，失主错莫无晶光。
天寒远放雁为伴，日暮不收乌啄疮。
谁家且养愿终惠，更试明年春草长。
○蔼然仁者之言，正不必有寄托。

新 安 吏

客行新安道，喧呼闻点兵。借问新安吏，县小更无丁。
府帖昨夜下，次选中男行。中男绝短小，何以守王城？
肥男有母送，瘦男独伶俜。白水暮东流，青山犹哭声。
莫自使眼枯，收汝泪纵横。眼枯即见骨，天地终无情。
我军取相州，日夕望其平。岂意贼难料，归军星散营。
就粮近故垒，练卒依旧京。掘壕不到水，牧马役亦轻。
况乃王师顺，抚养甚分明。送行勿泣血，仆射如父兄。
◇张綖曰："此等诗，不专是刺。盖兵者凶器，圣人不得已而用之，故可已而不已者刺之，不得已而用者则慰之、哀之。若《兵车行》、前后《出塞》之类，皆刺也；若《新安吏》之类，则慰也；《石壕吏》之类，则哀也。然天子有道，守在四夷，则所以慰、哀之者，是亦刺也。"
◇朱鹤龄曰："此下六诗，乃乾元二年自东都回华州时，经历道途有感而作。"

◇《通鉴》:"乾元二年,九节度之师溃于相州,郭子仪以朔方军断河阳桥保东京,筑南北两城守之。"

潼关吏

士卒何草草,筑城潼关道。大城铁不如,小城万丈余。
借问潼关吏,修关还备胡?要我下马行,为我指山隅。
连云列战格,飞鸟不能逾。胡来但自守,岂复忧西都?
丈人视要处,窄狭容单车。艰难奋长戟,万古用一夫。
哀哉桃林战,百万化为鱼!请嘱防关将,慎勿学哥舒。
○以叙述为议论,汉魏每有此格。"连云"句以下,皆吏答词;以末为答吏者,非也。

石壕吏

暮投石壕村,有吏夜捉人。老翁逾墙走,老妇出门看。
吏呼一何怒,妇啼一何苦。听妇前致词:三男邺城戍,
一男附书至,二男新战死。存者且偷生,死者长已矣。
室中更无人,惟有乳下孙。有孙母未去,出入无完裙。
老妪力虽衰,请从吏夜归,急应河阳役,犹得备晨炊。
夜久语声绝,如闻泣幽咽。天明登前途,独与老翁别。
◇李因笃曰:"响悲意苦,最近汉魏。"

新婚别

兔丝附蓬麻,引蔓故不长。嫁女与征夫,不如弃路旁。

结发为妻子,席不煖君床。暮婚晨告别,无乃太匆忙!
君行虽不远,守边赴河阳;妾身未分明,何以拜姑嫜?
父母养我时,日夜令我藏。生女有所归,鸡狗亦得将。
君今往死地,沉痛迫中肠。誓欲随君去,形势反苍黄。
勿为新婚念,努力事戎行。妇人在军中,兵气恐不扬。
自嗟贫家女,久致罗襦裳。罗襦不复施,对君洗红妆。
仰视百鸟飞,大小必双翔。人事多错迕,与君永相望。

○读《东山》之四章,曰:"其新孔嘉,其旧如之何?"曲尽人情如此。此王者之以人道使人也。暮婚晨别,民之不幸,非上之过耶?然而发乎情、止乎礼义,甫之立言,与《风》《雅》何以异哉!

◇真德秀曰:"先王之政,新有婚期不役征。此诗所怨,尽其常分而能不忘礼义。"

◇罗大经曰:"《国风》:'岂无膏沐,谁适为容?'盖古之妇人,夫不在家则不为容饰,此远嫌防微之意也。杜诗云:'罗襦不复施,对君洗红妆。'尤可悲矣。《国风》之后,唯杜陵不可及者,此类是也。"

◇朱鹤龄曰:"陈琳《饮马长城窟行》,设为问答,此《三吏》《三别》诸篇所自来也。而《新婚》一章,叙室家离别之情,及夫妇始终之分,全祖乐府遗意,沉痛更为过之。"

垂老别

四郊未宁静,垂老不得安。子孙阵亡尽,焉用身独完?
投杖出门去,同行为辛酸。幸有牙齿存,所悲骨髓干。
男儿既介胄,长揖别上官。老妻卧路啼,岁暮衣裳单。
孰知是死别,且复伤其寒。此去必不归,还闻劝加餐。

土门壁甚坚，杏园度亦难。势异邺城下，纵死时犹宽。
人生有离合，岂择衰盛端？忆昔少壮日，迟回竟长叹。
万国尽征戍，烽火被冈峦。积尸草木腥，流血川原丹。
何乡为乐土，安敢尚盘桓？弃绝蓬室居，塌然摧肺肝！

○王粲《七哀》，实此诗之权舆。古诗《十五从军征》一首，则《无家别》所自出也。

◇胡夏客曰："《新安》《石壕》《新婚》《垂老》诸诗，述军兴之调发，写民情之怨哀，详矣。然作者之意，又不止此。国家不幸多事，犹幸有缮兵中兴之主，上能用其民，下能应其命，至杀身弃家不顾，以成一时恢复之功。故娓娓言之，义合《风》《雅》，不为诽谤耳。"

无家别

寂寞天宝后，园庐但蒿藜。我里百余家，世乱各东西。
存者无消息，死者为尘泥。贱子因阵败，归来寻旧蹊。
久行见空巷，日瘦气惨悽。但对狐与狸，竖毛怒我啼。
四邻何所有？一二老寡妻。宿鸟恋本枝，安辞且穷栖。
方春独荷锄，日暮还灌畦。县吏知我至，召令习鼓鞞。
虽从本州役，内顾无所携。近行止一身，远去终转迷。
家乡既荡尽，远近理亦齐。永痛长病母，五年委沟溪。
生我不得力，终身两酸嘶。人生无家别，何以为烝黎！

○汉魏乐府，因事立言，言与事比，有《风》诗遗意。后人转相仿效，文胜而情隐矣。甫以驰骋古今之才，奋乎前人窠臼之外，随所感触，作为诗歌。《新安吏》诸篇，上继《风》《雅》《陟岵》《鸨羽》之怨，《苕华》《草黄》之哀，殆不是过，非汉魏所得有也。《记》曰："亡国之音哀以思，其民困。"故曰音之起，由人心而生；自然以发，音之至也。安史之乱，唐之不亡，幸耳。相州一溃，河阳危迫，驱民从役，势不得已，然其困亦极矣。甫于行役所经，伤心惨目，上悯国难，下痛民穷，加以所遇不偶，怀抱抑郁，程形赋音，几于一字一泪，觉千古不可磨灭。使孔子删诗，当在"变雅"之列，岂复区区字句之间、声调之末，与他人较工拙哉！

◇范温曰："建安诗辩而不华，质而不俚，风调高雅，格力遒壮，得风雅骚人之气骨，最为近古者也。唐诸诗人，高者学陶、谢，下者学徐、庾；惟老杜、太白、退之，皆学建安，晚乃各自变成一家。如老杜'崆峒小麦熟，人生不相见'，《新安》《石壕》《潼关吏》，《新婚》《垂老》《无家别》，《夏日》《夏夜叹》，皆全体作建安语。今集第一、第二卷中颇多。退之亦多此体，但颇自加新奇。太白多建安句法而罕全篇，多杂以鲍明远体。前辈多留意于此，近来学者遂不讲尔。"

◇王嗣奭曰："目击成诗，遂下千年之泪，一一刻画宛至，同工异曲，随物赋形，真造化手也。"

遣兴三首

下马古战场，四顾但茫然。风悲浮云去，黄叶坠我前。
朽骨穴蝼蚁，又为蔓草缠。故老行叹息，今人尚开边。
汉虏互胜负，封疆不常全。安得廉耻将，三军同晏眠？
（廉耻，一作廉颇。）

高秋登塞山，南望马邑州。降虏东击胡，壮健尽不留。
穹庐莽牢落，上有行云愁。老弱哭道路，愿闻甲兵休。
邺中事反覆，死人积如丘。诸将已茅土，载驱谁与谋？

丰年孰云迟，甘泽不在早。耕田秋雨足，禾黍已映道。
春苗九月交，颜色同日老。劝汝衡门士，勿悲尚枯槁。
时来展材力，先后无丑好。但讶鹿皮翁，忘机对芳草。

○遒文壮节，抑扬哀怨，远之源于《小雅》，近亦比肩子建、抗行嗣宗。《丰年》一篇，比兴微婉，足以息竞躁而慰晚达，士大夫不可不知此意。

◇申涵光曰："杜云：'诸将已茅土，载驱谁与谋？'高适亦云：'岂无安边策，诸将已承恩。'皆言恩宠太过，将骄不可用也。"

◇黄希曰："诸将不指李、郭，如封朔方大将军孙守亮等九人为异姓王，李商臣等十三人为同姓王是也。"

幽　人

孤云亦群游，神物有所归。麟凤在赤霄，何当一来仪。
往与惠荀辈，中年沧州期。天高无消息，弃我忽若遗。
内惧非道流，幽人见瑕疵。洪涛隐语笑，鼓枻蓬莱池。
崔嵬扶桑日，照耀珊瑚枝。风帆倚翠盖，暮把东皇衣。
咽漱元和津，所思烟霞微。知名未足称，局促商山芝。
五湖复浩荡，岁暮有余悲。

○忆旧怀人之作，一起高古，极似郭景纯《游仙》格力，论者遂以为游仙之词，真皮相也。或以为寓意阙庭、恋恋君父，又以幽人采芝为指李泌云者，亦太穿凿。诗自分明，末实自谓行无所事以解之，斯得其旨。

佳　人

绝代有佳人，幽居在空谷。自云良家子，零落依草木。
关中昔丧败，兄弟遭杀戮。官高何足论，不得收骨肉。
世情恶衰歇，万事随转烛。夫婿轻薄儿，新人已如玉。
合昏尚知时，鸳鸯不独宿。但见新人笑，那闻旧人哭。
在山泉水清，出山泉水浊。侍婢卖珠回，牵萝补茅屋。
摘花不插发，采柏动盈掬。天寒翠袖薄，日暮倚修竹。

◇刘会孟曰："字字矜到。"

◇仇兆鳌曰："天宝乱后，当是实有是人，故形容曲至。旧谓托辞而作，恐非是。杨亿诗：'独自凭栏干，衣襟生暮寒。'本此末句，而低昂自见，彼何以不服杜耶？"

◇浦起龙曰："'在山'二句，可谓贞士之心，化人之舌，建安而下，无此语也。只以写景作结，脱尽色相。"

赤谷西崦人家

跻险不自喧，出郊已清目。溪回日气暖，径转山田熟。
鸟雀依茅茨，藩篱带松竹。如行武陵暮，欲问桃花宿。

西枝村寻置草堂地夜宿赞公土室

天寒鸟已归，月出人更静。土室延白光，松门耿疏影。
跻攀倦日短，语乐寄夜永。明燃林中薪，暗汲石底井。
大师京国旧，德业天机秉。从来支许游，兴趣江湖迥。
数奇谪关塞，道广存箕颍。何知戎马间，复接尘事屏。

幽寻岂一路,远色有诸岭。晨光稍曚昽,更越西南顶。
○起语亦陶谢之遗。

梦李白二首

死别已吞声,生别常恻恻。江南瘴疠地,逐客无消息。
故人入我梦,明我常相忆。恐非平生魂,路远不可测。
魂来枫叶青,魂返关塞黑。君今在罗网,何以有羽翼?
落月满屋梁,犹疑照颜色。水深波浪阔,无使蛟龙得。

浮云终日行,游子久不至。三夜频梦君,情亲见君意。
告归常局促,苦道来不易。江湖多风波,舟楫恐失坠。
出门搔白首,若负平生志。冠盖满京华,斯人独顦顇。
孰云网恢恢,将老身反累。千秋万岁名,寂寞身后事。

○沉痛之音,发于至情。情之至者,文亦至。友谊如此,当与《出师》《陈情》二表并读,非仅《招魂》《大招》之遗韵也。"落月屋梁",千秋绝调,杨慎以"梦中魂魄犹言是,觉后精神尚未回"二语比之,未为知言。

◇仇兆鳌曰:"千古交情,此为独至。首篇云'逐客无消息',故有路远之忧、水深之虑;次篇云'情亲见君意',故写局促之情、憔悴之态,皆章法照应也。"

◇何焯曰:"此诗之作,当在太白系狱时。"

遣 兴(五首录二)

蛰龙三冬卧,老鹤万里心。昔时贤俊人,未遇犹视今。
嵇康不得死,孔明有知音。又如垅底松,用舍在所寻。

大哉霜雪幹，岁久为枯林。

昔者庞德公，未曾入州府。襄阳耆旧间，处士节独苦。
岂无济时策？终竟畏罗罟。林茂鸟有归，水深鱼知聚。
举家依鹿门，刘表焉得取。
○用世之志，保身之哲，具见于此。此所谓以意为主、以文传义者。"林茂"二句虽用庞公语，然其旨自是孟子"民之归仁，士愿立朝"之义。而用笔跌宕，弥觉深远。
◇浦起龙曰："嗣宗《咏怀》，太冲《咏史》，延年《五君咏》，公盖兼而用之。"

遣 兴（五首录二）

朔风飘胡雁，惨澹带砂砾。长林何萧萧，秋草萋更碧。
北里富熏天，高楼夜吹笛；焉知南邻客，九月犹絺绤。

漆有用而割，膏以明自煎。兰摧白露下，桂折秋风前。
府中罗旧尹，沙道尚依然。赫赫萧京兆，今为时所怜。
◇朱鹤龄曰："蔡梦弼注引于兢《大唐传》：天宝三年，因萧京兆炅奏，于要路筑甬道，载沙实之，属于朝堂。此诗萧京兆承上'沙道'言之，其为炅发无疑。"

猛虎凭其威，往往遭急缚。雷吼徒咆哮，枝撑已在脚。
忽看皮寝处，无复睛闪烁。人有甚于斯，足以劝元恶。
○古来权要读此，能不胆落！
◇《唐书·吉温传》："李林甫久当国，温与罗希奭锻狱，相勉以虐，号'罗钳吉网'。后贬端溪尉伏诛。"

前出塞九首

戚戚去故里，悠悠赴交河。公家有程期，亡命婴祸罗。
君已富土境，开边一何多！弃绝父母恩，吞声行负戈。
◇浦起龙曰："《前出塞》，刺开边也。物众地大，有忝心焉，公所为讽也。已富而又开边，乃九首寓讽本旨，在首章拈破，结语黯然。"

出门日已远，不受徒旅欺。骨肉恩岂断？男儿死无时。
走马脱辔头，手中挑青丝。捷下万仞冈，俯身试搴旗。

磨刀呜咽水，水赤刃伤手。欲轻肠断声，心绪乱已久。
丈夫誓许国，愤惋复何有！功名图麒麟，战骨当速朽。
◇王嗣奭曰："前四句化用《陇头歌》，极炉锤之妙。"

送徒既有长，远戍亦有身。生死向前去，不劳吏怒嗔。
路逢相识人，附书与六亲。哀哉两决绝，不复同苦辛。
◇吴昌祺曰："甚于恸哭。"

迢迢万余里，领我赴三军。军中异苦乐，主将宁尽闻？
隔河见胡骑，倏忽数百群。我始为奴仆，几时树功勋！
○古之良将，与士卒同甘苦，无不恤其下者。至其赏功，则虽微必录；其有异能者，擢以不次，士所以悦也。此篇曲写人情，故《杜臆》以"论兵迈古风"为此老自道。
◇李因笃曰："结语有深味，想古之却聘者，与此同悲。"

挽弓当挽强,用箭当用长。射人先射马,擒贼先擒王。
杀人亦有限,列国自有疆。苟能制侵陵,岂在多杀伤。
◇黄生曰:"明皇不恤其民而远慕秦汉,此诗托讽良深。"

驱马天雨雪,军行入高山。径危抱寒石,指落曾冰间。
已去汉月远,何时筑城还?浮云暮南征,可望不可攀。

单于寇我垒,百里风尘昏。雄剑四五动,彼军为我奔。
掳其名王归,系颈授辕门。潜身备行列,一胜何足论。

从军十年余,能无分寸功?众人贵苟得,欲语羞雷同。
中原有斗争,况在狄与戎。丈夫四方志,安可辞固穷。
○九首皆代从军者之词,指事深切。以沉郁写其哀怨,有亲履行间所不能自道者,可使天雨粟、鬼夜哭矣。读《东山》《江汉》诸诗,风雅既变,斯为极焉。以视王粲《从军》五首,真靡靡不足道。后五篇视此稍纵,而格力如一,其所缘起者殊也。
◇吴昌祺曰:"扫绝依傍,独有千古,无意不深,无笔不健。于鳞谓杜五古不合汉魏,乌知其尽脱窠臼而异轨齐驱耶?"

后出塞五首

男儿生世间,及壮当封侯。战伐有功业,焉能守旧丘?
召募赴蓟门,军动不可留。千金买马鞭,百金装刀头。
闾里送我行,亲戚拥道周。斑白居上列,酒酣进庶羞。
少年别有赠,含笑看吴钩。

朝进东门营，暮上河阳桥。落日照大旗，马鸣风萧萧。
平沙列万幕，部伍各见招。中天悬明月，令严夜寂寥。
悲笳数声动，壮士惨不骄。借问大将谁？恐是霍嫖姚。

◇许顗曰："诗有力量，如弓之斗力，未挽时不知其难也；及其挽之，力不及处，分寸不可强。若《出塞》云：'落日照大旗，马鸣风萧萧。悲笳数声动，壮士惨不骄。'又《八哀诗》'汝阳让帝子'诸句，此等力量，不容他人到。"

◇吴昌祺曰："诗如宝刀出匣，寒光逼人。"

古人重守边，今人重高勋。岂知英雄主，出师亘长云？
六合已一家，四夷且孤军。遂使貔虎士，奋身勇所闻。
拔剑击大荒，日收胡马群。誓开玄冥北，持以奉吾君。

献凯日继踵，两蕃静无虞。渔阳豪侠地，击鼓吹笙竽。
云帆转辽海，粳稻来东吴。越罗与楚练，照耀舆台躯。
主将位益崇，气骄凌上都。边人不敢议，议者死路衢。

◇张綖曰："《左传》：'兵犹火也，不戢自焚。'前四章著明皇黩武不戢、过宠边将，启其骄恣轻上之心；末则直著禄山之叛，以见明皇自焚之祸也。"

我本良家子，出师亦多门。将骄益愁思，身贵不足论。
跃马二十年，恐辜明主恩。坐见幽州骑，长驱河洛昏。
中夜间道归，故里但空村。恶名幸脱免，穷老无儿孙。

◇刘克庄曰："前后《出塞》，笔力高古，可与《十九首》并传。"

◇范梈曰："前后《出塞》皆杰作，有古乐府之声而理胜。"

◇周珽曰："诸作如将百万军，宝之，惜之，又能风雨使之，真射潮之力,没羽之技。"

◇张綖曰:"《前出塞》,言哥舒翰西征之役,其词悲;《后出塞》,言禄山北征之师,其词乐。悲则犹有苦兵畏乱之思,乐则至喜乱而佳兵矣。禄山将叛,滥赏士卒,人趋于利,上破国而下伏宗,不祥莫大焉。"

万 丈 潭

青溪合冥寞,神物有显晦。龙依积水蟠,窟压万丈内。
踽步凌垠堮,侧身下烟霭。前临洪涛宽,却立苍石大。
山危一径尽,崖绝两壁对。削成根虚无,倒影垂澹瀩。
黑如湾澴底,清见光炯碎。孤云倒来深,飞鸟不在外。
高萝成帷幄,寒木累旌旆。远川曲通流,嵌窦潜泄濑。
造幽无人境,发兴自我辈。告归遗恨多,将老斯游最。
闭藏修鳞蛰,出入巨石碍。何事暑天过,快意风雨会。

○刻意模范,视鲍、谢山水诸诗,镌削过之。

◇杨德周曰:"刻划之中,元气浑沦;窈冥之内,光怪迸发。"

两当县吴十侍御江上宅

寒城朝烟澹,山谷落叶赤。阴风千里来,吹汝江上宅。
鹍鸡号枉渚,日色傍阡陌。借问持斧翁,几年长沙客?
哀哀失木狖,矫矫避弓翮。亦知故乡乐,未敢思宿昔。
昔在凤翔都,共通金闺籍。天子犹蒙尘,东郊暗长戟。
兵家忌间谍,此辈常接迹。台中领举劾,君必慎剖析。
不忍杀无辜,所以分白黑。上官权许与,失意见迁斥。

仲尼甘旅人，向子识损益。朝廷非不知，闭口休叹息。
余时忝诤臣，丹陛实咫尺。相看受狼狈，至死难塞责。
行迈心多违，出门无与适。于公负明义，惆怅头更白。

○直起老到；若从昔日叙起转笔，定拖沓矣。不忍杀无辜，所以分白黑，凛如秋霜，皎然明白。末乃引咎于己，寄慨独深。

◇申涵光曰："摩诘云：'知祢不能荐，羞称献纳臣。'两公心事，如青天白日，他人便多回护矣。"

发秦州

我衰更懒拙，生事不自谋。无食问乐土，无衣思南州。
汉源十月交，天气凉如秋。草木未黄落，况闻山水幽。
栗亭名更佳，下有良田畴。充肠多薯蓣，崖蜜亦易求。
密竹复冬笋，清池可方舟。虽伤旅寓远，庶遂平生游。
此邦俯要冲，实恐人事稠。应接非本性，登临未销忧。
谿谷无异石，塞田始微收。岂复慰老夫，惆然难久留。
日色隐孤戍，乌啼满城头。中宵驱车去，饮马寒塘流。
磊落星月高，苍茫云雾浮。大哉乾坤内，吾道长悠悠。

◇朱熹曰："观杜诗，初年甚精细，晚年旷逸不可当。如自秦州入蜀诸诗，分明如画，乃其少作也。"

◇王嗣奭曰："此诗难于作结。'大哉乾坤内，吾道长悠悠。'亦近亦远，收得恰好，与'飘荡云天阔'同意。"

铁堂峡

山风吹游子，缥缈乘险绝。硖形藏堂隍，壁色立积铁。

径摩穹苍蟠,石与厚地裂。修纤无垠竹,嵌空太始雪。
威迟哀壑底,徒旅惨不悦。水寒长冰横,我马骨正折。
生涯抵弧矢,盗贼殊未灭。飘蓬逾三年,回首肝肺热。

盐　井

卤中草木白,青者官盐烟。官作既有程,煮盐烟在川。
汲井岁掯掯,出车日连连。自公斗三百,转致斛六千。
君子慎止足,小人苦喧阗。我何良叹嗟,物理固自然。
○盐筴之利,筴之在官,乃所以止民之争,俾得流通以足食而已,其留之在民者未尝不厚。天宝以来,盐价犹贱;自第五琦辈立法增直,而十钱者为三百七十。官取多则民食贵,而趋利者喧阗益甚。"止足"之戒,宜有慨乎言之。

寒　硖

行迈日悄悄,山谷势多端。云门转绝岸,积阻霾天寒。
寒硖不可度,我实衣裳单。况当仲冬交,泝沿增波澜。
野人寻烟语,行子傍水餐。此生免荷殳,未敢辞路难。
◇刘会孟曰:"怨伤忠厚,得诗人之正。"

法　镜　寺

身危适他州,勉强终劳苦。神伤山行深,愁破崖寺古。
婵娟碧鲜净,萧槭寒筹聚。回回山根水,冉冉松上雨。
泄云蒙清晨,初日翳复吐。朱甍半光炯,户牖粲可数。

拄策忘前期,出萝已亭午。冥冥子规叫,微径不复取。
◇张溍曰:"诸诗结皆寓意感慨,此独以写实收,是用笔能变处。"

青阳峡

塞外苦厌山,南行道弥恶。冈峦相经亘,云水气参错。
林迥硖角来,天窄壁面削。磴西五里石,奋怒向我落。
仰看日车侧,俯恐坤轴弱。魑魅啸有风,霜霰浩漠漠。
昨忆逾陇坂,高秋视吴岳。东笑莲华卑,北知崆峒薄。
超然侔壮观,已谓殷寥廓。突兀犹趁人,及兹叹冥寞。
○力凿隘艰,彼地山川,非此不称。后人刻意摹之,过于险怪,非杜之过也。

龙门镇

细泉兼轻冰,沮洳栈道湿。不辞辛苦行,迫此短景急。
石门雪云隘,古镇峰峦集。旌竿暮惨澹,风水白刃涩。
胡马屯成皋,防虞此何及。嗟尔远戍人,山寒夜中泣。
○结处有识,语亦凄绝。
◇黄淳耀曰:"时东京为史思明所据,故龙门镇兵有石门之守。然此地与成皋远不相及,而防戍于此,亦何为哉!"

石龛

熊罴咆我东,虎豹号我西。我后鬼长啸,我前狨又啼。
天寒昏无日,山远道路迷。驱车石龛下,仲冬见虹蜺。

伐竹者谁子？悲歌上云梯。为官采美箭，五岁供梁齐。苦云直幹尽，无以充提携。奈何渔阳骑，飒飒惊蒸黎。
◇申涵光曰："起势奇崛，若安放在中间，即常语耳。"

卷十一

襄阳杜甫诗三

乾元中寓居同谷县作歌七首

有客有客字子美,白头乱发垂过耳。
岁拾橡栗随狙公,天寒日暮山谷里。
中原无书归不得,手脚冻皴皮肉死。
呜呼一歌兮歌已哀,悲风为我从天来。

◇《旧唐书》:"时谷食踊贵,甫寓居成州同谷县,自负薪拾橡,儿女饿殍者数人。"

长镵长镵白木柄,我生托子以为命。黄独无苗山雪盛,短衣数挽不掩胫。
此时与子空归来,男呻女吟四壁静。呜呼二歌兮歌始放,邻里为我色惆怅。

◇仇兆鳌曰:"山谷云:'陈藏器《本草》载:黄独遇霜雪,枯无苗。盖蹲鸱之类。'蔡梦弼引别注云:'黄独,岁饥土人掘以充粮。公诗屡用"黄精",不必作"黄独"。'按公诗若《太平寺泉眼》及《丈人山》,皆为引年而发;此歌则为救饥而言,主黄独为是。"

有弟有弟在远方，三人各瘦何人强？
生别展转不相见，胡尘暗天道路长。
东飞鴐鹅后鹙鸧，安得送我置汝旁。
呜呼三歌兮歌三发，汝归何处收兄骨。
◇赵傁曰："公四弟，曰颖、观、丰、占，各散在他郡，惟占从公入蜀。"

有妹有妹在钟离，良人早殁诸孤痴。
长淮浪高蛟龙怒，十年不见来何迟。
扁舟欲往箭满眼，杳杳南国多旌旗。
呜呼四歌兮歌四奏，林猿为我啼清昼。
◇朱鹤龄曰："猿多夜啼；今啼清昼，极言其悲也。解作竹林，穿凿难信。"

四山多风溪水急，寒雨飒飒枯树湿。
黄蒿古城云不开，白狐跳梁黄狐立。
我生何为在穷谷？中夜起坐万感集。
呜呼五歌兮歌正长，魂招不来归故乡。
◇仇兆鳌曰："此歌忽然变调，写得山昏水恶，雨骤风狂，荒城昼暝，野狐群啸，顿觉空谷孤危，万感交迫。招魂于生前，收骨于死后，见存亡总不能自必矣。"

南有龙兮在山湫，古木巃嵷枝相樛。
木叶黄落龙正蛰，蝮蛇东来水上游。
我行怪此安敢出？拔剑欲斩且复休。

呜呼六歌兮歌思迟，溪壑为我回春姿。

◇王道俊曰："前后六章，皆自叙流离之感，不应此章独讥时事。盖咏同谷县万丈潭之龙也。郭知达引苏注云：'此诗南有龙，喻明皇在南内。'东坡必无是言。"

男儿生不成名身已老，三年饥走荒山道。
长安卿相多少年，富贵应须致身早。
山中儒生旧相识，但话宿昔伤怀抱。
呜呼七歌兮悄终曲，仰视皇天白日速。

○慷慨悲歌，足以裂山石而立海水，殆所谓自铸《离骚》者。史迁云："人劳苦倦极，未尝不呼天也；疾痛惨怛，未尝不呼父母也。"甫之遇，为何如哉！流离困顿，转徙山谷，仰天一呼，万感交集；而笔之奇、气之豪，又足以发其所感，淋漓顿挫，自成音节，自古及今，不可有二。宋祁云："莫肯念乱小雅怨，自然流泣袁安愁。"此之谓矣。歌中思及弟妹，字字至情。"南有龙"一篇，感时悯乱，实有寓意；若谓为明皇而作，则不免牵合耳。

◇李鹰曰："太白《远别离》《蜀道难》，与子美《同谷七歌》，风骚极致，不在屈宋之下。"

◇胡应麟曰："杜《七歌》，亦仿张衡《四愁》。然《七歌》奇崛雄深，《四愁》和平婉丽。汉唐短歌，各为绝唱，所谓异曲同工。"

◇王嗣奭曰："《七歌》创作，原不仿《离骚》，而哀实过之。读《离骚》，未必坠泪；而读此不能终篇，则以节短而声促也。"

◇仇兆鳌曰："《七歌》结语，皆本蔡琰《胡笳曲》。"

水会渡

山行有常程,中夜尚未安。微月没已久,崖倾路何难。
大江动我前,汹若溟渤宽。篙师暗理楫,歌笑轻波澜。
霜浓木石滑,风急手足寒。入舟已千忧,陟巘仍万盘。
迥眺积水外,始知众星乾。远游令人瘦,衰疾惭加餐。
◇仇兆鳌曰:"曹孟德诗'星汉灿烂,若出其里',与杜句可参看。"

飞仙阁

土门山行窄,微径缘秋豪。栈云阑干峻,梯石结构牢。
万壑欹疏林,积阴带奔涛。寒日外淡泊,长风中怒号。
歇鞍在地底,始觉所历高。往来杂坐卧,人马同疲劳。
浮生有定分,饥饱岂可逃。叹息谓妻子,我何随汝曹。

龙门阁

清江下龙门,绝壁无尺土。长风驾高浪,浩浩自太古。
危途中萦盘,仰望垂线缕。滑石欹谁凿,浮梁袅相拄。
目眩陨杂花,头风吹过雨。百年不敢料,一坠那得取。
饱闻经瞿塘,足见度大庾。终身历艰险,恐惧从此数。

石柜阁

季冬日已长,山晚半天赤。蜀道多早花,江间饶奇石。

石柜曾波上，临虚荡高壁。清晖回群鸥，暝色带远客。
羁栖负幽意，感叹向绝迹。信甘屡儒婴，不独冻馁迫。
优游谢康乐，放浪陶彭泽。吾衰未自安，谢尔性所适。
〇"暝色带远客"，造语入妙。《光禄坂行》云"暝色无人独归客"，隽致减矣。

桔柏渡

青冥寒江渡，驾竹为长桥。竿湿烟漠漠，江永风萧萧。
连筏动袅娜，征衣飒飘飖。急流鸨鹢散，绝岸鼋鼍骄。
西辕自兹异，东逝不可要。高通荆门路，阔会沧海潮。
孤光隐顾眄，游子怅寂寥。无以洗心胸，前登但山椒。

剑　门

惟天有设险，剑门天下壮。连山抱西南，石角皆北向。
两崖崇墉倚，刻画城郭状。一夫怒临关，百万未可傍。
珠玉走中原，岷峨气悽怆。三皇五帝前，鸡犬各相放。
后王尚柔远，职贡道已丧。至今英雄人，高视见霸王。
并吞与割据，极力不相让。吾将罪真宰，意欲铲叠嶂。
恐此复偶然，临风默惆怅。

〇危时之虑，与《剑阁铭》固自有异。若李商隐《井络》一首，乃用铭意者。

◇江盈科曰："少陵秦州以后诗，突兀宏肆，迥异昔作。非有意换格，蜀中山水自是挺特奇崛，独能象景传神，使人读之，山川历落，居然在眼。所谓'春蚕结茧，随物肖形'，乃为真诗人、真手笔也。"

◇胡夏客曰:"《剑门》诗因《剑阁铭》而成,但铭词出于庄严,此诗尤加雄肆。用古而能胜于古人,方称作家。"

◇朱鹤龄曰:"蜀为财赋所出,自明皇临幸,供亿不赀,民力尽矣。民力尽而寇盗乘之,晋李特流人之祸可为明鉴,此诗故有'岷峨悽怆'与'英雄割据'之虑也。"

成都府

翳翳桑榆日,照我征衣裳。我行山川异,忽在天一方。
但逢新人民,未卜见故乡。大江东流去,游子去日长。
曾城填华屋,季冬树木苍。喧然名都会,吹箫间笙簧。
信美无与适,侧身望川梁。鸟雀夜各归,中原杳茫茫。
初月出不高,众星尚争光。自古有羁旅,我何苦哀伤。

○语意多本古人,较途中诸作,虽气度稍舒,而忧思未尝忘也。"初月"两语,上承"中原"一句。王应麟以谓肃宗初立,盗贼未息,最为得解。盖至此身事少定,不觉念及朝廷,甫岂须臾忘君者哉!

石犀行

君不见秦时蜀太守,刻石立作三犀牛。
自古虽有厌胜法,天生江水向东流。
蜀人矜夸一千载,泛溢不近张仪楼。
今年灌口损户口,此事或恐为神羞。
终藉隄防出众力,高拥木石当清秋。
先王作法皆正道,诡怪何得参人谋。

嗟尔三犀不经济，缺讹只与长川逝。
但见元气常调和，自免洪涛恣凋瘵。
安得壮士提天纲，再平水土犀奔茫。

〇斥不经之谈，归之正道，笔力雄崒，不落言筌。视《石笋行》，尤为擅胜。

题壁画马歌　原注：韦偃画。

韦侯别我有所适，知我怜君画无敌。
戏拈秃笔扫骅骝，欻见骐驎出东壁。
一匹龁草一匹嘶，坐看千里当霜蹄。
时危安得真致此，与人同生亦同死。

〇屹然健笔，转出命意，乃诗人之旨。

戏题画山水图歌　原注：王宰画，宰丹青绝伦。

十日画一水，五日画一石。
能事不受相促迫，王宰始肯留真迹。
壮哉崑崙方壶图，挂君高堂之素壁。
巴陵洞庭日本东，赤岸水与银河通，中有云气随飞龙。
舟人渔子入浦溆，山木尽亚洪涛风。
尤工远势古莫比，咫尺应须论万里。
焉得并州快剪刀，剪取吴松半江水。

◇无名氏《西清诗话》曰："梁萧文奂善画，于扇上图山水，咫尺之内，便觉万里为遥。老杜云：'尤工远势古莫比，咫尺应须论万里。'乍读似非用事。如'男儿既介胄，长揖别上官'，用

'介胄之士不拜';'妇人在军中,兵气恐不扬',用'军中岂有女子乎',皆用其事而隐其语。"

题李尊师松树障子歌

老夫清晨梳白头,玄都道士来相访。
握发呼儿延入户,手提新画青松障。
障子松林静杳冥,凭轩忽若无丹青。
阴崖却承霜雪干,偃盖反走虬龙形。
老夫平生好奇古,对此兴与精灵聚。
已知仙客意相亲,更觉良工心独苦。
松下丈人巾屦同,偶坐似是商山翁。
怅望聊歌《紫芝曲》,时危惨澹来悲风。

戏为双松图歌 原注:韦偃。

天下几人画古松,毕宏已老韦偃少。
绝笔长风起纤末,满堂动色嗟神妙。
两株惨裂苔藓皮,屈铁交错迥高枝。
白摧朽骨龙虎死,黑入太阴雷雨垂。
松根胡僧憩寂寞,庞眉皓首无住著。
偏袒右肩露双脚,叶里松子僧前落。
韦侯韦侯数相见,我有一匹好东绢。
重之不减锦绣段,已令拂拭光凌乱,
请公放笔为直干。
○题画诸篇,刻意冥搜,积思独造,与太白《观粉图山水》

诸篇并驾齐驱，遂为此体之祖。至于思业高奇，缒幽凿险，则杜老又似稍优者。盖其诣力所近，更觉良工心独苦也。

◇沈德潜曰："突兀起，不妨平接，如'堂上不合生枫树'，下云'闻君扫却赤县图'是也；平调起，必惊语接，此诗是也。学者于此求之，思过半矣。"

病　柏

有柏生崇冈，童童状车盖。偃蹙龙虎姿，主当风云会。
神明依正直，故老多再拜。岂知千年根，中路颜色坏。
出非不得地，蟠据亦高大。岁寒忽无凭，日夜柯叶改。
丹凤领九雏，哀鸣翔其外。鸱鸮志意满，养子穿穴内。
客从何乡来？伫立久吁怪。静求元精理，浩荡难倚赖。
○托喻之言，可垂鉴戒。
◇叶梦得曰："此诗为明皇而作。"

病　橘

群橘少生意，虽多亦奚为？惜哉结实小，酸涩如棠梨。
剖之尽蠹虫，采掇爽其宜。纷然不适口，岂只存其皮。
萧萧半死叶，未忍别故枝。玄冬霜雪积，况乃迥风吹。
尝闻蓬莱殿，罗列潇湘姿。此物岁不稔，玉食失光辉。
寇盗尚凭陵，当君减膳时。汝病是天意，吾谂罪有司。
忆昔南海使，奔腾献荔支。百马死山谷，到今耆旧悲。
○因病橘而回忆荔枝，婉转言之，多少慨叹。

枯　棕

蜀门多棕榈，高者十八九。其皮割剥甚，虽众亦易朽。
徒布如云叶，青黄岁寒后。交横集斧斤，凋丧先蒲柳。
伤时苦军乏，一物官尽取。嗟尔江汉人，生成复何有？
有同枯棕木，使我沉叹久。死者即已休，生者何自守？
啾啾黄雀啅，侧见寒蓬走。念尔形影乾，摧残没藜莠。
◇仇兆鳌曰："诗中咏物之作，有就本题作结者，此章是也；有借客意作结者，《病橘》《枯楠》是也。可悟诗家擒纵之法。"

枯　楠

楠树枯峥嵘，乡党皆莫记。不知几百岁，惨惨无生意。
上枝摩皇天，下根蟠厚地。巨围雷霆拆（坼），万孔虫蚁萃。
冻雨落流胶，冲风夺佳气。白鹄遂不来，天鸡为愁思。
犹含栋梁具，无复霄汉志。良工古昔少，识者出涕泪。
种榆水中央，成长何容易。截承金露盘，袅袅不自畏。
○四诗皆托物起兴，风人之嗣音也。
◇叶梦得曰："此诗当是为房次律而作。"
◇浦起龙曰："四诗寄托遥深，敛锋锷为之，力追古作者。"

戏作花卿歌

成都猛将有花卿，学语小儿知姓名。
用如快鹘风火生，见贼唯多身始轻。

绵州副使著柘黄，我卿扫除即日平。
子璋髑髅血模糊，手提掷还崔大夫。
李侯重有此节度，人道我卿绝世无。
既称绝世无天子，何不唤取守京都！
　　○收笔婉转自如，所谓"意惬关飞动"者，不独"子璋"一句凛凛有生色也。
　　◇《唐书》："上元二年四月，梓州刺史段子璋反，袭东川节度使李奂于绵州，自称梁王。五月，成都尹崔光远率将花惊定攻拔绵州，斩子璋。"

柟树为风雨所拔叹

倚江柟树草堂前，故老相传二百年。
诛茅卜居总为此，五月髣髴闻寒蝉。
东南飘风动地至，江翻石走流云气。
幹排雷雨犹力争，根断泉源岂天意。
沧波老树性所爱，浦上童童一青盖。
野客频留惧雪霜，行人不过听竽籁。
虎倒龙颠委榛棘，泪痕血点垂胸臆。
我有新诗何处吟？草堂自此无颜色。
　　○势取矫厉，意主朴真。

茅屋为秋风所破歌

八月秋高风怒号，卷我屋上三重茅。
茅飞度江洒江郊，高者挂罥长林梢，下者飘转沉塘坳。

南村群童欺我老无力，忍能对面为盗贼，公然抱茅入竹去。
唇焦口燥呼不得，归来倚杖自叹息。
俄顷风定云墨色，秋天漠漠向昏黑。
布衾多年冷似铁，骄儿恶卧踏里裂。
床头屋漏无干处，雨脚如麻未断绝。
自经丧乱少睡眠，长夜沾湿何由彻。
安得广厦千万间，大庇天下寒士俱欢颜，风雨不动安如山？
呜呼！何时眼前突兀见此屋，吾庐独破受冻死亦足。
　○极无聊事，以直写见笔力。入后大波轩然而起。叠笔作收，如龙掉尾，非仅见此老胸怀，若无此意，则诗亦不可作。
　◇朱鹤龄曰："白乐天云'安得布裘千万丈，与君都盖洛阳城'，同此意。"

天 边 行

天边老人归未得，日暮东临大江哭。
陇右河源不种田，胡骑羌兵入巴蜀。
洪涛滔天风拔木，前飞秃鹙后鸿鹄。
九度附书向洛阳，十年骨肉无消息。

苦 战 行

苦战身死马将军，自云伏波之子孙。
干戈未定失壮士，使我叹恨伤精魂。
去年江南讨狂贼，临江把臂难再得。
别时孤云今不飞，时独看云泪横臆。

○情滥乎词，音长节短。

述 古（三首录二）

赤骥顿长缨，非无万里姿。悲鸣泪至地，为问驭者谁？
凤凰从东来，何意复高飞？竹花不结实，念子忍朝饥。
古时君臣合，可以物理推。贤人识定分，进退固其宜。
◇唐汝询曰："骥无良驭，则踠里之能；凤无竹实，则高飞而不下。君臣相合之义，当以此理推之。贤者固知所自守，而用人者可不加之意乎？"

市人日中集，于利竞锥刀。置膏烈火上，哀哀自煎熬。
农人望岁稔，相率除蓬蒿。所务谷为本，邪赢无乃劳。
舜举十六相，身尊道何高。秦时任商鞅，法令如牛毛。
○比、赋相间，名论不朽。苏轼以末四句为稷、契辈人语，信有其意。
◇朱鹤龄曰："是时第五琦、刘晏，皆以宰相领度支盐铁使，榷税四出，利析锥刀。故言为治之道，在乎惇本抑末，举良相以任之，不当用兴利之臣以滋民伪也。"

观打鱼歌

绵州江水之东津，鲂鱼鱍鱍色胜银。
渔人漾舟沉大网，截江一拥数百鳞。
众鱼常才尽却弃，赤鲤腾出如有神。
潜龙无声老蛟怒，回风飒飒吹沙尘。
饔子左右挥霜刀，鲙飞金盘白雪高。

徐州秃尾不足忆,汉阴槎头远遁逃。
鲂鱼肥美知第一,既饱欢娱亦萧瑟。
君不见朝来割素鬐,咫尺波涛永相失。

又观打鱼

苍江渔子清晨集,设网提纲万鱼急。
能者操舟疾若风,撑突波涛挺叉入。
小鱼脱漏不可记,半死半生犹戢戢;
大鱼伤损皆垂头,屈强泥沙有时立。
东津观鱼已再来,主人罢鲙还倾盃。
日暮蛟龙改窟穴,山根鳣鲔随云雷。
干戈兵革斗未止,凤凰麒麟安在哉?
吾徒胡为纵此乐,暴殄天物圣所哀!
　○指事言情,词意简远。如龙门之桐,百尺无枝;又如万石洪钟,不作细响。此所以为大家。
　◇仇兆鳌曰:"从竭泽而渔处,写出惨酷可怜之状,具见爱物仁心。"
　◇黄生曰:"前诗寓感,此诗寓规。体物既精,命意复远。"

越王楼歌

绵州州府何磊落,显庆年中越王作。
孤城西北起高楼,碧瓦朱甍照城郭。
楼下长江百丈清,山头落日半轮明。
君王旧迹今人赏,转见千秋万古情。

○泠泠雅调。或谓仿王子安《滕王阁》,而风致小逊,非也。

冬到金华山观因得故拾遗陈公学堂遗迹

涪右众山内,金华紫崔嵬。上有蔚蓝天,垂光抱琼台。
系舟接绝壁,杖策穷萦回。四顾俯层巅,淡然川谷开。
雪岭日色死,霜鸿有余哀。焚香玉女跪,雾里仙人来。
陈公读书堂,石柱仄青苔。悲风为我起,激烈伤雄才。

通泉驿南去通泉县十五里山水作

溪行衣自湿,亭午气始散。冬温蚊蚋在,人远凫鸭乱。
登顿生曾阴,欹倾出高岸。驿楼衰柳侧,县郭轻烟畔。
一川何绮丽,尽目穷壮观。山色远寂寞,江光夕滋漫。
伤时愧孔父,去国同王粲。我生苦飘零,所历有嗟叹。
○眼前景色,写出自有佳致。

过郭代公故宅

豪俊初未遇,其迹或脱略。代公尉通泉,放意何自若。
及夫登衮冕,直气森喷薄。磊落见异人,岂伊常情度。
定策神龙后,宫中翕清廓。俄顷辨尊亲,指挥存顾托。
群公有惭色,王室无削弱。迥出名臣上,丹青照台阁。
我行得遗迹,池馆皆疏凿。壮公临事断,顾步涕横落。
高咏《宝剑篇》,神交付冥漠。
◇仇兆鳌曰:"'俄顷辨尊亲',推其决几之明;'壮公临事断'，服其应变之敏。二语能写出代公身分。苟彧之失身，误于不能辨；陈寔之偾事，失于不能断。杜诗论人，必具特识，推此可见。"

短歌行 _{原注：赠王郎司直。}

王郎酒酣拔剑斫地歌莫哀，我能拔尔抑塞磊落之奇才。
豫樟翻风白日动，鲸鱼跋浪沧溟开。
且脱佩剑休徘徊，西得诸侯棹锦水。
欲向何门趿珠履？仲宣楼头春色深。
青眼高歌望吾子，眼中之人吾老矣！
◇刘会孟曰："豪气激人，堂堂复堂堂。"
◇卢世㴶曰："突兀横绝，跌宕悲凉。"

桃竹杖引

江心蟠石生桃竹，苍波喷浸尺度足。斩根削皮如紫玉，
江妃水仙惜不得。梓潼使君开一束，满堂宾客皆叹息。
怜我老病赠两茎，出入爪甲铿有声。老夫复欲东南征，
乘涛鼓枻白帝城。路幽必为鬼神夺，拔剑或与蛟龙争。
重为告曰：杖兮杖兮，尔之生也甚正直，慎勿见水踊跃
学变化为龙，使我不得尔之扶持灭迹于君山湖上之青峰。
噫！风尘澒洞兮豺虎咬人，忽失双杖兮吾将曷从？
○奇变酷似太白，老杜真乃无所不有。
◇朱鹤龄曰："此诗盖借竹杖以规讽章留后也。既以踊跃为龙戒之，又以忽失双杖危之，其微旨可见。"

◇仇兆鳌曰:"宋之问骚体诗有《嵩山天门歌》,杜诗此篇所自出。然杜之灵奇,却胜于宋之隽丽。"

韦讽录事宅观曹将军画马图

国初已来画鞍马,神妙独数江都王。
将军得名三十载,人间又见真乘黄。
曾貌先帝照夜白,龙池十日飞霹雳。
内府殷红马脑盘,婕妤传诏才人索。
盘赐将军拜舞归,轻纨细绮相追飞。
贵戚权门得笔迹,始觉屏障生光辉。
昔日太宗拳毛䯄,近时郭家师子花。
今之画图有二马,复令识者久叹嗟。
此皆骑战一敌万,缟素漠漠开风沙。
其余七匹亦殊绝,迥若寒空动烟雪。
霜蹄蹴踏长楸间,马官厮养森成列。
可怜九马争神骏,顾视清高气深稳。
借问苦心爱者谁?后有韦讽前支遁。
忆昔巡幸新丰宫,翠华拂天来向东。
腾骧磊落三万匹,皆与此图筋骨同。
自从献宝朝河宗,无复射蛟江水中。
君不见金粟堆前松柏里,龙媒去尽鸟呼风。

○苍莽历落中,法律深细。前从照夜白叙入,即伏末段感慨;中间错综九马,文势跌宕,可谓"毫发无遗憾,波澜独老成"矣。七古至于老杜,浩浩落落,独往独来,神龙在霄,连蜷变化,不可方物;天马行空,脱去羁靮,足以横睨一世,独有千古。东坡《书韩幹画马图》,犹非其匹,况他人乎!

丹青引　原注:赠曹将军霸。

将军魏武之子孙,于今为庶为清门。
英雄割据虽已矣,文彩风流犹尚存。
学书初学卫夫人,但恨无过王右军。
丹青不知老将至,富贵于我如浮云。
开元之中常引见,承恩数上南薰殿。
凌烟功臣少颜色,将军下笔开生面。
良相头上进贤冠,猛将腰间大羽箭。
褒公鄂公毛发动,英姿飒爽来酣战。
先帝天马玉花骢,画工如山貌不同。
是日牵来赤墀下,迥立阊阖生长风。
诏谓将军拂绢素,意匠惨淡经营中。
斯须九重真龙出,一洗万古凡马空。
玉花却在御榻上,榻上庭前屹相向。
至尊含笑催赐金,圉人太仆皆惆怅。
弟子韩幹早入室,亦能画马穷殊相。
幹惟画肉不画骨,忍使骅骝气凋丧。
将军画善盖有神,必逢佳士亦写真。
即今飘泊干戈际,屡貌寻常行路人。
途穷反遭俗眼白,世上未有如公贫。
但看古来盛名下,终日坎壈缠其身。
　〇起笔老横。"开元之中"以下叙昔日之遇,正为末段反照丹青之妙,见赠言之义明矣。通篇浏漓顿挫,节奏之妙,于斯为极。

◇许顗曰："老杜《丹青引》'一洗万古凡马空'，东坡《观吴道子画壁诗》'笔所未到气已吞'，二公之诗，足以当之。"

◇沈德潜曰："画人画马，宾主相形，纵横跌宕。此种篇法，得之于心，应之于手，有化工而无人力，莫能赞叹其妙。"

发阆中

前有毒蛇后猛虎，溪行尽日无村坞。
江风萧萧云拂地，山木惨惨天欲雨。
女病妻忧归意速，秋花锦石谁复数。
别家三月一得书，避地何时免愁苦？

寄韩谏议

今我不乐思岳阳，身欲奋飞病在床。
美人娟娟隔秋水，濯足洞庭望八荒。
鸿飞冥冥日月白，青枫叶赤天雨霜。
玉京群帝集北斗，或骑麒麟翳凤凰。
芙蓉旌旗烟雾乐，影动倒景摇潇湘。
星宫之君醉琼浆，羽人稀少不在旁。
似闻昨者赤松子，恐是汉代韩张良。
昔随刘氏定长安，帷幄未改神惨伤。
国家成败吾岂敢，色难腥腐餐风香。
《周南》留滞古所惜，南极老人应寿昌。
美人胡为隔秋水，焉得置之贡玉堂。

◇朱鹤龄曰:"韩谏议,不可考。其人似李邺侯,必肃宗收京时尝与密谋;后屏居衡湘,修神仙羽化之道。公思之而作,惜其留滞秋水而不得大用也。"

◇浦起龙曰:"源本楚骚,亦近太白。"

忆 昔

忆昔开元全盛日,小邑犹藏万家室。
稻米流脂粟米白,公私仓廪俱丰实。
九州道路无豺虎,远行不劳吉日出。
齐纨鲁缟车班班,男耕女桑不相失。
宫中圣人奏云门,天下朋友皆胶漆。
百余年间未灾变,叔孙礼乐萧何律。
岂闻一绢直万钱,有田种谷今流血。
洛阳宫殿烧焚尽,宗庙新除狐兔穴。
伤心不忍问耆旧,复恐初从乱离说。
小臣鲁钝无所能,朝廷记识蒙禄秩。
周宣中兴望我皇,洒血江汉身衰疾。

○居然变雅,治乱相形,极其沉痛。

◇王嗣奭曰:"'百余年间'二句,盖言法度之存亡,关乎国家之理乱。先叙此二语,随用'岂闻'二字转下,如快马蓦涧,何等笔力!"

◇仇兆鳌曰:"明皇当丰亨豫大时,忽盈虚消息之理。致开元变为天宝,流祸两朝而乱犹未已。此诗于理乱兴亡之故反复痛陈,盖亟望代宗拨乱反治,复见开元之盛焉。"

冬狩行　原注：时梓州刺史章彝兼侍御史留后东川。

君不见东川节度兵马雄，校猎亦似观成功。

夜发猛士三千人，清晨合围步骤同。

禽兽已毙十七八，杀声落日回苍穹。

幕前生致九青兕，驼蹒跚垂玄熊。

东西南北百里间，髣髴蹴踏寒山空。

有鸟名鹡鸰，力不能高飞逐走蓬。

肉味不足登鼎俎，何为见羁虞罗中？

春蒐冬狩侯（候），得同使君五马一马骢。

况今摄行大将权，号令颇有前贤风。

飘然时危一老翁，十年厌见旌旗红。

喜君士卒甚整肃，为我回辔擒西戎。

草中狐兔尽何益，天子不在咸阳宫。

朝廷虽无幽王祸，得不哀痛尘再蒙。

呜呼，得不哀痛尘再蒙！

○大义凛然，及今诵之，如见其壮颜毅色。

◇申涵光曰："'草中狐兔尽何益'二句，即贾生'不猎猛敌而猎禽兽'意。"

◇王洙曰："代宗在陕，诏征天下兵。时程元振用事，无一人应诏者，故章末感激言之。"

别唐十五诫因寄礼部贾侍郎

九载一相逢，百年能几何？复为万里别，送子山之阿。

白鹤久同林，潜鱼本同河。未知棲集期，衰老强高歌。
歌罢两悽恻，六龙忽蹉跎。相视发皓白，况难驻羲和。
胡星坠燕地，汉将仍横戈。萧条四海内，人少豺虎多。
少人慎莫投，多虎信所过。饥有易子食，兽犹畏虞罗。
子负经济才，天门郁嵯峨。飘飘适东周，来往若崩波。
南宫吾故人，白马金盘陀。雄笔映千古，见贤心靡他。
念子善师事，岁寒守旧柯。为吾谢贾公，病肺卧江沱。
◇梅尧臣曰："'饥有易子食'二语，含蓄甚深，殆不可模仿。"

阆山歌

阆州城东灵山白，阆州城北玉台碧。
松浮欲尽不尽云，江动将崩未崩石。
那知根无鬼神会，已觉气与嵩华敌。
中原格斗且未归，应结茅斋看青壁。

阆水歌

嘉陵江色何所似？石黛碧玉相因依。
正怜日破浪花出，更复春从沙际归。
巴童荡桨歌侧过，水鸡衔鱼来去飞。
阆中胜事可肠断，阆州城南天下稀。
○二诗著语奇秀，觉空翠扑人，冲襟相照。

草 堂

昔我去草堂，蛮夷塞成都；今我归草堂，成都适无虞。
请陈初乱时，反覆乃须臾。大将赴朝廷，群小起异图。
中宵斩白马，盟歃气已粗。西取邛南兵，北断剑阁隅。
布衣数十人，亦拥专城居。其势不两大，始闻蕃汉殊。
西卒却倒戈，贼臣互相诛。焉知肘腋祸，自及枭獍徒。
义士皆痛愤，纪纲乱相踰。一国实三公，万人欲为鱼。
唱和作威福，孰肯辨无辜。眼前列杻械，背后吹笙竽。
谈笑行杀戮，溅血满长衢。到今用钺地，风雨闻号呼。
鬼妾与鬼马，色悲充尔娱。国家法令在，此又足惊吁。
贱子且奔走，三年望东吴。弧矢暗江海，难为游五湖。
不忍竟舍此，复来薙榛芜。入门四松在，步屧万竹疏。
旧犬喜我归，低徊入衣裾；邻舍喜我归，沽酒携胡芦；
大官喜我来，遣骑问所须；城郭喜我来，宾客隘村墟。
天下尚未宁，健儿胜腐儒。飘飘风尘际，何地置老夫！
于时见疣赘，骨髓幸未枯。饮啄媿残生，食薇不敢余。
○记离乱事，可补史氏之阙。
◇黄鹤曰："公昔去成都，因送严武入朝。未几徐知道反，遂入梓州；继以吐蕃入寇，陷松维州，势迫近蜀。此诗首言成都之乱，似专指羌人，而群小因之为乱者也。"
◇刘克庄《后村诗话》："子美《草堂》'旧犬喜我归''邻舍喜我归''大官喜我来''城郭喜我来'四韵，其体从《木兰诗》中得来。"

太子张舍人遗织成褥段

客从西北来，遗我翠织成。开缄风涛涌，中有掉尾鲸。
逶迤罗水族，琐细不足名。客云充君褥，承君终宴荣。
空堂魑魅走，高枕形神清。领客珍重意，顾我非公卿。
留之惧不祥，施之混柴荆。服饰定尊卑，大哉万古程。
今我一贱老，裋褐更无营。煌煌珠宫物，寝处祸所婴。
叹息当路子，干戈尚纵横。掌握有权柄，衣马自肥轻。
李鼎死岐阳，实以骄贵盈。来瑱赐自尽，气豪直阻兵；
皆闻黄金多，坐见悔吝生。奈何田舍翁，受此厚贶情。
锦鲸卷还客，始觉心和平。振我麤席尘，愧客茹藜羹。
〇因小见大，殊有关于典制，足以正人心而厚风俗。
◇浦起龙曰："前言珍贵之品，不宜以非分受；后言奢侈必败，聊以守分终。史称武在蜀肆志逞欲，穷极奢靡。公在幕下作此讽喻，至举李鼎、来瑱以深戒之。按：题中无'答''谢''却'等字，亦事后感赋，自存箧衍，非以与张者。"

杜　鹃

西川有杜鹃，东川无杜鹃；涪万无杜鹃，云安有杜鹃。
我昔游锦城，结庐锦水边。有竹一顷余，乔木上参天。
杜鹃暮春至，哀哀叫其间。我见常再拜，重是古帝魂。
生子百鸟巢，百鸟不敢嗔。仍为餧其子，礼若奉至尊。
鸿雁及羔羊，有礼太古前。行飞与跪乳，识序如知恩。
圣贤古法则，付与后世传。君看禽鸟情，犹解事杜鹃。

今忽暮春间,值我病经年。身病不能拜,泪下如迸泉。

○古调微辞,集中题凡再见,知其寄慨者深矣;其集外一篇,则伪也。至于发端四语,不关诗之工拙,谓必如是乃合乐府,亦"固哉"之论。

◇王士禄曰:"兴观群怨,读此慨然有得。"

客　堂

忆昨离少城,而今异楚蜀。舍舟复深山,窅窕一林麓。
栖泊云安县,消中内相毒。旧疾廿载来,衰年得无足。
死为殊方鬼,头白免短促。老马终望云,南雁意在北。
别家长儿女,欲起惭筋力。客堂叙节改,具物对羁束。
石暄蕨芽紫,渚秀芦笋绿。巴莺纷未稀,徼麦早向熟。
悠悠日动江,漠漠春辞木。台郎选才俊,自顾亦已极。
前辈声名人,埋没何所得?居然绾章纹,受性本幽独。
平生憩息地,必种数竿竹。事业只浊醪,营茸但草屋。
上公有记者,累奏资薄禄。主忧岂济时,身远弥旷职。
循文庙算正,献可天衢直。尚想趋朝廷,毫发裨社稷。
形骸今若是,进退委行色。

水阁朝霁奉简严云安

东城抱春岑,江阁邻石面。崔嵬晨云白,朝旭射芳甸。
雨槛卧花丛,风床展书卷。钩帘宿鹭起,丸药流莺啭。
呼婢取酒壶,续儿诵《文选》。晚交严明府,矧此数相见。

○选体"青山扪虱坐,黄鸟抱(挟)书眠",极力追拟,去之弥远。

◇蔡天启曰:"荆公每称老杜'钩帘宿鹭起,丸药流莺啭',以为用意高妙,五言模楷。"

蚕谷行

天下郡国向万城,无有一城无甲兵。
焉得铸甲作农器,一寸荒田牛得耕。
牛尽耕,蚕亦成,不劳烈士泪滂沱,男谷女丝行复歌。
○有慨乎其言之。

古柏行

孔明庙前有老柏,柯如青铜根如石。
霜皮溜雨四十围,黛色参天二千尺。
君臣已与时际会,树木犹为人爱惜。
云来气接巫峡长,月出寒通雪山白。
忆昨路绕锦亭东,先主武侯同閟宫。
崔嵬枝干郊原古,窈窕丹青户牖空。
落落盘踞虽得地,冥冥孤高多烈风。
扶持自是神明力,正直原因造化功。
大厦如倾要梁栋,万牛回首丘山重。
不露文章世已惊,未辞剪伐谁能送。
苦心岂免容蝼蚁,香叶终经宿鸾凤。
志士幽人莫怨嗟,古来材大难为用。
○情深文明,眼空笔老,千载而下,如闻太息之声。

◇王嗣奭曰:"公生平极赞孔明,盖窃比之意。孔明才大而不尽其用,公尝自比稷、契而人莫之用,故篇终结出'才大难用'。此作诗本旨,发兴于古柏者也。"

◇李因笃曰:"武侯庙柏,自不得作一细语,如太史公用《尚书》为本纪,厚重乃尔。"

缚鸡行

小奴缚鸡向市卖,鸡被缚急相喧争。
家中厌鸡食虫蚁,不知鸡卖还遭烹。
虫鸡于人何厚薄,吾叱奴人解其缚。
鸡虫得失无了时,注目寒江倚山阁。

○"齐物"之旨。

◇师厚曰:"天下利害,当权轻重。除寇则劳民,爱民则养寇。与其养寇,孰若劳民;与其惜虫,孰若存鸡?此论圣人不易,天下亦无难处之事,始知浮屠法不可治世。"

◇蔡正孙曰:"《步里客谈》云:古人作诗,断句辄旁入他意,最为警策,如老杜'云鸡虫得失了无时,注目寒江倚山阁'是也。黄鲁直作《水仙花》诗:'坐对真成被花恼,出门一笑大江横。'亦是此意。"

牵牛织女

牵牛出河西,织女处其东,万古永相望,七夕谁见同?
神光意难候,此事终蒙胧。飒然精灵合,何必秋遂通?
亭亭新妆立,龙驾且曾空。世人亦为尔,祈请走儿童。
称家随丰俭,白屋达公宫。膳夫翊堂殿,鸣玉凄房栊。

曝衣遍天下,曳月扬微风。蛛丝小人态,曲缀瓜果中。
初筵沍重露,日出甘所终。嗟汝未嫁女,秉心郁忡忡。
防身动如律,竭力机杼中。虽无姑舅事,敢昧织作功!
明明君臣契,咫尺或未容。义无弃礼法,恩始夫妇恭。
小大有佳期,戒之在至公。方圆苟龃龉,丈夫多英雄。

○借题发议,正而不腐。起处作疑词,李商隐《七夕》诗所自出也。

◇张綖曰:"《易》言物不可以苟合,故借牛女无私会之事,以兴男女无苟合之道;又因男女无苟合之道,以比君臣无苟合之义。触类旁通,高古严正,可见古作诗者之意。"

殿中杨监见示张旭草书图

斯人已云亡,草圣秘难得。及兹烦见示,满目一悽恻。
悲风生微绡,万里起古色。锵锵鸣玉动,落落群松直。
连山蟠其间,溟涨与笔力。有练实先书,临池真尽墨。
俊拔为之主,暮年思转极。未知张王后,谁并百代则?
呜呼东吴精,逸气感清识。杨公拂箧笥,舒卷忘寝食。
念昔挥毫端,不独观酒德。

○形容草书,奇语独造。

◇赵次公曰:"'逸气感清识',谓张旭之逸气,感杨监之清识。"

课伐木 并序

　　课隶人伯夷、辛秀、信行等,入谷斩阴木,人日四根止。维条伊枚,正直挺然,晨征暮返,委积庭内。我有藩篱,是缺是补,载伐篠簜,伊仗支持,则旅次于小安。山有虎,知禁,若恃爪牙之利,必昏黑橙突。夔人屋壁,列树白菊鏝为墙,实以竹,示式遏,为与虎近,混沧乎无艮。宾客忧害马之徒,苟活为幸,可嘿息已。作诗示宗武诵。

长忧无所为,客居课奴仆。清晨饭其腹,持斧入白谷。
青冥曾巅后,十里斩阴木。人肩四根已,亭午下山麓。
尚闻丁丁声,功课日各足。苍皮成委积,素节相照烛。
藉汝跨小篱,当仗若虚竹。空荒咆熊罴,乳兽待人肉。
不示知禁情,岂惟干戈哭。城中贤府主,处贵如白屋。
萧萧理体净,蜂虿不敢毒。虎穴连里闾,隄防旧风俗。
泊舟沧江岸,久客慎所触。舍西崖峤壮,雷雨蔚含蓄。
墙宇资屡修,衰年怯幽独。尔曹轻执热,为我忍烦促。
秋光近青岑,季月当泛菊。报之以微寒,共给酒一斛。

槐叶冷淘

青青高槐叶,采掇付中厨。新面来近市,汁滓宛相俱。
入鼎资过熟,加餐愁欲无。碧鲜俱照箸,香饭兼苞芦。
经齿冷于雪,劝人投比珠。愿随金騕褭,走置锦屠苏。
路远思恐泥,兴深终不渝。献芹则小小,荐藻明区区。
万里露寒殿,开冰清玉壶。君王纳凉晚,此味亦时须。

○随事征其忠款,所谓"一饭不忘君"者,信然。
◇朱子《语录》曰:"文字好用经语,亦一病。东坡写此诗至'路远思恐泥',云:'此不足为法。'"

行官张望补稻畦水归

东屯大江北，百顷平若案。六月青稻多，千畦碧泉乱。
插秧适云已，引溜加溉灌。更仆往方塘，决渠当断岸。
公私各地著，浸润无天旱。主守问家臣，分明见溪畔。
芊芊炯翠羽，剡剡生银汉。鸥鸟镜里来，关山雪边看。
秋菰成黑米，精凿传白粲。玉粒足晨炊，红鲜任霞散。
终然添旅食，作苦期壮观。遗穗及众多，我仓戒滋蔓。

◇黄生曰："杜田园诸诗，觉有傲睨陶公之色。其气力沉雄，骨格苍劲，本色自不可掩。"

上后园山脚

朱夏热所婴，清旭步北林。小园背高冈，挽葛上崎崟。
旷望延驻目，飘飖散疏襟。潜鳞恨水壮，去翼依云深。
勿谓地无疆，劣于山有阴。石枏遍天下，水陆兼浮沉。
自我登陇首，十年经碧岑。剑门来巫峡，薄倚浩至今。
故园暗戎马，骨肉失追寻。时危无消息，老去多归心。
志士惜白日，久客藉黄金。敢为苏门啸，庶作《梁父吟》。

◇杜田曰："枏音原，木名，皮可食。或云善本止是'石原'。"

驱竖子摘苍耳

江上秋已分，林中瘴犹剧。畦丁告劳苦，无以供日夕。

蓬莠独不焦，野蔬暗泉石。卷耳况疗风，童儿且时摘。
侵星驱之去，烂漫任远适。放筐亭午际，洗剥相蒙幂。
登床半生熟，下箸还小益。加点瓜薤间，依稀橘奴迹。
乱世诛求急，黎民糠籺窄。饱食复何心？荒哉膏粱客。
富家厨肉臭，战地骸骨白。寄语恶少年，黄金且休掷！

◇仇兆鳌曰："膏粱徒饱而黎民苦饥，伤在民人；富家食肉而战场暴骨，伤及征夫。此叹物力之宜惜也。"

秋行官张望督促东渚耗稻向毕清晨遣女奴阿稽竖子阿段往问

东渚雨今足，伫闻粳稻香。上天无偏颇，蒲稗各自长。
人情见非类，田家戒其荒。功夫竞榾榾，除草置岸旁。
谷者命之本，客居安可忘。青春具所务，勤垦免乱常。
吴牛力容易，并驱动莫当。丰苗亦已概，云水照方塘。
有生固蔓延，静一资堤防。督领不无人，提携颇在纲。
荆扬风土暖，肃肃候微霜。尚恐主守疏，用心未甚臧。
清朝遣婢仆，寄语踰崇冈。西成聚必散，不独陵我仓。
岂要仁里誉？感此乱世忙。北风吹蒹葭，蟋蟀近中堂。
荏苒百工休，郁纡迟暮伤。

卷十二

襄阳杜甫诗四

雨

空山中宵阴,微冷先枕席。迥风起清曙,万象萋已碧。
落落出岫云,浑浑倚天石。日假何道行?雨含长江白。
连樯荆州船,有士荷矛戟。南防草镇惨,霑湿赴远役。
群盗下辟山,总戎备强敌。水深云光廓,鸣橹各有适。
渔艇息悠悠,夷歌负樵客。留滞一老翁,书时记朝夕。
◇王嗣奭曰:"公《忧旱》诗云:'上天铄金石,群盗乱豺虎。'今虽得雨而复忧盗。上一章忧吴越之盗,故恐远客难行;此章忧峡中之盗,故怜士卒劳役。"

又上后园山脚

昔我游山东,忆戏东岳阳。穷秋立日观,矫首望八荒。
朱崖著毫发,碧海吹衣裳。蓐收困用事,玄冥蔚强梁。
逝水自朝宗,镇名各其方。平原独憔悴,农力废耕桑。
非关风露凋,曾是戍役伤。于时国用富,足以守边疆。
朝廷任猛将,远夺戎房场。到今事反覆,故老泪万行。

龟蒙不复见,况乃怀旧乡。肺萎属久战,骨出热中肠。
忧来杖匣剑,更上北山冈。瘴毒猿鸟落,峡乾日南黄。
秋风亦已起,江汉始如汤。登高欲有往,荡析川无梁。
哀彼远征人,去家死路旁。不及祖父茔,累累冢相当。
◇刘会孟曰:"情绪阔远,收拾悲痛。"

种莴苣 并序

　　既雨已秋,堂下理小畦,隔种一两席许莴苣。向二旬矣,而苣不甲坼,独野苋青青。伤时君子,或晚得微禄,轗轲不进,因作此诗。

阴阳一错乱,骄蹇不复理。枯旱于其中,炎方惨如燬。
植物半蹉跎,嘉生将已矣。云雷欻奔命,师伯集所使。
指麾赤白日,澒洞青光起。雨声先已风,散足尽西靡。
山泉落沧江,霹雳犹在耳。终朝纡飒沓,信宿罢潇洒。
堂下可以畦,呼童对经始。苣兮蔬之常,随事艺其子。
破块数席间,荷锄功易止。两旬不甲坼,空惜埋泥滓。
野苋迷汝来,宗生实于此。此辈岂无秋?亦蒙寒露委。
翻然出地速,滋蔓户庭毁。因知邪干正,掩抑至没齿。
贤良虽得禄,守道不封己。拥塞败芝兰,众多盛荆杞。
中园陷萧艾,老圃永为耻。登于白玉盘,藉以如霞绮。
苋也无所施,胡颜入筐篚!

○以上诸篇,皆羁旅无聊中即景遣怀,纪细事、写忧心而已。然规模既大,波澜自远,每一篇中,莫不俯仰今昔、推通物理,言近而指则远,语质而思则深,论者所云"不作诸家细碎诗"也。刘勰云:"人禀七情,应物斯感;感物吟志,莫非自然。"此之诸篇,殆亦自然流露者矣,故能藏风韵于荒凉,寓高华于恳朴。若储、王田家诗,但写情景,当别有位置,不可与此并伦。

◇高元之曰:"自古工诗者,未尝无兴也。睹物有感则有兴。今之作诗以兴,近乎讪也,故不敢作,而诗之一义废矣。杜《苪苢》诗皆兴,小人盛而掩抑君子也。高适《题处士园》云:'耕地桑柘间,地肥菜常熟。为问葵藿资,何如庙堂肉?'则近乎讪矣。作诗者知'兴'之与'讪'异,殆可与言诗。"

◇浦起龙曰:"当与《菁莪》《巷伯》诸诗并读。人知好前后《出塞》、'三吏''三别'等篇,不知好此种;彼为汉魏之后劲,此为风雅之希声。"

八哀诗　并序

伤时盗贼未息,兴起王公、李公,叹旧怀贤,终于张相国。八公前后存殁,遂不铨次焉。

赠司空王公思礼

司空出东夷,童稚刷劲翮。追随燕苏儿,颖锐物不隔。
服事哥舒翰,意无流沙碛。未甚拔行间,犬戎大充斥。
短小精悍姿,屹然强寇敌。贯穿百万泉,出入由咫尺。
马鞍悬将首,甲外控鸣镝。洗剑青海水,刻铭天山石。
九曲非外蕃,其王转深壁。飞兔不近驾,鸷鸟资远击。
晓达兵家流,饱闻《春秋》癖。胸襟日沉静,肃肃自有适。
潼关初溃散,万乘犹辟易。偏裨无所施,元帅见手格。
太子入朔方,至尊狩梁益。胡马缠伊洛,中原气甚逆。
肃宗登宝位,塞望势敦迫。公时徒步至,请罪将厚责。

际会清河公，间道传玉册。天王拜跪毕，谠议果冰释。
翠华卷飞雪，熊虎亘阡陌。屯兵凤凰山，帐殿泾渭辟。
全城贼咽喉，诏镇雄所扼。禁暴清无双，爽气春淅沥。
巷有从公歌，野多青青麦。及夫哭庙后，复领太原役。
恐惧禄位高，怅望王土窄。不得见清时，呜呼就窀穸。
永系五湖舟，悲甚田横客。千秋汾晋间，事与云水白。
昔观文苑传，岂述廉颇绩？嗟嗟邓大夫，士卒终倒戟。

故司徒李公光弼

司徒天宝末，北收晋阳甲。胡骑攻吾城，愁寂意不惬。
人安若泰山，蓟北断右胁。朔方气乃苏，黎首见帝业。
二宫泣西郊，九庙起颓压。未散河阳卒，思明伪臣妾。
复自碣石来，火焚乾坤猎。高视笑禄山，公又大献捷。
异王册崇勋，小敌信所怯。拥兵镇河汴，千里初妥帖。
青蝇纷营营，风雨秋一叶。内省未入朝，死泪终映睫。
大屋去高栋，长城扫遗堞。平生白羽扇，露落蛟龙匣。
雅望与英姿，恻怆槐里接。三军晦光彩，烈士痛稠叠。
直笔在史臣，将来洗箱箧。吾思哭孤冢，南纪阻归楫。
扶颠永萧条，未济思利涉。疲苶竟何人，洒涕巴东峡。

○王、李名将，实为起兴所由，李功业尤隆。二篇气派沉挚，最为精彩。

◇刘克庄曰："语极悲壮，其形容临淮忧谗畏讥、不敢入朝之意，独见分晓。"

赠左仆射郑国公严公武

郑公瑚琏器，华岳金天晶。昔在童子日，已闻老成名。

巍然大贤后，复见秀骨清。开口取将相，小心事友生。
阅书百纸尽，落笔四座惊。历职匪父任，嫉邪常力争。
汉仪尚整肃，胡骑忽纵横。飞传自河陇，逢人问公卿。
不知万乘出，云涕风悲鸣。受词剑阁道，谒帝萧关城。
寂寞云台仗，飘飘沙塞旌。江山少使者，笳鼓凝皇情。
壮士血相视，忠臣气不平。密论贞观体，挥发岐阳征。
感激动四极，联翩收二京。西郊牛酒再，原庙丹青明。
匡汲俄宠辱，卫霍竟哀荣。四登会府地，三掌华阳兵。
京兆空柳色，尚书无履声。群乌自朝夕，白马休横行。
诸葛蜀人爱，文翁儒化成。公来雪山重，公去雪山轻。
记事得何逊，韬钤延子荆。四郊失壁垒，虚馆开逢迎。
堂卜指图画，军中吹玉笙。岂无成都酒，忧国只细倾。
时观锦水钓，问俗终相并。意待犬戎灭，人藏红粟盈。
以兹报主愿，庶或裨世程。炯炯一心在，沉沉二竖婴。
颜回竟短折，贾谊徒忠贞。飞旐出江汉，孤舟转荆衡。
虚无马融笛，怅望龙骧茔。空余老宾客，身上愧簪缨。

○严武镇蜀，虽多不法，然在蜀而蜀安、去蜀而蜀危，以其去来为轻重，则道其实也。且武于甫，最为知己，故极写其忠勤大略。《诸将》诗云"军令分明数举杯"，亦同此意。

赠太子太师汝阳郡王琎

汝阳让帝子，眉宇真天人。虬髯似太宗，色映塞外春。
往者开元中，主恩视遇频。出入独非时，礼异见群臣。
爱其谨洁极，倍此骨肉亲。从容听朝后，或在风雪晨。
忽思格猛兽，苑囿腾清尘。羽旗动若一，万马肃駪駪。
诏王来射雁，拜命已挺身。箭出飞鞚内，上又回翠麟。

翻然紫塞翩，下拂明月轮。胡人虽获多，天笑不为新。
王每中一物，手自与金银。袖中谏猎书，扣马久上陈。
竟无衔橛虞，圣聪矧多仁。官免供给费，水有在藻鳞。
匪唯帝老大，实是王忠勤。晚年务置醴，门引申白宾。
道大容无能，永怀侍芳茵。好学尚贞烈，义形必霑巾。
挥翰绮绣扬，篇什若有神。川广不可泝，墓久狐兔邻。
宛彼汉中郡，文雅见天伦。何以开我悲，泛舟俱远津。
温温昔风味，少壮已书绅。旧游易磨灭，衰谢增酸辛。

赠秘书监江夏李公邕

长啸宇宙间，高才日陵替。古人不可见，前辈复谁继？
忆昔李公存，词林有根柢。声华当健笔，洒落富清制。
风流散金石，追琢山岳锐。情穷造化理，学贯天人际。
干谒走其门，碑版照四裔。各满深望还，森然起凡例。
萧萧白杨路，洞彻宝珠惠。龙宫塔庙涌，浩劫浮云卫。
宗儒俎豆事，故吏去思计。眄睐已皆虚，跋涉曾不泥。
向来映当时，岂独劝后世。丰屋珊瑚钩，骐驎织成罽。
紫骝随剑几，义取无虚岁。分宅脱骖间，感激怀未济。
众归赒给美，摆落多藏秽。独步四十年，风听九皋唳。
呜呼江夏姿，竟掩宣尼袂。往者武后朝，引用多宠嬖。
否臧太常议，面折二张势。衰俗凛生风，排荡秋旻霁。
忠贞负冤恨，宫阙深旒缀。放逐早联翩，低垂困炎厉。
日斜鵩鸟入，魂断苍梧帝。荣枯走不暇，星驾无安税。
几分汉廷竹，夙拥文侯彗。终悲洛阳狱，事近小臣敝。
祸阶初负谤，易力何深哜。伊昔临淄亭，酒酣托末契。

重叙东都别，朝阴改轩砌。论文到崔苏，指尽流水逝。
近伏盈川雄，未甘特进丽。是非张相国，相扼一危脆。
争名古岂然？关键欻不闭。例及吾家诗，旷怀扫氛翳。
慷慨嗣真作，咨嗟玉山桂。钟律俨高悬，鲲鲸喷迢递。
坡陁青州血，芜没汶阳瘗。哀赠竟萧条，恩波延揭厉。
子孙存如线，旧客舟凝滞。君臣尚论兵，将帅接燕蓟。
朗咏六公篇，忧来豁蒙蔽。

◇仇兆鳌曰："各章以序事成文，部署森严，纯似班史。惟此章感慨激昂，排荡变化，直追龙门之笔；细按其前后段落，又未尝不脉络整齐也。"

故秘书少监武功苏公源明

武功少也孤，徒步客青兖。读书东岳中，十载考坟典。
时下莱芜郭，忍饥浮云巘。负米晚为身，每食脸必泫。
夜字照熱薪，垢衣生碧藓。庶以勤苦志，报兹劬劳显。
学蔚醇儒姿，文包旧史善。洒落辞幽人，归来潜京辇。
射君东堂策，宗匠集精选。制可犹未干，乙科已大阐。
文章日自负，吏禄亦累践。晨趋阊阖内，足踏宿昔趼。
一麾出守还，黄屋朔风卷。不暇陪八骏，虏庭悲所遣。
平生满樽酒，断此朋知展。忧愤病二秋，有恨石可转。
肃宗复社稷，得无逆顺辨？范晔顾其儿，李斯忆黄犬。
秘书茂松意，溟涨本未浅。青荧芙蓉剑，犀兕岂独剸。
反为后辈褻，予实苦怀缅。煌煌斋房芝，事绝万手搴。
垂之俟来者，正始征劝勉。不要悬黄金，胡为投乳赞。
结交三十载，吾与谁游衍？荥阳复冥冥，罪罟已横罥。
呜呼子逝日，始泰则终蹇。长安米万钱，凋丧尽余喘。

战伐何当解？归帆阻清沔。尚缠漳水疾，永负蒿里钱。

故著作郎贬台州司户荥阳郑公虔

鹡鸰至鲁门，不识钟鼓飨。孔翠望赤霄，愁思雕笼养。
荥阳冠群儒，早闻名公赏。地崇士大夫，况乃气精爽。原注：往者公在疾，苏许公颋位尊望重，素未相识，早爱才名，躬自抚问，后结忘年之契，远迩嘉之。
天然生知姿，学立游夏上。神农或阙漏，黄石愧师长。
药纂西极名，原注：公著《荟蕞》等诸书，之外又撰《胡本草》七卷。兵流指诸掌。贯穿无遗恨，荟蕞何技痒。
圭臬星经奥，虫篆丹青广。子云窥未遍，方朔谐太枉。
神翰顾不一，体变锺兼两。文传天下口，大字犹在牓。
昔献书画图，新诗亦俱往。沧洲动玉陛，寡鹤误一响。
三绝自御题，四方尤所仰。嗜酒益疏放，弹琴视天壤。
形骸实土木，亲近惟几杖。未曾寄官曹，突兀倚书幌。
晚就芸香阁，胡尘昏坱莽。反覆归圣朝，点染无涤荡。
老蒙台州椽，泛泛浙江桨。履穿四明雪，饥拾楢溪橡。
空闻《紫芝》歌，不见杏坛丈。天长眺东南，秋色余魍魉。
别离惨至今，斑白徒怀曩。春深秦山秀，叶坠清渭朗。
剧谈王公门，野税林下鞅。操纸终夕酣，时物集遐想。
词场竟殊阔，平昔滥吹奖。百年见存没，牢落吾安放？
萧条阮咸在，出处同世网。他日访江楼，含悽述飘荡。原注：著作与今秘书监郑君审，篇翰齐价。谪江陵，故有"阮咸""江楼"之句。

◇王士正曰："'百年见存没，牢落吾安放'，十字悲甚。"

故右仆射相国张公九龄

相国生南纪，金璞无留矿。仙鹤下人间，独立霜毛整。
矫然江海思，复与云路永。寂寞想土阶，未遑等箕颍。
上君白玉堂，倚君金华省。碣石岁峥嵘，天池日蛙黾。
退食吟大庭，何心记榛梗？骨惊畏曩哲，鬓变负人境。
虽蒙换蝉冠，右地恧多幸。敢忘二疏归，痛迫苏耽井。
紫绶映暮年，荆州谢所领。庾公兴不浅，黄霸镇每静。
宾客引调同，讽咏在务屏。诗罢地有余，篇终语清省。
一阳发阴管，淑气含公鼎。乃知君子心，用才文章境。
散袠起翠螭，倚薄巫庐并。绮丽玄晖拥，贱谏任昉骋。
自我一家则，未失只字警。千秋沧海南，名系朱雀影。
归老守故林，恋阙悄延颈。波涛良史笔，芜绝大庾岭。
向时礼数隔，制作难上请。再读徐孺碑，犹思理烟艇。

○子美《八哀》，自是钜篇。然以韵语作叙述，情绪既繁，笔墨不无利钝。大家之文，正如黄河之水，滔滔莽莽，鱼龙沙石，与流俱下，非如沼沚之观，清泠可喜而已。论此诗者，誉之或过其实，毁之或损其真；惟卢世㴶曰："《八哀》诗未免伤烦伤泛，然诗家之元气在焉，杜诗之体统存焉，不可遗亦不容选。"斯言得之。

◇刘克庄曰："《八哀》诗，崔德谓可以表里《雅》《颂》，中古作者莫及；韩子苍谓其笔力变化，当与太史公诸赞方驾。惟叶石林谓长篇最难，晋魏以前无过十韵，常使人以意逆志，初不以叙事颠倒为工。此八篇本非集中高作，而世多尊称、不敢置议。其病盖伤于多，如李邕、苏源明篇中多累句，芟去方为尽善。余谓韩比此于史公纪传，固不易之论；至于石林之评累句，为长篇者亦不可不知。"

写怀

劳生共乾坤，何处异风俗？冉冉自趋竞，行行见羁束。
无贵贱不悲，无富贫亦足。万古一骸骨，邻家递歌哭。
鄙夫到三峡，三岁如转烛。全命甘留滞，忘情任荣辱。
朝班及暮齿，日给还脱粟。编蓬石城东，采药山北谷。
用心霜雪间，不必条蔓绿。非关故安排，曾是顺幽独。
达士如弦直，小人似钩曲；曲直我不知，负暄候樵牧。

观公孙大娘弟子舞剑器行　并序

大历二年十月十九日，夔府别驾元持宅，见临颍李十二娘舞剑器，壮其蔚跂。问其所师，曰："余公孙大娘弟子也。"开元三载，余尚童稚，记于郾城观公孙氏舞剑器浑脱，浏漓顿挫，独出冠时。自高头宜春、梨园二伎坊内人洎外供奉，晓是舞者，圣文神武皇帝初，公孙一人而已。玉貌锦衣，况余白首，今兹弟子亦非盛颜。既辨其由来，知波澜莫二，抚事慷慨，聊为《剑器行》。往者吴人张旭善草书书帖，数常于邺县见公孙大娘舞西河剑器，自此草书长进，豪荡感激，即公孙可知矣。

昔有佳人公孙氏，一舞剑器动四方。
观者如山色沮丧，天地为之久低昂。
㸌如羿射九日落，矫如群帝骖龙翔；
来如雷霆收震怒，罢如江海凝清光。
绛唇珠袖两寂寞，况有弟子传芬芳。

临颍美人在白帝,妙舞此曲神扬扬。
与余问答既有以,感时抚事增惋伤。
先帝侍女八千人,公孙剑器初第一。
五十年间似反掌,风尘澒洞暗王室。
梨园弟子散如烟,女乐余姿映寒日。
金粟堆南木已拱,瞿唐石城草萧瑟。
玳筵急管曲复终,乐极哀来月东出。
老夫不知其所往,足茧荒山转愁疾。

○前如山之嶙峋,后如海之波澜;前半极其浓至,后半感叹,"音响一何悲,絃急知柱促"也。

◇刘克庄曰:"此篇与《琵琶行》,一如'壮士轩昂赴敌场',一如'儿女恩怨相尔汝'。"

◇王嗣奭曰:"此见舞剑器而伤往事,全是为开元、天宝五十年间治乱兴衰而发。"

◇王士正曰:"陈旸《乐书》云:乐府诸曲,自古不用犯声,自则天末年剑器入浑脱,为犯声之始。剑器宫调,浑脱商调,以臣犯君,故为犯声。又,唐多用解曲,如《柘枝》用浑脱解等之类。观此,则剑器、浑脱各为舞曲之名。今人误读杜序,以'浑脱浏漓顿挫'六字为句,文字中往往连缀用之,可笑也。"

同元使君舂陵行　并序

览道州元使君结《舂陵行》兼《贼退后示官吏作》二首,志之曰:"当天子分忧之地,效汉官良吏之目。今盗贼未息,知民疾苦,得结辈十数公,落落然参错天下为邦伯,万物吐气,天下少安可得矣。不意复见比兴体制,微婉顿挫之词,感而有诗,增诸卷轴,简知我者,不必寄元。"

遭乱发尽白,转衰病相婴。沉绵盗贼际,狼狈江汉行。
叹时药力薄,为客羸瘵成。吾人诗家秀,博采世上名。
粲粲元道州,前圣畏后生。观乎舂陵作,欻见俊哲情。
复览贼退篇,结也实国桢。贾谊昔流恸,匡衡常引经。
道州忧黎庶,词气浩纵横。两章对秋月,一字谐华星。
致君尧舜际,纯朴忆大庭。何时降玺书,用尔为丹青?
狱讼永衰息,岂惟偃甲兵。悽恻念诛求,薄敛近休明。
乃知正人意,不苟飞长缨。凉飚振南岳,之子宠若惊。
色阻金印大,兴含沧浪清。我多长卿病,日夕思朝廷。
肺枯渴太甚,漂泊公孙城。呼儿具纸笔,隐几临轩楹。
作诗呻吟内,墨淡字欹倾。感彼危苦词,庶几知者听。

○悃幅无华之吏,日计不足,岁计有余;不肖者横征暴敛,掊削元气,为民蟊贼,古之贤君所以惓惓于良二千石也。甫此篇,所谓"干预教化之尤"者;元结二诗,仁者之言,可以并垂不朽。

◇元结《舂陵行·序》云:"癸卯岁,漫叟授道州刺史。道州旧四万余户,经贼以来,不满四千,大半不胜租税。到官未五十日,承诸使征求符牒二百余封,皆曰失其限者罪至罚削。於戏!若悉应其命,则州县破乱,刺史欲焉逃罪?若不应命,又即获罪戾,必不免也。吾将守官,静以安人,待罪而已。此州是舂陵故地,故作《舂陵行》,以达下情。"诗曰:"军国多所需,切责在有司。有司临郡县,刑法竟欲施。供给岂不忧,征敛又可悲。州小经乱亡,遗人实困疲。大乡无十家,大族命单羸。朝飧是草根,暮食乃树皮。出言气欲绝,意速行步迟。追呼尚不忍,况乃鞭扑之!邮亭传急符,来往迹相追。更无宽大恩,但有迫促期。欲令鬻儿女,言发恐乱随;悉使索其家,而又无生资。听彼道路言,怨伤谁复知?去冬山贼来,杀夺几无遗。所愿见王官,抚养以惠慈。奈何重驱逐,不使存活为!安人天子命,符节吾所持。州县忽乱亡,得罪复是谁?逋缓违诏令,蒙责固所宜。前贤重守分,恶以祸福移?亦云贵守官,不爱能适时。顾唯孱弱者,正直当不亏。何人采国风?吾欲献此辞。"又《贼退示官吏·序》云:"癸卯岁,西原贼入道州,杀掠几尽而去。明年,贼又攻永,破郡,不犯此州边鄙而退。岂力解制敌?盖蒙其伤怜而已。诸使何为苦征敛?故作诗一篇,以示官吏。"诗曰:"昔岁逢太平,山林二十年。泉源在庭户,洞壑当门前。井税有常期,日晏犹得眠。忽然遭世变,数岁亲戎旃。今来典斯郡,山夷又纷然。城小贼不屠,人贫伤可怜。是以陷邻境,此州独见全。使臣将王命,岂不如贼焉?今彼征敛者,迫之如火煎。谁能绝人命,以作时世贤?思欲委符节,引竿自持船,将家就鱼麦,穷老江湖边。"

李潮八分小篆歌

苍颉鸟迹既茫昧,字体变化如浮云。
陈仓石鼓又已讹,大小二篆生八分。
秦有李斯汉蔡邕,中间作者寂不闻。
峄山之碑野火焚,枣木传刻肥失真。
苦县光和尚骨立,书贵瘦硬方通神。
惜哉李蔡不复得,吾甥李潮下笔亲。
尚书韩择木,骑曹蔡有邻。
开元以来数八分,潮也奄有二子成三人。
况潮小篆逼秦相,快剑长戟森相向。
八分一字值千金,蛟龙盘拏肉屈强。
吴郡张颠夸草书,草书非古空雄壮。

岂如吾甥不流宕,丞相中郎丈人行。
巴东逢李潮,逾月求我歌。
我今衰老才力薄,潮乎潮乎奈汝何!
○论书皆中肯綮。坡老云:"杜陵评书皆瘦硬,此论未公吾不凭。"特借作跌宕耳,非遂不许其论也。诗亦瘦硬无比。

听杨氏歌

佳人绝代歌,独立发皓齿。满堂惨不乐,响下清虚里。
江城带素月,况乃清夜起。老夫悲暮年,壮士泪如水。
玉盃久寂寞,金管迷宫徵。勿云听者疲,愚智心尽死。
古来杰出士,岂待一知己?吾闻昔秦青,倾侧天下耳。

荆南兵马使太常卿赵公大食刀歌

太常楼船声嗷嘈,问兵刮寇趋下牢。
牧出令奔飞百艘,猛蛟突兽纷腾逃。
白帝寒城驻锦袍,玄冬示我胡国刀。
壮士短衣头虎毛,凭轩拔鞘天为高。
翻风转日木怒号,冰翼雪淡伤哀猱。
镌错碧罌鹈鹕膏,鋩锷已莹虚秋涛。
鬼物撇捩辞坑壕,苍水使者扪赤绦。
龙伯国人罢钓鳌,芮公回首颜色劳。
分阃救世用贤豪,赵公玉立高歌起。
揽环结佩相终始,万岁持之护天子。
得君乱丝与君理,蜀江如线如针水。

荆岑弹丸心未已,贼臣恶子休干纪。
魑魅魍魉徒为耳,妖腰乱领敢欣喜!
用之不高亦不庳,不似长剑须天倚。
吁嗟光禄英雄弭,大食宝刀聊可比。
丹青宛转麒麟里,光芒六合无泥滓。

◇王嗣奭曰:"此《燕歌行》变体,布局既新,炼词特异,所谓惊人之作。"

王兵马使二角鹰

悲台萧飒石巃嵷,哀壑权枒浩呼汹。
中有万里之长江,迴风滔日孤光动。
角鹰翻倒壮士臂,将军玉帐轩勇气。
二鹰猛脑绦徐坠,目如愁胡视天地。
杉鸡竹兔不自惜,溪虎野羊俱辟易。
韝上锋棱十二翮,将军勇锐与之敌。
将军树勋起安西,崑崙虞泉入马蹄。
白羽曾肉三狻猊,敢决岂不与之齐!
荆南芮公得将军,亦如角鹰下翔云。
恶鸟飞飞啄金屋,安得尔辈开其群。
驱出六合枭鸾分。

○以赋鹰者赋人,宾主离合,几于鱼龙百变,眩人心目。此与前篇,皆摆脱恒蹊,体格、音节,苍然入古。

◇沈德潜曰:"起四句不着'鹰'一字,然如有角鹰飞于目前。入手须如此着墨。"

狄明府

梁公曾孙我姨弟,不见十年官济济。
大贤之后竟陵迟,浩荡古今同一体。
比看叔伯四十人,有才无命百僚底。
今者兄弟一百人,几人卓绝秉周礼?
在汝更用文章为,长兄白眉复天启。
汝门请从曾翁说,太后当朝多巧诋,
狄公执政在末年,浊河终不污清济。
国嗣初将付诸武,公独廷争守丹陛,
禁中决策请房陵,前朝长老皆流涕。
太宗社稷一朝正,汉官威仪重昭洗。
时危始识不世才,谁谓荼苦甘如荠?
汝曹又宜列土食,身使门户多旌棨;
胡为漂泊岷汉间,干谒王侯颇历抵?
况乃山高水有波,秋风萧萧露泥泥。
虎之饥,下巉岩;蛟之横,出清泚。
早归来,黄土污衣眼易眯!

◇浦起龙曰:"旧说此诗,俱以怜狄漂零为解。今观篇尾一段,乃与昌黎《送董邵南序》同意。盖博济必不得志于朝而历干藩镇者,时河北多擅命,意颇不喜其往也。"

秋风二首

秋风淅淅吹巫山,上牢下牢修水关。

吴樯楚柂牵百丈,暖向成都寒未还。
要路何日罢长戟?战自青羌连百蛮。
中巴不曾消息好,瞑传戍鼓长云间。

秋风淅淅吹我衣,东流之外西日微。
天清小城捣练急,石古细路行人稀。
不知明月为谁好,早晚孤帆他夜归。
会将白发倚庭树,故园池台今是非?
○洗马言愁,凄然可听。

虎牙行

秋风欻吸吹南国,天地惨惨无颜色。
洞庭扬波江汉迴,虎牙铜柱皆倾侧。
巫峡阴沉朔漠气,峰峦窈窕谿谷黑。
杜鹃不来猿狖寒,山鬼幽忧雪霜逼。
楚老长嗟忆炎瘴,三尺角弓两斛力。
壁立石城横塞起,金错旌竿满云直。
渔阳突骑猎青丘,犬戎锁甲闻丹极。
八荒十年防盗贼,征戍诛求寡妻哭,
远客中宵泪霑臆。

后苦寒行二首

南纪巫庐瘴不绝,太古以来无尺雪。
蛮夷长老怨苦寒,崑崙天关冻应折。

玄猿口噤不能啸，白鹄翅垂眼流血，安得春泥补地裂！

晚来江门失大木，猛风中夜吹白屋。
天兵斩断青海戎，杀气南行动地轴。
不尔苦寒何太酷，巴东之峡生凌澌，彼苍回斡人得知？
○节短势险，别成格调。
◇张潜曰："命意用笔，善于转换。"

夜　归

夜半归来冲虎过，山黑家中已眠卧。
旁见北斗向江低，仰看明星当空大。
庭前把烛嗔两炬，峡口惊猿闻一个。
白头老罢舞复歌，杖藜不睡谁能那？

醉为马坠诸公携酒相看

甫也诸侯老宾客，罢酒酣歌拓金戟。
骑马忽忆少年时，散蹄迸落瞿塘石。
白帝城门水云外，低身直下八千尺。
粉堞电转紫游缰，东得平冈出天壁。
江村野堂争入眼，垂鞭弹鞚凌紫陌。
向来皓首惊万人，自倚红颜能骑射。
安知决臆追风足，朱汗骖驔犹喷玉。
不虞一蹶终损伤，人生快意多所辱。
职当忧戚伏衾枕，况乃迟暮加烦促。

朋知来问腆我颜,杖藜强起依僮仆。
语尽还成开口笑,提携别扫清溪曲。
酒肉如山又一时,初筵哀丝动豪竹。
共指西月不相贷,喧呼且覆盃中渌。
何必走马来为问?君不见稽康养生遭杀戮。
○前有声色,后饶情致,一叙一解,老气无比。

大觉高僧兰若　　原注:和尚去冬往湖南。

巫山不见庐山远,松林兰若秋风晚。
一老犹鸣日暮钟,诸僧尚乞斋时饭。
香炉峰色隐晴湖,种杏仙家近白榆。
飞锡去年啼邑子,献花何日许门徒?
○风调清迥,颇似摩诘。

宿青溪驿奉怀张员外十五兄之绪

漾舟千山内,日入泊枉渚。我生本飘飘,今复在何许?
石根青枫林,猿鸟聚俦侣。月明游子静,畏虎不得语。
中夜怀友朋,乾坤此深阻。浩荡前后间,佳期付荆楚。
◇黄生曰:"此诗在杜集已为轻秀之作,较诸唐贤,犹见气骨。"

忆　昔　行

忆昔北寻小有洞,洪河怒涛过轻舸。

辛勤不见华盖君,艮岑青辉惨么麽。
千崖无人万壑静,三步回头五步坐。
秋山眼冷魂未归,仙赏心违泪交堕。
弟子谁依白茅屋?庐老独启青铜锁。
巾拂香余捣药尘,阶除灰死烧丹火。
悬圃沧洲莽空阔,金节羽毛飘婀娜。
落日初霞闪余映,倏忽东西无不可。
松风涧水声合时,青兕黄熊啼向我。
徒然咨嗟无遗迹,至今梦想仍犹左。
秘诀隐文须内教,晚岁何功使愿果?
更讨衡阳董炼师,南浮早鼓潇湘柂。

魏将军歌

将军昔着从事衫,铁马驰突重两衔。
被坚执锐略西征,崑崙月窟东崭岩。
君门羽林万猛士,恶若哮虎子所监。
五年起家列霜戟,一日过海收风帆。
平生流辈徒蠢蠢,长安少年气欲尽。
魏侯骨耸精爽紧,华岳峰尖见秋隼。
星躔宝校金盘陀,夜骑天驷超天河。
欃枪荧惑不敢动,翠蕤云旗相荡摩。
吾为子起歌都护,酒阑插剑肝胆露。
钩陈苍苍风玄武,万岁千秋奉明主。
临江节士安足数!

○精紧廉悍,自是子美盛年之作。
◇仇兆鳌曰:"前用八句,转韵;中间各四句,转;末则三句,两句叠韵,盖歌中音调,取其繁声促节也。"

北　风

北风破南极,朱凤日威垂。洞庭秋欲雪,鸿雁将安归?
十年杀气盛,六合人烟稀。吾慕汉初老,时清犹茹芝。

白　凫　行

君不见黄鹄高于五尺童,化为白凫似老翁?
故畦遗穗已荡尽,天寒岁暮波涛中。
鳞介腥膻素不食,终日忍饥西复东。
鲁门鹓鶵亦蹭蹬,闻道如今犹避风。
○托寄悱恻。
◇董斯张曰:"鲁门爱居,隐然有不飨太牢、不乐钟鼓之态。此老倔强,百折不回。"

醉歌行赠公安颜少府请顾八题壁

神仙中人不易得,颜氏之子才孤标。
天马长鸣待驾驭,秋鹰整翮当云霄。
君不见东吴顾文学,君不见西汉杜陵老?
诗家笔势君不嫌,词翰升堂为君扫。
是日霜风冻七泽,乌蛮落照衔赤壁。
酒酣耳热忘头白,感君意气无所惜,一为歌行歌主客。

○偶然酬应，必挟奇气而出，随笔所至，皆臻妙境。

夜闻觱篥

夜闻觱篥沧江上，衰年侧耳情所向。
邻舟一听多感伤，塞曲三更欻悲壮。
积雪飞霜此夜寒，孤灯急管复风湍。
君知天地干戈满，不见江湖行路难。

发刘郎浦

挂帆早发刘郎浦，疾风飒飒昏亭午。
舟中无日不沙尘，岸上空村尽豺虎。
十日北风风未回，客行岁晚晚相催。
白头厌伴渔人宿，黄帽青鞋归去来。

别董颋

穷冬急风水，逆浪开帆难。士子甘旨阙，不知道里寒。
有求彼乐土，南适小长安。别我舟楫去，觉君衣裳单。
素闻赵公节，兼尽宾主欢。已结门庐望，无令霜雪残。
老夫缆亦解，脱粟早未餐。飘荡兵甲际，几时怀抱宽？
汉阳颇宁静，岘首试考槃。当念著白帽，采薇青云端。

送顾八分文学适洪吉州

中郎石经后，八分盖憔悴。顾侯运炉锤，笔力破余地。

昔在开元中，韩蔡同赑屃。玄宗妙其书，是以数子至。
御札早流传，揄扬非造次。三人并入直，恩泽各不二。
顾于韩蔡内，辨眼工小字，分日示诸王，钩深法更秘。
文学与我游，萧疏外声利。追随二十载，浩荡长安醉。
高歌卿相宅，文翰飞省寺。视我扬马间，白首不相弃。
骅骝入穷巷，必脱黄金辔。一论朋友难，迟暮敢失坠！
古来事反覆，相见横涕泗。向者玉珂人，谁是青云器？
才尽伤形体，病渴污官位。故旧独依然，时危话颠踬。
我甘多病老，子负忧世志。胡为困衣食，颜色少称遂？
远作辛苦行，顺从众多意。舟楫无根蒂，蛟鼍好为祟；
况兼水贼繁，特戒风飚驶。崩腾戎马际，往往杀长吏。
子干东诸侯，劝勉防纵恣。邦以民为本，鱼饥费香饵。
请哀疮痍深，告诉皇华使。使臣精所择，进德知历试。
恻隐诛求情，固应贤愚异。烈士恶苟得，俊杰思自致。
赠子猛虎行，出郊载酸鼻。

〇振笔直书，纵横历落，行乎其所当行，止乎其所不得不止。诗境至此，亦"从心不逾矩"时也。

◇王嗣奭曰："全篇无一字虚饰，可以知其相与之情；而爱民之真恳，规友之直谅，又两见之矣。"

遣　遇

磬折辞主人，开帆驾洪涛。春水满南国，朱崖云日高。
舟子废寝食，飘风争所操。我行匪利涉，谢尔从者劳。
石间采蕨女，鬻菜输官曹。丈夫死百役，暮返村空号。
闻见事略同，刻剥及锥刀。贵人岂不仁？视汝如莠蒿。

索钱多门户，丧乱纷嗷嗷。奈何黠吏徒，渔夺成逋逃！
自喜遂生理，花时甘缊袍。

解　忧

减米散同舟，路难思共济。向来云涛盘，众力亦不细。
呀坑瞥眼过，飞橹本无蒂。得失瞬息间，致远宜恐泥。
百虑视安危，分明曩贤计。兹理庶可广，拳拳期勿替。
〇出险思惧，真更事之言。

宿凿石浦

早宿宾从劳，仲春江山丽。飘风过无时，舟楫敢不系？
回塘澹暮色，日没众星嘒。缺月殊未生，青灯死分翳。
穷途多俊异，乱世少恩惠。鄙夫亦放荡，草草频卒岁。
斯文忧患余，圣哲垂象系。

过津口

南岳自兹近，湘流东逝深。和风引桂楫，春日涨云岑。
回首过津口，而多枫树林。白鱼困密网，黄鸟喧嘉音。
物微限通塞，恻隐仁者心。瓮余不尽酒，膝有无声琴。
圣贤两寂寞，眇眇独开襟。
〇纪行诸诗，一片老境，有如天降时雨，山川出云，木叶尽脱，石气自青，视入蜀诗别一境界，盖浑用力之迹而臻于化矣。

次空灵岸

沄沄逆素浪，落落展清眺。幸有舟楫迟，得尽所历妙。
空灵霞石峻，枫栝隐奔峭。青春犹无私，白日亦偏照。
可使营吾居，终焉托长啸。毒瘴未足忧，兵戈满边徼。
向者留遗恨，耻为达人诮。回帆觊赏延，佳处领其要。

宿花石戍

午辞空灵岑，夕得花石戍。岸疏开辟水，木杂今古树。
地蒸南风盛，春热西日暮。四序本平分，气候何回互？
茫茫天造间，理乱岂恒数？系舟盘藤轮，策杖古樵路。
罢人不在村，野圃泉自注。柴扉虽芜没，农器尚牢固。
山东残逆气，吴楚守王度。谁能扣君门，下令减征赋！
○体兼鲍、谢，义入风诗。

望　岳

南岳配朱鸟，秩礼自百王。欻吸领地灵，鸿洞半炎方。
邦家用祀典，在德非馨香。巡守何寂寥，有虞今则亡。
洎吾隘世网，行迈越潇湘。渴日绝壁出，漾舟清光旁。
祝融五峰尊，峰峰次低昂。紫盖独不朝，争长嶪相望。
恭闻魏夫人，群仙夹翱翔。有时五峰气，散风如飞霜。
牵迫限修途，未暇杖崇冈。归来觊命驾，沐浴休玉堂。
三叹问府主，曷以赞我皇？牲璧忍衰俗，神其思降祥！

○华、岱二诗，笔意峭拔，各极其变。此则另辟一格，出以典重，以"明德唯馨"之意勖励守土，尤有立言之旨，非徒得郊坛登歌气象。

◇沈德潜曰："灵光缥缈，气象肃穆。汉人《练时日》《帝临》诸章，是此诗原本。"

岳麓山道林二寺行

玉泉之南麓山殊，道林林壑争盘纡。
寺门高开洞庭野，殿脚插入赤沙湖。
五月寒风冷佛骨，六时天乐朝香炉。
地灵步步雪山草，僧宝人人沧海珠。
塔劫宫墙壮丽敌，香厨松道清凉俱。
莲花交响共命鸟，金榜双迥三足乌。
方丈涉海费时节，悬圃寻河知有无？
暮年且喜经行近，春日兼蒙暄暖扶。
飘然斑白身奚适？傍此烟霞茅可诛。
桃源人家易制度，橘洲田土仍膏腴。
潭府邑中甚淳古，太守庭内不喧呼。
昔遭衰世皆晦迹，今幸乐国养微躯。
依止老宿亦未晚，富贵功名焉足图。
久为野客寻幽惯，细学何颙免兴孤。
一重一掩吾肺腑，山鸟山花吾友于。
宋公放逐曾题壁，物色分留与老夫。

○排比绵丽。

◇王嗣奭曰："全篇一气抒写，如珠走盘。"

岁晏行

岁云暮矣多北风,潇湘洞庭白雪中。
渔父天寒网罟冻,莫徭射雁鸣桑弓。
去年米贵阙军食,今年米贱大伤农。
高马达官厌酒肉,此辈杼轴茅茨空。
楚人重鱼不重鸟,汝休枉杀南飞鸿。
况闻处处鬻男女,割慈忍爱还租庸。
往日用钱捉私铸,今许铅锡和青铜。
刻泥为之最易得,好恶不合长相蒙。
万国城头吹画角,此曲哀怨何时终!
○声哀厉而弥长,其气之老正在参错中。

追酬故高蜀州人日见寄 并序

开文书帙中检所遗忘,因得故高常侍适往居在成都时,高任蜀州刺史《人日相忆见寄》诗,泪洒行间,读终篇末。自枉诗已十余年,莫记存殁又六七年矣。老病怀旧,生意可知。今海内忘形故人,独汉中王瑀与昭州敬使君超先在。爱而不见,情见乎辞。大历五年五月二十一日却追酬高公此作,因寄王及敬弟。

自蒙蜀州人日作,不意清诗久零落。
今晨散帙眼忽开,迸泪幽吟事如昨。
呜呼壮士多慷慨,合沓高名动寥廓。
叹我悽悽求友篇,感时郁郁匡君略。

锦里春光空烂漫,瑶墀侍臣已冥寞。
潇湘水国傍鼋鼍,鄂杜秋天失鵰鹗。
东西南北更谁论,白首扁舟病独存。
遥拱北辰缠寇盗,欲倾东海洗乾坤。
边塞西蕃最充斥,衣冠南渡多崩奔。
鼓瑟至今悲帝子,曳裾何处觅王门?
文章曹植波澜阔,服食刘安德业尊。
长笛谁能乱愁思?昭州词翰与招魂。

苏大侍御访江浦赋八韵纪异　并序

苏大侍御涣,静者也,旅于江侧,凡是不交州府之客,人事都绝久矣。肩舆江浦,忽访老夫舟楫。已而茶酒内,余请诵近诗,肯吟数首,才力素壮,词句动人。接对明日,忆其涌思雷出,书篋几杖之外,殷殷留金石声。赋八韵记异,亦见老夫倾倒于苏至矣!

庞公不浪出,苏氏今有之。再闻诵新作,突过黄初诗。
乾坤几反复,杨马宜同时。今晨清镜中,胜食斋房芝。
余发喜却变,白间生黑丝。昨夜舟火灭,湘娥簾外悲。
百灵未敢散,风破寒江迟。

○结语奇妙,耐人百味。

◇仇兆鳌曰:"诗止七韵,而题云八韵,用韵取耦不取奇也。"

◇孙光宪曰:"涣有变律诗十九首上广帅李公。唐人谓涣诗长于讽刺,得陈拾遗一鳞半甲。后以作乱伏诛。"

题衡山县文宣王庙新学堂呈陆宰

旄头彗紫微,无复俎豆事。金甲相排荡,青衿一憔悴。
呜呼已十年,儒服弊于地。征夫不遑息,学者沦素志。
我行洞庭野,欻得文翁肆。侁侁胄子行,若舞风雩至。
周室宜中兴,孔门未应弃。是以资雅才,涣然立新意。
衡山虽小邑,首唱恢大义。因见县尹心,根源旧宫閟。
讲堂非曩构,大屋加涂塈。下可容百人,墙隅亦深邃。
何必三千徒,始压戎马气。林木在庭户,密干叠苍翠。
有井朱夏时,辘轳冻阶戺。耳闻读书声,杀伐灾髣髴。
故国延归望,衰颜减愁思。南纪改波澜,西河共风味。
采诗倦跋涉,载笔尚可纪。高歌激宇宙,凡百慎失坠。
〇气体肃穆,便可作此邑修学记。
◇何焯曰:"感慨顿挫,自成有韵之文。"

卷十三

襄阳杜甫诗五

冬日洛城北谒玄元皇帝庙　　原注：庙有吴道子画《五圣图》。

配极玄都閟，凭虚禁御长。守桃严具礼，掌节镇非常。
碧瓦初寒外，金茎一气旁。山河扶绣户，日月近雕梁。
仙李盘根大，猗兰奕叶光。世家遗旧史，道德付今王。
画手看前辈，吴生远擅场。森罗移地轴，妙绝动宫墙。
五圣联龙衮，千宫列雁行。冕旒俱秀发，旌旆尽飞扬。
翠柏深留景，红梨迥得霜。风筝吹玉柱，露井冻银床。
身退卑周室，经传拱汉皇。谷神如不死，养拙更何乡？

〇钜丽冠冕，得颂扬之体，拟诸《清庙》《明堂》，其气象似之。唐人崇祀老子，事属不经，贻讥千古。甫为当时之臣，推崇固应如此。其典重中带飘逸，精工中有排宕，则大手异人处也。

◇陈师道曰："叙述功德，反覆申意，事核而理长。"

◇李因笃曰："此篇乃公开手长律，凤羽初舒，九苞焕采，宜其雄视一代也。"

◇浦起龙曰："典重高华，据事直书，不参议论，纯是颂体。钱笺'语语指斥'，意非不善也；但学者不善会之，偏于讥刺一边看去，则失之远矣。"

◇《唐书》："高宗乾封元年幸亳州，诣老君庙，追尊为玄元皇帝。开元二十九年，制两京诸州各置庙。天宝元年，置庙于天宁坊，东都于积善坊、临淄旧邸；二年，改为太清宫，东都太微宫。"

投赠哥舒开府翰二十韵

今代麒麟阁，何人第一功？君王自神武，驾驭必英雄。
开府当朝杰，论兵迈古风。先锋百胜在，略地两隅空。
青海无传箭，天山早挂弓。廉颇仍走敌，魏绛已和戎。
每惜河湟弃，新兼节制通。智谋垂睿想，出入冠诸公。
日月低秦树，乾坤绕汉宫。胡人愁逐北，宛马又从东。
受命边沙远，归来御席同。轩墀曾宠鹤，畋猎旧非熊。
茅土加名数，山河誓始终。策行遗战伐，契合动昭融。
勋业青冥上，交亲气概中。未为朱履客，已见白头翁。
壮节初题柱，生涯独转蓬。几年春草歇，今日暮途穷。
军事留孙楚，行间识吕蒙。防身一长剑，将欲倚崆峒。

◇胡应麟曰："排律，沈、宋二氏，藻赡精工；太白、右丞，明秀高爽。然皆不过十韵，且体在绳墨之中，调非畦径之外。惟杜陵大篇钜什，雄伟神奇，如《谒先主庙》《赠哥舒》等作，阖辟驰骤，如飞龙行云，鳞鬣爪甲，自中矩度；又如淮阴用兵，百万掌握，变化无方，虽时有险朴，无害大家。"

上韦左相二十韵

凤历轩辕纪，龙飞四十春。八荒开寿域，一气转洪钧。

霖雨思贤佐，丹青忆老臣。应图求骏马，惊代得麒麟。
沙汰江河浊，调和鼎鼐新。韦贤初相汉，范叔已归秦。
盛业今如此，传经固绝伦。豫樟深出地，沧海阔无津。
北斗司喉舌，东方领搢绅。持衡留藻鉴，听履上星辰。
独步才超古，余波德照邻。聪明过管辂，尺牍倒陈遵。
岂是池中物，由来席上珍。庙堂知至理，风俗尽还淳。
才杰俱登用，愚蒙但隐沦。长卿多病久，子夏索居频。
回首驱流俗，生涯似众人。巫咸不可问，邹鲁莫容身。
感激时将晚，苍茫兴有神。为公歌此曲，涕泪在衣巾。
◇沈德潜曰："从朝廷用人说起，与前篇同是高屋建瓴之法。"

奉赠太常张卿二十韵

方丈三韩外，崑崙万国西。建标天地阔，诣绝古今迷。
气得神仙迥，恩承雨露低。相门清议众，儒术大名齐。
轩冕罗天阙，琳琅识介珪。伶官诗必诵，夔乐典犹稽。
健笔凌鹦鹉，铦锋莹鸊鹈。友于皆挺拔，公望见端倪。
通籍踰青琐，亨衢照紫泥。灵虬传夕箭，归马散霜蹄。
能事闻重译，嘉蔬及远黎。弥谐方一展，班序更何跻。
适越空颠踬，游梁竟惨悽。谬知终画虎，微分是醯鸡。
萍泛无休日，桃阴想旧蹊。吹嘘人所羡，腾跃事仍暌。
碧海真难涉，青云不可梯。顾深惭锻炼，才小辱提携。
槛束哀猿叫，枝惊夜鹊棲。几时陪羽猎，应指钓璜溪。
○投赠诗皆工于发端，此篇尤有气象，当是赠张垍者。垍以尚主，置宅禁中，故假神仙之象以诵美之。钱谦益引妙实真符之说，谓中含讽刺，不免穿凿，且与甫赠诗望荐之意不合。

奉赠鲜于京兆二十韵

王国称多士，贤良复几人！异才应间出，爽气必殊伦。
始见张京兆，宜居汉近臣。骅骝开道路，鹓鹭离风尘。
侯伯知何等？文章实致身。奋飞超等级，容易失沉沦。
脱略磻溪钓，操持郢匠斤。云霄今已逼，台衮更谁亲？
凤穴雏皆好，龙门客又新。义声纷感激，败绩自逡巡。
途远欲何向？天高难重陈。学诗犹孺子，乡赋念嘉宾。
不得同晁错，吁嗟后郄诜。计疏疑翰墨，时过忆松筠。
献纳纡皇眷，中间谒紫宸。且随诸彦集，方觊薄才伸。
破胆遭前政，阴谋独秉钧。微生霑忌刻，万事益酸辛。
交合丹青地，恩倾雨露辰。有儒愁饿死，早晚报平津。

○甫之应诏而被黜，献赋而仍置，皆李林甫为之。相臣以进贤为职，知人为务。唐以诗赋取士，而杜甫白衣，古人所以感士不遇也。"阴谋""刻忌"，写出林甫奸状。彼读骆宾王檄而曰"宰相安得失此人"者，犹当愧之。

◇蔡梦弼曰："时明皇诏天下有一艺诣阙就选，李林甫恐士或斥己建言，请委尚书省先试问，遂无一中者。公应诏退下，是为林甫所沮，故下有'破胆''阴谋'之语也。"

◇王士禄曰："'计疏疑翰墨，时过忆松筠。'语有余味。"

赠特进汝阳王二十韵

特进群公表，天人夙德升。霜蹄千里骏，风翮九霄鹏。
服礼求毫发，惟忠忘寝兴。圣情常有眷，朝退若无凭。

仙醴来浮蚁，奇毛或赐鹰。清关尘不杂，中使日相乘。
晚节嬉游简，平居孝义称。自多亲棣萼，谁敢问山陵。
学业醇儒富，辞华哲匠能。笔飞鸾耸立，章罢凤骞腾。
精理通谈笑，忘形向友朋。寸长堪缱绻，一诺岂骄矜。
已忝归曹植，何知对李膺。招要恩屡至，崇重力难胜。
披雾初欢夕，高秋爽气澄。樽罍临极浦，凫雁宿张灯。
花月穷游宴，炎天避郁蒸。砚寒金井水，簷动玉壶冰。
瓢饮惟三径，岩栖在百层。且持蠡测海，况把酒如渑。
鸿宝宁全秘，丹梯庶可凌。淮王门有客，终不愧孙登。

◇胡应麟曰："赠汝阳、哥舒、李白、韦见素等作，格调精严，体骨匀称。每读一篇，无论其人履历，咸若指掌；且形神意气，踊跃毫楮。如周昉写生，太史序传，逼夺化工；而杜从容声律间，尤为难事，真古今绝诣也！"

郑驸马宅宴洞中

主家阴洞细烟雾，留客夏簟清琅玕。
春酒盃浓琥珀薄，冰浆椀碧玛瑙寒。
误疑茅堂过江麓，已入风磴霾云端。
自是秦楼压郑谷，时闻杂佩声珊珊。

○拗体全用古调，亦觉过苦，正喜其苍秀。
◇仇兆鳌曰："颔联叙事浓丽，腹联写景萧疏。"

重题郑氏东亭

华亭入翠微，秋日乱清晖。崩石欹山树，清涟曳水衣。

紫鳞冲岸跃，苍隼护巢归。向晚寻征路，残云傍马飞。

题张氏隐居

春山无伴独相求，伐木丁丁山更幽。
涧道余寒历冰雪，石门斜日到林丘。
不贪夜识金银气，远害朝看麋鹿游。
乘兴杳然迷出处，对君疑是泛虚舟。
○善写幽居之致，旨趣俱远，固不得以涉理路、落言筌议之。

天宝初，南曹小司寇舅于我太夫人堂下累土为山，一匮盈尺，以代彼朽木承诸焚香瓷瓯、瓯甚安矣，旁植慈竹。盖兹数峰嶔岑婵娟，宛有尘外致，乃不知兴之所至而作是诗

一匮功盈尺，三峰意出群。望中疑在野，幽处欲生云。
慈竹春阴覆，香炉晓势分。惟南将献寿，佳气日氛氲。
◇李因笃曰："三、四承上，虚状二句，体极生动。"

龙 门

龙门横野断，驿树出城来。气色皇居近，金银佛寺开。
往还时屡改，川水日悠哉。相阅征途上，生涯尽几回。

奉寄河南韦尹丈人

原注：甫敝庐在偃师，承韦公频有访问，故有下句。

有客传河尹，逢人问孔融。青囊仍隐逸，章甫尚西东。
鼎食分门户，词场继国风。尊荣瞻地绝，疏放忆途穷。
浊酒寻陶令，丹砂访葛洪。江湖漂短褐，霜雪满飞蓬。
牢落乾坤大，周流道术空。谬惭知蓟子，真怯笑扬雄。
盘错神明惧，讴歌德义丰。尸乡余土室，难说祝鸡翁。

与任城许主簿游南池

秋水通沟洫，城隅进小船。晚凉看洗马，森木乱鸣蝉。
菱熟经时雨，蒲荒八月天。晨朝降白露，遥忆旧青毡。
◇仇兆鳌曰："公诗善记时节，此诗'晨朝降白露'，明日白露节也；他诗'露从今夜白'，今日白露节也。"

登兖州城楼

东郡趋庭日，南楼纵目初。浮云连海岱，平野入青徐。
孤嶂秦碑在，荒城鲁殿余。从来多古意，临眺独踌躇。
○安雅妥帖，杜律中最近人者，故后人多摹此派。
◇李梦阳曰："叠景者意必二，阔大者半必细，此最律诗三昧。如'浮云连海岱，平野入青徐。孤嶂秦碑在，荒城鲁殿余'。前景寓目，后景感怀也。如'诏从三殿去，碑到百蛮开。野馆秋花发，春帆细雨来'。前半阔大，后半工细也。唐法律甚严，惟杜；变化莫测，亦惟杜。"

◇赵汸曰:"公祖审言《登襄阳城诗》云:'旅客三秋至,层城四望开。楚山横地出,汉水接天回。冠盖非新里,章华只旧台。习池风景异,归路满尘埃。'公此诗,实本于其祖。"

对雨书怀走邀许十一簿公

东岳云峰起,溶溶满太虚。震雷翻幕燕,骤雨落河鱼。
座对贤人酒,门听长者车。相邀愧泥泞,骑马到阶除。
◇王士禄曰:"'骤雨落河鱼',亦是即目妙境。"

巳上人茅斋

巳公茅屋下,可以赋新诗。枕簟入林僻,茶瓜留客迟。
江莲摇白羽,天棘蔓青丝。空忝许询辈,难酬支遁词。

房兵曹胡马诗

胡马大宛名,锋棱瘦骨成。竹批双耳峻,风入四蹄轻。
所向无空阔,真堪托死生。骁腾有如此,万里可横行。
○孤情迥出,健思潜搜,相其气骨,亦可横行万里。此与《画鹰》二篇,真文家所谓"沉着痛快"者。
◇赵汸曰:"咏物诗戒粘皮带骨。此诗矫健豪纵,飞行万里之势如在目中,所谓'索之于牝牡骊黄之外'者。区区模写体贴,以为咏物,何足语此!"
◇李因笃曰:"五、六如咏良友大将,此所谓沉雄。"

画鹰

素练风霜起,苍鹰画作殊。攫身思狡兔,侧目似愁胡。
绦镟光堪摘,轩楹势可呼。何当击凡鸟,毛血洒平芜!

◇王士禄曰:"命意精警,句句不脱画字。"

◇朱鹤龄曰:"起句与'缟素漠漠开风沙'义同,末因画鹰而思真者之搏击,则进《鹏赋》意也。"

◇仇兆鳌曰:"每咏一物,必以全副精神入之,故老笔苍劲,时见灵气飞舞。"

过宋员外之问旧庄

原注:员外季弟执金吾,见知于代,故有下句。

宋公旧池馆,零落守阳阿。枉道祗从入,吟诗许更过。
淹留问耆老,寂寞向山河。更识将军树,悲风日暮多。

夜宴左氏庄

风林纤月落,衣露净琴张。暗水流花径,春星带草堂。
检书烧烛短,看剑引杯长。诗罢闻吴咏,扁舟意不忘。

○写景秾至,结意亦远。杜律如此种,气骨有余,不乏风韵,虽雅近王、孟,尤为盛唐高步。

◇顾宸曰:"一章之中,乐事皆具,而时地、景物重叠铺叙,却浑然不见痕迹。"

◇黄生曰:"夜景有月易佳,无月难佳。三、四句无月时,写景语更精切。"

送蔡希曾都尉还陇右因寄高三十五书记

原注：时哥舒入奏，勒蔡子先归。

蔡子勇成癖，弯弓西射胡。健儿宁斗死，壮士耻为儒。
官是先锋得，材缘挑战须。身轻一鸟过，枪急万人呼。
云幕随开府，春城赴上都。马头金匼匝，驼背锦模糊。
咫尺云山路，归飞青海隅。上公犹宠锡，突将且前驱。
汉使黄河远，凉州白麦枯。因君问消息，好在阮元瑜。

○杜牧诗："射鵰都尉万人敌，黑稍将军一鸟轻。"虽本此诗，然语意天然逊子美远矣。

◇欧阳修曰："陈舍人从易偶得杜集旧本，文多脱误，《送蔡都尉》诗'身轻一鸟'，下脱一字。陈公与数客，各用一字补之，或云'疾'，或云'落'，或云'下'，莫能定。后得一善本，乃是'过'字，陈叹服，以为虽一字，诸君亦不能到也。"

春日忆李白

白也诗无敌，飘然思不群。清新庾开府，俊逸鲍参军。
渭北春天树，江东日暮云。何时一尊酒，重与细论文。

○李杜交谊，于白集中论之详矣。此诗傅会尤多，所谓"以小人之心，度君子之腹"，甫无是也。颈联遂为怀人粉本，情景双关，一何蕴藉！

◇朱鹤龄曰："公与太白皆学六朝，前以李侯佳句比之阴铿，此又比之庾、鲍，盖举平生所最慕者以相方也。王安石谓少陵于李白仅比于庾、谢，阴铿则又下矣，或遂以'细论文'讥其才疏，此真瞽说。公诗云'颇学阴何苦用心'，又云'庾信文章老更成',公之推服诸家甚至,则其推服太白为何如哉!"

赠陈二补阙

世儒多汩没,夫子独声名。献纳开东观,君王问长卿。
早雕寒始急,天马老能行。自到青冥里,休看白发生。

寄高三十五书记

叹息高生老,新诗日又多。美名人不及,佳句法如何?
主将收才子,崆峒足凯歌。闻君已朱绂,且得慰蹉跎。
〇诗必有法,古今通义。子美最深于法,严羽云"少陵诗法如孙吴,太白诗法如李广"是也。

送裴二虬作尉永嘉

孤屿亭何处?天涯水气中。故人官就此,绝境兴谁同!
隐吏逢梅福,游山忆谢公。扁舟吾已就,把钓待秋风。
〇浦起龙曰:"起用倒势,如凌虚御风而来。"

赠田九判官

崆峒使节上青霄,河陇降王款圣朝。
宛马总肥春苜蓿,将军只数汉嫖姚。
陈留阮瑀谁争长,京兆田郎早见招。
麾下赖君才并入,独能无意向渔樵!
〇风格遒上,所谓神理纵横而准绳最密。此种体制,惟老杜擅长。本望田荐己,故"宛马"句以比为赋,微领此意。五、六语如转丸珠。仇兆鳌谓阮瑀为指高适,不为无见,不徒送蔡都尉诗以阮比高也。

赠献纳使起居田舍人

献纳司存雨露边,地分清切任才贤。
舍人退食收封事,宫女开函近御筵。
晓漏追趋青琐闼,晴窗点检白云篇。
扬雄更有河东赋,唯待吹嘘送上天。

陪郑广文游何将军山林十首

不识南塘路,今知第五桥。名园依绿水,野竹上青霄。
谷口旧相得,濠梁同见招。平生为幽兴,未惜马蹄遥。
〇古人记游之作,伫兴而言,兴尽而止,故有余味而无长语。此诗多至十首,盖游宴既久,情景迭见,故乃综括始终,分摅怀抱,绝去羁束而自成阡陌,若不经营而自行条理,所谓"言之不足故长言之,反复咏叹以寄其情"者也。十首中风致萧疏,气体深稳。元亮之冲,太冲之逸,康乐之清,明远之俊,汇而有之。至其章法次序,则大家结构,评者类能言之。
◇王嗣奭曰:"起句是十首起法,末拈幽兴,为十首之纲。"

百顷风潭上,千章夏木清。卑枝低结子,接叶暗巢莺。
鲜鲫银丝鲙,香芹碧涧羹。翻疑柂楼底,晚饭越中行。
◇蔡宽夫曰:"'卑枝'一联,乃叠韵对,如乐天'户大嫌甜酒,才高笑小诗'。要因其语意偶合,辄成就之,不以是为工也。"

万里戎王子,何年别月支。异花开绝域,滋蔓匝清池。
汉使徒空到,神农竟不知。露翻兼雨打,开拆日离披。
◇王士禄曰:"十首中宕此一首,最见章法。"

旁舍连高竹,疏篱带晚花。碾涡深没马,藤蔓曲藏蛇。
词赋工无益,山林迹未赊。尽捻书籍卖,来问尔东家。

剩水沧江破,残山碣石开。绿垂风折笋,红绽雨肥梅。
银甲弹筝用,金鱼换酒来。兴移无洒扫,随意坐莓苔。
◇王嗣奭曰:"散漫写去,无起束呼应,另是一格。亦缘十首自有大起结,此首如中联也。"

风磴吹阴雪,云门吼瀑泉。酒醒思卧簟,衣冷欲装绵。
野老来看客,河鱼不取钱。只疑淳朴处,自有一山川。

棘树寒云色,茵陈春藕香。脆添生菜美,阴益食单凉。
野鹤清晨出,山精白日藏。石林蟠水府,百里独苍苍。
◇浦起龙曰:"'野鹤'一联,刻意生色。"

忆过杨柳渚,走马定昆池。醉把青荷叶,狂遗白接䍦。
刺船思郢客,解水乞吴儿。坐对秦山晚,江湖兴颇随。

床上书连屋,阶前树拂云。将军不好武,稚子总能文。
醒酒微风入,听诗静夜分。絺衣挂萝薜,凉月白纷纷。

幽意忽不惬，归期无奈何。出门流水注，回首白云多。
自笑灯前舞，谁怜醉后歌。祇因与朋好，风雨亦来过。

◇赵汸曰："凡一题而赋数首者，须首尾布置，有起有结，每章各有主意，无繁复不伦之失，乃是家数。观此十章及后五章，可见。"

◇王嗣奭曰："合观十首，分明一篇游记，有首有尾，中间或赋景、或写情，经纬错综，曲折变化，用正用奇，不可方物。"

◇李因笃曰："末章是十首结语，老气横空，直使后五首可接。"

重过何氏五首

问讯东桥竹，将军有报书。倒衣还命驾，高枕乃吾庐。
花妥莺捎蝶，溪喧獭趁鱼。重来休沐地，真作野人居。

○五首皆着意"重过"，其大致疏落，不复次第铺叙，正所以别于前游，此亦诗家之微旨也。卢元昌以"野人居"三字为讽当时第舍之侈，又或以前第九首、此第四首为讽明皇黩武、将帅好兵，前第三首为刺明皇任蕃将、宠禄山，无端牵引，破碎支离。黄庭坚谓弃其大旨，于所遇林泉人物、草木鱼虫以为物物皆有所托，如世间商度隐语者，则子美之诗委地矣。读甫诗者，当以为戒。

山雨樽仍在，沙沉榻未移。犬迎曾宿客，鸦护落巢儿。
云薄翠微寺，天清皇子陂。向来幽异极，步屟过东篱。

◇李因笃曰："五、六宕开，惟大家有此笔力。"

落日平台上，春风啜茗时。石栏斜点笔，桐叶坐题诗。

翡翠鸣衣桁,蜻蜓立钓丝。自今幽兴熟,来往亦无期。
○首篇五、六及"翡翠"二句,秋至中别有幽趣,不减"蝉噪林逾静,鸟鸣山更幽"也。

颇怪朝参懒,应耽野趣长。雨抛金锁甲,苔卧绿沉枪。手自移蒲柳,家才足稻粱。看君用幽意,白日到羲皇。

到此应常宿,相留可判年。蹉跎暮容色,怅望好林泉。何日沾微禄,归山买薄田。斯游恐不遂,把酒意茫然。

冬日有怀李白

寂寞书斋里,终朝独尔思。更寻嘉树传,不忘角弓诗。短褐风霜入,还丹日月迟。未因乘兴去,空有鹿门期。
○与"亦有梁宋游,相期拾瑶草",正相照应。

赠翰林张四学士

翰林逼华盖,鲸力破沧溟。天上张公子,宫中汉客星。赋诗拾翠殿,佐酒望云亭。紫诰仍兼绾,黄麻似六经。内分金带赤,恩与荔枝青。无复随高凤,空余泣聚萤。此生任春草,垂老独漂萍。倘忆山阳会,悲歌在一听。
○前幅工丽。

送张二十参军赴蜀州因呈杨五侍御

好去张公子,通家别恨添。两行秦树直,万点蜀山尖。

御史新骢马,参军旧紫髯。皇华吾善处,于汝定无嫌。

陪诸贵公子丈八沟携妓纳凉晚际遇雨二首

落日放船好,轻风生浪迟。竹深留客处,荷净纳凉时。
公子调冰水,佳人雪藕丝。片云头上黑,应是雨催诗。

雨来霑席上,风急打船头。越女红裙湿,燕姬翠黛愁。
缆侵堤柳系,幔卷浪花浮。归路翻萧飒,陂塘五月秋。
○结皆入胜,次作尤有逸致。

赠高式颜

昔别是何处?相逢皆老夫。故人还寂寞,削迹共艰虞。
自失论文友,空知卖酒垆。平生飞动意,见尔不能无。
○深情高调,起句中无限苍凉。
◇王士正曰:"篇中'论文友',指高适。适卒于永泰元年,此诗当在改元之后。"

故武卫将军挽歌三首

严警当寒夜,前军落大星。壮夫思敢决,哀诏惜精灵。
王者今无战,书生已勒铭。封侯意疏阔,编简为谁青?
◇刘会孟曰:"词意上下含蓄,有美有恨。"

舞剑过人绝,鸣弓射兽能。铦锋行惬顺,猛噬失蹻腾。
赤羽千夫膳,黄河十月冰。横行沙漠外,神速至今称。

◇李因笃曰:"诗意沉雄悲壮,足慰鬼雄。此篇尤有生造之力。"

哀挽青门去,新阡绛水遥。路人纷雨泣,天意飒风飚。
部曲精仍锐,匈奴气不骄。无由睹雄略,大树日萧萧。

官定后戏赠 原注:时免河西尉,为右率府兵曹。

不作河西尉,凄凉为折腰。老夫怕趋走,率府且逍遥。
耽酒须微禄,狂歌托圣朝。故山归兴尽,回首向风飚。

九日蓝田崔氏庄

老去悲秋强自宽,兴来今日尽君欢。
羞将短发还吹帽,笑倩旁人为正冠。
蓝水远从千涧落,玉山高并两峰寒。
明年此会知谁健?醉把茱萸子细看。

○意颇颓唐,笔则老健。颈联撑拄,自是"截断众流"之句。

◇刘禹锡曰:"诗中用'茱萸'字者凡三人,杜子美云'醉把茱萸仔细看',王右丞云'遍插茱萸少一人',朱倣云'学他年少插茱萸'。三君所用,子美为优。"

◇陈师道曰:"颔联文雅旷达,不减昔人。故谓诗非力学可致,正须胸中度世耳。"

崔氏东山草堂

爱汝玉山草堂静,高秋爽气相鲜新。

有时自发钟磬响,落日更见渔樵人。
盘剥白鸦谷口栗,饭煮青泥坊底芹。
何为西庄王给事,柴门空闭锁松筠?

○甫集特多拗律,然其声调自有一定之法。如此诗及"西岳峥嵘竦处尊""锦官城西生事微""掖垣竹埤梧十寻""城尖径仄旌旆愁"诸篇,以古调入律,所谓"苍茫历落中自成音节"者。然此及《西岳》篇,收入律调为正法。如后一篇八句全拗,又拗体之变格,不易学也。若并不识七古声调,而以语拗体,难矣。他如"涧道余寒历冰雪,传语风光共流转",及"映阶碧草自春色,九江日落醒何处"诸联,乃单拗、双拗正法。宋人胡仔谓平仄固有定体,众共守之,然不若时用变体,如兵之出奇、变化无穷,以惊世骇目;王世懋则疑为变风、变雅,皆恍惚之语耳。

◇王嗣奭曰:"《蓝田》诗悲壮,《东山》诗浑成,不烦绳削,自有萧散之致。"

对　雪

战哭多新鬼,愁吟独老翁。乱云低薄暮,急雪舞迴风。
瓢弃樽无绿,炉存火似红。数州消息断,愁坐正书空。

月　夜

今夜鄜州月,闺中只独看。遥怜小儿女,未解忆长安。
香露云鬟湿,清辉玉臂寒。何时倚虚幌,双照泪痕干。
◇王士正曰:"不言思儿女,情在言外。"
◇浦起龙曰:"悲婉微至。"
◇黄鹤曰:"天宝十五载八月,公自鄜州赴行在,为贼所得,时身在长安,家在鄜州,故作是诗。"

遣 兴

骥子好男儿,前年学语时,问知人客姓,诵得老夫诗。
世乱怜渠小,家贫仰母慈。鹿门携不遂,雁足系难期。
天地军麾满,山河战角悲。傥归免相失,见日敢辞迟。
◇王嗣奭曰:"爱隔情深,语宽心急。"

春 望

国破山河在,城春草木深。感时花溅泪,恨别鸟惊心。
烽火连三月,家书抵万金。白头搔更短,浑欲不胜簪。
◇司马光曰:"古人为诗,贵于意在言外,使人思而得之。近世惟杜子美,最得诗人之体。如此诗,言'山河在',明无余物矣;'草木深',明无人矣;花鸟,平时可娱之物,见之而泣,闻之而悲,则时可知矣。他皆类此,不可遍举。"

忆 幼 子

骥子春犹隔,莺歌煖正繁。别离惊节换,聪慧与谁论?
涧水空山道,柴门老树村。忆渠愁只睡,炙背俯晴轩。

喜达行在所三首

西忆岐阳信,无人遂却回。眼穿当落日,心死著寒灰。
雾树行相引,连峰望忽开。所亲惊老瘦,辛苦贼中来。

◇李因笃曰："抗贼高节，而以'老瘦辛苦'四字櫽栝之，所谓蕴藉也。"

愁思胡笳夕，凄凉汉苑春。生还今日事，间道暂时人。
司隶章初睹，南阳气已新。喜心翻倒极，呜咽泪沾巾。
◇刘会孟曰："'间道暂时人'五字可伤，即云'旦暮人'耳，'暂时'更警。"

死去凭谁报？归来始自怜。犹瞻太白雪，喜遇武功天。
影静千官里，心苏七校前。今朝汉社稷，新数中兴年。
○肺腑流露，不假雕饰。论甫者谓其"一饭不忘君"，况斯时情境乎！所以写欣喜处，语极悲痛，性情所至，妙不自寻。观其真挚如此，其生平大节可知矣。
◇赵汸曰："题曰'喜达行在所'，而诗多追说脱身归顺、间关跋涉之情状，所谓'痛定思痛，逾于在痛时'也。"

得家书

去凭游客寄，来为附家书。今日知消息，他乡且旧居。
熊儿幸无恙，骥子最怜渠。临老羁孤极，伤时会合疏。
二毛趋帐殿，一命侍鸾舆。北阙妖氛满，西郊白露初。
凉风新过雁，秋雨欲生鱼。农事空山里，眷言终荷锄。
○入后清逸，翛然意远。

奉赠严八阁老

扈圣登黄阁，明公独妙年。蛟龙得云雨，鵰鹗在秋天。

客礼容疎放，官曹可接联。新诗句句好，应任老夫传。

奉送郭中丞兼太仆卿充陇右节度使三十韵

诏发西山将，秋屯陇右兵。凄凉余部曲，燀赫旧家声。
鵰鹗乘时去，骅骝顾主鸣。艰难须上策，容易即前程。
斜日当轩盖，高风卷斾旌。松悲天水冷，沙乱雪山清。
和虏犹怀惠，防边不敢惊。古来于异域，镇静示专征。
燕蓟奔封豕，周秦触骇鲸。中原何惨黩，余孽尚纵横。
箭入昭阳殿，笳吟细柳营。内人红袖泣，王子白衣行。
宸极祆星动，园陵杀气平。空余金椀出，无复繐帷轻。
毁庙天飞雨，焚宫火彻明。罘罳朝共落，榆桷夜同倾。
三月师逾整，群胡势就烹。疮痍亲接战，勇决冠垂成。
妙誉期元宰，殊恩且列卿。几时回节钺，戮力扫欃枪。
圭窦三千士，云梯七十城。耻非齐说客，柢似鲁诸生。
通籍微班忝，周行独坐荣。随肩趋漏刻，短发寄簪缨。
径欲依刘表，还疑厌祢衡。渐衰那此别，忍泪独含情。
废邑狐狸语，空村虎豹争。人频坠涂炭，公岂忘精诚。
元帅调新律，前军压旧京。安边仍扈从，莫作后功名。

○言有伦脊，义归忠爱。昔谢安论《毛诗》，以"訏谟定命，远猷辰告"为佳语，此类篇章有其意矣。

◇王嗣奭曰："本送郭之陇右，而语意轻外重内，亹亹而谈，正以感激中丞使知急也。后云'几时回节钺'，又云'安边仍扈从'，盖深以讨贼大事望之矣。"

送杨六判官使西蕃

送远秋风落，西征海气寒。帝京氛祲满，人世别离难。
绝域遥怀怒，和亲愿结欢。敕书怜赞普，兵甲望长安。
宣命前程急，惟良待士宽。子云清自守，今日起为官。
垂泪方投笔，伤时即据鞍。儒衣山鸟怪，汉节野童看。
边酒排金盏，夷歌捧玉盘。草轻蕃马健，雪重拂庐干。
慎尔参筹画，从兹正羽翰。归来权可取，九万一朝抟。

◇仇兆鳌曰："罗大经云：'子云清自守，今日起为官。'假'云'对'日'，两句一意。按元、白、刘宾客辈《汝洛唱和集·九日送人》：'清秋方落帽，子夏正离群。'假对之工，本于杜句。"

◇朱鹤龄曰："《旧唐书》云：'至德元载，吐蕃遣使和亲，愿助国讨贼。二载三月，遣给事中南巨川报命。'杨盖赞巨川以行。"

月

天上秋期近，人间月影清。入河蟾不没，捣药兔长生。
只益丹心苦，能添白发明。干戈知满地，休照国西营。

晚行口号

三川不可到，归路晚山稠。落雁浮寒水，饥乌集戍楼。
市朝今日异，丧乱几时休？远愧梁江总，还家尚黑头。

◇卢之昌曰："有春燕巢于林木之感。"

行次昭陵

旧俗疲庸主，群雄问独夫。谶归龙凤质，威定虎狼都。
天属尊尧典，神功协禹谟。风云随绝足，日月继高衢。
文物多师古，朝廷半老儒。直词宁戮辱，贤路不崎岖。
往者灾犹降，苍生喘未苏。指麾安率土，荡涤抚洪炉。
壮士悲陵邑，幽人拜鼎湖。玉衣晨自举，铁马汗常趋。
松柏瞻虚殿，尘沙立暝途。寂寥开国日，流恨满山隅。

○气象嵬峩，规模宏远，华茂典重之中，有沉雄悲壮之概，陆游所谓"《清庙》《生民》伯仲间"也。贞观之治，三代以后所仅见，其行政、用人、纳谏、进贤，亦非后代所及，"文物"四句能举其要。不特此也，明皇励精为治，开元政化，上媲太宗；不能持盈保泰，任用宵小，蔽塞聪明，以致天宝祸乱。向非太宗之灵，则唐室墟矣。流离之余，徘徊瞻眺，抚时伤往，流恨山隅，想开国之盛，而所以致乱之故，隐然言外。深广无端，波澜万状，今古诗人，绝无伦比。甫祭房相文云"培塿满地，昆仑无群"，可取以评此诗。

◇许顗曰："'文物多师古'四句，见太宗智勇英特。武定天下而能如此，最盛德也。"

◇黄鹤曰："按天宝五载，诏天下通一艺者诣京师，公自东都西归应诏，故道经昭陵也。"

◇沈德潜曰："'玉衣'二句，犹《骚》所云'神之来兮夹两旗'，言神灵陟降也。"

重经昭陵

草昧英雄起,讴歌历数归。风尘三尺剑,社稷一戎衣。
翼亮贞文德,丕承戢武威。圣图天广大,宗祀日光辉。
陵寝盘空曲,熊罴守翠微。再窥松柏路,还见五云飞。
○浑举赞颂,义无不包,与前篇皆可直追"三颂"。
◇何景明曰:"用经史入诗,绝不见斧凿痕。使他人道之,未免拙滞。"
◇钟惺曰:"陵庙之作,典古悲凉。说功业无竹帛气,说神灵无松杉气。"
◇张远曰:"末句即'五陵佳气无时无'之意。"

喜闻官军已临贼寇二十韵

胡虏潜京县,官军拥贼壕。鼎鱼犹假息,穴蚁欲何逃!
帐殿罗玄冕,辕门照白袍。秦山当警跸,汉苑入旌旄。
路失羊肠险,云横雉尾高。五原空壁垒,八水散风涛。
今日看天意,游魂贷尔曹。乞降那更得,尚诈莫徒劳。
元帅归龙种,司空握豹韬。前军苏武节,左将吕虔刀。
兵气回飞鸟,威声没巨鳌。戈鋋开雪色,弓矢尚秋毫。
天步艰方尽,时和运更遭。谁云遗毒螫?已是沃腥臊。
睿想丹墀近,神行羽卫牢。花门腾绝漠,拓羯渡临洮。
此辈感恩至,羸俘何足操!锋先衣染血,骑突剑吹毛。
喜觉都城动,悲怜子女号。家家卖钗钏,只待献春醪。
○壮浪豪迈,写得"喜"字意出,可作讨贼檄文,亦可作报捷露布。

◇王嗣奭曰:"字字犀利,句句雄壮,真是笔扫千军者。"

◇《唐书》:"至德二载九月丁亥,广平王俶,将朔方等军及回纥、西域之众十五万,发凤翔。壬寅,至长安城西,与贼将安守忠战于香积寺北,贼大败,张通儒走陕郡,大军入京师。甲辰,捷书至凤翔。"

收　京（三首录二）

生意甘衰白,天涯正寂寥。忽闻哀痛诏,又下圣明朝。
羽翼怀商老,文思忆帝尧。叨逢罪己日,霑洒望青霄。

汗马收宫阙,春城铲贼壕。赏应歌《杕杜》,归及荐樱桃。
杂虏横戈数,功臣甲第高。万方频送喜,无乃圣躬劳。

○一喜一痛,忠爱之诚,蔼然而见。此始收两京之作。钱谦益语语文致,喜为傅会,而不觉其以后释前为大谬也。

卷十四

襄阳杜甫诗六

腊　日

腊日常年暖尚遥，今年腊日冻全消。
侵陵雪色还萱草，漏泄春光有柳条。
纵酒欲谋良夜醉，还家初散紫宸朝。
口脂面药随恩泽，翠管银罂下九霄。
◇赵大纲曰："唐以大寒后辰日为腊。"

紫宸殿退朝口号

户外昭容紫袖垂，双瞻御座引朝仪。
香飘合殿春风转，花覆千官淑景移。
昼漏希闻高阁报，天颜有喜近臣知。
宫中每出归东省，会送夔龙集凤池。
○可备唐朝典故，诗亦委蛇有风度。
◇刘会孟曰："从容富丽，六句有意外意。"

曲江二首

一片花飞减却春，风飘万点正愁人。
且看欲尽花经眼，莫厌伤多酒入唇。
江上小堂巢翡翠，苑边高冢卧麒麟。
细推物理须行乐，何用浮名绊此身。

朝回日日典春衣，每日江头尽醉归。
酒债寻常行处有，人生七十古来稀。
穿花蛱蝶深深见，点水蜻蜓款款飞。
传语风光共流转，暂时相赏莫相违。
○叶梦得曰："'深深'字若无'穿'字，'款款'字若无'点'字，亦无以见其精微。然读之浑然，全似未尝用力，所以不碍气格超胜。使晚唐人为之，便涉'鱼跃练川抛玉尺，莺穿丝柳织金梭'矣。"
◇张綖曰："二诗以仕不得志，有感于暮春而作。"
◇王士正曰："'宣政'等作，何其春容华藻；游赏诗乃又跌宕不羁如此，盖各有体也。"

曲江对酒

苑外江头坐不归，水精宫殿转霏微。
桃花细逐杨花落，黄鸟时兼白鸟飞。
纵饮久判人共弃，懒朝真与世相违。
吏情更觉沧洲远，老大悲伤未拂衣。

○颔联写一时偶然之景,遂为后贤粉本。然《丹铅录》所引黄庭坚句,风致自佳;若梅尧臣、李若水两联,则优劣判然矣。

曲江对雨

城上春云覆苑墙,江亭晚色静年芳。
林花著雨燕脂落,水荇牵风翠带长。
龙武新军深驻辇,芙蓉别殿漫焚香。
何时诏此金钱会?暂醉佳人锦瑟傍。

○离乱初复,追思极盛,悄然悲慨,无限深情。后四句一气滚出,仍望有承平之乐,语偏浓至,气自空苍。此中、晚所望而不及者也。若甫之系念明皇,诚有其意;然金钱之诏,当在肃宗,说诗固宜善会耳。

◇黄生曰:"公感玄宗知遇,诗中每每见之,五、六指南内之事,盖隐之也。本诗人之忠厚,法宜圣之微词,岂古今抽黄媲白之士所敢望哉!"

◇仇兆鳌曰:"杜审言诗'绾物青条弱,牵风紫蔓长',即此颔联所自出也。又'寄语洛阳风日道,明年春色倍还人',即'传语风光'二句所自出也。公尝云'诗是吾家事',信乎祖孙继述,诗学乃其家学也。"

奉和贾至舍人早朝大明宫　原注:舍人先世,尝掌丝纶。

五夜漏声催晓箭,九重春色醉仙桃。
旌旗日暖龙蛇动,宫殿风微燕雀高。
朝罢香烟携满袖,诗成珠玉在挥毫。
欲知世掌丝纶美,池上于今有凤毛。

◇苏轼曰："'旌旗日暖'一联，此七言中之伟丽者也。"

宣政殿退朝晚出左掖

天门日射黄金榜，春殿晴曛赤羽旗。
宫草微微承委珮，炉烟细细驻游丝。
云近蓬莱常五色，雪残鳷鹊亦多时。
侍臣缓步归青琐，退食从容出每迟。
◇浦起龙曰："金和玉节之篇。"

题省中院壁

掖垣竹埤梧十寻，洞门对霤常阴阴。
落花游丝白日静，鸣鸠乳燕青春深。
腐儒衰晚谬通籍，退食迟回违寸心。
衮职曾无一字补，许身愧比双南金。
◯"明朝有封事，数问夜如何"，参观之，可得其意。

春宿左省

花隐掖垣暮，啾啾栖鸟过。星临万户动，月傍九霄多。
不寝听金钥，因风想玉珂。明朝有封事，数问夜如何。
◇胡应麟曰："杜诗五律结句之妙者，如'明朝有封事，数问夜如何'，'经过自爱惜，取次莫论兵'，'亲朋满天地，兵甲少来书'，'安危大臣在，不必泪长流'，'无由睹雄略，大树日萧萧'，语皆矫健振劲，绝非铮铮细响。"
◇沈德潜曰："三、四即景名句，而注释家谓民劳则星动，月属阴象,指女子、小人。以峭刻深心,测诗人敦厚之旨,一何可笑!"

送翰林张司马南海勒碑

冠冕通南极,文章落上台。诏从三殿去,碑到百蛮开。
野馆浓花发,春帆细雨来。不知沧海上,天遣几时回?
◇王士正曰:"颔联冠冕,颈联纤秾,此用笔之妙。"

晚出左掖

昼刻传呼浅,春旗簇仗齐。退朝花底散,归院柳边迷。
楼雪融城湿,宫云去殿低。避人焚谏草,骑马欲鸡栖。
◇刘会孟曰:"谏草不欲人知,此事君当然之体。结语读之数过,款款忠实。"

送贾阁老出汝州

西掖梧桐树,空留一院阴。艰难归故里,去住损春心。
宫殿青门隔,云山紫逻深。人生五马贵,莫受二毛侵。
○"去住损春心",五字可谓蕴藉。
◇黄生曰:"起处用《卷阿》诗意而无其迹。"

送郑十八虔贬台州司户,伤其临老陷贼之故阙为面别,情见于诗

郑公樗散鬓成丝,酒后常称老画师。

万里伤心严谴日,百年垂死中兴时。
苍惶已就长途往,邂逅无端出饯迟。
便与先生应永诀,九重泉路尽交期。

◇卢世㴶曰:"清空一气,万转千回;纯是泪点,都无墨痕。"

◇沈德潜曰:"屈折赴题,清空如话,别是一种风格。"

端午日赐衣

宫衣亦有名,端午被恩荣。细葛含风软,香罗叠雪轻。
自天题处湿,当暑着来清。意内称长短,终身荷圣情。

奉赠王中允维

中允声名久,如今契阔深。共传收庾信,不比得陈琳。
一病缘明主,三年独此心。穷愁应有作,试诵白头吟。

○为中允表明心迹,极有斟酌。

◇《旧唐书》:"维官给事中,扈从不及,为贼所得,服药取痢,诈称瘖病。禄山迎置洛阳,拘于普施寺,迫以伪署。贼平,定陷贼官罪,维以《凝碧诗》闻于朝,肃宗特宥之,责授太子中允。"

奉陪郑驸马韦曲二首

韦曲花无赖,家家恼杀人。绿樽虽尽日,白发好禁春。
石角钩衣破,藤枝刺眼新。何时占丛竹,头戴小乌巾?

野寺垂杨里，春畦乱水间。美花多映竹，好鸟不归山。
城郭终何事，风尘岂驻颜？谁能共公子，薄暮欲俱还。

至德二载，甫自京金光门出，间道归凤翔。乾元初，从左拾遗移华州掾，与亲故别，因出此门，有悲往事

此道昔归顺，西郊胡正繁。至今残破胆，应有未招魂。
近得归京邑，移官岂至尊？无才日衰老，驻马望千门。
〇词意婉曲，昔之忠款、今之眷恋，皆见。怨而不怒，忠厚之道。
◇顾宸曰："公疏救房琯，诏三司推问，以张镐力救，敕放就列，次年与房琯、严武俱贬，坐琯党也。此公事君交友、生平出处之大节。曰'移官岂至尊'，不敢归怨于君也。王维诗题云：'执政方持法，明君无此心。'与此同意，所谓'诗可以怨'也。"

寄高三十五詹事适

安稳高詹事，兵戈久索居。时来如宦达，岁晚莫情疏。
天上多鸿雁，池中足鲤鱼。相看过半百，不寄一行书。

路逢襄阳杨少府入城戏呈杨员外绾

原注：甫赴华州日，许寄员外茯苓。

寄语杨员外，山寒少茯苓。归来稍暄暖，当为劚青冥。
翻动神仙窟，封题鸟兽形。兼将老藤杖，扶汝醉初醒。
〇颈联奇致，押韵尤稳。

题郑县亭子

郑县亭子涧之滨，户牖凭高发兴新。
云断岳莲临大路，天晴宫柳暗长春。
巢边野雀群欺燕，花底山蜂远趁人。
更欲题诗满青竹，晚来幽独恐伤神。

◇仇兆鳌曰："中四写景，先赋后比；五、六喻意，所以自伤幽独也。"

望　岳

西岳崚嶒竦处尊，诸峰罗立如儿孙。
安得仙人九节杖，拄到玉女洗头盆。
车箱入谷无归路，箭栝通天有一门。
稍待西风凉冷后，高寻白帝问真源。

○遂无一字犹人，苍老浑劲，行神如空，行气如虹。昔元好问论秦观《春雨》诗曰："拈出退之《山石》句，始知渠是女郎诗。"诗人不识大家气象，争柔斗葩，气萎体瘵，诵此宁不变色！

至日遣兴奉寄北省旧阁老两院故人二首

去岁兹辰捧御床，五更三点入鹓行。
欲知趋走伤心地，正想氛氲满眼香。
无路从容陪语笑，有时颠倒著衣裳。
何人错忆穷愁日？愁日愁随一线长。

忆昨逍遥供奉班,去年今日侍龙颜。
麒麟不动炉烟上,孔雀徐开扇影还。
玉几由来天北极,朱衣只在殿中间。
孤城此日堪肠断,愁对寒云雪满山。

得弟消息

近有平阴信,遥怜舍弟存。侧身千里道,寄食一家村。
烽举新酣战,啼垂旧血痕。不知临老日,招得几人魂。

忆 弟

且喜河南定,不问邺城围。百战今谁在?三年望汝归。
故园花自发,春日鸟还飞。断绝人烟久,东西消息稀。
○二诗意真语苦。未有笃于君父,而薄于手足者。甫之过人,岂徒诗乎?!
◇仇兆鳌曰:"'花发''鸟飞',即'溅泪''伤心'之意。"

秦州杂诗二十首

满目悲生事,因人作远游。迟回度陇怯,浩荡及关愁。
水落鱼龙夜,山空鸟鼠秋。西征问烽火,心折此淹留。
○意极哀顿,气则浑含,自足领起诸篇。
◇姚宽曰:"《水经》:'鱼龙以秋日为夜。'又:'鱼龙,水名。鸟鼠,山名。'盖两句而合三事也。"

秦州城北寺，胜迹隗嚣宫。苔藓山门古，丹青野殿空。
月明垂叶露，云逐渡溪风。清渭无情极，愁时独向东。

州图领同谷，驿道出流沙。降虏兼千帐，居人有万家。
马骄珠汗落，胡舞白题斜。年少临洮子，西来亦自夸。

鼓角缘边郡，川原欲夜时。秋听殷地发，风散入云悲。
抱叶寒蝉静，归山独鸟迟。万方声一概，吾道竟何之！
○五、六入喻，笔意幽细，结极悲凉。

南使宜天马，由来万匹强。浮云连阵没，秋草遍山长。
闻说真龙种，仍残老骕骦。哀鸣思战斗，迥立向苍苍。
◇沈德潜曰："伏枥长鸣，隐然自寓。"
◇朱鹤龄曰："按《通鉴》，是年春三月，九节度使之师溃于邺城，战马万匹，惟存三千。此诗'浮云连阵没'，正其事也。秦州乃出西域之道，故感天马事而赋之。"

城上胡笳奏，山边汉节归。防河赴沧海，奉诏发金微。
士苦形骸黑，旌疎鸟兽稀。那闻往来戍，恨解邺城围！

莽莽万重山，孤城山谷间。无风云出塞，不夜月临关。
属国归何晚？楼兰斩未还。烟尘独长望，衰飒正摧颜。
○气调苍深。
◇吴昌祺曰："如鹏鹗盘空，雄健自喜。"
◇沈德潜曰："'无风''不夜'，奇景偶然写出。或以为地名，不但穿凿，亦令杜诗无味。"

闻道寻源使,从天此路迥。牵牛去几许,宛马至今来。
一望幽燕隔,何时郡国开?东征健儿尽,羌笛暮吹哀。

今日明人眼,临池好驿亭。丛篁低地碧,高柳半天青。
稠叠多幽事,喧呼阅使星。老夫如有此,不异在郊坰。

云气接昆仑,涔涔塞雨繁。羌童看渭水,使客向河源。
烟火军中幕,牛羊岭上村。所居秋草净,正闭小蓬门。

萧萧古塞冷,漠漠秋云低。黄鹄翅垂雨,苍鹰饥啄泥。
蓟门谁自北?汉将独征西。不意书生耳,临衰厌鼙鞞。
◇浦起龙曰:"苍苍莽莽,以古为律。此前多言世乱,此后多为身谋,此乃前后关键也。"

山头南郭寺,水号北流泉。老树空庭得,清渠一邑传。
秋花危石底,晚景卧钟边。俯仰悲身世,溪风为飒然。
◇杨德周曰:"《秦州》诗忧愤悱恻,都非文人伎俩。即'归山独鸟迟,老树空庭得'二语,亦令人搁笔。"

传道东柯谷,深藏数十家。对门藤盖瓦,映竹水穿沙。
瘦地翻宜粟,阳坡可种瓜。船人近相报,但恐失桃花。
◇赵汸曰:"起用'传道'二字,则以下景物皆是未至谷中。先述所闻,末方言泛舟往游,恐如桃源之迷路也。"
◇王知彰曰:"工部弃官寓东柯谷,侄佐之居。"

万古仇池穴,潜通小有天。神鱼人不见,福地语真传。

近接西南境，长怀十九泉。何时一茅屋，送老白云边。

◇朱鹤龄曰："前闻乐柯谷之胜而欲卜居，此述仇池穴之胜而欲卜居也。观卒章'读记忆仇池'，则前六句皆是引记中语。"

◇浦起龙曰："前后三篇皆言东柯，此以仇池隔断，章法变化。"

未暇泛沧海，悠悠兵马间。塞门风落木，客舍雨连山。
阮籍行多兴，庞公隐不还。东柯遂疏懒，休镊鬓毛斑。

东柯好崖谷，不与众峰群。落日邀双鸟，晴天养片云。
野人矜险绝，水竹会平分。采药吾将老，儿童未遣闻。

边秋阴易久，不复辨晨光。簷雨乱淋幔，山云低度墙。
鸬鹚窥浅井，蚯蚓上深堂。车马何萧索，门前百草长。

地僻秋将尽，山高客未归。塞云多断续，边日少光辉。
警急烽常报，传闻檄屡飞。西戎外甥国，何得迕天威！

凤林戈未息，鱼海路常难。候火云烽峻，悬军幕井干。
风连西极动，月过北庭寒。故老思飞将，何时议筑坛。
○此与上篇全指吐蕃，注家所引未的。

唐尧真自圣，野老复何知。晒药能无妇？应门幸有儿。
藏书闻禹穴，读记忆仇池。为报鸳行旧，鹪鹩在一枝。
○题曰"杂诗"，所感非一事，其作非一时。盖甫弃官游秦，情非得已，身世之感，一寓于诗。即事命意，触景成文，或系于国，或系于己，要以达其性情则一。然其遇弥困而思则弥深，其心益苦而言则益工，纵出横飞，涵今茹古。昔人谓其《秦州》以后律法尤精，盖所遇有以激发之也。学者求其本源之所在，而参时事以观之，庶有以窥其篱耳。

◇刘克庄曰："唐人游边之作数十篇，中间有三数篇，一篇间有一二联可采。若此二十篇，山川城郭之异，土地风气所宜，开卷一览，尽在是矣。网山诗云'杜陵诗卷是图经'，信然。"

月夜忆舍弟

戍鼓断人行，边秋一雁声。露从今夜白，月是故乡明。
有弟皆分散，无家问死生。寄书长不达，况乃未休兵。
◇王彦辅曰："子美善用故事及常语，多颠倒用之，语峻而体健。如'露从今夜白'一联之类是也。"
◇吴昌祺曰："'月是故乡明'，胜'隔千里兮共明月'。"

宿赞公房　原注：京中大云寺主谪此安置。

杖锡何来此？秋风已飒然。雨荒深院菊，霜倒半池莲。
放逐宁违性，虚空不离禅。相逢成夜宿，陇月向人圆。

东　楼

万里流沙道，西征过此门。但添新战骨，不返旧征魂。
楼角凌风迥，城阴带水昏。传声看驿使，送节向河源。
○亦目前语耳，征战之苦，言之何其惨也。

雨晴

天外秋云薄，从西万里风。今朝好晴景，久雨不妨农。
塞柳行疏翠，山梨结小红。胡笳楼上发，一雁入高空。

寓目

一县蒲萄熟，秋山苜蓿多。关云常带雨，塞水不成河。
羌女轻烽燧，胡儿制骆驼。自伤迟暮眼，丧乱饱经过。
◇牛鹤龄曰："当与'州图领同谷'一首参看。关塞无阻，羌胡杂居，乃世变之深可虑者，公故感而叹之。未几，秦陇果为吐蕃所陷。"

山寺

野寺残僧少，山园细路高。麝香眠石竹，鹦鹉啄金桃。
乱石通人过，悬崖置屋牢。上方重阁晚，百里见秋毫。

遣怀

愁眼看霜露，寒城菊自花。天风随断柳，客泪堕清笳。
水净楼阴直，山昏塞日斜。夜来归鸟尽，啼杀后栖鸦。
〇风景不殊，举目有山河之异。结以比语豁出，不嫌于尽。
◇顾宸曰："末语即'上林无限树，不借一枝栖'之意，盖叹卜居无地也。"

天 河

常时任显晦，秋至最分明。纵被微云掩，终能永夜清。
含星动双阙，伴月落边城。牛女年年渡，何曾风浪生。

○此与《初月》诗，确有寄托，用意不即不离，窅然而深。如以为但咏本题，又失之矣。

◇洪仲曰："《天河》《初月》二诗，皆暗写题意，不露题字。"

◇仇兆鳌曰："此直咏天河，而寓意在言外。颔联似为小人谗妒而发。"

初 月

光细弦欲上，影斜轮未安。微升古塞外，已隐暮云端。
河汉不改色，关山空自寒。庭前有白露，暗满菊花团。

◇黄庭坚曰："王叔原说此诗为肃宗而作。"

◇张远曰："句句有一'初'字意。"

捣 衣

亦知戍不返，秋至拭清砧。已近苦寒月，况经长别心。
宁辞捣熨倦，一寄塞垣深。用尽闺中力，君听空外音。

○铿然清响。"亭皋叶下，陇首云飞"，故当逊其真至。

◇张远曰："王湾诗'风响传声不到君'，即此末句意，但蕴藉不如耳。"

◇沈德潜曰："通首代戍妇之词，一气旋折，全以神行。"

促 织

促织甚微细,哀音何动人?草根吟不稳,床下夜相亲。
久客得无泪,故妻难及晨。悲丝与急管,感激异天真。
○以下六诗,全用比兴。《风》诗之草木昆虫,《离骚》之美人香草,此物此志尔。

萤 火

幸因腐草出,敢近太阳飞。未足临书卷,时能点客衣。
随风隔幔小,带雨傍林微。十月清霜重,飘零何处归?
◇仇兆鳌曰:"黄鹤注谓指李辅国辈,以宦者近君而挠政也。按:腐草喻刑余之人,太阳乃人君之象,比义显然。此辈直置身无地矣。"

蒹 葭

摧折不自守,秋风吹若何?暂时花戴雪,几处叶沉波。
体弱春苗早,丛长夜露多。江湖后摇落,亦恐岁蹉跎。

苦 竹

青冥亦自守,软弱强扶持。味苦夏虫避,丛卑春鸟疑。
轩墀曾不重,剪伐欲无辞。幸近幽人屋,霜根结在兹。
◇王嗣奭曰:"前章'不自守',言遭时之穷;此章'亦自守',见保身之哲。读二诗,知公去就之间善于审处也。"

◇仇兆鳌曰:"《蒹葭》,伤贤人之失志者;《苦竹》,喜君子之避世者。"

除　架

束薪已零落,瓢叶转萧疏。幸结白花了,宁辞青蔓除?
秋虫声不去,暮雀意何如?寒事今牢落,人生亦有初。

废　畦

秋蔬拥霜露,岂敢惜凋残?暮景数枝叶,天风吹汝寒。
绿沾泥滓尽,香与岁时阑。生意如春昨,悲君白玉盘。
○君门万里之感于小物发之,此自为写照也。
◇浦起龙曰:"前篇'除'字,说得和平;此章'废'字,写得感慨。"

夕　烽

夕烽来不近,每日报平安。塞上传光小,云边落点残。
照秦通警急,过陇自艰难。闻道蓬莱殿,千门立马看。
○俨然有宗社安危之虑,乃心王室,不觉流露。其后吐蕃卒犯长安,知甫深思远虑矣。

送　远

带甲满天地,胡为君远行!亲朋尽一哭,鞍马去孤城。
草木岁月晚,关河霜雪清。别离已昨日,因见古人情。

◇黄生曰:"起二句写得万难分手,接联更作一幅关河送别图,顿觉班马悲鸣、风云变色。使人设身其地,亦自黯然魂消。所谓'古人情'者,即古别离之情也。"

观 兵

北庭送壮士,貔虎数尤多。精锐旧无敌,边隅今若何?
妖氛拥白马,元帅待彤戈。莫守邺城下,斩鲸辽海波。
◇朱鹤龄曰:"是时九节度围相州,李光弼与诸将议曰:'思明得魏州而按兵不动,此欲以精锐掩吾不备也。请与朔方兵同逼魏州,彼惩嘉山之败,必不敢轻出。旷日引久,则邺城必拔矣。'鱼朝恩不可而止。公诗末句,正与光弼意合,言当直捣幽燕,倾思明之巢穴,不当老师邺城之下也。"

天末怀李白

凉风起天末,君子意如何?鸿雁几时到,江湖秋水多。
文章憎命达,魑魅喜人过。应共冤魂语,投诗赠汨罗。
○悲歌慷慨,一气舒卷。李杜交好,其诗特地精神。
◇浦起龙曰:"五、六直櫽栝《天问》《招魂》两篇。"

空 囊

翠柏苦犹食,晨霞高可餐。世人共卤莽,吾道属艰难。
不爨井晨冻,无衣床夜寒。囊空恐羞涩,留得一钱看。

病　马

乘尔亦已久，天寒关塞深。尘中老尽力，岁晚病伤心。
毛骨岂殊众？驯良犹至今。物微意不浅，感动一沉吟。
○直书见意，无复营构，此为老境。

蕃　剑

致此自僻远，又非珠玉装。如何有奇怪，每夜吐光芒？
虎气必腾上，龙身宁久藏。风尘苦未息，持汝奉明王。
○不妨朴直，自有气魄。

铜　瓶

乱后碧井废，时清瑶殿深。铜瓶未失水，百丈有哀音。
侧想美人意，应悲寒甃沉。蛟龙半缺落，犹得折黄金。
◇唐汝询曰："张籍《楚妃怨》：'梧桐叶落黄金井，横架辘轳牵素绠。美人初起天未明，手拂银瓶秋水冷。'读籍诗，杜义自明。"
◇黄生曰："感物伤时，沉郁顿挫。"

观安西兵过赴关中待命二首

四镇富精锐，摧锋皆绝伦。还闻献士卒，足以静风尘。
老马夜知道，苍鹰饥著人。临危经久战，用急始如神。

奇兵不在众，万马救中原。谈笑无河北，心肝奉至尊。
孤云随杀气，飞鸟避辕门。竟日留欢乐，城池未觉喧。

野　望

清秋望不极，迢递起曾阴。远水兼天净，孤城隐雾深。
叶稀风更落，山迥日初沉。独鹤归何晚，昏鸦已满林。

秋日阮隐居致薤三十束

隐者柴门内，畦蔬绕舍秋。盈筐承露薤，不待致书求。
束此青刍色，圆齐玉箸头。衰年关鬲冷，味煖并无忧。

秦州见敕目，薛三璩授司议郎，毕四曜除监察，与二子有故，远喜迁官兼述索居，凡三十韵

大雅何寥阔，斯人尚典型。交期余潦倒，材力尔精灵。
二子声同日，诸生困一经。文章开突奥，迁擢润朝廷。
旧好何由展，新诗更忆听。别来头并白，相见眼终青。
伊昔贫皆甚，同忧心不宁。栖遑分半菽，浩荡逐流萍。
俗态犹猜忌，妖氛忽杳冥。独惭投汉阁，俱议哭秦庭。
还蜀只无补，囚梁亦固扃。华彝相混合，宇宙一膻腥。
帝力收三统，天威总四溟。旧都俄望幸，清庙肃惟馨。
杂种虽高垒，长驱甚建瓴。焚香淑景殿，涨水望云亭。
法驾初还日，群公若会星。宫臣仍点染，桂史正零丁。
官忝趋栖凤，朝回叹聚萤。唤人看骡廗，不嫁惜娉婷。

掘剑知埋狱，提刀见发硎。侏儒应共饱，渔父忌偏醒。
旅泊穷清渭，长吟望浊泾。羽书还似急，烽火未全停。
师老资残寇，戎生及近坰。忠臣辞愤激，烈士涕飘零。
上将盈边鄙，元勋溢鼎铭。仰思调玉烛，谁定握青萍。
陇俗轻鹦鹉，原情类鹡鸰。秋风动关塞，高卧想仪形。

〇排律长篇，创自老杜，其义绪宏深，波澜老成，非后人所及。若徒观其排比铺陈，则元好问所谓"舍连城而识碔砆"者也。篇中"萍"字重用，盖义迥不同故耳。

寄岳州贾司马六丈、巴州严八使君两阁老五十韵

衡岳啼猿里，巴州鸟道边。故人俱不利，谪宦两悠然。
开辟乾坤正，荣枯雨露偏。长沙才子远，钓濑客星悬。
忆昨趋行殿，殷忧捧御筵。讨胡愁李广，奉使待张骞。
无复云台仗，虚修水战船。苍茫城七十，流落剑三千。
画角吹秦晋，旄头俯涧瀍。小儒轻董卓，有识笑符坚。
浪作禽填海，那将血射天。万方思助顺，一鼓气无前。
阴散陈仓北，晴熏太白巅。乱麻尸积卫，破竹势临燕。
法驾还双阙，王师下八川。此时霶奉引，佳气拂周旋。
貔虎开金甲，麒麟受玉鞭。侍臣谙入仗，厩马解登仙。
花动朱楼雪，城凝碧树烟。衣冠心惨怆，故老泪潺湲。
哭庙悲风急，朝正霁景鲜。月分梁汉米，春得水衡钱。
内蕊繁于缋，宫莎软胜绵。恩荣同拜手，出入最随肩。
晚著华堂醉，寒重绣被眠。簪齐兼秉烛，书柱满怀笺。
每觉升元辅，深期列大贤。秉钧方咫尺，铩翮再联翩。
禁掖朋从改，微班性命全。青蒲甘受戮，白发竟谁怜。

弟子贫原宪，诸生老服虔。师资谦未达，乡党敬何先？
旧好肠堪断，新愁眼欲穿。翠乾危栈竹，红腻小湖莲。
贾笔论孤愤，严诗赋几篇？定知深意苦，莫使众人传。
贝锦无停织，朱丝有断絃。浦鸥防碎首，霜鹘不空拳。
地僻昏炎瘴，山稠隘石泉。且将棋度日，应用酒为年。
典郡终微眇，治中实弃捐。安排求傲吏，比兴展归田。
去去才难得，苍苍理又玄。古人称逝矣，吾道卜终焉。
陇外翻投迹，渔阳复控弦。笑为妻子累，甘与岁时迁。
亲故行稀少，兵戈动接联。他乡饶梦寐，失侣自迍邅。
多病加淹泊，长吟阻静便。如公尽雄俊，志在必腾骞。
○间架分明，线锁灵动，长律之善则也。
◇李因笃曰："叙事整赡，用意深苦，章法秩然，五十韵无一失所，如左、马大篇文字，精神到底。"

寄张十二山人彪三十韵

独卧嵩阳客，三违颍水春。艰难随老母，惨澹向时人。
谢氏寻山屐，陶公漉酒巾。群凶弥宇宙，此物在风尘。
历下辞姜被，关西得孟邻。早通交契密，晚接道流新。
静者心多妙，先生艺绝伦。草书何太苦，诗兴不无神。
曹植休前辈，张芝更后身。数篇吟可老，一字买堪贫。
将恐曾防寇，深潜托所亲。宁闻倚门夕，尽力洁飧晨。
疏懒为名误，驱驰丧我真。索居犹寂寞，相遇益悲辛。
流转依边徼，逢迎念席珍。时来故旧少，乱后别难频。
世祖修高庙，文公赏从臣。商山犹入楚，渭水不离秦。
存想青龙秘，骑行白鹿驯。耕岩非谷口，结草即河滨。

肘后符应验，囊中药未陈。旅怀殊不惬，良觌渺无因。
自古皆悲恨，浮生有屈伸。此邦今尚武，何处且依仁。
鼓角凌天籁，关山倚月轮。官场罗镇碛，贼火近洮岷。
萧瑟论兵地，苍茫斗将辰。大军多处所，余孽尚纷纶。
高兴知笼鸟，斯文起获麟。穷秋正摇落，回首望松筠。

寄李十二白二十韵

昔年有狂客，号尔谪仙人。笔落惊风雨，诗成泣鬼神。
声名从此大，汨没一朝伸。文彩承殊渥，流传必绝伦。
龙舟移棹晚，兽锦夺袍新。白日来深殿，青云满后尘。
乞归优诏许，遇我宿心亲。未负幽栖志，兼全宠辱身。
剧谈怜野逸，嗜酒见天真。醉舞梁园夜，行歌泗水春。
才高心不展，道屈善无邻。处士祢衡俊，诸生原宪贫。
稻粱求未足，薏苡谤何频。五岭炎蒸地，三危放逐臣。
几年遭鹏鸟，独立向麒麟。苏武先还汉，黄公岂事秦。
楚筵辞醴日，梁狱上书辰。已用当时法，谁将此义陈？
老吟秋月下，病起暮江滨。莫怪恩波隔，乘槎与问津。

○"笔落惊风雨"，白实不愧斯言；"诗成泣鬼神"，甫诗乃可当之。

◇孟綮曰："杜赠白二十韵，备叙白事，读其文，尽得其故迹。杜逢禄山之乱，流离陇蜀，毕陈于诗，推见至隐，殆无遗事，故当时号为'诗史'。"

◇王嗣奭曰："此诗分明为李白作传，其生平履历备矣。如'未负幽栖志，兼全宠辱身'，及'楚筵辞醴''梁狱上书'等句，皆刻意明辩，与'一病缘明主，三年独此心'同。"

卷十五

襄阳杜甫诗七

蜀　相

丞相祠堂何处寻？锦官城外柏森森。
映阶碧草自春色，隔叶黄鹂空好音。
三顾频烦天下计，两朝开济老臣心。
出师未捷身先死，长使英雄泪满襟。

〇老杜入蜀，于孔明三致意焉，其志有在也。诗意豪迈哀顿，具有无数层折。后来匹此，惟李商隐《筹笔驿》耳。世人论此二诗，互有短长，或不置轩轾，其实非有定见，今略而言之。此为谒祠之作，前半用笔甚淡，五、六乃写出孔明身份，七、八折转而下，当时、后世，悲感并到，正意注重后半。李诗因地兴感，故将孔明威灵撮入十四字中，写得十分满足；接笔一转，几将气焰扫尽；五、六两层折笔，末乃收归本事，非有神力者不能。二诗局阵各异，工力悉敌，悠悠耳食之论，未足与议也。

◇刘会孟曰："一字一泪，写得使人不忍读，故以为至。"

卜　居

浣花流水水西头，主人为卜林塘幽。

已知出郭少尘事，更有澄江销客愁。
无数蜻蜓齐上下，一双鸂鶒对沉浮。
东行万里堪乘兴，须向山阴上小舟。
◇黄生曰："结联暗用孔明、子猷语，融会入妙。"

梅　雨

南京犀浦道，四月熟黄梅。湛湛长江去，冥冥细雨来。
茅茨疏易湿，云雾密难开。竟日蛟龙喜，盘涡与岸回。

为　农

锦里烟尘外，江村八九家。圆荷浮小叶，细麦落轻花。
卜宅从兹老，为农去国赊。远惭勾漏令，不得问丹砂。

有　客

幽栖地僻经过少，老病人扶再拜难。
岂有文章惊海内，漫劳车马驻江干。
竟日淹留佳客坐，百年粗粝腐儒餐。
不嫌野外无供给，乘兴还来看药栏。
○直举胸情，扫绝依傍。
◇顾宸曰："词人声价，高士性情，种种具见。"
◇朱瀚曰："一主一宾，对仗成篇，而错综照应，极结构之法。"

狂　夫

万里桥西一草堂，百花潭水即沧浪。

风含翠筱娟娟静,雨裛红蕖冉冉香。
厚禄故人书断绝,恒饥稚子色凄凉。
欲填沟壑惟疏放,自笑狂夫老更狂。
◇卢元昌曰:"因草堂而兴感,诗成之后,用末句'狂夫'为题。"

堂　成

背郭堂成荫白茅,缘江路熟俯青郊。
桤林碍日吟风叶,笼竹和烟滴露梢。
暂止飞乌将数子,频来语燕定新巢。
旁人错比扬雄宅,懒惰无心作解嘲。
○语意宽闲,颔联托兴,风趣绝佳。

西　郊

时出碧鸡坊,西郊向草堂。市桥官柳细,江路野梅香。
傍架齐书帙,看题检药囊。无人觉来往,疏懒意何长。
◇王安石曰:"老杜之'无人觉来往',下得'觉'字大好;'暝色赴春愁',下得'赴'字大好。若下'见'字、'起'字,即是小儿言语。足见吟诗要一字两字功夫。"

所　思　原注:崔吏部漪。

苦忆荆州醉司马,谪官樽俎定常开。
九江日落醒何处,一柱观头眠几回?
可怜怀抱向人尽,欲问平安无使来。

故凭锦水将双泪,好过瞿塘滟滪堆。
○如此诗,可谓古直悲凉矣。其性情真至,自然流露,又在语言文字之外。所以高视天壤,独称作者。
◇卢世㴶曰:"突兀崚嶒,有拔剑斫地之意。"

野　老

野老篱前江岸回,柴门不正逐江开。
渔人网集澄潭下,贾客船随返照来。
长路关心悲剑阁,片云何意傍琴台?
王师未报收东郡,城阙秋生画角哀。
原注:两京同南都,得云城阙也。
◇刘会孟曰:"前半句句洗削。"
◇黄生曰:"前摹晚景,真是诗中有画;后说旅情,几于泪痕湿纸矣。"

遣　兴

干戈犹未定,弟妹各何之?拭泪霑襟血,梳头满面丝。
地卑荒野大,天远暮江迟。衰疾那能久,应无见汝时。
○五、六悲慨之言,又极沉雄。

南　邻

锦里先生乌角巾,园收芋栗不全贫。
惯看宾客儿童喜,得食阶除鸟雀驯。
秋水才深四五尺,野航恰受两三人。

白沙翠竹江村暮,相送柴门月色新。

◇申涵光曰:"'秋水才深四五尺,野航恰受两三人',语疏落而不酸。今人作七律,堆砌排耦,全无生气,而矫之者又单弱无体裁。读杜诸律,可悟不整为整之妙。"

出　郭

霜露晚凄凄,高天逐望低。远烟盐井上,斜景雪峰西。
故国犹兵马,他乡亦鼓鼙。江城今夜客,还与旧乌啼。

过南邻朱山人水亭

相近竹参差,相过人不知。幽花欹满树,小水细通池。
归客村非远,残樽席更移。看君多道气,从此数追随。

恨　别

洛城一别四千里,胡骑长驱五六年。
草木变衰行剑外,兵戈阻绝老江边。
思家步月清宵立,忆弟看云白日眠。
闻道河阳近乘胜,司徒急为破幽燕。

○老笔空苍。任华所云"势攫虎豹,气腾蛟螭"者,尺幅中能有其象。至于直捣幽燕之举,未尝无计及者,而良谋不用,莫奏肤功,甫诗盖屡及之。此用兵得失之机,足见甫之识略矣。若建都荆门,甫尤以为非计。彼其流离漂泊,衣食不暇,而关心国事,触绪辄来,所谓"发乎性、止乎忠孝"者。寻常词章之士,岂能望其项背哉!

◇朱鹤龄曰："《李光弼传》：'乾元二年冬十月，光弼悉军赴河阳，大破贼众。上元元年，进围怀州。'《通鉴》：'上元元年三月，光弼破安太清于怀州城下。四月，又破史思明于河阳西渚。'"

寄贺兰铦

朝野欢娱后，乾坤震荡中。相随万里日，总作白头翁。
岁晚仍分袂，江边更转蓬。勿云俱异域，饮啄几回同？

寄杨五桂州谭　原注：因州参军段子之任。

五岭皆炎热，宜人独桂林。梅花万里外，雪片一冬深。
闻此宽相忆，为邦复好音。江边送孙楚，远附白头吟。
◇王嗣奭曰："气势流走，字句空灵，诗之不缚于律者。"

和裴迪登新津寺寄王侍郎　原注：王时牧蜀。

何限倚山木，吟诗秋叶黄。蝉声集古寺，鸟影度寒塘。
风物悲游子，登临忆侍郎。老夫贪佛日，随意宿僧房。

建都十二韵

苍生未苏息，胡马半乾坤。议在云台上，谁扶黄屋尊？
建都分魏阙，下诏辟荆门。恐失东人望，其如西极存。
时危当雪耻，计大岂轻论。虽倚三阶正，终愁万国翻。
牵裾恨不死，漏网辱殊恩。永负汉庭哭，遥怜湘水魂。

穷冬客江剑,随事有田园。风断青蒲节,霜埋翠竹根。
衣冠空穰穰,关辅久昏昏。愿杠长安日,光辉照北原。

◇仇兆鳌曰:"当时房琯分建之策,与吕諲建都之请,前后事势迥不相同。安史首乱时,陷中原,破两京,剪宗室,逼乘舆,唐室孤危极矣。故分建子弟之议,足使贼子胆寒。其后长安既复,兵势复张,惟河北未平,故须专意北向,以除祸本。若建都荆门,虚张国势,迂疏甚矣。且东南本无事,而劳民动众,恐反生意外之虞。此作诗本意也。钱笺附会两事,致诗意反晦,今辩正之。"

和裴迪登蜀州东亭送客逢早梅相忆见寄

东阁官梅动诗兴,还如何逊在扬州。
此时对雪遥相忆,送客逢春可自由?
幸不折来伤岁暮,若为看去乱乡愁。
江边一树垂垂发,朝夕催人自白头。

○柔情婉调,别有风神。

◇黄生曰:"此诗直而实曲,朴而实秀。其暗映早梅,婉折如意,往复尽情,笔力横绝千古。"

◇杨德周曰:"必如颔联,方不堕咏物劫。王元美以为古今第一。"

散愁二首

久客宜旋旆,兴王未息戈。蜀星阴见少,江雨夜闻多。
百万传深入,寰区望匪它。司徒下燕赵,收取旧山河。

闻道并州镇,尚书训士齐。几时通蓟北,当日报关西。
恋阙丹心破,霑衣皓首啼。老魂招不得,归路恐长迷。
◇王士正曰:"首篇颈联,不至蜀者,不知其确。"

客　至　原注:喜崔明府相过。

舍南舍北皆春水,但见群鸥日日来。
花径不曾缘客扫,蓬门今始为君开。
盘飧市远无兼味,樽酒家贫只旧醅。
肯与邻翁相对饮,隔篱呼取尽余盃。
◇朱瀚曰:"首句用'在水一方'诗意,次句用渔翁狎鸥故事。"

遣意二首

啭枝黄鸟近,泛渚白鸥轻。一径野花落,孤村春水生。
衰年催酿黍,细雨更移橙。渐喜交游绝,幽居不用名。
◇申涵光曰:"'一径''孤村'二语,高、岑秀句也。"

簷影微微落,津流脉脉斜。野船明细火,宿雁聚圆沙。
云掩初弦月,香传小树花。邻人有美酒,稚子夜能赊。
◇浦起龙曰:"二诗清圆明秀,集中另是一种。"

漫　成

江皋已仲春,花下复清晨。仰面贪看鸟,回头错应人。
读书难字过,对酒满壶频。近识峨眉老,原注:东山隐者。

知予懒是真。

◇仇兆鳌曰:"颈联写出应接不暇之意。朱子引为心不在焉之证,亦断章取义耳。"

春夜喜雨

好雨知时节,当春乃发生。随风潜入夜,润物细无声。
野径云俱黑,江船火独明。晓看红湿处,花重锦官城。
○近人评此诗,云"写得脉脉绵绵,于造化发生之机,最为密切"是已,然非有意为之。盖其胸次自然流出而意已潜会,所谓"不涉理路,不落言诠"者如此。若有意效之,即训诂语耳。《江亭》诗亦同此意,尤为活泼泼地。

春 水

三月桃花浪,江流复旧痕。朝来没沙尾,碧色动柴门。
接缕垂芳饵,连筒灌小园。已添无数鸟,争浴故相喧。

江 亭

坦腹江亭暖,长吟野望时。水流心不竞,云在意俱迟。
寂寂春将晚,欣欣物自私。故林归未得,排闷强裁诗。
◇薛瑄曰:"'水流心不竞,云在意俱迟',从容自在,可以形容有道者之气象;'寂寂春将晚,欣欣物自私',可以形容物各付物之气象。'江山如有待,花柳更无私',唐诗皆不及此气象。"

村 夜

萧萧风色暮,江头人不行。村舂雨外急,邻火夜深明。
胡羯何多难,渔樵寄此生。中原有兄弟,万里正含情。
○写难状之景如在目前。

早 起

春来常早起,幽事颇相关。帖石防隤岸,开林出远山。
一丘藏曲折,缓步有跻攀。童仆来城市,瓶中得酒还。
◇方回曰:"杜此等诗,乃晚唐之祖,千锻百炼,似此者极多。尾句别换意,亦晚唐所必然者。"

可 惜

花飞有底急,老去愿春迟。可惜欢娱地,都非少壮时。
宽心应是酒,遣兴莫过诗。此意陶潜解,吾生后汝期。
○"烈士暮年,壮心不已",不如次句之有包含。

落 日

落日在帘钩,溪边春事幽。芳菲缘岸圃,樵爨倚滩舟。
啅雀争枝坠,飞虫满院游。浊醪谁造汝?一酌散千忧。
○起语天然工妙。
◇谢榛曰:"五律首句用韵,宜突然而起,如'落日在帘钩'是也。"

寒 食

寒食江村路，风花高下飞。汀烟轻冉冉，竹日净晖晖。
田父要皆去，邻家闹不违。地偏相识尽，鸡犬亦忘归。
◇浦起龙曰："风致何减桃花源！"

游修觉寺

野寺江天豁，山扉花竹幽。诗应有神助，吾得及春游。
径石相萦带，川云自去留。禅枝宿众鸟，漂转暮归愁。

后 游

寺忆新游处，桥怜再渡时。江山如有待，花柳更无私。
野润烟光薄，沙暄日色迟。客愁全为减，舍此复何之。
○颔联忽然而来，浑然而就，妙处只在眼前。

题新津北桥楼（得郊字）

望极春城上，开筵近鸟巢。白花簷外朵，青柳槛前梢。
池水观为政，厨烟觉远庖。西川供客眼，唯有此江郊。

江 涨

江发蛮夷涨，山添雨雪流。大声吹地转，高浪蹴天浮。
鱼鳖为人得，蛟龙不自谋。轻帆好去便，吾道付沧洲。

○落落写来,极有声势。他人一经模画,便觉与题不似。

晚　晴

村晚惊风度,庭幽过雨霑。夕阳薰细草,江色映疏簾。
书乱谁能帙?盃干可自添。时闻有余论,未怪老夫潜。

江上值水如海势聊短述

为人性僻耽佳句,语不惊人死不休。
老去诗篇浑漫兴,春来花鸟莫深愁。
新添水槛供垂钓,故著浮槎替入舟。
焉得思如陶谢手,令渠述作与同游。

◇吕居仁曰:"陆士衡《文赋》:'立片言以居要,乃一篇之警策。'此要论也。文章无警策,则不足以传世,盖不能耸动世人。如杜子美及唐人诸诗,无不如此。但晋宋间人专致力于此,故失于绮靡而无高古气味。杜诗云'语不惊人死不休',所谓'惊人语',即警策也。"

野望因过常少仙

野桥齐度马,秋望转悠哉。竹覆青城合,江从灌口来。
入村樵径引,尝果栗皱开。落尽高天日,幽人未遣回。

◇浦起龙曰:"逐层引出,景事情意俱到。"

奉简高三十五使君

当代论才子,如公复几人?骅骝开道路,鹰隼出风尘。
行色秋将晚,交情老更亲。天涯喜相见,披豁对吾真。

送韩十四江东觐省

兵戈不见老莱衣,叹息人间万事非。
我已无家寻弟妹,君今何处访庭闱?
黄牛峡静滩声转,白马江寒树影稀。
此别应须各努力,故乡犹恐未同归。
○悲凉雄浑,谢肤泽而敦骨力。世人稳顺声势,当知大家此等气格。
◇刘会孟曰:"此子美自谓深悲极怨者。"
◇朱瀚曰:"气韵淋漓,满纸犹湿。"

草堂即事

荒村建子月,独树老夫家。雾里江船渡,风前径竹斜。
寒鱼依密藻,宿鹭起圆沙。蜀酒禁愁得,无钱何处赊。
◇《唐书·肃宗纪》:"上元二年,以十一月为岁首月,以斗所建辰为名。建子月朔,上受朝贺,如正旦仪。"

王十七侍御抡许携酒至草堂，奉寄此诗，便请邀高三十五使君同到

老夫卧稳朝慵起，白屋寒多暖始开。
江鹳巧当幽径浴，邻鸡还过短墙来。
绣衣屡许携家酝，皂盖能忘折野梅。
戏假霜威促山简，须成一醉习池回。
◇朱瀚曰："真率如话，而矩度谨严。"

陪李七司马皂江上观造竹桥，即日成，往来之人免冬寒入水，聊题短作简李公

把烛成桥夜，回舟坐客时。天高云去尽，江迥月来迟。
衰谢多扶病，招邀屡有期。异方乘此兴，乐罢不无悲。

赠花卿

锦城丝管日纷纷，半入江风半入云。
此曲只应天上有，人间更得几回闻！
〇绝句独主风神，此则音韵铿然矣。
◇仇兆鳌曰："风华流丽，顿挫抑扬，虽太白、少伯，无以过之。其首句点题而下作承转，乃绝句正法也。李白《苏台览古》云：'旧苑荒台杨柳新，菱歌清唱不胜春。只今唯有西江月，曾照吴王宫里人。'亦然。"

少年行

马上谁家薄媚郎？临阶下马坐人床。
不通姓字粗豪甚，指点银瓶索酒尝。
◇仇兆鳌曰："少年意态神情，跃跃欲动，是善于写生者。"

凭何十一少府邕觅桤木栽

草堂堑西无树林，非子谁复见幽心？
饱闻桤木三年大，与致溪边十亩阴。

赠别何邕

生死论交地，何由见一人！悲君随燕雀，薄宦走风尘。
绵谷元通汉，沱江不向秦。五陵花满眼，传语故乡春。

赠别郑鍊赴襄阳

戎马交驰际，柴门老病身。把君诗过日，念此别惊神。
地润峨眉晚，天高岘首春。为于耆旧内，试觅姓庞人。

奉和严中丞西城晚眺十韵

汲黯匡君切，廉颇出将频。直词才不世，雄略动如神。
政简移风速，诗清立意新。层城临暇景，绝域望余春。

旗尾蛟龙会,楼头燕雀驯。地平江动蜀,天润树浮秦。
帝念深分阃,军须远算缗。花罗封蛱蝶,瑞锦送麒麟。
辞第输高义,观图忆古人。征南多兴绪,事业暗相亲。
◇仇兆鳌曰:"杜诗佳句,如'地卑荒野大,天远暮江迟',与'地阔峨眉晚,天高岘首春',工力相敌;若'地平江动蜀,天阔树浮秦',更是函盖乾坤。"

严中丞枉驾见过 原注:严自东川除西川,敕令两川都节制。

元戎小队出郊坰,问柳寻花到野亭。
川合东西瞻使节,地分南北任流萍。
扁舟不独如张翰,皂帽还应似管宁。
寂寞江天云雾里,何人道有少微星。

广州段功曹到,得杨五长史、谭书功曹却归聊寄此诗

卫青开幕府,杨仆将楼船。汉节梅花外,春城海水边。
铜梁书远及,珠浦使将旋。贫病他乡老,烦君万里传。

送段功曹归广州

南海春天外,功曹几月程?峡云笼树小,湖日落船明。
交趾丹砂重,韶州白葛轻。幸君因旅客,时寄锦官城。

绝句漫兴

手种桃李非无主,野老墙低还似家。

恰似春风相欺得,夜来吹折数枝花。
◇陆游曰:"白乐天用'相'字,多作'思必'切,如'为问长安月,如何不相离'是也。此诗'相欺',亦当从入声读。"

懒慢无堪不出村,呼儿日在掩柴门。
苍苔浊酒林中静,碧水春风野外昏。
◇李东阳曰:"少陵《漫兴》诸绝句,有古竹枝词意,跌宕奇古,超出诗人蹊径。韩退之亦有之。"

江畔独步寻花绝句（七首录四）

稠花乱蕊裹江滨,行步欹危实怕春。
诗酒尚堪驱使在,未须料理白头人。

东望少城花满烟,百花高楼更可怜。
谁能载酒开金盏,唤取佳人舞绣筵？

黄师塔前江水东,春光懒困倚微风。
桃花一簇开无主,可爱深红映浅红？

黄四娘家花满蹊,千朵万朵压枝低。
留连戏蝶时时舞,自在娇莺恰恰啼。

绝 句

无数春笋满林生,柴门密掩断人行。

会须上番看成竹,客至从嗔不出门。

○老杜七言绝句,在盛唐中独创一格。论者多所訾议,云非正派,当由其才力横绝,偶为短句,不免有蟠曲之象。正如骐骥骅骝,一日千里,捕鼠则不如狸狌,不足为甫病也。然其间无意求工而别有风致,不特《花卿》《龟年》数首之推绝唱,即此诸作,何尝不风调致佳乎?读者故当别具只眼,不为耳食。

◇朱鹤龄曰:"'斩新''上番',皆唐人方言。元诗'飞舞是春雪,因依上番梅',则'上番'不专为竹也。独孤及诗'旧日霜毛一番新',亦读去声。"

戏为六绝句

庾信文章老更成,凌云健笔意纵横。
今人嗤点流传赋,不觉前贤畏后生。

◇《庾信传赞》:"扬子云有言:诗人之赋丽以则,词人之赋丽以淫。若以庾氏方之,斯又词赋之罪人也。"

杨王卢骆当时体,轻薄为文哂未休。
尔曹身与名俱灭,不废江河万古流。

纵使卢王操翰墨,劣于汉魏近风骚。
龙文虎脊皆君驭,历块过都见尔曹。

◇浦起龙曰:"上抑下扬,极有分寸。"

才力应难夸数公,凡今谁是出群雄?
或看翡翠兰苕上,未掣鲸鱼碧海中。

◇王洙曰:"第三诗借王、卢反复言之,以谓纵使不及汉魏风骚，毕竟皆异材也。注谓指卢、王为'尔曹'，是全失前后语气。'数公'，谓上所指也。翡翠兰苕，极绝巧之态。"

不薄今人爱古人，清词丽句必为邻。
窃攀屈宋宜方驾，恐与齐梁作后尘。
◇李因笃曰："中原七子，大言相高，其病正坐此。"

未及前贤更勿疑，递相祖述复先谁？
别裁伪体亲风雅，转益多师是汝师。
○以诗论文于绝句中，又属创体，此元好问《论诗绝句》之滥觞也。六朝四子之文，自是天地精华，不可磨灭，其所成就，虽逊古人，要非浅薄疏陋之徒所可轻议，宜甫之直言诃之也。翡翠兰苕，鲸鱼碧海，所见何其高阔！上亲风雅，转益多师，解人不当尔耶？此六诗，固不当以字句工拙计之。
◇王嗣奭曰："此亦公之自道也。公诗祖述《三百》而旁搜诸家以集其成，如楚骚、汉魏乐府铙歌，齐梁以来甚多仿效，而公独无之。然读其诗，皆《三百》之嫡派、古人之雁行也，其所师可知矣。如孔子，识大识小无不学，而贤不贤皆师矣。不如是，何以谓之集大成哉！"
◇浦起龙曰："后生轻薄，附远而嫚近。盖远者论定既久，不敢置喙；至于近人，则哆口诋诃，以高自夸诩。剽窃古人影响，博其谈资，究于古人所谓师承派别之源流，茫乎未有闻也。少陵痌焉，而作是诗，有慨乎言之也。"

鸂鶒

故使笼宽织，须知动损毛。看云莫怅望，失水任呼号。

六翮曾经剪,孤飞卒未高。且无鹰隼虑,留滞莫辞劳。

花　鸭

花鸭无泥滓,阶前每缓行。羽毛知独立,黑白太分明。
不觉群心妒,休牵众眼惊。稻粱霑汝在,作意莫先鸣。
◇顾宸曰:"《鸂鶒》,遣留滞也;《花鸭》,戒多言也。此虽咏物,实自咏耳。"

畏　人

早花随处发,春鸟异方啼。万里清江上,三年落日低。
畏人成小筑,褊性合幽栖。门径从榛草,无心走马蹄。

远　游

贱子何人记,迷方著处家。竹风连野色,江沫拥春沙。
种药扶衰病,吟诗解叹嗟。似闻胡骑走,失喜问京华。

野　望

西山白雪三城戍,南浦清江万里桥。
海内风尘诸弟隔,天涯涕泪一身遥。
唯将迟暮供多病,未有涓埃答圣朝。
跨马出郊时极目,不堪人事日萧条。
○孙仅所云"夐邈高耸,若凿太虚而噏万窍",此类是已。

流连光景,何足语此!

◇朱鹤龄曰:"按史,是时分剑南为两节度,而西山三城列戍,百姓罢于调役。高适尝上疏论之,不纳。公诗当为此而作,故有'人事萧条'之叹。"

水槛遣心

去郭轩楹敞,无村眺望赊。澄江平少岸,幽树晚多花。
细雨鱼儿出,微风燕子斜。城中十万户,此地两三家。

◇叶梦得曰:"诗语忌过巧,然缘情体物,自有天然之妙。如老杜'细雨鱼儿出,微风燕子斜',此十字,殆无一字虚设。细雨着水面为沤,鱼尝上浮而浥,若大雨则伏而不出矣。燕体轻弱,风猛则不胜,唯微风乃受以为势,故又有'轻燕受风斜'之句。"

屏　迹(三首录二)

用拙存吾道,幽居近物情。桑麻深雨露,燕雀半生成。
村鼓时时急,渔舟个个轻。杖藜从白首,心迹喜双清。

○訏谟定命,远犹(猷)辰告,谢安石爱之如此。颔联允为雅人深致。

晚起家何事?无营地转幽。竹光团野色,舍影漾江流。
失学从儿懒,长贫任妇愁。百年浑得醉,一月不梳头。

◇洪仲曰:"末联以旷达寓悲凉也。"

奉酬严公寄题野亭之作

拾遗曾奏数行书，懒性从来水竹居。
奉引滥骑沙苑马，幽栖真钓锦江鱼。
谢安不倦登临费，阮籍焉知礼法疏。
枉沐旌麾出城府，草茅无径欲教锄。
◇仇兆鳌曰："严诗款曲殷勤，公诗和平委婉。解者指严为语多讥刺，指公为始终傲岸，两失作者之意。"

严公仲夏枉驾草堂兼携酒馔（得寒字）

竹里行厨洗玉盘，花边立马簇金鞍。
非关使者征求急，自识将军礼数宽。
百年地僻柴门迥，五月江深草阁寒。
看弄渔舟移白日，老农何有罄交欢。
〇饮真茹强，老笔纷披。

严公听宴同咏蜀道画图（得空字）

日临公馆静，画满地图雄。剑阁星桥北，松州雪岭东。
华夷山不断，吴蜀水相通。兴与烟霞会，清樽幸不空。
〇直是气象不同。

奉送严公入朝十韵

鼎湖胆望远，象阙宪章新。四海犹多难，中原忆旧臣。

与时安反侧，自昔有经纶。感激张天步，从客静塞尘。
南图回羽翮，北极捧星辰。漏皷还思昼，宫莺罢啭春。
空留玉帐术，愁杀锦城人。阁道通丹地，江潭隐白蘋。
此生那老蜀？不死会归秦。公若登台辅，临危莫爱身。
◇卢世㴶曰："气象规模，雅与题称。末复法言忠告，令人肃然。子美真古人也！"

送严侍郎到绵州同登杜使君江楼（得心字）

野兴每难尽，江楼延赏心。归朝送使节，落景惜登临。
稍稍烟集渚，微微风动襟。重船依浅濑，轻鸟度层阴。
槛峻背幽谷，窗虚交茂林。灯光散远近，月彩静高深。
城拥朝来客，天横醉后参。穷途衰谢意，苦调短长吟。
此会共能几？诸孙贤至今。不劳朱户闭，自待白河沉。

奉济驿重送严公四韵

远送从此别，青山空复情。几时杯重把？昨夜月同行。
列郡讴歌惜，三朝出入荣。江村独归处，寂寞养残生。
○一往情深，足见严、杜交谊。

九日奉寄严大夫

九日应愁思，经时冒险难。不眠持汉节，何路出巴山？
小驿香醪嫩，重岩细菊斑。遥知簇鞍马，回首白云间。
◇蔡梦弼曰："公九日在梓登临，时严武还朝，尚在蜀栈道中也。"

◇王嗣奭曰:"通篇不说忆严,只写其客行之景与思己之情,正是深于忆者。"

黄　草

黄草峡西船不归,赤甲山下行人稀。
秦中驿使无消息,蜀道兵戈有是非。
万里秋风吹锦水,谁家别泪湿罗衣?
莫愁剑阁终堪据,闻道松州已被围。
○气格苍劲。五、六乃如老树着花,必求其事以实之,徒增纷纷。

怀　旧

地下苏司业,情亲独有君。那因丧乱后,便有死生分?
老罢知明镜,悲来望白云。自从失词伯,不复更论文。

所　思　原注:得台州郑司户消息。

郑老身仍窜,台州信始传。为农山涧曲,卧病海云边。
世已疏儒素,人犹乞酒钱。徒劳望牛斗,无计斸龙泉。

不　见　原注:近无李白消息。

不见李生久,佯狂真可哀。世人皆欲杀,吾意独怜才。
敏捷诗千首,飘零酒一杯。匡山读书处,头白好归来。

○三诗真朴,若自胸臆流出,所谓"文生于情,不求工而自至"。

题玄武禅师屋壁

何年顾虎头,满壁画沧洲?赤日石林气,青天江海流。
锡飞常近鹤,杯度不惊鸥。似得庐山路,真随惠远游。
◇黄生曰:"三、四本极奇险,看似寻常,以奇在立意而句法浑融也。"

客 夜

客睡何曾著,秋天不肯明。卷帘残月影,高枕远江声。
计拙无衣食,途穷仗友生。老妻书数纸,应悉未归情。
◇王嗣奭曰:"'何曾''不肯'四字,愁怀毕露,所谓'愁人知夜长'也。"

客 亭

秋窗犹曙色,落木更天风。日出寒山外,江流宿雾中。
圣朝无弃物,老病已成翁。多少残生事,飘零似转蓬。

野 望

金华山南涪水西,仲冬风日始凄凄。
山连越巂蟠三蜀,水散巴渝下五溪。
独鹤不知何事舞,饥乌似欲向人啼。

射洪春酒寒仍绿,目极伤神谁为携!

○壮士拂剑,浩然弥哀。五、六情虽间入,气自孤行,此殆非人力可及。

◇张溍曰:"三、四自然壮丽,七子之祖。"

闻官军收河南河北

剑外忽传收蓟北,初闻涕泪满衣裳。

却看妻子愁何在,漫卷诗书喜欲狂。

白日放歌须纵酒,青春作伴好还乡。

即从巴峡穿巫峡,便下襄阳向洛阳。

○惊喜溢于字句之外,故其为诗,一气呵成,法极无迹。末联撒手空行,如懒残履衡岳之石,旋转而下,非有伯昏瞀人之气者不能也。

◇王嗣奭曰:"一气流注而曲折尽情,绝无装点,愈朴愈真,他人绝不能道。"

◇浦起龙曰:"八句其疾如飞,题事只一句,余俱写情,神理妙在逼真。杜老生平第一快诗。"

◇《唐书》:"宝应元年冬,官军进克东都,河南平。次年正月,史朝义死于广阳,李怀仙斩其首以献,河北平。"

卷十六

襄阳杜甫诗八

涪江泛舟送韦班归京　得山字

追饯同舟日,伤春一水间。飘零为客久,衰老羡君还。
花远重重树,云轻处处山。天涯故人少,更益鬓毛斑。

春日梓州登楼

行路难如此,登楼望欲迷。身无却少壮,迹有但羁栖。
江水流城郭,春风入鼓鼙。双双新燕子,依旧已衔泥。
○满目悲凉,颈联却极酝藉。

郪城西原送李判官兄、武判官弟赴成都府

凭高送所亲,久坐惜芳辰。远水非无浪,他山自有春。
野花随处发,官柳著行新。天际伤愁别,离筵何太频。
○三、四比兴有味。

送路六侍御入朝

童稚情亲四十年，中间消息两茫然。
更为后会知何地？忽漫相逢是别筵。
不分桃花红胜锦，生憎柳絮白于绵。
剑南春色还无赖，触忤愁人到酒边。
◇张溍曰："妙用倒叙法，前四句藏多少曲折。"

望牛头寺

牛头见鹤林，梯径绕幽深。春色浮山外，天河宿殿阴。
传灯无白日，布地有黄金。休作狂歌老，回看不住心。

上兜率寺

兜率知名寺，真如会法堂。江山有巴蜀，栋宇自齐梁。
庾信哀虽久，何颙好不忘。白牛车远近，且欲上慈航。
◇叶梦得曰："诗人以一字为工，世固知之；唯变化开阖，出奇无穷，殆不可以形迹捕诘。如'江山有巴蜀，栋宇自齐梁'，则其远近数千里、上下数百年尽在；'有''自'两字间，而吞吐山川之气，俯仰古今之怀，皆见于言外也。"

登牛头山亭子

路出双林外，亭窥万井中。江城孤照日，山谷远含风。
兵革身将老，关河信不通。犹残数行泪，忍对百花丛。

陪李梓州王阆州苏遂州李果州四使君登惠义寺

春日无人境,虚空不住天。莺花随世界,楼阁寄山巅。
迟暮身何得?登临意惘然。谁能解金印,潇洒共安禅。

涪城县香积寺官阁

寺下春江深不流,山腰官阁迥添愁。
含风翠壁孤云细,背日丹枫万木稠。
小院迴廊春寂寂,浴凫飞鹭晚悠悠。
诸天合在藤萝外,昏黑应须到上头。

戏题寄上汉中王

群盗无归路,衰颜会远方。尚怜诗警策,犹记酒颠狂。
鲁卫弥尊重,徐陈略丧亡。空余枚叟在,应念早升堂。
◇王士正曰:"一联十字,情事可感。"
◇仇兆鳌曰:"'群盗',蜀有徐知道,西京有党项羌,东都有史朝义。'无归路',公不能归乡;'会远方',遇王于梓州也。"

倦 夜

竹凉侵卧内,野月满庭隅。重露成涓滴,稀星乍有无。
暗飞萤自照,水宿鸟相呼。万事干戈里,空悲清夜徂。
◇王直方曰:"东坡云:司空表圣自论其诗,以为得味外味。

'绿树连村暗，黄花入麦稀'，此句最善。又云：'棋声花院闭，幡影石坛高。'吾尝独游五老峰，入白鹤观，松荫满地，不见一人，唯闻棋声，然后知此句之工，但恨其寒俭有僧态。若子美'暗飞萤自照，水宿鸟相呼'，'四更山吐月，残夜水明楼'，才力富健，去表圣之流远矣。"

对 雨

莽莽天涯雨，江边独立时。不愁巴道路，恐湿汉旌旗。
雪岭防秋急，绳桥战胜迟。西戎甥舅礼，未敢背恩私。
○感时忧国，触绪即来，非忠义根于至性者不可强为，所以独冠千古而上继骚雅。

王 命

汉北豺狼满，巴西道路难。血埋诸将甲，骨断使臣鞍。
牢落新烧栈，苍茫旧筑坛。深怀喻蜀意，恸哭望王官。
◇朱鹤龄曰："'王官'当指严武。吐蕃围松州，高适不能制，故蜀人思得武以代之。"

有 感（五首录三）

将帅蒙恩泽，兵戈有岁年。至今劳圣主，何以报皇天？
白骨新交战，云台旧拓边。乘槎断消息，无处觅张骞。
◇洪迈曰："前辈谓'少陵当流离颠沛之际，一饭不忘君'，故诗有云'万方频送喜，无乃圣躬劳'，'至今劳圣主，何以报皇天'，'独使至尊忧社稷，诸君何以答升平'，'天子亦应厌奔走，请君固合思升平',皆是心也。"

　　幽蓟余蛇豕,乾坤尚虎狼。诸侯春不贡,使者日相望。
慎勿吞青海,无劳问越裳。大君先息战,归马华山阳。
　　◇赵次公曰:"《左传》:吴为封豕长蛇荐食上国。今言余蛇
豕于幽蓟,盖史朝义虽灭,尚有未臣服者。'青海',谓西羌;
'越裳',谓东夷,戒之以无事于彼也。"

　　洛下舟车入,天中贡赋均。日闻红粟腐,寒待翠华春。
莫取金汤固,长令宇宙新。不过行俭德,盗贼本王臣。
　　○"中原未得平安报,醉里眉攒万国愁。"以韵语摅谠议,
其源固自"二雅"来也。"至今劳圣主,何以报皇天",直使泄
泄之臣置身无地。"不过行俭德,盗贼本王臣",其识解闳远如
此。
　　◇王嗣奭曰:"此五诗皆救时之硕画,报主之赤心。自许稷、
契,真非虚语。"
　　◇黄生曰:"七律之《诸将》,责人臣也;五律之《有感》,
讽人君也。然此虽讽人君,未尝不责其臣,以疆圉国事,败坏
至此,皆人臣之罪也。公平日谆谆论社稷、忧时事者,大指尽
此。"
　　◇仇兆鳌曰:"此言洛都之非计也。议者谓帝幸东都,其地
舟车咸集,贡赋道均,且传仓多积粟,春待驾临。此特进言者之
侈谈耳,岂知国家欲固金汤而新宇宙,实不系乎此。若能行俭德
以爱人,则盗贼本王臣耳,何必为此迁都之役耶?"
　　◇王道俊曰:"王导论迁都云:能宏卫文'大帛之冠',无往
不可;若'不绩其麻',则乐土为墟。公意如此。"

送元二适江左

乱后今相见，秋深复远行。风尘为客日，江海送君情。
晋室丹阳尹，公孙白帝城。经过自爱惜，取次莫论兵。

原注：元常应孙吴科举。

◇刘会孟曰："戒其经过论兵，岂非藩镇节度有难言者乎？此等结语，熟味最是深者。"

章梓州水亭　　原注：时汉中王兼道士席谦在会，用荷字韵。

城晚通云雾，亭深到芰荷。吏人桥外少，秋水席边多。
近属淮王至，高门蓟子过。荆州爱山简，吾醉亦长歌。
○三、四佳致。

翫月呈汉中王

夜深露气清，江月满江城。浮客转危坐，归舟应独行。
关山同一照，乌鹊自多惊。欲得淮王术，风吹晕已生。

登　高

风急天高猿啸哀，渚清沙白鸟飞迴。
无边落木萧萧下，不尽长江滚滚来。
万里悲秋常作客，百年多病独登台。
艰难苦恨繁霜鬓，潦倒新亭浊酒杯。
○气象高浑，有如巫峡千寻，走云连风，诚为七律中稀有之作。后人无其骨力,徒肖之于声貌之间,外强而中干,是为不善学杜者。

◇胡应麟曰:"五十六字,如海底珊瑚,瘦劲难移,沉深莫测,而精光万丈,力量万钧。通章章法、句法、字法,前无昔人,后无来者。此当为古今七律第一。"

遣愤

闻道花门将,论功未尽归。自从收帝里,谁复总戎机?
蜂虿终怀毒,雷霆可震威。莫令鞭血地,再湿汉臣衣。

◇朱鹤龄曰:"永泰元年,郭子仪与回纥共破吐蕃,前后赠赉无算,所谓'论功未尽归'也。京师解严,鱼朝恩统神策军,军势浸盛。'谁复总戎机',盖讽中人典兵,而任子仪之不专也。"

送陵州路使君赴任

王室比多难,高官皆武臣。幽燕通使者,岳牧用词人。
国待贤良急,君当拔擢新。佩刀成气象,行盖出风尘。
战伐乾坤破,疮痍府库贫。众僚宜洁白,万役但平均。
霄汉瞻佳士,泥途任此身。秋天正摇落,回首大江滨。

西山三首

彝界荒山顶,蕃州积雪边。筑城依白帝,转粟上青天。
蜀将分旗鼓,羌兵助井泉。西南背和好,杀气日相缠。

辛苦三城戍,长防万里秋。烟尘侵火井,雨雪闭松州。

风动将军幕，天寒使者裘。漫山贼营垒，回首得无忧。

子弟犹深入，关城未解围。蚕崖铁马瘦，灌口米船稀。
辩士安边策，元戎决胜威。今朝乌鹊喜，欲报凯歌归。
◇仇兆鳌曰："公抱忧国之怀、筹时之略，而又洊逢乱离，故在梓阆间，有感于朝事边防，凡见诸诗歌者，多悲凉激壮之语；而各篇精神焕发，气骨风神并臻其极。熟复长吟，方知为千古绝唱也。"

绝　句

江边踏青罢，回首见旌旗。风起春城暮，高楼画角悲。

城　上

草满巴西绿，空城白日长。风吹花片片，春动水茫茫。
八骏随天子，群臣从武皇。遥闻出巡守，早晚遍遐荒。
○用周穆、汉武为喻，立言得体。
◇王嗣奭曰："叙景言情，真堪痛哭，诗之不愧风人者也。"

伤春五首

天下兵虽满，春光日自浓。西京疲百战，北阙任群凶。
关塞三千里，烟花一万重。蒙尘清露急，御宿且谁供？
殷复前王道，周迁旧国容。蓬莱足云气，应合总从龙。

莺入新年语，花开满故枝。天青风卷幔，草碧水通池。
牢落官军速，萧条万事危。鬓毛元自白，泪点向来垂。
不是无兄弟，其如有别离！巴山春色静，北望转逶迤。

日月还相斗，星辰屡合围。不成诛执法，焉得变危机。
大角缠兵气，钩陈出帝畿。烟尘昏御道，耆旧把天衣。
行在诸军阙，来朝大将稀。贤多隐屠钓，王肯载同归？

再有朝廷乱，难知消息真。近传王在洛，复道使归秦。
夺马悲公主，登车泣贵嫔。萧关迷北上，沧海欲东巡。
敢料安危体，犹多老大臣。岂无嵇绍血，霑洒属车尘。

闻说初东幸，孤儿却走多。难分太仓粟，竞弃鲁阳戈。
胡虏登前殿，王公出御河。得无中夜舞？谁忆《大风歌》。
春色生烽燧，幽人泣薜萝。君臣重修德，犹足见时和。

○无穷悲愤，一片忠恳，《大雅》之后，绝无而仅有。论诗至此，可以表乾里坤，与天地终始。求之于风容色泽之间，无以涉其藩篱，况堂奥乎！

◇仇兆鳌曰："此与《有感》，皆记时事，缠绵悱恻，发于忠君爱国之诚，当与《洞房》八首并传。"

◇《通鉴》："广德元年十月，吐蕃陷京师，上幸陕州，官吏奔散，无复供拟，扈从将士，不免饥馁，乃幸鱼朝恩营。是时下诏征兵，诸将畏程元振谗构，莫有至者。及至行在，太常博士柳伉上疏，请斩元振以谢天下，乃削其官，放归田里。郭子仪合众军击吐蕃，复长安。"

放　船

送客苍溪县，山寒雨不开。直愁骑马滑，故作泛舟迥。
青惜峰峦过，黄知橘柚来。江流大自在，坐稳兴悠哉。
○颈联语，极作意而不伤巧。
◇吴子良曰："钱起诗'山来指樵火，峰去惜花林'，不如此诗颈联。"

奉待严大夫

殊方又喜故人来，重镇还须济世才。
常怪偏裨终日待，不知旌节隔年回。
欲辞巴徼啼莺合，远下荆门去鹢催。
身老时危思会面，一生襟抱向谁开！

奉寄高常侍

汶上相逢年颇多，飞腾无那故人何！
总戎楚蜀应全未，方驾曹刘不啻过。
今日朝廷须汲黯，中原将帅忆廉颇。
天涯春色催迟暮，别泪遥添锦水波。

将赴荆南寄别李剑州

使君高义驱今古，寥落三年坐剑州。

但见文翁能化俗,焉知李广未封侯。
路经滟滪双蓬鬓,天入沧浪一钓舟。
戎马相逢更何日?春风回首仲宣楼。
○通体响亮。
◇申涵光曰:"王李七子,全学此五、六句法。"

泛 江

方舟不用楫,极目总无波。长日容杯酒,深江净绮罗。
乱离还奏乐,飘泊且听歌。故国流清渭,如今花正多。

陪王使君晦日泛江就黄家亭子

山豁何时断?江平不肯流。稍知花改岸,始验鸟随舟。
结束多红粉,欢娱恨白头。非君爱人客,晦日更添愁。
○次句写物甚工。杨慎以为求工反拙,不及李群玉乐府及巴渝竹枝词,何乃妄加轩轾!

春 远

肃肃花絮晚,菲菲红素轻。日长唯鸟雀,春远独柴荆。
数有关中乱,何曾剑外清。故乡归不得,地入亚夫营。
◇黄生曰:"写有景之景,诗人类能之;写无景之景,唯杜擅场。此诗上半,当想其虚中取意之妙。"

百舌

百舌来何处？重重衹报春。知音兼众语，整翮岂多身？
花密藏难见，枝高听转新。过时如发口，君侧有谗人。
〇运古如己出，然亦露却色相。

地隅

江汉山重阻，风云地一隅。年年非故物，处处是穷途。
丧乱秦公子，悲凉楚大夫。平生心已折，行路日荒芜。

游子

巴蜀愁难语，吴门兴杳然。九江春草外，三峡暮帆前。
厌就成都卜，休为吏部眠。蓬莱如可到，衰白问群仙。
〇末句，比也。谓远思蓬山者，失之。

归梦

道路时通塞，江山日寂寥。偷生唯一老，伐叛已三朝。
雨急青枫暮，云深黑水遥。梦归归未得，不用楚辞招。
〇极沉郁逸宕之妙。

滕王亭子

君王台榭枕巴山，万丈丹梯尚可攀。

春日莺啼修竹里,仙家犬吠白云间。
清江锦石伤心丽,嫩蕊浓花满目斑。
人到于今歌出牧,来游此地不知还。
◇仇兆鳌曰:"末二句一气读下,正刺其荒游,非颂其遗泽也。"

玉台观 原注:滕王造。

中天积翠玉台遥,上帝高居绛节朝。
遂有冯夷来击鼓,始知嬴女善吹箫。
江光隐见鼋鼍窟,石势参差乌鹊桥。
更肯红颜生羽翼,便应黄发老渔樵。
○纯从空际形容,秾郁之中,弥见格力。

滕王亭子

寂寞春山路,君王不复行。古墙犹竹色,虚阁自松声。
鸟雀荒村暮,云霞过客情。尚思歌吹入,千骑把霓旌。

渡 江

春江不可渡,二月已风涛。舟楫欹斜疾,鱼龙偃卧高。
渚花兼素锦,汀草乱青袍。戏问垂纶客,悠悠见汝曹。

送韦郎司直归成都

窜身来蜀地,同病得韦郎。天下干戈满,江边岁月长。

别筵花欲暮,春日鬓俱苍。为问南溪竹,抽梢合过墙?原注:余草堂在成都西郭。

将赴成都草堂途中有作先寄严郑公(五首录四)

得归茅屋赴成都,直为文翁再剖符。
但使闾阎还揖让,敢论松竹久荒芜。
鱼知丙穴由来美,酒忆郫筒不用酤。
五马旧曾谙小径,几回书札待潜夫。

处处青江带白蘋,故园犹得见残春。
雪山斥候无兵马,锦里逢迎有主人。
休怪儿童延俗客,不教鹅鸭恼比邻。
习池未觉风流尽,况复荆州赏更新。

竹寒沙碧浣花溪,菱刺藤梢咫尺迷。
过客径须愁出入,居人不自解东西。
书签药裹封蛛网,野店山桥送马蹄。
岂藉荒庭春草色,先判一饮醉如泥。

锦官城西生事微,乌皮几在还思归。
昔去为忧乱兵入,今来已恐邻人非。
侧身天地更怀古,回首风尘甘息机。
共说总戎云鸟阵,不妨游子芰荷衣。
○数诗情致委折,骨肉停匀,杜诗之最近人者。末篇特用拗调,节奏极佳。

◇王士正曰："不作奇语高调而情致圆足，遂开玉局、剑南门户。"

别房太尉墓

他乡复行役，驻马别孤坟。近泪无干土，低空有断云。
对棋陪谢傅，把剑觅徐君。唯见林花落，莺啼送客闻。
◇李因笃曰："有'叹息此人去，萧条天地空'之感。"

自阆州领妻子却赴蜀山行三首

汩汩避群盗，悠悠经十年。不成向南国，复作游西川。
物役水虚照，魂伤山寂然。我生无倚著，尽室畏途边。

长林偃风色，迴复意犹迷。衫裛翠微润，马衔青草嘶。
栈悬斜避石，桥断却寻溪。何日干戈尽？飘飘愧老妻。

行色递隐见，人烟时有无。仆夫穿竹语，稚子入云呼。
转石惊魑魅，抨弓落狖鼯。真供一笑乐，似欲慰穷途。
○苦调奇语。

山　馆

南国昼多雾，北风天正寒。路危行木杪，身远宿云端。
山鬼吹灯灭，厨人语夜阑。鸡鸣问前馆，世乱敢求安！

倚　杖

看花虽郭内，倚杖即溪边。山县早休市，江桥春聚船。
狎鸥轻白浪，归雁喜青天。物色兼生意，凄凉忆去年。

登　楼

花近高楼伤客心，万方多难此登临。
锦江春色来天地，玉垒浮云变古今。
北极朝廷终不改，西山寇盗莫相侵。
可怜后主还祠庙，日暮聊为《梁甫吟》。
○律法甚细，隐衷极厚，不独以雄浑高阔之象陵轹千古。
◇叶梦得曰："七言律难于气象雄浑，句中有力而纡徐，不失言外之意，自老杜'锦江春色''五更鼓角'等句后，常恨无复继者。"
◇申涵光曰："'北极''西山'二语，可抵一篇《王命论》。"

春　归

苔迳临江竹，茅簷覆地花。别来频甲子，倏忽又春华。
倚杖看孤石，倾壶就浅沙。远鸥浮水静，轻燕受风斜。
世路虽多梗，吾生亦有涯。此身醒复醉，乘兴即为家。
◇仇兆鳌曰："《萤雪丛说》云：老杜诗好下'受'字，东坡尤爱'轻燕受风斜'句，以为燕迎风低飞，乍前乍后，却非'受'字不能形容。"
◇杨德周曰："'微风燕子斜'，正与此同看，咏之不尽，味之有余。"

归 雁

东来万里客,乱定几年归?肠断江城雁,高高正北飞。
○自写心事,与王勃《九日》一绝正堪对照。

赠王二十四侍御契四十韵

往往虽相见,飘飘媿此身。不关轻绂冕,俱是避风尘。
一别星桥夜,三移斗柄春。败亡非赤壁,奔走为黄巾。
子去何潇洒,余藏异隐沦。书成无过雁,衣故有悬鹑。
恐惧行装数,伶俜卧疾频。晓莺工迸泪,秋月解伤神。
会面嗟黎黑,含悽话苦辛。接舆还入楚,王粲不归秦。
锦里残丹灶,花溪得钓纶。消中只自惜,晚起索谁亲?
伏柱闻周史,乘槎有汉臣。鸳鸿不易狎,龙虎未宜驯。
客则挂冠至,交非倾盖新。由来意气合,直取性情真。
浪迹同生死,无心耻贱贫。偶然存蔗芋,幸各对松筠。
麤饭依他日,穷愁怪此辰。女长裁褐稳,男大卷书匀。
渼口江如练,蚕崖雪似银。名园当翠巘,野棹没青苹。
屡喜王侯宅,时邀江海人。追随不觉晚,款曲动弥旬。
但使芝兰秀,何烦栋宇邻。山阳无俗物,郑驿正留宾。
出入并鞍马,光辉参席珍。重游先主庙,更历少城闉。
石镜通幽魄,琴台隐绛唇。送终惟粪土,结爱独荆榛。
置酒高林下,观棋积水滨。区区甘累趼,稍稍息劳筋。
网聚粘圆鲫,丝繁煮细莼。长歌敲柳瘿,小睡凭藤轮。

农月须知课,田家敢忘勤!浮生难去食,良会惜清晨。
列国兵戈暗,今王德教淳。要闻除猰㺄,休作画麒麟。
洗眼看轻薄,虚怀任屈伸。莫令胶漆地,万古重雷陈。
○明净整齐,佳语霏霏,如吐玉屑
◇张潛曰:"卷收舒放,一一如意,具有仙气。"

寄董卿嘉荣十韵

闻道君牙帐,防秋近赤霄。下临千雪岭,却背五绳桥。
海内久戎服,京师今晏朝。犬羊曾烂漫,宫阙尚萧条。
猛将宜尝胆,龙泉必在腰。黄图遭污辱,月窟可焚烧。
会取干戈利,无令斥候骄。居然双捕虏,自是一嫖姚。
落日思轻骑,高天忆射雕。云台画形像,皆为扫氛妖。

过故斛斯校书庄二首

原注:老儒艰难,时病于庸蜀,叹其没后,方授一官。

此老已云殁,邻人嗟亦休。竟无宣室召,徒有茂陵求。
妻子寄他食,园林非昔游。空堂繐帷在,淅淅野风秋。

燕入非傍舍,鸥归秪故池。断桥无复板,卧柳自生枝。
遂有山阳作,多惭鲍叔知。素交零落尽,白首泪双垂。
◇黄生曰:"借古叙事处,见笔之老;写景寓情处,见笔之灵。二种笔法俱难到。"
◇朱鹤龄曰:"斛斯即斛斯六,乃草堂之邻,公所谓'酒伴'者。"

立秋雨院中有作

山云行绝塞，大火复西流。飞雨动华屋，萧萧梁栋秋。
穷途愧知己，暮齿借前筹。已费清晨谒，那成长者谋。
解衣开北户，高枕对南楼。树湿风凉进，江喧水气浮。
礼宽心有适，节爽病微瘳。主将归调鼎，吾还访旧丘。
〇三、四殊有灵气，胜谢朓"朔风吹飞雨，萧条江上来"之句。

奉和严郑公军城早秋

秋风袅袅动高旌，玉帐分弓射房营。
已收滴博云间戍，欲夺蓬婆雪外城。

院中晚晴怀西郭茅舍

幕府秋风日夜清，澹云疏雨过高城。
叶心朱实看时落，阶面青苔先自生。
复有楼台衔暮景，不劳钟鼓报新晴。
浣花溪里花饶笑，肯信吾兼吏隐名。
◇张璁曰："此公有不乐于幕府者也。明年正月，遂行归草堂。"

宿　府

清秋幕府井梧寒，独宿江城蜡炬残。

永夜角声悲自语，中天月色好谁看！
风尘荏苒音书绝，关塞萧条行路难。
已忍伶俜十年事，强移栖息一枝安。
○多少心事于无聊中出之，字字沉郁。

遣闷奉呈严公二十韵

白水鱼竿客，清秋鹤发翁。胡为来幕下？只合在舟中。
黄卷真如律，青袍也自公。老妻忧坐痹，幼女问头风。
平地专欹倒，分曹失异同。礼甘衰力就，义忝上官通。
畴昔论诗早，光辉仗钺雄。宽容存性拙，剪拂念途穷。
露裛思藤架，烟霏想桂丛。信然龟触网，直作鸟窥笼。
西岭纡村北，南江绕舍东。竹皮寒旧翠，椒实雨新红。
浪簸船应坼，杯干瓮即空。藩篱生野径，斤斧任樵童。
束缚酬知己，蹉跎效小忠。周防期稍稍，太简遂匆匆。
晓入朱扉启，昏归画角终。不成寻别业，未敢息微躬。
乌鹊愁银汉，驽骀怕锦幪。会希全物色，时放倚梧桐。
◇黄生曰："公与严武始终睽合之故，具见此一首。盖公在蜀，两依严武，其于公，故旧之情不可谓不厚；及居幕中，未免以礼数相拘，又为同辈所潜。此公所以不堪束缚，往往寄之篇咏也。"

送舍弟颖赴齐州

岷岭南蛮北，徐关东海西。此行何日到？送汝万行啼。
绝域惟高枕，清风独杖藜。危时暂相见，衰白意都迷。

奉观严郑公厅事岷山沱江画图十韵 得忘字

沱水流中座，岷山到此堂。白波吹粉壁，青嶂插雕梁。
直讶杉松冷，兼疑菱荇香。雪云虚点缀，沙草得微茫。
岭雁随毫末，川霓饮练光。霏红洲蕊乱，拂黛石萝长。
暗谷非关雨，丹枫不为霜。秋成玄圃外，景物洞庭旁。
绘事功殊绝，幽襟兴激昂。从来谢太傅，丘壑道难忘。

○甫心系国家，往往因题阑入。今为严武题画而不及此，盖志将远引，故语不旁及。其诗精严流丽，点睛在"虚"字，读者宜细玩之。

◇胡夏客曰："起联庄重，接联精警，收语稳足，此最入格之篇。"

◇仇兆鳌曰："昔人论此诗为宋人咏画之祖，但其分写山水，亦本谢灵运《过始宁墅》诗，用以咏画，更较详细精工耳。"

正月三日归溪上有作简院内诸公

野外堂依竹，篱边水向城。蚁浮仍腊味，鸥泛已春声。
药许邻人劚，书从稚子擎。白头趋幕府，深觉负平生。

◇王嗣奭曰："自是衷语。"

春日江村

农务村村急，春流岸岸深。乾坤万里眼，时序百年心。
茅屋还堪赋，桃源自可寻。艰难贱生理，飘泊到如今。

◇李因笃曰："颔联十字，纵横八极，俯仰千秋，有鸢飞鱼跃之意。"

绝　句

两个黄鹂鸣翠柳，一行白鹭上青天。
窗含西岭千秋雪，门泊东吴万里船。
　　○虽非正格，自是绝唱。近人以四句皆对为截律诗中四句，是不知古人两句一联、四句一绝也。

哭严仆射归榇

素幔随流水，归舟返旧京。老亲如宿昔，部曲异平生。
风送蛟龙匣，天长骠骑营。一哀三峡暮，遗后见君情。
　　◇刘克庄曰："'老亲如宿昔'二句极其悽怆。李义山《过旧府有寄诸掾》诗云：'莫凭无鬼论，终负托孤心。'犹有故吏之情，可以矫俗薄。"

渝州候严六侍御不到先下峡

闻道乘骢发，沙边待至今。不知云雨散，虚费短长吟。
山带乌蛮阔，江连白帝深。船经一柱观，留眼共登临。

禹　庙

禹庙空山里，秋风落日斜。荒庭垂橘柚，古屋画龙蛇。
云气生虚壁，江声走白沙。早知乘四载，疏凿控三巴。
　　○龙蛇、橘柚，宋人亦知其用本事，不知其妙在无迹，极镜花水月之趣。学者悟此,乃得使事三昧法。

题忠州龙兴寺所居院壁

忠州三峡内,井邑聚云根。小市常争米,孤城早闭门。
空看过客泪,莫觅主人恩。淹泊仍愁虎,深居赖独园。

旅夜书怀

细草微风岸,危樯独夜舟。星垂平野阔,月涌大江流。
名岂文章著,官应老病休。飘飘何所似?天地一沙鸥。
○"小市常争米,孤城早闭门",写荒凉之景如在目前。若此孤舟夜泊,著语乃极雄杰,当由真力弥满耳。李白"山随平野"一联,语意暗合,不分上下,亦见大家才力天然相似。
◇刘会孟曰:"等闲星月,著一'涌'字,复觉不同。"

十二月一日(三首录二)

寒轻市上山烟碧,日满楼前江雾黄。
负盐出井此溪女,打鼓发船何郡郎?
新亭举目风景切,茂陵著书消渴长。
春花不愁不烂漫,楚客唯听棹相将。
○借拗调以遣怀,锵然可听。

即看燕子入山扉,岂有黄鹂历翠微。
短短桃花临水岸,轻轻柳絮点人衣。
春来准拟开怀久,老去亲知见面稀。

他日一盃难强进,重嗟筋力故山违。
◇朱鹤龄曰:"诗作于冬而有燕子、黄鹂、桃柳之句,盖逆道其事,所谓'他日一盃难强进'也。"

长江二首

众水会涪万,瞿塘争一门。朝宗人共挹,盗贼尔谁尊!
孤石隐如马,高萝垂饮猿。归心异波浪,何事即飞翻。

浩浩终不息,乃知东极临。众流归海意,万国奉君心。
色借潇湘阔,声驱滟滪深。未辞添雾雨,接上过衣襟。
◇王嗣奭曰:"诗以长江命题,乃写其朝宗之性,以警盗贼之背主者。两章同意。"
◇王道俊曰:"江流之大,不辞雾雨。雨接江流,而上过人衣襟之间,所谓'波浪兼天'者如此。"
◇《通鉴》:"永泰元年夏严武卒,以郭英代之。汉州刺使崔旰攻英,英奔简州,为韩澄所杀。杨子琳等起兵讨旰,蜀中大乱。"

承闻故房相公灵榇自阆州启殡归葬东都有作二首

远闻房太尉,归葬陆浑山。一德兴王后,孤魂久客间。
孔明多故事,安石竟崇班。他日嘉陵涕,仍霑楚水还。

丹旐飞飞日,初传发阆州。风尘终不解,江汉忽同流。
剑动亲身匣,书归故国楼。尽哀知有处,为客恐长休。
◇陈师道诗曰"丘园无起日,江汉有东流",为后人传诵,故当本于此诗。

怀锦水居止

万里桥西宅,百花潭北庄。层轩皆面水,老树饱经霜。
雪岭界天白,锦城曛日黄。惜哉形胜地,回首一茫茫。
◇葛常之曰:"公作草堂,经营上元之始,断手宝应之年,始终四载,而其间往梓阆三年,公诗所谓'三年奔走空皮骨'也。其起居寝处之兴,不足以偿其经营往来之劳,可谓一世之羁人。然自唐至今已数百载,而草堂之名与其山川草木,皆因公诗以不朽矣。"

子 规

峡里云安县,江楼翼瓦齐。两边山木合,终日子规啼。
眇眇春风见,萧萧夜色凄。客愁那听此,故作傍人低。
◇申涵光曰:"颔联爽豁,如弹丸脱手,此太白隽语也。"

立 春

春日春盘细生菜,忽忆两京梅发时。
盘出高门行白玉,菜传纤手送青丝。
巫峡寒江那对眼,杜陵远客不胜悲。
此身未知归定处,呼儿觅纸一题诗。
○俯拾即是,纯用本色,读者当得其自然之趣。

漫成一绝

江月去人只数尺,风灯照夜欲三更。

沙头宿鹭联拳净，船尾跳鱼拨剌鸣。

老　病

老病巫山里，稽留楚客中。药残他日里，花发去年丛。
夜足霑沙雨，春多逆水风。合分双赐笔，犹作一飘蓬。

南　楚

南楚青春异，暄寒早早分。无名江上草，随意岭头云。
正月蜂相见，非时鸟共闻。杖藜妨跃马，不是故离群。
○写出闲旷之致，如见沂水春风气象。昭明所云"语时事则指而可想，论怀抱则旷而且真"，老杜有之。

寄岑嘉州　原注：州据蜀江外。

不见故人十年余，不道故人无素书。
愿逢颜色关塞远，岂意出守江城居。
外江三峡且相接，斗酒新诗终日疏。
谢朓每篇堪讽诵，冯唐已老听吹嘘。
泊船秋夜经春草，伏枕青枫限玉除。
眼前所寄选何物？赠子云安双鲤鱼。
○脱去排比之迹，绝无雕饰之痕，何等风韵！

卷十七

襄阳杜甫诗九

移居夔州郭

伏枕云安县，迁居白帝城。春知催柳别，江与放船清。
农事闻人说，山光见鸟情。禹功饶断石，且就土微平。
◇黄庭坚曰："好作奇语，自是文章一病。但当以理为主，理得而词顺，文章自然出群拔萃。观子美到夔州后诗，退之自潮州还朝后文，皆不烦绳削而自合矣。"

宿江边阁

暝色延山径，高斋次水门。薄云严际宿，孤月浪中翻。
鹳鹤追飞静，豺狼得食喧。不眠忧战伐，无力正乾坤。
◇仇兆鳌曰："何仲言诗，尚在实处摹景。此只转换一二字，便觉点睛欲飞。"

西阁口号呈元二十一

山木抱云稠，寒江绕上头。雪崖才变石，风幔不依楼。

社稷堪流涕，安危在运筹。看君话王室，感动几销忧。
○三、四刻划中雅调；后半则无穷忠愤，不觉触之即动矣。

西　阁

巫山小摇落，碧色见松林。百鸟各相命，孤云无自心。
层轩俯江壁，要路亦高深。朱绂犹纱帽，新诗近玉琴。
功名不早立，衰病谢知音。哀世非王粲，终然学越吟。

阁　夜

岁暮阴阳催短景，天涯霜雪霁寒宵。
五更鼓角声悲壮，三峡星河影动摇。
野哭几家闻战伐，夷歌数处起渔樵。
卧龙跃马终黄土，人事依依漫寂寥。
○音节雄浑，波澜壮阔，不独"五更角鼓""三峡星河"脍炙人口为足赏也。
◇杜修可曰："《西河诗话》云：'作诗用事，要如水中着盐，饮水乃知盐味。'此说诗家秘藏也。如子美'五更鼓角声悲壮，三峡星河影动摇'，人徒见陵轹造化之工，不知乃用故事也。"
◇李因笃曰："壮采以朴气行之，非泛为声调者可比。"

瀼西寒望

水色含群动，朝光切太虚。年侵频怅望，兴远一萧疏。
猿挂时相学，鸥行炯自如。瞿塘春欲至，定卜瀼西居。

○发端甚工。

入　宅（三首录二）

奔峭背赤甲，断崖当白盐。客居愧迁次，春酒渐多添。
花亚欲移竹，鸟窥新卷簾。衰年不敢恨，胜概欲相兼。

乱后居难定，春归客未还。水生鱼復浦，云暖麝香山。
半顶梳头白，过眉拄杖斑。相看多使者，一一问函关。

暮春题瀼西新赁草屋（五首录三）

久嗟三峡客，再与暮春期。百舌欲无语，繁花能几时？
谷虚云气薄，波乱日华迟。战伐何由定，哀伤不在兹？

此邦千树橘，不见比封君。养拙干戈际，全生麋鹿群。
畏人江北草，旅食瀼西云。万里巴渝曲，三年实饱闻。

綵云阴复白，锦树晓来青。身世双蓬鬓，乾坤一草亭。
哀歌时自短，醉舞为谁醒？细雨荷锄立，江猿吟翠屏。
○颔联情在言中，耐人讽味。结语深秀。
◇黄生曰："'江猿吟翠屏'，即'白鸥元水宿，何事有余哀'意，而含蓄较深永。"

秋野五首

秋野日疏芜，寒江动碧虚。系舟蛮井络，卜宅楚村墟。

枣熟从人打，葵荒欲自锄。盘飧老夫食，分减及溪鱼。
◇王嗣奭曰："枣从人打则人已一视，葵欲自锄则贵贱一视，食及溪鱼则物我一视。此皆见道语。"

易识浮生理，难教一物违。水深鱼极乐，林茂鸟知归。
吾老甘贫病，荣华有是非。秋风吹几杖，不厌北山薇。
○用庞公语，得委运之旨，与《遣兴》篇不同。

礼乐攻吾短，山林引兴长。掉头纱帽仄，曝背竹书光。
风落收松子，天寒割蜜房。稀疏小红翠，驻屐近微香。

远岸秋沙白，连山晚照红。潜鳞输骇浪，归翼会高风。
砧响家家发，樵声个个同。飞霜任青女，赐被隔南宫。
○三、四目击道存，中藏感兴，又与次篇殊旨。字法精稳，句有气象。

身许骐驎画，年衰鹓鹭群。大江秋易盛，空峡夜多闻。
径隐千重石，帆留一片云。儿童解蛮语，不必作参军。
◇浦起龙曰："五诗俱见安贫适志气象，此变风之正声。"

课小竖鉏斫舍北果林枝蔓荒秽净讫移牀

篱弱门何向？沙虚岸只摧。日斜鱼更食，客散鸟还来。
寒水光难定，秋山响易哀。天涯稍曛黑，倚杖独徘徊。

自瀼西荆扉且移居东屯茅屋（四首录二）

白盐危峤北，赤甲古城东。平地一川稳，高山四面同。
烟霜凄野日，粳稻熟天风。人事伤蓬转，吾将守桂丛。

东屯复瀼西，一种住青溪。来往兼茅屋，淹留为稻畦。
市喧宜近利，林僻此无蹊。若访衰翁语，须令礌客迷。

东屯月夜

抱疾漂萍老，防边旧谷屯。春农亲异俗，岁月在衡门。
青女霜枫重，黄牛峡水喧。泥留虎斗迹，月挂客愁村。
乔木澄稀影，轻云倚细根。数惊闻雀噪，暂睡想猿蹲。
日转东方白，风来北斗昏。天寒不成寝，无梦寄归魂。
○"月挂客愁村"，极刻划之妙。
◇黄生曰："首尾见羁旅之意，妙在先安首五字，觉全篇字字写景，字字写情。"

暂往白帝复还东屯

复作归田去，犹残获稻功。筑场怜穴蚁，拾穗许村童。
落杵光辉白，除芒子粒红。加飡可扶老，仓庾慰飘蓬。
◇邵宝曰："三、四见仁民爱物之意。"

刈稻了咏怀

稻获空云水，川平对石门。寒风疏落木，旭日散鸡豚。
野哭初闻战，樵歌稍出村。无家问消息，作客信乾坤。

上白帝城

城峻随天壁，楼高更女墙。江流思夏后，风至忆襄王。
老去闻悲角，人扶报夕阳。公孙初恃险，跃马意何长。

上白帝城

江城含变态，一上一回新。天欲今朝雨，山归万古春。
英雄余事业，衰迈久风尘。取醉他乡客，相逢故国人。
兵戈犹拥蜀，赋敛强输秦。不是烦形胜，深惭畏损神。
◇卢世㴶曰："起四句见天地之心，知雨旸之性，穷亲旧之变，领山水之神，俱能朗朗写出。"

武侯庙

遗庙丹青落，空山草木长。犹闻辞后主，不复卧南阳。
○十字中包括武侯一生行迹，不涉议论，弥淡弥高。

八阵图

功盖三分国，名成八阵图。江流石不转，遗恨失吞吴。

○遂使诸葛精诚，炳然千古，读之殷殷有金石声。

◇钱谦益曰："先主征吴败，还至鱼复，孔明叹曰：'法孝直若在，必能制主上东行，不至倾危矣。'公诗意亦如此。世传子瞻云云，坡无此言，纤儿伪托耳。"

谒先主庙

惨澹风云会，乘时各有人。力侔分社稷，志屈偃经纶。
复汉留长策，中原仗老臣。杂耕心未已，呕血事酸辛。
霸气西南歇，雄图历数屯。锦江元过楚，剑阁复通秦。
旧俗存祠庙，空山泣鬼神。虚簷交鸟道，枯木半龙鳞。
竹送清溪月，苔移玉座春。闾阎儿女换，歌舞岁时新。
绝域归舟远，荒城系马频。如何对摇落？况乃久风尘。
孰与关张并？功临耿邓亲。应天才不小，得士契无邻。
迟暮堪帷幄，飘零且钓缗。向来忧国泪，寂寞洒衣巾。

○格调庄严，气骨浑厚，有典有则，长律当以此为正宗。其开局雄浑，以包举见力量。至于闾阎几换而歌舞自新，写百世不忘之意，可谓善于形容矣。"关张、耿邓"四语，若云仍切先主，固属重复；即云自叙，亦欠分晓。盖世乱身穷，故于君臣遇合之感，功名建树之难，抚时思古，反复寄慨，收归己身，以完"谒"字之意。如此则收拾精神，主意乃有归着。

◇仇兆鳌曰："以弔古之情，写用世之志，激昂悲壮，感慨淋漓，足令千年上下英雄堕泪、烈士抚膺，不独记叙庙貌处，见其古色斑烂、哀音悽怆也。此诗全以议论成章，他人无此深厚力量。"

滟滪堆

巨石水中央，江寒出水长。沉牛答云雨，如马戒舟航。
天意存倾覆，神功接混茫。干戈连解缆，行止忆垂堂。
〇立意宏大。
◇李祥长曰："少陵剑阁以前皆五古，瞿唐以后多五律，各尽山水之奇，每读一句，令人如目见山水，而又得山水之所以然。总由源本深厚，窥见广大，意无有穷极耳。"

滟 滪

滟滪既没孤根深，西来水多愁太阴。
江天漠漠鸟双去，风雨时时龙一吟。
舟人渔子歌回首，估客胡商泪满襟。
寄语舟航恶年少，休翻盐井掷黄金。
◇叶梦得曰："诗下双字极难，'水田飞白鹭，夏木啭黄鹂'，摩诘添'漠漠''阴阴'四字，精彩数倍，不然但是咏景耳。要之，当令如老杜'无边落木萧萧下，不尽长江滚滚来'，与'江天漠漠鸟双去，风雨时时龙一吟'等句，乃为超绝。"
◇王士正曰："真有万夫之禀，顿挫、悲壮两有之。"

白 帝

白帝城中云出门，白帝城下雨翻盆。
高江急峡雷霆斗，翠木苍藤日月昏。
戎马不如归马逸，千家今有百家存。

哀哀寡妇诛求尽,恸哭秋原何处村!

白帝城最高楼

城尖径仄旌旆愁,独立缥缈之飞楼。
峡坼云霾龙虎卧,江清日抱鼋鼍游。
扶桑西枝对断石,弱水东影随长流。
杖藜叹世者谁子?泣血迸空回白头!
○笔势险绝,与题相配。
◇王嗣奭曰:"此诗真作惊人语,是缘忧世之心发之,以自消垒块。"
◇黄生曰:"微见其词,翻成激楚,悲壮之响,变声第一。"

诸葛庙

久游巴子国,屡入武侯祠。竹日斜虚寝,溪风满薄帷。
君臣当共济,贤圣亦同时。翊戴归先主,并吞更出师。
虫蛇穿画壁,巫觋醉蛛丝。欻忆吟《梁父》,躬耕也未迟。

峡口二首

峡口大江间,西南控百蛮。城欹连粉堞,岸断更青山。
开辟多天险,防隅一水关。乱离闻鼓角,秋气动衰颜。

时清关失险,世乱戟如林。去矣英雄事,荒哉割据心。

芦花留客晚,枫树坐猿深。疲苶烦亲故,诸侯数赐金。
原注:主人柏中丞频分月俸。
○"芦花、枫树"一联,隐然苍秀。

天 池

天池马不到,岚壁鸟才通。百顷青云杪,层波白石中。
郁纡腾秀气,萧瑟浸寒空。直对巫山出,兼疑夏禹功。
鱼龙开辟有,菱芡古今同。闻道奔雷黑,初看浴日红。
飘零神女雨,断续楚王风。欲问支机石,如临献宝宫。
九秋惊雁序,万里狎渔翁。更是无人处,诛茅任薄躬。

瞿塘两崖

三峡传何处?双崖壮此门。入天犹石色,穿水忽云根。
猱玃须髯古,蛟龙窟宅尊。义和冬驭近,愁畏日车翻。
○故作奇语,画出险峻之势。

夔 州 歌(十首录四)

中巴之东巴东山,江水开辟流其间。
白帝高为三峡镇,夔州险过百牢关。

赤甲白盐俱刺天,闾阎缭绕接山巅。
枫林橘树丹青合,复道重楼锦绣悬。

瀼东瀼西一万家，江北江南春冬花。
背飞鹤子遗琼蕊，相趁凫雏入蒋牙。

蜀麻吴盐自古通，万斛之舟行若风。
长年三老长歌里，白昼摊钱高浪中。
○诸作亦自成风调，存之以备一体。

偶　题

文章千古事，得失寸心知。作者皆殊列，名声岂浪垂。
骚人嗟不见，汉道盛于斯。前辈飞腾入，余波绮丽为；
后贤兼旧列，历代各清规。法自儒家有，心从弱岁疲。
永怀江左逸，多病邺中奇。騄骥皆良马，骐驎带好儿。
车轮徒已斫，堂构惜仍亏。漫作《潜夫论》，虚传幼妇碑。
缘情慰漂荡，抱疾屡迁移。经济惭长策，飞栖假一枝。
尘沙傍蜂虿，江峡绕蛟螭。萧瑟唐虞远，联翩楚汉危。
圣朝兼盗贼，异俗更喧卑。郁郁星辰剑，苍苍云雨池。
两都开幕府，万寓插军麾。南海残铜柱，东风避月支。
音书恨乌鹊，号怒怪熊罴。稼穑分诗兴，柴荆学土宜。
故山迷白阁，秋水隐黄陂。不敢要佳句，愁来赋别离。

○"文章千古事，得失寸心知"，其识解可谓广大精微；"前辈飞腾入，余波绮丽为"，则操觚秘要，觉陆机《文赋》为繁。昔元稹为甫志曰："上薄风骚，下该沈宋；言夺苏李，气吞曹刘；掩颜谢之孤高，杂徐庾之流丽：尽得古今之体势，而兼文人之所独专。"其推许诚不为过，要未及此二十字之包括也。甫他诗云："读书破万卷，下笔如有神"，与此参观而微会之，于甫之能事，思过半矣。

◇王嗣奭曰:"公诗尝言:'文章本小技,于道未为尊。'此须识其道之所尊者安在,得所尊则文垂千古,失所尊则文止小技,初无二义也。"

◇仇兆鳌曰:"前半论诗文,以'文章千古事'为纲领;后半叙境遇,以'缘情慰漂荡'为关键。'漫作《潜夫论》,虚传幼妇碑',隐以'千古事'自期矣;'不敢要佳句,愁来赋别离',仍以'慰漂荡'自解矣。其段落整严、脉理精细如此。"

秋兴八首

玉露凋伤枫树林,巫山巫峡气萧森。
江间波浪兼天涌,塞上风云接地阴。
丛菊两开他日泪,孤舟一系故园心。
寒衣处处催刀尺,白帝城高急暮砧。

◇王嗣奭曰:"《秋兴》八首,以首章起兴,而后章俱发隐衷,或起下,或承上,或互发,或遥应,总是一篇文字。"

◇浦起龙曰:"首章,八诗之纲领也。"

◇黄生曰:"杜公七律,当以秋兴为裘领,乃公一生心神结聚所作也。八诗之中,难为轩轾。"

夔府孤城落日斜,每依南斗望京华。
听猿实下三声泪,奉使虚随八月查。
画省香炉违伏枕,山楼粉堞隐悲笳。
请看石上藤萝月,已映洲前芦荻花。

◇仇兆鳌曰:"张性《演义》:'拈夔府、京华为主,以听猿山楼应夔府,以奉使画省应京华,逐层分项。'非作者本意。"

千家山郭静朝晖,日日江楼坐翠微。
信宿渔人还泛泛,清秋燕子故飞飞。
匡衡抗疏功名薄,刘向传经心事违。
同学少年多不贱,五陵衣马自轻肥。

◇陈廷敬曰:"前三章详夔州而略长安,后五章详长安而略夔州,次第秩然。"

闻道长安似奕棋,百年世事不胜悲。
王侯第宅皆新主,文武衣冠异昔时。
直北关山金鼓振,征西车马羽书迟。
鱼龙寂寞秋江冷,故国平居有所思。

◇陈廷敬曰:"末句犹言'历历开元事,分明在眼前'。此结本章,以起下数章。"

◇黄生曰:"下数章皆故国事,特详言之,以舒其悲感耳。或谓寓讥明皇游宴、武功之事,是犹人方痛哭流涕而诬其喜笑怒骂,岂情也哉!"

蓬莱宫阙对南山,承露金茎霄汉间。
西望瑶池降王母,东来紫气满函关。
云移雉尾开宫扇,日绕龙鳞识圣颜。
一卧沧江惊岁晚,几回青琐点朝班。

◇仇兆鳌曰:"或谓上四句用宫殿字太多,五、六似早朝语。今按:赋长安景事,自当以宫殿为首。公以布衣召见,感荷主知,故追忆入朝觐君之事。若必全首说秋景,则笔下有秋,意中无兴矣。"

瞿塘峡口曲江头，万里风烟接素秋。
花萼夹城通御气，芙蓉小苑入边愁。
朱簾绣柱围黄鹄，锦缆牙樯起白鸥。
回首可怜歌舞地，秦中自古帝王州。

◇王嗣奭曰："'城通御气'，前则敦伦勤政；'苑入边愁'，后则耽乐召忧，见一人之身而理乱顿殊也。"

◇陈廷敬曰："此承上章，先宫殿而后池苑也。下继昆明二章，先内苑而及外城也。上下四章，皆前六句长安、后二句夔州。此章在中间，首句从瞿唐引端，下六句则专言长安事，具见章法变化之妙。"

昆明池水汉时功，武帝旌旗在眼中。
织女机丝虚夜月，石鲸鳞甲动秋风。
波漂菰米沉云黑，露冷莲房坠粉红。
关塞极天唯鸟道，江湖满地一渔翁。

◇杨慎曰："隋任希古《昆明池》诗'回望牵牛渚，激赏镂鲸川'，见太平气象。今变为'织女、石鲸'云云，荒烟野草之悲见言外矣。《西京杂记》：'太液池，彫菰凫雁，唼喋其间'；《三辅黄图》：'宫人泛舟采莲，为巴人櫂歌'，见人物嬉游富贵。今变为'波漂、露冷'云云，兵火乱离之状见矣。杜诗妙能翻古语。"

昆吾御宿自逶迤，紫阁峰阴入渼陂。
香稻啄残鹦鹉粒，碧梧栖老凤凰枝。
佳人拾翠春相问，仙侣同舟晚更移。
彩笔昔曾干气象，白头吟望苦低垂。

○近体以七律为难，唐代名家人不数首，其量固有所止也。独至杜甫，天授神诣，造绝穷微，卓然为千古之冠。如此八首，根源二雅，继迹骚辩，思极深而不晦，情极哀而不伤；九曲回肠，三叠怨调；讽之足以感荡心灵，直使"九天之云下垂，四海之水皆立"，其所自云，足以喻矣。又况拳拳忠爱，发乎至情，有溢于语言文字之表者哉！钱谦益笺十得八九，择其合者录之；余人尚有雌黄，亦不知量耳。

◇浦起龙曰："卒章之在京华无专指，于前三章外别为一例。此则明收入自身游赏诸处，所谓'向之所欣，已为陈迹，情随事迁，感慨系之'。此《秋兴》之所以作也，为八诗大结局。"

◇刘会孟曰："八诗大体，沉雄富丽，哀伤无限，尽在言外，故自不厌确实，小家数不可仿佛耳。"

◇吴渭曰："诗有六义，兴居其一，凡阴阳寒暑，草木鸟兽，山川风景，得于适然之感而为诗者，皆兴也。老杜《秋兴》八首，深诣诗人之阃奥，兴之入律者宗焉。"

◇张綖曰："《秋兴》八首，皆雄浑丰丽，沉着痛快。其有感于长安者，但极摹其盛，而所感自寓于中。徐而味之，则凡怀乡恋阙之情，慨往伤今之意，与夫风俗之非旧，盛衰之相寻，所谓不胜其悲者，固已不出乎意言之表矣。卓哉一家之言，忧乎百世之上，此杜子所以为诗人宗仰也。"

◇陈继儒曰："云霞满空，回翔万状；天风吹海，怒涛飞涌，可喻老杜《秋兴》诸篇。"

◇郝敬曰："《秋兴》八首，富丽之词，沌浑之气，力扛九鼎，勇夺三军，真大方家如椽之笔。王元美谓其藻绣太过，肌肤太肥，造语牵率而不接，结响奏合而意未调，如此诸篇，往往有之，由其才大而气厚，格高而声宏，如万石之钟不为喁喁细响，河流万里得不千里一曲。子美之于诗，兼综条贯，非单丝独竹、一戛一击可以论宫商者也。"

◇陈廷敬曰："《秋兴》八首，命意练句之妙，自不必言。即以章法论，分之如骇鸡之犀，四面皆见；合之如常山之蛇，首尾互应。盖合子长、孟坚如一手者也。"

咏怀古迹五首

支离东北风尘际,漂泊西南天地间。
三峡楼台淹日月,五溪衣服共云山。
羯胡事主终无赖,词客哀时且未还。
庾信平生最萧瑟,暮年诗赋动江关。
〇以庾自比,情事恰合。

摇落深知宋玉悲,风流儒雅亦吾师。
怅望千秋一洒泪,萧条异代不同时。
江山故宅空文藻,云雨荒台岂梦思。
最是楚宫俱泯灭,舟人指点到今疑。
◇顾宸曰:"李义山诗云:'襄王枕上元无梦,莫枉阳台一段云',得此诗之旨。"

群山万壑赴荆门,生长明妃尚有村。
一去紫台连朔漠,独留青冢向黄昏。
画图省识春风面,环珮空归月夜魂。
千载琵琶作胡语,分明怨恨曲中论。
〇破空而来,势如天骥下坂,明珠走盘。咏明妃者,此为第一;欧阳修、王安石诗,犹落第二乘。

蜀主窥吴幸三峡,崩年亦在永安宫。
翠华想像空山里,玉殿虚无野寺中。

古庙杉松巢水鹤,岁时伏腊走村翁。
武侯祠屋常邻近,一体君臣祭祀同。

诸葛大名垂宇宙,宗臣遗像肃清高。
三分割据纡筹策,万古云霄一羽毛。
伯仲之间见伊吕,指挥若定失萧曹。
运移汉祚难恢复,志决身歼军务劳。
◇刘克庄曰:"卧龙没已千载,而有志世道者,皆以三代之佐许之。此诗侪之伊吕伯仲间,而以萧曹为不足道。此论自子美发之,考亭、南轩,近代大儒,不能废也。"

诸 将(五首)

汉朝陵墓对南山,胡虏千秋尚入关。
昨日玉鱼蒙葬地,早时金盌出人间。
见愁汗马西戎逼,曾闪朱旗北斗殷。
多少材官守泾渭,将军且莫破愁颜。

韩公本意筑三城,拟绝天骄拔汉旌。
岂谓尽烦回纥马,翻然远救朔方兵。
胡来不觉潼关隘,龙起犹闻晋水清。
独使至尊忧社稷,诸君何以答生平!

洛阳宫殿化为烽,休道秦关百二重。
沧海未全归禹贡,蓟门何处尽尧封!
朝廷衮职谁争补?天下军储不自供。

稍喜临边王相国，肯销金甲事春农。

回首扶桑铜柱标，冥冥氛祲未全销。
越裳翡翠无消息，南海明珠久寂寥。
殊锡曾为大司马，总戎皆插侍中貂。
炎风朔雪天王地，只在忠臣翊圣朝。

锦江春色逐人来，巫峡清秋万壑哀。
正忆往时严仆射，共迎中使望乡台。
主恩前后三持节，军令分明数举杯。
西蜀地形天下险，安危须仗出群材。

〇骨力如马、班，议论如董、贾，特缘以韵语耳。既已精理为文，亦复秀气成采，读者于此沿洪流而求深源，然后知甫之所以度越千古也。其诗本自分明，说者纷争，殊为多事。

◇郝敬曰："此以诗当纪传，议论时事；非吟风弄月、登眺游览，可任兴漫作也。必有子美忧时之真心，又有其识学笔力，乃能斟酌裁补，合度如律。其各首纵横开合，宛是奏议训诰，与《三百篇》并存可也。"

◇黄生曰："《有感》五首，与《诸将》相为表里，大旨在于忠君报国，休兵恤民，安边而弭乱。其老谋硕画，款款披陈，纯是至诚血性语。"

秋日夔府咏怀奉寄郑监审李宾客之芳一百韵

绝塞乌蛮北，孤城白帝边。飘零仍百里，消渴已三年。
雄剑鸣开匣，群书满系船。乱离心不展，衰谢日萧然。

筋力妻孥问，菁华岁月迁。登临多物色，陶冶赖诗篇。
峡束沧江起，岩排石树圆。拂云霾楚气，朝海跃吴天。
煮井为盐速，烧畲度地偏。有时惊叠嶂，何处觅平川？
鸂鶒双双舞，獑猴垒垒悬。碧萝长似带，锦石小如钱。
春草何曾歇？寒花亦可怜。猎人吹戍火，野店引山泉。
唤起搔头急，扶行几屐穿。两京犹薄产，四海绝随肩。
幕府初交辟，郎官幸备员。瓜时犹旅寓，萍泛苦夤缘。
药饵虚狼藉，秋风洒静便。开襟驱瘴疠，明目扫云烟。
高宴诸侯礼，佳人上客前。哀筝伤老大，华屋艳神仙。
南内开元曲，常时弟子传。法歌声变转，满座涕潺湲。原
注：都督柏中丞筵，闻梨园弟子李仙奴歌。

吊影夔州僻，回肠杜曲煎。即今龙厩水，莫带犬戎膻。原
注：西京龙厩门，苑马门也。渭水流苑马门内。

耿贾扶王室，萧曹拱御筵。乘威灭蜂虿，戮力效鹰鹯。
旧物森犹在，凶徒恶未悛。国须行战伐，人忆止戈鋋。
奴仆何知礼，恩荣错与权。胡星一彗孛，黔首遂拘挛。
哀痛丝纶切，烦苛法令蠲。业成陈始王，兆喜出于畋。
宫禁经纶密，台阶翊戴全。熊罴载吕望，鸿雁美周宣。
侧听中兴主，长吟不世贤。音徽一柱数，道里下牢千。原
注：郑在江陵，李在夷陵。

郑李光时论，文章并我先。阴何尚清省，沈宋欻联翩。
律比崑崙竹，音知燥湿弦。风流俱善价，慊当久忘筌。
置驿常如此，登龙盖有焉。虽云隔礼数，不敢坠周旋。
高视收人表，虚心味道玄。马来皆汗血，鹤唳必青田。
羽翼商山起，蓬莱汉阁连。管宁纱帽净，江令锦袍鲜。

东郡时题壁，南湖日扣舷。远游凌绝境，佳句染华笺。
每欲孤飞去，徒为百虑牵。生涯已寥落，国步尚迍邅。
衾枕成芜没，池塘作弃捐。原注：平身多病，卜筑遣怀。别离忧怛怛，伏腊涕涟涟。
露菊斑鄞镐，秋蔬影涧瀍。共谁论昔事，几处有新阡？
富贵空回首，喧争懒著鞭。兵戈尘漠漠，江汉月娟娟。
局促看秋燕，萧疏听晚蝉。雕虫蒙记忆，烹鲤问沉绵。
卜羡君平杖，偷存子敬毡。囊虚把钗钏，米尽坼花钿。
甘子阴凉叶，茅斋八九椽。阵图沙北岸，市暨瀼西巅。原注：峡人目市井泊船曰市暨。江水横通山谷处，方人谓之瀼。
羁绊心常折，栖迟病即痊。紫收岷岭芋，白种陆池莲。
色好梨胜颊，穰多栗过拳。敕厨唯一味，求饱或三鳣。
儿去看鱼笱，人来坐马鞯。缚柴门窄窄，通竹溜涓涓。
堑抵公畦稜，原注：京师农人指田远近，云几稜。稜音去声。村依野庙壖。缺篱将棘拒，倒石赖藤缠。
借问频朝谒，何如稳醉眠？谁云行不逮，自觉坐能坚。
雾雨银章涩，馨香粉署妍。紫鸾无近远，黄雀任翩翾。
困学违从众，明公各勉旃。声华夹宸极，早晚到星躔。
恳谏留匡鼎，诸儒引服虔。不过输鲠直，会是正陶甄。
宵旰忧虞轸，黎元疾苦骈。云台终日画，青简为谁编！
行路难何有？招寻兴已专。由来具飞楫，暂拟控鸣弦。
身许双峰寺，门求七祖禅。落帆追宿昔，衣褐向真诠。
安石名高晋，原注：郑高简得谢太傅之风。昭王客赴燕。原注：李宗亲有燕昭之美。燕，周之裔。途中非阮籍，查上似张骞。
披拂云宁在，淹留景不延。风期终破浪，水怪莫飞涎。

他日辞神女,伤春怯杜鹃。淡交随聚散,泽国绕迴旋。
本自依迦叶,何曾藉偓佺。炉峰生转盼,橘井尚高褰。
东走穷归鹤,南征尽跕鸢。晚闻多妙教,卒践塞前愆。
顾凯丹青列,头陀琬琰镌。众香深黯黯,几地肃芊芊。
勇猛为心极,清羸任体孱。金篦空刮眼,镜象未离铨。

○长袖善舞,多钱善贾,洋洋大篇,为后人伐山导源,虽不免铺叙之迹,未可轻议也。丰硕而不失之繁杂,流动而不失之轻儇,汪洋曼衍,后人正未易学步。

◇卢世㴶曰:"此是集中第一首长诗,其中起伏转折,顿挫承递,若断若续,乍离乍合,波澜层叠,竟无丝痕,真绝作也。'风流善价,惬当忘筌',即可取此语,以评此诗。"

◇仇兆鳌曰:"诗有近体,古意衰矣;近体而有排律,去古益远。长篇排律起于少陵,多至百韵,实为后人滥觞。此篇典雅工秀,才学既优,而部伍森严,章法尤为精密。"

赠李八秘书别三十韵

往时中补右,扈跸上元初。反气凌行在,妖星下直庐。
六龙瞻汉阙,万骑略姚墟。玄朔迴天步,神都忆帝车。
一戎才汗马,百姓免为鱼。通籍蟠螭印,差肩列凤舆。
事殊迎代邸,喜异赏朱虚。寇盗方归顺,乾坤欲晏如。
不才同补衮,奉诏许牵裾。鸳鹭叨云阁,麒麟滞玉除。
文园多病后,中散旧交疏。飘泊哀相见,平生意有余。
风烟巫峡远,台榭楚宫虚。触目非论故,新文尚起予。
清秋凋碧柳,别浦落红蕖。消息多旗帜,经过叹里闾。
战连唇齿国,军急羽毛书。幕府筹频问,原注:山剑元帅,杜相公初屈幕府参筹画，相公朝谒，今赴后期也。山家药正锄。原注：秘书比卧青城山中。

台星入朝谒，使节有吹嘘。西蜀灾长弭，南翁愤始摅。
对敡抗士卒，乾没费仓储。势藉兵须用，功无礼忽诸。
御鞍金騕褭，宫砚玉蟾蜍。拜舞银钩落，恩波锦帕舒。
此行非不济，良友昔相于。去旆依颜色，沿流想疾徐。
沉绵疲井臼，倚薄似樵渔。乞米烦佳客，钞诗听小胥。
杜陵斜晚照，潏水带寒淤。莫话清溪发，萧萧白映梳。
◇黄生曰："时诸将连兵讨崔旰，胜负未决。杜鸿渐以节度使让旰，而使诸将各罢兵。公益深愤此事，故于赠李诗中寓词告杜，盖深讽其处事之草草也。"

解　闷（十二首录六）

商胡离别下扬州，忆上西陵故驿楼。
为问淮南米贵贱，老夫乘兴欲东流。

一辞故国十经秋，每见秋瓜忆故丘。
今日南湖采薇蕨，何人为觅郑瓜州？
◇黄生曰："连环勾搭，亦绝句弄笔之法，大家时一为之耳。"

复忆襄阳孟浩然，清诗句句尽堪传。
即今耆旧无新语，漫钓槎头缩项鳊。
◇王士正曰："子美与浩然诗不同调，此诗可谓具眼，次篇亦具眼。公论古人，不必苟同也。"

不见高人王右丞,蓝田丘壑漫寒藤。
最传秀句寰区满,未绝风流相国能。原注:右丞弟今相国缙。

先帝贵妃今寂寞,荔枝还复入长安。
炎方每续朱樱献,玉座应悲白露团。
◇仇兆鳌曰:"寄讽微婉。"

忆过泸戎摘荔枝,青枫隐映石逶迤。
京中旧见无颜色,红颗酸甜只自知。
◇王嗣奭曰:"涪州有荔枝园,相传充贡贵妃者。涪去京师尤远。今读公诗,知出泸戎者是。《传》称置驿传送数千里,色味未变,此驳其无是理也。"

复　　愁（十二首录二）

今日翔麟马,先宜架鼓车。无劳问河北,诸将觉荣华。
◇仇兆鳌曰:"《有感》诗云'大君先息战',不当息而息也;此云'无劳问河北',当问而不问也,俱属讽词。"

任转江淮粟,休添苑囿兵。由来貔虎士,不满凤凰城。
◇卢元昌曰:"当时漕运取给江淮,故史有'唐得江淮济中兴'之语。若宿卫冗军不裁,立见其匮也。至唐制府兵,最为近古。自张说建议召募宿卫,更番上下,兵农遂分。神策军尤为非古。时鱼朝恩以神策军屯禁中,居北军之右。公诗隐述祖制,以讽时事。"

承闻河北诸道节度入朝欢喜口号（十二首录三）

澶漫山东一百州，削成如案抱青丘。
苞茅重入归关内，王祭还供尽海头。

李相将军拥蓟门，白头虽老赤心存。
竟能尽说诸侯入，知有从来天子尊。
◇朱鹤龄曰："按史：李怀仙以范阳归顺，是时为检校侍中，幽州、卢龙等军节度使。但未有说诸侯入朝事。梦弼谓是李光弼，近之。光弼在元、肃朝，尝加范阳节度使，又尝兼幽州大都督府长史，虽止遥领其地，亦可谓之'拥蓟门'也。"

十二年来多战场，天威已息阵堂堂。
神灵汉代中兴主，功业汾阳异姓王。
○推功李、郭，足为史笔。
◇仇兆鳌曰："自天宝十四载至大历二年，首尾十二年，其间讨安史父子，却回纥、吐蕃，平仆固怀恩，斩周智光等，皆子仪百战而息兵。独以异姓王配中兴主，见其君臣一德、始终无间也。"

洞　房

洞房环珮冷，玉殿起秋风。秦地应新月，龙池满旧宫。
系舟今夜远，清漏往时同。万里黄山北，园陵白露中。
○《洞房》《宿昔》诸篇，风调清深，词意凄恻，纯是忠臣孝子之心自然流露。俯仰盛衰，含情无限，自是子美绝作。

◇刘会孟曰:"语不迫切而意独至,悲慨满目,情致黯然。"

宿 昔

宿昔青门里,蓬莱仗数移。花娇迎杂树,龙喜出平池。
落日留王母,微风倚少儿。宫中行乐秘,少有外人知。
◇黄生曰:"此章略见风刺,然其词微而婉。如'禄山宫里''虢国门前'之句,非唯失风人之意,亦全无臣子之礼矣。"

能 画

能画毛延寿,投壶郭舍人。每蒙天一笑,复似物皆春。
政化平如水,皇恩断若神。时时用抵戏,亦未杂风尘。
○平平叙去,论断亦允。自古国家,未有不失政而后致乱者。使明皇卒任姚、宋、九龄诸人,即此二者,诚属细事。至于所任非人,林甫、国忠继进,而斗鸡、舞马与一切丧志之具罔不类聚,而大乱随之矣。甫盖深历治乱之交,故言之切当如此。
◇黄生曰:"政平明断,自指开元之治。从半腰说起,方不费力。若将此意顿在前,叙事必拖沓矣。"

斗 鸡

斗鸡初赐锦,舞马既登床。帘下宫人出,楼前御柳长。
仙游终一阕,女乐久无香。寂寞骊山道,清秋草木黄。
◇浦起龙曰:"前后转关处,述明皇两头事;中间播迁一段,泯然隐起,盛衰存没之间,满目泪痕矣。假使单读此诗,似明皇无失国之惨者,此意非元、白所晓。黄生云:'不以荒宴直接播迁，则有伤痛而无讥刺，是温柔敦厚之遗教。'洵笃论也。"

鹦鹉

鹦鹉含秋思，聪明忆别离。翠衿浑短尽，红觜漫多知。
未有开笼日，空残旧宿枝。世人怜复损，何用羽毛奇？
◇顾宸曰："分明有才人失路、托身异族之感。"

历历

历历开元事，分明在眼前。无端盗贼起，忽已岁时迁。
巫峡西江外，秦城北斗边。为郎从白首，卧病数秋天。

骊山

骊山绝望幸，花萼罢登临。地下无朝烛，人间有赐金。
鼎湖龙去远，银海雁飞深。万岁蓬莱日，长悬旧羽林。
◇黄生曰："此章即申首章园陵宿露之感，而言更深切。"

提封

提封汉天下，万国尚同心。借问悬军守，何如俭德临？
时征俊乂入，莫虑犬羊侵。愿戒兵犹火，恩加四海深。
○忠君爱国，直摅谠议，自是告戒当时。他诗云："不过行俭德，盗贼本王臣"，与此正合，非谓代宗之时可以罢兵不用也。
◇王嗣奭曰："堂堂正正，即孟子所以告齐、梁之君者。自许稷、契，以此。"

◇黄生曰:"诸诗述开元以来之事,借古喻今,美恶不掩,风人之旨尽于此矣。他时有连及者,固无讥刺之意,以为是非具在国史,非臣子所得而私议。至受恩先帝,没齿不忘,深思慨慕,则时有之。后人不能推公之意,毛求影捕,辄谓有所讥刺,失子美之志矣。"

◇仇兆鳌曰:"《秋兴》及《洞房》诸诗,有关国家治乱兴亡,寄托深长。《秋兴》气象高华,声节悲壮,读之令人兴会勃然。《洞房》诸诗意思沉郁,词旨凄凉,读之令人感伤欲绝。此皆少陵聚精会神之作,故能舌吐风云,笔参造化,千载之下,犹可歌而可涕也。"

卷十八

襄阳杜甫诗十

草 阁

草阁临无地,柴扉永不关。鱼龙迴夜水,星月动秋山。久露清初湿,高云薄未还。泛舟惭小妇,飘泊损红颜。

江 上

江上日多雨,萧萧荆楚秋。高风下木叶,永夜揽貂裘。勋业频看镜,行藏独倚楼。时危思报主,衰谢不能休。
○颔联抑郁无聊,却说得如此含蓄,宜宋真宗之亟称之也。

中 夜

中夜江山静,危楼望北辰。长为万里客,有愧百年身。故国风云气,高堂战伐尘。胡雏负恩泽,嗟尔太平人。

江 汉

江汉思归客,乾坤一腐儒。片云天共远,永夜月同孤。

落日心犹壮,秋风病欲疏。古来存老马,不必取长途。
◇赵汸曰:"中四句,情景混合入化。"
◇胡应麟曰:"含阔大于深沉,高、岑瞠乎其后。"

吾 宗 _{原注:卫仓曹崇简。}

吾宗老孙子,质朴古人风。耕凿安时论,衣冠与世同。
在家常早起,忧国愿年丰。语及君臣际,经书满腹中。
◇胡应麟曰:"寓神奇于古澹,储、孟莫能为前。"

有 叹

壮心久零落,白首寄人间。天下兵常斗,江东客未还。
穷猿号雨雪,老马怯关山。武德开元际,苍生岂重攀!
○有慨乎其言之,是为《匪风》《下泉》之绪。

中 宵

西阁百寻余,中宵步绮疏。飞星过水白,落月动沙虚。
择木知幽鸟,潜波想巨鱼。亲朋满天地,兵甲少来书。
○颔联名隽,比之"月映清淮"之句,真复相似。

南 极

南极青山众,西江白谷分。古城疏落木,荒戍密寒云。
岁月蛇常见,风飚虎或闻。近身皆鸟道,殊俗自人群。

脾睨登哀柝,矛弧照夕曛。乱离多醉尉,愁杀李将军。

独　坐

白狗斜临北,黄牛更在东。峡云常照夜,江月会兼风。
晒药安垂老,应门试小童。亦知行不逮,苦恨耳多聋。

远　游

江阔浮高栋,云长出断山。尘沙连越嶲,风雨暗荆蛮。
雁矫衔芦内,猿啼失木间。弊裘苏季子,历国未知还。
○情致缠绵,却有宽闲之意。

夜

露下天高秋水清,空山独夜旅魂惊。
疏灯自照孤帆宿,新月犹悬双杵鸣。
南菊再逢人卧病,北书不至雁无情。
步檐倚杖看牛斗,银汉遥应接凤城。
○宛转关生,浑然无迹。
◇范摅曰:"善诗者就景中写意,不于意中寻景。如杜诗'无端落叶萧萧下''疏灯自照孤帆宿''殊方日落元(玄)猿哭'诸联,即景之中含蓄多少愁恨意,若说出便短浅矣。"

返照

楚王宫北正黄昏,白帝城西过雨痕。
返照入江翻石壁,归云拥树失山村。
衰年肺病唯高枕,绝塞愁时早闭门。
不可久留豺虎乱,南方实有未招魂。

日暮

牛羊下来久,各已闭柴门。风月自清夜,江山非故园。
石泉流暗壁,草露滴秋根。头白灯明里,何须花烬繁。

八月十五夜月二首

满目飞明镜,归心折大刀。转蓬行地远,攀桂仰天高。
水路疑霜雪,林棲见羽毛。此时瞻白兔,直欲数秋毫。
○起句突兀,可谓工于发端。

稍下巫山峡,犹衔白帝城。气沉全浦暗,轮仄半楼明。
刁斗皆催晓,蟾蜍且自倾。张弓倚残魄,不独汉家营。

十六夜玩月

旧挹金波爽,皆传玉露秋。关山随地阔,河汉近人流。
谷口樵归唱,孤城笛起愁。巴童浑不寝,半夜有行舟。

◇胡应麟曰："咏物起自六朝，唐初沿袭，虽风华竞爽而独造未闻。唯杜公诸作自开堂奥，尽削前规。如咏月则'关山随地阔，河汉近人流'，咏雨则'野径云俱黑，江船火独明'，咏雪则'暗度南楼月，寒深北渚云'，咏夜则'重露成涓滴，稀星乍有无'，皆精深奇邃，前无古人。"

十七夜翫月

秋月仍圆夜，江村独老身。卷帘还照客，倚杖更随人。
光射潜虬动，明翻宿鸟频。茅斋依橘柚，清切露华新。
◇李因笃曰："只'仍圆夜'三字，说'十七'已足，再添便为俗笔。"

月

四更山吐月，残夜水明楼。尘匣元开镜，风帘自上钩。
兔应疑鹤发，蟾亦恋貂裘。斟酌姮娥寡，天寒奈九秋。
○起联之妙，不可形容。东坡称为绝唱，不虚也。
◇姚宽曰："'尘匣'二句，本沈云卿《月》诗'台前疑挂镜，帘外自悬钩'之句。"

雨（四首录二）

微雨不滑道，断云疏复行。紫崖奔处黑，白鸟去边明。
秋日新霑影，寒江旧落声。柴扉临野碓，半得捣香秔。
◇黄生曰："前半不烦绳削，后半极力经营。自起句外，只'霑影'二字著雨，其余俱是衬说。此文家避实击虚法也。"

楚雨石苔滋，京华消息迟。山寒青兕叫，江晚白鸥饥。
神女花钿落，鲛人织杼悲。繁忧不自整，终日洒如丝。

夜

绝岸风威动，寒房烛影微。岭猿霜外宿，江鸟夜深飞。
独坐亲雄剑，哀歌叹短衣。烟尘绕阊阖，白首壮心违。

反照

反照开巫峡，寒空半有无。已低鱼复暗，不尽白盐孤。
荻岸如秋水，松门似画图。牛羊识僮仆，既夕应传呼。
○物色在有无之间，可谓善于写照。

向夕

畎亩孤城外，江村乱水中。深山催短景，乔木易高风。
鹤下云汀近，鸡栖草屋同。琴书散明烛，长夜始堪终。
○深情毕露。三、四用字，体物入微。

晓望

白帝更声尽，阳台曙色分。高峰寒上日，叠岭宿霾云。
地坼江帆隐，天清木叶闻。荆扉对麋鹿，应共尔为群。
◇李因笃曰："写景最工。'天清木叶闻'，更为微妙。"

雷

巫峡中宵动,沧江十月雷。龙蛇不成蛰,天地划争迴。
却碾空山过,深蟠绝壁来。何须妒云雨,霹雳楚王台。

熟食日示宗文宗武

消渴游江汉,羁栖尚甲兵。几年逢熟食,万里逼清明。
松柏邙山路,风花白帝城。汝曹催我老,回首泪纵横。
〇不著一字,悲感无穷。唯真,故妙耳。

社　日

陈平亦分肉,太史竟论功。今日江南老,他时渭北童。
欢娱看绝塞,涕泪落秋风。鸳鹭迴金阙,谁怜病峡中。
◇仇兆鳌曰:"慨古伤情,其自负原不浅也。"

九　日

重阳独酌杯中酒,抱病起登江上台。
竹叶于人既无分,菊花从此不须开。
殊方日落玄猿哭,旧国霜前白雁来。
弟妹萧条各何往?干戈衰谢两相催。
〇悲塞矣,而声情高亮。后人九日诗,无及之者。
◇黄生曰:"岑参诗云:'见雁思乡信,闻猿积泪痕',与五、六意同，而此之融会蕴藉，更过彼十字也。"

大历二年九月三十日

为客无时了，悲秋向夕终。瘴余夔子国，霜薄楚王宫。
草敌虚岚翠，花禁冷蕊红。年年小摇落，不与故园同。

◇黄生曰："题作特书之体，记为客之岁月，便自具文见意。"

◇浦起龙曰："起法跳脱。"

小　至

天时人事日相催，冬至阳生春又来。
刺绣五纹添弱线，吹葭六琯动飞灰。
岸容待腊将舒柳，天意冲寒欲放梅。
云物不殊乡国异，教儿且覆掌中杯。

忆郑南玭

郑南伏毒寺，潇洒到江心。石影衔珠阁，泉声带玉琴。
风杉曾曙倚，云峤忆春临。万里沧浪外，龙蛇只自深。

○五、六可谓鬆秀。"晴烟沙苑树，晓日渭川帆"虽佳，犹为习见语。

◇仇兆鳌曰："吴若注云：'玭疑作玭，玉色鲜洁也。'按：郑南，华州郑县之南。详诗意，只是忆郑南寺旧游耳。"

愁 原注：强戏为吴体。

江草日日唤愁生，巫峡泠泠非世情。
盘涡鹭浴底心性，独树花发自分明。
十年戎马暗万国，异域宾客老孤城。
渭水秦山得见否？人今罢病虎纵横。

◇黄生曰："沉忧莫写，对物生憎，皆是愁人实历之境。草生花发，水流鹭浴，皆唤愁之具。愁从中来，微物之故，则亦强戏言之而已。"

即　事

暮春三月巫峡长，晶晶行云浮日光。
雷声忽送千峰雨，花气浑如百和香。
黄莺过水翻回去，燕子衔泥湿不妨。
飞阁卷帘图画里，虚无只少对潇湘。

即　事

天畔群山孤草亭，江中风浪雨冥冥。
一双白鱼不受钓，三寸黄甘犹自青。
多病马卿无日起，穷途阮籍几时醒？
未闻细柳散金甲，肠断秦川流浊泾。

◇朱瀚曰："孤亭风雨，不免有长铗之叹。"

喜观即到复题短篇二首

巫峡千山暗，终南万里春。病中吾见弟，书到汝为人。
意答儿童问，来经战伐新。泊船悲喜后，款款话归秦。
○三、四语自衷发，本色到家。

待尔嗔乌鹊，抛书示鹡鸰。枝间喜不去，原上急曾经。
江阁嫌津柳，风帆数驿亭。应论十年事，愁绝始星星。

第五弟丰独在江左，近三四载寂无消息觅使寄此二首

乱后嗟吾在，羁栖见汝难。草黄骐骥病，沙晚鹡鸰寒。
楚设关城险，吴吞水府宽。十年朝夕泪，衣袖不曾干。

闻汝依山寺，杭州定越州。风尘淹别日，江汉失清秋。
影著啼猿树，魂飘结蜃楼。明年下春水，东尽白云求。

舍弟观赴蓝田取妻子到江陵喜寄

马渡秦关雪正深，北来肌骨苦寒侵。
他乡就我生春色，故国移居见客心。
剩欲提携如意舞，喜多行坐白头吟。
巡簷索共梅花笑，冷蕊疏枝半不禁。
◇卢世㴶曰："次联还题，明净而意更温深。"
◇黄生曰："'浣花溪里花饶笑，肯信吾兼吏隐名'，言其不

信己衷;'巡簷索共梅花笑,冷蕊疏枝半不禁',言其善会人意。此严沧浪所谓'诗有别趣非关理'也。"

陪柏中丞观宴将士

绣段装簷额,金花帖鼓腰。一夫先舞剑,百戏后歌樵。
江树城孤远,云台使寂寥。汉朝频选将,应拜霍嫖姚。
○得第三联,方见风格,非寻常公宴语也。

七月一日题终明府水楼

宓子弹琴邑宰日,终军弃繻英妙时。
承家节操尚不泯,为政风流今在兹。
可怜宾客尽倾盖,何处老翁来赋诗?
楚江巫峡半云雨,清簟疏帘看弈棋。
◇苏轼曰:"参寥子言:'老杜诗云:"楚江巫峡半云雨,清簟疏帘看弈棋。"此句可画,但恐画不就耳。'仆言:'公禅人,亦复爱此绮语耶?'寥云:'譬如不事口腹人,见江瑶柱,岂免一朵颐哉!'"

季秋苏五弟缨江楼夜宴崔十三评事韦少府侄

峡险江惊急,楼高月迥明。一时今夕会,万里故乡情。
星落黄姑渚,秋辞白帝城。老人因酒病,坚坐看君倾。

过客相寻

穷老真无事，江山已定居。地幽忘盥栉，客至罢琴书。
挂壁移筐果，呼儿问煮鱼。时闻系舟楫，及此问吾庐。

孟仓曹步趾领新酒酱二物满器见遗老夫

楚岸通秋屐，胡床面夕畦。藉糟分汁滓，瓮酱落提携。
饭粝添香味，朋来有醉泥。理生那免俗，方法报山妻。
〇二诗本色，爱其涉笔成趣、饶有逸致。

柳司马至

有使归三峡，相过问两京。函关犹出将，渭水更屯兵。
设备邯郸道，和亲逻逤城。幽燕唯鸟去，商洛少人行。
衰谢身何补？萧条病转婴，霜天到宫阙，恋主寸心明。
◇黄鹤曰："大历二年九月、十月，京师以吐蕃入寇两戒严，故作此诗。"

谒真谛寺禅师

兰若山高处，烟霞嶂几重。冻泉依细石，晴雪落长松。
问法看诗妄，观身向酒慵。未能割妻子，卜宅近前峰。
〇三、四与"泉声咽危石"一联相似，特意近自然耳。

送李八秘书赴杜相公幕

青簾白舫益州来,巫峡秋涛天地回。
石出倒听枫叶下,橹摇背指菊花开。
贪趋相府今晨发,恐失佳期后命催。
南极一星朝北斗,五云多处是三台。
○写枫叶、菊花,语极工细。

送李功曹之荆州充郑侍御判官重赠

曾闻宋玉宅,每欲到荆州。此地生涯晚,遥悲水国秋。
孤城一柱观,落日九江流。使者虽光彩,青枫远自愁。
○孟浩然擅名之句,赠送中乃有其气象。

见 萤 火

巫山秋夜萤火飞,簾疏巧入坐人衣。
忽惊屋里琴书冷,复乱簷前星宿稀。
却绕井栏添箇箇,偶经花蕊弄辉辉。
沧江白发愁看汝,来岁如今归未归?
○结联点入"见"字,便觉通体皆活。

吹 笛

吹笛秋山风月清,谁家巧作断肠声?

风飘律吕相和切,月傍关山几处明?

胡骑中宵堪北走,武陵一曲想南征。

故园杨柳今摇落,何得愁中却尽生!

○吞吐含芳,安详合度,极顿挫之妙而高雅绝人。明人何景明七律,全本此种。千载而下,固有合续弦胶者也。

孤　雁

孤雁不饮啄,飞鸣声念群。谁怜一片影,相失万重云。

望尽似犹见,哀多如更闻。野鸦无意绪,鸣噪自纷纷。

◇师氏曰:"鲍当《孤雁》诗云:'更无声断续,空有影相随。'孤则孤矣;岂若此诗,孤之中仍有不孤之意乎?"

白　小

白小群分命,天然二寸鱼。细微霑水族,风俗当园蔬。

入肆银花乱,倾箱雪片虚。生成犹拾卵,尽取义何如?

◇王嗣奭曰:"此诗起结蔼然,有万物一体之念。"

麂

永与清溪别,蒙将玉馔俱。无才逐仙隐,不敢恨庖厨。

乱世轻全物,微声及祸枢。衣冠兼盗贼,饕餮用斯须。

◇顾宸曰:"中郎之于董卓,中散之于司马,及祸虽异,其以'微声'致累则同也。'苟全性命于乱世,不求闻达于诸侯',隆中所独高千古,二语感慨甚大。"

见王监兵马使说近山有白黑二鹰，罗者久取，竟未能得。王以为毛骨有异他鹰，恐腊后春生鶱飞避暖，劲翮思秋之甚，眇不可见，请余赋诗

雪飞玉立尽清秋，不惜奇毛恣远游。
在野只教心力破，干人何事网罗求？
一生自猎知无敌，百中争能耻下鞲。
鹏碍九天须却避，兔藏三穴莫深忧。

○俨然为异人写照。奇杰之士，亦复干人何事？国家必求之者，有以取之也。使负其岸异而不求网罗，亦终无用于世。此诗引而申之，义可旁通。知此，可与言诗。

◇王嗣奭曰："气魄雄伟，不落纤巧家数。"

◇朱鹤龄曰："太白诗'神鹰梦泽，不顾鸱鸢；为君一击，鹏抟九天'，与此同。"

大历三年春，白帝城放船出瞿唐峡，久居夔府，将适江陵漂泊，有诗凡四十韵

老向巴人里，今辞楚塞隅。入舟翻不乐，解缆独长吁。
窄转深啼狖，虚随乱浴凫。石苔凌几杖，空翠扑肌肤。
叠壁排霜剑，奔泉溅水珠。杳冥藤上下，浓淡树荣枯。
神女峰娟妙，昭君宅有无？曲留明怨惜，梦尽失欢娱。
摆阖盘涡沸，敧斜激浪输。风雷缠地脉，冰雪耀天衢。
鹿角真走险，狼头如跋胡。恶滩宁变色，高卧负微躯。
书史全倾挠，装囊半压濡。生涯临臬兀，死地脱斯须。

不有平川决，焉知众壑趋。乾坤霾涨海，雨露洗春芜。
鸥鸟牵丝飏，骊龙濯锦纡。落霞沉绿绮，残月坏金枢。
泥笋苞初荻，沙茸出小蒲。雁儿争水马，燕子逐樯乌。
绝岛容烟雾，环洲纳晓晡。前闻辨陶牧，转眄拂宜都。
县郭南畿好，原注：路入松滋县。津亭北望孤。劳心依憩息，朗咏划昭苏。
意遣乐还笑，衰迷贤与愚。飘萧将素发，汩没听洪炉。
丘壑曾忘返，文章敢自诬？此生遭圣代，谁分哭穷途。
卧疾淹为客，蒙恩早厕儒。廷争酬造化，朴直乞江湖。
滟滪险相迫，沧浪深可逾。浮名寻已已，懒计却区区。
喜近天皇寺，先披古画图。原注：此寺有晋右军书，张僧繇画孔子泊颜子十哲画像。应经帝子渚，同泣舜苍梧。
朝士兼戎服，君王按湛卢。旄头初俶扰，鹢首丽泥涂。
甲卒身虽贵，书生道固殊。出尘皆野鹤，历块匪辕驹。
伊吕终难降，韩彭不易呼。五云高太甲，六月旷抟扶。
回首黎元病，争权将帅诛。山林托疲苶，未必免崎岖。

○处处刻划，间以情思，其体则班彪、潘岳之《征行》，其情则王粲之《登楼》也。队仗整肃，骨力雄健，长律最可学者。

泊松滋江亭

纱帽随鸥鸟，扁舟繁此亭。江湖深更白，松竹远微青。
一柱全应近，高唐莫再经。今宵南极外，甘作老人星。

行次古城店泛江作,不揆鄙拙,奉呈江陵幕府诸公

老年常道路,迟日复山川。白屋花开里,孤城麦秀边。
济江元自阔,下水不劳牵。风蝶勤依浆,春鸥懒避船。
王门高德业,幕府盛才贤。行色兼多病,苍茫泛爱前。
○"风蝶"一联,写物色何其新隽!

书堂饮既夜复邀李尚书下马月下赋绝句

湖月林风相与清,残尊下马复同倾。
久拚野鹤如霜鬓,遮莫邻鸡下五更?
○"野鹤如霜鬓",正云双鬓似野鹤;如前云"黄鹄高于五尺童,化为白凫似老翁",正云五尺童高如黄鹄,化为老翁似白凫耳。此诗家用笔之妙。

舟月对驿近寺

更深不假烛,月朗自明船。金刹青枫外,朱楼白水边。
城乌啼眇眇,野鹭宿娟娟。皓首江湖客,钩帘独未眠。
○以四句了题。舟夜遣怀,词意清丽乃尔!

江南逢李龟年

岐王宅里寻常见,崔九堂前几度闻。
正是江南好风景,落花时节又逢君。
○言情在笔墨之外,悄然数语,可抵白氏一篇《琵琶行》

矣。"休唱贞元供奉曲,当时朝士已无多",刘禹锡之婉情;"钿蝉金雁皆零落,一曲伊州泪万行",温庭筠之哀调。以彼方此,何其超妙!此千秋绝调也。

◇黄生曰:"此诗与《剑器行》同意,今昔盛衰之感,言外黯然欲绝。见风韵于行间,寓感慨于字里。即使龙标、供奉操笔,亦无以过,乃知公于此体,非不能正声也。"

官亭夕坐戏简颜十少府

南国调寒杵,西江浸日车。客愁连蟋蟀,亭古带蒹葭。
不返青丝鞚,虚烧夜烛花。老翁须地主,细细酌流霞。
○清丽夺目,可谓老树着花。

暮 归

霜黄碧梧白鹤栖,城上击柝复乌啼。
客子入门月皎皎,谁家捣练风凄凄。
南渡桂水阙舟楫,北归秦川多鼓鞞。
年过半百不称意,明日看云还杖藜。
◇卢世㴶曰:"全首矫秀,无一点悲愁溽气,读去如竹枝、乐府,七言律中散仙也。"

公安送韦二少府匡赞

逍遥公后世多贤,送尔维舟惜此筵。
念我能书数字至,将诗不必万人传。
时危兵甲黄尘里,日短江湖白发前。

古往今来皆涕泪,断肠分手各风烟。

公安县怀古

野旷吕蒙营,江深刘备城。寒天催日短,风浪与云平。
洒落君臣契,飞腾战伐名。维舟倚前浦,长啸一含情。
◇黄生曰:"章法最整。"

公安送李二十九弟晋肃入蜀余下沔鄂

正解柴桑缆,仍看蜀道行。樯乌相背发,塞雁一行鸣。
南纪连铜柱,西江接锦城。凭将百钱卜,飘泊问君平。

宴王使君宅

泛爱容霜发,留欢上夜关。自吟诗送老,相劝酒开颜。
戎马今何地?乡园独旧山。江湖堕清月,酩酊任扶还。
◇《英华辩证》:"世传杜子美不避家讳,两押'闲'字,其实非也。或改作'夜阑',又不在本韵。卞圜集杜诗自是'留欢上夜关',盖有投辖之意。上字讹为'卜',下字讹为'闲'耳。"

泊岳阳城下

江国逾千里,山城仅百层。岸风翻夕浪,舟雪洒寒灯。
留滞才难尽,艰危气益增。图南未可料,变化有鲲鹏。

登岳阳楼

昔闻洞庭水,今上岳阳楼。吴楚东南坼,乾坤日夜浮。
亲朋无一字,老病有孤舟。戎马关山北,凭轩涕泗流。

○元气浑沦,不可凑泊,千古绝唱。

◇刘会孟曰:"气压百代,为五言雄浑之绝。"

◇唐庚曰:"子美《岳阳楼》诗,不过四十字耳,其气象闳放,涵虚深远,殆与洞庭争雄,所谓'富哉言乎'者。"

◇仇兆鳌曰:"《金玉诗话》云:洞庭天下壮观,自昔骚人墨客斗丽搜奇者尤众,然莫若'气蒸云梦泽,波撼岳阳城',则洞庭空旷无际,雄壮如在目前。至读杜子美诗,则又不然。'吴楚东南坼,乾坤日夜浮',不知少陵胸中吞几云梦也!"

◇方回曰:"尝登岳阳楼,左序毯门壁间,大书孟诗,右书杜诗,后人不敢复题。刘长卿云:'叠浪浮元气,中流没太阳',世不甚传,他可知矣。"

陪裴使君登岳阳楼

湖阔兼云雾,楼孤属晚晴。礼加徐孺子,诗接谢宣城。
雪岸丛梅发,春泥百草生。敢违渔父问,从此更南征。

宿青草湖

洞庭犹在目,青草续为名。宿桨依农事,邮签报水程。
寒冰争倚薄,云月递微明。湖雁双双起,人来故北征。

宿白沙驿

水宿仍余照，人烟复此亭。驿边沙旧白，湖外草新青。
万象皆春气，孤槎自客星。随波无限月，的的近南溟。
○"万象皆春气"五字，阔大中有实在处，精神正在一句。

湘夫人祠

肃肃湘妃庙，空墙碧水春。虫书玉佩藓，燕舞翠帷尘。
晚泊登汀树，微馨借渚蘋。苍梧恨不尽，染泪在丛筠。
◇王嗣奭曰："臣望君，不啻妻望夫。苍梧之恨，不为夫人发也。"

祠南夕望

百丈牵江色，孤舟泛日斜。兴来犹杖屦，目断更云沙。
山鬼迷春竹，湘娥倚暮花。湖南清绝地，万古一长嗟。
○秀色中含老气，何景明之渊源也。

归 雁

闻道今春雁，南归自广州。见花辞涨海，避雪到罗浮。
是物关兵气，何时免客愁。年年霜露隔，不过五湖秋。
◇黄生曰："五、六本属结意，却作中联，矫变异常。"

入乔口

漠漠旧京远,迟迟归路赊。残年傍水国,落日对春华。
树蜜早蜂乱,江泥轻燕斜。贾生骨已朽,悽恻近长沙。

江阁对雨有怀行营裴二端公

南纪风涛壮,阴晴屡不分。野流行地日,江入度山云。
层阁凭雷殷,长空面水文。雨来铜柱北,应洗伏波军。

千秋节有感二首

自罢千秋节,频伤八月来。先朝常宴会,壮观已尘埃。
凤纪编生日,龙池堙劫灰。湘川新涕泪,秦树远楼台。
宝镜群臣得,金吾万国回。衢尊不重饮,白首独余哀。

御气云楼敞,含风綵仗高。仙人张内乐,王母献宫桃。
罗袜红蕖艳,金羁白雪毛。舞阶衔寿酒,走索背秋毫。
圣主他年贵,边心此日劳。桂江流向北,满眼送波涛。
○极哀乐之情,包理乱之故,妙有含蓄。

登舟将适汉阳

春宅弃汝去,秋帆催客归。庭蔬尚在眼,浦浪已吹衣。
生理飘荡拙,有心迟暮违。中原戎马盛,远道素书稀。

塞雁与时集,樯乌终岁飞。鹿门自此往,永息汉阴机。

舟中夜雪有怀卢十四侍御弟

朔风吹桂水,朔雪夜纷纷。暗度南楼月,寒深北渚云。
烛斜初近见,舟重竟无闻。不识山阴道,听鸡更忆君。
○遂为咏雪粉本。赋物如此,乃能使气格超胜。
◇黄生曰:"不摹雪之状,而写雪之神,此化工之笔。"

楼　上

天地空搔首,频抽白玉簪。皇舆三极北,身事五湖南。
恋阙劳肝肺,论材愧杞柟。乱离难自救,终是老湘潭。
◇浦起龙曰:"声情激越。"

送魏二十四司直充岭南掌选崔郎中判官兼寄韦韶州

选曹分五岭,使者历三湘。才美膺推荐,君行佐纪纲。
佳声期共远,雅节在周防。明白山涛鉴,嫌疑陆贾装。
故人湖外少,春日岭南长。凭报韶州牧,新诗昨寄将。
○忠告款款,得古人赠言之义。凡为使者,当书绅佩之。

燕子来舟中作

湖南为客动经春,燕子衔泥两度新。
旧入故园常识主,如今社日远看人。

可怜处处巢君室,何异飘飘托此身。
暂语船樯还起去,穿花落水益霑巾。
◇卢世㴶曰:"比物连类,有身世无穷之感,却又一字不说出,读之但觉满纸是泪。"

归雁二首

万里衡阳雁,今年又北归。双双瞻客上,一一背人飞。
云里相呼疾,沙边自宿稀。系书元浪语,愁寂故山薇。

欲雪违胡地,先花别楚云。却过清渭影,高起洞庭群。
塞北春阴暮,江南日色曛。伤弓流落羽,行断不堪闻。
○楚调悽然,深情无限。

小寒食舟中作

佳辰强饭食犹寒,隐几萧条带鹖冠。
春水船如天上坐,老年花似雾中看。
娟娟戏蝶过闲幔,片片轻鸥下急湍。
云白山青万余里,愁看直北是长安。
◇黄庭坚曰:"'船如天上坐,人似镜中行','船如天上坐,鱼似镜中悬',此沈云卿诗也。老杜此诗第三句,乃祖述佺期语,次句益触类而长之也。"
◇顾宸曰:"《诗眼》谓公诗多本沈语,无一字无来历。余谓少陵所以独立千古者,不在有所本也。'读书破万卷',偶拈来即是耳。《诗》三百篇,岂必有所本哉!"

清　明

此身飘泊苦西东，右臂偏枯半耳聋。
寂寂系舟双下泪，悠悠伏枕左书空。
十年蹴鞠将雏远，万里秋千习俗同。
旅雁上云归紫塞，家人钻火用青枫。
秦城楼阁烟花里，汉主山河锦绣中。
风水春来洞庭阔，白蘋愁杀白头翁。
○风致自足，气亦逸宕，何可妄加訾议。

发　潭　州

夜醉长沙酒，晓行湘水春。岸花飞送客，樯燕语留人。
贾傅才未有，褚公书绝伦。高名前后事，回首一伤神。
○杨慎《丹铅录》以此颔联为贾岛逸句所本，然在杜集亦寻常句耳。郊、岛辈非无警句，而气体寒馁，以视李、杜大家，真类虫吟草间矣。

闻惠二过东溪特一送

惠子白驹瘦，归溪惟病身。皇天无老眼，空谷滞斯人。
崖蜜松花熟，山杯竹叶新。柴门了无事，黄绮未称臣。
◇洪刍曰："刘路左车言，尝收得唐人杂编诗册，有老杜送惠二归故居诗，即此也。"

舟泛洞庭

蛟室围青草，龙堆拥白沙。护江盘古木，迎櫂舞神鸦。
破浪南风正，收帆畏日斜。云山千万叠，底处上仙槎。

○一气涌出，笔笔老健，非子美不能办也。

◇王直方曰："此老杜过洞庭湖诗也。潘淳云：元丰中，有人得此诗刻于洞庭湖中，不载名氏。以示山谷，山谷曰：'子美作也。'今蜀本已收入。"

遣　忧

乱离知又甚，消息苦难真。受谏无今日，临危忆古人。
纷纷乘白马，攘攘著黄巾。隋氏留宫室，焚烧何太频！

◇吴曾曰："唐顾陶大中丙子岁编《唐诗类选》载此诗，世所传本杜集皆无之。"

巴西闻收宫阙送班司马入京

闻道收宗庙，鸣銮自陕归。倾都看黄屋，正殿引朱衣。
剑外春天远，巴西敕使稀。念君经世乱，匹马向王畿。

◇郑继之曰："诗之妙处，正在不必写到真、说到尽，而其欲写、欲说者自宛然可想，斯得风人之义。此诗有不真、不尽之兴矣。"

去　蜀

五载客蜀郡，一年居梓州。如何关塞阻，转作潇湘游？
世事已黄发，残生随白鸥。安危大臣在，不必泪长流。
◇钱谦益曰："二篇朝奉大夫员安宇所收。"

卷十九

太原白居易诗一

　　唐人诗篇什最富者，无如白居易诗。其源亦出于杜甫，而视甫为更多。史称其每一篇出，士人传诵，鸡林行贾，售其国相，诗名之盛，前古罕俪矣。

　　夫居易岂徒以诗传哉？当其为左拾遗，忠诚謇谔，抗论不回，中遭远谪，处之怡然，牛李搆衅，绝无依附。不以婞婗逢时，不以党援干进，不以坎壈颠踬，而於邑无憯，自非识力涵养有大过人者，安能进退绰有余裕若是？

　　洎太和、开成之后，时事日非，宦情愈淡，唯以醉吟为事，遂托于诗以自传焉。其《与元微之书》云："志在兼济，行在独善。"讽谕者，意激而言质；闲适者，思澹而辞迂。作诗指归，具见于此。盖根柢六义之旨，而不失乎温厚和平之意，变杜甫之雄浑苍劲而为流丽安详，不袭其面貌而得其神味者也。

　　而杜牧讥其纤艳淫媟，非庄人雅士所为。夫居易之庄雅，孰与牧？牧诗乃纤艳淫媟之尤者，而反唇以訾居易乎？宋祁据以立论，抑亦惑之甚者。《冷斋夜话》所载乐天每作诗，令一老妪解之，解则录之，不解则又复易之，亦属附会之说，不足深辩。尝考居易同时素相牴牾者，莫如李德裕，德裕每屏其诗不观。刘禹锡以为言，德裕曰："吾于斯人，不足久矣。览之恐回吾心。"此正欧阳修所谓"虽其怨家仇人，不能少毁而掩蔽之"者也。

兹集之选，芟其体之重复、词之浅易者，约存若干首，全集佳篇，殆尽于此。居易生平出处，亦略见于此。彼耳食者，或犹加訾毁焉；韩愈不云乎，"蚍蜉撼大树，可笑不自量"，何损于香山居士欤？！

贺 雨

皇帝嗣宝历，元和三年冬。自冬及春暮，不雨旱爞爞。
上心念下民，惧岁成灾凶。遂下罪己诏，殷勤告万邦。
帝曰予一人，继天承祖宗。忧勤不遑宁，夙夜心忡忡。
元年诛刘辟，一举靖巴邛；二年戮李锜，不战安江东。
顾惟眇眇德，遽有巍巍功。或者天降沴，无乃儆予躬。
上思答天戒，下思致时邕。莫如率其身，慈和与俭恭。
乃命罢进献，乃命赈饥穷。宥死降五刑，已责宽三农。
宫女出宣徽，厩马减飞龙。庶政靡不举，皆出自宸衷。
奔腾道路人，伛偻田野翁。欢呼相告报，感泣涕沾胸。
顺人人心悦，先天天意从。诏下才七日，和气生冲融。
凝为油油云，散作习习风。昼夜三日雨，凄凄复濛濛。
万心春熙熙，百谷青芃芃。人变愁为喜，岁易俭为丰。
乃知王者心，忧乐与众同。皇天与后土，所感无不通。
冠珮何锵锵，将相及王公。蹈舞呼万岁，列贺明庭中。
小臣诚愚陋，职忝金銮宫。稽首再三拜，一言献天聪：
君以明为圣，臣以直为忠。敢贺有其始，亦愿有其终。

○"皇帝嗣宝历"至"皆出自宸衷"，历叙遇灾修省之政，"应天以实不以文"也。"奔腾道路人"至"岁俭易为丰"，极形喜雨之情，天人感召、捷于影响也。"乃知王者心"至末，铺陈贺雨之意，而以"愿有其终"结，致规戒之词焉。史称宪宗刚明果断，慨然发愤，削平僭叛，唐之威令，几于复振。晚节信用非人，不终其业，盖保治之难如此。是诗情辞剀切，忠爱蔼然，极有关系之作。

◇汪立名曰："按元和四年闰三月，宪宗以久旱欲降德音，公见诏节未详，即建言乞免江、淮两赋，以救流瘠，且多出宫人。上悉从之，制下而雨。公集中有《奏请加德音中节目》二件状。'已责'乃用《左传》晋悼公已责事，谓止逋债也；今本皆作'责已'，误。"

观刈麦 自注：时为盩厔县尉。

田家少闲月，五月人倍忙。夜来南风起，小麦覆陇黄。
妇姑荷箪食，童稚携壶浆。相随饷田去，丁壮在南冈。
足蒸暑土气，背灼炎天光。力尽不知热，但惜夏日长。
复有贫妇人，抱子在其傍。右手秉遗穗，左臂悬弊筐。
听其相顾言，闻者为悲伤：家田输税尽，拾此充饥肠。
今我何功德，曾不事农桑？吏禄三百石，岁晏有余粮。
念此私自愧，尽日不能忘。

○"力尽不知热"二句，曲尽农家苦心，恰是从旁看出。贫妇一段，悲悯更深，聂夷中诗摹写不到。

云居寺孤桐

一株青玉立，千叶绿云委。亭亭五丈余，高意犹未已。
山僧年九十，清净老不死。自云手种时，一颗青桐子。
直从萌芽拔，高自毫末始。四面无附枝，中心有通理。

寄言立身者，孤直当如此。

○香山集中，古体多以铺叙畅远见长，短篇则以含蓄蕴藉生姿。此首短峭中殊有远势，"意高犹未已"五字尤妙。

问　友

种兰不种艾，兰生艾亦生。根荄相交长，茎叶相附荣。
香茎与臭叶，日夜俱长大。锄艾恐伤兰，溉兰恐滋艾。
兰亦未能溉，艾亦未能除。沉吟意不决，问君欲何如？

○通首分三层，一层一意，妙有顿挫。短篇换韵，音节亦古。

燕诗示刘叟　并序

叟有爱子，背叟逃去，叟甚悲念之。叟少年时亦尝如是，故作燕诗以谕之。

梁上有双燕，翩翩雄与雌。衔泥两椽间，一巢生四儿。
四儿日夜长，索食声孜孜。青虫不易捕，黄口无饱期。
嘴爪虽欲弊，心力不知疲。须臾十来往，犹恐巢中饥。
辛勤三十日，母瘦雏渐肥。喃喃教言语，一一刷毛衣。
一旦羽翼成，引上庭树枝。举翅不回顾，随风四散飞。
雌雄空中鸣，声尽呼不归。却入空巢里，啁啾终夜悲。
燕燕尔勿悲，尔当返自思。思尔为雏日，高飞背母时。
当时父母念，今日尔应知。

○极寻常语，却有关风化，足以警世。"老妪皆知"，或谓此也。

杏园中枣树

人言百果中,唯枣凡且鄙。皮皴似龟手,叶小如鼠耳。
胡为不自知,生花此园里?岂宜遇攀玩,幸免遭伤毁。
二月曲江头,杂英红旖旎。枣亦在其间,如嫫对西子。
东风不择木,吹煦长未已。眼看欲合抱,得尽生生理。
寄言游春客,乞君一回视。君爱绕指柔,从君怜柳杞。
君求悦目艳,不敢争桃李。君若作大车,轮轴材须此。

放 鱼 自注:自此后诗,到江州作。

晓日提竹篮,家僮买春蔬。青青芹蕨下,叠卧双白鱼。
无声但呀呀,以气相煦濡。倾篮写地上,拨剌长尺余。
岂唯刀机忧,坐见蝼蚁图。脱泉虽已久,得水犹可苏。
放之小池中,且用救干枯。水小池窄狭,动尾触四隅。
一时幸苟活,久远将何如?怜其不得所,移放于南湖。
南湖连西江,好去勿踟蹰。施恩即望报,吾非斯人徒。
不须泥沙底,辛苦觅明珠。

○"施恩即望报"四语,小中见大。苏轼《和潜师放鱼》,诗意本此。

文 柏 床

陵上有老柏,柯叶寒苍苍。朝为风烟树,暮为宴寝床。
以其多奇文,宜升君子堂。刮削露节目,拂拭生辉光。

玄斑状貍首,素质如截肪。虽充悦目玩,终乏周身防。
华彩诚可爱,生理苦已伤。方知自残者,为有好文章。
○时贬江州,隐然有自伤之意。"方知自残者,为有好文章",即杜甫《古柏行》之意,白反用之。

秦中吟十首　并序

　　贞元、元和之际,余在长安,闻见之间,有足悲者。因直歌其事,命为《秦中吟》。

议　婚

天下无正声,悦耳即为娱;人间无正色,悦目即为姝。
颜色非相远,贫富则有殊。贫为时所弃,富为时所趋。
红楼富家女,金缕绣罗襦。见人不敛手,娇痴二八初。
母兄未开口,已嫁不须臾。绿窗贫家女,寂寞二十余。
荆钗不直钱,衣上无真珠。几回人欲聘,临日又踟蹰。
主人会良媒,置酒满玉壶。四座且勿饮,听我歌两途:
富家女易嫁,嫁早轻其夫;贫家女难嫁,嫁晚孝于姑。
闻君欲娶妇,娶妇意何如?

重　赋

厚地植桑麻,所要济生民;生民理布帛,所求活一身。
身外充征赋,上以奉君亲。国家定两税,本意在爱人。
厥初防其淫,明勒内外臣:税外加一物,皆以枉法论。
奈何岁月久,贪吏得因循,浚我以求宠,敛索无冬春。
织绢未成匹,缲丝未盈斤,里胥迫我纳,不许暂逡巡。

岁暮天地闭，阴风生破村。夜深烟火尽，霰雪白纷纷。
幼者形不蔽，老者体无温。悲喘与寒气，并入鼻中辛。
昨日输残税，因窥官库门。缯帛如山积，丝絮似云屯。
号为羡余物，随月献至尊。夺我身上暖，买尔眼前恩。
进入琼林库，岁久化为尘。

○通达治体，故于时政源流利弊，言之了然。其沉着处，令读者酸鼻，杜甫《石壕吏》之嗣音也。

伤　宅

谁家起甲第，朱门大道边？丰屋中栉比，高墙外迴环。
叠叠六七堂，栋宇相连延。一堂费百万，郁郁起青烟。
洞房温且清，寒暑不能干。高堂虚且迥，坐卧见南山。
绕廊紫藤架，夹砌红药栏。攀枝摘樱桃，带花移牡丹。
主人此中坐，十载为大官。厨有臭败肉，库有贯朽钱。
谁能将我语，问尔骨肉间：岂无穷贱者，忍不救饥寒？
如何奉一身，直欲保千年？不见马家宅，今作奉诚园！

◇《唐书》曰："马燧子畅，终少府监。诸子无室卢，自托奉诚园亭观，即其安邑里旧第云。"

◇《桂苑丛谈》曰："马畅以第中大杏，馈中人窦文场，文场以进德宗。德宗未尝见，颇怪畅，因令中使就封其树。畅惧，进宅，废为奉诚园。"

伤　友

陋巷孤寒士，出门苦恓恓。虽云志气高，岂免颜色低？
平生同门友，通籍在金闺。曩者胶漆契，迩来云雨睽。
正逢下朝归，轩骑五门西。是时天久阴，三日雨凄凄。

蹇驴避路立,肥马当风嘶。回头忘相识,占道上沙堤。
昔年洛阳社,贫贱相提携;今日长安道,对面隔云泥。
近日多如此,非君独惨悽。死生不变者,唯闻任与黎。自
注：任公叔、黎达。

○"是时天久阴"六句,摹写炎凉之况,真是不堪。"近日
多如此",又拓开一层,寄慨益深。

不 致 仕

七十而致仕,礼法有明文。何乃贪荣者,斯言如不闻？
可怜八九十,齿堕双眸昏。朝露贪名利,夕阳忧子孙。
挂冠顾翠緌,悬车惜朱轮。金章腰不胜,伛偻入君门。
谁不爱富贵？谁不恋君恩？年高须告老,名遂合退身。
少时共嗤诮,晚岁多因循。贤哉汉二疏,彼独是何人！
寂寞东门路,无人继去尘。

○"朝露贪名利"二句,入之渊明集中,几无以辨。或谓乐
天浅易,岂其然乎！

◇汪立名曰："按《八朝偶隽》：元和初,杜佑为司徒,年过
七十,犹未请老。裴晋公时知制诰,因高郢致仕,令词曰：'以
年致仕,抑有前闻。近代寡廉,罕由斯道。'盖讥佑也。公诗所
指,当与裴同。"

立 碑

勋德既下衰,文章亦陵夷。但见山中石,立作路旁碑。
铭勋悉太公,叙德皆仲尼。复以多为贵,千言直万赀。
为文彼何人？想见下笔时。但欲愚者悦,不思贤者嗤。
岂独贤者嗤,仍得后代疑。古石苍苔字,安知是愧词？

我闻望江县，麹令抚惸嫠。自注：麹令名信陵。在官有仁政，名不闻京师。

身殁欲归葬，百姓遮路歧，攀辕不得归，留葬此江湄。

至今道其名，男女涕皆垂。无人立碑碣，唯有邑人知。

◇汪立名曰："按：麹信陵，贞元元年鲍防榜下及第，以六年作望江令。其《投石祝江祈雨文》云：'必也私欲之求行于邑里，惨黩之政施于黎元，令长之罪也，神得而诛之，岂可移于人以害其岁！'其为政，盖可想见矣。"

轻　肥

意气骄满路，鞍马光照尘。借问何为者？人称是内臣。
朱绂皆大夫，紫绶或将军。夸赴军中宴，走马去如云。
樽罍溢九酝，水陆罗八珍；果擘洞庭橘，脍切天池鳞。
食饱心自若，酒酣气益振。是岁江南旱，衢州人食人。
○结句斗绝，有一落千丈之势。

五　絃

清歌且罢唱，红袂亦停舞。赵叟抱五絃，宛转当胸抚。
大声粗若散，飒飒风和雨；小声细欲绝，切切鬼神语。
又如鹊报喜，转作猿啼苦。十指无定音，颠倒宫徵羽。
坐客闻此声，形神若无主；行客闻此声，驻足不能举。
嗟嗟俗人耳，好今不好古。所以绿窗琴，日日生尘土。

歌　舞

秦城岁云暮，大雪满皇州。雪中退朝者，朱紫尽公侯。
贵有风雪兴，富无饥寒忧。所营唯第宅，所务在追游。

朱门车马客，红烛歌舞楼。欢酣促密坐，醉暖脱重裘。
秋官为主人，廷尉居上头。日中为一乐，夜半不能休。
岂知阌乡狱，中有冻死囚！

买　花

帝城春欲暮，喧喧车马度。共道牡丹时，相随买花去。
贵贱无常价，酬直看花数。灼灼百朵红，戋戋五束素。
上张幄幕庇，旁织笆篱护，水洒复泥封，移来色如故。
家家习为俗，人人迷不悟。有一田舍翁，偶来买花处。
低头独长叹，此叹无人谕：一丛深色花，十户中人赋！
○结语，即汉文惜造露台意。
◇冯斑曰："白公讽刺诗，周详明直，娓娓动人，自创一体，古人无是也。凡讽论之文，欲得深隐，使言者无罪、闻者足戒。白公尽而露，其妙处正在周详，读之动人。此亦出于《小雅》也。"

和答诗十首（录四首）

　　五年春，微之从东台来，不数日，又左转为江陵士曹掾。诏下日，会予下内直归，而微之已即路。邂逅相遇于街衢中，自永寿寺南，抵新昌里北，得马上话别。语不过相勉保方寸、外形骸而已，因不暇及他。是夕，足下次于山北寺，仆职役不得去，命季弟送行，且奉新诗一轴，致于执事。凡二十章，率有兴比，淫文艳韵，无一字焉。意者欲足下在途讽读，且以遣日时、消忧懑，又有以张直气而扶壮心也。
　　及足下到江陵，寄在路所为诗十七章，凡五六千言，言有为，章有旨，迨于宫律体裁，皆得作者风。发缄开卷，且喜且怪。仆思牛僧孺戒,不能示他人,唯与杓直、拒非及樊宗师辈三四人,时一吟读,心甚贵重。然窃思之,岂仆所奉者二十章,遽能开足聪明,使之然耶?抑又不知足下是行也,天将屈足下之道,激足下之心,使感时发愤而臻于此耶?若两不然者,何立意、措辞,与足下前时诗如此之相远也?

仆既美足下诗,又怜足下心,尽欲引狂简而和之。属直宿拘牵,居无暇日,故不即时如意。旬月来,多乞病假,假中稍闲,且摘卷中尤者,继成十章,亦不下三千言。其间所见,同者固不能自异,异者亦不能强同;同者谓之和,异者谓之答。并别录和梦游春诗一章,各附于本篇之末;余未和者,亦续致之。

顷者在科试间,常与足下同笔砚,每下笔时,辄相顾共患其意太切而理太周,故理太周则辞繁,意太切则言激。然与足下为文,所长在于此,所病亦在于此。足下来序,果有"辞犯文繁"之说,今仆所和者,犹前病也。待与足下相见日,各引所作,稍删其繁而晦其义焉。余具书白。

和阳城驿

商山阳城驿,中有叹者谁?云是元监察,江陵谪去时。
忽见此驿名,良久涕欲垂。何故阳道州,名姓同于斯?
怜君一寸心,宠辱誓不移。疾恶若《巷伯》,好贤如《缁衣》。
沉吟不能去,意者欲改为。改为避贤驿,大署于门楣。
荆人爱羊祜,户曹改为辞。一字不忍道,况兼姓呼之。
因题八百言,言直文甚奇。诗成寄与我,铿若金和丝。
上言阳公行,友悌无等夷,骨肉同衾裯,至死不相离。
次言阳公迹,夏邑始栖迟,乡人化其风,少长皆孝慈。
次言阳公道,终日对酒卮,兄弟笑相顾,醉貌红怡怡。

次言阳公节，謇謇居谏司，誓心除国蠹，决死犯天威。
终言阳公命，左迁天一涯，道州炎瘴地，身不得生归。
一一皆实录，事事无子遗。凡是为善者，闻之恻然悲。
道州既已矣，往者不可追；何世无其人？来者亦可思。
愿以君子文，告彼大乐师，附于雅歌末，奏之白玉墀。
天子闻此章，教化如法施，直谏从如流，佞臣恶如疵；
宰相闻此章，政柄端正持，进贤不知倦，去邪勿复疑；
宪臣闻此章，不忍纵诡随，然后告史氏，旧史有前规。
若作阳公传，欲令后世知，不劳叙世家，不用费文辞。
但使国史上，全录元稹诗。

〇此诗分两大段看，"商山阳城驿"至"事事无子遗"，详叙元诗；"凡是为善者"至末，赞叹之中，自摅胸臆，中有所感，借题发挥，正合《缁衣》好贤之旨，不以理太周而辞繁为嫌也。

答桐花

山木多翳郁，兹桐独亭亭，叶重碧云片，花簇紫霞英。
是时三月天，春暖山雨晴。夜色向月浅，暗香随风轻。
行者多商贾，居者悉黎甿。无人解赏爱，有客独屏营。
手攀花枝立，足蹋花影行。生怜不得所，死欲扬其声。
截为天子琴，刻作古人形。云待我成器，荐之于穆清。
诚是君子心，恐非草木情，胡为爱其华，而反伤其生？
老龟被刳肠，不如无神灵；雄鸡自断尾，不愿为牺牲。
况此好颜色，花紫叶青青，宜遂天地性，忍加刀斧刑？
我思五丁力，拔入九重城，当君正殿栽，花叶生光晶。
上对月中桂，下覆阶前萱。泛拂香炉烟，隐映斧藻屏。

为君布绿阴，当暑荫轩楹；沉沉绿满地，桃李不敢争。
为君发清韵，风来如叩琼。泠泠声满耳，郑卫不足听。
受君封植力，不独吐芬馨，助君行春令，开花应清明；
受君雨露恩，不独舍芳荣，戒君无戏言，剪叶封弟兄；
受君岁月功，不独资生成，为君长高枝，凤凰上头鸣。
一鸣君万岁，寿如山不倾；再鸣万人泰，泰阶为之平。
如何有此用，幽滞在岩坰！岁月不尔驻，孤芳坐凋零。
请向桐枝上，为余题姓名，待余有势力，移尔献丹庭。

○元诗中有"尔生不得所，我愿裁为琴，安置君王侧，调和元首音"之句，此诗前段命意相似，所谓"同者不能自异"也；"我思五丁力"以下，推广言之，放声大作，所谓"异者不能强同"也。词意本之杜甫"入蜀凤凰台"一章，然彼以凄凉激楚胜，此则缠绵浓至、一唱三叹，可知居易非无意用世者；惜旋用旋黜，不获竟其才耳。

答四皓庙

天下有道见，无道卷怀之，此乃圣人语，吾闻诸仲尼。
矫矫四先生，同禀希世资，随时有显晦，秉道无磷缁。
秦皇肆暴虐，二世遭乱离。先生相随去，商岭采紫芝。
君看秦狱中，戮辱者李斯。刘项争天下，谋臣竞悦随。
先生如鸾鹤，去入冥冥飞。君看齐鼎中，爇烂者郦其。
子房得沛公，自谓相遇迟，八难掉舌枢，三略役心机。
辛苦十数年，昼夜形神疲，竟杂霸者道，徒称帝者师。
子房尔则能，此非吾所宜。汉高之季年，嬖宠锺所私。
冢嫡欲废夺，骨肉相忧疑。岂无子房口？口舌无所施；
亦有陈平心，心计将何为？皤皤四先生，高冠危映眉。

从客下南山，顾盼入东闱。前瞻惠太子，左右生羽仪；
却顾戚夫人，楚舞无光辉。心不画一计，口不吐一词。
暗定天下本，遂安刘氏危。子房吾则能，此非尔所知。
先生道既光，太子礼甚卑，安车留不住，功成弃如遗。
如彼旱天云，一雨百谷滋，泽则在天下，云复归希夷。
勿高巢与由，勿尚吕与伊，巢由往不返，伊吕去不归。
岂如四先生，出处两逶迤，何必长隐逸，何必长济时？
由来圣人道，无朕不可窥，卷之不盈握，舒之亘八陲。
先生道甚明，夫子犹或非。愿子辨其惑，为予吟此诗。

○元诗责四皓定惠帝以酿吕氏之祸，此事后之论，未免过苛。假令当年废长立爱，如意嗣位，所恃以托孤者，独一周昌耳，绛、灌诸人，未必帖然心服；且产、禄辈根蒂深固，吕雉搆患益急，保无意外之变耶？居易驳之，自是正论。起引孔子语，末又归到圣人之道，前后照应。中间以子房作陪，盖当刘、项逐鹿之时，群雄扰扰，皆功名之士，子房独具入道之姿，其杰出者也。借宾定主，身份愈高。随手带出陈平，则宾中宾也；末又以伊吕、巢由作衬。议论澜翻不竭，全是以作文法行之，直可当一篇"四皓论"读。

和雉媒

吟君雉媒什，一哂复一叹。和之一何晚，今日乃成篇。
岂唯鸟有之，抑亦人复然。张陈刎颈交，竟以势不完。
至今不平气，塞绝沠水源；赵襄骨肉亲，亦以利相残。
至今不善名，高于磨笄山。况此笼中雉，志在饮啄间。
稻粱暂入口，性已随人迁，身苦亦自忘，同族何足言。
但恨为媒拙，不足以自全。劝君今日后，养鸟养青鸾。

青鸾一失侣,至死守孤单;劝君今日后,结客结任安。主人宾客去,独住在门阑。

○正意多,喻意少,言下竦然,惊心动魄。

卷二十

太原白居易诗二

新乐府　并序　自注：元和四年为左拾遗时作。

序曰：凡九千二百五十二言，断为五十篇，篇无定句，句无定字，系于意不系于文。首句标其目，卒章显其志，《诗三百》之义也。其辞质而径，欲见之者易谕也；其言直而切，欲闻之者深诫也。其事覈而实，使采之者传信也；其体顺而律，可以播于乐章歌曲也。总而言之，为君、为臣、为民、为物、为事而作，不为文而作也。

七德舞　美拨乱陈王业也

自注：武德中，天子始作《秦王破阵乐》，以歌太宗之功业；贞观初，太宗重制《破阵乐舞图》，诏魏征、虞世南等为之歌词，名《七德舞》。自龙朔已后，诏郊庙享宴皆先奏之。

《七德舞》，《七德歌》，传自武德至元和。
元和小臣白居易，观舞听歌知乐意，乐终稽首陈其事。
太宗十八举义兵，白旄黄钺定两京，擒充戮窦四海清。
二十有四功业成，二十有九即帝位，三十有五致太平。
功成理定何神速，速在推心置人腹。

亡卒遗骸散帛收,饥人卖子分金赎。
魏征梦见子夜泣,张谨哀闻辰日哭。
怨女三千放出宫,死囚四百来归狱。
剪须烧药赐功臣,李勣呜咽思杀身。
含血吮疮抚战士,思摩奋呼乞效死。
则知不独善战善乘时,以心感人人心归。
尔来一百九十载,天下至今歌舞之。
歌《七德》,舞《七德》,圣人有作垂无极。
岂徒耀神武,岂徒夸圣文?
太宗意在陈王业,王业艰难示子孙。

○五十首以此起,体裁极合《大雅》。原周受命之由,而必本之文王,以明王业之所由。盛唐之受命始于高祖,而开王业者则太宗之功。大意归重,在得人心;人心之归,王业之本也。"忘卒遗骸散帛收"十句,皆得人心之实事。铺陈详赡,词旨庄雅,琅琅可诵。

◇《鸡肋集》曰:"予幼时读《太平广记》,见唐太宗遣萧翼购《兰亭叙》事,盖谲以出之,辄叹息曰:'《兰亭叙》若是贵邪,至使万乘之主捐信于匹夫?'《传》称子贡诈而存,鲁弦高诞而存,郑遗一言之细、建二国之业,犹不可以为常。以太宗之贤,巍巍乎近古所无,奈何溺小耆好而轻丧其所常之宝,异于得原失信、不围而去矣。晚多闲居,颇屏世好,独于古人笔墨之遗,爱而不能置。因诵白居易《七德歌》曰:'功成理定何神速,速在推心置人腹。怨女三千放出宫,死囚四百来归狱。'叹曰:'太宗以一旅取天下,惟信耳。夫不吝三千女而放出宫,自信也;不约四百囚而来归狱,人信也。晋舍原何足道哉!'"

◇《宋名臣言行录》曰:"太宗语侍臣曰:'朕何如唐太宗?'左右互辞以赞,独李昉无他言,微诵《七德舞》,词曰:'怨女三千放出宫,死囚四百来归狱。'上闻之,遽兴曰:'朕不及,朕不及!卿言警朕矣。'"

海漫漫　戒求仙也

海漫漫,直下无底旁无边。
云涛烟浪最深处,人传中有三神山,
山上多生不死药,服之羽化为天仙。
秦皇汉武信此语,方士年年采药去。
蓬莱今古但闻名,烟水茫茫无觅处。
海漫漫,风浩浩,眼穿不见蓬莱岛。
不是蓬莱不敢归,童男丱女舟中老。
徐福文成多诳诞,上元太乙虚祈祷。
君看骊山顶上茂陵头,毕竟悲风吹蔓草。
何况玄元圣祖五千言,不言乐,不言仙,不言白日昇青天。
○神仙之说,世主多为所惑,而方士因得乘其蔽而中之。史策所垂,足为炯戒。宪宗不悟,服柳泌金丹致殒。此诗作于元和初,想尔时已有先见耶?唐室崇奉老子,一结借矛攻盾,极其警快。

立部伎　刺雅乐之替也

自注:太常选坐部伎,无性识者,退入立部伎;又选立部伎,绝无性识者,退入雅乐部,则雅乐之声可知矣。

立部伎,鼓笛喧,双舞剑,跳七丸;袅巨索,掉长竿。
太常部伎有等级,堂上者坐堂下立。
堂上坐部笙歌清,堂下立部鼓笛鸣。

笙歌一声众侧耳，鼓笛万曲无人听。
立部贱，坐部贵，坐部退为立部伎，击鼓吹笛和杂戏。
立部又退何所任？始就乐悬操雅音。
雅音替坏一至此，长令尔辈调宫徵。
圆丘后土郊祀时，言将此乐感神祇。
欲望凤来百兽舞，何异北辕将适楚？
工师愚贱安足云，太常三卿尔何人！

上阳白发人　愍怨旷也

自注：天宝五载已后，杨贵妃专宠，后宫人无复进幸矣。六宫有美色者，辄置别所，上阳是其一也。贞元中尚存焉。

上阳人，红颜暗老白发新。
绿衣监使守宫门，一闭上阳多少春。
玄宗末岁初选入，入时十六今六十。
同时采择百余人，零落年深残此身。
忆昔吞悲别亲族，扶入车中不教哭。
皆云入内便承恩，脸似芙蓉胸似玉。
未容君王得见面，已被杨妃遥侧目。
妒令潜配上阳宫，一生遂向空房宿。
秋夜长，夜长无寐天不明，
耿耿残灯背壁影，潇潇暗雨打窗声；
春日迟，日迟独坐天难暮，
宫莺百啭愁厌闻，梁燕双栖老休妒。
莺归燕去长悄然，春往秋来不记年。
唯向深宫望明月，东西四五百回圆。

今日宫中年最老,大家遥赐尚书号。
小头鞋履窄衣裳,青黛点眉眉细长。
外人不见见应笑,天宝末年时世妆。
上阳人,苦最多,少亦苦,老亦苦,少苦老苦两如何!
君不见昔时吕向《美人赋》,又不见今日上阳宫人《白发歌》。

　　新丰折臂翁　　戒边功也
新丰老翁八十八,头鬓眉须皆似雪。
玄孙扶向店前行,左臂凭肩右臂折。
问翁臂折来几年,兼问致折何因缘?
翁云贯属新丰县,生逢圣代无征战。
惯听黎园歌管声,不识旗枪与弓箭。
无何天宝大征兵,户有三丁点一丁。
点得驱将何处去?五月万里云南行。
闻道云南有泸水,椒花落时瘴烟起。
大军徒涉水如汤,未过十人二三死。
村南村北哭声哀,儿别爷娘夫别妻。
皆云前后征蛮者,千万人行无一回。
是时翁年二十四,兵部牒中有名字。
夜深不敢使人知,偷将大石槌折臂。
张弓簸旗俱不堪,从兹始免征云南。
骨碎筋伤非不苦,且图拣退归乡土。
此臂折来六十年,一肢虽废一身全。
至今风雨阴寒夜,直到天明痛不眠。
痛不眠,终不悔,且喜老身今独在。

不然当时泸水头,身死魂孤骨不收。
应作云南望乡鬼,万人冢上哭呦呦。
老人言,君听取:
君不闻开元宰相宋开府,不赏边功防黩武;
又不闻天宝宰相杨国忠,欲求恩幸立边功。
边功未立生人怨,请问新丰折臂翁。
○大意亦本之杜甫《兵车行》、前后《出塞》等篇,借老翁口中说出,便不伤于直遂。促促刺刺,如闻其声,而穷兵黩武之祸,不待言矣。末又以宋璟、杨国忠比勘,开元、天宝治乱之机,具分于此。前事不忘,后事之师也,可谓"诗史"。

司天台　引古以儆今也
司天台,仰观俯察天人际。
羲和死来职事废,官不求贤空取艺。
昔闻西汉元成间,下陵上替谪见天。
北辰微暗少光色,四星煌煌如火赤。
耀芒动角射三台,上台半灭中台折。
是时非无太史官,眼见心知不敢言。
明朝趋入明光殿,唯奏庆云寿星见。
天文时变两如斯,九重天子不得知。
不得知,安用台高百尺为?

捕蝗　刺长吏也
捕蝗捕蝗谁家子?天热日长饥欲死。
兴元兵后伤阴阳,和气蛊蠹化为蝗。
始自两河及三辅,荐食如蚕飞似雨。

雨飞蚕食千里间，不见青苗空赤土。
河南长吏言忧农，课人昼夜捕蝗虫。
是时粟斗钱三百，蝗虫之价与粟同。
捕蝗捕蝗竟何利？徒使饥人重劳费。
一蝗虽死百蝗来，岂将人力胜天灾！
我闻古之良吏有善政，以政驱蝗蝗出境；
又闻贞观之初道欲昌，文皇仰天吞一蝗。
一人有庆兆民赖，是岁虽蝗不为害。
○姚崇之法，至今重之，固将以人力救天灾也。诗意不主捕蝗，正以有向上一层在。

昆明春 思王泽之广被也 自注：贞元始涨泛。

昆明春，昆明春，春池岸古春流新。
影浸南山青滉漾，波沉西日红奫沦。
往年因旱池枯竭，龟尾曳涂鱼煦沫。
诏开八水注恩波，千介万鳞同日活。
今来净渌水照天，游鱼鱍鱍莲田田。
洲香杜若抽心短，沙暖鸳鸯铺翅眠。
动植飞沉皆性遂，皇泽如春无不被。
渔者仍丰网罟资，贫人久获菰蒲利。
诏以昆明近帝城，官家不得收其征。
菰蒲无租鱼无税，近水之人感君惠。
感君惠，独何人？吾闻率土皆王民。
远民何疏近何亲？愿推此惠及天下，无远无近同忻忻。
吴兴山中罢榷茗，鄱阳坑里休封银。

天涯地角无禁利，熙熙同似昆明春。

城盐州　美圣谟而诮边将也　自注：贞元壬申岁特诏城之。
城盐州，城盐州，城在五原原上头。
蕃东节度钵阐布，忽见新城当要路。
金乌飞传赞普闻，建牙传箭集群臣。
君臣頳面有忧色，皆言勿谓唐无人。
自筑监州十余载，左衽毡裘不犯塞。
昼牧牛羊夜捉生，长去新城百里外。
诸边急惊劳戍人，唯此一道无烟尘。
灵夏潜安谁复辨？秦原暗通何处见？
鄜州驿路好马来，长安药肆黄耆贱。
城盐州，盐州未城天子忧。
德宗按图自定计，非关将略与庙谋。
吾闻高宗中宗世，北虏猖狂最难制。
韩公创筑受降城，三城鼎峙屯汉兵。
东西亘绝数千里，耳冷不闻胡马声。
如今边将非无策，心笑韩公筑城壁。
相看养寇为身谋，各握强兵固恩泽。
愿分今日边将恩，褒赠韩公封子孙。
谁能将此《盐州曲》，翻作歌词闻至尊？

○按《新唐书·吐蕃传》，自虏得盐州，塞防无以障遏，灵武单露，鄜、坊侵迫，寇日以骄，数入为边患。贞元八年，帝诏城之，九年讫功，而虏兵不出。嗣后韦皋等屡破其兵，取新城，拔末恭、颙二城，擒其将乞悉莨献京师。迨宪宗初，遣使修好，朝贡岁入。"钵阐布"者，虏浮屠豫国事者也。"金乌飞传"者，虏曰"飞鸟",犹传骑也。诗中叙事,源委井然。末又插入张仁愿筑受降城事,为当时边将拥兵玩寇者警也。

道州民　　美臣遇明主也
道州民,多侏儒,长者不过三尺余。
市作矮奴年进奉,号为道州任土贡。
任土贡,宁若斯?
不闻使人生别离,老翁哭孙母哭儿。
一自阳城来守郡,不进矮奴频诏问。
城云臣按《六典》书,任土贡有不贡无。
道州水土所生者,只有矮民无矮奴。
吾君感悟玺书下,岁贡矮奴宜悉罢。
道州民,老者幼者何欣欣!
父兄子弟始相保,从此得作良人身。
道州民,民到于今受其赐,欲说使君先下泪;
仍恐儿孙忘使君,生男多以阳为字。
　○诏书何可违也?正言之不可,逊辞以谢之,而民被其泽矣。入情入理,解人不当如是耶?宋鲜于侁不散青苗钱,亦同此意。

蛮子朝　　刺将骄而相备位也
蛮子朝,泛皮船兮渡绳桥,来自巂州道路遥。
入界先经蜀川过,蜀将收功先表贺。
臣闻云南六诏蛮,东连牂牁西连蕃。
六诏星居初琐碎,合为一诏渐强大。
开元皇帝虽圣神,唯蛮倔强不来宾。
鲜于仲通六万卒,征蛮一陈全军没。

至今西洱河岸边,箭孔刀痕满枯骨。
谁知今日慕华风,不劳一人蛮自通。
诚由陛下休明德,亦赖微臣诱谕功。
德宗省表知如此,笑令中使迎蛮子。
蛮子道从者谁何?摩挲俗羽双隈伽。
清平官持赤藤杖,大将军系金呿嗟。
异牟寻男寻阁劝,特敕召对延英殿。
上心贵在怀远蛮,引临玉座近天颜。
冕旒不垂亲劳倈,赐衣赐食移时对。
移时对,不可得,大臣相看有羡色。
可怜宰相拖紫佩金章,朝日唯闻对一刻。

〇自鲜于仲通、李宓搆兵南诏,丧师匮财,西南无宁岁。韦皋经略十余年,仅能服之,而中国之力已殚矣。元微之诗云"自居剧镇无他续,幸得蛮来固恩宠",盖刺皋也。此诗命意略同,"诚由陛下休明德"二句,写出藩臣骄蹇之状。宰相备位,尾大不掉,唐室卒以不振矣。

◇《新唐书·南蛮传》:"南诏官曰清平官,所以决国事轻重,犹唐宰相也。大军将十二,与清平官等列。曹长以降,系金佉苴。佉苴,韦带也。"按:"呿嗟"与"佉苴"同。"大将军",恐是"大军将"之讹。

骠国乐　欲王化之先迩后远也　自注:贞元十七年来献之。

骠国乐,骠国乐,出自大海西南角。
雍羌之子舍难陁,来献南音奉正朔。
德宗立仗御紫庭,鞋䩺不塞为尔听。
玉螺一吹椎髻耸,铜鼓一击文身踊。

珠缨炫转星宿摇,花鬘斗薮龙蛇动。
曲终王子启圣人,臣父愿为唐外臣。
左右欢呼何翕习,至尊德广之所及。
须臾百辟诣阁门,俯伏拜表贺至尊。
伏见骠人献新乐,请书国史传子孙。
时有击壤老农父,暗测君心闲独语:
闻君政化甚圣明,欲感人心致太平。
感人在近不在远,太平由实非由声。
观身理国国可济,君如心兮民如体。
体生疾苦心憯悽,民得和平君恺悌。
贞元之民若未安,骠乐虽闻君不欢;
贞元之民苟无病,骠乐不来君亦圣。
骠乐骠乐徒喧喧,不如闻此刍荛言。

◇《新唐书·南蛮传》:"骠,古朱波也,在永昌南二十里。贞元中,王雍羌闻南诏归唐,有内附心,遣弟悉利移城主舒难陀献其国乐。至成都,韦皋谱次其声,以其舞容、乐器异常,乃图画以献其乐。五译而至,德宗授舒难陀太仆卿,遣还开州刺史。唐次述《骠国献乐颂》以献。"按:诗中"舒难陀"作雍羌之子,与《唐书》异。

缚戎人　达穷民之情也

缚戎人,缚戎人,耳穿面破驱入秦。
天子矜怜不忍杀,诏徙东南吴与越。
黄衣小使录姓名,领出长安乘递行。
身被金创面多瘠,扶病徒行日一驿。
朝飡饥渴费杯盘,夜卧腥臊污床席。

忽逢江水忆交河,垂手齐声呜咽歌。
其中一虏语诸虏:尔苦非多我苦多。
同伴行人因借问,欲说喉中气愤愤。
自云乡管本凉原,大历年中没落蕃。
一落蕃中四十载,遣著皮裘系毛带。
唯许正朝服汉仪,敛衣整巾潜泪垂。
誓心密定归乡计,不使蕃中妻子知。
暗思幸有残筋力,更恐年衰归不得。
蕃候严兵鸟不飞,脱身冒死奔逃归。
昼伏宵行经大漠,云阴月黑风沙恶。
惊藏青冢寒草疏,偷渡黄河夜冰薄。
忽闻汉军鼙鼓声,路傍走出再拜迎。
游骑不听能汉语,将军遂缚作蕃生。
配向东南卑湿地,定无存恤空防备。
念此吞声仰诉天,若为辛苦度残年。
凉原乡井不得见,胡地妻儿虚弃捐。
没蕃被囚思汉土,归汉被劫为蕃虏。
早知如此悔归来,两地宁如一处苦。
缚戎人,戎人之中我苦辛。
自古此冤应未有,汉心汉语吐蕃身。

○边将冒功之状,无辜被俘之情,曲曲传出。结语尤令人失笑。元微之诗自注云:"近制,西边每擒蕃人,例皆传置南方,不加剿戮。"

骊宫高　美天子重惜人之财力也

高高骊山上有宫,朱楼紫殿三四重。

迟迟兮春日，玉甃煖兮温泉溢；
袅袅兮秋风，山蝉鸣兮宫树红。
翠华不来兮岁月久，墙有衣兮瓦有松。
吾君在位已五载，何不一幸乎其中？
西去都门几多地，吾君不游有深意。
一人出兮不容易，六宫从兮百司备。
八十一车千万骑，朝有宴饮暮有赐。
中人之产数百家，未足充君一日费。
吾君修己人不知，不自逸兮不自嬉；
吾君爱人人不识，不伤财兮不伤力。
骊宫高兮高入云，君之来兮为一身，君之不来兮为万人。
〇格调摹骚词，气特婉约。

百炼镜　　辨皇王鉴也

百炼镜，镕范非常规。
日辰处所灵且祇，江心波上舟中铸，五月五日日午时。
琼粉金膏磨莹已，化为一片秋潭水。
镜成将献蓬莱宫，扬州长吏手自封。
人间臣妾不合照，背有九五飞天龙，人人呼为天子镜。
我有一言闻太宗，太宗常以人为镜。
鉴古鉴今不鉴容，四海安危居掌内，百王治乱悬心中。
乃知天子别有镜，不是扬州百炼铜。

青石　　激忠烈也

青石出自蓝田山，兼车运载来长安。
工人磨琢欲何用？石不能言我代言：

不愿作人家墓前神道碣,坟土未干名已灭;

不愿作官家道傍德政碑,不镌实录镌虚辞。

愿为段氏颜氏碑,雕镂太尉与太师。

刻此两片坚贞质,状彼二人忠烈姿。

义心如石屹不转,死节如石确不移。

如观奋击朱泚日,似见叱呵希烈时。

各于其上题名谥,一置高山一沉水。

陵谷虽迁碑独存,骨化为尘名不死。

长使不忠不烈臣,观碑改节慕为人;

慕为人,劝事君。

○"石不能言我代言",发端奇特。后半表出二人,写得凛凛有生气,不忠不烈者,读之故应汗下。

西凉伎　刺封疆之臣也

西凉伎,假面胡人假狮子。

刻木为头丝作尾,金镀眼睛银帖齿。

奋迅毛衣摆双耳,如从流沙来万里。

紫髯深目两胡儿,鼓舞跳梁前致辞。

应似凉州未陷日,安西都护进来时。

须臾云得新消息,安西路绝归不得。

泣向狮子涕双垂,凉州陷没知不知?

狮子回头向西望,哀吼一声观者悲。

贞元边将爱此曲,醉坐笑看看不足。

娱宾犒士宴监军,狮子胡儿长在目。

有一征夫年七十,见弄凉州低面泣。

泣罢敛手白将军：主忧臣辱昔所闻。
自从天宝兵戈起，犬戎日夜吞西鄙。
凉州陷来四十年，河陇侵将七千里。
平时安西万里疆，今日边防在凤翔。
缘边空屯十万卒，饱食温衣闲过日。
遗民肠断在凉州，将卒相看无意收。
天子每思常痛惜，将军欲说合惭羞。
奈何仍看西凉伎，取笑资欢无所愧？
纵无智力未能收，忍取西凉弄为戏！

○前半叙事，却插入"应似凉州未陷日"二句，所谓"横空盘硬语"也。"凉州陷来四十年"四句，与前相映，笔力排奡，仿佛似杜。结处仍是香山本色。

八骏图　诫奇物、惩佚游也

穆王八骏天马驹，后人爱之写为图。
背如龙兮颈如象，骨竦筋高脂肉壮。
日行万里速如飞，穆王独乘何所之？
四荒八极踏欲遍，三十二蹄无歇时。
属车轴折趁不及，黄屋草生弃若遗。
瑶池西赴王母宴，七庙经年不亲荐；
璧台南与盛姬游，明堂不复朝诸侯。
《白云》《黄竹》歌声动，一人荒乐万人愁。
周从后稷至文武，积德累功世勤苦。
岂知才及四代孙，心轻王业如灰土？
由来尤物不在大，能荡君心即为害。
文帝却之不肯乘，千里马去汉道兴；

穆王得之不为戒，八骏驹来周室坏。
至今此物尚称珍，不知房星之精下为怪。
八骏图，君莫爱。

涧底松　念寒隽也

有松百尺大十围，坐在涧底寒且卑。
涧深山险人路绝，老死不逢工度之。
天子明堂欠梁木，此求彼有两不知。
谁谕苍苍造物意，但与之材不与地。
金张世禄原宪贫，牛衣寒贱貂蝉贵。
貂蝉与牛衣，高下虽有殊；高者未必贤，下者未必愚。
君不见沉沉海底生珊瑚，历历天上种白榆。

○松是喻意，金、张、原宪是正意，一结仍用喻意，比拟恰合。"原宪贫"，或作"黄宪贤"者，误。黄宪为牛医儿，与牛衣无涉。

牡丹芳　美天子忧农也

牡丹芳，牡丹芳，黄金蕊绽红玉房。
千片赤英霞烂烂，百枝绛点灯煌煌。
照地初开锦绣段，当风不结兰麝囊。
仙人琪树白无色，王母桃花小不香。
宿露轻盈泛紫艳，朝阳照耀生红光。
红紫二色间深浅，向背万态随低昂。
映叶多情隐羞面，卧丛无力含醉妆。
低娇笑容疑掩口，凝思怨人如断肠。
秾姿贵彩信奇绝，杂卉乱花无比方：

石竹金钱何细碎，芙蓉芍药苦寻常。
遂使王公与卿相，游花冠盖日相望。
庳车软舆贵公主，香衫细马豪家郎。
卫公宅静闭东院，西明寺深开北廊。
戏蝶双舞看人久，残莺一声春日长。
共愁日照芳难驻，仍张帷幕垂阴凉。
花开花落二十日，一城之人皆若狂。
三代以还文胜质，人心重华不重实。
重华直至牡丹芳，其来有渐非今日。
元和天子忧农桑，恤下动天天降祥。
去岁嘉禾生九穗，田中寂寞无人至；
今年瑞麦分两歧，君心独喜无人知。
无人知，可叹息。
我愿暂求造化力，减去牡丹妖艳色。
少回卿士爱花心，同似吾君忧稼穑。

○极写牡丹之秾丽，忽接"三代以还文胜质"四句迂腐语，耸然夺目；下乃接"元和天子忧农桑"一段正意，便觉峭折有波澜。若低手为之，则一直说下耳。

◇《客斋随笔》曰："欧阳公《牡丹释名》云：'牡丹初不载文字，唐人如沈、宋、元、白之流，皆善咏花，当时有一花之异者，彼必形于篇什，而寂无传焉。唯刘梦得有《咏鱼朝恩宅牡丹》诗，但云"一丛千朵"而已，亦不云其美且异也。'予按：白公集有《白牡丹》一篇，十四韵；又《秦中吟》内，《买花》一章云'共道牡丹时，相随买花去'；而讽谕乐府有《牡丹芳》一篇，绝道花之妖艳，至有'一城之人皆若狂'之语；又《寄微之百韵》诗云'崇敬牡丹期'，注：崇敬寺牡丹花，多与微之有期;又《惜牡丹》诗。元微之有《入永寿寺看牡丹》诗八韵,《和乐天秋题牡丹丛》三韵,《酬胡三咏牡丹》一绝,又有五言二绝句。许浑亦有诗云:'近来无奈牡丹何,数十千钱买一窠';徐凝云:'三条九陌花时节,万马千车看牡丹'。然则元、白未尝无诗,唐人未尝不重此花也。"

红线毯　忧蚕桑之费也
红线毯,择茧缲丝清水煮,拣丝练线红蓝染。
染为红线红于蓝,织作披香殿上毯。
披香殿广十余丈,红线织成可殿铺。
綵丝茸茸香拂拂,线软花虚不胜物。
美人蹋上歌舞来,罗袜绣鞋随步没。
太原毯涩毳缕硬,蜀都褥薄锦花冷。
不如此毯温且柔,年年十月来宣州。
宣州太守加样织,自谓为臣能竭力。
百夫同担进宫中,线厚丝多卷不得。
宣州太守知不知:一丈毯,千两丝。
地不知寒人要暖,少夺人衣作地衣!
○通首直叙到底,出以径遂,所谓"长于激"也。

杜陵叟　伤农夫之困也
杜陵叟,杜陵居,岁种薄田一顷余。
三月无雨旱风起,麦苗不秀多黄死;
九月降霜秋早寒,禾穗未熟皆青乾。
长吏明知不申破,急敛暴征求考课。
典桑卖地纳官租,明年衣食将何如?

剥我身上帛，夺我口中粟。
虐人害物即豺狼，何必钩爪锯牙食人肉！
不知何人奏皇帝，帝心恻隐知人弊。
白麻纸上书德音，京畿尽放今年税。
昨日里胥方到门，手持尺牒牓乡邨。
十家租税九家毕，虚受吾君蠲免恩。
　〇从古及今，善政之不能及民者多矣。一结慨然思深，可为太息。

　卖炭翁　苦宫市也
卖炭翁，伐薪烧炭南山中，
满面尘灰烟火色，两鬓苍苍十指黑。
卖炭得钱何所营？身上衣裳口中食。
可怜身上衣正单，心忧炭贱愿天寒。
夜来城外一尺雪，晓驾炭车辗冰辙。
牛困人饥日已高，市南门外泥中歇。
翩翩两骑来是谁？黄衣使者白衫儿。
手把文书口称敕，回车叱牛牵向北。
一车炭，千余斤，宫使驱将惜不得。
半匹红纱一丈绫，系向牛头充炭直。
　〇直书其事而其意自见，更不用著一断语。

　阴山道　疾贪虏也
阴山道，阴山道，纥逻敦肥水泉好。
每至戎人送马时，道傍千里无纤草。
草尽泉枯马病羸，飞龙但印骨与皮。

五十匹缣易一匹,缣去马来无了日。
养无所用去非宜,每岁死伤十六七。
缣丝不足女工苦,疏织短截充匹数。
藕丝蛛网三丈余,回鹘诉称无用处。
咸安公主号可敦,远为可汗频奏论。
元和二年下新敕,内出金帛酬马直。
仍诏江淮马价缣,从此不令疏短织。
合罗将军呼万岁,捧授金银与缣綵。
谁知黠虏启贪心,明年马多来一倍。
缣渐好,马渐多;阴山虏,奈尔何!

○《旧唐书·回纥传》:"回纥恃功,自乾元之后,屡遣使以马和市缯帛。仍岁来市,以马一匹易绢四十匹,动至数万马。蕃得帛无厌,我得马无用,朝庭甚苦之。大历八年十一月,回纥使使领马万匹来市,代宗以马价出于租赋,不欲重困民,命有司量入,许市六千匹。"按:元微之诗自注:"李传云:元和二年有诏,悉以金银酬回鹘马价。"新、旧《唐书》俱不载此诏。是诗叙事极详,可以补史传之所不及。又按:诗中五十匹缣易一匹,新、旧《唐书》俱作四十匹,亦与此异,未知孰是。

盐商妇　恶幸人也

盐商妇,多金帛,不事田农与蚕绩。
南北东西不失家,风水为乡船作宅。
本是扬州小家女,嫁得西江大商客。
绿鬟富去金钗多,皓腕肥来银钏窄。
前呼苍头后叱婢,问尔因何得如此?
婿作盐商十五年,不属州县属天子。

每年盐利入官时,少入官家多入私。
官家利薄私家厚,盐铁尚书远不知。
何况江头鱼米贱,红鲙黄橙香稻饭。
饱食浓妆倚柁楼,两朵红腮花欲绽。
盐商妇,有幸嫁盐商,终朝美饭食,终岁好衣裳。
好衣美食来何处?亦须惭愧桑弘羊。
桑弘羊,死已久,不独汉世今亦有。

杏为梁　刺居处僭也

杏为梁,桂为柱,何人堂室李开府,
碧砌红轩色未干,去年身没今移主。
高其墙,大其门,谁家第宅卢将军,
素泥朱板光未灭,今岁官收别赐人。
开府之堂将军宅,造未成时头已白。
逆旅重居逆旅中,心是主人身是客。
更有愚夫念身后,心虽甚长计非久。
穷奢极丽越规模,付子传孙令保守。
莫教门外过客闻,抚掌回头笑杀君。
君不见,马家宅,尚犹存,宅门题作奉诚园;
君不见,魏家宅,属他人,诏赎赐还五代孙。
俭存奢失今在目,安用高墙围大屋。

○此诗与前《伤宅》一首,大意相似。后又引出魏征宅一层,劝戒俱备。

◇《新唐书》:李师道上私钱六百万,为魏征孙赎故第。居易言:征任宰相,太宗用殿材成其正寝,后嗣不能守,陛下犹宜以贤者子孙赎而赐之;师道人臣,不宜掠美。帝从之。文集中有

《论魏征旧宅状》。

紫毫笔　诚失职也

紫毫笔,尖如锥兮利如刀。
江南石上有老兔,吃竹饮泉生紫毫。
宣城工人采为笔,千万毛中拣一毫。
毫虽轻,功甚重,管勒工名充岁贡,君兮臣兮勿轻用。
勿轻用,将何如?愿赐东西府御史,愿颁左右台起居。
搦管趋入黄金阙,抽毫立在白玉除。
臣有奸邪正衙奏,君有动言直笔书。
起居郎,侍御史,尔知紫毫不易致:
每岁宣城进笔时,紫毫之价如金贵。
慎勿空将弹失仪,慎勿空将录制词。

隋堤柳　悯亡国也

隋堤柳,岁久年深尽衰朽。
风飘飘兮雨萧萧,三株两株汴河口。
老枝病叶愁杀人,曾经大业年中春。
大业年中炀天子,种柳成行夹流水。
西至黄河东至淮,绿影一千三百里。
大业末年春暮月,柳色如烟絮如雪。
南幸江都恣佚游,应将此柳系龙舟。
紫髯郎将护锦缆,青蛾御史直迷楼。
海内财力此时竭,舟中歌笑何日休?
上荒下困势不久,宗社之危如缀旒。
炀天子,自言福祚长无穷,

岂知皇子封郿公,龙舟未过彭城阁,义旗已入长安宫。
萧墙祸生人事变,晏驾不得归秦中。
土坟数尺何处葬?吴公台下多悲风。
二百年来汴河路,沙草和烟朝复暮。
后王何以鉴前王?请看隋堤亡国树!
　○一起似谚似谣,最有古意。详叙兴亡之事,仍以柳结,俯仰情深。

秦吉了　哀冤民也
秦吉了,出南中,彩毛青黑花颈红。
耳聪心慧舌端巧,鸟语人言无不通。
昨日长爪鸢,今朝大觜乌。
鸢捎乳燕一窠覆,乌啄母鸡双眼枯。
鸡号堕地燕惊去,然后拾卵攫其雏。
岂无雕与鹗,嗉中肉饱不肯抟;
亦有鸾鹤群,闲立高飏如不闻。
秦吉了,人云尔是能言鸟,岂不闻鸡燕之冤苦?
吾闻凤凰百鸟主,尔竟不为凤凰之前致一言,
安用噪噪闲言语!

采诗官　监前王乱亡之由也
采诗官,采诗听歌导人言。
言者无罪闻者诫,下流上通上下泰。
周灭秦兴至隋氏,十代采诗官不置。
郊庙登歌赞君美,乐府艳词悦君意。
若求兴谕规刺言,万句千章无一字。

不是章句无规刺，渐恐朝廷绝讽议。
诤臣杜口为冗员，谏鼓高悬作虚器。
一人负扆常端默，百辟入门两自媚。
夕郎所贺皆德音，春官每奏唯祥瑞。
君之堂兮千里远，君之门兮九重闷。
君耳唯闻堂上言，君眼不见门前事。
贪吏害民无所忌，奸臣蔽君无所畏。
君不见厉王胡亥之末年，群臣有利君无利。
君兮君兮愿听此，欲开壅蔽达人情，先向歌诗求讽刺。

○末章总结，"言者无罪闻者诫"一语，申明作诗之旨，隐然自附于《三百篇》之义也。诸篇全仿杜甫《新安》《石壕》《垂老》《无家》等作，讽刺时事，婉而多风；其不及杜甫，只笔力之纵横、格调之变化耳。

◇郭茂倩曰："'新乐府'者，皆唐世之新歌也。以其辞实乐府，而未尽被于声，故曰新乐府。大抵皆以讽谕为体，欲以播于乐章歌曲焉。"

◇汪立名曰："按：元微之集有《和李校书新题乐府》《上阳白发人》《华原磬》等十二首，序云'予友李公垂，贶予乐府新题二十首，雅有所谓，不虚为文。予取其病时之尤急者，列而和之，盖十二而已'云云，语未尝及白，而此序中又不言和李作，当是因李作而推广者。"

卷二十一
太原白居易诗三

病假中南亭闲望

欹枕不视事,两日门掩关。始知吏役身,不病不得闲。闲意不在远,小亭方丈间。西簷竹梢上,坐见太白山。遥愧峰上云,对此尘中颜。
○神韵酷似渊明,"西簷"二句亦摹"采菊东篱下"语意。

官舍小亭闲望

风竹散清韵,烟槐凝绿姿。日高人吏去,闲坐在茅茨。葛衣御时暑,蔬饭疗朝饥。持此聊自足,心力少营为。亭上独吟罢,眼前无事时。数峰太白雪,一卷陶潜诗。人心各自是,我是良在兹。回谢争名客,甘从君所嗤。
○"太白雪","陶潜诗",随意所会,缀而成文,不相和而相和。

和钱员外禁中夙兴见示

窗白星汉曙,窗暖灯火余。坐卷朱里幕,看封紫泥书。

宵宵钟漏尽，曈曈霞景初。楼台红照耀，松竹青扶疏。
君爱此时好，回头特谓余。不知上清界，晓景复何如？

松　声　自注：修竹里张家宅南亭作。

月好好独坐，双松在前轩。西南微风来，潜入枝叶间。
萧寥发为声，半夜明月前。寒山飒飒雨，秋琴泠泠弦。
一闻涤炎暑，再听破昏烦。竟夕遂不寐，心体俱翛然。
南陌车马动，西邻歌吹繁。谁知兹檐下，满耳不为喧。
〇清境可想。

禁中寓直梦游仙游寺

西轩草诏暇，松竹深寂寂。月出清风来，忽似山中夕。
因成西南梦，梦作游仙客。觉闻宫漏声，犹谓山泉滴。
〇酷似摩诘。

秋　山

久病旷心赏，今朝一登山。山秋云物冷，称我清羸颜。
白石卧可枕，青萝行可攀。意中如有得，尽日不欲还。
人生无几何，如寄天地间。心有千载忧，身无一日闲。
何时解尘网，此地来掩关？

题杨颖士西亭

静得亭上境，远谐尘外踪。凭轩东南望，鸟灭山重重。

竹露泠烦襟，杉风清病容。旷然宜真趣，道与心相逢。
即此可遗世，何必蓬壶峰。

秋游原上

七月行已半，早凉天气清。清晨起巾栉，徐步出柴荆。
露杖筇竹冷，风襟越蕉轻。闲携弟侄辈，同上秋原行。
新枣未全赤，晚瓜有余馨。依依田家叟，设此相逢迎。
自我到此邻，往往白发生。邻中相识久，老幼皆有情。
留连向暮归，树树风蝉鸣。是时新雨足，禾黍夹道青。
见此令人饱，何必待西成？
○朴实说去，一片真趣流行，非徒拟王、储田家诗也。

闲　居

深闭竹间扉，静扫松下地。独啸晚风前，何人知此意？
看山尽日坐，枕帙移时睡。谁能从我游，使君心无事。
○萧疏蕴藉。

游悟真寺诗　一百三十韵

元和九年秋，八月月上弦，我游悟真寺，寺在王顺山。
去山四五里，先闻水潺湲。自兹舍车马，始涉蓝溪湾。
手拄青竹杖，足蹋白石滩。渐怪耳目旷，不闻人世喧。
山下望山上，初疑不可攀。谁知中有路，盘折通岩巅。
一息幡竿下，再休石龛边。龛间长丈余，门户无扃关。

俯窥不见人，石发垂若鬟。惊出白蝙蝠，双飞如雪翻。
回首寺门望，青崖夹朱轩。如擘山腹开，置寺于其间。
入门无平地，地窄虚空宽。房廊与台殿，高下随峰峦。
岩崿无撮土，树木多瘦坚，根株抱石长，屈曲虫蛇蟠。
松桂乱无行，四时郁芊芊。枝梢裊清翠，韵若风中弦。
日月光不透，绿阴相交延。幽鸟时一声，闻之似寒蝉。
首憩宾位亭，就坐未及安，须臾开北户，万里明豁然。
拂簷虹霏微，遶栋云回旋。赤日间白雨，阴晴同一川。
野绿簇草树，眼界吞秦原。渭水细不见，汉陵小于拳。
却顾来时路，萦纡映朱阑。历历上山人，一一遥可观。
前对多宝塔，风铎鸣四端。栾栌与户牖，恰恰金碧繁。
云昔迦叶佛，在此坐涅槃。至今铁钵在，当底手迹穿。
西开玉像殿，白佛森比肩。半藂尘埃衣，礼拜冰雪颜。
叠霜为袈裟，贯雹为华鬘。逼观疑鬼功，其迹非雕镌。
次登观音堂，未到闻旃檀。上阶脱双履，敛足升净筵。
六楹排玉镜，四座敷金钿。黑夜自光明，不待灯烛燃。
众宝互低昂，碧珮珊瑚幡。风来似天乐，相触声珊珊。
白珠垂露凝，赤珠滴血殷。点缀佛髻上，合为七宝冠。
双瓶白琉璃，色若秋水寒。隔瓶见舍利，圆转如金丹。
玉笛何代物？天人施祇园。吹如秋鹤声，可以降灵山。
是时秋方中，三五月正圆。宝堂豁三门，金魄当其前。
月与宝相射，晶光争鲜妍。照人心骨冷，竟夕不欲眠。
晓寻南塔路，乱竹低婵娟。林幽不逢人，寒蝶飞翾翾。
山果不识名，离离夹道蕃。足以疗饥乏，摘尝味甘酸。
道南蓝谷神，紫伞白纸钱。若岁有水旱，诏使修蘋蘩。

以地清净故，献奠无荤膻。危石叠四五，巆嵬欹且刓。
造物者何意，堆在岩东偏？冷滑无人迹，苔点如花笺。
我来登上头，下临不测渊。目眩手足掉，不敢低头看。
风从石下生，薄人而上抟。衣服似羽翮，开张欲飞鶱。
巉巉三面峰，峰尖刀剑攒。往往白云过，决开露青天。
西北日落时，夕晖红团团。千里翠屏外，走下丹砂丸。
东南月上时，夜气青漫漫。百丈碧潭底，写出黄金盘。
蓝水色似蓝，日夜长潺潺。周回绕山转，下视如青环。
或铺为慢流，或激为奔湍。泓澄最深处，浮出蛟龙涎。
侧身入其中，悬磴尤险艰。扪萝踏樛木，下逐饮涧猿。
雪进起白鹭，锦跳惊红鳟。歇定方盥漱，濯去支体烦。
浅深皆洞彻，可照脑与肝。但爱清见底，欲寻不知源。
东崖饶怪石，积甃苍琅玕。温润发于外，其间韫玙璠。
卞和死已久，良玉多弃捐。或时泄光彩，夜与星月连。
中顶最高峰，拄天青玉竿。鼯鼺上不得，岂我能攀援？
上有白莲池，素葩覆清澜。闻名不可到，处所非人寰。
又有一片石，大如方尺砖。插在半壁上，其下万仞悬。
云有过去师，坐得无生禅，号为定心石，长老世相传。
却上谒仙祠，蔓草生绵绵。昔闻王氏子，羽化升上玄。
其西瞰药台，犹对芝术田。时复明月夜，上闻黄鹤言。
回寻画龙堂，二叟须发斑。想见听法时，欢喜礼印坛。
复归泉窟下，化作龙蜿蜒。阶前石孔在，欲雨生白烟。
往有写经僧，身静心精专。感彼云外鸽，群飞千翩翩。
来添砚中水，去吸岩底泉。一日三往复，时节长不愆。
经成号圣僧，弟子名扬难。诵此莲化偈，数满百亿千。

身坏口不坏,舌根如红莲。颅骨今不见,石函尚存焉。
粉壁有吴画,笔彩依旧鲜;素屏有褚书,墨色如新乾。
灵境与异迹,周览无不殚。一游五昼夜,欲返仍盘桓。
我本山中人,误为时网牵。牵率使读书,推挽令效官。
既登文字科,又添谏诤员。拙直不合时,无益同素餐。
以此自惭惕,戚戚常寡欢。无成心力尽,未老形骸残。
今来脱簪组,始觉离忧患。及为山水游,弥得纵疏顽。
野麋断羁绊,行走无拘挛。游鱼放入海,一往何时还?
身著居士衣,手把《南华篇》。终来此山住,永谢区中缘。
我今四十余,从此终生闲。若以七十期,犹得三十年。

〇洋洋洒洒,一气读去,几于千岩竞秀、万壑争流,目不给赏矣。就其中细寻之,则步骤井然,一丝不紊。首四句点清因游寺而登山,并年月日俱细叙出。"去山四五里"至"置寺于其间",写寺外之景,曲折灵异,迥隔尘世,如入仙境。妙在以"回头寺门望"四句作一顿,遂觉心神荡漾,宛是初到神情。"入门无平地"一句作提笔,至"闻之似寒蝉",叙寺中路径之逶迤,树木之苍郁。"首憩宾位亭"至"可以降灵仙",细叙寺中所历之境,与相传之法物。开北户而前行,又回顾而见来路,是以对多宝塔也。玉像殿、观音堂,皆寺西界。"是时秋方中"至"竟夕不欲眠",摹写夜中之景,与"八月月上弦"一句相映,又作一束。"晓寻南塔路"至"欲返仍盘桓",历叙连日所游之境,变化出之,由南而东、而中、而上;不言北者,自入寺门,大抵皆向北行也。其间有神像,有峰岩,有水,有怪石,有白莲,有祠,有台,有画,有书,细细写出。日落月上,复带叙次日由昼入夜之景,更不拖沓。写经僧、诵经弟子只虚写,在传闻上叙出。"灵境与异迹"四句作一总束,"一游五昼夜"又与"八月月上弦"照应,"我本山中人"至末收足"游"字意。四十余、三十年，又与元和九年照应。

细玩全诗，分明以作记序手笔用之于诗。韩愈《南山诗》以奇肆胜，此以秀折胜，可谓匹敌。谢灵运游山诗，柳宗元山水记，素称奇构，以彼方此，不无广狭之别矣。

朝回游城南

朝退马未困，秋初日犹长。回辔城南去，郊野正清凉。
水竹夹小径，萦迴绕川冈。仰见晚山色，俯弄清泉光。
青松系我马，白石为我床。常时簪组累，此日和身忘。
旦随鹓鹭末，暮游鸥鹤傍。机心一以尽，两处不乱行。
谁辨心与踪，非行亦非藏。

○机心既尽，行藏自如。居易一生，真实受用在此。

舟　行　自注：江州路上作。

帆影日渐高，闲眠犹未起。起问鼓人枻，已行三十里。
船头有行灶，炊稻烹红鲤。饱食起婆娑，盥漱秋江水。
平生沧浪意，一旦来游此；何况不失家，舟中载妻子。

○迁谪远行，绝不作牢骚语，非实有见地者不能。如谢灵运《初发石首城》，便云"苕苕万里帆，茫茫将何之"，岂复成胸襟耶？

泛滠水

四月未全熟，麦凉江气秋。湖山处处好，最爱滠水头。
滠水从东来，一派入江流。可怜似萦带，中有随风舟。

命酒一临泛，舍鞍扬棹讴。放迴岸傍马，去逐波间鸥。
烟浪始渺渺，风襟亦悠悠。初疑上河汉，中若寻瀛洲。
汀树绿拂地，沙草芳未休。青萝与紫葛，枝蔓垂相樛。
系缆步平岸，回头望江州。城雉映水见，隐隐如蜃楼。
日入意未尽，将归复少留。到官行半岁，今日方一游。
此地来何暮，可以写吾忧。
○写景如画。

晚望

江城寒角动，沙洲夕鸟还。独在高亭上，西南望远山。
○小诗极有气势，集中尤难得者。

游石门涧

石门无旧径，披榛访遗迹。时逢山水秋，清辉如古昔。
常闻慧远辈，题诗此岩壁。云覆莓苔封，苍然无处觅。
萧疏野生竹，崩剥多年石。自从东晋后，无复人游历。
独有秋涧声，潺湲空旦夕。
◇汪立名曰："按：石门涧有二处，一在江州，《太平寰宇记》云：'石门涧，在庐山西，悬崖对耸，形如关当，双石之间，悬流数丈。有一石，可坐二十许人。'一在杭州西湖，《咸淳临安志》云：'武林山石门涧，陆羽《二寺记》云：南有巉岩，旧有卧龙石、横涧石，慈云法师种松于此。'然诗中有'慧远题诗'语，自是江州作。《西湖志》亦收此诗，误也。"

香炉峰下新置草堂即事咏怀题于石上

香炉峰北面,遗爱寺西偏。白石何凿凿,清流亦潺潺。
有松数十株,有竹千余竿。松张翠伞盖,竹倚青琅玕。
其下无人居,悠哉多岁年。有时聚猿鸟,终日空风烟。
时有沉冥子,姓白字乐天。平生无所好,见此心依然。
如获终老地,忽乎不知还。架岩结茅宇,劚壑开茶园。
何以洗我耳?屋头飞落泉;何以净我眼?砌下生白莲。
左手携一壶,右手挈五弦,傲然意自足,箕踞于其间。
兴酣仰天歌,歌中聊寄言。言我本野夫,误为世网牵。
时来昔捧日,老去今归山。倦鸟得茂树,涸鱼返清源。
舍此欲焉往?人间多险艰。

○草堂结构,四围景致,详于记中。此诗只淡淡写去,自具朴老之致。

◇《草堂记》:匡庐奇秀,甲天下山。山北峰曰"香炉",峰北寺曰"遗爱寺"。介峰寺间,其境胜绝,又甲庐山。元和十一年秋,太原人白乐天见而爱之,若远行客过故乡,恋恋不能去。因面峰腋寺,作为草堂。

明年春,草堂成,三间两柱,二室四牖,广袤丰杀,一称心力。洞北户,来阴风,防徂暑也;敞南甍,纳阳日,虞祁寒也。木斲而已,不加丹;墙圬而已,不加白。磩阶用石,羃窗用纸,竹簾纻帏,率称是焉。堂中设木榻四,素屏二,漆琴一张,儒道佛书各三两卷。

乐天既来为主,仰观山,俯听泉,傍睨竹树云石,自辰及酉,应接不暇。俄而物诱气随,外适内和,一宿体宁,再宿心恬,三宿后颓然嗒然,不知其然而然。自问其故,答曰:是居也，前有平地，轮广十丈。中有平台，半平地；台南有方池，倍平台。环池多山竹野卉，池中生白莲、白鱼。又南抵石涧，夹涧有古松、老杉，大仅十人围，高不知几百尺，修柯戛云，低枝拂潭，如幢竖，如盖张，如龙蛇走。松下多灌丛，萝茑叶蔓，骈织承翳，日月光不到地，盛夏风气如八九月时。下铺白石，为出入道。堂北五步，据层崖积石，嵌空垤塄，杂木异草，盖覆其上，绿阴蒙蒙，朱实离离，不识其名，四时一色。又有飞泉，植茗就以烹爎，好事者见，可以永日。堂东有瀑布，水悬三尺，泻阶隅，落石渠，昏晓如练色，夜中如环珮琴筑声。堂西倚北崖右趾，以剖竹架空，引崖上泉，脉分线悬，自簷注砌，累累如贯珠，霏微如雨露，滴沥飘洒，随风远去。其四傍耳目杖屦可及者，春有锦绣谷花，夏有石门涧云，秋有虎溪月，冬有炉峰雪，阴晴显晦，昏旦含吐，千变万状，不可殚纪，觏缕而言，故云"甲庐山"者。

噫！凡人丰一屋、华一簀，而起居其间，尚不免有骄稳之态。今我是物主，物致各知，各以类至，又安得不外适内和、体宁心恬哉！昔永、远、宗、雷辈十八人，同入此山，老死不反，去我千载，我知其心以是哉！矧予自思，从幼迨老，若白屋，若朱门，凡所止，虽一日二日，辄覆簀土为台，聚拳石为山，环斗水为池，其喜山水病癖如此。一旦蹇剥，来佐江郡，郡守以优容而抚我，庐山以灵胜待我，是天与我时，地与我所，卒获所好，又何以求焉？尚以冗员所羁，余累未尽，或往或来，未遑宁处。待予异时，弟妹婚嫁毕，司马岁秩满，出处行止，得以自遂，则必左手引妻子，右手抱琴书，终老于斯，以成就我平生之志。清泉白石，实闻此言。

时三月二十七日，始居新堂；四月九日，与河南元集虚、范阳张允中、南阳张深之，东西二林寺长老凑、朗、满、晦、坚等，凡二十有二人，具斋施茶果以落之，因为《草堂记》。

长庆二年七月自中书舍人出守杭州路次蓝溪作

太原一男子，自顾庸且鄙。老逢不次恩，洗拔出泥滓。
既居可言地，愿助朝廷理。伏阁三上章，戆愚不称旨。
圣人存大体，优贷容不死。凤诏停舍人，鱼书除刺史。
冥怀齐宠辱，委顺遂行止。我自得此心，于兹十年矣。
余杭乃名郡，郡郭临江汜。已想海门山，潮声来入耳。
昔予贞元末，羁旅曾游此。甚觉太守尊，亦谙鱼酒美。
因生江海兴，每羡沧浪水。尚拟拂衣行，况今兼禄仕。
青山峰峦接，白日烟尘起。东道既不通，改辕遂南指。
自秦穷楚越，浩荡五千里。闻有贤主人，而多好山水。
是行颇为惬，所历良可纪。策马渡蓝溪，胜游从此始。

○中间以旧游一层作衬，推波助澜，致有曲折。

◇《白文公年谱》云："时河、朔复乱，居易数上疏论其事，天子不能用，遂求外任。盖穆宗荒纵，宰相萧俛、杜元颖、崔植等，皆龌龊无远略，宜公之不乐居朝也。时汴军乱，路不通，故由襄、汉赴任。"

自蜀江至洞庭湖口有感而作

江从西南来，浩浩无旦夕。长波逐若泻，连山凿如劈。
千年不壅溃，万里无垫溺。不尔民为鱼，大哉禹之绩。
导岷既艰远，距海无咫尺。胡为不讫功，余水斯委积？
洞庭与青草，大小两相敌。混合万丈深，森芒千里白。
每岁秋夏时，浩大吞七泽。水族窟穴多，农人土地窄。

我今尚嗟叹，禹岂不爱惜！邈未究其由，想古观遗迹。
疑此苗人顽，恃险不终役。帝亦无奈何，留患与今昔。
水流天地内，如身有血脉，滞则为疽疣，治之在针石。
安得禹复生，为唐水官伯，手提倚天剑，重来亲指画：
疏河似剪纸，决壅同裂帛；渗作膏腴田，蹋平鱼鳖宅。
龙宫变闾里，水府生禾麦；坐添百万户，书我司徒籍。
○议论奇辟，笔力亦浑劲与题称。集中此种绝少，颇近昌黎，其源亦从杜甫《剑门》一篇脱胎。

立春后五日

立春后五日，春态纷婀娜。白日斜渐长，碧云低欲堕。
残冰坼玉片，新萼排红颗。遇物尽欣欣，爱春非独我。
迎芳后园立，就暖前檐坐。还有惆怅心，欲别红炉火。
○"遇物尽欣欣"二句，即茂叔"不除窗前草"之意。

别元九后咏所怀

零落桐叶雨，萧条槿花风。悠悠早秋意，生此幽闲中。
况与故人别，中怀正无悰。勿云不相送，心到青门东。
相知岂在多，但问同不同。同心一人去，坐觉长安空。

初与元九别后忽梦见之，及寤而书适至，兼寄桐花诗。怅然感怀，因以此寄 自注：元九初谪江陵。

永寿寺中语，新昌坊北分。归来数行泪，悲事不悲君。

悠悠蓝田路，自去无消息。计君食宿程，已过商山北。
昨夜云四散，千里同月色。晓来梦见君，应是君相忆。
梦中握君手，问君意何如？君言苦相忆，无人可寄书。
觉来未及说，叩门声冬冬，言是商州使，送君书一封。
枕上忽惊起，颠倒著衣裳。开缄见手札，一纸十三行。
上论迁谪心，下说离别肠。心肠都未尽，不暇叙炎凉。
云作此书夜，夜宿商州东。独对孤灯坐，阳城山馆中。
夜深作书毕，山月向西斜。月下何所有？一树紫桐花。
桐花半落时，复道正相思。殷勤书背后，兼寄桐花诗。
桐花诗八韵，思绪一何深！以我今朝意，忆君此夜心。
一章三遍读，一句十回吟；珍重八十字，字字化为金。

　○一意百折，往复缠绵，极平极曲，愈浅愈深，觉两人觌面对语，无此亲切也。杜甫于李白，居易于元微之，皆友谊中最笃者，故两集中赠答诗真挚乃尔。"悲事不悲君"一句，见从前之上章论救，不系于私情也。此是篇中眼目。

　◇《旧唐书》本传：居易与河南元稹相善，同年登制举，交情隆厚。稹自监察御史谪为江陵府士曹掾，翰林学士李绛、崔群于上前面论稹无罪，居易累疏切谏，不报。

秋江送客

秋鸿次第过，哀猿朝夕闻。是日孤舟客，此地亦离群。
濛濛润衣雨，漠漠冒帆云。不醉浔阳酒，烟波愁杀人。

溪中早春

南山雪未尽，阴岭留残白。西涧冰已消，春溜含新碧。

东风来几日,蛰动萌草坼。潜知阳和功,一日不虚掷。
爱此天气暖,来拂溪边石。一坐欲忘归,暮禽声啧啧。
蓬蒿隔桑枣,隐映烟火夕。归来问夜餐,家人烹荠麦。
○通首写早春之景,一结言外有情,悠然不尽。

渭村雨归

渭水寒渐落,离离蒲稗苗。闲旁沙边立,看人刈苇苕。
近水风景冷,晴明犹寂寥。复兹夕阴起,野思重萧条。
萧条独归路,暮雨湿村桥。
○意致简远,极似韦应物。

寄微之三首

江州望通州,天涯与地末。有山万丈高,有江千里阔。
间之以云雾,飞鸟不可越。谁知千古险,为我二人设。
通州君初到,郁郁愁如结;江州我方去,迢迢行未歇。
道路日乖隔,音信日断绝。因风欲寄语,地远声不彻。
生当复相逢,死当从此别。

君游襄阳日,我在长安住;今君在通州,我过襄阳去。
襄阳九里郭,楼雉连云树。顾此稍依依,是君旧游处。
苍茫蒹葭水,中有浔阳路。此去更相思,江西少亲故。

去国日已远,喜逢物似人。如何含此意?江上坐思君。
有如河岳气,相合方氛氲。狂风吹中绝,两处成孤云。

风回终有时，云合岂无因？努力各自爱，穷通我尔身。

〇清空一气如话，三首直如一首。反覆读之，令人心恻恻，殊难为怀。似古乐府，似苏、李《河梁》诗，似杜甫《梦李白》二章。要自成为香山之诗，惟其真也。诗文到真处，则千古流传，不可磨灭也。

孟夏思渭村旧居寄舍弟

喷喷雀引雏，稍稍笋成竹。时物感人情，忆我故乡曲。
故园渭水上，十载事樵牧。手种榆柳成，阴阴覆墙屋。
兔隐豆苗肥，鸟鸣桑椹熟。前年当此时，与尔同游瞩。
诗书课弟侄，农圃资童仆。日暮麦登场，天晴蚕拆簇。
弄泉南涧坐，待月东亭宿。兴发饮数杯，闷来棋一局。
一朝忽分散，万里仍羁束。井鲋思返泉，笼莺悔出谷。
九江地卑湿，四月天炎燠。苦雨初入梅，瘴云稍含毒。
泥秧水畦稻，灰种畲田粟。已讶殊岁时，仍嗟异风俗。
闲登郡楼望，日落江山绿。归雁拂乡心，平湖断人目。
殊方我漂泊，旧居君幽独。何时同一瓢？饮水心亦足。

〇村居之乐，写来神往。归雁平湖，风景亦自不恶；而烟波江上之愁，已尽此十字中，足抵一篇《登楼赋》。

南湖晚秋

八月白露降，湖中水方老。旦夕秋风多，衰荷半倾倒。
手攀青枫树，足蹋黄芦草。惨淡老容颜，零落秋怀抱。
有兄在淮楚，有弟在蜀道。万里何时来？烟波白浩浩。

早秋晚望兼呈韦侍御

九派绕孤城，城高生远思。人烟半在船，野水多于地。
穿霞日脚直，驱雁风头利。去国来几时，江上秋三至。
夫君亦沦落，此地同飘寄。悯然向隅心，摧颓触笼翅。
且谋眼前计，莫问胸中事。浔阳酒甚浓，相劝时时醉。

司马宅

雨径绿芜合，霜园红叶多。萧条司马宅，门巷无人过。
唯对大江水，秋风朝夕波。
○濒江冷署，如在目前。

寄王质夫

忆始识君时，爱君世缘薄；我亦吏王畿，不为名利著。
春寻仙游洞，秋上云居阁。楼观水潺潺，龙潭花漠漠。
吟诗石上坐，引酒泉边酌。因话出处心，心期老岩壑。
忽从风雨别，遂被簪缨缚。君作出山云，我为入笼鹤。
笼深鹤残悴，山远云飘泊。去处虽不同，同负平生约。
今来各何在？老去随所托。我守巴南城，君佐征西幕。
年颜渐衰飒，生计仍萧索。方含去国愁，且羡从军乐。
旧游疑是梦，往事思如昨。相忆春又深，故山花正落。
○前后叙交情，中间忽作比体，格调颇近建安，一结有风致。

送客回晚兴

城上云雾开,沙头风浪定。参差乱山出,淡泞平江净。
行客舟已远,居人酒初醒。袅袅秋竹梢,巴蝉声似磬。
○江城风景,逐层写得凄凉,笔墨之外,逼出一"愁"字。

东 楼 竹

潇洒城东楼,绕楼多修竹。森然一万竿,白粉封青玉。
卷帘睡初觉,欹枕看未足。影转色入楼,床席生浮绿。
空城绝宾客,向夕弥幽独。楼上夜不归,此君留我宿。
○娟净可爱。

东坡种花二首

持钱买花树,城东坡上栽。但购有花者,不限桃杏梅。
百果参杂种,千枝次第开。天时有早晚,地方无高低。
红者霞艳艳,白者雪皑皑。游蜂逐不去,好鸟亦来栖。
前有长流水,下有小平台。时拂台上石,一举风前杯。
花枝荫我头,花蕊落我怀。独酌复独咏,不觉月平西。
巴俗不爱花,竟春无人来。唯此醉太守,尽日不能回。

东坡春向暮,树木今何如?漠漠花落尽,翳翳叶生初。
每日领童仆,荷锄仍决渠。划土壅其本,引泉溉其枯。
小树低数尺,大树长丈余。封植来几时,高下齐扶疏。

养树既如此,养民亦何殊?将欲茂枝叶,必先救根株。
云何救根株?劝农均赋租;云何茂枝叶?省事宽刑书。
移此为郡政,庶几氓俗苏。

○前一首细写种花之趣,静观物理,及时行乐,独喜之义也。后一首推广言之,与柳宗元郭橐驼种树说同意,兼济之志也。妙在说得极纤悉、极平淡,乃具真实本领。宋儒谓杜子美情多得志,必能济物,亦是此意。陈蕃不事扫除一室而欲经营天下,宜其志大而才疏也。劝农均赋、省事宽刑,岂独治一郡哉?虽以治天下可矣!

◇《二老堂诗话》曰:"苏文忠公不轻许,可独敬爱乐天,屡形诗篇。盖其文章皆主辞达,而忠厚好施,刚直尽言,与人有情,与物无著,大略相似。谪居黄州,始号东坡,其原必起于乐天忠州之作也。"

步 东 坡

朝上东坡步,夕上东坡步。东坡何所爱?爱此新成树。
种植当岁初,滋荣及春暮。信意取次栽,无行亦无数。
绿阴斜景转,芳气微风度。新叶鸟下来,萎花蝶飞去。
闲携斑竹杖,徐曳黄麻屦。欲识往来频,青苔成白路。

◇《容斋随笔》曰:"东坡居黄州,始自称东坡居士。其意盖专慕乐天而然。如《赠写真李道士》云:'他时要指集贤人,知是商山老居士。'《赠善相程杰》云:'我似乐天君记取,华颠赏遍洛阳春。'《送程懿叔》云:'我甚似乐天,但无素与蛮。'《入侍迩英》云:'定是香山老居士,世缘终浅道缘深。'《去杭州》云:'出处依稀似乐天,敢将衰朽较前贤。'则公之所以景仰者,不止一再言之,非东坡之名偶尔暗合也。"

竹 牕

常爱辋川寺，竹牕东北廊。一别十余载，见竹未曾忘。
今春二月初，卜居在新昌。未暇作厩库，且先营一堂。
开牕不糊纸，种竹不依行。意取北簷下，牕与竹相当。
遶屋声淅淅，逼人色苍苍。烟通杳霭气，月透玲珑光。
是时三伏天，天气热如汤。独此竹窗下，朝回解衣裳。
轻纱一幅巾，小簟六尺床。无客尽日静，有风终夜凉。
乃知前古人，言事颇谙详：清风北牕卧，可以傲羲皇。

卷二十二

太原白居易诗四

江南遇天宝乐叟

白头病叟泣且言,禄山未乱入梨园。
能弹琵琶和法曲,多在华清随至尊。
是时天下太平久,年年十月坐朝元。
千官起居环珮合,万国会同车马奔。
金钿照耀石瓮寺,兰麝熏煮温汤源。
贵妃宛转侍君侧,体弱不胜珠翠繁。
冬雪飘飖锦袍暖,春风荡漾霓裳翻。
欢娱未足燕寇至,弓劲马肥胡语喧。
豳土人迁避夷狄,鼎湖龙去哭轩辕。
从此漂沦落南土,万人死尽一身存。
秋风江上浪无限,暮雨舟中酒一樽。
涸鱼久失风波势,枯草曾沾雨露恩。
我自秦来君莫问,骊山渭水如荒村。
新丰树老笼明月,长生殿暗锁春云。
红叶纷纷盖欹瓦,绿苔重重封坏垣。

唯有中官作宫使,每年寒食一开门。

〇前叙乐叟之言,天宝旧事也;后叙告乐叟之言,乱后景象也。俯仰今昔,满目苍凉,言外闇然欲绝。乐叟未必实有其人,特借以抒感慨之思耳。

醉后走笔酬刘五主簿长句之赠,兼简张大贾二十四先辈昆季

刘兄文高行孤立,十五年前名翕习。
是时相遇在符离,我年二十君三十。
得意忘年心迹亲,寓居同县日知闻。
衡门寂寞朝寻我,古寺萧条暮访君。
朝来暮去多携手,穷巷贫居何所有?
秋灯夜写联句诗,春雪朝倾煖寒酒。
陴湖绿爱白鸥飞,濉水清怜红鲤肥。
偶语闲攀芳树立,相扶醉踏落花归。
张贾弟兄同里巷,乘闲数数来相访。
雨天连宿草堂中,月夜徐行石桥上。
我年渐长忽自惊,镜中冉冉髭须生。
心畏后时同励志,身牵前事各求名。
问我棲棲何所适?乡人荐为鹿鸣客。
二千里别谢交游,三十韵诗慰行役。
出门可怜唯一身,弊裘瘦马入咸秦。
鼕鼕街鼓红尘暗,晚到长安无主人。
二贾二张与余弟,驱车逦迤来相继。
操词握赋为干戈,锋锐森然胜气多。

齐入文场同苦战,五人十载九登科。
二张得隽名居甲,美退争雄重告捷。
棠棣辉荣并桂枝,芝兰芬馥和荆叶。
惟有元犀屈未伸,握中自谓骇鸡珍。
三年不鸣鸣必大,岂独骇鸡当骇人。
元和运启千年圣,同遇明时余最幸。
始辞秘阁吏王畿,遽列谏垣升禁闱。
蹇步何堪鸣珮玉,衰容不称著朝衣。
闾阖晨开朝百辟,冕旒不动香烟碧。
步登龙尾上虚空,立去天颜无咫尺。
宫花似雪从乘舆,禁月如霜坐直庐。
身贱每惊随内宴,才微常愧草天书。
晚松寒竹新昌第,职居密近门多闭。
日暮银台下直回,故人到门门暂开。
回头下马一相顾,尘土满衣何处来?
敛手炎凉叙未毕,先说旧山今悔出。
岐阳旅宦少欢娱,江左羁游费时日。
赠我一篇行路吟,吟之句句披沙金。
岁月徒催白发貌,泥涂不屈青云心。
谁会茫茫天地意,短才获用长才弃。
我随鹓鹭入烟云,谬上丹墀为近臣;
君同鸾凤栖荆棘,犹着青袍作选人。
惆怅知贤不能荐,徒为出入蓬莱殿。
月惭谏纸二百张,岁愧俸钱三十万。
大抵浮荣何足道,几度相逢即身老。

且倾斗酒慰羁愁,重话符离问旧游。
北巷邻居几家去,东林旧院何人住?
武里村花落复开,流沟山色应如故。
感此酬君千字诗,醉中分手又何之?
须知通塞寻常事,莫叹浮沉先后时。
慷慨临歧重相勉,殷勤别后加餐饭。
君不见,买臣衣锦还故乡,五十身荣未为晚。

○七古长篇,一气盘旋,不必刻意求奇,自具大家风格,非晚唐人寒俭迫促者所能到。"惆怅知贤不能荐"四句,自占身分极高。末段仍归旷达。是诗作于元和之初,居易为左拾遗,未几即丐改官,除京兆户曹参军外出。盖立朝而道不行,则奉身而退。知愧者庶可无愧也。

画竹歌 并引

协律郎萧悦善画竹,举时无伦,萧亦甚自秘重,有终岁求其一竿一枝而不得者。知予天与好事,忽写一十五竿,惠然见投。予厚其意,高其艺,无以答贶,作歌以报之,凡一百八十六字云。

植物之中竹难写,古今虽画无似者。
萧郎下笔独逼真,丹青以来惟一人。
人画竹身肥拥肿,萧画茎瘦节节竦;
人画竹梢死赢垂,萧画枝活叶叶动。
不根而生从意生,不笋而成由笔成。
野塘水边碕岸侧,森森两丛十五茎。
婵娟不失筠粉态,萧飒尽得风烟情。

举头忽看不似画，低耳静听疑有声。
西丛七茎劲而健，省向天竺寺前石上见；
东丛八茎疏且寒，忆曾湘妃庙里雨中看。
幽姿远思少人别，与君相顾空长叹。
萧郎萧郎老可惜，手颤眼昏头雪白。
自言便是绝笔时，从今此竹尤难得。

○波澜意度，直逼子美堂奥，与香山平日面貌不类，盖有意规仿子美题画诸作而为之者。

长恨歌

汉皇重色思倾国，御宇多年求不得。
杨家有女初长成，养在深闺人未识。
天生丽质难自弃，一朝选在君王侧。
回眸一笑百媚生，六宫粉黛无颜色。
春寒赐浴华清池，温泉水滑洗凝脂。
侍儿扶起娇无力，始是新承恩泽时。
云鬓花颜金步摇，芙蓉帐暖度春宵。
春宵苦短日高起，从此君王不早朝。
承欢侍宴无闲暇，春从春游夜专夜。
后宫佳丽三千人，三千宠爱在一身。
金屋妆成娇侍夜，玉楼宴罢醉和春。
姊妹弟兄皆列土，可怜光彩生门户。
遂令天下父母心，不重生男重生女。
骊宫高处入青云，仙乐风飘处处闻。
缓歌慢舞凝丝竹，尽日君王看不足。

渔阳鞞鼓动地来，惊破霓裳羽衣曲。
九重城阙烟尘生，千乘万骑西南行。
翠华摇摇行复止，西出都门百余里。
六军不发无奈何，宛转蛾眉马前死。
花钿委地无人收，翠翘金雀玉搔头。
君王掩面救不得，回看血泪相和流。
黄埃散漫风萧索，云栈萦纡登剑阁。
峨眉山下少人行，旌旗无光日色薄。
蜀江水碧蜀山青，圣主朝朝暮暮情。
行宫见月伤心色，夜雨闻铃肠断声。
天旋日转回龙驭，到此踌躇不能去。
马嵬坡下泥土中，不见玉颜空死处。
君臣相顾尽沾衣，东望都门信马归。
归来池苑皆依旧，太液芙蓉未央柳。
芙蓉如面柳如眉，对此如何不泪垂。
春风桃李花开夜，秋雨梧桐叶落时。
西宫南苑多秋草，落叶满阶红不扫。
梨园子弟白发新，椒房阿监青蛾老。
夕殿萤飞思悄然，孤灯挑尽未成眠。
迟迟钟鼓初长夜，耿耿星河欲曙天。
鸳鸯瓦冷霜华重，翡翠衾寒谁与共？
悠悠生死别经年，魂魄不曾来入梦。
临邛道士鸿都客，能以精诚致魂魄。
为感君王展转思，遂教方士殷勤觅。
排空驭气奔如电，升天入地求之遍。

上穷碧落下黄泉，两处茫茫皆不见。
忽闻海上有仙山，山在虚无缥缈间。
楼阁玲珑五云起，其中绰约多仙子。
中有一人字太真，雪肤花貌参差是。
金阙西厢扣玉扃，转教小玉报双成。
闻道汉家天子使，九华帐里梦魂惊。
揽衣推枕起徘徊，珠箔银屏迤逦开。
云鬓半偏新睡觉，花冠不整下堂来。
风吹仙袂飘飘举，犹似霓裳羽衣舞。
玉容寂寞泪阑干，梨花一枝春带雨。
含情凝睇谢君王，一别音容两渺茫。
昭阳殿里恩爱绝，蓬莱宫中日月长。
回头下望人寰处，不见长安见尘雾。
惟将旧物表深情，钿合金钗寄将去。
钗留一股合一扇，钗擘黄金合分钿。
但教心似金钿坚，天上人间会相见。
临别殷勤重寄词，词中有誓两心知。
七月七日长生殿，夜半无人私语时。
在天愿作比翼鸟，在地愿为连理枝。
天长地久有时尽，此恨绵绵无绝期。

○从古女祸，未有盛于唐者。明皇践阼，覆辙匪远，开元励精，几致太平。天宝以后，溺情床笫，太真潜纳，新台同讥；艳妻煽处，职为厉阶。仓皇播迁，宗社再造，幸也。姚、宋诸贤臣辅之而不足，一太真败之而有余。南内归来，悦返而自咎，恨无终穷矣，遑系心于既殒倾城之妇耶？《长恨》一传，自是当时傅会之说，其事殊无足论者。居易诗词特妙，情文相生，沉郁顿挫，哀艳之中，具有讽刺。"汉皇重色思倾国"，"从此君王不早朝"，"君王掩面救不得"，皆微词也。"养在深闺人未识"，为尊者讳也。欲不可纵，乐不可极，结想成因，幻缘冥磬？总以为发乎情而不能止乎礼义者戒也。通首分四段，"汉皇重色思倾国"至"惊破霓裳羽衣曲"，畅述杨妃擅宠之事，却以"渔阳鞞鼓动地来"二句暗摄下意，一气直下，灭去转落之痕。"九重城阙烟尘生"至"夜雨闻铃肠断声"，叙马嵬赐死之事，"行宫见月伤心色"二句，暗摄下意，盖以幸蜀之靡日不思，引起还京之彷徨念旧，一直说去。中间暗藏马嵬改葬一节，此行文之飞渡法也。"天旋地转回龙驭"至"魂魄不曾来入梦"，叙上皇南宫思旧之情，"悠悠生死别经年"二句亦暗摄下意。"临邛道士鸿都客"至末，叙方士招魂之事。结处点清"长恨"，为一诗结穴，戛然而止，全势已足，更不必另作收束。

◇陈鸿《长恨歌传》曰："开元中，泰阶平，四海无事。玄宗在位岁久，倦于旰食宵衣，政无大小，始委于右丞相，深居游宴，以声色自娱。先是，元献皇后、武淑妃皆有宠，相次即世，宫中虽良家子千数，无可悦目者，上心忽忽不乐。

"时每岁十月，驾幸华清宫，内外命妇，熠燿景从。浴日余波，赐以汤沐，春风灵液，澹荡其间。上心油然，若有顾遇，左右前后，粉色如土。诏高力士潜搜外宫，得弘农杨玄琰女于寿邸。既笄矣，鬓发腻理，纤秾中度，举止闲冶，如汉武帝李夫人。别疏汤泉，诏赐澡莹。既出水，体弱力微，若不任罗绮，光彩焕发，转动照人。上甚悦，进见之日，奏《霓裳羽衣曲》以导之。定情之夕，授金钗钿合以固之；又命戴步摇，垂金珰。明年，册为贵妃，半后服用。繇是治其容，敏其词，婉娈万态，以中上意，上益嬖焉。

"时省风九州，泥金五岳，骊山雪夜，上阳春朝，与上行同辇、居同室，宴专席、寝专房，虽有三夫人、九嫔、二十七世妇、八十一御妻，暨后宫才人、乐府妓女，使天子无顾盼意。自是六宫无复进幸者，非徒殊艳尤态致是，盖才智明慧，善巧便佞，先意希旨，有不可形容者。叔父昆弟皆列在清贯，爵为通侯；姊妹封国夫人，富埒王室，车服邸第与大长公主侔，而恩泽势力则又过之。出入禁门不问，京师长吏为侧目。故当时谣咏有云：'生女勿悲酸，生男勿喜欢。'又曰：'男不封侯女作妃，看女却为门上楣。'其人心羡慕如此。

"天宝末，兄国忠盗丞相位，愚弄国柄。及安禄山引兵向阙，以讨杨氏为辞，潼关不守，翠华南幸。出咸阳，道次马嵬亭，六军徘徊，持戟不进。从官郎吏伏上马前，请诛错以谢天下。国忠奉氂缨盘水，死于道周。左右之意未快，上问之，当时敢言者，请以贵妃塞天下怒。上知不免，而不忍见其死，反袂掩面，使牵之而去，苍黄展转，竟就绝于尺组之下。既而玄宗狩成都，肃宗受禅灵武。

"明年，大凶归元，大驾还都，尊玄宗为太上皇，就养南宫，迁于西内。时移事去，乐尽悲来，每至春之日、冬之夜，池莲夏开，宫槐秋落，梨园弟子玉琯发音，闻《霓裳羽衣》一声，则天颜不怡，左右欷歔。三载一意，其念不衰；求之梦魂，杳不能得。适有道士自蜀来，知上皇心念杨妃如是，自言有李少君之术。玄宗大喜，命致其神，方士乃竭其术以索之，不至。又能游神驭气，出天界、没地府以求之，不见。又旁求四虚上下，东极大海，跨蓬壶，见最高仙山，上多楼阙，西厢下有洞户东向，阖其门，署曰'玉妃太真院'。方士抽簪叩扉，有双童女出应门，方士造次未及言，而双鬟复入。俄有碧衣侍女又至，诘其所从，方士因称唐天子使者，且致其命。碧衣云：'玉妃方寝，请少待之。'

"于时云海沉沉，洞天日晚，琼户重阖，悄然无声。方士屏息敛足，拱手门下，久之而碧衣延入，且曰：'玉妃出。'见一人冠金莲，披紫绡，珮红玉，曳凤舃，左右侍者七八人。揖方士，问皇帝安否,次问天宝十四年已还事。言讫悯然,指碧衣取金钗钿合,各析其半授使者曰:'为谢太上皇,谨献是物,寻旧好也。'方士受辞与信,将行,色有不足。玉妃固征其意,复前跪致词,请当时一事不为他人闻者,验于太上皇,不然恐钿合金钗负新垣平之诈也。玉妃茫然退立,若有所思,徐而言之曰:'昔天宝十载,侍辇避暑骊山宫,秋七月,牵牛织女相见之夕,秦人风俗,是夜张锦绣,陈饮食,树瓜果,焚香于庭,号为乞巧,宫掖间尤尚之。夜始半,休侍卫于东西厢,独侍上。上凭肩而立,因仰天感牛女事,密相誓心,愿世世为夫妇,言毕,执手各呜咽。此独君王知之耳。'因自悲曰:'由此一念,又不得居此,复堕下界,且结后缘,或为天,或为人,决再相见,好合如旧。'因言太上皇亦不久人间,幸惟自安,无自苦耳。使者还奏太上皇,皇心震悼,日日不豫。其年夏四月,南宫晏驾。

"元和元年冬十二月,太原白乐天自校书郎尉于盩厔,鸿与琅邪王质夫家于是邑,暇日相携游仙游寺,话及此事,相与感叹。质夫举酒于乐天前曰:'夫希代之事,非遇出世之才润色之,则与时消没,不闻于世。乐天深于诗、多于情者也,试为歌之,如何?'乐天因为《长恨歌》,意者不但感其事,亦欲惩尤物、窒乱阶,垂于将来也。歌既成,使鸿传焉。世所不闻者,予非开元遗民,不得知;世所知者,有《玄宗本纪》在,今但传《长恨歌》云尔。"

◇唐汝询曰:"此讥明皇迷于色而不悟也。始则求其人而未得,既得而爱幸之,即沦惑而不复理朝政矣。不独宠妃一身,而又遍及其宗党;不惟不复早朝,益且尽日耽于丝竹,以致禄山倡乱,乘舆播迁。帝既诛妃以谢天下,则宜悔过,乃复展转怀思,不能自绝,至令方士遍索其神,得钿合金钗而不辨其诈,是真迷而不悟者矣。吁!以五十年致治之主,而一女子覆其成功,权去势诎,而以忧死,悲夫!女宠之祸,岂浅鲜哉!花钿委地,无人收伏。后钿合金钗,案意者妃就绝之时,花钿散逸,民间必有得之者。方士特挟此以欺上皇,非有他术也。"

◇《诗人玉屑》曰:"'峨眉山下少人行',峨眉在嘉州,与幸蜀全无交涉,乃文章之病也。"

◇汪立名曰:"按《隐居诗话》云:唐人咏马嵬事多矣,世所称白居易'六军不发无奈何,宛转蛾眉马前死',此乃歌咏禄山能使官兵叛,逼追(迫)明皇,不得已而诛杨妃也。岂特不晓文章体裁而造语蠢拙,抑亦失臣下事君之礼。老杜则不然,其《北征》诗曰:'不闻夏殷衰,中自诛褒妲',乃见明皇鉴夏商之败,畏天悔祸,赐妃子以死,官军何与焉?此论为推尊少陵则可,若以此贬乐天则不可。论诗须相题,《长恨歌》本与陈鸿、王质夫话杨妃始终而作,犹虑诗有未详,陈鸿又作《长恨歌传》,所谓'不特感其事,亦欲惩尤物、窒乱阶、垂于将来'也,自与《北征》诗不同。若讳马嵬事,实则'长恨'二字便无着落矣。读书全不理会作诗本末,而执片词肆议古人,已属太过;至谓'歌咏禄山能使官军'云云,则尤近乎锻炼矣。宋人多文字吹求之祸,皆酿于此等议论。若唐人作诗,本无所谓忌讳,忠厚之风,自可慕也。然陈传中叙贵妃进于寿邸,而白诗讳之,但云'杨家有女初长成,养在深闺人未识。天生丽质难自弃,一朝选在君王侧',安得谓乐天不知文章大体耶?倘有祖其谬以罗织少陵者,必将以少陵《忆昔》诗'张后不乐天子忙'句,为失以臣事君之礼,'百官跣足随天王'句,为歌咏吐蕃追逼代宗,又岂通论乎?"

琵琶行 并序

元和十年,予左迁九江郡司马。明年秋,送客湓浦口,闻船中夜弹琵琶者。听其音,铮铮然有京都声。问其人,本长安倡女，尝学琵琶于穆、曹二善才，年长色衰，委身为贾人妇。遂命酒，使快弹数曲。曲罢悯默，自叙少小时欢乐事，今漂沦憔悴，转徙于江湖间。予出官二年，恬然自安，感斯人言，是夕始觉有迁谪意。因为长句，歌以赠之，凡六百一十六言，命曰《琵琶行》。

浔阳江头夜送客，枫叶荻花秋瑟瑟。
主人下马客在船，举酒欲饮无管弦。
醉不成欢惨将别，别时茫茫江浸月。
忽闻水上琵琶声，主人忘归客不发。
寻声暗问弹者谁？琵琶声停欲语迟。
移船相近邀相见，添酒回灯重开宴。
千呼万唤始出来，犹抱琵琶半遮面。
转轴拨弦三两声，未成曲调先有情。
弦弦掩抑声声思，似诉平生不得意。
低眉信手续续弹，说尽心中无限事。
轻拢慢捻抹复挑，初为《霓裳》后《六么》。
大弦嘈嘈如急雨，小弦切切如私语。
嘈嘈切切错杂弹，大珠小珠落玉盘。
间关莺语花底滑，幽咽泉流水下滩。
水泉冷涩弦凝绝，凝绝不通声暂歇。
别有幽愁暗恨生，此时无声胜有声。
银瓶乍破水浆迸，铁骑突出刀枪鸣。
曲终收拨当心画，四弦一声如裂帛。
东船西舫悄无言，惟见江心秋月白。
沉吟放拨插弦中，整顿衣裳起敛容。
自言本是京城女，家在虾蟆陵下住。

十三学得琵琶成,名属教坊第一部。
曲罢曾教善才伏,妆成每被秋娘妒。
五陵年少争缠头,一曲红绡不知数。
钿头云篦击节碎,血色罗裙翻酒污。
今年欢笑复明年,秋月春风等闲度。
弟走从军阿姨死,暮去朝来颜色故。
门前冷落鞍马稀,老大嫁作商人妇。
商人重利轻别离,前月浮梁买茶去。
去来江口守空船,绕船月明江水寒。
夜深忽梦少年事,梦啼妆泪红阑干。
我闻琵琶已叹息,又闻此语重唧唧。
同是天涯沦落人,相逢何必曾相识。
我从去年辞帝京,谪居卧病浔阳城。
浔阳地僻无音乐,终岁不闻丝竹声。
住近湓江地低湿,黄芦苦竹绕宅生。
其间旦暮闻何物?杜鹃啼血猿哀鸣。
春江花朝秋月夜,往往取酒还独倾。
岂无山歌与村笛,呕哑嘲哳难为听。
今夜闻君琵琶语,如听仙乐耳暂明。
莫辞更坐弹一曲,为君翻作《琵琶行》。
感我此言良久立,却作促弦弦转急。
凄凄不似向前声,满座重闻皆掩泣。
座中泣下谁最多?江州司马青衫湿。

○满腔迁谪之感,借商妇以发之,有同病相怜之意焉。比兴相纬,寄托遥深。其意微以显,其音哀以思,其辞丽以则。《十九首》云:"清商随风发,中曲正徘徊。一弹再三叹,慷慨有余哀。"及杜甫《观公孙大娘弟子舞剑器行》,与此篇同为千秋绝调,不必以古近、前后分也。

◇《容斋五笔》曰:"白公《琵琶行》,读者但羡其风致,敬其词章,至形于乐府,歌咏之不足,遂以谓真为长安故倡而作,不知直欲摅写天涯沦落之恨尔。"

◇唐汝询曰:"此宦游不遂,因琵琶以托兴也。言当清秋明月之夜,闻琵琶哀怨之音,听商妇自叙之苦,以动我逐臣久客之怀,宜其泣下沾襟也。"

◇《艺苑雌黄》曰:"'家在虾蟆陵下住',按《国史补》云:'旧说董仲舒墓门下,人至者皆下马,故谓之下马陵。语讹为虾蟆陵。'故东坡诗云:'只鸡敢忘乔公语,下马聊寻董相坟。'又《谢徐朝奉启》云:'过而下马,空瞻董相之陵。'盖用此事。郭氏珮觿亦尝论此,云长安董仲舒墓,名曰下马陵,今转语为虾蟆陵,事出《黄京纪》,白氏《琵琶行》盖徇俗之过也。"

醉后狂言酬赠萧殷二协律

余杭邑客多羁贫,其间甚者萧与殷。
天寒身上犹衣葛,日高甑中未拂尘。
江城山寺十一月,北风吹沙雪纷纷。
宾客不见绨袍惠,黎庶未沾襦裤恩。
此时太守自惭愧,重衣复衾有余温。
因命染人与针女,先制两裘赠二君。
吴绵细软桂布密,柔如狐腋白似云。
劳将诗书投赠我,如此小惠何足论。
我有大裘君未见,宽广和暖如阳春。

此裘非缯亦非纩,裁以法度絮以仁。
刀尺钝拙制未毕,出亦不独裹一身。
若令在郡得五考,与君展覆杭州人。
〇即杜甫"广厦千万间"意而畅言之。前段言"黎庶未沾襦裤恩"句,已伏后意;末段又推广一层,淋漓畅竭,言大而非夸也。

秋江晚泊

扁舟泊云岛,倚棹念乡国。四望不见人,烟江淡秋色。
客心贫易动,日入愁未息。

代书诗一百韵寄微之

忆在贞元岁,初登典校司。身名同日授,心事一言知。
肺腑都无隔,形骸两不羁。疏狂属年少,闲散为官卑。
分定金兰契,言通药石规。交贤方汲汲,友直每偲偲。
有月多同赏,无盃不共持。秋风拂琴匣,夜雪卷书帷。
高上慈恩塔,幽寻皇子陂。唐昌玉蕊会,崇敬牡丹期。
笑劝迂辛酒,闲吟短李诗。儒风爱敦质,佛理尚玄师。

自注:辛立度、李绅、刘敦质、庾玄

度日曾无闷,通宵靡不为。双声联律句,八面对宫棋。
往往游三省,腾腾出九逵。寒销直城路,春到曲江池。
树暖枝条弱,山晴彩翠奇。峰攒石绿点,柳宛麹尘丝。
岸草烟铺地,园花雪压枝。早光红照耀,新溜碧逶迤。
幄幕侵堤布,盘筵占地施。征伶皆绝艺,选妓悉名姬。

粉黛凝春态，金钿耀水嬉。风流夸坠髻，时世斗啼眉。
密坐随欢促，华樽逐胜移。香飘歌袂动，翠落舞钗遗。
筹插红螺椀，觥飞白玉卮。打嫌调笑易，饮讶卷波迟。
残席喧哗散，归鞍酩酊骑。酡颜乌帽侧，醉袖玉鞭垂。
紫陌传钟鼓，红尘塞路歧。几时曾暂别，何处不相随？
荏苒星霜换，迴环节候催。两衙多请告，三考欲成资。
运偶千年圣，天成万物宜。皆当少壮日，同惜盛明时。
光景嗟虚掷，云霄窃暗窥。攻文朝矻矻，讲学夜孜孜。
策目穿如札，毫锋锐若锥。繁张获鸟网，坚守钓鱼坻。
并受夔龙荐，齐陈晁董词。万言经济略，三策太平基。
中第争无敌，专场战不疲。辅车排胜阵，掎角搴降旗。
双阙纷容卫，千僚俨等衰。因随紫泥降，名向白麻披。
既在高科选，还从好爵縻。东垣君谏诤，西邑我驱驰。
再喜登乌府，多惭侍赤墀。官班分内外，游处遂参差。
每列鹓鸾序，偏瞻獬豸姿。简威霜凛冽，衣彩绣葳蕤。
正色摧强御，刚肠嫉喔咿。常憎持禄位，不拟保妻儿。
养勇期除恶，输忠在灭私。下韝惊燕雀，当道慑狐狸。
南国人无怨，东台吏不欺。理冤多定国，切谏幸辛毗。
造次行于是，平生志在兹。道将心共直，言与行兼危。
水暗波翻覆，山藏路险巇。未为明主识，已被幸臣疑。
木秀遭风折，兰芳遇霰萎。千钧势易压，一柱力难搘。
腾口因成痏，吹毛遂得疵。忧来吟具锦，谪去咏江蓠。
邂逅尘中遇，殷勤马上辞。贾生离魏阙，王粲向荆夷。
水过清源寺，山经绮季祠。心摇汉皋珮，泪堕岘亭碑。
驿路缘云际，城楼枕水湄。思乡多绕泽，望阙独登陴。

林晚青萧索,江平绿渺弥。野秋鸣蟋蟀,沙冷聚鸬鹚。
官舍黄茅屋,人家苦竹篱。白醪充夜酌,红粟备晨炊。
寡鹤摧风翮,鳏鱼失水鬐。闇雏啼渴旦,凉叶坠相思。
一点寒灯灭,三声晓角吹。蓝衫经雨故,骢马卧霜羸。
念涸谁濡沫?嫌醒自歠醨。耳垂无伯乐,舌在有张仪。
负气冲星剑,倾心向日葵。金言自销铄,玉性肯磷缁。
伸屈须看蠖,穷通莫问龟。定知身是患,应用道为医。
想子今如彼,嗟予独在斯。无憀当岁杪,有梦到天涯。
坐阻连襟带,行乖接履綦。润销衣上雾,香散室中芝。
念远缘迁贬,惊时为别离。素书三往复,明月七盈亏。
旧里非难到,余欢不可追。树依兴善老,草傍靖安衰。
前事思如昨,中怀写向谁?北村寻古柏,南宅访辛夷。
此日空搔首,何人共解颐?病多知夜永,年长觉秋悲。
不饮长如醉,加餐亦似饥。狂吟一千字,因使寄微之。

〇长律百韵,始于杜甫《夔州咏怀》一篇,继之者元微之、白居易。居易集中,百韵诗凡三篇。杜甫排夐沉郁,局阵变化,其才气笔力,自非居易所及。居易法律井然,条畅流美,实可为后来之法;学者未能窥杜之阃奥,且从此种问津,自无艰涩凌乱之病。

◇冯班曰:"匀细整赡,力自有余。长诗有叙,置次第、起承、转合,不可不知,却拘不得,须变化飞动为佳。此篇匀整之至,却细腻省净,无叠辞累句、妃红媲紫之病。长诗忌词太烦,如此最善。"

和谈校书秋夜感怀呈朝中亲友

通夜凉风楚客悲,清砧繁漏月高时。

秋霜似鬓年空长,春草如袍位尚卑。
词赋擅名来已久,烟霄得路去何迟。
汉庭卿相皆知己,不荐扬雄欲荐谁?

○清脆浏亮。古诗"青袍似春草",庾信赋亦云"青袍如草",第四句妙于翻用。

感秋寄远

惆怅时节晚,两情千里同。离忧不散处,庭树正秋风。
燕影动归翼,蕙香销故丛。佳期与芳岁,牢落两成空。

○律法整严,尚与盛唐相近;腹联已开晚唐李商隐一派。

春题华阳观　自注:观即华阳公主故宅,有旧内人存焉。

帝子吹箫逐凤凰,空留仙洞号华阳。
落花何处堪惆怅,头白宫人扫影堂。

县西郊秋寄赠马造

紫阁峰西清渭东,野烟深处夕阳中。
风荷落叶萧条绿,水蓼残花寂寞红。
我厌宦游君失意,可怜秋思两心同。

○前四句写景,极萧瑟之致;结出怀人意,自然。

早春独游曲江　自注:时为校书郎。

散职无羁束,羸骖少送迎。朝从直城出,春傍曲江行。

风起池东暖，云开山北晴。冰销泉脉动，雪尽草芽生。
露杏红初坼，烟杨绿未成。影迟新度雁，声涩欲啼莺。
闲地心俱静，韶光眼共明。酒狂怜性逸，药效喜身轻。
慵慢疏人事，幽栖逐野情。回看芸阁笑，不似有浮名。
○中三联刻画早春之景，细腻清新。

江南送北客因凭寄徐州兄弟书 时年十五

故园望断欲何如？楚水吴山万里余。
今日因君访兄弟，数行乡泪一封书。

卷二十三
太原白居易诗五

赋得古原草送别

离离原上草,一岁一枯荣。野火烧不尽,春风吹又生。
远芳侵古道,晴翠接荒城。又送王孙去,萋萋满别情。

◇《复斋漫录》曰:"'野火烧不尽,春风吹又生',不若刘长卿'春入烧痕青'之句语简而意尽。"

◇《尧山堂外纪》曰:"白乐天初至京,以所业谒顾著作。况睹姓名,熟视曰:'长安米贵,居大不易。'及披卷,首篇曰:'咸阳原上草,一岁一枯荣。野火烧不尽,春风吹又生。'乃嗟赏曰:'道得个语,居亦何难?前言戏之耳。'因为延誉,声名遂振。"

旅次景空寺宿幽上人院

不与人境接,寺门开向山。暮钟寒鸟聚,秋雨病僧闲。
月隐云树外,萤飞廊宇间。幸投花界宿,暂得静心颜。

○思致清幽,开晚唐宗派。

同李十一醉忆元九

花时同醉破春愁,醉折花枝当酒筹。
忽忆故人天际去,计程今日到梁州。

○意浅情深,格调最近王龙标。

◇《本事诗》曰:"元和四年三月,元微之为御史,鞫狱梓潼,乐天兄弟送别。后旬日,与李侍郎建闲游曲江及慈恩寺,饮酣作此诗。后旬日,得元书,果以是日至褒,仍寄诗曰'梦君兄弟曲江头'也。到慈恩寺院游,'驿吏唤人排马去,忽惊身在古梁州',千里神遇,若合符契。"

同钱员外禁中夜直

宫漏三声知半夜,好风凉月满松筠。
此时闲坐寂无语,药树影中惟两人。

禁中夜作书与元九

心绪万端书两纸,欲封重读意迟迟。
五声宫漏初鸣后,一点窗灯欲灭时。

◇汪立名曰:"按:元和十二年,公在江州作书与微之,封题有诗:'昔忆封书与君夜,金銮殿后欲明天。今夜封书在何处?庐山庵里晓灯前。'即指此书也。"

八月十五日夜禁中独直对月忆元九

银台金阙夕沉沉,独宿相思在翰林。
三五夜中新月色,二千里外故人心。
渚宫东面烟波冷,浴殿西头钟漏深。
犹恐清光不同见,江陵卑湿足秋阴。
○次联本色语,属对却极工。后来惟苏轼深得此妙,他人效颦,则浅率无味矣。

八月十五日夜闻崔大员外翰林独直,对酒玩月,因怀禁中清景偶题是诗

秋月高悬空碧外,仙郎静玩禁闱间。
岁中惟有今宵好,海内无如此地闲。
皓色分明双阙榜,清光深到九门关。
遥闻独醉还惆怅,不见金波照玉山。
○绚烂之极,乃造平淡。此诗家渐老渐熟之境,非浅学所可貌为也。

村　夜

霜草苍苍虫切切,村南村北行人绝。
独出门前望野田,月明荞麦花如雪。
○一味真朴,不假妆点,自具苍老之致,七绝中之近古者。

闻 虫

暗虫唧唧夜绵绵,况是秋阴欲雨天。
犹恐愁人暂得睡,声声移近卧床前。

王 昭 君

汉使却回凭寄语,黄金何日赎蛾眉?
君王若问妾颜色,莫道不如宫里时。

○旧事翻新,思路自别。后二句总从"赎"字生出。此与李商隐诗"金徽本是无情物,不许文君忆故夫"二句用意极相似,然彼近尖刻,此则深厚,乃中、晚之判也。

◇《诗人玉屑》曰:"古今人作昭君词多矣,余独爱乐天一绝,其意优游而不迫切。然乐天赋此诗年甚少。"

题卢秘书夏日新栽竹二十韵

湘竹初封植,卢生此考槃。久持霜节苦,新托露根难。
等度须当砌,疏稠要满栏。买怜分薄俸,栽称作闲官。
叶剪蓝罗碎,茎抽玉琯端。几声清淅沥,一簇绿檀栾。
未夜清岚入,先秋白露团。拂肩摇翡翠,熨手弄琅玕。
韵透窗风起,阴铺砌月残。炎天闻觉冷,窄地见疑宽。
梢动胜摇扇,枝低好挂冠。碧笼烟幂幂,珠洒雨珊珊。
晚箨晴云展,阴芽蛰虺蟠。爱从抽马策,惜未截鱼竿。
松韵徒烦听,桃夭不足观。梁惭当家杏,台陋本司兰。

撑拨诗人兴,勾牵酒客欢。静连芦簟滑,凉拂葛衣单。
岂止消时暑,应能保岁寒。莫同凡草木,一种夏中看。
○正写、旁写、虚写、实写,曲尽新栽竹之趣。雕镂组织,异样新鲜,既不笨拙,又不纤巧。此变盛唐之格调,而自出机杼者也。晚唐以后,多学此种。

欲与元八卜邻先有是赠

平生心迹最相亲,欲隐墙东不为身。
明日好同三径夜,绿杨宜作两家春。
每因暂出犹思伴,岂得安居不择邻。
何独终身数相见,子孙长作隔墙人。
○句句细贴,一层深一层。

题王侍御池亭

朱门深锁春池满,岸落蔷薇水浸莎。
毕竟林塘谁是主?主人来少客来多。

赠杨秘书巨源

自注:杨尝有赠卢洺州诗云:"三刀梦益州,一箭取辽城。"由是知名。

早闻一箭取辽城,相识虽新有故情。
清句三朝谁是敌?白须四海半为兄。
贫家薙草时时入,瘦马寻花处处行。
不用更教诗过好,折君官职是声名。

○结是戏语。欧阳修谓"愈穷愈工",则有慨乎其言之也。

燕子楼三首　　并序

徐州故张尚书,有爱妓曰盼盼,善歌舞,雅多风态。予为校书郎时,游徐泗间,张尚书宴予,酒酣,出盼盼以佐欢,欢甚。予因赠诗云:"醉娇胜不得,风袅牡丹花。"尽欢而去。尔后绝不相闻,迨兹仅一纪矣。昨日,司勋员外郎张仲素绩之访予,因吟新诗,有《燕子楼》三首,词甚婉丽。诘其由,为盼盼作也。绩之从事武宁军累年,颇知盼盼始末,云尚书既殁,归葬东洛,而彭城有张氏旧第,第中有小楼名燕子,盼盼念旧爱而不嫁,居是楼十余年,幽独块然,于今尚在。予爱绩之新咏,感彭城旧游,因同其题,作三绝句。

满窗明月满帘霜,被冷灯残拂卧床。
燕子楼中霜月夜,秋来只为一人长。

钿晕罗衫色似烟,几回欲著即潸然。
自从不舞霓裳曲,叠在空箱十一年。

今春有客洛阳回,曾到尚书墓上来。
见说白杨堪作柱,争教红粉不成灰。

○一唱三叹,余音绕梁。似此风调,虽起王昌龄、李白辈为之,何以复加?

襄阳舟夜

下马襄阳郭,移舟汉阴驿。秋风截江起,寒浪连天白。

本是多愁人,复此风波夕。

江夜舟行

烟淡月濛濛,舟行夜色中。江铺满槽水,帆展半樯风。
叫曙嗷嗷雁,啼秋唧唧虫。只应催北客,早作白须翁。

浦中夜泊

暗上江堤还独立,水风霜气夜棱棱。
回看深浦停舟处,芦荻花中一点灯。

舟中读元九诗

把君诗卷灯前读,诗尽灯残天未明。
眼痛灭灯犹暗坐,逆风吹浪打船声。
〇字字沉着,二十八字中无限层折。元微之《闻乐天左降江州》诗云:"残灯无焰影幢幢,此夕闻君谪九江。垂死病中惊坐起,暗风吹雨入寒窗。"居易以为"此句他人尚不可闻,况仆心哉"!此诗真可谓同调。

岁晚旅望

朝来暮去星霜换,阴惨阳舒气序牵。
万物秋霜能坏色,四时冬日最凋年。
烟波半露新沙地,鸟雀群飞欲雪天。

向晚苍苍南北望,穷阴旅思两无边。

○倚天拔地,字字奇警,与杜甫《阁夜》诗极相似。

望 江 州

江迥望见双华表,知是浔阳西郭门。
犹去孤舟三四里,水烟沙雨欲黄昏。

东南行一百韵寄通州元九侍御、沣州李十一舍人、果州崔二十二使君、开州韦大员外、庾三十二补阙、杜十四拾遗、李二十助教员外、窦七校书

南去经三楚,东来过五湖。山头看候馆,水面问征途。
地远穷江界,天低极海隅。飘零同落叶,浩荡似乘桴。
渐觉乡原异,深知土产殊。夷音语嘲哳,蛮态笑睢盱。
水市通阛阓,烟村混舳舻。吏征渔户税,人纳火田租。
亥日饶虾蟹,寅年足虎貙。成人男作卬,事鬼女为巫。
楼暗攒倡妇,隄长簇贩夫。夜船论铺赁,春酒断瓶沽。
见果皆卢橘,闻禽悉鹧鸪。山歌猿独叫,野哭鸟相呼。
岭徼云成栈,江郊水当郛。月移翘柱鹤,风泛飐樯乌。
鳌碣潮无信,蛟惊浪不虞。鼍鸣江擂鼓,蜃气海浮图。
树裂山魈穴,沙含水弩枢。喘牛犁紫芋,羸马放青菰。
绣面谁家婢,颈头几岁奴?泥中采菱芡,烧后拾樵苏。
鼎腻愁烹鳖,盘腥厌脍鲈。钟仪徒恋楚,张翰浪思吴。
气序凉还热,光阴旦复晡。身方逐萍梗,年欲近桑榆。
渭北田园废,江西岁月徂。忆归恒惨澹,怀旧忽踟蹰。

自念咸秦客，尝为邹鲁儒。蕴藏经国术，轻叶度关繻。
赋力凌鹦鹉，词锋敌辘轳。战文重掉鞅，射策一弯弧。
崔杜鞭齐下，元韦辔并驱。名声逼扬马，交分过萧朱。
世务轻摩揣，周行窃觊觎。风云皆会合，雨露各霑濡。
共遇升平代，偏惭固陋躯。承明连夜直，建礼拂晨趋。
美服颁王府，珍羞降御厨。议高通白虎，谏切伏青蒲。
柏殿行陪宴，花楼走看酺。神旗张鸟兽，天籁动笙竽。
戈剑星芒耀，鱼龙电策驱。定场排越妓，促坐进吴歈。
缥缈疑仙乐，婵娟胜画图。歌鬟低翠羽，舞汗堕红珠。
别选闲游伴，潜招小饮徒。一杯愁已破，三酘气弥粗。
软美仇家酒，幽闲葛氏姝。十千方得斗，二八正当垆。
论笑杓胡律，谈怜巩嗫嚅。李酣尤短窭，庾醉更荏辽。
鞍马呼教住，骰盘喝遣输。长驱波卷白，连掷采成卢。
筹并频逃席，觥严别置盂。满厄那可灌，颓玉不胜扶。
入视中枢草，归乘内厩驹。醉曾冲宰相，骄不揖金吾。
日近思虽重，云高势却孤。翻身落霄汉，失脚到泥涂。
博望移门籍，浔阳佐郡符。时情变寒暑，世利算锱铢。
望日辞双阙，明朝别九衢。播迁分郡国，次第出京都。
秦岭驰三驿，商山上二刊。岘阳亭寂寞，夏口路崎岖。
大道全生棘，中丁尽执殳。江关未彻警，淮寇尚稽诛。
林对东西寺，山分大小姑。庐峰莲刻削，溢水带萦纡。
九派吞青草，孤城覆绿芜。黄昏钟寂寂，清晓角呜呜。
春色辞门柳，秋声到井梧。残芳悲鶗鴂，暮节感茱萸。
蕊坼金英菊，花飘雪片芦。波红日斜没，沙白月平铺。
几见林抽笋，频惊燕引雏。岁华何倏忽，年少不须臾。

眇默思千古，苍茫想八区。孔穷缘底事？颜夭有何辜？
龙智犹经醢，龟灵未免刳。穷通应已定，圣哲不能逾。
况我身谋拙，逢他厄运拘。漂流随大海，锤锻任洪炉。
险阻尝之矣，栖迟命也夫。沉冥消意气，穷饿耗肌肤。
防瘴和残药，迎寒补旧襦。书床鸣蟋蟀，琴匣网蜘蛛。
贫室如悬磬，端忧剧守株。时遭人指点，数被鬼揶揄。
兀兀都疑梦，昏昏半是愚。女惊朝不起，妻怪夜长吁。
万里抛朋侣，三年隔友于。自然悲聚散，不是恨荣枯。
去夏微之疟，今春席八殂。天涯书达否，泉下哭知无？
谩写诗盈卷，空盛酒满壶。只添新怅望，岂复旧欢娱。
壮志因愁减，衰容与病俱。相逢应不识，满颔白髭须。

○波澜壮阔，笔力沉雄，较《代书百韵》更胜，杜甫而下，罕与为俪。"图"字一韵重押，以字义不同也，唐宋人往往有之。

◇许彦周《诗话》曰："'春色辞门柳，秋声到井梧'，此语未易及也。"

◇冯舒曰："先叙东南行情景，因情景追念前时，以见题之后先轻重，与《代书》一篇体势殊甚，各致其情。文章变化，因物赋形，多类此也。"

◇汪立名曰："按洪氏《隆兴职方乘》：岭南村落有市，谓之'墟'。以其不常会、多虚日也。西蜀曰'痎'，言如痎疾，间而后作。江南恶以疾称，因止曰亥。独徐筠《水志》云：荆吴俗以寅、申、己、亥日集于市。观公诗用亥日甚多，则徐氏之说为是。"

初到江州寄翰林张李杜三学士

早攀霄汉上天衢，晚落风波委世途。

雨露施恩无厚薄,蓬蒿随分有荣枯。
伤禽侧翅惊弓箭,老妇低颜事舅姑。
碧落三山曾识面,年深记得姓名无。
○喻意颇俚俗,一入文人之口,便极风雅,其情深也。

庾楼晓望

独凭朱槛立凌晨,山色初明水色新。
竹雾晓笼衔岭月,蘋风暖送过江春。
子城阴处犹残雪,衙鼓声前未有尘。
三百年来庾楼上,曾经多少望乡人?
○中两联写景,一远一近。结十四字如生铁铸成,有千钧之力。

春末夏初闲游江郭二首

闲出乘轻屐,徐行踏软沙。观鱼傍淞浦,看竹入杨家。
自注:淞浦多鱼浦,西有杨侍郎斋,多好竹。
林进穿篱笋,藤飘落水花。雨埋钓舟小,风飐酒旗斜。
嫩剥青菱角,浓煎白茗芽。淹留不知夕,城树欲栖鸦。

柳影繁初合,莺声涩渐稀。早梅迎夏结,残絮送春飞。
西日韶光尽,南风暑气微。展张新小簟,熨贴旧生衣。
绿蚁杯香嫩,红丝鲙缕肥。故园无此味,何必苦思归。
○清气溢素襟,句句切春末夏初景色。

题元十八溪居

溪风漠漠树重重,水槛山窗次第逢。
晚叶尚开红踯躅,秋房初结白芙蓉。
声来枕上千年鹤,影落杯中五老峰。
更媿殷勤留客意,鱼鲜饭细酒香浓。
○通首娟静,腹联对句更超妙。

江楼早秋

南国虽多热,秋来亦不迟。湖光朝霁后,竹气晚凉时。
楼阁宜佳客,江山入好诗。清风水蘋叶,白露木兰枝。
欲作云泉计,须营伏腊资。匡庐一步地,官满更何之?

送客之湖南

年年渐见南方物,事事堪伤北客情。
山鬼趫跳惟一足,峡猿哀怨过三声。
帆开青草湖中去,衣湿黄梅雨里行。
别后双鱼难定寄,近来潮不到溢城。
○青草湖,黄梅雨,时地一并醒出,属对工切浑成。

百花亭晚望夜归

百花亭上晚徘徊,云影阴晴掩复开。

日色悠扬映山尽,雨声萧飒度江来。
鬓毛遇病双如雪,心绪逢秋一似灰。
向夜欲归愁未了,满湖明月小船迴。
○次联有气势,苏轼诗"天外黑风吹海立,浙东飞雨过江来"二句本此,而下字更奇。

西 楼

小郡大江边,危楼夕照前。青芜卑湿地,白露沉寥天。
乡国此时阻,家书何处传?仍闻陈蔡戍,转战已三年。
○神似杜甫。

庾楼新岁

岁时销旅貌,风景触乡愁。牢落江湖意,新年上庾楼。
◇唐汝询曰:"此登楼而感谪宦也。羁旅之貌,随时而销;怀乡之愁,触景而发,人情之常也。若乃牢落江湖之意,则于新年登庾楼而益甚焉。"

上香炉峰

倚石攀萝歇病身,青筇竹杖白纱巾。
他时画出庐山嶂,便是香炉峰上人。

早发楚城驿

过雨尘埃灭,沿江道径平。月乘残夜出,人趁早凉行。

寂历闲吟动,冥蒙暗思生。荷塘翻露气,稻垄泻泉声。
宿犬闻铃起,栖禽见火惊。曈曈烟树色,十里始天明。

◇汪立名曰:"按《太平寰宇记》:贞观八年,废楚城县归浔阳。详其地,即旧属柴桑。又云:按《图经》,晋建兴元年始立郡,领浔阳、柴桑、彭泽、上甲、九江等五县。则浔阳、柴桑各有其地。自后并浔阳入柴桑,后废柴桑为浔阳,于是浔阳、柴桑合一县而名异。"

建昌江

建昌江水县门前,立马教人唤渡船。
忽似往年归蔡渡,草风沙雨渭河边。

香炉峰下新卜山居草堂初成偶题东壁

五架三间新草堂,石阶桂柱竹编墙。
南檐纳日冬天暖,北户迎风夏月凉。
洒砌飞泉才有点,拂窗斜竹不成行。
来春更葺东厢屋,纸阁芦簾著孟光。

重 题(二首)

长松树下小溪头,斑鹿胎巾白布裘。
药圃茶园为产业,野麋林鹤是交游。
云生涧户衣裳润,岚隐山厨火烛幽。
最爱一泉新引得,清泠屈曲绕阶流。

日高睡足犹慵起,小阁重衾不怕寒。
遗爱寺钟欹枕听,香炉峰雪拨帘看。
匡庐便是逃名地,司马仍为送老官。
心泰身宁是归处,故乡可独在长安。
○触境怡情,及时行乐,迁谪之感毫不挂怀,全是一团真趣流露笔墨间。

编集拙诗成一十五卷,因题卷末戏赠元九李二十

一篇长恨有风情,十首秦吟近正声。
每被老元偷格律,苦教短李伏歌行。
世间富贵应无分,身后文章合有名。
莫怪气粗言语大,新排十五卷诗成。
○自负语,实是苦心语。末学诋诃居易,殆杜甫所谓"尔曹身与名俱灭,不废江河万古流"也。

湖上闲望

藤花浪拂紫茸条,菰叶风翻绿剪刀。
闲弄水芳生楚思,时时合眼咏《离骚》。

江楼夜吟元九律诗成三十韵

昨夜江楼上,吟君数十篇。词飘朱槛底,韵堕渌江前。
清楚音谐律,精微思入玄。收将白雪丽,夺尽碧云妍。
寸截金为句,双雕玉作联。八风凄间发,五彩烂相宣。

冰扣声声冷，珠排字字圆。文头交比绣，筋骨软于绵。
溃涌同波浪，铮鏦过管絃。醴泉流出地，钧乐下从天。
神鬼闻如泣，鱼龙听似禅。星迴疑聚集，月落为留连。
雁感无鸣者，猿愁亦悄然。交流迁客泪，停住贾人船。
暗被歌姬乞，潜闻思妇传。斜行题粉壁，短卷写红笺。
肉味经时忘，头风当日痊。老张知定伏，短李爱应颠。
道屈才方振，身闲业始专。天教声烜赫，理合命迍邅。
顾我文章劣，知他气力全；功夫虽共到，巧拙尚相悬。
各有诗千首，俱抛海一边。白头吟处变，青眼望中穿。
酬答朝妨食，披寻夜废眠。老偿文债负，宿结字因缘。
每叹陈夫子，常嗟李谪仙。名高折人爵，思苦减天年。
不得当时遇，空令后代怜。相悲今若此，涪浦与通川。

○起联点题，因极赞元九之诗。"道屈才方振"四句作转轴，"顾我文章劣"至"宿结字因缘"，叙已之诗并及遭际；"每叹陈夫子"至"空令后代怜"，又举古人之能诗不遇者以况两人，结出现在之地，含蓄不尽。其说诗处，譬如饮水，冷煖自知；又如食蜜，中边皆甜。两人同调，可方伯牙、钟期矣。

送客春游岭南二十韵

已讶游何远，仍嗟别太频。离容君蹙促，赠语我殷勤。
迢递天南面，苍茫海北漘。诃陵国分界，交趾郡为邻。
蓊郁三光晦，温暾四气匀。阴晴变寒暑，昏晓错星辰。
瘴地难为老，蛮陬不易驯。土民稀白首，洞主尽黄金。
战舰犹惊浪，戎军未息尘。红旗围卉服，紫绶裹文身。
面苦桄榔制，浆酸橄榄新。牙樯迎海舶，铜鼓赛江神。

不冻贪泉暖，无霜毒草春。云烟蟒蛇气，刀剑鳄鱼鳞。
路足羁栖客，官多谪逐臣。天黄生飓母，雨黑长枫人。
回使先传语，征轩早返轮。须防盂里蛊，莫爱橐中珍。
北与南殊俗，身将货孰亲？尝闻君子诫，忧道不忧贫。

○前叙岭南风土物产之异，结处规以不贪，忠告善道，所以致殷勤也。送远诗如此，用意乃为深厚；泛作安慰语，便浅。

◇方回曰："大抵中唐人善言风土，如西北风沙酪（酪）浆毡幄之区，东南水国蛮岛夷洞之外，无不曲尽其妙。乐天此诗，亦可谓曲尽南中之俗矣。"

◇《辍耕录》曰："南人方言曰'温暾'者，得怀暖也。王建《宫词》：'新晴草色暖温暾。'"

得行简书闻欲下峡先以此寄

朝来又得东川信，欲取春初发梓州。
书报九江闻暂喜，路经三峡想还愁。
潇湘瘴雾加餐饭，滟滪惊波稳泊舟。
欲寄两行迎尔泪，长江不肯向西流。

南湖早春

风迴云断雨初晴，返照湖边暖复明。
乱点碎红山杏发，平铺新绿水蘋生。
翅低白雁飞仍重，舌涩黄鹂语未成。
不道江南春不好，年年衰病减心情。

○刻画早春有色泽，腹联尤警。

题韦家泉池

泉落青山出白云,萦村绕郭几家分。
自从引作池中水,深浅方圆一任君。

点 额 鱼

龙门点额意何如?红尾青鬐却返初。
见说在天行雨苦,为龙未必胜为鱼。
○比体,即"曳尾泥中"意。

夜送孟司功

浔阳白司马,夜送孟功曹。江暗管弦急,楼明灯火高。
湖波翻似箭,霜草杀如刀。且莫开征棹,阴风正怒号。
○一气旋折,全以神行,不知是情是景,笔墨之痕俱化五律中。此种境界,开自老杜,意到笔随,非可以规仿而得者也。

湖亭与行简宿

浔阳少有风情客,招宿湖亭尽却回。
水槛虚凉风月好,夜深谁共阿怜来?

赠 江 客

江柳阴寒新雨地,塞鸿声急欲霜天。

愁君独向沙头宿,水绕芦花月满船。
○清冷逼人。

浔阳秋怀赠许明府

霜红二林叶,风白九江波。暝色投烟鸟,秋声带雨荷。
马闲无处出,门冷少人过。卤莽还乡梦,依稀望阙歌。
共思除醉外,无计奈愁何。试问陶家酒,新篘得几多?

题遗爱寺前溪松

偃亚长松树,侵临小石溪。静将流水对,高共远峰齐。
翠盖烟笼密,花幢雪压低。与僧清影坐,借鹤稳枝棲。
笔写形难似,琴偷韵易迷。暑天风槭槭,晴夜露凄凄。
独契依为舍,闲行绕作蹊。栋梁君莫采,留著伴幽栖。
○咏物善取神韵,故著题而不呆板。若过于求切,转蹈剪綵为花之弊。

闻杨十二新拜省郎遥以诗贺

文昌新入有光辉,紫界宫墙白粉闱。
晓日鸡人传漏箭,春风侍女护朝衣。
雪飘歌句高难和,鹤拂烟霄老惯飞。
官职声名俱入手,近来诗客似君稀。
○稳称中自饶风致。对句较出句必分外精警,固由机熟,亦本思长。

送韦侍御量移金州司马

春欢雨露同霑泽,冬叹风霜独满衣。
留滞多时如我少,迁移好处似君稀。
卧龙云到须先起,蛰燕雷惊尚未飞。
莫恨东西沟水别,沧溟长短拟同归。

江西裴常侍以优礼见待,又蒙赠诗,辄叙鄙诚,用伸感谢

一从簪笏事金貂,每借温颜放折腰。
长觉身轻离泥滓,勿惊手重捧琼瑶。
马因回顾虽增价,桐遇知音已半焦。
他日秉钧如见念,壮心直气未全销。
○优礼赠诗,分对工细。一结有身分。迁谪之久,一味感恩幸泽,岂复能自树立耶?

别 草 堂

三间茅舍向山开,一带山泉绕舍迴。
山色泉声莫惆怅,三年官满却归来。

行次夏口先寄李大夫

连山断处大江流,红旆逶迤镇上游。

幕下翱翔秦御史,军前奔走汉诸侯。
曾陪剑履升鸾殿,欲谒旌幢入鹤楼。
假著绯袍君莫笑,恩深始得向忠州。
○用事典切,声调高亮。七律中正法眼藏,与刘禹锡最相似。

重赠李大夫

早接清班登玉阶,同承别诏直金銮。
凤巢阁上容身稳,鹤锁笼中展翅难。
流落多年应是命,量移远近未成官。
惭君独不欺颠顿,犹作银台旧眼看。

卷二十四

太原白居易诗六

江州赴忠州至江陵以来舟中示舍弟五十韵

昔作咸秦客，常思江海行；今来仍尽室，此去又专城。
典午犹为幸，分忧固是荣。箯筥州乘送，艛艓驿船迎。
共载皆妻子，同游即弟兄。宁辞浪迹远，且贵赏心并。
云展帆高挂，飚驰櫂迅征。沂流从汉浦，循路转荆衡。
山逐时移色，江随地改名。风光近东早，水木向南清。
夏口烟孤起，湘川雨半晴。日煎红浪拂，月射白沙明。
北渚寒留雁，南枝暖待莺。骈朱桃露萼，点翠柳含萌。
亥市鱼盐聚，神林鼓笛鸣。壶浆椒叶气，歌曲竹枝声。
系缆怜沙静，垂纶爱岸平。水餐红粒稻，野茹紫花菁。
瓯泛茶如乳，台粘酒似饧。脍长抽锦缕，藕脆削琼英。
容易来千里，斯须进一程。未曾劳气力，渐觉有心情。
卧稳添春睡，行迟带酒醒。忽愁牵世网，便欲濯尘缨。
早接文场战，曾争翰苑盟。掉头称俊造，翘足取公卿。
且昧随时义，徒输报国诚。众排恩易失，偏压势先倾。
虎尾忧危切，鸿毛性命轻。烛蛾谁救护？蚕茧自缠萦。

敛手辞双阙，回眸望两京。长沙抛贾谊，漳浦卧刘桢。
鹍鸠鸣还歇，蟾蜍破又盈。年光同激箭，乡思极摇旌。
潦倒亲知笑，衰羸旧识惊。乌头应感白，鱼尾为劳赪。
剑学将何用？丹烧竟不成。孤舟萍一叶，双鬓雪千茎。
老见人情尽，闲思物理精。如汤探冷热，似博斗输赢。
险路应须避，迷途莫共争。此心知止足，何物要经营？
玉向泥中洁，松经雪后贞。无妨隐朝市，不必谢寰瀛。
但在前非悟，期无后患婴。多知非景福，少语是元亨。
晦即全身药，明为伐性兵。昏昏随世俗，蠢蠢学黎甿。
鸟以能言缚，龟缘入梦烹。知之一何晚？犹足保余生。
〇议论与叙事相间而行，才气澜翻潮涌，一笔扫就。

题岳阳楼

岳阳城下水漫漫，独上危楼凭曲阑。
春岸绿时连梦泽，夕波红处近长安。
猿攀树立啼何苦，雁点湖飞渡亦难。
此地惟堪画图障，华堂张与贵人看。
〇结语振竦，洞庭之险，更不待实写。

入峡次巴东

不知远郡何时到，犹喜全家此去同。
万里王程三峡外，百年生计一舟中。
巫山暮足沾花雨，陇水春多逆浪风。
两片红旌数声鼓，使君艛艓上巴东。

○量移涉险，非乐境也。中两联写舟行之苦，落句偏结得有气色。

◇《容斋随笔》曰："杜子美诗'夜足霑沙雨，春多逆水风'，乐天'巫山，陇水'二句全用之。"

郡斋暇日忆庐山草堂兼寄二林僧社三十韵，皆叙贬官以来出处之意

谏诤知无补，迁移分所当。不堪匡圣主，只合事空王。
龙象投新社，鹓鸾失故行。沉吟辞北阙，诱引向西方。
便住双林寺，仍开一草堂。平治行道路，安置坐禅床。
手版支为枕，头巾阁在墙。先生乌几舄，居士白衣裳。
竟岁何曾闷，终身不拟忙。灭除残梦想，换尽旧心肠。
世界多烦恼，形神久损伤。正从风鼓浪，转作日销霜。
吾道寻知止，君恩偶未忘。忽蒙颁凤诏，兼谢剖鱼章。
莲静方依水，葵枯重仰阳。三车犹夕会，五马已晨装。
去似寻前世，来如别故乡。眉低出鹫岭，脚重下蛇冈。
渐望庐山远，弥愁峡路长。香炉峰隐隐，巴字水茫茫。
瓢挂留庭树，经收在屋梁。春抛红药圃，夏忆白莲塘。
惟拟捐尘事，将何答宠光？有期追永远，无政继龚黄。
南国秋犹热，西斋夜暂凉。闲吟四句偈，静对一炉香。
身老同丘井，心空是道场。觅僧为去伴，留俸作归粮。
为报山中侣，凭看竹下房。会因归去在，松菊莫教荒。

○一路顺叙，熨贴中针线细密，宛转斡旋，无一毫痕迹。此种长律，正不易得。

阴 雨

岚雾今朝重,江山此地深。滩声秋更急,峡气晓多阴。
望阙云遮眼,思乡雨滴心。将何慰幽独?赖此北窗琴。

送萧处士游黔南

能文好饮老萧郎,身似浮云鬓似霜。
生计抛来诗是业,家园忘却酒为乡。
江从巴峡初成字,猿过巫阳始断肠。
不醉黔中争去得,磨围山月正苍苍。
○音节悲凉。闻清歌应唤奈何也!

竹枝词四首

瞿塘峡口水烟低,白帝城头月向西。
唱到竹枝声咽处,寒猿暗鸟一时啼。

竹枝苦怨怨何人?静夜山空歇又闻。
蛮儿巴女齐声唱,愁杀江楼病使君。

巴东船舫上巴西,波面风生雨脚齐。
水蓼冷花红簇簇,江蓠湿叶碧凄凄。

江畔谁人唱竹枝?前声断咽后声迟。

怪来调苦缘词苦,多是通州司马诗。
○声韵悠扬,最合竹枝之体。
◇唐汝询曰:"冷烟斜月之景,竹枝悲咽之声,即寒猿暗鸟尚不胜情,况可使愁人听之邪?!"

巴　水

城下巴江水,春来似麹尘。软沙如渭曲,斜岸忆天津。
影蘸新黄柳,香浮小白蘋。临流搔首坐,惆怅为何人?

别种东坡花树两绝

三年留滞在江城,草树禽鱼尽有情。
何处殷勤重回首?东坡桃李种新成。

花林好住莫颙颔,春至但知依旧春。
楼上明年新太守,不妨还是爱花人。
○深情达语。

别桥上竹

穿桥迸竹不依行,恐碍行人被损伤。
我去自惭遗爱少,不教君得似甘棠。

太平乐词二首

岁丰仍节俭,时泰更销兵。圣念长如此,何忧不太平。

湛露浮尧酒，薰风起舜歌。愿同尧舜意，所乐在人和。

闺怨词三首（录二首）

珠箔笼寒月，纱窗背晓灯。夜来巾上泪，一半是春冰。

关山征戍远，闺阁别离难。苦战应顑颔，寒衣不要宽。
○二诗意在言外，有盛唐人遗意。

长洲苑

春入长洲草又生，鹧鸪飞起少人行。
年深不辨娃宫处，夜夜苏台空月明。

忆江柳

曾栽杨柳江南岸，一别江南两度春。
遥忆青青江岸上，不知攀折是何人？
○一气直下，节促而意长。

初除主客郎中知制诰，与王十一、李七、元九三舍人中书同宿，话旧感怀

闲宵静话喜还悲，聚散穷通不自知。
已分云泥行异路，忽惊鸡鹤宿同枝。

紫垣曹署荣华地，白发郎官老醜时。
莫怪不如君气味，此中来校十年迟。

○居易以元和十年贬江州司马，十五年冬自忠州召还，拜尚书司门员外郎转主客郎中知制诰，在外凡六年矣。抚今追昔，无限感慨。"悲、喜"二字为一篇纲领，第三句悲，第四句喜，第五句喜，第六句悲，末二句喜中有悲。其实悲之意多于喜，深厚蕴藉，细玩自知。居易非沾沾于禄位者，故曰"聚散穷通不自知"，盖其安命素矣。

见于给事暇日上直寄南省诸郎官诗因以戏赠

倚作天仙弄地仙，夸张一日抵千年。
黄麻敕胜长生箓，白纻词嫌内景篇。
云彩误居青琐地，风流合在紫微天。
东曹渐去西垣近，鹤驾无妨更著鞭。

◇《蔡宽夫诗话》曰："唐制，谏议大夫班给事中上，中书舍人班又次之。然自外入为谏议者，岁满始迁给事中，给事中岁满始迁舍人。盖以下为进，故有'上坡、下坡'之说。乐天赠于给事诗，'云彩误居青琐地'四句，虽以为戏，亦当时实事也。"

西省北院新构小亭，种竹开窗，东通骑省，与李常侍隔窗小饮，因题四韵

结托白须伴，因依青竹丛。题诗新壁上，过酒小窗中。
深院晚无日，虚檐凉有风。金貂醉看好，回首紫垣东。

◇苏轼曰："元祐元年，予为中书舍人时，执政患本省事多泄漏，欲于舍人厅后作露篱，禁同省往来。予白诸公，应须简要

清通，何必栽篱插棘。诸公笑而止。明年，竟作之。暇日读乐天此诗，乃知唐时西掖后作窗以通东省，而今日本省不得往来，可叹也。"

送客南迁

我说南中事，君应不愿听。曾经身困苦，不觉语丁宁。
烧处愁云梦，波时忆洞庭。春畬烟勃勃，秋瘴露冥冥。
蚊蚋经冬活，鱼龙欲雨腥。水虫能射影，山鬼解藏形。
穴掉巴蛇尾，林飘鸩鸟翎。飓风千里黑，藜草四时青。
客似惊弦雁，舟如委浪萍。谁人劝言笑，何计慰漂零？
慎勿琴离膝，长须酒满瓶。大都从此去，宜醉不宜醒。

○将欲详说南中之苦，而先著"君应不愿听"五字，曲折深挚。中幅铺叙风土物产，结出送之之情。此诗与前《送客游岭南》同一机局，然彼系宦游，故规以不贪；此系迁谪，故进以自遣，义各有取尔。

◇方回曰："乐天一贬江州司马，移忠州刺史，后归朝为中书舍人，出知杭州，召复为苏州，未尝远贬。其殆借此为题，以夸笔端之富，妙于铺叙南土之景欤？"

旧 房

远壁秋声虫络丝，入檐新影月低眉。
床帷半故帘旌断，仍是初寒欲夜时。

○平平写景，悽然欲绝。此种意境，非三唐以后所能到。

新昌新居书事四十韵因寄元郎中张博士

冒宠已三迁，归朝始二年。囊中贮余俸，园外买闲田。
狐兔同三径，蒿莱共一廛。新园聊划秽，旧屋且扶颠。
檐漏移倾瓦，梁敧换蠹椽。平治绕台路，整顿近阶砖。
巷狭开容驾，墙低垒过肩。门间堪驻盖，堂室可铺筵。
丹凤楼当后，青龙寺在前。市街尘不到，宫树影相连。
省吏嫌坊远，豪家笑地偏。敢劳宾客访，或望子孙传。
不觅他人爱，惟将自性便。等闲栽树木，随分占风烟。
逸致因心得，幽期遇境牵。松声疑涧底，草色胜河边。
虚涧冰销地，晴和日出天。苔行滑如簟，莎坐软于绵。
帘每当山卷，帷多待月褰。篱东花掩映，窗北竹婵娟。
迹慕青门隐，名惭紫禁仙。假归思晚沐，朝去恋春眠。
拙薄才无取，疏慵职不专。题墙书命笔，酤酒率分钱。
柏杵春灵药，铜瓶漱暖泉。炉香穿盖散，笼烛隔纱燃。
陈室何曾埽，陶琴不要弦。屏除俗事尽，养活道情全。
尚有妻孥累，犹为组绶缠。终须抛爵禄，渐拟断腥膻。
大底宗庄叟，私心事竺乾。浮荣水划字，真谛火生莲。
梵部经十二，玄书字五千。是非都付梦，语默不妨禅。
博士官犹冷，郎中病已痊。多同僻处住，久结静中缘。
缓步携筇杖，徐吟展蜀笺。老宜闲语话，闷忆好诗篇。
蛮榼来方泻，蒙茶到始煎。无辞数相见，鬓发各苍然。

○铺叙新居，诗中有画。或议其俚俗琐碎，然不可及处正在此。入他人手，必不能如此详细；过求详悉，必不能如此位置妥帖。竹头木屑，皆非弃物，亦顾其用之者何如耳。

勤政楼西老柳

半朽临风树,多情立马人。开元一株柳,长庆二年春。
○不著一字,尽得风流。

偶题阁下厅

静爱青苔院,深宜白发翁。貌将松共瘦,心与竹俱空。
暖有低檐日,春多飐幕风。平生闲境界,尽在五言中。

喜张十八博士除水部员外郎

老何殁后吟声绝,虽有郎官不爱诗。
无复篇章传道路,空留风月在曹司。
长嗟博士官犹屈,亦恐骚人道渐衰。
今日闻君除水部,喜于身得省郎时。
○一气呵成,句句转,笔笔灵。章法亦本杜甫,不袭其貌而得其神,故佳。宋人如杨廷秀辈,有意摹仿此种,徒成油腔滑调耳。
◇方回曰:"何逊以诗名,老杜颂之曰:'能诗何水曹'。张籍是除,乐天贺之五十六字,如一直说话,自然条畅。"

晚庭逐凉

送客出门后,移床下砌初。趁凉行绕竹,引睡卧看书。
老更为官拙,慵多向事疏。松窗倚藤杖,人道似僧居。

梨园弟子

白头垂泪话梨园，五十年前雨露恩。
莫问华清今日事，满山红叶锁宫门。

暮江吟

一道残阳铺水中，半江瑟瑟半江红。
可怜九月初三夜，露似真珠月似弓。
○写景奇丽，一幅着色秋江图。

听弹湘妃怨

玉轸朱絃瑟瑟徽，吴娃徵调奏湘妃。
分明曲里愁云雨，似道萧萧郎不归。
自注：江南新词有云"暮雨萧萧郎不归"。

逢张十八员外籍

旅次正茫茫，相逢此道傍。晓岚林叶暗，秋露草花香。
白发江城守，青衫水部郎。客亭同宿处，忽似夜归乡。

重到江州感旧游题郡楼十一韵

掌纶知是忝，剖竹信为荣。才薄官仍重，恩深责尚轻。

昔征从典午，今出自承明。凤诏休挥翰，渔歌欲濯缨。
还乘小艨艟，却到古溢城。醉客临江待，禅僧出郭迎。
青山满眼在，白发半头生。又校三年老，何曾一事成。
重过萧寺宿，再上庾楼行。云水新秋思，闾阎旧日情。
郡民犹认得，司马咏诗声。

○全首着意"重到"二字，落句意与神会，情景逼真。

题别遗爱草堂兼呈李十使君

自注：李亦庐山人，常隐白鹿洞。

曾住炉峰下，书堂对药台。斩新萝径合，依旧竹窗开。
砌水新开决，池荷手自栽。五年方暂至，一宿又须回。
纵未长归得，犹胜不到来。君家白鹿洞，闻道亦生苔。

○《草堂记》中有"清泉白石，实闻斯言"之语，"纵未长归得"二句，殆自为解嘲耶？

◇《遁叟诗话》曰："白乐天用'斩新'，亦出杜'斩新花蕊未应飞'。'斩'字，正形容其新在可解不可解之间。"

舟中晚起

日高犹掩水窗眠，枕簟清凉八月天。
泊处或依酤酒店，宿时多伴钓鱼船。
退身江海应无用，忧国朝廷自有贤。
且向钱塘湖上去，冷吟闲醉二三年。

○前四句即目之景，皆退身无用实事也。第六句忽接云"忧国朝廷自有贤"，此岂无意于国？悻悻然漫诿之他人者，盖言既不用,乞身远出,系心不忘,触境生感,不觉冲口而出;既而思之,无可如何,且惟冷吟闲醉而已。命意深厚,直与杜甫同调,非刘禹锡辈轻薄者所及。

晚 兴

极浦收残雨,高城驻落晖。山明虹半出,松暗鹤双归。
将吏随衙散,文书入务稀。闲吟倚新竹,筠粉污朱衣。

夜 归

半醉闲行湖岸东,马鞭敲镫辔珑璁。
万株松树青山上,十里沙堤明月中。
楼角渐移当路影,潮头欲过满江风。
归来未放笙歌散,画戟门开蜡烛红。

○次联已尽西湖之景,五、六从空中摹拟而得。"潮头欲过满江风",较许浑"山雨欲来风满楼",更为阔大。

◇汪立名曰:"按:西湖苏、白堤,相传二公始筑。《新书》亦云:'居易为杭州刺史,始筑新隄,捍钱唐湖。'此公初到杭州,诗已有'十里沙堤'句。又《钱塘湖石函记》但云修筑河隄、加高数尺;《别杭民》诗注云'增筑湖隄'。筑不自公始,明矣。或以公诗有'绿杨阴里白沙堤',为白堤所自来。然公诗如'护江堤白蹋晴沙',亦用白沙,不独湖堤也。况公所修湖堤,在湖之东北,接连下湖,《旧志》:'近昭庆有石函桥溜水,桥是其故址,即李泌设闸泄水引灌六井处。今杭人率指苏堤之西为白堤,益不相涉。'又有指石径塘为白堤者,不知张祜已有'断桥荒藓合'之句矣。白诗'谁开湖寺西南路,草绿裙腰一道斜',

自注云'孤山寺在湖洲中,草绿时,望如帬腰',正指今石径桥也。"

腊后岁前遇景咏意

海梅半白柳微黄,冻水初融日欲长。
度腊都无苦霜霰,迎春先有好风光。
郡中起晚听衙鼓,城上行慵倚女墙。
公事暂闲身且健,使君殊未厌余杭。

郡斋暇日辱常州陈郎中使君
《早春晚坐水西馆书事》诗十六韵见寄,
亦以十六韵酬之

新年多暇日,晏起褰簾坐。睡足心更慵,日高头未裹。
徐倾下药酒,稍爇煎茶火。谁伴寂寥身?无絃琴在左。
遥思毗陵馆,春深物袅娜。波拂黄柳梢,风摇白梅朵。
衙门排晓戟,铃阁开朝锁。太守水西来,朱衣垂素舸。
良辰不易得,嘉会无由果。五马正相望,双鱼忽前堕。
鱼中获瑰宝,持玩何磊砢。一百六十言,字字灵珠颗。
上申心款曲,下叙时轗轲。才富不如君,道孤还似我。
敢辞官远慢,且贵身安妥。勿复问荣枯,冥心无不可。

○"遥思毗陵馆"至"佳会无由果"一段,先托起一层,以下再叙入寄诗,便曲折有致。行文最忌直遂,诗亦何必不然?学者参此,思过半矣。

题小桥前新竹招客

雁齿小红桥,垂檐低白屋。桥前何所有?苒苒新生竹。
皮开坼褐锦,节露抽青玉。笋翠如可餐,粉霜不忍触。
闲吟声未已,幽玩心难足。管领好风烟,轻欺凡草木。
谁能有月夜,伴我林中宿?为君倾一杯,狂歌竹枝曲。
○"笋翠"一联,写得浮筠腻粉,光动纸上,曲尽新竹姿致。

病中逢秋招客夜酌

不见诗酒客,卧来半月余。合和新药草,寻检旧方书。
晚霁烟景度,早凉窗户虚。雪生衰鬓久,秋入病心初。
卧簟蕲竹冷,风襟邛葛疏。夜来身校健,小饮复何如?

洛下卜居

三年典郡归,所得非金帛。天竺石两片,华亭鹤一只。
饮啄供稻粱,苞裹用茵席。诚知是劳费,其奈心爱惜。
远从余杭郭,同到洛阳陌。下担拂云根,开笼展霜翮。
贞姿不可杂,高性宜其适。遂就无尘坊,仍求有水宅。
东南得幽境,树老寒泉碧。池畔多竹阴,门前少人迹。
未请中庶禄,且脱双骖易。自注:买履道宅价不足,因以两马偿之。岂独为身谋?安吾鹤与石。
○清况可掬,却是抒写真趣,非矫语鸣廉也。鹤、石分承细写,一句结足,不曰"点缀新居"而曰"安鹤与石",妙甚。

郡中西园

闲园多芳草,春夏香靡靡。深树走佳禽,旦暮鸣不已。
院门闭松竹,庭径穿兰芷。爱彼池上桥,独来聊徙倚。
鱼依藻长乐,鸥见人暂起。有时舟随风,尽日莲照水。
谁知郡府内,景物闲如此。始悟喧静缘,何尝系远迩。
○妙谛从"心远地偏"悟出。

九日宴集醉题郡楼兼呈周殷二判官

前年九日余杭郡,呼宾命宴虚白堂。
去年九日到东洛,今年九日来吴乡。
两边蓬鬓一时白,三处菊花同色黄。
一日日知添老病,一年年觉惜重阳。
江南九月未摇落,柳青蒲绿稻穟香。
姑苏台榭倚苍霭,太湖山水含清光。
可怜假日好天色,公门更静风景凉。
搒舟鞭马取宾客,扫楼拂席排壶觞。
胡琴铮鏦指拨剌,吴娃美丽眉眼长。
笙歌一曲思凝绝,金钿再拜光低昂。
日脚欲落备灯烛,风头渐高加酒浆。
觥瑳艳飞菡萏叶,舞鬟摆落茱萸房。
半酣凭槛起四顾,七堰八门六十坊。
远近高低寺间出,东西南北桥相望。

水道脉分棹鳞次,里闾棋布城册方。
人烟树色无隙罅,十里一片青茫茫。
自问有何才与政,高厅大馆居中央?
铜鱼今乃泽国节,刺史自古吴都王。
郊无戎马郡无事,门有棨戟腰有章。
盛时侥来合惭愧,壮岁忽去还感伤。
从事醒归应不可,使君醉倒亦何妨。
请君停杯听我语,此语真实非虚诳:
五旬已过不为夭,七十为期盖是常。
须知菊酒登高会,从此多无二十场。

○以九日起,以宴集结。中幅铺叙吴中山水、人物、城市之胜,可作图经。

霓裳羽衣歌 _{自注:和微之。}

我昔元和侍宪皇,曾陪内宴宴昭阳。
千歌百舞不可数,就中最爱霓裳舞。
舞时寒食春风天,玉钩栏下香案前。
案前舞者颜如玉,不著人家俗衣服。
虹裳霞帔步摇冠,钿璎累累珮珊珊。
娉婷似不任罗绮,顾听乐悬行复止。
磬箫筝笛递相搀,击擫弹吹声迤逦。
散序六奏未动衣,阳台宿云慵不飞。
中序擘騞初入拍,秋竹竿裂春冰坼。
飘然转旋迴雪轻,嫣然纵送游龙惊。
小垂手后柳无力,斜曳裾时云欲生。

烟蛾敛略不胜态，风袖低昂如有情。
上元点鬟招萼绿，王母挥袂别飞琼。
繁音急节十二遍，跳珠撼玉何铿铮。
翔鸾舞了却收翅，唳鹤曲终长引声。
当时乍见惊心目，凝视谛听殊未足。
一落人间八九年，耳冷不曾闻此曲。
湓城但听山魈语，巴峡惟闻杜鹃哭。
移领钱塘第二年，始有心情问丝竹。
玲珑箜篌谢好筝，陈宠觱栗沈平笙。
清絃脆管纤纤手，教得霓裳一曲成。
虚白亭前湖水畔，前后祗应三度按。
便除庶子抛却来，闻道如今各星散。
今年五月至苏州，朝钟暮角催白头。
贪看案牍常侵夜，不听笙歌直到秋。
秋来无事多闲闷，忽忆霓裳无处问。
闻君部内多乐徒，问有霓裳舞者无。
答云七县十万户，无人知有霓裳舞。
惟寄长歌与我来，题作霓裳羽衣谱。
四幅花笺碧间红，霓裳实录在其中。
千姿万状分明见，恰与昭阳舞者同。
眼前仿佛睹形质，昔日今朝想如一。
疑从魂梦呼召来，似著丹青图写出。
我爱霓裳君合知，发于歌咏形于诗。
君不见，我歌云：惊破霓裳羽衣曲；
又不见，我诗云：曲爱霓裳未拍时。

由来能事皆有主,杨氏创声君造谱。
君言此舞难得人,须是倾城可怜女。
吴妖小玉飞作烟,越艳西施化为土。
娇花巧笑久寂寥,娃馆苎萝空处所。
如君所言诚有是,君试从容听我语:
若求国色始翻传,但恐人间废此舞。
妍蚩优劣宁相远,大都只在人抬举。
李娟张态君莫嫌,亦拟随宜且教取。

○"我昔元和侍宪皇"至"唳鹤曲终长引声",叙《霓裳羽衣》之节奏声容也;"当时乍见惊心目"至"闻道如今各星散",叙自己之仕途迁移而选伎以教《霓裳》也;"今年五月至苏州"至"似著丹青图写出",叙微之之寄《霓裳羽衣谱》也;"我爱霓裳君合知"至末,以和诗意作结,而言此舞之不可失其传也。曰:"就中最爱霓裳舞""教得霓裳一曲成""无人知有霓裳舞""恰与昭阳舞者同""但恐人间废此舞",叙次分明,层层照应,可当一篇《霓裳羽衣记》。情致缠绵往复,极一唱三叹之妙。

◇《梦溪笔谈》曰:"叶法善引明皇入月宫,闻仙乐,及上归,但记其半,遂于笛中写之。会西凉府都督杨敬述进婆罗门曲,与其声调相符,遂以月中所闻为散序,用敬述所进为其腔,而名《霓裳羽衣曲》。其说出郑嵎津《阳门》诗注,与公自注不同。又蒲州逍遥楼楣上有唐人横书,类梵字,相传是《霓裳谱》,字训不通,莫知是非。或谓今燕部有《献仙音》曲,乃其遗声。然《霓裳》本谓之道调法曲,今《献仙音》乃小石调耳,未知孰是。"

◇《韵语阳秋》曰:"霓裳羽衣舞,始于开元,盛于天宝,今寂不传矣。赖有白诗可见一二尔。'虹裳'二句言所饰之服也,

'散序'二句及'繁音'二句言所奏之曲也。而《唐会要》谓《破阵乐》《赤白桃李花》《望瀛》《霓裳羽衣》，总名法曲。今世所传《望瀛》，亦十二遍，散序无拍曲，终亦长引声。若乐奏《望瀛》，亦可髣髴其遗意云。"

小童薛阳陶吹觱栗歌　　自注：和浙西李大夫作。

翦削乾芦插寒竹，九孔漏声五音足。
近来吹者谁得名？关璀老死李衮生。
衮今又老谁其嗣？薛氏乐童年十二。
指点之下师授声，含嚼之间天与气。
润州城高霜月明，吟霜思月欲发声。
山头江底何悄悄，猿声不喘鱼龙听。
翕然声作疑管裂，讪然声尽疑刀截。
有时婉软无筋骨，有时顿挫生稜节。
急声员转促不断，轹轹轔轔似珠贯；
缓声展引长有条，有条直直如笔描。
下声乍坠石沉重，高声忽举云飘萧。
明旦公堂陈宴席，主人命乐娱宾客。
碎丝细竹徒纷纷，宫调一声雄出群。
众音覼缕不落道，有如部伍随将军。
嗟尔阳陶方稚齿，下手发声已如此；
若教白头吹不休，但恐声名压关李。

　○全是摹老杜《观舞剑器行》而变化，出之笔力峭劲，词意奇警，在集又高一格。

　◇汪立名曰："按：李德裕有《霜夜对月听小童阳陶吹觱栗

歌》。罗隐诗：'平泉上相东征日，曾为阳陶吹觱栗。吴江太守会稽侯，相次三篇皆后逸。''太守'谓公，'会稽侯'谓元也。然元相集中，已失此篇。"

◇《桂苑丛谈》曰："咸通中，姑臧公自梁移镇淮海郡，寡胜游之地，且风亭月观既已荒凉，于戏马台连玉钩道，开荆池沼，建亭台。既毕，号曰'赏心'。有浙右小校薛阳陶，监押度支运米入城。公喜其姓名，试询之，果是旧人。及问往日芦管之事，有朱崖、陆畅、元、白所撰歌篇一轴，公益喜之。以芦管奏于兹亭，其管绝微，每一觱栗管中常容三管，声声如天际自然来云。"

双　石

苍然两片石，厥状怪且醜。俗用无所堪，时人嫌不取。
结从胚浑始，得自洞庭口。万古遗水滨，一朝入吾手。
担舁来郡内，洗刷去泥垢。孔黑烟痕深，罅青苔色厚。
老蛟蟠作足，古剑插为首。忽疑天上落，不似人间有。
一可支吾琴，一可贮吾酒。峭绝高数尺，坳泓容一斗。
五絃倚其左，一杯置其右。窪樽酌未空，玉山颓已久。
人皆有所好，物各求其偶。渐恐少年场，不容垂白叟。
回头问双石，能伴老夫否？石虽不能言，许我为三友。

○触手明通，游戏自在。此种诗境，开自居易，而苏轼效之，轼集中《杨康功石》一首本此。

和微之四月一日作

四月一日天，花稀叶阴薄。泥新燕影忙，蜜熟蜂声乐。

麦风低冉冉，稻水平漠漠。芳节或蹉跎，游心稍牢落。
春华信为美，夏景亦未恶。飐浪嫩青荷，重栏晚红药。
吴宫好风月，越郡多楼阁。两地诚可怜，其奈久难索。

喜　雨

圃旱忧葵堇，农旱忧禾菽。人各有所私，我旱忧松竹。
松干竹焦死，眷眷在心目。洒叶溉其根，汲水劳僮仆。
油云忽东起，凉雨凄相续。似面洗垢尘，如头得膏沐。
千柯习习润，万叶欣欣绿。千日浇灌功，不如一霢霂。
方知宰生灵，何异活草木。所以圣与贤，同心调玉烛。

○"千日浇灌功，不如一霢霂"，口头寻常语，却是至理，"喜"字意才写得尽。末四句推广言之，小中见大，盖济人利物之心无时或忘也。

六年春赠分司东都诸公　自注：时为河南尹。

我为司州牧，内愧无才术。忝擢恩已多，遭逢幸非一。
偶当谷贱岁，适值民安日。郡县狱空虚，乡间盗奔逸。
其间最幸者，朝客多分秩。行接鸳鹭群，坐成芝兰室。
时联拜表骑，间动题诗笔。夜雪秉烛游，春风携榼出。
花教莺点检，柳付风排比。法酒澹清浆，含桃裛红实。
洛童调金管，卢女铿瑶瑟。黛惨歌思深，腰凝舞拍密。
每因同醉乐，自觉忘衰疾。始悟肘后方，不如杯中物。
生涯随日过，世事何时毕？老子苦乖慵，希君数牵率。

○"偶当谷贱岁"四句，先将境内承平之况、吏治之善，特笔提写,以下接入宴游之乐,便自不妨。此其所以可幸也。傥四境不治而从事宴游,是旷官也,方自愧之不暇,何以幸为!韦应物诗云"邑有流亡愧俸钱",与此作两得之矣。

和微之诗二十三首　并序(录三首)

微之又以近作二十三首寄来,命仆继和。其间瘝絮四百字、车斜二十篇者流,皆韵剧辞殚,瓌奇怪谲。又题云:"奉烦只此一度,乞不见辞,意欲定霸取威,置仆于穷地耳。"大凡依次用韵,韵同而意殊,约体为文,文成而理胜,此足下素所长者,仆何有焉?今足下果用所长,过蒙见窘。然敌则气作,急则计生,四十二章鏖埽并毕,不知大敌以为何如?夫劚石破山,先观镵迹;发矢中的,兼听弦声。以足下来章惟求相因,故老仆报语不觉大夸。况曩者唱酬,近来因继,已十六卷,凡千余首矣。其为敌也,当今不见;其为多也,从古未闻,所谓"天下英雄,惟使君与操"耳。戏及此者,亦欲三千里外一破愁颜,勿示他人以取笑诮。乐天白。

和三月三十日四十韵

送春君何在?君在山阴署。忆我苏杭时,春游亦多处。
为君歌往事,岂敢辞劳虑。莫怪言语狂,须知酬答遽。
江南腊月半,水冻凝如瘀。寒景尚苍茫,和风已吹嘘。
女墙城似灶,雁齿桥如锯。鱼尾上瀹沧,草芽生沮洳。
律迟太簇管,日暖羲和驭。布泽木龙催,迎春土牛助。
雨师习习洒,云将飘飘翥。四野万里晴,千山一时曙。
杭土丽且康,苏民富而庶。善恶有惩劝,刚柔无吐茹。
两衙少辞牒,四境稀书疏。俗以劳来安,政因闲暇著。

仙亭日登眺，虎丘时游豫。寻幽驻旌轩，选胜会宾御。
舟移溪鸟避，乐作林猿觑。池古莫邪沉，石奇罗刹踞。
水苗泥易耨，畬粟灰难鉏。紫蕨抽出畦，白莲埋在淤。
菱花红带黯，湿叶黄含菸。镜动波颭菱，雪迴风旋絮。
手经攀桂馥，齿为尝梅楚。坐并船脚敧，行多马蹄跙。
圣贤清浊醉，水陆鲜肥饫。鱼鲙芥酱调，水葵盐豉絮。
虽微五袴歌（咏），幸免兆人诅。但令乐不荒，何必游无倨。
吴苑仆寻罢，越城公尚据。旧游几客存，新宴谁人与？
莫空文举酒，强下何曾箸。江上易优游，城中多毁誉。
分应当自尽，事勿求人恕。我既无子孙，君仍毕婚娶。
久为云雨别，终拟江湖去。范蠡有扁舟，陶潜有篮舆。
两心苦相忆，两口遥相语。最恨七年春，春来各一处。

○和韵奇险，正自章妥句适。写景历历如画，引人入胜。"但令乐不荒，何必游无倨"，"分应当自尽，事勿求人恕"，尤见道之语。

和酬郑侍御东阳春闷放怀追越游见寄

君得嘉鱼置宾席，乐如南有嘉鱼时。
劲气森爽竹竿竦，妍文焕烂芙蓉披。
载笔在幕名已重，补衮于朝官尚卑。
一缄疏入掩谷永，三都赋成排左思。
自言拜辞主人后，离心荡飏风前旗。
东南门馆别经岁，春眼怅望秋心悲。自注：已上叙嘉鱼。
昨日嘉鱼来访我，方驾同出何所之？
乐游原头春尚早，百舌新语声椑椑。
日趁花忙向南拆，风催柳急从东吹。

流年惝怳不饶我，美景鲜妍来为谁？
红尘三条界阡陌，碧草千里铺郊畿。
余霞断时绮幅裂，斜云展处罗文纰。
暮钟远近声互动，暝鸟高下飞追随。
酒酣将归未能去，怅然云望天四垂。
生何足养嵇著论，途何足泣杨涟洏。
胡不花下伴春醉，满酌绿酒听黄鹂。
嘉鱼点头时一叹，听我此言不知疲。
语终兴尽各分散，东西轩骑分逶迤。
此时勿遣闲人见，见恐与他为笑资。
白首旧寮知我者，凭君一咏向周师。

自注：周判官师范，苏杭旧判官，去"范"字押韵。

○整丽疏宕，七古正则。

和顺之琴者

阴阴花院月，耿耿兰房烛。中有弄琴人，声貌俱如玉。
清泠石泉引，雅澹风松曲。遂使君子心，不爱凡丝竹。